শরৎ গল্প সমগ্র

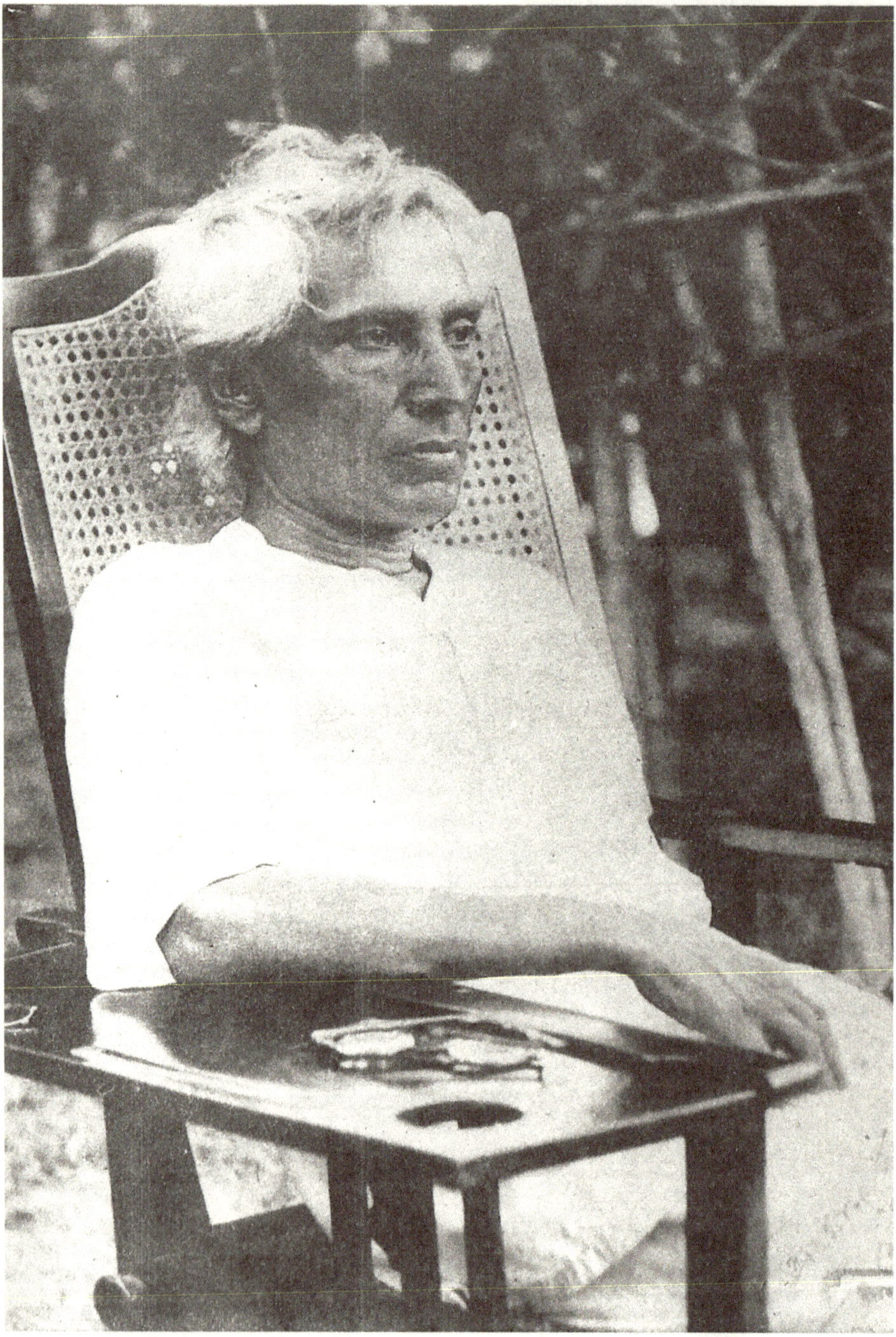

শ্রীশরৎ চন্দ্র চট্টোপাধ্যায়

শরৎ
গল্প
সমগ্র

হাওয়াকল
নিউ দিল্লি | কলকাতা

হাওয়াকল

নিউ দিল্লি | কলকাতা

Sarat Galpo Samagra
A collection of Bengali short stories
by Sarat Chandra Chattopadhyay

প্রথম হাওয়াকল প্রকাশ জুন ২০২২

© হাওয়াকল

প্রচ্ছদ পরিকল্পনা বিতান চক্রবর্তী

হাওয়াকল পাবলিশার্স-এর পক্ষে
৭০-বি/৯ অমৃতপুরি, ইস্ট অফ কৈলাস, নিউ দিল্লি ৬৫
৩৩/১/২ কে বি সরণী, দমদম, কলকাতা ৮০
থেকে প্রকাশিত
এবং থমসন প্রেস ইন্ডিয়া লিমিটেড, নিউ দিল্লি ১১০০২০ থেকে মুদ্রিত

info@hawakal.com
Contact: 8420758224

500.00/- | $ 25.99

ISBN: 978-93-91431-62-4

www.hawakal.com

সহজতার দায়

দু-হাজার পাঁচের শেষ বা ছয়ের শুরুর দিক হবে। জ্যাকেট গায়ে এক বন্ধুর হাত ধরে উপস্থিত হয়েছি চশমা আঁটা এক সাহিত্যিক কাম সম্পাদকের কাছে। আমি তখনও 'লিখি' এই কথাটা বলতে লজ্জা পাই। একটি কলেজ পত্রিকায় সবে প্রকাশ পেয়েছে আমার সুকুমার রায় বিষয়ক গদ্য। বাইরে যা-ই দেখাই না কেন, ভেতরে ভেতরে নিজেকে বিশ্বের শ্রেষ্ঠ গদ্যকার হিসেবে মেনে নিয়েছি নিজেই। সাহিত্যপত্রটি তাঁকে পৌঁছে দিতে গিয়েছিলাম। চশমা নামিয়ে সেই সেমি-প্রৌঢ় সাহিত্যিক জানতে চাইলেন, কার কার লেখা পড়ো? আমি তাঁর অফিসখানা দেখছিলাম। দেওয়াল ধূসর হলেও পুরোনো বইতে সে আর দেখা যায় না। সবই হলুদাভ মনে হয়! ঘরের মাথাতেও একটা হলুদ আলো ঝুলছে। মুখ নামিয়ে দেখলাম তিনি পাতলা পত্রিকায় আমার লেখার পাতাখানা খুলে বসে আছেন। আমতা আমতা করে বললাম, সব্বার লেখাই পড়ি। তিনি আমার উত্তর শেষ করবার আগেই বললেন, প্রিয় গদ্যকার কে? আমি না ভেবেই বললাম, শরৎচন্দ্র। বেশ আশাহত হয়ে তিনি বললেন, ও-ভাষাতে যাত্রা লেখা যায়, সাহিত্য নয়। সম্ভত সেদিনই আমি প্রথম মুরাকামির নাম শুনেছিলাম।

আমার মফস্সল, কলকাতার কাছে হওয়ায় আধুনিক সাহিত্যের বই যে পাওয়া যায় না তা বলা মিথ্যে হত। ফলে মেঘনাদবধ কাব্য থেকে সুনীলের রাকা গোগ্রাসে পড়ার পরও আমার প্রিয় হয়ে থেকে গেলেন শরৎচন্দ্রই। আমার কিশোর থেকে যুবক হয়ে ওঠার সময়ের এই ভালোলাগার কারণ যে লিখতে এসে খুঁজতে হবে তা সে-সময় বুঝিনি। সাল বাড়লে বুঝেছি সাহিত্যের আড্ডায় নাম বড়ো গুরুত্বপূর্ণ। না, ভুল বললাম, সাহিত্যের তত্ত্ব বড়ো ফ্যাক্টর। এবার ভাবতে বসতেই হল। গল্প লেখার সেই শুরু সময়ে স্বপ্ন দেখতাম, লেখক হলে শরৎ হব। আপনি ভাবতে পারেন তা কেবল পপুলার হওয়ার জন্য। মিথ্যে নয় আপনার ভাবনা, সে আশা যে করিনি তা বলি কী করে! কিন্তু শরৎ-ই কেন? নিদেনপক্ষে সুনীল হলেও সাহিত্যের আড্ডায় টিকে যাওয়া যায়। না, সুনীলবাবু হতে মন চায়নি। ওই রস আমার নেই। সুনীল হলে শরতের দোষ কোথায়? যে বয়সে গোঁফ রেখে ভেবেছি, 'কাঁদবেনা না, এমা ছি ছি বোকা', সেই বয়সেই তো মহেশ, অভাগী, বড়দিদি, মেঝদিদির জন্য গোপনে কেঁদেছি। সব্যসাচীর মতো বিপ্লবের পথ দেখতে চেয়েছি। চেয়েছি রমেশ ও রমার বিয়ে হোক! তাহলে শরতে ক্ষতি কী বোঝা মুশিকিলের থেকেও কেন শরৎচন্দ্র প্রিয় তার উত্তর দেওয়া ক্রমশ কঠিন হয়ে পড়ল।

শিল্পের রাজনীতি থাকে। তা শিল্পী চাইলেও থাকে, না চাইলেও থাকে। সেই রাজনীতি হল দেখার, বোধের। শান্ত হয়ে বসে ভেবে দেখুন তো, শরৎবাবু কী এমন নতুন কথা

লিখেছেন যা এই সংসারের মানুষ জানেন না বা জানতেন না? তবু তাঁর লেখা পাঠক নতুন করে পড়েছে। কারণ আমাদের দেখা, বোধ ও জানার মাঝে অন্যান্য জঞ্জালের যে আবরণ থেকে যায়, তাকে সরিয়ে ফেললে, দেখাকেও অ-দেখা আর জানাকেও অ-জানা মনে হয়। আর তাঁর লেখা সেই রুদ্ধ ঘরে আবারও আলো প্রবেশের পথ করে দেয়। এত সহজ কথা। তবু পরবর্তী সাহিত্যের পথে শরৎচন্দ্রকে শুনতে হল তিনি বাংলা ভাষাকে মা-মাসির ভাষাতে নামিয়ে এনেছেন। ওই যে বললাম, শিল্পীর রাজনীতি থাকে। সচেতনে না চাইলেও আমরা যখন কাগজ কলমে শব্দ লিখতে শুরু করি, মনে মনে তার জন্য নির্দিষ্ট পাঠককে সে-লেখা সমর্পণ করে দিই। অত্যাধুনিক সাহিত্যতত্ত্ব, ফ্রয়েডিও থিয়োরিকে আমাদের গফুর মিঞার বা নগেন হালদারের জীবনে প্রতিফলিত করতে গিয়ে আমাদের সাহিত্য ও শিল্প এলিয়েন হয়ে যায়। তাহলে কি এ-লেখার পাঠক নেই? হ্যাঁ আছেন, ইউনিভার্সিটির ডিগ্রি যাদের মননের ভিত, তারা। কিন্তু এই যে গফুর, নগেনদের বিপুল পৃথিবী, তাদের ক্ষতর কথা তারা জানতেও পারল না। এর ক্ষতিপূরণের কথা কি ভাববেন না আধুনিক সাহিত্যতাত্ত্বিকরা? এসব শুনে আপনি চমকে উঠে আমাকে ধমকাবেন। আচ্ছা, ধমকের আগে আসুন একটা উদাহরণ দেখি, আর প্রশ্ন রাখি আপনার কাছে, মহেশ গল্পটির প্রকাশের একশো বছর আগামী ২০২৩, দেখুন তো সেই বিভাজনের, শোষণের রাজনীতির বদল হল কিনা,

> "তর্করত্ন বলিলেন, তাও নেই বুঝি? কি করলি খড়? ভাগে এবার যা পেলি সমস্ত বেচে পেটায় নমঃ? গরুটার জন্যেও এক আঁটি ফেলে রাখতে নেই? ব্যাটা কসাই!
>
> এই নিষ্ঠুর অভিযোগে গফুরের যেন বাকরোধ হইয়া গেল। ক্ষণেক পরে ধীরে ধীরে কহিল, কাহন-খানেক খড় এবার ভাগে পেয়েছিলাম, কিন্তু গেল সনের বকেয়া বলে কর্তামশায় সব ধরে রাখলেন। কেঁদেকেটে হাতেপায়ে পড়ে বললাম, বাবুমশাই, হাকিম তুমি, তোমার রাজত্বি ছেড়ে আর পালাবো কোথায়, আমাকে পণ-দশেক বিচুলিও না হয় দাও। চালে খড় নেই-একখানি ঘর-বাপ-বেটিতে থাকি, তাও না হয় তালপাতার গোঁজা গাঁজা দিয়ে এ বর্ষাটা কাটিয়ে দেব, কিন্তু না খেতে পেয়ে আমার মহেশ মরে যাবে।"
>
> (মহেশ, প্রকাশকাল ১৯২৩)

"ভেতরে যার ক্ষত, বাইরে তাকে অক্ষত দেখানোর পাপ আমি করতে চাইনে।" শরৎচন্দ্র বলেছিলেন ১৯২২ সালে, হাওড়া জেলা কংগ্রেস সভাপতিত্ব ত্যাগের সময়। কথাটা কেবল রাজনীতিতে নয়, আমাদের সাহিত্যেও মনে রাখতে হবে। তাঁর অভিমান ছিল সেবার গান্ধি গ্রেপ্তারের সময় দেশের মানুষ ফুঁসে উঠল না। তাঁর বিশ্বাস ছিল যদি

দেশের স্বাধীনতাকামী সমস্ত মানুষ ক্ষেপে উঠতেন, গান্ধিকে কোনো রাষ্ট্রশক্তিই বন্দি করে রাখতে পারত না। সেদিন দেশের দশা নিয়ে বলতে গিয়ে বললেন, "প্রিয়তম পরমাত্মীয় কাউকে যমে নিলে শোকার্ত মন যেমন উপায়হীন বেদনায় কাঁদতে থাকে, অথচ, যা অবশ্যম্ভাবী তার বিরুদ্ধে হাত নেই, এই বলে বুঝিয়ে আবার খাওয়া-পরা, আমোদ-আহ্লাদ, হাসি-তামাশা, কাজ-কর্ম যথারীতি পূর্বের মতই চলতে থাকে, মহাত্মার সম্বন্ধেও দেশের মনোভাব প্রায় তেমনি।" আচ্ছা, এই মানুষরা কি বুঝতে পারলেন না তাদের ক্ষতের ক্ষতি?

এই প্রশ্ন উত্তরে অধিকাংশ লেখক শিল্পীরাই গালি দেন পাঠক কিংবা দর্শককে। ওরা বোঝে না কিছুই, শিল্পী রাগে-অভিমানে বলে ওঠেন। অথচ সেই শিল্পীরাও জানেন ওই পাঠক, দর্শকরাই তৃতীয় শ্রেণির টিভি সিরিয়াল বা ভৌতিক ও রহস্য রোমাঞ্চ উপন্যাসে রস পায় জীবনের, নিজের জীবনকে রিলেট করেন। বাঙালির জীবনে সহজতার পথকে অস্বীকার করে সাহিত্য করার উপায় আছে কি? আমরা যে সাহিত্যতত্ত্বের ওপর ভরসা রাখি, সে-সব তত্ত্বকথা যে দেশগুলোতে উৎপন্ন হয়েছিল তা বাংলার আবহাওয়ার থেকে যে আলাদা সেটাও মাথায় রাখা দরকার। বাংলা কিন্তু রেনেসাঁর এপিসেন্টার নয়, আজও এক বিস্তীর্ণ জনসংখ্যা জ্ঞানের আলো থেকে দূরে। এদের বাদ দিয়ে সাহিত্যের ভালো হবে না। অথচ এরাই বাদ পড়ে যায় আমাদের শিল্প র‍্যাডারে। শরৎচন্দ্র সেই সহজ সত্যিকে তুলে আনলেন বলেই না বাংলা ভাষার তথাকথিত এলিটিজমের সর্বনাশ করলেন।

> সন্তানের নামকরণকালে পিতামাতার মূঢ়তায় বিধাতাপুরুষ অন্তরীক্ষে থাকিয়া অধিকাংশ সময়ে শুধু হাস্য করিয়াই ক্ষান্ত হন না, তীব্র প্রতিবাদ করেন। তাই তাহাদের সমস্ত জীবনটা তাহাদের নিজের নামগুলাকেই যেন আমরণ ভ্যাঙচাইয়া চলিতে থাকে। কাঙালীর মার জীবনের ইতিহাস ছোট, কিন্তু সেই ছোট্ট কাঙালজীবনটুকু বিধাতার এই পরিহাসের দায় হইতে অব্যাহতি লাভ করিয়াছিল। তাহাকে জন্ম দিয়া মা মরিয়াছিল, বাপ রাগ করিয়া নাম দিল অভাগী। মা নাই, বাপ নদীতে মাছ ধরিয়া বেড়ায়, তাহার না আছে দিন, না আছে রাত। তবু যে কি করিয়া ক্ষুদ্র অভাগী একদিন কাঙালীর মা হইতে বাঁচিয়া রহিল সে এক বিস্ময়ের বস্তু। যাহার সহিত বিবাহ হইল তাহার নাম রসিক বাঘ, বাঘের অন্য বাঘিনী ছিল, ইহাকে লইয়া সে গ্রামান্তরে উঠিয়া গেল, অভাগী তাহার অভাগ্য ও শিশুপুত্র কাঙালীকে লইয়া গ্রামেই পড়িয়া রহিল।
>
> (অভাগীর স্বর্গ, প্রকাশকাল ১৯২৬)

এলিটিজমকে ভেঙে ছিলেন বলেই না তিনি বাংলা ভাষা সাহিত্যের সম্রাট। যার সভাসদ সমাজের তথাকথিত ছোটলোকেরা। সম্ভবত তিনিই প্রথমবার বাংলা ভাষায় ছোটলোকের জীবন খোঁদাই করে দিয়ে গেলেন। উপন্যাস, গল্প যে কেবল দুপুরবেলার ঢেকুর তুলে, পান আর ঝিমুনির মাঝের আরাম নয়, তাও শেখালেন শরৎচন্দ্র। আমার মনে

বাংলা কথাসাহিত্যে রাজনৈতিক গদ্যের নতুন জন্মও তাঁরই হাতে।

> হাঁক-ডাকে গফুর মিঞা ঘর হইতে বাহির হইয়া জ্বরে কাঁপিতে কাঁপিতে কাছে আসিয়া দাঁড়াইল।ভাঙ্গা প্রাচীরের গা ঘেঁষিয়া একটা পুরাতন বাবলা গাছ-তাহার ডালে বাঁধা একটা ষাঁড়। তর্করত্ন দেখাইয়া কহিলেন, ওটা হচ্চে কি শুনি? এ হিঁদুর গাঁ, ব্রাহ্মণ জমিদার, সে খেয়াল আছে? তাঁর মুখখানা রাগে ও রৌদ্রের ঝাঁজে রক্তবর্ণ, সুতরাং সে মুখ। দিয়া তপ্ত খর বাক্যই বাহির হইবে, কিন্তু হেতুটা বুঝিতে না পারিয়া গফুর শুধু চাহিয়া রহিল।
>
> তর্করত্ন বলিলেন, সকালে যাবার সময় দেখে গেছি বাঁধা, দুপুরে ফেরবার পথে দেখচি তেমনি ঠায় বাঁধা। গোহত্যা হলে যে কর্তা তোকে জ্যান্ত কবর দেবে। সে যে-সে বামুন নয়!
>
> কি কোরব বাবাঠাকুর, বড় লাচারে পড়ে গেছি। ক'দিন থেকে গায়ে জ্বর, দড়ি ধরে যে দু-খুঁটো খাইয়ে আনব-তা মাথা ঘুরে পড়ে যাই।
>
> তবে ছেড়ে দে না, আপনি চরাই করে আসুক।
>
> (মহেশ, প্রকাশকাল ১৯২৩)

অবাক হই, প্রবল রাজনৈতিক অথচ সহজ! আজকাল মনে হয় সহজ বলেই এত আঘাত, এত তাচ্ছিল্য? সত্যের তীব্রতা কমে আসে ঘোলাটে লেন্সের তলায় পড়লে। কিন্তু, সত্য সে যে সত্যই। তাকে মেনে নিতে ক্ষতি কী?

সহজ সত্যিকে সহজভাবে মাটির কাছে পৌঁছে দেওয়ার প্রতি এত অনীহা হবে কেন বাংলা সাহিত্যের? এখানে আরেকজনের উদাহরণ এসে পড়ে, তিনি রবীন্দ্রনাথ। রবি ঠাকুর নাকি সাধারণের নাটক লিখতে পারতেন না। অস্বীকার করি না তাঁর নাটক প্রথমবার পড়ে আমারও যে তা মনে হয়নি তা নয়। কিন্তু ভেবে দেখুন, শম্ভু মিত্র যখন সেই সাধারণের অপঠিত নাটককে মঞ্চে আনলেন, সাধারণ মানুষও মুভ হলেন, রিলেট করলেন। নাট্যকার সুপ্রীতি মুখোপাধ্যায় বলেছিলেন, রবীন্দ্রনাথের নাটক পড়তেও যে জানতে হবে! অভিনেতার কাজই হল সেই লম্বা ডায়ালগকে কীভাবে, কী উচ্চারণে পড়লে তা দর্শকের কাছে একঘেয়ে লাগবে না। বাংলা সাহিত্যের কি সেই সহজতার সাধনা করবার দায় নেই?

বিতান চক্রবর্তী
২৯ মে, ২০২২
নিউ দিল্লি

সূচি

বিন্দুর ছেলে	১১
রামের সুমতি	৪৭
মেজদিদি	৭৩
দর্পচূর্ণ	৯৪
আঁধারে আলো	১১৭
কাশীনাথ	১৩১
আলো ও ছায়া	১৫৬
মন্দির	১৭০
বোঝা	১৮২
অনুপমার প্রেম	১৯৬
বাল্য-স্মৃতি	২১৫
হরিচরণ	২২২
ছবি	২২৫
বিলাসী	২৩৮
মামলার ফল	২৪৯
হরিলক্ষ্মী	২৬০
মহেশ	২৭৩
অভাগীর স্বর্গ	২৮২
অনুরাধা	২৯০
সতী	৩১৪
পরেশ	৩২৬
পথ-নির্দেশ	৩৩৪

শিশু-কিশোর গল্প

লালু	৩৬০
লালু	৩৬৪
লালু	৩৬৭
ছেলেধরা	৩৭০
বছর-পঞ্চাশ পূর্বের একটা দিনের কাহিনী	৩৭৪
দেওঘরের স্মৃতি	৩৮১

বিন্দুর ছেলে

যাদব মুখুয্যে ও মাধব মুখুয্যে যে সহোদর ছিলেন না, সে কথা নিজেরা তো ভুলিয়াই ছিলেন, বাহিরের লোকও ভুলিয়াছিল। দরিদ্র যাদব অনেক কষ্টে ছোটভাই মাধবকে আইন পাশ করাইয়াছিলেন এবং বহু চেষ্টায় ধনাঢ্য জমিদারের একমাত্র সন্তান বিন্দুবাসিনীকে ভ্রাতৃবধূ রূপে ঘরে আনিতে সক্ষম হইয়াছিলেন। বিন্দুবাসিনী অসামান্যা রূপসী। প্রথম যেদিন সে এই অতুল রূপ ও দশ সহস্র টাকার কাগজ লইয়া ঘর করিতে আসিয়াছিল, সেদিন বড়বৌ অন্নপূর্ণার চোখে আনন্দাশ্রু বহিয়াছিল। বাড়িতে শাশুড়ী-ননদ ছিল না, তিনিই ছিলেন গৃহিণী। ছোটবধূর মুখখানি তুলিয়া ধরিয়া প্রতিবাসিনীদের কাছে সগর্বে বলিয়াছিলেন, ঘরে বৌ আনতে হয় তো এমনি। একেবারে লক্ষ্মীর প্রতিমা। কিন্তু দুদিনেই তাঁহার এ ভুল ভাঙ্গিল। দুদিনেই টের পাইলেন, ছোটবৌ যে ওজনে রূপ ও টাকা আনিয়াছে, তাহার চতুর্গুণ অহঙ্কার অভিমানও সঙ্গে আনিয়াছে।

একদিন বড়বৌ স্বামীকে নিভৃতে ডাকিয়া বলিলেন, হাঁ গা, রূপ আর টাকার পুঁটুলি দেখে ঘরে বৌ আনলে, কিন্তু এ যে কেউটে সাপ!

যাদব কথাটা বিশ্বাস করিলেন না। মাথা চুলকাইয়া বার-দুই ‘তাই তো’, ‘তাই তো’, করিয়া কাছারি চলিয়া গেলেন।

যাদব অতিশয় শান্ত-প্রকৃতির লোক। জমিদারী সেরেস্তায় নায়েবি এবং ঘরে আসিয়া পূজা-অর্চনা করিতেন। মাধব দাদার চেয়ে দশ-বারো বছরের ছোট, উকিল হইয়া সম্প্রতি ব্যবসা শুরু করিয়াছিল।

সে আসিয়া কহিল, বৌঠান, টাকাটাই কি দাদার বেশী হ’ল? দুদিন সবুর করলে আমিও তো রোজগার করে দিতে পারতাম। অন্নপূর্ণা চুপ করিয়া রহিলেন।

এ ছাড়া আরও একটা বিপদ এই হইয়াছিল, ছোটবৌকে শাসন করিবার জো ছিল না। তাহার এমনি ভয়ঙ্কর ফিটের ব্যামো ছিল যে, সেদিকে চাহিয়া দেখিলেও বাড়িসুদ্ধ লোকের মাথা ঝিমঝিম করিতে থাকিত এবং ডাক্তার না ডাকিলে আর উপায় হইত না। সুতরাং সাধের বিবাহটা যে ভুল হইয়া গিয়াছে, এই ধারণাই সকলের মনে বদ্ধমূল হইয়া গেল। শুধু যাদব হাল ছাড়িলেন না। তিনি সকলের বিরুদ্ধে দাঁড়াইয়া ক্রমাগত বলিতে লাগিলেন, না গো না, তোমরা পরে দেখো। মায়ের আমার অমন জগদ্ধাত্রীর মত রূপ, সে কি একেবারে নিষ্ফল যাবে এ হতেই পারে না।

একদিন কি একটা কথার পরে ছোটবৌ মুখ অন্ধকার করিয়া স্থির হইয়া বসিয়া আছে দেখিয়া ভয়ে অন্নপূর্ণার প্রাণ উড়িয়া গেল। হঠাৎ তাঁহার কি মনে হইল, ঘরের মধ্যে ছুটিয়া

গিয়া তাঁহার দেড় বছরের ঘুমন্ত ছেলে অমূল্যচরণকে টানিয়া আনিয়া বিন্দুর কোলের উপর নিক্ষেপ করিয়াই তিনি পলাইয়া গেলেন।

অমূল্য কাঁচা ঘুম ভাঙ্গিয়া চীৎকার করিয়া উঠিল।

বিন্দু প্রাণপণ বলে নিজেকে সংবরণ করিয়া মূর্ছার কবল হইতে আত্মরক্ষা করিয়া ছেলে বুকে করিয়া ঘরে চলিয়া গেল।

অন্নপূর্ণা আড়ালে দাঁড়াইয়া তাহা দেখিলেন এবং ফিটের ব্যামোর এই অমোঘ দৈব-ঔষধ আবিষ্কার করিয়া পুলকিত হইলেন।

সংসারের সমস্ত ভার অন্নপূর্ণার মাথায় ছিল বলিয়া তিনি ছেলে মানুষ করিতে পারিতেন না। বিশেষ, সমস্তদিনের কাজকর্মের পর রাত্রে ঘুমাইতে না পাইলে তাঁহার বড় অসুখ করিত; তাই এই ভারটা ছোটবৌ লইয়াছিল।

মাসখানেক পরে একদিন সকালবেলা সে ছেলে কোলে লইয়া রান্নাঘরে ঢুকিয়া বলিল, দিদি, অমূল্যধনের দুধ কৈ?

অন্নপূর্ণা তাড়াতাড়ি হাতের কাজটা ফেলিয়া রাখিয়া ভয়ে ভয়ে বলিলেন, এক মিনিট সবুর কর বোন, এখনি জ্বাল দিয়ে দিচ্চি।

বিন্দু ঘরে ঢুকিয়াই তাহা দেখিয়া রাগিয়া গিয়াছিল, তীক্ষ্ণকণ্ঠে বলিল, কালও তোমাকে বলেছি, আমার আটটার আগে দুধ চাই, তা সে তো নটা বাজে। কাজটা তোমার যদি এতই ভারী ঠেকে দিদি, পষ্ট করে বললেই তো পার, আমি অন্য উপায় দেখি হাঁ বামুনমেয়ে, তোমারও কি একটু হুঁশ থাকতে নেই গা, বাড়িসুদ্ধ লোকের পিণ্ডি-রান্না না হয় দু'মিনিট পরেই হ'ত।

বামুনঠাকরুন চুপ করিয়া রহিলেন।

অন্নপূর্ণা বলিলেন, তোর মত শুধু ছেলেকে টিপ পরানো আর কাজল দেওয়া নিয়ে থাকলে আমাদেরও হুঁশ থাকত। এক মিনিট আর দেরি সয় না, ছোটবৌ?

ছোটবৌ তাহার উত্তরে বলিল, তোমার অতি বড় দিব্যি রইল, দিদি, যদি কোনদিন আর অমূল্যের দুধে হাত দাও; আমারও দিব্যি রইল, আর কোনদিন যদি তোমাকে বলি।

এই বলিয়া সে মেঝের উপর অমূল্যকে দুম্‌ করিয়া বসাইয়া দিয়া, দুধের কড়া তুলিয়া আনিয়া উনানের উপর চড়াইয়া দিল। এই অভাবনীয় ব্যাপারে অমূল্য চীৎকার করিয়া উঠিতেই, বিন্দু তাহার গাল টিপিয়া বলিল, চুপ কর হারামজাদা, চুপ কর, চেঁচালে একেবারে মেরে ফেলব। বিন্দুর ব্যাপারে বাড়ির দাসী কদম ছুটিয়া আসিয়া খোকাকে কোলে লইতে গেলে বিন্দু তাহাকে ধমকাইয়া উঠিল, দূর হ, সামনে থেকে দূর হ!

সে আর অগ্রসর হইতে পারিল না, ভয়ে আড়ষ্ট হইয়া দাঁড়াইয়া রহিল।

বিন্দু আর কাহাকেও কিছু না বলিয়া রোরুদ্যমান শিশুকে কোলে তুলিয়া লইয়া দুধ জ্বাল দিতে লাগিল।

অন্নপূর্ণা স্থির হইয়া দাঁড়াইয়া রহিলেন। খানিক পরে বিন্দু দুধ লইয়া চলিয়া গেলে তিনি পাচিকাকে সম্বোধন করিয়া বলিলেন, শুনলে মেয়ে ওর কথা? সেই যে একদিন হাসতে হাসতে বলেছিলুম, অমূল্যকে তুই নে। ছোটবৌ সেই জোরে আজ আমাকেও দিব্যি দিয়ে গেল!

যাহা হউক, এমন করিয়া অন্নপূর্ণার ছেলে বিন্দুবাসিনীর কোলে মানুষ হইতে লাগিল এবং তাহার ফল হইল এই যে, অমূল্য খুড়ীকে মা এবং মাকে দিদি বলিতে শিখিল।

দুই

ইহার বছর-চারেক পরে যেদিন খুব ঘটা করিয়া অমূল্যের হাতেখড়ি হইয়া গেল, তাহার পরদিন সকালে অন্নপূর্ণা রান্নাঘরে কাজে ব্যস্ত ছিলেন, বাহির হইতে বিন্দুবাসিনী ডাকিয়া

কহিল, দিদি, অমূল্যধন প্রণাম করতে এসেচে একবারটি বাইরে এস।

অন্নপূর্ণা বাহিরে আসিয়া অমূল্যের সাজগোজ দেখিয়া অবাক হইয়া গেলেন। তাহার চোখে কাজল, কপালে টিপ, গলায় সোনার হার মাথার উপর ঝুঁটি করিয়া চুল বাঁধা, পরনে একখানি হলদে রঙের ছোপান কাপড়, একহাতে দড়ি-বাঁধা মাটির দোয়াত, বগলে ক্ষুদ্র একখানি মাদুর জড়ানো গুটিকয়েক তালপাতা।

বিন্দু বলিল, দিদিকে প্রণাম কর তো বাবা।

অমূল্য জননীকে প্রণাম করিল।

তাহার পায়ে জুতা নাই, মোজা নাই, পরনে নানাবিধ বিলাতী পোশাক নাই– অন্নপূর্ণা এই অপরূপ সাজ দেখিয়া হাসিয়া বলিলেন, এতও তোর আসে ছোটবৌ ছেলে বুঝি পড়তে যাচ্চে?

বিন্দু হাসিমুখে বলিল, হাঁ, গঙ্গাপণ্ডিতের পাঠশালে পাঠিয়ে দিচ্চি। আশীর্বাদ কর দিদি, আজকের দিন যেন ওর জীবনে সার্থক হয়।

চাকরের দিকে ফিরিয়া চাহিয়া বলিল, ভৈরব, পণ্ডিতমশাইকে আমার নাম করে বিশেষ করে বলে দিস, ছেলেকে আমার যেন কেউ মারধর না করে।

দিদি, এই পাঁচটা টাকা ধর, বেশ করে একখানি সিদে সাজিয়ে টাকা-ক'টি দিয়ে কদমের হাতে পাঠশালে পাঠিয়ে দাও। বলিয়া সে গভীর স্নেহে চুমা খাইয়া ছেলেকে কোলে তুলিয়া লইয়া চলিয়া গেল।

অন্নপূর্ণার দুই চোখে অশ্রু উচ্ছ্বসিত হইয়া উঠিল; তিনি বামুনঠাকরুনকে উদ্দেশ করিয়া বলিলেন, ছেলে নিয়েই ব্যতিব্যস্ত। তবু পেটে ধরেনি– তা হলে না জানি ও কি করত!

পাচিকা কহিল, সেজন্যই ভগবান বোধ করি দিলেন না, আঠার-উনিশ বছর বয়স হ'ল–

কথাটা শেষ হইতে পাইল না। ছোটবৌ একা ফিরিয়া আসিয়া বলিল, দিদি, বঠ্‌ঠাকুরকে বলে আমাদের বাড়ির সামনে একটা পাঠশালা করে দেওয়া যায় না? আমি সমস্ত খরচ দেব।

অন্নপূর্ণা হাসিয়া ফেলিলেন। বলিলেন, এখনো সে দু-পা যায়নি ছোটবৌ, এর মধ্যেই তোর মতলব ঘুরে গেল? না হয়, তুইও যা না পাঠশালে গিয়ে বসে থাকবি।

বিন্দু অপ্রতিভ হইয়া হাসিয়া বলিল, মতলব ঘোরেনি, দিদি। কিন্তু ভাবচি আড়ালে থাকা এক, আর চোখের সামনে এক। পোড়োরা সব দুষ্ট ছেলে, ওকে ছোটটি পেয়ে যদি মারধর করে।

অন্নপূর্ণা বলিলেন, করলেই বা। ছেলেরা মারামারি করেই। তা ছাড়া সকলের ছেলেই সমান ছোটবৌ, তাদের বাপ-মা প্রাণ ধরে যদি পাঠশালে দিতে পেরে থাকে, তুই পারবি নে কেন?

পরের সঙ্গে তুলনা করাটা বিন্দু একেবারে পছন্দ করিত না। তাই বোধ করি মনে মনে অসন্তুষ্ট হইয়া বলিল– তোমার এক কথা দিদি! ধর, কেউ যদি ওর চোখে কলমের খোঁচাই দিয়ে দেয়– তা হলে?

অন্নপূর্ণা তাহার মনের ভাব বুঝিয়া হাসিয়া বলিলেন, তা হলে ডাক্তার দেখাবি। কিন্তু সত্যি বলচি তোকে, আমি তো সাত দিন সাত রাত বসে ভাবলেও খোঁচাখুঁচির কথা মনে করতে পারতুম না। এত ছেলে পড়ে, কে কার চোখে কলমের খোঁচা দেয় তাও তো শুনিনি।

বিন্দু কহিল, তুমি শোননি বলেই কি এমন কাণ্ড হতে পারে না? দৈবাতের কথা কে বলতে পারে? আচ্ছা, বেশ তো তুমি একবার বলেই দেখ না, তারপর যা হয় হবে।

অন্নপূর্ণা গম্ভীর হইয়া বলিলেন, যা হবে, তা দেখতেই পাচ্ছি। তুই একবার যখন ধরেচিস তখন কি আর না করে ছাড়বি? কিন্তু আমি অমন অনাছিষ্টি কথা মুখে আনতে পারব না। আর তুইও তো কথা ক'স– নিজেই বল গে না।

এবার বিন্দু রাগ করিল, বলিল, বলবই তো। এত দূরে রোজ রোজ আমি ছেলে পাঠাতে পারব না– এতে কারুর ভাল লাগুক, আর না লাগুক, আর এতে ওর বিদ্যে হোক আর নাই হোক। হাঁ কদম, তোকে না বললুম সিদে দিয়ে আসতে? হাঁ করে দাঁড়িয়ে আছিস যে?

তাহার ক্রুদ্ধভাব লক্ষ্য করিয়া অন্নপূর্ণা ব্যস্ত হইয়া বলিলেন, সিদে দিচ্চি। একেবারে এত উতলা হোসনে ছোটবৌ! আচ্ছা, ছেলে কি তোর বড় হবে না? তুই কি চিরকাল তাকে আঁচল চাপা দিয়ে রাখতে পারবি? এটা ভাবিস না কেন?

ছোটবৌ সে কথার জবাব না দিয়া বলিল, কদম, সিদে দিয়ে গুরুমশায়ের পায়ের ধুলো একটু তার মাথায় দিয়ে, ছেলে ফিরিয়ে আন গে। তাঁকেও একবার বিকেলবেলা আসতে বলিস। যে বুঝবে না, তাকে আর বোঝাব কি করে? বলচি ছোটটি পেয়ে যদি কেউ মারধর করে,– না, চিরকাল কি তুই আঁচল-চাপা দিয়ে রাখতে পারবি? কি পারব, না পারব, সে পরামর্শ তো নিতে আসিনি। বলিয়া সে উত্তরের জন্য অপেক্ষা না করিয়া হনহন করিয়া চলিয়া গেল।

অন্নপূর্ণা অবাক হইয়া দাঁড়াইয়া রহিলেন।

কদম বলিল, আর দাঁড়িয়ে থেকো না মা, হয়ত এখনি আবার এসে পড়বেন। উনি যা ধরেচেন, বিধাতা-পুরুষেরও সাধ্যি নেই যে তা রদ করেন।

সেইদিন সন্ধ্যার পর বড়কর্তা আফিং খাইয়া শয্যার উপর কাত হইয়া শুইয়া গুড়গুড়ির নল মুখে দিয়া নেশার পৃষ্ঠে চাবুক দিতেছিলেন, এমন সময় দরজার শিকলটা ঝনঝন করিয়া নড়িয়া উঠিল।

যাদব কষ্টে চোখ খুলিয়া বলিলেন, কে ও?

অন্নপূর্ণা ঘরে ঢুকিয়া বলিলেন, ছোটবৌ কি বলতে এসেচে শোন।

যাদব ব্যস্ত হইয়া উঠিয়া বসিয়া বলিলেন, ছোটমা? কেন মা?

ছোটবৌকে তিনি অত্যন্ত ভালবাসিতেন। ছোটবৌ কথা কহিল না, তাহার হইয়া অন্নপূর্ণাই বলিয়া দিলেন,– ওর ছেলের চোখে পোড়োরা কলমের খোঁচা মারবে, তাই বাড়ির মধ্যে একটা পাঠশালা করে দিতে হবে।

যাদব হাতের নলটা ফেলিয়া দিয়া শঙ্কিত হইয়া বলিয়া উঠিলেন, কে চোখে খোঁচা মারলে? কৈ দেখি, কি'রকম হ'ল?

অন্নপূর্ণা তাঁহার হাতের নলটা তুলিয়া দিয়া হাসিয়া বলিলেন, এখনো কেউ মারেনি– যদির কথা হচ্ছে।

যাদব সুস্থির হইয়া বলিলেন, ওঃ, যদির কথা! আমি বলি বুঝি–

বিন্দু আড়ালে দাঁড়াইয়া হাড়ে হাড়ে জ্বলিয়া গিয়া মৃদুস্বরে বলিল, দিদি, এই না তুমি বললে অনাছিষ্টি কথা মুখে আনতে পারবে না– আবার বলতে এলে কেন?

অন্নপূর্ণা নিজেও বুঝিয়াছিলেন, তাঁহার কথা বলিবার ধরনটা ভাল হয় নাই এবং ইহার ফলও মধুর হইবে না। এখন এই চাপা গলার নিগূঢ় অর্থ স্পষ্ট অনুভব করিয়া তিনি যথার্থই ভীত হইয়া উঠিলেন। তাঁহার রাগটা পড়িল নিরীহ স্বামীর উপর এবং তাঁহাকেই উদ্দেশ

করিয়া বলিলেন, আপিং-এর নেশায় মানুষের চোখই বুজে যায়, কানও কি বুজে যায় বললুম কি আর ও শুনলে কি। ‘কৈ দেখি কি-রকম হ’ল’। আমি কি বলেচি তোমাকে, অমূল্যর চোখ কানা করে দিয়েচে? আমার হয়েচে যেন সবদিকে জ্বালা!

নির্ব্বিরোধী যাদবের আফিং-এর মৌজ ছুটিয়া যাইবার উপক্রম হইল; তিনি হতবুদ্ধি হইয়া গিয়া বলিলেন, কেন, কি হ’ল গো?

অন্নপূর্ণা রাগিয়া গিয়া বলিলেন, যা হ’ল তা ভালই। এমন মানুষের সঙ্গে কথা কইতে যাওয়া ঝকমারি– অধর্ম্মের ভোগ। বলিয়া

সক্রোধে ঘর ছাড়িয়া চলিয়া গেলেন।

যাদব বলিলেন, কি হয়েচে মা, খুলে বল তো?

বিন্দু দ্বারের অন্তরালে দাঁড়াইয়া আস্তে আস্তে বলিল, বাইরে গোলার ধারে একটি পাঠশালা হলে–

যাদব বলিলেন, এ আর বেশী কথা কি মা! কিন্তু পড়াবে কে?

বিন্দু কহিল, পণ্ডিতমশাই এসেছিলেন, তিনি মাসে দশ টাকা করে পেলে পাঠশালা তুলে আনবেন। আমি বলি, আমার সুদের জমা টাকা থেকে যেন সব খরচ দেওয়া হয়।

যাদব সন্তুষ্ট হইয়া বলিলেন, বেশ তো মা, কালই আমি লোক লাগিয়ে দেব, গঙ্গারাম এইখানেই যদি তার পাঠশালা তুলে আনে, সে ভাল কথাই।

ভাশুরের হুকুম পাইয়া বিন্দুর রাগ পড়িয়া গেল। সে হাসিমুখে রান্নাঘরে ঢুকিয়া দেখিল অন্নপূর্ণা মুখ ভার করিয়া বসিয়া আছেন এবং কাছে বসিয়া কদম হাতমুখ নাড়িয়া কি যেন ব্যাখ্যা করিতেছে। বিন্দুকে ঢুকিতে দেখিয়াই সে পাংশুমুখে ‘ওমা এই যে,– বলিয়াই বক্তব্য শেষ করিয়া ফেলিল। বিন্দু বুঝিল তাহার কথাই হইতেছিল, সামনে আসিয়া বলিল, ও মা কি, তাই বল না?

ভয়ে কদমের গলা কাঠ হইয়া গিয়াছিল সে ঢোক গিলিয়া বলিল, না দিদি, এই কি না– বড়মা বললেন কি না– এই ধর না, কেন–

বিন্দু রুক্ষস্বরে বলিল, ধরেচি– তুই কাজ কর গে যা।

কদম দ্বিরুক্তি না করিয়া উঠিয়া গিয়া বাঁচিল।

তখন বিন্দু অন্নপূর্ণাকে কহিল, বড়গিন্নীর পরামর্শদাতাগুলি বেশ! বঠ্‌ঠাকুরকে বলে ওদের মাইনে বাড়িয়ে দেওয়া উচিত।

বিন্দু খুশী থাকিলে অন্নপূর্ণাকে দিদি বলিত, রাগিলে বড়গিন্নী বলিত।

অন্নপূর্ণা জ্বলিয়া উঠিয়া বলিলেন, যা না বল গে না– বঠ্‌ঠাকুর আমার মাথাটা কেটে নেবে। আর বঠ্‌ঠাকুরও তেমনি! সে তক্ষুণি শুরু করবে, কি মা! কি বলচ মা, ঠিক কথা মা। ঢের ঢের বরাত দেখেচি ছোটবৌ, কিন্তু তোর মত দেখিনি। কি কপাল নিয়েই জন্মেছিলি, মাইরি, বাড়িসুদ্ধ সবাই যেন ভয়ে জড়সড়।

বিন্দুর রাগ হইয়াছিল বটে, অন্নপূর্ণার কথার ভঙ্গীতে সে হাসিয়া ফেলিল। বলিল, কৈ, তুমি তো ভয় কর না।

অন্নপূর্ণা বলিলেন, করিনে আবার! তোমার রণচণ্ডী মূর্তি দেখলে যার বুকের রক্ত জল হয়ে না যায় সে এখনো মায়ের পেটে আছে! কিন্তু অত রাগ ভাল নয় ছোটবৌ! এখনো কি ছোটটি আছিস? ছেলে হলে যে এতদিন চার-পাঁচ ছেলের মা হতিস। আর তোকেই বা দোষ দেব কি, ঐ বুড়ো মিনসেই আদর দিয়ে তোর মাথাটা খেলে।

বিন্দু বলিল, কপাল নিয়ে যে জন্মেছিলুম দিদি, সে কথা তোমার মানি; ধন-দৌলত,

আদর-আহ্লাদ অনেকেই পায়, সেটা বেশী কথা নয়, কিন্তু এমন দেবতার মত ভাশুর পেতে অনেক জন্ম-জন্মান্তরের তপস্যার ফল থাকা চাই। আমার অদৃষ্ট দিদি, তুমি হিংসে করে কি করবে কিন্তু আদর দিয়ে তিনি তো মাথা খাননি, আদর দিয়ে যদি কেউ মাথা খেয়ে থাকে তো সে তুমি।

অন্নপূর্ণা হাত নাড়িয়া বলিলেন, আমি?

সে কথা কারো বলবার জো নেই। আমার শাসন বড় কড়া শাসন– কিন্তু কি করব, আমার কপাল মন্দ, কেউ আমাকে ভয় করে না– দাসী-চাকরগুলো পর্যন্ত মুখের সামনে দাঁড়িয়ে সমানে ঝগড়া করে, যেন তারাই মনিব, আর আমি দাসী-বাঁদী! আমি তাই সয়ে থাকি, অন্য কেউ হলে–

তাঁহার এই উলটা-পালটা কথায় বিন্দু খিলখিল করিয়া হাসিয়া ফেলিল। বলিল, দিদি, তুমি সত্যযুগের মানুষ কেন মরতে একালে এসে জন্মেছিলে? কৈ, আমার সঙ্গে তো কেউ ঝগড়া করে না বলিয়া সহসা সুমুখে আসিয়া হাঁটু গাড়িয়া বসিয়া বাহু দিয়া অন্নপূর্ণার গলা জড়াইয়া ধরিয়া বলিল, একটা গল্প বল না দিদি! অন্নপূর্ণা রাগিয়া বলিলেন, যা সরে যা।

কদম ছুটিয়া আসিয়া বলিল, দিদি, অমূল্যধন জাঁতিতে হাত কেটে ফেলে কাঁদচে।

বিন্দু তৎক্ষণাৎ গলা ছাড়িয়া দিয়া উঠিয়া দাঁড়াইয়া বলিল, জাঁতি পেলে কোথায়? তোরা কি কচ্ছিলি?

আমি ও-ঘরে বিছানা করছিলুম দিদি, জানিও নে কখন ও বড়মার ঘরে ঢুকে–

আচ্ছা হয়েচে– হয়েচে– যা, বলিয়া বিন্দু ঘর ছাড়িয়া চলিয়া গেল। খানিক পরে অমূল্যের আঙুলের ডগায় ভিজা ন্যাকড়ার পটি বাঁধিয়া কোলে করিয়া আসিয়া বলিল, আচ্ছা দিদি, কতদিন বলেচি তোমাকে, ছেলেপুলের ঘরে জাঁতি-টাঁতিগুলো একটু সাবধান করে রেখো– তা–

অন্নপূর্ণা আরো রাগিয়া গিয়া বলিলেন, কি কথা যে তুই বলিস ছোটবৌ, তার মাথা-মুণ্ডু নেই। কখন তোর ছেলে ঘরে ঢুকে হাত কাটবে বলে কি জাঁতি নোয়ার সিন্দুকে বন্ধ করে রাখবো?

বিন্দু বলিল, না, কাল থেকে ওকে দড়ি দিয়ে বেঁধে রাখবো, তা হলে আর ঢুকবে না, বলিয়া বাহির হইয়া গেল।

অন্নপূর্ণা বলিলেন, শুনলি কদম, এর জবরদস্তির কথাগুলো! জাঁতি কি মানুষ সিন্দুকে তুলে রাখে! কদম কি একটা বলিতে গিয়া হাঁ করিয়া থামিয়া গেল।

বিন্দু ফিরিয়া আসিয়া বলিল, ফের যদি তুমি দাসী-চাকরকে মধ্যস্থ মানবে তো, সত্যি বলচি তোমাকে, ছেলে নিয়ে আমি বাপের বাড়ি চলে যাব।

অন্নপূর্ণা বলিলেন, যা না যা। কিন্তু মাথা খুঁড়ে মলেও আর ফিরিয়ে আনবার নামটি করবো না। সে কথা মনে রাখিস।

আমি আসতেও চাইনে, বলিয়া বিন্দু মুখ ভার করিয়া চলিয়া গেল।

ঘণ্টা-দুই পরে অন্নপূর্ণা দুমদুম করিয়া পা ফেলিয়া ছোটবৌয়ের ঘরে আসিয়া ঢুকিলেন। ঘরের একধারে একটি ছোট টেবিলের উপর মাধবচন্দ্র মকদ্দমার কাগজপত্র দেখিতেছিলেন এবং বিন্দু অমূল্যকে লইয়া খাটের উপর শুইয়া আস্তে আস্তে গল্প বলিতেছিল। অন্নপূর্ণা বলিলেন, খাবি আয়।

বিন্দু বলিল, আমার ক্ষিদে নেই।

অমূল্য তাড়াতাড়ি খুড়ীর গলা জড়াইয়া ধরিয়া বলিল, ছোটমা খাবে না, তুমি যাও।

অন্নপূর্ণা ধমক দিয়া বলিলেন, তুই চুপ কর। এই ছেলেটিই হচ্ছে সকল নষ্টের গোড়া। কি আদুরে ছেলেই কচ্চিস ছোটবৌ! শেষে টের পাইনি। তখন কাঁদবি আর বলবি, হ্যাঁ, দিদি বলেছিল বটে!

বিন্দু ফিসফিস করিয়া অমূল্যকে শিখাইয়া দিল, অমূল্য চেঁচাইয়া বলিল, তুমি যাও না দিদি– ছোটমা রূপকথা বলচে।

অন্নপূর্ণা ধমকাইয়া বলিলেন, ভাল চাস তো উঠে আয়, ছোটবৌ! না হলে কাল তোদের দু'জনকে না বিদেয় করি তো আমার নামই অন্নপূর্ণা নয়, বলিয়া যেমন করিয়া আসিয়াছিলেন, তেমনি করিয়া পা ফেলিয়া বাহির হইয়া গেলেন।

মাধব জিজ্ঞাসা করিল, আজ আবার তোমাদের হ'ল কি?

বিন্দু বলিল, দিদি রাগলে যা হয় তাই। আজ অপরাধের মধ্যে বলেছিলুম, ছেলেপুলের ঘর, জাঁতি-টাঁতিগুলো একটু সাবধান করে রেখো– তাই এত কাণ্ড হচ্ছে। মাধব বলিল, আর গোলমাল ক'রো না, যাও।

বৌঠান যেমন করে পা ফেলে বেড়াচ্ছেন, দাদা এখনি উঠে পড়বেন।

বিন্দু অমূল্যকে কোলে তুলিয়া লইয়া হাসিয়া রান্নাঘরে চলিয়া গেল।

তিন

এক মায়ের দুই ছেলে জননীকে আশ্রয় করিয়া যেমন করিয়া বাড়িয়া উঠিতে থাকে এই দুইটি মাতা তেমনি একটিমাত্র সন্তানকে আশ্রয় করিয়া আরো ছয় বৎসর কাটাইয়া দিলেন। অমূল্য এখন বড় হইয়াছে, সে এন্ট্রান্স স্কুলের দ্বিতীয় শ্রেণীতে পড়ে। ঘরে মাস্টার নিযুক্ত আছেন, তিনি সকালবেলা পড়াইয়া যাইবার পর অমূল্য খেলা করিতে বাহির হইয়াছিল। আজ রবিবার, স্কুল ছিল না।

অন্নপূর্ণা ঘরে ঢুকিয়া বলিলেন, ছোটবৌ, কি করি বল তো?

বিন্দু তাহার ঘরের মেঝের উপর আলমারি উজাড় করিয়া অমূল্যর পোশাক বাছিতেছিল, সে কাকার সহিত কোন বড়লোক মক্কেলের বাড়ি নিমন্ত্রণ-রক্ষা করিতে যাইবে। বিন্দু মুখ না তুলিয়াই বলিল, কিসের দিদি?

তাহার মেজাজটা কিছু অপ্রসন্ন। অন্নপূর্ণা রকমারি পোশাকের বাহার দেখিয়া অবাক হইয়া গিয়াছিলেন, তাই তাহার মুখের ভাবটা লক্ষ্য করিলেন না; কিছুক্ষণ নিঃশব্দে চাহিয়া থাকিয়া জিজ্ঞাসা করিলেন, এ কি সমস্তই অমূল্যর পোশাক নাকি।

বিন্দু বলিল, হাঁ।

অন্নপূর্ণা বলিলেন, কত টাকাই না তুই অপব্যয় করিস। এর একটার দামে গরীবের ছেলের সারা বছরের কাপড়-চোপড় হতে পারে।

বিন্দু বিরক্ত হইল, কিন্তু সহজভাবে বলিল, তা পারে। কিন্তু গরীবে বড়লোকে একটু তফাত থাকেই; সেজন্য দুঃখ করে কি হবে দিদি।

অন্নপূর্ণা বলিলেন, তা হোক বড়লোক, কিন্তু তোর সব কাজেই একটু বাড়াবাড়ি আছে।

বিন্দু মুখ তুলিয়া বলিল, কি বলতে এসেছ তাই বল না দিদি, এখন আমার সময় নেই।

তোমার সময় আর কখন থাকে ছোটবৌ! বলিয়া তিনি রাগ করিয়া চলিয়া গেলেন।

ভৈরব অমূল্যকে ডাকিয়া আনিতে গিয়াছিল। সে ঘণ্টা খানেক পরে খুঁজিয়া আনিল।

বিন্দু জিজ্ঞাসা করিল, কোথা ছিলি এতক্ষণ অমূল্য চুপ করিয়া রহিল।

ভৈরব বলিল, ও-পাড়ায় চাষাদের ছেলেদের সঙ্গে ডাংগুলি খেলছিল।

এই খেলাটায় বিন্দুর বড় ভয় ছিল, তাই নিষেধ করিয়া দিয়াছিল; বলিল, ডাংগুলি খেলতে তোকে মানা করিচি না?

অমূল্য ভয়ে নীলবর্ণ হইয়া বলিল, আমি দাঁড়িয়েছিলুম, তারা জোর করে আমাকে—

জোর করে তোমাকে? আচ্ছা, এখন যাচ্চ যাও, তার পর হবে। বলিয়া তাহাকে পোশাক পরাইতে লাগিল।

মাস-দুই পূর্বে অমূল্যর পৈতা হইয়াছিল; সে নেড়া মাথায় জরির টুপি পরিতে ভয়ঙ্কর আপত্তি করিল। কিন্তু বিন্দু ছাড়িবার লোক নয়, সে জোর করিয়া পরাইয়া দিল। অমূল্য নেড়া-মাথায় জরির টুপি পরিয়া দাঁড়াইয়া কাঁদিতে লাগিল।

মাধব ঘরে ঢুকিতে ঢুকিতে বলিলেন, আর ওর কত দেরি হবে গো?

পরক্ষণেই অমূল্যর দিকে দৃষ্টি পড়িলে হাসিয়া উঠিয়া বলিলেন, বাঃ— এই যে মথুরার কৃষ্ণচন্দ্র রাজা হয়েছেন।

অমূল্য লজ্জায় টুপিটা ফেলিয়া দিয়া খাটের উপর গিয়া উপুড় হইয়া পড়িল।

বিন্দু রাগিয়া উঠিল। বলিল, একে ছেলেমানুষ কাঁদচে, তার উপর তুমি—

মাধব গম্ভীর হইয়া বলিলেন, কাঁদিস নে অমূল্য, ওঠ্, লোকে পাগল বলে তো আমাকেই বলবে, তুই আয়।

ঠিক এই কথাটাই ইতিপূর্বে আর একদিন হইয়া গিয়াছিল এবং বিন্দু তাহাতে অত্যন্ত ক্রুদ্ধ হইয়াছিল। সেই কথাটার পুনরাবৃত্তিতে সে হাড়ে হাড়ে জ্বলিয়া গিয়া বলিল, আমি সব কাজ পাগলের মত করি, না? বলিয়া উঠিয়া গিয়া অমূল্যকে তুলিয়া আনিয়া পাখার বাঁটের বাড়ি ঘা-কতক দিয়া দামী মখমলের পোশাক টানিয়া টানিয়া খুলিয়া ফেলিতে লাগিল।

মাধব ভয়ে ভয়ে বাহির হইয়া গিয়া অন্নপূর্ণাকে সংবাদ দিলেন, মাথায় ভূত চেপেচে বৌঠান, একবার যাও।

অন্নপূর্ণা ঘরে ঢুকিয়া দেখিলেন, বিন্দু সমস্ত পোশাক খুলিয়া লইয়া একটা সাধারণ বস্ত্র পরাইয়া দিতেছে, অমূল্য ভয়ে বিবর্ণ হইয়া দাঁড়াইয়া আছে।

অন্নপূর্ণা বলিলেন, বেশ তো হয়েছিল ছোটবৌ, খুললি কেন?

বিন্দু অমূল্যকে ছাড়িয়া দিয়া হঠাৎ গলায় আঁচল দিয়া হাতজোড় করিয়া বলিল, তোমাদের পায়ে পড়ি বড়গিন্নী, সামনে থেকে একটু যাও। তোমাদের পাঁচজনের মধ্যস্থতার জ্বালায় ওর প্রাণটাই মার খেয়ে যাবে।

অন্নপূর্ণা বাক্‌শূন্য হইয়া দাঁড়াইয়া রহিলেন।

বিন্দু অমূল্যর একটা কান ধরিয়া টানিয়া আনিয়া ঘরের এক কোণে দাঁড় করাইয়া দিয়া বলিল, যেমন বজ্জাত ছেলে তুমি, তেমনি তোমার শাস্তি হওয়া চাই। সমস্তদিন ঘরে বন্ধ থাক। দিদি, বাইরে এস। আমি দোর বন্ধ করব। বলিয়া বাহিরে আসিয়া শিকল তুলিয়া দিল।

বেলা তখন প্রায় একটা বাজে, অন্নপূর্ণা আর থাকিতে না পারিয়া বলিলেন, হাঁ ছোটবৌ, সত্যি আজ তুই অমূল্যকে খেতে দিবিনে? তার জন্য কি বাড়িসুদ্ধ লোক উপোস করে থাকবে?

বিন্দু জবাব দিল, বাড়িসুদ্ধ লোকের ইচ্ছে!

অন্নপূর্ণা বলিলেন, এ তোর কি-রকম কথা ছোটবৌ! বাড়ির মধ্যে ঐ একটি ছেলে, সে উপোস করে থাকলে, তোর আমার কথা ছেড়ে দে, দাসী-চাকরেই বা মুখে ভাত তোলে কি করে বল দেখি!

বিন্দু জিদ করিয়া বলিল, তা আমি জানিনে।

অন্নপূর্ণা বুঝিলেন, তর্ক করিয়া আর লাভ হইবে না, বলিলেন, আমি বলচি, বড়বোনের কথাটা রাখ। আজ তাকে মাপ কর। তা ছাড়া পিত্তি পড়ে অসুখ হলে তোকেই ভুগতে হবে।

বেলার দিকে চাহিয়া বিন্দু নিজেই নরম হইয়া আসিয়াছিল, কদমকে ডাকিয়া বলিল, যা নিয়ে আয় তাকে। কিন্তু তোমাদেরও বলে রাখচি দিদি, ভবিষ্যতে আমার কথায় কথা কইলে ভাল হবে না।

গোলযোগটা এইখানেই সেদিনের মত থামিয়া গেল।

ছোটভাইয়ের ওকালতিতে পসার হওয়ার পর হইতে যাদব চাকরি ছাড়িয়া দিয়া নিজেদের বিষয়-আশয় দেখিতেছিলেন। ছোটবধূর দরুন হাতে যে দশ হাজার টাকা ছিল, তাহাও সুদে খাটাইয়া প্রায় দ্বিগুণ করিয়াছিলেন। সেই টাকার কিয়দংশ লইয়া এবং মাধবের উপার্জনের উপর নির্ভর করিয়া তিনি গত বৎসর হইতে প্রায় পোয়াটাক পথ দূরে একখানি বড় রকমের বাড়ি ফাঁদিয়াছিলেন। দিন-দশেক হইল তাহা সম্পূর্ণ হইয়াছিল। কথা ছিল, দুর্গাপূজার পরে ভাল দিন দেখিয়া সকলেই তথায় উঠিয়া যাইবেন। তাই একদিন যাদব আহারে বসিয়া ছোটবৌকে উদ্দেশ করিয়া বলিলেন, তোমার বাড়ি তো তৈরী হ'ল মা, এখন একদিন গিয়ে দেখে এস, আর কিছু বাকী রয়ে গেল কিনা।

বিন্দুর একটা অভ্যাস ছিল, সে সহস্র কাজ ফেলিয়া রাখিয়াও ভাশুরের খাবার সময় দরজার আড়ালে বসিয়া থাকিত। ভাশুরকে সে দেবতার মতই ভক্তি করিত— সকলেই করিত। বলিল, আর কিছু বাকী নেই।

যাদব হাসিয়া বলিলেন, না দেখেই রায় দিলে মা! আচ্ছা, ভাল কথা। তবে আরো একটি কথা আছে। আমার ইচ্ছে হয়, আত্মীয়-স্বজন আমাদের যে যেখানে আছেন, সকলকেই এক করে একটি সুদিন দেখে উঠে যাই, গিয়ে গৃহদেবতার পূজা দিই, কি বল মা?

বিন্দু আস্তে আস্তে বলিল, দিদিকে বলি, তিনি যা বলবেন তাই হবে।

যাদব বলিলেন, তা বল। কিন্তু তুমিই আমার সংসারের লক্ষ্মী, মা! তোমার ইচ্ছাতেই কাজ হবে।

অন্নপূর্ণা অদূরেই বসিয়াছিলেন, হাসিয়া বলিলেন, তবু তোমার মা লক্ষ্মীটি যদি একটু শান্ত হতেন।

যাদব বলিলেন, শান্ত আবার কি বড়বৌ? মা আমার জগদ্ধাত্রী! বরও দেন, আবশ্যক হলে খাঁড়াও ধরেন। ওই তো আমি চাই। মাকে এনে অবধি সংসারে আমার এতটুকু দুঃখ-কষ্ট নেই।

অন্নপূর্ণা বলিলেন, সে কথা তোমার সত্যি। ও আসবার আগের দিনগুলো এখন মনে করলেও ভয় হয়।

বিন্দু লজ্জা পাইয়া সে কথা চাপা দিয়া বলিল, আপনি সকলকে আনান। আমাদের ও-বাড়ি বেশ বড়, কারো কোন কষ্ট হবে না। ইচ্ছে করলে তাঁরা দু'মাস ছ'মাস থাকতেও পারবেন।

যাদব বলিলেন, তাই হবে মা, কালই আমি আনবার বন্দোবস্ত করব।

চার

ইঁহাদের পিসতুতো বোন এলোকেশীর অবস্থা ভাল ছিল না। যাদব তাঁহাকে প্রায়ই অর্থসাহায্য করিয়া পাঠাইতেন। কিছুদিন হইতে তিনি তাঁহার পুত্র নরেনকে এইখানে রাখিয়া লেখাপড়া

শিখাইবার ইচ্ছা জানাইয়া চিঠিপত্র লিখিতেছিলেন, এই সময়ে তিনি ছেলে লইয়া উত্তরপাড়া হইতে আসিয়া উপস্থিত হইলেন। তাঁহার স্বামী প্রিয়নাথ সেখানে কি করিতেন, তাহা ঠিক করিয়া কেহই বলিতে পারে না, দিন-দুয়ের মধ্যে তিনিও আসিয়া পড়িলেন। নরেনের বয়স ষোল-সতের। সে চওড়া পাড়ের কাপড় ফের দিয়া পরিত এবং দিনের মধ্যে আট-দশবার চুল আঁচড়াইত। টেরিটা তাহার বাস্তবিকই একটা দেখিবার বস্তু ছিল।

আজ সন্ধ্যার পর রান্নাঘরের বারান্দায় সকলে একত্রে বসিয়াছিলেন এবং এলোকেশী তাঁহার পুত্রের অসাধারণ রূপ-গুণের পরিচয় দিতেছিলেন।

বিন্দু জিজ্ঞাসা করিল, নরেন কোন ক্লাসে পড় তুমি?

নরেন বলিল, ফোর্থ ক্লাস। রয়েল রিডার, গ্রামার, জিয়োগ্রাফি এরিথ্‌মেটিক, আরো কত কি ডেসিমেল্ টেসিমেল্— ও-সব তুমি বুঝবে না মামী।

এলোকেশী সগর্বে পুত্রের মুখের দিকে একবার চাহিয়া বিন্দুকে বলিলেন, সেকি এক-আধখানা বই, ছোটবৌ? বইয়ের পাহাড়; কাল বইগুলো বাক্স থেকে বার করে তোমার মামীদের একবার দেখিও তো বাবা।

নরেন ঘাড় নাড়িয়া বলিল, আচ্ছা দেখাব।

বিন্দু বলিল, পাস করতে এখনো তো দেরি আছে।

এলোকেশী বলিলেন, দেরি কি থাকত ছোটবৌ, দেরি থাকত না। এতদিনে একটা কেন, চারটে পাস করে ফেলতো। শুধু মুখপোড়া মাস্টারের জন্যই হচ্চে না। তার সর্বনাশ হোক, বাছাকে সে যে কি বিষ-নজরেই দেখেচে, তা সেই জানে। ওকে কি তুলে দিচ্চে? দিচ্চে না। হিংসে করে বছরের পর বছর একটা কেলাসেই ফেলে রেখেচে।

বিন্দু বিস্মিত হইয়া কহিল, কৈ, এ-রকম তো হয় না!

এলোকেশী বলিলেন, হচ্ছে, আবার হয় না। মাস্টারগুলো সব একজোট হয়ে ঘুষ চায়; আমি গরীব মানুষ, ঘুষের টাকা কোথা থেকে যোগাই বল তো?

বিন্দু চুপ করিয়া রহিল। অন্নপূর্ণা আন্তরিক দুঃখিত হইয়া বলিলেন, এমন করে কি কখন মানুষের পিছনে লাগতে আছে? সেটা কি ভাল কাজ? কিন্তু আমাদের এখানে ও-সব নেই। আমাদের অমূল্য তো ফি বছর ভাল ভাল বই প্রাইজ ঘরে আনে, কিন্তু কখ্‌খন ঘুষটুষ দিতে হয় না।

এই সময় অমূল্য কোথা হইতে আসিয়া আস্তে আস্তে তাহার ছোটমার কোলে গিয়া বসিল। বসিয়াই গলা ধরিয়া কানে কানে বলিল, কাল রবিবার, ছোটমা, আজ মাস্টারমশায়কে যেতে বলে দাও না।

বিন্দু হাসিয়া বলিল, এই যে ছেলেটি দেখচ ঠাকুরঝি, এটি গল্প পেলে আর উঠবে না— কদম, মাস্টারমশায়কে যেতে বলে দে, অমূল্য আজ আর পড়বে না।

নরেন আশ্চর্য হইয়া বলিল, ও কি রে অমূল্য, অত বড় ছেলে, এখনও মেয়েমানুষের কোলে গিয়ে বসিস!

বিন্দু হাসিয়া বলিল, শুধু এই বুঝি? এখনও রাত্তিরে—

অমূল্য ব্যাকুল হইয়া তাহার মুখে হাত চাপা দিয়া বলিল, ব'লো না ছোট মা, ব'লো না।

বিন্দু বলিল না, কিন্তু অন্নপূর্ণা বলিয়া দিলেন। বলিলেন, এখনো ও রাত্তিরে ছোটমার কছে শোয়।

বিন্দু বলিল, শুধু শোয়া দিদি, এখনো সমস্ত রাত্তির বাদুড়ের মত আঁকড়ে ধরে ঘুমোয়।

অমূল্য লজ্জায় তাহার ছোটমার বুকের মধ্যে মুখ লুকাইয়া রহিল।

নরেন কহিল, ছি ছি, তুই কি রে! তুই ইংরাজী পড়িস?

অন্নপূর্ণা বলিলেন, পড়ে বৈ কি। ইস্কুলে ও তো ইংরাজীই পড়ে।

নরেন বলিল, ইস, ইংরাজী পড়ে! কৈ, ইনজিন্ বানান করুক তো দেখি? তা আর পারতে হয় না।

এলোকেশী বলিলেন, ও-সব শক্ত শক্ত কথা, ও কি ছেলেমানুষে পারে?

অন্নপূর্ণা বলিলেন, কৈ অমূল্য বানান কর না?

অমূল্য কিন্তু কিছুতেই মুখ তুলিল না।

বিন্দু তাহার মাথাটা একবার বুকে চাপিয়া ধরিয়া বলিল, তোমরা সবাই মিলে ওকে লজ্জা দিলে ও আর কি করে বানান করে?

তারপর এলোকেশীর দিকে চাহিয়া বলিল, ও আমার আসচে বছর পাস দেবে! আমাদের মাস্টারমশাই বলেছেন, ও কুড়ি টাকা জলপানি পাবে। ও সেই টাকা দিয়ে ওর কাকার মত এক জোড়া ঘোড়া কিনবে।

কথাটা সত্য হইলেও পরিহাস-ছলে সবাই হাসিতে লাগিলেন।

এলোকেশী বিন্দুকে উদ্দেশ করিয়া বলিলেন, আমার নরেন্দ্রনাথ শুধু কি লেখা-পড়াতেই ভাল, ও এমনি থিয়েটারে অ্যাক্টো করে যে, লোকে শুনে আর চোখে জল রাখতে পারে না। সেই সীতা সেজে কি-রকমটি করে বলেছিলে, একবার মামীদের শুনিয়ে দাও তো বাবা!

নরেন তৎক্ষণাৎ হাঁটু গাড়িয়া বসিয়া হাতজোড় করিয়া, উচ্চ নাকিসুরে সুর করিয়া আরম্ভ করিয়া দিল, প্রাণেশ্বর! কি কুক্ষণে দাসী তব—

বিন্দু ব্যাকুল হইয়া উঠিল,— ওরে থাম থাম, চুপ কর, বঠ্‌ঠাকুর ওপরে আছেন। নরেন চমকিয়া চুপ করিল।

অন্নপূর্ণা ঐটুকু শুনিয়াই মুগ্ধ হইয়া গিয়াছিলেন, বলিলেন, শুনলেই বা ঠাকুর-দেবতার কথা, এ তো ভাল কথা ছোটবৌ।

বিন্দু বিরক্ত হইয়া বলিল, তবে শোন তুমি ঠাকুর-দেবতার কথা, আমরা উঠে যাই।

নরেন বলিল, আচ্ছা, তবে থাক, আমি সাবিত্রীর পার্ট করি।

বিন্দু বলিল, না।

এই কণ্ঠস্বর শুনিয়া এতক্ষণে অন্নপূর্ণার চৈতন্য হইল যে, ব্যাপারটা অনেক দূরে গিয়াছে এবং এইখানেই তাহার শেষ হইবে না। এলোকেশী নূতন লোক, তিনি ভিতরের কথা বুঝিলেন না, বলিলেন, আচ্ছা এখন থাক। পুরুষেরা বেরিয়ে গেলে সে একদিন দুপুরবেলা হতে পারবে। আহা গান-বাজনাই কি ও কম শিখেচে? দময়ন্তীর সেই কেঁদে কেঁদে গানটি একবার বলিস তো বাবা, তোর মামীরা শুনলে আর ছাড়তে চাইবে না।

নরেন বলিল, এখনি বলব?

রাগে বিন্দুর সর্বাঙ্গ জ্বালা করিতেছিল, সে কথা কহিল না।

অন্নপূর্ণা তাড়াতাড়ি বলিয়া উঠিলেন, না না, গান-টান এখন কাজ নেই।

নরেন বলিল, আচ্ছা, গানটা আমি অমূল্যকে শিখিয়ে দেব। আমি বাজাতেও জানি। ত্রেকেটে তাক্ বাজনা বড় শক্ত মামী, আচ্ছ, ঐ পেতলের হাঁড়িটা একবার দাও তো, দেখিয়ে দিই।

বিন্দু অমূল্যকে উঠিবার ইঙ্গিত করিয়া বলিল, যা অমূল্য, ঘরে গিয়ে পড় গে।

অমূল্য মুগ্ধ হইয়া শুনিতেছিল, তাহার উঠিবার ইচ্ছা ছিল না, চুপি চুপি বলিল, আরো একটু বোস না ছোটমা।

বিন্দু কোন কথা না বলিয়া তাহাকে তুলিয়া দিয়া সঙ্গে করিয়া ঘরে চলিয়া গেল। সহসা সে কেন যে অমন করিয়া গেল, অন্নপূর্ণা তাহা বুঝিলেন এবং পাছে সঙ্গদোষে অমূল্য বিগড়াইয়া যায়, এই ভয়ে নরেনের এইখানে থাকিয়া লেখাপড়াও যে সে পছন্দ করিবে না, ইহা সুস্পষ্ট বুঝিয়া তিনি উদ্বিগ্ন হইয়া উঠিলেন। বলিলেন, বাবা নরেন, তোমার ছোটমামীর সামনে ঐ অ্যাক্টো-ট্যাক্টোগুলা আর ক'রো না। ও রাগী মানুষ, ও-সব ভালবাসে না।

এলোকেশী আশ্চর্য হইয়া জিজ্ঞাসা করিলেন, ছোটবৌ ও-সব ভালবাসে না বুঝি? তাই অমন করে উঠে গেল বটে।

অন্নপূর্ণা বলিলেন, হতেও পারে। আরো একটা কথা বাবা, তুমি নিজের খাবে-দাবে পড়াশুনা করবে– যাতে মায়ের দুঃখ ঘোচে, সেই চেষ্টা করবে, তুমি অমূল্যর সঙ্গে বেশী মিশো না বাবা। ও ছেলেমানুষ, তোমার চেয়ে অনেক ছোট।

কথাটা এলোকেশীর ভাল লাগিল না। বলিলেন, সে তো ঠিক কথা, ও গরীবের ছেলে, ওর গরীবের মত থাকাই উচিত। তবে যদি বললে তো বলি, বড়বৌ, অমূল্যটিই তোমার কচি খোকা, আর আমার নরেনই কি বুড়ো? এক-আধ বছরের ছোট-বড়োকে আর বড় বলে না। আর ও-কি কখনও বড়লোকের ছেলে চোখে দেখেনি গা, এইখানে এসে দেখচে? ওদের থিয়েটারের দলে কত রাজা-রাজড়ার ছেলে রয়েচে যে!

অন্নপূর্ণা অপ্রতিভ হইয়া বলিলেন, না ঠাকুরঝি, সে কথা বলিনি, আমি বলচি–

আবার কি করে বলবে বড়বৌ? আমরা বোকা বলে কি এতই বোকা, যে এ কথাটাও বুঝিনে! তবে দাদা নাকি বললেন, নরেন এইখানেই লেখাপড়া করবে, তাই আসা, নইলে আমাদেরও কি দিন চলছিল না।

অন্নপূর্ণা লজ্জায় মরিয়া গিয়া বলিলেন, ভগবান জানেন ঠাকুরঝি, আমি সে কথা বলিনি, আমি বলচি কি, এই যাতে মায়ের দুঃখ-কষ্ট ঘোচে, যাতে–

এলোকেশী বলিলেন, আচ্ছা, তাই, তাই। যা নরেন, তুই বাইরে গিয়ে বস গে, বড়লোকের ছেলের সঙ্গে মিশিস নে। বলিয়া ছেলেকে ঠেলিয়া তুলিয়া দিয়া নিজেও চলিয়া গেলেন।

অন্নপূর্ণা ঝড়ের মত বিন্দুর ঘরে ঢুকিয়া কাঁদ-কাঁদ হইয়া বলিয়া উঠিলেন, হাঁ লা, তোর জন্যে কি কুটুম-কুটুম্বিতেও বন্ধ করতে হবে? কি করে চলে এলি বল তো?

বিন্দু অত্যন্ত সহজভাবে জবাব দিল, কেন বন্ধ করতে হবে দিদি, আত্মীয়-কুটুম্ব নিয়ে তুমি মনের সুখে ঘর কর, আমি ছেলে নিয়ে পালাই, এই!

পালাবি কোথায় শুনি?

বিন্দু কহিল, যাবার দিন তোমায় ঠিকানা বলে যাব, ভেবো না।

অন্নপূর্ণা বলিলেন, সে আমি জানি। যাতে পাঁচজনের কাছে মুখ দেখাতে পারব না, সে কি তুই না করেই ছাড়বি? চিরকালটা এই বৌ নিয়ে আমার হাড়মাস জ্বলেপুড়ে ছাই হয়ে গেল। বলিয়া বাহির হইয়া যাইতেছিলেন, মাধবকে ঘরে ঢুকিতে দেখিয়া আবার জ্বলিয়া উঠিলেন, না ঠাকুরপো, তোমরা আর কোথাও গিয়ে থাক গে, না হয়, ঐ বৌটিকে বিদেয় কর, আমি আর রাখতে পারব না, আজ তা পষ্ট বলে গেলুম, বলিয়া চলিয়া গেলেন ।

মাধব আশ্চর্য হইয়া স্ত্রীকে জিজ্ঞাসা করিল, ব্যাপার কি?

বিন্দু বলিল, জানিনে, বড়গিন্নী বলেচে, দাও আমাদের বিদেয় করে।

মাধব আর কিছু বলিল না। টেবিলের উপর হইতে খবরের কাগজটা তুলিয়া লইয়া বাহিরের ঘরে চলিয়া গেল।

পাঁচ

ঠাকুরঝি দেখিতে বোকার মতন ছিলেন, কিন্তু সেটা ভুল। তিনি যেই দেখিলেন, নিঃসন্তান ছোটবৌর অনেক টাকা, তিনি তখ্খনি সেই দিকে ঢলিলেন, এবং প্রতি রাত্রে স্বামী প্রিয়নাথকে একবার করিয়া ভর্ৎসনা করিতে লাগিলেন, তোমার জন্যই আমার সব গেল। তোমার কাছে মিছিমিছি পড়ে না থেকে এখানে থাকলে আজ আমি রাজার মা। আমার এমন সোনার চাঁদ ফেলে কি আর ঐ কাল ভূতের মত ছেলেটাকে ছোটবৌ–, বলিয়া একটা সুদীর্ঘ নিঃশ্বাসের দ্বারা ঐ কাল ভুতের সমস্ত পরমায়ুটা নিঃশেষে উড়াইয়া দিয়া 'গরীবের ভগবান আছেন' বলিয়া উপসংহার করিয়া চুপ করিয়া শুইতেন। প্রিয়নাথও মনে মনে নিজের বোকামির জন্য অনুতাপ করিতে করিতে ঘুমাইয়া পড়িতেন। এমনি করিয়া এই দম্পতিটির দিন কাটিতেছিল এবং ছোটবৌর প্রতি ঠাকুরঝির স্নেহ-প্রীতি বন্যার মত ফাঁপিয়া ফুলিয়া উঠিতেছিল।

আজ দুপুরবেলা তিনি বলিতেছিলেন, অমন মেঘের মত চুল ছোটবৌ, কিন্তু কোনদিন বাঁধতে দেখলুম না। আজ জমিদারের বাড়ির মেয়েরা বেড়াতে আসবে, এস, মাথাটা বেঁধে দিই।

বিন্দু বলিল, না ঠাকুরঝি, আমি মাথায় কাপড় রাখতে পারিনে, ছেলে বড় হয়েচে– দেখতে পাবে।

ঠাকুরঝি অবাক হইয়া বলিলেন, ও আবার কি কথা ছোটবৌ? ছেলে বড় বলে এ'স্ত্রী মানুষ চুল বাঁধবে না? আমার নরেন্দরনাথ তো শত্তুরের মুখে ছাই দিয়ে আরো ছ'মাস বছরেকের বড়, তাই বলে কি আমি মাথা-বাঁধা ছেড়ে দেব!

বিন্দু বলিল, তুমি ছাড়বে কেন ঠাকুরঝি, নরেন বরাবর দেখে আসচে ওর কথা আলাদা। কিন্তু অমূল্য হঠাৎ আজ আমার মাথায় খোঁপা দেখলে হাঁ করে চেয়ে থাকবে। হয়ত চেঁচামেচি করবে, না কি করবে– ছি ছি, সে ভারী লজ্জার কথা হবে!

অন্নপূর্ণা হঠাৎ সেইদিক দিয়া যাইতেছিলেন, বিন্দুর দিকে চাহিয়া সহসা দাঁড়াইয়া পড়িয়া বলিলেন, তোর চোখ ছলছল করছে কেন রে ছোটবৌ? আয় তো, গা দেখি!

বিন্দু এলোকেশীর সামনে ভারী লজ্জা পাইয়া বলিল, কি রোজ রোজ গা দেখবে! আমি কি কচি খুকি, অসুখ করলে টের পাব না?

অন্নপূর্ণা বলিলেন, না, তুই বুড়ি। কাছে আয়, ভাদ্দর আশ্বিন মাস, দিনকাল বড় খারাপ।

বিন্দু বলিল, কক্ষণ যাব না। বলচি কিছু হয়নি, বেশ আছি তবু কাছে আয়!

অন্নপূর্ণা বলিলেন, দেখিস, ভাঁড়াস নে যেন! বলিয়া সন্দিগ্ধ-দৃষ্টিতে চাহিতে চাহিতে চলিয়া গেলেন।

এলোকেশী বলিল, বড়বৌর যেন একটু বায়ের ছিট্ আছে, না?

বিন্দু একমুহূর্ত স্থির থাকিয়া বলিল, ঐ-রকম ছিট্ যেন সকলের থাকে ঠাকুরঝি!

এলোকেশী চুপ করিয়া রহিল।

অন্নপূর্ণা কি একটা হাতে লইয়া সে পথেই ফিরিয়া যাইতেছিলেন, বিন্দু ডাকিয়া বলিল, দিদি, শোন শোন, খোঁপা বাঁধবে? অন্নপূর্ণা ফিরিয়া দাঁড়াইলেন। ক্ষণকাল নিঃশব্দে চাহিয়া সমস্ত ব্যাপারটা বুঝিয়া লইয়া এলোকেশীকে বলিলেন, আমি কত বলেচি ঠাকুরঝি, ওকে বলা মিছে। অত চুল তা বাঁধবে না, অত কাপড় গয়না তা পরবে না, অত রূপ তা একবার চেয়ে দেখবে না। ওর সব ছিষ্টিছাড়া মতিবুদ্ধি। ছেলেও হচ্চে তেমনি। সেদিন অমূল্য আমাকে কি বললে জানিস ছোটবৌ! বলে, কাপড় জামা পরে কি হয়? ছোটমারও অত আছে, পরে

কি?

বিন্দু সগর্বে মুখ তুলিয়া হাসিয়া বলিল, তবে দেখ দিদি, ছেলেকে দশের একজন করে তুলতে হলে মায়ের এইরকম ছিষ্টিছাড়া মতিবুদ্ধির দরকার কি না! যদি ততদিন বেঁচে থাক দিদি, তা হলে দেখতে পাবে, দেশের লোকে দেখিয়ে বলবে, ঐ অমূল্যর মা। বলিতে বলিতেই তাহার চোখদুটি সজল হইয়া উঠিল।

অন্নপূর্ণা তাহা দেখিতে পাইয়া সস্নেহে বলিলেন, সেইজন্যই তো তোর ছেলের সম্বন্ধে কোন কথা আমরা কইনে। ভগবান তোর মনোবাঞ্ছা পূর্ণ করুন, কিন্তু ঐ ছেলে বড় হবে, দশের একজন হবে, অত আশা আমরা মনে ঠাঁই দিইনে।

বিন্দু আঁচল দিয়া চোখ মুছিয়া বলিল, কিন্তু ঐ একটি আশা নিয়ে আমি বেঁচে আছি দিদি। বাপ্‌রে! সহসা তাহার সর্বাঙ্গ কাঁটা দিয়া উঠিল। সে লজ্জিত হইয়া জোর করিয়া হাসিয়া বলিল, না দিদি, ও আশায় যদি কোন দিন ঘা পড়ে তো আমি পাগল হয়ে যাব।

অন্নপূর্ণা নিস্তব্ধ হইয়া রহিলেন। তিনি ছোটজায়ের মনের কথাটা যে জানিতেন না, তাহা নহে, কিন্তু তাহার আশা-আকাঙ্ক্ষার এমন উগ্র প্রতিচ্ছবি কোনদিন নিজের মধ্যে এমন স্পষ্ট করিয়া উপলব্ধি করেন নাই। আজ তাঁহার চৈতন্য হইল, কেন বিন্দু অমূল্য সম্বন্ধে এমন যক্ষের মত সজাগ, এমন প্রেতের মত সতর্ক। নিজের পুত্রের এই সর্বমঙ্গলাকাঙ্ক্ষিনীর মুখের দিকে চাহিয়া অনির্বচনীয় শ্রদ্ধার মাধুর্যে তাঁহার মাতৃহৃদয় পরিপূর্ণ হইয়া গেল। তিনি উদ্গত অশ্রু গোপন করিবার জন্য মুখ ফিরাইলেন।

ঠাকুরঝি বলিলেন, তা হোক ছোটবৌ, আজকে তোমার—

বিন্দু তাড়াতাড়ি বাধা দিয়া বলিল, হাঁ ঠাকুরঝি, আজ দিদির মাথাটা বেঁধে দাও— এ-বাড়িতে ঢুকে পর্যন্ত কখন দেখিনি। বলিয়া মুখ টিপিয়া হাসিয়া চলিয়া গেল।

দিন পাঁচ-ছয় পরে একদিন সকালবেলা বাটীর পুরাতন নাপিত যাদবের ক্ষৌরকর্ম করিয়া উপর হইতে নামিয়া যাইতেছিল, অমূল্য আসিয়া তাহার পথরোধ করিয়া বলিল, কৈলাসদা, নরেনদার মত চুল ছাঁটতে পার?

নাপিত আশ্চর্য হইয়া বলিল, সে কি-রকম দাদাবাবু!

অমূল্য নিজের মাথার নানাস্থানে নির্দেশ করিয়া বলিল, দেখ, এইখানে বারো আনা, এইখানে ছ আনা, এইখানে দু আনা, আর এই ঘাড়ের কাছে এক্কেবারে ছোট ছোট। পারবে ছাঁটতে?

নাপিত হাসিয়া বলিল, না দাদা, ও আমার বাবা এলেও পারবে না।

অমূল্য ছাড়িল না। সাহস দিয়া কহিল, ও শক্ত নয় কৈলাসদা, এইখানে বারো আনা, এইখানে ছ আনা—

নাপিত নিষ্কৃতি-লাভের উপায় করিয়া বলিল, কিন্তু আজ কি বার? তোমার ছোটমা হুকুম না দিলে তো ছাঁটতে পারিনে দাদা!

অমূল্য বলিল, আচ্ছা দাঁড়াও, আমি জেনে আসি। বলিয়া এক পা গিয়াই ফিরিয়া আসিয়া বলিল, আচ্ছা, তোমার ছাতিটা একবার দাও, না হলে তুমি পালিয়ে যাবে। বলিয়া জোর করিয়া সে ছাতিটা টানিয়া লইয়া ছুটিয়া চলিয়া গেল। ঝড়ের মত ঘরে ঢুকিয়া বলিল, ছোটমা, শিগগির একবার এস তো?

ছোটমা সবেমাত্র স্নান সারিয়া আহ্নিকে বসিতেছিল, ব্যস্ত হইয়া বলিল, ওরে ছুঁসনে, ছুঁসনে, আহ্নিক কচ্চি।

আহ্নিক পরে ক'রো ছোটমা, একবারটি বাইরে এসে হুকুম দিয়ে যাও, নইলে চুল ছেঁটে

দেয় না, সে দাঁড়িয়ে আছে।

বিন্দু কিছু আশ্চর্য হইল, তাহার চুল ছাঁটাইবার জন্য চিরদিন মারামারি করিতে হয়, আজ সে কেন স্বেচ্ছায় চুল ছাঁটিতে চাহিতেছে, বুঝিতে না পারিয়া সে বাহিরে আসিতেই নাপিত কহিল, বড় শক্ত ফরমাস হয়েচে মা, নরেনবাবুর মত বারো আনা, ছ আনা, তিন আনা, দু আনা, এক আনা, এমনি করে ছাঁটতে হবে, ও কি আমি পারব।

অমূল্য বলিল, খুব পারবে। আচ্ছা দাঁড়াও, আমি নরেনদাকে ডেকে আনি, বলিয়া ছুটিয়া চলিয়া গেল। নরেন বাড়ি ছিল না, খানিক খোঁজাখোঁজি করিয়া ফিরিয়া আসিয়া বলিল, সে নেই, আচ্ছা নাই থাকল, ছোটমা, তুমি দাঁড়িয়ে থেকে দেখিয়ে দাও– বেশ করে দেখো– এইখানে বারো আনা, এইখানে ছ আনা, এইখানে দু আনা আব এইখানে খুব ছোট।

তাহার ব্যগ্রতা দেখিয়া বিন্দু হাসিয়া বলিল, আমি এখন আহ্নিক করব যে রে!

আহ্নিক পরে করো, নইলে ছুঁয়ে দেব।

বিন্দুকে অগত্যা দাঁড়াইয়া থাকিতে হইল।

নাপিত চুল কাটিতে লাগিল। বিন্দু চোখ টিপিয়া দিল। সে সমস্ত চুল সমান করিয়া কাটিয়া দিল। অমূল্য মাথায় হাত বুলাইয়া খুশী হইয়া বলিল, এই ঠিক হয়েচে। বলিয়া লাফাইতে লাফাইতে চলিয়া গেল।

নাপিত ছাতি বগলে করিয়া বলিল, কিন্তু মা, কাল এ-বাড়ি ঢোকা আমার শক্ত হবে।

বামুনঠাকরুন ভাত দিয়া ডাকাডাকি করিতেছিল; বিন্দু রান্নাঘরের একধারে বসিয়া বাটিতে দুধ সাজাইতে সাজাইতে শুনিতে পাইল, অমূল্য বাড়িময় কাকার চুল আঁচড়াইবার বুরুশ খুঁজিয়া ফিরিতেছে। খানিক পরেই সে কাঁদিয়া আসিয়া বিন্দুর পিঠের উপর ঝুঁকিয়া পড়িল– কিচ্ছু হয়নি ছোটমা। সব খারাপ করে দিয়েছে– কাল তাকে আমি মেরে ফেলব।

বিন্দু আর হাসি চাপিতে পারিল না। অমূল্য পিঠ ছাড়িয়া দিয়া রাগে কাঁদিতে কাঁদিতে বলিল, তুমি কি কানা? চোখে দেখতে পাও না?

অন্নপূর্ণা কান্নাকাটি শুনিয়া ঘরে ঢুকিয়া সমস্ত শুনিয়া বলিলেন, তার আর কি, কাল ঠিক করে কেটে দিতে বলব।

অমূল্য আরো রাগিয়া গিয়া বলিল, কাল কি করে বারো আনা হবে। এখানে চুল কৈ?

অন্নপূর্ণা শান্ত করিবার জন্য বলিলেন, বারো আনা না হোক, আট আনা দশ আনা হতে পারবে।

ছাই হবে। আট আনা দশ আনা কি ফ্যাশন? নরেনদাকে জিজ্ঞেস কর, বারো আনা চাই।

সেদিন অমূল্য ভাল করিয়া ভাত খাইল না, ফেলিয়া ছড়াইয়া উঠিয়া চলিয়া গেল।

অন্নপূর্ণা বলিলেন, তোর ছেলের টেরি বাগাবার শখ হ'ল কবে থেকে রে?

বিন্দু হাসিল, কিন্তু পরক্ষণেই গম্ভীর হইয়া একটা নিশ্বাস ফেলিয়া বলিল, দিদি, তুচ্ছ কথা, তাই হাসচি বটে, কিছু ভয়ে আমার বুক শুকিয়ে যাচ্ছে– সব জিনিসের শুরু এমনি করেই হয়।

অন্নপূর্ণা আর কথা কহিতে পারিলেন না।

দুর্গাপূজা আসিয়া পড়িল। ও-পাড়ার জমিদারদের বাড়ি আমোদ-আহ্লাদের প্রচুর আয়োজন হইয়াছিল। দুইদিন পূর্ব হইতেই নরেন তাহার মধ্যে মগ্ন হইয়া গেল। সপ্তমীর রাত্রে অমূল্য আসিয়া ধরিল, ছোটমা, যাত্রা হচ্ছে দেখতে যাব?

ছোটমা বলিলেন, হচ্ছে, না হবে রে?

অমূল্য বলিল, নরেনদা বলেচে, তিনটে থেকে শুরু হবে।

এখন থেকে সমস্ত রাত্তির হিমে পড়ে থাকবি? সে হবে না। কাল সকালে তোর কাকার সঙ্গে যাস, খুব ভাল জায়গা পাবি।

অমূল্য কাঁদ-কাঁদ হইয়া বলিল, না পাঠিয়ে দাও। কাকা হয়ত যাবেন না, নয়ত কত বেলায় যাবেন।

বিন্দু বলিল, তিনটে-চারটের সময় যাত্রা শুরু হলে চাকর দিয়ে পাঠিয়ে দেব, এখন শো।

অমূল্য রাগ করিয়া শয্যার এক প্রান্তে গিয়া দেওয়ালের দিকে মুখ ফিরাইয়া শুইয়া রহিল।

বিন্দু টানিতে গেল, সে হাত সরাইয়া দিয়া শক্ত হইয়া পড়িয়া রহিল। তার পর কিছুক্ষণের নিমিত্ত সকলেই বোধ করি একটু ঘুমাইয়া পড়িয়াছিল। বাহিরের বড় ঘড়ির শব্দে অমূল্যর উদ্বিগ্ন-নিদ্রা ভাঙ্গিয়া গেল, সে উৎকর্ণ হইয়া গণিতে লাগিল, একটা– দুটো– তিনটে– চারটে– ধড়ফড় করিয়া সে উঠিয়া বসিয়া বিন্দুকে সজোরে নাড়া দিয়া তুলিয়া দিয়া বলিল, ওঠ ওঠ ছোটমা, তিনটে চারটে বেজে গেলো– বাহিরের ঘড়িতে বাজিতে লাগিল–পাঁচটা– ছয়টা– সাতটা– আটটা– অমূল্য কাঁদিয়া ফেলিয়া বলিল, সাতটা আটটা বেজে গেল, কখন যাব? বাহিরের ঘড়িতে তখনও বাড়িতে লাগিল– নটা– দশটা– এগারোটা– বারটা বাজিয়া থামিল। অমূল্য নিজের ভুল বুঝিতে পারিয়া অপ্রতিভ হইয়া চুপ করিয়া শুইল। ঘরের ও ধারের খাটের উপর মাধব শয়ন করিতেন, চেঁচামেচিতে তাঁহারও ঘুম ভাঙ্গিয়া গিয়াছিল। উচ্চহাস্য করিয়া তিনি বলিলেন, অমূল্য, কি হ'ল রে!

অমূল্য লজ্জায় সাড়া দিল না। বিন্দু হাসিয়া বলিল, ও যে করে আমাকে তুলেচে, ঘরে-দোরে আগুন ধরে গেলেও মানুষ অমন করে তোলে না। অমূল্য নিস্তব্ধ হইয়া আছে দেখিয়া তাহার দয়া হইল সে বলিল, আচ্ছা যা, কিন্তু কারো সঙ্গে ঝগড়াঝাঁটি করিস নে।

তার পর ভৈরবকে ডাকিয়া আলো দিয়া পাঠাইয়া দিল। পরদিন বেলা দশটার সময় যাত্রা শুনিয়া হৃষ্টচিত্তে অমূল্য ঘরে ফিরিয়া আসিয়া কাকাকে দেখিয়াই বলিল, কৈ, গেলেন না আপনি?

বিন্দু জিজ্ঞাসা করিল, কেমন দেখলি রে?

বেশ যাত্রা, ছোটমা। কাকা, আজ সন্ধ্যার সময় আবার চমৎকার খেমটার নাচ হবে। কলকাতা থেকে দু'জন এসেচে, নরেনদা তাদের দেখেচে, ঠিক ছোটমার মত– খুব ভাল দেখতে তারা নাচবে, বাবাকেও বলেচি।

বেশ করেচ, বলিয়া মাধব হোহো করিয়া হাসিয়া উঠিলেন।

রাগে বিন্দুর সমস্ত মুখ আরক্ত হইয়া উঠিল– তোমার গুণধর ভাগ্নের কথা শোন।

অমূল্যকে কহিল, তুই একবারও আর ওখানে যাবি না– হারামজাদা বজ্জাত! কে বললে আমার মত, নরেন?

অমূল্য ভয়ে ভয়ে বলিল, হাঁ সে দেখেচে যে।

কৈ নরেন? আচ্ছা, আসুক সে।

মাধব হাসি দমন করিয়া বলিলেন, পাগল তুমি! দাদা শুনেছেন, আর গোলমাল করো না। কাজেই বিন্দু কথাটা নিজের মধ্যে পরিপাক করিয়া রাগে পুড়িতে লাগিল।

সন্ধ্যার প্রাক্কালে অমূল্য আসিয়া অন্নপূর্ণাকে ধরিয়া বসিল, দিদি, পূজা-বাড়িতে নাচ

দেখতে যাব। দেখে, এখনি ফিরে আসব।

অন্নপূর্ণা কাজে ব্যস্ত ছিলেন, বলিলেন, তোর মাকে জিজ্ঞেস কর গে!

অমূল্য জিদ করিতে লাগিল, না দিদি এখ্‌খনি ফিরে আসব, তুমি বল, যাই।

অন্নপূর্ণা বলিলেন, না রে না, সে রাগী মানুষ, তাকে বলে যা।

অমূল্য কাঁদিতে লাগিল, কাপড় ধরিয়া টানাটানি করিতে লাগিল– তুমি ছোটমাকে বলো না। আমি নরেনদার সঙ্গে যাই– এখনি ফিরে আসব।

অন্নপূর্ণা বলিলেন, নরেনের সঙ্গে যদি যাস তো–

অমূল্য কথাটা শেষ করিবারও সময় দিল না, এক দৌড়ে বাহির হইয়া গেল।

ঘণ্টা-খানেক পরে অন্নপূর্ণার কানে গেল, বিন্দু খোঁজ করিতেছে। তিনি চুপ করিয়া রহিলেন। খোঁজাখুঁজি ক্রমেই বাড়িতে লাগিল। তখন তিনি বাহিরে আসিয়া বলিলেন, কি নাচ হবে, নরেনের সঙ্গে তাই দেখতে গেছে– এখনি ফিরে আসবে, তোর কোন ভয় নেই।

বিন্দু কাছে আসিয়া জিজ্ঞাসা করিল, কে যেতে বলেছে, তুমি?

অমূল্য যে সম্মতি না লইয়াই গিয়াছে, এ কথা অন্নপূর্ণা ভয়ে স্বীকার করিতে পারিলেন না, বলিলেন, এখনি আসবে।

বিন্দু মুখ অন্ধকার করিয়া চলিয়া গেল। খানিক পরে অমূল্য বাড়ি ঢুকিয়া যাই শুনিল ছোটমা ডাকিতেছে, সে গিয়া তাহার পিতার শয্যার একধারে শুইয়া পড়িল।

প্রদীপের আলোকে বসিয়া চোখে চশমা আঁটিয়া যাদব ভাগবত পড়িতেছিলেন, মুখ তুলিয়া বলিলেন, কি রে অমূল্য?

অমূল্য সাড়া দিল না।

কদম আসিয়া বলিল, ছোটমা ডাকছেন, এস।

অমূল্য তাহার পিতার কাছে সরিয়া আসিয়া বলিল, বাবা, তুমি দিয়ে আসবে চল না।

যাদব বিস্মিত হইয়া বলিলেন, আমি দিয়ে আসব? কি হয়েছে কদম?

কদম বুঝাইয়া বলিল।

যাদব বুঝিলেন, এই লইয়া একটা কলহ অবশ্যম্ভাবী। একজন নিষেধ করিয়াছে, একজন হুকুম দিয়াছে। তাই অমূল্যকে সঙ্গে করিয়া ছোটবধূর ঘরের বাহিরে দাঁড়াইয়া ডাকিয়া বলিলেন, এইবারটি মাপ কর মা, ও বলচে আর করবে না।

সেই রাত্রে দুই জায়ে আহারে বসিলে বিন্দু বলিল, আমি তোমার উপর রাগ কচ্চিনে দিদি, কিন্তু এখানে আমার আর থাকা চলবে না– অমূল্য তা হলে একেবারে বিগড়ে যাবে। আমি যদি মানা না করতুম, তা হলেও একটা কথা ছিল কিন্তু নিষেধ করা সত্ত্বেও, এত বড় সাহস ওর হল কি করে, তখন থেকে আমি শুধু এই কথাই ভাবচি। তার ওপর বজ্জাতি বুদ্ধি দেখ! আমার কাছে যায়নি, এসেছে তোমার কাছে; বাড়ি ফিরে যাই শুনেচে আমি ডাকচি, অমনি গিয়ে বঠ্‌ঠাকুরকে সঙ্গে করে এনেচে। না দিদি, এতদিন এ-সব ছিল না– আমি বরং কলকাতায় বাসা ভাড়া করে থাকব সেও ভাল, কিন্তু এক ছেলে– ব'য়ে যাবে, তাকে নিয়ে সারা জীবন আমি চোখের জলে ভাসতে পারব।

অন্নপূর্ণা উদ্বিগ্ন হইয়া বলিলেন, তোরা চলে গেলে আমিই বা কি করে একলা থাকি বল্‌।

বিন্দু ক্ষণকাল চুপ করিয়া থাকিয়া বলিল, সে তুমি জান। আমি যা করব, তোমাকে বলে দিলুম। বড় মন্দ ছেলে ঐ নরেন।

কেন, কি করলে নরেন? আর মনে কর, ওরা যদি দুটি ভাই হ'ত, তা হলে কি কত্তিস?

বিন্দু বলিল, আজ তা হলে চাকর দিয়ে হাত-পা বেঁধে জলবিছুটি দিয়ে বাড়ি থেকে দূর করে দিতুম। তা ছাড়া, 'যদি' নিয়ে কাজ হয় না, দিদি– ওদের তুমি ছাড়।

অন্নপূর্ণা মনে মনে বিরক্ত হইলেন। বলিলেন, ছাড়া না ছাড়া কি আমার হাতে ছোটবৌ? যে ওদের এনেচে, তাকে বল গে। আমাকে মিথ্যে গঞ্জনা দিসনে।

এ-সব কথা বঠ্‌ঠাকুরকে বলব কি করে?

যেমন করে সব কথা বলিস– তেমনি করে বল গে।

বিন্দু ভাতের থালাটা ঠেলিয়া দিয়া বলিল, ন্যাকা বুঝিয়ো না দিদি, আমারো সাতাশ-আটাশ বছর বয়স হতে চলল। এ বাড়ির দাসী-চাকর নিয়ে কথা নয়, কথা আত্মীয়-স্বজন নিয়ে– তুমি বেঁচে থাকতে এ-সব কথায় কথা বলতে গেলে বঠ্‌ঠাকুর রাগ করবেন না?

অন্নপূর্ণা বলিলেন, রাগ নিশ্চয়ই করবেন, কিন্তু আমি বললে আমার আর মুখ দেখবেন না। হাজার হই আমরা পর, ওরা ভাই-বোন– সেটা দেখিস না কেন? তা ছাড়া আমি বুড়ো মাগী, এই তুচ্ছ কথা নিয়ে নেচে বেড়ালে লোকে পাগল বলবে না?

বিন্দু ভাতের থালাটা হাত দিয়া আরো খানিকটা ঠেলিয়া দিয়া গুম হইয়া বসিয়া রহিল।

অন্নপূর্ণা বুঝিলেন, সে কেবল ভাশুরের ভয়ে চুপ করিয়া গেল। বলিলেন, হাত তুলে বসে রইলি-ভাতের থালাটা কি অপরাধ করলে?

বিন্দু হঠাৎ নিশ্বাস ফেলিয়া বলিল, আমার খাওয়া হয়ে গেছে।

অন্নপূর্ণা তাহার ভাব দেখিয়া আর জিদ করিতে সাহস করিলেন না।

শুইতে গিয়া বিন্দু বিছানায় অমূল্যকে দেখিতে না পাইয়া ফিরিয়া আসিয়া বলিল, সে গেল কোথায়?

অন্নপূর্ণা বলিলেন, আজ দেখচি আমার বিছানায় শুয়ে ঘুমোচ্চে যাই, তুলে দিই গে।

না না, থাক, বলিয়া বিন্দু মুখ অন্ধকার করিয়া চলিয়া গেল।

অর্ধেক রাত্রে, বিন্দুর সতর্ক নিদ্রা অন্নপূর্ণার ডাকে ভাঙ্গিয়া গেল।

কি দিদি?

অন্নপূর্ণা বাহির হইতে বলিলেন, দোর খুলে তোর ছেলে নে। এত বজ্জাতি আমার বাবা এলেও সইতে পারবে না।

বিন্দু দোর খুলিয়া দিতেই তিনি অমূল্যকে সঙ্গে করিয়া ঘরে ঢুকিয়াই বলিলেন, ঢের হারামজাদা ছেলে দেখেচি ছোটবৌ, এমনটি দেখিনি। রাত্তির দুটো বাজে একবার চোখে পাতায় কত্তে দিলে না। এই বলে খিদে পেয়েচে, এই বলে মশা কামড়াচ্চে, এই বলে জল খাব, এই বলে বাতাস কর– না ছোটবৌ, আমি সমস্তদিন খাটিখুটি, রাত্রিতে একটু ঘুমোতে না পেলে তো বাঁচিনে।

বিন্দু হাসিয়া হাত বাড়াইতেই অমূল্য তাহার ক্রোড়ের ভিতর গিয়া ঢুকিল এবং বুকের উপর মুখ রাখিয়া এক মিনিটের মধ্যে ঘুমাইয়া পড়িল।

মাধব ওদিকে বিছানা হইতে পরিহাস করিয়া কহিলেন, শখ মিটল বৌঠান?

অন্নপূর্ণা বলিলেন, আমি শখ করিনি ভাই, উনিই নিজে মারের ভয়ে ওখানে গিয়ে ঢুকেছিলেন। তবে আমারও শিক্ষা হ'ল বটে। আর কি ঘেন্নার কথা ঠাকুরপো, আমাকে বলে কিনা তোমার কাছে শুতে লজ্জা করে।

তিনজনেই হাসিয়া উঠিল। অন্নপূর্ণা বলিলেন, আর না, যাই একটু ঘুমোই গে, বলিয়া

চলিয়া গেলেন।

দিন দশেক পরে বিন্দুর বাপ-মা তীর্থযাত্রার সঙ্কল্প করিয়া মেয়েকে একবার দেখিবার জন্য পালকি পাঠাইয়া দিয়াছিলেন। বিন্দু বড় জায়ের অনুমতি লইয়া দু-তিন দিনের জন্য অমূল্যকে লুকাইয়া বাপের বাড়ি যাইবার জন্য উদ্যোগ করিতেছিল, এমন সময় বই বগলে করিয়া ইস্কুলের জন্য প্রস্তুত হইয়া অমূল্য আসিয়া উপস্থিত হইল। অনতিপূর্বে সে বাহিরে পথের ধারে একটা পালকি দেখিয়া আসিয়াছিল; এখন হঠাৎ পায়ের দিকে নজর পড়িতেই সে থমকিয়া দাঁড়াইয়া পড়িয়া বলিল, পায়ে আলতা পরেচ কেন ছোটমা?

অন্নপূর্ণা উপস্থিত ছিলেন, হাসিয়া ফেলিলেন।

বিন্দু বলিল, আজ পরতে হয়।

অমূল্য বার বার আপাদমস্তক নিরীক্ষণ করিয়া বলিল, গায়ে এত গয়না কেন?

অন্নপূর্ণা মুখে আঁচল দিয়া বাহির হইয়া গেলেন।

বিন্দু হাসি চাপিয়া বলিল, কবে তোর বৌ এসে পরবে বলে আমাদের কাউকে কিছু পরতে নেই রে! যা, ইস্কুলে যা।

অমূল্য সে কথা কানে না তুলিয়া বলিল, দিদি অত হাসচে কেন? আমি তো আর ইস্কুলে যাব না– তুমি কোথায় যাবে।

বিন্দু বলিল, তাই যদি যাই, তোর হুকুম নিতে হবে নাকি? আমিও যাব, বলিয়া সে বই লইয়া বাহিরে চলিয়া গেল।

অন্নপূর্ণা ঘরে ঢুকিয়া বলিলেন, ও যে অত সহজে ইস্কুলে যাবে, মনে করিনি। কিন্তু কি সেয়ানা দেখেচিস, বলে আলতা পরেচ কেন? গায়ে অত গয়না কেন? কিন্তু আমি বলি নিয়ে যা– নইলে ফিরে এসে তোকে দেখতে না পেলে ভারী হাঙ্গামা করবে।

বিন্দু বলিল, তুমি কি মনে করেচ দিদি, সে ইস্কুলে গেছে? কক্ষণো না। কোথায় লুকিয়ে বসে আছে, দেখো, ঠিক সময়ে হাজির হবে।

ঠিক তাহাই হইল। সে লুকাইয়া ছিল, বিন্দু অন্নপূর্ণার পায়ের ধূলা লইয়া পালকিতে উঠিবার সময় কোথা হইতে বাহির হইয়া তাহার আঁচল ধরিয়া দাঁড়াইল। দুই জায়েই হাসিয়া উঠিলেন। অন্নপূর্ণা বলিলেন, যাবার সময় আর মারধর করিস্ নে নিয়ে যা।

বিন্দু বলিল, তা যেন গেলুম দিদি, কিন্তু কোথাও যে আমার এক-পা নড়বার জো নাই, এ তো বড় বিপদের কথা!

অন্নপূর্ণা বলিলেন, যেমন করেচিস, তেমনি হবে তো! অমূল্য, থাক না তুই দু'দিন আমার কাছে।

অমূল্য মাথা নাড়িয়া বলিল, না না, তোমার কাছে থাকতে পারব না। বলিয়া আগেই সে পালকিতে গিয়া বসিল।

ছয়

বিন্দু বাপের বাড়ি হইতে ফিরিয়া আসিবার দিন-দশেক পরে একদিন মধ্যাহ্নে অন্নপূর্ণা তাহার ঘরে ঢুকিতে ঢুকিতে বলিলেন, ছোটবৌ?

ছোটবৌ একরাশ ময়লা কাপড়-জামার সুমুখে স্তব্ধ হইয়া বসিয়া ছিল।

অন্নপূর্ণা বলিলেন, ধোপা এসেছে?

ছোটবৌ কথা কহিল না। অন্নপূর্ণা এইবার তাহার মুখের ভাব লক্ষ্য করিয়া ভয়

পাইলেন। উদ্বিগ্ন হইয়া জিজ্ঞাসা করিলেন, কি হয়েছে রে?

বিন্দু আঙুল দিয়া ছোট ছোট দুই টুকরো পোড়া সিগারেট দেখাইয়া দিয়া বলিল, অমূল্যর জামার পকেট থেকে বেরুল।

অন্নপূর্ণা নির্বাক হইয়া দাঁড়াইয়া রহিলেন।

বিন্দু সহসা কাঁদিয়া ফেলিয়া বলিল, তোমার দুটি পায়ে পড়ি দিদি, ওদের বিদেয় কর, না হয়, আমাদের কোথাও পাঠিয়ে দাও।

অন্নপূর্ণা জবাব দিতে পারিলেন না। আরও কিছুক্ষণ নিঃশব্দে দাঁড়াইয়া থাকিয়া চলিয়া গেলেন।

অপরাহ্নে অমূল্য ইস্কুল হইতে ফিরিয়া খাবার খাইয়া খেলা করিতে গেল। বিন্দু একটি কথাও বলিল না। ভৈরব চাকর নালিশ করিতে আসিল, নরেনবাবু বিনা দোষে তাহাকে চপেটাঘাত করিয়াছে। বিন্দু বিরক্ত হইয়া বলিল, দিদিকে বল গে।

আদালত হইতে ফিরিয়া আসিয়া মাধব কাপড় ছাড়িতে ছাড়িতে কি একটা ক্ষুদ্র পরিহাস করিতে গিয়া ধমক খাইয়া চুপ করিল। অদৃশ্যে যে কতবড় ঝড় ঘনাইয়া উঠিতেছে, বাড়ির মধ্যে তাহা কেবল অন্নপূর্ণাই টের পাইলেন। উৎকণ্ঠায় সমস্ত সন্ধ্যাটা ছটফট করিয়া, এক সময়ে নির্জনে পাইয়া তিনি ছোটবৌয়ের হাতখানি ধরিয়া ফেলিয়া মিনতির স্বরে বলিলেন, হাজার হোক, সে তোরই ছেলে, এইবারটি মাপ কর। বরং আড়ালে ডেকে ধমকে দে।

বিন্দু বলিল, আমার ছেলে নয়, সে কথা আমিও জানি, তুমিও জান। মিছামিছি কতকগুলো কথা বাড়িয়ে দরকার কি, দিদি?

অন্নপূর্ণা বলিলেন, আমি নয়, তুই তার মা– আমি তোকেই তো দিয়েচি!

যখন ছোট ছিল, খাইয়েছি পরিয়েছি। এখন বড় হয়েচে, তোমাদের ছেলে তোমরা নাও– আমাকে রেহাই দাও, বলিয়া বিন্দু চলিয়া গেল।

রাত্রে কাঁদ-কাঁদ মুখে অমূল্য অন্নপূর্ণার কাছে শুইতে আসিল।

অন্নপূর্ণা ব্যাপার বুঝিয়া বিরক্ত হইয়া বলিলেন, এখানে কেন? যা এখান থেকে– যা বলচি।

অমূল্য ফিরিয়া দেখিল, তাহার পিতা ঘুমাইতেছেন, সে কোন কথাটি না বলিয়া আস্তে আস্তে চলিয়া গেল।

সকালবেলা কদম রান্নাঘরে এঁটো বাসন তুলিতে আসিয়া দেখিল, বারান্দার এক কোণে কতকগুলো কাঠ-ঘুঁটের উপর অমূল্য পড়িয়া ঘুমাইতেছে। সে ছুটিয়া গিয়া বিন্দুকে তুলিয়া আনিল। অন্নপূর্ণাও ঘুম ভাঙ্গিয়া বাহিরে আসিয়াছিলেন, কাছে আসিয়া দাঁড়াইলেন।

বিন্দু তীক্ষ্ণভাবে বলিল, রাত্রে বড়গিন্নী বুঝি তাড়িয়ে দিয়েছিলে? ও থাকলে ঘুমের ব্যাঘাত হয়, না?

ছেলের অবস্থা দেখিয়া ক্ষোভে দুঃখে তাঁহার নিজের চোখেও জল আসিতেছিল, কিন্তু বিন্দুর নিষ্ঠুর তিরস্কারে জ্বলিয়া উঠিয়া বলিলেন, নিজের দোষ তুই পরের ঘাড়ে তুলে দিতে পারলেই বাঁচিস।

বিন্দু ছেলেকে তুলিতে গিয়া দেখিল, তাহার গা গরম– জ্বর হইয়াছে। কহিল, সারারাত, কার্তিক মাসের হিমে– জ্বর হবেই তো। এখন ভাল হলে বাঁচি।

অন্নপূর্ণা ব্যগ্র হইয়া ঝুঁকিয়া পড়িয়া বলিলেন, জ্বর হয়েচে– কৈ দেখি!

বিন্দু সজোরে তাঁহার হাত ঠেলিয়া দিয়া বলিল, থাক, আর দেখে কাজ নেই। বলিয়া ঘুমন্ত ছেলেকে স্বচ্ছন্দে কোলে তুলিয়া লইয়া অন্নপূর্ণার প্রতি একবার বিষ-দৃষ্টি নিক্ষেপ

করিয়া নিজের ঘরে চলিয়া গেল।

পাঁচ-ছয় দিনেই অমূল্য আরোগ্য হইয়া উঠিল বটে, কিন্তু বড়জায়ের অপরাধটা বিন্দু মার্জনা করিল না। সেইদিন হইতে সে ভাল করিয়া কথা পর্যন্ত বলিত না।

অন্নপূর্ণা মনে মনে সমস্তই বুঝিলেন, অথচ তিনিও মৌন হইয়া রহিলেন। সকলের সম্মুখে সমস্ত অপরাধ বিন্দু যে তাহারি উপর তুলিয়া দিয়াছে, এ অন্যায় তিনিও ভুলিতে পারিলেন না। এইটিই একদিন কি একটা কথার পর তিনি এলোকেশীর কাছে বলিয়া ফেলিলেন, ওর জ্বর তো ছোটবৌয়ের জন্যেই। ও যে মরেনি, এই ওর ভাগ্যি।

কথাটা এলোকেশী বিন্দুর গোচর করিতে লেশমাত্র বিলম্ব করিলেন না। বিন্দু মন দিয়া শুনিল, কিন্তু কথা কহিল না। সে যে শুনিয়াছে, তাহাও এলোকেশী ভিন্ন আর কেহ জানিল না। বিন্দু বড়জায়ের সহিত একেবারে কথাবার্তা বন্ধ করিয়া দিল।

কয়েকদিন হইতে নূতন বাটীতে জিনিস-পত্র সরানো হইতেছিল, কাল সকালেই উঠিয়া যাইতে হইবে। যাদব ছেলেদের লইয়া সে বাড়িতে ছিলেন, মাধব মকদ্দমা উপলক্ষে অন্যত্র গিয়াছিলেন; তিনিও ছিলেন না। ইতিমধ্যে এ-বাড়িতে এক বিষম কাণ্ড ঘটিল। সন্ধ্যার সময় মাস্টার পড়াইতে আসিয়াছিল, কি মনে করিয়া বিন্দু তাহাকে ডাকাইয়া পাঠাইল। বলিল, কাল থেকে ও-বাড়িতে গিয়ে পড়াবেন।

মাস্টার যে আজ্ঞা বলিয়া চলিয়া যাইতেছিল, বিন্দু প্রশ্ন করিল, আপনার ছাত্রটি আজকাল পড়ে কেমন?

মাস্টার বলিল, লেখাপড়ায় সে বরাবরই ভাল, প্রতিবারেই তো প্রথম হয়।

বিন্দু কহিল, তা হয়। কিন্তু আজকাল চুরুট খেতে শিখেচে যে!

মাস্টার বিস্মিত হইয়া বলিল, চুরুট খেতে শিখেচে?

পরক্ষণে নিজেই বলিল, আশ্চর্য নয়, ছেলেরা সমস্তই দেখাদেখি শেখে।

কার দেখে শিখেচে?

মাস্টার চুপ করিয়া রহিল। বিন্দু বলিল, ওর বাবাকে ও-কথা জানাবেন।

মাস্টার মাথা নাড়িয়া বলিল, এই দেখুন না, আজ পাঁচ-সাতদিনের কথা, ইস্কুলের পথে এক উড়ে মালীর বাগানে ঢুকে তার অসময়ের আম পেড়ে গাছ ভেঙ্গে তাকে মারধর করে এক কাণ্ড করেছে।

বিন্দু রুদ্ধ-নিশ্বাসে বলিল, তারপর?

উড়ে হেডমাস্টারকে বলে দেয়, তিনি দশ টাকা জরিমানা করিয়ে তাকে তা দিয়ে শান্ত করেচেন।

বিন্দু বিশ্বাস করিতে পারিল না। বলিল, আমার অমূল্য ছিল? সে টাকা পাবে কোথায়?

মাস্টার কহিল, তা জানি না, কিন্তু সেও ছিল। এ-বাড়ির নরেনবাবুও ছিল, আরও তিন-চারজন ইস্কুলের বদমাস ছেলে ছিল। এই কথা আমি হেডমাস্টার মশায়ের কাছে শুনেচি।

বিন্দু বলিল, টাকাও আদায় হয়ে গেছে?

আজ্ঞে হাঁ, তাও শুনেচি।

আচ্ছা– আপনি যান। বলিয়া বিন্দু সেইখানেই বসিয়া রহিল। তার মুখ দিয়া শুধু অস্ফুটে বাহির হইল, আমাকে না জানিয়ে টাকা দিলে, এত সাহস এ বাড়িতে কার? একে তাহার মন খারাপ, তাহাতে দিদির সহিত কথাবার্তা বন্ধ, তাহার উপর এই সংবাদ

বিন্দুকে হিতাহিতজ্ঞানশূন্য করিয়া তুলিল।

সে উঠিয়া গিয়া রান্নাঘরে ঢুকিল। অন্নপূর্ণা রাত্রির জন্য তরকারি কুটিতেছিলেন, মুখ তুলিয়া ছোটবৌয়ের মেঘাচ্ছন্ন মুখের দিকে চাহিয়া দেখিলেন।

বিন্দু কহিল, দিদি, এর মধ্যে অমূল্যকে টাকা দিয়েচ?

অন্নপূর্ণা ঠিক এই আশঙ্কাই করিতেছিলেন, ভয়ে তাঁহার গলা কাঠ হইয়া গেল; মৃদুস্বরে বলিলেন, কে বললে?

বিন্দু বলিল, সেটা দরকারী কথা নয়– দরকারী কথা, সেই বা কি বলে নিলে, আর তুমিই বা কি বলে দিলে?

অন্নপূর্ণা নিস্তব্ধ হইয়া রহিলেন।

বিন্দু বলিল, তুমি চাও না যে, আমি তাকে শাসন করি, সেইজন্যই আমাকে লুকিয়েচ। অমূল্য আর যাই করুক, মিথ্যে কথা গুরুজনের কাছে বলবে না, তুমি জেনেশুনে দিয়েচ, সত্যি কি না?

অন্নপূর্ণা আস্তে আস্তে বলিলেন, সত্যি, কিন্তু এইবারটি তাকে মাপ কর বোন, আমি মাপ চাচ্ছি।

বিন্দুর বুকের ভিতর পুড়িয়া যাইতেছিল, বলিল, একটিবার! আজ থেকে চিরকালের জন্যই মাপ করলুম। আর বলব না। আর কথা ক'ব না। সে যে এমনি করে চোখের সামনে একটু একটু করে উচ্ছন্ন যাবে, তা সইতে পারব না– তার চেয়ে একেবারে যাক। কিন্তু তোমার কি আস্পর্ধা!

শেষ-কথাটা অন্নপূর্ণাকে তীক্ষ্ণভাবে বিঁধিল, তথাপি তিনি নিরুত্তরে বসিয়া রহিলেন। কিন্তু বিন্দু যত বকিতেছিল, তাঁহার ক্রোধ উত্তরোত্তর ততই বাড়িতেছিল। সে পুনরায় চেঁচাইয়া বলিল, সব কথায় তুমি ন্যাকা সেজে বল, এইবারটি মাপ কর, কিন্তু দোষ তার তত নয়, যত তোমার। তোমাকে আমি মাপ করব না।

বাটীর দাসী-চাকরেরাও আড়ালে দাঁড়াইয়া শুনিতেছিল।

অন্নপূর্ণার আর সহ্য হইল না, তিনি বলিলেন, কি করবি– ফাঁস দিবি?

বহ্নিতে আহুতি পড়িল, বিন্দু বারুদের মত জ্বলিয়া উঠিয়া বলিল, সেই তোমার উপযুক্ত শাস্তি।

নিজের ছেলেকে দুটো টাকা দিয়েছি, এই তো অপরাধ?

কি কথায় কি কথা আসিয়া পড়িল, বিন্দু আসল কথা ভুলিয়া বলিয়া বসিল, তাই বা দেবে কেন? নষ্ট করবার টাকা আসে কোথা থেকে?

অন্নপূর্ণা বলিলেন, টাকা তুই নষ্ট করিস নে?

আমি করি আমার টাকা, তুমি নষ্ট কর কার টাকা শুনি?

অন্নপূর্ণা এবার ভয়ঙ্কর ক্রুদ্ধ হইয়া উঠিলেন। তিনি নিঃস্ব ঘরের মেয়ে ছিলেন। মনে করিলেন, বিন্দু সেই ইঙ্গিতই করিয়াছে। দাঁড়াইয়া উঠিয়া বলিলেন, তুই না হয় মস্ত বড় লোকের মেয়ে, কিন্তু তাই বলে আর কেউ যে দুটো টাকাও দিতে পারে না, সে অহঙ্কার করিস নে।

বিন্দু বলিল, সে অহঙ্কার আমি করিনে, কিন্তু তুমিও ভেবে দেখো একটা পয়সাও দিতে গেলে তুমি কার পয়সা দাও।

অন্নপূর্ণা চেঁচাইয়া উঠিলেন, কার পয়সা দিই? তোর যা মুখে আসে তাই বলিস? যা, দূর হয়ে যা সামনে থেকে।

বিন্দু বলিল, দূর– আমি রাত পোহালেই হব, কিন্তু কার পয়সা খরচ কর, সেটা দেখতে পাও না? কার রোজগারে খাচ্চ-পরচ, সেটা জান না?

হঠাৎ কথাটা বলিয়া ফেলিয়া বিন্দু স্তব্ধ হইয়া থামিল।

অন্নপূর্ণার মুখ সাদা হইয়া গিয়াছিল। তিনি ক্ষণকাল নির্নিমেষ-চোখে ছোটবৌয়ের মুখের প্রতি চাহিয়া বলিলেন, তোমার স্বামীর রোজগারে খাচ্চি-পরচি। আমি তোমার দাসী-বাঁদী, উনি তোমার চাকর-বাকর। এই না তোর মনের কথা? তা এতদিন বলিস নি কেন?

তাঁহার ওষ্ঠাধর বারংবার কাঁপিয়া উঠিল। তিনি দাঁত দিয়া অধর চাপিয়া ধরিয়া এক-মুহূর্ত স্থির থাকিয়া বলিলেন, কোথা ছিলি ছোটবৌ যখন ছোটভাইকে পড়াবার জন্যে ও দু'খানি কাপড় একসঙ্গে কিনে পরেনি। কোথা ছিলি তুই, যখন ঘর পুড়ে গেলে গাছতলায় একবেলা রেঁধে খেয়ে এই পৈতৃক ভিটেটুকু খাড়া করেছিল?

বলিতে বলিতেই তাঁহার দুই চোখ দিয়া দরদর করিয়া জল ঝরিয়া পড়িল। আঁচল দিয়া মুছিয়া ফেলিয়া বলিলেন, ও যদি জানত তোদের মনের কথা, কখনো এমন আফিং খেয়ে চোখ বুজে হুঁকোর নল মুখে দিয়ে আরামে দিন কাটাতে পারত না– সে লোক ও নয়। ওকে জানে তোর স্বামী, ওকে জানে স্বর্গের দেবতারা। আজ আমার ছুতো করে তুই তাঁকে অপমান করলি?

স্বামী-অভিমানে অন্নপূর্ণার বুক ফুলিয়া ফুলিয়া উঠিতে লাগিল। বলিলেন, ভালই হল, জানিয়ে দিলি। সতী আত্মহত্যা করেছিল, আমিও দিব্যি কচ্চি, বরং পরের বাড়ি রেঁধে খাব, তবুও তোদের ভাত আর খাব না। তুই কি করলি– ওঁকে অপমান করলি।

ঠিক এই সময়ে যাদব প্রাঙ্গণে আসিয়া দাঁড়াইয়া ডাকিলেন, বড়বৌ!

স্বামীর কণ্ঠস্বরে তাঁহার অভিমান ঝটিকা ক্ষুব্ধ সাগরের মত উত্তাল হইয়া উঠিল, ছুটিয়া বাহিরে আসিয়া বলিলেন, ছি ছি, যে লোক নিজের মাগ-ছেলেকে খেতে দিতে পারে না তার গলায় দেবার দড়ি জোটে না কেন?

যাদব হতবুদ্ধি হইয়া গিয়া বলিলেন, কি হ'ল গো?

কি হ'ল? কিছু না। ছোটবৌ আজ স্পষ্ট করে বলে দিলে, আমি তার দাসী, তুমি তার চাকর।

ঘরের ভিতর বিন্দু জিভ কাটিয়া কানে আঙুল দিল। অন্নপূর্ণা কাঁদিতে কাঁদিতে বলিলেন, আমার একটা পয়সা কাউকে হাত তুলে দেবার অধিকার নেই– তুমি বেঁচে থাকতেও আজ আমাকে এ কথা শুনতে হল। আজ তোমার সামনে দাঁড়িয়ে এই শপথ কচ্চি, ওদের ভাত খাবার আগে যেন আমাকে ব্যাটার মাথা খেতে হয়।

বিন্দুর অবরুদ্ধ কর্ণরন্ধ্রে এ কথা অস্পষ্ট হইয়া প্রবেশ করিল সে অস্ফুটে 'কি করলে দিদি' বলিয়া সেইখানেই ঘাড় গুঁজিয়া আজ দ্বাদশ বর্ষ পরে অকস্মাৎ মূর্ছিত হইয়া পড়িল।

সাত

নূতন বাড়িতে যাদব, অন্নপূর্ণা ও অমূল্য ব্যতীত আর সকলেই আসিয়াছিল। বাহির হইতে বিন্দুর পিসী, পিসীর মেয়ে, নাতি-নাতনী, বাপের বাড়ি হইতে তাহার বাপ-মা, তাঁহাদের দাস-দাসী প্রভৃতিতে সমস্ত গৃহ পরিপূর্ণ হইয়া গিয়াছিল। এখানে আসিবার দিনটাতেই শুধু বিন্দুকে কিছু বিমনা দেখাইয়াছিল, কিন্তু পরদিন হইতেই সে ভাব কাটিয়া গেল। রাগ পড়িলেই অন্নপূর্ণা আসিবেন, ইহাতে বিন্দুর লেশমাত্র সংশয় ছিল না। এখানে পূজা দিয়া লোকজন খাওয়াইতে হইবে, সে তাহারই উদ্যোগ আয়োজনে ব্যস্ত হইয়া পড়িল। বিন্দুর

বাপ জিজ্ঞাসা করিলেন, মা, তোর ছেলেকে দেখছি নে যে?

বিন্দু সংক্ষেপে কহিল, সে ও-বাড়িতে আছে। মা প্রশ্ন করিলেন, তোর জা বুঝি আসতে পারলেন না?

বিন্দু কহিল, না।

তিনি নিজেই তখন বলিলেন, সবাই এলে ও বাড়িতেই বা থাকে কে? পৈতৃক ভিটে বন্ধ করেও তো রাখা চলে না।

বিন্দু চুপ করিয়া কাজে চলিয়া গেল।

যাদব এ-কয়দিন প্রত্যহ সন্ধ্যার সময় একবার করিয়া বাহিরে আসিয়া বসিতেন, কথাবার্তা বলিয়া সংবাদ লইয়া ফিরিয়া যাইতেন, কিন্তু ভিতরে ঢুকিতেন না। গৃহপূজার পূর্বের রাত্রে তিনি ভিতরে ঢুকিয়া এলোকেশীকে ডাকিয়া তত্ত্ব লইতেছিলেন, বিন্দু জানিতে পারিয়া আড়ালে দাঁড়াইয়া শুনিতে লাগিল। পিতার অধিক এই ভাশুরের কাছে ছেলেবেলা হইতে সেদিন পর্যন্ত সে কত আদর পাইয়াছে, কত স্নেহের ডাক শুনিয়াছে, যাদব 'মা' বলিয়া ডাকিতেন, কোনদিন 'বৌমা' পর্যন্ত বলেন নাই, এই ভাশুরের কাছে জায়ের সহিত কলহ করিয়া কত নালিশ করিয়াছে, কোনটি তাহার কোনদিন উপেক্ষিত হয় নাই, আজ তাঁহার কাছে অপরিসীম লজ্জায় বিন্দুর কণ্ঠরোধ হইয়া গেছে। যাদব চলিয়া গেলেন। সে নিভৃতে ঘরের মধ্যে মুখে আঁচল গুঁজিয়া ফুলিয়া ফুলিয়া কাঁদিতে লাগিল– চারিদিকে লোক, পাছে কেহ শুনিতে পায়।

পরদিন সকালবেলা বিন্দু স্বামীকে ডাকাইয়া আনিয়া বলিল, বেলা হচ্চে, পুরুত বসে আছেন– বঠ্ঠাকুর এখনো তো এলেন না!

মাধব বিস্মিত হইয়া জিজ্ঞাসা করিল, তিনি কেন?

বিন্দু ততোধিক বিস্মিত হইয়া বলিল, তিনি কেন? তিনি ছাড়া এ-সব করবে কে?

মাধব বলিল, হয় আমি না হয় ভগ্নীপতি প্রিয়বাবু করবেন। দাদা আসতে পারবেন না।

বিন্দু ক্রুদ্ধ হইয়া বলিল, আসতে পারবেন না বললেই হ'ল? তিনি থাকতে কি কারো অধিকার আছে? না না, সে হবে না– তিনি ছাড়া আমি কাউকে কিছু করতে দেব না।

মাধব বলিল, তবে বন্ধ থাক। তিনি বাড়ি নেই, কাজে গেছেন।

এ-সমস্ত বড়গিন্নীর মতলব। তা হলে সেও আসবে না দেখচি। বলিয়া বিন্দু কাঁদ-কাঁদ হইয়া চলিয়া গেল। তাহার কাছে পূজা-অর্চনা, উৎসব-আয়োজন, খাওয়ান-দাওয়ান, সমস্তই একমুহূর্তে একেবারে মিথ্যা হইয়া গেল। তিনদিন ধরিয়া অনুক্ষণ সে এই চিন্তাই করিয়াছে, আজ বঠ্ঠাকুর আসিবেন, দিদি আসিবেন, অমূল্য আসিবে। আজিকার সমস্তদিনব্যাপী কাজকর্মের উপর সে যে মনে মনে তাহার কতখানি নির্ভর করিয়া নিশ্চিন্ত হইয়া বসিয়া ছিল, সে কথা সে ছাড়া আর কেহই জানিত না। স্বামীর একটা কথায় সে-সমস্ত মরীচিকার মত অন্তর্ধান হইয়া যাইবামাত্রই উৎসবের বিরাট পণ্ডশ্রম পাষাণের মত তাহার বুকের উপর চাপিয়া বসিল।

এলোকেশী আসিয়া বলিলেন, ভাঁড়ারের চাবিটা একবার দাও ছোটবৌ, ময়রা সন্দেশ নিয়ে এসেচে।

বিন্দু ক্লান্তভাবে বলিল, ঐখানে কোথাও এখন রাখ ঠাকুরঝি, পরে হবে।

কোথায় রাখব বৌ, কাকে-টাকে মুখ দেবে যে!

তবে ফেলে দাও গে বলিয়া বিন্দু অন্যত্র চলিয়া গেল।

পিসীমা আসিয়া বলিলেন, হাঁ বিন্দু এ-বেলা কতখানি ময়দা মাখবে, একবার যদি

দেখিয়ে দিতিস।

বিন্দু মুখ ভার করিয়া বলিল, কতখানি মাখবে তার আমি কি জানি? তোমরা গিন্নী-বান্নী, তোমরা জান না?

পিসীমা অবাক হইয়া বলিলেন, শোন কথা! কত লোক তোদের এ-বেলা খাবে, আমি তার কি জানি?

বিন্দু রাগিয়া বলিল, তবে বল গে ওঁকে। সে ছিল দিদি; অমূল্যধনের পৈতের সময় তিনদিন ধরে শহরের সমস্ত লোক খেলে, তা একবার বলেনি, ছোটবৌ, ওটা কর্ গে, সেটা দেখ্ গে! তার একটা হাড়ের যা যোগ্যতা, এ বাড়ির সমস্ত লোকের তা নেই। বলিয়া আর একটা ঘরে চলিয়া গেল।

কদম আসিয়া জিজ্ঞাসা করিল, দিদি, জামাইবাবু বলচেন পূজোর কাপড়-চোপড়গুলো—

তাহার কথা শেষ হইবার পূর্বেই বিন্দু চেঁচাইয়া উঠিল, খেয়ে ফ্যাল্ আমাকে, তোরা খেয়ে ফ্যাল্! যা দূর হ সাম্‌নে থেকে।

কদম শশব্যস্তে পলায়ন করিল।

খানিক পরে মাধব আসিয়া কয়েকবার ডাকাডাকি করিয়া বলিল, ওগো শুনতে পাচ্চ?

বিন্দু কাছে সরিয়া আসিয়া ঝঙ্কার দিয়া বলিয়া উঠিল, পাচ্ছি না। আমি পারব না। পারব না। পারব না! হ'ল?

মাধব অবাক হইয়া চাহিয়া রহিল।

বিন্দু বলিল, কি করবে? আমার গলায় ফাঁসি দেবে? না হয় তাই দাও, বলিয়া কাঁদিয়া দ্রুতপদে সরিয়া গেল।

বেলা বাড়িয়া উঠিতে লাগিল।

বিন্দু বিনা কাজে ছটফট করিয়া এ-ঘর ও-ঘর করিয়া কেবলি লোকের দোষ ধরিয়া বেড়াইতে লাগিল। কে তাড়াতাড়ি পথের উপর কতকগুলো বাসন রাখিয়া গিয়াছিল, বিন্দু টান মারিয়া সেগুলো উঠানের উপর ফেলিয়া দিয়া, কি করিয়া কাজ করিতে হয় শিখাইয়া দিল; কার ভিজা কাপড় শুকাইতেছিল, উড়িয়া তাহার গায়ে লাগিবামাত্র টানিয়া খণ্ড খণ্ড করিয়া ছিঁড়িয়া ফেলিয়া, কি করিয়া কাপড় শুকাইতে হয়, বুঝাইয়া দিল। যে কেহ তাহার সামনে পড়িল, সে-ই সভয়ে পাশ কাটাইয়া দাঁড়াইল। পুরোহিত-বেচারা নিজে ভিতরে আসিয়া বলিলেন, তাই তো। বেলা বাড়তে লাগল— কোন বিলি-ব্যবস্থাই দেখিনে—

বিন্দু আড়ালে দাঁড়াইয়া কড়া করিয়া জবাব দিল, কাজকর্মের বাড়িতে বেলা একটু হয়ই। বলিয়া আর একটা বাসন পা দিয়া ছুঁড়িয়া ফেলিয়া দিয়া আর একটা ঘরের মেঝের উপর নির্জীবের মত বসিয়া রহিল। মিনিট-দশেক পরে হঠাৎ তাহার কানে একটা পরিচিত কণ্ঠের শব্দ যাইবামাত্রই সে ধড়ফড় করিয়া উঠিয়া দাঁড়াইয়া দরজা দিয়া মুখ বাড়াইয়া দেখিল, অন্নপূর্ণা আসিয়া প্রাঙ্গণে দাঁড়াইলেন।

বিন্দু দুঃখে অভিমানে কাঁদিয়া ফেলিল। চোখ মুছিয়া সশব্দে সুমুখে আসিয়া গলায় আঁচল দিয়া হাতজোড় করিয়া বলিল, বেলা দশটা এগারটা বাজে, আর কত শত্রুতা করবে দিদি ? আমি বিষ খেলে তোমার মনোবাঞ্ছা পূর্ণ হয় তো তাই না হয় বাড়ি গিয়ে এক বাটি পাঠিয়ে দাও। বলিয়া চাবির গোছাটা ঝনাৎ করিয়া তাঁহার পায়ের নীচে ফেলিয়া দিয়া নিজের ঘরে গিয়া দোর দিয়া মাটির উপর লুটাইয়া পড়িয়া কাঁদিতে লাগিল। অন্নপূর্ণা নিঃশব্দে চাবির গোছা তুলিয়া লইয়া দোর খুলিয়া ভাঁড়ারে গিয়া ঢুকিলেন।

অপরাহ্নে লোকজনের যাতায়াত, খাওয়ানো-দাওয়ানোর ভিড় কমিয়া গিয়াছিল– তবুও বিন্দু কীসের জন্য কেবলি অস্থির হইয়া ঘর-বার করিতে লাগিল।

ভৈরব আসিয়া বলিল, অমূল্যবাবু ইস্কুলে নেই।

বিন্দু তাহার দিকে অগ্নিদৃষ্টি নিক্ষেপ করিয়া বলিল, হতভাগা! ছেলেরা রাত্রি পর্যন্ত ইস্কুলে থাকে নূতন লোক তুমি? ও-বাড়িতে গিয়ে একবার দেখতে পারনি?

ভৈরব বলিল, সে-বাড়িতেও তিনি নেই।

বিন্দু চেঁচাইয়া বলিল, কোথায় কোন ছোটলোকদের ছেলের সঙ্গে ডাংগুলি খেলচে। আর কি তার প্রাণে ভয়-ডর আছে, এইবার একটা চোখ কানা হলেই বড়গিন্নীর মনোবাঞ্ছা পূর্ণ হয়। তা হলে দশ হাত বার করে খায় যা, যেখানে পাস খুঁজে আন। অন্নপূর্ণা ভাঁড়ারের দোরে বসিয়া আর পাঁচজন বর্ষীয়সীর সহিত কথাবার্তা কহিতেছিলেন। ছোটবৌর তীক্ষ্ণকণ্ঠ শুনিতে পাইলেন। ঘণ্টা-খানেক পরে ভৈরব আসিয়া জানাইল, অমূল্যবাবু ঘরে আছে, এল না। বিন্দু বিশ্বাস করিতে পারিল না।

এল না কি রে? আমি ডাকচি বলেছিলি?

ভৈরব মাথা নাড়িয়া বলিল, হ্যাঁ, তবু এল না।

বিন্দু একমুহূর্ত চুপ করিয়া থাকিয়া বলিল, তার দোষ কি? যেমন মা, তেমনি ছেলে হবে তো আমারো কটু দিব্যি রইল যে, অমন মা-ব্যাটার মুখ দর্শন করব না। অনেক রাত্রে অন্নপূর্ণা বাটী ফিরিতে উদ্যত হইলে, পৌঁছাইয়া দিবার জন্য মাধব নিজে আসিয়া উপস্থিত হইল।

বিন্দু দ্রুতপদে অদূরে আসিয়া স্বামীকে উদ্দেশ করিয়া ভীষণ কণ্ঠে বলিল, পৌঁছে দিতে তো যাচ্চ, উনি জল স্পর্শ করেন নি, তা জান?

মাধব বলিল, সে তোমার জানবার কথা– আমার নয়। সমস্ত নষ্ট হয় দেখে, নিজে গিয়ে ডেকে এনেছিলাম, এখন নিজে পৌঁছে দিতে যাচ্ছি।

বিন্দু বলিল, বেশ ভাল কথা। তা হলে দেখচি তুমিও ঐদিকে।

মাধব জবাব না দিয়া বলিল, চল বৌঠান, আর দেরি ক'রো না।

চল ঠাকুরপো; বলিয়া অন্নপূর্ণা পা বাড়াইতেই বিন্দু গর্জন করিয়া বলিল, লোকে কথায় বলে, দেইজী শত্রু। নিজের যা মুখে এলো, দশটা মিথ্যে সাজিয়ে বললে কটকট করে দিব্যি করলে, চার দিন চার রাত ছেলের মুখ দেখতে দিলে না; ভগবান এর বিচার করবেন।

বলিয়া মুখে আঁচল গুঁজিয়া কান্না বোধ করিয়া রান্নাঘরের বারান্দায় আসিয়াই উপুড় হইয়া মূর্ছিত হইয়া পড়িল। একটা গোলমাল উঠিল; মাধব অন্নপুর্ণা দুইজনেই শুনিতে পাইলেন। অন্নপূর্ণা ফিরিয়া দাঁড়াইয়া বলিলেন, কি হ'ল দেখি।

মাধব কহিল, দেখতে হবে না, চল।

কলহের কথাটা এ কয়দিন গোপন ছিল, আর রহিল না। পরদিন বাড়ির মেয়েরা এক জায়গায় বসিলে, এলোকেশী বলিয়া উঠিলেন, জায়ে জায়ে ঝগড়া হয়েচে, ছেলের কি হ'ল, সে একবার আসতে পারলে না?

ছোটবৌ বড় মিথ্যে বলেনি; যেমন মা, তেমনি ছেলে হবে তো। ঢের ঢের ছেলে দেখেছি বাবা, এমন নেমকহারাম কখন দেখিনি।

বিন্দু ক্লান্তদৃষ্টিতে একটি বার তাহার দিকে চাহিয়া লজ্জায় ঘৃণায় চোখ নীচু করিল।

এলোকেশী পুনরায় কহিলেন, তুমি ছেলে ভালবাস ছোটবৌ, আমার নরেন্দ্রনাথকে নাও, ওকে তোমায় দিলুম। মেরে ফেল, কেটে ফেল, কোনদিন কথাটি বলবার ছেলে ও

নয় তেমন সন্তান আমরা পেটে ধরিনে।

বিন্দু নিঃশব্দে বসিয়া রহিল। বিন্দুর মা জবাব দিলেন। তাঁহার বয়স হইয়াছে, জমিদারের মেয়ে, জমিদারের গৃহিণী, তিনি পাকা লোক। হাসিয়া বলিলেন, ও কি একটা কথা গা! অমূল্য ওর হাড়মাসে জড়িয়ে আছে– না না, ওকে তোমরা অমন করে উতলা করে দিও না। বিন্দু, তোদের ঝগড়া দু'দিনের মা, তাই বলে ছেলে কি তোর পর হয়ে যাবে?

বিন্দু ছলছল চোখে মায়ের মুখের দিকে চাহিয়া চুপ করিয়া বসিয়া রহিল। সন্ধ্যার সময় সে কদমকে ডাকিয়া বলিল, আচ্ছা কদম, তুই তো ছিলি তুই বল, আমার এত কি দোষ হয়েছিল যে, উনি অতবড় দিব্যি করে ফেললেন?

বিন্দু তাহাকে এ আলোচনা করিতে আহ্বান করিয়াছে, সহসা কদম তাহা বিশ্বাস করিতে পারিল না। সে অত্যন্ত সঙ্কুচিত হইয়া মৌন হইয়া রহিল।

তথাপি বিন্দু বলিল, না না, হাজার হোক তোরা বয়সে বড়, তোদের দুটো কথা আমাকে শুনতেই হয়, তুই বল্ না, এত দোষ আমার কি হয়েছিল?

কদম ঘাড় নাড়িয়া বলিল, না, দোষ আর কি?

বিন্দু কহিল, তবে যা না একবার ও বাড়িতে। দু'কথা বেশ করে শুনিয়ে দিয়ে আয় না– তোর আর ভয় কি?

কদম সাহস পাইয়া বলিল, ভয় কিছুই নয় দিদি, কিন্তু কাজ কি আর ঝগড়া-বিবাদ করে? যা হবার তা হয়ে গেচে।

বিন্দু কহিল, না না, কদম, তুই বুঝিস নে– সত্যি কথা বলা ভাল। না হলে, ও মনে করবে, আমারি যেন সব দোষ, তার কিছুই নেই। বার করে দেব, দূর করে দেব, এসব কথা বলেনি ও? আমি কোনদিন তাতে রাগ করেচি? কেন ও লুকিয়ে টাকা দিলে? কেন একবার জানালে না?

কদম বলিল, আচ্ছা কাল যাব, আজ সন্ধ্যা হয়ে গেছে।

বিন্দু অপ্রসন্ন হইয়া বলিল, সন্ধ্যা আবার কোথায় কদম, তুই বড় কথা কাটিস। শীতকালের বেলা বলেই অমন দেখাচ্চে, না হয় কাউকে সঙ্গে নে না– ওরে ও ভৈরব শোন, হেবোকে ডেকে দে তো, কদমের সঙ্গে যাক।

ভৈরব বলিল, হেবোকে দিয়ে বাবু বাতি পরিষ্কার করাচ্চেন। বিন্দু চোখ তুলিয়া বলিল, ফের মুখের সামনে জবাব করে।

ভৈরব সে চাহনির সুমুখ হইতে ছুটিয়া পলাইল। কদমকে পাঠাইয়া দিয়া বিন্দু বার-দুই এ-ঘর ও-ঘর করিয়া রান্নাঘরে আসিয়া ঢুকিল। বামুনঠাকরুন একা বসিয়া রাঁধিতেছিল। বিন্দু একপাশে বসিয়া পড়িয়া বলিল, আচ্ছা মেয়ে, তোমাকেই সাক্ষী মানচি– সত্যি কথা বল মেয়ে, কার দোষ বেশী?

পাচিকা বুঝিতে পারিল না, বলিল, কিসের মা?

বিন্দু বলিল, সেদিনের কথা গো! কি বলেছিলুম আমি? শুধু বলেছিলুম, দিদি, অমূল্যকে এর মধ্যে টাকা দিয়েচ? কে না জানে ছেলেদের হাতে টাকাকড়ি দিতে নেই। বললেই তো হ'ত, অমূল্য কান্নাকাটি করেছিল, দিয়েচি, চুকে যেত। এতে, এত কথাই বা ওঠে কেন, আর এমন দিব্যি দিলেসাই বা হয় কেন? পাঁচটা ঘটিবাটি একসঙ্গে থাকলে ঠোকাঠুকি লাগে, এ তো মানুষ! তাই বলে এত বড় দিব্যি! ঐ একটি বংশধর– তার নাম করে দিব্যি? আমি বলচি মেয়ে তোমাকে, ইহজন্মে আমি আর ওর মুখ দেখব না। শত্রুর দিকে ফিরে চাইব, তোর, ওর দিকে চোখ ফেরাব না।

বামুনমেয়ে স্বভাবতঃ অল্পভাষিণী, সে কি বলিবে বুঝিতে না পারিয়া মৌন হইয়া রহিল।

বিন্দুর দুই চোখ অশ্রুপূর্ণ হইয়া উঠিল। তাড়াতাড়ি মুছিয়া ফেলিয়া ভাঙ্গা গলায় পুনরায় বলিল, রাগের মাথায় কে দিব্যি না করে মেয়ে? তাই বলে জলস্পর্শ করলে না! ছেলেটাকে পর্যন্ত আসতে দিলে না এইগুলো কি বড়র মত কাজ? হাজার হোক, আমি ছোট, বুদ্ধি কম, যদি তার পেটের মেয়েই হতুম, কি করত তা হলে? আমিও তেমনি ওর নাম কখন মুখে আনব না, তা তোমরা দেখো।

বামুনঠাকরুন তথাপি চুপ করিয়া রহিল।

বিন্দু বলিয়া উঠিল, আর ও-ই দিব্যি দিতে জানে, আমি জানিনে কাল যদি ও বাড়িতে গিয়ে বলে আসি, এক বাটি বিষ পাঠিয়ে না দাও তো তোমারো ওই দিব্যি রইল, কি হয় তা হলে? আমি দু'দিন চুপ করে আছি, তার পরে হয় গিয়ে ঐ দিব্যি দিয়ে আসব, না হয়, নিজেই একবাটি বিষ খেয়ে বলে যাব, দিদি পাঠিয়ে দিয়েচে। দেখি, পাঁচজনে ওকে ছি ছি করে কি না! ও জব্দ হয় কি না।

বামুনঠাকরুন ভয় পাইয়া মৃদুস্বরে বলিল, ছি মা, ও-সব মতলব করতে নেই– ঝগড়া-বিবাদ চিরস্থায়ী হয় না– উনিও তোমাকে ছেড়ে থাকতে পারবেন না অমূল্যধনও পারবে না। এ ক'দিন সে যে কেমন করে আছে, আমরা তাই কেবল ভাবি।

বিন্দু ব্যগ্র হইয়া বলিল, তাই বল মেয়ে। নিশ্চয় তাকেও মারধর করে ভয় দেখিয়ে রেখে চে। যে একটা রাত আমাকে না হলে ঘুমুতে পারে না, আজ পাঁচ দিন চার রাত কেটে গেল! ও মাগীর কি আর মুখ দেখতে আছে! ঐ যে বললুম, শত্রুর দিকে ফিরে চাইব তো ওর দিকে ইহজন্মে আর না।

বামুনঠাকরুন নিজের কবজির কাছে একটা কাল দাগ দেখাইয়া কহিল, এই দেখ মা, এখনো কালশিরে পড়ে আছে। সে রাত্রে তোমার মূর্ছা হয়েছিল, এ-সব কথা জান না। অমূল্যধন কোথা থেকে ছুটে এসে তোমার বুকের উপর পড়ে সে কি কান্না সে তো আর কখন দেখেনি, বলে, ছোটমা মরে গেল। না দেয় তোমার চোখেমুখে জল দিতে, না দেয় বাতাস করতে– আমি টানতে গেলুম, আমাকে কামড়ে দিলে; বড়মা টানতে গেলেন, তাঁকে আঁচড়ে-কামড়ে কাপড় ছিঁড়ে এক করে দিলে। লোকে রুগীর সেবা করবে কি মা তাকে নিয়েই ব্যতিব্যস্ত। শেষে চার-পাঁচজন মিলে টেনে নিয়ে যায়।

বিন্দু নির্নিমেষ চোখে তাহার মুখের পানে চাহিয়া কথাগুলো যেন গিলিতে লাগিল; তারপর অতি দীর্ঘ একটা নিশ্বাস ফেলিয়া ধীরে ধীরে উঠিয়া গিয়া নিজের ঘরে গিয়া দোর দিয়া শুইল।

দিন-চারেক পরে বিন্দুর পিতা, মাতা, পিসী প্রভৃতির ফিরিবার পূর্বের দিন মূর্ছার পরে বিন্দু চুপ করিয়া বিছানায় পড়িয়া ছিল। কদম বাতাস করিতেছিল, আর কেহ ছিল না।

বিন্দু ইঙ্গিতে তাহাকে আরও কাছে ডাকিয়া মৃদুকণ্ঠে বলিল, কদম, দিদি এসেছেন রে?

কদম বলিল, না দিদি, আমরা এত লোক আছি, তাঁকে আর কষ্ট দেওয়া কেন?

বিন্দু ক্ষণকাল স্থির থাকিয়া বলিল, এই তোদের দোষ কদম। সব কাজেই নিজেদের বুদ্ধি খাটাতে যাস। এমনি করেই একদিন আমাকে মেরে ফেলবি দেখছি। পূজোর দিনেও তো তোরা একবাড়ি লোক ছিলি, কি করতে পেরেছিলি, যতক্ষণ না সেই একফোঁটা লোকটি এসে বাড়িতে পা দিলে? ওরে তোরা আর সে? তার কড়ে আঙুলের ক্ষমতাও তোদের বাড়িসুদ্ধ লোকের নেই।

বিন্দুর মা ঘরে ঢুকিয়া বলিলেন, জামাইয়ের মত আছে বিন্দু, তুইও দিন-কতক আমাদের সঙ্গে ঘুরে আসবি চল্।

বিন্দু মায়ের মুখের দিকে চাহিয়া থাকিয়া বলিল, আমার যাওয়া না যাওয়া কি তাঁর মতামতের উপর নির্ভর করে মা, যে তিনি বললেই যাব? আমার শত্রুর হুকুম না পেলে যাই কি করে?

মা কথাটা বুঝিয়া বলিলেন, তোর জায়ের কথা বলচিস? তাঁর আর হুকুম নিতে হবে না। যখন আলাদা হয়ে তোরা চলে এসেছিস, তখন উনি বললেই হ'ল।

বিন্দু মাথা নাড়িয়া বলিল, না, মা, তা হয় না। যতক্ষণ বেঁচে আছে ততক্ষণ যেখানেই থাক, সেই সব। আর যাই করি মা, তাকে না বলে বাড়ি ছেড়ে যেতে পারব না– বঠ্ঠাকুর তা হলে রাগ করবেন।

এলোকেশী এইমাত্র উপস্থিত হইয়া শুনিতেছিলেন, বলিলেন, আচ্ছা, আমি বলচি, তুমি যাও।

বিন্দু সে কথার জবাবও দিল না।

মা বলিলেন, বেশ তো, না হয়, লোক পাঠিয়ে তাঁর মত নে না বিন্দু!

বিন্দু আশ্চর্য হইয়া বলিল, লোক পাঠিয়ে সে তো আরও মন্দ হবে মা। আমি তার মন জানি, মুখে বলবে 'যাক', কিন্তু ভেতরে রেগে থাকবে, হয়ত বঠ্ঠাকুরকে পাঁচটা বানিয়ে বলবে– না মা, তোমরা যাও, আমার যাওয়া হবে না।

মা আর জিদ করিলেন না, চলিয়া গেলেন। এইবার ফাঁকা বাড়ি প্রতি মুহূর্তে তাহাকে গিলিবার জন্য হাঁ করিতে লাগিল। নীচের একটি ঘরে এলোকেশীরা থাকেন, দোতলার একটি ঘর তাহার নিজের, আর সমস্তই খালি খাঁ খাঁ করিতে লাগিল। সে শূন্যমনে ঘুরিতে ঘুরিতে তেতলার একটি ঘরে আসিয়া দাঁড়াইল। কোন সুদূর ভবিষ্যতে পুত্র-পুত্রবধূর নাম করিয়া এই ঘরখানি সে তৈরি করাইয়াছিল। এইখানে ঢুকিয়া সে কিছুতেই চোখের জল রাখিতে পারিল না। নীচে নামিয়া আসিতেছিল, পথে স্বামীর সহিত দেখা হইবামাত্রই সে বলিয়া উঠিল, হাঁ গা, কি রকম হবে তবে?

মাধব বুঝিতে না পারিয়া বলিলেন, কিসের?

বিন্দু আর জবাব দিতে পারিল না। হঠাৎ দীর্ঘনিশ্বাস ফেলিয়া বলিল, না না, তুমি যাও– ও কিছু না।

পরদিন সকালবেলা মাধব বাহিরের ঘরে বসিয়া কাজ করিতেছিলেন, অকস্মাৎ বিন্দু ঘরে ঢুকিয়াই কান্না চাপিয়া বলিল, উনি চাকরি করচেন নাকি?

মাধব চোখ না তুলিয়াই বলিলেন, হুঁ।

হুঁ কি? এই কি তাঁর চাকরির বয়স?

মাধব পূর্বের মত কাগজে চোখ রাখিয়া বলিলেন, চাকরি কি মানুষ বয়সের জন্য করে, চাকরি করে অভাবে।

তাঁর অভাবই বা হবে কেন? আমরা পর, ঝগড়া করেচি, কিন্তু তুমি তো তাঁর ভাই?

মাধব বলিলেন, বৈমাত্রেয় ভাই– জ্ঞাতি।

বিন্দু স্তম্ভিত হইয়া গিয়া ধীরে ধীরে বলিল, তুমি বেঁচে থেকে তাঁকে কাজ করতে দেবে?

মাধব এবার মুখ তুলিয়া স্ত্রীর দিকে চাহিলেন, তার পর সহজ শান্তকণ্ঠে বলিলেন, কেন দেব না। সংসারে যে যার অদৃষ্ট নিয়ে আসে, তেমনি ভোগ করে, তার জীবন্ত সাক্ষী আমি

নিজে। কবে বাপ-মা মরেচেন, জানিও নে; বড়বৌঠানের মুখে শুনি আমরা বড় গরীব, কিন্তু কোনোদিন দুঃখ-কষ্টের বাষ্পও টের পেলাম না। কোথা থেকে চিরকাল পরিষ্কার ধপধপে কাপড়জামা এসেচে; কোথা থেকে ইস্কুল-কলেজের মাইনে, বইয়ের দাম, বাসাখরচ এসেচে, তা আজও বলতে পারিনে। তার পরে উকিল হয়ে মন্দ টাকা পাইনে। ইতিমধ্যে কোথা থেকে কেমন করে তুমি একরাশ টাকা নিয়ে ঘরে এলে,– এমন অট্টালিকাও তৈরি হ'ল, অথচ, দাদাকে দেখ, চিরকালটা নিঃশব্দে হাড়ভাঙ্গা ঘাটুনি খেটেছেন, ছেঁড়া সেলাই করা কাপড় পরেচেন; শীতের দিনেও তাঁর গায়ে কখন জামা দেখিনি– একবেলা একমুঠো খেয়ে কেবল আমাদের জন্যে– সব কথা আমার মনেও পড়ে না, পড়বার দরকারও দেখিনে; শুধু দিন-কতক আরাম করছিলেন, তা ভগবান সুদসুদ্ধ আদায় করে নিচ্ছেন। বলিয়া সহসা সে মুখ ফিরাইয়া একটা দরকারী কাগজ খুঁজিতে লাগিল।

বিন্দু নির্বাক, স্তব্ধ। স্বামীর কত বড় তিরস্কার যে এই অতীত দিনের সহজ কাহিনীর মধ্যে প্রচ্ছন্ন ছিল, সে কথা বিন্দুর প্রতি রক্তবিন্দুটি পর্যন্ত অনুভব করিতে লাগিল। সে মাথা হেঁট করিয়া রহিল।

মাধব কাগজ খুঁজিতে খুঁজিতে কতকটা যেন নিজের মনেই বলিলেন, চাকরি বলে চাকরি। রাধাপুরের কাছারিতে যেতে আসতে প্রায় পাঁচ ক্রোশ– ভোর চারটেয় বেরিয়ে সমস্তদিন অনাহারে থেকে রাত্রে ফিরে এসে দুটি খাওয়া মাইনে বার টাকা।

বিন্দু শিহরিয়া উঠিল– সমস্ত দিন অনাহারে মোটে বারো টাকা!

হাঁ, বারো টাকা। বয়স হয়েছে, তাতে আফিংখোর মানুষ, একটু-আধটু দুধটুকুও পান না; ভগবান দেখচি, এতদিন পরে দয়া করে দাদার ভবযন্ত্রণা মোচন করে দেবার উপায় করে দিয়েচেন।

বিন্দুর চোখ দিয়া জল গড়াইয়া পড়িল এবং যাহা কোনদিন করে নাই, আজ তাহাও করিল। হেঁট হইয়া স্বামীর দুই পা চাপিয়া ধরিয়া কাঁদিতে কাঁদিতে বলিল, তোমার দুটি পায়ে পড়ি, একটি উপায় করে দাও, রোগা মানুষ এমন করে দুটো দিনও বাঁচবেন না।

মাধব নিজের চোখের জল কোন গতিকে মুছিয়া লইয়া কহিল, আমি কি উপায় করব। বৌঠান আমাদের এক কণা চাল পর্যন্ত নেবেন না; কিছু না করলে তাঁদের সংসারই বা চলবে কি করে?

বিন্দু রুদ্ধস্বরে বলিল, তা আমি জানিনে। ওগো, তুমি আমার দেবতা, তিনি তোমার চেয়েও বড় যে। ছি ছি যে কথা মনে আনাও যায় না, সেই কথা কিনা– বিন্দু আর বলিতে পারিল না।

মাধব বলিল, বেশ তো, অন্ততঃ যাও বৌঠানের কাছে। যাতে তাঁর রাগ পড়ে, তিনি প্রসন্ন হন, তাই কর। আমার পা ধরে সমস্ত দিন বসে থাকলেও উপায় হবে না।

বিন্দু তৎক্ষণাৎ পা ছাড়িয়া উঠিয়া বসিয়া বলিল, পায়ে ধরা অভ্যাস আমার নয়। এখন দেখচি, কেন সে-রাত্রে তিনি জলস্পর্শ করেননি, অথচ তুমি সমস্ত জেনেশুনে শত্রুর মত চুপ করে রইলে। আমার অপরাধ বেড়ে গেল, তুমি কথা কইলে না।

মাধব কাগজপত্রে মনোনিবেশ করিয়া কহিল, না। ও বিদ্যে আমার দাদার কাছে শেখা। ঈশ্বর করুন, যেন অমনি চুপ করে থেকেই একদিন যেতে পারি।

বিন্দু আর কথা কহিল না। উঠিয়া গিয়া নিজের ঘরে দোর দিয়া পড়িয়া রহিল।

মাধব তখন উঠিবার উপক্রম করিতেছিল, বিন্দু আবার আসিয়া ঘরে ঢুকিল। তাহার দুই চোখ রাঙ্গা। মাধবের দয়া হইল, বলিল, যাও একবার তাঁর কাছে। জান তো তাঁকে,

একটি বার গিয়ে শুধু দাঁড়াও, তাহলেই সব হবে।

বিন্দু অত্যন্ত করুণ-কণ্ঠে বলিল, তুমি যাও– ওগো, আমি ছেলের দিব্যি কচ্চি–

মাধব তাহার মনের ভাব বুঝিয়া কিছু উষ্ণ হইয়াই জবাব দিল, হাজার দিব্যি করলেও আমি দাদাকে বলতে পারব না। তিনি নিজে জিজ্ঞাসা না করলে গিয়ে বলব, এত সাহস আমার গলা কেটে ফেললেও হবে না।

বিন্দু তথাপি নড়িল না।

মাধব কহিল, পারবে না যেতে।

বিন্দু জবাব দিল না, হেঁট মুখে ধীরে ধীরে চলিয়া গেল।

আট

বাড়ির সুমুখ দিয়া ইস্কুল যাইবার পথ। প্রথম কয়েকদিন অমূল্য ছাতি আড়াল দিয়া এই পথেই গিয়াছিল, আজ দু'দিন ধরিয়া সেই লাল রঙের ছাতাটি আর পথের একধার বাহিয়া গেল না। চাহিয়া চাহিয়া বিন্দুর চোখ ফাটিয়া জল পড়িতে লাগিল, তবুও সে চিলের ছাদের আড়ালে বসিয়া তেমনি একদৃষ্টে পথের পানে চাহিয়া বসিয়া রহিল। সকালে নটা-দশটার সময় কত রকমের ছাতি মাথায় দিয়া কত ছেলে হাঁটিয়া গেল ইস্কুলে ছুটির পর কত ছেলে সেই পথে আবার ফিরিয়া আসিল; কিন্তু সেই চলন, সেই ছাতি, বিন্দুর চোখে পড়িল না। সে সন্ধ্যার সময় চোখ মুছিতে মুছিতে নামিয়া আসিয়া নরেনকে আড়ালে ডাকিয়া জিজ্ঞাসা করিল, হাঁ নরেন, এই তো ইস্কুলে যাবার সোজা পথ, তবে কেন সে এদিক দিয়ে আর যায় না?

নরেন চুপ করিয়া রহিল।

বিন্দু বলিল, বেশ তো রে, তোরা দুটি ভাই গল্প করতে করতে যাবি আসবি– সেই তো ভাল।

নরেন তাহার নিজের ধরনে অমূল্যকে ভালবাসিয়াছিল, চুপি চুপি বলিল, সে লজ্জায় আর যায় না মামী, ঐ হোথা দিয়ে ঘুরে যায়।

বিন্দু কষ্টে হাসিয়া বলিল, তার আবার লজ্জা কিসের রে? না না, তুই বলিস তাকে, সে যেন এই পথেই যায়।

নরেন মাথা নাড়িয়া বলিল, কক্ষণ যাবে না মামী। কেন যাবে না জান?

বিন্দু উৎসুক হইয়া বলিল, কেন?

নরেন বলিল, তুমি রাগ করবে না।

না।

তাদের বাড়িতে বলে পাঠাবে না?

না।

আমার মাকেও বলে দেবে না?

বিন্দু অধীর হইয়া বলিল, না রে না, বল– আমি কাউকে কিছু বলব না।

নরেন ফিসফিস করিয়া বলিল,– থার্ডমাস্টার অমূল্যর আচ্ছা করে কান মলে দিয়েছিল।

একমুহূর্তে বিন্দু আগুনের মত জ্বলিয়া উঠিয়া বলিল, কেন দিলে? গায়ে হাত তুলতে আমি মানা করে দিয়েচি না।

নরেন হাত নাড়িয়া বলিল, তার দোষ কি মামী, সে নূতন লোক। আমাদের চাকর এই হেবো শালাই বজ্জাত, সে এসে মাকে বলেচে। আমার মা-টিও কম বজ্জাত নয়, মামী, সে

মাস্টারকে বলে দিতে বলে দিয়েচে, থার্ডমাস্টার অমনি আচ্ছাসে কান মলেচে— কি রকম করে জান মামী— এই রকম করে ধরে—

বিন্দু তাহাকে তাড়াতাড়ি থামাইয়া দিয়া বলিল, হেবো কি বলে দিয়েচে?

নরেন বলিল, কি জান মামী, হেবো টিফিনের সময় আমার খাবার নিয়ে যায় তো সে ছুটে এসে বলে, কি খাবার দেখি নরেনদা? মা শুনে বলে, অমূল্য নজর দেয়।

অমূল্যর কেউ খাবার নিয়ে যায় না?

নরেন কপালে একবার হাত ঠেকাইয়া বলিল, কোথা পাবে মামী, তারা গরীব মানুষ, সে পকেটে করে দুটি ছোলা ভাজা নিয়ে যায়, তাই টিফিনের সময় ওদিকের গাছতলায় নুকিয়ে বসে খায়।

বিন্দুর চোখের উপর ঘরবাড়ি সমস্ত সংসার দুলিতে লাগিল; সে সেইখানে বসিয়া পড়িয়া বলিল, নরেন তুই যা।

সেরাত্রে অনেক ডাকাডাকির পর বিন্দু খাইতে বসিয়া কোনমতেই হাত মুখে তুলিতে পারিল না, শেষে অসুখ করিতেছে বলিয়া উঠিয়া গেল। পরদিনও প্রায় উপবাস করিয়া পড়িয়া রহিল, অথচ কাহাকেও কোন কথা বলিতেও পারিল না, একটা উপায়ও খুঁজিয়া পাইল না। তাহার কেবলি ভয় করিতে লাগিল, পাছে কথা কহিলেই তাহার নিজের অপরাধ আরও বাড়িয়া যায়। অপরাহ্নে স্বামীর আহারের সময় অভ্যাসমত কাছে গিয়া বসিয়া অন্যদিকে চাহিয়া রহিল। কোনরূপ ভোজ্য পদার্থের দিকে কাল হইতে সে চাহিয়া দেখিতেও পারিল না।

ঘরে বাতি জ্বলিতেছে, মাধব নির্মীলিত চোখে চুপ করিয়া পড়িয়া ছিলেন, বিন্দু আসিয়া পায়ের কাছে বসিল। মাধব চাহিয়া দেখিয়া বলিলেন, কি?

বিন্দু নতমুখে স্বামীর পায়ের একটা আঙুলের নখ খুঁটিতে লাগিল।

মাধব স্ত্রীর মনের কথাটা অনুমান করিয়া লইয়া আর্দ্র হইয়া বলিলেন,— আমি সমস্তই বুঝি বিন্দু, কিন্তু আমার কাছে কাঁদলে কি হবে তাঁর কাছে যাও।

বিন্দু সত্যই কাঁদিতেছিল— বলিল, তুমি যাও।

আমি গিয়ে তোমার কথা বলব দাদা শুনতে পাবেন না?

বিন্দু সে কথার জবাব না দিয়া বলিল— আমি তো বলচি, আমার দোষ হয়েচে, আমি ঘাট মানচি, তুমি তাঁদের বল গে।

আমি পারব না, বলিয়া মাধব পাশ ফিরিয়া শুইলেন।

বিন্দু আরও কতক্ষণ আশা করিয়া বসিয়া রহিল, কিন্তু মাধব কোন কথাই আর যখন বলিলেন না, তখন সে ধীরে ধীরে উঠিয়া গেল; স্বামীর ব্যবহারে তাহার বুকের এক প্রান্ত হইতে অপর প্রান্ত পর্যন্ত একটা প্রস্তর-কঠিন ধিক্কার যোজন-ব্যাপী পর্বতের মত এক নিমেষের মধ্যে পরিব্যাপ্ত হইয়া গেল। আজ সে নিঃসংশয়ে বুঝিল, তাহাকে সবাই ত্যাগ করিয়াছে।

পরদিন প্রাতঃকালেই যাদব ছোটবধূর যাইবার অনুমতি দিয়া একখানি পত্র পাঠাইয়া দিলেন। বিন্দুর পিতা পীড়িত, সে যেন অবিলম্বে যাত্রা করে। বিন্দু সজল চোখে গাড়িতে গিয়া উঠিল।

বামুনঠাকরুন গাড়ির কাছে আসিয়া বলিলেন, বাপকে ভাল দেখে শিগগির ফিরে এসো মা।

বিন্দু নামিয়া আসিয়া তাঁহার পদধূলি লইতেই তিনি অত্যন্ত সঙ্কুচিত হইয়া পড়িলেন।

বিন্দুকে এমন নত, এমন নম্র হইতে কেহ কোনদিন দেখে নাই। পায়ের ধূলা মাথায় তুলিয়া লইয়া বিন্দু কহিল,– না মেয়ে, যাই হোক, তুমি ব্রাহ্মণের মেয়ে, বয়সে বড়– আর্শীবাদ কর, যেন আর ফিরতে না হয়, এই যাওয়াই যেন আমার শেষ যাওয়া হয়।

বামুনমেয়ে তদুত্তরে কিছুই বলিতে পারিলেন না– বিন্দুর শীর্ণ ক্লিষ্ট মুখখানির পানে চাহিয়া কাঁদিয়া ফেলিলেন।

এলোকেশী উপস্থিত ছিলেন, খনখন করিয়া বলিয়া উঠিলেন, ও কি কথা ছোটবৌ? আর কারো বাপ-মায়ের কি অসুখ হয় না?

বিন্দু জবাব দিল না, মুখ ফিরাইয়া চোখ মুছিল। কিছুক্ষণ পরে বলিল,– তোমাকেও নমস্কার করি ঠাকুরঝি– চললুম আমি।

ঠাকুরঝি বলিলেন, যাও দিদি, যাও। আমি ঘরে রইলুম, সমস্তই দেখতে শুনতে পারব।

বিন্দু আর কথা কহিল না, কোচম্যান গাড়ি ছাড়িয়া দিল।

অন্নপূর্ণা বামুনঠাকরুনের মুখে এ কথা শুনিয়া চুপ করিয়া রহিলেন। ইতিপূর্বে কোন দিন অমূল্যকে ছাড়িয়া বাপের বাড়ি যায় নাই– আজ এক মাসের উপর হইল, সে একবার তাহাকে চোখের দেখা দেখিতে পায় নাই– তাহার দুঃখ অন্নপূর্ণা বুঝলেন।

রাত্রে অমূল্য বাপের কাছে শুইয়া আস্তে আস্তে গল্প করিতেছিল।

নীচে প্রদীপের আলোকে কাঁথা সেলাই করিতে করিতে অন্নপূর্ণা সহসা দীর্ঘনিশ্বাস ফেলিয়া বলিয়া উঠিলেন, ষাট! ষাট! যাবার সময় বলে গেল কিনা এই যাওয়াই যেন শেষ যাওয়া হয়! মা দুর্গা করুন, বাছা আমার ভালয় ভালয় ফিরে আসুক।

কথাটা শুনিতে পাইয়া যাদব উঠিয়া বসিয়া বলেন, আগাগোড়াই কাজটা ভাল করনি বড়বৌ। আমার মাকে তোমরা কেউ চিনলে না।

অন্নপূর্ণা বলিলেন, সেও তো একবার দিদি বলে এল না। তার ছেলেকেও তো সে জোর করে নিয়ে যেতে পারত, তাও তো করলে না! সেদিন সমস্তদিন খাটুনির পর ঘরে ফিরে এলুম– উলটে কতকগুলো শক্ত কথা শুনিয়ে দিলে!

যাদব বলিলেন, আমার মায়ের কথা শুধু আমি বুঝি! কিন্তু বড়বৌ, এই যদি না মাপ করতে পারবে, বড় হয়েছিলে কেন? তুমিও যেমন, মাধুও তেমনি, তোমরা ধরে বেঁধে বুঝি আমার মায়ের প্রাণটা বধ করলে।

অন্নপূর্ণার চোখ দিয়া টপটপ করিয়া জল পড়িতে লাগিল।

অমূল্য বলিল, বাবা, ছোটমা কেন আসবে না বলেচে?

অন্নপূর্ণা চোখ মুছিয়া বলিলেন, যাবি তোর ছোটমার কাছে?

অমূল্য ঘাড় নাড়িয়া বলিল, না।

না কেন রে? ছোটমা তোর দাদামশায়ের বাড়ি গেছে, তুইও কাল যা।

অমূল্য চুপ করিয়া রহিল। যাদব বলিলেন, যাবি অমূল্য?

অমূল্য বালিশে মুখ লুকাইয়া পূর্বের মত মাথা নাড়িতে নাড়িতে বলিল না।

কতকটা রাত্রি থাকিতেই যাদব কর্মস্থানে যাইবার জন্য প্রস্তুত হইতেন। দিন পাঁচ-ছয় পরে এমনি একা শেষরাত্রে তিনি প্রস্তুত হইয়া অন্যমনস্কের মত তামাক টানিতেছিলেন।

অন্নপূর্ণা বলিলেন, বেলা হয়ে যাচ্ছে।

যাদব ব্যস্ত হইয়া হুঁকাটা রাখিয়া দিয়া উঠিয়া দাঁড়াইয়া বলিলেন, আজ মনটা বড় খারাপ

বড়বৌ, কাল রাত্রে আমার মা যেন ঐ দোরের আড়ালে এসে দাঁড়িয়েছিলেন। দুর্গা! দুর্গা! বলিয়া তিনি বাহির হইয়া পড়িলেন।

সকালবেলা অন্নপূর্ণা ক্লান্তভাবে রান্নাঘরে কাজ করিতেছিলেন, ও-বাড়ির চাকর আসিয়া সংবাদ দিল, বাবু কাল রাতে ফরাসডাঙ্গায় চলে গেছেন— মা'র নাকি বড় ব্যামো। স্বামীর কথাটা স্মরণ করিয়া অন্নপূর্ণার বুক কাঁদিয়া উঠিল— কি ব্যামো রে?

চাকর বলিল, তা জানিনে মা, শুনলুম কি-রকম অজ্ঞান-টজ্ঞান হয়ে কি-রকম শক্ত অসুখ হয়ে দাঁড়িয়েচে। সন্ধ্যার পর বাড়ি ফিরিয়া আসিয়া যাদব খবর শুনিয়া কাঁদিয়া ফেলিয়া বলিলেন, কত সাধ করে সোনার প্রতিমা ঘরে আনলুম বড়বৌ, জলে ভাসিয়ে দিলে? আমি এখনি যাব।

দুঃখে আত্মগ্লানিতে অন্নপূর্ণার বুক ফাটিতেছিল; অমূল্যর চেয়েও বোধ করি তিনি ছোটবৌকে ভালবাসিতেন। নিজের চোখ মুছিয়া, তিনি স্বামীর পা ধুইয়া দিয়া জোর করিয়া সন্ধ্যা করিতে বসাইয়া দিয়া, অন্ধকার বারান্দায় আসিয়া বসিয়া রহিলেন। খানিক পরেই বাহিরে মাধবের কণ্ঠস্বর শোনা গেল। অন্নপূর্ণা প্রাণপণে বুক চাপিয়া ধরিয়া, দুই কানে আঙুল দিয়া শক্ত হইয়া বসিয়া রহিলেন।

মাধব রান্নাঘরে অন্ধকার দেখিয়া, এ ঘরে ফিরিয়া আসিয়া অন্ধকারে অন্নপূর্ণাকে দেখিয়া শুষ্কস্বরে বলিল, বৌঠান, শুনেচ বোধ হয়?

অন্নপূর্ণা মুখ তুলিতে পারিলেন না।

মাধব কহিল, অমলার যাওয়া একবার দরকার, বোধ করি শেষ সময় উপস্থিত হয়েচে।

অন্নপূর্ণা উপুড় হইয়া পড়িয়া ফুকারিয়া উঠিলেন। যাদব ও-ঘর হইতে পাগলের মত ছুটিয়া আসিয়া বলিলেন,— এমন হয় না মাধু। আমি বলছি হয় না! আমি জ্ঞানে অজ্ঞানে কাউকে দুঃখ দিইনি, ভগবান আমাকে এ-বয়সে কখনো এমন শাস্তি দেবেন না।

মাধব চুপ করিয়া রহিল।

যাদব বলিলেন, আমাকে সব কথা খুলে বল্— মাধু, গাড়ি সঙ্গে আছে? আমি গিয়ে মাকে ফিরিয়ে আনবো— তুই উতলা হস্‌নে মাধু— গাড়ি সঙ্গে আছে?

মাধব বলিল, আমি উতলা হইনি দাদা, আপনি নিজে কি-রকম কচ্চেন?

কিছুই করিনি। ওঠ বড়বৌ, আয় অমূল্য—

মাধব বাধা দিয়া বলিল, রাত্রিটা যাক না দাদা।

না না, সে হবে না— তুই অস্থির হ'সনে মাধু—গাড়ি ডাক নইলে আমি হেঁটে যাব।

মাধব আর কিছু না বলিয়া গাড়ি আনিলে চারজনেই উঠিয়া বসিলেন। যাদব বলিলেন, তার পরে?

মাধব কহিল, আমি তো ছিলুম না— ঠিক জানিনে। শুনলুম, দিন-চারেক আগে খুব জ্বরের ওপর ঘন ঘন মূর্চ্ছা হয়, তার পরে এখন পর্যন্ত কেউ ওষুধ কি এক ফোঁটা দুধ অবধি খাওয়াতে পারেনি। ঠিক বলতে পারিনে কি হয়েছে, কিন্তু আশা আর নেই।

যাদব জোর দিয়া বলিয়া উঠিলেন, খুব আছে, এক শ'বার আছে। মা আমার বেঁচে আছেন। মাধু, ভগবান আমার মুখ দিয়ে এই শেষ বয়সে মিথ্যে কথা বার করবেন না— আমি আজ পর্যন্ত মিথ্যে বলিনি।

মাধব তৎক্ষণাৎ অবনত হইয়া অগ্রজের পদধূলি মাথায় লইয়া নিঃশব্দে বসিয়া রহিল।

নয়

কতদিন হইতে যে বিন্দু অনাহারে নিজেকে ক্ষয় করিয়া আনিতেছিল, তাহা কেহই জানিতে পারে নাই। বাপের বাড়ি আসিয়া জ্বর হইল। দ্বিতীয় দিন দুই-তিনবার মূর্ছা হইল– তাহার শেষ মূর্ছা আর ভাঙ্গিতে চাহিল না। অনেক চেষ্টায় অনেক পরে যখন তাহার চৈতন্য ফিরিয়া আসিল, তখন দুর্বল নাড়ী একেবারে বসিয়া গিয়াছে। সংবাদ পাইয়া মাধব আসিলেন। সে স্বামীর পায়ের ধূলা মাথায় লইল, কিন্তু দাঁতে দাঁত চাপিয়া রহিল, শত অনুনয়েও একফোঁটা দুধ পর্যন্ত গিলিল না।

মাধব হতাশ হইয়া বলিলেন, আত্মহত্যা ক'চ্চ কেন?

বিন্দুর নির্মীলিত চোখের কোণ বাহিয়া জল পড়িতে লাগিল। কিছুক্ষণ পরে আস্তে আস্তে বলিল, আমার সমস্ত অমূল্যর। শুধু হাজার-দুই টাকা নরেনকে দিয়ো, আর তাকে পড়িয়ো সে আমার অমূল্যকে ভালবাসে।

মাধব দাঁত দিয়া জোর করিয়া নিজের ঠোঁট চাপিয়া কান্না থামাইলেন।

বিন্দু ইঙ্গিত করিয়া তাঁহাকে আরও কাছে আনিয়া চুপি চুপি বলিল, সে ছাড়া আর কেউ যেন আমাকে আগুন না দেয়।

মাধব সে ধাক্কাও সামলাইয়া লইয়া কানে কানে বলিলেন, দেখবে কাউকে?

বিন্দু ঘাড় নাড়িয়া বলিল, না থাক।

বিন্দুর মা আর একবার ঔষধ খাওয়াইবার চেষ্টা করিলেন, বিন্দু তেমনি দৃঢ়ভাবে দাঁত চাপিয়া রহিল।

মাধব উঠিয়া দাঁড়াইয়া বলিলেন, সে হবে না বিন্দু। আমাদের কথা শুনলে না, কিন্তু যাঁর কথা ঠেলতে পারবে না, আমি তাঁকে আনতে চললুম। শুধু এই কথাটি আমার রেখো, যেন ফিরে এসে দেখতে পাই, বলিয়া মাধব বাহিরে আসিয়া চোখ মুছিলেন। সে-রাত্রে বিন্দু শান্ত হইয়া ঘুমাইল।

তখন সবেমাত্র সূর্যোদয় হইতেছিল; মাধব ঘরে ঢুকিয়া দীপ নিবাইয়া জানালা খুলিয়া দিতেই বিন্দু চোখ চাহিয়া সুমুখেই প্রভাতের স্নিগ্ধ আলোকে স্বামীর মুখ দেখিয়া মৃদু হাসিয়া বলিল, কখন এলে?

এই আসচি। দাদা পাগলের মত ভয়ানক কান্নাকাটি কচ্চেন।

বিন্দু আস্তে বলিল, তা জানি। তাঁর একটু পায়ের ধূলো এনেচ?

মাধব বলিলেন, তিনি বাইরে বসে তামাক খাচ্ছেন, বৌঠান হাত-পা ধুচ্চেন, অমূল্য গাড়িতেই ঘুমিয়ে পড়েছিল, ওপরে শুইয়ে দিয়েচি, তুলে আনব?

বিন্দু কিছুক্ষণ স্থির হইয়া থাকিয়া 'না, ঘুমোক' বলিয়া ধীরে ধীরে পাশ ফিরিয়া অন্যদিকে মুখ করিয়া শুইল।

অন্নপূর্ণা ঘরে ঢুকিয়া তাহার শিয়রের কাছে বসিয়া মাথায় হাত দিতেই সে চমকিয়া উঠিল। অন্নপূর্ণা মিনিট-খানেক নিজেকে সংবরণ করিয়া লইয়া বলিলেন, ওষুধ খাসনি কেন রে ছোটো, মরবি বলে?

বিন্দু জবাব দিল না। অন্নপূর্ণা তাহার কানের উপর মুখ রাখিয়া চুপি চুপি বলিলেন, আমার বুক ফেটে যাচ্ছে, তা বুঝতে পাচ্চিস?

বিন্দু তেমনি চুপি চুপি উত্তর দিল, পাচ্চি দিদি।

তবে মুখ ফেরা। তোর বঠ্ঠাকুর বাড়ি নিয়ে যাবার জন্যে নিজে এসেচেন। তোর ছেলে কেঁদে কেঁদে ঘুমিয়ে পড়েচে। কথা শোন, মুখ ফেরা।

বিন্দু তথাপি মুখ ফিরাইল না। মাথা নাড়িয়া বলিল, না দিদি আগে বল–

অন্নপূর্ণা বলিলেন, বলচি রে ছোটো, বলচি, শুধু তুই একবার বাড়ি ফিরে আয়।

এই সময় যাদব দ্বারের কাছে আসিয়া দাঁড়াইতেই অন্নপূর্ণা বিন্দুর মাথার উপর চাদর টানিয়া দিলেন। যাদব একমুহূর্ত আপাদমস্তক বস্ত্রাবৃতা তাঁহার অশেষ স্নেহের পাত্রী ছোটবধূর পানে চাহিয়া থাকিয়া অশ্রু নিরোধ করিয়া বলিলেন, বাড়ি চল মা, আমি নিতে এসেছি।

তাঁহার শুষ্ক শীর্ণ মুখের দিকে চাহিয়া উপস্থিত সকলের চক্ষুই সজল হইয়া উঠিল। যাদব আর একমুহূর্ত মৌন থাকিয়া বলিলেন, আর একদিন যখন এতটুকুটি ছিলে না, তখন আমিই এসে আমার সংসারের মা-লক্ষ্মীকে নিয়ে গিয়েছিলাম। আবার আসতে হবে ভাবিনি; তা মা শোন, যখন এসেচি, তখন হয় সঙ্গে করে নিয়ে যাব, না হয়, ও-মুখো আর হব না। জান তো মা, আমি মিথ্যে কথা বলিনে!

যাদব বাহিরে চলিয়া গেলেন।

বিন্দু মুখ ফিরাইয়া বলিল, দাও দিদি, কি খেতে দেবে। আর অমূল্যকে আমার কাছে শুইয়ে দিয়ে তোমরা সবাই বাইরে গিয়ে বিশ্রাম কর গে। আর ভয় নেই– আমি মরব না।

রামের সুমতি

এক

রামলালের বয়স কম ছিল, কিন্তু দুষ্টবুদ্ধি কম ছিল না। গ্রামের লোকে তাহাকে ভয় করিত। অত্যাচার যে তাহার কখন কোন্ দিক দিয়া কিভাবে দেখা দিবে, সে কথা কাহারও অনুমান করিবার জো ছিল না। তাহার বৈমাত্র বড়ভাই শ্যামলালকেও ঠিক শান্ত-প্রকৃতির লোক বলা চলে না, কিন্তু, সে লঘু অপরাধে গুরুদণ্ড করিত না। গ্রামের জমিদারী কাছারিতে সে কাজ করিত এবং নিজের জমিজমা তদারক করিত। তাহাদের অবস্থা সচ্ছল ছিল। পুকুর, বাগান, ধানজমি, দু-দশ ঘর বাগদী প্রজা এবং কিছু নগদ টাকাও ছিল। শ্যামলালের পত্নী নারায়ণী যেবার প্রথম ঘর করিতে আসেন,– সে আজ তের বছরের কথা– সেই বছরে রামের বিধবা জননীর মৃত্যু হয়। মৃত্যুকালে তিনি আড়াই বৎসরের শিশু রাম এবং এই মস্ত সংসারটা তাঁহার তেরো বছরের বালিকা পুত্রবধূ নারায়ণীর হাতে তুলিয়া দিয়া যান।

এ বৎসর চারিদিকে অত্যন্ত জ্বর হইতেছিল। নারায়ণীও জ্বরে পড়িলেন। তিন-চারিটা গ্রামের মধ্যে একমাত্র খানিকটা-পাশকরা ডাক্তার নীলমণি সরকারের একটাকা ভিজিট দু'টাকায় চড়িয়া গেল এবং তাঁহার কুইনিনের পুরিয়া অ্যারারুট ও ময়দা সহযোগে সুখাদ্য হইয়া উঠিল। সাতদিন কাটিয়া গেল নারায়ণীর জ্বর ছাড়ে না। শ্যামলাল চিন্তিত হইয়া উঠিলেন।

বাড়ির দাসী নৃত্যকালী ডাক্তার ডাকিতে গিয়াছিল, ফিরিয়া আসিয়া বলিল, আজ তাঁকে ভিন গাঁয়ে যেতে হবে– সেখানে চার টাকা ভিজিট– আসতে পারবে না।

শ্যামলাল ক্রুদ্ধ হইয়া বলিলেন, আমিও না হয় চার টাকাই দেব, টাকা আগে না প্রাণ আগে? যা তুই, চামারটাকে ডেকে আন গে।

নারায়ণী ঘরের ভিতর হইতে সে কথা শুনিতে পাইয়া ক্ষীণস্বরে ডাকিয়া বলিলেন, ওগো, কেন তুমি অত ব্যস্ত হচ্চ? ডাক্তার না হয় কালই আসবে, একদিনে আর কি ক্ষেতি হবে?

রামলাল উঠানের একধারে পিয়ারা তলায় বসিয়া পাখির খাঁচা তৈরি করিতেছিল, উঠিয়া আসিয়া বলিল, তুই থাক নেত্য, আমি যাচ্চি।

দেবরটির সাড়া পাইয়া উদ্বেগে নারায়ণী উঠিয়া বসিয়া বলিলেন, ওগো, রামকে মানা কর। ও রাম, মাথা খাস আমার, যাসনে– লক্ষ্মী ভাইটি আমার, ছি দাদা, ঝগড়া করতে নেই।

রাম কর্ণপাতও করিল না– বাহির হইয়া গেল। পাঁচ বছরের ভ্রাতুষ্পুত্র তখনও কাঠিগুলা ধরিয়া বসিয়া ছিল, কহিল, খাঁচা বুনবে না কাকা?

বুনবো অখন, বলিয়া রাম চলিয়া গেল।

নারায়ণী কপালে করাঘাত করিয়া কাঁদ-কাঁদ হইয়া স্বামীকে উদ্দেশ করিয়া বলিলেন, কেন তুমি ওকে যেতে দিলে? দেখ, কি কাণ্ড বা করে আসে।

শ্যামলাল ক্রুদ্ধ ও বিরক্ত হইয়াই ছিলেন, রাগিয়া বলিলেন, আমি কি করব? তোমার মানা শুনল না, আমার মানা শুনবে?

হাত ধরলে না কেন? ও হতভাগার জন্যে আমার একদণ্ডও যদি বাঁচতে ইচ্ছা করে! ও নেত্য, **লক্ষ্মী** মা আমার, দাঁড়িয়ে থাকিস নে– ভোলাকে পাঠিয়ে দে গে, বুঝিয়ে সুঝিয়ে ফিরিয়ে আনুক– সে হয়ত এখনো গরু নিয়ে মাঠে যায়নি।

নেত্যকালী ভোলার সন্ধানে গেল।

রাম নীলমণি ডাক্তারের বাটীতে আসিয়া উপস্থিত হইল। ডাক্তার তখন ডিস্‌পেন্‌সারিতে, অর্থাৎ একটা ভাঙ্গা আলমারির সামনে একটা ভাঙ্গা টেবিলে বসিয়া নিক্তিহাতে ঔষধ ওজন করিতেছিলেন। চারি-পাঁচজন রোগী হাঁ করিয়া তাহাই দেখিতেছিল। ডাক্তার আড়চোখে চাহিয়া নিজের কাজে মন দিলেন।

রাম মিনিট-খানেক চুপ করিয়া থাকিয়া বলিল, বৌদির জ্বর সারে না কেন?

ডাক্তার নিক্তিতে চক্ষু নিবদ্ধ রাখিয়াই বলিলেন, আমি কি করব– ওযুধ দিচ্ছি–

ছাই দিচ্ছ! পচা ময়দার গুঁড়োতে অসুখ ভালো হয়!

কথা শুনিয়া নীলমণি ওজন, নিক্তি সব তুলিয়া চোখ রাঙ্গা করিয়া বাক্যশূন্য হইয়া চাহিয়া রহিলেন। এত বড় শক্ত কথা মুখে আনিবার স্পর্ধা যে সংসারের কোন মানুষের থাকিতে পারে, তিনি তাহা জানিতেন না।

ক্ষণেক পরে গর্জিয়া উঠিলেন, পচা ময়দার গুঁড়ো, তবে নিতে আসিস কেন রে? তোর দাদা পায়ে ধরে ডাকতে পাঠায় কেন রে?

রাম বলিল, এদিকে আর ডাক্তার নেই, তাই ডাকতে পাঠায়। থাকলে পাঠাত না।

লোকগুলা স্তম্ভিত হইয়া শুনিতেছিল, তাহাদিগের পানে চাহিয়া দেখিয়া সে পুনর্বার বলিল,– তুমি ছোট জাত, বামুনের মান-মর্যাদা জান না, তাই বলে ফেললে,– পায়ে ধরে ডাকতে পাঠায়। দাদা কারো পায়ে ধরে না। আসবার সময় বৌদি মাথার দিব্যি দিয়ে ফেলেছে, নইলে দাঁতগুলো তোমার সদ্যই ভেঙ্গে দিয়ে ঘরে যেতুম। তা শোন, ভাল ওষুধ নিয়ে এখনি এস, দেরি কারো না। আজ যদি জ্বর না ছাড়ে, ঐ যে সামনে কলমের আমবাগান করেচ, বেশী বড় হয়নি ত,– ও কুড়ুলের এক এক ঘায়েই কাত হবে এর একটিও আজ রাত্তিরে থাকবে না। কাল এসে এই শিশিবোতলগুলো গুঁড়ো করে দিয়ে যাব। বলিয়াই সে বাহির হইয়া চলিয়া গেল। ডাক্তার নিক্তি ধরিয়া আড়ষ্ট হইয়া বসিয়া রহিলেন।

একজন বৃদ্ধ তখন সাহস করিয়া বলিল, ডাক্তারবাবু, আর বিলম্ব করো না। ভাল ওযুধ লুকানো-টুকানো আছে, তাই নিয়ে যাও। ও রামঠাকুর– যা বলে গেছে তা ফলাবে, তবে ছাড়বে।

ডাক্তার নিক্তি রাখিয়া বলিলেন, আমি থানায় দারোগার কাছে যাব, তোমরা সব সাক্ষী।

যে বৃদ্ধ পরামর্শ দিতেছিল, সে বলিল, সাক্ষী! সাক্ষী কে দেবে বাবু! আমার তো কুইনাইন খেয়ে কান ভোঁভোঁ করতেছে– রামঠাকুর কি যে বলে গেল, তা শুনতেও পেলুম

না। আর দারোগা করবে কি বাবু? ও দেবতাটি দেখতে ছোট, কিন্তু ওনার বাগদী ছোকরার দলটি ছোট নয়। ঘরে আগুন দিয়ে পুড়িয়ে মারলে থানার লোক দেখতে আসবে না, দারোগাবাবু এক আঁটি খড় দিয়ে উপকার করবে! ও-সব আমরা পারব না– ওনাকে সবাই ডরায়। তার চেয়ে যা বলে গেছে, তাই কর গে। একবার হাতটা দেখ দেখি আপনি– আজ দুখানা রুটি-টুটি খাব নাকি?

ডাক্তার অন্তরে পুড়িতেছিলেন, বুড়ার হাত দেখিবার প্রস্তাবে দাউদাউ করিয়া জ্বলিয়া উঠিলেন, সাক্ষী দিবিনে তোরা? তবে দূর হ' এখান থেকে। আমি কারুর হাত দেখতে পারব না– মরে গেলেও কাউকে ওষুধ দেব না– দেখি, তোদের কি গতি হয়।

বৃদ্ধ লাঠিটা হাতে লইয়া উঠিয়া পড়িল;– দোষ কারো নয় ডাক্তারবাবু, উনি বড় শয়তান। ঠাকুরকে খবরটা একবার দিয়েও যেতে হবে, না হলে হয়ত বা মনে করবে, থানায় যাবার মতলব আমরাই দিয়েছি। বিঘেটাক বেগুন-চারা লাগিয়েছি– বেশ ডাগর হয়েও উঠেছে– হয়ত আজ রাত্তিরেই সমস্ত উপড়ে রেখে যাবে। বাগদী ছোঁড়াগুলো তো রাত্তিরে ঘুমোয় না। বাবু, থানায় না হয় আর একদিন যেয়ো– আজ এক শিশি ওষুধ নিয়ে গিয়ে ওনারে ঠাণ্ডা করে এসো।

বৃদ্ধ চলিয়া গেল, আর যাহারা ছিল, তাহারাও সরিয়া পড়িতে লাগিল। নীলমণি দীর্ঘনিশ্বাস ফেলিয়া, মানবজীবনের শেষ অভিজ্ঞতা– সংসারের সর্বোত্তম জ্ঞানের বাক্যটি আবৃত্তি করিয়া উঠিয়া বাড়ির ভিতর গেলেন,– দুনিয়ার কোন শালার ভাল করতে নেই।

নারায়ণী বাহিরের দিকের জানালায় চোখ রাখিয়া ছটফট করিতেছিলেন। রাম বাড়ি ফিরিয়া আসিয়া ডাকিল– গোবিন্দ, খাঁচা ধরবি আয়।

নারায়ণী ডাকিলেন, ও রাম, একবার এদিকে আয়।

রাম কঞ্চির মধ্যে সাবধানে কাঠি পরাইতে পরাইতে বলিল, এখন না, কাজ কচ্চি।

নারায়ণী ধমক দিয়া বলিলেন, আয় বলচি শিগগির।

রাম কাঠিগুলা নামাইয়া রাখিয়া বৌদির ঘরে গিয়া তক্তপোশের একধারে পায়ের কাছে গিয়া বসিল।

নারায়ণী জিজ্ঞাসা করিলেন, ডাক্তারের সঙ্গে তোর দেখা হ'ল?

হাঁ।

কি বললি তাঁকে?

আসতে বললুম।

নারায়ণী বিশ্বাস করিলেন না– শুধু আসতে বললি– আর কিছু বলিস নি?

রাম চুপ করিয়া রহিল।

নারায়ণী বলিলেন, বল না, কি বলেছিস তাঁকে?

বলব না।

নৃত্যকালী ঘরে ঢুকিয়া সংবাদ দিল– ডাক্তারবাবু আসচেন।

নারায়ণী মোটা চাদরটা টানিয়া লইয়া পাশ ফিরিয়া শুইলেন। রাম ছুটিয়া পলাইয়া গেল। অনতিকাল পরেই ডাক্তার লইয়া শ্যামলাল ঘরে ঢুকিলেন। ডাক্তার কর্তব্যকর্ম সম্পন্ন করিয়া, পরিশেষে নারায়ণীকে সম্বোধন করিয়া বলিলেন, বৌমা, জ্বর সারা না-সারা কি ডাক্তারের হাতে? তোমার দেওরটি তো আমাকে দু'টি দিনের সময় দিয়েছে। এর মধ্যে সারে ভাল, না সারে তো আমার ঘর-দোরে আগুন ধরিয়ে দেবে।

নারায়ণী লজ্জায় মরিয়া গিয়া বলিলেন, ওর ঐ-রকম কথা, আপনি কোন ভয় করবেন না।

ডাক্তার বলিলেন, লোকে বলে ওর একটা দল আছে। তাদের যে-কথা, সেই কাজ। তাতেই বড় শঙ্কা হয়, মা! আমরা ওষুধই দিতে পারি, প্রাণ দিতে পারিনে।

নারায়ণী চুপ করিয়া রহিলেন।

শ্যামলাল রুষ্ট হইয়া বলিলেন, এ ছোঁড়া একদিন জেলে যাবে তা জানি, কিন্তু ঐ সঙ্গে আমাকেও না যেতে হয়, তাই ভাবি।

আজ নীলমণি শোবার ঘরের সিন্দুক খুলিয়া আসল কুইনিন এবং টাটকা ঔষধ অনিয়াছিলেন, তাহাই ব্যবস্থা করিয়া ফিরিবার সময় শ্যামলাল চার টাকা ভিজিট দিতে গেলে, তিনি জিভ কাটিয়া বলিলেন, সর্বনাশ। আমার ভিজিট তো এক টাকা। তার বেশী আমি কোনমতেই নিতে পারব না– ও অভ্যাস আমার নেই। শ্যামবাবু, টাকা দু'দিনের, কিন্তু ধর্মটা যে চিরদিনের।

দুই দিন পূর্বে এইখানেই যে এক টাকার অধিক আদায় করিয়া লইয়াছিলেন, আজ সে কথাও তিনি বিস্মৃত হইলেন। কিন্তু শ্যামলাল সমস্ত ব্যাপারটা বুঝিয়া লইলেন। যাহা হউক, নারায়ণী আরোগ্য হইয়া উঠিলেন, এবং সংসার আবার পূর্বের মতই চলিতে লাগিল।

দুই

মাস-দুই পরে একদিন তিনি নদী হইতে স্নান করিয়া পূর্ণকলস নামাইয়া রাখিয়াই বলিলেন, নেত্য, সে বাঁদরটা কোথায়?

বাঁদরটা যে কে, তাহা বাটীর সকলেই জানিত।

নেত্য বলিল, ছোটবাবু এই তো ছিল– ঐ যে ওখানে ঘুড়ি তৈরি কচ্চে।

নারায়ণী দেখিতে পাইয়া ডাকিলেন, ইদিকে আয় হতভাগা, ইদিকে আয়। তোর জ্বালায় কি আমি গলায় দড়ি দিয়ে মরব?

রামলাল আধখানা বেলের ভিতর হইতে কাঠি দিয়া খুঁচাইয়া আঠা বাহির করিতে করিতে কাছে আসিয়া দাঁড়াইল।

নারায়ণী বলিলেন, সাঁতরাদের এক মাচা শশাগাছ কেটে দিয়ে এসেছিস কেন?

তারা আমাকে কাটতে দেখেছে?

তারা দেখেনি, আমি দেখেছি। কেন কেটেছিস বল্?

আমাকে বুড়ী মাগী অপমান করলে কেন?

নারায়ণী জ্বলিয়া উঠিয়া বলিলেন, অপমানের কথা পরে হবে– তুই চুরি কচ্ছিলি কেন, তাই আগে বল্?

রামলাল রীতিমত বিস্মিত ও ক্রুদ্ধ হইয়া বলিল, চুরি কচ্ছিলুম? কখ্খন না! এতটুকু একটু শশা নিলে বুঝি চুরি করা হয়?

নারায়ণী আরো জ্বলিয়া বলিলেন, হাঁ বাঁদর! এক শ'বার হয়। বুড়ো-ধাড়ী, কাকে চুরি করা বলে, ঐ কচি ছেলেটা জানে। দাঁড়িয়ে থাক্ এক-পায়ে, পাজী, দাঁড়া বলচি।

এ বাড়িতে কচি খোকা গোবিন্দ ছিল রামের বাহন। চব্বিশ ঘণ্টাই সে কাছে থাকিত এবং সব কাজে সাহায্য করিত। রামের হুকুম মত এতক্ষণ সে ঘুড়ি ধরিয়া ছিল, গোলমাল শুনিয়া সেটা ছাড়িয়া দিয়া মায়ের কাছে আসিয়া দাঁড়াইল।

রাম ইতস্ততঃ করিতেছে দেখিয়া চট করিয়া বলিল, কাকা, দাঁড়াও এক-পায়ে– এমনি

করে। বলিয়া সে একটা পা তুলিয়া দাঁড়াইবার প্রণালীটা দেখাইতেছিল—

রাম ঠাস করিয়া তাহার গালে একটা চড় কষাইয়া দিয়া পিছন ফিরিয়া এক-পায়ে দাঁড়াইল।

নারায়ণী হাসি চাপিয়া ছেলেকে কোলে তুলিয়া লইয়া রান্নাঘরে গিয়া ঢুকিলেন। মিনিট দুই পরে ফিরিয়া আসিয়া দেখিলেন, সে তেমনই করিয়াই এক-পায়ে দাঁড়াইয়া, কোঁচার খুঁট দিয়া ঘন ঘন চোখ মুছিতেছে।

নারায়ণী বলিলেন, আচ্ছা যা, হয়েছে। আর এমন করিস নে।

রাম সে কথা শুনিল না। রাগ করিয়া তেমনিভাবে এক-পায়ে দাঁড়াইয়া চোখ মুছিতে লাগিল।

নারায়ণী কাছে আসিয়া তাহার বাহু ধরিয়া টানিতে গেলেন, সে শক্ত হইয়া দাঁড়াইয়া প্রবলবেগে ঝাড়া দিয়া তাঁহার হাত সরাইয়া দিল; তিনি হাসিয়া আর একবার টানিবার চেষ্টা করিতেই সে পূর্বের মত সবেগে ঝাড়া দিয়া নিজেকে মুক্ত করিয়া লইয়া এক দৌড়ে বাহিরে পলাইয়া গেল।

ঘণ্টা-খানেক পরে নৃত্যকালী ডাকিতে আসিয়া দেখিল, চণ্ডীমণ্ডপের ও-ধারের বারান্দায় পা ঝুলাইয়া খুঁটি ঠেস দিয়া রাম চুপ করিয়া বসিয়া আছে।

নৃত্যকালী বলিল, ইস্কুলের সময় হয়নি ছোটবাবু? মা ডাকচন।

রাম জবাব দিল না। যেন শুনিতেই পায় নাই, এইভাবেই বসিয়া রহিল।

নৃত্য সামনে আসিয়া বলিল, মা চান করে খেয়ে নিতে বলচেন।

রাম চোখ রাঙ্গাইয়া গর্জিয়া উঠিল, তুই দূর হ।

কিন্তু মা কি বলেচেন শুনতে পেয়েচ?

না পাইনি। আমি নাব না, খাব না— কিছু করব না— তুই যা।

আমি গিয়ে বলছি তাঁকে, বলিয়া নৃত্যকালী ফিরিতে উদ্যত হইল।

রাম তৎক্ষণাৎ উঠিয়া খিরকির এঁদো-পুকুরে ডুব দিয়া আসিয়া ভিজা মাথায় ভিজা কাপড়ে বসিয়া রহিল।

নারায়ণী খবর পাইয়া ব্যাকুল হইয়া ছুটিয়া আসিলেন— ওরে ও ভুত! ও কি করলি? ও ডোবাটায় ভয়ে কেউ পা ধোয় না, তুই স্বচ্ছন্দে ডুব দিয়ে এলি।

তিনি আঁচল দিয়া বেশ করিয়া তাহার মাথা মুছাইয়া দিয়া, কাপড় ছাড়াইয়া ঘরে আনিয়া ভাত বাড়িয়া দিলেন। রাম বাড়া-ভাতের সুমুখে গোঁজ হইয়া বসিয়া রহিল।

নারায়ণী তাহার মনের ভাবটা বুঝিয়া কাছে আসিয়া মাথায় হাত দিয়া বলিলেন, লক্ষ্মী ভাইটি, এ-বেলা তুই আপনি খা, রাত্তিরে তখন আমি খাইয়ে দেব। চেয়ে দেখ এখনো আমার রান্না শেষ হয়নি—লক্ষ্মীটি খাও।

রাম তখন ভাত খাইয়া জামা পরিয়া ইস্কুলে চলিয়া গেল।

নৃত্যকালী কহিল, তোমার জন্যই ওর সব-রকম বদ অভ্যাস হচ্চে মা! অত বড় ছেলেকে কোলে বসিয়ে খাইয়ে দেওয়া কি! একটু রাগ করলেই খাইয়ে দিতে হবে— ও আবার কি কথা!

নারায়ণী একটু হাসিয়া বলিলেন, না হলে খায় না যে। রাত্তিরের লোভ না দেখালে ও ঐখানে একবেলা ঘাড় গুঁজে বসে থাকতো— খেত না।

নৃত্যকালী বলিল, না, খেত না! ক্ষিদে পেলে আপনি খেত। অত বড় ছেলে—

নারায়ণী মনে মনে অসন্তুষ্ট হইয়া বলিলেন, তোরা ওর বয়সই দেখিস! বড় হলে, বুদ্ধি হলে ওর আপনিই লজ্জা হবে। তখন আর কোলে বসতে চাইবে, না, খাইয়ে দিতে বলবে?

নৃত্যকালী ক্ষুণ্ণ হইয়া বলিল, ভালর জন্যই বলি মা, নইলে আমার দরকার কি? ষোল-সতর বছর বয়সে যদি ওর জ্ঞান-বুদ্ধি না হয়, তবে হবে কবে?

নারায়ণী এবার রাগ করিলেন। বলিলেন, জ্ঞান-বুদ্ধি সকল মানুষের এক সময়ে হয় না নেত্য। কারো বা দু'বছর আগে, কারো বা দু'বছর পরে হয়। আর হোক ভাল, না হোক ভাল, তোদেরই বা এত দুর্ভাবনা কেন?

নেত্য বলিল, ঐ তোমার দোষ মা। ও যে কি-রকম দুষ্টু হয়ে উঠেচে তা তো নিজেও দেখতে পাচ্চ। পাড়ার লোকে বলে, তোমার আদরেই ও–

নারায়ণী রুক্ষস্বরে বলিলেন, পাড়ার লোকে আদরটাই দেখে, শাসনটা দেখে না। কিন্তু তুই তো পাড়ার লোক ন'স, সমস্ত সকালবেলাটা যে এক-পায়ে দাঁড়িয়ে কাঁদলে, পচা পুকুরে ডুব দিয়ে এল, ভগবান জানেন, জ্বর হবে, না কি হবে, তার পরে কি বলিস উপোস করিয়ে ইস্কুলে পাঠিয়ে দিতে? ঘরে-বাইরে আমার অত গঞ্জনা সহ্য হয় না, নেত্য। বলিতে বলিতে তাঁহার স্বর রুদ্ধ হইয়া দুই চোখ জলে ভরিয়া আসিল, আঁচল দিয়া তিনি চোখ মুছিলেন।

এই কথা লইয়া কাল রাত্রে স্বামীর সঙ্গেও যে সামান্য কলহ হইয়া গিয়াছিল, সে কথা নেত্য জানিত না। অত্যন্ত লজ্জিত ও দুঃখিত হইয়া সে বলিল, ও কি মা, কাঁদ কেন? মন্দ কথা তো আমি কিছু বলিনি। লোকে বলে, তাই একটু সাবধান করে দেওয়া।

নারায়ণী চোখ মুছিয়া বলিলেন, সকল মানুষকে ভগবান একরকম গড়েন না। ও একটু দুষ্টু বলেই আমি যার তার কথা চুপ করে সহ্য করি, কিন্তু আদর দেবার খোঁটা লোকে দেয় কি ব'লে? তারা কি চায়, ওকে আমি কেটে নদীর জলে ভাসিয়ে দিয়ে আসি? তা হলেই বোধ করি, তাদের মনস্কামনা পূর্ণ হয়। বলিয়া কোনরূপ উত্তরের প্রতীক্ষামাত্র না করিয়া তিনি দ্রুতপদে চলিয়া গেলেন।

নেত্যকালী। এতটুকু হইয়া গিয়া মনে মনে বলিতে লাগিল, জানি না বাপু! সব বিষয়ে যে-মানুষের এত বুদ্ধি, এত ধৈর্য্য, সে কেন এইটুকু কথা বুঝতে পারে না? আর শাসন তো ভারী। ছেলে এক মিনিট এক-পায়ে দাঁড়িয়ে কেঁদেচে তা পৃথিবী রসাতলে গেছে!

দাদার সঙ্গে বসিয়া আহার করিতে রাম একেবারে পছন্দ করিত না। আজ রাত্রে ইচ্ছা করিয়াই নারায়ণী দুই ভাইয়ের খাবার পাশাপাশি দিয়া অদূরে বসিয়াছিলেন। রাম ঘরে ঢুকিয়াই লাফাইয়া উঠিল। যাও, আমি খাব না– কিছুতেই খাব না।

নারায়ণী বলিলেন, তবে শুগে যা।

তাঁহার গম্ভীর কণ্ঠস্বরে রামের লাফানি বন্ধ হইল, কিন্তু, সে খাইতে বসিল না– চুপ করিয়া দাঁড়াইয়া রহিল।

রান্নাঘরের আর একটা দরজা দিয়া শ্যামল ঢুকিতেই রাম ঝড়ের মত বাহির হইয়া গেল। শ্যামলাল ধীরে-সুস্থে খাইতে বসিয়া বলিলেন, রেমো খেলে না যে?

নারায়ণী সংক্ষেপে বলিলেন, ও আমার সঙ্গে খাবে।

আহার শেষ করিয়া শ্যামলাল চলিয়া যাইবামাত্রই রাম একমুঠো ছাই লইয়া ঘরে ঢুকিয়া বলিল, আমি কাউকে খেতে দেব না– সকলের পাতে ছাই দিয়ে দেব– দিই?

নারায়ণী মুখ তুলিয়া বলিলেন, দিয়ে একবার মজা দেখ না!

রাম ছাই-মুঠা হাতে করিয়া সুর বদলাইয়া বলিল, ভারী মজা, সকালবেলা আমাকে ঠকিয়ে ভাত খাইয়ে দিয়ে এখন মজা দেখ না!

তুই খেলি কেন?

তুমি যে বললে রাত্তিরে–

বুড়ো খোকা, পরের হাতে খেতে তোর লজ্জা করে না?

রাম আশ্চর্য হইয়া বলিল, পরের হাতে কোথায়! তুমি যে বললে!

নারায়ণী আর তর্ক না করিয়া বলিলেন, আচ্ছা, যা– ছাই ফেলে দিয়ে হাত ধুয়ে আয়। কিন্তু আর কোনদিন খেতে চাস্!

খাওয়ানো তখনো শেষ হয় নাই, নৃত্যকালী বিনা প্রয়োজনে একবার দরজার সম্মুখ দিয়া ভিতরে দৃষ্টি নিক্ষেপ করিয়া ও-দিকের বারান্দায় চলিয়া গেল।

নারায়ণী দেখিয়া বলিলেন, রাম কখনও কি একটু শান্ত হবিনে ভাই! ভগবান কোনদিন কি তোর একটু সুমতি দেবেন না? লোকের কথা যে আমি আর সহ্য করতে পারিনে।

রাম মুখের ভাত গিলিয়া লইয়া বলিল, কে লোক তার নাম বল!

নারায়ণী নিশ্বাস ফেলিয়া বলিলেন,– বাস! কে লোক, ওকে তার নাম বলে দাও!

কিন্তু মাস কয়েক পরে সত্যই নারায়ণীর অসহ্য হইয়া উঠল। তাঁহার বিধবা মা দিগম্বরী দশ বছরের কন্যা সুরধুনীকে লইয়া এতদিন কোনমতে তাঁহার ভাইয়ের বাড়িতে দিন কাটাইতেছিলেন। হঠাৎ সেই ভাইটির মৃত্যু হওয়ায় তাঁহার আর দাঁড়াইবার স্থান রহিল না। নারায়ণী স্বামীকে সম্মত করাইয়া তাঁহাদিগকে আনাইতে লোক পাঠাইয়া দিলেন। তাঁহারা আসিলেন এবং আসিয়াই দিগম্বরী মেয়েকে তো ডিঙাইয়া গেলেনই, সেই সুবাদে রামকেও ডিঙাইবার জন্য পা বাড়াইতে লাগিলেন। প্রথম হইতেই তিনি রামকে বিদ্বেষের চোখে দেখি তে লাগিলেন।

আজ সকালবেলা রাম দুই-তিন হাত লম্বা একটা অশ্বত্থ-চারা আনিয়া উঠানের মাঝখানে পুঁতিতে আরম্ভ করিয়া দিল। রান্নাঘরের দাওয়ায় বসিয়া দিগম্বরী মালা ঘুরাইতে ঘুরাইতে সমস্ত লক্ষ্য করিয়া তীক্ষ্ণস্বরে বলিলেন, ওটা কি হচ্চে রাম?

রাম তাঁহার দিকে চাহিয়া বলিল, অশ্বত্থ-গাছটা বড় হলে বেশ ছায়া হবে গো! মাস্টারমশাই বলেছে, অশথের ছায়া খুব ভাল। গোবিন্দ, যা ঘটি করে জল নিয়ে আয়। ভোলা, মোটা দেখে একটা বাঁশ কেটে আন– বেড়া দিতে হবে। নইলে গরু বাছুর খেয়ে ফেলবে।

দিগম্বরী হাড়ে হাড়ে জ্বলিয়া গিয়া বলিলেন, উঠানের মাঝখানে অশ্বত্থ-গাছ। এমন ছিষ্টিছাড়া কাণ্ড কখনও বাপের বয়সে দেখিনি বাবা!

রাম সে কথায় কর্ণপাতও করিল না।

গোবিন্দ তাহার সামর্থ্যানুযায়ী একটি ছোট ঘটি করিয়া জল আনিয়া উপস্থিত করিয়াছিল। রাম তাহার হাত হইতে ঘটিটি লইয়া সস্নেহে হাসিয়া বলিল, এটুকু জলে কি হবে রে পাগলা! তুই বরং দাঁড়া এইখানে, আমি জল আনি গে।

তাহার পর ঘড়া ঘড়া জল ঢালিয়া সমস্ত উঠানটা কাদা করিয়া, রাম যখন গাছ পোঁতা শেষ করিয়াছে, তখন নারায়ণী নদী হইতে স্নান করিয়া ফিরিয়া আসিলেন। দিগম্বরী এতক্ষণ তুঁষের আগুনে দগ্ধ হইতেছিলেন, কারণ তাঁহার চোখের সুমুখেই এই হিতকর বিরাট অনুষ্ঠানটি আরম্ভ হইয়া প্রায় সমাধা হইয়া উঠিয়াছিল। তিনি মেয়েকে দেখিতে পাইয়াই চীৎকার করিয়া

উঠিলেন, দেখ্ নারাণি, চেয়ে দেখ তোর দেওরের কাণ্ডটা একবার দেখ্। উঠানের মাঝখানে অশ্বথ গাছ পুঁতে বলে কিনা ছায়া হবে। আবার ওদিকে চেয়ে দেখ হারামজাদা ভোলার কাণ্ড। একটা আস্ত ঝাড় কেটে নিয়ে ঢুকছে বেড়া দেওয়া হবে।

নারায়ণী চাহিয়া দেখিলেন, সত্যই একরাশ বাঁশ ও কঞ্চি টানিয়া আনিয়া ভোলা উঠানে ঢুকিতেছে। ভোলা রামের প্রায় সমবয়সী। নারায়ণী হাসিতে লাগিলেন। ওদিকে মায়ের ক্রুদ্ধ ব্যস্ত ভাব, এদিকে রামের এই পাগলামি, সমস্ত জিনিসটাই তাঁহার কাছে পরম হাস্যকর ব্যাপার বলিয়া ঠেকিল। হাসিয়া বলিলেন, উঠানের মাঝখানে অশ্বথ গাছ কি হবে রে?

রাম আশ্চর্য হইয়া বলিল, কি হবে কি বৌদি! কেমন চমৎকার ঠাণ্ডা ছায়া হবে বলত, আর এই যে ছোট ডালটি দেখচ, উটি বড় হলে,– এই গোবিন্দ, আঙ্গুল দেখাস নে– বড় হলে গোবিন্দর জন্যে একটা দোলা টাঙ্গিয়ে দেব। ভোলা, একটু উঁচু করে বেড়া দিতে হবে, নইলে কালী গলা বাড়িয়ে খেয়ে নেবে। দে কাটারিখানা, আমার হাতে দে, তুই পারবি নে। খটখট ঠকঠক করিয়া বাঁশ কাটা শুরু হইয়া গেল।

নারায়ণী হাসিতে হাসিতে কক্ষস্থিত পূর্ণকলস রান্নাঘরে রাখিয়া দিতে চলিয়া গেলেন।

রাগে দিগম্বরীর চোখ জ্বলিতে লাগিল। মেয়ের দিকে ক্রুদ্ধ দৃষ্টি নিক্ষেপ করিয়া বলিলেন, তুই যে কিছু বললি না? ঐখানে তবে অশ্বত্থ-গাছ হোক?

নারায়ণী হাসিয়া বলিলেন, মা, ব্যস্ত হ'চ্চ কেন, এত বড় গাছ কখন হয়? ওর কি শেকড়-বাকড় আছে যে ঘড়া ঘড়া ঢাললেই বাঁচবে? ও তো কালই শুকিয়ে যাবে।

দিগম্বরী কিছুমাত্র শান্ত না হইয়া বলিলেন, শুকুবে না ছাই হবে, ভাল চাস তো উপড়ে ফেলে দে।

নারায়ণী শঙ্কিত হইয়া বলিলেন, বাপরে! তা হলে আর কারো রক্ষে থাকবে না।

দিগম্বরী বলিলেন, কেন, বাড়ি কি ওর একলার যে মনে করলেই উঠোনের মাঝখানে এক অশ্বথ গাছ পুঁতে দেবে। তোরা কি কেউ ন'স আমার গোবিন্দ কি কেউ নয়! মা গো, অশ্বথ গাছের উপরে এসে রাজ্যের কাক, চিল, শকুনি বাসা করবে, হাড়গোড় ফেলে নোঙরা করবে– আমি তো নারাণি, তা হলে থাকতে পারব না। ওকে তোদের এত ভয়টা কি জন্যে শুনি? আমার যদি বাড়ি হ'ত, নারাণি, তা হলে দেখতুম, ও কতবড় বজ্জাত। একদিনে সোজা করে দিতুম।

নারায়ণী মায়ের বুকের ভিতরটা যেন দর্পণের মত স্পষ্ট দেখিতে পাইলেন। কিছুক্ষণ চুপ করিয়া থাকিয়া জোর করিয়া হাসিয়া বলিলেন, ছেলেমানুষ, ওর এখন বুদ্ধি কি মা! বুদ্ধি থাকলে কি কেউ নিজের বাড়ির উঠোনে অশ্বত্থ-গাছ পোঁতে? দু'দিন থাক, তার পরে ও আপনিই ফেলে দেবে।

দিগম্বরী বলিলেন, ফেলে দেবে। ও কেন দেবে, আমি নিজেই দেব।

নারায়ণী কহিলেন, না মা, ও-কাজ করো না, তোমাকে বলচি, ওকে চেন না। আমি ছাড়া ওর বড়ভাইও ছুঁতে সাহস করবে না মা। আজকের দিনটা থাক।

দিগম্বরী বিরক্ত হইয়া বলিলেন, আচ্ছা, আচ্ছা, তুই কাপড় ছাড়া গে যা।

দুপুরবেলা নারায়ণী নিজের ঘরে বসিয়া বালিশের অড় সেলাই করিতেছিলেন, নেত্য ছুটিয়া আসিয়া খবর দিল, মা, সর্বনাশ হয়েচে! দিদিমা ছোটবাবুর গাছ ফেলে দিয়েছে। সে ইস্কুল থেকে এসে কাউকে বাঁচতে দেবে না। নারায়ণী সেলাই ফেলিয়া ছুটিয়া আসিয়া দেখিলেন, সত্যই গাছটি নাই।

বলিলেন, মা, রামের গাছ কি হ'ল?

দিগম্বরী মুখ হাঁড়িপানা করিয়া আঙুল দিয়া দেখাইয়া বলিলেন, ওই।

নারায়ণী কাছে আসিয়া দেখিলেন, সেটি শুধু তুলিয়া ফেলা হয় নাই, মুচড়াইয়া ভাঙ্গিয়া রাখা হইয়াছে। তখনই নিঃশব্দে তুলিয়া বাহিরে ফেলিয়া দিয়া নারায়ণী ঘরে চলিয়া গেলেন।

ইস্কুল হইতে ফিরিয়া আসিয়া রাম সর্বাগ্রে তাহার গাছটি দেখিতে গিয়া একেবারে লাফাইয়া উঠিল। বই-খাতা ছুঁড়িয়া ফেলিয়া দিয়া চীৎকার করিয়া উঠিল, বৌদি আমার গাছ?

নারায়ণী রান্নাঘর হইতে বাহিরে আসিয়া বলিলেন, বলচি, এদিকে আয়।

না যাব না। কৈ আমার গাছ?

এদিকে আয় না, বলচি।

রাম কাছে আসিতেই তিনি হাত ধরিয়া ঘরে লইয়া গিয়া কোলের উপর বসাইয়া, মাথায় মুখে হাত বুলাইয়া বলিলেন, মঙ্গলবারে কি অশ্বত্থ-গাছ পুঁততে আছে রে?

রাম শান্ত হইয়া জিজ্ঞাসা করিল, কেন, কি হয়?

নারায়ণী হাসিয়া বলিলেন, তা হলে বাড়ির বড়বৌ মরে যায় যে!

রাম একমুহূর্তে ম্লান হইয়া গিয়া বলিল, যাঃ, মিছে কথা।

নারায়ণী হাসিমুখে বলিলেন, না রে মিছে কথা নয়, পাঁজিতে লেখা আছে।

কৈ, পাঁজি দেখি?

নারায়ণী মনে মনে বিপদগ্রস্ত হইয়া অকস্মাৎ গভীর বিস্ময় প্রকাশ করিয়া বলিলেন, তুই কি ছেলে রে! মঙ্গলবার পাঁজির নাম করতেও নেই– তুই দেখবি কি রে? এ কথা যে ভোলাও জানে! আচ্ছা, ডাক তাকে।

এত বড় অজ্ঞতা পাছে ভোলার কাছে প্রকাশ হইয়া পড়ে এই ভয়ে সে তৎক্ষণাৎ অপ্রতিভ হইয়া তাহার দুই বাহু দিয়া মাতৃসমা বড়বধূর গলা জড়াইয়া ধরিয়া বুকের মধ্যে মুখ লুকাইয়া বলিল, এ আমিও জানি। কিন্তু ফেলে দিলে আর দোষ নেই, না বৌদি?

নারায়ণী তাহার মাথাটা বুকের মধ্যে চাপিয়া ধরিয়া বলিলেন, না, আর দোষ নেই। তাঁহার চোখ দুটি জলে ভিজিয়া উঠিল। মৃদুকণ্ঠে বলিলেন, হাঁ রে রাম, আমি মরে গেলে তুই কি করিস?

রাম সবেগে মাথা নাড়িয়া বলিল, যাঃ– বলতে নেই।

নারায়ণী অলক্ষ্যে চোখের জল মুছিয়া ফেলিয়া বলিলেন, বুড়ো হলুম, মরব না রে!

এবারে রাম পরিহাস বুঝিতে পারিয়া মুখ তুলিয়া সহাস্যে বলিল, তুমি বুড়ো বুঝি? একটি দাঁতও পড়েনি, একটি চুলও পাকেনি।

নারায়ণী বলিলেন, চুল না পাকতেই আমি নদীর জলে একদিন ডুবে মরব। নাইতে যাব, আর ফিরে আসব না।

কেন বৌদি?

তোর জ্বালায়! আমার মাকে তুই দেখতে পারিস নে, দিনরাত ঝগড়া করিস, সেইদিন তোরা টের পাবি, যেদিন আমি আর ফিরব না।

কথাটা রাম বিশ্বাস করিল না বটে, তথাপি মনে মনে শঙ্কিত হইয়া বলিল, আচ্ছা, আমি আর কিছু বলব না। কিন্তু ও কেন আমাকে অমন ক'রে বলে?

বললেই বা। উনি আমার মা, তোরও গুরুজন। আমাকে যেমন তুই ভালবাসিস,

ওঁকেও তেমনি ভালবাসবি। বল্‌ বাসবি?

রাম আবার বৌদিদির বুকের মধ্যে মুখ লুকাইল। এইখানে মুখ রাখিয়া, সে এই দীর্ঘ তেরো বৎসর বাড়িয়া উঠিয়াছে, কেমন করিয়া সে এত বড় মিথ্যা কথা মুখে আনিবে! এ যে তাহার পক্ষে একেবারেই অসাধ্য।

নারায়ণী আর্দ্রকণ্ঠে বলিলেন, মুখ লুকালে কি হবে, বল্‌?

ঠিক এই সময়ে দিগম্বরী দেখা দিলেন। কণ্ঠস্বরে মধু ঢালিয়া দিয়া বলিলেন, কাজকর্ম নেই নারাণি! দেওরকে নিয়ে সোহাগ হচ্ছে, নিজের ছেলেটা যে ওদিকে সারা হয়ে গেল।

রাম তৎক্ষণাৎ মুখ তুলিয়া চাহিল। তাহার চোখ দুটা হিংস্র শ্বাপদের ন্যায় জ্বলিয়া উঠিল।

নারায়ণী জোর করিয়া তাহার মুখ বুকের উপর টানিয়া লইয়া মাকে বলিলেন, ছেলেটা সারা হয়ে গেল কিসে?

কিসে? বেশ! বলিয়াই দিগম্বরী প্রস্থান করিলেন।

বানাইয়া বলিবার মত একটা মিথ্যাকথাও তিনি খুঁজিয়া পাইলেন না। রাম জোর করিয়া মাথা তুলিয়া বলিল, ও ডাইনির আমি গলা টিপে দেব।

নারায়ণী তাহার মুখে হাত চাপা দিয়া বলিলেন, চুপ কর পাজী, মা হয় যে!

দিন-চারেক পরে একদিন ভাত খাইতে বসিয়া 'উঃ আঃ' করিয়া বার-দুই জল খাইয়া রাম ভাতের থালাটা টান মারিয়া ফেলিয়া দিয়া দাঁড়াইয়া উঠিয়া নাচিতে লাগিল;ঐ ডাইনী-বুড়ীর রান্না আমি খাব না, কখ্‌খন খাব না, ঝালে মুখ জ্বলে গেল, বৌদি;ও;বৌদি

চীৎকার-শব্দে নারায়ণী আহ্নিক ফেলিয়া ছুটিয়া আসিয়া পড়িলেন।

কি হ'ল রে?

রাম রাগে কাঁদিয়া ফেলিল;আমি কখ্‌খন খাব না, কখ্‌খন খাব না, ওকে দূর করে দাও। বলিতে বলিতে ঝড়ের বেগে সে বাহির হইয়া গেল।

নারায়ণী স্তম্ভিত হইয়া কিছুক্ষণ দাঁড়াইয়া থাকিয়া কহিলেন, মা, বার বার বলি, তরকারিতে এত ঝাল দিও না, অত ঝাল খাওয়া এ বাড়ির কারো অভ্যাস নেই।

দিগম্বরী অগ্নিমূর্তি হইয়া বলিলেন, ঝাল আবার কোথায়? দুটি লঙ্কা শুধু গুলে দিয়েছি, এতেই এত কাণ্ড!

নারায়ণী বিরক্ত হইয়া বলিলেন, নাই দিলে মা দুটো লঙ্কা। কেউ যখন খায় না, তখন–

চুপ কর্‌ নারাণি, চুপ কর্‌। রান্না শিখোতে আসিস নে আমাকে, চুল পাকালুম এই করে, এখন পেটের মেয়ের কাছে রান্না শিখতে হবে। ধিক্‌ আমাকে!

নারায়ণী আর কোন কথা না বলিয়া রান্নাঘরে গিয়া নূতন করিয়া রাঁধিবার যোগাড় করিতে লাগিলেন।

দিগম্বরী দুয়ারে পা ছড়াইয়া বসিয়া কপালে করাঘাত করিয়া উচ্চৈঃস্বরে কাঁদিয়া উঠিলেন, ভাই রে! কোথায় আছিস, একবার ডেকে নে! আর সহ্য হয় না। যা মুখে আসে, আমাকে তাই বলে গাল দেয় রে আমি বুড়ী আমি ডাইনী! আমাকে দূর করে দিতে বলে। আমি এমন মেয়ে-জামায়ের ভাত খেতে এসেচি;আমার গলায় দেবার দড়ি জোটে না! এর চেয়ে পথে ভিক্ষে করা শতগুণে ভাল। সুরো, আয় মা, আমরা যাই, এ বাড়িতে আর জলস্পর্শ করব না।

সুরধুনী কাঁদ-কাঁদ হইয়া মায়ের কাছে আসিয়া দাঁড়াইয়াছিল, দিগম্বরী তাহার হাত

ধরিয়া চলিয়া যাইতে উদ্যত হইলেন।

নারায়ণী বঁটি কাত করিয়া রাখিয়া উঠিয়া আসিয়া পথরোধ করিয়া দাঁড়াইলেন।

দিগম্বরী কাঁদিতে কাঁদিতে বলিলেন, না, আটকাস্ নে আমাদের নারাণি, যেতে দে। আমরা অনাহারে গাছতলায় মরব সেও ভাল, কিন্তু তোদের ভাত খাব না, তোদের ঘরে শোব না।

নারায়ণী হাতজোড় করিয়া কহিলেন, কার ওপর রাগ করে যাচ্চ মা? আমরা কি কোন অপরাধ করেছি?

দিগম্বরীর ক্রন্দন অধিকতর উচ্ছ্বসিত হইয়া উঠিল, নাকিসুরে বলিলেন, আমি কচি খুকি নই, নারাণি, সব বুঝি। তোর ইশারা না থাকলে কি ওর কখন অত সাহস হয়? আমি ডাইনী! অ্যাঁ, আমাকে দূর করে দাও! আচ্ছা, তাই যাচ্ছি। আমরা তোদের আপদ-বালাই;গলগ্রহ। পথ ছাড় বলচি।

নারায়ণী মায়ের দুই পায়ে হাত দিয়া বলিলেন, মা, আজকের মত মাপ কর। আচ্ছা, উনি আসুন, তার পরে যা ইচ্ছে হয় ক'রো। তাহার পর হাত ধরিয়া টানিয়া লইয়া গিয়া, দুই পায়ে জল ঢালিয়া আঁচল দিয়া মুছাইয়া লইয়া একটা পিঁড়ির উপর বসাইয়া পাখা লইয়া বাতাস করিতে লাগিলেন

ক্রোধটা তাঁহার তখনকার মত শান্ত হইল বটে, কিন্তু দুপুরবেলা শ্যামলাল আহারে বসিতেই তিনি কপাটের

অন্তরালে ফুঁপাইয়া কাঁদিয়া উঠিলেন। প্রথমটা শ্যামলাল হতবুদ্ধি হইয়া চাহিয়া রহিলেন, পরে একটু একটু করিয়া সমস্ত ব্যাপারটা অবগত হইয়া অর্ধভুক্ত অন্ন ফেলিয়া রাখিয়া উঠিয়া গেলেন।

নারায়ণী বুঝিলেন এ রাগ কাহার উপরে। নেত্যকালী সহ্য করিতে পারিল না। বাড়ির মধ্যে সে ছিল স্পষ্টবাদিনী, চট করিয়া বলিয়া বসিল, দিদিমা, জেনেশুনে ইচ্ছে করে বাবাকে খেতে দিলে না। চোখের জল তো তোমার শুকিয়ে যাচ্ছিল না দিদিমা, না হয় দু'মিনিট পরেই বার করতে!

দিগম্বরী মুখ কালি করিয়া নিরুত্তরে বসিয়া রহিলেন।

দুপুরবেলা রাম কোথা হইতে ঘুরিয়া ফিরিয়া আসিয়া, এ-ঘর ও-ঘর খুঁজিয়া তাহার বৌদিদির ঘরে আসিয়া দেখিল, তিনি গোবিন্দকে লইয়া শুইয়া আছেন। ব্যাপারটা তাহার বড় ভাল বোধ হইল না। তথাপি আস্তে আস্তে বলিল, ক্ষিদে পায় যে!

বৌদিদি কথা কহিলেন না।

সে আর একটু জোর করিয়া বলিল, কি খাব?

নারায়ণী শুইয়া থাকিয়াই বলিলেন, আমি জানিনে, যা এখান থেকে।

না, যাব না- আমার ক্ষিদে পায় না বুঝি!

নারায়ণী মুখ ফিরাইয়া রুষ্টভাবে বলিলেন, আমাকে জ্বালাতন করিস নে রাম, নেত্য আছে, তাকে বল্ গে।

রাম আর কিছু না বলিয়া বাইরে আসিয়া নেতাকে খুঁজিয়া বাহির করিয়া বলিল, খেতে দে নেত্য।

নেত্য বোধ করি প্রস্তুত হইয়াই ছিল এক বাটি দুধ, কিছু মুড়ি ও চার-পাঁচটা নারকেলের নাড়ু আনিয়া দিল।

রাম রাগিয়া উঠিয়া বলিল, এই বুঝি?

নেত্য বলিল, ছোটবাবু, ভাল চাও তো আজ আর হাঙ্গামা করো না। বাবু না খেয়ে কাছারি চলে গেছে, মা উপোস করে গোবিন্দকে নিয়ে শুয়ে আছে। গোলমাল শুনে যদি উঠে আসে; তোমার অদেষ্টে দুঃখ আছে তা বলে দিচ্চি।

রাম তাহা দেখিয়াই আসিয়াছিল, আর দ্বিরুক্তি না করিয়া খানিকটা দুধ খাইয়া মুড়ি ও নাড়ু কোঁচড়ে ঢালিয়া লইয়া পুকুরধারে গাছতলায় গিয়া বসিল। তাহার আহারে প্রবৃত্তি চলিয়া গিয়াছিল। বৌদি উপোস করিয়া আছে। সে অন্যমনস্ক হইয়া মুড়ি চিবাইতে চিবাইতে ভাবিতে লাগিল, তাহার মুনি-ঋষিদের মত কোন একটা মন্ত্র জানা থাকিলে এইখানে বসিয়াই সে বৌদির পেট ভরাইয়া দিত। কিন্তু, মন্ত্র না জানিয়া কি উপায়ে যে কি করা যায়, ইহা সে কোনমতে স্থির করিতে পারিল না। ফিরিয়া গিয়া তাঁহাকে খাইবার জন্য অনুরোধ করিতে তাহার লজ্জা করিতেও লাগিল । তা ছাড়া দাদা যে খায়নি! অনুরোধ করিলেই বা কি হইবে? সে কোঁচড় হইতে মুড়ি প্রভৃতি জলের উপর ছড়াইয়া ফেলিয়া দিয়া ঘুরিয়া বেড়াইতে লাগিল। কেবলই মনে হইতে লাগিল, বৌদি উপোস করিয়া আছে। কথাটা সে মনে মনে যত রকম করিয়াই আবৃত্তি করিল, ততবারই তাহার মনের মধ্যে ছুঁচ ফুটিল।

রাত্রে শ্যামলাল ভার্যাকে বলিলেন, আমার আর সহ্য হয় না। ওকে নিয়ে আর বাস করা চলে না।

নারায়ণী অবাক হইয়া জিজ্ঞাসা করিলেন, কার কথা বলচ?

রামের কথা। তোমার মা আমাকে চার-পাঁচ দিন ধরে ক্রমাগত বলচেন, রাম ওকে নাহক অপমান করচে। আমি পাঁচজন ভদ্রলোক ডেকে বিষয়-আশয় সমস্ত ভাগ করে ওকে আলাদা করে দেব। আমি আর পারিনে।

নারায়ণী স্তম্ভিত হইয়া ক্ষণকাল বসিয়া থাকিয়া বলিলেন, রামকে আলাদা করে দেবে? ও-কথা মুখেও এনো না। ও দুধের ছেলে, বিষয়-আশয় নিয়ে কি করবে শুনি?

শ্যামলাল বিদ্রূপ করিয়া বলিলেন, দুধের ছেলেই বটে! আর বিষয়-সম্পত্তি নিয়ে ও কি করবে, সে ও-ই জানে।

নারায়ণী বলিলেন, ও জানে না, আমি জানি। কিন্তু মা বুঝি তোমাকে চার-পাঁচ দিন ধরে ক্রমাগত ওই কথা বলে বেড়াচ্চেন? শ্যামলাল একটু অপ্রতিভ হইয়া ইতস্ততঃ করিয়া বলিলেন, না, উনি কিছুই বলেন না, লোকেরও তো চোখ আছে গো! আমি নিজে কি কিছুই দেখতে পাইনে, তাই তুমি মনে কর?

নারায়ণী বলিলেন, না, আমি তা মনে করিনে। কিন্তু ওর কে আছে, কাকে নিয়ে ও পৃথক হবে? মা আছে, না বোন আছে, না একটা মাসী-পিসী আছে? ওকে রেঁধে খাওয়াবে কে?

শ্যামলাল বিরক্ত হইয়া বলিলেন, আমি ও-সব জানিনে। মুখে বলিলেন বটে 'জানি না', কিন্তু অন্তরে জানিতেছিলেন। এত বড় সত্যটা না জানিয়া পথ কোথায়? নারায়ণী কি কথা বলিতে গেলেন, কিন্তু তাঁহার ওষ্ঠাধর কাঁপিয়া উঠিল। তাই কিছুক্ষণ চুপ করিয়া থাকিয়া, নিজেকে সামলাইয়া লইয়া ভারী গলায় বলিলেন, দেখ, তেরো বছর বয়সে মেয়েরা যখন পুতুল খেলে বেড়ায়, তখন মা আমার মাথায় এই মস্ত সংসারটা ফেলে রেখে স্বচ্ছন্দে স্বর্গে চলে গেলেন। তিনি দেখচেন, এ ভার আমি বইতে পেরেছি কিনা। রেঁধেচি-বেড়েচি, ছেলে মানুষ করেচি, লোক-লৌকতা, কুটুম্ব, সংসার সমস্তই এই একটা মাথায় বয়ে বয়ে

আজ ছাব্বিশ বছরের আধ-বুড়ো মাগী হয়েছি। এখন আমার ঘরকন্নার মধ্যে যদি হাত দিতে এস, সত্যি বলচি তোমাকে, আমি নদীতে ডুব দিয়ে মরব। তখন আর একটা বিয়ে করে রামকে আলাদা করে দিয়ে যেমন ইচ্ছে তেমনি করে সংসার করো, আমি দেখতেও যাব না, বলতেও যাব না। কিন্তু এখন নয়।

শ্যামলাল মনে মনে স্ত্রীকে ভয় করিতেন, আর কথা কহিলেন না। কথাটা এইখানেই সে রাত্রে বন্ধ হইয়া রহিল। পরদিন নারায়ণী রামকে কাছে বসাইয়া গভীর স্নেহে গায়ে হাত বুলাইয়া বলিলেন, রাম, তোর এখানে আর থেকে কাজ নেই ভাই। তুই আলাদা কোথাও আলাদা থাক গে যা; পারবি নে থাকতে?

রাম তৎক্ষণাৎ সম্মত হইয়া একগাল হাসিয়া বলিল, পারব বৌদি। তুমি, আমি, গোবিন্দ আর ভোলা, কবে যাওয়া হবে বৌদি?

নারায়ণী নিরুত্তর হইয়া রহিলেন। ইহার পরে কি বলিবেন তিনি! কিন্তু, রাম কথাটা থামিতে দিল না। সে উৎসাহিত হইয়া উঠিয়াছিল, বলিল, কবে যাবে বৌদি?

তিনি সে কথার উত্তরে তাহার মুখটা বুকের উপর টানিয়া লইয়া বলিলেন, তোর বৌদিকে ছেড়ে একলা থাকতে পারবি নে?

রাম মাথা নাড়িয়া বলিল, না।

আর বৌদি যদি মরে যায়?

যাঃ–

যা নয়। এখন বৌদির কথা শুনিস নে– তখন দেখতে পাবি।

রাম প্রতিবাদ করিয়া বলিল, কখন তোমার কথা শুনিনে ?

নারায়ণী বলিলেন, কখন শুনিস তাই বল। কতদিন বলেচি, আমার মাকে তুই অপমান করিস নে, তবু তুই তাঁকে অপমান করতে ছাড়বি নে। কালও করেছিস। এইবার আমি যেখানে দু'চোখ যায় চলে যাব।

আমিও সঙ্গে যাব।

তুই কি টের পাবি কখন যাব। আমি লুকিয়ে চলে যাব।

আর গোবিন্দ?

সে তোর কাছে থাকবে, তুই মানুষ করবি।

না, আমি পারব না বৌদি।

নারায়ণী হাসিয়া বলিলেন, তোকে পারতেই হবে।

তখন রাম সমস্ত কথাটা অবিশ্বাস করিয়া হোহো করিয়া হাসিয়া বলিল, সব মিছে কথা তুমি কোথাও যাবে না।

মিছে নয়– সত্যি। দেখিস, আমি চলে যাব।

রাম অনুতপ্ত হইয়া বলিল, আর যদি তোমার সব কথা শুনি, তা হলে?

নারায়ণী হাসিমুখে বলিলেন, তা হলে যাব না। তোকেও আর গোবিন্দকে মানুষ করতে হবে না।

রাম খুশী হইয়া বলিল, আচ্ছা, আজ থেকে তুমি দেখো।

তিন

আট-দশ দিন বেশ নিরুপদ্রবে কাটিল। দিগম্বরী যে কটাক্ষ করিতেন না, তাহা নহে, কিন্তু

রাম রাগ করিত না। বৌদিদির সেদিনকার কথা ঠিক বিশ্বাস না করিলেও, তাহার ভয় হইয়া গিয়াছিল। কিন্তু ভগবান বিরূপ, আবার দুর্ঘটনা ঘটিল। আজ দিগম্বরী তাঁহার পিতৃদেবের উদ্দেশে দ্বাদশটি ব্রাহ্মণ-ভোজনের সঙ্কল্প করিয়াছিলেন। পিতার প্রেতাত্মা এতদিন ছেলের বাড়িতে চুপ করিয়া ছিল, এখন নাত-জামাইয়ের বাড়িতে যাতায়াত করিতে লাগিল, অবশ্য স্বপ্নে– তবু তাহাকে সন্তুষ্ট করা চাই তো!

সকালবেলা রাম আঁক কষিতেছিল। ভোলা আসিয়া চুপি চুপি খবর দিয়া গেল, দাঠাকুর, ভগা বাগদী তোমার কেত্তিক-গণেশকে চাপবার জন্যে জাল এনেছে, দেখবে এসো।

একটু বুঝাইয়া বলি। বহুদিনের পুরাতন গোটা দুই খুব বড় গোছের রুইমাছ ঘাটের কাছে সর্বদাই ঘুরিয়া বেড়াইত। মানুষজনকে সে-দুটো আদৌ ভয় করিত না। রাম বলিত, এরা তার পোষা মাছ এবং নাম দিয়াছিল কার্তিক-গণেশ। এ পাড়ায় এমন কেহ ছিল না যে ব্যক্তি কার্তিক-গণেশের অসাধারণ রূপগুণের বিবরণ রামের কাছে শোনে নাই, এবং তাহার অনুরোধে একবার দেখিতে আসে নাই। কি যে তাহাদের বিশেষত্ব, তাহা কেবল সে-ই জানিত, এবং কে কার্তিক, কে গণেশ, শুধু সে-ই চিনিত। ভোলাও সব সময় ঠাহর করিতে পারিত না বলিয়া রামের কাছে কানমলা খাইত।

নারায়ণী হাসিয়া বলিতেন, রামের কার্তিক-গণেশ কাজে লাগবে আমার শ্রাদ্ধের সময়।

ভোলার খবরটা রামকে কিছুমাত্র বিচলিত করিল না। সে শ্লেটের উপর ঝুঁকিয়া পড়িয়া বলিল, একবার চেপে মজা দেখুক না– জাল ছিঁড়ে তারা বেরিয়ে যাবে।

ভোলা কহিল, না দাঠাকুর, আমাদের জাল নয়। ভগা জেলেদের মোটা জাল চেয়ে এনেছে– সে ছিঁড়বে না।

রাম শ্লেট রাখিয়া বলিল, চল তো দেখি।

পুকুরধারে আসিয়া দেখিল, তাহার কার্তিক-গণেশের বিরুদ্ধে সত্যই ষড়যন্ত্র চলিতেছে।

ভগা ঘাটের কাছে জলে কতকগুলা মুড়ি ভাসাইয়া দিয়া জাল উদ্যত করিয়া প্রস্তুত হইয়া আছে।

রাম আসিয়া তাহাকে একটা ধাক্কা বলিল, হতভাগা, মুড়ি দিয়ে আমার মাছ ডাকচ!

ভগা কাঁদ-কাঁদ হইয়া বলিল, বড়বাবু হুকুম দিয়ে গিয়েছেন। অন্য মাছ আর পাওয়া গেল না দাঠাকুর। রাম তাহার হাত হইতে জাল ছিনাইয়া লইয়া টান মারিয়া ফেলিয়া বলিল, যা, দূর হ!

ভগা জাল তুলিয়া লইয়া আস্তে আস্তে চলিয়া গেল।

রাম ফিরিয়া আসিয়া পুনর্বার শ্লেট-পেন্সিল লইয়া বসিল। সে কাহারও উপর রাগ করিবে না প্রতিজ্ঞা করিয়াছিল।

দিগম্বরী আজ সকাল সকাল আহ্নিক সারিয়া লইতেছিলেন। নেতা আসিয়া খবর দিল, মাছ পাওয়া গেল না দিদিমা। ছোটবাবু ভগা বাগদীকে মেরেধরে হাঁকিয়ে দিয়েছেন। এই মাছ দুইটার উপর দিগম্বরীর লুব্ধ দৃষ্টি ছিল। বড় রুইমাছের মুড়ার সম্বন্ধে বিধবার মনের ভাব অনুমান করিতে নাই। সুতরাং লোভে তাঁহার ঠিক নিজের জন্য নয় বটে, কিন্তু নিজের কোন একটা কাজে, স্বহস্তে রাঁধিয়া সদ্‌ব্রাহ্মণের পাতে দিয়া পুণ্য ও খ্যাতি অর্জন করিবার বাসনা অনেক দিন হইতে তিনি মনে মনে পোষণ করিতেছিলেন। কাল জামাইয়ের মত লইয়া, অর্থাৎ কার্তিক-গণেশ সম্বন্ধে আভাসমাত্র না দিয়া, জেলেদের মোটা জাল চাহিয়া আনাইয়া, প্রজা ভগা বাগদীকে চার আনা বকশিশ কবুল করিয়া সমস্ত আয়োজন একরূপ

সম্পূর্ণ করিয়াই রাখিয়াছিলেন। আজ সকালেও সে দুইটা প্রাণীকে ঘাটের কাছে ঘুরিতে ফিরিতে দেখিয়া আসিয়া নিশ্চিন্ত হৃষ্টচিত্তে জপে বসিয়াছিলেন। এমন সময় এরূপ দুঃসংবাদ তাঁহাকে হিতাহিতজ্ঞানশূন্য করিয়া তুলিল। তাঁহার দাঁত কিড়মিড় করা অভ্যাস ছিল। তিনি অকস্মাৎ দাঁতে দাঁত ঘষিয়া, গলার মালাটা উঁচু করিয়া ধরিয়া বলিয়া উঠিলেন, ওরে, কি শত্তুর আমার। কবে ছোঁড়া মরবে যে, আমার হাড়ে বাতাস লাগবে। বাসীমুখে এখনো জল দিইনি ঠাকুর! যদি সত্যির হও, যেন তে-রাত্তির না পোহায়।

কাছে বসিয়া নারায়ণী তরকারি কুটিতেছিলেন। তিনি বিদ্যুদ্‌বেগে উঠিয়া দাঁড়াইয়া চেঁচাইয়া উঠিলেন, 'মা!' শুনিয়াছি সন্তানের মুখে মাতৃ-সম্বোধনের তুলনা নাই। নারায়ণীর মুখে মাতৃ-সম্বোধনের আজ বোধ করি তুলনা ছিল না। ঐ এক-অক্ষরের ডাকে দিগম্বরীর বুকের রক্ত হিম হইয়া গেল। কিন্তু নারায়ণীও আর কিছুই বলিতে পারিলেন না। দেখিতে দেখিতে তাঁহার দুই গণ্ড বাহিয়া টপটপ করিয়া জল ঝরিয়া পড়িতে লাগিল। ক্ষণেক পরে চোখ মুছিয়া যেখানে রাম পড়া তৈরি করিতেছিল, সেইখানেই আসিয়া দাঁড়াইলেন।

কঠোর-স্বরে প্রশ্ন করিলেন, তুই ভগা বাগদীকে মেরেধরে হাঁকিয়ে দিয়েছিস?

রাম চমকাইয়া শ্লেট হইতে মুখ তুলিয়া এক মুহূর্ত তাঁহার মুখের পানে চাহিয়া দেখিল, এবং জবাব দিবার লেশমাত্র চেষ্টা না করিয়া ওদিকের দরজা দিয়া ঊর্ধ্বশ্বাসে পলায়ন করিল।

নারায়ণী ভিতরের কথা জানিতে পারিলেন না, ফিরিয়া আসিয়া ভগা বাগদীকে ডাকাইয়া আনিলেন এবং মাছ ধরিয়া আনিতে হুকুম দিলেন।

হুকুম পাইয়া ভগা জাল লইয়া গেল এবং অবিলম্বে এক প্রকাণ্ড রুই ঘাড়ে করিয়া ধড়াস করিয়া উঠানের মাঝখানে ফেলিয়া দিল।

নারায়ণী রান্নাঘরের দরজায় দাঁড়াইয়া দেখিয়া এখন শিহরিয়া উঠিলেন। শঙ্কিত হইয়া কহিলেন, ওরে, একে ঘাটে ধরিস নি তো? এ রামের কার্তিক-গণেশ নয় তো?

ভগা এত শীঘ্র এত বড় মাছ আনিতে পারিয়া বাহাদুরি করিয়া বলিল, এজ্ঞে হাঁ মাঠাকরুন, এ ঘেটো রুই– বড় জবর রুই!

দিগম্বরীকে আঙুল দিয়া দেখাইয়া বলিল, ও মাঠাকরুন এনারেই ধত্তে বলে দেছ্‌ল।

নারায়ণী স্তম্ভিত হইয়া দাঁড়াইয়া রহিলেন। নৃত্যকালী যদিও রামের উপর খুব সদয় নহে, তবুও মাছ দেখিয়া সে রাগিয়া উঠিল। দিগম্বরীকে বলিল, আচ্ছা দিদিমা, পাড়ার লোকে জানে ছোটবাবুর কার্তিক-গণেশের কথা। তুমি কি বলে এ মাছ ধরতে বলে দিলে? দু'তিনটে পুকুরে কি আর মাছ ছিল না? দশটা লোক খাবে, তা একটা আধমণি মাছই বা কি হবে? লুকিয়ে ফেল একে, কোথায় গেছে তিনি, এখনি এসে পড়বে।

দিগম্বরী মুখ ভারী করিয়া বলিলেন, জানি না বাপু অত শত। একটা মাছ ধরেচে তো সাতগুষ্টি মিলে করচে কি দেখ না! একে লুকিয়ে ফেলবি, বামুন খাবে না?

নেতা বলিল, তোমার বামুন খাবে দুটো-আড়াইটার সময়, ঢের সময় আছে। ছোটবাবু আগে ইস্কুলে যাক, না হলে আজ আর কেউ বাঁচবে না। ও মা! ভোলা এই যে দাঁড়িয়েছিল, সে গেল কোথায়? সে বুঝি তবে খবর দিতে ছুটেচে! যা হয় কর মা, আর দাঁড়িয়ে থেকো না।

ভগা চার আনা পয়সার লোভে জাল চাহিয়া আনিয়াছিল, ব্যাপার দেখিয়া নগদ আদায়ের আশা ছাড়িয়া জাল লইয়া প্রস্থান করিল।

প্রয়োজন হইলে, কখন কোন স্থানে রামকে পাওয়া যাইবে, ভোলা তাহা জানিত।

সে ছুটিয়া গিয়া বাগানের উত্তর-ধারের পিয়ারাতলায় আসিয়া উপস্থিত হইল। রাম একটা ডালের উপর বসিয়া পা ঝুলাইয়া পিয়ারা চিবাইতেছিল, ভোলা হাঁপাইতে হাঁপাইতে বলিল, দেখবে এস দাঠাকুর, ভগা তোমার কার্তিককে মেরেচে।

রাম চিবানো বন্ধ করিয়া বলিল, যাঃ—

সত্যি দাঠাকুর। মা হুকুম দিয়ে ধরিয়েচে, এখনো উঠনে পড়ে আছে ; দেখবে চল।

রাম ঝুপ করিয়া লাফাইয়া পড়িয়া দৌড়িল, এবং ঝড়ের বেগে ছুটিয়া আসিয়া উঠানের মাঝখানে একবার থমকিয়া দাঁড়াইয়া চীৎকার করিয়া উঠিল, ওগো, এই তো আমার গণেশ। বৌদি, তুমি হুকুম দিয়ে আমার গণেশকে ধরালে! বলিয়াই মাটির উপর উপুড় হইয়া পড়িয়া কাটা ছাগলের মত সে পা ছুঁড়িতে লাগিল। শোকটা যে তাহার কিরূপ সত্য কিরূপ দুর্দম, সে বিষয়ে দিগম্বরীরও বোধ করি সংশয় রহিল না।

তাহাকে খাওয়াইবার জন্য রাত্রে নারায়ণী টানাটানি করিতে লাগিলেন, রাম তাঁহার হাত ছুঁড়িয়া ফেলিয়া দিল, এবং সমস্ত দিন উপবাসের পর গোটা পাঁচ-ছয় ভাত মুখে দিয়া উঠিয়া গেল।

দিগম্বরী আড়ালে দাঁড়াইয়া জামাইকে বলিলেন, তুমি একবার বল, না হলে নারায়ণী খাবে না, সে সারাদিন উপোস করে আছে।

শ্যামলাল জিজ্ঞাসা করিলেন, উপোস কেন?

দিগম্বরী কান্নার অভাবে কণ্ঠস্বর করুণ করিয়া বলিলেন, আমার এক শ' ঘাট হয়েচে বাবা। কিন্তু কেমন করে জানব বল, পুকুর থেকে বামুন-ভোজনের জন্যে একটা মাছ ধরালে মহাভারত অশুদ্ধ হয়ে যায়!

শ্যামলাল বুঝিতে না পারিয়া ডাকিলেন, নেত্য, কি হয়েচে রে?

নেত্য আড়ল হইতে বলিল, সেটা ছোটবাবুর গণেশ।

শ্যামলাল চমকিত হইয়া বলিয়া উঠিলেন, রেমোর কার্তিক-গণেশের একটা নাকি?

নেত্য বলিল, হ্যাঁ।

আর বলিতে হইল না। তিনি আগাগোড়া ব্যাপারটা বুঝিয়া লইয়া বলিলেন, রাম খায়নি বুঝি?

নেত্য বলিল, না।

শ্যামলাল বলিলেন, তবে আর খেতে বলে কি হবে? সে খায়নি, ও খাবে কি!

দিগম্বরী বলিতে লাগিলেন, এমন কাণ্ড হবে জানলে বামুন খাওয়াবার কথাও তুলতাম না বাবা! ও নিজে কেনই বা হুকুম দিয়ে মাছ ধরালে, কেনই বা এমন ধারা করচে তা সে ও-ই জানে। আমি তো চুপ করেই ছিলাম। তবু সব দোষ যেন আমারই। আমাদের না হয় আর কোথাও পাঠিয়ে দাও বাবা, এখানে একদণ্ডও থাকতে আর ভরসা হয় না।

একটুখানি চুপ করিয়া রীতিমত কান্নার সুরে পুনরায় শুরু করিলেন, কপাল আমার এমন করে যদি না-ই পুড়বে, তবে, অমন ভাই বা মরবে কেন, আমাকেই বা লাথি-ঝাঁটা খেয়ে থাকতে হবে কেন? বাবা, আমরা নিতান্ত নিরুপায়, তাই হাতজোড় করে বলচি, আমাদের একটা কিছু উপায় তোমাকে করে দিতে হবেই।

শ্যামলাল ব্যস্ত হইয়া উঠিলেন, কিন্তু, হাঁ না, কিছুই বলিতে পারিলেন না।

নারায়ণী আড়ালে দাঁড়াইয়া নিজের মায়ের এই নির্লজ্জ ন্যাকামোর লজ্জায় মরমে মরিয়া যাইতে লাগিলেন। তিনি ফিরিয়া আসিয়া রামের রুদ্ধ দরজায় ঘা দিয়া ডাকিলেন,

লক্ষ্মী মানিক আমার! দোরটা একবার খুলে দে!

রাম জাগিয়া ছিল, সাড়া দিল না।

নারায়ণী আবার ডাকিলেন, ওঠ, দোর খোল্।

এবারে চেঁচাইয়া বলিল, না খুলব না, তুমি যাও। তোমরা সবাই আমার শত্তুর।

আচ্ছা তাই, তুই দোর খোল।

না, না, না, আমি খুলব না। সত্যই সে রাত্রে কপাট খুলিল না। শ্যামলাল ঘরের ভিতর হইতে সমস্ত শুনিতে পাইতেছিলেন, নারায়ণী ঘরে আসিতেই বলিলেন, হয় একটা উপায় কর, না হয় যেখানে ইচ্ছে, আমি চলে যাব। এত হাঙ্গামা আমার বরদাস্ত হয় না।

নারায়ণী নিরুত্তর হইয়া ভাবিতে লাগিলেন।

তাহার পর দু-তিন দিন কাটিয়া গেলেও যখন রামের রাগ পড়িতে চাহিল না, তখন নারায়ণী ভিতরে ভিতরে ক্ষুব্ধ ও বিরক্ত হইয়া উঠিতে লাগিলেন। আজ সন্ধ্যা হয়, তবুও সে ইস্কুল হইতে ফিরিল না দেখিয়া নারায়ণী উৎকণ্ঠিত ক্রোধে অধীর হইয়া উঠিতেছিলেন, এমন সময় দিগম্বরী নদী হইতে গা ধুইয়া, সংসারের সংবাদ লইয়া, রামের মঙ্গল কামনা করিয়া, বড় মেয়ের সৃষ্টিছাড়া মতি-বুদ্ধির অবশ্যম্ভাবী ফলাফল প্রতিবাসিনীদের কাছে ঘোষণা করিয়া, শোকে-তাপে অসময়ে অল্পবয়সে নিজের মাথার চুল পাকিবার কারণ দর্শাইয়া, নিজেকে বড় মেয়ে নারায়ণীর প্রায় সমবয়সী বলিয়া প্রচার করিয়া, ভাইয়ের সংসারে কিরূপ সর্বময়ী ছিলেন, তাহার বিশ্বাসযোগ্য ইতিহাস বলিয়া, ধীরে-সুস্থে বাড়ি ফিরিতেছিলেন, এমন সময় পথিমধ্যে এক কাণ্ড শুনিয়া তিনি যেন বাতাসে উড়িতে উড়িতে বাড়ি আসিয়া পৌছিলেন। উঠানে পা দিয়াই উচ্চকণ্ঠে বলিয়া উঠিলেন, তোর গুণধর দেওরের কাণ্ড শুনেচিস নারাণি?

নারায়ণী ভয়ে বিবর্ণ হইয়া গিয়া বলিলেন, কি কাণ্ড?

দিগম্বরী বলিলেন, তারা থানায় গেছে। যাবেই তো। যে বজ্জাত ছেলে বাবা, এমনটি সাত-জন্মে দেখিনি! এখন জেলে যান!

তাঁহার মুখে-চোখে আহ্লাদ যেন উছলিয়া পড়িতে লাগিল। নারায়ণী সে কথার জবাব না দিয়া ডাকিলেন, নেত্য, রাম এখনো এলো না কেন, একবার ভোলাকে পাঠিয়ে দে,– খুঁজে আনুক।

দিগম্বরী বলিলেন, আমি যে সমস্তই শুনে এলুম।

নেত্য শুনিবার আগ্রহে হাঁ করিয়া দাঁড়াইল, নারায়ণী তাড়া দিয়া উঠিলেন, দাঁড়িয়ে থাকলি যে? কথা কানে গেল না বুঝি!

নেত্য ব্যস্ত হইয়া চলিয়া গেল, দিগম্বরী কণ্ঠস্বরে উদ্বেগ টানিয়া আনিয়া বলিলেন, কি হয়েছে জানিস নারাণি–

তুমি ভিজে কাপড় ছাড় গে মা, তার পরেই না হয় ব'লো, বলিয়া তিনি অন্যত্র চলিয়া গেলেন। দিগম্বরী অবাক হইয়া মনে মনে বলিলেন, বাস্ রে! মেয়ের রাগ দেখ! এমন একটা কাণ্ড আনুপূর্বিক বলিতে না পাইয়া তাঁহার পেট ফুলিতে লাগিল।

সে কাণ্ডটা সংক্ষেপে এই,– গ্রামের স্কুলে জমিদারদের একটি ছেলে পড়িত। আজ টিফিনের সময় তাহার সহিত রামের তর্ক বাধিল। বিষয়টা জটিল, তাই মীমাংসা না হইয়া মারামারি হইয়া গেল। জমিদারদের ছেলে বলিয়াছিল, শাস্ত্রে লেখা আছে, শ্মশানকালী রক্ষাকালীর চেয়ে অধিক জাগ্রত। কেননা, শ্মশানকালীর জিভ বড়!

রাম প্রতিবাদ করিয়া বলিল, না, শ্মশানকালীর জিভ একটু চওড়া বটে, কিন্তু অত বড়ও নয়, অমন রাঙাও নয়। কিছুদিন পূর্বে পাড়ায় চাঁদা করিয়া রক্ষাকালীর পূজা হইয়া গিয়াছিল, সে স্মৃতি রামের মনে উজ্জ্বল ছিল। জমিদারদের ছেলে রামের কথা অস্বীকার করিয়া নিজের করতল তুলিয়া ধরিয়া বলিল, রক্ষাকালীর জিভ তো এতটুকু!

রাম ক্রুদ্ধ হইয়া বলিল, কি, অতটুকু? কখ্খনো না। এই এত বড়। অতটুকু জিভ হলে কি কখনও পৃথিবী রক্ষা করতে পারে পৃথিবী রক্ষে করে বলেই তো রক্ষাকালী নাম।

তার পর আর দুই-একটা কথা, এবং তার পরই ঘুষাঘুষি। জমিদারদের ছেলের গায়ে জোর ছিল কম, সুতরাং মার সে-ই বেশী খাইল। নাক দিয়াও ফোঁটা-দুই রক্ত বাহির হইল। এই ক্ষুদ্র স্কুলের জীবনে এত বড় কাণ্ড ইতিপূর্বে ঘটে নাই। যে জমিদারের স্কুল, তাহারই পুত্রের নাকে রক্ত। অতএব হেডমাস্টার নিজে স্কুল বন্ধ করিয়া ছেলেটিকে লইয়া দরবার করিতে ছুটিলেন। বলা বাহুল্য, রামলাল বহু পূর্বেই অন্তর্ধান হইয়াছিল।

ভোলা ফিরিয়া আসিয়া বলিল, দাঠাকুরকে পাওয়া গেল না। অনতিকাল পরে শ্যামলাল মুখ কালি করিয়া বাড়ি আসিলেন। উঠানে দাঁড়াইয়া বলিলেন, ওগো শুনচ? এ গ্রাম থেকে বাস উঠাতে হ'ল দেকচি। চাকরি করে দু'পয়সা ঘরে আনছিলুম, তাও বোধ করি এবার ঘুচল। নারায়ণী ভাঁড়ার হইতে বাহির হইয়া একটা চৌকাঠে ভর দিয়া শুষ্ককণ্ঠে জিজ্ঞাসা করিলেন, তাঁরা থানায় গেছেন, না?

শ্যামলাল ঘাড় নাড়িয়া বলিলেন, বাবু শিবতুল্য লোক, তাই মাপ করেচেন, কিন্তু আরো পাঁচজন আছে তো? দিন দিন একটা নূতন ফ্যাসাদ তৈরি হলে কি করে গ্রামে বাস করি, বল! রাম কৈ?

নারায়ণী বলিলেন, সে এখনো আসেনি। বোধ করি, ভয়ে পালিয়েছে।

শ্যামলাল গম্ভীর হইয়া বলিলেন, পালালেও তার সঙ্গে আর সম্পর্ক নেই, না পালালেও নেই। সে সৎমার ছেলে, লোকে নিন্দা করবে, তাই এতদিন কোনমতে সহ্য করেছিলুম, কিন্তু আর নয়। এখন নিজের প্রাণ বাঁচাতে হবে।

দিগম্বরী রান্নাঘরের বারান্দা হইতে বলিলেন, নিজের ছেলেটার পানেও তো চাইতে হবে।

শ্যামলাল উৎসাহিত হইয়া বলিলেন, হবে না মা, নিশ্চয় হবে। তাই কাল পাড়ার পাঁচজন ভদ্রলোক ডেকে বিষয়-সম্পত্তি আলাদা করে ফেলব। আর তোমাকেও বলে রাখলুম, এ নিয়ে ওকে বকাঝকা করবার দরকার নেই। ও যা ভাল বোঝে, তাই করে। ভাল বুঝেচে, মনিবের ছেলের গায়ে হাত তুলেচে।

দিগম্বরী মনে মনে পরমানন্দিত হইয়া বলিলেন, নারাণি কেন যে ওকে শাসন করতে যায় আমার তো দেখে ভয়ে বুক কাঁপে। যে গোঁয়ার ছেলে, ও আমাকেই যখন অপমান করে, তখন ওকে অপমান করে ফেলবে, এ কি বেশী কথা! আমি বলি, মন! নিজের মান নিজের ঠাঁই,– রামের কথায় থেকো না।

শ্যামলাল শ্বশ্রূর এ কথাটায় আর সায় দিতে পারিলেন না, বোধ করি, চক্ষুলজ্জা হইল। বলিলেন, যাই হোক, ওকে শাসন করবার দরকার নেই।

নারায়ণী পাথরের মূর্তির মত নিবার্ক নিশ্চল হইয়া সমস্ত শুনিলেন, একটা কথারও জবাব দিলেন না। তার পর ধীরে ধীরে নিজের কাজে চলিয়া গেলেন।

ঘণ্টা খানেক পর নেত্য আসিয়া চুপি চুপি বলিল, মা, ছোটবাবু ঘরে এসেছে।

নারায়ণী নিঃশব্দে উঠিয়া গিয়া, রামের ঘরের মধ্যে ঢুকিয়া কপাট বন্ধ করিলেন। রাম খাটের উপর চুপ করিয়া বসিয়া কি ভাবিতেছিল, দরজা বন্ধ করার শব্দে চমকিয়া মুখ তুলিয়া দেখিল, বৌদিদি দ্বার রুদ্ধ করিয়া দিয়াছেন এবং ঘরের কোণে তাহারই একগাছা পাতলা বেতের ছড়ি ছিল, তাহাই তুলিয়া লইতেছেন। সে তৎক্ষণাৎ লাফাইয়া খাটের ওধারে গিয়া দাঁড়াইল। নারয়ণী ডাকিলেন, এদিকে আয়।

রাম হাতজোড় করিয়া বলিল, আর করব না বৌদি! এইবারটি ছেড়ে দাও।

নারায়ণী কঠিন হইয়া বলিলেন, এলে কম মারব, কিন্তু না এলে এই বেত তোমার পিঠে ভাঙব।

রাম তথাপি নড়িল না, সেইখানে দাঁড়াইয়া মিনতি করিতে লাগিল, তিন সত্যি করছি বৌদি, আর কোন দিন করব না, কান মল্‌ছি বৌদি–

নারায়ণী খাটের উপর ঝুঁকিয়া পড়িয়া সপাৎ করিয়া এক ঘা বেত তাহার ঘাড়ের উপর বসাইয়া দিলেন; তাহার পর বেতের উপর বেত পড়িতে লাগিল। প্রথমটা সে ওদিকের দোর খুলিয়া পলাইবার চেষ্টা করিল, তার পর ঘরময় ছুটাছুটি করিয়া আত্মরক্ষার চেষ্টা করিল, শেষে পায়ের তলায় পড়িয়া চেঁচাইতে লাগিল। নেত্য পেছনে আসিয়া জানালার ফাঁক দিয়া দেখিতেছিল, কাঁদিয়া বলিল, মা, ছেড়ে দাও মা। আমি ঘাট মানচি–

দিগম্বরী খিঁচাইয়া উঠিয়া বলিলেন, তুই সব কাজে কথা কইতে আসিস কেন বল তো?

শ্যামলাল ঘরের ভিতর হইতে ডাকিয়া বলিলেন, কি হচ্ছে ও– সারারাত ঠেঙাবে নাকি?

নারায়ণী বেত ফেলিয়া বলিলেন, মনে থাকে যেন!

চার

রাম ভাত খাইতে বসিয়াছিল। দিগম্বরী আড়ালে বসিয়া সুর তুলিয়া বলিলেন, অত বড় ছেলেকে অমন করে মারা কেন? ওর বড়ভাই কোনদিন গায়ে হাত তোলে না।

নেত্য কাজ করিতে করিতে বলিল, তুমি কম নও, দিদিমা! তুমিই তো ও-সব কথা মাকে এসে লাগাও।

সে রাত্রে অত মার তাহার মোটেই ভাল লাগে নাই; রাম শুনিয়া চোখ পাকাইয়া বলিল, ডাইনী বুড়ী আমাদের সব খেতে এসেছে!

দিগম্বরী চেঁচাইয়া উঠিলেন, নারাণি, শুনে যা তোর দেওরের কথা।

নারায়ণী স্নান করিতে যাইতেছিলেন, ফিরিয়া আসিয়া ক্লান্তভাবে বলিলেন, পারিনে মা, আর কথা শুনতে; সত্যি বলচি নেতা, মরণ হলে আমার হাড় জুড়োয়;আর সহ্য হচ্ছে না। ওরে ও বাঁদর, এখনো তোর পিঠের দাগ মিলোয় নি, এর মধ্যেই সব ভুলে গেলি!

রাম জবাব দিল না, ভাত খাইতে লাগিল। নারায়ণী আর কোন কথা না বলিয়া স্নান করিতে চলিয়া গেলেন। উঠানের উপরেই একটা পিয়ারাগাছ ছিল, ভাত খাইয়া। তাহার উপর উঠিল এবং নির্বিচারে কাঁচা-পাকা পিয়ারা চর্বণ করিতে লাগিল। কোনটার কতকটা খাইল, কোনটার একটু কামড়াইয়াই ফেলিয়া দিল। নিতান্ত কাঁচাগুলা নিরর্থক ছিঁড়িয়া এদিকে ওদিকে ছুঁড়িয়া ফেলিতে লাগিল। দেখিয়া দিগম্বরীর গা জ্বালা করিতে লাগিল। নারায়ণী বাড়িতে নাই, তিনি আর সহ্য করিতে না পারিয়া বলিলেন, তোমার জন্য তো বাছা, পাকা পিয়ারা দাঁতে কাটবার জো নেই, কাঁচাগুলো নষ্ট করে কি হচ্ছে?

রাম কোনদিনই তাঁহার কথা সহিতে পারিত না। বিশেষ এইমাত্র নেতার কাছে মার খাইবার কারণ জানিতে পারিয়া, রাগে ফুলিতেছিল, গাছের উপর হইতে চেঁচাইয়া বলিল, বেশ করচি বুড়ী। এই বিশেষণটা দিগম্বরী সবচেয়ে অপছন্দ করিতেন, মুখ বিকৃত করিয়া বলিলেন, বুড়ী! বেশ কচ্চ? আচ্ছা, আসুক সে। যেমন কুকুর, তেমনি মুগুর হওয়া চাই তো! কি বেহায়া ছেলে বাবা-মার খেয়ে পিঠের চামড়া উঠে গেল, তবু লজ্জা হল না।

রাম উপর হইতে বলিল, ডাইনী বুড়ী!

ডাইনী বুড়ী! যত বড় মুখ নয়, তত বড় কথা। পাজী হারামজাদা, নাব বলচি।

রাম বলিল, নাবব কেন? তোমার বাবার গাছ?

দিগম্বরী ক্ষেপিয়া উঠিলেন, চীৎকার করিয়া বলিলেন, অ্যাঁ-বাপ তুললি? শুনলি নেত্য, শুনলি?

ঠিক এই সময় নারায়ণী ঘাট হইতে আসিয়া পড়িলেন। গাছের উপর দৃষ্টি পড়িতেই বলিলেন, ভাত খেয়ে ইস্কুলে গেলিনে? গাছে চড়েছিস যে!

রাম ভাবিয়া রাখিয়াছিল, গাছের উপর হইতে দূরে বৌদিকে আসিতে দেখিয়াই সে নামিয়া পলাইবে। কিন্তু। পথের দিকে নজর করে নাই। বৌদিদি একবারে উঠানে আসিয়া দাঁড়াইয়াছেন। সে ভয়ে বলিল পিয়ারা খাচ্চি।

তা তো খাচ্ছিস;ইস্কুলে গেলিনে?

আমার পেট কামড়াচ্চে যে।

নারায়ণী জ্বলিয়া উঠিয়া বলিলেন, তাই ভাত খেয়ে উঠে কাঁচা পিয়ারা চিবোচ্চ?

দিগম্বরী মেয়ের গলা শুনিয়া ছুটিয়া আসিয়া বলিলেন,– হারামজাদা ছোঁড়া আমার বাপ তোলে! বলে, নাবব কেন, তোমার বাপের গাছ?

নারায়ণী চোখ তুলিয়া বলিলেন, বলেছিস?

রাম চোখ-মুখ কুঞ্চিত করিয়া বলিল, না বৌদি, বলিনি।

দিগম্বরী চেঁচাইয়া উঠিলেন, বলিস নি হারামজাদা। নেত্য সাক্ষী আছে। তার পর মুখ বিকৃত করিয়া সানুনাসিক সুর করিয়া বলিতে লাগিলেন, সেদিন যখন বেতের উপর বেত পড়েছিল, তখন আর করব না বৌদি;পায়ে পড়ি বৌদি;মরে গেলুম বৌদি,–চেপে ধরলে চিঁচিঁ কর, আর ছেড়ে দিলে লাফ মার, হারামজাদা!

রাম আর সহ্য করিতে পারিল না। তাহার হাতে একটা বড় কাঁচা পিয়ারা ছিল; ধাঁ করিয়া ছুড়িয়া মারিয়া দিল। সেটা দিগম্বরীকে স্পর্শ করিল না, নারায়ণীর ডান ভ্রুর উপরে গিয়া সজোরে আঘাত করিল। এক মুহূর্তের জন্য চোখে অন্ধকার দেখিয়া তিনি সেইখানেই বসিয়া পড়িলেন। দিগম্বরী ভয়ঙ্কর চেঁচামেচি করিয়া উঠিলেন, নেতা কাজ ফেলিয়া ছুটিয়া আসিল, রাম গাছ হইতে লাফাইয়া পড়িয়া উর্ধ্বশ্বাসে দৌড় মারিল।

দুপুরবেলা শ্যামলাল স্নানাহার করিতে আসিয়া দেখিলেন বিষম কাণ্ড। নারায়ণী নির্জীবের মত বিছানায় পড়িয়া আছেন, তাঁহার ডান চোখ ফুলিয়া ঢাকিয়া গিয়াছে। তাহার উপর ভিজা ন্যাকড়ার পটি বাঁধিয়া নেত্য পাখা লইয়া বাতাস করিতেছে। দিগম্বরী আজ আর আড়ালে গেলেন না, সামনেই চীৎকার করিয়া কাঁদিয়া বলিলেন, রাম নারায়ণীকে মেরে ফেলেচে।

শ্যামলাল চমকাইয়া উঠিলেন। কাছে আসিয়া আঘাত পরীক্ষা করিয়া দেখিয়া

কঠিনভাবে স্ত্রীকে বলিলেন, আজ তোমাকে আমি দিব্যি দিচ্ছি যদি ওকে খেতে দাও, যদি কোনদিন কথা কও;যদি কোন কথায় থাক, সেই দিনে যেন তুমি আমার মাথা খাও।

নারায়ণী শিহরিয়া উঠিয়া বলিলেন, চুপ কর, চুপ কর, ও কথা মুখে এনো না।

শ্যামলাল বলিলেন, আমার এত বড় দিব্যি যদি না মানো, সেই দিনে যেন তোমাকে আমার মরা-মুখ দেখতে হয়। বলিয়া ডাক্তার ডাকিয়া আনিতে নিজেই চলিয়া গেলেন।

সমস্ত দিন নদীর ধারে ধারে বেড়াইয়া, বসিয়া দাঁড়াইয়া, অসম্ভব কল্পনা করিয়া রাম সন্ধ্যার অন্ধকারে লুকাইয়া বাড়ি ঢুকিল। দেখিল, উঠানের মাঝামাঝি ছ্যাঁচা বাঁশের বেড়া দিয়া বাড়িটিকে দুই ভাগ করা হইয়াছে। নাড়া দিয়া দেখিল, বেশ শক্ত, ভাঙ্গা যায় না। রান্নাঘরে আলো জ্বলিতেছিল, চুপি চুপি মুখ বাড়াইয়া দেখিল, সেখানেও ওই ব্যবস্থা করা হইয়াছে। ঘরে কেহ নাই, শুধু একরাশ পিতল-কাঁসার বাসন মেজের উপর পড়িয়া আছে। ব্যাপারটা যে কি, তাহা ঠিক না বুঝিতে পারিলেও, সকালবেলার কাণ্ডটার সহিত কেমন করিয়া যেন যোগ রহিয়াছে, তাহা অনুমান করিয়া তাহার বুক শুকাইয়া উঠিল। তখন ফিরিয়া গিয়া সে চুপ করিয়া তাহার নিজের ঘরের মধ্যে বসিয়া

বাটীর অপর খণ্ডের গতিবিধি শব্দসাড়া শুনিতে লাগিল। ইতিপূর্বে তাহার যে অত্যন্ত ক্ষুধা বোধ হইয়াছিল, এখন সে কথাও ভুলিয়া গেল। রাত্রি তখন বোধ করি নয়টা, সে ঘুরিয়া গিয়া খিড়কির দরজায় ঘা দিতেই নেত্য কপাট খুলিয়া দিয়া সরিয়া দাঁড়াইল। রাম জিজ্ঞাসা করিল, বৌদি কোথায় নেত্য?

ঘরে শুয়ে আছেন।

রাম ঘরে ঢুকিয়া দেখিল, বৌদি খাটের উপর শুইয়া আছেন, এবং নীচে মাদুর পাতিয়া দিগম্বরী ছোট মেয়েটিকে লইয়া বসিয়া আছেন। গোবিন্দ খেলা করিতেছিল, ছুটিয়া আসিয়া কাকার হাত ধরিয়া ঝুলিতে ঝুলিতে বলিয়া দিল, কাকা, তোমার বাড়ি ওদিকে, এদিকে আমাদের বাড়ি। বাবা বলেছে, তুমি এ-ঘরে ঢুকলে পা ভেঙ্গে দেবে।

রাম খাটের উপর নারায়ণীর পায়ের কাছে গিয়া বসিতেই তিনি পা সরাইয়া লইলেন। রাম চুপ করিয়া বসিয়া রহিল। দিগম্বরী তাঁহার ছোট মেয়েকে ঠেলা দিয়া বলিলেন, সুরো, বল না তোর দাদাবাবু কি বলেচে ওকে।

সুরধুনী মুখস্থর মত গড়গড় করিয়া বলিয়া গেল;দাদাবাবু বলেচে, তুমি এখানে এসো না। কাল সকালে সব– কি মা?

দিগম্বরী বলিলেন, বিষয়-সম্পত্তি।

সুরধুনী বলিল, বিষয়-সম্পত্তি কাল ভাগ-বাটরা করে দেবে।

দিগম্বরী বলিলেন, দিব্যি দেবার কথাটা বল্ না-ন্যাকা মেয়ে!

সুরধুনী বলিল, দাদাবাবু দিব্যি দিয়েচেন দিদিকে– খেতেও দেবে না, কথাও বলবে না;বললে দাদাবাবু–। নারায়ণী বিছানার উপর হইতে ধমক দিয়া উঠিলেন, আচ্ছা, হয়েছে হয়েছে, তুই চুপ কর।

তখন দিগম্বরী বলিলেন, তা সত্যি বাছা। তুমি মানুষ-জনকে আধ-খুন করে ফেলবে সে দিব্যি না দিয়ে আর করে কি। আমি তো বাপু, কিছুতে তার দোষ দিতে পারব না;তা যে যাই বলুক! এ বাড়িতে তোমার আসা-যাওয়া খাওয়া-দাওয়া আর চলবে না। ওকে সোয়ামীর মাথার দিব্যিটা তো মানতে হবে?

সুরধুনী বলিল, মা, ভাত দেবে চল না।

দিগম্বরী বিরক্ত হইয়া বলিলেন, সবুর কর বাছা।

রাম তখনও বসিয়া আছে; এমন অবস্থায় ঘরে-দোরে আগুন ধরিয়া গেলেও তো তিনি উঠিতে পারেন না। রামের বুকের ভিতর চাপা কান্না মাথা খুঁড়িতে লাগিল, কিন্তু দিগম্বরীর সেই সকালবেলার খোনা কথার ভ্যাংচানি তাহার বুকের উপর পাথর চাপাইয়া পথ আটকাইয়া রাখিল। একবার সে কাঁদিতে পারিল না, একবার বলিতে পারিল না, 'আর করব না বৌদি।' এই একটা কথা অনেক আপদে-বিপদেই তাহাকে রক্ষা করিয়াছে আজ তাহাই বলিতে না পাইয়া তাহার দম আটকাইয়া আসিতে লাগিল।

এমন সময়ে নারায়ণী ক্লান্তভাবে বলিলেন, সুরো, যেতে বল্ ওকে।

এবার সে কান্না চাপিয়া বলিয়া উঠিল,– যেতে বল্ ওকে! আমার ক্ষিদে পায় না বুঝি। সেই তো কখন খেয়েচি!

নারায়ণী একটু উত্তেজিত হইয়া বলিলেন, একেবারে খুন করে ফেলতে পারেনি? তা হলে দশহাতে খেতো! আমি জানিনে;যাক ও নেত্যর কাছে।

যাব না নেত্যর কাছে। আমি কারো কাছে যাব না;আমি না খেয়ে উপোস করে শুয়ে থাকব। বলিতে বলিতে রাম দুমদুম করিয়া পা ফেলিয়া বাড়িঘর কাঁপাইয়া নিজের ঘরে গিয়া শুইল। নেত্য কিছু খাবার আনিয়া বলিল, ছোটবাবু ওঠ, খাও।

রাম লাফাইয়া গর্জন করিয়া উঠিল, দূর হ পোড়ারমুখী– দুর হ!

নেত্য খাবার রাখিয়া চলিয়া গেল, রাম থালা-গেলাস ঝনঝন করিয়া উঠানের উপর ছুঁড়িয়া ফেলিয়া দিল।

সকালবেলা শ্যামলাল কাজে চলিয়া যাইবার পরে, রাম নিজের উঠানে পায়চারি করিতে করিতে গজাইতে লাগিল;আমি দিব্যি মানিনে। ওঃ ভারী দিব্যি! ওকে যে, দিব্যি দেয়? ও কি আমার আপনার দাদা। ও কেউ নয়, ওর কথা আমি মানিনে। আমি কি ওকে মেরেচি? বুড়ী ডাইনীকে মেরেছি। ও তো শুধু বৌদিকে লেগেছে, তবে ওরা কেন দিব্যি দিতে আসে।

এ-সকল কথার কেহই জবাব দিল না, খানিক পরে সে সুর বদলাইয়া বলিতে লাগিল; বেশ তো! ভালই তো না-ই কথা কইলে, না-ই খেতে দিলে। আমি মজা করে রাঁধব;ভাত, ডাল, ভাল ভাল তরকারি, মাছ-একলা বেশ পেট ভরে খাব আমার কি হবে?

এ কথারও কেহ জবাব দিল না। তখন সে রান্নাঘরে ঢুকিয়া খনখন ঝনঝন শব্দে থালা, ঘটি, বাটি নাড়িয়া চাড়িয়া কাজ করিতে লাগিল। হাঁক-ডাক করিয়া ভোলাকে চাল-ডাল ধুইয়া আনিতে, তরকারি কুটিতে আদেশ দিল। সমস্তই নেত্যে রান্নাঘরে রাখিয়া গিয়াছিল। ভোলাকে হুকুম করিল, তুই আমার চাকর, ও-বাড়ি যাসনে। ও-বাড়ির কেউ যদি এদিকে আসে, তার পা ভেঙ্গে দিবি-বুঝলি ভোলা, নেত্য আসুক একবার এদিকে।

নারায়ণী রান্নাঘরের বারান্দায় চুপ করিয়া বসিয়া শুনিতে লাগিলেন। দিগম্বরী কৌতূহলী হইয়া মাঝে মাঝে বেড়ার ফাঁক দিয়া দেখিতেছিলেন। খানিক পরে বড় মেয়ের কাছে উঠিয়া আসিয়া হাসি চাপিয়া ফিসফিস করিয়া বলিতে লাগিলেন, আহা, বাছার কি বুদ্ধি। উনি আবার ভাল তরকারি রেঁধে খাবেন। একটা পেতলের হাঁড়িতে প্রায় এক কাঠা চাল গলায় গলায় তুলে দিয়ে রান্না চড়িয়েচে– তাতে জল দিয়েচে এক ফোঁটা। একজন খাবে তো রাঁধছে দশজনের, তাই বা সেদ্ধ হবে কি করে? পুড়ে আঙরা উঠবে যে! ঐ হাঁড়িতে কি অত চাল ধরে, না, ঐটুকু জলের কর্ম! আবার রাঁধিয়ে বলে দেমাক আছে! রাঁধি বটে আমরা, কিন্তু দেমাক কত্তে

জানিনে। ভাত রাঁধব, তা এমন জল দেব, আর দেখতে হবে না— চোখ বুজে সেদ্ধ হবে। কৈ রাঁধুক দিকি আমার সঙ্গে। লোকে খেয়ে কারটা ভাল বলে দেখি।

নারায়ণী মুখ ফিরাইয়া রহিলেন।

নেত্য কাছে ছিল, সে বলিল, দিদিমার এক কথা। ও কি কোনদিন এক ঘটি জল গড়িয়ে খেয়েছে যে, আজ বেঁধে খাবে?

সে অনেক দিনের দাসী, এসব ব্যাপার তাহার ভাল লাগিতেছিল না।

মায়ের দেখাদেখি সুরধুনীও মাঝে মাঝে গিয়া বেড়ার ফাঁক দিয়া দেখিতেছিল। ঘণ্টাখানেক পরে ছুটিয়া আসিয়া দিদির হাত ধরিয়া টানাটানি করিতে লাগিল— ও দিদি, দেখবে এস-- রামদাদা— মা গো! একেবারে কাঁচা ভাতগুলো শুধু খাচ্চে। কিছু নেই দিদি— একেবারে শুধু ভাত, আচ্ছা দিদি, কাঁচা ভাতে পেট কামড়াবে না?

নারায়ণী তাহার হাত ছুড়িয়া ফেলিয়া দিয়া উঠিয়া গিয়া বিছানার উপর শুইয়া পড়িলেন। সে যে কত দুঃখে, কত বড় ক্ষুধার তাড়নে এইগুলা খাইতে বসিয়াছে, সে কথা তাঁহার অগোচর রহিল না।

দুপুরবেলা শ্যামলালের খাওয়া হইয়া গেলে, দিগম্বরী ডাকাডাকি করিতে লাগিলেন, যা পারিস, দুটি খেয়ে নে নারাণি! ওর তাড়সে জ্বরের মত হয়েচে,– ওতে খাওয়া চলে। আমি বলচি, ক্ষেতি হবে না।

নারায়ণী মোটা চাদরটা আগাগোড়া মুড়ি দিয়া ভাল করিয়া শুইয়া বলিলেন, আমাকে বিরক্ত ক'র না মা, তোমরা খাও গে।

দিগম্বরী বলিলেন, ভাত না খাস, দু'খানা রুটি ক'রে দি— না হয়—

নারায়ণী কহিলেন, না, কিছু না।

দিগম্বরী আশ্চর্য হইয়া বলিলেন, ও আবার কি কথা? কাল থেকে উপোস করে আছিস, আজ দুটি না খেলে হবে কেন?

নারায়ণী জবাব দিলেন না। নেত্য আসিয়া বলিল, তুমি মিথ্যে বকে মরচ দিদিমা। ঐখানে দাঁড়িয়ে একবেলা চেঁচালেও ওঁকে খাওয়াতে পারবে না। জ্বর হয়েছে, একটু ঘুমোতে দাও।

দিগম্বরী চলিয়া গেলেন, বলিতে বলিতে গেলেন, জানিনে বাপু, নাগ্‌লে-টাগ্‌লে একটু জ্বরভাব হয়, তাই বলে কি মানুষ উপোস করে পড়ে থাকে? আমরা তো পারিনে।

বৈকালে নারায়ণী আবার রান্নাঘরের বারান্দায় আসিয়া বসিলেন, এবং যতবার নেত্যর চোখে চোখে হইল, ততবারই কি কথা বলিতে গিয়া যেন চাপিয়া গেলেন।

রাম স্কুল হইতে ফিরিয়া আসিয়া হাতমুখ ধুইয়া দোকান হইতে মুড়ি-মুড়কি কিনিয়া আনিল। খাইতে খাইতে গলা বড় করিয়া বলিল, কি আর ক্ষেতি হ'ল আমার? ভাত খেয়ে ইস্কুলে গেলুম, আবার ফিরে এসে কেমন খাচ্চি।

বেড়ার ওদিকে সকলেই রহিয়াছে, তাহা সে বুঝিল, কিন্তু সকালের মত এখনও কেহ জবাব দেয় না দেখিয়া সে আরও অস্থির হইয়া উঠিল। চেঁচাইয়া বলিল, এই দিকটা আমার সীমানা। কোনদিন নেত্য কি কেউ যদি আমার সীমানায় আসে, তখন পা ভেঙ্গে দেব।

এই পা-ভাঙ্গার ভয় সে ইতিপূর্বেও দেখাইয়াছিল, সেবারেও যেমন ফল হয় নাই, এবারেও হইল না। কেহ ভয় পাইয়াছে কিনা, বোঝা গেল না। সন্ধ্যার পর আলো জ্বালিয়া সে রান্নাঘরে ঢুকিয়া আবার চেঁচামেচি করিতে লাগিল, আমার কাঠ কৈ, আমি রাঁধব কি

দিয়ে? আমার শিলনোড়া কৈ, আমি বাটনা বাটব কিসে? ও-ঘর হইতে নেত্য বলিল, মা বলেচেন কাল শিলনোড়া কিনে দেবেন।

না, আমি কেনা শিলনোড়া চাইনে। বলিয়া সে কাঁদিয়া ঘর ছাড়িয়া চলিয়া গেল।

খানিক পরে ফিরিয়া আসিয়া বলিল, কেন আমার গণেশকে ধরালে? কেন আমাকে খোনা খোনা করে ও বুড়ী ভেঙালে, বেশ করেচি গাল দিয়েচি– ও মরে আর জন্মে পেত্নী হবে।

দিগম্বরী চোখ কটমট করিয়া বলিলেন, শুনলি নারাণি, শুনলি! এ সমস্ত পায়ে পা তুলে দিয়ে ঝগড়া করা নয়?

নারায়ণী চুপ করিয়া অন্য দিকে চাহিয়া ছিলেন, সেই দিকেই চাহিয়া রহিলেন।

পাঁচ

পরদিন সকাল হইতেই রামের কথাবার্তা বদলাইয়া গেল। সম্পূর্ণ দুইটা দিন কাটিয়া গিয়াছে, বৌদিদি ডাকে নাই, বকে নাই, খাইতে দেয় নাই, এ-রকম সে তাহার জ্ঞানে দেখে নাই। আজ সে বাস্তবিক ভয় পাইয়াছিল। প্রথমটা রান্নাঘরের দাওয়ায় বসিয়া সে নানারূপ উলটা-পালটা জবাবদিহি করিল। একবার বলিল, বেড়াল মারিতে পিয়ারা ছুড়িয়াছিল; একবার বলিল, হাত ফসকাইয়া পড়িয়া গিয়া বৌদির কপালে লাগিয়াছিল; একবার বলিল, কাঁচা পিয়ারা ছুঁড়িয়া ফেলিয়া দিতেছিল। তার পর একবার বলিল, কাহাকেও সে গাল দেয় নাই; একবার বলিল, গোবিন্দকে দিয়াছিল; একবার বলিল, ভোলাকে দিয়াছিল। কিন্তু কোন কৈফিয়তেই কাজ হইল না। ও-ধারের কেহ জবাব দিল না, প্রতিবাদ করিল না, হাঁ, না একটা কথাও বলিল না। একবার বহু কষ্টে লজ্জা-সঙ্কোচ ত্যাগ করিয়া 'আর কোনদিন করব না' বলিয়া ফেলিয়াও যখন ফল হইল না, তখন সে চুপ করিয়া কাঁদিতে লাগিল। কি উপায়ে কি দিয়া কেমন করিয়া সে বৌদিকে প্রসন্ন করিবে? বৌদিরা তাহাকে আলাদা করিয়া দিয়াছে, তবে কোথায় সে খাইবে? কাহার কাছে কেমন করিয়া সে থাকিবে? কোন দিকেই আজ সে কূল-কিনারা দেখিতে পাইল না। আজ সে রাঁধিবার চেষ্টাও করিল না, পড়িতে গেল না, ঘরে গিয়া শুইয়া রহিল।

গোপনে কাঁদিয়া কাঁদিয়াই বোধ করি, গত রাত্রে নারায়ণীর জ্বর আসিয়াছিল। দুপুরবেলা দিগম্বরী এক বাটি দুধ আনিয়া বলিলেন, খেতেই হবে। না খেয়ে কি মরবি? নারায়ণী প্রতিবাদ না করিয়া দুধের বাটি হাতে লইয়া কতকটা খাইয়া বাটিটা নামাইয়া রাখিয়া পাশ ফিরিয়া শুইলেন। তাঁহার 'না, না' করিয়া কথা কাটাকাটি করিতে ঘৃণা বোধ হইল।

রাত্রি যখন নয়টা বাজিয়া গিয়াছে, তখন নেত্য আসিয়া চুপি চুপি বলিল, মা, ছোটবাবুর তো কোন সাড়াশব্দ পাইনে– রাত তো ঢের হ'ল।

নারায়ণী উদ্বেগে উঠিয়া বসিয়া কাঁদিয়া ফেলিলেন, লক্ষ্মী মা আমার দেখে আয়, সে ঘরে আছে কিনা।

নেত্যর চোখ ভিজিয়া উঠিল। হাত দিয়া চোখ মুছিয়া ফেলিয়া বলিল, আমার যেতে সাহস হয় না মা! বলিয়া বাহিরে গিয়া ভোলাকে সে ডাকিয়া আনিল। ভোলা সংবাদ দিল– দাঠাকুর ঘরে আছে, ঘুমুচ্ছে।

নারায়ণী নিঃশব্দে দুই হাত জোড় করিয়া কপালে ঠেকাইয়া চাদর মুড়ি দিয়া আবার শুইয়া পড়িলেন। পরদিন প্রভাত না হইতেই তিনি স্নান করিয়া আসিয়া রান্না চড়াইয়া দিলেন।

রান্না যখন প্রায় অর্ধেক অগ্রসর হইয়াছে, তখন দিগম্বরী গাত্রোত্থান করিয়া ব্যাপার দেখিয়া আশ্চর্য হইয়া গেলেন। কর্কশ-স্বরে প্রশ্ন করিলেন, তোর না জ্বর নারাণি? তুই না তিন দিন খাসনি? ভোরবেলা উঠে চান করে এসে এ-সব কি হচ্ছে, জিজ্ঞেস করি?

নারায়ণী স্বাভাবিক মৃদুকণ্ঠে বলিলেন, রাঁধচি, দেখতে তো পাচ্চ।

তা তো পাচ্চি, কিন্তু কেন? কেন শুনি? তুই কি আমার হাতে খাবিনি?

নারায়ণী জবাব দিলেন না, কাজ করিতে লাগিলেন।

কাল সমস্ত দিন ধরিয়া রাম এই একটা কথা ভাবিতেছিল,— বৌদিদির না জানি কত লাগিয়াছে! একটা কাঁচা পিয়ারা লইয়া বার বার কপালের উপর ঠুকিয়া সে আঘাতের গুরুত্ব উপলব্ধি করিবার চেষ্টা করিয়া শেষে ভাবিতে বসিয়াছিল, কি করিলে এই কুকমটা মুছিয়া ফেলিতে পারা যায়। ভাবিতে ভাবিতে তাহার মনে পড়িয়া গেল, কিছুদিন পূর্বে বৌদি তাহাকে এখানে থাকিতে নিষেধ করিয়াছিলেন। শেষে স্থির করিল, সে আর কোথাও চলিয়া গেলে বৌদি খুশী হইবে। তাহার মামার বাড়ি তারকেশ্বরের ওদিকে, অথচ কোথায়, সে ঠিক জানে না। সেইখানে গিয়া খুঁজিয়া লইবে সঙ্কল্প করিয়া সে একটি ছোট পুঁটুলি বাঁধিয়া লইয়া প্রভাতের প্রত্যাশায় অপেক্ষা করিয়া বসিয়া রহিল।

নারায়ণী রান্না শেষ করিয়া একখানি থালায় সমস্ত দ্রব্য পরিপাটি করিয়া সাজাইতেছিলেন। দ্বারের কাছে ভোলা আসিয়া ডাকিল, মা!

নারায়ণী ফিরিয়া ভোলাকে দেখিয়া বলিলেন, কি রে ভোলা?

এ কয়টা দিন সে বাহিরে গরুর সেবা করিত বটে, কিন্তু রামের ভয়ে ভিতরে আসিত না। ভোলা আস্তে আস্তে বলিল, চুপি চুপি একটা কথা আছে মা।

নারায়ণী কাছে আসিতেই ভোলা ফিসফিস করিয়া বলিল, তুমি যা বলেছিলে মা, তাই হয়, যদি দুটি টাকা দাও।

নারায়ণী বুঝিতে না পারিয়া বলিলেন, কি হয় রে? কাকে টাকা দিতে হবে?

ভোলা একটুখানি আশ্চর্য হইয়া বলিল, তুমি দাঠাকুরকে চলে যেতে বলেছিলে না। তিনি যেতে রাজী আছেন— আচ্ছা, দুটো না দাও, একটি টাকা দাও।

নারায়ণী ব্যাকুল হইয়া উঠিলেন, কোথায় যেতে রাজী আছে রে? কোথায় সে?

ভোলা বলিল, বাইরে গাছতলায় দাঁড়িয়ে আছেন! বাবার থানের ওদিকে কোথায় তেনার মামার বাড়ি আছে যে!

যা ভোলা, শিগ্‌গির ডেকে আন— বল্‌, আমি ডাকচি।

ভোলা ছুটিয়া গেল, নারায়ণী কাঠ হইয়া দাঁড়াইয়া রহিলেন। অনতিকাল পরেই রাম একটি ছোট পুঁটুলি হাতে লইয়া কাছে আসিয়া দাঁড়াইতেই নারায়ণী নিঃশব্দে তাহার হাত ধরিয়া ঘরের মধ্যে টানিয়া লইয়া গেলেন।

দূর হইতে দিগম্বরী রামকে রান্নাঘরে ঢুকিতে দেখিয়া আশঙ্কায় পরিপূর্ণ হইয়া দ্রুতপদে ঘরে ঢুকিয়া দেখিলেন, সাজানো থালার সুমুখে নারায়ণীর কোলের উপর বসিয়া রাম বুকের মধ্যে মুখ লুকাইয়া আছে, এবং তাহার মাথার উপর, পিঠের উপর, আর একজনের অশ্রু বৃষ্টির ধারার মত ঝরিয়া পড়িতেছে। অবাক হইয়া কিছুক্ষণ চাহিয়া থাকিয়া তিনি বলিলেন, ওঃ— তাই এত রান্না! খাওয়ান হবে বুঝি! আমার জামাই যে এত বড় দিব্যিটা দিলেন, সেটা ভেসে গেল বুঝি?

নারায়ণী মুখ তুলিয়া বলিলেন, ভেসে যাবে কেন মা, তাঁর কথা আমি অমান্য করিনি, তিন দিন খাইনি, খেতেও দিইনি।

দিগম্বরী তীক্ষ্ণ ভাবে বলিলেন, এই বুঝি? অমান্য করিস নি, তবে এ কি হচ্ছে? যে দিব্যি দিয়েচে তার বুঝি হুকুমটাও একবার নিতে হবে না?

নারায়ণী কি যেন একটা কঠিন আঘাত সহ্য করিয়া লইয়া সংক্ষেপে বলিলেন, আমার হুকুম নেওয়া হয়েছে।

দিগম্বরী বিশ্বাস করিলেন না। অধিকতর ক্রুদ্ধ হইয়া বলিলেন, আমি কচি খুকি নই নারাণি। হুকুম নিলি, আর আমি জানতেও পারলুম না?

এবার নারায়ণীর আর সহ্য হইল না। তিনিও কঠিন হইয়া বলিলেন, তুমি কি জানবে মা, কার কাছে কখন আমি হুকুম পেয়েচি? মা, যার মুখ আছে, সেই দিব্যি দিতে পারে, কিন্তু— বলিয়া তিনি গভীর স্নেহে রামের লজ্জিত মুখ জোর করিয়া বুকের ভিতর হইতে তুলিয়া ধরিয়া তাহার ললাটে চুম্বন করিয়া বলিলেন, কিন্তু যাকে বুকে করে এতটুকুকে বড় করে তুলতে হয়, সে-ই জানে, হুকুম কোথা দিয়ে কেমন করে আসে তোমাকে ভাবতে হবে না মা; এখন একটু সামনে থেকে যাও, দু'টো খাইয়ে দিই। ও আমার তিন দিন অনাহারে আছে। বলিতে বলিতে তাঁহার চোখের জল আবার ঝরিয়া পড়িতে লাগিল।

দিগম্বরী একমুহূর্ত স্থির থাকিয়া বলিলেন, এখানে তবে আর আমার কি করে থাকা হবে? এ বাড়িতে আর থাকতে পারব না, তা তোকে আজ স্পষ্ট বললুম।

নারায়ণী বলিলেন, আমিও এই কথাটাই তোমাকে মুখ ফুটে বলতে পারছিলুম না, মা, সত্যিই তোমার এখানে থাকা হবে না। তোমার চোখে চোখে আমার এত বড় ছেলে যেন আধখানা হয়ে গেছে। ও দুষ্ট হোক যা হোক, আমার বাড়িতে আমার চোখের সামনে ওকে শাস্তি দিতে আমি কাউকে দেব না। আজ তুমি থাক, কাল কিন্তু বাড়ি যেয়ো তোমার খরচপত্র আমি সমস্ত পাঠিয়ে দেব, কিন্তু এখানে তোমার আর থাকা হবে না।

দিগম্বরী কাঠ হইয়া গিয়া কিছুক্ষণ পরে ধীরে ধীরে বাহির হইয়া গেলেন। রাম বুকের ভিতর হইতে আস্তে আস্তে বলিল, না বৌদি, উনি থাকুন, আমি ভাল হয়েছি, আমার সুমতি হয়েছে— আর একটিবার তুমি দেখ।

নারায়ণী আর একবার তাহার মুখ তুলিয়া ধরিয়া ললাটে ওষ্ঠাধর স্পর্শ করিয়া চোখের জলের ভিতর দিয়া মৃদু হাসিয়া বলিলেন, তুই এখন ভাত খা।

মেজদিদি

এক

কেষ্টার মা মুড়ি-কড়াই ভাজিয়া, চাহিয়া-চিন্তিয়া, অনেক দুঃখে কেষ্টধনকে চোদ্দ বছরেরটি করিয়া মারা গেলে, গ্রামে তাহার আর দাঁড়াইবার স্থান রহিল না। বৈমাত্র বড় বোন কাদম্বিনীর অবস্থা ভাল । সবাই কহিল, যা কেষ্ট, তোর দিদির বাড়িতে গিয়ে থাক গে। সে বড়মানুষ, বেশ থাকবি যা।

মায়ের দুঃখে কেষ্ট কাঁদিয়া-কাটিয়া জ্বর করিয়া ফেলিল। শেষে ভাল হইয়া, ভিক্ষা করিয়া শ্রাদ্ধ করিল। তার পরে ন্যাড়া মাথায় একটি ছোট পুঁটুলি সম্বল করিয়া, দিদির বাড়ি রাজহাটে আসিয়া উপস্থিত হইল। দিদি তাহাকে চিনিত না। পরিচয় পাইয়া এবং আগমনের হেতু শুনিয়া একেবারে অগ্নিমূর্তি হইয়া উঠিল সে নিজের নিয়মে ছেলেপুলে লইয়া ঘরসংসার পাতিয়া বসিয়াছিল– অকস্মাৎ এ কি উৎপাত!

পাড়ার যে বুড়ামানুষটি কেষ্টাকে পথ চিনাইয়া সঙ্গে আসিয়াছিল, তাহাকে কাদম্বিনী খুব কড়া কড়া দু-চার কথা শুনাইয়া দিয়া কহিল, ভারী আমার মাসীমার কুটুমকে ডেকে এনেছেন, ভাত মারতে! সৎমাকে উদ্দেশ করিয়া বলিল, বজ্জাত মাগী জ্যান্তে একদিন খোঁজ নিলে না, এখন মরে গিয়ে ছেলে পাঠিয়ে তত্ত্ব করেছেন । যাও বাপু, তুমি পরের ছেলে ফিরিয়ে নিয়ে যাও, এসব ঝঞ্ঝাট আমি পোয়াতে পারব না।

বুড়া জাতিতে নাপিত। কেষ্টার মাকে ভক্তি করিত, মা-ঠাকরুন বলিয়া ডাকিত। তাই এত কটূক্তিতেও হাল ছাড়িল না। কাকুতি-মিনতি করিয়া বলিল, দিদিঠাকরুন, লক্ষ্মীর ভাঁড়ার তোমার। কত দাস-দাসী, অতিথ-ফকির, কুকুর-বেড়াল এ সংসারে পাত পেতে মানুষ হয়ে যাচ্চে, এ ছোঁড়া দু-মুঠো খেয়ে বাইরে পড়ে থাকলে তুমি। জানতেও পারবে না। বড় শান্ত সুবোধ ছেলে দিদিঠাকরুন। ভাই বলে না নাও, দুঃখী অনাথ বামুনের ছেলে বলেও বাড়ির কোণে একটু ঠাঁই দাও দিদি।

এ স্তুতিতে পুলিশের দারোগার মন ভেজে, কাদম্বিনী মেয়েমানুষ মাত্র। কাজেই সে তখনকার মত চুপ করিয়া রহিল। বুড়া কেষ্টাকে আড়ালে ডাকিয়া দুটা শলা-পরামর্শ দিয়া চোখ মুছিয়া বিদায় লইল।

কেষ্ট আশ্রয় পাইল।

কাদম্বিনীর স্বামী নবীন মুখুজ্যের ধান-চালের আড়ত ছিল। তিনি বেলা বারোটার পর বাড়ি ফিরিয়া কেষ্টাকে বক্র কটাক্ষে নিরীক্ষণ করিয়া প্রশ্ন করিলেন, এটি কে?

কাদম্বিনী মুখ ভারী করিয়া জবাব দিল, তোমার বড়কুটুম গো, বড়কুটুম! নাও, খাওয়াও পরাও, মানুষ কর-পরকালের কাজ হোক।

নবীন সৎ-শাশুড়ীর মৃত্যু সংবাদ পাইয়াছিলেন, ব্যাপারটা বুঝিলেন; কহিলেন, বটে। বেশ নধর গোলগাল তো!

স্ত্রী কহিলেন, বেশ হবে না কেন? বাপ আমার বিষয়-আশয় যা-কিছু রেখে গিয়েছিলেন, সে সমস্তই মাগী ওর গব্‌ভরে ঢুকিয়েছে। আমি তো তার একটি কানাকড়িও পেলুম না। বলা বাহুল্য, এই বিষয়-আশয় একখানি মাটির ঘর এবং তৎসংলগ্ন একটি বাতাবি নেবুর গাছ। ঘরটিতে বিধবা মাথা গুঁজিয়া থাকিতেন এবং নেবুগুলি বিক্রি করিয়া ছেলের ইস্কুলের মাহিনা যোগাইতেন।

নবীন রোষ চাপিয়া বলিলেন, খুব ভাল।

কাদম্বিনী কহিলেন, ভাল নয় আবার! বড়কুটুম যে গো! তাঁকে তার মত রাখতে হবে তো! এতে আমার পাঁচুগোপালের বরাতে এক বেলা এক-সন্ধ্যা জোটে তো তাই ঢের! নইলে অখ্যাতিতে দেশ ভরে যাবে। বলিয়া পাশের বাড়ির দোতলা ঘরের বিশেষ একটা খোলা জানালার প্রতি রোষকষায়িত লোচনের অগ্নিদৃষ্টি নিক্ষেপ করিলেন । এই ঘরটা তার মেজজা হেমাঙ্গিনীর।

কেষ্ট বারান্দার একধারে ঘাড় হেঁট করিয়া বসিয়া লজ্জায় মরিয়া যাইতেছিল। কাদম্বিনী ভাঁড়ারে ঢুকিয়া একটা নারিকেল মালায় একটুখানি তেল আনিয়া, তাহার পাশে ধরিয়া দিয়া কহিলেন, আর মায়াকান্না কাঁদতে হবে না, যাও, পুকুর থেকে ডুব দিয়ে এস গে;বলি, ফুলেল তেল-টেল মাখা অভ্যাস নেই তো? স্বামীকে উদ্দেশ করিয়া চেঁচাইয়া বলিলেন, তুমি চান করতে যাবার সময় বাবুকে ডেকে নিয়ে যেয়ো গো, নইলে ডুবে মলে-টলে বাড়িসুদ্ধ লোকের হাতে দড়ি পড়বে।

কেষ্ট ভাত খাইতে বসিয়াছিল। সে স্বভাবতঃই ভাতটা কিছু বেশী খাইত। তাহাতে কাল বিকাল হইতে খাওয়া হয় নাই, আজ এতখানি পথ হাঁটিয়া আসিয়াছে– বেলাও হইয়াছে। নানা কারণে পাতের ভাতগুলি নিঃশেষ করিয়াও তাহার ঠিক ক্ষুধা মিটে নাই। নবীন অদূরে খাইতে বসিয়াছিলেন; লক্ষ্য করিয়া স্ত্রীকে কহিলেন, কেষ্টকে আর দুটি ভাত দাও গো–

দিই, বলিয়া কাদম্বিনী উঠিয়া গিয়া পরিপূর্ণ একথালা ভাত আনিয়া সমস্তটা তাহার পাতে ঢালিয়া দিয়া, উচ্চহাস্য করিয়া কহিলেন, তবেই হয়েছে। এ হাতির খোরাক নিত্য যোগাতে গেলে যে আমাদের আড়ত খালি হয়ে যাবে! ওবেলা দোকান থেকে মণ-দুই মোটা চাল পাঠিয়ে দিয়ো, নইলে দেউলে হতে দেরি হবে না, তা বলে রাখছি।

মর্মান্তিক লজ্জায় কেষ্টর মুখখানি আরও ঝুঁকিয়া পড়িল। সে এক মায়ের এক ছেলে। দুঃখিনী জননীর কাছে সরু চাল খাইতে পাইয়াছিল কিনা, সে খবর জানি না, কিন্তু পেট ভরিয়া খাওয়ার অপরাধে কোনদিন লজ্জায় মাথা হেঁট করিতে হয় নাই, তাহা জানি। তাহার মনে পড়িল, হাজার বেশী খাইয়াও কখন মায়ের মনের সাধ মিটাইতে পারে নাই। মনে পড়িল, এই সেদিনও ঘুড়ি-লাটাই কিনিবার জন্য দু-মুঠা ভাত বেশী খাইয়া পয়সা আদায় করিয়া লইয়াছিল।

তাহার দুই চোখের কোণ বাহিয়া বড় বড় অশ্রুর ফোঁটা ভাতের থালার উপর নিঃশব্দে ঝরিয়া পড়িতে লাগিল; সে সেই ভাত মাথা গুঁজিয়া গিলিতে লাগিল; বাঁ হাতটা তুলিয়া মুছিতে পর্যন্ত সাহস করিল না, পাছে দিদির চোখে পড়ে। অনতিপূর্বেই মায়াকান্না কাঁদার

অপরাধে বকুনি খাইয়াছিল। সেই ধমক তাহার এতবড় মাতৃ-শোকেরও ঘাড় চাপিয়া রাখিল।

দুই

পৈতৃক বাড়িটা দুই ভায়ে ভাগ করিয়া লইয়াছিল।

পাশের দোতলা বাড়িটা মেজভাই বিপিনের। ছোটভায়ের অনেকদিন মৃত্যু হইয়াছিল। বিপিনেরও ধান-চালের কারবার। তাহার অবস্থাও ভাল, কিন্তু বড়ভাই নবীনের সমান নয়। তথাপি ইহার বাড়িটাই দোতলা। মেজবৌ হেমাঙ্গিনী শহরের মেয়ে। সে দাসদাসী রাখিয়া, লোকজন খাওয়াইয়া, জাঁকজমকে থাকিতে ভালবাসে। পয়সা বাঁচাইয়া গরিবী চালে চলে না বলিয়াই বছর চারেক পূর্বে দুই জায়ে কলহ করিয়া পৃথক হইয়াছিল। সেই অবধি প্রকাশ্য কলহ অনেকবার হইয়াছে, অনেকবার মিটিয়াছে, কিন্তু মনোমালিন্য একটি দিনের জন্যও ঘুচে নাই। কারণ, সেটা বড়জা কাদম্বিনীর একলার হাতে। তিনি পাকা লোক, ঠিক বুঝিতেন, ভাঙ্গা হাঁড়ি জোড়া লাগে না। কিন্তু মেজবৌ অত পাকা নয়, অমন করিয়া বুঝিতেও পারিত না। ঝগড়াটা প্রথমে সেই করিয়া ফেলিত বটে, কিন্তু সেই মিটাইবার জন্য, কথা কহিবার জন্য, খাওয়াইবার জন্য ভিতরে ভিতরে ছটফট করিয়া একদিন আস্তে আস্তে কাছে আসিয়া বসিত। শেষে, হাতে-পায়ে পড়িয়া কাঁদিয়া কাটিয়া, ঘাট মানিয়া, বড়-জাকে নিজের ঘরে ধরিয়া আনিয়া ভাব করিত। এমনই করিয়া দুই জায়ের অনেকদিন কাটিয়াছে। আজ বেলা তিনটা সাড়ে তিনটার সময় হেমাঙ্গিনী এ বাড়িতে আসিয়া উপস্থিত হইল। কূপের পার্শ্বে সিমেন্ট-বাঁধান বেদীর উপর রোদে বসিয়া কেষ্ট সাবান দিয়া একরাশ কাপড় পরিষ্কার করিতেছিল কাদম্বিনী দূরে দাঁড়াইয়া, অল্প সাবান ও অধিক গায়ের জোরে কাপড় কাচিবার কৌশলটা শিখাইয়া দিতেছিলেন। মেজজাকে দেখিবামাত্র বলিয়া উঠিলেন, মাগো; ছোঁড়াটা কি নোংরা কাপড়-চোপড় নিয়েই এসেচে!

কথাটা সত্য। কেষ্টার সেই লাল পেড়ে ধুতিটা পরিয়া এবং চাদরটা গায়ে দিয়া কেহ কুটুমবাড়ি যায় না। দুটোকে পরিষ্কার করার আবশ্যক ছিল বটে, কিন্তু রজকের অভাবে ঢের বেশী আবশ্যক হইয়াছিল পুত্র পাঁচুগোপালের জোড়া-দুই এবং তাহার পিতার জোড়া দুই পরিষ্কার করার। কেষ্টা আপাততঃ তাহাই করিতেছিল। হেমাঙ্গিনী চাহিয়াই টের পাইল বস্ত্রগুলি কাহাদের। কিন্তু সে উল্লেখ না করিয়া জিজ্ঞাসা করিল, ছেলেটি কে দিদি? ইতিপূর্বে নিজের ঘরে বসিয়া আড়ি পাতিয়া সে সমস্তই অবগত হইয়াছিল। দিদি ইতস্ততঃ করিতেছেন দেখিয়া পুনরায় কহিলেন, দিব্যি ছেলেটি তো! মুখের ভাব তোমার মতই দিদি। বলি, বাপের বাড়ির কেউ না কি?

কাদম্বিনী বিরক্ত-মুখে জবাব দিলেন, হুঁ, আমার বৈমাত্র ভাই। ওরে, ও কেষ্ট, তোর মেজদিদিকে একটা প্রণাম কর্ না রে! কি অসভ্য ছেলে বাবা। গুরুজনকে একটা নমস্কার করতে হয়, তাও কি তোর মা মাগী শিখিয়ে দিয়ে মরেনি রে?

কেষ্ট থতমত খাইয়া উঠিয়া আসিয়া কাদম্বিনীর পায়ের কাছেই নমস্কার করাতে তিনি ধমকাইয়া উঠিলেন, আ মর, হাবা কালা নাকি! কাকে প্রণাম করতে বললুম, কাকে এসে করলে!

বস্তুতঃ, আসিয়া অবধি তিরস্কার ও অপমানের অবিশ্রাম আঘাতে তাহার মাথা বে-ঠিক হইয়া গিয়াছিল। তাহার ঝাঁজে ব্যস্ত ও হতবুদ্ধি হইয়া হেমাঙ্গিনীর পায়ের কাছে সরিয়া আসিয়া শির অবনত করিতেই সে হাত দিয়া ধরিয়া ফেলিয়া তাহার চিবুক স্পর্শ করিয়া

আশীবাদ করিল, থাক থাক, হয়েছে ভাই– চিরজীবী হও! কেষ্ট মূঢ়ের মত তাহার মুখপানে চাহিয়া রহিল। এ দেশে এমন করিয়া যে কেহ কথা বলিতে পারে, ইহা যেন তাহার মাথায় ঢুকিল না।

তাহার সেই কুণ্ঠিত ভীত অসহায় মুখখানির পানে চাহিবামাত্রেই হেমাঙ্গিনীর বুকের ভিতরটা যেন মুচড়াইয়া কাঁদিয়া উঠিল। নিজেকে আর সামলাইতে না পারিয়া, সহসা এই হতভাগ্য অনাথ বালককে বুকের কাছে টানিয়া লইয়া, তাহার পরিশ্রান্ত ঘর্মাপ্লুত মুখখানি নিজের আঁচলে মুছাইয়া দিয়া জা-কে কহিল, আহা, একে দিয়ে কি কাপড় কাচিয়ে নিতে আছে দিদি, একটা চাকর ডাকনি কেন?

কাদম্বিনী হঠাৎ অবাক হইয়া গিয়া জবাব দিতে পারিলেন না– কিন্তু নিমিষে সামলাইয়া লইয়া রাগিয়া উঠিয়া বলিলেন, আমি তো তোমার মত বড়মানুষ নই মেজবৌ যে, বাড়িতে দশ-বিশটা দাসদাসী আছে? আমাদের গেরস্ত ঘরে–

কথাটা শেষ হইবার পূর্বেই হেমাঙ্গিনী নিজের ঘরের দিকে মুখ তুলিয়া মেয়েকে ডাকিয়া কহিল, উমা, শিবুকে একবার এ-বাড়িতে পাঠিয়ে দে তো মা, বঠ্‌ঠাকুর আর পাঁচুর ময়লা কাপড়গুলো পুকুর থেকে কেচে শুকোতে দিক। বড় জা-য়ের দিকে ফিরিয়া চাহিয়া বলিল, এ বেলা কেষ্ট আর পাঁচুগোপাল আমার ওখানে খাবে দিদি। সে ইস্কুল থেকে এলেই পাঠিয়ে দিয়ো, আমি ততক্ষণ একে নিয়ে যাই। কেষ্টকে কহিল, ওঁর মত আমিও তোমার দিদি হই কেষ্ট; এসো আমার সঙ্গে। বলিয়া তাহার একটা হাত ধরিয়া নিজেদের বাড়ি চলিয়া গেল। কাদম্বিনী বাধা দিলেন না। অধিকন্তু হেমাঙ্গিনী-প্রদত্ত এত বড় খোঁচাটাও নিঃশব্দে হজম করিলেন। তাহার কারণ, যে ব্যক্তি খোঁচা দিয়াছে, সে এ বেলা খরচটাও বাঁচাইয়া দিয়াছে কাদম্বিনীর কাছে পয়সার বড় সংসারে আর কিছু ছিল না। তাই, গাভী দুধ দিতে দাঁড়াইয়া পা ছুঁড়িলে তিনি সহিতে পারিতেন।

তিন

সন্ধ্যার সময় কাদম্বিনী প্রশ্ন করিলেন, কি খেয়ে এলি রে কেষ্ট?

কেষ্ট সলজ্জ নতমুখে কহিল, লুচি।

কি দিয়ে খেলি ?

কেষ্ট তেমনিভাবে বলিল, রুইমাছের মুড়োর তরকারি, সন্দেশ, রসগো–

ইস্‌! বলি মেজ-ঠাকরুন মুড়োটা কার পাতে দিলেন?

হঠাৎ এই প্রশ্নে কেষ্টর মুখখানি পাণ্ডুর হইয়া গেল। উদ্যত প্রহরণের সম্মুখে রজ্জুবদ্ধ জানোয়ারের প্রাণটা যেমন করিয়া উঠে, কেষ্টর বুকের ভিতরটায় তেমনিধারা করিতে লাগিল। দেরি দেখিয়া কাদম্বিনী কহিলেন, তোর পাতে বুঝি?

গুরুতর অপরাধীর মত কেষ্ট মাথা হেঁট করিল।

অদূরে দাওয়ায় বসিয়া নবীন তামাক খাইতেছিলেন। কাদম্বিনী সম্বোধন করিয়া বলিলেন, বলি, শুনলে তো?

নবীন সংক্ষেপে হুঁ বলিয়া হুঁকায় টান দিলেন।

কাদম্বিনী উষ্মার সহিত বলিতে লাগিলেন, খুড়ী আপনার লোক, ব্যবহারটা দেখ! পাঁচুগোপাল আমার রুইমাছের মুড়ো বলতে অজ্ঞান, সে কি তা জানে না? তবে কোন আক্কেলে তার পাতে না দিয়ে বেনাবনে মুক্তো ছড়িয়ে দিলে? বলি হাঁরে কেষ্ট,

সন্দেশ-রসগোল্লা খুব পেট-ভরে খেলি? সাতজন্মে কখন তুই এ-সব চোখেও দেখিস নি। স্বামীর দিকে চাহিয়া বলিল, যারা দুটি ভাত পেলে বেঁচে যায়, তাদের পেটে লুচি-সন্দেশ কি হবে! কিন্তু, আমি বলচি তোমাকে, কেষ্টকে মেজগিন্নী বিগড়ে না দেয় তো আমাকে কুকুর বলে ডেকো।

নবীন মৌন হইয়া রহিলেন। কারণ স্ত্রী বিদ্যমানে মেজবৌ তাহাকে বিগড়াইয়া ফেলিতে পারিবে, এরূপ দুর্ঘটনা তিনি বিশ্বাস করিলেন না। তাঁহার স্ত্রীর কিন্তু স্বামীর উপরে বিশ্বাস ছিল না বরং ষোল আনা ভয় ছিল, সাদাসিধা ভালোমানুষ বলিয়া যে-কেহ তাঁহাকে ঠাকাইয়া লইতে পারে। সেইজন্য ছোটভাই কেষ্টর মানসিক উন্নতি-অবনতির প্রতি সেই অবধি তিনি প্রখর দৃষ্টি পাতিয়া রাখিলেন।

পরদিন হইতেই দুটো চাকরের একটাকে ছাড়ান হইল, কেষ্ট নবীনের ধান-চালের আড়তে কাজ করিতে লাগিল। সেখানে সে ওজন করে, বিক্রি করে, চার-পাঁচ ক্রোশ পথ হাঁটিয়া নমুনা সংগ্রহ করিয়া আনে, দুপুরবেলা নবীন ভাত খাইতে আসিলে দোকান আগলায়। দিন-দুই পরে একদিন তিনি আহার-নিদ্রা সমাপ্ত করিয়া ফিরিয়া গেলে, সে ভাত খাইতে আসিয়াছিল। তখন বেলা তিনটা। কেষ্ট পুকুর হইতে স্নান করিয়া আসিয়া দেখিল, দিদি ঘুমাইতেছেন। তাহার তখনকার ক্ষুধার তাড়নায় বোধ করি বাঘের মুখ হইতেও খাবার কাড়িয়া আনিতে পারিত, কিন্তু দিদিকে ডাকিয়া তুলিবে, এ সাহস হইল না।

রান্নাঘরের দাওয়ার একধারে চুপটি করিয়া দিদির ঘুমভাঙ্গার আশায় বসিয়াছিল, হঠাৎ ডাক শুনিল; কেষ্ট?

সে আহ্বান কি স্নিগ্ধ হইয়াই তাহার কানে বাজিল। মুখ তুলিয়া দেখিল, মেজদি তাঁহার দোতলার ঘরের জানালা ধরিয়া দাঁড়াইয়া আছেন। কেষ্ট একটিবার চাহিয়াই মুখ নামাইল। খানিক পরে হেমাঙ্গিনী নামিয়া আসিয়া, সুমুখে দাঁড়াইয়া জিজ্ঞাসা করিলেন, ক-দিন দেখিনি তো? এখানে চুপ করে বসে কেন, কেষ্ট? একে ক্ষুধায় অল্পেই চোখে জল আসে, তাহাতে এমন স্নেহার্দ্র কণ্ঠস্বর! তাহার দু-চোখ টলটল করিতে লাগিল।

সে ঘাড় হেঁট করিয়া রহিল, উত্তর দিতে পারিল না।

মেজখুড়ীমাকে সব ছেলেমেয়েরা ভালবাসিত। তাঁহার গলার স্বর শুনিয়া কাদম্বিনীর ছোটমেয়ে ঘর হইতে বাহিরে আসিয়া চেঁচাইয়া বলিল, কেষ্টমামা, রান্নাঘরে তোমার ভাত ঢাকা আছে, খাও গে, মা খেয়েদেয়ে ঘুমোচ্ছে।

হেমাঙ্গিনী অবাক হইয়া কহিলেন, কেষ্টর এখনও খাওয়া হয়নি, তোর মা খেয়ে ঘুমোচ্চে কি রে; হাঁ কেষ্ট, আজ এত বেলা হল কেন?

কেষ্ট ঘাড় হেঁট করিয়াই রহিল। টুনি তাহার হইয়া জবাব দিল, কেষ্টমামার রোজ তো এমনি বেলাই হয়। বাবা খেয়ে দেয়ে দোকানে ফিরে গেলে তবে তো ও খেতে আসে।

হেমাঙ্গিনী বুঝিলেন, কেষ্টকে দোকানের কাজে লাগান হইয়াছে। তাহাকে বসাইয়া খাওয়ান হইবে, এ আশা অবশ্য তিনি করেন নাই; কিন্তু একবার এই বেলার দিকে চাহিয়া, একবার এই ক্ষুধা ও তৃষ্ণায় আর্ত শিশুদেহের পানে চাহিয়া, তাঁহার চোখ দিয়া জল পড়িতে লাগিল। আঁচলে চোখ মুছিতে মুছিতে তিনি বাড়ি চলিয়া গেলেন। মিনিট-দুই পরে একবাটি দুধ হাতে ফিরিয়া আসিয়া, রান্নাঘরে ঢুকিয়াই শিহরিয়া মুখ ফিরিয়া দাঁড়াইলেন।

কেষ্ট খাইতে বসিয়াছিল। একটা পিতলের থালার উপর ঠাণ্ডা শুকনা ড্যালাপাকান ভাত। একপাশে একটুখানি ডাল ও কি একটু তরকারির মত। দুধটুকু পাইয়া তাহার মলিন

মুখখানি হাসিতে ভরিয়া গেল।

হেমাঙ্গিনী দ্বারের বাহিরে আসিয়া দাঁড়াইয়া রহিলেন। কেষ্ট খাওয়া শেষ করিয়া পুকুরে আঁচাইতে চলিয়া গেলে একটিবার মুখ বাড়াইয়া দেখিলেন, পাতে গোনা একটিও ভাত পড়িয়া নাই। ক্ষুধার জ্বালায় সে সেই অন্ন নিঃশেষ করিয়া খাইয়াছে।

হেমাঙ্গিনীর ছেলে ললিতও প্রায় সেই বয়সী। নিজের অবর্তমানে নিজের ছেলেকে এই অবস্থায় হঠাৎ কল্পনা করিয়া ফেলিয়া কান্নার ঢেউ তাঁহার কণ্ঠ পর্যন্ত ফেনাইয়া উঠিল। তিনি সেই কান্না চাপিতে চাপিতে বাড়ি চলিয়া গেলেন।

চার

সর্দি উপলক্ষ করিয়া হেমাঙ্গিনীর মাঝে মাঝে জ্বর হইত, দিন-দুই থাকিয়া আপনি ভাল হইয়া যাইত। দিন-কয়েক পরে এমনি একটু জ্বর বোধ হওয়ায় সন্ধ্যার পর বিছানায় পড়িয়া ছিলেন। ঘরে কেহ নাই, হঠাৎ মনে হইল, কে যেন অতি সন্তর্পণে কবাটের আড়ালে দাঁড়াইয়া উঁকি মারিয়া দেখিতেছে। ডাকিলেন, কে রে ওখানে দাঁড়িয়ে, ললিত?

কেহ সাড়া দিল না। আবার ডাকিতে, আড়াল হইতে জবাব আসিল, আমি।

কে আমি রে? আয়, ঘরে এসে বস।

কেষ্ট সসঙ্কোচে ঘরে ঢুকিয়া দেয়াল ঘেঁষিয়া দাঁড়াইল। হেমাঙ্গিনী উঠিয়া বসিয়া সস্নেহে কাছে ডাকিয়া জিজ্ঞাস করিলেন, কেন রে কেষ্ট?

কেষ্ট আরও একটু সরিয়া আসিয়া, মলিন কোঁচার খুঁট খুলিয়া দুটি আধ-পাকা পেয়ারা বাহির করিয়া বলিল, জ্বরের উপর খেতে বেশ।

হেমাঙ্গিনী সাগ্রহে হাত বাড়াইয়া বলিলেন, কোথায় পেলি রে? আমি কাল থেকে লোকের কত খোশামোদ করছি, কেউ এনে দিতে পারে নি, বলিয়া পেয়ারাসুদ্ধ কেষ্টর হাতখানি ধরিয়া কাছে বসাইলেন। কেষ্ট লজ্জায় আহ্লাদে আরক্ত মুখ হেঁট করিল। যদিও, এটা পেয়ারার সময় নয়, হেমাঙ্গিনীও খাইবার জন্য ব্যাকুল হইয়া উঠেন নাই, তথাপি এই দুটি সংগ্রহ করিয়া আনিতে দুপুরবেলার সমস্ত রোদটা কেষ্টর মাথার উপর দিয়া বহিয়া গিয়াছিল। হেমাঙ্গিনী জিজ্ঞাসা করিলেন, হাঁ কেষ্ট, কে তোকে বললে আমার জ্বর হয়েচে?

কেষ্ট জবাব দিল না।

কে বললে রে আমি পেয়ারা খেতে চেয়েচি?

কেষ্ট তাহারও জবাব দিল না। সে সেই যে হেঁট করিল, আর তুলিতেই পারিল না। ছেলেটি যে অতিশয় লাজুক ও ভীরুস্বভাব, হেমাঙ্গিনী তাহা পূর্বেই টের পাইয়াছিলেন। তখন তাহার মাথায় মুখে হাত বুলাইয়া দিয়া, আদর করিয়া 'দাদা' বলিয়া ডাকিয়া, কত কি কৌশলে তাহার ভয় ভাঙ্গাইয়া, অনেক কথা জানিয়া লইলেন। বিস্তর অনুসন্ধানে পেয়ারা-সংগ্রহ করিবার কথা হইতে শুরু করিয়া তাহাদের দেশের কথা, মায়ের কথা, খাওয়া-দাওয়ার কথা, দোকানে কি কাজ করিতে হয় তাহার কথা, একে একে সমস্ত বিবরণ শুনিয়া লইয়া চোখ মুছিয়া বলিলেন, এই তোর মেজদিকে কখনও কিছু লুকোস নে কেষ্ট, যখন দরকার হবে চুপি চুপি এসে চেয়ে নিস– নিবি তো?

কেষ্ট আহ্লাদে মাথা নাড়িয়া কহিল, আচ্ছা।

সত্যকার স্নেহ যে কি, তাহা দুঃখী মায়ের কাছে কেষ্ট শিখিয়াছিল। এই মেজদির মধ্যে তাহাই আস্বাদ করিয়া কেষ্টর রুদ্ধ মাতৃশোকে আজ গলিয়া ঝরে গেল। উঠিবার সময় সে

মেজদির পায়ের ধূলা মাথায় লইয়া যেন বাতাসে ভাসিতে ভাসিতে বাহির হইয়া আসিল।

কিন্তু, তাহার দিদির আক্রোশ তাহার প্রতি প্রতিদিনই বাড়িয়াই চলিতে লাগিল। কারণ, সে সৎমার ছেলে, সে নিরুপায়। অখ্যাতির ভয়ে তাহাকে তাড়াইয়া দেওয়াও যায় না, বিলাইয়াও দেওয়া যায় না। সুতরাং যখন রাখিতেই হইবে, তখন যতদিন তাহার দেহ বহে, ততদিন কষিয়া খাটাইয়া লওয়াই ঠিক।

সে ঘরে ফিরিয়া আসিতেই দিদি ধরিয়া পড়িলেন– সমস্ত দুপুর দোকান পালিয়ে কোথায় ছিল রে কেষ্ট?

কেষ্ট চুপ করিয়া রহিল। কাদম্বিনী ভয়ানক রাগিয়া বলিলেন, বল্ শিগগির।

কেষ্ট তথাপি নিরুত্তর হইয়া রহিল। মৌন থাকিলে যাহাদের রাগ পড়ে, কাদম্বিনী সে দলের নহেন। অতএব কথা বলাইবার জন্য তিনি যতই জেদ করিতে লাগিলেন, বলাইতে না পারিয়া তাঁহার ক্রোধ এবং রোখ ততই চড়িয়া উঠিতে লাগিল। অবশেষে পাঁচুগোপালকে ডাকিয়া, তাহার দুই কান পুনঃ পুনঃ মলাইয়া দিলেন এবং তাহার জন্য রাত্রে হাঁড়িতে চাল লইলেন না।

আঘাত যতই গুরুতর হউক, প্রতিহত হইতে না পাইলে লাগে না। পর্বত-শিখর হইতে নিক্ষেপ করিলেই হাত-পা ভাঙ্গে না, ভাঙ্গে শুধু তখনই– যখন– পদতলপৃষ্ঠ কঠিনভূমি সেই বেগ প্রতিরোধ করে। ঠিক তাহাই হইয়াছিল কেষ্টর। মায়ের মরণ যখন পায়ের নীচের নির্ভরস্থলটুকু তাহার একেবারে বিলুপ্ত করিয়া দিল, তখন হইতে বাহিরের কোন আঘাতই তাহাকে আঘাত করিয়া ধূলিসাৎ করিয়া দিতে পারিত না। সে দুঃখীর ছেলে, কিন্তু কখনও দুঃখ পায় নাই। লাঞ্ছনা গঞ্জনার সহিত তাহার পূর্বপরিচয় ছিল না, তথাপি এখানে আসা অবধি কাদম্বিনীর দেওয়া কঠোর দুঃখকষ্ট সে যে অনায়াসে সহ্য করিতে পারিতেছিল, সে শুধু পায়ের তলায় অবলম্বন ছিল না বলিয়াই। কিন্তু আজ আর পারিল সে, আজ সে হেমাঙ্গিনীর মাতৃস্নেহের নির্ভর-ভিত্তির সন্ধান পাইয়াছিল, তাই আজিকার এই অত্যাচার অপমান তাহাকে একেবারে ব্যাকুল করিয়া দিল। মাতাপুত্র এই নিরপরাধ নিরাশ্রয় শিশুকে শাসন করিয়া, লাঞ্ছনা করিয়া, অপমান করিয়া, দিয়া চলিয়া গেলেন, সে অন্ধকার ভূমিশয্যায় পড়িয়া আজ অনেকদিন পর আবার মাকে স্মরণ করিয়া মেজদির নাম করিয়া ফুলিয়া ফুলিয়া কাঁদিতে লাগিল।

পাঁচ

পরদিন সকালেই কেষ্ট হঠাৎ গুটিগুটি ঘরে ঢুকিয়া হেমাঙ্গিনীর পায়ের কাছে বিছানার একপাশে আসিয়া বসিল। হেমাঙ্গিনী পা দুইটি একটু গুটাইয়া লইয়া সস্নেহে বলিলেন, দোকানে যাসনি কেষ্ট?

এইবার যাব।

দেরি করিস নে দাদা, এইবেলা যা, নইলে এক্ষুনি আবার গালাগালি করবে। কেষ্টর মুখ একবার আরক্ত, একবার পাণ্ডুর হইল। যাই, বলিয়া সে উঠিয়া দাঁড়াইল। একবার ইতস্ততঃ করিয়া কি একটা বলিতে গিয়া আবার চুপ করিল।

হেমাঙ্গিনী তাহার মনের কথা যেন বুঝিলেন, বলিলেন, কিছু বলবি আমাকে রে?

কেষ্ট মাটির দিকে চাহিয়া অতি মৃদুস্বরে বলিল, কাল কিছু খাইনি মেজদি–

কাল থেকে খাসনি! বলিস কি কেষ্ট? কিছুক্ষণ পর্যন্ত হেমাঙ্গিনী স্থির হইয়া রহিলেন,

তাহার পর দুই চোখ জলে পূর্ণ হইয়া গেল। সেই জল ঝরঝর করিয়া ঝরিতে লাগিল। তাহার হাত ধরিয়া টানিয়া আর একবার কাছে বসাইয়া, একটি একটি করিয়া সব কথা শুনিয়া লইয়া বলিলেন, কাল রাত্তিরেই কেন এলিনে?

কেষ্ট চুপ করিয়া রহিল। হেমাঙ্গিনী আঁচলে চোখ মুছিয়া বলিলেন, আমার মাথার দিব্যি রইল ভাই, আজ থেকে আমাকে তোর সেই মরা মা বলে মনে করবি।

যথাসময়ে সমস্ত কথা কাদম্বিনীর কানে গেল। তিনি নিজের বাড়ি হইতে মেজবৌকে ডাক দিয়া বলিলেন, ভাইকে কি খাওয়াতে পারিনে যে, তুমি অত কথা তাকে গায়ে পড়ে বলতে গেছ?

কথার ধরন দেখিয়া হেমাঙ্গিনীর গা-জ্বালা করিয়া উঠিল। কিন্তু সে ভাব গোপন করিয়া বলিলেন, যদি গায়ে পড়েই ব'লে থাকি তাতেই বা দোষ কি?

কাদম্বিনী প্রশ্ন করিলেন, তোমার ছেলেটিকে ডেকে এনে আমি যদি এমনি করে বলি, তোমার মানটি থাকে কোথায় শুনি? তুমি এমন করে 'নাই' দিলে আমি তাকে শাসন করি কি করে বল দেখি?

হেমাঙ্গিনী আর সহ্য করিতে পারিল না। বলিল, দিদি, পনর-ষোল বছর এক সঙ্গে ঘর করচি– তোমাকে আমি চিনি। পেটে মেরে আগে তোমার নিজের ছেলেকে শাসন কর, তার পরে পরের ছেলেকে করো, তখন গায়ে পড়ে কথা কইতে যাবো না।

কাদম্বিনী অবাক হইয়া বলিলেন, আমার পাঁচুগোপালের সঙ্গে ওর তুলনা? দেবতার সঙ্গে বাঁদরের তুলনা? এর পরে আরও কি যে তুমি বলে বেড়াবে, তাই ভাবি মেজবৌ!

মেজবৌ উত্তর দিল, কে দেবতা, কে বাঁদর, সে আমি জানি। কিন্তু আর আমি কিছুই বলব না দিদি, যদি বলি তো এই যে– তোমার মত নিষ্ঠুর, তোমার মত বেহায়া মেয়েমানুষ আর সংসারে নেই। বলিয়া তিনি প্রত্যুত্তরের অপেক্ষা না করিয়াই জানালা বন্ধ করিয়া দিলেন।

সেইদিন সন্ধ্যার প্রাক্কালে অর্থাৎ কর্তারা ঘরে ফিরিবার সময়টিতে বড়বৌ নিজের বাড়ির উঠানে দাঁড়াইয়া দাসীকে উপলক্ষ করিয়া উচ্চকণ্ঠে তর্জন-গর্জন আরম্ভ করিয়া দিলেন– যিনি রাত-দিন কচ্ছেন, তিনিই এর বিহিত করবেন। মায়ের চেয়ে মাসীর দরদ বেশী! আমার ভায়ের মর্ম আমি বুঝিনে, বোঝে পরে! কখ্খনো ভাল হবে না– ভাই-বোনে ঝগড়া বাধিয়ে দিয়ে দাঁড়িয়ে দাঁড়িয়ে মজা দেখলে ধর্ম সইবেন না– তা বলে দিচ্চি, বলিয়া তিনি রান্নাঘরে গিয়া ঢুকিলেন।

উভয় জায়ের মধ্যে এই ধরনের গালিগালাজ, শাপ-শাপান্ত অনেকবার অনেক রকম করিয়া হইয়া গিয়াছে, কিন্তু আজ ঝাঁজটা কিছু বেশী। অনেক সময় হেমাঙ্গিনী শুনিয়াও শুনিত না, বুঝিয়াও গায়ে মাখিত না; কিন্তু আজ নাকি তাহার দেহটা খারাপ ছিল, তাই উঠিয়া আসিয়া জানালায় দাঁড়াইয়া কহিল, এর মধ্যে চুপ করলে কেন দিদি? ভগবান হয়ত শুনতে পাননি– আর খানিকক্ষণ ধরে আমার সর্বনাশ কামনা কর, বঠ্‌ঠাকুর ঘরে আসুন, তিনি শুনুন, ইনি ঘরে এসে শুনুন– এর মধ্যেই হাঁপিয়ে পড়লে চলবে কেন?

কাদম্বিনী উঠানের উপর ছুটিয়া আসিয়া মুখ উঁচু করিয়া চেঁচাইয়া উঠিলেন, আমি কি কোন সর্বনাশীর নাম মুখে এনেচি?

হেমাঙ্গিনী স্থিরভাবে জবাব দিল, মুখে আনবে কেন দিদি, মুখে আনবার পাত্রী তুমি নও। কিন্তু তুমি কি ঠাওরাও, একা তুমিই সেয়ানা, আর পৃথিবীসুদ্ধ ন্যাকা? ঠেস দিয়ে দিয়ে

কার কপাল ভাঙ্গচ, সে কি কেউ টের পায় না?

কাদম্বিনী এবার নিজমূর্তি ধরিলেন। মুখ ভ্যাংচাইয়া হাত-পা নাড়িয়া বলিলেন, টের পেলেই বা। যে দোষে থাকবে, তারই গায়ে লাগবে। আর একা তুমিই টের পাও, আমি পাই নে? কেষ্ট যখন এলো, সাত চড়ে রা করত না, যা বলতুম, মুখ বুজে তাই করত– আজ দুপুরবেলা কার জোরে কি জবাব দিয়ে গেল, জিজ্ঞাসা করে দ্যাখো এই প্রসন্নর মাকে,– বলিয়া দাসীকে দেখাইয়া দিল।

প্রসন্নর মা কহিল, সে কথা সত্যি মেজবৌমা। আজ সে ভাত ফেলে উঠে যেতে মা বললেন,– এ পিণ্ডিই না গিললে যখন যমের বাড়ি যেতে হবে, তখন এত তেজ কিসের জন্যে? সে বলে গেল,– আমার মেজদি থাকতে কাউকে ভয় করিনে।

কাদম্বিনী সদর্পে বলিলেন, কেমন হ'ল তো! কার জোরে এত তেজ শুনি? আজ আমি স্পষ্ট বলে দিচ্চি, মেজবৌ, ওকে তুমি এক শ'বার ডেকো না। আমাদের ভাইবোনদের কথার মধ্যে থেকো না।

হেমাঙ্গিনী আর কথা কহিল না। কেঁচো সাপের মতন চক্র ধরিয়া কামড়াইয়াছে শুনিয়া, তাঁহার বিস্ময়ের পরিসীমা রহিল না। জানালা হইতে ফিরিয়া আসিয়া চুপ করিয়া ভাবিতে লাগিল, কত বেশী পীড়নের দ্বারা ইহাও সম্ভব হইতে পারিয়াছে।

আবার মাথা ধরিয়া জ্বর বোধ হইতেছিল, তাই অসময়ে শয্যায় আসিয়া নির্জীবের মত পড়িয়া ছিল। তাহার স্বামী ঘরে ঢুকিয়া, ইহা লক্ষ্য না করিয়াই ক্রোধভরে বলিয়া উঠিলেন, বৌঠানের ভাইকে নিয়ে আজ কি কাণ্ড বাধিয়ে বসে আছ। কারু মানা শুনবে না, যেখানে যত হতভাগা লক্ষীছাড়া আছে, দেখলেই তার দিকে কোমর বেঁধে দাঁড়াবে, রোজ রোজ আমার এত হাঙ্গামা সহ্য হয় না মেজবৌ। আজ বৌঠান আমাকে নাহক দশটা কথা শুনিয়ে দিলেন।

হেমাঙ্গিনী শ্রান্তকণ্ঠে কহিলেন, বৌঠান হক কথা কবে বলেন যে আজ তোমাকে নাহক কথা বলেছেন?

বিপিন বলিলেন, কিন্তু আজ তিনি ঠিক কথাই বলেচেন। তোমার স্বভাব জানি তো। সেবার বাড়ির রাখাল ছোঁড়াটাকে নিয়ে এই রকম করলে, মতি কামারের ভাগ্নের অমন বাগানখানা তোমার জন্যেই মুঠোর ভেতর থেকে বেরিয়ে গেল, উলটে পুলিশ থামাতে এক শ দেড় শ ঘর থেকে গেল। তুমি নিজের ভাল-মন্দও কি বোঝ না? কবে এ স্বভাব যাবে?

হেমাঙ্গিনী এবার উঠিয়া বসিয়া, স্বামীর মুখপানে চাহিয়া কহিলেন, আমার স্বভাব যাবে মরণ হলে, তার আগে নয়। আমি মা,– আমার কোলে ছেলেপুলে আছে, মাথার উপর ভগবান আছেন। এর বেশী আমি গুরুজনের নামে নালিশ করতে চাইনে। আমার অসুখ করেচে– আর আমাকে বকিও না– তুমি যাও। বলিয়া গায়ের র‍্যাপারখানা টানিয়া লইয়া পাশ ফিরিয়া শুইয়া পড়িল।

বিপিন প্রকাশ্যে আর তর্ক করিতে সাহস করিলেন না, কিন্তু মনে মনে স্ত্রীর উপর এবং বিশেষ করিয়া ঐ গলগ্রহ দুর্ভাগাটার উপর আজ মর্মান্তিক চটিয়া গেলেন।

ছয়

পরদিন সকালে জানালা খুলিতেই হেমাঙ্গিনীর কানে বড়জায়ের তীক্ষ্ণ-কণ্ঠের ঝঙ্কার প্রবেশ করিল। তিনি স্বামীকে সম্বোধন করিয়া বলিতেছেন, ছোঁড়াটা কাল থেকে পালিয়ে রইল,

একবার খোঁজ নিলে না?

স্বামী জবাব দিলেন, চুলোয় যাক। কি হবে খোঁজ করে?

স্ত্রী কণ্ঠস্বর সমস্ত পাড়ার শ্রুতিগোচর করিয়া বলিলেন, তা হলে যে নিজেদের গ্রামে বাস করা দায় হবে! আমাদের শত্রু তো দেশে কম নেই, কোথাও প'ড়ে মরে-টরে থাকলে ছেলেবুড়ো বাড়িসুদ্ধ সবাইকে জেলখানায় যেতে হবে, তা বলে দিচ্চি।

হেমাঙ্গিনী সমস্তই বুঝিলেন, এবং তৎক্ষণাৎ জানালাটা বন্ধ করিয়া দিয়া একটা নিঃশ্বাস ফেলিয়া অন্যত্র চলিয়া গেলেন।

দুপুরবেলা রান্নাঘরের দাওয়ায় বসিয়া খান-কতক রুটি খাইতেছিলেন, হঠাৎ চোরের মত সন্তপর্ণে পা ফেলিয়া কেষ্ট আসিয়া উপস্থিত হইল। চুল রুক্ষ, মুখ শুষ্ক।

কোথায় পালিয়েছিলি রে কেষ্ট?

পালাই নি তো। কাল সন্ধ্যার পর দোকানে শুয়েছিলুম, ঘুম ভেঙ্গে দেখি, দুপুর রাত্তির। ক্ষিদে পেয়েছে মেজদি।

ও-বাড়তি গিয়ে খেগে যা। বলিয়া হেমাঙ্গিনী নিজের রুটির থালায় মনোযোগ করিলেন।

মিনিট-খানেক চুপচাপ দাঁড়াইয়া থাকিয়া কেষ্ট চলিয়া যাইতেছিল, হেমাঙ্গিনী ডাকিয়া ফিরাইয়া কাছে বসাইলেন, এবং সেইখানে ঠাঁই করিয়া রাঁধুনীকে ভাত দিতে বলিলেন।

তাহার খাওয়া প্রায় অর্ধেক অগ্রসর হইয়াছিল, এমন সময় উমা বহির্বাটী হইতে ত্রস্তব্যস্তভাবে ছুটিয়া আসিয়া নিঃশব্দ ইঙ্গিতে জানাইল— বাবা আসচেন যে!

মেয়ের ভাব দেখিয়া মা আশ্চর্য বলিলেন, তাতে তুই অমন কচ্চিস কেন?

উমা কেষ্টর পিছনে আসিয়া দাঁড়াইয়াছিল, প্রত্যুত্তরে তাহাকেই আঙুল দিয়া দেখাইয়া, চোখ-মুখ নাড়িয়া তেমনি ইশারায় প্রকাশ করিল— খাচ্চে যে!

কেষ্ট কৌতুহলী হইয়া ঘাড় ফিরাইয়াছিল। উমার উৎকণ্ঠিত দৃষ্টি, শঙ্কিত মুখের ইশারা তাহার চোখে পড়িল। একমুহূর্তে তাহার মুখ সাদা হইয়া গেল। কি ত্রাস যে তাহার মনে জন্মিল সেই জানে। মেজদি, বাবু আসচেন, বলিয়াই সে ভাত ফেলিয়া ছুটিয়া গিয়া রান্নাঘরের দোরের আড়ালে দাঁড়াইল। তাহার দেখাদেখি উমাও আর একদিকে পলাইয়া গেল। অকস্মাৎ গৃহস্বামীর আগমনে চোরের দল যেরূপ ব্যবহার করে, ইহারাও ঠিক সেইরূপ আচরণ করিয়া বসিল।

প্রথমটা হেমাঙ্গিনী হতবুদ্ধির মত একবার এদিকে একবার ওদিকে চাহিলেন, তার পরে পরিশ্রান্তের মত দেয়ালে ঠেস দিয়া এলাইয়া পড়িলেন। লজ্জা ও অপমানের শূল যেন তাঁহার বুকখানা এফোঁড়-ওফোঁড় করিয়া দিয়া গেল। পরক্ষণেই বিপিন আসিয়া উপস্থিত হইলেন। সম্মুখেই স্ত্রীকে ওভাবে বসিয়া থাকিতে দেখিয়া কাছে আসিয়া উদ্বিগ্ন-মুখে প্রশ্ন করিলেন, ও কি, খাবার নিয়ে অমন করে বসে যে?

হেমাঙ্গিনী জবাব দিলেন না। বিপিন অধিকতর উৎকণ্ঠিত হইয়া বলিলেন, আবার জ্বর হল নাকি। অভুক্ত ভাতের থালাটার পানে চোখে পড়ায় বলিলেন, এখানে এত ভাত ফেলে উঠে গেল কে? ললিত বুঝি।

হেমাঙ্গিনী উঠিয়া বসিয়া বলিলেন, না, সে নয়, ও বাড়ির কেষ্টা খাচ্ছিল, তোমার ভয়ে দোরের আড়ালে লুকিয়েছে।

কেন?

হেমাঙ্গিনী বলিলেন, কেন, তা তুমিই ভাল জান। আর শুধু সে নয়। তুমি আসচ খবর দিয়েই উমাও ছুটে পালিয়েচে।

বিপিন মনে মনে বুঝিলেন, স্ত্রীর কথাবার্তা বাঁকা পথ ধরিয়াছে। তাই বোধ করি সোজা পথে ফিরাইবার অভিপ্রায়ে সহাস্যে বলিলেন, ও বেটি পালাতে গেল কি দুঃখে?

হেমাঙ্গিনী বলিলেন, কি জানি? বোধ করি, মায়ের অপমান চোখে দেখবার ভয়েই পালিয়েচে। পরক্ষণেই একটা নিঃশ্বাস ফেলিয়া কহিলেন, কেষ্ট পরের ছেলে, সে তো লুকোবেই। পেটের মেয়েটা পর্যন্ত বিশ্বাস করতে পারলে না যে, তার মায়ের কাউকে ডেকে একমুঠো ভাত দেবার অধিকারটুকুও আছে।

এবার বিপিন টের পাইলেন, ব্যাপারটা সত্যই বিশ্রী হইয়া উঠিয়াছে। অতএব পাছে একেবারে বাড়াবাড়িতে গিয়া পৌঁছায়, এজন্য অভিযোগটাকে সামান্য পরিহাসে পরিণত করিয়া চোখ টিপিয়া ঘাড় নাড়িয়া বলিলেন, না– তোমার কোন অধিকার নেই। ভিখিরী এলে ভিক্ষেও না। সে যাক– কাল থেকে আর মাথা ধরেনি তো? আমি মনে করচি, শহর থেকে কেদার ডাক্তারকে ডেকে পাঠাই না হয় একবার কলকাতায়–

অসুখ ও চিকিৎসার পরামর্শটা ঐখানেই থামিয়া গেল। হেমাঙ্গিনী জিজ্ঞাসা করিলেন, উমার সামনে তুমি কেষ্টকে কিছু বলেছিলে?

বিপিন যেন আকাশ হইতে পড়িলেন– আমি? কৈ না। ওহো– সেদিন যেন মনে হচ্চে বলেছিলুম– বৌঠান রাগ করেন– দাদা বিরক্ত হন– উমা বোধ করি সেখানে দাঁড়িয়েছিল– কি জান–

জানি, বলিয়া হেমাঙ্গিনী কথাটা চাপা দিয়া দিলেন। বিপিন ঘরে ঢুকিতেই তিনি কেষ্টকে বাহিরে ডাকিয়া বলিলেন, কেষ্ট, এই চারটে পয়সা নিয়ে দোকান থেকে মুড়িটুড়ি কিছু কিনে খেগে যা। ক্ষিদে পেলে আর আসিস নে আমার কাছে। তোর মেজদির এমন জোর নেই যে, সে বাইরের মানুষকে একমুঠো ভাত খেতে দেয়। কেষ্ট নিঃশব্দে চলিয়া গেল। ঘরের ভিতর দাঁড়াইয়া বিপিন তাহার পানে চাহিয়া ক্রোধে দাঁত কড়মড় করিলেন।

সাত

দিন পাঁচ-ছয় পরে একদিন বৈকালে বিপিন অত্যন্ত বিরক্ত-মুখে ঘরে ঢুকিয়া বলিলেন, এ-সব কি তুমি শুরু করলে মেজবৌ? কেষ্ট তোমার কে যে, একটা পরের ছেলে নিয়ে দিন-রাত আপনা-আপনির মধ্যে লড়াই করে বেড়াচ্চ। আজ দেখলাম, দাদা পর্যন্ত ভারী রাগ করেচেন।

অনতিপূর্বে নিজের ঘরে বসিয়া বড়বৌ স্বামীকে উপলক্ষ ও মেজবৌকে লক্ষ্য করিয়া চীৎকার শব্দে যে-সকল অপভাষার তীর ছুঁড়িয়াছিলেন, তাহার একটিও নিষ্ফল হয় নাই। সব কটি আসিয়াই হেমাঙ্গিনীকে বিঁধিয়াছিল এবং প্রত্যেকটি মুখে করিয়া যে পরিমাণ বিষ বহিয়া আনিয়াছিল, তাহার সহিত জ্বালাটাও কম জ্বলিতেছিল না। কিন্তু মাঝখানে ভাশুর বিদ্যমান থাকায় হেমাঙ্গিনী সহ্য করা ব্যতীত প্রতিকারের পথ পাইতেছিল না।

আগেকার দিনে যেমন যবনেরা গরু সুমুখে রাখিয়া রাজপুত-সেনার উপর বাণ বর্ষণ করিত, যুদ্ধ জয় করিত, বড়বৌ মেজবৌকে আজকাল প্রায়ই তেমনি জব্দ করিতেছিলেন।

স্বামীর কথায় হেমাঙ্গিনী দপ করিয়া জ্বলিয়া উঠিল। কহিল, বল কি, তিনি পর্যন্ত রাগ করেচেন? এতবড় আশ্চর্য কথা, শুনলে হঠাৎ বিশ্বাস হয় না যে! এখন কি করলে রাগ

থামবে বল?

বিপিন মনে মনে রাগ করিলেন, কিন্তু বাহিরে প্রকাশ করা তাঁহার স্বভাব নয়, তাই মনের ভাব গোপন করিয়া সহজভাবে বলিলেন, হাজার হলেও গুরুজনের সম্বন্ধে কি—

কথাটা শেষ হইবার পূর্বেই হেমাঙ্গিনী কহিল, সব জানি, ছেলেমানুষটি নই যে, গুরুজনের মান-মর্যাদা বুঝিনে! কিন্তু ছোঁড়াটাকে ভালবাসি বলেই যেন ওঁরা আমাকে দেখিয়ে দেখিয়ে ওকে দিবারাত্র বিঁধতে থাকেন। তাহার কণ্ঠস্বর কিছু নরম শুনাইল। কারণ, হঠাৎ ভাশুরের সম্বন্ধে শ্লেষ করিয়া ফেলিয়া, সে নিজেই মনে মনে অপ্রতিভ হইয়াছিল। কিন্তু তাঁহারও গায়ের জ্বালাটা নাকি বড় জ্বলিতেছিল, তাই রাগ সামলাইতে পারেন নাই।

বিপিন গোপনে ও পক্ষে ছিলেন। কারণ, এই একটা পরের ছেলে লইয়া নিরর্থক দাদাদের সঙ্গে ঝগড়াঝাঁটি তিনি মনে মনে পছন্দ করিতেন না। স্ত্রীর এই লজ্জাটুকু লক্ষ্য করিয়া জো পাইয়া জোর দিয়া বলিলেন, বেঁধাবিধি কিছুই নয়। তাঁরা নিজেদের ছেলে শাসন করচেন, কাজ শেখাচ্চেন, তাতে তোমাকে বিঁধলে চলবে কেন? তা ছাড়া যা-ই করুন, তাঁরা গুরুজন যে!

হেমাঙ্গিনী স্বামীর মুখের পানে চাহিয়া প্রথমটা কিছু বিস্মিত হইল। কারণ, এই পনর-যোল বছরের ঘরকন্নায় স্বামীর এত বড় ভ্রাতৃভক্তি সে ইতিপূর্বে দেখে নাই। কিন্তু পরমুহূর্তেই তাহার সর্বাঙ্গ ক্রোধে জ্বলিয়া উঠিল। কহিল, তাঁরা গুরুজন, আমিও মা। গুরুজন নিজের মান নিজে নিঃশেষ করে আনলে আমি কি দিয়ে ভর্তি করব! বিপিন কি একটা জবাব বোধ করি দিতে যাইতেছিল, থামিয়া গেলেন। দ্বারের বাহিরে কুণ্ঠিতকণ্ঠের বিনম্র ডাক শোনা গেল—

মেজদি!

স্বামী-স্ত্রীতে চোখাচোখি হইল। স্বামী একটু হাসিলেন, তাহাতে প্রীতি বিকীর্ণ হইল না। স্ত্রী অধরে ওষ্ঠ চাপিয়া কবাটের কাছে সরিয়া আসিয়া নিঃশব্দে কেষ্টর মুখের পানে চাহিতেই সে আহ্লাদে গলিয়া গিয়া প্রথমেই যা মুখে আসিল কহিল, কেমন আছ মেজদি?

হেমাঙ্গিনী একমুহূর্ত কথা কহিতে পারিল না। যাহার জন্য স্বামী-স্ত্রীতে এইমাত্র বিবাদ হইয়া গেল, অকস্মাৎ তাহাকে সুমুখে পাইয়া বিবাদের সমস্ত বিরক্তিটা তাহারই মাথায় গিয়া পড়িল। হেমাঙ্গিনী অনুচ্চ কঠোরস্বরে কহিলেন, এখানে কি? কেন তুই রোজ রোজ আসিস বল তো?

কেষ্টর বুকের ভিতরটা ধক করিয়া উঠিল। এই কঠোর কণ্ঠস্বরটা সত্যই এত কঠোর শুনাইল যে, হেতু ইহার যা-ই হোক, বস্তুটা যে সস্নেহ পরিহাস নয়, বুঝিয়া লইতে এই দুর্ভাগা বালকটারও বিলম্ব হইল না।

ভয়ে, বিস্ময়ে, লজ্জায় মুখখানা তাহার কালিমাখা হইয়া গেল। কহিল, দেখতে এসেছি।

বিপিন হাসিয়া বলিলেন, দেখতে এসেচে তোমাকে। এ হাসি যেন দাঁত ভ্যাংচাইয়া হেমাঙ্গিনীকে অপমান করিল। সে দলিতা ভুজঙ্গিনীর মত স্বামীর মুখের পানে একটিবার চাহিয়াই চোখ ফিরাইয়া লইয়া কহিল, আর এখানে তুই আসিস নে— যা।

আচ্ছা, বলিয়া কেষ্ট তাহার মুখের কালি হাসি দিয়া ঢাকিতে গিয়া সমস্ত মুখ আরো কালো, আরো বিশ্রী বিকৃত করিয়া অধোমুখে চলিয়া গেল।

সে বিকৃতির কালোছায়া হেমাঙ্গিনী নিজের মুখের উপর লইয়া স্বামীর পানে আর একবার চাহিয়া দ্রুতপদে ঘর ছাড়িয়া বাহির হইয়া গেল।

আট

দিন পাঁচ-ছয় হইয়া গেল, হেমাঙ্গিনীর জ্বর ছাড়ে নাই। কাল ডাক্তার বলিয়া গিয়াছিলেন, সর্দি বুকে বসিয়াছে। সন্ধ্যার দীপ সবেমাত্র জ্বালা হইয়াছিল, ললিত ভাল কাপড়-জামা পরিয়া ঘরে ঢুকিয়া কহিল, মা, দত্তদের বাড়ি পুতুল নাচ হবে, দেখতে যাব?

মা একটুখানি হাসিয়া বলিলেন, হাঁ রে ললিত, তোর মা যে এই পাঁচ-ছ-দিন পড়ে আছে, একবারটি কাছে এসেও তো বসিস ন!

ললিত লজ্জা পাইয়া শিয়রের কাছে আসিয়া বসিল। মা সস্নেহে ছেলের পিঠে হাত দিয়া বলিলেন, এই অসুখ যদি না সারে, যদি মরে যাই, কি করিস তুই? খুব কাঁদিস?

যাঃ– সেরে যাবে, বলিয়া ললিত মায়ের বুকের উপর একটা হাত রাখিল। মা ছেলের হাতখানি হাতে লইয়া চুপ করিয়া রহিলেন। জ্বরের উপর এই স্পর্শ তাহার সর্বাঙ্গ জুড়াইয়া দিতে লাগিল। ইচ্ছা করিতে লাগিল, এমন করিয়া বহুক্ষণ কাটান। কিন্তু একটু পরেই ললিত উসখুস করিতে লাগিল, পুতুল নাচ হয়ত এতক্ষণে শুরু হইয়া গিয়াছে মনে করিয়া, ভিতরে ভিতরে তাহার চিত্ত অস্থির হইয়া উঠিল।

ছেলের মনের কথা বুঝিতে পারিয়া মা মনে মনে হাসিয়া বলিলেন, আচ্ছা যা দেখে আয়, বেশী রাত করিস নে যেন।

না মা, এক্ষুণি ফিরে আসব, বলিয়া ললিত ঘরের বাহির হইয়া গেল। কিন্তু মিনিট দুই পরে ফিরিয়া আসিয়া বলিল, মা, একটা কথা বলব?

মা হাসিমুখে বলিলেন, একটা টাকা চাই তো? ঐ কুলুঙ্গিতে আছে, নিগে– দেখিস, বেশী নিসনে যেন।

না মা, টাকা চাইনে। বলি, তুমি শুনবে!

মা বিস্ময় প্রকাশ করিয়া বলিলেন, টাকা চাইনে? তবে কি কথা রে?

ললিত আর একটু কাছে আসিয়া চুপি চুপি বলিল, কেষ্টমামাকে একবার আসতে দেবে? ঘরে ঢুকবে না– ঐ দোরগোড়া থেকে একটিবার তোমাকে দেখেই চলে যাবে। কালকেও বাইরে এসে বসেছিল, আজকেও এসে বসে আছে।

হেমাঙ্গিনী ব্যস্ত হইয়া উঠিয়া বসিলেন, বলিলেন– যা যা ললিত, এক্ষুণি ডেকে নিয়ে আয়– আহা হা, বসে আছে, তোরা কেউ আমাকে জানাস নি রে?

ভয়ে আসতে চায় না যে, বলিয়া ললিত চলিয়া গেল। মিনিট খানেক পরে কেষ্ট ঘরে ঢুকিয়া মাটির দিকে ঘাড় বাঁকাইয়া দেয়ালে ঠেস দিয়া দাঁড়াইল।

হেমাঙ্গিনী ডাকিলেন, এস দাদা, এস।

কেষ্ট তেমনিভাবে স্থির হইয়া রহিল। তিনি নিজে তখন উঠিয়া আসিয়া কেষ্টর হাত ধরিয়া বিছানায় লইয়া গেলেন। পিঠে হাত বুলাইয়া দিয়া বলিলেন, হাঁ রে কেষ্ট, বকেছিলুম বলে তোর মেজদিদিকে ভুলে গেছিস বুঝি?

সহসা কেষ্ট কুপাইয়া কাঁদিয়া উঠিল। হেমাঙ্গিনী কিছু আশ্চর্য হইলেন, কারণ, কখনও কেহ তাহাকে কাঁদিতে দেখে নাই। অনেক দুঃখ-কষ্ট যাতনা দিলেও সে ঘাড় হেঁট করিয়া নিঃশব্দে থাকে, লোকজনের সুমুখে জল ফেলে না। তাহার এই স্বভাবটি হেমাঙ্গিনী জানিতেন বলিয়াই বড় আশ্চর্য হইয়া বলিলেন, ছি, কান্না কিসের? বেটাছেলেকে চোখের জল ফেলতে আছে কি?

প্রত্যুত্তরে কেষ্ট কোঁচার খুঁট মুখে গুজিয়া প্রাণপণ চেষ্টায় কান্না রোধ করিতে করিতে

বলিল, ডাক্তার বলে যে, বুকে সর্দি বসেচে?

হেমাঙ্গিনী হাসিলেন– এইজন্যে? ছি ছি। কি ছেলেমানুষ তুই রে! বলিতে বলিতে তাহার নিজের চোখ দিয়াও টপটপ করিয়া দু-ফোঁটা জল গড়াইয়া পড়িল। বাঁ-হাত দিয়া মুছিয়া ফেলিয়া তাহার মাথায় একটা হাত দিয়া কৌতুক করিয়া বলিলেন, সর্দি বসেচে– বসলেই বা রে। যদি মরি, তুই আর ললিত কাঁধে করে গঙ্গায় দিয়ে আসবি কেমন, পারবি নে?

বলি মেজবৌ, কেমন আছ আজ? বলিয়া বড়বৌ দোরগোড়ায় আসিয়া দাঁড়াইলেন। ক্ষণকাল কেষ্টর পানে তীক্ষ্ণ-দৃষ্টিতে চাহিয়া থাকিয়া বলিলেন, এই যে ইনি এসে হাজির হয়েছেন। আবার ও কি? মেজগিন্নীর কাছে কেঁদে সোহাগ করা হচ্ছে যে! ন্যাকা আমার, কত ফন্দিই জানে!

ক্লান্তিবশতঃ হেমাঙ্গিনী এইমাত্র বালিশে হেলান দিয়া কাত হইয়া পড়িয়াছিলেন, তীরের মত সোজা উঠিয়া বসিয়া কহিলেন, দিদি, আমার ছ-সাতদিন জ্বর, তোমার পায়ে পড়ি, আজ তুমি যাও।

কাদম্বিনী প্রথমটা থতমত খাইয়া গেলেন। কিন্তু পরক্ষণে সামলাইয়া লইয়া বলিলেন, তোমাকে তো বলিনি মেজবৌ। নিজের ভাইকে শাসন কচ্ছি, তুমি এমন মারমুখী হয়ে উঠচ কেন?

হেমাঙ্গিনী বলিল, শাসন তো রাত্রিদিনই চলচে– বাড়ি গিয়ে করো, এখানে আমার সামনে করবার দরকার নেই, করতে দেবও না।

কেন, তুমি কি বাড়ি থেকে তাড়িয়ে দেবে না কি?

হেমাঙ্গিনী হাতজোড় করিয়া বলিল, আমার বড় অসুখ দিদি, তোমার দুটি পায়ে পড়ি, হয় চুপ কর, নয় যাও।

কাদম্বিনী বলিলেন, নিজের ভাইকে শাসন করতে পার না?

হেমাঙ্গিনী জবাব দিল, বাড়ি গিয়ে কর গে।

সে আজ ভাল করেই হবে। আমার নামে লাগান-ভাঙান আজ বার করব; বজ্জাত মিথ্যুক কোথাকার! বললুম গরুর দড়ি নেই কেষ্ট, দু-আঁটি পাট কেটে দে; না দিদি, তোমার পায়ে পড়ি, পুতুলনাচ দেখে আসি। এই বুঝি পুতুলের নাচ হচ্ছে রে? বলিয়া কাদম্বিনী গুমগুম করিয়া পা ফেলিয়া চলিয়া গেলেন।

হেমাঙ্গিনী কতক্ষণ কাঠের মত বসিয়া থাকিয়া শুইয়া পড়িয়া বলিল, কেন তুই পুতুলনাচ দেখতে গেলিনি কেষ্ট? গেলে তো আর এইসব হ'ত না আসতে যখন তোকে ওরা দেয় না ভাই, তখন আর আসিস নে আমার কাছে।

কেষ্ট আর কথাটি না কহিয়া আস্তে আস্তে চলিয়া গেল। কিন্তু তৎক্ষণাৎ ফিরিয়া আসিয়া বলিল, আমাদের গাঁয়ের বিশালাক্ষী ঠাকুর বড় জাগ্রত মেজদি, পূজো দিলে অসুখ সেরে যায়। দাও না মেজদি!

এইমাত্র নিরর্থক ঝগড়া হইয়া যাওয়ায় হেমাঙ্গিনীর মনটা ভারী বিগড়াইয়া গিয়াছিল, ঝগড়াঝাঁটি তো হয়ই– সেজন্যও নয়। এমন একটা রসাল ছুতা পাইয়া এই হতভাগার দুর্দশা যে কিরূপ হইবে, আসলে সেই কথাটা মনে মনে তোলাপাড় করিয়া তাহার বুকের ভিতরটা ক্ষোভে ও নিরুপায় আক্রোশে জ্বলিয়া উঠিয়াছিল।

কেষ্ট ফিরিয়া আসিতেই হেমাঙ্গিনী উঠিয়া বসিল, এবং কাছে বসাইয়া গায়ে হাত

বুলাইয়া দিয়া কাঁদিয়া ফেলিল। চোখ মুছিয়া বলিল, আমি ভাল হয়ে তোকে লুকিয়ে পূজো দিতে পাঠিয়ে দেব। পারবি একলা যেতে?

কেষ্ট উৎসাহে দুই চক্ষু বিস্ফারিত করিয়া বলিল, একলা যেতে খুব পারব। তুমি আজকে আমাকে একটা টাকা দিয়ে পাঠিয়ে দাও না, মেজদি আমি কাল সকালেই পূজো দিয়ে তোমাকে প্রসাদ এনে দেব। সে খেলে তক্ষুণি অসুখ সেরে যাবে! দাও না মেজদি আজকেই পাঠিয়ে।

হেমাঙ্গিনী দেখিলেন, তাহার আর সবুর সয় না। বলিলেন, কিন্তু কাল ফিরে এলে তোকে যে এরা ভারী মারবে। মারধরের কথা শুনিয়া প্রথমটা কেষ্ট দমিয়া গেল, কিন্তু পরক্ষনেই প্রফুল্ল হইয়া কহিল, মারুক গে। তোমার অসুখ সেরে যাবে তো। আবার তাঁহার চোখ দিয়া জল গড়াইয়া পড়িল। বলিলেন, হ্যাঁ রে কেষ্ট, আমি তোর কেউ নই, তবে আমার জন্যে তোর এত মাথাব্যথা কেন?

এ প্রশ্নের উত্তর কেষ্ট কোথায় পাইবে? সে কি করিয়া বুঝাইবে, তাহার পীড়িত আর্ত হৃদয় দিবারাত্র কাঁদিয়া কাঁদিয়া তাহার মাকে খুঁজিয়া ফিরিতেছে। একটুখানি মুখপানে চাহিয়া থাকিয়া বলিল, তোমার অসুখ যে সারচে না মেজদি; বুকে সর্দি বসেচে যে।

হেমাঙ্গিনী এবার একটুখানি হাসিয়া বলিলেন, আমার সর্দি বসেচে তাতে তোর কি? তোর এত ভাবনা হয় কেন?

কেষ্ট আশ্চর্য হইয়া বলিল, ভাবনা হবে না মেজদি, বুকে সর্দি বসা যে বড় খারাপ। অসুখ যদি বেড়ে যায়, তা হলে?

তা হলে তোকে ডেকে পাঠাব। কিন্তু না ডেকে পাঠালে আর আসিস নে ভাই।

কেন মেজদি?

হেমাঙ্গিনী দৃঢ়ভাবে মাথা নাড়িয়া বলিলেন, না, তোকে আর আমি এখানে আসতে দেব না। না ডেকে পাঠালেও যদি আসিস তা হলে ভারী রাগ করব।

কেষ্ট মুখপানে চাহিয়া সভয়ে জিজ্ঞাসা করিল, তা হলে বল, কাল সকালে কখন ডেকে পাঠাবে?

কাল সকালেই আবার তোর আসা চাই?

কেষ্ট অপ্রতিভ হইয়া বলিল, আচ্ছা, সকালে না হয় দুপুরবেলায় আসব— না মেজদি? তাহার চোখে মুখে এমনই একটা ব্যাকুল অনুনয় ফুটিয়া উঠিল যে, হেমাঙ্গিনী মনে মনে ব্যথা পাইলেন। কিন্তু আর তো তাঁহার কঠিন না হইলে নয়। সবাই মিলিয়া এই নিরীহ একান্ত অসহায় বালকের উপর যে নির্যাতন শুরু করিয়াছে, কোনো কারণেই আর তো তাহা বাড়াইয়া দেওয়া চলে না। সে হয়ত সহিতে পারে, মেজদির কাছে আসা-যাওয়া করিবার দণ্ড যত গুরুতর হোক সে হয়ত সহ্য করিতে পিছাইবে না; কিন্তু তাই বলিয়া তিনি নিজে কি করিয়া সহিবেন?

হেমাঙ্গিনীর চোখ ফাটিয়া জল আসিতে লাগিল; তথাপি তিনি মুখ ফিরাইয়া রুক্ষস্বরে বলিলেন, বিরক্ত করিস নে কেষ্ট, যা এখান থেকে ডেকে পাঠালে আসিস, নইলে যখন তখন এসে আমাকে বিরক্ত করিস নে।

না বিরক্ত করিনি তো, বলিয়া ভীত লজ্জিত মুখখানি হেঁট করিয়া তাড়াতাড়ি কেষ্ট উঠিয়া গেল।

এইবার হেমাঙ্গিনীর দুই চোখ বাহিয়া প্রস্রবণের মত জল ঝরিয়া পড়িতে লাগিল।

তিনি সুস্পষ্ট দেখিতে লাগিলেন, এই নিরুপায় অনাথ ছেলেটা মা হারাইয়া তাঁকে মা বলিয়া আশ্রয় করিতেছে। তাঁহারই আঁচলের অল্প একটুখানি মাথায় টানিয়া লইবার জন্য কাঙালের মত কি করিয়াই না বেড়াইতেছে।

হেমাঙ্গিনী চোখ মুছিয়া মনে মনে বলিলেন, কেষ্ট, মুখখানি অমন করে গেলি ভাই, কিন্তু তোর এই মেজদি যে তোর চেয়েও নিরুপায় তোকে জোর করে বুকে টেনে আনবে সে ক্ষমতা যে তার নেই ভাই।

উমা আসিয়া কহিল, মা, কাল কেষ্টমামা তাগাদায় না গিয়ে, তোমার কাছে এসে বসেছিল বলে, জ্যাঠামহাশয় এমন মার মারলেন যে, নাক দি–

হেমাঙ্গিনী ধমকিয়া উঠিলেন– আচ্ছা– হয়েচে– হয়েচে– যা তুই এখান থেকে। অকস্মাৎ ধমকানি খাইয়া উমা চমকাইয়া উঠিল। আর কোন কথা না কহিয়া ধীরে ধীরে চলিয়া যাইতেছিল– মা ডাকিয়া বলিলেন, শোন রে! নাক দিয়ে কি খুব রক্ত পড়েছিল?

উমা ফিরিয়া দাঁড়াইয়া কহিল, না খুব নয়, একটুখানি।

আচ্ছা তুই যা।

উমা কবাটের কাছে আসিয়াই বলিয়া উঠিল, মা, এই যে কেষ্টমামা দাঁড়িয়ে রয়েচে।

কেষ্ট শুনিতে পাইল। বোধ করি ইহাকে অভ্যর্থনা মনে করিয়া মুখ বাড়াইয়া সলজ্জ হাসি হাসিয়া কহিল, কেমন আছ মেজদি?

ক্ষোভে, দুঃখে, অভিমানে হেমাঙ্গিনী ক্ষিপ্তবৎ চীৎকার করিয়া উঠিলেন,– কেন এসেচিস এখানে ? যা, যা বলচি শিগ্‌গির। দূর হ বলচি–

কেষ্ট মূঢ়ের মত ফ্যালফ্যাল করিয়া চাহিয়া রহিল,– হেমাঙ্গিনী অধিকতর তীক্ষ্ণ তীব্রকণ্ঠে বলিলেন, তবু দাঁড়িয়ে রইলি হতভাগা– গেলিনে?

কেষ্ট মুখ নামাইয়া শুধু 'যাচ্ছি' বলিয়াই চলিয়া গেল। সে চলিয়া গেলে হেমাঙ্গিনী নির্জীবের মত বিছানার একধারে শুইয়া পড়িয়া অস্ফুটে ক্রুদ্ধস্বরে বলিয়া উঠিলেন, এক শ'বার বলি হতভাগাকে, আসিস্ নে আমার কাছে– তবু 'মেজদি'! শিবুকে বলে দিস তো উমা, ওকে না আর ঢুকতে দেয়।

উমা জবাব দিল না। ধীরে ধীরে বাহির হইয়া গেল।

রাত্রে হেমাঙ্গিনী স্বামীকে ডাকাইয়া আনিয়া কাঁদ-কাঁদ গলায় বলিল, কোনদিন তো তোমার কাছে কিছু চাইনি– আজ এই অসুখের উপর একটা ভিক্ষা চাইচি, দেবে?

বিপিন সন্দিগ্ধ-কণ্ঠে প্রশ্ন করিলেন, কি চাই?

হেমাঙ্গিনী বলিল, কেষ্টকে আমাকে দাও– ও বেচারী বড় দুঃখী– মা-বাপ নেই– ওকে ওরা মেরে ফেলচে,– এ আর আমি চোখে দেখতে পারচি নে।

বিপিন মৃদু হাসিয়া বলিলেন, তা হলে চোখ বুজে থাকলেই তো হয়।

স্বামীর এই নিষ্ঠুর বিদ্রূপ হেমাঙ্গিনীকে শূল দিয়া বিঁধিল, অন্য কোন অবস্থায় সে ইহা সহিতে পারিত না, কিন্তু আজ নাকি তাহার দুঃখে প্রাণ বাহির হইতেছিল, তাই সহ্য করিয়া লইয়া হাতজোড় করিয়া বলিল, তোমার দিব্যি করে বলচি, ওকে আমি পেটের ছেলের মত ভালবেসেচি। দাও আমাকে মানুষ করি– খাওয়াই-পরাই– তার পরে যা ইচ্ছে হয় তোমাদের তাই ক'রো। বড় হলে আমি একটি কথাও কবো না।

বিপিন একটুখানি নরম হইয়া বলিলেন, ও কি আমার গোলার ধান-চাল যে তোমাকে এনে দেব? পরের ভাই, পরের বাড়ি এসেচে– তোমার মাঝখানে পড়ে এত দরদ কিসের

জন্যে?

হেমাঙ্গিনী কাঁদিয়া ফেলিল। খানিক পরে চোখ মুছিয়া বলিল, তুমি ইচ্ছে করলে বঠ্‌ঠাকুরকে বলে, দিদিকে বলে, স্বচ্ছন্দে আনতে পার। তোমার দুটি পায়ে পড়চি, দাও তাকে।

বিপিন বলিলেন, আচ্ছা, তাই যদি হয়, আমিই বা এত বড়মানুষ কিসে যে, তাকে প্রতিপালন করব?

হেমাঙ্গিনী বলিল, তুমি আগে আমার একটা তুচ্ছ কথাও ঠেলতে না, এখন কি অপরাধ করেচি যে, যখন এমন করে জানাচ্ছি,– বলচি, সত্যিই আমার প্রাণ বার হয়ে যাচ্চে– তবু এই সামান্য কথাটা রাখতে চাইচ না? সে দুর্ভাগা বলে কি তোমরা সকলে মিলে তাকে মেরে ফেলবে? আমি তাকে আমার কাছে আসতে বলব, দেখি ওঁরা কি করেন।

বিপিন এবার রুষ্ট হইলেন। বলিলেন, আমি খাওয়াতে পারব না।

হেমাঙ্গিনী কহিল, আমি পারব। আমি কি বাড়ির কেউ নই যে, নিজের ছেলেকে খাওয়াতে পারব না। আমি কালই তাকে আমার কাছে এনে রাখব। দিদিরা জোর করেন তো আমি তাকে থানায় দারোগার কাছে পাঠিয়ে দেব।

স্ত্রীর কথা শুনিয়া বিপিন ক্রোধে অভিমানে ক্ষণকাল অবাক হইয়া থাকিয়া বলিলেন, আচ্ছা, সে দেখা যাবে, বলিয়া বাহির হইয়া গেলেন।

পরদিন প্রভাত হইতেই বৃষ্টি পড়িতেছিল, হেমাঙ্গিনী জানালাটা খুলিয়া দিয়া আকাশের পানে চাহিয়াছিলেন, সহসা পাঁচুগোপালের উচ্চ কণ্ঠস্বর কানে গেল। সে চেঁচাইয়া বলিতেছিল, মা, তোমার গুণধর ভাই জলে ভিজতে ভিজতে এসে হাজির হয়েচে।

খ্যাংরা কোথায় রে? যাচ্ছি আমি, বলিয়া কাদম্বিনী হুঙ্কার দিয়া ঘর হইতে বাহির হইয়া মাথায় গামছা দিয়া দ্রুতপদে সদর-বাড়িতে ছুটিয়া গেলেন।

হেমাঙ্গিনীর বুকটা যেন কাঁপিয়া উঠিল। ললিতকে ডাকিয়া বলিলেন, যা তো বাবা, ও-বাড়ির সদরে। দেখ তো, তোর কেষ্টমামা কোথা থেকে এল?

ললিত ছুটিয়া চলিয়া গেল, এবং খানিক পরে ফিরিয়া আসিয়া কহিল, পাঁচুদা তাকে নাড়ুগোপাল করে মাথায় দুটো থান ইট দিয়ে বসিয়ে রেখেচে।

হেমাঙ্গিনী শুষ্কমুখে জিজ্ঞাসা করিলেন, কি করেছিল সে?

ললিত বলিল, কাল দুপুরবেলা তাকে তাগাদা করতে পাঠিয়েছিল গয়লাদের কাছে, তিন টাকা আদায় করে নিয়ে পালিয়েছিল, সব খরচ করে এই আসচে।

হেমাঙ্গিনী বিশ্বাস করিলেন না। বলিলেন, কে বললে সে টাকা আদায় করেছিল?

লক্ষ্মণ গয়লা নিজে এসে বলে গেছে, বলিয়া ললিত পড়িতে চলিয়া গেল।

ঘণ্টা দুই-তিন আর কোন গোলযোগ শোনা গেল না। বেলা দশটার সময় রাঁধুনী খান-কতক রুটি দিয়া গিয়াছিল, হেমাঙ্গিনী বসিবার উদ্যোগ করিতেছিলেন, এমনি সময় তাঁহারই ঘরের বাহিরে কুরুক্ষেত্র বাধিয়া গেল। বড়গিন্নীর পশ্চাতে পাঁচুগোপাল কেষ্টর কান ধরিয়া হিড়হিড় করিয়া টানিয়া আনিতেছে, সঙ্গে বড়কর্তাও আছেন। মেজকর্তাকেও আনিবার জন্য দোকানে লোক পাঠান হইয়াছে।

হেমাঙ্গিনী শশব্যস্তে মাথায় কাপড় দিয়া ঘরের একপার্শ্বে সরিয়া দাঁড়াইতেই বড়কর্তা তীব্র কটুকণ্ঠে শুরু করিয়া দিলেন, তোমার জন্যে আর তো আমরা বাড়িতে টিকতে পারিনে মেজবৌমা। বিপিনকে বল, আমাদের বাড়ির দামটা ফেলে দিক, আমরা আর কোথাও উঠে

যাই।

হেমাঙ্গিনী বিস্ময়ে হতবুদ্ধি হইয়া নিঃশব্দে দাঁড়াইয়া রহিলেন। তখন বড়গিন্নী যুদ্ধপরিচালনার ভার স্বহস্তে গ্রহণ করিয়া দ্বারের ঠিক সুমুখে সরিয়া আসিয়া, হাত-মুখ নাড়িয়া বলিলেন, মেজবৌ, আমি বড়-জা, তা আমাকেও কুকুর-শিয়াল মনে কর– তা ভালই কর, কিন্তু হাজার দিন বলেচি, মিছে লোক-দেখান আহ্লাদ দিয়ে, আমার ভায়ের মাথাটি খেয়ো না– কেমন এখন ঘটল তো? ওগো, দু'দিন সোহাগ করা সহজ, কিন্তু চিরকালের ভারটি তো তুমি নেবে না– সে তো আমাকেই সইতে হবে ? ইহা যে কটূক্তি এবং আক্রমণ তাহাই শুধু হেমাঙ্গিনী বুঝিল– আর কিছু নয়। মৃদুকণ্ঠে জিজ্ঞাসা করিলেন, কি হয়েচে?

কাদম্বিনী আরো বেশী হাত-মুখ নাড়িয়া কহিলেন, বেশ হয়েছে– খুব চমৎকার হয়েছে। তোমার শেখানোর গুণে আদায়ী টাকা চুরি করতে শিখেচে– আর দু'দিন কাছে ডেকে আরো দুটো শলাপরামর্শ দাও, তা হলে সিন্দুক ভাঙ্গতে, সিঁদ কাটতেও শিখবে।

একে হেমাঙ্গিনী পীড়িত, তাহার উপর এই কদর্য বিদ্রূপ ও মিথ্যা অভিযোগ– আজ সে জ্ঞান হারাইল। ইতিপূর্বে কখনও কোন কারণে ভাশুরের সুমুখে কথা কহে নাই– কিন্তু আজ আর থাকিতে পারিল না। মৃদুকণ্ঠে কহিল, আমি কি তাকে চুরি-ডাকাতি করতে শিখিয়ে দিয়েছি দিদি?

কাদম্বিনী স্বচ্ছন্দে বলিলেন, কেমন করে জানব, কি তুমি শিখিয়ে দিয়েচ, না দিয়েচ। এ স্বভাব তার তো আগে ছিল না, এখনই বা হ'ল কেন? এত লুকোচুরির কথাবার্তাই বা তোমাদের কি, আর এত আহ্লাদ দেওয়াই বা কি জন্যে? কতদিনের পুঞ্জীভূত আবদ্ধ বিদ্বেষরাশি যে এই একটু পথ পাইয়া বাহির হইয়া আসিল, তাহা যিনি সব দেখে, তিনি দেখিতে পাইলেন।

মুহূর্তকালের জন্য হেমাঙ্গিনী হতজ্ঞানের মত স্তম্ভিত হইয়া রহিল। এমন নিষ্ঠুর আঘাত, এত বড় নির্লজ্জ অপমান, মানুষ মানুষকে যে করিতে পারে, ইহা যেন তাহার মাথায় প্রবেশ করিল না। কিন্তু ঐ মুহূর্তকালের জন্য। পরক্ষণেই সে মর্মান্তিক আহত সিংহীর মত দুই চোখে আগুন জ্বালিয়া বাহির হইয়া আসিল। ভাশুরকে সুমুখে দেখিয়া মাথায় কাপড় আর একটু টানিয়া দিল, কিন্তু রাগ সামলাইতে পারিল না। বড়-জাকে সম্বোধন করিয়া মৃদু অথচ কঠোরস্বরে বলিল, তুমি এতবড় চামার যে, তোমার সঙ্গে কথা কইতেও আমার ঘৃণা বোধ হয়। তুমি এতবড় বেহায়া মেয়েমানুষ যে, ঐ ছোঁড়াটাকে ভাই বলেও পরিচয় দিচ্চ মানুষ জানোয়ার পুষলে তাকেও পেট ভরে খেতে দেয়, কিন্তু ঐ হতভাগাটাকে দিয়ে যত রকমের ছোট কাজ করিয়ে নিয়েও তোমরা আজ পর্যন্ত একদিন পেট ভরে খেতে দাও না। আমি না থাকলে এতদিনে ও না খেতে পেয়েই মরে যেত। ও পেটের জ্বালায় শুধু ছুটে আসে আমার কাছে, সোহাগ-আহ্লাদ করতে আসে না।

বড়-জা বলিলেন, আমরা খেতে দিইনে, শুধু খাটিয়ে নিই, আর তুমি ওকে খেতে দিয়ে বাঁচিয়ে রেখেচ?

হেমাঙ্গিনী জবাব দিল, ঠিক তাই। আজ পর্যন্ত কখনও ওকে দু'বেলা তোমরা খেতে দাওনি– কেবল মারধর করেচ, আর যত পেরেচ খাটিয়ে নিয়েচ। তোমার ভয়ে আমি হাজার দিন ওকে আসতে বারণ করেচি, কিন্তু খিদে বরদাস্ত করতে পারে না, আর আমার কাছে পেট ভরে দুটো খেতে পায় বলেই ছুটে ছুটে আসে– চুরি-ডাকাতির পরামর্শ নিতে আসে না। কিন্তু তোমরা এতবড় হিংসুক যে, তাও চোখে দেখতে পার না।

এবার ভাশুর জবাব দিলেন। কেষ্টকে সুমুখে টানিয়া আনিয়া তাহার কোঁচার খুঁট খুলিয়া একটা কলাপাতার ঠোঙ্গা বাহির করিয়া সক্রোধে বলিয়া উঠিলেন, হিংসুক আমরা! কেন যে ওরে ভাল চোখে দেখতে পারিনে, তা তুমিই নিজের চোখে দ্যাখো। মেজবৌমা, তোমার শেখানর গুণেই ও আমার টাকা চুরি ক'রে তোমার ভালোর জন্যে কোন একটা ঠাকুরের পূজো দিয়ে প্রসাদ এনেচে– এই নাও; বলিয়া তিনি গোটা দুই সন্দেশ ও ফুল বেলপাতা ঠোঙ্গার ভিতর হইতে বাহির করিয়া দেখাইলেন।

কাদম্বিনী চোখ কপালে তুলিয়া বলিলেন, মা গো! কি মিটমিটে শয়তান, কি ধড়িবাজ ছেলে! বেশ তো মেজবৌ, এখন তুমি বল না, কি মতলবে ও চুরি করেচে? ও কি আমার ভালোর জন্যে?

হেমাঙ্গিনী ক্রোধে জ্ঞান হারাইল। একে তাহার অসুস্থ শরীর, তাহাতে এই সমস্ত মিথ্যা অভিযোগ, সে দ্রুতপদে কেষ্টর সম্মুখীন হইয়া তাহার দুই গালে সশব্দে চড় কষাইয়া দিয়া কহিলেন, বদমাইশ চোর, আমি তোকে চুরি করতে শিখিয়ে দিয়েচি? কতদিন তোকে আমার বাড়ি ঢুকতে বারণ করেচি, কতবার তোকে তাড়িয়ে দিয়েচি। আমার নিশ্চয় বোধ হচ্ছে, তুই চুরির মতলবেই যখন তখন এসে উঁকি মেরে দেখতিস।

ইতিপূর্বেই বাড়ির সকলে আসিয়া উপস্থিত হইয়াছিল। শিবু কহিল, আমি নিজের চক্ষে দেখেছি মা, পরশু রাত্তিরে ও তোমার ঘরের সুমুখে আঁধারে দাঁড়িয়েছিল, আমাকে দেখেই ছুটে পালিয়ে গেল। আমি এসে না পড়লে নিশ্চয় তোমার ঘরে ঢুকে চুরি করত।

পাঁচুগোপাল বলিল, জানে মেজখুড়ীমার অসুখ শরীর– সন্ধ্যা হলেই ঘুমিয়ে পড়েন, ও কি কম চালাক!

মেজবৌয়ের কেষ্টর প্রতি আজকার ব্যবহারে কাদম্বিনী যেরূপ প্রসন্ন হইলেন, এই যোল বৎসরের মধ্যে কখনও এরূপ হন নাই। অত্যন্ত খুশী হইয়া কহিলেন, ভিজে বেড়াল! কেমন করে জানব মেজবৌ, তুমি ওকে বাড়ি ঢুকতেও বারণ করেচ। ও বলে বেড়ায়, মেজদি আমাকে মায়ের চেয়ে ভালবাসে। ঠোঙ্গাসুদ্ধ নির্মাল্য টান মারিয়া ফেলিয়া দিয়া বলিলেন, টাকা তিনটে চুরি করে কোথা থেকে দুটো ফুলটুল কুড়িয়ে এনেচে।

বাড়ি লইয়া গিয়া বড়কর্তা চোরের শাস্তি শুরু করিলেন। সে কি নির্দয় প্রহার! কেষ্ট কথাও কহে না, কাঁদেও না। এদিকে মারিলে ওদিকে মুখ ফিরায়, ওদিকে মারিলে এদিকে মুখ ফিরায়। ভারী গাড়িসুদ্ধ গরু কাদায় পড়িয়া যেমন করিয়া মার খায়, তেমনি করিয়া কেষ্ট নিঃশব্দে মার খাইল। এমন কি, কাদম্বিনী পর্যন্ত স্বীকার করিলেন, হাঁ মার খাইতে শিখিয়াছিল বটে। কিন্তু ভগবান জানেন, এখানে আসার পূর্বে নিরীহ স্বভাবের গুণে কখন কেহ তাহার গায়ে হাত তুলে নাই।

হেমাঙ্গিনী নিজের ঘরের ভিতর সমস্ত জানালা বন্ধ করিয়া দিয়া কাঠের মূর্তির মত বসিয়াছিলেন। উমা মার দেখিতে গিয়াছিল, ফিরিয়া আসিয়া বলিল, জ্যাঠাইমা বললেন, কেষ্টমামা বড় হলে ডাকাত হবে। ওদের গাঁয়ে কি ঠাকুর আছে–

উমা–?

মায়ের অশ্রুবিকৃত ভগ্ন কণ্ঠস্বরে উমা চমকাইয়া উঠিল। কাছে আসিয়া ভয়ে ভয়ে জিজ্ঞাসা করিল, কেন মা? হাঁ রে, এখনো কি তাকে সবাই মিলে মারচে? বলিয়াই তিনি মেঝের উপর উপুড় হইয়া পড়িয়া কাঁদিয়া উঠিলেন।

মায়ের কান্না দেখিয়া উমাও কাঁদিয়া ফেলিল। তার পর কাছে বসিয়া, নিজের আঁচল

দিয়া জননীর চোখ মুছাইয়া দিতে দিতে বলিল, পেসন্ন'র মা কেষ্টমামাকে বাইরে টেনে নিয়ে গেছে।

হেমাঙ্গিনী আর কথা কহিলেন না, সেইখানে তেমনি করিয়াই পড়িয়া রহিলেন। বেলা দু-তিনটার সময় সহসা কম্প দিয়া ভয়ানক জ্বর আসিল। আজ অনেক দিনের পর পথ্য করিতে বসিয়াছিলেন– সে খাবার তখনও একধারে পড়িয়া শুকাইতে লাগিল।

সন্ধ্যার পর বিপিন ও-বাড়িতে বৌঠানের মুখে সমস্ত ব্যাপার অবগত হইয়া ক্রোধভরে স্ত্রীর ঘরে ঢুকিতেছিলেন, উমা কাছে আসিয়া ফিসফিস করিয়া বলিল, মা জ্বরে অজ্ঞান হয়ে আছেন।

বিপিন চমকাইয়া উঠিলেন– সে কি রে, আজ তিন-চারদিন জ্বর ছিল না তো!

বিপিন মনে মনে স্ত্রীকে অতিশয় ভালবাসিতেন। কত যে বাসিতেন, তাহা বছর চার-পাঁচ পূর্বে দাদাদের সহিত পৃথক হইবার সময় জানা গিয়াছিল। ব্যাকুল হইয়া ঘরে ঢুকিয়াই দেখিলেন, তখনও তিনি মাটির উপর পড়িয়া আছেন। ব্যস্ত হইয়া শয্যায় তুলিবার জন্য গায়ে হাত দিতেই হেমাঙ্গিনী চোখ মেলিয়া, একমুহূর্ত স্বামীর মুখের পানে চাহিয়া থাকিয়া, অকস্মাৎ দুই পা জড়াইয়া ধরিয়া কাঁদিয়া উঠিলেন– কেষ্টকে আশ্রয় দাও, নইলে, এ জ্বর আমার সারবে না। মা দুর্গা আমাকে কিছুতে মাপ করবেন না।

বিপিন পা ছাড়াইয়া লইয়া, কাছে বসিয়া স্ত্রীর মাথায় হাত বুলাইয়া সান্ত্বনা দিতে লাগিলেন।

হেমাঙ্গিনী বলিলেন, দেবে?

বিপিন সজল চক্ষু হাত দিয়া মুছিয়া বলিলেন, তুমি যা চাও তাই হবে, তুমি ভাল হয়ে ওঠ।

হেমাঙ্গিনী আর কিছু বলিলেন না, বিছানায় উঠিয়া শুইয়া পড়িলেন।

জ্বর রাত্রেই ছাড়িয়া গেল, পরদিন সকালে উঠিয়া বিপিন ইহা লক্ষ্য করিয়া পরম আহ্লাদিত হইলেন হাত-মুখ ধুইয়া কিছু জলযোগ করিয়া দোকানে বাহির হইতেছিলেন, হেমাঙ্গিনী আসিয়া বলিলেন, মার খেয়ে কেষ্টার ভারী জ্বর হয়েচে, তাকে আমি আমার কাছে নিয়ে আসচি।

বিপিন মনে মনে অত্যন্ত বিরক্ত হইয়া বলিলেন, তাকে এ-বাড়িতে আনবার দরকার কি? যেখানে আছে সেখানেই থাক না।

হেমাঙ্গিনী ক্ষণকাল স্তম্ভিত হইয়া থাকিয়া বলিলেন, কাল রাত্রে যে তুমি কথা দিলে, তাকে আশ্রয় দেবে।

বিপিন অবজ্ঞাভরে মাথা নাড়িয়া বলিলেন, হাঁ– সে কে যে, তাকে ঘরে এনে পুষতে হবে! তুমি যেমন।

কাল রাত্রে স্ত্রীকে অত্যন্ত অসুস্থ দেখিয়া যাহা স্বীকার করিয়াছিলেন, আজ সকালে তাঁহাকে সুস্থ দেখিয়া তাহাই তুচ্ছ করিয়া দিলেন। ছাতাটা বগলে চাপিয়া উঠিয়া দাঁড়াইয়া বলিলেন, পাগলামি ক'র না,– দাদারা ভারী চটে যাবেন।

হেমাঙ্গিনী শান্ত দৃঢ়কণ্ঠে কহিলেন, দাদারা চটে গিয়ে কি তাকে খুন করে ফেলতে পারেন, না, আমি নিয়ে এলে সংসারে কেউ তাকে আটকে রাখতে পারে? আমার দুটি সন্তান ছিল, কাল থেকে তিনটি হয়েছে। আমি কেষ্টর মা।

আচ্ছা, সে তখন দেখা যাবে, বলিয়া বিপিন চলিয়া যাইতেছিল, হেমাঙ্গিনী সুমুখে

৯২

আসিয়া দাঁড়াইয়া বলিলেন, এ-বাড়িতে তাকে আনতে দেবে না?

সর, সর,– কি পাগলামি কর? বলিয়া বিপিন চোখ রাঙ্গাইয়া চলিয়া গেলেন।

হেমাঙ্গিনী ডাকিলেন, শিবু, একটা গরুর গাড়ি ডেকে আন, আমি বাপের বাড়ি যাব।

বিপিন শুনিতে পাইয়া মনে মনে হাসিয়া বলিলেন, ইস! ভয় দেখানো হচ্চে। তার পর দোকানে চলিয়া গেলেন।

কেষ্ট চণ্ডীমণ্ডপের একধারে ছেঁড়া মাদুরের উপর জ্বরে, গায়ের ব্যথায় এবং বোধ করি বুকের ব্যথায় আচ্ছন্নের মত পড়িয়া ছিল। হেমাঙ্গিনী ডাকিলেন, কেষ্ট।

কেষ্ট যেন প্রস্তুত হইয়া ছিল– এইবারে তড়াক করিয়া উঠিয়া বসিয়া বলিল, মেজদি! পরক্ষণে সলজ্জ হাসিতে তাহার সমস্ত মুখ ভরিয়া গেল। যেন তাহার কোন অসুখ-বিসুখ নাই, এই ভাবে মহা উৎসাহে উঠিয়া দাঁড়াইয়া, কোঁচা দিয়া ছেঁড়া মাদুর ঝাড়িতে ঝাড়িতে বলিল, ব'স।

হেমাঙ্গিনী তাহার হাত ধরিয়া বুকের কাছে টানিয়া আনিয়া বলিলেন, আর তো বসব না দাদা, আয় আমার সঙ্গে। আমাকে বাপের বাড়ি আজ তোকে পৌঁছে দিতে হবে যে।

চল, বলিয়া কেষ্ট তাহার ভাঙ্গা ছড়িটা বগলে চাপিয়া লইল এবং ছেঁড়া গামছাখানা কাঁধে ফেলিল।

নিজেদের বাড়ির সদরে গোযান দাঁড়াইয়াছিল, হেমাঙ্গিনী কেষ্টকে লইয়া চড়িয়া বসিলেন। গাড়ি যখন গ্রাম ছাড়াইয়া গিয়াছে, তখন পশ্চাতে ডাকাডাকি চীৎকারে গাড়োয়ান গাড়ি থামাইল। ঘর্মাক্ত কলেবরে আরক্ত মুখে বিপিন আসিয়া উপস্থিত হইলেন; সভয়ে প্রশ্ন করিলেন, কোথায় যাও মেজবৌ?

হেমাঙ্গিনী কেষ্টকে দেখাইয়া বলিলেন, এদের গ্রামে।

কখন ফিরবে?

হেমাঙ্গিনী গম্ভীর দৃঢ়কণ্ঠে উত্তর দিল, ভগবান যখন ফেরাবেন, তখনই ফিরব।

তার মানে?

হেমাঙ্গিনী পুনরায় কেষ্টকে দেখাইয়া বলিল, কখনও যদি কোথাও এর আশ্রয় জোটে, তবেই তো একা ফিরে আসতে পারব, না হয়, একে নিয়েই থাকতে হবে।

বিপিনের মনে পড়িল, সেদিনেও স্ত্রীর এমনি মুখের ভাব দেখিয়াছিলেন এবং এমনি কণ্ঠস্বরই শুনিয়াছিলেন, যেদিন মতি কামারের নিঃসহায় ভাগিনেয়ের বাগানখানি বাঁচাইবার জন্য তিনি একাকী সমস্ত লোকের বিরুদ্ধে দাঁড়াইয়াছিলেন। মনে পড়িল, এ মেজবৌ সে নয়, যাহাকে চোখ রাঙ্গাইয়া টলান যায়।

বিপিন নম্রস্বরে বলিলেন, মাপ কর মেজবৌ, বাড়ি চল। হেমাঙ্গিনী হাতজোড় করিয়া কহিলেন, আমাকে তুমি মাপ কর– কাজ না সেরে আমি কোনমতেই বাড়ি ফিরতে পারব না।

বিপিন আর একমুহূর্ত স্ত্রীর শান্ত দৃঢ় মুখের পানে নিঃশব্দে চাহিয়া রহিলেন, তাহার পর সহসা সুমুখে ঝুঁকিয়া পড়িয়া কেষ্টর ডান হাতটা ধরিয়া ফেলিয়া বলিলেন, কেষ্ট, তোর মেজদিকে তুই বাড়িতে ফিরিয়ে নিয়ে আয় ভাই; শপথ করচি, আমি বেঁচে থাকতে তোদের দুই ভাই-বোনকে আজ থেকে কেউ পৃথক করতে পারবে না। আয় ভাই, তোর মেজদিকে নিয়ে আয়।

দর্পচূর্ণ

এক

সন্ধ্যার পর ইন্দুমতী বিশেষ একটু সাজসজ্জা করিয়া তাহার স্বামীর ঘরে প্রবেশ করিয়া কহিল, কি হচ্ছে?

নরেন্দ্র একখানি বাঙ্গালা মাসিকপত্র পড়িতেছিল; মুখ তুলিয়া নিঃশব্দে ক্ষণকাল স্ত্রীর মুখের পানে চাহিয়া থাকিয়া সেখানি হাতে তুলিয়া দিল।

ইন্দু খোলা পাতাটার উপর চোখ বুলাইয়া লইয়া, জোড়া ভ্রূ ঈষৎ কুঞ্চিত করিয়া বিস্ময় প্রকাশ করিল– ইস, এ যে কবিতা দেখচি! তা বেশ– বসে না থাকি, বেগার খাটি। দেখি এখানা কি কাগজ? ‘সরস্বতী’? ‘স্বপ্রকাশ’ ছাপালে না বুঝি?

নরেন্দ্রর শান্ত দৃষ্টি ব্যথায় ম্লান হইয়া আসিল।

ইন্দু পুনরায় প্রশ্ন করিল, ‘স্বপ্রকাশ’ ফিরিয়ে দিলে?

সেখানে পাঠাই নি।

পাঠিয়ে একবার দেখলে না কেন? ‘স্বপ্রকাশ’, ‘সরস্বতী’ নয়, তাদের কাণ্ডজ্ঞান আছে। এইজন্যেই আমি যা তা কাগজ কখ্‌খনো পড়িনে।

একটু হাসিয়া ইন্দু আবার কহিল, আচ্ছা, নিজের লেখা নিজেই খুব মন দিয়ে পড়। ভাল কথা,– আজ শনিবার, আমি ও-বাড়ির ঠাকুরঝিকে নিয়ে বায়স্কোপ দেখতে যাচ্চি। কমলা ঘুমিয়ে পড়েছে। কাব্যের ফাঁকে মেয়েটার দিকেও একটু নজর রেখো। চললুম।

নরেন্দ্র কাগজখানি বন্ধ করিয়া টেবিলের একধারে রাখিয়া দিয়া বলিল, যাও।

ইন্দু চলিয়া যাইতেছিল, হঠাৎ একটা গভীর নিঃশ্বাস কানে যাইতেই সে ফিরিয়া দাঁড়াইয়া বলিল, আচ্ছা, আমি কিছু একটা করতে চাইলেই তুমি অমন করে দীর্ঘনিঃশ্বাস ফেল কেন, বল তো? এতই যদি তোমার দুঃখের জ্বালা, মুখ ফুটে বল না কেন, আমি বাবাকে চিঠি লিখে যা হোক একটা উপায় করি।

নরেন্দ্র মুহূর্তকাল মুখ তুলিয়া ইন্দুর দিকে চাহিয়া রহিল। মনে হইল যেন সে কিছু বলিবে। কিন্তু কিছুই বলিল না, নীরবে মুখ নত করিল।

নরেন্দ্রর মামাত ভগিনী বিমলা ইন্দুর সখী। ও-রাস্তার মোড়ের উপরেই তাহার বাড়ি। ইন্দু গাড়ি দাঁড় করাইয়া, ভিতরে প্রবেশ করিয়াই বিস্মিত ও বিরক্ত হইয়া কহিল, ও কি ঠাকুরঝি! কাপড় পরনি যে! খবর পাওনি নাকি?

বিমলা সলজ্জ হাসিমুখে বলিল, পেয়েচি বৈ কি, কিন্তু একটু দেরি হবে ভাই। উনি

এইমাত্র একটুখানি বেড়াতে বেরুলেন– ফিরে না এলে তো যেতে পারব না।

ইন্দু মনে মনে অত্যন্ত বিরক্ত হইল। একটা খোঁচা দিয়া প্রশ্ন করিল, প্রভুর হুকুম পাওনি বুঝি?

বিমলার সুন্দর মুখখানি স্নিগ্ধ মধুর হাসিতে ভরিয়া গেল। এই খোঁচাটুকু সে যেন ভারী উপভোগ করিল। কহিল, না, দাসীর আর্জি এখনও পেশ করা হয়নি, হলে যে না-মঞ্জুর হবে না, সে ভরসা করি।

ইন্দু আরও বিরক্ত হইল প্রশ্ন করিল, তবে পেশ হয়নি কেন ? খবর তো তোমাকে আমি বেলা থাকতেই পাঠিয়েছিলুম।

তখন সাহস হ'ল না বৌ। অফিস থেকে এসেই বললেন, মাথা ধরেছে। ভাবলুম, জলটল খেয়ে একটু ঘুরে আসুন, মনটা প্রফুল্ল হোক– তখন জানাব। এখনও তো দেরি আছে, একটু ব'সো না ভাই, তিনি ফিরে এলেন বলে।

কি জানি, কিসে তোমার হাসি আসে ঠাকুরঝি, আমি এমন হলে লজ্জায় মরে যেতুম। আচ্ছা, ঝিকে কিংবা বেহারাটাকে বলে কি যেতে পার না ?

বিমলা সভয়ে বলিল, বাপ রে ! তা হলে বাড়ি থেকে দূর করে দেবেন– এ জন্মে আর মুখ দেখবেন না।

ইন্দু ক্রোধে বিস্ময়ে অবাক হইয়া কহিল, দূর করে দেবেন। কোন আইনে ? কোন অধিকারে শুনি ?

বিমলা নিতান্ত সহজভাবে জবাব দিল, বাধা কি বৌ। তিনি মালিক– আমি দাসী বৈ তো নয়। তিনি তাড়ালে, কে তাঁকে ঠেকাবে বল ?

ঠেকাবে রাজা। ঠেকাবে আইন। সে চুলোয় যাক গে ঠাকুরঝি, কিন্তু নিজের মুখে নিজেকে দাসী বলে কবুল করতে কি একটু লজ্জা হয় না ? স্বামী কি মোগল বাদশা ? আর স্ত্রী কি তাঁর ক্রীতদাসী যে, আপনাকে আপনি এমন হীন, এমন তুচ্ছ করে গৌরব বোধ করচ ?

এই ক্রোধটুকু লক্ষ্য করিয়া বিমলা আমোদ বোধ করিল, কহিল, তোমার ঠাকুরঝি যে মুখ্যু মেয়েমানুষ বৌ, তাই নিজেকে স্বামীর দাসী বলে গৌরব বোধ করে। আচ্ছা, জিজ্ঞাসা করি ভাই, তুমি যে এত কথা বলচ, তুমিই কি বাড়ি থেকে বেরিয়েচ দাদার হুকুম না নিয়ে ?

হুকুম ? কেন, কি জন্যে ? তিনি নিজে যখন কোথাও যান– আমার হুকুমের অপেক্ষা করেন কি ? আমি যাচ্ছি, শুধু এই কথা তাঁকে জানিয়ে এসেচি। নিমেষমাত্র মৌন থাকিয়া, অকস্মাৎ উদ্দীপ্ত হইয়া কহিল, তবে এ কথা মানি যে, আমার মত গুণের স্বামী কম মেয়েমানুষের ভাগ্যে জোটে। আমার কোন ইচ্ছেতেই তিনি বাধা দেন না। কিন্তু এমন যদি না-ও হ'ত, তিনি যদি নিতান্তই অবিবেচক হতেন, তা হলেও তোমাকে বলচি ঠাকুরঝি, আমি নিজের সম্মান ষোল আনা বজায় রাখতে পারতুম; কিছুতেই তোমাদের মত এ কথা ভুলতে পারতুম না যে, আমি সঙ্গিনী, সহধর্মিণী– তাঁর ক্রীতদাসী নই। জানো ঠাকুরঝি, এমনি করেই আমাদের দেশের সমস্ত মেয়েমানুষ পুরুষের পায়ে মাথা মুড়িয়ে এত তুচ্ছ, এমন খেলার পুতুল হয়ে দাঁড়িয়েচে। নিজের সম্ভ্রম নিজে না রাখলে, কেউ কি যেচে দেয় ঠাকুরঝি– কেউ না। আমার তো এমন স্বামী, তবুও কখনও তাঁকে আমি এ কথা ভাববার অবকাশ দিইনি– তিনিই প্রভু, আর আমি স্ত্রী বলেই তাঁর বাঁদী। আমার নারীদেহেও ভগবান বাস করেন, এ কথা আমি নিজেও ভুলিনি– তাঁকেও ভুলতে দিইনে।

বিমলা চুপ করিয়া শুনিয়া একটা নিঃশ্বাস ফেলিল; কিন্তু তাহাতে লজ্জা বা অনুশোচনা

কিছুই প্রকাশ পাইল না। কহিল, জানিনে বৌ, আত্মসম্ভ্রম আদায় করা কি; কিন্তু তাঁর পায়ে আত্মবিসর্জন দেওয়াটা বুঝি। ঐ যে উনি এলেন; একটু ব'সো ভাই; আমি শিগগির হুকুম নিয়ে আসি, বলিয়া, হঠাৎ একটু মুখ টিপিয়া হাসিয়া দ্রুতপায়ে প্রস্থান করিল।

ইন্দু এ হাসিটুকু দেখিতে পাইল। তাহার সর্বাঙ্গ রাগে রি রি করিয়া জ্বলিতে লাগিল।

বায়স্কোপ হইতে ফিরিবার পথে ইন্দু হঠাৎ বলিয়া উঠিল, ঠাকুরঝি, হুকুম না পেলে তো তুমি আসতে পারতে না।

বিমলা পথের দিকে চাহিয়া অন্যমনস্ক হইয়া কি জানি কি ভাবিতেছিল, বলিল, না।

তাই আমার মনে হয় ঠাকুরঝি, আমি যখন-তখন এসে তোমাকে ধরে নিয়ে যাই বলে, তোমার স্বামী হয়ত রাগ করেন।

বিমলা মুখ ফিরাইয়া কহিল, তা হলে আমি নিজেই বা যাব কেন বৌ! বরং আমার ভয় হয়, তুমি এমন করে এসো বলে দাদা হয়ত মনে মনে আমার উপর বিরক্ত হন।

ইন্দু সগর্বে কহিল, তোমার দাদার সে স্বভাব নয়। একে তো কখনো তিনি নিজের অধিকারের বাইরে পা দেন না, তা ছাড়া আমার কাজে রাগ করবেন, আমি ঠিক জানি, এ স্পর্ধা তাঁর স্বপ্নেও আসে না।

বিমলা মিনিট-দুই স্থির থাকিয়া, গভীর একটা নিঃশ্বাস ফেলিয়া মৃদুকণ্ঠে বলিল, বৌ, দাদা তোমাকে কি ভালই না বাসেন। কিন্তু তুমি বোধ করি—

এতক্ষণে ইন্দুর মুখে হাসি ফুটিল। কহিল, তাঁর কথা অস্বীকার করিনে; কিন্তু আমার সম্বন্ধে তোমার সন্দেহ হ'ল কিসে?

তা জানিনে বৌ। কিন্তু মনে হয় যেন—

কেন হয় জান ঠাকুরঝি, তোমাদের মত পায়ে লুটিয়ে পড়া ভালবাসা আমার নেই বলে। আর ঈশ্বর করুন, আমার নারী-মর্যাদাকে ডিঙিয়ে যেন কোনদিন আমার ভালবাসা মাথা তুলে উঠতে না পারে। যে ভালবাসা আমার স্বাধীন সত্তাকে লঙ্ঘন করে যায়, সে ভালবাসাকে আমি আন্তরিক ঘৃণা করি।

বিমলা গোপনে শিহরিয়া উঠিল।

মিনিট-খানেক চুপ করিয়া থাকিয়া ইন্দু কহিল, কথা কও না যে ঠাকুরঝি! কি ভাবচ?

কিছু না। প্রার্থনা করি, দাদা তোমাকে চিরদিন এমনিই ভালবাসুন; কারণ, যতই কেন বল না, বৌ, মেয়েমানুষের স্বামীর ভালবাসার চেয়ে বিশ্বব্রহ্মাণ্ডও বড় নয়। মুহূর্তকাল মৌন থাকিয়া বিমলা পুনরায় কহিল, কি জানি, কি তোমার নারীমর্যাদা; আর কি তোমার স্বাধীন সত্তা। আমি তো আমার সমস্তই তাঁর পায়ে ডুবিয়ে দিয়ে বেঁচেচি। সত্যি বলচি বৌ, আমার তো এমনি দশা হয়েছে, নিজের ইচ্ছে বলেও যেন আর কিছু বাকী নেই তাঁর ইচ্ছেই—

ছি ছি, চুপ কর— চুপ কর—

বিমলা চমকিয়া চুপ করিল। ইন্দু ঘৃণাভরে বলিতে লাগিল, আমাদের দেশের মেয়েরা কি মাটির পুতুল? প্রাণ নেই, আত্মা নেই— কিছু! আচ্ছা, জিজ্ঞাসা করি, এত করে কি পেয়েচ? আমার চেয়ে বেশী ভালবাসা আদায় করতে পেরেচ কি? ঠাকুরঝি, ভালবাসা মাপবার যে যন্ত্র নেই, নইলে মেপে দেখাতে পারতুম— যাক সে কথা— কিন্তু কেন জান? নিজেকে তোমাদের মত নীচু করিনি বলে— তোমাদের এই কাঙাল-বৃত্তি মাথায় তুলে নিইনি বলে আমার ভারী দুঃখ হয় ঠাকুরঝি, কেন তিনি এত শান্ত, এত নিরীহ। কিছুতেই একটা কথা বলেন না— নইলে দেখিয়ে দিতুম, তিনি যাকে গ্রাহ্য করেন না, সেও মানুষ; সেও অগ্রাহ্য করতে জানে। সেও

আত্মমর্যাদা হারিয়ে ভালবাসা চায় না।

ও আবার কি? মুখ ফিরিয়ে হাসচ যে?

বিমলা জোর করিয়া হাসি চাপিয়া বলিল, কৈ, না।

না কেন? এখনো তো তোমার ঠোঁটে হাসি লেগে রয়েছে।

বিমলা হাসিয়া ফেলিয়া বলিল, লেগে রয়েচে তোমার কথা শুনে। ওগো বৌ, অনেক পেয়েচ বলেই এত কথা বেরুচ্ছে।

ইন্দু ক্রুদ্ধমুখে জিজ্ঞাসা করিল, না পেলে?

বেরুত না।

ভুল— নিছক ভুল। ঠাকুরঝি, সকলেই তোমার মত নয়— সকলেই ভিক্ষে চেয়ে বেড়ায় না। আত্মগৌরব বোঝে, এমন নারীও সংসারে আছে।

এবার বিমলার মুখের হাসি ধীরে ধীরে মিলাইয়া গেল বলিল, তা জানি।

জানলে আর বলতে না। যাই হোক, এখন থেকে জেনো, যে ভিক্ষে চায় না, নিজের জোরে আদায় করে, এমন লোকও আছে।

বিমলা ব্যথিত স্বরে বলিল, আচ্ছা। এই যে বাড়ি এসে পড়েচি। একবার নামবে না কি?

নাঃ— আমিও বাড়ি যাই। গাড়োয়ান, ঐ ও গলিতে—

দাদাকে আমার প্রণাম দিও বৌ!

দেবো,— গাড়োয়ান চলো—

দুই

আর নেই— সংসার খরচের কিছু টাকা দিতে হবে যে।

স্ত্রীর প্রার্থনায় নরেন্দ্র আশ্চর্য হইল। কহিল, এর মধ্যেই দু'শ টাকা ফুরিয়ে গেল?

না গেলে কি মিথ্যে কথা বলচি না; লুকিয়ে রেখে চাইচি?

নরেন্দ্রর চোখে-মুখে একটা ভয়ের ছায়া পড়িল। কোথায় টাকা? কি করিয়া সংগ্রহ করিবে?

সেই মুখের ভাব ইন্দু দেখিল, কিন্তু ভুল করিয়া দেখিল। কহিল, বিশ্বাস না হয়, এখন থেকে একটা খাতা দিয়ো, হিসেব লিখে রাখব। কিংবা এক কাজ কর না— খরচের টাকাকড়ি নিজের হাতেই রেখ— তাতে তোমারও ভয় থাকবে না, আমিও সংশয়ের লজ্জা থেকে রেহাই পাব। বলিয়া তীব্র দৃষ্টিতে চাহিয়া দেখিল তাঁহার মুখের গাঢ় ছায়া বেদনায় গাঢ়তর হইয়াছে।

নরেন্দ্র ধীরে ধীরে বলিল, অবিশ্বাস করিনে, কিন্তু—

কিন্তু কি? বিশ্বাসও হয় না— এই তো? আচ্ছা যাচ্ছি, যতটা পারি, হিসেব লিখে আনি। উঃ— কি সুখের ঘরকন্নাই হয়েছে আমার! বলিয়া সক্রোধে ঘর ছাড়িয়া চলিয়া গেল। কিন্তু, তৎক্ষণাৎ ফিরিয়া আসিয়া কহিল, কিন্তু কেন? কিসের জন্য হিসেব লিখতে যাব— আমি কি মিথ্যে বলি? আমার মামাত বোনের বিয়েতে কাপড়-জামা লাগল— পঞ্চাশ টাকার ওপর। কমলার জামা দুটোর দাম বার টাকা— সেদিন বায়স্কোপে খরচ হ'ল দশ-বার টাকা— খতিয়ে দেখ দেখি, বাকী থাকে কত? তাতে এই দশ-পনের দিন সংসার খরচটা কি এমনি বেশী যে, তোমার দুই চোখ কপালে উঠছে। আমার দাদার সংসারে মাসে সাত-আট শ' টাকাতেও

যে হয় না। সত্যি বলচি, এমন করলে আমি তো আর ঘরে টিকতে পারিনে। তার চেয়ে বরং স্পষ্ট বল, দাদা মেদিনীপুরে বদলী হয়েছেন, আমি মেয়ে নিয়ে চলে যাই– আমিও জুড়োই, তুমিও বাঁচ!

নরেন্দ্র অনেকক্ষণ ঘাড় হেঁট করিয়া থাকিয়া, মুখ তুলিয়া কহিল, এ-বেলায় তো হবে না, দেখি যদি ও-বেলায় কিছু যোগাড় করতে পারি।

তার মানে? যদি যোগাড় না করতে পার, তো উপোস করতে হবে নাকি? দেখ, কালই আমি মেদিনীপুরে যাব কিন্তু তুমি এক কাজ কর। এই দালালী ব্যবসা ছেড়ে দিয়ে, দাদাকে ধরে একটা চাকরি যোগাড় করে নাও। তাতে বরঞ্চ ভবিষ্যতে থাকবে ভাল; কিন্তু যা পার না, তাতে হাত দিয়ে নিজেও মাটি হ'য়ো না, আমাকে নষ্ট ক'রো না।

নরেন্দ্র জবাব দিল না। ইন্দু আরও কি বলিতে যাইতেছিল; কিন্তু এই সময়ে বেহারাটা শম্ভুবাবুর আগমন সংবাদ জানাইল, এবং পরক্ষণেই বাহিরে জুতার পদশব্দ শোনা গেল ইন্দু পার্শ্বের দ্বার দিয়া পর্দার আড়ালে সরিয়া দাঁড়াইল।

শম্ভুবাবু মহাজন নরেন্দ্রর পিতা বিস্তর ঋণ করিয়া স্বর্গীয় হইয়াছেন। পুত্রের কাছে তাগাদা করিতে শম্ভুবাবু প্রায়ই শুভাগমন করিয়া থাকেন। আজিও উপস্থিত হইয়াছেন। তিনি মৃদুভাষী। আসন গ্রহণ করিয়া ধীরে ধীরে এমন গুটি কয়েক কথা বলিলেন, যাহা দ্বিতীয়বার শুনিবার পূর্বে অতি বড় নির্লজ্জও নিজের মাথাটা বিক্রয় করিয়া ফেলিতে দ্বিধা করিবে না। শম্ভুবাবু প্রস্থান করিলে, ইন্দু আর একবার সুমুখে আসিয়া দাঁড়াইল। জিজ্ঞাসা করিল, ইনি কে?

শম্ভুবাবু।

তার পরে?

কিছু টাকা পাবেন, তাই চাইতে এসেছিলেন।

সে টের পেয়েছি। কিন্তু, ধার করেছিলে কেন?

নরেন্দ্র এ প্রশ্নের জবাবটা একটু ঘুরাইয়া দিল। কহিল, বাবা হঠাৎ মারা গেলেন, তাই–

ইন্দু অতিশয় রুক্ষস্বরে বলিল, তোমার বাবা কি পৃথিবীসুদ্ধ লোকের কাছে দেনা করে গেছেন? এ শোধ করবে কে? তুমি? কি করে করবে শুনি?

এতগুলো প্রশ্নের এক নিঃশ্বাসে জবাব দেওয়া যায় না। ইন্দু নিজেও সেজন্য অপেক্ষা করিয়া রহিল না– তৎক্ষণাৎ কহিল, বেশ তো, তোমার বাবা না হয় হঠাৎ মারা গেছেন, কিন্তু তুমি তো হঠাৎ বিয়ে করনি। বাবাকে এ-সব ব্যাপার তোমার তো জানান উচিত ছিল। আমাকে গোপন করাও তো কর্তব্য হয়নি। লোকের মুখে শুনি, তুমি ভারী ধর্মভীরু লোক, বলি এ-সব বুঝি তোমার ধর্মশাস্ত্রে লেখে না? বলিয়া ঠিক যেন সে যুদ্ধ করিয়া স্বামীর মুখ পানে চাহিয়া রহিল।

কিন্তু হায় রে, এতগুলো সুতীক্ষ্ণ বাণ যাহার উপর এমন নিষ্ঠুরভাবে বর্ষিত হইল, ভগবান তাহাকে কি নিরস্ত্র, কি নিরুপায় করিয়াই সংসারে পাঠাইয়াছিলেন। কাহাকেও কোন কারণেই প্রতিঘাত করিবার সাধ্যটুকুও তাহার ছিল না। শুধু সাধ্য ছিল সহ্য করিবার। আঘাতের সমস্ত বেদনাই তাহার নিজের মধ্যে পাক খাইয়া, অত্যল্প সময়ের মধ্যে স্তব্ধ হইয়া যাইত; কিন্তু সেই স্বল্প সময়টুকুও আজ তাহার মিলিল না। শম্ভুবাবুর অত্যুগ্র কথার জ্বালা কণামাত্র শান্ত হইবার পূর্বেই ইন্দু তাহাতে এমন ভীষণ তীব্র জ্বালা সংযোগ করিয়া দিল যে, তাহারই অসহ্য দহনে আজ সেও প্রত্যুত্তরে একটা কঠোর কথাই বলিতে উদ্যত

হইয়া উঠিল— কিন্তু শেষ রক্ষা করিতে পারিল না। অক্ষমের নিষ্ফল আড়ম্বর মাথা তুলিয়াই ফাটিয়া ভাঙ্গিয়া পড়িল। শুধু ক্ষীণস্বরে বলিল, বাবার সম্বন্ধে তোমার কি এমন করে বলা উচিত?

না— উচিত নয়— কিন্তু আমার উচিত-অনুচিতের কথা তোমাকে মীমাংসা করে দিতে তো বলিনি। কেন তোমাদের সমস্ত ব্যাপার বাবাকে খুলে বলনি?

আমি কিছুই গোপন করিনি ইন্দু। তা ছাড়া, তিনি বাবার বাল্যবন্ধু ছিলেন, নিজেই সমস্ত জানতেন।

তা হলে বল সমস্ত জেনে-শুনেই বাবা আমাকে জলে ফেলে দিয়েছেন!

অসহ্য ব্যথায় ও বিস্ময়ে নরেন্দ্র স্তম্ভিত হইয়া চাহিয়া থাকিয়া শির নত করিল। স্ত্রীর এই ক্রোধ যথার্থই সত্য কিংবা কলহের ছলনা মাত্র, হঠাৎ সে যেন ঠাহর করিতে পারিল না।

এখানে গোড়ার কথা একটু বলা আবশ্যক। এক সময়ে বহুকাল উভয় পরিবার পাশাপাশি বাস করিয়াছিলেন এবং বিবাহটা সেই সময়েই একরূপ স্থির হইয়াছিল। কিন্তু হঠাৎ এক সময়ে ইন্দুর পিতা নিজের মত পরিবর্তন করিয়া, মেয়েকে একটু অধিক বয়স পর্যন্ত অবিবাহিত রাখিয়া লেখাপড়া শিখাইতে মনস্থ করায় বিবাহ-সম্বন্ধও ভাঙ্গিয়া যায়। কয়েক বর্ষ পরে ইন্দুর আঠার বৎসর বয়সে আবার যখন কথা উঠে, তখন কলিকাতায় ফিরিয়া আসিয়া শুনেন নরেন্দ্রর পিতার মৃত্যু হইয়াছে। সে সময় তাহার সাংসারিক অবস্থা ইন্দুর পিতা-মাতা যথেষ্ট পর্যালোচনা করিয়াছিলেন— এমন কি, তাঁহাদের মত পর্যন্ত ছিল না শুধু বয়স্থা ও শিক্ষিতা কন্যার প্রবল অনুরাগ উপেক্ষা করিতে না পারিয়াই অবশেষে তাঁহারা সম্মত হইয়াছিলেন।

এত কথা এত শীঘ্র ইন্দু যথার্থই ভুলিয়াছে কিংবা মিথ্যা মোহে অন্ধ হইয়া নিজেকে প্রতারিত করিবার নিদারুণ আত্মগ্লানি এখন এমন করিয়া তাহাকে অহরহ জ্বালাইয়া তুলিতেছে, কিছুই স্থির করিতে না পারিয়া নরেন্দ্র স্তব্ধ-নিরুত্তরে মাথা হেঁট করিয়া বসিয়া রহিল।

সেই নির্বাক স্বামীর আনত মুখের প্রতি ক্ষণকাল দৃষ্টিপাত করিয়া, ইন্দু আর কোন কথা না বলিয়া ঘর ছাড়িয়া চলিয়া গেল। সে নিঃশব্দে গেল বটে— এমন অনেক দিন গিয়াছে; কিন্তু আজ অকস্মাৎ নরেন্দ্রর মনে হইল, তাহার বুকে বড় বেদনার স্থানটা ইন্দু যেন ইচ্ছাপূর্বক জোর করিয়া মাড়াইয়া দিয়া বাহির হইয়া গেল একবার ঈষৎ একটু ঘাড় তুলিয়া স্ত্রীর নিষ্ঠুর পদক্ষেপ চাহিয়া দেখিল; যখন আর দেখা গেল না, তখন গভীর— অভি গভীর একটা নিঃশ্বাস ফেলিয়া নির্জীবের মত সেইখানেই শুইয়া পড়িল। সহসা আজ প্রথমে মনে উদয় হইল, সমস্ত মিথ্যা— সব ফাঁকি। এই সংসার, স্ত্রী-কন্যা, স্নেহ-প্রেম— সমস্তই আজ তাহার কাছে মরুভূমির মরীচিকার মত উবিয়া গেল।

তিন

কে রে, বিমল? আয় বোন বোস! বলিয়া নরেন্দ্র শয্যার উপরে উঠিয়া বসিল। তাহার উভয় ওষ্ঠপ্রান্তে ব্যথার যে চিহ্নটুকু প্রকাশ পাইল, তাহা বিমলার দৃষ্টি এড়াইল না।

অনেক দিন দেখিনি দিদি, ভাল আছিস তো?

বিমলার চোখ দুটি ছলছল করিয়া উঠিল। সে ধীরে ধীরে শয্যাপ্রান্তে আসিয়া বলিল, কেন দাদা তোমার অসুখের কথা আমাকে এতদিন জানাওনি?

অসুখ তেমন তো কিছুই ছিল না বোন, শুধু সেই বুকের ব্যথাটা একটু–

বিমলা হাত দিয়া এক ফোঁটা চোখের জল মুছিয়া ফেলিয়া বলিল, একটু বৈ কি! উঠে বসতে পার না– ডাক্তার কি বললে?

ডাক্তার? ডাক্তার কি হবে রে, ও আপনি সেরে যাবে।

এ্যাঁ! ডাক্তার পর্যন্ত ডাকাও নি? ক'দিন হল?

নরেন্দ্র একটুখানি হাসিয়া বলিল, ক'দিন? এই তো সেদিন রে। দিন-সাতেক হবে বোধ হয়।

সাত দিন! তা হলে বৌ সমস্ত দেখেই গেছে।

না না, দেখে যায়নি বোধ হয়– অসুখ আমার নিশ্চয় সে বুঝতে পারেনি। আমি তার যাবার দিনও উঠে গিয়ে বাইরে বসে ছিলুম। না না, হাজার হোক তাই কি তোরা পারিস বোন?

বৌ তা হলে রাগ করে গেছে, বল?

না, রাগ নয়, দুঃখ-কষ্ট– কত অভাব জানিস তো? ওদের এ-সব সহ্য করা অভ্যাস নেই, দেহটাও তার বড় খারাপ হয়েচে, নইলে অসুখ দেখলে কি তোরা রাগ করে থাকতে পারিস?

বিমলা অশ্রু চাপিয়া কঠিন স্বরে বলিল, পারি বৈ কি দাদা, আমাদের অসাধ্য কাজ কিছু নেই। না হলে, তোমরা বিছানায় না শোয়া পর্যন্ত আর আমাদের চোখে পড়ে না। ভোলা, পালকি এলো রে?

আনতে পাঠিয়েছি মা।

এর মধ্যেই যাবি দিদি? এখনো তো সন্ধ্যে হয়নি, আর একটু বোস না?

না দাদা, সন্ধ্যে হলে হিম লাগবে। ভোলা, পালকি একেবারে ভিতরে আনিস।

ভিতরে কেন, বিমল?

ভেতরেই ভাল দাদা। এই ব্যথা নিয়ে তোমার বাইরে গিয়ে উঠতে কষ্ট হবে।

আমাকে নিয়ে যাবি? এই পাগল দেখ! কি হয়েচে যে, এত কাণ্ড করতে হবে? এ তো আমার প্রায়ই হয়। প্রায়ই সেরে যায়।

তাই যাক দাদা। কিন্তু ভাই তো আমার আর নেই যে, তোমাকে হারালে আর একটি পাব। ঐ যে পালকি– এই র‍্যাপারখানা বেশ করে গায়ে জড়িয়ে নিয়ো। ভোলা, আর একটু এগিয়ে আনতে বল– না দাদা, এ সময়ে তোমাকে চোখে চোখে না রাখতে পারলে আমার তিলার্ধ স্বস্তি থাকবে না।

কিন্তু নিয়ে যেতে চাইবি বুঝলে যে তোকে আমি খবরই দিতুম না।

বিমলা মুখপানে চাহিয়া থাকিয়া বলিল, তোমাদের বোঝা তোমাদেরই থাক দাদা, আমাকে আর শুনিয়ো না। আচ্ছা, কি করে মুখে আনলে বল তো? এই অবস্থায় তোমাকে একলা ফেলে রেখে যেতে পারি? সত্যি কথা বল।

নরেন্দ্র একটা নিঃশ্বাস ফেলিয়া বলিল, তবে চল যাই।

দাদা!

কি রে?

আজ রাত্রেই বৌকে একখানা টেলিগ্রাম করে দিই, কাল সকালেই চলে আসুক।

নরেন্দ্র ব্যস্ত হইয়া উঠিল– না, না, সে দরকার নেই।

কেন নেই? মেদিনীপুর তো বেশী দূর নয়, একবার আসুক, না হয় আবার চলে যাবে।

না রে বিমল, না। সত্যিই তার দেহটা ভাল নেই– দু'দিন জুড়োক।

একটুখানি থামিয়া বলিল, বিমল, আমি তোর কাছে থেকে ভাল না হতে পারি তো আর কিছুতেই পারব না। হাঁ রে, আমি যে যাচ্চি, গগনবাবু শুনেচেন?

বেশ যা হোক তুমি! তিনি তো এখনো অফিস থেকেই ফেরেন নি।

তবে ?

তবে আবার কি? তোমার ভয় নেই দাদা, তাঁর বেশ বড় বড় দুটো চোখ আছে, আমরা গেলেই দেখতে পাবেন।

নরেন্দ্র বিছানায় শুইয়া পড়িয়া কহিল, বিমল, আমার যাওয়া তো হতে পারে না।

বিমলা অবাক হইয়া জিজ্ঞাসা করিল, কেন ?

গগনবাবুর অমতে–

অমন করলে মাথা খুঁড়ে মরব দাদা! একটা বাড়ির মধ্যে কি ভিন্ন ভিন্ন মত থাকে যে, আমাকে অপমান করচ?

অপমান করচি? ঠিক জানিস বিমল, ভিন্ন মত থাকে না?

বিমলা আবশ্যক বস্ত্রাদি গুছাইয়া লইতেছিল, সলজ্জে মাথা নাড়িয়া বলিল, না।

দাদা, আজ ব্যথাটা তত টের পাচ্চ না, না?

একেবারে না। এ আট দিন তোদের কি কষ্টই না দিলুম– এখন বিদেয় কর দিদি।

করব কার কাছে? আচ্ছা দাদা, এই ষোল-সতের দিনের মধ্যে বৌ একখানা চিঠি পর্যন্ত দিলে না? না, দিয়েচেন বৈ কি। পৌঁছান-সংবাদ দিয়েছিলেন, কালও একখানা পেয়েচি– বরং, আমিই জবাব দিতে পারিনি ভাই।

বিমলা মুখ ভার করিয়া নিঃশব্দে চাহিয়া রহিল। নরেন্দ্র লজ্জায় কুণ্ঠিত হইয়া বলিতে লাগিল, সেখানে গিয়ে পর্যন্ত সে ভাল নেই– সর্দি-কাসি, পরশু একটু জ্বরের মতও হয়েছিল, তবু তার ওপরেই চিঠি লিখছেন।

আজ তাই বুঝি সেখানে টাকা পাঠিয়ে দিলে?

নরেন্দ্র অধিকতর লজ্জিত হইয়া পড়িল। কহিল, কিছুই তো তার হাতে ছিল না– বাড়ির পাশেই একটা মেলা বসচে,– লিখেচেন, সেটা শেষ হয়ে গেলেই ফিরতে পারবেন– তোমাকে বুঝি চিঠিপত্র লিখতে পারেন নি?

পেরেচেন বৈ কি। কাল আমিও একখানা চারপাতা জোড়া চিঠি পেয়েচি–

পেয়েছিস? পাবি বৈ কি,তার জবাবটা–

তোমার ভয় নেই দাদা– তোমার অসুখের কথা লিখবো না। আমার নষ্ট করবার মত অত সময় নেই। বলিয়া বিমলা ঘর ছাড়িয়া চলিয়া গেল।

সন্ধ্যার প্রাক্কালে খোলা জানালার ভিতর দিয়া লাল আকাশের পানে চাহিয়া নরেন্দ্র স্তব্ধভাবে বসিয়া ছিল, বিমলা ঘরে ঢুকিয়া বলিল, চুপ করে কি ভাবছ দাদা?

নরেন্দ্র মুখ ফিরাইয়া লইয়া বলিল, কিছুই ভাবিনে বোন, মনে মনে তোকে আশীর্বাদ করছিলুম, যেন এমনি সুখেই তোর চিরদিন কাটে।

বিমলা কাছে আসিয়া তাঁহার পায়ের ধূলা মাথায় লইয়া একটা চৌকির উপর বসিল।

আচ্ছা, দুপুরবেলা অত রাগ করে চলে গেলি কেন বল তো?

আমি অন্যায় সইতে পারিনে। কেন তুমি অত–

অত কি বল? ইন্দুর দিক থেকে একবার চেয়ে দেখ দেখি? আমি তো তাকে সুখে রাখতে পারিনি?

সুখে থাকতে পারার ক্ষমতা থাকা চাই দাদা! সে যা পেয়েছে এত ক'জন পায়? কিন্তু সৌভাগ্যকে মাথায় তুলে নিতে হয়; নইলে কথাটা শেষ করিবার পূর্বেই বিমলা লজ্জায় মাথা হেঁট করিল।

নরেন্দ্র নীরবে স্নিগ্ধ-সস্নেহ দৃষ্টিতে এই ভগিনীটির সর্বাঙ্গ অভিষিক্ত করিয়া দিয়া, ক্ষণকাল পরে কহিল, বিমল, লজ্জা করিস নে দিদি, সত্য বলতো, তুই কখনো ঝগড়া করিস নে?

উনি বলেচেন বুঝি? তা তো বলবেনই।

নরেন্দ্র মৃদু হাসিয়া বলিল, না, গগনবাবু কিছুই বলেন নি,আমি তোকেই জিজ্ঞাসা করচি।

বিমলা আরক্ত মুখ তুলিয়া বলিল, তোমাদের সঙ্গে ঝগড়া করে কে পারবে বল? শেষে হাতে-পায়ে পড়ে;ওখানে দাঁড়িয়ে কে? আমি, আমি– গগনবাবু। থামলে কেন বলে যাও। ঝগড়া করে কার হাতে পায়ে কাকে পড়তে হয়– কথাটা শেষ করে ফেল।

যাও– যে সাধু-পুরুষ লুকিয়ে শোনে, তার কথায় আমি জবাব দিইনে বলিয়া, বিমলা কৃত্রিম ক্রোধের আড়ালে হাসি চাপিয়া দ্রুতপদে প্রস্থান করিল।

নরেন্দ্র সুদীর্ঘ নিঃশ্বাস ফেলিয়া মোটা তাকিয়াটা হেলান দিয়া বসিল। গগনবাবু বলিলেন, এ-বেলায় কেমন আছ হে?

ভাল হয়ে গেছি। এবার বিদায় দাও ভাই।

বিদায় দাও? ব্যস্ত হয়ো না হে– দু'দিন থাকো। তোমার এই বোনটির আশ্রয়ে যে ক'টা দিন বাস করতে পায়, তার তত বৎসর পরমায়ু বৃদ্ধি হয়, সে খবর জান!

জানিনে বটে, কিন্তু সম্পূর্ণ বিশ্বাস করি। গগনবাবু দুই চক্ষু বিস্ফারিত করিয়া বলিলেন, বিশ্বাস করি কি হে, এ যে প্রমাণ করা কথা। বাস্তবিক নরেনবাবু, এমন রত্নও সংসারে পাওয়া যায়! ভাগ্য! ভাগ্য! ভাগ্যৎ ফলতি,কি হে কথাটা? নইলে আমার মত হতভাগা যে এ বস্তু পায়, এ তো স্বপ্নের আগোচর! বৌঠাকরুন– না হে না, থেকে যাও দু'দিন– এমন সংসার ছেড়ে স্বর্গে গিয়েও আরাম পাবে না, তা বলে দিচ্ছি ভাই।

বিমলা বহু দূরে যায় নাই, ঠিক পর্দার আড়ালেই কান পাতিয়াছিল; চোখ মুছিয়া উকি মারিয়া, সেই প্রায়ান্ধকারেও স্পষ্ট দেখিতে পাইল, তাহার স্বামীর কথাগুলো শুনিয়া নরেনদাদার মুখখানা একবার জ্বলিয়া উঠিয়াই যেন ছাই হইয়া গেল।

চার

দিন-পনের পরে দুপুরের গাড়িতে ইন্দু মেয়ে লইয়া মেদিনীপুর হইতে ফিরিয়া আসিল। স্ত্রী ও কন্যাকে সুস্থ সবল দেখিয়া নরেন্দ্রের শীর্ণ পাণ্ডুর মুখ মুহূর্তে উদ্ভাসিত হইয়া উঠিল। সাগ্রহে ঘুমন্ত কন্যাকে বুকে টানিয়া লইয়া প্রশ্ন করিল, কেমন আছ ইন্দু?

বেশ আছি কেন?

তোমার জ্বরের মত হয়েছিল শুনে ভারী ভাবনা হয়েছিল। সেরে গেছে?

না হলে ডাক্তার ডাকাবে না কি?

নরেন্দ্রের হাসিমুখ মলিন হইল। কহিল, না, তাই জিজ্ঞাসা করচি

কি হবে করে? এদিকে তো পঞ্চাশটি টাকা পাঠিয়ে চিঠির ওপর চিঠি যাচ্ছিল; কেমন আছ, কেমন আছ; সাবধানে থেকো- সাবধানে থেকো। আমি কি কচি খুকি, না, পঞ্চাশটি টাকা দাদা আমাকে দিতে পারতেন না? ও টাকা পাঠিয়ে সকলের কাছে আমার মাথা হেঁট করে দেবার কি দরকার ছিল? সেদিন বাড়িতে যেন একটা হাসি পড়ে গেল।

নরেন্দ্র ম্লান মুখ আরও ম্লান করিয়া অস্ফুটে কহিল, যোগাড় করতে পারলুম না।

না পাঠিয়ে তাই কেন লিখে দিলে না? উঃ-আবার সেই নিত্য নেই নেই, দাও দাও; বেশ ছিলুম এতদিন। বাস্তবিক বড়লোকের মেয়ে গরীবের ঘরে পড়ার মত মহাপাপ আর সংসারে নেই, বলিয়া সেই পরম সত্যে স্বামীর হৃদয় পূর্ণ করিয়া দিয়া ইন্দু অন্যত্র চলিয়া গেল।

মাসাধিক পরে স্বামী-স্ত্রীর এই প্রথম সাক্ষাৎ।

বাহিরে আসিয়া ইন্দু ইতস্ততঃ দৃষ্টি নিক্ষেপ করিয়া নিজের শোবার ঘরে ঢুকিয়া ভারী আশ্চর্য হইয়া দেখিল, বাড়ির অন্যান্য স্থানের মত এখানেও সমস্ত বস্তু রীতিমত পরিষ্কার পরিচ্ছন্ন করা হইতেছে। জিজ্ঞাসা করিল, এত ঝাড়ামোছা হচ্ছে কেন রে?

নূতন ঝি বলিল, আপনি আসবেন বলে।

আমি আসব বলে?

হাঁ মা, বাবু তাইতো বলে দিলেন। আপনি ময়লা কিছু দেখতে পারেন না; আজ তিনদিন থেকে তাই ইন্দু অন্তরের মধ্যে একটা বড় রকমের গর্ব অনুভব করিল। কিন্তু সহজ ভাবে বলিল, ময়লা আবার কে দেখতে পারে? তবু ভাল যে—

হাঁ মা, লোক লাগিয়ে ওপর-নীচে সমস্ত সাফ করা হয়েছে।

ঝি, রামটহলটাকে একবার ডেকে দাও তো, বাজার থেকে কিছু ফলমূল কিনে আনুক।

ফলটল তো সব আছে মা, বাবু আজ সকালে নিজে বাজারে গিয়ে সমস্ত খুঁটিয়ে কিনে এনেছেন।

ডাব আছে? আঙুর—

আছে বৈ কি। এখনি নিয়ে আসচি, বলিয়া দাসী চলিয়া গেল। ইন্দুর মুখের উপর হইতে বিরক্তির মেঘখানা সম্পূর্ণ উড়িয়া গেল বরং অনতিপূর্বে স্বামীর মলিন মুখখানা বুকের কোথায় যেন একটু খচখচ করিতেও লাগিল। বিশ্রাম করিয়া ঘণ্টা-দুই পরে সে প্রসন্নমুখে স্বামীর বসিবার ঘরে ঢুকিয়া দেখিল, নরেন্দ্র চশমা খুলিয়া খুব ঝুঁকিয়া বসিয়া কি লিখিতেছে। কহিল, অত মন দিয়ে কি লেখা হচ্ছে?-কবিতা?

নরেন্দ্র মুখ তুলিয়া বলিল, না।

কি তবে?

ও কিছু না বলিয়া সে লেখাগুলা চাপা দিয়া রাখিল।

ইন্দুর প্রসন্ন মুখ মেঘাবৃত্ত হইয়া উঠিল। কহিল, তা হলে কিছু না'র উপর অত ঝুঁকে না পড়ে বরং যাতে দুঃখ-কষ্ট ঘোচে এমন কিছুতেই মন দাও। শুনলুম, দাদার হাতে নাকি গোটাকতক চাকরি খালি আছে । বলিয়া ভাল করিয়া স্বামীর মুখের পানে চাহিয়া রহিল। সে নিশ্চয় জানিত, এই চাকুরি করার কথাটা তাঁহাকে চিরদিন আঘাত করে। আজ কিন্তু আশ্চর্য হইয়া দেখিল, আঘাতের কোন বেদনাই তাঁহার মুখে প্রকাশ পাইল না।

নরেন্দ্র শান্তভাবে বলিল, চাকরি করবার লোকও সেখানে আছে।

এই সম্পূর্ণ অপ্রত্যাশিত উত্তরে ইন্দু ক্রোধে জ্বলিয়া উঠিল। ক্ষণকাল অবাক হইয়া

থাকিয়া বলিল, তা জানি। কিন্তু সেখানে আছে, এখানে নেই নাকি? আজকাল ভাল কথা বললে যে, তোমার মন্দ হয় দেখচি। ঘরের কোণে ঘাড় গুঁজে বসে কবিতা লিখতে তোমার লজ্জা করে না? বলিয়া সে চোখ-মুখ রাঙ্গা করিয়া ঘর ছাড়িয়া গেল। এই দ্বিতীয় সাক্ষাৎ।

অ্যাঁ-এ যে বৌ! কখন এলে?

পরশু দুপুর বেলা।

পরশু,-দুপুর বেলা! তাই এত তাড়াতাড়ি আজ সন্ধ্যাবেলায় দেখা দিতে এসেচ? না ভাই বৌ, টানটা একটু কম ক'রো!

– ইন্দু ঘাড় নাড়িয়া কহিল, চিঠি লিখে জবাব পর্যন্ত পাইনে। আমি একা আর কত টানব ঠাকুরঝি?

বিমলা আশ্চর্য হইয়া জিজ্ঞাসা করিল, জবাব পাওনি?

সে না পাওয়াই, চার পাতার জবাব চার ছত্র?

বিমলা অপ্রতিভ হইয়া বলিল, তখন একটুকু সময় ছিল না ভাই। এ ঘরে দাদা যদি বা একটু সারলেন, এদিকে আমার নতুন ভাড়াটে যায় যায়।

ইন্দু কথাটার একবর্ণও বুঝিল না। হাঁ করিয়া চাহিয়া রহিল।

বিমলা সেদিকে মনোযোগ না করিয়া বলিতে লাগিল, সেই মঙ্গলবারটা আমার চিরকাল মনে থাকবে। সাতদিনের দিন খবর পেয়ে দাদাকে নিয়ে এলুম, তার দু'দিন পরে দাদার বুকের ব্যথার যেমন বাড়াবাড়ি, অম্বিকাবাবুর অসুখটাও তেমনি বেড়ে উঠল; তোমাকে বলব কি বৌ, সেক দিতে দিতে আর ফোমেন্ট করতে করতে বাড়িসুদ্ধ লোকের হাতের চামড়া উঠে গেল– সারা দিন-রাত কারু নাওয়া-খাওয়া পর্যন্ত হলো না। হাঁ, সতী-সাধ্বী বলি ওই অম্বিকাবাবুর স্ত্রীকে। ছেলেমানুষ বৌ কিন্তু কি যত্ন, কি স্বামীসেবা! তার পুণ্যেই এ যাত্রা তিনি রক্ষে পেয়ে গেলেন, নইলে ডাক্তার-বদ্যির সাধ্য ছিল না।

অম্বিকাবাবু কে?

কি জানি ঘাটালের কাছে কোথায় বাড়ি। চিকিৎসার জন্যে এখানে এসে আমাদের ঐ পাশের বাড়িটা নিয়েছেন লোকজন নেই, পয়সা-কড়িও নেই, শুধু বৌটি–

ইন্দু মাঝখানেই প্রশ্ন করিল, তোমার দাদার বুঝি খুব বেড়েছিল?

বিমলা ওষ্ঠাধর কুঞ্চিত করিয়া কহিল, সে রাতে আমার তো সত্যিই ভয় হয়েছিল। ঐ তাকের ওপর ওষুধের খালি শিশিগুলো চেয়ে দেখ না; তিনজন ডাক্তার; আর, আচ্ছা, বৌ, দাদা বুঝি এ-সব কথা তোমাকে চিঠিতে লেখেন নি।

ইন্দু অন্যমনস্কের মত কহিল, না।

বিমলা জিজ্ঞাসা করিল, এখানে এসে বুঝি শুনলে?

ইন্দু তেমনিভাবে জবাব দিল, হাঁ।

বিমলা বলিতে লাগিল, আমি তো তোমাকে প্রথম দিনেই টেলিগ্রাম করতে চেয়েছিলুম; মাত্র দু-তিন ঘণ্টার পথ স্বচ্ছন্দে আসতে পারতে, কিন্তু দাদা কিছুতেই দিলেন না। হাসিয়া কহিল, কি যে তাঁকে তুমি করেচ, তা তুমিই জানো বৌ, পাছে অসুস্থ শরীরে তুমি ব্যস্ত হও, এই ভয়ে কোনমতেই খবর দিতে চাইলেন না। যাক– ঈশ্বরেচ্ছায় ভাল হয়ে গেছে– নইলে–

নইলে তার কি হ'তো ঠাকুরঝি? অসুখ সারতেও আমাকে দরকার হয়নি, না সারলেও হয়ত দরকার হ'তো না। বলিয়া ইন্দু উঠিয়া গেল, ঔষধের শূন্য এবং অর্ধশূন্য শিশিগুলা

নাড়িয়া চাড়িয়া লেবেলের লেখা পড়িয়া দেখিতে লাগিল।

কিন্তু এ কি হইল? কখনও যাহা হয় নাই– আজ অকস্মাৎ তাহার দুই চোখ অশ্রুতে ঝাপসা হইয়া গেল। কেন, সে কি কেহ নয় যে, এতবড় একটা কাণ্ড হইয়া গেল, অথচ তাহাকে জানানো পর্যন্ত হইল না। সে নিজের এমন কি পীড়ার কথা লিখিয়াছিল যাহাতে সংবাদ দেওয়াটাও কেহ উচিত মনে করিলেন না।

তিনি ভাল হইয়াও তো কতকগুলো পরে কত কথা লিখিলেন, শুধু নিজের কথাটাই বলিতে ভুলিলেন? বেশ, এখানে আসিয়াও তো তিন দিন হইল, তবু কি মনে পড়িল না?

ইন্দুর তীব্র অভিমানের সুর বিমলা টের পাইয়াছিল। ফিরিয়া আসিয়া বলিল, শিশিবোতল নাড়াচাড়া করে আর কি হবে বৌ, ওরা কখনও মিথ্যে সাক্ষী দেবে না, তা যতই জেরা কর না। এসো, তোমার চা দেওয়া হয়েছে।

চল, বলিয়া ইন্দু অলক্ষ্যে চোখের জল মুছিয়া ফেলিয়া তাহার কাছে আসিয়া দাঁড়াইল।

চা খাওয়া শেষ হইলে, বিমলা কি জানি ইচ্ছা করিয়া আঘাত দিল কি না;কহিল, সে এক হাসির কথা বৌ। এক বাড়িতে দুই রোগী, কিন্তু দুজনের কি আশ্চর্য ভিন্ন ব্যবস্থা। দাদা মর মর হয়েও তোমাকে খবর দিতে দিলেন না ; পাছে ব্যস্ত হও;পাছে তোমার শরীর খারাপ হয়; আর অম্বিকাবাবু একদণ্ডও ওর স্ত্রীকে সুমুখ থেকে নড়তে দিলেন না। তার ভয়, সে চোখের সুমুখ থেকে গেলেই তাঁর প্রাণটা বেরিয়ে যাবে এমন কি, সে ছাড়া তিনি কারও হাতে বিশ্বাস করে ওষুধ খেতেন না;এমন কখনও শুনেচ বল। আমাদের এঁকে তোমরা সবাই তামাশা কর, কিন্তু অম্বিকাবাবুরা সকলকে ডিঙিয়ে গেছেন খেটে খেটে এই মেয়েটির ঠিক মড়ার মত আকৃতি হয়েছে।

ইন্দু 'হুঁ', বলিয়া উঠিয়া দাঁড়াইল। কহিল, আর একদিন এসে তোমার সতী-সাধ্বীর বৌটির সঙ্গে আলাপ করে যাব—আজ গাড়ি এসেচে, চললুম।

তা হলে কাল একবার এসো। আলাপ করে বাস্তবিক সুখী হবে।

দেখা যাবে যদি কিছু শিখতে পারি, বলিয়া ইন্দু মুখ ভার করিয়া গাড়িতে গিয়া উঠিল। অম্বিকাবাবুর পাগলামি

তাহার মনের মধ্যে আজ সমস্ত পথটা তাহার স্বামীর গভীর মঙ্গলেচ্ছার গায়ে ধূলা ছিটাইয়া লজ্জা দিতে দিতে

পাঁচ

দিন-দুই পরে কথায় কথায় ইন্দু অত্যন্ত বিরক্ত হইয়া বলিয়া উঠিল, যদি সত্যি কথা শুনলে রাগ না কর, তা হলে বলি ঠাকুরঝি, বিয়ে করা তোমার দাদারও উচিত হয়নি, এই অম্বিকাবাবুরও হয়নি।

বিমলা জিজ্ঞাসা করিল, কেন

কারণ, প্রতিপালন করবার ক্ষমতা না থাকলে এটা মহাপাপ।

উত্তর শুনিয়া বিমলা মর্মাহত হইল। ইন্দুকে সে ভালবাসিত। খানিক পরে কহিল, অম্বিকাবাবুর অন্যায় হয়ে থাকতে পারে, কিন্তু তাই বলে তাঁর স্ত্রী নিজের কর্তব্য করবে না? তাকে তো মরণ পর্যন্ত স্বামিসেবা করতে হবে?

কেন হবে! তিনি অন্যায় করবেন, যাতে অধিকার নেই– তাই করবেন তার ফলভোগ করবো আমরা। তুমি ইংরিজী পড়নি, আর পাঁচটা সভ্য সমাজের খবর রাখ না। নইলে

বুঝিয়ে দিতে পারতুম, কর্তব্য শুধু একদিকে থাকে না দু'দিকে থাকবে, না হয় থাকবে না। পুরুষেরা এ কথা আমাদের বুঝতে দেয় না! দেয় না বলেই আমরা অম্বিকাবাবুর স্ত্রীর মত মৃত্যুপণ করে সেবা করি।

বিমলা মুহূর্তকাল চাহিয়া থাকিয়া কহিল, না হলে করতাম না! বৌ, সেবা করাটা কি স্ত্রীর বড় দুঃখের কাজ বলে মনে কর? অম্বিকাবাবুর স্ত্রীর বাইরের ক্লেশটাই দেখতে পাও, তার ভেতরের আনন্দটা জানতে পাও কি।

আমি জানতেও চাইনে।

স্বামীর ভালবাসাটাও বোধ করি জানতে চাও না?

না ঠাকুরঝি, অরুচি হয়ে গেছে। বরং ওটা কম করে নিজের কর্তব্যটা করলেই হাঁফ ছেড়ে বাঁচি।

বিমলা দাঁড়াইয়াছিল, নিঃশ্বাস ফেলিয়া ধীরে ধীরে বসিয়া পড়িয়া বলিল, ঠিক এই কথাটাও আগেও একবার বলেচ। কিন্তু তখনও বুঝতে পারিনি, এখনও বুঝতে পারলুম না। আমার দাদা তাঁর কর্তব্য করেন না। কি সে, তা তুমি জানো । অনেক বই পড়েচ, অনেক দেশের খবর জানো তোমার সঙ্গে তর্ক করা সাজে না। কিন্তু আমার দৃঢ় বিশ্বাস স্বামী ন্যায়-অন্যায় যাই করুন, তাঁর ভালবাসা অগ্রাহ্য করবার স্পর্ধা কোন দেশের স্ত্রীরই নেই। আমার তো মনে হয়, ও জিনিস হারানোর চেয়ে মরণ ভাল। তার পরেও বেঁচে থাকা শুধু বিড়ম্বনা।

আমি তা মানিনে।

মানো নিশ্চয়ই, বলিয়া বিমল হাসিয়া ফেলিল। তাহার সহসা মনে হইল, এ সমস্তই পরিহাস। সত্যই তো পরিহাস ভিন্ন নারীর মুখে ইহা আর কি হইতে পারে! কহিল, কিন্তু তাও বলি বৌ, আমার কাছে যা মুখে আসে বলচ, কিন্তু দাদার সামনে এ-সব নিয়ে বেশী চালাকি ক'রো না। কেন না, পুরুষমানুষ যতই বুদ্ধিমান হোন, অনেক সময়ে–

কি অনেক সময়ে

তামাশা কি না, ধরতে পারে না।

সে তাঁর কাজ। আমি তা নিয়ে দুর্ভাবনা করিনে।

কিন্তু আমি যে না ভেবে থাকতে পারিনে বৌ।

ইন্দু জোর করিয়া হাসিয়া প্রশ্ন করিল, কেন বলতো?

বিমলা একটুখানি ভাবিয়া বলিল, রাগ ক'রো না বৌ; কিন্তু সেই অসুখের সময় আমার সত্যিই মনে হয়েছিল, দাদা যে তোমাকে পাবার জন্যে একসময় পাগল হয়ে উঠেছিলেন, সেই যে কি বলে 'পায়ে কাঁটা ফুটলে বুক পেতে দেওয়া'– কিন্তু সে ভাব আর বুঝি নেই।

হঠাৎ ইন্দুর সমস্ত মুখের উপর কে যেন কালি লেপিয়া দিল। তারপরে, সে জোর করিয়া শুকনো হাসি টানিয়া আনিয়া কহিল, তোমাকে সহস্র ধন্যবাদ ঠাকুরঝি, তোমার দাদাকে বলো, আমি ভ্রুক্ষেপও করিনে। আর তুমিও ভাল করে বুঝো, আমার নিজের ভালমন্দ নিজেই সামলাতে জানি। তা নিয়ে পরের মাথা গরম করাটাও আবশ্যক মনে করিনে।

ফিরিয়া আসিয়া ইন্দু স্বামীর ঘরে ঢুকিয়াই প্রশ্ন করিল, আমি মেদিনীপুরে গেলে তোমার ব্যামো হয়েছিল?

নরেন্দ্র খাতা হইতে মুখ তুলিয়া ধীরে ধীরে বলিল, না, ব্যামো নয়; সেই ব্যথাটা।

খরচ বাঁচাবার জন্যে ঠাকুরঝির ওখানে গিয়ে পড়েছিলে?

স্ত্রীর এই অত্যন্ত কটু ইঙ্গিতে নরেন্দ্র খাতাটার উপর পুনর্বার ঝুঁকিয়া পড়িয়া, কয়েক মুহূর্ত মৌন থাকিয়া মৃদুকণ্ঠে বলিল, বিমল এসে নিয়ে গিয়েছিল।

কিন্তু আমি শুনতে পেলে বলে দিতুম, অক্ষমদের জন্যই হাসপাতাল সৃষ্টি হয়েছে। পরের ঘাড়ে না চড়ে সেইখানে যাওয়াই তাদের উচিত।

নরেন্দ্র আর মুখ তুলিল না একটি কথাও কহিল না।

ইন্দু টান মারিয়া পর্দাটা সরাইয়া বাহির হইয়া গেল। ধাক্কা লাগিয়া একটা ক্ষুদ্র টিপাই ফুলদানি-সমেত উলটাইয়া পড়িল; সে ফিরিয়াও চাহিল না।

মিনিট-পাঁচেক পরে, তেমনি সজোরে পর্দা সরাইয়া ফিরিয়া আসিয়া কহিল, ঠাকুরঝি খবর দিতে চেয়েছিলেন, তুমি মানা করেছিলে কি জন্যে? ভেবেছিলে বুঝি আমি এসে ওষুধের সঙ্গে বিষ মিশিয়ে দেব!

নরেন্দ্র মুখ না তুলিয়াই বলিল, না, তা ভাবিনি। তোমার শরীর ভাল ছিল না–

ভালই ছিল। যদিও খবর পেলেও আমি আসতুম না, সে নিশ্চয়। কিন্তু, আমি সেখানে যে, রোগে মরে যাচ্ছিলাম, এ কথাও তোমাকে চিঠিতে লিখিনি। অনর্থক কতকগুলো মিথ্যে কথা বলে ঠাকুরঝিকে নিষেধ করবার হেতু ছিল না। বলিয়া সে যেমন করিয়া আসিয়াছিল, তেমনি করিয়া চলিয়া গেল। নরেন্দ্রও তেমনি করিয়া খাতাটার পানে ঝুঁকিয়া রহিল, কিন্তু সমস্ত লেখা তাহার লেপিয়া মুছিয়া চোখের সুমুখে একাকার হইয়া রহিল।

ইন্দু পর্দার অন্তরাল হইতে বাহির হইয়া ডাক্তারকে কহিল, আপনিই গগনবাবুর বাড়িতে আমার স্বামীর চিকিৎসা করেছিলেন?

বুড়া ডাক্তার চোখ তুলিয়া ইন্দুর উদ্বেগ-মলিন মুখখানির পানে চাহিয়া, ঘাড় নাড়িয়া সায় দিলেন।

ইন্দু কহিল,কিন্তু তিনি সম্পূর্ণ আরোগ্য হয়েছেন বলে আমার মনে হয় না। এই আপনার ফি-র টাকা;আজ একবার ওবেলা যদি দয়া করে বন্ধুভাবে এসে তাঁকে দেখে যান বড় উপকার হয়।

ডাক্তার কিছু বিস্মিত হইলেন।

ইন্দু বুঝাইয়া বলিল, ওঁর স্বভাব চিকিৎসা করতে চান না। ওষুধের প্রেসক্রিপসনটা আমাকে লুকিয়ে দেবেন। তাঁকে একটু বুঝিয়ে বলবেন।

ডাক্তার সম্মত হইয়া বিদায় লইলেন।

রামটহল আসিয়া সংবাদ দিল, মাজী, বল্লভ সেকরা এসেছে।

এসেচে? এদিকে ডেকে আন।

ও বল্লভ, একটু কাজের জন্য তোমাকে ডেকে পাঠিয়েছিলুম, তুমি আমাদের বিশ্বাসী লোক– এই চুড়ি ক'গাছা বিক্রি করে দিতে হবে । বড় পুরানো ধরনের চুড়ি বাপু, আর পরা যায় না। এ দামে নতুন একজোড়া কিনবো মনে কচ্চি।

বেশ তো মা, বিক্রি করে দেব।

নিক্তি এনেচ তো? ওজন করে দেখ দেখি কত আছে? দামটা কিন্তু বাপু আমাকে কালই

দিতে হবে। আমার দেরি হলে চলবে না।

তাই দেব।

বল্লভ চুড়ি হাতে করিয়া বলিল, এ যে একেবারে টাটকা জিনিস মা। বেচলেই তো কিছু লোকসান হবে।

তা হোক বল্লভ। এ গড়নটা আমার মনে ধরে না। আর এ সম্বন্ধে বাবুকে কোনও কথা ব'লো না।

বাবুদের লুকাইয়া অলঙ্কার বেচা-কেনার ইতিহাস বল্লভের অবিদিত ছিল না। সে একটু হাসিয়া চুড়ি লইয়া গেল।

ছয়

ডাক্তারবাবু, পাঁচ-সাত শিশি ওষুদ খেলেন, কিন্তু বুকের ব্যথাটা তো গেল না।

গেল না? কৈ, তিনি তো কিছু বলেন না?

জানেন তো, ঐ তাঁর স্বভাব; কিন্তু আমি নিশ্চয় জানি, একটু ব্যথা লেগেই আছে- তা ছাড়া, শরীর তো সারচে না!

ডাক্তার চিন্তা করিয়া কহিলেন, দেখুন আমারও সন্দেহ হয়, শুধু ওষুধে কিছু হবে না। একবার জল-হাওয়া পরিবর্তন আবশ্যক।

তাই কেন তাঁকে বলেন না?

বলেছিলাম একদিন। তিনি কিন্তু প্রয়োজন মনে করেন না।

ইন্দু রুষ্ট হইয়া বলিয়া ফেলিল, তিনি মনে না করলেই হবে? আপনি ডাক্তার, আপনি যা বলবেন, তাই তো হওয়া চাই।

বৃদ্ধ চিকিৎসক একটুখানি হাসিলেন।

ইন্দু নিজের উত্তেজনায় লজ্জিত হইয়া বলিল, দেখুন আমি বড় ব্যাকুল হয়ে পড়েচি। আপনি ওঁকে খুব ভয় দেখিয়ে দিন।

ডাক্তার মাথা নাড়িয়া ধীরে ধীরে কহিলেন, এ-সকল রোগে ভয় তো আছেই।

ইন্দুর মুখ পাংশু হইয়া গেল, কহিল, সত্যি ভয় আছে?

তাহার মুখের পানে চাহিয়া ডাক্তার সহসা জবাব দিতে পারিলেন না।

ইন্দুর চোখে জল আসিয়া পড়িল, বলিল, আমি আপনার মেয়ের মত ডাক্তারবাবু, আমাকে লুকোবেন না। কি হয়েচে, খুলে বলুন।

ঠিক যে কি হইয়াছে তাহা ডাক্তার নিজেও জানিতেন না। তিনি নানা রকম করিয়া যাহা কহিলেন, তাহাতে ইন্দুর ভয় ঘুচিল না। সে ঘরে ফিরিয়া আসিয়া কাঁদিতে লাগিল।

বিকালবেলা নরেন্দ্র হাতের কলমটা রাখিয়া দিয়া খোলা জানালার বাহিরে চাহিয়া ছিল, ইন্দু ঘরে ঢুকিয়া অদূরে একটা চৌকি টানিয়া লইয়া বসিল। নরেন্দ্র একবার মুখ ফিরাইয়া, আবার সেইদিকেই চাহিয়া রহিল।

কিছুদিন হইতে ইন্দু টাকা চাহে নাই; আজ সে যে কিজন্য আসিয়া বসিল, তাহা নিশ্চয় অনুমান করিয়া তাহার বুকের ভিতরটা টিপটিপ করিতে লাগিল।

ইন্দু টাকা চাহিল না কহিল, ডাক্তারবাবু বলেন ব্যথাটা যখন ওষুধে যাচ্ছে না, তখন হাওয়া বদলানো দরকার। একবার কেন বেড়াতে যাও না।

নরেন্দ্র বাস্তবিক চমকিয়া উঠিল। বহুদিন অজ্ঞাত বড় স্নেহের ধন যেন কোথায় লুকাইয়া

তাঁহাকে ডাক দিল।

ইন্দুর এই কণ্ঠস্বর সে তো ভুলিয়াই গিয়াছিল। তাই মুখ ফিরাইয়া হতবুদ্ধির মত চাহিয়া ক্ষণকালের জন্য কি যেন মনে মনে খুঁজিয়া ফিরিতে লাগিল।

ইন্দু কহিল, কি বল? তা হলে কালই গুছিয়ে নিয়ে বেরিয়ে পড়া যাক। বেশী দূরে কাজ নেই;এই বদ্যিনাথের কাছে;আমরা দু'জন, কমলা আর ঝি– রামটহল পুরানো বিশ্বাসী লোক, বাড়িতেই থাক। সেখানে একটা ছোট বাড়ি নিলেই হবে। তাহলে আজ থেকে ওছোতে আরম্ভ করুক না কেন?

কোন প্রকার খরচের কথাতেই নরেন্দ্র ভয় পাইত। এই একটা বড় রকমের ইঙ্গিতে তাহার মেজাজ একেবারে বিগড়াইয়া গেল। প্রশ্ন করিল, এই ডাক্তারটিকে এখানে আসতে বললে কে?

ইন্দু জবাব দিবার পূর্বে পুনরায় কহিল, বিমলাকে ব'লো আমার পিছনে ডাক্তার লাগিয়ে উত্যক্ত করবার আবশ্যক নেই; আমি ভাল আছি।

বিমলা প্রচ্ছন্ন থাকিয়া ডাক্তার পাঠাইতেছে;বিমলাই সব। ইন্দু অন্তরে আঘাত পাইল। কিন্তু চাপা দিয়া বলিল, কিন্তু তুমি তো সত্যই ভাল নেই। ব্যথাটা তো সারেনি।

সেরেচে।

তা হলেও শরীর সারেনি;বেশ দেখতে পাচ্ছি। একবার ঘুরে এলে, আর যাই হোক, মন্দ কিছু তো হবে না।

নরেন্দ্র ভিতরে-বাহিরে এমন জায়গায় উপস্থিত হইয়াছিল, যেখানে সহ্য করিবার ক্ষমতা নিঃশেষ হইয়া গিয়াছিল। তবুও ধাক্কা সামলাইয়া বলিল, আমার ঘুরে বেড়াবার সামর্থ্য নেই।

ইন্দু জিদ করিয়া বলিল, সে হবে না। প্রাণট তো বাঁচানো চাই।

এই জিদটা ইন্দুর পক্ষে এতই নূতন যে, নরেন্দ্র সম্পূর্ণ ভুল করিল। তাহার নিশ্চয়ই মনে হইল, তাহাকে ক্লেশ দিবার ইহা একটা অভিনব কৌশল মাত্র। এতদিনের ধৈর্যের বাঁধন তাহার নিমেষে ছিন্ন হইয়া গেল। চেঁচাইয়া উঠিল, কে বললে প্রাণ বাঁচানো চাই? না, চাই না। তোমার পায়ে পড়ি ইন্দু, আমাকে রেহাই দাও, আমি নিশ্বাস ফেলে বাঁচি।

স্বামীর কাছে কটু কথা শোনা ইন্দু কল্পনা করিতেও পারিত না। সে কেমন যেন জড়সড় হতবুদ্ধি হইয়া গেল। কিন্তু নরেন্দ্র জানিতে পারিল না! বলিতে লাগিল তুমি ঠিক জান, আমি কি সঙ্কটের মাঝখানে দিন কাটাচ্চি। সমস্ত জেনেশুনেও আমাকে কেবল কষ্ট দেবার জন্যেই অহর্নিশি খোঁচাচ্চ। কেন, কি করেচি তোমার? কি চাও তুমি?

ইন্দু ভয়ে বিবর্ণ হইয়া চাহিয়া রহিল। একটা কথাও তাহার মুখ দিয়া বাহির হইল না।

চেঁচামেচি উত্তেজনা নরেন্দ্রর পক্ষে যে কিরূপ অস্বাভাবিক, তাহা এইবার সে নিজেই টের পাইল। কণ্ঠস্বর নত করিয়া বলিল, বেশ, স্বীকার করলুম আমার হাওয়া বদলানো আবশ্যক, কিন্তু কি করে যাব? কোথায় টাকা পাব? সংসার-খরচ যোগাতেই যে আমার প্রাণ বার হয়ে যাচ্চে।

ইন্দু নিজে কোনও দিন ধৈর্য শিক্ষা করে নাই! অবনত হইতে তাহার মাথা কাটা যাইত। আজ কিন্তু সে ভয় পাইয়াছিল। নম্রকণ্ঠে কহিল, টাকা নেই বটে, কিন্তু অনেক টাকার গয়না তো আমাদের আছে–

আছে, কিন্তু আমাদের নেই, তোমার আছে। তোমার বাবা দিয়েচেন– তোমাকে। আমার

তাতে একবিন্দুও অধিকার নেই– এ কথা আমার চেয়ে তুমি নিজেই ঢের বেশী জানো।

বেশ, তা না নাও আমি নগদ টাকা দিচ্চি।

কোথায় পেলে? সংসার খরচ থেকে বাঁচিয়েচ?

ইহা চুড়ি বিক্রির টাকা। ইন্দু সহজে মিথ্যা কহিতে পারিত না। ইহাতে তাহার বড় অপমান বোধ হইত। আজ কিন্তু সে মিথ্যা বলিল, নরেন্দ্রর মুখের ভাব ভয়ানক কঠিন হইল। ধীরে ধীরে বলিল, তা হলে রেখে দাও, গয়না গড়িয়ো। আমার বুকের অনেক রক্ত জল করে যা জমা হয়েচে, তা এভাবে নষ্ট হতে পারে না। ইন্দু, কখনও তোমাকে কটু কথা বলিনি, চিরদিনই শুনে আসচি। কিন্তু তুমি না সেদিন দম্ভ করে বলেছিলে, কখনও মিথ্যে বল না? ছিঃ–

কমলা পর্দা ফাঁক করিয়া ডাকিল, মা, পিসীমা এসেচেন।

কিন্তু হচ্চে গো বৌ? বলিয়া বিমলা ভিতরে আসিয়া দাঁড়াইল। ইন্দু মেয়েকে আনিয়া, তাহার গলার হারটা দুই হাতে সজোরে ছিঁড়িয়া ফেলিয়া, স্বামীর মুখের সামনে ছুড়িয়া ফেলিয়া দিয়া কহিল, মিথ্যে বলতে আমি জানতাম না– তোমার কাছেই শিখেচি। তবুও এখনও পেতলকে সোনা বলে চালাতে শিখিনি। যে স্ত্রীকে ঠকায়, নিজের মেয়েকে ঠকায়, তার আর কি বাকী থাকে! সে অপরকে মিথ্যাবাদী বলে কি করে?

নরেন্দ্র ছিন্ন হারটা তুলিয়া প্রশ্ন করিল, কি করে জানলে পেতল? যাচাই করিয়েচ?

তোমার বোনকে যাচাই করে দেখতে বল। বলিয়া সে দুই চোখ রাঙ্গা করিয়া বিমলার দিকে চাহিল।

বিমলা দু'পা পা পিছাইয়া গিয়া বলিল, ও কাজ আমার নয় বৌ, আমি এত ইতর নই যে, দাদার দেওয়া গয়না সেকরা ডেকে যাচাই করে দেখব।

নরেন্দ্র কহিল, ইন্দু, তোমাকেও দু-একখানা গয়না দিয়েচি, সে যাচাই করে দেখেচ?

দেখিনি, কিন্তু এবার দেখতে হবে।

দেখো, সেগুলো পেতল নয়।

ভগিনীর মুখের পানে চাহিয়া হারটা দেখাইয়া কহিল, এটা সোনা নয় বোন, পেতলই বটে। যে দুঃখে বাপ ঐ একটি মেয়ের জন্মদিনে তাকে ঠকিয়েচি সে তুই বুঝবি। তবুও, মেয়েকে ঠকাতে পেরেচি, কিন্তু নিজের স্ত্রীকে ঠকাতে সাহস করিনি।

সাত

কথা শোনো বৌ, একবার পায়ে হাত দিয়ে তাঁর ক্ষমা চাও গে।

কেন, কি দুঃখে? আমার মাথা কেটে ফেললেও আমি তা পারব না ঠাকুরঝি।

কেন পারবে না? স্বামীর পায়ে হাত দিতে লজ্জা কি? বেশ তো, তোমার দোষ না হয় নেই, কিন্তু তাঁকে প্রসন্ন করা যে সকল কাজের বড়।

না– আমার তা নয়। ভগবানের কাছে খাঁটি থাকাই আমার সকল কাজের বড়। যতক্ষণ সে অপরাধ না করচি, ততক্ষণ আর কিছুই ভয় করিনে।

বিমলা রাগিয়া বলিল, বৌ, এ-সব পাকামির কথা আমরাও জানি, তখন কিছুই কোন কাজে আসবে না বলে দিচ্চি। চোখ বুজে বিপদ এড়ানো যায় না। দাদা সত্যিই তোমার ওপর বিরক্ত হয়ে উঠচেন।

ইন্দু উদাসভাবে বলিল, তাঁর ইচ্ছে।

বিমলা মনে মনে অত্যন্ত জ্বলিয়া উঠিয়া বলিল, সেই ইচ্ছে টের পাবে, যেদিন সর্বনাশ হবে। দাদা যেমন নিরীহ, তেমনি কঠিন। তাঁর এ-দিক দেখেচ, ও-দিক দেখতে এখনো বাকী আছে– তা বলে দিচ্চি।

আচ্ছা, দেখতে পেলে তোমাকে খবর দিয়ে আসব।

বিমলা কিছু বলিল না। খানিকক্ষণ চুপ করিয়া থাকিয়া, একটা নিঃশ্বাস ফেলিয়া ধীরে ধীরে বলিল, তা সত্যি। বিশ্বাস হয় না বটে, স্বামীর স্নেহে বঞ্চিত হবো। কিন্তু সে-মানুষ যে দাদা নয়– অসুখের সময় তাঁকে ভাল করে চিনেচি। বুকের কপাট তার একবার বন্ধ হয়ে গেলে আর খোলা যাবে না।

একবার ইন্দুও মুখ গম্ভীর করিল। কহিল, খোলা না পাই, বাইরেই থাকব। খুলে দেবার জন্য তাঁর পায় ধরেও সাধব না– তোমাকেও সুপারিশ করতে ডাকব না। ও কি রাগ করে চললে না কি?

বিমলা দাঁড়াইয়া উঠিয়া কহিল, রাগ নয়– দুঃখ করে যাচ্চি। বৌ, নিজের বোনের চেয়েও তোমাকে বেশী ভালবেসেচি বলেই প্রাণটা কেঁদে কেঁদে ওঠে। দাদা যে অমন করে বলতে পারেন, আমি চোখে দেখে না গেলে বিশ্বাসই করতুম না!

ইন্দু হঠাৎ একটু হাসিয়া বলিল, অত বক্তৃতা আর কখনো তাঁর মুখে শুনবে না।

বক্তৃতা তুমিও কিছু কম করনি বৌ। তবে তিনি যে আর কখন করবেন না, তা আমারও মনে হয়। এক কথা এক শ'বার বলবার লোক তিনি নন।

ইন্দু আবার হাসিয়া বলিল, সেও বটে,– তবে আর একটা গুরুতর কারণ ঘটেচে, যাতে আর কোনদিন স্বপ্নেও চোখ রাঙ্গাতে সাহস করবেন না। আমার বাবার চিঠি পেলুম। তিনি আমার নামে দশ হাজার টাকা উইল করে দিয়েছেন। কি বল ঠাকুরঝি, পায়ে ধরবার আর দরকার আছে বলে মনে হয়?

বিমলার মুখ যেন আরও অন্ধকার হইয়া গেল। বলিল, বৌ, এর পূর্বে কখনো তোমাকে তিনি চোখ রাঙ্গান নি। যা করে তাঁকে ফেলে রেখে তুমি মেদিনীপুরে গিয়েছিলে, সে আমি তো জানি! কিন্তু তবুও কোনদিন এতটুকু তোমার নিন্দে করেন নি। হাসিমুখে তোমার সমস্ত দোষ আমার কাছেও ঢেকে রেখেছিলেন– সে কি তোমার টাকার লোভে? বৌ, শ্রদ্ধা ছাড়া ভালবাসা থাকে না। যে জিনিস তুমি তেজ করে হেলায় হারাচ্চো– সেদিন টের পাবে যেদিন যথার্থই হারাবে। কিন্তু এই একটা কথা আমার মনে রেখো বৌ, আমার দাদা অত নীচ নয়। আর না, সন্ধ্যা হয়– চললুম! কাল-পরশু একবার সময় হলে আমাদের বাড়ি এসো।

আচ্ছা! বলিয়া ইন্দু পিছনে পিছনে সদর দরজা পর্যন্ত আসিয়া উপস্থিত হইল। তাহার মৃদু পদশব্দ বিমলা যে শুনিয়াও শুনিল না, তাহা সে বুঝিল! গাড়িতে উঠিয়া বসিলে মুখ বাড়াইয়া চিরদিন এই দুটি সখী পরস্পরকে নিমন্ত্রণ হাসিয়া কপাট বন্ধ করে! আজ গাড়িতে ঢুকিয়া বিমলা দরজা টানিয়া দিল।

ঘরে ফিরিয়া আসিয়া ইন্দু কমলাকে বুকের কাছে টানিয়া লইয়া শুইয়া পড়িল।

বিমলা চলিয়া গেল, কিন্তু তাহার খরতপ্ত কথাগুলা রাখিয়া গেল। ইহার উত্তাপ যে কত, এইবার ইন্দু টের পাইল। এই তাপে তাহার অহঙ্কারের অভ্রভেদী তুষারস্তূপ যতই গলিয়া বহিয়া যাইতে লাগিল, ততই এক-একটি নূতন বস্তু তাহার চোখে পড়িতে লাগিল। এত কাদামাটি– আবর্জনা– এত কর্কশ-কঠিন শিলাখণ্ড যে এই ঘনীভূত জলতলে যে আবৃত হইয়াছিল, তাহা সে তো স্বপ্নেও ভাবে নাই!

হঠাৎ তাহার অন্তরের ভিতর হইতে কে যেন জিজ্ঞাসা করিয়া বলিল, এ কেমন হয় ইন্দু, যদি তিনি মনে মনে তোমাকে ত্যাগ করেন? তুমি কাছে গিয়ে বসলেও যদি তিনি ঘৃণায় সরে বসেন?

তাহার সর্বাঙ্গ কাঁটা দিয়া উঠিল।

কমলা কহিল, কি মা?

ইন্দু তাহাকে সজোরে বুকে চাপিয়া ধরিয়া, তাহার মুখে চুমা খাইয়া বলিল, তোর পিসীমা এত ভয় দেখাতেও পারে!

কিসের ভয়, মা?

ইন্দু আর একটি চুমা খাইয়া বলিল, কিছু না মা, সব মিথ্যে– সব মিথ্যে। যা তো মা, দেখে আয় তো তোর বাবা কি কচ্চেন?

মেয়ে ছুটিয়া চলিয়া গেল। আজ দু'দিন স্বামী-স্ত্রীতে একটা কথাও হয় নাই। কমলা ফিরিয়া আসিয়া বলিল, বাবা চুপ করে শুয়ে আছেন।

চুপ করে? আচ্ছা, তুই শুয়ে থাক মা, আমি দেখে আসি, বলিয়া ইন্দু নিজে চলিয়া গেল। পর্দার ফাঁক দিয়া দেখিল, তাই বটে। তিনি উপরের দিকে চাহিয়া সোফায় শুইয়া আছেন। মিনিট পাঁচ-ছয় দাঁড়াইয়া দেখিয়া ইন্দু ফিরিয়া আসিল। আজ প্রবেশ করিতে সাহস হইল না দেখিয়া সে নিজেই ভারী আশ্চর্য হইয়া গেল।

কমলা!

কি মা?

তোর বাবার বোধ হয় খুব মাথা ধরেছে। যা মা, বসে বসে একটু মাথায় হাত বুলিয়ে দে গে।

মেয়েকে পাঠাইয়া দিয়া ইন্দু নিজে আড়ালে দাঁড়াইয়া উদ্‌গ্রীব হইয়া দুজনের কথাবার্তা শুনিতে লাগিল।

কন্যা প্রশ্ন করিল, কেন এত মাথা ধরেচে বাবা?

পিতা উত্তর দিলেন, কৈ ধরেনি তো মা!

কন্যা পুনরায় জিজ্ঞাসা করিল, মা বললেন যে খুব ধরেচে?

পিতা কিছুক্ষণ চুপ করিয়া কন্যার মুখের পানে চাহিয়া রহিলেন। একটু পরে বলিলেন, তোমার মা জানে না।

পর্দা ঠেলিয়া ইন্দু সহজভাবে ঘরে ঢুকিল। টেবিলের আলোটা কমাইয়া দিয়া কহিল, রোগা শরীরে এত পরিশ্রম কি সহ্য হয়? যা তো মা কমলা, ও-ঘর থেকে ওডিকোলনের শিশিটা নিয়ে আয়– আর রামটহলকে একটু বরফ কিনে আনতে বলে দে।

মেয়েকে তুলিয়া দিয়া ইন্দু শিয়রে আসিয়া বসিল। চুলের মধ্যে হাত দিয়া বলিল, আগুন উঠছে যেন।

নরেন্দ্র চোখ বুজিয়া রহিল– কিছুই বলিল না। ইন্দু নীরবে মাথায় হাত বুলাইয়া দিতে দিতে ঈষৎ ঝুঁকিয়া সস্নেহ কণ্ঠে জিজ্ঞাসা করিল, আজ বুকের ব্যথাটা কেমন আছে?

তেমনি।

তবে এই যে রাগ করে দু'দিন ওষুধ খেলে না, বেড়ে গেলে কি হবে বল তো?

নরেন্দ্র চোখ মেলিয়া শ্রান্তকণ্ঠে বলিল, আমার শরীরটা ভাল নেই– একটু চুপ করে থাকতে চাই ইন্দু।

এই কথার এই জবাব!

ইন্দু তড়িৎবেগে উঠিয়া দাঁড়াইয়া বলিল, তাই থাকো। আমার ঘাট হয়েচে তোমার ঘরে ঢুকেছিলাম।

দ্বারের কাছে আসিয়া হঠাৎ দাঁড়াইয়া বলিল, নিজের প্রাণটা নষ্ট করে আমাকে শাস্তি দিতে পারবে না। এই চিঠিখানা পড়ে দেখ, বাবা আমাকে দশ হাজার টাকা উইল করে দিয়েছেন। বলিয়া বাঁ হাতের চিঠিটা সোফার দিকে ছুঁড়িয়া ফেলিয়া দিয়া বাহিরে আসিয়া দাঁড়াইল। তার পর মুখে আঁচল গুঁজিয়া কান্না চাপিতে চাপিতে নিজের ঘরে ঢুকিয়া দ্বার বন্ধ করিয়া শুইয়া পড়িল।

কথা সহিতে, হার মানিতে সে শিখে নাই– অনেক নারীই শিখে না– তাই আজ তাহার সমস্ত সাধু-সঙ্কল্প ব্যর্থ হইয়া গেল। সে কি করিতে গিয়া কি করিয়া ফিরিয়া আসিল।

আট

ও কি ঠাকুরঝি,– তোমরা কাঁদছিলে নাকি? চোখ দুটি তোমাদের যে জবাফুল হয়েচে?

অম্বিকাবাবুর স্ত্রী শুনিতেছিলেন এবং বিমলা উপুড় হইয়া বই পড়িতেছিল; ধড়মড় করিয়া উঠিয়া বসিয়া চোখ মুছিয়া হাসিল,– উঃ! দুর্গামণির দুঃখে বুক ফেটে যায় বৌ!

ইন্দু জিজ্ঞাসা করিল, কে দুর্গামণি?

ন্যাকা সেজো না বৌ। জানো না, কে দুর্গামণি? চারিদিকে যে এত সুখ্যাতি বেরিয়েচে তা ঠিক বটে।

ইন্দু আর কিছুই বুঝিল না, শুধু বুঝিল একখানা বইয়ের কথা হইতেছে। হাত বাড়াইয়া কহিল, দেখি বইটা।

হাতে লইয়া উপরেই দেখিল গ্রন্থকার– তাহার স্বামীর নাম লেখা। পাত উলটাইতেই চোখে পড়িল উৎসর্গ করা হইয়াছে বিমলাকে। ইন্দু বইখানা আগাগোড়া নাড়িয়া চাড়িয়া রাখিয়া দিল। লেখা হইয়াছে, ছাপা হইয়াছে, দেওয়া হইয়াছে– অথচ সে তাহার বিন্দুবিসর্গও জানে না। তাহার মুখের চেহারা দেখিয়া বিমলা আর একটা প্রশ্ন করিতেও সাহস করিল না। তখন ইন্দু নিজেই বলিল, আমার নাটক-নভেল পড়তে ইচ্ছাও করে না, ভালও লাগে না। যা হোক, ভাল হয়েচে শুনে সুখী হলুম।

অম্বিকাবাবুর চাকর আসিয়া তাঁহার স্ত্রীকে লক্ষ্য করিয়া কহিল, বাবু জিজ্ঞেসা কচ্চেন, আজ তাঁর যে যাদুঘর দেখতে যাবার কথা ছিল– যাবেন?

এই বধূটি সকলের চেয়ে ছোট; সে লজ্জা পাইয়া ঘাড় হেঁট করিয়া মৃদুস্বরে কহিল, না, তাঁর শরীর এখনো তেমন সারেনি– আজ যেতে হবে না।

চাকর চলিয়া গেল, ইন্দু হাঁ করিয়া চাহিয়া রহিল। তাহার মনে হইল এমন আশ্চর্য কথা সে জীবনে শোনে নাই।

ভোলা আসিয়া বিমলাকে জিজ্ঞাসা করিল, বাবু অফিস থেকে জানতে লোক পাঠিয়েছেন– একটা বড় আলমারি-দেরাজ নীলাম হচ্ছে। বড় ঘরের জন্য কেনা হবে কি?

বিমলা কহিল, না, কিনতে মানা করে দে। একটা ছোট বুককেস হলেই ও-ঘরের হবে।

ভোলা চলিয়া গেল। ইন্দু মহাবিস্ময়ে অবাক হইয়া বসিয়া রহিল। এই স্বামীদের প্রশ্নগুলোতেও সে বেশী প্রভুত্ব দেখিতে পাইল না, ইহাদের স্ত্রী-দুটির আদেশগুলাও তাহার কাছে ঠিক দাসীদের মত শুনাইল না। অথচ, তাহার নিজে মনের মধ্যে কেমন যেন একটা

ব্যথা বাজিতে লাগিল। কেবলই মনে হইতে লাগিল, কি করিয়া যেন ইহাদের কাছে সে একেবারে ছোট হইয়া গিয়াছে।

যাইবার সময় বিমলা চুপি চুপি জিজ্ঞাসা করিল, বৌ, সত্যি কি তুমি দাদার এই বইটার কথা জানতে না?

ইন্দু তাচ্ছিলোর সহিত কহিল, না। আমার ও-জন্যে মাথাব্যথা করে না। সারাদিন বসেই তো লিখচে– কে অত খোঁজ করে বল? ভাল কথা ঠাকুরঝি, কাল বাপের বাড়ি যাচ্ছি।

বিমলা উদ্বিগ্ন হইয়া কহিল, না, বৌ, যেয়ো না।

কেন?

কেন সে কি বুঝিয়ে বলতে হবে বৌ? দাদা তোমাকে তাঁর দুঃখের সুখের কোন ভারই দেন না– তাও কি চোখে দেখতে পাও না? স্বামীর ভালবাসা হারাচ্চ– তাও কি টের পাও না?

ইন্দু হঠাৎ রুষ্ট হইয়া বলিল, অনেকবার বলেচি তোমাকে, আমি চাইনে– চাইনে– চাইনে। আমি দাদার ওখানে নিশ্চিন্ত হয়ে থাকব; ইনি আর যেন আমাকে আনতে না যান– আর যেন আমাকে জ্বালাতন না করেন।

এবার বিমলাও ক্রুদ্ধ হইয়া উঠিল। কহিল, এ-সব বড়াই পুরুষমানুষের কাছে কোরো বৌ, আমি তো মেয়েমানুষ, আমার কাছে কোরো না। তোমার বাপেরা বড়লোক, তোমার সংস্থান তাঁরা করে দিয়েছেন– এই তো তোমার অহঙ্কার? আচ্ছা, এখন যাচ্চো যাও! কিন্তু একদিন হুঁশ হবে, যা হারালে তার তুলনায় সমস্ত পৃথিবীটাও ছোট। বৌ, যা তুমি পেয়েছিলে, কম মেয়েমানুষেই তা পায়– সে জানি, কিন্তু যে অপব্যয় তুমি করলে, তাতে অক্ষয়ও ক্ষয়ে শেষ হয়ে যায়। বোধ করি গেলও তাই।

সেই বইখানা বিমলার হাতেই ছিল। তাহার প্রতি দৃষ্টি পড়ায় ইন্দুর বুকের ভিতরটা আর একবার হু হু করিয়া উঠিল। বলিল, অহঙ্কার করবার থাকলেই লোকে করে। কিন্তু, আমার সর্বনাশ হয় হবে, যায় যাবে, সেজন্যে ঠাকুরঝি তুমিই বা মাথা গরম কর কেন, আর আমিই বা যা-তা দাঁড়িয়ে দাঁড়িয়ে শুনি কেন? আমার থাকতে ইচ্ছে নেই,– থাকব না। এতে যা হয় তা হবে– কারু পরামর্শ নিতেও চাইনে, ঝগড়া করতেও চাইনে।

বিমলা মৌন হইয়া রহিল। তাহার ব্যথা অন্তর্যামী জানিলেন, কিন্তু এ অপমানের পরে আর সে তর্ক করিল না।

ইন্দু অগ্রসর হইবার উপক্রম করিতেই কহিল, দাঁড়াও তো বৌ, তুমি সম্পর্কে বড় একটা প্রণাম করি।

নয়

সেদিন সন্ধ্যা হইতেই সমস্ত আকাশ ঝাঁপিয়া মেঘ করিয়া বৃষ্টি পড়িতে লাগিল। ইন্দু মেয়ে লইয়া বিছানায় আসিয়া শুইয়া পড়িল। আজ তার ছোট-ভগিনীপতি আসিয়াছিলেন, পাশের ঘর হইতে তাঁহাকে খাওয়ানো-দাওয়ানো গল্প-গুজবের অস্ফুট কলধ্বনি যতই ভাসিয়া আসিতে লাগিল, ততই কিসের অব্যক্ত লজ্জায় তাহার বুক ভরিয়া উঠিতে লাগিল।

তিন মাস হইতে চলিল, সে মেদিনীপুরে আসিয়াছে। ছোটভগিনীও আসিয়াছে। তাহার স্বামী এই দুই মাসের মধ্যেই শান্তিপুর হইতে অন্ততঃ পাঁচ-ছয়বার আসা-যাওয়া করিলেন,

কিন্তু নরেন্দ্র একটিবারও আসিলেন না, একখানা চিঠি লিখিয়াও খোঁজ করিলেন না।

কিছুদিন হইতে ব্যাপারটার উপর সকলেরই দৃষ্টি পড়িয়াছে এবং প্রায়ই আলোচনা হইতেছে। ছোট-ভগিনীপতির ঘরে সকলের সম্মুখে পাছে এই কথাটাই উঠিয়া পড়ে, এই ভয়েই ইন্দু অসময়ে পলাইয়া ঘরে ঢুকিয়াছিল।

স্বামী আসেন না। তাঁহার অবহেলায় বেদনা কত, সে ইন্দুর নিজের কথা— সে যাক। কিন্তু ইহাতে এত যে ভয়ানক লজ্জা, এ কথা সে তো একদিনও কল্পনা করে নাই। ভ্রূণহত্যা, নরহত্যার মত এ যে কেবল লুকাইয়া ফিরিতে হয়! মরিয়া গেলেও যে কাহারো কাছে স্বীকার করা যায় না, স্বামী ভালবাসেন না!

এতদিন স্বামীর ঘরে স্বামীর পাশে বসিয়া তাঁহাকে টানিয়া পিটিয়া নিজের সম্ভ্রম ও মর্যাদা বাড়াইয়া তুলিতেই সে অহরহ ব্যস্ত ছিল, কিন্তু এখন পরের ঘরে, চোখের আড়ালে সমস্তই যে ভাঙ্গিয়া ধ্বসিয়া পড়িতেছে— কি করিয়া সে খাড়া করিয়া রাখিবে?

আজ ভগিনীপতি আসার পর হইতে যে-কেহ তাহার পানে চাহিয়াছে, তাহার মনে হইয়াছে, তাহাকে করুণা করিতেছে। কমলাকে কেহ তাহার পিতার কথা জিজ্ঞাসা করিলে, ইন্দু মরমে মরিয়া যায়, বাড়ি ফিরিবার প্রশ্ন করিলে লজ্জায় মাটিতে মিশিতে চায়।

অথচ, আসিবার পূর্বে স্বামীকে সে অনেকগুলো মর্মান্তিক কথায় বলিয়া আসিয়াছিল,— প্রতিপালন করিবার ক্ষমতা হইলে যেন লইয়া আসে।

হঠাৎ ইন্দুর মোহের ঘোর কাটিয়া গেল— কমলা, কাঁদচিস কেন মা? কমলা রুদ্ধস্বরে বলিল, বাবার জন্যে মন কেমন কচ্চে।

ইন্দুর বুকের উপর যেন হাতুড়ির ঘা পড়িল, সে মেয়েকে প্রাণপণে বুকে চাপিয়া ধরিয়া ফুঁপাইয়া কাঁদিয়া ফেলিল।

বাহিরের প্রবল বারিবর্ষণ তাহার লজ্জা রক্ষা করিল— কন্যা ছাড়া এ কান্না আর কেহ শুনিতে পাইল না।

তাহার জননী শিখাইয়া দিলেন কি না জানি না, পরদিন সকাল হইতেই কমলা পিতার কাছে যাইবার জন্য বায়না ধরিয়া বসিল। প্রথমে ইন্দু অনেক তর্জন গর্জন করিয়া, শেষে দাদাকে আসিয়া কহিল, কমলা কিছুতেই থামে না— কলকাতায় যেতে চায়।

দাদা বলিলেন, থামাবার দরকার কি বোন, কাল সকালেই তাকে নিয়ে যা। কেমন আছে নরেন? সে আমাকে তো চিঠিপত্র লেখে না, তোকে লেখে তো?

ইন্দু ঘাড় হেঁট করিয়া বলিল, হুঁ।

ভাল আছে তো?

ইন্দু তেমনি করিয়া জানাইল, আছেন।

বিমলা অবাক হইয়া গেল— কখন এলে বৌ?

এই আসচি।

ভৃত্য গাড়ি হইতে ইন্দুর তোরঙ্গ নামাইয়া আনিল। বিমলা দারুণ বিরক্তি কোনমতে চাপিয়া কহিল, বাড়ি যাওনি?

না। শুধু কমলাকে সুমুখ থেকে নামিয়ে দিয়ে এসেছি। শুধু তার জন্যেই আসা— নইলে আসতুম না।

বিমলা নিশ্বাস ফেলিয়া বলিল, না এলেই ভাল করতে বৌ। ওখানে তোমার আর গিয়েও কাজ নেই।

ইন্দুর বুকের ভিতরটা ধড়াস করিয়া উঠিল— কেন ঠাকুরঝি?

বিমলা সহজ গম্ভীরভাবে কহিল, পরে শুনো। কাপড় ছাড়ো, মুখহাত ধোও— যা হবার সে তো হয়েই গেছে— এখন, আজ শুনলেও যা, দু'দিন পরে শুনলেও তাই।

ইন্দু বসিয়া পড়িল। তাহার সমস্ত মুখ নীলবর্ণ হইয়া গেল, বলিল, সে হবে না ঠাকুরঝি, না শুনে আমি একবিন্দু জলও মুখে দেব না। তাঁকে দেখতে পেয়েচি, তিনি বেঁচে আছেন, তবুও সেখানে আমার গিয়ে কাজ নেই কেন?

বিমলা খানিক থামিয়া, দীর্ঘনিশ্বাস ফেলিয়া বলিল, সত্যিই ও বাড়িতে তোমার জায়গা নেই। এখন তোমার পক্ষে এখানেও যা, বাপের বাড়িতেও তাই। ও-বাড়িতে তুমি থাকতে পারবে না।

ইন্দু কান্না চাপিয়া বলিয়া উঠিল, আমি আর সইতে পারিনে ঠাকুরঝি, কি হয়েচে খুলে বল। বিয়ে করেচেন?

বিশ্বাস হয়?

না। কিছুতেই না। আমার অপরাধ যত বড়ই হোক, কিন্তু তিনি অন্যায় কিছুতে করতে পারেন না। তবুও কেন আমার তাঁর পাশে স্থান নেই, বলবে না? বলিতে বলিতে তার দুই চোখ বাহিয়া ঝরঝর করিয়া জল পড়িতে লাগিল।

বিমলার নিজের চক্ষুও আর্দ্র হইয়া উঠিল, কিন্তু অশ্রু ঝরিল না। বলিল, বৌ, আমি ভেবে পাইনে, কি করে তোমাকে বোঝাব, সেখানে আর তোমার স্থান নেই। শম্ভুবাবু দাদাকে জেলে দিয়েছিল।

ইন্দুর সর্বাঙ্গ কাঁটা দিয়া উঠিল— তার পরে?

বিমলা বলিল, আমরা তখন কাশীতে। শম্ভুবাবু টাকা যোগাড় করবার দু'দিন সময় দেয়। কিন্তু চার হাজার টাকা যোগাড় হয়ে ওঠে না। ধরে নিয়ে যাবার পরে দাদা ভোলাকে আমার কাছে কাশীতে পাঠিয়ে দেন, কিন্তু আমরা তখন এলাহাবাদে চলে যাই। সে ফিরে আসে, আবার যায়; ঐ-রকম করে দশ দিন দেরি হয়ে যায়। তার পরে আমি এসে পড়ি। আমার কাছেও নগদ টাকা ছিল না, আমার গয়নাগুলো বাঁধা দিয়ে, এগার দিনের দিন দাদাকে বার করে নিয়ে আসি। তোমারও তো চার-পাঁচ হাজার টাকার গয়না আছে বৌ, মেদিনীপুরও দূর নয়। তোমাকে খবর দিতে পারলে, এ-সব কিছুই হতে পারত না। দাদা বরং দশ দিন জেল ভোগ করলেন, কিন্তু তোমার কাছে হাত পাতলেন না। আর তোমার তাঁর কাছে গিয়ে কি হবে? অনেক সুখই তো তাঁকে তুমি দিলে, এবার মুক্তি দাও— তিনিও বাঁচুন, তুমিও বাঁচো।

ইন্দু একমুহূর্ত মাথা হেঁট করিয়া বসিয়া রহিল। তাহার পর একে একে গায়ের সমস্ত অলঙ্কার খুলিয়া ফেলিয়া, বিমলার কাছে ধরিয়া দিয়া বলিল, এই নিয়ে তোমার নিজের জিনিস উদ্ধার করে এনো ঠাকুরঝি,— আমি তাঁর কাছেই চললাম। তুমি বলচ স্থান হবে না— কিন্তু আমি বলচি, এইবারেই আমার তাঁর পাশে যথার্থ স্থান হবে। যা এতদিন আমাকে আলাদা করে রেখেছিল, এখন তাই তোমার কাছে ফেলে দিয়ে, আমি নিজের স্থান নিতে চললুম। কাল একবার যেয়ো ভাই,— গিয়ে তোমার দাদা আর বৌকে দেখে এসো,— চললুম। বলিয়া ইন্দু গাড়ির জন্য অপেক্ষা না করিয়াই বাহির হইয়া গেল।

ওরে ভোলা সঙ্গে যা, বলিয়া বিমলা চোখ মুছিয়া, পিছনে পিছনে দরজায় আসিয়া দাঁড়াইল।

আঁধারে আলো

এক

সে অনেকদিনের ঘটনা। সত্যেন্দ্র চৌধুরী জমিদারের ছেলে; বি. এ. পাশ করিয়া বাড়ি গিয়াছিল, তাহার মা বলিলেন, মেয়েটি বড় লদী– বাবা, কথা শোন্, একবার দেখে আয়।

সত্যেন্দ্র মাথা নাড়িয়া বলিল, না মা, এখন আমি কোনমতেই পারব না। তা হলে পাস হতে পারব না।

কেন পারবি নে? বৌমা থাকবেন আমার কাছে, তুই লেখাপড়া করবি কলকাতায়, পাস হতে তোর কি বাধা হবে আমি তো ভেবে পাইনে, সতু!

না মা, সে সুবিধে হবে না– এখন আমার সময় নেই, ইত্যাদি বলিতে বলিতে সত্য বাহির হইয়া যাইতেছিল। মা বলিলেন, যাস্নে দাঁড়া, আরও কথা আছে। একটু থামিয়া বলিলেন, আমি কথা দিয়েচি বাবা, আমার মান রাখবি নে?

সত্য ফিরিয়া দাঁড়াইয়া অসন্তুষ্ট হইয়া কহিল, না জিজ্ঞাসা করে কথা দিলে কেন?

ছেলের কথা শুনিয়া মা অন্তরে ব্যথা পাইলেন, বলিলেন, সে আমার দোষ হয়েছে, কিন্তু তোকে তো মায়ের সম্ভ্রম বজায় রাখতে হবে। তা ছাড়া, বিধবার মেয়ে, বড় দুঃখী, কথা শোন্ সত্য, রাজী হ।

আচ্ছা, পরে বলব, বলিয়া সত্য বাহির হইয়া গেল।

মা অনেকক্ষণ চুপ করিয়া দাঁড়াইয়া রহিলেন। ঐটি তাঁহার একমাত্র সন্তান। সাত-আট বৎসর হইল স্বামীর কাল হইয়াছে, তদবধি বিধবা নিজেই নায়েব-গোমস্তার সাহায্যে মস্ত জমিদারি শাসন করিয়া আসিতেছেন। ছেলে কলিকাতায় থাকিয়া কলেজে পড়ে, বিষয়-আশয়ের কোন সংবাদই তাহাকে রাখিতে হয় না। জননী মনে মনে ভাবিয়া রাখিয়াছিলেন, ছেলে ওকালতি পাস করিলে তাহার বিবাহ দিবেন এবং পুত্রবধূর হাতে জমিদারি এবং সংসারের সমস্ত ভারার্পণ করিয়া নিশ্চিন্ত হইবেন। ইহার পূর্বে তিনি ছেলেকে সংসারী করিয়া তাহার উচ্চশিক্ষার অন্তরায় হইবেন না। কিন্তু অন্যরূপ ঘটিয়া দাঁড়াইল।

স্বামীর মৃত্যুর পর এ বাটীতে এতদিন পর্যন্ত কোন কাজকর্ম হয় নাই। সেদিন কি একটা ব্রত উপলক্ষে সমস্ত গ্রাম নিমন্ত্রণ করিয়াছিলেন, মৃত অতুল মুখুয্যের দরিদ্র বিধবা এগারো বছরের মেয়ে লইয়া নিমন্ত্রণ রাখিতে আসিয়াছিলেন। এই মেয়েটিকে তাঁহার বড় মনে ধরিয়াছে। শুধু যে মেয়েটি নিখুঁত সুন্দরী, তাহা নহে, ঐটুকু বয়সেই মেয়েটি যে অশেষ গুণবতী তাহাও তিনি দুই-চারিটি কথাবার্তায় বুঝিয়া লইয়াছিলেন।

মা মনে মনে বলিলেন, আচ্ছা, আগে তো মেয়ে দেখাই, তার পর কেমন না পছন্দ হয়, দেখা যাবে।

পরদিন অপরাহ্ণবেলায় সত্য খাবার খাইতে মায়ের ঘরে ঢুকিয়াই স্তব্ধ হইয়া দাঁড়াইল। তাহার খাবারের জায়গায় ঠিক সুমুখে আসন পাতিয়া বৈকুণ্ঠের লক্ষ্মীঠাকরুনটি কে হীরা-মুক্তায় সাজাইয়া বসাইয়া রাখিয়াছে।

মা ঘরে ঢুকিয়া বলিলেন, খেতে ব'স্‌।

সত্যর চমক ভাঙ্গিল। সে থতমত খাইয়া বলিল, এখানে কেন, আর কোথাও আমার খাবার দাও।

মা মৃদু হাসিয়া বলিলেন, তুই তো আর সত্যিই বিয়ে করতে যাচ্ছিস নে— ঐ একফোঁটা মেয়ের সামনে তোর আর লজ্জা কি!

আমি কারুকে লজ্জা করিনে, বলিয়া সত্য প্যাঁচার মত মুখ করিয়া সুমুখের আসনে বসিয়া পড়িল। মা চলিয়া গেলেন। মিনিট-দুয়ের মধ্যে সে খাবারগুলো কোনমতে নাকে-মুখে গুজিয়া উঠিয়া গেল।

বাহিরের ঘরে ঢুকিয়া দেখিল, ইতিমধ্যে বন্ধুরা জুটিয়াছে এবং পাশার ছক পাতা হইয়াছে। সে প্রথমেই দৃঢ় আপত্তি প্রকাশ করিয়া কহিল, আমি কিছুতেই বসতে পারব না, আমার ভারী মাথা ধরেচে। বলিয়া ঘরের এক কোণে সরিয়া গিয়া তাকিয়া মাথায় দিয়া, চোখ বুজিয়া শুইয়া পড়িল। বন্ধুরা মনে মনে কিছু আশ্চর্য হইল এবং লোকাভাবে পাশা তুলিয়া দাবা পাতিয়া বসিল। সন্ধ্যা পর্যন্ত অনেক চেঁচামেচি ঘটিল, কিন্তু সত্য একবার উঠিল না, একবার জিজ্ঞাসা করিল না— কে হারিল, কে জিতিল। আজ এ-সব তাহার ভালই লাগিল না।

বন্ধুরা চলিয়া গেলে সে বাড়ির ভিতরে ঢুকিয়া সোজা নিজের ঘরে যাইতেছিল, ভাঁড়ারের বারান্দা হইতে মা জিজ্ঞাসা করিলেন, এর মধ্যে শুতে যাচ্ছিস যে রে?

শুতে নয়, পড়তে যাচ্ছি। এম. এ'র পড়া সোজা নয় তো! সময় নষ্ট করলে চলবে কেন? বলিয়া সে গূঢ় ইঙ্গিত করিয়া দুমদুম শব্দ করিয়া উপরে উঠিয়া গেল।

আধঘণ্টা কাটিয়াছে, সে একটি ছত্রও পড়ে নাই। টেবিলের উপর বই খোলা, চেয়ারে হেলান দিয়া, উপরের দিকে মুখ করিয়া কড়িকাঠ ধ্যান করিতেছিল, হঠাৎ ধ্যান ভাঙ্গিয়া গেল। সে কান খাড়া করিয়া শুনিল— ঝুম্‌। আর একমুহূর্ত— ঝুমঝুম্‌। সত্য সোজা উঠিয়া বসিয়া দেখিল, সেই আপাদমস্তক গহনা-পরা লদীঠাকরুনটির মত মেয়েটি ধীরে ধীরে কাছে আসিয়া দাঁড়াইল। সত্য একদৃষ্টে চাহিয়া রহিল।

মেয়েটি মৃদুকণ্ঠে বলিল, মা আপনার মত জিজ্ঞেসা করলেন।

সত্য মুহূর্ত মৌন থাকিয়া প্রশ্ন করিল, কার মা? মেয়েটি কহিল, আমার মা।

সত্য তৎক্ষণাৎ প্রত্যুত্তর খুঁজিয়া পাইল না, ক্ষণেক পরে কহিল, আমার মাকে জিজ্ঞাসা করলেই জানতে পারবেন।

মেয়েটি চলিয়া যাইতেছিল, সত্য সহসা প্রশ্ন করিয়া ফেলিল, তোমার নাম কি?

আমার নাম রাধারানী, বলিয়া সে চলিয়া গেল।

দুই

একফোঁটা রাধারানীকে সজোরে ঝাড়িয়া ফেলিয়া দিয়া, সত্য এম. এ. পাস করিতে কলিকাতায় চলিয়া আসিয়াছে। বিশ্ববিদ্যালয়ের সমস্ত পরীক্ষাগুলি উত্তীর্ণ না হওয়া পর্যন্ত তো কোন

মতেই না, খুব সম্ভব, পরেও না। সে বিবাহই করিবে না। কারণ, সংসারে জড়াইয়া গিয়া মানুষের আত্মসম্ভ্রম নষ্ট হইয়া যায়, ইত্যাদি ইত্যাদি। তবুও রহিয়া রহিয়া তাহার সমস্ত মনটা যেন কি একরকম করিয়া ওঠে, কোথাও কোন নারীমূর্তি দেখিলেই আর একটি অতি ছোট মুখ তাহার পাশেই জাগিয়া উঠিয়া তাহাকেই আবৃত করিয়া দিয়া, একাকী বিরাজ করে; সত্য কিছুতেই সেই লক্ষ্মীর প্রতিমাটিকে ভুলিতে পারে না। চিরদিনই সে নারীর প্রতি উদাসীন; অকস্মাৎ এ তাহার কি হইয়াছে যে, পথে-ঘাটে কোথাও বিশেষ একটা বয়সের কোন মেয়ে দেখিলেই তাহাকে ভাল করিয়া দেখিতে ইচ্ছা করে, হাজার চেষ্টা করিয়াও সে যেন কোনমতে চোখ ফিরাইয়া লইতে পারে না। দেখিতে দেখিতে হঠাৎ, হয়ত অত্যন্ত লজ্জা করিয়া, সমস্ত দেহ বারংবার শিহরিয়া উঠে, সে তৎক্ষণাৎ যে-কোন একটা পথ ধরিয়া দ্রুতপদে সরিয়া যায়।

সত্য সাঁতার কাটিয়া স্নান করিতে ভালবাসিত। তাহার চোরবাগানের বাসা হইতে গঙ্গা দূরে নয়, প্রায়ই সে জগন্নাথের ঘাটে স্নান করিতে আসিত।

আজ পূর্ণিমা। ঘাটে একটু ভিড় হইয়াছিল। গঙ্গায় আসিলে সে যে উৎকলী ব্রাহ্মণের কাছে শুষ্ক বস্ত্র জিম্মা রাখিয়া জলে নামিত, তাহারই উদ্দেশে আসিতে গিয়া, একস্থানে বাধা পাইয়া স্থির হইয়া দেখিল, চার-পাঁচজন লোক একদিকে চাহিয়া আছে। সত্য তাহাদের দৃষ্টি অনুসরণ করিয়া দেখিতে গিয়া বিস্ময়ে স্তব্ধ হইয়া দাঁড়াইল।

তাহার মনে হইল, একসঙ্গে এত রূপ সে আর কখনও নারীদেহে দেখে নাই। মেয়েটির বয়স আঠার-উনিশের বেশী নয়। পরনে সাদাসিধা কালাপেড়ে ধুতি, দেহ সম্পূর্ণ অলঙ্কারবর্জিত, হাঁটু গাড়িয়া বসিয়া কপালে চন্দনের ছাপ লইতেছে, এবং তাহারই পরিচিত পাণ্ডা একমনে সুন্দরীর কপালে নাকে আঁক কাটিয়া দিতেছে।

সত্য কাছে আসিয়া দাঁড়াইল। পাণ্ডা সত্যর কাছে যথেষ্ট প্রণামী পাইত, তাই রূপসীর চাঁদমুখের খাতির ত্যাগ করিয়া হাতের ছাঁচ ফেলিয়া দিয়া 'বড়বাবু'র শুষ্ক বস্ত্রের জন্য হাত বাড়াইল।

দু'জনের চোখাচোখি হইল। সত্য তাড়াতাড়ি কাপড়খানা পাণ্ডার হাতে দিয়া দ্রুতপদে সিঁড়ি বাহিয়া জলে গিয়া নামিল। আজ তাহার সাঁতার কাটা হইল না, কোনমতে স্নান সারিয়া লইয়া যখন সে বস্ত্র পরিবর্তনের জন্য উপরে উঠিল, তখন সেই অসামান্যা রূপসী চলিয়া গিয়াছে।

সেদিন সমস্তদিন ধরিয়া তাহার মন গঙ্গা গঙ্গা করিতে লাগিল, এবং পরদিন ভাল করিয়া সকাল না হইতেই গঙ্গা এমনি সজোরে টান দিলেন যে, সে বিলম্ব না করিয়া, আলনা হইতে একখানি বস্ত্র টানিয়া লইয়া গঙ্গাযাত্রা করিল।

ঘাটে আসিয়া দেখিল, অপরিচিতা রূপসী এইমাত্র স্নান সারিয়া উপরে উঠিতেছেন। সত্য নিজেও যখন স্নানান্তে পান্ডার কাছে আসিল, তখন পূর্বদিনের মত আজিও তিনি ললাট চিত্রিত করিতেছিলেন। আজিও চারি চক্ষু মিলিল, আজিও তাহার সর্বাঙ্গে বিদ্যুৎ বহিয়া গেল; সে কোনমতে কাপড় ছাড়িয়া দ্রুতপদে প্রস্থান করিল।

তিন

রমণী যে প্রত্যহ অতি প্রত্যুষে গঙ্গাস্নান করিতে আসেন, সত্য তাহা বুঝিয়া লইয়াছিল। এতদিন যে উভয়ের সাক্ষাৎ ঘটে নাই, তাহার একমাত্র হেতু— পূর্বে সত্য নিজে কতকটা বেলা করিয়াই স্নানে আসিত।

জাহ্নবীতটে উপর্যুপরি আজ সাতদিন উভয়ের চারি চক্ষু মিলিয়াছে, কিন্তু মুখের কথা হয় নাই। বোধ করি তার প্রয়োজন ছিল না। কারণ, যেখানে চাহনিতে কথা হয়, সেখানে মুখের কথাকে মূক হইয়া থাকিতে হয়। এই অপরিচিতা রূপসী যেই হোন, তিনি যে চোখ দিয়া কথা কহিতে শিক্ষা করিয়াছেন, এবং সে বিদ্যায় পারদর্শী, সত্যর অন্তর্যামী তাহা নিভৃত অন্তরের মধ্যে অনুভব করিতে পারিয়াছিল।

সেদিন স্নান করিয়া সে কতকটা অন্যমনস্ক মত বাসায় ফিরিতেছিল, হঠাৎ তাহার কানে গেল, 'একবার শুনুন!' মুখ তুলিয়া দেখিল, রেলওয়ে লাইনের ওপারে সেই রমণী দাঁড়াইয়া আছেন। তাঁহার বাম কক্ষে জলপূর্ণ ক্ষুদ্র পিতলের কলস, দক্ষিণ হস্তে সিক্তবস্ত্র। মাথা নাড়িয়া ইঙ্গিতে আহ্বান করিলেন। সত্য এদিক-ওদিক চাহিয়া কাছে গিয়া দাঁড়াইল, তিনি উৎসুক-চক্ষে চাহিয়া মৃদুকণ্ঠে বলিলেন, আমার ঝি আজ আসেনি, দয়া করে একটু যদি এগিয়ে দেন তো বড় ভালো হয়।

অন্যদিন তিনি দাসী সঙ্গে করিয়া আসেন, আজ একা। সত্যের মনের মধ্যে দ্বিধা জাগিল, কাজটা ভাল নয় বলিয়া একবার মনেও হইল, কিন্তু সে 'না' বলিতেও পারিল না। রমণী তাহার মনের ভাব অনুমান করিয়া একটু হাসিলেন। এ হাসি যাহার হাসিতে জানে, সংসারে তাহাদের অপ্রাপ্য কিছুই নাই। সত্য তৎক্ষণাৎ 'চলুন' বলিয়া উহার অনুসরণ করিল। দুই-চারি পা অগ্রসর হইয়া রমণী আবার কথা কহিলেন, ঝির অসুখ, সে আসতে পারলে না, কিন্তু আমিও গঙ্গাস্নান না করে থাকতে পারিনে– আপনারও দেখছি এ বদ অভ্যাস আছে।

সত্য আস্তে আস্তে জবাব দিল, আজ্ঞে হাঁ, আমিও প্রায় গঙ্গাস্নান করি।

এখানে কোথায় আপনি থাকেন?

চোরবাগানে আমার বাসা।

আমাদের বাড়ি জোড়াসাঁকোয়। আপনি আমাকে পাথুরেঘাটার মোড় পর্যন্ত এগিয়ে দিয়ে বড় রাস্তা হয়ে যাবেন।

তাই যাব।

বহুক্ষণ আর কোন কথাবার্তা হইল না। চিৎপুর রাস্তায় আসিয়া রমণী ফিরিয়া দাঁড়াইয়া আবার সেই হাসি হাসিয়া বলিলেন, কাছেই আমাদের বাড়ি– এবার যেতে পারব– নমস্কার।

নমস্কার, বলিয়া সত্য ঘাড় গুঁজিয়া তাড়াতাড়ি চলিয়া গেল। সেদিন সমস্ত দিন ধরিয়া তাহার বুকের মধ্যে যে কি করিতে লাগিল, সে কথা লিখিয়া জানান অসাধ্য। যৌবনে পঞ্চশরের প্রথম পুষ্পবাণের আঘাত যাঁহাকে সহিতে হইয়াছে, শুধু তাঁহারই মনে পড়িবে, শুধু তিনি বুঝিবেন, সেদিন কি হইয়াছিল। সবাই বুঝিবেন না, কি উন্মাদ নেশায় মাতিলে জল-স্থল, আকাশ-বাতাস– সব রাঙ্গা দেখায় সমস্ত চৈতন্য কি করিয়া চেতনা হারাইয়া, এক প্রাণহীন চুম্বক-শলাকার মত শুধু সেই একদিকে ঝুঁকিয়া পড়িবার জন্যই অনুক্ষণ উন্মুক্ত হইয়া থাকে।

পরদিন সকালে সত্য জাগিয়া উঠিয়া দেখিল, রোদ উঠিয়াছে। একটা ব্যথার তরঙ্গ তাহার কণ্ঠ পর্যন্ত আলোড়িত করিয়া গড়াইয়া গেল; সে নিশ্চিত বুঝিল, আজিকার দিনটা একেবারে ব্যর্থ হইয়া গিয়াছে। চাকরটা সুমুখ দিয়া যাইতেছিল, তাহাকে ভয়ানক ধমক দিয়া কহিল, হারামজাদা, এত বেলা হয়েছে, তুলে দিতে পারিস নি? যা, তোর এক টাকা জরিমানা।

সে বেচারা হতবুদ্ধি হইয়া চাহিয়া রহিল। সত্য দ্বিতীয় বস্ত্র না লইয়াই রুষ্ট-মুখে বাসা

হইতে বাহির হইয়া গেল।

পথে আসিয়া গাড়ি ভাড়া করিল এবং গাড়োয়ানকে পাথুরেঘাটার ভিতর দিয়া হাঁকাইতে হুকুম করিয়া, রাস্তার দুইদিকেই প্রাণপণে চোখ পাতিয়া রাখিল। কিন্তু গঙ্গায় আসিয়া, ঘাটের দিকে চাহিতেই তাহার সমস্ত ক্ষোভ যেন জুড়াইয়া গেল, বরঞ্চ মনে হইল যেন অকস্মাৎ পথের উপরে নিক্ষিপ্ত একটা অমূল্য রত্ন কুড়াইয়া পাইল।

গাড়ি হইতে নামিতেই তিনি মৃদু হাসিয়া নিতান্ত পরিচিতের মত বলিলেন, এত দেরি যে? আমি আধ ঘণ্টা দাঁড়িয়ে আছি– শিগগির নেয়ে নিন, আজও আমার ঝি আসেনি।

এক মিনিট সবুর করুন, বলিয়া সত্য দ্রুতপদে জলে গিয়া নামিল। সাঁতার কাটা তাহার কোথায় গেল। সে কোনমতে গোটা দুই-তিন ডুব দিয়া ফিরিয়া আসিয়া কহিল, আমার গাড়ি গেল কোথায়?

রমণী কহিলেন, আমি তাকে ভাড়া দিয়ে বিদেয় করেচি।

আপনি ভাড়া দিলেন!

দিলামই বা। চলুন। বলিয়া আর একবার ভুবনমোহন হাসি হাসিয়া অগ্রবর্তিনী হইলেন।

সত্য একেবারেই মরিয়াছিল, না হইলে যত নিরীহ, যত অনভিজ্ঞই হোক, একবারও সন্দেহ হইত– এ-সব কি!

পথ চলিতে চলিতে রমণী কহিলেন, কোথায় বাসা বললেন, চোরবাগানে?

সত্য কহিল, হাঁ।

সেখানে কি কেবল চোরেরাই থাকে?

সত্য আশ্চর্য হইয়া কহিল, কেন?

আপনি তো চোরের রাজা। বলিয়া রমণী ঈষৎ ঘাড় বাঁকাইয়া কটাক্ষে হাসিয়া আবার নির্বাক মরাল-গমনে চলিতে লাগিলেন। আজ কক্ষের ঘট অপেক্ষাকৃত বৃহৎ ছিল, ভিতরে গঙ্গাজল ছলাৎ-ছল্, ছলাৎ-ছল্ শব্দে– অর্থাৎ, ওরে মুগ্ধ– ওরে অন্ধ যুবক! সাবধান! এ-সব ছলনা– সব ফাঁকি, বলিয়া উছলিয়া উছলিয়া একবার ব্যঙ্গ, একবার তিরস্কার করিতে লাগিল।

মোড়ের কাছাকাছি আসিয়া সত্য সসঙ্কোচে কহিল, গাড়ি ভাড়াটা–

রমণী ফিরিয়া দাঁড়াইয়া অস্ফুট মৃদুকণ্ঠে জবাব দিল, সে তো আপনার দেওয়াই হয়েচে।

সত্য এই ইঙ্গিত না বুঝিয়া প্রশ্ন করিল, আমার দেওয়া কি করে?

আমার আর আছে কি যে দেব! যা ছিল সমস্তই তো তুমি চুরি-ডাকাতি করে নিয়েচ। বলিয়াই সে চকিতে মুখ ফিরাইয়া, বোধ করি উচ্ছ্বসিত হাসির বেগ জোর করিয়া রোধ করিতে লাগিল।

এ অভিনয় সত্য দেখিতে পায় নাই, তাই এই চুরির প্রচ্ছন্ন ইঙ্গিত তীব্র তড়িৎরেখার মত তাহার সংশয়ের জাল আপ্রান্ত বিদীর্ণ করিয়া বুকের অন্তস্তল পর্যন্ত উদ্ভাসিত করিয়া ফেলিল। তাহার মুহূর্তে সাধ হইল, এই প্রকাশ্য রাজপথেই ওই দুটি রাঙ্গা পায়ে লুটাইয়া পড়ে, কিন্তু চক্ষের নিমিষে গভীর লজ্জায় তাহার মাথা এমনি হেঁট হইয়া গেল যে, সে মুখ তুলিয়া একবার প্রিয়তমার মুখের দিকে চাহিয়া দেখিতেও পারিল না, নিঃশব্দে নতমুখে ধীরে ধীরে চলিয়া গেল।

ও-ফুটপাতে তাহার আদেশমত দাসী অপেক্ষা করিতেছিল, কাছে আসিয়া কহিল, আচ্ছা দিদিমণি, বাবুটিকে এমন করে নাচিয়ে নিয়ে বেড়াচ্চে কেন? বলি, কিছু আছে-টাছে? দু'পয়সা টানতে পারবে তো?

রমণী হাসিয়া বলিল, তা জানিনে, কিন্তু হাবাগোবা লোকগুলোকে নাকে দড়ি দিয়ে

ঘুরোতে আমার বেশ লাগে।

দাসীটিও খুব খানিকটা হাসিয়া বলিল, এতও পার তুমি! কিন্তু যাই বল দিদিমণি, দেখতে যেন রাজপুত্তুর! যেমন চোখমুখ, তেমনি রঙ। তোমাদের দুটিকে দিব্যি মানায়– দাঁড়িয়ে কথা কচ্ছিলে, যেন একটি জোড়া গোলাপ ফুটে ছিল।

রমণী মুখ টিপিয়া বলিল, আচ্ছা চল্। পছন্দ হয়ে থাকে তো না হয় তুই নিস্।

দাসীও হটিবার পাত্রী নয়, সেও জবাব দিল, না দিদিমণি, ও জিনিস প্রাণ ধরে কাউকে দিতে পারবে না, তা বলে দিলুম।

চার

জ্ঞানীরা কহিয়াছেন, অসম্ভব কাণ্ড চোখে দেখিলেও বলিবে না, কারণ, অজ্ঞানীরা বিশ্বাস করে না। এই অপরাধেই শ্রীমন্ত বেচারা নাকি মশানে গিয়াছিল। সে যাই হোক, ইহা অতি সত্য কথা, সত্য লোকটা সেদিন বাসায় ফিরিয়া টেনিসন্ পড়িয়াছিল এবং ডন জুয়ানের বাঙলা তর্জমা করিতে বসিয়াছিল। অতবড় ছেলে, কিন্তু একবারও এ সংশয়ের কণামাত্রও তাহার মনে উঠে নাই যে, দিনের বেলা শহরের পথেঘাটে এমন অদ্ভুত প্রেমের বান ডাকা সম্ভব কি না, কিংবা সে বানের স্রোতে গা ভাসাইয়া চলা নিরাপদ কি না।

দিন-দুই পরে স্নানান্তে বাটী ফিরিবার পথে অপরিচিতা সহসা কহিল, কাল রাত্রে থিয়েটার দেখতে গিয়েছিলুম, সরলার কষ্ট দেখলে বুক ফেটে যায়– না?

সত্য সরলা প্লে দেখে নাই, স্বর্ণলতা বই পড়িয়াছিল; আস্তে আস্তে বলিল, হাঁ, বড় দুঃখ পেয়েই মারা গেল।

রমণী দীর্ঘনিঃশ্বাস ফেলিয়া বলিল, উঃ, কি ভয়ানক কষ্ট! আচ্ছা, সরলাই বা তার স্বামীকে এত ভালবাসলে কি করে, আর তার বড়জা-ই বা পারেনি কেন বলতে পার?

সত্য সংক্ষেপে জবাব দিল, স্বভাব।

রমণী কহিল, ঠিক তাই! বিয়ে তো সকলেরই হয়, কিন্তু সব স্ত্রী-পুরুষই কি পরস্পরকে সমান ভালবাসতে পারে? পারে না। কত লোক আছে, মরবার দিনটি পর্যন্ত ভালবাসা কি, জানতেও পায় না। জানবার ক্ষমতাই তাদের থাকে না। দেখনি, কত লোক গান-বাজনা হাজার ভাল হলেও মন দিয়ে শুনতে পারে না, কত লোক কিছুতেই রাগে না– রাগতে পারেই না। লোকে তাদের খুব গুণ গায় বটে, আমার কিন্তু নিন্দে করতে ইচ্ছে করে।

সত্য হাসিয়া বলিল, কেন?

রমণী উদ্দীপ্তকণ্ঠে উত্তর করিল, তারা অক্ষম বলে। অক্ষমতার কিছু কিছু গুণ থাকলেও থাকতে পারে, কিন্তু দোষটাই বেশী। এই যেমন সরলার ভাশুর– স্ত্রীর অতবড় অত্যাচারেও তার রাগ হ'ল না।

সত্য চুপ করিয়া রহিল।

সে পুনরায় কহিল, আর তার স্ত্রী, ঐ প্রমদাটা কি শয়তান মেয়েমানুষ! আমি থাকতুম তো রাক্ষসীর গলা টিপে দিতুম।

সত্য সহাস্যে কহিল, থাকতে কি করে? প্রমদা বলে সত্যই তো কেউ ছিল না, – কবির কল্পনা–

রমণী বাধা দিয়া কহিল, তবে অমন কল্পনা করা কেন? আচ্ছা, সবাই বলে, সমস্ত মানুষের ভেতরেই ভগবান আছেন, আত্মা আছেন, কিন্তু প্রমদার চরিত্র দেখলে মনে হয় না যে, তার ভেতরেও ভগবান ছিলেন। সত্যি বলচি তোমাকে, কোথায় বড় বড় লোকের বই পড়ে মানুষ ভাল হবে, মানুষকে মানুষ ভালবাসবে, তা না, এমন বই লিখে দিলেন

যে, পড়লে মানুষের ওপর মানুষের ঘৃণা জন্মে যায়– বিশ্বাস হয় না যে সত্যিই সব মানুষের অন্তরেই ভগবানের মন্দির আছে।

সত্য বিস্মিত হইয়া তাহার মুখপানে চাহিয়া কহিল, তুমি বুঝি খুব বই পড়?

রমণী কহিল, ইংরেজী জানিনে তো, বাংলা বই যা বেরোয়, সব পড়ি। এক-একদিন সারারাত্রি পড়ি– এই যে বড় রাস্তা– চল না আমাদের বাড়ি, যত বই আছে সব দেখাব।

সত্য চমকিয়া উঠিল– তোমাদের বাড়ি?

হাঁ, আমাদের বাড়ি– চল, যেতে হবে তোমাকে।

হঠাৎ সত্যর মুখ পাণ্ডুর হইয়া গেল, সে সভয়ে বলিয়া উঠিল, না না, ছি ছি,–

ছি ছি কিছু নেই– চল।

না না, আজ না– আজ থাক, বলিয়া সত্য কম্পিত দ্রুতপদে প্রস্থান করিল। আজ তাহার এই অপরিচিতা প্রেমাস্পদার উদ্দেশে গভীর শ্রদ্ধার ভারে তাহার হৃদয় অবনত হইয়া রহিল।

পাঁচ

সকালবেলা স্নান করিয়া সত্য ধীরে ধীরে বাসায় ফিরিয়াছিল। তাহার দৃষ্টি ক্লান্ত, সজল। চোখের পাতা তখনও আর্দ্র। আজ চারদিন গত হইয়াছে, সেই অপরিচিতা প্রিয়তমাকে সে দেখিতে পায় নাই– আর তিনি গঙ্গাস্নানে আসেন না।

আকাশ-পাতাল কত কি যে এই কয়দিন সে ভাবিয়াছে, তাহার সীমা নাই। মাঝে মাঝে এ দুশ্চিন্তাও মনে উঠিয়াছে, হয়ত তিনি বাঁচিয়াই নাই, হয়ত বা মৃত্যু শয্যায়! কে জানে!

সে গলিটা জানে বটে, কিন্তু আর কিছু চেনে না। কাহার বাড়ি কোথায় বাড়ি, কিছুই জানে না। মনে করিলে অনুশোচনায় আত্মগ্লানিতে হৃদয় দগ্ধ হইয়া যায়। কেন সে সেদিন যায় নাই,– কেন সেই সনির্বন্ধ অনুরোধ উপেক্ষা করিয়াছিল?

সে যথার্থই ভালবাসিয়াছিল। চোখের নেশা নহে, হৃদয়ের গভীর তৃষ্ণা। ইহাতে ছলনা-কাপট্যের ছায়ামাত্র ছিল না, যাহা ছিল– তাহা সত্যই নিঃস্বার্থ, সত্যই পবিত্র, বুকজোড়া স্নেহ।

বাবু!

সত্য চমকিয়া চাহিয়া দেখিল, তাহার সেই দাসী যে সঙ্গে আসিত, পথের ধারে দাঁড়াইয়া আছে।

সত্য ব্যস্ত হইয়া কাছে আসিয়া ভারী গলায় কহিল, কি হয়েছে তাঁর? বলিয়াই তাহার চোখে জল আসিয়া পড়িল– সামলাইতে পারিল না।

দাসী মুখ নীচু করিয়া হাসি গোপন করিল, বোধ করি হাসিয়া ফেলিবার ভয়েই মুখ নীচু করিয়াই বলিল, দিদিমণির বড় অসুখ, আপনাকে দেখতে চাইছেন।

চল, বলিয়া সত্য তৎক্ষণাৎ সম্মতি দিয়া চোখ মুছিয়া সঙ্গে চলিল। চলিতে চলিতে প্রশ্ন করিল, কি অসুখ? খুব শক্ত দাঁড়িয়েছে কি?

দাসী কহিল, না, তা হয়নি, কিন্তু খুব জ্বর।

সত্য মনে মনে হাতজোড় করিয়া কপালে ঠেকাইল, আর প্রশ্ন করিল না। বাড়ির সুমুখে আসিয়া দেখিল, খুব বড় বাড়ি, দ্বারের কাছে বসিয়া একজন হিন্দুস্থানী দরোয়ান ঝিমাইতেছে। দাসীকে জিজ্ঞাসা করিল, আমি গেলে তোমার দিদিমণির বাবা রাগ করবেন না তো? তিনি তো আমাকে চেনেন না।

দাসী কহিল, দিদিমণির বাপ নেই, শুধু মা আছেন। দিদিমণির মত তিনিও আপনাকে

খুব ভালবাসেন।

সত্য আর কিছু না বলিয়া ভিতরে প্রবেশ করিল।

সিঁড়ি বাহিয়া তেতলার বারান্দায় আসিয়া দেখিল, পাশাপাশি তিনটি ঘর, বাহির হইতে যতটুকু দেখা যায়, মনে হইল, সেগুলি চমৎকার সাজান। কোণের ঘর হইতে উচ্চহাসির সঙ্গে তবলা ও ঘুঙুরের শব্দ আসিতেছিল। দাসী হাত দিয়া দেখাইয়া বলিল, ঐ ঘর– চলুন। দ্বারের সুমুখে আসিয়া সে হাত দিয়া পর্দা সরাইয়া দিয়া সু-উচ্চকণ্ঠে বলিল, দিদিমণি, এই নাও তোমার নাগর।

তীব্র হাসি ও কোলাহল উঠিল। ভিতরে যাহা দেখিল, তাহাতে সত্যর সমস্ত মস্তিষ্ক ওলট-পালট হইয়া গেল। তাহার মনে হইল, হঠাৎ সে মূর্ছিত হইয়া পড়িতেছে, কোনমতে দোর ধরিয়া, সে সেখানেই চোখ বুজিয়া চৌকাঠের উপর বসিয়া পড়িল।

ঘরের ভিতরে মেঝেয় মোটা গদি-পাতা বিছানার উপর দু-তিনজন ভদ্রবেশী পুরুষ। একজন হারমোনিয়াম, একজন বাঁয়া-তবলা লইয়া বসিয়া আছে,– আর একজন একমনে মদ খাইতেছে। আর তিনি? তিনি বোধ করি, এইমাত্র নৃত্য করিতেছিলেন; দুই পায়ে একরাশ ঘুঙুর বাঁধা, নানা অলঙ্কারে সর্বাঙ্গ ভূষিত– সুরারঞ্জিত চোখ দুটি ঢুলুঢুলু করিতেছে; ত্বরিতপদে কাছে সরিয়া আসিয়া, সত্যর একটা হাত ধরিয়া খিলখিল করিয়া হাসিয়া বলিল, বঁধুর মিরগি ব্যামো আছে নাকি? নে ভাই, ইয়ারকি করিস নে ওঠ্– ও-সবে আমার ভারী ভয় করে।

প্রবল তড়িৎস্পর্শে হতচেতন মানুষ যেমন করিয়া কাঁপিয়া নড়িয়া উঠে ইহার করস্পর্শে সত্যর আপাদমস্তক তেমনি করিয়া কাঁপিয়া নড়িয়া উঠিল।

রমণী কহিল, আমার নাম শ্রীমতী বিজ্‌লী– তোমার নামটা কি ভাই? হাবু? গাবু?–

সমস্ত লোকগুলা হো হো শব্দে অট্টহাসি জুড়িয়া দিল, দিদিমণির দাসীটি হাসির চোটে একেবারে মেঝের উপর গড়াইয়া শুইয়া পড়িল– কি রঙ্গই জান দিদিমণি!

বিজ্‌লী কৃত্রিম রোষের স্বরে তাহাকে একটা ধমক দিয়া বলিল, থাম্‌, বাড়াবাড়ি করিস নে– আসুন, উঠে আসুন, বলিয়া জোর করিয়া সত্যকে টানিয়া আনিয়া, একটা চৌকির উপর বসাইয়া দিয়া, পায়ের কাছে হাঁটু গাড়িয়া বসিয়া, হাত জোড় করিয়া শুরু করিয়া দিল–

আজু রজনী হাম, ভাগে পোহায়নু
পেখনু পিয়া মুখ-চন্দা
জীবন যৌবন সফল করি মাননু
দশ-দিশ ভেল নিরদন্দা
আজু মঝু গেহ গেহ করি মাননু
আজু মঝু দেহ ভেল দেহা।
আজু বিহি মোহে, অনুকুল হোয়ল
টুটল সবহু সন্দেহা
পাঁচবাণ অব লাখবাণ হউ
মলয় পবন বহু মন্দা।
অব সো ন যবহু মরি পরিহোয়ত–
তবহু মানব নিজ দেহা–

যে লোকটা মদ খাইতেছিল, উঠিয়া আসিয়া পায়ের কাছে গড় হইয়া প্রণাম করিল। তাহার নেশা হইয়াছিল, কাঁদিয়া ফেলিয়া বলিল, ঠাকুরমশাই, বড় পাতকী আমি– একটু

পদরেণু–

অদৃষ্টের বিড়ম্বনায় আজ সত্য স্নান করিয়া একখানা গরদের কাপড় পরিয়াছিল।

যে লোকটা হারমোনিয়াম বাজাইতেছিল, তাহার কতকটা কাণ্ডজ্ঞান ছিল, সে সহানুভূতির স্বরে কহিল, কেন বেচারাকে মিছামিছি সঙ্ সাজাচ্চে?

বিজ্লী হাসিতে হাসিতে বলিল, বাঃ, মিছামিছি কিসে? ও সত্যিকারের সঙ্ বলেই তো এমন আমোদের দিনে ঘরে এনে তোমাদের তামাশা দেখাচ্চি। আচ্ছা, মাথা খাস গাবু, সত্যি বল্ তো ভাই, কি আমাকে তুই ভেবেছিলি? নিত্যগঙ্গাস্নানে যাই, কাজেই ব্রাহ্মও নই, মোচলমান খ্রীষ্টানও নই। হিঁদুর ঘরের এতবড় ধাড়ী মেয়ে, হয় সধবা, নয় বিধবা– কি মতলবে চুটিয়ে পীরিত করছিলি বল তো? বিয়ে করবি বলে, না, ভুলিয়ে নিয়ে লম্বা দিবি বলে?

ভারী একটা হাসি উঠিল। তার পর সকলে মিলিয়া কত কথাই বলিতে লাগিল। সত্য একটিবার মুখ তুলিল। না, একটা কথার জবাব দিল না। সে মনে মনে কি ভাবিতেছিল, তাহা বলিবই বা কি করিয়া, আর বলিলে বুঝিবেই বা কে? থাক সে।

বিজ্লী সহসা চকিত হইয়া উঠিয়া দাঁড়াইয়া বলিল, বাঃ, বেশ তো আমি! যা ক্ষ্যামা, শিগ্‌গির যা– বাবুর খাবার নিয়ে আয়; স্নান করে এসেচেন– বাঃ, আমি কেবল তামাশাই কচ্চি যে! বলিতে বলিতেই তাহার অনতিকাল পূর্বের ব্যঙ্গ-বিদ্রুপ-বহ্নুত্তপ্ত কণ্ঠস্বর অকৃত্রিম সস্নেহ অনুতাপে যথার্থই জুড়াইয়া গেল।

খানিক পরে দাসী একথালা খাবার আনিয়া হাজির করিল। বিজ্লী নিজের হাতে লইয়া আবার হাঁটু গাড়িয়া বসিয়া বলিল, মুখ তোল, খাও।

এতক্ষণ সত্য তাহার সমস্ত শক্তি এক করিয়া নিজেকে সামলাইতেছিল, এইবার মুখ তুলিয়া শান্তভাবে বলিল, আমি খাব না।

কেন? জাত যাবে? আমি হাড়ী না মুচি?

সত্য তেমনি শান্তকণ্ঠে বলিল, তা হলে খেতুম। আপনি যা তাই।

বিজ্লী খিলখিল করিয়া হাসিয়া বলিল, হাবুবাবুও ছুরি-ছোরা চালাতে জানেন দেখচি! বলিয়া আবার হাসিল, কিন্তু তাহা শব্দ মাত্র, হাসি নয়, তাই আর কেহ সে হাসিতে যোগ দিতে পারিল না।

সত্য কহিল, আমার নাম সত্য, 'হাবু' নয়। আমি ছুরি-ছোরা চালাতে কখন শিখিনি, কিন্তু, নিজের ভুল টের পেলে শোধরাতে শিখেচি।

বিজ্লী হঠাৎ কি কথা বলিতে গেল, কিন্তু চাপিয়া লইয়া শেষে কহিল, আমার ছোঁয়া খাবে না?

না

বিজলী উঠিয়া দাঁড়াইল। তাহার পরিহাসের স্বরে এবার তীব্রতা মিশিল জোর দিয়া কহিল, খাবেই। এই বলচি তোমাকে, আজ না হয় কাল, না হয় দু'দিন পরে খাবেই তুমি।

সত্য ঘাড় নাড়িয়া বলিল, দেখুন, ভুল সকলেরই হয়। আমার ভুল যে কত বড়, তা সবাই টের পেয়েছে; কিন্তু আপনারও ভুল হচ্ছে। আজ নয়, আগামী জন্মে নয়– কোনকালেই আপনার ছোঁয়া খাব না। অনুমতি করুন, আমি যাই আপনার নিঃশ্বাসে আমার রক্ত শুকিয়ে যাচ্চে।

তাহার মুখের উপর গভীর ঘৃণার এমনি সুস্পষ্ট ছায়া পড়িল যে, তাহা ঐ মাতালটার চক্ষুও এড়াইল না। সে মাথা নাড়িয়া কহিল, বিজ্লীবিবি, অরসিকেষু রসস্য নিবেদনম্! যেতে দাও– যেতে দাও, সকালবেলার আমোদটাই ও মাটি করে দিলে।

বিজ্‌লী জবাব দিল না, স্তম্ভিত হইয়া সত্যর মুখপানে চাহিয়া দাঁড়াইয়া রহিল। যথার্থই তাহার ভয়ানক ভুল হইয়াছিল। সে তো কল্পনাও করে নাই, এমনি মুখচোরা শান্ত লোক এমন করিয়া বলিতে পারে।

সত্য আসন ছাড়িয়া উঠিয়া দাঁড়াইল। বিজলী মৃদুস্বরে কহিল, আর একটু বসো।

মাতাল শুনিতে পাইয়া চেঁচাইয়া উঠিল, উঁ হুঁ হুঁ, প্রথম চোটে একটু জোর খেলবে, যেতে দাও– যেতে দাও– সুতো ছাড়ো– সুতো ছাড়ো–

সত্য ঘরের বাহিরে আসিয়া পড়িল– বিজলী পিছনে আসিয়া পথরোধ করিয়া চুপি চুপি বলিল, ওরা দেখতে পাবে, তাই, নইলে হাতজোড় করে বলতুম, আমার বড় অপরাধ হয়েচে–

সত্য অন্যদিকে মুখ করিয়া চুপ করিয়া রহিল।

সে পুনর্বার কহিল, এই পাশের ঘরটা আমার পড়ার ঘর। একবার দেখবে না? একটিবার এসো, মাপ চাচ্চি।

না, বলিয়া সত্য সিঁড়ির অভিমুখে অগ্রসর হইল। বিজলী পিছনে পিছনে চলিতে চলিতে কহিল, কাল দেখা হবে?

না।

আর কি কখনো দেখা হবে না?

কান্নায় বিজ্‌লীর কণ্ঠ রুদ্ধ হইয়া আসিল; ঢোঁক গিলিয়া জোর করিয়া গলা পরিষ্কার করিয়া বলিল, আমার বিশ্বাস হয় না, আর দেখা হবে না। কিন্তু তাও যদি না হয়, বল, এই কথাটা আমার বিশ্বাস করবে?

ভগ্নস্বর শুনিয়া সত্য বিস্মিত হইল, কিন্তু এই পনর-যোল দিন ধরিয়া যে অভিনয় সে দেখিয়াছে, তাহার কাছে তো ইহা কিছুই নয়। তথাপি সে মুখ ফিরাইয়া দাঁড়াইল। সে-মুখের রেখায় রেখায় সুদৃঢ় অপ্রত্যয় পাঠ করিয়া বিজ্‌লীর বুক ভাঙ্গিয়া গেল। কিন্তু সে করিবে কি? হায়, হায় প্রত্যয় করাইবার সমস্ত উপায়ই যে সে আবর্জনার মত স্বহস্তে ঝাঁট দিয়া ফেলিয়া দিয়াছে!

সত্য প্রশ্ন করিল, কি বিশ্বাস করব?

বিজ্‌লীর ওষ্ঠাধর কাঁপিয়া উঠিল, কিন্তু স্বর ফুটিল না। অশ্রুভারাক্রান্ত দুই চোখ মুহূর্তের জন্য তুলিয়াই অবনত করিল। সত্য তাহাও দেখিল, কিন্তু অশ্রুর কি নকল নাই! বিজলী মুখ না তুলিয়াই বুঝিল, সত্য অপেক্ষা করিয়া আছে; কিন্তু সেই কথাটা যে মুখ দিয়া সে কিছুতেই বাহির করিতে পারিতেছে না, যাহা বাহিরে আসিবার জন্য তাহার বুকের পাঁজরগুলো ভাঙ্গিয়া গুঁড়াইয়া দিতেছে!

সে ভালবাসিয়াছে। সে ভালবাসার একটা কণা সার্থক করিবার লোভে সে এই রূপের ভাণ্ডার দেহটাও হয়ত একখণ্ড গলিত বস্ত্রের মতই ত্যাগ করিতে পারে– কিন্তু কে তাহা বিশ্বাস করিবে! সে যে দাগী আসামী! অপরাধের শতকোটি চিহ্ন সর্বাঙ্গে মাখিয়া বিচারের সুমুখে দাঁড়াইয়া, আজ কি করিয়া সে মুখে আনিবে, অপরাধ করাই তাহার পেশা বটে, কিন্তু এবার সে নির্দোষ! যতই বিলম্ব হইতে লাগিল, ততই সে বুঝিতে লাগিল, বিচারক তাহার ফাঁসির হুকুম দিতে বসিয়াছে, কিন্তু কি করিয়া সে রোধ করিবে?

সত্য অধীর হইয়া উঠিয়াছিল; সে বলিল, চললুম।

বিজ্‌লী তবুও মুখ তুলিতে পারিল না, কিন্তু এবার কথা কহিল। বলিল, যাও, কিন্তু যে কথা অপরাধে মগ্ন থেকেও আমি বিশ্বাস করি, সে কথা অবিশ্বাস করে যেন তুমি অপরাধী হয়ো না। বিশ্বাস করো, সকলের দেহতেই ভগবান বাস করেন এবং আমরণ দেহটাকে তিনি

ছেড়ে চলে যান না। একটু থামিয়া কহিল, সব মন্দিরেই দেবতার পূজা হয় না বটে, তবুও তিনি দেবতা। তাঁকে দেখে মাথা নোয়াতে না পার, কিন্তু তাঁকে মাড়িয়ে যেতেও পার না। বলিয়াই পদশব্দে মুখ তুলিয়া দেখিল, সত্য ধীরে ধীরে নিঃশব্দে চলিয়া যাইতেছে।

স্বভাবের বিরুদ্ধে বিদ্রোহ করা যাইতে পারে, কিন্তু তাহাকে তো উড়াইয়া দেওয়া যায় না। নারীদেহের উপর শত অত্যাচার চলিতে পারে, কিন্তু নারীত্বকে তো অস্বীকার করা চলে না। বিজ্‌লী নর্তকী, তথাপি সে যে নারী! আজীবন সহস্র অপরাধে অপরাধী, তবুও যে এটা তাহার নারীদেহ! ঘণ্টাখানেক পরে যখন সে এ ঘরে ফিরিয়া আসিল, তখন তাহার লাঞ্ছিত, অর্ধমৃত নারীপ্রকৃতি অমৃতস্পর্শে জাগিয়া বসিয়াছে। এই অত্যল্প সময়টুকুর মধ্যে তাহার সমস্ত দেহে যে কি অদ্ভুত পরিবর্তন ঘটিয়াছে, তাহা ঐ মাতালটা পর্যন্ত টের পাইল। সে-ই মুখ ফুটিয়া বলিয়া ফেলিল,– কি বাইজী, চোখের পাতা ভিজে যে! মাইরি, ছোঁড়াটা কি একগুঁয়ে, অমন জিনিসগুলো মুখে দিলে না। দাও দাও, থালাটা এগিয়ে দাও তো হ্যাঁ, বলিয়া নিজেই টানিয়া গিলিতে লাগিল।

তাহার একটি কথাও বিজ্‌লীর কানে গেল না। হঠাৎ তাহার নিজের পায়ে নজর পড়ায় পায়ে বাঁধা ঘুঙুরের তোড়া যেন বিছার মত তাহার দু পা বেড়িয়া দাঁত ফুটাইয়া দিল, সে তাড়াতাড়ি সেগুলা খুলিয়া ছুঁড়িয়া ফেলিয়া দিল।

একজন জিজ্ঞাসা করিল, খুললে যে?

বিজ্‌লী মুখ তুলিয়া একটুখানি হাসিয়া বলিল, আর পরব না বলে।

অর্থাৎ?

অর্থাৎ, আর না। বাইজী মরেছে–

মাতাল সন্দেশ চিবাইতেছিল। কহিল, কি রোগে বাইজী?

বাইজী আবার হাসিল। এ সেই হাসি। হাসিমুখে কহিল, যে রোগে আলো জ্বাললে আঁধার মরে, সূর্যি উঠলে রাত্রি মরে– আজ সেই রোগেই তোমাদের বাইজী চিরদিনের জন্য মরে গেল বন্ধু।

ছয়

চার বৎসর পরের কথা বলিতেছি। কলিকাতার একটা বড় বাড়িতে জমিদারের ছেলের অন্নপ্রাশন। খাওয়ানো-দাওয়ানোর বিরাট ব্যাপার শেষ হইয়া গিয়াছে। সন্ধ্যার পর বহির্বাটির প্রশস্ত প্রাঙ্গণে আসর করিয়া আমোদ-আহ্লাদ, নাচ-গানের উদ্যোগ-আয়োজন চলিতেছে।

একধারে তিন-চারটি নর্তকী– ইহারাই নাচ-গান করিবে। দ্বিতলের বারান্দায় চিকের আড়ালে বসিয়া রাধারানী একাকী নীচের জনসমাগম দেখিতেছিল। নিমন্ত্রিতা মহিলারা এখনও শুভাগমন করেন নাই।

নিঃশব্দে পিছনে আসিয়া সত্যেন্দ্র কহিলেন, এত মন দিয়ে কি দেখচ বল তো?

রাধারানী স্বামীর দিকে ফিরিয়া হাসিমুখে বলিল, যা সবাই দেখতে আসচে– বাইজীদের সাজসজ্জা– কিন্তু, হঠাৎ তুমি যে এখানে?

স্বামী হাসিয়া জবাব দিলেন, একলাটি বসে আছ, তাই একটু গল্প করতে এলুম।

ইস্‌!

সত্যি! আচ্ছা, দেখচ তো, বল দেখি, ওদের মধ্যে সবচেয়ে কোন্‌টিকে তোমার পছন্দ হয়?

ঐটিকে, বলিয়া রাধারানী আঙুল তুলিয়া, যে স্ত্রীলোকটি সকলের পিছনে নিতান্ত

সাদাসিধা পোশাকে বসিয়াছিল তাহাকেই দেখাইয়া দিল।

স্বামী বলিলেন, ও যে নেহাত রোগা।

তা হোক, ঐ সবচেয়ে সুন্দরী। কিন্তু বেচারী গরীব— গায়ে গয়না-টয়না এদের মত নেই।

সত্যেন্দ্র ঘাড় নাড়িয়া বলিলেন, তা হবে। কিন্তু, এদের মজুরি কত জান?

না।

সত্যেন্দ্র হাত দিয়া দেখাইয়া বলিলেন এদের দু'জনের ত্রিশ টাকা করে, ঐ ওর পঞ্চাশ, আর যেটিকে গরীব বলচ, তার দু শ টাকা।

রাধারানী চমকিয়া উঠিল— দু শ! কেন, ও কি খুব ভাল গান করে?

কানে শুনিনি কখনো। লোকে বলে, চার-পাঁচ বছর আগে খুব ভালই গাইত,— কিন্তু, এখন পারবে কিনা বলা যায় না।

তবে, অত টাকা দিয়ে আনলে কেন?

তার কমে ও আসে না। এতেও আসতে রাজী ছিল না, অনেক সাধাসাধি করে আনা হয়েছে।

রাধারানী অধিকতর বিস্মিত হইয়া জিজ্ঞাসা করিল, টাকা দিয়ে সাধাসাধি কেন?

সত্যেন্দ্র নিকটে একটা চৌকি টানিয়া লইয়া বসিয়া বলিলেন, তার প্রথম কারণ, ও ব্যবসা ছেড়ে দিয়েচে। গুণ ওর যতই হোক, এত টাকা সহজে কেউ দিতেও চায় না, ওকেও আসতে হয় না, এই ওর ফন্দি! দ্বিতীয় কারণ, আমার নিজের গরজ।

কথাটা রাধারানী বিশ্বাস করিল না। তথাপি আগ্রহে ঘেঁষিয়া বসিয়া বলিল, তোমার গরজ ছাই। কিন্তু ব্যবসা ছেড়ে দিলে কেন?

শুনবে?

হাঁ, বল।

সত্যেন্দ্র একমুহূর্ত মৌন থাকিয়া বলিল, ওর নাম বিজ্‌লী। এক সময়ে— কিন্তু, এখানে লোক এসে পড়বে যে রানী, ঘরে যাবে?

যাব, চল, বলিয়া রাধারানী উঠিয়া দাঁড়াইল।

স্বামীর পায়ের কাছে বসিয়া সমস্ত শুনিয়া রাধারানী আঁচলে চোখ মুছিল। শেষে বলিল, তাই আজ ওকে অপমান করে শোধ নেবে? এ বুদ্ধি কে তোমাকে দিলে?

এদিকে সত্যেন্দ্রর নিজের চোখও শুষ্ক ছিল না, অনেকবার গলাটাও ধরিয়া আসিতেছিল। তিনি বলিলেন, অপমান বটে, কিন্তু সে অপমান আমরা তিনজন ছাড়া আর কেউ জানতে পারবে না। কেউ জানবেও না।

রাধারানী জবাব দিল না। আর একবার আঁচলে চোখ মুছিয়া বাহির হইয়া গেল।

নিমন্ত্রিত ভদ্রলোকে আসর ভরিয়া গিয়াছে এবং উপরের বারান্দায় বহু স্ত্রীকণ্ঠের সলজ্জ চীৎকার চিকের আবরণ ভেদ করিয়া আসিতেছে। অন্যান্য নর্তকীরা প্রস্তুত হইয়াছে, শুধু বিজ্‌লী তখনও মাথা হেঁট করিয়া বসিয়া আছে। তাহার চোখ দিয়া জল পড়িতেছিল। দীর্ঘ পাঁচ বৎসরে তাহার সঞ্চিত অর্থ প্রায় নিঃশেষ হইয়াছিল, তাই অভাবের তাড়নায় বাধ্য হইয়া আবার সেই কাজ অঙ্গীকার করিয়া আসিয়াছে, যাহা সে শপথ করিয়া ত্যাগ করিয়াছিল। কিন্তু, সে মুখ তুলিয়া খাড়া হইতে পারিতেছিল না। অপরিচিত পুরুষের সতৃষ্ণ দৃষ্টির সম্মুখে দেহ যে এমন পাথরের মত ভারী হইয়া উঠিবে, পা এমন করিয়া দুমড়াইয়া ভাঙ্গিয়া পড়িতে চাহিবে, তাহা সে ঘণ্টা-দুই পূর্বে কল্পনা করিতেও পারে নাই।

আপনাকে ডাকচেন—। বিজলী মুখ তুলিয়া দেখিল পাশে দাঁড়াইয়া একটি বার-তের বছরের ছেলে। সে উপরের বারান্দা নির্দেশ করিয়া পুনরায় কহিল, মা আপনাকে ডাকচেন।

বিজ্‌লী বিশ্বাস করিতে পারিল না। জিজ্ঞাসা করিল, কে আমাকে ডাকচেন?

মা ডাকচেন।

তুমি কে?

আমি বাড়ির চাকর।

বিজ্‌লী ঘাড় নাড়িয়া বলিল, আমাকে নয়, তুমি আবার জিজ্ঞাসা করে এসো।

বালক খানিক পরে ফিরিয়া আসিয়া বলিল, আপনার নাম বিজ্‌লী তো? আপনাকেই ডাকচেন— আসুন আমার সঙ্গে, মা দাঁড়িয়ে আছেন।

চল, বলিয়া বিজ্‌লী তাড়াতাড়ি পায়ের ঘুঙুর খুলিয়া ফেলিয়া, তাহার অনুসরণ করিয়া অন্দরে আসিয়া প্রবেশ করিল। মনে করিল, গৃহিণীর বিশেষ কিছু ফরমায়েস আছে, তাই এই আহ্বান।

শোবার ঘরের দরজার কাছে রাধারানী ছেলে কোলে করিয়া দাঁড়াইয়াছিল। ত্রস্ত কুণ্ঠিত পদে বিজ্‌লী সুমুখে আসিয়া দাঁড়াইবামাত্র সে সসম্ভ্রমে হাত ধরিয়া ভিতরে টানিয়া আনিল; এবং একটা চৌকির উপর জোর করিয়া বসাইয়া দিয়া হাসিমুখে কহিল, দিদি, চিনতে পার?

বিজলী বিস্ময়ে হতবুদ্ধি হইয়া রহিল। রাধারানী কোলের ছেলেকে দেখাইয়া বলিল, ছোটবোনকে না হয় নাই চিনলে দিদি, সে দুঃখ করিনে; কিন্তু এটাকে না চিনতে পারলে সত্যিই ভারী ঝগড়া করব। বলিয়া মুখ টিপিয়া মৃদু মৃদু হাসিতে লাগিল।

এমন হাসি দেখিয়াও বিজলী তথাপি কথা কহিতে পারিল না। কিন্তু তাহার আঁধার আকাশ ধীরে ধীরে স্বচ্ছ হইয়া আসিতে লাগিল। সেই অনিন্দ্যসুন্দর মাতৃমুখ হইতে সদ্যবিকশিত গোলাপ-সদৃশ শিশুর মুখের প্রতি তাহার সৃষ্টি নিবদ্ধ হইয়া রহিল। রাধারানী নিস্তব্ধ। বিজ্‌লী নির্নিমেষ চক্ষে চাহিয়া চাহিয়া অকস্মাৎ উঠিয়া দাঁড়াইয়া দুই হাত প্রসারিত করিয়া শিশুকে কোলে টানিয়া লইয়া সজোরে বুকে চাপিয়া ধরিয়া ঝরঝর করিয়া কাঁদিয়া ফেলিল।

রাধারানী কহিল, চিনেচ দিদি?

চিনেচি বোন।

রাধারানী কহিল, দিদি, সমুদ্র-মন্থন করে বিষটুকু তার নিজে খেয়ে সমস্ত অমৃতটুকু এই ছোটবোনটিকে দিয়েচ। তোমাকে ভালবেসেছিলেন বলেই আমি তাঁকে পেয়েচি।

সত্যেন্দ্রর একখানি ক্ষুদ্র ফটোগ্রাফ হাতে তুলিয়া বিজ্‌লী একদৃষ্টে দেখিতেছিল; মুখ তুলিয়া মৃদু হাসিয়া কহিল, বিষের বিষই যে অমৃত বোন। আমি বঞ্চিত হইনি ভাই। সেই বিষই এই ঘোর পাপিষ্ঠাকে অমর করেচে।

রাধারানী সে কথার উত্তর না দিয়া কহিল, দেখা করবে দিদি?

বিজ্‌লী একমুহূর্ত চোখ বুজিয়া স্থির থাকিয়া বলিল, না দিদি। চার বছর আগে যেদিন তিনি এই অস্পৃশ্যটাকে চিনতে পেরে, বিষম ঘৃণায় মুখ ফিরিয়ে চলে গেলেন, সেদিন দর্প করে বলেছিলুম, আবার দেখা হবে, আবার তুমি আসবে। কিন্তু, সেই দর্প আমার রইল না, আর তিনি এলেন না। কিন্তু, আজ দেখতে পাচ্ছি, কেন দর্পহারী আমার সে দর্প ভেঙ্গে দিলেন! তিনি ভেঙ্গে দিয়ে যে কি করে গড়ে দেন, কেড়ে নিয়ে যে কি করে ফিরিয়ে দেন, সে কথা আমার চেয়ে আজ কেউ জানে না বোন! বলিয়া সে আর একবার ভাল করিয়া আঁচলে চোখ মুছিয়া কহিল, প্রাণের জ্বালায় ভগবানকে নির্দয় নিষ্ঠুর বলে অনেক দোষ দিয়েচি, কিন্তু এখন দেখতে পাচ্ছি, এই পাপিষ্ঠাকে তিনি কি দয়া করেচেন। তাঁকে ফিরিয়ে এনে দিলে, আমি যে সবদিকে মাটি হয়ে যেতুম! তাঁকেও পেতুম না, নিজেকেও হারিয়ে ফেলতুম।

কান্নায় রাধারানীর গলা রুদ্ধ হইয়া গিয়াছিল, সে কিছুই বলিতে পারিল না। বিজ্‌লী পুনরায় কহিল, ভেবেছিলুম, কখনও দেখা হলে তাঁর পায়ে ধরে আর একটিবার মাপ চেয়ে দেখব। কিন্তু তার আর দরকার নেই। এই ছবিটুকু শুধু দাও দিদি– এর বেশী আমি চাইনে। চাইলেও ভগবান তা সহ্য করবেন না– আমি চললুম, বলিয়া সে উঠিয়া দাঁড়াইল।

রাধারানী গাঢ়স্বরে জিজ্ঞাসা করিল, আবার কবে দেখা হবে দিদি?

দেখা আর হবে না বোন আমার একটা ছোট বাড়ি আছে, সেইটে বিক্রি করে যত শীঘ্র পারি চলে যাব। ভাল কথা, বলতে পার ভাই, কেন হঠাৎ তিনি এতদিন পরে আমাকে স্মরণ করেছিলেন? যখন তাঁর লোক আমাকে ডাকতে যায়, তখন কেন একটা মিথ্যে নাম বলেছিল?

লজ্জায় রাধারানীর মুখ আরক্ত হইয়া উঠিল, সে নতমুখে চুপ করিয়া রহিল।

বিজলী ক্ষণকাল ভাবিয়া বলিল, হয়ত বুঝচি। আমাকে অপমান করবেন বলে, না? তা ছাড়া, এত চেষ্টা করে আমাকে আনবার তো কোন কারণই দেখিনে।

রাধারানীর মাথা আরও হেঁট হইয়া গেল। বিজ্‌লী হাসিয়া বলিল, তোমার লজ্জা কি বোন? তবে তাঁরও ভুল হয়েচে। তাঁর পায়ে আমার শতকোটি প্রণাম জানিয়ে বোলো, সে হবার নয়। আমার নিজের বলে আর কিছু নেই! অপমান করলে, সমস্ত অপমান তাঁর গায়েই লাগবে।

নমস্কার দিদি!

নমস্কার বোন! বয়সে ঢের বড় হলেও তোমাকে আশীর্বাদ করবার অধিকার তো আমার নেই– আমি কায়মনে প্রার্থনা করি বোন, তোমার হাতের নোয়া অক্ষয় হোক। চললুম।

কাশীনাথ

এক

রাত্রি চারিটার সময় স্নানান্তে পূজাহ্নিক সমাপ্ত করিয়া টিকিটি বেশ উঁচু করিয়া বাঁধিয়া কাশীনাথ যখন ধনঞ্জয় ভট্টাচার্যের টোল-ঘরের বারান্দায় বসিয়া দর্শনের সূত্র ও ভাষ্য গুনগুন স্বরে কণ্ঠস্থ করিত, তখন তাহার বাহ্য-জগতের কথা আর মনে থাকিত না। প্রশস্ত ললাট, দীর্ঘাকৃতি কাশীনাথ বন্দ্যোপাধ্যায় দর্শন-শাস্ত্র-গহনে প্রবেশ করিয়া আপনাকে দিশেহারা করিয়া ফেলিত। তাহাকে তদবস্থ দেখিয়া কত লোক কত কথা বলিত। কেহ কহিত, সে তাহার পিতার ন্যায় পণ্ডিত হইবে। কেহ বলিত, পিতার ন্যায় পড়িয়া পড়িয়া হয়ত বা পাগল হইয়া যাইবে। যাঁহারা তাহার বাতুল হইবার আশঙ্কা করিতেন, তাঁহাদের মধ্যে কাশীনাথের মাতুল একজন। তিনি মধ্যে মধ্যে বলিতেন, বাপু, তুমি গরীবের ছেলে, তোমার অত পড়িয়া কি হইবে? যাহা শিখিয়াছ, তাহাতেই কোনরূপে একমুষ্টি আতপতণ্ডুল, একখানা গামছা ও দুটা তৈজসপত্রের স্বচ্ছন্দে যোগাড় হইবে। অত পড়িয়া কি শেষে স্বর্গীয় বন্দ্যোপাধ্যায় মহাশয়ের মত ঘরের কোণে চুপ করিয়া বসিয়া মাথা নাড়িতে থাকিবে? এখন যাহা আশা আছে, তখন তাহাও থাকিবে না। এ-সকল কথা কাশীনাথের এক কর্ণ দিয়া প্রবেশ করিত, অন্য কর্ণ দিয়া বাহির হইয়া যাইত।

বাতুল হইয়া যাইবার আশঙ্কায় মাতুল তিরস্কার করিতেন; সংসারের কাজকর্ম কিছুই দেখে না বলিয়া মাতুলানী তাড়না করিতেন; ব্যাকরণ-সাহিত্যে ব্যুৎপন্ন হইয়াছে দেখিয়া বয়োজ্যেষ্ঠ মাতুলপুত্রেরা ঠাট্টা-বিদ্রূপ করিত; কিন্তু কাশীনাথ হয় এ-সকল অকাতরে সহ্য করিত, নয় এ-সকল কথার গুরুত্ব অনুভব করিতে পারিত না।

যাহা হউক, ফল একই দাঁড়াইয়াছিল; সে নিত্য যাহা করিত, নিত্য তাহাই করিত। সন্ধ্যার সময় কখনও মাঠে মাঠে আপনার মনে ঘুরিয়া বেড়াইত, কখনও নদীতীরের একটা পুরাতন অশ্বত্থ বৃক্ষের শিকড়ের উপর বসিয়া, অস্তগামী সূর্যের রক্তিমাভা কেমন করিয়া একটির পর একটি করিয়া আকাশের গায় মিলাইয়া যায়, দেখিতে থাকিত, কখনও গ্রামের জমিদার বাটীর শিবমন্দিরে শিবের আরতি অর্ধনিমীলিতনেত্রে অনুভব করিতে থাকিত, কখনও বা এ-সকল কিছুই করিত না, শুধু মাতুলের চণ্ডীমণ্ডপের অন্ধকার নিভৃত কোণে কম্বলের আসন পাতিয়া চুপ করিয়া বসিয়া থাকিত।

যেন জগতে তাহার কর্ম নাই, উদ্দেশ্য নাই, কামনা নাই। দ্বাদশ বর্ষ বয়ঃক্রমকালে তাহার পিতৃবিয়োগ হইয়াছিল। এখন অষ্টাদশ বর্ষ বয়ঃক্রম হইয়াছে– এই ছয় বৎসর কাল মাতুলভবনে এইরূপে কাটিয়া যাইতেছে। সে এখন কি করিতেছে, পরে কি করিবে, আগে

কি করিয়াছিল, এখন কি করা প্রয়োজন ও উচিত, এ-সব কথা তাহার মনে আদৌ স্থান পাইত না। যেন তাহার এমনই করিয়া চিরদিন কাটিবে, যেন এমনই ভাবে চিরদিন মামার বাড়ির দু'বেলা দু'মুঠো ভাত ও তিরস্কার খাইতে পাইবে। যেন তাহাকে আর কোথাও যাইতে হইবে না– আর কিছুই করিতে হইবে না। তাহার সেই নীরব নিস্তব্ধ অন্ধকার কোণটি যেন চিরদিন তাহারই অধিকারে থাকিবে, কেহ কখনও সেটা দখল করিতে আসিবে না, কিংবা সরিয়া অন্যত্র বসিতে বলিবে না। পাড়ার কোনও লোক দয়া করিয়া কখনও ডাকিয়া বলিত, কাশীনাথ, এমন করিয়া কখনও কাহারও চলে নাই, তোমারও চলিবে না; যাহা হউক, একটা কিছু কর। কাশীনাথ জবাব দিত না। শুধু মনে মনে ভাবিত, কি করিতেছি এবং কি বা আমাকে করিতে হইবে? এমনি করিয়া কাশীনাথের দিন কাটিতেছিল।

দুই

ও-গ্রামের জমিদারের নাম প্রিয়নাথ মুখোপাধ্যায়। প্রিয়নাথবাবু মহাকুলীন ও অতিশয় ধনবান। যখন দেখিলেন, এক কুলের খাতিরে এত বড়লোক হইয়াও সর্বরূপগুণযুক্ত পাত্র বহু অনুসন্ধান করিয়াও মিলিল না। তখন তিনি কৌলিন্য-প্রথার উপর একেবারে চটিয়া গেলেন। গৃহিণীকে এ কথা বলিলে, তিনি বলিলেন, আমার এক বৈ মেয়ে নেই, আমার আর কুল নিয়ে কি হবে?

গ্রামেই গুরুদেবের বাটী তাঁহার মত জিজ্ঞাসা করায় তিনি বলিলেন, হরি, হরি– এও কি কখনও সম্ভব তোমার অর্থের ভাবনা নাই, কোন দরিদ্র কুলীন সন্তানকে কন্যা দান করিয়া, জামাতা ও কন্যা নিজের বাটীতেই রাখিয়া দাও– ইহা দেখিতেও ভাল হইবে, শুনিতেও ভাল হইবে। এত বড় বংশ, এত বড় কুল, ইহার মর্যাদা কি ছোট করিতে আছে! প্রিয়বাবু বাড়িতে আসিয়া এ কথা জানাইলেন। গৃহিণী সাহ্লাদে মত দিয়া বলিলেন, তাই কর। যে কটা দিন বাঁচি, কমলা আমার কাছেই থাক।

তাহাই হইল। দরিদ্র দেখিয়া বিবাহ দিয়া নিজের কাছেই রাখিবেন বলিয়া, প্রিয়বাবু একদিবস মধুসূদন মুখুয্যে মহাশয়ের বাটীতে আসিয়া উপস্থিত হইলেন। মধুসূদন শর্মা তখন যজমান-বাটীতে নিত্যপূজা করিতে যাইতেছিলেন। সহসা এতবড় সম্ভ্রান্ত ব্যক্তির আগমনে অত্যন্ত সঙ্কুচিত হইয়া পড়িলেন, কোথায় বসিতে দিবেন তাহা খুঁজিয়া পাইলেন না।

প্রিয়বাবু বুঝিলেন, মধুসূদন কিঞ্চিৎ বিব্রত হইয়া পড়িয়াছেন; হাসিয়া বলিলেন, মহাশয়ের নিকট কিছু প্রয়োজন আছে, চলুন ভিতরে গিয়ে বসি।

আজ্ঞে হাঁ– চলুন; কিন্তু– তা–

না– তা কিছুই নয়– চলুন, বসে সকল কথা বলচি।

তখন দুইজন চণ্ডীমণ্ডপে আসিয়া বসিলেন। প্রিয়বাবু বলিলেন, আপনার ভাগিনেয়টি কোথায়?

আর কোথায়! ভট্টাচার্যমশায়ের টোলে পড়চে।

একবার ডেকে পাঠান।

পাঠাচ্ছি; কোনও প্রয়োজন আছে কি?

বিশেষ প্রয়োজন আছে।

মধুসূদন ভট্টাচার্য কিছুতেই বুঝিয়া উঠিতে পারিলেন না, সে অকর্মণ্য ছোঁড়াটার সহিত এত বড় সম্ভ্রান্ত লোকের কি প্রয়োজন থাকিতে পারে। বরং একটু ভীত হইয়া কহিলেন, কিছু করেচে কি?

কি করবে?

তবে?

প্রিয়বাবু হাসিয়া বলিলেন, তাকে নিজের জামাতা করব মনে করেচি এবং সেই সূত্রে আপনি আমার বৈবাহিক। বলিয়া প্রিয়বাবু জোরে হাসিয়া ফেলিলেন। যে কথা মনে হওয়ায় তাঁহার হাসি পাইয়াছিল, মধুসূদন তাহা জানিতে পারিলে বোধ হয় আর কথাই কহিতেন না। ভট্টাচার্য বিস্ময়বিস্ফারিত নয়নে কিছুক্ষণ তাঁহার মুখপানে চাহিয়া থাকিয়া বলিলেন, কাকে, কাশীনাথকে?

হাঁ।

কেন?

অত বড় কুলীনসন্তান আমি আর সন্ধান করে পেলাম না। আপনার এ বিবাহে অমত আছে কি?

অমত! এ তো পরম সৌভাগ্যের কথা— কিন্তু সে যে পাগল।

পাগল? কৈ, এ কথা তো কখন শুনি নাই?

তার পিতা পাগল ছিল।

কাশীনাথের পিতাকে প্রিয়বাবু বিলক্ষণ চিনিতেন; এবং ইহাও জানিতেন, তাঁহাকে অনেকেই পাগল বলিত। প্রিয়বাবু ক্ষণকাল চিন্তা করিয়া বলিলেন, ছেলেটির নাম কি?

কাশীনাথ বন্দ্যোপাধ্যায়।

তাকে ডেকে পাঠান— আমি একবার দেখব।

মধুসূদন ভট্টাচার্য তাহাকে ডাকাইতে পাঠাইলেন। যে ডাকিতে গেল, সে তাঁহারই কনিষ্ঠ পুত্র। সে গিয়া ডাকিল, কাশীদাদা। কাশীদাদা উত্তর দিল না। আবার ডাকিল, কাশীদাদা!

এবার কাশীনাথ মুখ তুলিয়া চাহিয়া বলিল, কি?

তোমাকে বাবা ডাকচেন।

কেন?

তা জানিনে। ও-গাঁয়ের জমিদারবাবু এসেচেন, তিনিই তোমাকে ডেকে পাঠিয়েচেন।

কাশীনাথ ধীরে ধীরে পুঁথি বন্ধ করিয়া বাটী আসিয়া যেখানে প্রিয়বাবু ও তাহার মাতুল মহাশয় বসিয়াছিলেন, সেইখানে আসিয়া উপবেশন করিল।

প্রিয়বাবু তাহার অঙ্গপ্রত্যঙ্গ বেশ করিয়া নিরীক্ষণ করিয়া কহিলেন, কাশীনাথ। কোথায় ছিলে?

ভট্টাচার্য মহাশয়ের টোলে পড়ছিলাম।

ব্যাকরণ পড়েচ?

কাশীনাথ ঘাড় নাড়িয়া জানাইল, সে পড়িয়াছে।

সাহিত্য পড়েচ?

সামান্যই পড়েচি।

এখন কি পড়চ?

সাঙ্খ্য-দর্শন।

প্রিয়বাবু বলিলেন, আচ্ছা যাও, পড় গে।

কাশীনাথ চলিয়া গেল। তাহাকে কেন ডাকাইয়া আনা হইল, কেন যাইতে বলা হইল, তাহা সে কিছুই বুঝিল না। টোলে আসিয়া পুনরায় পুঁথি খুলিয়া বসিল। সে চলিয়া গেলে প্রিয়বাবু বলিলেন, কি পাগলের, না কিসের কথা বলছিলেন?

মধুসূদন কহিলেন, না, পাগল ঠিক নয়, কিন্তু ঐ একরকম, তাই কেউ কেউ ওকে পাগল বলে।

কি রকম?

সর্বদা পুঁথি নিয়ে বসে থাকে, না হয় আপন মনে ঘুরে বেড়ায়– কোনও কথায় বা কোনও কাজে থাকে না– এই রকম।

আর কিছু করে?

হয়ত কখনও বা একটা অন্ধকার ঘরের কোণে একা চুপ করে বসে থাকে।

প্রিয়বাবু হাসিয়া বলিলেন, আর কিছু?

এ হাসির অর্থ মধুসূদন ভট্টাচার্য যেন কতক বুঝিতে পারিলেন। অল্প অপ্রতিভভাবে বলিলেন, না, আর কিছু নয়।

তবে বাটীর ভেতর একবার জিজ্ঞাসা করে আসুন। তাঁদের যদি মত হয় ত এই মাসের মধ্যে বিবাহ দিয়ে ফেলি।

ভিতরে আসিয়া মধুসূদন গৃহিণীকে এ কথা জানাইলে তিনি যেন আকাশ হইতে পড়িলেন। বিস্ময়ের মাত্রা কিঞ্চিৎ শমিত হইলে বলিলেন, কাশীর সঙ্গে প্রিয়বাবুর মেয়ের বিয়ে? তুমি কি পাগল হলে নাকি?

এতে পাগলের কথা আর কি আছে?

নাই কি?

কাশীনাথ কত বড় কুলীনের ছেলে মনে আছে কি?

গৃহিণী দীর্ঘশ্বাস ফেলিয়া বলিলেন, আমার হরির সঙ্গে হয় না?

দুইজনেই জানিতেন, তাহা হয় না। কর্তাও দীর্ঘনিশ্বাস ফেলিয়া বলিলেন, মত কি?

গৃহিণী বিষণ্ণভাবে বলিলেন, মত আর কি– হয় হোক।

কর্তা বাহিরে আসিয়া কাষ্ঠহাসি হাসিয়া বলিলেন, ব্রাহ্মণীর এতে আনন্দের সীমা নাই। উনিই কাশীর জননীস্থানীয়া– যখন কাশীনাথ দু'বছরের, তখন আমার ভগিনীর মৃত্যু হয়। সেই অবধি একরকম উনিই মানুষ করেচেন। তার পর যখন স্বর্গীয় বাঁড়ুয্যেমশায়ের পরলোক হয়, তদবধি তো এইখানেই আছে।

প্রিয়বাবু কহিলেন, সমস্তই আমি জানি। তবে আজই সমস্ত স্থির করে ফেলুন।

কি স্থির করতে হবে? আপনার যেদিন সুবিধা হবে, সেইদিনই আমি আর্শীবাদ করে আসব।

সে কথা নয়; কৌলীন্যের মর্যাদাটা?

সে-বিষয়ে আমি আর কি স্থির করব? মশায় যা অনুমতি করবেন তাই হবে। তবে আপনার ভাবী জামাতার মাতুলানী– তিনিই মাতৃস্থানীয়া– তাঁর মত একবার শোনা আবশ্যক।

অবশ্য, অবশ্য! তাই তো বলছিলাম।

পরে মাতুলানীর মত লইয়া, প্রিয়বাবুর স্ব-ইচ্ছায় স্থির হইয়া গেল যে, জননীস্থানীয়া ভট্টাচার্যগৃহিণী এক সহস্র নগদ না লইয়া কাশীনাথের কিছুতেই বিবাহ দিবেন না। তাহাই হইল; প্রিয়নাথবাবু ইহাতে আপত্তি করিলেন না।

তিন

পূর্বে যাহাই হউক, যখন দেখিল, সে রীতিমত স্থায়ীরূপ ঘরজামাই হইয়া পড়িয়াছে, তখন কাশীনাথের মনে আর সুখ রহিল না। এখন সে যেখানে ইচ্ছা সেখানে আর যাইতে পারে

না; যথা ইচ্ছা তথায় দাঁড়াইতে পায় না; যাহার তাহার সহিত কথা কহিতে পায় না; সব জিনিস হইতে তাহাকে যেন পৃথক করিয়া রাখা হইয়াছে। সে যেখানে যাইতে চাহে, সেইখানেই হয়ত তাহার শ্বশুরের অমত হয়, না হয় শাশুড়ী ঠাকুরানী ঝঙ্কার দিয়া বলিয়া উঠেন, কি, আমার জামাই অমুকের মাটিতে মাড়াইবে? জামাই অমনই সঙ্কুচিত হইয়া যায়। কেন এমন হইল, কেন তাহাকে এমন করিয়া রাখা হইতেছে, এমন করিয়া কাহার কি উদ্দেশ্য সাধিত হইবে, কাশীনাথ তাহা কিছুতেই হৃদয়ঙ্গম করিয়া উঠিতে পারে না। সময়ে সময়ে মনকে প্রবোধ দেয়, আমি কি আর যে-সে লোক আছি যে, যা-তা করিব। কিন্তু ভিতরটা কাঁদিয়া বলে, স্বস্তি পাই না– স্বস্তি পাই না। সে কণ্টকময় বনে স্বেচ্ছায় ঘুরিয়া ফিরিয়া বেড়াইত, এখন স্বর্ণপিঞ্জরে আবদ্ধ হইয়াছে তাহা বুঝিতে পারে। অসীম উদ্দাম সাগরে ভাসিয়া যাইতেছিল, এখন তাহাকে একটা চতুর্দিকে বাঁধা পুষ্করিণীতে ছাড়িয়া দেওয়া হইয়াছে। সাগরে যে সে বড় সুখে ভাসিয়া যাইতেছিল তাহা নহে– সেখানে ঝড়-বৃষ্টি ও তরঙ্গে উৎপীড়িত হইতে হইয়াছিল। কিন্তু এ নির্মল সরোবর তাহার আরও কষ্টকর বোধ হইতে লাগিল। এক-একসময়ে মনে হইত, যেন এক কটাহ উষ্ণ জলে তাহাকে ছাড়িয়া দেওয়া হইয়াছে। সকলে মিলিয়া মিশিয়া পরামর্শ করিয়া তাহার দেহটাকে কিনিয়া লইয়াছে; সেটা যেন আর তাহার নিজের নাই। মাথায় সে টিকি নাই, কণ্ঠে সে তুলসীর মালা নাই, সে খালি পা নাই, সে খালি গা নাই, সে ধনঞ্জয় ভট্টাচার্যের টোল নাই, নদীর ধারের অশ্বত্থবৃক্ষ নাই, চণ্ডীমণ্ডপের কোণ নাই– কিছুই নাই।

সে নবজন্ম লাভ করিয়া পূর্বজন্মের সমস্ত বস্তু ঝাড়িয়া ঝুড়িয়া ফেলিয়া দিয়াছে, কিংবা তাহার দেহ আর মন যেন বিবাদ করিয়া পৃথক হইয়া গিয়াছে। সন্ধ্যার সময় মনটা যখন নদীর ধারের অশ্বত্থ বৃক্ষমূলে, কি মাঠের ভিতর কৃষকদিগের মধ্যে বিচরণ করিতে থাকে, দেহখানা তখন হয়ত চমৎকার বেশভূষায় বিভূষিত হইয়া গাড়ি চড়িয়া বেড়াইয়া আসে। মনটা যখন কোমরে গামছা বাঁধিয়া নদীর জলে ঝাঁপাইয়া পড়ে, দেহটা হয়ত তখন জলচৌকির উপর বসিয়া ভৃত্যহস্তে সাবান জলে পরিষ্কৃত হইতে থাকে। এইরূপে একটা কাশীনাথ সর্বদা দুইটা কাজ করিয়া বেড়ায়, অথচ কোনটাই তাহার সর্বাঙ্গসুন্দর হয় না, সম্পূর্ণও হয় না।

কতদিন এইরূপে কাটিল। এক মাস দুই মাস করিয়া শ্বশুরালয়ে তাহার এক বৎসর কাটিয়া গেল। প্রথম কয়েক মাস তাহার মন্দ অতিবাহিত হয় নাই। আমোদ-উৎসাহে বিশেষ একটা নূতনত্বের মোহে সে নিজের অবস্থার দোষগুণ বিশেষ পর্যবেক্ষণ করিয়া দেখিবার সময় পায় নাই; যখন পাইল, তখন দিন দিন শুকাইতে লাগিল। অপর কেহ এ কথা না বুঝিতে পারিলেও কমলা বুঝিল; তাহার চক্ষু স্বামীর অবস্থা ধরিয়া ফেলিল। একদিন সে বলিল, তুমি শুকিয়ে যাচ্চ কেন?

কে বললে?

আমার চোখ বললে।

ভুল বলচে।

কমলা ধরিয়া বসিল, কি হয়েছে আমাকে বলবে না?

কিছুই তো হয়নি!

হয়েচে।

হয়নি।

নিশ্চয় হয়েচে। আমার মন সব জানতে পারে।

কাশীনাথ মুখ ফিরাইয়া বলিল, তুমি বড় বিরক্ত কর, আমি এখান থেকে যাই।

কাশীনাথ চলিয়া যায় দেখিয়া কমলা হাত ধরিল কাতর হইয়া কহিল, যেও না– আমি

আর কোন কথা জিজ্ঞাসা করব না। কাশীনাথ একবার বসিল, কিন্তু পরক্ষণেই উঠিয়া চলিয়া গেল। কমলা আর বসিতে বলিল না, কিন্তু চলিয়া গেলে বালিশে মুখ লুকাইয়া কাঁদিতে লাগিল।

কাশীনাথ বাহিরে আসিয়া চতুর্দিকে চাহিয়া দেখিল, তাহার উপর কাহারও চক্ষু নাই। তখন ধীরে ধীরে ফটক পার হইয়া রাস্তা বাহিয়া চলিতে লাগিল। অনেকদূর গিয়া দেখিতে পাইল, একজন দরোয়ান তাহার পশ্চাতে আসিতেছে। কাশীনাথ বিরক্ত হইয়া ফিরিয়া কহিল, তুই কোথায় যাচ্ছিস?

সে সেলাম করিয়া বলিল, আপনার সঙ্গে।

আমার সঙ্গে যেতে হবে না– তুই ফিরে যা।

সন্ধ্যার সময় একা বেড়াবেন?

কোন উত্তর না দিয়া কাশীনাথ চলিতে লাগিল। দরোয়ান বেচারী কি করিবে বুঝিতে না পারিয়া একটু দাঁড়াইয়া নিজের বুদ্ধি খরচ করিয়া স্থির করিল, যাওয়াই উচিত। কাশীনাথ তাহা কিছুই লক্ষ্য করিল না। আপন মনে চলিতে চলিতে মামার বাড়ি আসিয়া উপস্থিত হইল। ভিতরে প্রবেশ করিয়া শূন্যমনে একটা ঘরের বারান্দায় আসিয়া উপবেশন করিল। অনেকক্ষণ বসিয়া থাকিবার পর, হরিবাবু বেড়াইতে যাইতেছিলেন, তিনি তাহাকে দেখিতে পাইলেন। কিন্তু সন্ধ্যা হইয়াছে, বারান্দায় অল্প অন্ধকারও হইয়াছে, সুতরাং চিনিতে পারিলেন না নিকটে আসিয়া বলিলেন, কে ও?

কাশীনাথ বলিল, আমি।

হরিবাবু অতিশয় বিস্ময়ের ভাব দেখাইয়া বলিলেন, কেও, জামাইবাবু নাকি?

কাশীনাথ মৌন হইয়া রহিল। তখন হরিবাবু চীৎকার করিয়া ডাকিলেন, ও মা, দেখে যাও, জমিদারদের জামাইবাবু এসেচেন– বসবার জায়গাও কেউ দেয়নি।

হরির মা বাহিরে আসিলেন, বলিলেন, তাই তো! দুঃখী মামীকে মনে পড়েচে বাবা?

কাশীনাথ বরাবর চুপ করিয়াই রহিল। তখন মাতুলানী আপনার কন্য বিন্দুবাসিনীকে ডাকিয়া বলিলেন, বিন্দু, একবার এদিকে আয় মা– তোর কাশীদাদা এসেচেন, একটা বসবার আসন দে, আমি ততক্ষণ আহ্নিকটা সেরে আসি।

বিন্দুবাসিনী মধুসূদন মুখোপাধ্যায় মহাশয়ের দ্বিতীয়া কন্যা। গৃহস্থঘরের বৌ বলিয়া বাপের বাড়িতে বড় একটা আসিতে পারে না। আজ মাস খানেক হইল এখানে আসিয়াছে। আসিয়া অবধি তাহার কাশীদাদার সহিত দেখা হয় নাই। কাশীদাদাকে সে বড় ভালবাসিত, তাই নাম শুনিয়া ছুটিয়া বাহিরে আসিল। আসিয়া দেখিল, কেহ কোথাও নাই, শুধু একজন বাবু অন্ধকারে বারান্দায় বসিয়া আছে। এরূপ কাশীদাদা পূর্বে সে দেখে নাই। বড়লোকের জামাতা হইয়াছে এবং বাবু হইয়াছে দেখিয়া তাহার হাসি আসিল, কিন্তু নিকটে আসিয়া অন্ধকারেও দাদার মুখখানা এত ম্লান বোধ হইল যে, সে আর হাসিতে পারিল না। কাশীনাথের মুখ ম্লান হইতে পূর্বে কেহ দেখে নাই, বিশেষ বিন্দু– বাড়ির মধ্যে সেই কেবল কাশীনাথকে কিঞ্চিৎ চিনিতে পারিয়াছিল। সে নিকটে আসিয়া সস্নেহে হাত ধরিয়া বলিল, কাশীদাদা! এখানে একলা কেন? চল, আমার ঘরে গিয়ে বসবে চল। কাশীনাথ বিন্দুর ঘরে আসিয়া শয্যার উপর উপবেশন করিল।

বিন্দু কহিল, কাশীদাদা, আমি কতদিন এসেচি, তুমি একদিনও দেখতে আসনি কেন?

আসতে পারিনি বোন।

কেন আসতে পারনি?

কাশীনাথ একটু ইতস্ততঃ করিয়া কহিল, আসতে দেয় না।

আসতে দেয় না? সে কি?

কাশীনাথ অন্যমনস্কভাবে কহিল, ঐ রকম।

বিন্দু দুঃখিত হইয়া জিজ্ঞাসা করিল, তোমাকে যেখানে ইচ্ছা সেখানে যেতে দেয় না?

না, দেয় না। আমি কোথাও গেলে শ্বশুরমশায়ের অপমান বোধ হয়।

বিন্দু বুঝিল, এ-সকল কথা বলিতে কাশীনাথের ক্লেশ বোধ হইতেছে, তাই অন্য কথা পাড়িয়া বলিল, দাদা, তোমার বৌ দেখালে না?

কাশীনাথ মৌন হইয়া রহিল।

বিন্দু আবার বলিল, কেমন বৌ হয়েচে?

ভাল।

তবে আমি একদিন গিয়ে দেখে আসব।

কাশীনাথ মুখ তুলিয়া বিন্দুর মুখের পানে চাহিল; ঈষৎ হাসিয়া বলিল, যেও।

এমন সময়ে গুম গুম শব্দে একখানি গাড়ি আসিয়া সদরে থামিল। বিন্দু বলিল, ঐ বুঝি তোমার গাড়ি এল।

বোধ হয়। যাবার সময় জিজ্ঞাসা করিল, কবে যাবে?

কোথায়?

বৌ দেখতে।

বিন্দু মুখ টিপিয়া হাসিয়া বলিল, তোমার যবে সুবিধা হবে, সেই দিন এসে নিয়ে যেও।

কাল আসব?

পরদিন কাশীনাথ গাড়ি লইয়া নিজে আসিল। বিন্দুর যাইবার সময় কোথা হইতে হরিবাবু আসিয়া পড়িলেন। তিনি আসিবার সময় গাড়ি দেখিয়া কাশীনাথের আগমন কতকটা অনুমান করিয়াছিলেন ভিতরে আসিয়া বিন্দু কোথায় যাইতেছে জিজ্ঞাসা করায় মা বলিলেন, বৌমাকে একবার দেখতে যাচ্ছে।

কোন বৌমাকে? জমিদারের মেয়েকে?

গৃহিণী কথা কহিলেন না। তখন হরিবাবু মহাগম্ভীরভাবে কহিলেন, বিন্দু যদি ওখানে যায়, তা হলে এ জন্মে আমি আর ওর মুখ দেখব না।

মা বিস্মিত হইয়া কহিলেন, সে কি রে! ভাইয়ের বৌকে দেখতে যাবে তাতে দোষ কি?

দোষের কথা তোমাকে বুঝিয়ে দেবার সময় নাই। বিন্দু যদি আমার কথা না শোনে, তাহলে এ বাড়িতে সে আর না আসে।

হরিদাদা কি প্রকৃতির মানুষ, বিন্দুর তাহা অবিদিত ছিল না। সে নিঃশব্দে ঘরে গিয়া কাপড়-চোপড় খুলিয়া রাখিল। কাশীনাথ দাঁড়াইয়া সব দেখিল। তাহার পর ম্লানমুখে গাড়িতে আসিয়া বসিল।

সন্ধ্যার সময় কমলা জিজ্ঞাসা করিল, কৈ, ঠাকুরঝি এলেন না?

কাশীনাথ কাতরভাবে বলিল, তাঁরা পাঠালেন না।

কেন?

তা জানি না। বোধ হয়, এখানে পাঠাতে তাঁদের লজ্জা বোধ হয়। কথাগুলি কমলার বুকের ভিতর গিয়া বিঁধিয়া রহিল।

চার

জমিদার প্রিয়বাবুর একটিমাত্র সন্তান কমলা। প্রিয়বাবু আরও দুইটি সংসার করিয়াছিলেন। কিন্তু তাহাতে সন্তানাদি হয় নাই। সে সমস্ত গত হইলে, মনের দুঃখে বৃদ্ধাবস্থায় আর একটি সংসার পাতাইলেন– তাহার ফল একটি মাত্র কন্যারত্ন। নিঃসন্তানের সন্তান হইলে পুত্র-কন্যার ভেদ রাখে না। তাই কমলা কর্তার উপর কর্তা, গৃহিণীর উপরও গৃহিণী। তাহার কথা কাটে, কিংবা অমান্য করে, বাড়ির মধ্যে এ ক্ষমতা কাহারও ছিল না। কমলা ধনবতী, বিদ্যাবতী, রূপবতী, গুণবতী– সর্ববিষয়ে সর্বময়ী কর্ত্রী; তথাপি একজনকে কিছুতেই সে আয়ত্ত করিতে পারিল না; যাহাকে পারিল না, সে তাহার স্বামী। কমলা অনেক করিয়া দেখিয়াছে। রাগ করিয়া দুঃখ করিয়া দেখিয়াছে, মান করিয়া অভিমান করিয়া দেখিয়াছে, আদর-যত্ন করিয়া দেখিয়াছে, কিন্তু কিছুতেই স্বামীর মন দখল করিতে পারে নাই। দখল করা দূরে থাকুক, তাহার বোধ হয় কাছে যাইতেও পারে নাই। একটা দরিদ্র লোক যে কত বড় মন লইয়া তাহার স্বামী হইয়া আসিয়াছে, তাহা সে কিছুতেই নির্ণয় করিয়া উঠিতে পারে না। নিত্য দুইবেলা কমলা প্রার্থনা করিত, ঠাকুর, ওর মনটি আমাকে ধরিয়ে দাও। সময়ে সময়ে মনে করিত, বোধ হয় মনই নাই, তাই ধরিতে পারি না। কমলার নিকট তাহার স্বামী একটি জটিল রহস্য বলিয়া মনে হইত; যত দিন যাইতে লাগিল, উদ্ভেদের পন্থা পাওয়া দূরে থাক, তত অধিক জটিল বলিয়া মনে হইত। কখনও সে ভাবিত, স্বামীর এত অধিক ভালবাসা বোধ হয় কোনও স্ত্রী কখনও লাভ করে নাই; কখনও মনে হইত, এত দারুণ উপেক্ষাও বোধ হয় কখন কাহাকেও ভোগ করিতে হয় নাই। তথাপি কমলার দিন কাটিতে লাগিল; শুধু কাটে না কাশীনাথের; পুঁথিতেও আর মন বসে না, চুপ করিয়া বসিয়া থাকিতেও বিরক্তি বোধ হয়, কথাবার্তা আমোদ-আহ্লাদেও প্রবৃত্তি হয় না। অমন হৃষ্টপুষ্ট শরীর কৃশ হইতে লাগিল, অমন গৌর বর্ণ কালো হইতে লাগিল। ক্রমশঃ ক্ষয় হইয়া আসিতেছে দেখিয়া কমলা কপালে করাঘাত করিল। পূর্বে সে প্রতিজ্ঞা করিয়াছিল, এ কথা আর জিজ্ঞাসা করিবে না, কিন্তু সে প্রতিজ্ঞা আর রক্ষা করা চলিল না। স্বামী আসিলে, তাঁহার পায়ে লুটাইয়া পড়িয়া কাঁদিতে লাগিল। কাশীনাথ বিব্রত হইয়া কমলার হাত ধরিয়া তাহাকে তুলিবার চেষ্টা করিল, কিন্তু কিছুতেই তুলিতে পারিল না।

কি হয়েচে, কাঁদচ কেন?

কমলা কথা কহিল না। বহুক্ষণ কাঁদিয়া-কাটিয়া পায়ের উপর মুখ রাখিয়া কহিল, তুমি আমাকে একেবারে মেরে ফেল, এমন একটু একটু করে পুড়িও না।

কাশীনাথ অত্যন্ত বিস্মিত হইল– কেন, করেচি কি?

তা কি তুমি জান না?

কৈ, কিছুই না।

আর যা ইচ্ছে কর, কিন্তু আমার দাঁড়াবার একটু স্থান রেখো।

এবার কাশীনাথ কমলাকে তুলিতে পারিল, কাছে বসাইয়া আদর করিয়া জিজ্ঞাসা করিল, কি হয়েচে, বেশ করে বুঝিয়ে বল দেখি?

তুমি রোজ রোজ এমন হয়ে যাচ্ছ কেন?

আমার শরীর কি বড় মন্দ হয়েচে?

কমলা চোখে আঁচল দিয়া কাঁদিতেছিল! সেইভাবেই ঘাড় নাড়িয়া জানাইল, হয়েচে।

আমিও বুঝতে পারি, হয়েচে, কিন্তু কি করব বল?

কমলা মুখ তুলিয়া বলিল, ওষুধ খাও।

কাশীনাথের হাসি আসিল, কহিল, ওষুধে সারবে না।
তবে কিসে সারবে?
তা জানিনে।
ওষুধে সারবে না, কিসে সারবে তাও জান না; তবে কি আমার কপালটা একেবারে পুড়িয়ে দেবে?
কাশীনাথ সাদাসিধা মানুষ, টোলে-পড়া বিদ্যা, সোহাগ-আদরও জানিত না; প্রণয়-সম্ভাষণও তাহার আসিত না; কিন্তু এখন স্বাভাবিক স্নেহে অনুপ্রাণিত হইয়া কমলার হাত ধরিয়া চক্ষু মুছাইয়া দিয়া সে বলিল, এখানে সুখ পাই না— তাই বোধ হয় এমন হয়ে যাচ্ছি।
তবে এখানে থাক কেন?
না থাকলে কোথায় যাব?
এখান ছাড়া কি আর জায়গা নেই? যেখানে সুখ পাও, সেখানে গিয়ে থাক।
তা হয় না।
কেন হয় না?
এখানে না থাকলে কি শ্বশুরমশায়ের ভাল বোধ হবে?
আর এমন করে শুকিয়ে গেলেই কি তাঁর ভাল বোধ হবে?
ভাল বোধ হবে না, কিন্তু উপায় কি? তোমার বাবা গরীব দেখে—
কমলা মুখ চাপিয়া ধরিল— ছি, ও-সব কথা ব'ল না। আমাকে সব কথা খুলে বল, আমি উপায় করে দেব।
কাশীনাথ চিন্তা করিয়া কহিল, সব কথা তোমাকে খুলে বলা যায় না। আবার কিছুক্ষণ মৌন থাকিয়া কহিল, এই-সব দেখে শুনে মনে হয়, আমাদের এ বিয়ে না হলেই ভাল হ'ত।
কেন?
তুমিই বল দেখি, আমাকে পেয়ে কি একদিনের তরেও সুখী হয়েচ? আমি সোহাগ জানিনে, আদর জানিনে, ধরতে গেলে কিছুই জানিনে। তোমাদের এই বয়সে কত সাধ, কত কামনা, কিন্তু তার একটিও কি আমাকে দিয়ে পূর্ণ হয়? আমি যেন তোমার স্বামী নই, শুধু তার ছায়া।
কমলার চোখ দিয়া জল পড়িতে লাগিল। সব কথা সে ভাল বুঝিতেও পারিল না। একটা কথা তাহার অন্তরের ভিতর হইতে এতক্ষণ ধরিয়া বাহির হইবার নিমিত্ত ছটফট করিতেছিল, সেটাকে যেন বলপূর্বক একটা বায়ুহীন কক্ষে আবদ্ধ করিয়া রাখা হইয়াছে, বিষম পীড়াপীড়ি করিয়া এইবার বাহির হইয়া পড়িল। কম্পিত কণ্ঠে কমলা জিজ্ঞাসা করিল, আমাকে কি তুমি দেখতে পার না?
সে কথা আর একদিন বলব।
না, বল— কিন্তু আমাকে বিয়ে করে কি তুমি সুখী হওনি?
কি জানি, হয়ত না।
অন্য কা'কে বিয়ে করলে কি সুখী হতে?
তাও তো ঠিক বলতে পারিনে।
শুনিয়া কমলার সর্বাঙ্গ জ্বালা করিয়া উঠিল। এই সময়ে একজন দাসী বাহির হইতে বলিল, দিদিমণি, মার বড় জ্বর হয়েছে— তোমাকে ডাকছেন।
কমলা চক্ষু মুছিয়া বাহির হইয়া গেল।

পাঁচ

গৃহিণীর সে জ্বর আর সারিল না। পনর দিবসমাত্র ভুগিয়া, সকলকে কাঁদাইয়া প্রাণত্যাগ করিলেন। পত্নীশোক প্রিয়বাবুর বড় বাজিল। এই বৃদ্ধবয়সে তিনিও বুঝিলেন, তাঁহাকেও অনেকদিন পৃথিবীতে থাকিতে হইবে না। এইবার কমলার অনেক কাজ পড়িল; নিজের সুখ-চিন্তা ব্যতীতও পৃথিবীতে অনেক কিছু করিতে হয়। বৃদ্ধ পিতা ক্রমশঃ অপটু হইয়া আসিতেছেন, কমলা সর্বদাই পিতার নিকট থাকিতে লাগিল। আর কাশীনাথ? সে সৃষ্টিছাড়া লোক; এইবার যেন সময় বুঝিয়া পুস্তকের রাশি লইয়া গৃহের কবাট রুদ্ধ করিয়া বসিল। যখন পুস্তকে মন লাগে না, তখন বাহির হইয়া যায়। কখন হয়ত একাদিক্রমে দুইদিন ধরিয়া বাটীতেই আসে না। কোথায় আহার করে, কোথায় নিদ্রা যায়, কেহই জানিতে পারে না। এ-সব দেখিয়া শুনিয়া কমলা একরকম হতাশ হইয়া হাল ছাড়িয়া দিয়াছে। সে যুবতী হইলেও এখনও বালিকামাত্র। স্বামী-প্রীতি, স্বামী-ভক্তি এখনও তাহার শিক্ষা হয় নাই। শিখিতেছিল– বাধা পড়িয়াছে; আবার স্বামী কর্তৃকই বাধা পড়িয়াছে তাহার দোষ কি? সে যাহা শিখিয়াছিল, ক্রমশঃ ভুলিতে লাগিল। যে-সব সোনার দাগ বুকের মাঝে ঈষৎ পড়িয়াছিল, তাহা এখনও উজ্জ্বল হয় নাই, বাহিরের সৌন্দর্য এখনও ভিতরে প্রতিবিম্বিত হইতে পারে নাই– অযত্নে অসাবধানে তাহা ক্রমশঃ ক্ষয় হইয়া আসিতে লাগিল। শেষে যখন একেবারে মিলাইয়া গেল– কমলা তখন জানিতেও পারিল না। একখানা ভগ্ন অট্টালিকার দুই-একখানা ইঁট, দুই-একটুকরা কাঠ-পাথর বুকের মাঝে ইতস্ততঃ নিক্ষিপ্ত আছে– কখনও কখনও দেখিতে পাইত, কিন্তু সে-সকল একত্র করিয়া আবার জোড়া দিয়া অট্টালিকা গাঁথিবার তাহার ইচ্ছাও ছিল না, সামর্থ্যও ছিল না। এখানে এক সময়ে একটা রাজপ্রাসাদ ছিল, প্রমোদকানন ছিল– স্বপ্নের ঘোরে আসিয়াছিল, স্বপ্নশেষে চলিয়া গিয়াছে। সে স্বপ্ন ফিরিয়া দেখিবারও তাহার আর সাধ নাই। যাহা গিয়াছে– তাহা গিয়াছে।

বৃদ্ধ পিতার সেবা করিয়া, দাসদাসীকে আদর-যত্ন করিয়া, কর্মসুখে তাহার দিন অতিবাহিত হইয়া যাইতেছে। কিন্তু একের যাহাতে সুখ হয়, অন্যের তাহাতে তো হয় না! কমলা যে সুখ অনুভব করিতে লাগিল, বুড়া ঝি তাহাতে মর্মে ক্লেশ পাইতে লাগিল। অনেক দেখিয়া শুনিয়া সে গোপনে একদিবস প্রিয়বাবুকে কহিল, জামাইবাবু যেন কি-রকম হয়ে যাচ্ছেন, কখন বাড়িতে থাকেন, কখন চলে যান– কখন কি করেন, বাড়ির কেউ জানতে পারে না। দিদিমণির সঙ্গেও বোধ হয় কথাবার্তা নেই।

প্রিয়বাবু নিজের শরীর ও মন লইয়া বিব্রত ছিলেন, এ-সকল দেখিতে পাইতেন না। বৃদ্ধা দাসীর কথায় তাঁহার চৈতন্য হইল। কমলা আসিলে সস্নেহে কহিলেন, মা, আমি যা জিজ্ঞাসা করব, তার যথার্থ উত্তর দেবে?

কমলা পিতার মুখপানে চাহিয়া জিজ্ঞাসা করিল, কি কথা বাবা?

দেখ মা, আমাকে লজ্জা করবার আবশ্যক নাই বাপের কাছে বিপদের সময় কোনও কথা গোপন করতেও নাই, আমাকে সব কথা খুলে বল– আমি নিজে সমস্ত মিটিয়ে দিয়ে যাব।

কমলা মৌন হইয়া রহিল। প্রিয়বাবু আবার কহিলেন, সুখে থাকবে বলে তোমাকে সুপাত্রের হাতে দিয়েচি। তুমি ছাড়া আমার আর কেউ নাই– কিন্তু তোমাকে অসুখী দেখে মরেও আমার সুখ নেই। বৃদ্ধের চক্ষু দিয়া জল গড়াইয়া পড়িল। কমলার চক্ষু দিয়াও জল পড়িতেছিল; বৃদ্ধ সে অশ্রু সস্নেহে মুছাইয়া বলিলেন, সব কথা আমাকে খুলে বলবি নে

মা? কিন্তু কি বলিতে হইবে কমলা তাহা খুঁজিয়া পাইল না। প্রিয়বাবু কিছুক্ষণ মৌন থাকিয়া আবার কহিলেন, ঝগড়া হয়েছে বুঝি? কমলা ভাবিল, ভাব থাকলে তো ঝগড়া হবে! ঘাড় নাড়িয়া বলিল, না।

ঝগড়া হয়নি? তবে সে বুঝি তোকে দেখতে পারে না?

কমলার একবার ইচ্ছা হইল– বলে, তাই বটে! কিন্তু তাহা পারিল না। স্বামী তাহাকে দেখিতে পারে না বলিতে তাহার বুকে বাজিল। সে চুপ করিয়া রহিল।

প্রিয়বাবু ম্লানমুখে হাসিয়া বলিলেন, তবে তুই বুঝি দেখতে পারিস নে?

কমলা ভাবিল, তাই হবে বুঝি। আমিই হয়ত দেখতে পারিনে। কিন্তু সে কি কথা! আমি আমার স্বামীকে দেখতে পারিনে? কমলা শিহরিয়া বুকের অন্তস্তল পর্যন্ত দেখিবার প্রয়াস করিল– দেখিল, সেখানকার গীত-বাদ্য বন্ধ হইয়া গিয়াছে, শুধু মাঝে মাঝে দুই-একজন জিনিসপত্র সরাইয়া লইতে আসিতেছে, যাইতেছে; তাঁহাদেরই করস্থিত বাদ্যযন্ত্রে অসাবধানে কখনও হয়ত একটু-আধটু সুর বাহির হইয়া পড়িতেছে; কখনও হয়ত দুই-একজন অভিনেতা পাশ হইতে উঁকি মারিয়া দেখিতেছে। কমলা কাঁদিয়া অঞ্চল দিয়া চক্ষু আবৃত করিল।

প্রিয়বাবু অতিশয় কাতর হইলেন; বলিলেন, কেন কাঁদিস্ মা?

বাবা, আমরা যেন কেউ কারো নয়।

প্রিয়বাবু ধীরে ধীরে কন্যাকে আপনার বুকের কাছে টানিয়া লইলেন। ধীরে ধীরে অতি মৃদুস্বরে বলিলেন, ছি মা, ও-কথা কি মুখে আনে? তুই যার মেয়ে সে যে আমার সর্বস্ব ছিল; এখনও রোজ রাত্রে সে আমার পায়ের কাছে এসে বসে থাকে– শুধু তোদের ভয়ে দিনের বেলা আসে না। সন্ধ্যা হয়ে আসছে, যদি সে এসে তোর এ কথা শুনতে পায় তা হলে মনে বড় দুঃখ পাবে।

তখন সন্ধ্যা হইয়া আসিতেছিল, ঘরটায় অন্ধকারও হইয়াছিল; কমলা সচকিতে চতুর্দিকে চাহিয়া দেখিল, বাস্তবিক কেহ ঘরে আসিয়াছে কি না। কেহ কোথাও নাই দেখিয়া আশ্বস্ত হইল। সে তখন বাহিরে আসিল, তখন তাহার পা কাঁপিতেছিল; শরীর এত দুর্বল বোধ হইতেছিল, যেন অর্ধেক রক্ত কেহ বাহির করিয়া লইয়াছে। তাহার কাজকর্ম সমাপ্ত করিয়া, যে ঘরে কাশীনাথ মাটির উপর আসন পাতিয়া প্রদীপ জ্বালিয়া পুঁথি খুলিয়া বসিয়া ছিল, সেইখানে গিয়া উপবেশন করিল।

কাশীনাথ মুখ তুলিয়া দেখিল, কমলা। বিস্ময়ে বলিল, তুমি যে?

আমি এসেচি।

বস, বলিয়া কাশীনাথ আবার পুঁথিতে মন সংযোগ করিল। কমলা বহুক্ষণ ধরিয়া তাহার পুঁথি-পাঠ দেখিল, তাহার পর হাত দিয়া পুঁথি বন্ধ করিয়া দিল। কাশীনাথ আশ্চর্য হইয়া মুখ তুলিয়া বলিল, বন্ধ করলে যে?

দুটো কথা কও। রোজ পড়– একটু না পড়লে ক্ষতি হবে না।

এই জন্যে বন্ধ করে দিলে?

শুধু তাই নয়; বিরক্ত হবে, বকবে– এজন্যও বটে।

কাশীনাথ অল্প হাসিয়া বলিল, কেন বিরক্ত হব কমলা? তোমাকে কখনও কি আমি বকেচি? কথা কও না, কাছে এস না, বই না পড়লে কেমন করে দিন কাটবে বল দেখি? একটু হাসিয়া বলিল, জ্বর হয়েচে, আজ দুদিন কিছুই খাইনি, তা তুমি তো একবার খোঁজ নাওনি।

কমলা মুখ তুলিয়া দেখিল, স্বামীর মুখ বড় শুষ্ক; কপালে হাত দিয়া দেখিল, গা গরম।

তখন কাঁদিয়া স্বামীর কোলের উপর লুটাইয়া পড়িল। লজ্জায় তাহার মরিতে ইচ্ছা হইল। কাঁদিতে কাঁদিতে বলিল, তুমি আমার দোষ ভুলে গিয়ে আর একবার আমাকে নাও, তোমার সব ভার আমাকে নিতে দাও।

আমি পারি, কিন্তু তুমি রাখতে পারবে কি?

কেন পারব না?

দেখি।

আমাকে নাও।

অনেকদিন নিয়েচি, কিন্তু তুমি বুঝতে পার না, এখনও হয়ত সব সময় ঠিক বুঝতে পারবে না।

কমলা প্রদীপের আলোকে সে মুখ যতখানি পারিল দেখিয়া লইল। একবার যেন মনে হইল, সে মুখে ছাই-ঢাকা অনেক আগুন আছে, মোম-ঢাকা অনেক মধু আছে। মুহূর্তের জন্য তাহার আত্মবিস্মৃতি ঘটিল। সে পূর্ণাবেগে কহিয়া উঠিল, কেন তুমি এতদিন তোমাকে চিনতে দাওনি? কেন এতদিন আমাকে লুকিয়ে রেখে আমাকে এত কষ্ট দিলে? আনন্দের উচ্ছ্বাসে কমলা স্বামীর গলা জড়াইয়া ধরিল। কাশীনাথের চক্ষু দিয়াও সেদিন জল পড়িতে লাগিল।

ছয়

পরদিন প্রিয়বাবু কাশীনাথকে ডাকিয়া পাঠাইয়া কহিলেন, বাপু আমি আর অধিক দিন বাঁচব না। আমার নেই পুত্র, বিষয়-আশয় যা কিছু রেখে যেতে পারলাম, তা সমস্তই তোমাদের রইল। যে ক'টা দিন বাঁচি, তার মধ্যে সমস্ত বুঝে-সুঝে নাও– না হলে কিছুই থাকবে না, অপরে সমস্ত ফাঁকি দিয়ে নেবে। কাশীনাথ অবনত মস্তকে কহিল, আজ্ঞা করুন।

প্রিয়বাবু বলিলেন, আজ্ঞা আর কি করব! কাল হতে সকালবেলাটা একবার করে কাছারি-ঘরে গিয়ে ব'স।

যে আজ্ঞে, বলিয়া কাশীনাথ প্রস্থান করিল। প্রিয়বাবু কন্যাকে ডাকিয়া বলিলেন, মা, বুড়া হয়েচি, বিষয় দেখিতে পারি না, তাই কাশীনাথকে আমার জমিদারির সমস্ত ভার দিলাম। উত্তরকালে তার কাজ করতে অসুবিধা না হয়, এজন্য মধ্যে মধ্যে উপদেশ দেব। কয়েক দিবস তিনি নিজে কাছারি-ঘরে গিয়া কাশীনাথকে জমিদারী-সংক্রান্ত অনেক বিষয় বুঝাইয়া দিলেন। সেও হাতে একটা কাজ পাইয়া খুশী হইল । জমিদার বাড়ির ভিতরে ভিতরে যে একটা দাহ উপস্থিত হইয়াছিল, অনেকদিন পরে তাহার জ্বালা যেন ধীরে ধীরে কমিয়া আসিতে লাগিল।

কাশীনাথ নিয়মিতভাবে কাছারির কাজকর্ম করে, কমলা নিয়মিতভাবে সংসার চালাইয়া যায় এবং প্রিয়বাবু নিয়মিতভাবে শয্যায় শুইয়া থাকেন। সংসার বেশ স্বচ্ছন্দে চলিয়া যাইতেছিল, কিন্তু কিছু দিবস পরে প্রিয়বাবুর শরীরের অবস্থা ক্রমশঃ মন্দ হইয়া আসিতে লাগিল। একদিবস তিনি কমলাকে ডাকিয়া বলিলেন, আমি উইল করেচি। পরে উপাধানের নিম্ন হইতে একটা কাগজ বাহির করিয়া পাঠ করিতে লাগিলেন। আমার স্থাবর-অস্থাবর সমস্ত সম্পত্তির অর্ধেক আমার জামাতা কাশীনাথকে ও অপর অর্ধেক কন্যা কমলা দেবীকে দান করিলাম। কেমন ভাল হয়নি মা? কমলা কথা কহিল না। প্রিয়বাবু বিস্মিত হইয়া কহিলেন, কেন মা, তোমার মনোমত হয়নি কি? এ উইল তিনি বিশেষ করিয়া কমলাকে খুশী করিবার জন্যই করিয়াছিলেন। তাঁহার মনে মনে বিশ্বাস ছিল, তাহার স্বামী সম্পত্তির সত্যকার

মালিক হইলে কমলাও অত্যন্ত প্রীত হইবে। কিন্তু কমলা যে কথা ভাবিতেছিল, তাহা মুখে বলিতে তাহার লজ্জা করিতে লাগিল। প্রিয়বাবু পুনর্বার জিজ্ঞাসা করিলেন, কিছু বলকে কি?

কমলা ঘাড় নাড়িয়া বলিল, হাঁ।

কি মা?

কমলা একটু ইতস্ততঃ করিয়া কহিল, সমস্ত বিষয় আমার নামে লিখে দাও।

সে কি কথা মা?

কমলা মুখ নত করিয়া বসিয়া রহিল।

প্রিয়বাবু প্রাচীন লোক। সংসারে অনেক দেখিয়াছেন, অনেক শুনিয়াছেন; কমলার মনের কথা তাঁহার নিকট প্রচ্ছন্ন রহিল না। একে একে সব কথা যেমন তলাইয়া বুঝিতে লাগিলেন, অল্প অল্প করিয়া তেমনই অবসন্নতা তাঁহার শরীর ছাইয়া ফেলিতে লাগিল। উপাধানে ভর দিয়া উঠিয়া বসিয়াছিলেন, এখন সেই উপাধানে মাথা রাখিয়া চক্ষু মুদিয়া শুইয়া পড়িলেন।

বহুক্ষণ মৌন থাকিয়া বলিলেন, তুমি আমার একমাত্র সন্তান, তোমার মনে দুঃখ দিতে চাই না। সমস্ত সম্পত্তি তোমাকে দিয়ে যাব। কিন্তু কাজটা ভাল হবে না। আশীর্বাদ করি, সুখী হও। কিন্তু সে ভরসা আর করতে পারি না। দীর্ঘজীবনে অনেক দেখেছি, নিজেও তিনবার বিবাহ করেছি– এরূপ মন নিয়ে জগতে কোনও স্ত্রী কখনও সুখী হতে পারে না। কিছুক্ষণ মৌন থাকিয়া আবার বলিলেন, দেখতে ভাল হবে, তুমি খুশী হবে, এই মনে করে, তোমাদের দু'জনকেই সমান ভাগ করে সমস্ত বিষয় দিয়ে যাচ্ছিলাম; জানতাম, তুমি আর সে ভিন্ন নও। আচ্ছা, বল দেখি মা, কিজন্য তার বিষয়প্রাপ্তিতে তোমার অমত হচ্ছে। কমলা কাঁদ কাঁদ স্বরে কহিল, বিষয় পেলে আর আমার পানে ফিরে চাইবেন না।

বিষয় না পেলে?

আমার হাতে থাকবেন।

প্রিয়বাবু বলিলেন, আমি কাশীনাথকে চিনি, কিন্তু তুমি চেন না। সে ঠিক তার বাপের মত। যদি তোমায় দেখতে না পারে, তা হলে বিষয় পেলেও দেখতে পারবে না, না পেলেও দেখতে পারবে না। আর কমলা! এমন করেই কি স্বামীকে হাতে রাখা যায়? জোর করে বনের বাঘ বশ করতে পারা যায়, কিন্তু জোর করে একটি ছোট ফুলকেও ফুটিয়ে রাখা যায় না।

কিছুক্ষণ চুপ করিয়া পুনরায় কহিলেন, প্রার্থনা করি সফল হও– কিন্তু এ ভাল উপায় নয়। সে যদি তোমাকে না নেয়, তা হলে কতটুকু তোমার অবশিষ্ট থাকবে? যেটুকু থাকবে, তাতে অর্ধেক সম্পত্তিতে কি চলে না? আরও এক কথা, স্বামীকে দেহ মন আত্মা পার্থিব অপার্থিব সব দিতে হয়– যাকে সব দিতে হয়, তাকে এই অর্ধেক বিষয়টুকু কি দেওয়া যায় না? কমলা, এমন করিস নে মা। যদি কখনও সে জানতে পারে, মনে কষ্ট পাবে।

কমলা কোনও উত্তর দিল না, প্রিয়বাবুও আর কোনও কথা জিজ্ঞাসা করিলেন না। দু'জনে প্রায় আধ-ঘণ্টা মৌন হইয়া রহিলেন। অন্ধকার হইয়া আসিতেছে, দাসী প্রদীপ দিয়া গেল। কমলাও চক্ষু মুছিয়া আপনার নিত্যকর্মে প্রস্থান করিল।

পরদিন প্রিয়বাবু তাহার উকিলকে ডাকিয়া বলিলেন, আমি উইল বদলাব।

উকিল জিজ্ঞাসা করিল, কিরূপ বদলাবেন?

আমার জামাতার নাম কেটে সমস্ত সম্পত্তি কন্যাকে লিখে দেব।

কেন?

সে কথার প্রয়োজন নাই। যা বললাম, সেইরূপ লিখে দিন।

সাত

প্রিয়বাবুর মৃত্যুর পর শ্রাদ্ধশান্তি হইল, উইল দেখিয়া কাশীনাথ কিছুমাত্র দুঃখিত বা বিস্মিত হইল না। জগতে যাহা নিত্য ঘটে, যাহা ঘটা উচিত— তাহাই ঘটিয়াছে; ইহাতে দুঃখই বা কি, আর আশ্চর্য বা কেন? তথাপি দেওয়ান মহাশয় কাশীনাথকে নিভৃতে পাইয়া বলিলেন, জামাইবাবু, কর্তা মহাশয় যে এরূপ উইল করিবেন, তাহা আমি কখনও ভাবি নাই। পূর্বে তিনি একবার উইল করিয়াছিলেন, তাহাতে আপনাকে ও তাঁহার কন্যাকে সমান ভাগ করিয়া দিয়াছিলেন। সে উইল যে কাহার কথা শুনিয়া বা কি ইচ্ছায় বদলাইয়া দিলেন, তাহা কিছুই বুঝিতে পারিতেছি না।

কাশীনাথ ঈষৎ হাস্য করিয়া কহিল, বুঝবার প্রয়োজনই বা কি! যার বিষয় সে পেয়েচে; তাতে আমারই বা কি, আর আপনারই বা কি?

দেওয়ানজী অপ্রতিভ হইয়া বলিলেন, তবুও— তবুও—

কিছুই 'তবুও' নাই। বস্তুতঃ আমার সম্পত্তিতে অধিকার কি? বরং আমাকে অর্ধেক দিয়ে গেলেই আশ্চর্য হবার কথা ছিল বটে। আরও, আমাকে অর্ধেক দেওয়াও যা, তাকে সমস্ত দেওয়াও তাই। কিছু প্রভেদ আছে কি?

দেওয়ান এবার বিলক্ষণ অপ্রতিভ হইলেন। শুষ্কমুখে বলিলেন, না না, প্রভেদ কিছু নাই, আমি শুধু কর্তামশায়ের কথা বলছিলাম। তাঁর অভিপ্রায় আমি অনেক জানতাম, এই জন্যই এ কথা বলছিলাম।

তিনি তাঁর কর্তব্যই করেছেন। ভেবে দেখুন, স্ত্রীর স্বামী ভিন্ন গতি নাই, কিন্তু স্বামীর স্ত্রী ভিন্ন অন্য গতি আছে। আমি দরিদ্র ; একেবারে অতটা বিষয় নিজ হাতে পেলে হয়ত কুফল ফলতে পারে, এই আশঙ্কায় বোধ হয় পূর্বের উইল বদলিয়ে গিয়েছেন।

বৃদ্ধ দেওয়ান মহাশয় কাশীনাথকে বরাবর পণ্ডিত-মূর্খ টুলো ভট্টাচার্য মনে করিতেন; তাহার মুখে এরূপ বুদ্ধির কথা শুনিয়া ধন্যবাদ না দিয়া থাকিতে পারিলেন না। এইরূপে বৃদ্ধ দেওয়ান উত্তরোত্তর কাশীনাথের বিজ্ঞতার যত পরিচয় পাইতে লাগিলেন, অন্যদিকে কমলার উত্তরোত্তর তত অজ্ঞতার পরিচয় পাইতে লাগিলেন। দিনের মধ্যে শতবার সে আপনাকে প্রশ্ন করে, ইনি কেমনতর মানুষ? শতবার বিফল প্রশ্ন শুষ্কমুখে ফিরিয়া আসিয়া কহে, বুঝিতে পারি না।

সহস্র পরিশ্রমে সহস্র চেষ্টায় কমলা কিছুতেই স্থির করিতে পারে না, এই দুই হাত-পা সমন্বিত মানুষটা কিসে নির্মিত। মনটা তাহার নিজের শরীরের ভিতর রাখিয়াছে, না আর কাহারও কাছে জমা দিয়া আসিয়াছে? সে দেখে, সকলে যাহা করে, তাহার স্বামীও তাহাই করে। আহার করে, নিদ্রা যায়, জমিদারির কাজকর্ম, সংসারের কাজকর্ম সমস্তই করে, সমস্ত বিষয়ে যত্নশীল, অথচ সমস্ত বিষয়েই উদাসীন। কি যে তাহার স্বামী ভালবাসে, কিসে যে তাহার অধিক স্পৃহা, এতদিনেও কমলা তাহা ধরিতে পারিল না। কমলার অসুখের সময়ে কাশীনাথ অনিমেষচোখে দিবারাত্রি তাহার শয্যাপার্শ্বে বসিয়া থাকিত; সে মুখে কাতরতা, সে বুকে কত স্নেহ, কত ভালবাসা, যেন তাহা ফুটিয়া বাহির হইত; আবার ভাল হইবার পর কমলা পথের মাঝে পড়িলেও কাশীনাথ ফিরিয়া চাহে না, মুখ তুলিয়া দেখে না। আপনার মনে আপনার কর্মে চলিয়া যায়। কমলা অভিমান করিয়া দুইদিন কথা না কহিয়া দেখিয়াছে, কোন ফল নাই, কাশীনাথ কাছে আসিয়া আবার চলিয়া যাইত; না সাধিত, না কাঁদিত, না

কথা কহিত। আবার কথা কহিলে হাসিয়া কথা কহিত; না কোনদিন বিরক্তি প্রকাশ করিত, না কোনদিন জিজ্ঞাসা করিত, কেন দুইদিন কথা কহ নাই, কেন রাগ করিয়াছিলে? কমলা দিন-কতক পরে নিজের মনে পরামর্শ আঁটিয়া এরূপ ভাব ধরিল, যেন সে তাহার উদাসীন স্বামীটিকে জানাইতে চাহে, তুমি আমাকে উপেক্ষা করিলে আমিও উপেক্ষা করিতে জানি। আর এত তোমাকে ভালবাসি না যে, তুমি মাড়াইয়া যাইবে, আর আমি ধূলার মত তোমার চরণতলে জড়াইয়া থাকিব! কমলা দেখা হইলে অন্যমনে মুখ ফিরাইয়া গম্ভীরভাবে চলিয়া যায়, যেন প্রকাশ করিতে চাহে, তোমাকে দয়া করিয়া স্বামী করিয়াছি বলিয়া এমন মনে করিও না যে, তোমার পায়ে প্রাণ পড়িয়া আছে এবং সেইজন্য যখনই দেখা হইবে, তখনই মিষ্ট হাসিয়া প্রীতি-সম্ভাষণ করিব। আমার কাজের সময় সামনে পড়িলে আমিও দেখিতে পাই না। যখন সে কোন দাসদাসীকে তিরস্কার করিতে থাকে তখন কাশীনাথ দৈবাৎ যদি কোনও কথা বলিয়া ফেলে, তাহা হইলে সে কথা আদৌ কানে না তুলিয়া যাহা বলিতেছিল, তাহাই বলিতে থাকে; যেন বলিতে চাহে, আমার দাস, আমার দাসী, আমার বাড়ি আমার ঘর; যাহাকে যাহা খুশি বলিব, তুমি তাহাতে অযাচিত মধ্যস্থ হইতেছ কেন?

কিন্তু ইহাতে কি তৃপ্তি হয়? এমন করিয়া কি বাসনা পুরে? তৃপ্তি হইতে পারিত যদি কাশীনাথকে একবিন্দু টলাইতে পারিত। যাহাই কর, সে তাহার প্রশান্ত গম্ভীর মুখখানি লইয়া পরিষ্কার বুঝাইয়া দেয় যে, সে আপনাতে আপনি নিশ্চল বসিয়া আছে, সুমেরু শিখরের মত তাহাকে একবিন্দু স্থানচ্যুত করিবার ক্ষমতাও তোমার নাই। যত খুশি ঝড়-বৃষ্টি তোল, যত ইচ্ছা গাছপালা ওলট-পালট করিয়া দাও, কিন্তু আমাকে টলাইতে পারিবে না।

আচ্ছা, কমলা কি ভালবাসে না? বাসে, কিন্তু সে ভালবাসা অনন্ত অতলস্পর্শী নহে; কমলা যেন রেখা নির্দিষ্ট করিয়া বলিতে চাহে, তুমি ইহার বাহিরে যাইও না। যাইলে আমি সহ্য করিতে পারিব না। হয়ত তথাপিও ভালবাসিব কিন্তু তোমার মর্যাদা রক্ষা করিব না।

একদিন সে বৃদ্ধা দাসীর কাছে মনের দুঃখে কাঁদিয়া বলিল, বাবা আমাকে একটা জানোয়ারের হাতে সঁপে দিয়ে গেলেন।

কেন দিদি?

কেন আবার জিজ্ঞাসা করিস? তোরা সবাই মিলে আমাকে কেন হাত-পা বেঁধে জলে ফেলে দিসনি?

ও-কথা কি বলতে আছে দিদি?

কেন বলতে নেই? তোরা যে কাজটা করতে পারলি, আমি তার কথা মুখেও একবার বলতে পারব না।

না না, তা নয়। উনি দিব্যি মানুষ; তবে একটু পাগলামির ছিট আছে। ওঁর বাপেরও একটু ছিল, তাই জামাইবাবুরও—

তুই চুপ কর। পাগলের কথা মুখে আনিস নে। বাপ পাগল হলেই কিছু আর ছেলে পাগল হয় না। পাগল একটুকুও নয়। শুধু ইচ্ছে করে আমাকে কষ্ট দেয়।

স্বামী পাগল, এ কথা স্বীকার করিতে কমলার বুকে বাজিল।

আজ তিনদিন হইল কাশীনাথের দেখা নাই। দুইদিন কমলা ইচ্ছাপূর্বক কোন খোঁজ লইল না, কিন্তু তৃতীয় দিবসে উদ্বিগ্ন হইয়া বাহিরে দেওয়ানকে বলিয়া পাঠাইল, বাবু দুইদিন ধরিয়া বাটীতে আসে নাই, তোমরাও কোনও সন্ধান কর নাই, তবে কিজন্য এখানে আছ?

দেওয়ান ভাবিল, মন্দ নয়! কে কোথায় চলিয়া যাইবে, তাহার আমি কিরূপে সন্ধান রাখিব? পরে খাজাঞ্চীর নিকট খবর পাইল যে জামাইবাবু তিন সহস্র টাকা লইয়া কোথায়

চলিয়া গিয়াছেন। কোথায় গিয়াছেন, কিংবা কবে ফিরিবেন তাহা কাহাকেও বলিয়া যান নাই। কমলা কিছুক্ষণ কপালে হাত দিয়া বসিয়া রহিল পরে তাহার পিতার উকিলবাবুকে ডাকিয়া বলিল, আমার বিষয়-সম্পত্তি দেখতে পারে, এমন একজন লোক এক সপ্তাহের মধ্যে বাহাল করে দিন যেমনই বেতন হোক, আমি দেব।

আট

কলিকাতার একটা ক্ষুদ্র অপ্রশস্ত গলির ভিতর একখানা ছোট একতলা বাটীতে, সমস্তদিন জলে ভিজিয়া, এক হাঁটু কাদা-পাঁক লইয়া কাশীনাথ প্রবেশ করিল। তাহার হাতে দুই শিশি ঔষধ, এক টিন বিস্কুট ও চাদরে বাঁধা বেদানা প্রভৃতি কতগুলি দ্রব্য ছিল।

এই বাটীর একটি কক্ষে নীচের শয্যায় একজন রোগী শয়ান ছিল, এবং নিকটে বসিয়া একটি স্ত্রীলোক তাহার মস্তকে হাত বুলাইতেছিল। কাশীনাথ প্রবেশ করিলে স্ত্রীলোকটি কহিল, কাশীদাদা, এত জলে ভিজে এলে কেন? কোথাও দাঁড়ালে না কেন?

তা কি হয় বোন? জলে ভিজে ক্ষতি হয়নি, কিন্তু দাঁড়ালে হয়ত হ'ত।

তা বটে! বিন্দু বুঝিয়া দেখিল, কাশীদাদার কথা অসত্য নহে– তাই চুপ করিয়া রহিল।

এই কয় বৎসর ধরিয়া বিন্দু যে ক্লেশ ভোগ করিয়া আসিতেছে, তাহা কেবল সেই জানে। আমরা তাহার বাপের বাড়িতে তাহাকে শেষ দেখিয়াছিলাম আর দেখি নাই। এখন একটু তাহার কথা বলি। যেদিন সে জমিদারের মেয়েকে দেখিতে যাইবার সমস্ত উদ্যোগ করিয়াও যাইতে পায় নাই, তাহার পরদিনই গোপালবাবুর (তাহার শ্বশুরের) সহসা কঠিন ব্যাধির সংবাদ পাইয়া তাহাকে স্বামী-ভবনে চলিয়া আসিতে হইয়াছিল। সে আসিয়া দেখিল, তাহার শ্বশুরের যথার্থই বড় কঠিন পীড়া হইয়াছে। সকলে মিলিয়া যথাসাধ্য চিকিৎসা করাইল, কিন্তু গোপালবাবুর কিছুতেই প্রাণরক্ষা হইল না। পীড়া বড় বাড়িয়া উঠিলে গোপালবাবু কহিলেন, ছোটবৌমাকে একবার নিয়ে এস– তাঁকে একবার দেখব। ছোটবৌমা আমাদিগের বিন্দুবাসিনী। মৃত্যুর দুই-এক দিবস পূর্বে গোপালবাবু বিন্দুকে বলিলেন, মা, এই চাবি নাও, ঐ বাক্সে যা রইল সব তোমাকে দিলাম। বিন্দু হাত পাতিয়া গ্রহণ করিল। অনান্য বধূরা মনে করিল, বৃদ্ধ মরিবার সময় বিন্দুকেই সব দিয়ে গেল। আরও এক কথা, গোপালবাবু পীড়ার মধ্যেই একদিন চারি সন্তানকেই কাছে ডাকিয়া বলিয়াছিলেন, দেখ বাপু, তোমাদের ভাইয়ে ভাইয়ে কিছুমাত্র মিল নাই এবং তোমাদের জননীও জীবিত নাই, তখন আমার মৃত্যু হলে তোমরা আর এক সংসারে থেকো না। মিথ্যা কলহ করে ভিন্ন হবার পূর্বে যেটুকু সদ্ভাব আছে, তা নিয়ে পৃথক্ হও। যা কিছু রেখে গেলাম, তার উপর কিছু কিছু উপার্জন করলে তোমাদের সংসার স্বচ্ছন্দে চলবে।

পিতার মৃত্যুর পরে সকলে পৃথক হইলে, বিন্দু একদিন বাক্স খুলিয়া দেখিল, ভিতরে একখানি রামায়ণ ও একখানি মহাভারত ভিন্ন আর কিছুই নাই। আশায় নিরাশ হইলেও বিন্দু স্বর্গীয় শ্বশুর মহাশয়ের দান মাথায় তুলিয়া লইল। বিন্দু অস্ফুটস্বরে বলিল, তাঁহার স্নেহের দান– ইহাই আমার রত্ন।

দিন-কতক বিন্দুর সুখে-স্বচ্ছন্দে চলিল, তাহার পর বিপদের আরম্ভ হইল। বিন্দুর স্বামী যোগেশবাবু পীড়িত হইয়া পড়িলেন। বিন্দু শরীরপাত করিয়া সেবা-শুশ্রুষা করিল, কয়েকখানি জমি বন্ধক দিয়া চিকিৎসা করাইল; কিন্তু কিছুতেই কিছু হইল না। গ্রামস্থ কয়েকজন প্রতিবাসী তখন কলিকাতায় যাইয়া চিকিৎসা করাইতে বলিল। বিন্দুবাসিনী আপনার সমস্ত গহনা বিক্রয় করিয়া স্বামীকে লইয়া কলিকাতায় আসিল। এখানেও বহু রকমে চিকিৎসা করাইতে অবশিষ্ট

জমিগুলি ক্রমশঃ বন্ধক পড়িল। কিন্তু রোগের কিছু হইল না। অর্থাভাবে এখন উত্তমরূপে চিকিৎসা করাইবার উপায় রহিল না। বিন্দু স্বামীর অগ্রজকে সব কথা লিখিয়া জানাইল। কিন্তু কোন ফল হইল না। তিনি উত্তর পর্যন্ত লিখিলেন না। তখন সে তাহার অপর দুই ভাশুরকে লিখিল, কিন্তু তাহারাও অগ্রজের পন্থা অবলম্বন করিয়া মৌন হইয়া রহিল। বিন্দু বুঝিল, এখন হয় উপবাস করিতে হইবে, না হয় বিষ খাইয়া মরিতে হইবে।

স্ত্রীর মুখ দেখিয়া যোগেশবাবু সমস্তই বুঝিতে পারিতেন। একদিন তাহাকে নিকটে বসাইয়া সস্নেহে হাত ধরিয়া বলিলেন, বিন্দু, আমাকে বাড়ি নিয়ে চল; মরতে হয়, সেইখানেই মরব– এখানে ফেলবার লোক পাবে না।

এইবার বিন্দু দেখিল, মরণই নিশ্চিত। কেননা, অন্য উপায়ও নাই, স্বামীকে বাটী ফিরাইয়া লইয়া যাইবারও উপায় নাই। কিন্তু তাঁহাকে এ অবস্থায় রাখিয়া কেমন করিয়া মরিবে? আর যদি মরিতেই হয়, তখন লজ্জা করিয়া কি হইবে? অনেক বিতর্কের পর সে লজ্জার মাথা খাইয়া এ কথা কাশীনাথকে পত্রদ্বারা বিদিত করিল পরের ঘটনা আপনাদের অবিদিত নাই।

আসিবার সময় কাশীনাথ অনেক টাকা আনিয়াছিল। সেই টাকা দিয়া শহরের উৎকৃষ্ট ডাক্তারদিগের মত জিজ্ঞাসা করায় সকলেই কহিল যে, বায়ু পরিবর্তন না করিলে আরোগ্য হইবে না। কাশীনাথ সকলকে লইয়া বৈদ্যনাথ উপস্থিত হইল। এখানে থাকিয়া মাস-দুয়ের মধ্যে সবাই বুঝিতে পারিল, যোগেশবাবু এ যাত্রা বাঁচিয়া গেলেন। তথাপি ফিরিবার সময় এখনও হয় নাই। সেই জন্য তাহাদিগকে এখানে রাখিয়া কাশীনাথ বাড়ি ফিরিয়া আসিল।

প্রাতঃকালে কমলার সহিত দেখা হইলে সে জিজ্ঞাসা করিল, কখন এলে?
রাত্রে এসেছি।
কমলা আপনার কর্মে চলিয়া গেল। কাশীনাথ বাহিরে আসিয়া কাছারি-ঘরে প্রবেশ করিল। বহুদিনের পর তাহাকে দেখিয়া কর্মচারীগণ দাঁড়াইয়া উঠিল; শুধু একজন সাহেবী পোশাক পরা যুবক আপনার কাজে চেয়ারে বসিয়া রহিল। একজন আগন্তুককে দেখিয়া অপরাপর কর্মচারীরা যে সম্মান করিল, নবাবাবু বোধ হয় তাহা দেখিতে পাইলেন না। কাশীনাথ নিজে একটা কেদারা টানিয়া লইয়া উপবেশন করিল। এই লোকটি নূতন ম্যানেজার হইয়া আসিয়াছেন; নাম শ্রীবিজয়কিশোর দাস। কলিকাতায় বি.এ. পাস করিয়াছিলেন; এবং অতিশয় কর্মদক্ষ লোক, তাই উকিল বিনোদবাবু ইহাকেই ম্যানেজারী পদে নিযুক্ত করিয়াছেন।

ম্যানেজার অনেকক্ষণের পর কাশীনাথের দিকে ফিরিয়া কহিলেন, মশাইয়ের কোন প্রয়োজন আছে কি?
না, প্রয়োজন নাই, কাজকর্ম দেখছি মাত্র।
এবার দেওয়ান মহাশয় দাঁড়াইয়া বলিলেন, ইনি আমাদের জামাইবাবু।
বিজয়বাবু গাত্রোত্থান করিয়া প্রীতিসম্ভাষণ করিলেন। এমন সময় একজন ভৃত্য আসিয়া বিজয়বাবুকে কহিল, ভিতরে মা একবার আপনাকে ডাকছেন।
বিজয়বাবু প্রস্থান করিলে, কাশীনাথ ডাকিয়া কহিল, ইনি কে?
নূতন ম্যানেজার।
কে রাখলে?
মা রেখেছেন।
কেন?
বোধ হয় কাজকর্ম সুবিধামত হচ্ছিল না বলে।

এখন কোথায় গেলেন?

বাড়ির ভিতরে।

কাশীনাথ আর কোন কথা না জিজ্ঞাসা করিয়া ভিতরে আসিল। আসিবার সময় দেখিল, একটা ঘরের পর্দার সম্মুখে বিজয়বাবু দাঁড়াইয়া আছেন এবং তাহার অন্তরাল হইতে আর একজন মৃদুস্বরে কথা কহিতেছেন। কাহার কথা কহিতেছে কাশীনাথ বুঝিতে পারিল, কিন্তু কোন কথা না কহিয়া, সে দিকে একবার না চাহিয়া আপন মনে চলিয়া গেল। দ্বিপ্রহরে কমলার সহিত আর একবার তাহার দেখা হইল।

কমলা গম্ভীরভাবে জিজ্ঞাসা করিল, শরীর ভাল আছে তো?

কাশীনাথ সেইরূপভাবে ঘাড় নাড়িয়া জানাইল আছে।

আর কোন কথা না কহিয়া কমলা চলিয়া গেল। দাঁড়াইয়া কথাবার্তা, গল্প-গুজব করিবার সময় এখন আর তাহার নাই, এখন সহস্র কাজ পড়িয়াছে; বিশেষতঃ নিজের বিষয় নিজের হাতে লইয়া তাহার আর নিঃশ্বাস ফেলিবার সময় নাই।

একদিন সকালবেলা কাশীনাথ ম্যানেজারবাবুকে ডাকাইয়া পাঠাইলেন। ভৃত্যমুখে ম্যানেজার জবাব দিলেন, এখন সময় নাই, সময় হলে আসব। কাশীনাথ তখন স্বয়ং কাছারিঘরে আসিয়া বিজয়বাবুকে অন্তরালে ডাকিয়া বলিল, আপনার সময় নাই বলে আমি নিজে এসেছি। আজ আমার পাঁচ শত টাকার প্রয়োজন আছে; সময় হলে তা উপরে পাঠিয়ে দেবেন।

কি প্রয়োজন?

তা আপনার শুনবার প্রয়োজন নাই।

নাই সত্য। কিন্তু মালিকের অনুমতি বিনা কেমন করে দেব?

কাশীনাথ বুঝিল, কথাটা অন্য রকমের হইয়াছে। কহিল, আমার কথাই বোধ হয় যথেষ্ট অন্য অনুমতির প্রয়োজন আছে?

বিজয়বাবু দৃঢ়স্বরে বলিলেন, আছে। যাকে তাকে টাকা দিতে নিষেধ আছে।

কাশীনাথ কমলার সহিত দেখা করিয়া কহিল, তোমার নুতন লোকটাকে তাড়িয়ে দাও।

কাকে?

যে তোমার ম্যানেজার হয়ে এসেছে।

কেন, তার দোষ কি?

আমার সঙ্গে ভাল ব্যবহার করেনি।

কি করেছে?

আমি ডেকে পাঠিয়েছিলাম, কিন্তু না এসে চাকরের মুখে বলে পাঠালে, আমার সময় নাই— যখন হবে তখন যাব।

কমলা সহাস্যে বলিল, হয়ত সময় ছিল না। সময় না থাকলে কেমন করে আসবে?

কাশীনাথ স্ত্রীর মুখপানে চাহিয়া বলিল, বেশ, সময় ছিল না বলে যেন আসতে পারেনি, কিন্তু আমি নিজে গিয়ে যখন টাকা চাইলাম, তখন বললে যে মালিকের হুকুম ছাড়া দিতে পারি না।

কমলা মধুরতর হাসিয়া বলিল, কত টাকা চেয়েছিলে?

পাঁচ'শ।

দিলে না?

না। তুমি আমায় টাকা দিতে কি নিষেধ করেছ?

হাঁ, যা তা করে টাকাগুলো উড়িয়ে দিতে আমার ইচ্ছা নাই।

কাশীনাথ– পাথরের কাশীনাথ হইলেও মর্মে পীড়া পাইল। এরূপ ব্যবহার বা এরূপ কথা সে পূর্বে আর শুনে নাই। বড় ক্ষুব্ধ হইয়া কহিল, আমাকে দেওয়া কি উড়িয়ে দেওয়া?

যেমন করেই হোক, নষ্ট করার নামই উড়িয়ে দেওয়া।

প্রয়োজনে ব্যয় করার নাম নষ্ট করা নয়।

কিসের প্রয়োজন?

একজনকে দিতে হবে।

দিতে তো হবে, কিন্তু পাবে কোথায়? নিজের থাকে তো দাও গে– আমি বারণ করব না।

কাশীনাথ চুপ করিয়া রহিল, কথাটা তাহার কানে অগ্নিশলাকার মত প্রবেশ করিল। বাহিরে আসিয়া সে আপনার ঘড়ি আংটি প্রভৃতি বিক্রয় করিয়া পাঁচ শত টাকা বৈদ্যনাথে পাঠাইয়া দিল। নীচে একস্থানে লিখিয়া দিল, আর কিছু চাসনে বোন, আমার আর কিছুই নেই।

সেইদিন হইতে কাশীনাথ আর ভিতরে প্রবেশ করে না; কমলাও কোনও খোঁজ লয় না। এমনই দিন-কতক গত হইবার পর একদিন একটা ভৃত্য আসিয়া কহিল, আপনার কাছে একজন ব্রাহ্মণ আসতে চান।

পরক্ষণেই কাশীনাথ বিস্মিত হইয়া দেখিল, একজন বৃদ্ধ ব্রাহ্মণ হাতে পৈতা জড়াইয়া নিকটে আসিয় দাঁড়াইল। কহিল, আপনি মহৎ ব্যক্তি, ব্রাহ্মণকে সর্বস্বান্ত করবেন না।

কাশীনাথ ভীত হইয়া কহিল, কি হয়েছে?

ব্রাহ্মণ কহিল, আপনার কত আছে, কিন্তু আমার ঐ জমিটুকু ভিন্ন অন্য উপায় নাই; ওটুকু আর নেবেন না। বলিতে বলিতে কাঁদিয়া ফেলিল।

কাশীনাথ ব্যস্ত হইয়া ব্রাহ্মণের হাত ধরিয়া নিকটে বসাইয়া জিজ্ঞাসা করিল, সব কথা খুলে বলুন।

ব্রাহ্মণ কাঁদিতে কাঁদিতে কহিল, আপনি ধার্মিক ব্যক্তি; শপথ করে বলুন দেখি যে, ক্ষেত্রপালের দরুন জমিটা আমার নয়?

কে বলেচে আপনার নয়?

তবে বিজয়বাবু, আপনার নূতন ম্যানেজার, আমার নামে নালিশ করেচেন কেন ?

নালিশ করেছে, আমি তো জানি না।

সমন দেখাইয়া ব্রাহ্মণ বলিতে লাগিল, যখন মকদ্দমা হয়েছে, তখন মকদ্দমা করব এবং আপনাকে সাক্ষী মানব। আমি দরিদ্র, আপনার সঙ্গে বিবাদ সাজে না; তথাপি সর্বস্বান্ত হবার পূর্বে নিজের সম্পত্তি বিনা আপত্তিতে ছেড়ে দেব না।

ব্রাহ্মণ ক্রোধ করিয়া চলিয়া যায় দেখিয়া হাত ধরিয়া কাশীনাথ পুনর্বার তাঁহাকে বসাইয়া বলিল, যাতে ভাল হয়, সে চেষ্টা আমি করব; পরে আপনার যেমন ইচ্ছা সেরূপ করবেন।

কাশীনাথ ব্রাহ্মণকে বিদায় দিয়া বিজয়বাবুকে ডাকিয়া বলিল, ও জমিটা আমাদের নয়, মিথ্যা ব্রাহ্মণকে ক্লেশ দিচ্চেন কেন?

মনিবের হুকুম।

কাশীনাথ ক্রুদ্ধ হইয়া কহিল, মনিব কি পরের জিনিস চুরি করতে শিখিয়ে দিয়েচে?

ওটা আমাদের জিনিস।

না, আপনাদের নয়।

বিজয়বাবু কিছুক্ষণ মৌন থাকিয়া বলিলেন, আমি ভৃত্য মাত্র যেরূপ আজ্ঞা হয়েচে, সেরূপই করেচি এবং করব।

এ কথা কমলাকে জানাইতে কাশীনাথের লজ্জা করিতেছিল; তথাপি বলিল, ও জমিটা তোমার নয়; ব্রাহ্মণের ব্রহ্মস্ব অপহরণ করো না।

অপহরণ করচি কে বললে?

যেই বলুক– ও জমিটা তোমার নয়। মিথ্যা মকদ্দমা করতে বিজয়বাবুকে নিষেধ করে দাও।

কমলা বিরক্ত হইয়া বলিল, বিজয়বাবু কাজের লোক, তিনি নিজের কাজ বুঝতে পারেন। তাঁর কাজে তোমার হাত দেবার প্রয়োজন নাই।

দিন কয়েক পরে বিচারের দিন। সাক্ষী-মঞ্চে দাঁড়াইয়া কাশীনাথ কহিল, আমি স্বর্গীয় শ্বশুরমহাশয়ের সময় হতে বিষয় দেখে আসচি এবং পরে নিজেও বহুদিন তত্ত্বাবধান করেচি। আমি জানি, ও জমি কমলা দেবীর নয়।

বিজয়বাবু মকদ্দমা হারিয়া শুষ্কমুখে বাড়ি ফিরিয়া আসিলেন। অপর পক্ষ দুই হাত তুলিয়া কাশীনাথকে আশীর্বাদ করিয়া গৃহে প্রস্থান করিল।

নয়

পর্দার সম্মুখে দাঁড়াইয়া বিজয়বাবু মকদ্দমার বিশদ ব্যাখ্যা করিয়া সর্বশেষে নিজের টাকা-টিপ্পনি ও মতামত প্রকাশ করিয়া বলিলেন, কেবল জামাইবাবুর জন্য আমরা এ মকদ্দমা হেরে গেলাম। তখন পর্দার অন্তরালে একগুণ কমলা দশগুণ হইয়া ফুলিতে লাগিল। অনেকক্ষণ পরে ভিতর হইতে কমলা কহিল, আপনি ভিতরে আসুন, অনেক কথা আছে। বিজয়বাবু ভিতরে প্রবেশ করিলেন। দুইজনে বহুক্ষণ মৃদু মৃদু কথা হইল, তাহার পর বিজয়বাবু বাহিরে চলিয়া আসিলেন।

আজ বহুদিনের পর কাশীনাথের আহার করিবার সময় কমলা আসিয়া বসিল। এখন আর তাহার পূর্বের উগ্রমূর্তি নাই, বরং সম্পূর্ণ শান্ত ও স্তব্ধ। কিছুক্ষণ পরে কমলা কহিল, ঘরভেদী বিভীষণের জন্য সোনার লঙ্কাপুরী ছাই হয়ে গিয়েছিল– জান?

আহার করিতে করিতে কাশীনাথ কহিল, জানি।

কমলা কহিল, জানবে বৈ কি! সেও তো পরের অন্নেই মানুষ কিনা!

কাশীনাথ কোন কথা কহিল না।

কমলা ক্ষণকাল চুপ করিয়া থাকিয়া পুনরায় কহিল, তাই ভাবি, যে চিরকাল পরের খেয়ে মানুষ– এখনও যাকে পরের না খেলে উপোস করতে হয়, তার সত্য কথা বলবার শখই বা কেন, আর এত অহঙ্কারই বা কেন?

কাশীনাথ নিঃশব্দে একটির পর একটি করিয়া গ্রাস মুখে তুলিতে লাগিল।

যার খায়, তার গলায় ছুরি দিতে কসাইয়ের মনেও দয়া হয়।

কমলা!

যে স্ত্রীর অন্নে প্রতিপালিত, তার তেজ শোভা পায় না। তোমার দিন দিন যেরকম ব্যবহার হচ্ছে, তাতে চক্ষুলজ্জা না থাকলে–

কাশীনাথ হাসিয়া বলিল, বাড়ি থেকে দূর করে দিতে।

দিতামই তো।

অর্ধভুক্ত অন্ন ঠেলিয়া রাখিয়া কাশীনাথ কমলার প্রতি স্থিরদৃষ্টি রাখিয়া বলিল, কমলা!

আমি পূর্বে কখনও রাগ করি নাই, কখনও তোমায় রূঢ় কথা বলি নাই; কিন্তু তুমি যা বললে, তা পূর্বে বোধ হয় আর কেউ বলে নাই। আজ হতে তোমার অন্ন আর খাব না। দেখ, যদি এতে সুখী হতে পার।

কাশীনাথ উঠিয়া দাঁড়াইল।

কমলাও সগর্বে দাঁড়াইয়া কহিল, যদি সত্যবাদী হও, যদি মানুষ হও, তা হলে আপনার কথা রাখবে।

তা রাখব। কিন্তু তুমি যে-কথা বললে, তা তোমারই চিরশত্রু হয়ে রইল। আমি তোমাকে ক্ষমা করলাম, কিন্তু জগদীশ্বর তোমাকে কি ক্ষমা করবেন?

কমলা আরও জ্বলিয়া উঠিল– তোমার শাপে আমার কিছুই হবে না।

তাই হোক। ভগবান জানেন, আমি তোমাকে শাপ দিই নাই, বরং আশীর্বাদ করচি, ধর্মে মতি রেখে সুখী হও।

বাহিরে আসিয়া কাশীনাথ ব্যাকরণ, সাহিত্য, দর্শন, স্মৃতি– সমস্ত একে একে ছিন্ন করিয়া বাহিরে নিক্ষেপ করিল, ভৃত্যবর্গকে ডাকিয়া নিজের যাহা কিছু ছিল, বিলাইয়া দিল। তাহার পর রাত্রে কমলার কক্ষদ্বারে আঘাত করিয়া ডাকিল, কমলা! কমলা জাগিয়া ছিল, কিন্তু উত্তর দিল না। দ্বার খোলা ছিল, কাশীনাথ ঠেলিয়া ভিতরে প্রবেশ করিয়া দেখিল, চোখ বুজিয়া কমলা শয্যায় পড়িয়া আছে। কাছে বসিয়া মাথায় হাত দিয়া কাশীনাথ আবার ডাকিল, কমলা! কোন উত্তর নাই। যাবার সময় আশীর্বাদ করে যাচ্চি, বলিয়া কাশীনাথ ধীরে ধীরে বাহির হইয়া গেল।

কাশীনাথ প্রস্থান করিলে, কমলা শয্যা ত্যাগ করিয়া জানালায় আসিয়া বসিল। বসিয়া বসিয়া প্রভাত হয় দেখিয়া সে আবার শয্যায় আসিয়া শয়ন করিল। যখন নিদ্রা ভাঙ্গিল, তখন কমলা দেখিল, বেলা হইয়াছে এবং বাড়িময় বিষম হৈচৈ পড়িয়া গিয়াছে। সম্পূর্ণ জাগরিত হইবার পূর্বেই একজন দাসী ছুটিয়া আসিয়া চীৎকার করিয়া কহিল, সর্বনাশ হয়েছে মা, জামাইবাবু খুন হয়েচেন।

কাহারও অঙ্গে এক কটাহ জ্বলন্ত তৈল নিক্ষেপ করিলে সে যেমন করিয়া উঠে, কমলাও তেমনি করিতে করিতে নীচে আসিয়া কহিল, একেবারে খুন হয়ে গেছে?

কে একজন জবাব দিল, একেবারে।

বিবসনা-প্রায় কমলা যখন বাহিরের ঘরে আসিয়া পড়িল, তখন রক্তসিক্ত চৈতন্যহীন কাশীনাথ একটা সোফার উপর পড়িয়া ছিল, সমস্ত অঙ্গে ধূলা ও রক্ত জমাট বাঁধিয়া আছে; নাক, মুখ, চোখ দিয়া অজস্র রক্ত নির্গত হইয়া সেইখানে শুকাইয়া চাপ বাঁধিয়া গিয়াছে। চীৎকার করিয়া কমলা মাটির উপর মূর্ছিত হইয়া পড়িয়া গেল।

সমস্ত গ্রামময় রাষ্ট্র হইয়া গিয়াছে, জমিদার-জামাইবাবু অন্ধকার রাত্রে একা কোথায় যাইতেছিলেন, পথিমধ্যে খুন হইয়া গিয়াছেন।

দুইদিন পরে কাশীনাথের জ্ঞান হইলে, পুলিশের সাহেব জিজ্ঞাসা করিল, বাবু, কে এমন করেছে?

কাশীনাথ উপরপানে চাহিয়া বলিল, উনি করেচেন।

বৃদ্ধ নায়েব সেইখানে দাঁড়াইয়া ছিল তাহার চক্ষু দিয়া জল পড়িতে লাগিল। সাহেব আবার বলিল, বাবু, তাদের কি আপনি চিনতে পারেন নাই?

কাশীনাথ অস্ফুটে কহিল, হাঁ।

সাহেব ব্যগ্র হইয়া কহিল, কে তারা?

কাশীনাথ একটু মৌন থাকিয়া কহিল, আমি ভুল বলেচি। তাদের চিনতে পারি নাই।

সাহেব আরও বার-দুই জিজ্ঞাসা করিয়া দেখিল, কিন্তু কোন ফল হইল না।

কাশীনাথ আর দ্বিতীয় কথা কহিল না। পরদিন নায়েবকে ডাকাইয়া আনিয়া বলিল, বৈদ্যনাথে আমার ভগিনী বিন্দুবাসিনী আছে, তাকে একবার দেখব আপনি আনতে লোক পাঠান।

তিনদিন পরে বিন্দুবাসিনী ও যোগেশবাবু আসিয়া পড়িলেন। বিন্দু শক্ত মেয়ে, সে কমলার মত নহে; তাই চীৎকারও করিল না, মূর্চ্ছাও গেল না। শুধু চোখের জল মুছিয়া কাঁদ কাঁদ স্বরে বলিল, কাশীদাদা, কে এমন করেছে?

কেমন করে জানব?

কারও ওপর সন্দেহ হয় কি?

সে কথা জিজ্ঞাসা ক'রো না বোন।

বিন্দু চুপ করিয়া কাশীনাথের মুখপানে চাহিয়া রহিল।

সকলেই জানিত, কাশীনাথ এ আঘাত কাটাইয়া উঠিতে পারিবে না। মৃত্যু যেন ক্রমেই ঘনাইয়া আসিতে লাগিল। আজ অনেক রাত্রে জ্বরের প্রকোপে ছটফট করিতে করিতে কাশীনাথ চীৎকার করিয়া উঠিল, বল কমলা, এ কাজ তুমি করনি?

বিন্দু কাছে আসিয়া দাদার মুখের কাছে মুখ লইয়া জিজ্ঞাসা করিল, কি বলচ দাদা?

কাশীনাথ বিন্দুকে কমলা ভ্রম করিয়া দুই হাত বাড়াইয়া তাহার গলা জড়াইয়া ধরিয়া করুণকণ্ঠে আবার বলিল, আমি মরেও সুখ পাব না কমলা, শুধু একবার বল, এমন কাজ তোমার দ্বারা হয়নি?

দশ

জ্ঞানে, অজ্ঞানে, তন্দ্রায় আচ্ছন্নের মত কমলার দুইদিন কাটিয়া গেল। তাহার জন্য ডাক্তারের মনে মনে আশঙ্কা ছিল, তাই তাঁহার উপদেশে অত্যন্ত সতর্কভাবে তাহাকে সকলে ঘিরিয়া বসিয়াছিল। আজ দুইদিন অবিশ্রাম চেষ্টা-শুশ্রূষায় সন্ধ্যার পরে তাহাকে সচেতন করিয়া উঠাইয়া বসাইল।

ভাল করিয়া চোখ চাহিয়া কমলা দেখিল, যে এতক্ষণ তাহার মাথা কোলে করিয়া বসিয়াছিল, সে সম্পূর্ণ অপরিচিতা। জিজ্ঞাসা করিল, তুমি কে?

অপরিচিতা কহিল, আমি বিন্দু, তোমার স্বামীর ভগিনী। কমলা বহুক্ষণ পর্যন্ত নীরবে তাহার মুখের পানে চাহিয়া রহিল, তাহার পরে হাত নাড়িয়া ঘরের সমস্ত লোককে বাহির করিয়া দিয়া ধীরে ধীরে কহিল, আমি কতক্ষণ এমন অজ্ঞান হয়ে পড়ে আছি ঠাকুরঝি?

বিন্দু কহিল, পরশু সকালে অজ্ঞান হয়ে পড়েছিলে বৌ, এর মধ্যে আর তো তোমার হুঁশ হয়নি।

পরশু! কমলা একবার চমকাইয়া উঠিয়াই স্থির হইল। তাহার পরে মাথা হেঁট করিয়া স্তব্ধ হইয়া বসিয়া রহিল। অনেকক্ষণ পর্যন্ত তাহার কোনপ্রকার সাড়া না পাইয়া বিন্দু শঙ্কিত-চিত্তে তাহার ডান হাতখানি নিজের হাতের মধ্যে টানিয়া লইয়া ডাকিল, বৌ!

কমলা মুখ তুলিল না, কিন্তু সাড়া দিল। কহিল, ভয় কারো না ঠাকুরঝি, আমি আর অজ্ঞান হব না।

সে যে অন্তরের মধ্যে আপনাকে সচেতন করিয়া তুলিবার জন্য নিঃশব্দে প্রাণপণ চেষ্টা করিতেছে, বিন্দু তাহা বুঝিল। তাই সেও ধৈর্য ধরিয়া মৌন হইয়া রহিল। আরও কিছুক্ষণ

একভাবে বসিয়া থাকিয়া কমলা কথা কহিল; বলিল, তুমি যে আমাকে নিয়ে এই দু'দিন বসে আছ ঠাকুরঝি, আমার সেবা করতে কি করে তোমার প্রবৃত্তি হ'ল? আমি নিজে তো কখন এমন করতে পারতাম।

বিন্দু কথাটা ঠিক বুঝিতে না পারিয়া কহিল, কেন প্রবৃত্তি হবে না বৌ, তুমি তো আমার পর নও! আমাদের পরিচয় নেই বটে কিন্তু দাদার মত তুমিও আমার আপনার। তাঁর মত তোমার সেবা করাও তো আমার কাজ। বৌ, তুমি জান না, কিন্তু এসে পর্যন্ত আমার কি করে যে দিন কেটেচে, সে ভগবানই জানেন। একবার দাদার ঘর, আর একবার তোমার ঘর। তাঁর কাছে যখন যাই তখন তোমার জন্যে প্রাণ ছটফট করে, আবার তোমার কাছে এসে বসলে তাঁর জন্যে ব্যাকুল হয়ে উঠি। বিকেলবেলা থেকে তিনি একটু সুস্থ হয়ে ঘুমুচ্ছেন দেখে তোমার কাছে স্থির হয়ে বসতে পেরেছিলাম। এ যাত্রা দাদা রক্ষে পাবেন, এ আশাই তো কারো ছিল না বৌ।

কমলা বলিয়া উঠিল, বেঁচে আছেন?

বিন্দু ঘাড় নাড়িয়া কহিল, বেঁচে আছেন বৈ কি। ডাক্তার বললেন, আর ভয় নেই; জ্বর কমে গেছে।

কমলার মুখখানি অকস্মাৎ প্রদীপ্ত হইয়া উঠিয়াই তাহা মৃতের মত বিবর্ণ হইয়া গেল। একবার তাহার আপাদমস্তক থরথর করিয়া কাঁপিয়া উঠিল এবং পরক্ষণেই সংজ্ঞা হারাইয়া বিন্দুর কোলের উপর ঢলিয়া পড়িল।

বিন্দু চেঁচামেচি করিয়া কাহাকেও ডাকিল না– তাহার মাথা কোলে করিয়া বসিয়া নিঃশব্দে পাখার বাতাস করিতে লাগিল এই মেয়েটির স্বাভাবিক ধৈর্য যে কত বড়, সে পরীক্ষা তাহার স্বামীর পীড়ার সময়েই হইয়া গিয়াছিল । মৃত্যু যাহার স্বামীর শিয়রে আসিয়া বসিয়াও তাহাকে বিচলিত করিতে পারে নাই, এখন কমলার জন্যও সে অস্থির হইয়া উঠিল না। কিছুক্ষণে সংজ্ঞা পাইয়া কমলা চোখ মেলিয়া একবার চাহিয়া দেখিল, সে কোথায় আছে, তাহার পর সেই কোলের উপরেই উপুড় হইয়া পড়িয়া প্রাণপণে নিজের বুক চাপিয়া ধরিয়া কাঁদিতে লাগিল।

সে ক্রন্দন এত গাঢ়, এত গুরুভার যে, তাহা বিন্দুর ক্রোড়ের মধ্যেই শুকাইয়া জমাট বাঁধিয়া যাইতে লাগিল। তাহার একবিন্দু তরঙ্গও ঘরের বাহিরে কাহারও কানে পৌঁছিল না। নির্জন বাহিরে রাত্রির আঁধার নিঃশব্দে গাঢ়তর হইয়া উঠিতে লাগিল, শুধু এই স্বল্পালোকিত কক্ষের মধ্যে এই দুটি তরুণী রমণী, একজন তাহার বিদীর্ণ বক্ষের সমস্ত জ্বালা আর একজনের গভীর-শান্ত ক্রোড়ের মধ্যে নিঃশেষ করিয়া ঢালিয়া দিতে লাগিল।

ক্রমশঃ শান্ত হইয়া কমলা স্বামীর সম্বন্ধে অনেক প্রশ্নই জিজ্ঞাসা করিল, কিন্তু কেন যে নিজে গিয়া তাঁহাকে দেখিবার ইচ্ছা প্রকাশ করিল না, তাহা বিন্দু কিছুতেই ভাবিয়া পায় নাই। একবার এমনও ভাবিবার চেষ্টা করিয়াছিল, হয়ত বড়লোকদের এমনই শিক্ষা এবং সংস্কার। সেবা-শুশ্রুষার ভার চাকর-দাসীদের উপর দিয়া বাহির হইতে খবর লওয়াই তাহাদের নিয়ম।

হঠাৎ কমলা জিজ্ঞাসা করিল, আচ্ছা ঠাকুরঝি, তোমার দাদার জ্ঞান হলে আমাকে কি একবারও খোঁজ করেন নি?

একবার করেছিলেন, বলিয়াই বিন্দু হঠাৎ থামিয়া গেল। কমলা তাহা লক্ষ্য করিল, কিন্তু প্রশ্ন না করিয়া শুধু উৎসুক ব্যাকুল-দৃষ্টিতে বিন্দুর মুখের পানে চাহিয়া রহিল।

বিন্দু কিছুক্ষণ চুপ করিয়া থাকিয়া কহিল, দাদার জ্ঞান হলে তিনি আমাকে তুমি মনে করে

গলা ধরে চেঁচিয়ে উঠেছিলেন—বল কমলা, এ কাজ তুমি করনি? আমি মরেও সুখ পাব না কমলা, শুধু একবার বল, এ-কাজ তোমার দ্বারা হয়নি?

কমলা নিশ্বাস রুদ্ধ করিয়া কহিল, তার পরে?

বিন্দু কহিল, আমি তো জানিনে বৌ, তিনি কোন কথা জানতে চেয়েছিলেন।

আমি জানি ঠাকুরঝি, তিনি কি জানতে চান, বলিয়া কমলা একেবারে সোজা উঠিয়া বসিল।

বিন্দু কমলার হাত ধরিয়া ফেলিয়া বলিল, তুমি সে ঘরে যেয়ো না বৌ।

কেন যাব না?

ডাক্তার নিষেধ করেছিলেন, তুমি গেলে ক্ষতি হতে পারে।

আমার ক্ষতি আমার চেয়ে ডাক্তার বেশী বোঝে না ঠাকুরঝি, আমি তাঁর কাছেই চললুম; ঘুম ভেঙ্গে আবার যদি জানতে চান, আমাকে তো তার জবাব দিতে হবে? বলিয়া কমলা বিন্দুর হাতটা হাতের মধ্যে লইয়া বিনীত-কণ্ঠে কহিল, আমি মাথা সোজা রেখে চলতে পারব না বোন আমাকে দয়া করে একবার তাঁর কাছে দিয়ে এস ঠাকুরঝি।

মনে মনে কহিল, ভগবান, হাতের নোয়া যদি এখনো বজায় রেখেচ ঠাকুর, তা হলে সত্যি-মিথ্যের বিচার করে আর তা কেড়ে নিয়ো না। দণ্ড আমার গেছে কোথায়— সে তো সমস্তই তোলা রইল। শুধু এই করো প্রভু, তোমার সমস্ত কঠিন শাস্তি যাতে হাসিমুখে মাথায় তুলে নিতে পারি, আমার সেই পথটুকু ঘুচিয়ে দিয়ো না।

স্বামীর ঘরে ঢুকিয়া কমলা কিছুতেই আপনাকে স্থির রাখিতে পারিল না। তাহার দুইদিনের উপবাসক্ষীণ দেহ ও ততোধিক দুর্বল মস্তিষ্ক ঘুরিয়া স্বামীর পদতলে পড়িয়া গেল।

কাশীনাথ জাগিয়া ছিল; কে একজন তাহার পায়ের কাছে বিছানার উপর পড়িল, তাহা সে টের পাইল, কিন্তু ঘাড় তুলিয়া দেখিবার সাধ্য ছিল না, তাই জিজ্ঞাসা করিল, কে, বিন্দু?

বিন্দু বলিল, না দাদা, বৌ।

কমলা? তুমি এখানে কেন?

বিন্দু জবাব দিল। শিয়রে বসিয়া মৃদুকণ্ঠে কহিল, সামলাতে না পেরে মাথা ঘুরে পড়ে গেছে দাদা।

কাশীনাথ চুপ করিয়া রহিল। বিন্দু পুনরায় কহিল, আজ রাত্রে আসতে আমি মানা করেছিলাম। আমি নিশ্চয় জানতাম, দু'দিনের পরে এইমাত্র যার জ্ঞান হয়েচে, সে কিছুতেই এ ঘরে ঢুকে নিজেকে সামলে রাখতে পারবে না।

স্বামীর দুই পায়ের মধ্যে মুখ লুকাইয়া কমলা নীরবে পড়িয়া ছিল, তাহার অবিচ্ছিন্ন তপ্ত অশ্রুর ধারা কাশীনাথ নিজে আপনার শীতল পায়ের উপর অনুভব করিতেছিল; তাই ধীরে ধীরে কহিল, হাঁ বোন, না এলেই তার ভাল ছিল।

কমলার প্রতি চাহিয়া বিন্দুর নিজের চোখের জল আসিয়া পড়িয়াছিল, আঁচলে মুছিতে মুছিতে বলিল, সে ভাল কি কেউ পারে দাদা? তুমি ভাল হয়ে ওঠো, কিন্তু এই দুটো দিন বৌয়ের যে কেমন করে কেটেছে সে আমি জানি আর ভগবান জানেন; নিজেও বোধ করি জানে না।

ভগবানের নামে কাশীনাথ চোখ বুজিয়া তাহার বাহিরের দৃষ্টি নিমেষের মধ্যে ফিরাইয়া অন্তরের দিকে প্রেরণ করিল। যেখানে বিশ্বের সমস্ত নরনারীর অন্তর্যামী চিরদিন অধিষ্ঠিত আছেন, তাঁহার শ্রীচরণে যেন এই প্রশ্ন নিবেদন করিয়া দিয়া সে মুহূর্তের জন্য অপেক্ষা করিয়া রহিল, তাহার পর চোখ চাহিয়া কহিল, আমার প্রাণের আর কোন আশঙ্কা নেই

১৫৪

কমলা, উঠে ব'সো—

বিন্দু কহিল, দাদা, তুমি আমার কাছে যে-কথা জানতে চেয়েছিলে, বৌ তার উত্তর দিতে এসেচে।

কাশীনাথের পাংশু ওষ্ঠাধরে হাসি ফুটিয়া উঠিল; কহিল, আর কারুকে কোন জবাব দিতে হবে না বিন্দু, যে দু'দিন ও অচেতন হয়ে পড়েছিল, তার মধ্যে আমার সমস্ত জবাব পৌঁছে গেছে। বলিয়া বাঁ হাতে ভর দিয়া কাশীনাথ উঠিয়া বসিল। ডান হাতে কমলার মাথাটি জোর করিয়া তুলিবার চেষ্টা করিয়া ডাকিল, কমল!

কমলা সাড়া দিল না, তেমনি সজোরে পায়ের উপর মুখ চাপিয়া পড়িয়া রহিল, তেমনি তাহার দু'চক্ষু বাহিয়া প্রস্রবণ বহিতে লাগিল।

বিন্দু ব্যস্ত হইয়া উঠিল, তুমি উঠো না দাদা, ডাক্তার বলেন, আবার যদি—

কাশীনাথ হাসিমুখে কহিল, ডাক্তার যাই বলুন বোন, আমি তোদের বলচি, আর ভয় নেই, এ যাত্রা আমাকে তোরা ফিরিয়ে এনেচিস।

তার পরে কমলার রুক্ষ চুলগুলি হাতের মধ্যে লইয়া ক্ষণকাল নীরবে নাড়াচাড়া করিয়া কাশীনাথ পুনরায় শুইয়া পড়িল।

আলো ও ছায়া

প্রথমেই যদি তোমরা ধরিয়া ব'স, এমন কখ্‌খনো হয় না, তবে তো আমি নাচার। আর যদি বল হইতেও পারে– জগতে কত কি যে ঘটে, সবই কি জানি? তা হলে এ কাহিনী পড়িয়া ফেল; আমার বিশ্বাস, তাহাতে কোন মারাত্মক ক্ষতি হইবে না। আর গল্প লিখিতে এমন কিছু প্রতিজ্ঞা করিয়া বলা হয় না যে, সবটুকু খাঁটি সত্য বলিতে হইবে। হ'লই বা দু-এক ছত্র ভুল, হ'লই বা একটু-আধটু মতভেদ– এমনই বা তাহাতে কি আসে? তা নায়কের নাম হইল যজ্ঞদত্ত মুখুজ্যে– কিন্তু সুরমা বলে আলোমশাই। নায়িকার নাম তো শুনিলে, কিন্তু যজ্ঞদত্ত তাকে বলে ছায়াদেবী। দিন-কতক তাহাদের ভারী কলহ বাধিয়া গেল, কে যে আলে– কে যে ছায়া, কিছুতেই মীমাংসা হয় না। শেযে সুরমা বুঝাইয়া দিল, এটা তোমার সুক্ষ্মবুদ্ধিতে আসে না যে, তুমি না থাকলে আমি কোথাও নাই– কিন্তু আমি না থাকিলে তুমি চিরকাল চিরজীবী– তাই তুমি আলো, আমি ছায়া।

যজ্ঞদত্ত হাসিল, এক তরফা ডিগ্রী পেতে চাও কর, কিন্তু বিচারটা কোন কাজের হ'ল না।

সুরমা। খুব হয়েছে, বেশ হয়েছে, চমৎকার হয়েছে আলোমশাই, আর ঝগড়া করতে হবে না। তুমি আলোমশাই, আমি শ্রীমতী ছায়াদেবী। বলিতে বলিতে ছায়াদেবী নানারূপে আলোমশাইকে ব্যস্ত করিয়া তুলিল।

গল্পের এতটুকু তো হ'ল। কিন্তু এইবার তোমাদের সঙ্গেই দ্বন্দ্বযুদ্ধ না বাধিয়া গেলে বাঁচি। তুমি কহিবে, ইহারা স্ত্রী-পুরুষ– আমি কহিব, স্ত্রী-পুরুষ বটে, কিন্তু স্বামী-স্ত্রী নয়। নিশ্চয় তুমি চোখ রাঙ্গাইবে, তবে কি অবৈধ প্রণয়? আমি বলিব, খুব শুদ্ধ ভালবাসা। কিছুতেই তোমরা তাহা বিশ্বাস করিবে না, মুখ ভার করিয়া জিজ্ঞাসা করিবে, কত বয়স? আমি কহিব, আলোর বয়স তেইশ, আর ছায়ার বয়স আঠার। এর পরেও যদি শুনিতে চাও, করিতেছি।

যজ্ঞদত্তের ছোট করিয়া দাড়ি ছাঁটা, চোখে চশমা, মাথায় ল্যাভেণ্ডারের গন্ধ, পরনে কুঞ্চিত ঢাকাই কাপড়, শার্ট, এসেন্স মাখান, পায়ে মখমলের কাজ করা শ্লিপার– ছায়া স্বহস্তে ফুল তুলিয়া দিয়াছে। লাইব্রেরিতে এক-ঘর পুস্তক, বাটীতে বিস্তর দাসদাসী। টেবিলের ধারে বসিয়া যজ্ঞদত্ত পত্র লিখিতেছিল। সম্মুখে মস্ত মুকুর। পর্দা সরাইয়া ছায়াদেবী সাবধানে প্রবেশ করিল। ইচ্ছা, চুপি চুপি চোখ টিপিয়া ধরে। পিঠের কাছে আসিয়া হাত বাড়াইতে গিয়া সম্মুখে দর্পণে নজর পড়িল। দেখিল, যজ্ঞদত্ত তাহার মুখপানে চাহিয়া মুখ টিপিয়া

হাসিতেছে। সুরমাও হাসিয়া ফেলিল; বলিল, কেন দেখে ফেললে?

যজ্ঞ। সেটা কি আমার দোষ?

সুরমা। তবে কার?

যজ্ঞ। অর্দ্ধেকটা তোমার, আর অর্দ্ধেকটা ঐ আরশিখানার

সুরমা। এখনই আমি ওটা ঢেকে দেব।

যজ্ঞ। তা দিও, কিন্তু বাকীটার কি হবে?

সুরমা বার-দুই নড়িয়া চড়িয়া কহিল, আলোমশাই!

যজ্ঞ। কেন ছায়াদেবী?

সুরমা। তুমি রোগা হয়ে যাচ্ছ কেন?

যজ্ঞ। তা তো আমার বিশ্বাস হয় না।

সুরমা। তুমি খাও না কেন?

যজ্ঞদত্ত হাসিয়া উঠিল– সুরো, কোন্দল করতে এসেচ?

সুরমা। হুঁ।

যজ্ঞ। আমি তাতে রাজী নই।

সুরমা। তুমি বিয়ে করবে না কেন?

যজ্ঞ। সে জবাব তো রোজই একবার করে দিয়ে এসেচি।

সুরমা। না, করতেই হবে।

যজ্ঞ। সুরো, তুমি একটি বিয়ে কর না কেন?

সুরমা যজ্ঞদত্তের হাত হইতে পত্রখানি কাড়িয়া লইয়া কহিল, ছিঃ, বিধবার কি বিয়ে হয়?

যজ্ঞদত্ত খানিকক্ষণ চুপ করিয়া থাকিয়া কহিল, কে জানে? কেউ বলে হয়, কেউ বলে হয় না।

সুরমা। তবে আমাকে এ নিমিত্তের ভাগী করবার চেষ্টা কেন?

যজ্ঞদত্ত দীর্ঘনিঃশ্বাস ফেলিয়া কহিল, তবে কি চিরকাল শুধু আমারই সেবা করে কাটাবে?

হুঁ, বলিয়া সে ঝরঝর করিয়া কাঁদিয়া ফেলিল।

যজ্ঞদত্ত অশ্রু মুছাইয়া দিয়া কহিল, সুরো, কি তোমার মনের সাধ, আমাকে খুলে বলবে না?

সুরমা। আমাকে বৃন্দাবনে পাঠিয়ে দাও।

যজ্ঞ। আমাকে ছেড়ে থাকতে পারবে?

সুরমার মুখ দিয়া কথা বাহির হইল না– দক্ষিণে ও বামে বার দুই মাথা নাড়িতে গিয়া চোখের জল উৎসের মত ছুটিয়া বাহির হইয়া পড়িল।

দুই

সুরমা। যজ্ঞদাদা, সেই গল্পটা আবার বল না!

যজ্ঞ। কোন্‌টা সুরো?

সুরমা। সেই যে আমাকে যবে বৃন্দাবনে কিনেছিলে। কত টাকায় কিনেছিলে গো?

যজ্ঞ। পঞ্চাশ টাকায়। আমার তখন আঠার বছর বয়স। বি. এ. একজামিন দিয়ে পশ্চিমে

বেড়াতে যাই। মা তখন বেঁচে, তিনিও সঙ্গে ছিলেন। একদিন দুপুরবেলায় মালতী-কুঞ্জের ধারে একদল বৈষ্ণবী গান গাইতে আসে, তারই মধ্যে প্রথম তোমাকে দেখতে পাই। যৌবনের প্রথম ধাপটিতে পা দিয়ে জগৎটাকে এমন সুশ্রী দেখতে হয় যে, শুধু নিজের দুটি চোখে সে মাধুর্য সবটুকু উপভোগ করতে পারা যায় না; সাধ হয়, মনের মতন আর দুটি চোখ এমনি করে একসাথে এমনি শোভা সম্ভোগ করতে পারে যদি তাকে বুঝিয়ে বলতে পারি– ও কি সুরমা, কাঁদচ যে?

সুরমা। না– তুমি বল

যজ্ঞ। তুমি তখন তের বছরের নবীন বৈষ্ণবী, হাতে মন্দিরা, গান গাইছিলে।

সুরমা। যাও– আমি বুঝি গান গাইতে পারি?

যজ্ঞ। তখন তো পারতে, তার পর অনেক পরিশ্রমে তোমাকে পাই, তুমি ব্রাহ্মণের মেয়ে, বালবিধবা। মা তোমার তীর্থে এসে আর ফিরে যেতে পারেন নি– স্বর্গে গিয়েচেন। আমার মার কাছে তোমায় এনে দিই, তিনি বুকে তুলে নিলেন– তার পর মৃত্যুকালে আবার আমাকেই ফিরিয়ে দিয়ে গেলেন।

সুরমা। যজ্ঞদাদা, আমার বাড়ি কোথায়?

যজ্ঞ। শুনেছি, কৃষ্ণনগরের কাছে।

সুরমা। আমার আর কেউ নেই?

যজ্ঞ। আমি আছি, তাই যে তোমার সব, সুরমা।

সুরমার চক্ষু আবার জলে ভিজিয়া আসিল, কহিল, তুমি আমাকে আবার বেচতে পার?

যজ্ঞ। না, তা পারি না। নিজেকে না বেচে ফেললে ওটি কিছুতেই হতে পারে না।

সুরমা কথা কহিল না, তেমনিভাবে সজল নয়নে তাহার পানে চাহিয়া রহিল। বহুক্ষণ পরে ধীরে ধীরে কহিল, তুমি দাদা, আমি ছোট বোন– আমাদের দু'জনার মাঝখানে একটি বৌ আন না দাদা!

যজ্ঞ। কেন বল দেখি?

সুরমা। সমস্ত দিন ধরে সাজিয়ে গুজিয়ে তাকে আমি তোমার কাছে বসিয়ে রাখব।

যজ্ঞ। তা কি প্রাণ ধরে পারবে?

সুরমা মুখ তুলিয়া চোখের উপর চোখ পাতিয়া কহিল, আমি কি তেমনি অধম যে হিংসা করব?

যজ্ঞ। হিংসা নাই করলে, কিন্তু নিজের স্থানটি বিলিয়ে দেবে?

সুরমা। বিলিয়ে কেন দিতে যাব। আমি রাজা, রাজাই থাকব, শুধু একটি মন্ত্রী বাহাল করব, দু'জনে মিলে রাজ্যটা চালাতে আমোদ হবে।

যজ্ঞ। দেখ ছায়া, বিবাহে প্রবৃত্তি নেই, কিন্তু তোমার যদি একজন সাথীর বড় প্রয়োজন হয়ে থাকে তো বিবাহ করব।

সুরমা। হাঁ, নিশ্চয় কর, খুব আমোদ হবে; দু'জনে খুব মনের সুখে দিন কাটাব। মনে মনে কহিল, তিন কুলে আমার কেউ নাই, আমার মান-অপমান তাও নাই, কিন্তু তুমি কেন আমাকে নিয়ে বিশ্বের কলঙ্ক কুড়াবে? দেবতা আমার! তুমি বিবাহ কর, তোমার মুখ চেয়ে আমার সব সইবে।

তিন

কলিকাতায় প্রতিবাশীর খবর অনেকে রাখে না। অনেকে আবার খুব রাখে। যাহারা রাখে তাহারা বলে, যজ্ঞদত্ত এম. এ. পাস করুক, কিন্তু বখাটে ছেলে। ইশারায় তাহারা সুরমার কথাটা উল্লেখ করে। সুরমা ও যজ্ঞদত্ত মাঝে মাঝে তাহা শুনিতে পায়। শুনিয়া দুইজনে হাসিতে থাকে।

কিন্তু তুমি ভাল হও আর মন্দ হও, বড়মানুষ হইলে তোমার বাড়িতে লোক আসিবেই, বিশেষ মেয়েমানুষ। কেহ বা বলে, সুরমা, তোমার দাদার বিয়ে দাও না?

সুরমা। দাও না দিদি, একটি ভাল মেয়ে খুঁজে পেতে।

যে সুরমার সখী সে হাসিয়া ফেলে— তাইতো, ভাল মেয়ে মেলা শক্ত, তোমার রূপে যার চোখ ভরে আছে—তার—

দূর, পোড়ারমুখী! বলিতে বলিতে কিন্তু সুরমার সমস্ত মুখমণ্ডল স্নেহ ও গর্বে রঞ্জিত হয়ে উঠে।

সেদিন দুপুরবেলা ঝুপঝাপ করিয়া বৃষ্টি পড়িতেছিল, সুরমা ঘরে প্রবেশ করিয়া বলিয়া উঠিল, একটি মেয়ে পছন্দ করে এলাম।

যজ্ঞদত্ত। আঃ, একটা দুর্ভাবনা গেল। কোথায় বল দেখি?

সুরমা। ও-পাড়ার মিত্তিরদের বাড়ি।

যজ্ঞদত্ত। বামুন হয়ে কায়েতের ঘরে?

সুরমা। কায়েতের ঘরে কি বামুন থাকতে নেই? তার মা ও বাড়িতে রেঁধে খেতো, মেয়েটি শুনেচি ভাল; দেখে এসে যদি মনে ধরে তো ঘরে আন।

যজ্ঞদত্ত। আমি কি এমনি হতভাগা যে, রাজ্যের ভিখিরী ছাড়া আমার অন্ন জুটবে না।

সুরমা। ভিখিরী কুড়িয়ে আনা কি তোমার নূতন কাজ?

যজ্ঞদত্ত। আবার!

সুরমা। না যাও, দেখে এস। মনে ধরে তো না ব'ল না।

যজ্ঞদত্ত। মনে কিছুতেই ধরবে না।

সুরমা। ধরবে গো ধরবে— একবার দেখেই এস না।

ছায়াদেবী তখন আলোমশাইকে এমন সাজাইয়া দিল, এত গন্ধ লাগাইয়া মাজিয়া ঘষিয়া চুল আঁচড়াইয়া দিয়া এমনিভাবে আরশির সম্মুখে দাঁড় করাইয়া দিল যে, যজ্ঞদত্তের লজ্জা করিতে লাগিল। ছিঃ, এ যে বড় বাড়াবাড়ি হয়ে গেল।

সুরমা। তা হোক, দেখে এস।

গাড়ি করিয়া যজ্ঞদত্ত মেয়ে দেখিতে গেল। পথে একজন বন্ধুকেও তুলিয়া লইল। চল, মিত্তির বাড়িতে জলযোগ করে আসি।

বন্ধু। তার মানে?

যজ্ঞদত্ত। সে বাড়িতে একটা ভিখিরী মেয়ে আছে। তাকে বিয়ে করতে হবে।

বন্ধু। বল কি এমন প্রবৃত্তি কে দিলে?

যজ্ঞদত্ত। তোমরা যার হিংসেয় মরে যাও তিনিই, সেই ছায়াদেবী।

যজ্ঞদত্ত বন্ধুকে লইয়া মেয়ে দেখিতে ঘরে ঢুকিলেন। মেয়ে কার্পেটের আসনের উপর বসিয়া, পরনে দেশী কাপড়, কিন্তু অনেক ধোপপড়া সূতাগুলা মাঝে মাঝে জালের মত হইয়া গিয়াছে। হাতে বেলোয়ারি চুড়ি এবং একজোড়া পাক দেওয়া তামার মত রংয়ের

সোনার বালা– মাঝে মাঝে এক-এক জায়গায় ভিতরের গালাটা দেখা যাইতেছে। মাথায় এত তেল যে কপালটা পর্যন্ত চকচক করিতেছে, ব্রহ্মতালুর উপর শক্ত খোঁপাটা কাঠের মত উঁচু হইয়া আছে। দুই বন্ধুকে মুখ টিপিয়া হাসিয়া ফেলিলেন। হাসি চাপিয়া মেয়েটির দিকে চাহিয়া যজ্ঞদত্ত কহিল, কি নাম তোমার?

মেয়েটি বড় বড় কালো চোখ দুটো শান্তভাবে তাহার মুখের প্রতি রাখিয়া কহিল, প্রতুল।

যজ্ঞদত্ত বন্ধুর গা টিপিয়া মৃদু হাসিয়া কহিল, ওহে, গদাধর নয় তো?

বন্ধু ঈষৎ ঠেলিয়া দিয়া কহিল, জ্যাঠামি করো না, তাড়াতাড়ি পছন্দ করে নাও।

হাঁ, এই নিই–

বেশ– বেশ, কি পড়?

কিছু না।

আরো ভালো।

কাজ-কর্ম করতে জান?

প্রতুল মাথা নাড়িল– নিকটে একজন ঝি দাঁড়াইয়াছিল, সে ব্যাখ্যা করিয়া দিল– ভারী কর্মী মেয়ে বাবু, রাঁধা-বাড়া সংসারের কাজ-কর্মে মায়ের হাত পেয়েচে। আর মুখে কথাটি নেই– ভারী শান্ত।

তা বুঝেছি।

তোমার বাপ বেঁচে নেই?

না।

মাও মরে গেছেন?

হাঁ।

যজ্ঞদত্ত দেখিল, এই হাবা মেয়েটার চোখে জল আসিয়া পড়িয়াছে। – তোমার কি কেউ নেই?

না।

আমার বাড়ি যাবে?

সে ঘাড় নাড়িল, হুঁ। এই সময় জানালার দিকে নজর পড়ায় সে দেখিল খড়খড়ির ফাঁক দিয়া দুটো কালো চোখ যেন অগ্নিবর্ষণ করিতেছে, ভয় পাইয়া সে বলিল, না।

বাহিরে আসিয়া মিত্তিরমহাশয়ের সাক্ষাৎলাভ।

কেমন দেখলেন?

বেশ।

বিবাহের তবে দিন স্থির হোক।

হোক।

চার

বার-তের বৎসরের বালকের হাত হইতে কোন নির্দয় রসহীন অভিভাবক তাহার অর্ধ-পঠিত কৌতুকপূর্ণ নভেলটা টানিয়া লুকাইয়া রাখিয়া দিলে তাহার যেমন অবস্থা হয়, ভিতরের প্রাণটা ব্যাকুলভাবে সেই শুষ্কমুখ শঙ্কিত বালককে এ-ঘর ও-ঘর ছুটাইয়া লইয়া বেড়ায়, ভয়ে ভয়ে তীব্র চক্ষু দুটি শুধু যেমন সেই প্রিয় পদার্থটিকে আবিষ্কার করিবার জন্য ব্যস্ত এবং

বিরক্ত হইয়া থাকে, আর সর্বদাই যেন কাহার উপর রাগ করিতে ইচ্ছা করে, তেমনিভাবে সুরমা যজ্ঞদত্তের জন্য ছটফট করিতে লাগিল। কি যেন কি একটা খুঁজিয়া বাহির করিবে। চেয়ার, বেঞ্চ, শোফা, শয্যা, ঘর, বারান্দা– সবগুলার উপরেই সে বিরক্ত হইয়া উঠিল। রাস্তার দিকের একটা জানালাও তাহার পছন্দ হইল না, একবার এটাতে, একবার ওটাতে বসিতে লাগিল। যজ্ঞদত্ত ঘরে ঢুকিলেন।

কি হ'ল আলোমশাই? আলোমহাশয়ের মুখ গম্ভীর।

সুরমা। পছন্দ হল?

যজ্ঞ। হ'ল।

সুরমা। কবে বিয়ে?

যজ্ঞ। বোধ হয় এই মাসেই।

নিরানন্দ উৎসাহে সুরমা কাছে আসিল, কিন্তু কোনরূপ উপদ্রব করিল না– আমার মাথা খাও, সত্যি বল।

কি বিপদ, সত্যিই তো বলচি!

আমার মরামুখ দেখ– বল, পছন্দ হয়েছে?

হাঁ।

হঠাৎ যেন সুরমা আর কোন কথা খুঁজিয়া পাইল না। বালক-বালিকারা ধমক খাইয়া কাঁদিবার পূর্বে যেমন এদিক-ওদিক ঘাড় নাড়িয়া একটা অর্থহীন কথা বলিয়া ফেলে, সুরমা তেমনি ছেলেমানুষটির মত মাথা হেলাইয়া গাঢ়স্বরে কহিল, তবে বলেছিলাম তো–

যজ্ঞদত্ত নিজের ভাবনায় ব্যস্ত ছিল, তাই বুঝিতে পারিল না যে, এ কথার একেবারে কোন অর্থই নাই; কেননা,

প্রথমতঃ 'পছন্দই হবে' এমন কথা সুরমা কোনকালে উচ্চারণ করে নাই। দ্বিতীয়তঃ সে নিজেও মেয়ে দেখে নাই বরং এমনটি সে মোটেই আশা করে না যে এত অল্পে পছন্দ হইবে, এবং এত শীঘ্র সম্বন্ধ পাকা হইবে। তাই সে সমস্ত দিনটা নিজের ঘরে বসিয়া এই কথা তোলাপাড়া করিতে লাগিল। দু'দিন পরে কিন্তু যজ্ঞদত্ত অনেক কথা বুঝিতে পারিল, কহিল, সুরো, এ বিয়ে দিও না দিদি।

সুরমা। বাঃ তা কি হয়? সব যে স্থির হয়ে গেছে।

যজ্ঞ। স্থির কিছুই নয়।

সুরমা। না, তা হতে পারে না, দুঃখীর মেয়েকে সুখী করবে এটাও ভেবে দেখ, বিশেষ কথা দিয়ে ফেরাবে?

যজ্ঞদত্তের প্রতুলকুমারীর মুখ মনে পড়িল, সহিষ্ণুতা ও শান্তভাবের নিগূঢ় ছায়া যেন সেদিন তাহার কালো চোখ দুটিতে সে দেখিতে পাইয়াছিল– তাই সে চুপ করিয়া রহিল, তবু যজ্ঞদত্ত অনেক কথা ভাবিতে লাগিল। সুরমার কথাই বেশী ভাবিল। বর্ষার দিনে বাদলপোকাগুলা হঠাৎ যেমন ঘর ভরিয়া দেয় তেমন তাহার মনটা যেন অস্বস্তিতে ভরিয়া উঠিল, কিন্তু তাহাদিগের নিভৃত বাসগহ্বরটা যেমন কিছুতেই খুঁজিয়া বাহির করা যায় না, তেমনি সুরমার মুখের কথাগুলো মনের কোন গুপ্ত আকাঙ্ক্ষার ভিতর দিয়া দলে দলে বাহির হইতে লাগিল, সেইটাই খুঁজিয়া পাইল না। চোখে তার এমনি ঝাপসা জাল লাগিয়া রহিল যে, কোনক্রমেই সুরমার মুখখানি সুস্পষ্ট দেখিতে পাইল না।

পাঁচ

বিবাহ করিয়া যজ্ঞদত্ত বধূ ঘরে আনিল। বিকারগ্রস্ত রোগী ঘরে লোক না থাকিলে যেমন সমস্ত শক্তি এক করিয়া জলের ঘড়াটার পানে ছুটিয়া গিয়া আঁকড়াইয়া ধরে, সুরমা তেমনি করিয়া নূতন বধূকে আলিঙ্গন করিল। নিজের যতগুলি গহনা ছিল পরাইয়া দিল, যতগুলি বস্ত্র ছিল সমস্ত তাহার বাক্সে ভরিয়া দিল। শুষ্কমুখে সমস্ত দিন ধরিয়া বধূ সাজাইবার ধুম দেখিয়া যজ্ঞদত্ত মুখ চুন করিয়া রহিল। গাঢ় স্বপ্নটা সহ্য হয়– কেননা, অসহ্য হইলেই ঘুম ভাঙ্গিয়া যায়, কিন্তু জাগিয়া স্বপ্ন দেখাটায় যেন দম আটকাইতে থাকে, কিছুতেই সেটা শেষও হয় না– ঘুমও ভাঙ্গে না। মনে হয় একটা স্বপ্ন, মনে হয় এটা সত্য, 'আলো ও ছায়া'র দু'জনেরই এই ভাবটা আসিতে লাগিল। একদিন ঘরে ডাকিয়া যজ্ঞদত্ত কহিল, ছায়াদেবী!

কি যজ্ঞদাদা?

আলোমশাই বললে না?

মুখ নত করিয়া সুরমা কহিল, আলোমশাই!

যজ্ঞদত্ত দুই হাত বাড়াইয়া কহিল, অনেকদিন কাছে এস নাই– এস।

সুরমা একবার মুখপানে চাহিয়া দেখিল; পরক্ষণেই বলিয়া উঠিল, বাঃ, আমি তো খুব! বৌকে একলা ফেলে

এসেছি। বলিতে বলিতে সে ছুটিয়া পলাইয়া গেল।

রাগের মাথায় যদি হঠাৎ কোন অপরিচিত ভদ্রলোকের গালে চড় মারা যায়, আর সে যদি শান্তভাবে ক্ষমা করিয়া চলিয়া যায়, তাহা হইলে মনটা যেমন খারাপ হইয়া থাকে, তেমনি ক্ষমাপ্রাপ্ত অপরাধীর মত তাহারও মনটা ক্রমাগত দমিয়া পড়িতে লাগিল। কেবলি মনে হয়, সে অপরাধ করিয়াছে আর সুরমা প্রাণপণে ক্ষমা করিতেছে।

সুরমা সর্বাভরণা নববধূকে জোর করিয়া তাহার পার্শ্বে বসাইয়া দেয়। সন্ধ্যা হইলেই বাহির হইতে কট্ করিয়া তালা বন্ধ করিয়া দেয়। গালে হাত দিয়া যজ্ঞদত্ত ভাবিতে থাকে। বৌও কতক বুঝিতে পারে; সে সেয়ানা মেয়ে নয়; তবুও তো সে নারী সাধারণ স্ত্রীবুদ্ধিটুকু হইতে ভগবান কাহাকেও বঞ্চিত করেন না। সেও সারা রাত্রি জাগিয়া থাকে। আজ আট দিনও বিবাহ হয় নাই, এরি মধ্যে যজ্ঞদত্ত একদিন প্রত্যুষে সুরমাকে ডাকিয়া কহিল, সুরো, বর্ধমানে পিসীমাকে বৌ দেখিয়ে আনি।

দামোদর-পারে পিসীমার বাড়ি। সেখানে পৌঁছাইয়া যজ্ঞদত্ত কহিল, পিসীমা, বৌ এনেচি, দেখ।

পিসীমা। ওমা, বিয়ে করেছিস বুঝি, আহা বেঁচে থাক। দিব্যি চাঁদপানা বৌ, এইবার মানুষের মত ঘর-সংসার কর্।

যজ্ঞ। সেই জন্যেই তো সুরো জোর করে বিয়ে দিলে।

পিসীমা। সুরো বুঝি বিয়ে দিয়েচে?

যজ্ঞ। সেই তো দিলে, কিন্তু কপাল মন্দ– বৌ নিয়ে ঘর করা চলে না।

পিসীমা। কেন রে?

যজ্ঞ। জানো তো পিসীমা, আমার নর-গণ, বৌয়ের হ'ল রাক্ষস-গণ। একসঙ্গে থাকলে গণৎকার বলে বাঁচি না বাঁচি।

পিসীমা। ষাট ষাট, সে কথা–

যজ্ঞ। তখন তাড়াতাড়ি এসব দেখা হয়নি, এখন তো তোমার কাছে থাকবে, মাসে পঞ্চাশ টাকা পাঠাব, তাতে চলবে না পিসীমা?

পিসীমা। হ্যাঁ তা চলে যাবে। পাড়াগাঁয়ে বিশেষ কষ্ট হবে না। আহা, চাঁদের মত মেয়ে, ডাগর হয়েচে, হাঁরে যজ্ঞ, একটা শান্তি-স্বস্ত্যয়ন করলে হয় না?

যজ্ঞ। হতে পারে। আমি ভট্টাচার্যের মত নিয়ে যা ভাল হয় তোমাকে জানাব।

পিসীমা। তা জানাস বাছা।

সন্ধ্যার সময় বৌকে কাছে ডাকিয়া যজ্ঞদত্ত কহিল, তবে তুমি এখানেই থাক।

সে ঘাড় নাড়িয়া বলিল, আচ্ছা।

যা তোমার দরকার হবে আমাকে জানিয়ো।

আচ্ছা।

তুমি চিঠি লিখতে জান?

না।

তবে কি করে জানাবে?

নববধূ গৃহপালিতা হরিণীর মত চক্ষু দুইটি স্বামীর মুখের উপর রাখিয়া চুপ করিয়া রহিল। যজ্ঞদত্ত মুখ ফিরাইয়া চলিয়া গেল।

পিসীমার বাটিতে বৌ ভোরে উঠিয়া কাজ করিতে লাগিল। বসিয়া থাকিতে সে শিখে নাই, নূতন লোক হইলেও সে পরিচিতের মত ঘরকন্নার কাজ করিতে শুরু করিল। দুই-চার দিনেই পিসীমা বুঝিলেন, এমন মেয়ে সবাই গর্ভে ধরে না।

বৌয়ের অনেক গহনা, পাড়াসুদ্ধ ঝেঁটিয়ে লোক তা দেখতে আসে।

কে দিয়েচে গা? তোমার বাপ?

না, বাপ-মা আমার নাই, ঠাকুরঝি দিয়েচেন।

দু-একজন সমবয়সীর সহিত ভাব হইলে তাহারা খুঁটিয়ে খুঁটিয়ে কথা বাহির করিবার চেষ্টা করিতে লাগিল। তোমার ঠাকুরঝি বুঝি খুব বড়লোক?

হ্যাঁ।

সব গহনা তারি?

সব। তাঁর দরকার নেই, তিনি বিধবা, এ-সব পরেন না।

কত বয়স বৌ?

আমাদের চেয়ে কিছু বড়। তিনি জোর করে আমার সঙ্গে বিয়ে দিয়েছেন।

তোমার বর বুঝি তাঁর খুব অনুগত?

হ্যাঁ, তিনি সতীলদী, সবাই তাঁকে ভালবাসে।

ছয়

উপরের জানালা হইতে সুরমা দেখিল, যজ্ঞদত্ত বাড়ি ফিরিয়া আসিল, কিন্তু সঙ্গে বৌ নাই। ঘরে প্রবেশ করিলে কহিল, যজ্ঞদাদা, বৌকে কোথায় রেখে এলে?

পিসীর বাড়ি।

সঙ্গে আনলে না কেন?

থাক, কিছুদিন পরে আনলেই হবে।

কথাটা সুরমার বুকে বিঁধিল। দুইজনেই চুপ করিয়া রহিল। প্রিয়জনের সহিত তর্ক

করিতে গিয়া হঠাৎ বচসা হইয়া গেলে যেমন দুইজনেই কিছুক্ষণ ক্ষুণ্ণমনে চুপ করিয়া বসিয়া থাকে, এ দুইজনও কিছুদিন তেমনি চুপচাপ দিন কাটাইতে লাগিল সুরমা কহে, নেয়ে খেয়ে নাও, অনেক বেলা হল। যজ্ঞদত্ত বলে, হাঁ এই যাই, এমনি করিয়াও কিছুদিন কাটিল একসঙ্গে ঘর করিতে গিয়া চিরদিন এভাবে চলে না, তাই আবার মিল হইতে লাগিল। যজ্ঞদত্ত আবার আদর করিয়া ডাকিতে লাগিলেন– ও ছায়াদেবী! ছায়া কিন্তু আর আলোমশাই বলে না যজ্ঞদাদা বলে, কখনও বা শুধু দাদা বলিয়াই ডাকে।

সুরমা একদিন কহিল, দাদা, প্রায় তিনমাস হতে চলল, এইবার বৌকে আনো। যজ্ঞদত্ত কাটাইয়া দেয়, হাঁ তা হবে এখন।

মনের ভাব বুঝিয়া সুরমা চুপ করিয়া থাকে।

পিসীর পত্র মাঝে মাঝে আসে। পিসী লেখেন, বৌয়ের ম্যালেরিয়া জ্বর হইতেছে, চিকিৎসা হওয়া প্রয়োজন। মনের ভাব বুঝিয়া যজ্ঞদত্ত কতকগুলো টাকা বেশী করিয়া পাঠাইয়া দেয়। আর মাস খানেক কোন কথা উঠে না।

এমন সময় একদিন হঠাৎ চিঠি আসিল যে, পিসী মরিয়া গিয়াছে। যজ্ঞদত্ত বর্ধমানে চলিয়া গেল। যাইবার সময় সুরমা মাথার দিব্য দিয়া বলিয়া দিল, বৌকে নিয়ে এস।

বর্ধমানে পিসীর শ্রাদ্ধশান্তি হইয়া গেলে একদিন দুপুরবেলা যজ্ঞদত্ত বারান্দায় দাঁড়াইয়া বাড়ি যাইবার কথ্য ভাবিতেছিল। উঠানে একটা ধানের মরাইয়ের পাশে, নতুনবৌ দাঁড়াইয়া, চোখে পড়িল। চোখচোখি হইবামাত্র সে হাত দিয়া ইশারা করিয়া ডাকিল।

যজ্ঞদত্তও স্ত্রীর নিকটে পৌঁছিল।

কি?

আপনাকে কিছু বলব।

বেশ তো বল।

নতুন বৌ ঢোক গিলিয়া কহিল, একদিন আপনি বলেছিলেন যদি আমার কোন দরকার হয়–

যজ্ঞদত্ত। বেশ তো কি দরকার বল?

বৌ। বাড়িতে সবাই বলাবলি কচ্ছিলেন, আমি বড় অলক্ষণা, তাই এখানে আর থাকতে ইচ্ছে করে না।

যজ্ঞদত্ত। কোথায় থাকতে চাও?

বৌ। কলকাতায় যদি কোন ভদ্র পরিবারে স্থান পাই– আমি তো সব কাজ কত্তে পারি।

যজ্ঞদত্ত। তোমার নিজের বাড়িতে যাবে?

বৌ। আমার নিজের বাড়ি? সে আবার কোথা? তাঁরা কি আর থাকতে দেবেন?

যজ্ঞদত্ত হাত দিয়া স্ত্রীর মুখ তুলিয়া ধরিয়া কহিল, আমার বাড়িতে যাবে?

বৌ। যাব।

যজ্ঞদত্ত। সুরমা তোমার জন্য বড় ব্যস্ত হয়েছে।

সুরমার কথায় তাহার মুখ প্রফুল্ল হইয়া উঠিল,– ঠাকুরঝি আমায় মনে করেন?

যজ্ঞদত্ত। করেন বৈ কি।

বৌ। তবে নিয়ে চলুন।

জগতে একরকমের লোক আছে, তাহারা পরের সম্বন্ধে মতামত প্রকাশ করিবার বুদ্ধি কিছুতেই খুঁজিয়া পায় না, কিন্তু এমন একটা সহজ বুদ্ধি রাখে যে, তাহার উপর নির্ভর করিয়া

নিজের সম্বন্ধে অপরের পরামর্শ মোটেই প্রয়োজন বোধ করে না। নুতন বৌটি এই শ্রেণীর। সে নিজের কথা নিজেই ভাবে– পরকে জিজ্ঞাসা করে না। ভাবিয়া কহিল, আপনাদের অকল্যাণ করবার বড় ভয় আমার, কিন্তু থাকি বা কোথায়? না হয়, আমি নীচেই থাকব, সব কাজ করতে নীচে থাকাই সুবিধের।

যজ্ঞ। উপরে কি তোমার থাকবার ঘর নেই?

বৌ। আছে, কিন্তু নীচের ঘরেই বেশ থাকবো।

যজ্ঞদত্ত আর কোন কথা কহিল না। ভাবিতে লাগিল যে, খুব বোকার মত তো এ কথাগুলো নয় এবং কয়েকবার মনে করিল, বলিয়া ফেলে যে সে অলক্ষণা নহে, রাক্ষসগণ প্রভৃতি মিথ্যা কথা। কিন্তু মিথ্যা কথার কারণটি কি, তা কি করিয়া বলা যায়। বিশেষ বাড়ি গিয়া সে তাহার অতীত এবং ভবিষ্যৎ ব্যবহারে যে বেশ মিল করিয়া তুলিতে পারিবে, সে ভরসাও মনে করিতে পারিল না।

সাত

সুরমা দেখিল বৌ আসিয়াছে। উগ্র নেশার প্রথম ঝোঁকটা কাটাইয়া দিয়া সে স্থির হইয়াছে। তাই বৌ দেখিতে বাড়াবাড়ি করিল না। শান্ত ধীরভাবে প্রিয়সম্ভাষণ করিল, মৌখিক নহে, অন্তরগত মঙ্গলেচ্ছা তাহার শুষ্ক মুখের উপর জ্যোতি ফিরাইয়া আনিল।

বৌ, কৈ ভাল ছিলে না তো?

বৌ মাথা নাড়িয়া কহিল, মাঝে মাঝে জ্বর হ'ত।

সুরমা তাহার কপালের ঘাম মুছাইয়া বলিল, এখানে চিকিৎসা হলেই সব ভাল হয়ে যাবে।

দুপুরবেলা সুরমা সংবাদ পাইল যে, বৌয়ের জন্য নীচে ঘর পরিষ্কার হইতেছে। অপমানে তাঁহার চোখে জল আসিল। সংবরণ করিয়া যজ্ঞদত্তের কাছে গিয়া বলিল, দাদা, বৌ কি নীচে শোবে? তুমি কিছু বলবে না?

আর কি বলব? যার যা খুশি তা করুক।

সুরমা লজ্জা ও ধিক্কারে আপনাকে শাসন করিতে পারিল না, সম্মুখেই কাঁদিয়া পলাইয়া গেল। উপরের গোলযোগটা কিন্তু নীচে পৌঁছিল না।

নূতন বৌ নূতন করিয়া সংসারের কাজকর্ম লইয়া ব্যস্ত হইয়া পড়িল। ক্রমে ক্রমে ধীরে ধীরে সে সুরমার সব কাজগুলি নিজের হাতে তুলিয়া লইল। শুধু উপরে যায় না– স্বামীর সহিত দেখা করে না। ক্রমে সুরমাও উপর ছাড়িয়া দিল। বৌ প্রফুল্ল গম্ভীরমুখে কাজ করিত, সুরমা পাশে বসিয়া থাকিত। একজন দেখাইত কর্ম করিয়া কত সুখ, অপর বুঝিত কর্মস্রোতে অনেক দুঃখ ভাসাইয়া দিতে পারা যায়। দু'জনের কেহই বেশী কথা কহে না, তাহাদের সহানুভূতি ক্রমে গাঢ়তর হইয়া আসিতে লাগিল।

মাঝে মাঝে নূতন বধূর প্রায় জ্বর হয়, দুই-চারিদিন উপবাস থাকিয়া আপনি সারিয়া ওঠে। ঔষধে প্রবৃত্তি নাই, ঔষধ খায় না। সে-সময়ের কাজকর্মগুলা দাসদাসীতেই করে; সুরমা পারিয়া উঠে না, ইচ্ছা থাকিলেও সামর্থ্যে কুলায় না। সোনার প্রতিমা সুরমা দেবীর এখন সে রং নাই, সে কান্তি নাই, অত লাবণ্য দুই মাসের মধ্যে কোথায় উড়িয়া গিয়াছে। বৌ মাঝে মাঝে বলে, ঠাকুরঝি, তুমি দিন দিন এমন হয়ে যাচ্ছ কেন?

আমি? আচ্ছা বৌ, শরীরটা ভাল করবার জন্যে আমি যদি বিদেশে যাই, তোমার কষ্ট

হবে না তো?

হবে বৈ কি।

তবে যাব না?

না ঠাকুরঝি, যেয়ো না, তুমি ঔষধ খেয়ে এখানেই ভাল হও।

সুরমা স্নেহভরে তাহার ললাট চুম্বন করিল।

একদিন সুরমা যজ্ঞদত্তের খাবার সাজাইতেছিল। যজ্ঞদত্ত তাহার মলিন কৃশ মুখখানি সতৃষ্ণ চক্ষে দেখিতেছিল। সুরমা মুখ তুলিলে, সে দীর্ঘনিশ্বাস ফেলিয়া কহিল, মনে হয় মলেই বাঁচি!

কেন? বলিতেই সুরমার চক্ষে জল আসিল। ভয় হয় আর কতদিন এ প্রাণটাকে বয়ে বেড়াতে হবে। বন্দুকের গুলি খাইয়া বনের পশু যেমন মাটি ছাড়িয়া আকাশে পলাইবার জন্য প্রাণপণে লাফাইয়া উঠে, কিন্তু আকাশ তাহার কেহ নয়, তাই সেই আশ্রয়শূন্য মরণাহত জীব শেষে চিরদিনের আশ্রয় পৃথিবীকেই জড়াইয়া ধরিয়া প্রাণত্যাগ করে তেমনি ছটফট করিয়া সুরমা প্রথমে আকাশ পানে চাহিয়া দেখিল, তার পর তেমনি করিয়া ভূলুণ্ঠিত হইয়া কাঁদিতে লাগিল, যজ্ঞদাদা, আমাকে ক্ষমা কর, আমি তোমার শত্রু, আমাকে আর কোথাও পাঠিয়ে দিয়ে, তুমি সুখী হও। তখনি হয়ত দাসী আসিয়া পড়িবে, যজ্ঞদত্ত হাত ধরিয়া তাহাকে তুলিয়া ধরিল। সস্নেহে অশ্রু মুণ্ডাইয়া কহিল, ছিঃ, ছেলেমানুষী ক'র না।

অশ্রু মুছিতে মুছিতে সুরমা তাড়াতাড়ি ঘরে গিয়া দ্বার রুদ্ধ করিয়া দিল।

আট

তার পরে একদিন সুরমা বৌকে টানিয়া কাছে লইয়া কহিল, বৌ, দাদা কি তোমাকে কখন কিছু বলেচেন?

বৌ সহজভাবে উত্তর দিল, কি আবার বলবেন?

তবে তুমি কখন তাঁর কাছে যাও না কেন? তোমার কি যেতে ইচ্ছা করে না?

বৌয়ের প্রথমটা লজ্জা করিতে লাগিল, পরে মুখ নত করিয়া কহিল, করে দিদি, কিন্তু যাবার তো জো নেই!

কেন বৌ?

তোমার কি মনে নেই?

কৈ না।

ওঃ, তুমি বুঝি ভুলে গেছ ঠাকুরঝি, আমার যে রাক্ষস-গণ, ওর নর-গণ।

কে বলেচে?

উনিই পিসীমাকে বলেছিলেন, তাইতে—

সুরমা শিহরিয়া উঠিল— এ যে মিছে কথা বৌ।

মিছে কথা?

চক্ষু বিস্ফারিত করিয়া সে সুরমার মুখপানে চাহিয়া রহিল। সুরমা বার বার শিহরিয়া উঠিল— মিছে কথা বৌ, ভয়ানক মিছে কথা।

আমার বিশ্বাস হয় না, উনি মিছে কথা বলবেন।

সুরমা আর সহিতে পারিল না— দুই বাহুর মধ্যে দৃঢ় করিয়া আলিঙ্গন করিয়া ফুকারিয়া কাঁদিয়া উঠিল, বৌ আমি মহাপাতকী।

বধূ আপনাকে ছাড়াইয়া লইয়া ধীরে ধীরে কহিল, কেন ঠাকুরঝি?

উঃ, তা আর শুনতে চেয়ো না। আমি বলতে পারব না।

ঝড়ের মত সুরমা যজ্ঞদত্তের সম্মুখে আসিয়া পড়িল,– বৌকে এমন করে ঠকিয়ে রেখেচ, উঃ, কি ভয়ানক মিথ্যাবাদী তুমি!

যজ্ঞদত্ত অবাক হইয়া গেল। ও কি সুরো!

কৃতবিদ্য তুমি, ছি ছি, তোমার লজ্জা হওয়া উচিত।

যজ্ঞদত্ত অর্থ বুঝিল না, শুধু কটুকথা শুনিতে লাগিল।

কি ভেবে বিয়ে করেছিলে? কি ভেবে ত্যাগ করে আছ? আমার জন্য? আমার মুখ চেয়ে এই প্রতারণা করে আসচ?

সুরমা, পাগল হয়ে গেলে?

পাগল আমি? তোমার চেয়ে আমার জ্ঞান আছে, দাও আমাকে কোথাও পাঠিয়ে। সুরমার চক্ষু রক্তবর্ণ, হাঁপাইতে হাঁপাইতে কহিল, এক দণ্ডও আমি থাকতে চাই না, ছিঃ ছিঃ!

যজ্ঞদত্ত চীৎকার করিয়া কহিল, কি বলচ?

বলচি তুমি মিথ্যাবাদী– প্রতারক!

নিমেষে যজ্ঞদত্তের মাথার ভিতর আগুন জ্বলিয়া উঠিল। অকারণে মনে হইল, তাহার ভিতরের অন্তরটা বাহির হইয়া তাহার সহিত যুদ্ধ করিতে ডাকিতেছে। জ্ঞানশূন্য হইয়া সে টেবিলের উপরিস্থিত ভারী রুলার তুলিয়া চীৎকার করিয়া কহিল, আমি অধম, আমি প্রতারক, আমি মিথ্যাবাদী, এই তার প্রায়শ্চিত্ত করচি।

বিপুল বলের সহিত যজ্ঞদত্ত স্ব-মস্তকে ভীষণ আঘাত করিল। মাথা ফাটিয়া ঝরঝর করিয়া রক্তস্রোত বহিল। সুরমা অস্ফুটে ডাকিল, মাগো! তার পর অচৈতন্য হইয়া ভূমিতলে পড়িয়া গেল। যজ্ঞদত্ত তাহা দেখিল, দেখি তার সমস্ত মুখ রক্তে ভাসিতেছে, চোখের ভিতর রক্ত ঢুকিয়া সমস্ত ঝাপসা বোধ হইতেছে। সে উন্মত্তের মত বলিয়া উঠিল, আর কেন? এই সময় পিছন হইতে কে ধরিয়া ফেলিল। ফিরিয়া দেখিল স্ত্রী; কাঁদিয়া বলিল, তুমি? স্কন্ধের উপর মাথা রাখিয়া সেও মূর্ছিত হইয়া পড়িল।

সুরমা যেমন করিয়া নীচে হইতে উপরে ছুটিয়া আসিল, নূতন বধূ তাহাতে আশ্চর্য ও শঙ্কিত হইয়া নিঃশব্দে পিছনে আসিয়া দ্বারের বাহিরে দাঁড়াইয়া সব কথা শুনিল, সব কাণ্ড দেখিল। অনেকখানি সত্য তাহার মাথার ভিতরে সূর্যের আলোকের ন্যায় প্রতিভাত হইল, তাহারও বক্ষ-স্পন্দন দ্রুত হইয়া আসিয়াছিল, চক্ষের বাহিরে কুজ্ঝটিকার সৃষ্টি হইতেছিল, কিন্তু সে আপনাকে সামলাইয়া লইয়া বিপদের সময় স্বামীকে ক্রোড়ে করিয়া বসিল।

নয়

ছয় দিন পরে ভাল করিয়া জ্ঞান হইলে, সুরমা জিজ্ঞাসা করিল, দাদা কেমন আছেন?

দাসী কহিল, ভাল আছেন।

আমি দেখে আসব। কিন্তু উঠিতে গিয়া আবার শুইয়া পড়িল।

দাসী কহিল, তুমি বড় দুর্বল, তাতে জ্বর হয়েছে, উঠো না, ডাক্তার বারণ করেছে।

সুরমা আশা করিল যজ্ঞদাদা দেখিতে আসিবে বৌ দেখিতে আসিবে।

একদিন দুইদিন করিয়া ক্রমে এক সপ্তাহ অতীত হইয়া গেল, তবু কেহ আসিল না, কেহ খোঁজও করিল না।

জ্বর সারিয়াছে, কিন্তু বড় দুর্বল। উঠিতে চেষ্টা করিলে হয়ত উঠিতে পারিত, কিছু বিষণ্ণ অভিমানে তাহার শয্যাত্যাগ করিতে প্রবৃত্তি হইল না। নিজের মনে ফুলিয়া ফুলিয়া কাঁদিত, চোখ মুছিয়া ভাবিত– তাহাদের আলো ও ছায়ার কাহিনী।

দীপ্ত আলো ও গাঢ় ছায়া লইয়া তাহারা খেলা আরম্ভ করিয়াছিল, এখন আলো নিভিয়া আসিতেছে। মধ্যাহ্নের সূর্য পশ্চিমে ঝুঁকিয়াছে, গাঢ় ছায়া তাই অস্পষ্ট ও বিকৃত হইয়া প্রেতের মত কঙ্কালসার হইয়াছে। অজানা অন্ধকারের পানে সে ছায়া যেন মিশিয়া যাইবার জন্য ধীরে ধীরে সরিয়া যাইতেছে। কাঁদিয়া কাঁদিয়া সুরমা ঘুমাইয়া পড়িল গায়ের উপর তপ্ত হস্ত রাখিয়া কে যেন ডাকিল, দিদি!

সুরমা উঠিয়া বলিল, একি বৌ? চক্ষু তাহার রক্তবর্ণ, মুখ শুষ্ক, ওষ্ঠদ্বয় যেন কালিমাখা। – কেন বৌ, কি হয়েছে তোমার?

কি হয়েচে আমার! তুমি আমাকে এ-বাড়িতে এনেছিলে, তাই বলতে এসেচি দিদি, ছুটি দাও আমাকে। আমি যাব–

কেন দিদি, কোথা যাবে?

নূতন বধূ সুরমার পায়ের উপর মাথা রাখিয়া লুটাইয়া পড়িল।

সুরমা দেখিল তাহার দেহ অগ্নির মত উত্তপ্ত। – একি! এ যে বড় জ্বর হয়েচে।

এমন সময় একজন দাসী চীৎকার করিয়া ছুটিয়া আসিল, দিদি বৌ কোথা গেল? ওমা জ্বরের ঝোঁকে পালিয়ে এসেচেন! আজ আটি দিন বেহুঁশ হয়ে পড়েছিলেন। মা গো! কি করে এলেন?

আট দিন জ্বর? ডাক্তার দেখচে?

কেউ না দিদি, কেউ না, পরশুদিন সকালবেলাও বৌমা এক ঘণ্টা কলতলায় মাথা পেতে বসেছিলেন, এত মানা করলুম, কিছুতেই শুনলেন না।

সন্ধ্যার পূর্বে সুরমা যজ্ঞদত্তের ঘরে গিয়া কাঁদিয়া পড়িল, দাদা, বৌ আর বাঁচে না।

বাঁচে না! কি হয়েচে?

আমার ঘরে এসে দেখ দাদা, বৌ বুঝি বাঁচে না।

দুই-তিনজন ডাক্তার আসিয়া দেখিয়া বলিল, প্রবল বিকার। সমস্ত রাত্রি বিফল পরিশ্রম করিয়া তাহারা ভোরবেলায় চলিয়া গেল।

সমস্ত রাত্রি যজ্ঞদত্ত মাথার শিয়রে বসিয়া রহিল, কতবার মুখের কাছে মুখ লইয়া গেল, বধূ কিন্তু স্বামীকে চিনিতে পারিল না।

ডাক্তার চলিয়া গেলে যজ্ঞদত্ত কাঁদিয়া উঠিল, বৌ, একবার চেয়ে দেখ, একবার বল ক্ষমা করলে?

সুরমা পায়ের উপর মুখ লুকাইয়া অস্ফুটে বলিল, বৌদিদি, কেন এ শাস্তি দিয়ে গেলে?

কে কথা কহিবে? সমস্ত মান, অভিমান, তাচ্ছিল্য, অবহেলা সরাইয়া দিয়া সে ধীরে ধীরে অনন্তে মিলাইয়া গেল।

সুরমা কহিল, দাদা কোথায়?

দাসী উত্তর করিল, কাল তিনি পশ্চিমে চলে গেছেন।

কবে আসবেন?

জানিনে, বোধ হয় শিগ্‌গির আসবেন না।

আমি কোথায় থাকব?

সরকারমশায়কে বলে গেছেন, যত ইচ্ছে টাকা নিয়ে তোমার যেখানে খুশি থেকো।

সুরমা আকাশপানে চাহিয়া দেখিল, জগতের আলো নিভিয়া গিয়াছে– সূর্য নাই, চন্দ্র নাই, একটি তারাও দেখা যায় না। পাশে চাহিয়া দেখিল, সে অস্ফুট ছায়াটিও কোথায় সরিয়া গিয়াছে– চতুর্দিক ঘনান্ধকার, বক্ষ-স্পন্দন তাহার যেন বন্ধ হইয়া আসিতেছে, চক্ষের জ্যোতি ম্লান ও স্থির হইয়া আসিতেছে।

দাসী ডাকিল, দিদি!

ঊর্ধ্বনেত্রে সুরমা ডাকিল, যজ্ঞদাদা!

তার পর ধীরে ধীরে শুইয়া পড়িল।

মন্দির

এক

এক গ্রামে নদীর তীরে দু'ঘর কুমোর বাস করিত। তাহারা নদীর মাটি তুলিয়া ছাঁচে ফেলিয়া পুতুল তৈরি করিত, আর হাটে বিক্রয় করিয়া আসিত। চিরকাল তাহারা এই কাজ করে, চিরকাল এই মাটির পুতুল তাহাদিগের পরনের বস্ত্র ও উদরের অন্ন যোগাইয়া থাকে। মেয়েরা কাজ করে, জল তুলে, রাঁধিয়া স্বামী-পুত্রকে খাওয়ায় এবং নিবান ভস্মস্তূপের ভিতর হইতে পোড়া পুতুল বাহির করিয়া আঁচল দিয়া ঝাড়িয়া চিত্রিত হইবার জন্য পুরুষদের হাতের কাছে আগাইয়া দেয়।

শক্তিনাথ এই কুম্ভকার-পরিবারের মধ্যে আসিয়া স্থান গ্রহণ করিয়াছিল। রোগক্লিষ্ট ক্ষীণদেহ এই ব্রাহ্মণকুমার, তাহার বন্ধুবান্ধব, খেলাধূলা, লেখাপড়া সব ছাড়িয়া দিয়া এই মাটির পুতুলের পানে অকস্মাৎ একদিন ঝুঁকিয়া পড়িল। সে বাঁশের ছুরি ধুইয়া দিত, ছাঁচের ভিতর হইতে পরিষ্কার করিয়া মাটি চাঁচিয়া ফেলিত এবং উৎকণ্ঠিত ও অসন্তুষ্টচিত্তে পুতুলের চিত্রাঙ্কন কার্য কেমন অসাবধানতার সহিত সমাধা হইতেছে, তাহাই দেখিত। কালি দিয়া পুতুলের ভ্রু, চক্ষু, ওষ্ঠ প্রভৃতি লিখিত হইত। কোনটার ভ্রু মোটা, কোনটার আধখানা, কাহারো বা ওষ্ঠের নীচে কালির আঁচড় লাগিয়া থাকিত। শক্তিনাথ অধীর ঔৎসুক্যে আবেদন করিত, সরকারদাদা, অমন তাচ্ছিল্য করে আঁকচ কেন? সরকারদাদা অর্থাৎ কারিগর সস্নেহে হাসিয়া জবাব দিত, বামুনঠাকুর, ভাল করে আঁকতে গেলে বেশী দাম লাগে, অত কে দেবে বল? এক পয়সার পুতুল তো আর চার পয়সায় বিকোবে না!

দুই

এ সহজ কথাটার অনেক আলোচনা করিয়াও শক্তিনাথ আধখানা মাত্র বুঝিয়াছিল। এক পয়সার পুতুল ঠিক এক পয়সায় বিকাইবে, তাহার ভ্রু থাকুক, আধখানা ভ্রু নাই থাকুক। দুই চক্ষু সমান অসমান যাই হউক, সেই এক পয়সা! মিছামিছি কে এত পরিশ্রম করিবে? পুতুল কিনিবে বালক, দু'দণ্ড তাহাকে আদর করিবে, শোয়াইবে, বসাইবে, কোলে করিবে– তার পর ভাঙ্গিয়া ফেলিয়া দিবে– এই তো?

শক্তিনাথ বাটী হইতে সকালবেলা যে মুড়িমুড়কি কাপড়ে বাঁধিয়া আনিয়াছিল, তাহার ভুক্তাবশিষ্ট এখনো বাঁধা আছে, তাহাই খুলিয়া অতিশয় অন্যমনস্কভাবে চিবাইতে চিবাইতে ছড়াইতে ছড়াইতে সে তাহাদের জীর্ণ বাটীর প্রাঙ্গণে আসিয়া দাঁড়াইল। বাটীতে কেহ

নাই। ভগ্নস্বাস্থ্য বৃদ্ধ পিতা জমিদারবাটীতে মদনমোহন ঠাকুরের পূজা করিতে গিয়াছেন। ভিজা আলোচাল, কলা, মূলা প্রভৃতি উৎসর্গীকৃত নৈবেদ্য বাঁধিয়া আনিবেন, তাহার পর পাক করিয়া পুত্রকে খাওয়াইবেন, নিজেও খাইবেন। বাড়ির উঠান কুঁদফুল, করবীফুল ও শেফালীফুলগাছে পূর্ণ। গৃহলক্ষ্মীহীন বাটীটার সর্বত্রই জঙ্গল; কিছুতে শৃঙ্খলা নাই, কাহারো পারিপাট্য নাই। বৃদ্ধ ভট্টাচার্য মধুসূদন কোনরূপে দিনপাত করেন। শক্তিনাথ ফুল পাড়িয়া, ডাল নাড়িয়া, পাতা ছিঁড়িয়া উঠানময় অন্যমনস্কভাবে ঘুরিয়া বেড়াইতে লাগিল।

প্রতিদিন সকালবেলা শক্তিনাথ কুমোর-বাড়ি যায়। আজকাল সে পুতুলে রং দিবার অধিকার পাইয়াছে। তাহার সরকারদাদা সযত্নে সবচেয়ে ভাল পুতুলটা তাহাকে বাছিয়া দিয়া বলে, নাও দাদাঠাকুর, তুমি চিত্তির কর। দাদাঠাকুর একবেলা ধরিয়া একটি পুতুল চিত্রিত করে। হয়ত খুব ভালই হয়, তবু এক পয়সার বেশী দাম উঠে না। সরকারদাদা কিন্তু বাটী আসিয়া বলে, বামুনঠাকুরের চিত্রি-করা পুতুলটি দু'পয়সায় বিকিয়েচে। শুনিয়া শক্তিনাথের আর আনন্দ ধরে না।

তিন

এ গ্রামের জমিদার কায়স্থ। দেবদ্বিজে তাঁহার বাড়াবাড়ি ভক্তি। গৃহদেবতা নিকষনির্মিত মদনমোহন বিগ্রহ; পার্শ্বে সুবর্ণরঞ্জিত শ্রীরাধা– অত্যুচ্চ মন্দিরে রৌপ্য-সিংহাসনে তাঁহারাই প্রতিষ্ঠিত। বৃন্দাবনলীলার কত অপরূপ চিত্র মন্দিত-গাত্রে সংলগ্ন। উপরে কিংখাপের চন্দ্রাতপ, তাহাতে শতশাখার ঝাড় দুলিতেছে। এক পার্শ্বে মর্মর-বেদীর উপর উপকরণ সজ্জিত, এবং নিত্যনিবেদিত পুষ্প-চন্দনের ঘনসৌরভে মন্দিরাভ্যন্তর সমাচ্ছন্ন। বুঝি, স্বর্গসুখ ও সৌন্দর্যের কথা স্মরণ করাইয়া দিতে এই পুষ্প ও গন্ধ পূজার প্রথম উপাচার হইয়া আছে, এবং তাহারই সুকোমল সুরভি বায়ুর স্তরে স্তরে সঞ্চিত হইয়া মন্দিরবায়ুকে নিবিড় করিয়া রাখিয়াছে।

চার

অনেকদিনের কথা বলিতেছি। জমিদার রাজনারায়ণবাবু যখন প্রৌঢ়ত্বের সীমায় পা দিয়া প্রথম বুঝিলেন যে, এ জীবনের ছায়া ক্রমশঃ দীর্ঘ ও অস্পষ্ট হইয়া আসিতেছে, যেদিন সর্বপ্রথম বুঝিলেন যে, এ জমিদারি ও ধন-ঐশ্বর্য ভোগের মিয়াদ প্রতিদিন কমিয়া আসিতেছে, প্রথম যেদিন মন্দিরের এক পার্শ্বে দাঁড়াইয়া চোখ দিয়া অনুতাপাশ্রু বিগলিত হইয়াছিল, আমি সেইদিনের কথা বলিতেছি। তখন তাঁহার একমাত্র কন্যা অপর্ণা– পাঁচ বৎসরের বালিকা। পিতার পায়ের কাছে দাঁড়াইয়া একমনে সে দেখিত, মধুসূদন ভট্টাচার্য চন্দন দিয়া কালো পুতুলটি চর্চিত করিতেছেন, ফুল দিয়া সিংহাসন বেষ্টন করিতেছেন এবং তাহারই স্নিগ্ধ গন্ধ আশীর্বাদের মত যেন তাহাকে স্পর্শ করিয়া ফিরিতেছে। সেইদিন হইতে প্রতিদিনই এই বালিকা সন্ধ্যার পর পিতার সহিত ঠাকুরের আরতি দেখিতে আসিত এবং এই মঙ্গল-উৎসবের মধ্যে অকারণে বিভোর হইয়া চাহিয়া থাকিত।

ক্রমে অপর্ণা বড় হইতে লাগিল। হিন্দুর মেয়ে– ঈশ্বরের ধারণা যেমন করিয়া হৃদয়ঙ্গম করে, সেও তাহাই করিতে লাগিল, এবং পিতার নিতান্ত আদরের সামগ্রী এই মন্দিরটি যে তাহারও বক্ষ-শোণিতের মত, এ কথা সে তাহার সমস্ত কর্ম ও খেলাধূলার মধ্যেও প্রমাণ করিতে বসিল। সমস্ত দিন এই মন্দিরের কাছাকাছি থাকিত এবং একটি শুষ্ক তৃণ বা একটি

শুষ্ক ফলও সে মন্দিরের ভিতরে পড়িয়া থাকা সহ্য করিতে পারিত না। এক ফোঁটা জল পড়িলে সে সযতনে আঁচল দিয়া তাহা মুছিয়া লইত। রাজনারায়ণবাবুর দেবনিষ্ঠা– লোকে বাড়াবাড়ি মনে করিত, কিন্তু অপর্ণার দেবসেবাপরায়ণতা সে সীমাও অতিক্রম করিতে উদ্যত হইল। সাবেক পুষ্পপাত্রে আর ফুল আঁটে না– একটা বড় আসিয়াছে। চন্দনের পুরাতন বাটিটা বদলাইয়া দেওয়া হইয়াছে। ভোজ্য ও নৈবেদ্যর বরাদ্দ ঢের বাড়িয়া গিয়াছে। এমন কি, নিত্য নূতন ও নানাবিধ পূজার আয়োজন ও তাহার নিখুঁত বন্দোবস্তের মাঝে পড়িয়া বৃদ্ধ পুরোহিত পর্যন্ত শশব্যস্ত হইয়া উঠিলেন। জমিদার বাজনারায়ণবাবু এ-সব দেখিয়া শুনিয়া ভক্তি-স্নেহে গাঢ়স্বরে কহিতেন, ঠাকুর আমার ঘরে তাঁহার নিজের সেবার জন্য লদীকে পাঠাইয়া দিয়াছেন– তোমরা কেহ কিছু বলিয়ো না।

পাঁচ

যথাসময়ে অপর্ণার বিবাহ হইয়া গেল। মন্দির ছাড়িয়া এইবার যে তাহাকে অন্যত্র যাইতে হইবে, এই আশঙ্কায় তাহার মুখের হাসি অসময়ে শুকাইয়া গেল। দিন দেখান হইতেছে, তাহাকে শ্বশুরবাড়ি যাইতে হইবে। পরিপূর্ণ বিদ্যুৎ বুকে চাপিয়া বর্ষার ঘনকৃষ্ণ মেঘখণ্ড যেমন অবরুদ্ধ গৌরবের গুরুভারে স্থির হইয়া কিছুক্ষণ আকাশের গায়ে বর্ষণোন্মুখভাবে দাঁড়াইয়া থাকে, তেমনি স্থির হইয়া একদিন অপর্ণা শুনিল যে, সেই দেখান-দিন আজ আসিয়াছে। সে পিতার নিকট গিয়া কহিল, বাবা, আমি ঠাকুরসেবার যে বন্দোবস্ত করিয়া গেলাম, তাহার যেন অন্যথা না হয়। বৃদ্ধ পিতা কাঁদিয়া ফেলিলেন– তাই তো মা! না, অন্যথা কিছুই হবে না।

অপর্ণা নিঃশব্দে চলিয়া আসিল। তাহার মা নাই। সে কাঁদিতে পারিল না। বৃদ্ধ পিতার দুচোখ-ভরা জল, সে রোধ করিবে কি করিয়া? তাহার পর, যোদ্ধা যেমন করিয়া তাহার ব্যথিত ক্রন্দনোন্মুখ বীর-হৃদয় পৌরুষ-শুষ্ক হাসিতে চাপা দিয়া তাড়াতাড়ি অশ্বে আরোহণপূর্বক চলিয়া যায়, তেমনি করিয়া অপর্ণা শিবিকারোহণে গ্রাম ত্যাগ করিয়া অজানা কর্তব্যের শাসন মাথা পাতিয়া লইয়া চলিয়া গেল । নিজের উচ্ছ্বসিত অশ্রু মুছিতে গিয়া তাহার মনে পড়িল– পিতার অশ্রু মুছাইয়া আসা হয় নাই। তাহার নিজের হৃদয় কাঁদিয়া কাঁদিয়া ক্রমাগত তাহার কাছে যেন কত নালিশ করিতে লাগিল। একে তাহার হৃদয় শত ব্যথায় বিদ্ধ, তাহার পর কোথায় কোন্ গ্রামান্তরে মন্দির হইতে যখন সন্ধ্যার শঙ্খ-ঘণ্টা বাজিয়া উঠিল, তখন সেই আজন্ম পরিচিত আরতির আহ্বান-শব্দ তাহার কানের ভিতর দিয়া মর্মে নৈরাশ্যের হাহাকার বহন করিয়া আনিল। ছটফট করিয়া অপর্ণা শিবিকার দ্বার উন্মোচন করিয়া ফেলিল, এবং সন্ধ্যার অন্ধকারের ভিতর দিয়া দেখিতে লাগিল, এবং ছায়া-নিবিড় একটা উচ্চ দেবদারু-শিখায় একটা পরিচিত মন্দিরের সমুন্নত চূড়া কল্পনা করিয়া সে উচ্ছ্বসিত আবেগে কাঁদিয়া উঠিল। তাহার শ্বশুর বাটীর একজন দাসী পিছনেই চলিয়া আসিতেছিল, সে তাড়াতাড়ি কাছে আসিয়া কহিল, ছি বৌমা, অমন করে কি কাঁদতে আছে মা, শ্বশুর-ঘর কে না করে? অপর্ণা দুই হাতে মুখ চাপিয়া রোদন নিবারণ করিয়া পালকির কবাট বন্ধ করিয়া

ঠিক সেই সময়টিতেই মন্দিরের ভিতর দাঁড়াইয়া পিতা রাজনারায়ণ মদনমোহন ঠাকুরের পার্শ্বে ধূপধুনার ধূমে ও চক্ষুজলে অস্পষ্ট একখানি দেবীমূর্তির অনিন্দ্যসুন্দর মুখে প্রিয়তমা দুহিতার মুখচ্ছবি নিরীক্ষণ করিতেছিলেন।

ছয়

অপর্ণা স্বামীগৃহে। সেথায় তাহার ইচ্ছাহীন স্বামী-সম্ভাষণের ভিতর এতটুকু আবেগ, এতটুকু চাঞ্চল্যও প্রকাশ পাইল না। প্রথম প্রণয়ের স্নিগ্ধ সঙ্কোচ, মিলনের সলজ্জ উত্তেজনা, কিছুই তাহার ম্লান চক্ষু দুটির পূর্বদীপ্তি ফিরাইয়া আনিল না। প্রথম হইতেই স্বামী ও স্ত্রী দুইজনেই যেন পরস্পরের কাছে কোন দুর্বোধ্য অপরাধে অপরাধী হইয়া রহিল, এবং তাহারই ক্ষুব্ধ বেদনা কুলপ্লাবিনী উচ্ছ্বসিতা তটিনীর ন্যায় একটা দুর্লঙ্ঘ্য ব্যবধান নির্মাণ করিয়া বহিয়া যাইতে লাগিল।

একদিন অনেক রাত্রে অমরনাথ ধীরে ধীরে ডাকিয়া কহিল, অপর্ণা, তোমার এখানে থাকতে কি ভাল লাগে না? অপর্ণা জাগিয়া ছিল, বলিল, না।

বাপের বাড়ি যাবে?

যাব।

কাল যেতে চাও

চাই।

ক্ষুব্ধ অমরনাথ জবাব শুনিয়া অবাক হইয়া গেল। কিছুক্ষণ চুপ করিয়া থাকিয়া বলিল, আর যদি যাওয়া না

হয়?

অপর্ণা কহিল, তা হলে যেমন আছি তেমনি থাকব।

আবার কিছুক্ষণ দু'জনেই চুপ করিয়া থাকিল; অমরনাথ ডাকিল, অপর্ণা।

অপর্ণা অন্যমনস্কভাবে বলিল, কি!

আমাকে কি তোমার কোন প্রয়োজন নাই?

অপর্ণা গায়ের কাপড়চোপড় সর্বাঙ্গে বেশ করিয়া টানিয়া দিয়া স্বচ্ছন্দে শুইয়া বলিল, ও-সব কথায় বড় ঝগড়া হয়, ও-সব ব'লো না।

ঝগড়া হয়– কি করে জানলে?

জানি, আমাদের বাপের বাড়িতে মেজদা ও মেজবৌ এই নিয়ে নিত্য কলহ করে। আমার ঝগড়া-কলহ ভাল লাগে না।

শুনিয়া অমরনাথ উত্তেজিত হইয়া উঠিল। অন্ধকারে হাতড়াইয়া সে যেন এই কথাটাই এতদিন খুঁজিতেছিল, হঠাৎ আজ যেন তাহা হাতে ঠেকিল, বলিয়া উঠিল, এস অপর্ণা, আমরাও ঝগড়া করি। এমন করে থাকার চেয়ে ঝগড়া-কলহ ঢের ভাল।

অপর্ণা স্থিরভাবে কহিল, ছি, ঝগড়া কেন করতে যাবে? তুমি ঘুমোও। তাহার পর অপর্ণা ঘুমাইল কি জাগিয়া রহিল, সমস্ত রাত্রি জাগিয়া থাকিয়াও অমরনাথ বুঝিতে পারিল না।

তাহার পর প্রত্যূষে উঠিয়া সন্ধ্যা পর্যন্ত সমস্ত দিন অপর্ণার কাজকর্ম ও জপে তপে কাটিয়া যায়। এতটুকু রঙ্গরস বা কৌতুকের মধ্যে সে প্রবেশ করে না, দেখিয়া তাহার সমবয়সীরা বিদ্রূপ করিয়া কত কি বলে, ননদেরা 'গোঁসাই ঠাকুর' বলিয়া পরিহাস করে, তথাপি সে দলে মিশিতে পারিল না। কেবলই তাহার মনে হইতে লাগিল, দিনগুলা মিছা কাটিয়া যাইতেছে। আর এই অলক্ষ্য আকর্ষণে তাহার প্রতি শোণিত-বিন্দু সেই পিতৃপ্রতিষ্ঠিত মন্দির-অভিমুখে ছুটিয়া যাইবার জন্য পূর্ণিমার উদ্বেলিত সিন্ধুবারির মত হৃদয়ের কুলে-উপকূলে অহরহ আছড়াইয়া পড়িতেছে,– তাহার সংযম কিসে হইবে!

ঘরকন্নার কাজে, না ছোটখাট হাস্য-পরিহাসে? ক্ষুব্ধ-অসুস্থচিত্ত তাহার এই যে বিপুল ভ্রান্তি মাথায় করিয়া আপনা-আপনি পাক খাইয়া মরিতেছে, তাহার নিকট স্বামীর আদর ও স্নেহ, পরিজনবর্গের প্রীতি-সম্ভাষণ ধেবিবে কি করিয়া! কি করিয়া সে বুঝিবে, কুমারীর দেবসেবা দ্বারা নারীত্বের কর্তব্যের সবটুকু পরিসর পরিপূর্ণ করা যায় না?

সাত

অমরনাথের বুঝিবার ভুল– সে উপহার লইয়া স্ত্রীর কাছে আসিয়াছে। বেলা তখন নটা-দশটা। স্নানান্তে অপর্ণা পূজা করিতে যাইতেছিল। গলার স্বর যতটা সম্ভব মধুর করিয়া অমর কহিল, অপর্ণা, তোমার জন্য কিছু উপহার এনেছি, দয়া করে নেবে কি?

অপর্ণা হাসিয়া বলিল, নেব বৈ কি!

অমরনাথ আকাশের চাঁদ হাতে পাইল। আনন্দে শৌখিন রুমালে বাঁধা একটা বাক্সর ডালা খুলিতে বসিল। ডালার উপরে অপর্ণার নাম সোনার জলে লেখা। এখন একবার সে অপর্ণার মুখখানি দেখিবার জন্য তাহার মুখের দিকে চাহিল, কিন্তু দেখিল, মানুষ কাচের নকল চোখ পরিয়া যেমন করিয়া চাহে, তেমনি করিয়া অপর্ণা তাহার পানে চাহিয়া আছে। দেখিয়া তাহার সমস্ত উৎসাহ একনিমিষে নিবিয়া গিয়া যেন অর্থহীন এক ফোঁটা শুষ্ক হাসির মাঝে আপনাকে লুকাইয়া ফেলিতে চাহিল। লজ্জায় মরিয়া গিয়াও সে বাক্সের ডালা খুলিয়া গোটা-কতক কুন্তলীনের শিশি, আরো কি কি বাহির করিতে উদ্যত হইল, অপর্ণা বাধা দিয়া কহিল, এনেচ তো আমার জন্য?

অমরনাথের হইয়া আর কে যেন জবাব দিল, হাঁ, তোমার জন্যই এনেচি। দেলখোসগুলো-

অপর্ণা জিজ্ঞাসা করিল, বাক্সটা কি আমাকে দিলে?

নিশ্চয়ই।

তবে আর কেন মিছে ও-সব বের করবে, বাক্সতেই থাক।

তা থাক। তুমি ব্যবহার করবে তো?

অকস্মাৎ অপর্ণা ভ্রূ কুঞ্চিত করিল। সমস্ত দুনিয়ার সহিত লড়াই করিয়া তাহার ক্ষতবিক্ষত হৃদয় পরাস্ত হইয়া বৈরাগ্য গ্রহণপূর্বক নিভৃতে চুপ করিয়া বসিয়াছিল, সহসা তাহার গায়ে এই স্নেহের অনুরোধ কুৎসিত বিদ্রূপের আঘাত করিল; চঞ্চল হইয়া সে তৎক্ষণাৎ প্রতিঘাত করিল, বলিল নষ্ট হবে না, রেখে দাও। আমি ছাড়াও আরও অনেকে ব্যবহার করতে জানে। এবং উত্তরের জন্য অপেক্ষামাত্র না করিয়া অর্পণা পূজার ঘরে গিয়া প্রবেশ করিল। আর অমরনাথ,– বিহ্বলের মত সেই প্রত্যাখ্যাত উপহারের উপর হস্ত রাখিয়া সেইভাবেই বসিয়া বহিল। প্রথমে সে সহস্রবার মনে মনে আপনাকে নির্বোধ বলিয়া তিরস্কার করিল। বহুক্ষণ পরে সে দীর্ঘনিশ্বাস ফেলিয়া বলিল, অপর্ণা পাষাণী। তাহার চোখ জলে ভাসিয়া আসিল– সেইখানে বসিয়া একভাবে ক্রমাগত চক্ষু মুছিতে লাগিল। অপর্ণা তাহাকে যদি সুস্পষ্ট ভাষায় প্রত্যাখ্যান করিত, তাহা হইলে কথাটা অন্যরূপ দাঁড়াইতে পারিত। সে যে প্রত্যাখ্যান না করিয়াও প্রত্যাখ্যানের সবটুকু জ্বালা তাহার গায়ে মাখাইয়া দিয়া গিয়াছে, ইহার প্রতিকার সে কি করিয়া করিবে? অপর্ণাকে তাহার পূজার আসন হইতে টানিয়া আনিয়া, তাহারই সম্মুখে তাহার উপেক্ষিত উপহারটা নিজেই লাথি মারিয়া ভাঙ্গিয়া ফেলিবে, এবং সর্বসমক্ষে ভীষণ প্রতিজ্ঞা করিবে যে, সে তাহার মুখ আর দেখিবে না। সে কি করিবে, কত কি বলিবে, কোথায় নিরুদ্দেশ হইয়া চলিয়া যাইবে, হয়ত ছাই মাখিয়া

সন্ন্যাসী হইবে, হয়ত অপর্ণার কোন দারুণ দুর্দিনের দিনে অকস্মাৎ কোথাও হইতে আসিয়া তাহাকে রক্ষা করিবে। এমনি সম্ভব ও অসম্ভব কতরকম উত্তর-প্রত্যুত্তর, বাদ-প্রতিবাদ তাহার অপমান-পীড়িত মস্তিষ্কের ভিতর অধীরতার আলোড়ন সৃষ্টি করিতে লাগিল। ফলে কিন্তু সে তেমনি বসিয়া রহিল, এবং তেমনি কাঁদিতে লাগিল। কিন্তু কিছুতেই তাহার এই আগাগোড়া বিশৃঙ্খল সঙ্কল্পের সুদীর্ঘ তালিকা সম্পূর্ণ হইয়া উঠিল না।

আট

তাহার পর দুই দিন দুই রাত্রি গত হইয়াছে, অমরনাথ ঘরে শুইতে আসে নাই। মা জানিতে পারিয়া বধূকে ডাকিয়া ঈষৎ ভর্ৎসনা করিলেন, পুত্রকে ডাকিয়া বুঝাইয়া বলিলেন; দিদিশাশুড়ী এই সূত্রে একটু রঙ্গ করিয়া লইলেন। এমনি সাতে-পাঁচে ব্যাপারটা লঘু হইয়া গেল।

রাত্রে অপর্ণা স্বামীর নিকট ক্ষমা ভিক্ষা চাহিল, বলিল, যদি মনে কষ্ট দিয়ে থাকি তো আমাকে ক্ষমা কর।

অমরনাথ কথা কহিতে পারিল না। শয্যার একপ্রান্তে বসিয়া বিছানার চাদর বার বার টানিয়া পরিষ্কার করিতে লাগিল। সম্মুখেই অপর্ণা দাঁড়াইয়া, মুখে তাহার ম্লান হাসি। সে আবার কহিল, ক্ষমা করবে না?

অমরনাথ মুখ নীচু করিয়াই বলিল, ক্ষমা কিসের জন্য? ক্ষমা করবার অধিকারই বা আমার কি?

অপর্ণা স্বামীর দুই হাত আপনার হাতের ভিতর লইয়া বলিল, ও কথা বলো না। তুমি স্বামী, তুমি রাগ করে থাকলে কি আমার চলে? তুমি ক্ষমা না করলে আমি দাঁড়াব কোথায়? কেন রাগ করেচ, বল।

অমরনাথ আর্দ্র হইয়া কহিল, রাগ তো করি নাই!

কর নাই তো?

না। অপর্ণা কলহ ভালবাসিত না, বিশ্বাস না করিয়াও বিশ্বাস করিল। কহিল, তাই ভাল। তাহার পর নিতান্ত নির্ভাবনায় বিছানার এক প্রান্তে শুইয়া পড়িল।

অমরনাথ কিন্তু ভারী আশ্চর্য হইয়া গেল। অন্যদিকে মুখ ফিরাইয়া কেবলই সে মনে মনে তর্ক-বিতর্ক করিতে লাগিল যে, এ কথা তাহার স্ত্রী বিশ্বাস করিল কি করিয়া! সে যে দু'দিন আসে নাই, দেখা করে নাই, তথাপি সে রাগ করে নাই– এটা কি বিশ্বাস করিবার কথা? এত কাণ্ড– এত শীঘ্র মিটিয়া সব বৃথা হইয়া গেল? তাহার পর যখন সে বুঝিতে পারিল অপর্ণা সত্যই ঘুমাইয়া পড়িয়াছে, তখন সে একেবারে উঠিয়া বসিল; এবং দ্বিধাশূন্য হইয়া জোর করিয়া ডাকিয়া ফেলিল, অপর্ণা, তুমি বুঝি ঘুমুচ্চো? ও অপর্ণা!

অপর্ণা জাগিয়া উঠিল, বলিল, ডাকচ?

হ্যাঁ– কাল আমি কলকাতায় যাব।

কৈ, সে কথা তো আগে শুনি নাই। এত শীঘ্র তোমার কলেজের ছুটি ফুরোল? আরো দু'দিন থাকতে পার না!

না; আর থাকা হয় না।

অপর্ণা একটু ভাবিয়া জিজ্ঞাসা করিল, তুমি কি আমার উপর রাগ করে যাচ্চ?

ইহা যে সত্য কথা অমরনাথ তাহা জানিত, কিন্তু সে-কথা সে স্বীকার করিতে পারিল

না। সঙ্কোচ আসিয়া তাহার যেন কোঁচার খুঁট ধরিয়া টানিয়া ফিরাইল। আশঙ্কা হইল পাছে সে আপনার অপদার্থতা প্রতিপন্ন করিয়া অপর্ণার সম্ভ্রম হানি করিয়া বসে; এমনি করিয়া কৌতূহল-বিমুখ নারীর নিশ্চেষ্টতা তাহাকে অভিভূত করিয়া ফেলিল। স্বামিত্বের যেটুকু তেজ সে তাহার স্বাভাবিক অধিকার হইতে গ্রহণ করিয়াছিল, সেটুকু এই চার-পাঁচ মাস ধরিয়া দিনে দিনে অপর্ণা আকর্ষণ করিয়া লইয়াছে, এখন সে ক্রোধ প্রকাশ করিবে কোন্ সাহসে?

অপর্ণা আবার বলিল, রাগ করে কোথাও যেয়ো না। তা হলে আমার মনে বড় ব্যথা লাগবে।

অমরনাথ মিথ্যা ও সত্যে যাহা বানাইয়া বলিতে পারিল– তাহার অর্থ এই যে, সে রাগ করে নাই এবং তাহারই প্রমাণ-স্বরূপ সে আরো দুই দিন থাকিয়া যাইবে। থাকিলও তাই। কিন্তু কাঁদিয়া জয়ী হইবার একটা লজ্জাজনক অস্বস্তি লইয়া বাড়িতে থাকল।

নয়

ঝাড়া বৃষ্টির একটা সুবিধে আছে– তাহাতে আকাশ নির্মল হয়। কিন্তু টিপিটিপি বৃষ্টিতে মেঘ কাটে না, শুধু পায়ের নীচে কাদা ও চতুর্দিকে নিরানন্দময় ভাব বাড়িয়া উঠে। বাড়ি হইতে যে কাদা মাখিয়া অমরনাথ কলিকাতায় আসিল, তাহা ধুইয়া ফেলিবার একটুখানি জলও সে বৃহৎ নগরীর ভিতর খুঁজিয়া পাইল না। এখানে তার পূর্বপরিচিত যে-সব সুখ ছিল, তাহাদের কাছে এই পঙ্কিল পা দু'খানি বাহির করিতেও তাহার লজ্জা করিতে লাগিল। না লাগে লেখাপড়ায় মন না পায় আমোদ-আহ্লাদে তৃপ্তি। এখানেও থাকিতে ইচ্ছা করে না, বাড়ি যাইতেও প্রবৃত্তি নাই। সমস্ত বুকের উপর তাহার যেন দুর্বহ যন্ত্রণাভার চাপানো রহিয়াছে, এবং তাহা ঠেলিয়া ফেলিবার জন্য ব্যাকুল বক্ষপঞ্জর পরস্পর ঠোকাঠুকি করিতেছে, কিন্তু বিফল চেষ্টা।

এমনি অন্তর্বেদনা লইয়া সে একদিন অসুখে পড়িল। সংবাদ পাইয়া পিতামাতা ছুটিয়া আসিলেন, কিন্তু অপর্ণাকে সঙ্গে আনিলেন না। অমরনাথও যে ঠিক এমনিটি আশা করিয়াছিল তাহা নয়, তবু দমিয়া গেল। অসুখ উত্তরোত্তর বাড়িতে লাগিল। এ সময়ে স্বভাবতাই তাহার অপর্ণাকে দেখিতে ইচ্ছা করিত, কিন্তু মুখ ফুটিয়া সে কথা বলিতে পারিল না, পিতামাতাও তাহা বুঝিলেন না। কেবল ঔষধ-পথ্য আর ডাক্তার-বৈদ্য! অবশেষে সে তাহাদের হাত হইতে পরিত্রাণ লাভ– করিল অমরনাথ একদিন প্রাণত্যাগ করিল।

বিধবা হইয়া অপর্ণা স্তম্ভিত হইয়া গেল। সমস্ত শরীর কাঁটা দিয়া একটা ভয়ঙ্কর সম্ভাবনা তাহার মনে হইল, এ বুঝি তাহারই কামনার ফল। ইহাই বুঝি সে মনে মনে এতদিন চাহিতেছিল– অন্তর্যামী এতদিনে কামনা পূর্ণ করিয়াছেন। বাহিরে শুনিতে পাইল যে, তাহার পিতা চীৎকার করিয়া কাঁদিতেছেন। এ কি সব স্বপ্ন? তিনি আসিলেন কখন? অপর্ণা জানালা খুলিয়া মুখ বাড়াইয়া দেখিল, সত্য সত্যই রাজনারায়ণবাবু বালকদের মত ধূলায় লুটিয়া কাঁদিতেছেন পিতার দেখাদেখি সেও এবার ঘরের ভিতর লুটিয়া পড়িল; অশ্রু-প্রবাহ মাটি ভিজাইয়া ফেলিল।

সন্ধ্যা হইতে আর বিলম্ব নাই; পিতা আসিয়া অপর্ণাকে বুকে তুলিয়া বলিলেন, মা! অপর্ণা!

অপর্ণা কাঁদিয়া বলিল, বাবা!

তোর মদনমোহন যে তোকে মন্দিরে ডেকেচে মা!

চল বাবা, যাই।

তোর যে সেখানে সব কাজ পড়ে আছে মা!

চল বাবা, বাড়ি যাই।

চল মা চল। পিত স্নেহে মস্তক চুম্বন করিলেন, বুক দিয়া সর্ব দুঃখ মুছিয়া লইলেন এবং তাহার পর কন্যার হাত ধরিয়া পরদিন বাটী আসিয়া উপস্থিত হইলেন। অঙ্গুলি দিয়া দেখাইয়া কহিলেন, ওই মা তোমার মন্দির! ওই তোমার মদনমোহন! নিরাভরণা অপর্ণার বৈধব্য-বেশে তাহাকে আর একরকম দেখিতে হইল। যেন এই সাদা বস্ত্র ও রুক্ষ কেশে তাহাকে অধিক মানাইল। সে তাহার পিতার কথা ভারী বিশ্বাস করিল, ভাবিল, দেবতার আহ্বানেই সে ফিরিয়া আসিয়াছে। ঠাকুরের মুখে যেন তাই হাসি, মন্দিরে যেন তাই শতগুণ সৌরভ। নিজে যেন সে এ পৃথিবীর অনেক উচ্চে এইরূপ মনে হইল!

যে স্বামী নিজের মরণ দিয়া তাহাকে পৃথিবীর এত উচ্চে রাখিয়া গিয়াছেন, সেই মৃত স্বামীর উদ্দেশে শতবার প্রণাম করিয়া অপর্ণা তাহার অক্ষয়স্বর্গ কামনা করিল।

দশ

শক্তিনাথ একমনে ঠাকুর গড়িতেছিল। পূজা করার চেয়ে ঠাকুর তৈরি করিতে সে অধিক ভালবাসিত। কেমন রূপ, কেমন নাক, কান, চোখ হইবে, কোন রং বেশী মানাইবে, এই তাহার আলোচ্য বিষয়। কি দিয়া তাঁহার পূজা করিতে হয়, কি মন্ত্রে জপ করিতে হয়, এ-সব ছোট বিষয়ে তাহার লক্ষ্য ছিল না। দেবতার সম্পর্কে সে আপনাকে আপনি প্রমোশন দিয়া, সেবকের স্থান হইতে পিতার স্থানে উঠিয়া আসিয়াছিল। তবু তাহার পিতা তাহাকে আদেশ করিলেন, শক্তিনাথ, আজ আমার জ্বর বেড়েচে, জমিদার-বাটীতে গিয়া তুমি পূজা করে এস।

শক্তিনাথ বলিল, এখন ঠাকুর গড়চি।

বৃদ্ধ অসমর্থ পিতা রাগ করিয়া বলিলেন, ছেলেখেলা এখন থাক বাবা, কাজ সেরে এস।

পূজার মন্ত্র আবৃত্তি করিতে তাহার মোটে ইচ্ছা হইল না– তবু উঠিতে হইল। পিতার আদেশে স্নান করিয়া, চাদর ও গামছা কাঁধে ফেলিয়া দেবমন্দিরে আসিয়া দাঁড়াইল। ইহার পূর্বেও সে কয়েকবার এ মন্দিরে পূজা করিতে আসিয়াছে, কিন্তু এমন কাণ্ড কখন দেখে নাই। এত পুষ্প-গন্ধ, এত ধূপধূনার আড়ম্বর, ভোজ্য ও নৈবেদ্যের এত বাহুল্য। তার ভারী ভাবনা হইল, এত লইয়া সে কি করিবে? কিরূপে কাহার পূজা করিবে? সকলের চেয়ে সে অপর্ণাকে দেখিয়া আশ্চর্য হইয়া গেল। এ কে, কোথা হইতে আসিয়াছে, এতদিন কোথায় ছিল?

অপর্ণা কহিল, তুমি কি ভট্টাচার্যমশায়ের ছেলে?

শক্তিনাথ বলিল, হ্যাঁ।

তবে পা ধুয়ে পূজা করতে বস।

পূজা করিতে বসিয়া শক্তিনাথ আগাগোড়া ভুলিয়া গেল। একটা মন্ত্রও তাহার মনে পড়ে না। সেদিকে তাহার মনও নাই, বিশ্বাসও নাই– শুধু ভাবিতে লাগিল, এ কে, কেন এত রূপ, কিজন্য বসিয়া আছে ইত্যাদি। পূজার পদ্ধতি ওলট-পালট হইতে লাগিল। কখনো ঘণ্টা বাজাইয়া, কখনো ফুল ফেলিয়া, নৈবেদ্যের উপর জল ছিটাইয়া এই অজ্ঞ নূতন পুরোহিতটি

যে পূজার কেবল ভান করিতেছে মাত্র, বিজ্ঞ পরীক্ষকের মত পিছনে বসিয়া অপর্ণা সব বুঝিল। চিরদিন দেখিয়া দেখিয়া এ-সব ভাল করিয়াই জানে, শক্তিনাথ তাহাকে ফাঁকি দিবে কি করিয়া? পূজাবসানে কঠিনস্বরে অপর্ণা কহিল, তুমি বামুনের ছেলে, অথচ পূজা করতে জান না!

শক্তিনাথ বলিল, জানি।

ছাই জান!

শক্তিনাথ বিহ্বলের মত একবার তাহার মুখপানে চাহিল, তাহার পর চলিয়া যাইতে উদ্যত হইল। অপর্ণা ডাকিয়া ফিরাইয়া বলিল, ঠাকুর, এ-সব বেঁধে নিয়ে যাও– কিন্তু কাল আর এসো না। তোমার বাবা আরোগ্য হলে তিনি আসবেন। অপর্ণা নিজেই তাহার চাদর ও গামছায় সমস্ত বাঁধিয়া তাহাকে বিদায় করিল। মন্দিরের বাহিরে আসিয়া শক্তিনাথ বার বার শিহরিয়া উঠিল।

এদিকে অপর্ণা নূতন করিয়া পূজার আয়োজন করিয়া অন্য ব্রাহ্মণ ডাকিয়া পূজা শেষ করিল।

এগার

একমাস গত হইয়াছে। আচার্য যদুনাথ জমিদার রাজনারায়ণবাবুকে বুঝাইয়া বলিতেছেন, আপনি তো সমস্তই জানেন, বড় মন্দিরে বৃহৎ পূজা ভট্টাচার্যের ছেলের দ্বারা কিছুতেই সম্পন্ন হইতে পারে না।

রাজনারায়ণবাবু সায় দিয়া বলিলেন, অনেকদিন হ'ল অপর্ণাও ঠিক এই কথাই বলেছিল।

আচার্য মুখমণ্ডল আরো গম্ভীর করিয়া কহিলেন, তা তো হবেই। তিনি হলেন সাক্ষাৎ লক্ষ্মীস্বরূপা। তাঁর কি কিছু অগোচর আছে জমিদারবাবুরও ঠিক এই বিশ্বাস। আচার্য কহিতে লাগিলেন, পূজা আমিই করি আর যেই করুন ভাল লোক চাই। মধু ভট্টাচার্য যতদিন বেঁচেছিলেন, তিনিই পূজা করেচেন, এখন তাঁর পুত্রেরই পৌরোহিত্য করা উচিত, কিন্তু সেটা তো মানুষ নয়! কেবল পট আঁকতে পারে, পুতুল গড়তে জানে, পূজা-অর্চনার কিছুই জানে না।

রাজনারায়ণবাবু অনুমতি দিলেন, পূজা আপনি করবেন, তবে অপর্ণাকে একবার জিজ্ঞেসা করে দেখব।

পিতার নিকট এ কথা শুনিয়া অপর্ণা মাথা নড়িয়া বলিল, তাও কি হয়? বামুনের ছেলে, নিরাশ্রয়, কোথায় তাকে বিদায় করব? যেমন জানে তেমনই পূজা করবে। ঠাকুর তাতেই সন্তুষ্ট হবেন।

কন্যার কথায় পিতার চৈতন্য হইল– এতটা আমি ভেবে দেখি নাই। মা, তোমার মন্দির, তোমার পূজা, তোমার যা ইচ্ছা তাই ক'রো, যাকে ইচ্ছা ভার দিয়ো। এই কথা বলিয়া পিতা প্রস্থান করিলেন।

অপর্ণা শক্তিনাথকে ডাকিয়া আনিয়া পূজার ভার দিল। বকুনি খাইয়া অবধি সে আর এদিকে আসে নাই; মধ্যে তাহার পিতার মৃত্যু হইয়াছে, সে নিজেও রুগ্ন। শুষ্কমুখে তাহার শোক-দুঃখের চিহ্ন দেখিয়া অপর্ণার মায়া হইল, কহিল, তুমি পুজো ক'রো যা জান তাই ক'রো, তাতেই ঠাকুর তৃপ্ত হবেন। এমন স্নেহের স্বর শুনিয়া তাহার সাহস হইল, সাবধান

হইয়া মন দিয়া পূজা করিতে বসিল।

পূজা শেষ হইলে অপর্ণা নিজের হাতে সে যাহা খাইতে পারে বাঁধিয়া দিয়া বলিল, বেশ পূজা করেচ। বামুনঠাকুর, তুমি কি হাতে রেঁধে খাও?

কোনদিন রাঁধি, কোনদিন– যেদিন জ্বর হয়, সেদিন আর রাঁধতে পারি না।

তোমার কি কেউ নাই?

না।

শক্তিনাথ চলিয়া গেলে, অপর্ণা তাহার উদ্দেশে বলিল, আহা! দেবতার কাছে যুক্ত করে তাহার হইয়া প্রার্থনা করিল, ঠাকুর ইহার পূজায় তুমি সন্তুষ্ট হইয়ো, ছেলেমানুষের দোষ-অপরাধ লইও না। সেইদিন হইতে প্রতিদিন অপর্ণা দাসী দ্বারা সংবাদ লইত, সে কি খায়, কি করে, কি তাহার প্রয়োজন। নিরাশ্রয় ব্রাহ্মণকুমারটিকে সে তাহার অজ্ঞাতসারে আশ্রয় দিয়া তাহার সমস্ত ভার স্বেচ্ছায় মাথায় তুলিয়া লইল। এবং সেই সেইদিন হইতে এই কিশোর ও কিশোরী, তাহাদের ভক্তি-স্নেহ, ভুল-ভ্রান্তি সব এক করিয়া এই মন্দিরটিকে আশ্রয়পূর্বক জীবনের বাকী কাজগুলিকে পর করিয়া দিল। শক্তিনাথ পূজা করে, অপর্ণা দেখাইয়া দেয়। শক্তিনাথ স্তব পাঠ করে, অপর্ণা মনে তাহার সহজ অর্থ দেবতাকে বুঝাইয়া দেয়। শক্তিনাথ গন্ধ-পুষ্প হাত দিয়া তুলিয়া লয়, অপর্ণা অঙ্গুলি দিয়া দেখাইয়া সেন সাজাও দেখি, বেশ দেখাবে। এমনি করিয়া এই বৃহৎ কাজ চলিতে লাগিল।

দেখিয়া শুনিয়া আচার্য কহিলেন, ছেলেখেলা হচ্ছে।

বৃদ্ধ রাজনারায়ণ বলিলেন, যা করে হোক মেয়েটা নিজের অবস্থা ভুলে থাকলেই বাঁচি।

বার

থিয়েটারের স্টেজে যেমন পাহাড়-পর্বত, ঝড়-জল এক নিমেষে উড়িয়া গিয়া একটা মস্ত রাজপ্রাসাদ কোথা হইতে আসিয়া জোটে, আর লোকজনের সম্পদের মাঝে দুঃখ-দৈন্যের সমস্ত চিহ্ন বিলুপ্ত হয়, শক্তিনাথের জীবনেও যেন সেই হইয়াছে। সে জাগিয়াছিল, এখন ঘুমাইয়া সুখস্বপ্ন দেখিতেছে, কিংবা নিদ্রায় দুঃখ-স্বপ্ন দেখিতেছিল, এখন হঠাৎ জাগিয়া উঠিয়াছে, প্রথমে তাহার ভাল ঠাহর হইত না। তথাপি এই দায়িত্বহীন দেবসেবার সুবর্ণ-শৃঙ্খল যে তাহার সর্বাঙ্গে জড়াইয়া ধরিয়াছে এবং থাকিয়া থাকিয়া ঝনঝন শব্দে বাজিয়া উঠিতেছে, ঐ বিক্ষিপ্ত পুতুলগুলা মাঝে মাঝে সে কথা তাহাকে স্মরণ করাইত, সে মৃত পিতার কথা মনে করিত, নিজের পূর্ব-স্বাধীনতার কথা ভাবিত; মনে হইত, সে যেন বিকাইয়া গিয়াছে, অপর্ণা তাহাকে কিনিয়াছে। অমনি অপর্ণার স্নেহ ক্রমে মোহের মত তাহাকে আচ্ছন্ন করিয়া ফেলিল।

অকস্মাৎ একদিন শক্তিনাথের মামাত ভাই আসিয়া উপস্থিত হইল। তাহার ভগিনীর বিবাহ। মামা কলিকাতায় থাকেন, সময় ভাল, কাজেই সুখের দিনে ভাগিনেয়কে মনে পড়িয়াছে। যাইতেই হইবে। কলিকাতা যাইবে– কথাটা শক্তিনাথের খুব ভাল লাগিল। সমস্ত রাত্রি সে দাদার নিকট বসিয়া কলিকাতার সুখের গল্প, শোভার কাহিনী, সমৃদ্ধির বিবরণ শুনিয়া মুগ্ধ হইয়া গেল। পরদিন মন্দিরে যাইতে তাহার ইচ্ছা হইল না। বেলা বাড়িতেছে দেখিয়া অপর্ণা ডাকিয়া পাঠাইল। শক্তিনাথ গিয়া বলিল, আজ আমি কলকাতায় যাব– মামা ডেকে পাঠিয়েছেন বলিয়াই সে একটু সঙ্কুচিত হইয়া দাঁড়াইল।

অপর্ণা কিছুক্ষণ চুপ করিয়া রহিল, পরে কহিল, কবে ফিরে আসবে?

শক্তিনাথ ভয়ে ভয়ে বলিল, মামা আসতে বললেই চলে আসব।

অপর্ণা আর কিছু জিজ্ঞাসা করিল না। আবার সেই যদু আচার্য আসিয়া পূজা করিতে বসিলেন। আবার তেমনি করিয়া অপর্ণা পূজা দেখিতে লাগিল, কিন্তু কোন কথা বলিবার আর তাহার প্রয়োজন হইল না, ইচ্ছাও ছিল না।

কলিকাতায় আসিয়া বিবিধ বৈচিত্র্যে শক্তিনাথের বেশ দিন কাটিলেও কয়েকদিন পরেই বাড়ির জন্য তাহার মন কেমন করিতে লাগিল। সুদীর্ঘ অলস দিনগুলো আর যেন কাটিতে চাহে না। রাত্রে সে স্বপ্ন দেখিতে লাগিল, অপর্ণা যেন তাহাকে ক্রমাগত ডাকিতেছে, আর উত্তর না পাইয়া রাগ করিতেছে। একদিন সে মামাকে কহিল, আমি বাড়ি যাব। মামা নিষেধ করিলেন— সে জঙ্গলে গিয়ে আর কি হবে? এইখানে থেকে লেখাপড়া কর, আমি তোমার চাকরি করে দেবো।

শক্তিনাথ মাথা নাড়িয়া চুপ করিয়া রহিল।

মামা কহিলেন, তবে যাও।

বড়বৌ শক্তিনাথকে ডাকিয়া বলিলেন, ঠাকুরপো, কাল বুঝি বাড়ি যাবে?

শক্তিনাথ বলিল, হাঁ যাব।

অপর্ণার জন্য মন কেমন করচে নাকি?

শক্তিনাথ বলিল, হাঁ।

সে তোমাকে খুব যত্ন করে, নয়?

শক্তিনাথ মাথা নাড়িয়া কহিল, খুব যত্ন করে।

বড়বৌ মুখ টিপিয়া হাসিলেন; তিনি অপর্ণার কথা পূর্বেই শক্তিনাথের নিকট শুনিয়া লইয়াছিলেন, বলিলেন, তবে ঠাকুরপো, এই দুটি জিনিস নিয়ে যাও; তাকে দিয়ো, সে আরো ভালোবাসবে। বলিয়া তিনি একটা শিশির ছিপি খুলিয়া খানিকটা দেলখোস শক্তিনাথের গায়ে ছড়াইয়া দিলেন। গন্ধে শক্তিনাথ পুলকিত হইয়া শিশি দুটি চাদরে বাঁধিয়া লইয়া পরদিন বাটী ফিরিয়া আসিল।

তেরো

শক্তিনাথ মন্দিরে প্রবেশ করিয়াছে, পূজা শেষ হইয়াছে। চাদরে সেই শিশি দুইটি বাঁধা আছে, কিন্তু দিতে সাহস হইতেছে না, এই কয়দিনে অপর্ণা তাহার নিকট হইতে এত দূরে সরিয়া গিয়াছে। মুখ ফুটিয়া কিছুতে বলিতে পারিল না— তোমার জন্য সাধ করিয়া কলিকাতা হইতে ইহা আনিয়াছি। সুগন্ধে তোমার দেবতা তৃপ্ত হন, তাই তুমিও হইবে। এইভাবে সাত-আটদিন কাটিল; নিত্য সে চাদরে বাঁধিয়া শিশি দুইটি লইয়া আসে, নিত্য ফিরাইয়া লইয়া যায়, আবার যত্ন করিয়া পরদিনের জন্য তুলিয়া রাখে। পূর্বের মত একদিনও যদি অপর্ণা তাহাকে ডাকিয়া একটা কথাও জিজ্ঞাসা করিত, তাহা হইলে হয়ত সে তাহাকে তাহা দিয়া ফেলিত, কিন্তু এ সুযোগ আর কিছুতেই হইল না। আজ দুইদিন হইতে তাহার জ্বর হইতেছে, তবু ভয়ে ভয়ে সে মন্দিরে পূজা করিতে আসে। কি একটা অজানা আশঙ্কায় সে পীড়ার কথাটাও বলিতে পারে না। অপর্ণা কিন্তু সংবাদ লইয়া জানিত যে দুই দিন হইতে শক্তিনাথ কিছুই খায় নাই, অথচ পূজা করিতে আসিতেছে।

অপর্ণা জিজ্ঞাসা করিল, ঠাকুর, তুমি দুদিন হতে কিছু খাও নাই কেন?

শক্তিনাথ শুষ্কমুখে কহিল, আমার রাত্রে রোজ জ্বর হয়।

জ্বর হয়? তবে স্নান করে পূজা করতে এস কেন? এ কথা বল নাই কেন?

শক্তিনাথের চোখে জল আসিল। মুহূর্তে সব কথা ভুলিয়া গিয়া সে চাদর খুলিয়া শিশি দুইটি বাহির করিয়া বলিল, তোমার জন্য এনেচি।

আমার জন্য?

হাঁ, তুমি গন্ধ ভালবাস না?

উষ্ণ দুধ যেমন একটুখানি আগুনের তাপ পাইবামাত্র টগবগ করিয়া ফুটিয়া উঠে, অপর্ণার সর্বাঙ্গের রক্ত তেমনি করিয়া ফুটিয়া উঠিল– শিশি দুইটি দেখিয়াই সে চিনিয়াছিল; গম্ভীরস্বরে বলিল, দাও। হাতে লইয়া অপর্ণা মন্দিরের বাহিরে যেখানে পূজা করা ফুল শুকাইয়া পড়িয়া ছিল, সেইখানে শিশি দুইটি নিক্ষেপ করিল। আতঙ্কে শক্তিনাথের বুকের রক্ত জমাট বাঁধিয়া গেল। কঠিন-স্বরে অপর্ণা কহিল, বামুনঠাকুর, তোমার মনে এত। আর তুমি আমার সামনে এসো না, মন্দিরের ছায়াও মাড়িয়ো না। অপর্ণা চম্পকাঙ্গুলি দিয়া বহির্দেশ দেখাইয়া বলিল, যাও–

আজ তিন দিন হইল শক্তিনাথ গিয়াছে। আবার যদু আচার্য পূজা করিতে বসিয়াছেন, আবার ম্লানমুখে অপর্ণা চাহিয়া দেখিতেছে, এ যেন কাহার পূজা কে আসিয়া শেষ করিতেছে। পূজা সাঙ্গ করিয়া নৈবেদ্যের রাশি গামছায় বাঁধিতে বাঁধিতে আচার্যমহাশয় নিশ্বাস ফেলিয়া বলিলেন, ছেলেটা বিনা চিকিৎসায় মারা গেল।

আচার্যের মুখপানে চাহিয়া অপর্ণা জিজ্ঞাসা করিল, কে মারা গেল?

তুমি বুঝি শোন নাই? কয়দিনের জ্বরে শক্তিনাথ, ঐ মধু ভট্টাচার্যের ছেলে আজ সকালবেলা মারা পড়েছে। অপর্ণা তবুও তাহার মুখপানে চাহিয়া রহিল। আচার্য দ্বারের বাহিরে আসিয়া বলিলেন, পাপের ফলে আজকাল মৃত্যু হচ্ছে– দেবতার সঙ্গে কি তামাশা চলে মা! আচার্য চলিয়া গেলেন। অপর্ণা দ্বার রুদ্ধ করিয়া মাটিতে মাথা ঠুকিয়া কাঁদিতে লাগিল; সহস্রবার কাঁদিয়া জিজ্ঞাসা করিতে লাগিল, ঠাকুর, এ কার পাপে?

বহুক্ষণ পরে সে উঠিয়া বসিল; চোখ মুছিয়া সে সেই শুষ্ক ফুলের ভিতর হইতে স্নেহের দান মাথায় করিয়া তুলিয়া লইল। মন্দিরের ভিতর আবার প্রবেশ করিয়া দেবতার পায়ের কাছে তাহা নামাইয়া দিয়া কাঁদিয়া কহিল, ঠাকুর, আমি যা নিতে পারি নাই– তা তুমি নাও। নিজের হাতে আমি কখনও তোমার পূজা করি নাই, আজ করচি– তুমি গ্রহণ কর, তৃপ্ত হও, আমার অন্য কামনা নাই।

বোঝা

প্রথম পরিচ্ছেদ
বিবাহ

সাগরপুরে আজ মহাধুম, রোশনচৌকি আর ঢাকের বাদ্যে গ্রাম সরগরম। সপ্তাহ ধরিয়া যে কি কাণ্ড বাধিয়া গিয়াছে, তাহা গ্রামের এবং তৎপার্শ্ববর্তী চারি-পাঁচ ক্রোশের সকল লোক জানে। এ রাজসূয়-যজ্ঞে ঢাকঢোলের এমন মহান একত্র সমাবেশ, সানাই দলের এমন আদর্শ ঐক্যভাব, কাংস্য-নির্মিত বাদ্যযন্ত্রের এমন প্রচণ্ড বিক্রম দেখা গিয়াছিল যে, গ্রামের লোক ইতিপূর্বে এমন কাণ্ড কখনও আর দেখে নাই। রংবেরং বাদ্যযন্ত্রের সাহায্যে মনুষ্যশ্রেণীর যে আনন্দ-কোলাহল উত্থিত হইয়াছে, তাহাতে গ্রামের পশুগুলো অত্যন্ত বিরক্ত হইয়া উঠিয়াছে, বিশেষ গরু-বাছুরের দল, ঢাকঢোলের আত্মদ্রোহিতায় তাহাদের মর্মপীড়ার আর সীমা নাই। এত সমারোহের কারণ, একটা নাবালক চতুর্দশবর্ষীয় বালকের বিবাহ। সাগরপুরের জমিদার শ্রীযুক্ত হরদেব মিত্রের একমাত্র পুত্রের বিবাহ উপলক্ষ করিয়াই এমন কাণ্ড বাধিয়া গিয়াছে। হরদেব মিত্র বেশ বড়লোক, প্রায় পঁচিশ-ছাব্বিশ হাজার টাকা তাহার বাৎসরিক আয়। পাত্রের নাম শ্রীযুক্ত সত্যেন্দ্রকুমার মিত্র, হেয়ার সাহেবের স্কুলে এন্ট্রান্স ক্লাশে সে পড়ে। অত অল্পবয়সে বিবাহের কারণ, একমাত্র সত্যেন্দ্রর মাতার বধূমুখ দেখিবার একান্ত সাধ।

বর্ধমান জেলার দিলজানপুরের জমিদার শ্রীযুক্ত কামাখ্যাচরণ চৌধুরীর কনিষ্ঠা কন্যা সরলার সহিত সত্যেন্দ্রর বিবাহ হইয়া গেল।

রাঙ্গা বৌ। সত্যেন্দ্র মহাসুখী।

দশ বছরের টুকটুকে ছোট বৌটির মুখ দেখিয়া সত্যেন্দ্রর জননী বিশেষ হৃষ্টচিত্ত হইলেন। বিবাহের পরবৎসরেই হরদেববাবু বধূ আনিলেন, কারণ গৃহিণীর এরূপ অভিসন্ধি ছিল না যে, বধূকে পিতৃগৃহে রাখিয়া দেন।

তিনি প্রায় বলিতেন, বিবাহ হইলে মেয়েকে আর বাপের বাটীতে রাখিতে নাই। মতটা মন্দ নহে।

সত্যেন্দ্রর পাঠের সুবিধার জন্য হরদেববাবুকে সস্ত্রীক কলিকাতাতেই থাকিতে হইত, সরলা কলিকাতায় আসিল। অল্পবয়সে বিবাহ হইয়াছিল বলিয়া সরলা হরদেববাবুর সহিত কথা কহিত, এমন কি সত্যেন্দ্র উপস্থিত থাকিলেও সে শ্বশ্রুঠাকুরানীর সহিত কথা বলিত, গৃহিণীর তাহাতে সুখ ভিন্ন অসুখ ছিল না।

কিছুদিন পরে কামাখ্যাবাবু সরলাকে একবার বাটী লইয়া গেলেন, তাহার দুই-এক মাস

পরে সত্যেন্দ্র একদিন রাগ করিয়া বলিয়াছিল, বইগুলোতে ছাতা ধরেছে, দোয়াতের কালি শুকিয়ে গেছে এমন একজন নেই যে এগুলো দেখে!

কথাটা মা বুঝিলেন, হরদেববাবুরও কানে গেল; তিনি হাসিয়া বৌ আনিতে পাঠাইলেন; লিখিলেন, আমার বাটীতে বড় গোলযোগ উপস্থিত হইতেছে, মা ভিন্ন বোধ হয় থামিবে না। সুতরাং মাকে পাঠাইয়া দিবেন।

আবার সরলা আসিল। সত্যর ছোটখাট কাজগুলি সে-ই করিত। বইগুলি ঝাড়িয়া মুছিয়া সাজাইয়া রাখা, কলেজের কাপড়জামাগুলি ঠিক করিয়া রাখা, অর্থাৎ তাড়াতাড়িতে দুই হাতে দুইরকমের বোতাম, কিংবা আহার করিতে অত্যন্ত বিলম্ব হইয়া গিয়াছে, কলেজের এক ঘণ্টা যায় যায় সময়ে, এক পায় কার্পেটের অপর পায় বার্নিস-করা জুতা সে না পরিয়া ফেলে, ফরসা জামার উপর রজক-ভবনে শুভাগমনের জন্য প্রস্তুত চাদরের জুলুম না হয়, এইসব কাজগুলা সরলাই দেখিত; সরলা না থাকিলে এ-সব গণ্ডগোল তাহার প্রায়ই ঘটিত। এমন অন্যমনস্ক লোক কেহ কখনও দেখে নাই। এ-সকল কাজ সরলা ভিন্ন অপর কাহারও দ্বারা হইতও না বটে, আর হইলেও সত্যেন্দ্রর পছন্দ হইত না বলিয়াও বটে, কাজগুলি সরলাই করিত।

দ্বিতীয় পরিচ্ছেদ
সুশীলার ছেলের অন্নপ্রাশন

সুশীলা সরলার বড়দিদি। তাহার ছেলের ভাত। সুতরাং কামাখ্যাবাবু দৌহিত্রের অন্নপ্রাশন-উপলক্ষে সরলাকে বাটী লইয়া যাইবার জন্য কলিকাতায় আসিলেন।

সরলার দিদি, সরলা ও সত্যেন্দ্রকে যাইবার জন্য বিশেষ অনুরোধ করিয়া পত্র লিখিয়াছে। বিশেষ, সরলা প্রায় তিন বৎসর যাবৎ দিলজানপুরে যায় নাই। সত্যেন্দ্রও যখন যাইতে সম্মত হইল, তখন কামাখ্যাবাবু পরমানন্দে জামাতা-কন্যা লইয়া দেশে আসিলেন।

গৃহিণী বহুদিবসের পর তাহাদিগকে পাইয়া অত্যন্ত আহ্লাদিতা হইলেন। যাহার ছেলের ভাত, সে আসিয়া দুইজনকেই অনেক কথা শুনাইয়া দিল, অনেক রকমে আপ্যায়িত করিল।

শুভকর্ম নির্বিঘ্নে সমাধা হইয়া যাইবার পর সত্যেন্দ্র বাটী যাইতে চাহিল, কিন্তু গৃহিণী তাহাতে বিশেষ আপত্তি করিলেন, বলিলেন, এতদিন পরে এসেচ, আরও কিছুদিন থাকতে হবে।

সরলাও ছাড়িল না, সুতরাং আরও দুই-চারিদিন থাকিতে সত্যেন্দ্র সম্মত হইল। দুই-চারিদিন কাটিয়া গেল,

তবু সরলা ছাড়িতে চাহে না। কিন্তু না যাইলেও নহে, পড়াশুনার বিশেষ ক্ষতি হয়; পরীক্ষারও অধিক বিলম্ব নাই। আসিবার সময় সরলা জিজ্ঞাসা করিল, আমাকে আবার কবে নিয়ে যাবে?

সত্যেন্দ্র কহিল, যখন যাবে তখনই।

তা হলে আমাকে দশ-বারদিন পরেই নিয়ে যেও।

সত্যেন্দ্র অতিশয় আহ্লাদিত হইল। সে এতটা ভাবে নাই। তখন অশ্রুজলের মধ্যে সরলা স্বামীকে বিদায় দিয়া হাসিয়া বলিল, দেখো, আমার জন্য যেন ভেবো না, আর রাত্রি পর্যন্ত পড়ে যেন অসুখ না হয়।

রাত্রি দশটার অধিক না পড়িবার জন্য সরলা বিশেষ করিয়া মাথার দিব্য দিয়া দিল। কি

একটা উদাস-পারা প্রাণ লইয়া সত্যেন্দ্র সেইদিন কলিকাতায় পৌঁছিল।

সত্যেন্দ্রনাথ একখানা পুস্তক লইয়া বসিয়াছিল। পুস্তকের পৃষ্ঠার সহিত মনের একটা বিষম দ্বন্দ্বযুদ্ধ চলিয়াছিল।

সত্যেন্দ্র গণিয়া দেখিল, সমস্ত দিনে মোটে ছাব্বিশ লাইন পড়া হইয়াছে। দুঃখিতভাবে সে ভাবিল, বাঃ! এইরকম পড়লেই পাস হবো। ক্রমে দুঃখ ঈষৎ ক্রোধে পরিণত হইল। সে ভাবিল, সমস্ত পোড়ামুখী সরোর দোষ। এই পাঁচদিন এসেচি, একটুকুও পড়তে পারিনি। আগে মনে হ'তো পড়ার সময় বিরক্ত করে, দশটার বেশী পড়তে গেলেই আলো নিভিয়ে দেয়, একে কোথাও পাঠিয়ে দিলে ভাল করে পড়বো। ঠিক উলটো! কালই তাকে আনতে যাবো, না হলে লজ্জার খাতিরে কি ফেল হবো?

যাহা হোক, সত্যেন্দ্রনাথ এইরূপ একটা মতলব আঁটিতেছিল— কি করিয়া আনাই! কেমন করিয়াই বা বলি? লজ্জা করে। এত ভালই বা বাসিলাম কেমন করিয়া? দু'দিন—

একটা ভৃত্য আসিয়া একখানা টেলিগ্রাম হাতে দিল, সত্যেন্দ্র অতিশয় বিস্মিত হইল, আর ভাবিবার সময় নাই, কোথাকার টেলিগ্রাম? কভার খুলিতে সত্যের হৃৎকম্প হইল। ভিতরে যাহা লেখা ছিল, তাহাতে মাথা একেবারে ঘুরিয়া গেল। সরলা পীড়িতা।

সেইদিনই হরদেববাবু সত্যেন্দ্রকে লইয়া দিলজানপুর যাত্রা করিলেন।

বাটীর সম্মুখে কামাখ্যাবাবুর সহিত সাক্ষাৎ হইল। হরদেববাবু চীৎকার করিয়া জিজ্ঞাসা করিলেন, মা কেমন?

কামাখ্যাবাবু কহিলেন, আসুন ভিতরে চলুন।

হরদেববাবু ভিতরে গিয়া দেখিলেন, সরলা বিসূচিকা রোগে আক্রান্তা, একদিনে সরলাকে যেন চেনা যায় না। চক্ষু বসিয়া গিয়াছে, পদ্মের মত মুখখানিতে কালিমা পড়িয়াছে। বিজ্ঞ হরদেববাবু বুঝিলেন অবস্থা ভাল নহে। চক্ষু মুছিয়া ডাকিলেন, মা সরলা।

সরলা চাহিয়া দেখিল। তখনও সরলার বেশ চৈতন্য আছে— কেমন আছ মা?

সরলা হাসিয়া বলিল, ভাল আছি তো!

দুইজনেই বুঝিল, এটা আপসে মিটমাট হইয়া গেল। সকলে চলিয়া যাইলে সত্যেন্দ্র আসিয়া কাছে বসিল। দারুণ আতঙ্কে কথা বাহির হইল না। তখন জোর করিয়া নীরস ভাঙ্গা ভাঙ্গা গলায় সত্যেন্দ্র ডাকিল, সরো।

শুষ্ক ভাঙ্গা গলা। ক্ষতি কি! সেই চিরপরিচিত স্বর, সেই আদরের ডাক— সরো! এ কি ভুল হয়? সরলা চাহিল। সে হরদেববাবুকে দেখিয়া পূর্বেই সত্যেন্দ্রর আগমন অনেকটা অনুমান করিয়াছিল। সরলা স্বামীকে তামাশা করিতে বড় ভালবাসিত, হাসিয়া বলিল, কি নিতে এসেচ?

কথা বসিয়া গিয়াছে। এতক্ষণ কোনমতে সত্যেন্দ্র চক্ষুর জল চাপা দিয়া রাখিয়াছিল, অবস্থা দেখিয়া সে বালির বাঁধ ভাঙ্গিয়া গেল।

সত্যেন্দ্র জানিত, এ সময়ে কাঁদিতে নাই। কিন্তু পোড়া চোখের জলের কি সে বিবেচনা আছে? বেশ ধীরে ধীরে স্বচ্ছন্দে তাহারা একটির পর একটি করিয়া ফোঁটায় নামিতে আরম্ভ করিল। তাহারা যে সরলার অঙ্গে মিশিতেছে। এ অবকাশ তাহাদের কখনও হইয়াছে কি? কখনও হয় নাই। তোমার কিংবা সরলার খাতিরে তাহারা কি এ সুযোগ ছাড়িয়া দিবে। সরলা স্বামীকে কখনও কাঁদিতে দেখে নাই। সেও কাঁদিল। অনেকক্ষণ পরে চক্ষু মুছিয়া সে বলিল, ছি, কাঁদ কেন পুরুষমানুষের কি কাঁদতে আছে?

এ কি? বটে সরলা! বেশ বুঝিয়াছ। অন্তর্দাহে তাহারা শুকাইয়া কাঠ হইয়া যাউক, একফোঁটা জল যেন না পড়ে। অশ্রু স্ত্রীলোকের জন্য। পুরুষের তাহাতে হাত দিবার অধিকার নাই। যন্ত্রণায় পুড়িয়া যাও, কাঁদিতে পাইবে না। কাঁদিলে স্ত্রীলোক হইয়া যাইবে। সরলা এ ব্যবস্থা কি তোমরাই করিয়াছ? সবলা স্বামীর হাত আপনার হাতে টিপিয়া ধরিয়া কাঁদিয়া বলিল, পরজন্ম বিশ্বাস কর কি?

সত্যেন্দ্র কাঁদিতে কাঁদিতে বলিল, করতাম কি না জানি না, কিন্তু আজ হতে সম্পূর্ণ বিশ্বাস করব।

সরলার মুখে ঈষৎ হাসির চিহ্ন প্রকাশ পাইল। ঔষধ খাওয়াইবার সময় হইয়াছে দেখিয়া কামাখ্যাবাবু, হরদেববাবু এবং ডাক্তারবাবু কক্ষে প্রবেশ করিলেন। ডাক্তার নাড়ী টিপিয়া বলিলেন, আশা বড় কম, তবে ঈশ্বরের ইচ্ছা।

ঈশ্বরের ইচ্ছায় পরদিন বেলা সাতটার সময় সরলার মৃত্যু হইল।

সন্ধ্যার সময় হরদেববাবু সত্যেন্দ্রকে লইয়া কলিকাতায় ফিরিলেন।

তৃতীয় পরিচ্ছেদ
আবার বিবাহ

কি যেন কি একটা হইয়া গিয়াছে। রাজশয্যায় শয়ন করিয়া ইন্দ্রত্বের সুখ কথঞ্চিৎ উপলব্ধি করিতেছিলাম, টানিয়া কে যেন সুখের স্বপ্নটুকু ভাঙ্গিয়া দিয়াছে। অর্ধরাত্রে উঠিয়া বসিয়াছি, ঘুম ভাঙ্গিয়া গিয়াছে— আমার আজীবন সহচর সেই অর্ধছিন্ন খট্টায় শুইয়া আছি— আমি কাঁদিব, না হাসিব? সুখের স্রোতে অনন্তে ভাসিয়া যাইতেছিলাম, হঠাৎ যেন একটা অজানা দলের পাশে আবদ্ধ হইয়া গিয়াছি, আর বুঝি কখনও ভাসিয়া যাইতে পাইব না। সব যেন উলটাইয়া গিয়াছে। জীবনের কেন্দ্র পর্যন্ত কে টানিয়া পরিধির বাহিরে লইয়া গিয়াছে। কিছুই যেন আর ঠাহর হয় না। এ কি হইল? নিশীথে সত্যেন্দ্রনাথ জানালায় বসিয়া সাগরপুরের অন্ধকার দেখিতেছিল। গাছগুলা কি একটা নিস্তব্ধ ভাব সত্যেন্দ্রর সহিত বিনিময় করিতেছিল।

সোঁ সোঁ করিয়া নৈশ বাতাস বহিয়া গেল। কিছু বলিয়া গেল কি? বলিল বৈ কি! সেই এক কথা। সব জিনিসেই সেই এক কথা বলিয়া বেড়ায়! হইয়াছে কি? পাপিয়া আর চোখ গেল বলে না, ঠিক যেন বলে মরে গেল। বৌ-কথা-কও পাখিও আর আপনার বোল বলে না। সেও বলে, বৌ মরে গেছে। সব জিনিস ঐ একই কথা বার বার কহিয়া বেড়ায় কেন? সোঁ সোঁ করিয়া নৈশ বাতাস যেন ঐ কথাই করে নেই, নেই, সে নেই!

কেমন আছ সত্য? মাথাটা কি বড় ধরিয়াছে বলিয়া বোধ হয়। সে তো আজ অনেকদিন হইল! একটু শোও না ভাই! চিরকাল কি একইভাবে ঐ জানালায় বসিয়া থাকিবে। সত্যেন্দ্র অন্ধকারে নক্ষত্র দেখিতেছিল। যেটি সর্বাপেক্ষা ক্ষীণ, সেটিকে বিশেষ পর্যবেক্ষণ করিয়া দেখিতেছিল।

চক্ষু মুদিতে সাহস হয় না— পাছে সেটি হারাইয়া যায় দেখিতে দেখিতে ক্লান্ত হইলে সেইখানেই সে ঘুমাইয়া পড়ে। প্রভাতে নিদ্রাভঙ্গ হইলে আবার সেটিকে দেখিবার চেষ্টা করে। আলো ভাল লাগে না। আমোদ হয় না। জ্যোৎস্নায় আর আমোদ হয় না। অত ক্ষীণলোকবিশিষ্ট নক্ষত্র কি আলোকে দেখা যায়! সত্যেন্দ্র এম.এ. পরীক্ষায় ফেল হইয়া গিয়াছে। পাস হইবার ইচ্ছাও আর নাই। উৎসাহ নিবিয়া গিয়াছে, পাস করিলে কি নক্ষত্র কাছে আসে?

হরদেবপুর সপরিবারে দেশে চলিয়া আসিয়াছেন। সত্যেন্দ্র বলে, সে বাটী হইতে ভাল পরীক্ষা দিতে পারিবে। শহরের অত গণ্ডগোলে ভাল পড়াশুনা হয় না। সত্যেন্দ্র এখন একরকমের হইয়া গিয়াছে, মুখখানা দেখিলে বোধ হয়, যেন বহুদিন কিছু খাইতে পায় নাই, যেন মস্ত পীড়া হইতে সম্প্রতি আরোগ্য লাভ করিয়াছে।

দুপুরবেলা সত্য দরজা বন্ধ করিয়া দিয়া ফটোগ্রাফ ঝাড়িয়া ধূলা পরিষ্কার করে, নিজের পুরাতন পুস্তকগুলি সাজাইতে বসে; হারমোনিয়ামের ঝাঁপ খুলিয়া মিছামিছি পরিষ্কার করে। সরলার পরিষ্কৃত পুস্তকগুলি পরিষ্কার করে; ভাল ভাল কাগজ খাম লইয়া সরলাকে পত্র লিখিয়া কি একটা শিরোনাম দিয়া বাক্সে বন্ধ করিয়া রাখে। সত্যেন্দ্রনাথ! তুমি একা নও। অনেকের কপাল তোমারই মত অল্পবয়সে পুড়িয়া যায়। সকলেই কি তোমার মত পাগল হয়? সাবধান, সত্য! সকলেরই একটা সীমা আছে। স্বর্গীয় ভালবাসারও একটা সীমা নির্দিষ্ট আছে। যদি সীমা ছাড়াইয়া যাও, কষ্ট পাইবে। কেহ রাখিতে পারিবে না।

সত্যেন্দ্রর জননী বড় বুদ্ধিমতী। তিনি একদিন স্বামীকে ডাকিয়া বলিলেন, সত্য আমার কি হয়ে গেছে দেখচ?

কর্তা বলিলেন, দেখছি তো— কিন্তু কি করি?

আবার বিবাহ দাও। ভাল বৌ হলে সত্য আবার হাসবে— আবার কথা কবে।

সেদিন সত্য আহার করিতে বসিলে জননী বলিলেন, আমার একটা কথা শুনবে?

কি?

তোমাকে আবার বিবাহ করা হবে।

সত্য হাসিয়া কহিল, এই কথা! তা বুড়ো বয়সে, আবার ও-সব কেন?

মা পূর্ব হইতেই অশ্রু সঞ্চিত করিয়াছিলেন, সেগুলি এখন বিনা বাক্যব্যয়ে নামিতে আরম্ভ করিল। মা চক্ষু মুছিয়া বলিলেন, বাবা, এই একুশ বছরে কেউ বুড়ো হয় না, কিন্তু সরলার কথা মনে হলে এ-সব আর মুখে আনতে ইচ্ছা হয় না। কিন্তু আমি আর একা থাকতে পারি না।

পরদিন প্রাতে হরদেববাবু সত্যেন্দ্রকে ডাকিয়া ঐ কথাই বলিলেন। সত্যেন্দ্র কোন উত্তর দিল না। হরদেববাবু বুঝিলেন, মৌন ভাব সম্মতির লক্ষণমাত্র।

সত্যেন্দ্র ঘরে আসিয়া সরলার ফটোর সম্মুখে দাঁড়াইয়া কহিল, শুনচো সরো, আমার বিয়ে হবে। ফটোগ্রাফ কথা কহিতে পারে না। পারিলে কি বলিত? 'বেশ তো' বলিত কি?

চতুর্থ পরিচ্ছেদ
নলিনী

সত্যেন্দ্রর এবার কলিকাতায় বিবাহ হইল। শুভদৃষ্টির সময় সত্যেন্দ্র দেখিল মুখখানি বড় সুন্দর। হউক সুন্দর, সে তথাপি ভাবিল, তাহার মাথায় একটা বোঝা চাপিল।

বিবাহের পর দুই বৎসর নলিনী পিতৃগৃহে রহিল। তৃতীয় বৎসরে সে শ্বশুরভবনে আসিয়াছে, গৃহিণী নূতন বধূর চাঁদপানা মুখ দেখিয়া আবার সরলাকে ভুলিবার চেষ্টা করিলেন, আবার সংসার পাতিবার চেষ্টা করিলেন।

রাত্রে যখন দুইজনে পাশাপাশি শুইয়া থাকে, তখন কেহই কাহারও সহিত কথা কহে না। নলিনী ভাবে, কেন এত অযত্ন? সত্য ভাবে, এ কোথাকার কে যে আমার সরোর জায়গায় শুইয়া থাকে?

নূতন বধূ লজ্জায় স্বামীর সহিত কথা কহিতে পারে না– সত্যেন্দ্র ভাবে কথা কহে না ভালই।

একদিন রাত্রে সত্যেন্দ্রর ঘুম ভাঙ্গিয়া যাইলে সে দেখিল, শয্যায় কেহ নাই। ভাল করিয়া চাহিয়া দেখিল, কে একজন জানালায় বসিয়া আছে। জানালা খোলা। খোলা পথে জ্যোৎস্নালোক প্রবেশ করিয়াছে, সেই আলোকে সত্যেন্দ্র নলিনীর মুখের কিয়দংশ দেখিতে পাইল, ঘুমের ঘোরে জ্যোৎস্নার আলোকে মুখখানি বড় সুন্দর দেখাইল।

কান পাতিয়া সে শুনিল, নলিনী কাঁদিতেছে।

সত্য ডাকিল, নলিনী–

নলিনী চমকিয়া উঠিল। স্বামী আহ্বান করিয়াছেন। অন্য মেয়ে কি করিত জানি না, কিন্তু নলিনী ধীরে ধীরে আসিয়া নিকটে বসিল।

সত্যেন্দ্র বলিল, কাঁদচ কেন?– কাঁদচ কেন?

অশ্রুবেগ দ্বিগুণ মাত্রায় বহিতে লাগিল, তাহার ষোল বৎসর বয়সে স্বামীর এই আদরের কথা!

অনেকক্ষণ চাপিয়া চাপিয়া কাঁদিয়া চোখ মুছিয়া ধীরে ধীরে সে বলিল, তুমি আমাকে দেখতে পার না কেন?

কি জানি কেন! সত্যরও বড় কান্না আসিতেছিল। তাহা রোধ করিয়া সে বলিল, দেখতে পারি না তোমাকে কে বললে? তবে যত্ন করতে পারি না।

নলিনী নিরুত্তরে সকল কথা শুনিতে লাগিল।

সত্যেন্দ্র কিছুক্ষণ নীরব থাকিয়া বলিল, ভেবেছিলাম এ কথা কাকেও বলব না, কিন্তু না বলেও কোন লাভ নাই, তোমাকে কিছু গোপন করব না। সকল কথা খুলে বললে বুঝতে, আমি এমন কেন। আমি এখনও সরলাকে– আমার পূর্ব স্ত্রীকে ভুলতে পারিনি। ভুলব, এমন ভরসাও করি না, ইচ্ছাও করি না। তুমি হতভাগ্যের হাতে পড়েচ– তোমাকে কখনও সুখী করতে পারব, এ আশা মন হয় না। নিজের ইচ্ছায় তোমাকে বিয়ে করিনি– নিজের ইচ্ছায় তোমাকে ভালবাসতে পারব না।

গভীর নিশীথে দুইজনে অনেকক্ষণ এইভাবে বসিয়া রহিল। সত্যেন্দ্র বুঝিতে পারিল, নলিনী কাঁদিতেছে। সে কাঁদিয়াছিল কি? একে একে সরলার কথা মনে পড়তে লাগল, ধীরে ধীরে সেই মুখখানি হৃদয়ে জাগিয়া উঠিল– সেই 'নিতে এসেচ?' মনে পড়িল। অনাহূত অশ্রু সত্যেন্দ্রর নয়ন রোধ করিল, তাহার পর গণ্ড বাহিয়া ধীরে ধীরে ঝরিয়া পড়িল।

চক্ষু মুছিয়া সত্যেন্দ্র ধীরে ধীরে নলিনীর হাত দুটি আপনার হাতে লইয়া বলিল, কেঁদো না নলিনী, আমার হাত কি? নিশিদিন অন্তরে আমি কি যন্ত্রণাই যে ভোগ করি তা কেউ জানে না। মনে বড় কষ্ট। এ কষ্ট যদি কখনও যায়, তাহলে হয়ত তোমাকে ভালবাসতে পারবো, হয়ত তোমাকে আবার যত্ন করতে পারব।

এই বিষাদপূর্ণ স্নেহমাখা কথার মূল্য কয়জন বুঝে? নলিনী বড় বুদ্ধিমতী সে স্বামীর কষ্ট বুঝিল। স্বামী তাহাকে ভালবাসে না, এ কথা সে তাঁহার মুখে শুনিল, তথাপি তাহার অভিমান হইল না। বোকা মেয়ে। ষোল বৎসরে যদি অভিমান করিবে না তবে করিবে কবে? কিন্তু নলিনী ভাবিল, অভিমান আগে, না স্বামী আগে?

সেইদিন হইতে কি করিলে স্বামীর কষ্ট যায়, ইহাই তাহার একমাত্র চিন্তার বিষয় হইল। কি করিলে স্বামী সতীনকে ভুলিতে পারেন, এ কথা সে একবারও ভাবিল না। ব্যথার যদি

কেহ ব্যথী হয়, কষ্টতে যদি কেহ সহানুভূতি প্রকাশ করে, দুঃখের কথা যদি কেহ আগ্রহ করিয়া শ্রবণ করে, তাহা হইলে বোধ হয় তাহার ন্যায় বন্ধু এ জগতে আর নাই! ইহার পর সত্যেন্দ্র নলিনীকে প্রায়ই পূর্বের কথা জানাইত। কত নিশা দুইজনের সেই একই কথায় অবসান হইত। সত্যেন্দ্র যে কেবল বলিত, তাহা নহে, নলিনী আগ্রহের সহিত স্বামীর পূর্ব-ভালবাসার কথা শুনিতে ভালও বাসিত।

পঞ্চম পরিচ্ছেদ
দুই বৎসর পরে

দুই বৎসর গত হইয়াছে, নলিনীর বয়স এখন আঠার বৎসর, তাহার আর পূর্বের মত কষ্ট নাই। স্বামী এখন আর তাহাকে অযত্ন করেন না। স্বামীর ভালবাসা জোর করিয়া সে লইয়াছে। যে জোর করিয়া কিছু লইতে জানে, সে তাহা রাখিতেও জানে, তাহার এখন আর কোন কষ্টই নাই। সত্যেন্দ্রনাথ এখন পাবনার ডেপুটি ম্যাজিস্ট্রেট। স্ত্রীর যত্নে, স্ত্রীর ঐকান্তিক ভালবাসায় তাহার অনেক পরিবর্তন হইয়াছে। কাছারির কর্মের অবকাশে সে এখন নলিনীর সহিত গল্প করে, উপহাস করে, গান-বাজনা করিয়া আমোদ পায়। এক কথায়, সত্যেন্দ্র অনেকটা মানুষ হইয়াছে। মানুষ যেটা পায় না, সেইটাই তাহার অত্যন্ত প্রিয় সামগ্রী হইয়া দাঁড়ায়। মনুষ্য চরিত্রই এমনি। তুমি অশান্তিতে আছ, শান্তি খুঁজিয়া বেড়াও, আমি শান্তিভোগ করিতেছি, তবুও কোথা হইতে যেন অশান্তিকে টানিয়া বাহির করি।

ছল ধরা যেন মানুষের স্বভাবসিদ্ধ ভাব। যে মাছটা পলাইয়া যায়, সেইটাই কি ছাই বড় হয়! সত্যেন্দ্রনাথও মানুষ। মানুষের স্বভাব কোথায় যাইবে? এত ভালবাসা, যত্ন ও শান্তির মধ্যে তাহার হৃদয়ে মাঝে মাঝে বিদ্যুতের মত অশান্তি জাগিয়া উঠে। নিমিষের মধ্যে মনের মাঝে বৈদ্যুতিক ক্রিয়ার মত যে বিপ্লব বাধিয়া যায়, তাহা সামলাইয়া লইতে নলিনীর অনেক পরিশ্রমের প্রয়োজন হয়। মাঝে মাঝে তাহার মনে হয়, বুঝি আর সে সামলাইতে পারিবে না। এতদিনের চেষ্টা, যত্ন, অধ্যবসায় সমস্তই বুঝি বিফল হইয়া যাইবে। নলিনীর এতটুকু ত্রুটি দেখিলে সত্যেন্দ্র ভাবে, সরলা থাকিলে বোধ হয় এমনটি হইত না। হইত কি না ভগবান জানেন, হয়ত হইত না, হয়ত ইহা অপেক্ষা চতুর্গুণ হইত! কিন্তু তাহাতে কি? সে মৎস্য যে পলাইয়া গিয়াছে! সত্যেন্দ্র এখনও সরলাকে ভুলিতে পারে নাই। কাছারি হইতে আসিয়া যদি নলিনীকে সে না দেখিতে পায়, অমনই মনে করে, কিসে আর কিসে!

নলিনী বড় বুদ্ধিমতী, সে সর্বদা স্বামীর নিকটে থাকে, কারণ সে জানিত, এখনও তিনি সরলাকে ভুলেন নাই। একেবারে ভুলিয়া যান, এ ইচ্ছা নলিনীর কখনও মনে হয় না; তবে অনর্থক মনে করিয়া কষ্ট না পান, এইজন্যই সে সর্বদা কাছে থাকিত, যত্ন করিত। নাই ভুলুন, কিন্তু তাহাকে তো অযত্ন করেন না— ইহাই নলিনীর ঢের।

গোপীকান্ত রায় পাবনার একজন সম্ভ্রান্ত উকিল। কলকাতায় তাঁহার বাটী নলিনীদের বাটীর কাছে। কি একটা সম্বন্ধ থাকায় নলিনী তাঁহাকে কাকা বলিয়া ডাকে। রায়-খুড়ীমা প্রায় প্রত্যহই সত্যেন্দ্রর বাটী বেড়াইতে আসেন। গোপীবাবুও প্রায় আসেন। গ্রাম-সম্পর্কে খুড়শ্বশুরকে সত্যেন্দ্রনাথ অতিশয় মান্য করে। সত্যেন্দ্রর বাসা তাঁহার বাটী হইতে দূরে হইলেও উভয় পরিবারে বেশ মেলামিশি হইয়া গিয়াছে।

নলিনীও মধ্যে মধ্যে কাকার বাড়ি বেড়াইতে যায়! কারণ, একে কাকার বাড়ি, তাহাতে গোপীবাবুর কন্যা হেমার সহিত তাহার বড় ভাব; বাল্যকালের সখী, কেহ কাহাকে ছাড়িতে

চাহে না। সেদিন তখন বারটা বাজিয়া গিয়াছে। সত্যেন্দ্র কাছারি চলিয়া গিয়াছে, কোন কর্ম নাই দেখিয়া নলিনী ছবি আঁকিতে বসিল, কিন্তু তৎক্ষণাৎ গড়গড় করিয়া একখানা গাড়ি ডেপুটিবাবুর বাড়ির সম্মুখে আসিয়া লাগিল।

কে আসিল? হেম বুঝি? আর ভাবিতে হইল না। বিষম কোলাহল করিতে করিতে হেমাঙ্গিনী আসিয়া উপস্থিত হইল। হেমা আসিয়া একেবারে নলিনীর চুল ধরিল, কহিল, আর লেখাপড়ার দরকার নেই, ওঠ, আমাদের বাড়ি চল, কাল দাদার বৌ এসেছে।

নলিনী কহিল, বৌ এসেছে, সঙ্গে আনলে না কেন?

হেম কহিল, তা কি হয়? নূতন এসেছে, হঠাৎ তোর এখানে আসবে কেন?

নলিনী কহিল, আমিই তবে যাবো কেন?

হেমাঙ্গিনী হাসিয়া বলিল, তোর ঘাড় যাবে, এই আমি টেনে নিয়ে যাচ্ছি।

চুল ধরিয়া টানিয়া লইয়া যাইলে, নলিনী কেন, অনেককেই যাইতে হইত! নলিনীকেও যাইতে হইল। যাইতে নলিনীর বিশেষ আপত্তি ছিল, কারণ তাহাদের বাটী যাইলে ফিরিয়া আসিতে বিলম্ব হইত। দুই-একদিন নলিনীর বাটী ফিরিবার পূর্বেই সত্যেন্দ্রনাথ কাছারি হইতে ফিরিয়াছিলেন। সেরূপ অবস্থায় সত্যেন্দ্রর বড় অসুবিধা হইত। তিনি কিছু মনে করুন আর নাই করুন, নলিনীর বড় লজ্জা করিত; কারণ সে জানিত, কাছারি হইতে ফিরিয়া আসিয়া তাহার হাতের বাতাস না খাইলে স্বামীর গরম ছুটিত না। বিধাতার ইচ্ছা— বহু-চেষ্টায় আজও নলিনী সাতটার পূর্বে ফিরিতে পারিল না। আসিয়া সে দেখিল, সত্যেন্দ্র সংবাদপত্র পাঠ করিতেছে, তখনও কিছু আহার করে নাই। খাওয়াইবার ভার নলিনী আপন হস্তেই রাখিয়াছিল। কাছে আসিলে সত্যেন্দ্র হাসিল, কিন্তু সে হাসি নলিনীর ভাল বোধ হইল না। সে অন্তরে শিহরিয়া উঠিল। আসন পাতিয়া নলিনী জলখাবার খাওয়াইতে চেষ্টা করিল, কিন্তু সত্যেন্দ্র কিছু স্পর্শও করিল না। ক্ষুধা একেবারেই নাই। বহু সাধ্যসাধনাতেও সে কিছু খাইল না। নলিনী বুঝিল এ অভিমান কেন।

ষষ্ঠ পরিচ্ছেদ
কপাল ভাঙ্গিয়াছে কি?

আজ হেমাঙ্গিনী শ্বশুরবাড়ি যাইবে। তাহার স্বামী উপেন্দ্রবাবু তাহাকে লইতে আসিয়াছেন। নলিনী বহু দিবস হেমার সহিত দেখা করিতে যায় নাই। তাই আজ হেমা অনেক দুঃখ করিয়া তাহাকে যাইতে লিখিয়াছে।

নলিনী প্রতিজ্ঞা করিয়াছিল, স্বামীর অনুমতি বিনা সে আর কোথাও যাইবে না; কিন্তু আজ সে প্রতিজ্ঞা রক্ষা করিতে গেলে প্রিয়-সখীর সহিত আর দেখা হয় না। নলিনী বড় বিপদে পড়িল। হেমা লিখিয়াছে, তাহারা তিনটার ট্রেনে রওনা হইবে। তাহা হইলে স্বামীর অনুমতি লওয়া কি করিয়া হয়? বহু কু-তর্কের পর নলিনী যাওয়াই স্থির করিল। যাইবার সময় দাসীকে সে বলিয়া দিল, যেন ঠিক তিনটার সময় রায়েদের বাড়িতে গাড়ি পাঠান হয়। গাড়ি পাঠানও হইয়াছিল, কিন্তু হেমার তিনটার ট্রেনে যাওয়া হইল না। সুতরাং সে নলিনীকে কিছুতেই ছাড়িয়া দিল না। অনেক জিদ করিয়াও সে হেমার হাত এড়াইতে পারিল না। হেমা আজ অনেক দিনের জন্য চলিয়া যাইতেছে। কতকাল আর দেখা হইবে না— সহজে কে ছাড়িয়া দেয়?

বাটী ফিরিতে বিলম্ব হইলে স্বামী রাগ করিবেন, এ কথা বলিতে নলিনীর লজ্জা

হইতেছিল– সহজে এ কথা কে বলিতে চাহে? এ হীনতা কে স্বীকার করে? বিশেষ এই বয়সে? অবশেষে সে কথাও সে বলিল, কিন্তু হেমা তাহা বিশ্বাস করিল না। সে হাসিয়া বলিল, বোকা বুঝিও না। রাগারাগির ব্যাপার আমি ঢের বুঝি। উপেনবাবুও অনেক রাগ করতে জানেন।

কথাটা হেমা হাসিয়া উড়াইয়া দিল; কিন্তু নলিনী মর্মে পীড়া পাইল। সকলের স্বামী কি এক ছাঁচে গড়া? সকলেই কি উপেনবাবুর মত?

নলিনী যখন ফিরিয়া আসিল, তখন রাত্রি দশটা বাজিয়া গিয়াছে। আসিয়া সে শুনিল, বাবু বাহিরে শয়ন করিয়াছেন।

মাতঙ্গিনী ওরফে মাতু, নলিনীর বাপের বাড়ির ঝি, সে নলিনীর সহিত আসিয়াছিল। অনেকদিনের লোক, বিশেষ সে নলিনীকে অত্যন্ত স্নেহ করিত, তাই সে নলিনীকে আজ বিলক্ষণ দশ কথা জানাইয়া দিল। বাটীর মধ্যে সে-ই কেবল জানিত, সত্যবাবু বিলক্ষণ রাগ করিয়াই বাহিরে শয্যা রচনা করিবার আদেশ দিয়াছিলেন।

গভীর রাত্রে যখন শয্যায় শয়ন করিয়া চক্ষু মুদ্রিত করিয়া সত্যেন্দ্রনাথ পূর্ব-স্মৃতি জাগাইয়া তুলিবার চেষ্টা করিতেছিল, যখন সেই বহুদিনগত প্রফুল্ল-কমলসদৃশ সরলার মুখের সহিত নলিনীর মুখের ঈষৎ সাদৃশ্য আছে কিনা বিবেচনা করিতেছিল, যখন সরলার ভালবাসার নিকট নলিনীর ভালবাসা, সাগরের নিকট গোস্পদের জল ধারণা করিবার জন্য মনের মধ্যে বিষম ঝটিকার উৎপত্তি করিতেছিল, তখন ধীরে ধীরে দ্বার খুলিয়া নলিনী সে গৃহে প্রবেশ করিল। সত্যেন্দ্র চাহিয়া দেখিল, নলিনী। নলিনী আসিয়া সত্যেন্দ্রর পদতলে বসিল। সত্যেন্দ্র চক্ষু মুদ্রিত করিল। বহুক্ষণ এইভাবেই কাটিয়া গেল দেখিয়া সত্যেন্দ্রনাথ বিরক্ত হইল, পার্শ্ব পরিবর্তন করিয়া পরুষভাবে স্পষ্ট-স্বরে কহিল, তুমি এখানে কেন?

নলিনী কাঁদিতেছিল, কথা কহিতে পারিল না। কান্না দেখিয়া ডেপুটিবাবু আর একটু ক্রুদ্ধভাবে বলিল, রাত হয়েছে, যাও, ভিতরে গিয়ে শোও গে।

নলিনী কাঁদিতেছিল; এবার চক্ষের জল মুছিয়া সে বলিল, তুমি শোবে চল।

সত্য ঘাড় নাড়িল, বলল, আমার বড় ঘুম পেয়েচে, আর উঠতে পারব না।

কাঁদিলে সত্যেন্দ্র বিরক্ত হয়। নলিনী চক্ষের জল মুছিয়াছে; স্বামীর কাছে আর সে কাঁদিবে না। ধীরে ধীরে পায়ের উপর হাত রাখিয়া নলিনী বলিল, এবার আমাকে ক্ষমা কর। এখানে তোমার বড় কষ্ট হবে, ভিতরে চল।

সত্যেন্দ্র আর ভিতরে যাইবে না প্রতিজ্ঞা করিয়াছে। সে বলিল, কষ্টের কথা এত রাত্রে আর ভেবে কাজ নাই; তুমি শোও গে, আমিই ঘুমুই।

নলিনী সত্যেন্দ্রকে চিনিত। সমস্ত রাত্রি সে আপনার ঘরে বসিয়া কাঁদিয়া কাটাইল। বলি, ও হেমাঙ্গিনী, একবার দেখিয়া গেলে না? রাগারাগির ব্যাপার তুমি বোঝা ভাল– একবার মিটাইয়া দিবে নাকি? পরদিনও সত্যেন্দ্র বাটীর ভিতর আসিল না, বা নলিনীর সহিত সাক্ষাৎ করিল না।

নলিনীর একখানা পত্র মাতু সত্যেন্দ্রর হাতে দিয়াছিল। সে সেখানা না পড়িয়াই মাতঙ্গিনীর সম্মুখে ছিঁড়িয়া ফেলিয়া দিয়া বলিল, এ-সব আর এনো না।

চারি-পাঁচদিন পরে একদিন নলিনীর বড় দাদা শ্রীযুক্ত নরেন্দ্রনাথ পাবনায় আসিয়া পৌঁছিলেন। হঠাৎ দাদাকে দেখিয়া নলিনী অতিশয় সন্তুষ্ট হইল, কিন্তু ততোধিক বিস্মিত হইল।

দাদা যে?

নরেন্দ্রবাবু নলিনীর সহিত সাক্ষাৎ করিয়া হাসিয়া বলিলেন, বাড়ি যাবার জন্য এত ব্যস্ত হয়েচিস কেন বোন?

ব্যস্ত! কথাটার অর্থ নলিনী তখনই বুঝিয়া ফেলিল। হাসিয়া সে বলিল, তোমাদের যে অনেকদিন দেখিনি।

সপ্তম পরিচ্ছেদ
ভাঙ্গিয়াছে

যেদিন স্বামীর চরণে প্রণিপাত করিয়া নলিনী দাদার সহিত গাড়িতে উঠিল, সে রাত্রে সত্যেন্দ্রনাথ একটুকুও ঘুমাইতে পারিল না। সমস্ত রাত্রি ধরিয়া সত্যেন্দ্র ভাবিতেছিল, এতটা না করিলেও চলিতে পারিত। অনেকবার সত্যর মনে হইয়াছিল, এখনও সময় আছে, এ সময়ও গাড়ি ফিরাইয়া আনি। কিন্তু হায় রে অভিমান! তাহারই জন্য নলিনীকে ফিরাইয়া আনা হইল না।

যাইবার সময় মাতুও সঙ্গে গিয়াছিল। সে-ই কেবল যাইবার যথার্থ কারণ জানিত। নলিনী মাতুকে বিশেষ করিয়া বলিয়া দিয়াছিল, যেন সে বাটীতে কোন কথা না বলে। নলিনী মনে করিল, এ কথা প্রকাশ করিলে স্বামীর অপযশ করা হইবে। ভাল হউক আর মন্দ হউক, তাহার স্বামীকে লোকে মন্দ বলিবার কে?

পিতৃ-গৃহে যাইয়া নলিনী পিতামাতার চরণে প্রণাম করিল, ছোট ভাইটিকে কোলে লইল, শুধু সে হাসিতে পারিল না।

মা বলিলেন, নলিনী আমার একদিনের গাড়ির পরিশ্রমে একেবারে শুকিয়ে গেছে। কিন্তু সে শুষ্ক মুখ আর প্রফুল্ল হইল না।

পৃথিবীতে প্রায়ই দেখা যায়, একটা সামান্য কারণ হইতে গুরুতর অনিষ্টের উৎপত্তি হয়। শূর্পণখার ঈষৎ চিত্তচাঞ্চল্যই স্বর্ণ-লঙ্কা ধ্বংসের হেতু হইয়াছিল। অকিঞ্চিৎকর রূপলালসার জন্য শুধু ট্রয় নগর ধ্বংস হইয়া গেল। মহানুভব রাজা হরিশ্চন্দ্র অতি সামান্য কারণেই অমন বিপদগ্রস্ত হইয়াছিলেন; জগতে এরূপ দৃষ্টান্ত বিরল নহে। এখানেও একটা সামান্য অভিমানে বিষম বিপত্তি ঘটিয়া উঠিল। সত্যেন্দ্রনাথের দোষ দেব কি?

নলিনী কখনো অভিমান করে নাই, স্বামীর কষ্টের কথা মনে করিয়া সে নীরবে সমস্ত সহ্য করিত– আর পারিল না। সে ভাবিল, এই ক্ষুদ্র কারণে যে স্বামী কর্তৃক পরিত্যক্ত হয়, সে মরে না কেন?

দারুণ অভিমানে নলিনী শুকাইতে লাগিল; ওদিকে সত্যেন্দ্রর অভিমান ফুরাইয়া গিয়াছে; একদণ্ড না থাকিলে যাহার চলে না, তাহার এই মিছা অভিমান কতদিন থাকে? অভিমান দারুণ কষ্টের কারণ হইয়া দাঁড়াইয়াছে। সত্যেন্দ্র প্রত্যহ চাহিয়া থাকে– আজ হয়ত নলিনীর পত্র আসিবে, হয়ত সে লিখিবে, আমায় লইয়া যাও। সত্যেন্দ্র ভাবে, তাহা হইলে মাথায় করিয়া লইয়া আসিব, আর কখনও এরূপ অন্যায় ব্যবহার করিব না। কিন্তু ভবিতব্য কে অতিক্রম করিবে? যাহা হইবার তাহা হইবেই। তুমি আমি ক্ষুদ্র প্রাণী মাত্র, আজ কাল করিয়া ছয় মাস কাটিয়া গেল, হতভাগিনী কোন কথা লিখিল না। পাপিষ্ঠ সত্যেন্দ্রনাথ ভাঙ্গিল, কিন্তু মচকাইল না। ছয় মাস কাটিয়া গেল। ক্রমশঃ সত্যেন্দ্রনাথের অসহ্য হইল। লুপ্ত অভিমান আবার দৃপ্ত হইয়া উঠিল, ক্রোধ আসিয়া তাহাতে যোগ দিল। হিতাহিত

জ্ঞান-রহিত সত্যেন্দ্রনাথ নিজের দোষ দেখিল না, ভাবিল, যাহার অহঙ্কার এত, তাহার প্রতিশোধও তদ্রূপ প্রয়োজন।

কেহই নিজের দোষ দেখিল না। সেই অর্ধমিলিত হৃদয় দুইটি আবার চিরকালের জন্য বিভিন্ন হইয়া চলিল। যৌবনের প্রারম্ভে সঙ্কুচিতা লতাকে কে টানিয়া বাড়াইয়াছিল, কিন্তু আর সহে না, এবার ছিড়িবার উপক্রম হইল।

সত্যেন্দ্রনাথ! তোমার দোষ দিই না, তাহারও দিই না। দুইজনেই ভুল করিয়াছ, দোষ কর নাই। ভুল দেখাইতে পারিলে আত্মগ্লানি কাহার যে অধিক হইত, তাহা ভগবানই জানেন। আমরাও বুঝিতে পারিতাম না, তোমরাও পারিতে না। বুঝিতে পারি না– কি আকাঙ্ক্ষায়, কি সাধ পূর্ণ করিতে তোমরা এতটা করিলে!

সাধ মিটে না; মিটাইবার ইচ্ছাও নাই। কি সাধ তাহাও হয়ত ভাল বুঝিতে পারি না। তথাপি কাতর-হৃদয় কি একটা অতৃপ্ত আকাঙ্ক্ষায় সকল সময়ই হাহা করিয়া উঠে। কি যে হয়, কেন যে অদৃশ্য গতি ঐ লক্ষ্যহীন প্রান্তে পরিচালিত হয়, কিছুতেই তাহা নির্ণয় করা যায় না।

যাহা ঘটিবার তাহা ঘটিবে। ইচ্ছা হইলেও মনের সহিত দ্বন্দ্বযুদ্ধ করিয়াও তোমাকে অপরাধ হইতে অব্যাহতি দিব। দিব কি?

অষ্টম পরিচ্ছেদ
ফুলশয্যা

অমন রূপে-গুণে বৌ, পুত্রের পছন্দ হয় না। গৃহিণীর বড় দুঃখ। অমন চাঁদপানা বৌ লইয়া ঘর করিতে পারিলেন না ভাবিয়া গৃহিণী অত্যন্ত বিমর্ষ হইয়া আছেন। জননীর শত চেষ্টাতেও পুত্রের মত ফিরিল না। এখন আর উপায় কি? ছেলেরই যদি পছন্দ হইল না, তখন কিসের বৌ? ছেলের আদরেই তো বৌয়ের আদর! আর আমারই বা হাত কি? নিজে দেখিয়া শুনিয়া বিবাহ করিলে আমি কি আটকাইতে পারি? ইত্যাদি মৃদু বচন আওড়াইতে আওড়াইতে অভ্যাসানুসারে গৃহিণী বরণডালা সাজাইতে বসিলেন।

দুই বৎসর পূর্বে হরদেববাবুর মৃত্যু হইয়াছিল। সে কথা স্মরণ হইল– চক্ষে জল আসিল, আবার নলিনীর কথা মনে পড়িল– জলবেগ আরও বর্ধিত হইল। কি জানি, কেমন বৌ আসিবে? কর্তা বাঁচিয়া থাকিলে বোধ হয় পোড়াকপালীর এ দুরবস্থা দেখিতে হইত না।

সত্যেন্দ্র বিবাহ করিয়া আসিল। মা বৌ বরণ করিয়া ঘরে তুলিলেন। আবার পোড়া চোখে জল আসিল। জল মুছিতে মুছিতে তিনি বলিলেন, চোখে কি পড়েচে, কেবল জল আসছে। গিরিবালা বড় মুখফোঁড় মেয়ে– বিশেষ নলিনীর সহিত তাহার বেহান পাতানো ছিল, সে বলিয়া ফেলিল, এই বয়সে তিনবার, আরও কতবার চোখে কি পড়বে কে জানে!

কথাটা গৃহিণী শুনিলেন, সত্যরও কানে গেল। কাল সাধের ফুলশয্যা।

কোথা হইতে একটা ভারী জমকালো রকম তত্ত্ব আসিয়াছে। বর-কনের ঢাকাই শাড়ি, ধুতি, চাদর ইত্যাদি বড় সুন্দর রকমের। কনের বারাণসী চেলীখানির মত সুন্দর চেলী গ্রামে ইতিপূর্বে কেহ দেখে নাই। সকলেই জিজ্ঞাসা করিতেছে, কোথাকার তত্ত্ব? এক-একবার ঢোক গিলিয়া বলিতেছেন, সত্যর কে একজন বন্ধু পাঠিয়েচে।

গৃহিণী চক্ষের জল চাপিয়া, যথার্থ সংবাদ চাপিয়া হাসিকান্না-মিশ্রিত মুখে তত্ত্বের মিষ্টান্নাদি বন্টন করিলেন।

সকলে যে যাহার ভাগ লইয়া চলিয়া গেল। যাইবার সময় রাজবালা বলিল, বেশ তত্ত্ব করেচে। নৃত্যকালী বলিল, তা আর হবে না? বড়লোক তত্ত্ব পাঠালে এমনই পাঠায়। ক্রমশঃ এ কথা চাপা পড়িল। তখন যোগমায়া বলিল, আচ্ছা, আবার বিয়ে করলে কেন? জ্ঞানদা কহিল, কি জানি বোন, অমন রূপে-গুণে বৌ। কে জানে ও-সব বোঝা যায় না।

রামমণি জাতিতে নাপিতের কন্যা; তবে অবস্থা ভাল, দেখিতেও মন্দ নহে, এই নাকটি সামান্য চাপা মাত্র। কোন কোন পরশ্রীকাতর লোক তাহার চক্ষেরও দোষ দিত, বলিত, হাতির চোখের চেয়েও ছোট।

যাক, এ নিন্দাবাদে আমাদের প্রয়োজন নাই। রামমণি একটু হাসিয়া বলিল, তোমাদের ঘটে যদি বুদ্ধি থাকত তা হলে কি আর ও-কথা বল? ছুঁড়ি সদাসর্বদা যে ফিকফিক করে হেসে কথা বলত, তাতেই আমার সন্দেহ হয়েছিল, স্বভাব-চরিত্র মন্দ লো, স্বভাব-চরিত্র মন্দ। না হলে স্বামী বাটী থেকে তাড়িয়ে দেয়? আবার বে করে? মুখে কিছু না বলিলেও কথাটা অনেকের মতের সহিত মিলিল।

ইহার দুই-একদিন পরে, গ্রামের প্রায় সকলেই জানিল যে, রামমণি জমিদারের বাটীর গূঢ়রহস্য ভেদ করিয়াছে। নাপিতের মেয়ে না হইলে এত বুদ্ধি কি বামন-কায়েতের মেয়ের হয়? কথাটা অনেকেই স্বীকার করিল।

এবার গৃহিণীর পালা। এ কথা যখন তাঁহার কানে গেল, তিনি ঘরের কপাট বন্ধ করিয়া একেবারে ভূমে লুটাইয়া পড়িলেন। আমার নলিনী কুলটা! কি জানি কেন গৃহিণী সরলা অপেক্ষা নলিনীকে অধিক ভালবাসিয়াছিলেন। জন্মের মত সেই নলিনীর কপাল ভাঙ্গিয়া গিয়াছে। গৃহিণী মনে মনে ভাবিলেন, সত্য হয় ভালই– না হয় আমি নলিনীকে লইয়া কাশীবাসী হইব। পোড়াকপালীর এ-জন্মের মত সব সাধই তো মিটিয়াছে।

তখন তিনি দ্বার খুলিয়া মাতুকে ডাকিয়া আনিয়া আবার দ্বার বন্ধ করিলেন। মাতুই তত্ত্ব লইয়া আসিয়াছিল।

দুইজনের চক্ষুজলের বহু বিনিময় হইল। কেমন করিয়া নলিনীর সোনার বর্ণ কালি হইয়াছে, কি অপরাধে সত্যেন্দ্র তাহাকে পায়ে ঠেলিয়াছে, কত কাতরবচনে সে ঠাকুরানীকে প্রণাম জানাইয়াছে, ইত্যাদি বিবরণ মাতঙ্গিনী বেশ করিয়া বিনাইয়া বিনাইয়া চক্ষু মুছিতে মুছিতে গৃহিণীকে শুনাইল। শুনিতে শুনিতে গৃহিণীর পূর্ব-স্নেহ শতগুণ বর্ধিত হইয়া উঠিল, পুত্রের উপর দারুণ অভিমান জন্মিল। মনে মনে তিনি ভাবিলেন, আমি কি সত্যর কেউ নহি? সকল কথাই কি আমার উপেক্ষার যোগ্য? আমার কি একটা কথাও থাকিবে না? আমি আবার নলিনীকে গৃহে আনিব। অমন লদীর কি এ দশা করিতে আছে?

সেইদিন সন্ধ্যার সময় জননী পুত্রকে ডাকিয়া বলিলেন, নলিনীকে নিয়ে এসো।

পুত্র ঘাড় নাড়িয়া বলিল, না।

জননী কাঁদিয়া ফেলিলেন, বলিলেন, ওরে আমার নলিনীর নামে গ্রামময় কলঙ্ক রটেছে যে, তুই তার স্বামী– তার মান রাখবি নি?

কিসের কলঙ্ক?

অমন করে তাড়িয়ে দিয়ে আর একটা বিয়ে করলে আমি কার মুখ বন্ধ করব?

মুখ বন্ধ করে কি হবে?

তবু আনবি নি?

না।

জননী অতিশয় ক্রুদ্ধা হইলেন, কিরূপ ক্রুদ্ধা হইতে হইবে এবং তখন কি কথা বলিতে হইবে, তাহা তিনি পূর্ব হইতেই স্থির করিয়া আসিয়াছিলেন, সুতরাং কিছু ভাবিতে হইল না, বলিলেন, তবে কালই আমাকে কাশী পাঠিয়ে দাও। আমি এখানে একদণ্ডও আর থাকতে চাই না।

সত্য আর সে সত্য নাই। সরলার আদরের ধন, ক্রীড়ার দ্রব্য, শখের জিনিস– অন্যমনস্ক, উচ্চমনা, সরল-হৃদয় স্বামী নলিনীর বহু যত্নের বহু ক্লেশের, মনের মত সত্যেন্দ্রনাথ আর নাই। সেও বুকে পাষাণ চাপাইয়াছে, লজ্জা-শরম হিতাহিত জ্ঞান সকলই হারাইয়াছে– সে অনায়াসে বলিল, তোমার যেখানে ইচ্ছা হয় যাও। আমি আর কা'কেও আনতে পারবো না।

সত্যর মুখে এ কথা শুনিবেন, মা তাহা স্বপ্নেও ভাবেন নাই– কাঁদিতে কাঁদিতে চলিয়া গেলেন। যাইবার সময় একবার বলিলেন, বৌ আমার কুলটা নয়, তা বেশ জেনো। গ্রামের লোকে যা ইচ্ছা হয় বলে, কিন্তু আমি কখনও তা বিশ্বাস করব না।

পরদিন পিসীমা সত্যেন্দ্রকে ডাকিয়া বলিলেন, তোমার এক বন্ধু তোমাকে তত্ত্ব করেচ, দেখেছ কি?

সত্য ঘাড় নাড়িল। বলিল, না, কে বন্ধু?

জানি না। ব'সো, কাপড়গুলো নিয়ে আসি।

অল্পক্ষণ পরে পিসীমা একতাড়া কাপড় লইয়া আসিলেন। সত্য দেখিল, বেশ মূল্যবান বস্ত্র। সে বিস্মিত হইল। কোন্ বন্ধু পাঠাইয়াছে? চেলীখানি বেশ করিয়া দেখিতে দেখিতে সে লক্ষ্য করিল, এক কোণে কি একটা বাঁধা আছে খুলিয়া দেখিল, একখানা ক্ষুদ্র পত্র।

হস্তাক্ষর দেখিয়া সত্যেন্দ্রর মাথা ঝাঁৎ করিয়া উঠিল। লেখা আছে–

ভগিনী, স্নেহের উপহার প্রত্যাখ্যান করিতে নাই। তোমার দিদি যাহা পাঠাইল, গ্রহণ করিও।

সে-রাত্রের ফুলশয্যা সত্যেন্দ্রর পক্ষে কণ্টকশয্যা হইল।

নবম পরিচ্ছেদ
নরেন্দ্রনাথের পত্র

যুবার অভিমান কোন বালকে দেখিয়াছ কি? সত্যেন্দ্রর ন্যায় অভিমান করিয়া এতটা অনর্থপাত করিতে কোন বালককে দেখিয়াছ কি? ছেলেবেলায় পুস্তক লইয়া খেলা করিতাম বলিয়া পিতার নিকট শাস্তি ভোগ করিয়াছি। সত্যেন্দ্রনাথ! তুমি হৃদয় লইয়া খেলা করিয়াছ; শাস্তি পাইবে, ভয় হয় কি?

তোমরা যুবা; সমস্ত সংসারটাই তোমাদের সুখের নিকেতন; কিন্তু বল দেখি, তোমাদের কাহারও কি এমন একটা সময় আসে নাই– যখন প্রাণটা বাস্তবিকই ভার বোধ হইয়াছে! যখন জীবনের প্রত্যেক গ্রন্থিগুলি শ্লথ হইয়া ক্লান্তভাবে ঢলিয়া পড়িবার উপক্রম করিয়াছে? না হইয়া থাকে একবার সত্যেন্দ্রনাথকে দেখ। ঘৃণা করিতে ইচ্ছা হয় স্বচ্ছন্দে ঘৃণা কর। ঘৃণা কর, সহানুভূতি প্রকাশ করিও না। ঘৃণা কর, কিছু বলিবে না; দয়া করিও না, মরিয়া যাইবে।

পাপী যদি মরিয়া যায়, প্রায়শ্চিত্ত ভোগ করিবে কে? সত্যেন্দ্র শ্রান্ত জীবনের প্রত্যেক দিন এক-একটা দুঃসহ বোঝা লইয়া আসে। সমস্ত দিন ছটফট করিয়াও যেন সে বোঝা আর নামাইতে পারে না।

সত্যেন্দ্রর মাঝে মাঝে বোধ হয়, যেন তাহার অতীত জীবন সমস্ত বিস্মৃত হইয়া গিয়াছে; শুধু কিছুতেই ভুলিতে পারে না তাহার সাধের নলিনী পাবনায় চরিত্রহীনা হইয়াছিল, তাই সে তাহার স্বামী কর্তৃক পরিত্যক্ত হইয়াছে।

প্রায় দুইমাস গত হইল, সত্যেন্দ্রনাথের বিবাহ হইয়াছে। আজ একখানা পত্র ও একটি ছোট পার্শেল আসিয়া সত্যেন্দ্রর নিকট পৌঁছিল।

পত্রটি নলিনীর দাদা নরেন্দ্রবাবুর, সেখানি এই—

সত্যেন্দ্রবাবু,

অতি অনিচ্ছাসত্ত্বেও যে আপনাকে পত্র লিখিতেছি, সে কেবল আমার প্রাণাধিকা ভগিনী নলিনীর জন্য। মৃত্যুর পূর্বে সে অনেক করিয়া বলিয়া গিয়াছে, যেন এই অঙ্গুরীয়টি আপনার নিকট পুনঃপ্রেরিত হয়। আপনার নামাঙ্কিত অঙ্গুরীয়টি পাঠাইলাম। ভগিনীর ইচ্ছা ছিল এইটি আপনার নূতন স্ত্রীকে পরাইয়া দেন, ভরসা করি তাহার আশা পুরিবে। আর মৃত্যুর পূর্বে সে আপনাকে বিশেষ করিয়া অনুনয় করিয়া গিয়াছে, যেন তাহার ছোট ভগিনীটি ক্লেশ না পায়।

শ্রীনরেন্দ্রনাথ

নলিনীর যখন একটি ছোট পুত্র-সন্তান হইয়া মরিয়া যায়, সত্যেন্দ্রনাথ এই অঙ্গুরীয়টি তাহার হস্তে পরাইয়া দিয়াছিল; সে-কথা মনে পড়িয়াছিল কি?

সত্যেন্দ্রনাথ আর পাবনায় যান নাই। যে কারণেই হোক মাতাঠাকুরানী আর কাশীবাসী হইতে পারিলেন না। নূতন বধূর নাম ছিল বিধু। বিধু বোধ হয় পূর্বজন্মে নলিনীর ভগিনী ছিল।

অনুপমার প্রেম

প্রথম পরিচ্ছেদ
বিরহ

একাদশবর্ষ বয়ঃক্রমের মধ্যে অনুপমা নবেল পড়িয়া পড়িয়া মাথাটা একেবারে বিগড়াইয়া ফেলিয়াছে। সে মনে করিল, মনুষ্য-হৃদয়ে যত প্রেম, যত মাধুরী, যত শোভা, যত সৌন্দর্য, যত তৃষ্ণা আছে, সব খুঁটিয়া বাছিয়া একত্রিত করিয়া নিজের মস্তিষ্কের ভিতর জমা করিয়া ফেলিয়াছে; মনুষ্য-স্বভাব, মনুষ্য-চরিত্র তাহার নখদর্পণ হইয়াছে। জগতের শিখিবার পদার্থ আর তাহার কিছুই নাই; সব জানিয়া ফেলিয়াছে, সব শিখিয়া ফেলিয়াছে। সতীত্বের জ্যোতি সে যেমন দেখিতে পায়, প্রণয়ের মহিমা সে যেমন বুঝিতে পারে, জগতে আর যে কেহ তেমন সমঝদার আছে, অনুপমা তাহা কিছুতেই বিশ্বাস করিতে পারে না।

অনু ভাবিল, সে একটি মাধবীলতা; সম্প্রতি মঞ্জরিয়া উঠিতেছে, এ অবস্থায় আশু সহকার-শাখা-বেষ্টিতা না হইলে, ফোট ফোট কুঁড়িগুলি কিছুতেই পূর্ণ বিকশিত হইতে পারিবে না। তাই খুঁজিয়া পাতিয়া একটি নবীনকান্তি-সহকার মনোনীত করিয়া লইল এবং দুই-চারি দিবসেই তাহাকে মন-প্রাণ জীবন-যৌবন সব দিয়া ফেলিল। মনে মনে মন দিবার বা নিবার সকলেরই সমান অধিকার, কিন্তু জড়াইয়া ধরিবার পূর্বে সহকারটার মতামতেরও ঈষৎ প্রয়োজন হয়। এইখানেই মাধবীলতা কিছু বিপদে পড়িয়া গেল। নবীন নীরোদকান্তকে সে কেমন করিয়া জানাইবে যে, সে তাহার মাধবীলতা— স্ফুটনোন্মুখ হইয়া দাঁড়াইয়া আছে; তাহাকে আশ্রয় না দিলে এখনই কুঁড়ির ফুল লইয়া মাটিতে লুটাইতে লুটাইতে প্রাণত্যাগ করিবে।

কিন্তু সহকার এত জানিতে পারিল না। না জানুক, অনুপমার প্রেম উত্তরোত্তর বৃদ্ধি পাইতে লাগিল। অমৃতে গরল, সুখে দুঃখ, প্রণয়ে বিচ্ছেদ চিরপ্রসিদ্ধ। দুই-চারি দিবসে অনুপমা বিরহ-ব্যথায় জর্জরিত তনু হইয়া মনে মনে বলিল, স্বামিন্, তুমি আমাকে লও বা না লও, ফিরিয়া চাহ বা না চাহ, আমি তোমার চিরদাসী। প্রাণ যায় তাহাও স্বীকার, কিন্তু তোমাকে কিছুতেই ছাড়িব না। এ জন্মে না পাই, আর জন্মে নিশ্চয়ই পাইব; তখন দেখিবে, সতী-সাধ্বীর ক্ষুদ্র বাহুতে কত বল!

অনুপমা বড়লোকের মেয়ে, বাটীসংলগ্ন উদ্যানও আছে, মনোরম সরোবরও আছে; সেথা চাঁদও উঠে, পদ্মও ফুটে, কোকিলও গান গায়, মধুপও ঝঙ্কার করে; এইখানে সে ঘুরিয়া ফিরিয়া বিরহ-ব্যথা অনুভব করিতে লাগিল। এলোচুল করিয়া অলঙ্কার খুলিয়া ফেলিয়া, গাত্রে ধূলি

মাখিয়া, প্রেমের যোগিনী সাজিয়া, সরসীর জলে কখনও মুখ দেখিতে লাগিল; কখনও নয়ন-জলে ভাসাইয়া গোলাপ-পুষ্প চুম্বন করিতে লাগিল; কখনও অঞ্চল পাতিয়া তরুতলে শয়ন করিয়া হা-হুতাশ ও দীর্ঘশ্বাস ত্যাগ করিতে লাগিল; আহারে রুচি নাই, শয়নে ইচ্ছা নাই, সাজসজ্জায় বিষম বিরাগ, গল্প-গুজবে রীতিমত বিরক্তি– অনুপমা দিন দিন শুকাইতে লাগিল।

দেখিয়া শুনিয়া অনুর জননী মনে মনে প্রমাদ গণিলেন– এক বৈ মেয়ে নয়, তার আবার এ কি হইল? জিজ্ঞাসা করিলে সে কি-যে বলে, কেহ বুঝিতে পারে না; ঠোঁটের কথা ঠোঁটেই মিলাইয়া যায়। অনুর জননী একদিবস জগবন্ধুবাবুকে বলিলেন, ওগো, একবার কি চেয়ে দেখবে না? তোমার একটি বৈ মেয়ে নয়, সে যে বিনি চিকিৎসায় মরে যায়।

জগবন্ধুবাবু বিস্মিত হইয়া বলিলেন, কি হ'ল ওর?

তা জানিনে। ডাক্তার আসিয়া দেখিয়া শুনিয়া বলিলেন, অসুখ-বিসুখ কিছু নাই।

তবে এমন হয়ে যায় কেন?

জগবন্ধুবাবু বিরক্ত হইয়া বলিলেন, তা কেমন করে জানব?

তবে মেয়ে আমার মরে যাক?

এ তো বড় মুশকিলের কথা, জ্বর নেই, বালাই নেই, শুধু শুধু যদি মরে যায় তো আমি কি ধরে রাখব?

গৃহিণী শুষ্কমুখে বড়বধূমাতার নিকট ফিরিয়া আসিয়া বলিলেন, বৌমা, অনু আমার এমন করে বেড়ায় কেন?

কেমন করে জানব মা?

তোমাদের কাছে কি কিছু বলে না?

কিছু না।

গৃহিণী প্রায় কাঁদিয়া ফেলিলেন– তবে কি হবে? না খেয়ে না শুয়ে এমন করে সমস্তদিন বাগানে ঘুরে বেড়ালে ক'দিন আর বাঁচবে? তোরা বাছা যা হোক একটা বিহিত করে দে– না হলে বাগানের পুকুরে একদিন ডুবে মরব।

বড়বৌ কিছুক্ষণ ভাবিয়া চিন্তিয়া বলিল, দেখে শুনে একটা বিয়ে দাও; সংসারের ভার পড়লে আপনি সব সেরে যাবে।

বেশ কথা, তবে আজই এ কথা আমি কর্তাকে জানাব।

কর্তা এ কথা শুনিয়া অল্প হাসিয়া বলিলেন, কলিকাল! দাও– বিয়ে দিয়েই দেখ, যদি ভাল হয়।

পরদিন ঘটক আসিল। অনুপমা বড়লোকের মেয়ে, তাহাতে রূপবতী, পাত্রের জন্য ভাবিতে হইল না। এক সপ্তাহের মধ্যেই ঘটকঠাকুর পাত্র স্থির করিয়া জগবন্ধুবাবুকে সংবাদ দিলেন। কর্তা এ কথা গৃহিণীকে জানাইলেন; গৃহিণী বড়বৌকে জানাইলেন; ক্রমে অনুপমাও শুনিল।

দুই-একদিন পরে, একদিন দ্বিপ্রহরের সময়ে সকলে মিলিয়া অনুপমার বিবাহের গল্প করিতেছিল, এমন সময়ে সে এলোচুলে, আলুথালু-বসনে একটা শুষ্ক গোলাপফুল হাতে করিয়া ছবিটির মত আসিয়া দাঁড়াইল। অনুর জননী কন্যাকে দেখিয়া ঈষৎ হাসিয়া বলিলেন, মা যেন আমার যোগিনী সেজেছেন!

বড়বৌঠাকরুনও একটু হাসিয়া বলিল, বিয়ে হলে কোথায় সব চলে যাবে। দুটো-একটা

ছেলে-মেয়ে হলে তো কথাই নেই।

অনুপমা চিত্রার্পিতার ন্যায় সকল কথা শুনিতে লাগিল। বৌ আবার বলিল, মা, ঠাকুরঝির বিয়ের কবে দিন ঠিক হ'ল?

দিন এখনো কিছু ঠিক করা হয়নি।

ঠাকুরজামাই কি পড়েন?

এইবার বি. এ. দেবেন।

তবে তো বেশ ভাল বর।

তাহার পর একটু হাসিয়া ঠাট্টা করিয়া বলিল, দেখতে কিন্তু খুব ভাল না হলে ঠাকুরঝির আমার পছন্দ হবে না।

কেন পছন্দ হবে না? জামাই আমার বেশ দেখতে।

এইবার অনুপমা একটু গ্রীবা বক্র করিল; ঈষৎ হেলিয়া পদনখ দিয়া মৃত্তিকা খনন করিবার মত করিয়া নখ খুঁড়িতে খুঁড়িতে বলিল, বিবাহ আমি করব না।

জননী ভাল শুনিতে না পাইয়া জিজ্ঞাসা করিলেন, কি মা?

বড়বৌ অনুপমার কথা শুনিতে পাইয়াছিল। খুব জোরে হাসিয়া উঠিয়া বলিল, ঠাকুরঝি বলছে, ও কখনও বিয়ে করবে না।

বিয়ে করবে না?

না।

না করুক গে! অনুধ জননী মুখ টিপিয়া একটু হাসিয়া চলিয়া গেলেন।

গৃহিণী চলিয়া যাইলে বড়বধূ বলিল, তুই বিয়ে করবি নে?

অনুপমা পূর্বমত গম্ভীরমুখে বলিল, কিছুতেই না।

কেন?

যাকে তাকে গছিয়ে দেওয়ার নামই বিবাহ নয়! মনের মিল না হলে বিবাহ করাই ভুল।

বড়বৌ বিস্মিত হইয়া অনুর মুখপানে চাহিয়া বলিল, গছিয়ে দেওয়া আবার কি লো? গছিয়ে দেবে না তো কি মেয়েমানুষে দেখে শুনে পছন্দ করে বিয়ে করবে?

নিশ্চয়!

তবে তোর মতে আমার বিয়েটাও ভুল হয়ে গেছে? বিয়ের আগে তো তোর দাদার নাম পর্যন্ত আমি শুনিনি।

সবাই কি তোমার মত?

বৌ আর একবার হাসিয়া বলিল, তোর কি তবে মনের মানুষ কেউ জুটেছে নাকি?

অনুপমা বধূঠাকুরানীর সহাস্য বিদ্রুপে মুখখানি পূর্বাপেক্ষা চতুর্গুণ গম্ভীর করিয়া বলিল, বৌ, ঠাট্টা করছ নাকি? এখন কি বিদ্রুপের সময়?

কেন লো— হয়েচে কি?

হয়েচে কি? তবে শোন— অনুপমার মনে হইল, তাহার সম্মুখে তাহার স্বামীকে বধ করা হইতেছে— সহসা কতলু খাঁর দুর্গে বধমঞ্চ-সম্মুখে বিমলা ও বীরেন্দ্র সিংহের দৃশ্য তাহার মনে ভাসিয়া উঠিল। অনুপমা ভাবিল, তাহারা যাহা পারে, সে কি তাহা পারে না? সতী স্ত্রী জগতে কাহাকে ভয় করে ? দেখিতে দেখিতে তাহার চক্ষু অনৈসর্গিক প্রভায় ধকধক করিয়া জ্বলিয়া উঠিল, দেখিতে দেখিতে অঞ্চলখানা কোমরে জড়াইয়া গাছকোমর বাঁধিয়া ফেলিল। ব্যাপার দেখিয়া বড়বধূ তিন হাত পিছাইয়া গেল। নিমেষে অনুপমা পার্শ্ববর্তী খাটের খুরো

বেশ জড়াইয়া ধরিয়া ঊর্দ্ধ্বনেত্রে চীৎকার করিয়া কহিতে লাগিল, প্রভু, স্বামী, প্রাণনাথ, জগৎসমীপে আজ আমি মুক্তকণ্ঠে স্বীকার করব, তুমিই আমার প্রাণনাথ; প্রভু, তুমি আমার আমি তোমার! এ খাটের খুরো নয়, এ তোমার পদযুগল– আমি ধর্ম সাক্ষী করে তোমাকে পতিত্বে বরণ করেছি, এখনও তোমার চরণ স্পর্শ করে বলছি– এ জগতে তুমি ছাড়া অন্য কেউ আমাকে স্পর্শও করতে পারবে না; কার সাধ্য প্রাণ থাকতে আমাদিগকে বিচ্ছিন্ন করে। মা গো, জগৎজননী–

বড়বধূ চীৎকার করিয়া ছুটিয়া বাহিরে আসিয়া পড়িল– ও গো দেখ গে, ঠাকুরঝি কেমন ধারা কচ্ছে!

দেখিতে দেখিতে গৃহিণী ছুটিয়া আসিলেন। বৌঠাকরুনের চীৎকার বাহির পর্যন্ত পঁহুছিয়াছিল– কি হয়েচে– হ'ল কি? কর্তা ও তাঁহার পুত্র চন্দ্রবাবু ছুটিয়া আসিলেন। কর্তা-গিন্নীতে, পুত্র-পুত্রবধূতে, দাস-দাসীতে মুহূর্তে ঘরে ভিড় হইয়া গেল। অনুপমা মূর্ছিত হইয়া খাটের কাছে পড়িয়া আছে। গৃহিণী কাঁদিয়া উঠিলেন, অনুর আমার কি হ'লো? ডাক্তার ডাক্! জল আন্! বাতাস কর্! – ইত্যাদি চীৎকারে পাড়ার অর্ধেক প্রতিবাসী বাড়িতে জমিয়া গেল।

অনেকক্ষণ পরে চক্ষুরুন্মীলন করিয়া অনুপমা ধীরে ধীরে বলিল, আমি কোথায়?

তাহার জননী মুখের নিকট মুখ আনিয়া সস্নেহে বলিলেন, কেন মা, তুমি যে আমার কোলে শুয়ে আছ।

অনুপমা দীর্ঘশ্বাস ফেলিয়া মৃদু মৃদু কহিল, ওঃ, তোমার কোলে। ভাবছিলাম আমি আর কোথাও কোন স্বপ্নরাজ্যে তাঁর সঙ্গে ভেসে যাচ্ছি। দরবিগলিত অশ্রু তাহার গণ্ড বাহিয়া পড়িতে লাগিল। জননী তাহা মুছাইয়া কাতর হইয়া বলিলেন, কেন কাঁদচ মা? কার কথা বলচ?

অনুপমা দীর্ঘনিশ্বাস ফেলিয়া মৌন হইয়া রহিল।

বড়বধূ চন্দ্রবাবুকে একপাশে ডাকিয়া বলিল, সবাইকে যেতে বল, আর কোনও ভয় নেই; ঠাকুরঝি ভাল হয়েচে।

ক্রমশঃ সকলে প্রস্থান করিলে রাত্রে বড়বৌ অনুপমার কাছে বসিয়া বলিল, ঠাকুরঝি, কার সঙ্গে বিয়ে হলে তুই সুখী হ'স? অনুপমা চক্ষু মুদ্রিত করিয়া কহিল, সুখ-দুঃখ আমার কিছুই নেই; সেই আমার স্বামী–

তা তো বুঝি– কিন্তু কে সে?

সুরেশ! সুরেশই আমার–

সুরেশ? রাখাল মজুমদারের ছেলে?

হাঁ, সে-ই।

রাত্রে গৃহিণী এ কথা শুনিলেন। পরদিন অমনি মজুমদারের বাড়িতে আসিয়া উপস্থিত হইলেন। নানা কথার পর সুরেশের জননীকে বলিলেন, তোমার ছেলের সঙ্গে আমার মেয়ের বিয়ে দাও।

সুরেশের জননী হাসিয়া বলিলেন, মন্দ কি!

ভাল-মন্দর কথা নয়, দিতেই হবে।

তবে সুরেশকে একবার জিজ্ঞাসা করে আসি। সে বাড়িতেই আছে; তার মত হলে কর্তার অমত হবে না।

সুরেশ বাড়ি থাকিয়া তখন বি. এ. পরীক্ষার জন্য প্রস্তুত হইতেছিল— একমুহূর্ত তাহার এক বৎসর। তাহার মা বিবাহের কথা বলিলে, সে কানেই তুলিল না। গৃহিণী আবার বলিলেন, সুরো, তোকে বিয়ে করতে হবে।

সুরেশ মুখ তুলিয়া বলিল, তা তো হবেই, কিন্তু এখন কেন? পড়ার সময় ও-সব কথা ভাল লাগে না।

গৃহিণী অপ্রতিভ হইয়া বলিলেন, না না— পড়ার সময় কেন? এগজামিন হয়ে গেলে বিয়ে হবে।

কোথায়?

এই গাঁয়ে জগবন্ধুবাবুর মেয়ের সঙ্গে।

কি? চন্দ্রর বোনের সঙ্গে? যেটাকে খুকী বলে ডাকত?

খুকী বলে ডাকবে কেন— তার নাম অনুপমা।

সুরেশ অল্প হাসিয়া বলিল, হাঁ অনুপমা! দূর তা— দূর সেটা ভারী কুৎসিত।

কুচ্ছিত হবে কেন? সে বেশ দেখতে।

তা হোক বেশ দেখতে; এক জায়গায় শ্বশুরবাড়ি, বাপের বাড়ি আমার ভাল লাগে না।

কেন, তাতে আর দোষ কি?

দোষের কথায় কাজ নেই, তুমি এখন যাও মা, আমি একটু পড়ি; কিছুই এখনো হয়নি।

সুরেশের জননী ফিরিয়া আসিয়া বলিলেন, সুরো তো এক গাঁয়ে কিছুতেই বিয়ে করতে চায় না।

কেন?

তা তো জানিনে।

অনুর জননী মজুমদার-গৃহিণীর হাত ধরিয়া কাতরভাবে বলিলেন, তা হবে না ভাই! এ বিয়ে তোমাকে দিতে হবে।

ছেলের অমত, আমি কি করব বল?

না হলে আমি কিছুতেই ছাড়ব না।

তবে আজ থাক। কাল আর একবার বুঝিয়ে দেখব— যদি মত করতে পারি।

অনুর জননী বাড়ি ফিরিয়া আসিয়া জগবন্ধুকে বলিলেন, ওদের সুরেশের সঙ্গে যাতে অনুর আমার বিয়ে হয়, তা কর।

কেন বল দেখি? রায়গ্রামে তো একরকম সব ঠিক হয়েছে। সে সম্বন্ধ আবার ভেঙ্গে কি হবে?

কারণ আছে।

কি কারণ?

কারণ কিছু নয়। কিন্তু সুরেশের মত অমন রূপে-গুণে ছেলে কি পাওয়া যাবে? আর ও, আমার একটিমাত্র মেয়ে, তার দূরে বিয়ে দেব না। সুরেশের সঙ্গে হলে যখন খুশি দেখতে পাব।

আচ্ছা, চেষ্টা করব।

চেষ্টা নয়— নিশ্চিত দিতে হবে।

কর্তা নথ নাড়ার ভঙ্গী দেখিয়া হাসিয়া ফেলিলেন,— তাই হবে গো।

সন্ধ্যার পর কর্তা মজুমদার-বাটী হইতে ফিরিয়া আসিয়া গৃহিণীকে বলিলেন, বিয়ে হবে না।

সে কি কথা?

কি করব বল? ওরা না দিলে তো আমি জোর করে ওদের বাড়িতে মেয়ে ফেলে দিয়ে আসতে পারিনে।

দেবে না কেন?

এক গাঁয়ে বিয়ে হয়— ওদের মত নয়।

গৃহিণী কপালে করাঘাত করিয়া বলিলেন, আমার কপালের দোষ! পরদিন তিনি পুনরায় সুরেশের জননীর নিকট আসিয়া বলিলেন, দিদি, বিয়ে দে!

আমার তো ইচ্ছা আছে, কিন্তু ছেলের মত হয় কৈ?

আমি লুকিয়ে সুরেশকে আরো পাঁচ হাজার টাকা দেব।

টাকার লোভ বড় লোভ। সুরেশের জননী এ কথা সুরেশের পিতাকে জানাইলেন। কর্তা সুরেশকে ডাকিয়া বলিলেন, সুরেশ, তোমাকে এ বিবাহ করতেই হবে।

কেন?

কেন আবার কি? এ বিবাহে তোমার গর্ভধারিণীর মত, আমারও মত; সঙ্গে সঙ্গে একটু কারণও হয়ে পড়েছে।

সুরেশ নতমুখে বলিল, এখন পড়াশুনার সময়— পরীক্ষার ক্ষতি হবে।

তা আমি জানি বাপু, পড়াশুনার ক্ষতি করে তোমাকে বলছি না। পরীক্ষা শেষ হলে বিবাহ ক'রো।

যে আজ্ঞে।

অনুর জননীর আনন্দের সীমা নাই। এ কথা তিনি কর্তাকে বলিলেন, দাসদাসী সকলকেই মনের আনন্দে এ কথা জানাইয়া দিলেন।

বড়বৌ অনুপমাকে ডাকিয়া বলিল, ওলো! বর যে ধরা দিয়েছে।

অনু সলজ্জে ঈষৎ হাসিয়া বলিল, তা আমি জানতাম।

কেমন করে জানলি? চিঠিপত্র চলত নাকি?

প্রেম অন্তর্যামী! আমাদের চিঠিপত্র অন্তরে চলত।

ধন্যি মেয়ে তুই!

অনুপমা চলিয়া যাইলে বড়বধূঠাকুরানী মৃদু মৃদু বলিল, পাকামি শুনলে গা জ্বালা করে! আমি তিন ছেলের মা— উনি আজ আমাকে প্রেম শেখাতে এলেন!

দ্বিতীয় পরিচ্ছেদ
ভালবাসার ফল

দুর্লভ বসু বিস্তর অর্থ রাখিয়া পরলোকগমন করিলে তাঁহার বিংশতিবর্ষীয় একমাত্র পুত্র ললিতমোহন শ্রাদ্ধশান্তি সমাপ্তি করিয়া একদিন স্কুলে যাইয়া মাস্টারকে বলিল, মাস্টারমশায় আমার নামটা কেটে দিন।

কেন বাপু?

মিথ্যে পড়ে-শুনে কি হবে? যেজন্য পড়াশুনা, তা আমার বিস্তর আছে। বাবা আমার জন্যে অনেক প'ড়ে রেখে গিয়েচেন।

মাস্টার চক্ষু টিপিয়া অল্প হাসিয়া বলিল, তবে আর ভাবনা কি? এইবার চরে খাও গে। এইখানেই ললিতমোহনের বিদ্যাভ্যাস ইতি হইল।

ললিতমোহনের কাঁচা বয়স, তাহাতে বিস্তর অর্থ, কাজেই স্কুল ছাড়িবামাত্র বিস্তর বন্ধুও জুটিয়া গেল। ক্রমে তামাক, সিদ্ধি, গাঁজা, মদ, গায়ক, গায়িকা ইত্যাদি একটির পর একটি করিয়া ললিতমোহনের বৈঠকখানা পূর্ণ করিল। এদিকে পিতৃসঞ্চিত অর্থরাশিও জলবৎ ঢেউ খেলিয়া তরতর করিয়া সাগরাভিমুখে ছুটিয়া চলিতে লাগিল। তাহার জননী কাঁদিয়া কাটিয়া অনেক বুঝাইলেন, অনেক বলিলেন, কিন্তু সে তাহাতে কর্ণপাতও করিল না।

একদিন ঘূর্ণিত-লোচনে মাতৃসন্নিধানে আসিয়া বলিল মা, এখনি আমাকে পঞ্চাশ টাকা দাও।

মা বলিলেন, একটি পয়সাও আমার নেই।

ললিতমোহন দ্বিতীয় বাক্যব্যয় না করিয়া একটা কুড়ুল লইয়া জননীর হাতবাক্স চিরিয়া ফেলিয়া পঞ্চাশ টাকা লইয়া প্রস্থান করিল। তিনি দাঁড়াইয়া সমস্ত দেখিলেন, কিন্তু কিছুই বলিলেন না। পরদিন পুত্রের হস্তে লোহার সিন্দুকের চাবি দিয়া বলিলেন, বাবা, এই লোহার সিন্দুকের চাবি নাও; তোমার বাপের টাকা যেমন ইচ্ছা খরচ করো, আর আমি বাধা দিতে আসব না। কিন্তু ঈশ্বরের কাছে প্রার্থনা করি, যেন আমি গেলে তোমার চোখে ফোটে।

ললিত বিস্মিত হইয়া বলিল, কোথায় যাবে?

তা জানিনে। আত্মঘাতী হলে কোথায় যেতে হয় তা কেউ জানে না, তবে শুনেছি সদগতি হয় না। তা কি করব বল, আমার যেমন কপাল!

আত্মঘাতী হবে?

না হলে আর উপায় কি? তোমাকে পেটে ধরে আমার সব সুখই হল। এখন নিত্যি নিত্যি তোমার লাথি-ঝাঁটা খাওয়ার চেয়ে যমদূতের আগুনকুণ্ড ভাল।

ললিতমোহন জননীকে চিনিত। সে বিলক্ষণ জানিত যে, তাহার জননী মিথ্যা ভয় দেখাইবার লোক নহেন; তখন কাঁদিয়া ভূমে লুটাইয়া পা জড়াইয়া ধরিয়া বলিল, মা, তুমি আমাকে মাপ কর, এমন কাজ আর কখন করব না। তুমি থাক, তুমি যেও না।

জননী রুক্ষভাবে বলিলেন, তাও কি হয়? তোমার বন্ধুবান্ধব– তারা সব যাবে কোথায়?

আমি কাউকে চাইনে। আমি টাকাকড়ি, বন্ধুবান্ধব কিছুই চাইনে, শুধু তুমি থাক।

তোমার কথায় বিশ্বাস কি?

কেন মা, আমি তোমার মন্দ সন্তান, তা বলে অবিশ্বাসের কাজ কি কখনও করেচি? তুমি এখন থেকে ইচ্ছা-সুখে যা দেবে, তার অধিক এক পয়সাও চাব না।

ইচ্ছা-সুখে তোমাকে এক পয়সাও দিতে ইচ্ছা হয় না– কেননা, এই এক বৎসর দেড় বৎসরের মধ্যে তুমি যত টাকা উড়িয়েছ, তার অর্ধেকও কখনও তোমার জীবনে উপার্জন করতে পারবে না।

তুমি আমাকে কিছুই দিও না।

জননী কোমল হইলেন– না, অতটা তোমার সবে না, আমিও তা ইচ্ছে করিনে। মাসে এক শ'টাকা পেলে তোমার চলবে কি?

স্বচ্ছন্দে।

তবে তাই হোক।

দুই-একদিনের মধ্যেই তার বন্ধুবান্ধবেরা একে একে সরিয়া পড়িতে লাগিল। ললিতমোহন দুই-একজনের বাটীতে ডাকিতে গেল; কেহ বলিল, কাল যাব; কেহ বলিল, আজ কাজ আছে। ফলতঃ কেহই আর আসিল না। এখন সে সম্পূর্ণ একা। একা মদ খায়, একা ঘুরিয়া বেড়ায়।

একবার মনে করিল, আর মদ খাইবে না; কিন্তু সময় কিরূপে কাটিবে? কাজেই মদ ছাড়া হইল না। একটা পথে সে প্রায়ই ঘুরিয়া বেড়াইত; এ পথটা জগবন্ধুবাবুর বাগানের পার্শ্ব দিয়া অপেক্ষাকৃত নির্জন বলিয়া মদ খাইয়া এখানেই বেড়াইবার অধিক সুবিধা হইত। মাতাল বলিয়া তাহার গ্রামময় অখ্যাতি; কাহারও বাটীতে যাওয়া ভাল দেখায় না– কাজেই মদ খাইয়া নিজের সঙ্গে নিজে বেড়াইয়া বেড়াইত।

আজকাল তাহার আর একজন সঙ্গী জুটিয়াছে– সে অনুপমা। আসিতে যাইতে সে প্রায়ই দেখে, তাহারই মত অনুপমাও বাগানের ভিতর ঘুরিয়া বেড়ায়। অনুপমাকে সে বাল্যকাল হইতে দেখিয়া আসিতেছে, কিন্তু আজকাল তাহাতে যেন একটু নতুনত্ব দেখিতে পায়। জগবন্ধুবাবুর বাগানের প্রাচীরের এক অংশ ভগ্ন ছিল, সেইখানে একটা গাছের পাশে দাঁড়াইয়া দেখে, অনুপমা উদ্যানময় ঘুরিয়া বেড়াইতেছে, কখনও বা তরুতলে বসিয়া মালা গাঁথিতেছে, কখনও বা ফুল তুলিতেছে, এক-এক সময় বা সরসীর জলে পদদ্বয় ডুবাইয়া বালিকা-সুলভ ক্রীড়া করিতেছে। দেখিতে তাহার বেশ লাগে; ইতস্ততঃ-বিক্ষিপ্ত চুলগুলি, অযত্নরক্ষিত দেহলতা, আলুথালু বসন-ভূষণ ও সকলের উপর মুখখানি তাহার মদের চোখে একটি পদ্মফুলের মত বোধ হইত। মাঝে মাঝে তাহার মনে হয়, জগতে সে অনুপমাকে সর্বাপেক্ষা অধিক ভালবাসে। রাত্রি হইলে বাড়িতে গিয়া শয়ন করে, যতক্ষণ নিদ্রা না হয়, ততক্ষণ অনুপমার মুখই মনে পড়ে। স্বপ্নেও কখনও কখনও তাহার অনিন্দ্যসুন্দর বদনমণ্ডল হৃদয়ে জাগিয়া উঠে।

এমনই করিয়া কতদিন যায়। জগবন্ধুবাবুর উদ্যানের সেই ভগ্ন অংশটিতে বৈকাল হইতে বসিয়া থাকা আজকাল তাহার নিত্যকর্ম হইয়া দাঁড়াইয়াছে। সে বালক নহে, অল্প দিনেই বুঝিতে পারিল যে, অনুপমাকে বাস্তবিকই অতিশয় অধিক রকম ভালবাসিয়া ফেলিয়াছে কিন্তু এরূপ ভালবাসায় লাভ নাই– সে জানিত, সে মাতাল; সে অপদার্থ মূর্খ; সে সকলের ঘৃণিত জীব– অনুপমার কিছুতেই যোগ্য পাত্র নহে। শত চেষ্টাতেও তাহাকে পাওয়া সম্ভব নয়, তবে আর এমন করিয়া মন খারাপ করিয়া লাভ কি? কাল হইতে আর আসিবে না। কিন্তু থাকিতে পারিত না– সূর্য অস্তগত হইলে সে মদটুকু খাইয়া সেই ভাঙ্গা পাঁচিলটির উপর আসিয়া বসিত।

তবে ভিতরে একটা কথা আছে– কাহাকেও ভালবাসিলে মনে হয়, সেও বুঝি আমাকে ভালবাসে; আমাকে কেন বাসিবে না? অবশ্য এ কথা প্রতিপন্ন করা যায় না।

একদিন ললিতমোহন প্রাচীরে উঠিয়াছে। এমন সময় চন্দ্রবাবুর চোখে পড়িল।

চন্দ্রবাবু দ্বারবানকে হাঁকিয়া বলিলেন,– কো পাকড়ো।

দ্বারবান প্রথমে বুঝিতে পারিল না কাহাকে ধরিতে হইবে, পরে যখন বুঝিল, ললিতবাবুকে তখন সেলাম করিয়া তিন হাত পিছাইয়া দাঁড়াইল।

চন্দ্রবাবু পুনরায় চীৎকার করিয়া বলিলেন,– কো পাকড়কে থানামে দেও।

দ্বারবান আধা বাঙলা আধা হিন্দীতে বলিল, হামি নেহি পারবে বাবু।

ললিতমোহন ততক্ষণে ধীরে ধীরে প্রাচীর টপকাইয়া প্রস্থান করিল। সে চলিয়া যাইলে চন্দ্রবাবু বলিলেন, কাহে নেহি পাক্‌ড়া?

দ্বারবান চুপ করিয়া রহিল। একজন মালী ললিতকে বিলক্ষণ চিনিত, সে বলিল, ও বেটা ভোজপুরীর সাধ্য কি ললিতবাবুকে ধরে? ওর মত চারটে দরোয়ানের মাথা ওর এক ঘুষিতে ভেঙ্গে যায়।

দ্বারবানও তাহা অস্বীকার করিল না, বলিল, বাবু, নোক্‌রি করনে আয়া, না জান দেনে আয়া?

চন্দ্রবাবু কিন্তু ছাড়িবার পাত্র নহেন। তিনি ললিতের উপর পূর্ব হইতেই বিলক্ষণ চটা ছিলেন, এখন সময় পাইয়া, সাক্ষী জুটাইয়া অনধিকার প্রবেশ এবং আরও কত কি অপরাধে আদালতে নালিশ করিলেন। জগবন্ধুবাবু ও তাঁহার স্ত্রী উভয়েই এই মকদ্দমা করিতে নিষেধ করিলেন; কিন্তু চন্দ্রনাথ কিছুতেই শুনিলেন না। বিশেষ মর্মপীড়িতা অনুপমা জিদ করিয়া বলিল যে, পাপীকে শাস্তি না দিলে তাহার মন কিছুতেই সুস্থির হইবে না।

ইন্‌স্পেক্টর বাটীতে আসিয়া অনুপমার এজাহার লইল। অনুপমা সমস্তই ঠিকঠাক বলিল। শেষে এমন দাঁড়াইল যে, ললিতের জননী বিস্তর অর্থব্যয় করিয়াও পুত্রকে কিছুতেই বাঁচাইতে পারিলেন না। তিন বৎসর ললিতমোহনের সশ্রম কারাবাসের আদেশ হইয়া গেল।

বি. এ. পরীক্ষার ফল বাহির হইয়াছে। সুরেশচন্দ্র মজুমদার একেবারে প্রথম হইয়াছে। গ্রামময় সুখ্যাতির একটা রৈ রৈ শব্দ পড়িয়া গিয়াছে। অনুপমার জননীর আনন্দের সীমা নাই। আনন্দে সুরেশের জননীকে গিয়া বলিলেন, নিজের কথা নিজে বলতে নেই, কিন্তু দেখ দেখি আমার মেয়ের পয়!

সুরেশের মা সহাস্যে বলিলেন, তা তো দেখছি।

একবার বিয়ে হোক, তারপর দেখিস– তোর ছেলে রাজা হবে। অনু যখন জন্মায় তখন একজন গণৎকার এসে গুণে বলেছিল যে, এ মেয়ে রানী হবে। অত সুখে কেউ কখনও থাকেনি, থাকবে না; যত সুখ তোমার মেয়ের হবে।

কে বলেছিল?

একজন সন্ন্যাসী।

কিন্তু তুমি তোমার জামাইকে একখানা বাড়ি কিনে দিও।

তা দেব না? চন্দ্রকে আমি পেটের ছেলে বলেই জানি, কিন্তু অনুরও তো কর্তার অর্ধেক বিষয় পাওয়া উচিত, আমি বেঁচে থাকলে তা পাবেও।

তাই হোক, ওরা রাজা-রানী হয়ে সুখে থাক– আমরা যেন দেখে মরি।

দুইদিন পরে রাখাল মজুমদার পুত্রকে ডাকিয়া বলিলেন, এই বৈশাখে তোমার বিবাহের দিন স্থির করলাম।

এখন বিবাহ হয়, আমার একেবারে ইচ্ছে নয়।

কেন?

আমি Gilchrist Scholarship পেয়েচি, তাতে আমি ইচ্ছা করলে বিলাতে গিয়ে পড়তে পারি।

তুমি বিলাত যাবে?

ইচ্ছা আছে।

পড়ে পড়ে তোমার মাথা খারাপ হয়ে গিয়েছে। অমন কথা আর মুখে এনো না।

বিনা পয়সায় যখন এ সুবিধা পেয়েচি, তখন দোষ কি?

রাখালবাবু এ কথায় একেবারে অগ্নিশর্মা হইয়া উঠিলেন– নাস্তিক বেটা! দোষ কি? পরের পয়সায় যদি বিষ পাওয়া যায় তো কি খেতে হবে?

সে-কথায় এ-কথায় অনেক প্রভেদ।

প্রভেদ আর কোথায়? একদিকে জাত খোয়ান, ম্লেচ্ছ হওয়া, আর অপরদিকে

বিষভোজন, ঠিক এক নয় কি? চুল চুল মিলে গেল না কি?

সুরেশ আর কোন প্রতিবাদ না করিয়া নিরুত্তরে প্রস্থান করিল। সে চলিয়া যাইলে রাখালবাবু আপনা-আপনি হাসিয়া বলিলেন, বেটা পাতা-দুই ইংরেজী পড়ে আমাদের সঙ্গে তর্ক করতে আসে। কেমন কথাটা বললাম– পরের পয়সায় বিষ পেলে কি খেতে হবে? বাছাধন আর দ্বিতীয় কথাটি বলতে পারলে না। এ অকাট্য যুক্তি কি ও কাটতে পারে।

বিবাহের সমস্ত পাকা-রকম স্থির হইয়া যাইলে বড়বধূ একদিন অনুপমাকে বলিলেন, কি লো! বরের সুখ্যাতি যে গ্রামে ধরে না।

অনুপমা মৃদু হাসিয়া বলিল, যার সতীসাধ্বী স্ত্রী, জগতে তার সকল সুখের পথই উন্মুক্ত থাকে।

তবু তো এখনো বিয়ে হয়নি লো!

বিবাহ আমাদের অনেকদিন হয়েছে, জগৎ জানে না বটে, কিন্তু অন্তরে অন্তরে বহুদিন আমাদের পূর্ণমিলন হয়ে গিয়েছে।

বড়বধূ অল্প হাসিল, ওষ্ঠ ঈষৎ কুঞ্চিত করিয়া একটু থামিয়া বলিলেন, এ কথা আর কোথাও বলিস নে, আমরা বুড়ো মাগী, আমাদের তো বলা দূরে থাক– এমনধারা শুনলেও লজ্জা করে; সব কথায় তুই যেন থিয়েটারে অ্যাক্ট করতে থাকিস। এমন করলে লোকে পাগল বলবে যে!

আমি প্রেমে পাগল!

তৃতীয় পরিচ্ছেদ
বিবাহ

আজ ৫ই বৈশাখ। অনুপমার বিবাহ-উৎসবে আজ গ্রামটা তোলপাড় হইতেছে। জগবন্ধুবাবুর বাটীতে আজ ভিড় ধরে না। কত লোক যাইতেছে, কত লোক হাঁকাহাঁকি করিতেছে। কত খাওয়ান দাওয়ানর ঘটা, কত বাজনা-বাদ্যের ধূম। যত সন্ধ্যা হইয়া আসিতে লাগিল, ধুমধাম তত বাড়িয়া উঠিতে লাগিল; সন্ধ্যা-লগ্নেই বিবাহ, এখনই বর আসিবে– সকলেই উৎসাহে আগ্রহে উন্মুখ হইয়া আছে।

কিন্তু বর কোথায়? রাখালবাবুর বাটীতে সন্ধ্যার প্রাক্কালেই কলরব বাধিয়া উঠিয়াছে, সুরেশ গেল কোথায়? এখানে খোঁজ, ওখানে খোঁজ, এদিকে দেখ, ওদিকে দেখ। কিন্তু কেহই সুরেশকে খুঁজিয়া বাহির করিতে পারিতেছে না। কুসংবাদ পঁহুছিতে বিলম্ব হয় না, বজ্রাগ্নির মত এ কথা জগবন্ধুবাবুর বাটীতে উড়িয়া আসিয়া পড়িল। বাড়িসুদ্ধ লোক সকলেই মাথায় হাত দিয়া বসিয়া পড়িল; সে কি কথা!

আটটার সময় বিবাহের লগ্ন, কিন্তু নয়টা বাজিতে চলিল, কোথাও বরের সন্ধান পাওয়া যাইতেছে না। জগবন্ধুবাবু, মাথা চাপড়াইয়া ছুটাছুটি করিয়া বেড়াইতে লাগিলেন। গৃহিণী কাঁদিয়া আসিয়া তাঁহার নিকটে পড়িলেন, কি হবে গো?

কর্তার তখন অর্ধক্ষিপ্তাবস্থা। তিনি চীৎকার করিয়া বলিয়া উঠিলেন, হবে আমার শ্রাদ্ধ, আর কি হবে? এই হতভাগা মেয়ের জন্য বৃদ্ধবয়সে আমার মান গেল, যশ গেল, জাতি গেল, এখন একঘরে হয়ে থাকতে হবে। কেন মরতে বুড়ো বয়সে তোমাকে আবার বিয়ে করেছিলাম, তোমারই জন্য আজ এই অপমান। শাস্ত্রেই আছে, স্ত্রীবুদ্ধিঃ প্রলয়ঙ্করী। তোমার

কথা শুনে নিজের পায়ে নিজে কুড়ুল মেরেচি। যাও, তোমার মেয়ে নিয়ে আমার সামনে থেকে দূর হয়ে যাও।

আহা! গৃহিণীর দুঃখের কথা বলিয়া কাজ নাই। এদিকে এই, আর ওদিকে আর এক বিপদ। অনুপমা ঘন ঘন মূর্ছা যাইতেছে।

এদিকে রাত্রি বাড়িয়া চলিতেছে– দশটা, এগারোটা, বারোটা করিয়া ক্রমশঃ একটা দুইটা বাজিয়া গেল; কিন্তু কোথাও সুরেশের সন্ধান হইল না।

সুরেশকে পাওয়া যাক আর না যাক, অনুপমার বিবাহ কিন্তু দিতেই হইবে। কেননা আজ রাত্রে বিবাহ না হইলে জগবন্ধুবাবুর জাতি যাইবে।

রাত্রি আন্দাজ তিনটার সময় পঞ্চাশদ্বর্ষীয় কাসরোগী রামদুলাল দত্তকে পাড়ার পাঁচজন, জগবন্ধুবাবুর হিতৈষী বন্ধু, বরবেশে খাড়া করিয়া লইয়া আসিল।

অনুপমা যখন শুনিল, এমনি করিয়া তাহার মাথা খাইবার উদ্যোগ হইতেছে, তখন মূর্ছা ছাড়িয়া দিয়া জননীর পায়ে লুটাইয়া পড়িল– ও মা! আমায় রক্ষা কর, এমন করে আমার গলায় ছুরি দিও না। এ বিয়ে দিলে আমি নিশ্চয়ই আত্মঘাতী হব।

মা কাঁদিয়া বলিলেন, আমি কি করব মা!

মুখে যাহাই বলুন না, কন্যার দুঃখে ও আত্মগ্লানিতে তাঁহার হৃদয় পুড়িয়া যাইতেছিল, তাই কাঁদিয়া কাটিয়া আবার স্বামীর কাছে আসিলেন– ওগো, একবার শেষটা ভেবে দেখ, এ বিয়ে দিলে মেয়ে আমার বিষ খাবে।

কর্তা কোন কথা না কহিয়া একেবারে অনুপমার নিকটে আসিয়া গম্ভীরভাবে বলিলেন, ওঠো, ভোর হয়ে যায়।

কোথায় যাব বাবা?

এখনই সম্প্রদান করব।

অনুপমা কাঁদিয়া ফেলিল– বাবা আমাকে মেরে ফেল, আমি বিষ খাব।

যা ইচ্ছে হয় কাল খেয়ো মা, আজ বিয়ে দিয়ে আমার জাত বাঁচাই, তারপর যেমন খুশি করো, বিষ খেও, জলে ডুবে ম'রো, আমি একবারও বারণ করব না।

কি নিদারুণ কথা! এইবার যথার্থ-ই অনুপমার ভিতর পর্যন্ত শিহরিয়া উঠিল– বাবা! আমায় রক্ষা কর।

কত কাতরোক্তি, কত ক্রন্দন, কিন্তু কোন কথাই খাটিল না। দৃঢ়প্রতিজ্ঞ জগবন্ধুবাবু সেই রাত্রেই বৃদ্ধ রামদুলাল দত্তের হস্তে অনুপমাকে সম্প্রদান করিলেন।

বহুকাল বিপত্নীক বৃদ্ধ রামদুলালের আপনার বলিতে সংসারে আর কেহ নাই। দুইখানি পুরাতন ইষ্টকনির্মিত ঘর, একটু শাক-সবজির বাগান– ইহাই দত্তজীর সাংসারিক সম্পত্তি। বহুক্লেশে তাঁহার দিন গুজরান হয়। বিবাহ করিয়া পরদিন অনুপমাকে বাড়ি আনিলেন; সঙ্গে সঙ্গে অনেক খাদ্যদ্রব্য আসিল; অনেক দাসদাসী আসিল– কোন ক্লেশ নাই, ছয়-সাতদিন তাঁহার পরম সুখে অতিবাহিত হইল। বড়লোক শ্বশুর– আর তাঁহার কোনও ভাবনা নাই; বিবাহ করিয়া কপাল ফিরিয়াছে। কিন্তু অনুপমার স্বতন্ত্র কথা; আর দিন-দুই থাকিয়া সে পিত্রালয়ে ফিরিয়া আসিল, তখন তাহার মুখ দেখিয়া দাসদাসীরাও গোপনে চক্ষু মুছিল।

বাড়ি গিয়া প্রাণত্যাগ করিব, এ পরামর্শ অনুপমা স্বামিভবন হইতেই স্থির করিয়া রাখিয়াছিল। এইবার যথার্থ মরিবার বাসনা হইয়াছে। অনেক রাত্রে সকলে নিদ্রিত হইলে

সে নিঃশব্দে খিড়কির দ্বার খুলিয়া, বাগানের পুষ্করিণীর সোপানে আসিয়া বসিল। আজ তাহাকে মরিতে হইবে, মুখের মরা নয়, কাজের মরা মরিতে হইবে। অনুপমার মনে পড়িল, আর একদিন সে এইখানে মরিতে গিয়াছিল, সেও অধিকদিন নয়, কিন্তু তখন মরিতে পারে নাই; কেননা একজন ধরিয়া ফেলিয়াছিল। আজ সে কোথায়? জেলখানায় কয়েদ্ খাটিতেছে। কোন্ অপরাধে? শুধু বলিতে আসিয়াছিল যে, সে তাহাকে ভালবাসে। কে জেলে দিল? চন্দ্রবাবু। কেন? তাহাকে দেখিতে পারিত না বলিয়া, সে মাতাল বলিয়া, সে অনধিকার প্রবেশ করিয়াছিল বলিয়া। কিন্তু অনুপমা কি বাঁচাইতে পারিত না? পারিত, কিন্তু তাহা করে নাই, বরং জেলে দিতে সহায়তাই করিয়াছে। আজ তাহার মনে হইল, ললিত কি যথার্থই ভালবাসিত? হয়ত বাসিত, হয়ত বাসিত না। না বাসুক, কিন্তু তাহাকে দণ্ডিত করিয়া তাহার কি ইষ্ট-সিদ্ধি হইয়াছে? জেলে পাথর ভাঙ্গিতেছে, ঘানি টানিতেছে, আরও কত কি নীচ কর্ম করিতে হইতেছে; ইহাতে হয়ত চন্দ্রবাবুর লাভ হইয়াছে, কিন্তু তাহার কি? সে দণ্ডিত না হইলে কি তাহাকে পাইত পারিত?– যিনি এখন মনের আনন্দে নিজের উন্নতির জন্য জাহাজে চড়িয়া বিলাত যাইতেছেন? অনুপমা সেইখানে বসিয়া বহুক্ষণ ধরিয়া কাঁদিল, তাহার পর জলে নামিল। এক হাঁটু, এক বুক, গলা করিয়া, ক্রমশঃ ডুবন-জলে আসিয়া পড়িল। আধ মিনিট কাল জলতলে থাকিয়া অনেক জল খাইয়া সে আবার উপরে ভাসিয়া উঠিল আবার ডুব দিল, আবার ভাসিয়া উঠিল। সে সাঁতার দিতে জানিত, তাই সমস্ত পুষ্করিণীটা তন্ন তন্ন করিয়াও কোথাও ডুবন-জল মিলিল না। অনেকবার ডুব দিল, অনেক জলও খাইল, কিন্তু একেবারে ডুবিয়া যাইতে কিছুতেই পারিল না। সে দেখিল, মরিতে স্থিরসঙ্কল্প হইয়াও ডুব দিয়া, নিশ্বাস আটকাইয়া আসিবার উপক্রম হইলেই নিশ্বাস লইতে উপরে ভাসিয়া উঠিতে হয়। এইরূপে পুষ্করিণীটা সাঁতার কাটিয়া প্রায় নিশাশেষে যখন সে তাহার ক্লান্ত অবসন্ন নির্জীব দেহখানা কোনরূপে টানিয়া আনিয়া সোপানের উপর ফেলিল, দেখিল, যে-কোনও অবস্থায় যে-কোনও কারণেই হোক এমন করিয়া একটু একটু করিয়া প্রাণ পরিত্যাগ করা বড় সহজ কথা নহে।

পূর্বে সে বিরহ-ব্যথায় জর্জরিততনু হইয়া দিনে শতবার করিয়া মরিতে যাইত, তখন ভাবিত, প্রাণটা রাখা না-রাখা নায়ক-নায়িকার একেবারে মুঠার ভিতরে, কিন্তু আজ সমস্ত রাত্রি ধরিয়া প্রাণটার সহিত ধস্তাধস্তি করিয়াও সেটাকে বাহির করিয়া ফেলিতে পারিল না। আজ সে বিলক্ষণ বুঝিল তাহাকে জন্মের মত বিদায় দেওয়া– তাহার একাদশবর্ষীয় বিরহব্যথায় কুলাইয়া উঠে না।

ভোরবেলায় যখন সে বাটী আসিল, তখন তাহার সমস্ত শরীর শীতে কাঁপিতেছে। মা জিজ্ঞাসা করিলেন, অনু এত ভোরেই নেয়ে এলি মা? অনু ঘাড় নাড়িয়া জানাইল, হাঁ।

এদিকে দত্তমহাশয় একরূপ চিরস্থায়ীরূপে শ্বশুর-ভবনে আশ্রয় লইয়াছেন। প্রথম প্রথম জামাই-আদর তাহার কতকটা মিলিত, কিন্তু ক্রমশঃ তাহাও কম পড়িয়া আসিল। বাড়িসুদ্ধ কেহই প্রায় তাঁহাকে দেখিতে পারে না; চন্দ্রনাথবাবু প্রতি কথায় তাঁহাকে ঠাট্টা-বিদ্রুপ, অপদস্থ, লাঞ্ছিত করেন। তাহার একটু কারণও হইয়াছিল; একে তো চন্দ্রবাবুর হিংসাপরবশ অন্তঃকরণ, তাহাতে আবার অকর্মণ্য জামাতা বলিয়া জগবন্ধুবাবু কিছু বিষয়-আশয় দিয়া যাইবেন বলিয়াছিলেন। অনুপমা কখনও আসে না; শাশুড়ীঠাকুরানীও কখনও সে বিষয়ে তত্ত্ব লন না; তথাপি রামদুলালের মনের আনন্দে দিন কাটিতে লাগিল। যত্ন-আত্মীয়তার তিনি বড় একটা ধার ধারিতেন না, যাহা পাইতেন তাহাতেই সন্তুষ্ট হইতেন। তাহার উপর

দু'বেলা পরিতোষজনক আহার ঘটিতেছে। বৃদ্ধাবস্থায় দত্তমহাশয় ইহাই যথেষ্ট বলিয়া মানিয়া লইতেন। কিন্তু তাঁহার সুখ ভোগ করিবার অধিকদিনও আর বাকী ছিল না। একে জীর্ণ-শীর্ণ শরীর, তাহার উপর পুরাতন সখা কাসরোগ অনেকদিন হইতে তাঁহার শরীরে আশ্রয় গ্রহণ করিয়া বসিয়া আছে। প্রতি বৎসরই শীতকালে তাঁহাকে স্বর্গে লইয়া যাইবার জন্য টানাটানি করিত, এবারও শীতকালে বিষম টানাটানি করিতে লাগিল। জগবন্ধুবাবু দেখিলেন, যদা রামদুলালের অস্থিমজ্জায় প্রতি গ্রন্থিতে গ্রন্থিতে ছড়াইয়া পড়িয়াছে। পাড়াগাঁয়ে সুচিকিৎসা হইবে না জানিয়া কলিকাতায় পাঠাইয়া দিলেন। সেখানে কিছুদিন সুচিকিৎসার পর সতী-সাধ্বী অনুপমার কল্যাণে দুটি বৎসর ঘুরিতে না ঘুরিতে সদানন্দ রামদুলাল সংসার ত্যাগ করিলেন।

চতুর্থ পরিচ্ছেদ
বৈধব্য

তথাপি অনুপমা একটু কাঁদিল। স্বামী মরিলে বাঙালীর মেয়েকে কাঁদিতে হয়, তাই কাঁদিল। তাহার পর স্ব-ইচ্ছায় সাদা পরিয়া সমস্ত অলঙ্কার খুলিয়া ফেলিল। জননী কাঁদিতে কাঁদিতে বলিলেন, অনু, তোর এ বেশ তো আমি চোখে দেখতে পারি না, অন্ততঃ হাতে একজোড়া বালাও রাখ।

তা হয় না, বিধবার অলঙ্কার পরতে নেই।

কিন্তু তুই কচি মেয়ে।

তাহা হোক, বাঙালীর মেয়ে বিধবা হইলে কচি বুড়ো সমস্ত এক হইয়া যায়। জননী আর কি বলিবেন? শুধু কাঁদিতে লাগিলেন। অনুপমার বৈধব্যে লোকে নূতন করিয়া শোক করিল না। দুই-এক বৎসরেই সে যে বিধবা হইবে তাহা সকলেই জানিত। কেহ বলিল, মড়ার সঙ্গে বিয়ে দিলে কি আর সধবা থাকে? কর্তাও এ কথা জানিতেন, গৃহিণীও বুঝিতেন, তাই শোকটা নূতন করিয়া হইল না। যাহা হইবার তাহা বিবাহরাত্রেই হইয়া গিয়াছে– স্বামীকে ভালবাসিত না, জানিল না, শুনিল না, তথাপি অনুপমা কঠোর বৈধব্য-ব্রত পালন করিতে লাগিল। রাত্রে জলস্পর্শ করে না, দিনে একমুষ্টি স্বহস্তে সিদ্ধ করিয়া লয়, একাদশীর দিন নিরম্বু উপবাস করে। আজ পূর্ণিমা, কাল অমাবস্যা, পরশু শিবরাত্রি, এমনি করিয়া মাসের পনর দিন সে কিছু খায় না। কেহ কোনও কথা বলিলে বলে, আমার ইহকাল গিয়াছে, এখন পরকালের কাজ করিতে দাও। এত কিন্তু সহিবে কেন? উপবাসে অনিয়মে অনুপমা শুকাইয়া অর্ধেক হইয়া গেল। দেখিয়া দেখিয়া গৃহিণী ভাবিলেন, এইবার সে মরিয়া যাইবে। কর্তাও ভাবিলেন, তাহা বড় বিচিত্র নহে। তাই একদিন স্ত্রীকে ডাকিয়া বলিলেন, অনুর আবার বিয়ে দিই।

গৃহিণী বিস্মিত হইয়া জিজ্ঞাসা করিলেন, তা কি হয়? ধর্ম যাবে যে!

অনেক ভেবে দেখলুম, দু'বার বিবাহ দিলেই ধর্ম যায় না। বিবাহের সঙ্গে ধর্মের সঙ্গে এ বিষয়ের কোনও সম্বন্ধ নাই, বরং নিজের কন্যাকে এমন করে খুন করলেই ধর্মহানির সম্ভাবনা।

তবে দাও।

অনুপমা কিন্তু এ কথা শুনিয়া ঘাড় নাড়িয়া দৃঢ়স্বরে বলিল, তা হয় না।

কর্তা তখন নিজে অনুকে ডাকিয়া বলিলেন, খুব হয় মা।

তা হলে আমার ইহকাল পরকাল– দুই কালই গেল।

কিছুই যায় নাই, যাবে না– বরং না হলেই যাবার সম্ভাবনা। মনে কর, তুমি যদি গুণবান পতিলাভ কর, তা হলে দুই কালেরই কাজ করতে পারবে।

একা কি হয় না?

না মা, হয় না। অন্ততঃ বাঙালীর ঘরের মেয়ের দ্বারা হয় না। ধর্মকর্মের কথা ছেড়ে দিয়ে সামান্য কোন একটা কর্ম করতে হলেই তাদিকে অন্যের সাহায্য গ্রহণ করতে হয়, স্বামী ভিন্ন তেমন সাহায্য আর কে করতে পারে বল? আরও, কি দোষে তোমার এত শাস্তি?

অনুপমা আনতমুখে বলিল, আমার পূর্বজন্মের ফল।

গোঁড়া হিন্দু জগবন্ধুবাবুর কর্ণে এ কথাটা খট্ করিয়া লাগিল। কিছুক্ষণ স্তব্ধ থাকিয়া বলিলেন, তাই যদি হয়, তবুও তোমার একজন অভিভাবকের প্রয়োজন; আমাদের অবর্তমানে কে তোমাকে দেখবে?

দাদা দেখবেন।

ঈশ্বর না করুন, কিন্তু সে যদি না দেখে? সে তোমার মার পেটের ভাই নয়; বিশেষ, আমি যতদূর জানি, তার মনও ভাল নয়।

অনুপমা মনে মনে বলিল, তখন বিষ খাব।

আরও একটা কথা আছে অনু, পিতা হলেও সে কথা আমার বলা উচিত– মানুষের মন সব সময়ে যে ঠিক একরকমই থাকবে, তা কেউ বলতে পারে না; বিশেষ, যৌবনকালে প্রবৃত্তিগুলি সর্বদা বশ রাখতে মুনি-ঋষিরাও সমর্থ হন না।

কিছুকাল নিস্তব্ধ থাকিয়া অনুপমা কহিল, জাত যাবে যে!

না মা, জাত যাবে না– এখন আমার সময় হয়ে আসছে– চোখও ফুটছে।

অনুপমা ঘাড় নাড়িল। মনে মনে বলিল, তখন জাত গেল, আর এখন যাবে না। যখন চক্ষুকর্ণ বন্ধ করে তোমরা আমাকে বলিদান দিলে, তখন এ কথা ভাবলে না কেন? আজ আমারও চক্ষু ফুটেছে– আমিও ভালরূপ প্রতিশোধ দেব।

কোনরূপে তাহাকে টলাইতে না পারিয়া জগবন্ধুবাবু বলিলেন, তবে মা, তাই ভাল; তোমার ইচ্ছার বিরুদ্ধে আমি বিবাহ দিতে চাই না। তোমার খাবার-পরবার ক্লেশ না হয়, তা আমি করে যাব। তার পর ধর্মে মন রেখে যাতে সুখী হতে পার, ক'রো।

পঞ্চম পরিচ্ছেদ
চন্দ্রবাবুর সংসার

তিন বৎসর পরে খালাস হইয়াও ললিতমোহন বাড়ি ফিরিল না। কেহ বলিল, লজ্জায় আসিতেছে না। কেহ বলিল, সে গ্রামে কি আর মুখ দেখাতে পারে? ললিতমোহন নানা স্থান পরিভ্রমণ করিয়া দুই বৎসর পরে সহসা একদিন বাটীতে আসিয়া উপস্থিত হইল। তাহার জননী আনন্দে পুত্রের শিরশ্চুম্বন করিয়া আশীর্বাদ করিলেন– বাবা, এবার বিবাহ করে সংসারী হও, যা কপালে ছিল তা তো ঘটে গিয়েছে, এখন সেজন্য আর মনে দুঃখ ক'রো না। ললিতও যাহা হয় একটা করিবে স্থির করিল।

পাঁচ বৎসর পরে ফিরিয়া আসিয়া ললিত গ্রামে অনেক পরিবর্তন দেখিল, বিশেষ দেখিল, জগবন্ধুবাবুর বাটীতে। কর্তা-গিন্নী কেহ জীবিত নাই। চন্দ্রনাথবাবু এখন সংসারের কর্তা, অনুপমা বিধবা হইয়া এইখানেই আছে, কারণ তাহার অন্যত্র স্থান নাই। পূর্বেই জননীর মৃত্যু হইয়াছিল, পরে পিতার মৃত্যুর পর অনুপমা ভাবিয়াছিল, পিতা যাহা দিয়া

গিয়াছেন, তাহা লইয়া কোনও তীর্থস্থানে থাকিবে এবং সেই টাকায় পুণ্যধর্ম, নিয়মব্রত করিয়া অবশিষ্ট জীবনটা কাটাইয়া দিবে। কিন্তু শ্রাদ্ধশান্তি হইলে উইল দেখিয়া সে মর্মাহত হইল, পিতা কেবল তাহার নামে পাঁচ শত টাকা দিয়া গিয়াছেন। তাহারা বড়লোক, এ সামান্য টাকা তাহাদিগের নিকট টাকাই নহে; বাস্তবিক, এই অর্থে কাহারও চিরজীবন গ্রাসাচ্ছাদন নির্বাহিত হইতে পারে না। গ্রামে অনেকেই কানাঘুষা করিল, এ উইল জগবন্ধুবাবুর নহে ভিতরে কিছু কারসাজি আছে। কিন্তু সে কথায় ফল কি, নিরুপায় হইয়া অনুপমা চন্দ্রবাবুর বাটীতেই রহিল।

লোকে বলে, পিতার মৃত্যু না হওয়া পর্যন্ত সৎমাকে চিনিতে পারা যায় না; সৎভাইকেও সেইরূপ পিতার জীবিতকাল পর্যন্ত চিনিতে পারা কঠিন। এতদিন পরে অনুপমা জানিতে পারিল, তাহার দাদা চন্দ্রনাথবাবু কি চরিত্রের মানুষ! যত প্রকার অধমশ্রেণীর মানুষ দেখিতে পাওয়া যায়, চন্দ্রনাথবাবু তাহাদের সর্বনিকৃষ্ট। হৃদয়ে একতিল দয়ামায়া নাই, চক্ষে একবিন্দু চামড়া পর্যন্ত নাই। অনুপমার এই নিরাশ্রয় অবস্থায় তিনি তাহার সহিত যেরূপ ব্যবহার আরম্ভ করিলেন, তাহা বলিয়া শেষ করা যায় না। প্রতি কথায়, এমন কি উঠিতে বসিতে তিরস্কৃত, লাঞ্ছিত, অপমানিত করিতেন। অনেক দিন হইতে তিনি অনুপমাকে দেখিতে পারেন না, কিন্তু আজকাল তো অধিক না দেখিতে পারিবার কারণ তিনিই ভাল জানেন। বড়বধূ পূর্বে তাহাকে ভালবাসিতেন, কিন্তু এখন তিনিও দেখিতে পারেন না। যখন অনু বড়লোকের মেয়ে ছিল, যখন তাহার বাপ-মা বাঁচিয়াছিল, যখন তাহার একটা কথায় পাঁচজন ছুটিয়া আসিত, তখন তিনিও ভালবাসিতেন। এখন সে দুঃখিনী, আপনার বলিতে কেহ নাই, টাকাকড়ি নাই, পরের অন্ন না খাইলে দিন কাটে না, তাহাকে কে এখন ভালবাসিবে? কে এখন যত্ন করিবে? বড়বধূর তিন-চারিটি ছেলেমেয়ের ভার অনুর উপর; তাহাদিগকে খাওয়াইতে হয়, স্নান করাইতে হয়, পরাইতে হয়, কাছে করিয়া শুইতে হয়, তথাপি কোনও বিষয়ে একটু ত্রুটি হইলেই অমনি বড়বধূঠাকুরানী রাগ করিয়া রীতিমত পাঁচটা কথা শুনাইয়া দেন। ইহা ভিন্ন অনুপমাকে নিত্য দু'বেলা চন্দ্রবাবুর জন্য দুই-চারিটা ভাল তরকারি রাঁধিতে হয়। পাচক ব্রাহ্মণ তেমন প্রস্তুত করিতে পারে না। আর না হইলে চন্দ্রবাবুরও কিছু খাওয়া হয় না। একাদশীই হোক, আর দ্বাদশীই হোক, আর উপবাসই হোক, সে রান্না তাহাকে রাঁধিতেই হইবে। বিধবা হইয়া অনুপমা প্রাতঃকালে স্নান করিয়া অনেকক্ষণ ধরিয়া পূজা করিত; এখন তাহাকে সে সময়টুকুও দেওয়া হয় না। একটু বিলম্ব হইলেই বড়বধূঠাকুরানী বলিয়া উঠেন, ঠাকুরঝি, একটু হাত চালিয়ে নাও, ছেলেরা কাঁদছে– এখন পর্যন্ত কিছু খেতে পায়নি। অনুপমা যা-তা করিয়া উঠিয়া আসে, একটি কথাও সে মুখ ফুটিয়া বলিতে পারে না। একাদশীর দীর্ঘ উপবাস করিয়াও তাহাকে রাত্রে রন্ধন করিতে যাইতে হয়; তৃষ্ণায় বুক ফাটিতে থাকে, অগ্নির উত্তাপে মাথা টিপটিপ করিতে থাকে, গা ঝিমঝিম করে, তবু কথা কহে না। অবস্থার পরিবর্তনে সহ্য করিবার ক্ষমতাও হয়। কেননা, জগদীশ্বর তাহা শিখাইয়া দেন– না হইলে অনুপমা এতদিন মরিয়া যাইত।

এ সংসারে তাহার অপেক্ষা দাসদাসীরা শ্রেষ্ঠ; জোর করিয়া তাহাদের দুটো বলিলে তাহারাও দুটো জোরের কথা বলিতে পারে, অন্ততঃ আমার মাহিনাপত্র চুকাইয়া দিন, বাড়ি যাই– এ কথাও বলিতে পারে কিন্তু অনু তাহাও বলিতে পারে না। সে বিনামূল্যে ক্রীতদাসী, মারো, কাটো, তাহাকে এখানে থাকিতেই হইবে। আর কোথাও যাইবার জো নাই, সে বিধবা, সে বড়লোকের কন্যা। অনুপমার অবস্থা বুঝাইতে পারা যায় না, বুঝিতে

হয়, বাঙালীর ঘরে পরান্নপ্রত্যাশিনী বিধবাই কেবল তাহার অবস্থা বুঝিতে পারিবেন, অন্যে না বুঝিতেই পারে।

আজ দ্বাদশী। সকাল সকাল স্নান করিয়া অনুপমা পূজা করিতে বসিল। তখনও পনর মিনিট হয় নাই; বড়বধূ ঘরের বাহির হইতেই একটু বড় গলায় বলিলেন, ঠাকুরঝি, তোমার কি আজ সমস্তদিনে হবে না? এমন করে চলবে না বাপু। অনুপমা শিবের মাথায় জল দিতেছিল, কথা কহিল না; বড়বধূ দশমিনিট পরে পুনর্বার ঘুরিয়া আসিয়া সেইখান হইতেই চীৎকার করিলেন– অত পুণ্যি আঁট্‌বে না গো, অত পুণ্যি ক'রো না– আর অত পুণ্যি-ধর্মের শখ থাকে তো বনে-জঙ্গলে গিয়ে কর গে, সংসারে থেকে অত বাড়াবাড়ি সইতে পারা যায় না।

তথাপি অনুপমা কথা কহিল না।

বড়বৌ দ্বিগুণ চেঁচাইয়া উঠিলেন– বলি, কেউ খাবে দাবে না– না?

অনুপমা হস্তস্থিত বিল্বপত্র নামাইয়া রাখিয়া বলিল, আমার অসুখ হয়েছে, আজ আমি কিছুই পারব না।

পারবে না। তবে সবাই উপোস করুক?

কেন, আমি ছাড়া কি লোক নেই? ঠাকুরের কি হ'ল?

তার জ্বর হয়েছে– আর উনি ঠাকুরের রান্না খেতে পারেন?

না পারেন– তুমি রেঁধে দাও গে।

আমি রাঁধব? মাথার যন্ত্রণায় প্রাণ যায়, একটা কবিরাজ চব্বিশ ঘণ্টা আমার পিছনে লেগে আছে– আর আমি আগুনের তাতে যাব?

অনুপমা জ্বলিয়া উঠিল। বলিল, তবে সবাইকে উপোস করতে বল গে।

তাই যাই– তোমার দাদাকে এ কথা জানাই গে। আর তোমার অসুখ হবে কেন? এই নেয়ে-ধুয়ে এলে, এখনি গিলবে কুটবে, আর বড়ভাইকে একটু রেঁধে খাওয়াতে পার না?

না, পারিনে। বড়বৌ, আমি তোমাদের কেনা বাঁদী নই যে, যা মুখে আসবে তাই বলবে। আমি এ-সব কথা দাদাকে জানাব।

বড়বৌ মুখভঙ্গী করিয়া বলিল, তাই জানাও গে– তোমার দাদা এসে আমার মাথাটা কেটে নিয়ে যাক!

অনুপমা কিছুক্ষণ স্তব্ধ হইয়া রহিল; তাহার পর বলিল, তা জানি, দাদা ভাল হলে আর তোমার এত সাহস!

কেন, তিনি করেছেন কি? খেতে দিচ্ছেন, পরতে দিচ্ছেন– আবার কি করবেন! সত্যি সত্যি তো আর আমাকে তাড়িয়ে দিয়ে তোমায় মাথায় করে রাখতে পারেন না– এজন্য আর মিছে রাগ করলে চলবে কেন?

সমস্ত বস্তুরই সীমা আছে। অনুপমার সহিষ্ণুতারও সীমা আছে।

সে এতদিন যাহা বলে নাই, আজ তাহা বলিয়া ফেলিল; বলিল, দাদা আমাকে খাওয়াবেন পরাবেন কি– যে বাপের টাকায় তিনি খান– আমি সেই বাপের টাকায় খাই।

বড়বৌ ক্রুদ্ধ হইল– তাই যদি হ'ত, তা হলে বাপ আর পথের কাঙাল করে রেখে যেত না।

পথের কাঙাল তিনি করে যাননি, তোমরাই করেছ। গ্রামসুদ্ধ সবাই জানে, তিনি

আমাকে নিঃসম্বল রেখে যাননি। সে টাকা দাদা চুরি না করলে আজ আমাকে তোমার মুখনাড়া খেতে হ'তো না।

বড়বধূর মুখ প্রথমে শুকাইয়া গেল, কিন্তু পরক্ষণেই দ্বিগুণ তেজে জ্বলিয়া উঠিল, গ্রামসুদ্ধ সবাই জানে– উনি চোর? তবে এ কথা ওঁকে জানাব?

জানিও– আরও ব'লো যে, পাপের ফল তাঁকে পেতেই হবে।

সেদিন এমনই গেল। অবশ্য এ কথা চন্দ্রবাবু শুনিতে পাইলেন; কিন্তু কোনরূপ উচ্চবাচ্য করিলেন না।

চন্দ্রনাথবাবুর সংসারে ভোলা বলিয়া একজন ছোঁড়া মত ভৃত্য ছিল। পাঁচ-ছয় দিন পরে চন্দ্রবাবু একদিন তাহাকে বাটীর ভিতর ডাকিয়া আনিয়া বেদম প্রহার করিতে লাগিলেন। চীৎকার-শব্দে অন্যান্য দাসদাসীরা ছুটিয়া আসিল– তখনও অসম্ভব মার চলিতেছে। অনুপমা ঘরের ভিতর পূজা করিতেছিল, পূজা ফেলিয়া সে-ও ছুটিয়া আসিল। ভোলার নাক-মুখ দিয়া তখনও রক্ত ছুটিতেছিল। অনুপমা চীৎকার করিয়া উঠিল, দাদা কর কি, মরে গেল যে!

চন্দ্রবাবু খিঁচাইয়া উঠিলেন– আজ বেটাকে একেবারে মেরে ফেলব। তোকেও সঙ্গে সঙ্গে মেরে ফেলতাম, কিন্তু শুধু মেয়েমানুষ বলে তুই বেঁচে গেলি। আমার সংসারে এত পাপ আমি বরদাস্ত করব না। বাবা তোকে পাঁচ শ' টাকা দিয়ে গেছেন তাই নিয়ে তুই আজই আমার বাড়ি থেকে দূর হয়ে যা। অনুপমা কিছুই বুঝিতে পারিল না, শুধু বলিল, সে কি?

কিছুই নয়। আজ টাকা নাও, নিয়ে ভোলার সঙ্গে দূর হয়ে যাও। বাইরে গিয়ে যা খুশি কর গে।

অনুপমা সেইখানেই মূর্ছিত হইয়া গেল। দাসদাসীরা সকলেই এ কথা শুনিল। কেউ মুখে কাপড় দিয়া হাসিল, কেহ হাসি চাপিয়া ভাল মানুষের মত সরিয়া গেল, কেহ বা ছুটিয়া অনুপমাকে তুলিতে আসিল। চন্দ্রবাবু মৃতপ্রায় ভোলার মুখে আর একটা পদাঘাত করিয়া বাহিরে চলিয়া গেলেন।

ষষ্ঠ পরিচ্ছেদ
শেষ দিন

আজ অনুপমার শেষ দিন। এ সংসারে সে আর থাকিবে না। জ্ঞান হইয়া অবধি সে সুখ পায় নাই। ছেলেবেলায় ভালবাসিয়াছিল বলিয়া নিজের শান্তি নিজে ঘুচাইয়াছিল; অতিরিক্ত বাড়াবাড়ি করিয়াছিল বলিয়া বিধাতা তাহাকে একতিলও সুখ দেন নাই। যাহাকে ভালবাসিত মনে করিত, তাহাকে পাইল না; যে ভালবাসিতে আসিয়াছিল, তাহাকে তাড়াইয়া দিল। পিতা নাই, মাতা নাই, দাঁড়াইবার স্থান নাই, স্ত্রীলোকের একমাত্র অবলম্বন সতীত্বের সুযশ, তাহাও ঈশ্বর কাড়িয়া লইতে বসিয়াছেন। তাই আর সে সংসারে থাকিবে না। বড় অভিমানে তাহার হৃদয় ফাটিয়া উঠিতেছে। নিস্তব্ধ নিদ্রিত কৌমুদী-রজনীতে খিড়কির দ্বার খুলিয়া, আবার– বার বার তিনবার– পুষ্করিণীর সেই পুরাতন সোপানে আসিয়া উপবেশন করিল। এবার অনুপমা চালাক হইয়াছে। আর বার সন্তরণ-শিক্ষাটা তাহাকে মরিতে দেয় নাই, এবার তাহা বিফল করিবার জন্য কাঁকে কলসী লইয়া আসিয়াছে। এবার পুষ্করিণীর কোথায় ডুবন-জল আছে, তাহা বাহির করিয়া লইবে– এবার নিশ্চয় ডুবিয়া মরিবে।

মরিবার পূর্বে পৃথিবীকে বড় সুন্দর দেখায়। ঘরবাড়ি, আকাশ, মেঘ, চন্দ্র, তারা, জল,

ফুল, লতা, বৃক্ষ– সব সুন্দর হইয়া উঠে; যেদিকে চাও সেইদিকেই মনোরম বোধ হয়। সব যেন অঙ্গুলি তুলিয়া বলিতে থাকে, মরিও না, দেখ আমরা কত সুখে আছি– তুমিও সহ্য করিয়া থাক, একদিন সুখী হইবে। না হয় আমাদের কাছে এস, আমরা তোমাকে সুখী করিব; অনর্থক বিধাতৃদত্ত আত্মাকে নরকে নিক্ষেপ করিও না। মরিতে আসিয়াও মানুষ তাই অনেক সময় ফিরিয়া যায়। আবার যখন ফিরিয়া দেখে, জগতে তাহার একতিলও সুখ নাই, অসীম সংসারে দাঁড়াইবার একবিন্দু স্থান নাই, আপনার বলিতে একজনও নাই, তখন আবার মরিতে চাহে, কিন্তু পরক্ষণেই কে যেন ভিতর হইতে বলিতে থাকে, ছি! ছি! ফিরিয়া যাও– এমন কাজ করিও না। মরিলেই কি সকল দুঃখের অবসান হইল? কেমন করিয়া জানিলে ইহা অপেক্ষা আরও গভীর দুঃখে পতিত হইবে না? মানুষ অমনি সঙ্কুচিত হইয়া পশ্চাতে হটিয়া দাঁড়ায়। অনুপমার কি এ-সব কথা মনে হইতেছিল না। কিন্তু অনুপমা তবুও মরিবে, কিছুতেই আর বাঁচিবে না।

পিতার কথা মনে হইল, মাতার কথা মনে হইল, সঙ্গে সঙ্গে আর একজনের কথা মনে হইল। যাহার কথা মনে হইল, সে ললিত। যাহারা তাকে ভালবাসিত, তাহারা সকলেই একে একে চলিয়া গিয়াছে। শুধু একজন এখনও জীবিত আছে। সে ভালবাসিয়াছিল, ভালবাসা পাইতে আসিয়াছিল, হৃদয়ের দেবী বলিয়া পূজা দিতে আসিয়াছিল, অনুপমা সে পূজা গ্রহণ করে নাই এবং অপমানিত করিয়া তাড়াইয়া দিয়াছিল। শুধু কি তাই? জেলে পর্যন্ত দিয়াছিল। ললিত সেখানে কত ক্লেশ পাইয়াছিল, হয়ত অনুপমাকে কত অভিসম্পাত করিয়াছিল, তাহার মনে হইল, নিশ্চিত সেই পাপেই এত ক্লেশ, এত যন্ত্রণা। সে ফিরিয়া আসিয়াছে। ভাল হইয়াছে, মদ ছাড়িয়াছে, দেশের উপকার করিয়া আবার যশ কিনিতেছে। সে কি আজও তাহাকে মনে করে? হয়ত করে না, হয়ত বা করে– কিন্তু তাহাতে কি? তাহার যে কলঙ্ক রটিয়াছে তিনি কি তাহা শুনিয়াছেন? যখন গ্রামময় রটিবে যে, আমি কলঙ্কিনী হইয়া ডুবিয়াছি, কাল যখন আমার দেহ জলের উপর ভাসিয়া উঠিবে, ছি! ছি! কত ঘৃণায় তার ওষ্ঠ কুঞ্চিত হইয়া উঠিবে।

অনুপমা অঞ্চল দিয়া গলদেশে কলসী বাঁধিল। এমন সময়ে কে একজন পশ্চাৎ হইতে ডাকিল, অনুপমা!

অনুপমা চমকাইয়া ফিরিয়া দেখিল, একজন দীর্ঘাকৃতি পুরুষ স্থির হইয়া দাঁড়াইয়া আছে। আগন্তুক আবার ডাকিল। অনুপমার মনে হইল, এ স্বর আর কোথাও শুনিয়াছে, কিন্তু স্মরণ করিতে পারিল না। চুপ করিয়া রহিল।

অনুপমা আত্মহত্যা ক'রো না।

অনুপমা কোনও কালেই ব্রীড়ানত লজ্জাবতী লতা নহে; সে সাহস করিয়া বলিল, আমি আত্মহত্যা করব, আপনি কি ক'রে জানলেন?

তবে গলায় কলসী বেঁধেচ কেন?

অনুপমা মৌন হইয়া রহিল। আগন্তুক ঈষৎ হাসিয়া বলিল, আত্মঘাতী হলে কি হয় জান?

কি?

অনন্ত নরক।

অনুপমা শিহরিয়া উঠিল। ধীরে ধীরে কলসী খুলিয়া রাখিয়া বলিল, এ সংসারে স্থান নাই।

ভুলে গিয়েচ। আমি মনে করে দিচ্চি। প্রায় ছ'বছর পূর্বে ঠিক এইস্থানে একজন তোমাকে চিরজীবনের জন্য স্থান দিতে চেয়েছিল– স্মরণ হয়?

অনুপমা লজ্জায় রক্তমুখী হইয়া বলিল, হয়।

এ সঙ্কল্প ত্যাগ কর।

আমার কলঙ্ক রটেছে– আমার বাঁচা হয় না।

মরলেই কি কলঙ্ক যায়?

যাক না যাক, আমি তা শুনতে যাব না।

ভুল বুঝেছ অনুপমা! মরলে এ কলঙ্ক চিরকাল ছায়ার মত তোমার নামের পাশে ঘুরে বেড়াবে। বেঁচে দেখ, এ

মিথ্যা কলঙ্ক কখনও চিরস্থায়ী হবে না।

কিন্তু কোথায় গিয়ে বেঁচে থাকব?

আমার সঙ্গে চল!

অনুপমার একবার মনে হইল তাহাই করিবে। চরণে লুটাইয়া পড়িবে, বলিবে, আমাকে ক্ষমা কর। বলিবে, তোমার অনেক অর্থ, আমাকে কিছু ভিক্ষা দাও– আমি গিয়া কোথাও লুকাইয়া থাকি। পরে অনেকক্ষণ মৌন থাকিয়া ভাবিয়া চিন্তিয়া বলিল, আমি যাব না।

কথা শেষ হইতে না হইতে অনুপমা জলে ঝাঁপাইয়া পড়িল।

অনুপমা জ্ঞান হইলে দেখিল সুসজ্জিত হর্ম্যে পালঙ্কের উপর সে শয়ন করিয়া আছে, পার্শ্বে ললিতমোহন। অনুপমা চক্ষুরুন্মীলন করিয়া কাতরস্বরে বলিল, কেন আমাকে বাঁচালে?

বাল্য-স্মৃতি

এক

অন্নপ্রাশনের সময় যখন আমার নামকরণ হয়, তখন আমি ঠিক আমি হইয়া উঠিতে পারি নাই বলিয়াই হোক, আর ঠাকুরদা মহাশয়ের জ্যোতিষশাস্ত্রে বিশেষ দখল না থাকাতেই হোক, আমি 'সুকুমার'। অধিক দিন নহে, ঠিক দুই-চারি বৎসরে ঠাকুরদা মহাশয় বুঝিলেন যে, নামটার সহিত আমার তেমন মিশ খায় না। এখন বার-তের বৎসর পরের কথা বলি। অবশ্য আমার আত্ম-পরিচয়ের কথা কেউ ভাল বুঝিতে পারিবেন না– তবুও–

দেখুন, পাড়াগাঁয়ে আমাদের বাড়ি। সেখানে আমি ছেলেবেলা হইতেই আছি। পিতামহাশয় পশ্চিমাঞ্চলে চাকরি করিতেন। আমি বড় একটা সেখানে যাইতাম না। ঠাকুরমার নিকট দেশেই থাকিতাম। বাটীতে আমার উপদ্রবের আর সীমা ছিল না। এক কথায় একটি ক্ষুদ্র রাবণ ছিলাম। বৃদ্ধ ঠাকুরদা যখন বলিতেন, তুই হলি কি? কারও কথা শুনিস নে। এইবার তোর বাপকে চিঠি লিখব। আমি অল্প হাসিয়া বলিতাম, ঠাকুরদা, সে দিন-কাল আর নেই, বাপের বাপকেও আমি ভয় করিনে। ঠাকুরমা কাছে থাকিলে আর ভয় কি? ঠাকুরদাকে তিনিই বলিতেন, কেমন উত্তর দিয়েছে– আর লাগবে?

ঠাকুরদামহাশয় যদি বড় বিরক্ত হইয়া আমার পিতাকে পত্র লিখিতেন, আমি তখনই তাঁর আফিমের কৌটা লুকাইয়া ফেলিতাম। পরে পত্রখানি না ছিঁড়িয়া ফেলিলে আর কৌটা বাহির করিতাম না। এইসকল উপদ্রবের ভয়ে বিশেষতঃ মৌতাত সম্বন্ধে বিভ্রাট ঘটে দেখিয়া তিনি আমাকে আর কিছু বলিতেন না। আমিও বেশ ছিলাম।

হইলে কি হয়? সকল সুখেরই একটা সীমা নির্দিষ্ট আছে। আমারও তাহাই হইল। ঠাকুরদার খুড়তুতো ভাই গোবিন্দবাবু বরাবর এলাহাবাদে চাকরি করিতেন; এখন পেনশন লইয়া তিনি দেশে আসিলেন। তাঁহার পৌত্র শ্রীযুক্ত রজনীনাথ বি.এ. পাস করিয়া তাঁহার সহিত ফিরিয়া আসিলেন। আমি তাঁকে মেজদাদা বলি। পূর্বে আমার সহিত তাঁহার বিশেষ জানাশুনা ছিল না। তিনি বড় একটা এ অঞ্চলে আসিতেন না; বিশেষতঃ তাঁদের আলাদা বাড়ি; আসিলেও আমার বিশেষ খোঁজ লইতেন না। কখনও দেখা হইলে – কি রে কেমন আছিস? কি পড়িস? এই পর্যন্ত।

এবার তিনি জাঁকিয়া আসিয়া দেশে বসিলেন। কাজে কাজেই আমার বিশেষ খোঁজ হইল। দুই-চারি দিবসের আলাপেই তিনি আমাকে এরূপ বশীভূত করিয়া ফেলিলেন যে, তাঁহাকে দেখিলেই আমার ভয় হইত, মুখ শুকাইয়া যাইত, বুক ধড়াস ধড়াস করিত– যেন

কত দোষই করিয়াছি, কত শাস্তি পাইব। আর যথার্থ আমি তখন প্রায়ই দোষী থাকিতাম। সর্বদা একটা না একটা অন্যায় করা আমার চাই। দুই-চারিটা অকর্ম, দুই-চারিবার উপদ্রব করা আমার নিত্যকর্ম। ভয় করিলেও আমি দাদাকে বড় ভালবাসিতাম। ভাই ভাইকে যে এত ভালবাসিতে পারে, পূর্বে আমি তাহা জানিতাম না। তিনিও আমাকে বড় ভালবাসিতেন। তাঁর কাছেও কত দোষ করিয়াছি, কিন্তু কিছু বলিতেন না; আর বলিলেও মনে করিতাম, মেজদাদা তো, একটু পরে আর কিছুই মনে থাকিবে না।

ইচ্ছা করিলে হয়ত তিনি আমার চরিত্র সংশোধন করিতে পারিতেন, কিন্তু কিছুই করিলেন না। তাঁর দেশে আসাতে আমি পূর্বের মত স্বাধীন নয় বটে, কিন্তু তথাপি যাহা আছি, বেশ আছি।

রোজ ঠাকুরদার এক পয়সার তামাক খাইয়া ফেলি। বুড়ো বেচারী আমার ভয়ে খাটের খুরোর পাশে, তক্তপোশের পেটের সিন্দুকে, চালার বাতায়, যেখানে তামাক রাখিতেন, আমি খুঁজিয়া খুঁজিয়া সবটুকু টানিয়া আনিয়া খাইয়া ফেলিতাম। খাইদাই ঘুড়ি ওড়াই, বেশ আছি। কোনও জঞ্জাল নাই। পড়াশুনা একরকম ছাড়িয়াই দিয়াছি। পাখি মারিতাম, কাঠবিড়াল মারিয়া পোড়াইয়া খাইতাম, বনে বনে গর্তে গর্তে খরগোশ খুঁজিয়া বেড়াইতাম, কোনও ভাবনা ছিল না।

বাবা বক্সারে চাকরি করিতেন। সে স্থান হইতে আমাকে দেখিতেও আসিতেন না, মারিতেও আসিতেন না। ঠাকুরমা ও ঠাকুরদার হাল পূর্বেই বিবৃত করিয়াছি। সুতরাং এক কথায় আমি বেশ ছিলাম।

একদিন দুপুরবেলা বাড়ি আসিয়া ঠাকুরমার নিকট শুনিলাম, আমাকে মেজদাদার সহিত কলিকাতায় থাকিয়া পড়াশুনা করিতে হইবে। আহারাদি সমাপ্ত করিয়া এক ছিলিম তামাক হাতে করিয়া আসিয়া ঠাকুরদাকে বলিলাম, আমাকে কলকাতায় যেতে হবে? ঠাকুরদা বলিলেন, হাঁ। আমি পূর্ব হইতেই ভাবিয়া রাখিয়াছিলাম, এ-সকল ঠাকুরদার চালাকি। বলিলাম, যদি যেতে হয় আজই যাব। ঠাকুরদা হাসিয়া বলিলেন, সেজন্য চিন্তা কি দাদা? রজনী আজই কলিকাতায় যাবে। বাসা ঠিক হয়ে গেছে, আজই যেতে হবে। আমি অগ্নিশর্মা হইয়া উঠিলাম। একে সেদিন ঠাকুরদার তামাক খুঁজিয়া পাই নাই– যে এক ছিলিম পাইয়াছিলাম, তাহাতে আমার একটানও হইবে না– তাহার উপর আবার এই কথা। ঠকিয়া গিয়াছি নিজে নিমন্ত্রণ লইয়া আর ফিরান যায় না। কাজেই সেদিন আমাকে কলিকাতায় যাইতে হইল। যাইবার সময় ঠাকুরদাকে প্রণাম করিয়া মনে মনে বলিলাম, হরি, কালই যেন তোমার শ্রাদ্ধে বাড়ি ফিরে আসি। তারপর আমাকে কে কলকাতায় পাঠায় দেখে নেবো।

দুই

আমি এই প্রথম কলিকাতায় আসিলাম। এতবড় জমকাল শহর পূর্বে কখনও দেখি নাই। মনে ভাবিলাম, যদি এই প্রকাণ্ড গঙ্গার উপরে কাঠের সাঁকোর মাঝামাঝি, কিংবা ঐ যেখানে একরাশ মাস্তুল খাড়া করিয়া জাহাজগুলা দাঁড়াইয়া আছে, সেই বরাবর যদি একবার তলাইয়া যাই, তাহা হইলে আর কখনও বাড়ি ফিরিয়া যাইতে পারিব না। কলিকাতায় আমার একটুও ভাল লাগিল না। এত ভয়ে কি আর ভালবাসা হয়? কখনও যে হইবে– সে ভরসা করিতে পারিলাম না।

কোথায় গেল আমাদের সেই নদীর ধার, সেই বাঁশঝাড়, মাঠের মধ্যে বেলগাছ, মিত্তিরদের

বাগানের এক কোণের জামরুল গাছ, কিছুই নাই। শুধু বড় বড় বাড়ি, বড় বড় গাড়ি, ঘোড়া, আর লোকজনে ঠেসাঠেসি পেষাপেষি, বড় বড় রাস্তা– বাড়ির পিছনে এমন একটি বাগান নাই যে, লুকাইয়া এক ছিলিম তামাক খাই। আমার কান্না আসিল। চোখের জল মুছিয়া মনে মনে বলিলাম, ভগবান জীবন দিয়েছেন– আহার তিনিই দেবেন। কলিকাতায় স্কুলে ভর্তি হইয়াছি, ভাল করিয়া পড়াশুনা করি, কাজে কাজেই আমি আজকাল ভালছেলে। দেশে অবশ্যই আমার নাম জাহির হইয়া গিয়াছে– যাক সে কথা।

আমরা আত্মীয় বন্ধুবান্ধব মিলিয়া একটা মেস করিয়া আছি। আমাদের মেসে চারিজন লোক। মেজদাদা, আমি, রামবাবু ও জগন্নাথবাবু। রামবাবু ও জগন্নাথবাবু মেজদাদার বন্ধু। এতদ্ভিন্ন একজন ভৃত্য ও একজন পাচক ব্রাহ্মণ আছে।

গদাধর আমাদের রসুয়ে ব্রাহ্মণ। সে আমা অপেক্ষা তিন-চারি বৎসরের বড় ছিল। অমন ভালমানুষ লোক আমি কখনও দেখি নাই। পাড়ার কোনও ছেলের সহিত আমার আলাপ ছিল না। সম্পূর্ণ বিভিন্ন প্রকৃতির লোক হইলেও, সে আমার মস্ত বন্ধু হইয়া উঠিল। তাহাতে আমাতে যে কত গল্প হইত তাহার আর ঠিকানা ছিল না। তাহার বাড়ি মেদিনীপুর জেলার একটা গ্রামে। সেখানকার কথা, তাহার বাল্য-ইতিহাস ইত্যাদি শুনিতে আমার বড় ভাল লাগিত। সে-সব কথা আমি এতবার শুনিয়াছি যে, আমার বোধ হয় আমাকে সেখানে চোখ বাঁধিয়া ছাড়িয়া দিলেও সমস্ত স্থানটি স্বচ্ছন্দে ঘুরিয়া বেড়াইতে পারি। রবিবারে তাহার সহিত আমি গড়ের মাঠে বেড়াইয়া আসিতাম। সন্ধ্যাবেলায় রান্নাঘরে বসিয়া খিল দিয়া দুইজনে বিন্তি খেলিতাম। ভাত খাইয়া তার ছোট হুঁকোটিতে দুইজনে তামুক খাইতাম। কিন্তু সব কাজ আমরা দুইজনে করিতাম। পাড়ার কাহারও সহিত আলাপ নাই– সঙ্গী, দোস্ত, ইয়ার, বন্ধু, মুচিপাড়ার ভুলো, কেলো, খোকা, খাঁদা– সবই আমার সে; তাহার মুখে আমি কখনও উঁচু কথা শুনি নাই। মিছামিছি সবাই তাহাকে তিরস্কার করিত; আমার গা জ্বালা করিত, কিন্তু সে কোনও কথার উত্তর দিত না– যেন যথার্থই দোষ করিয়াছে।

সকলকে আহার করাইয়া সে যখন রান্নাঘরের কোণে একটি ছোট থালায় খাইতে বসিত, তখন আমার শতকর্ম থাকিলেও সেখানে উপস্থিত হইতাম। বেচারীর ভাগ্যে প্রায় কিছুই থাকিত না; এমন কি, ভাত পর্যন্ত কম পড়িত। কাহারো খাইবার সময় আমি থাকি নাই– খাইতে বসিয়া ভাত কম পড়ে, তরকারি কম পড়ে, মাছ কম পড়ে, আমি আগে কখনই দেখি নাই। আমার কেমন কেমন বোধ হইত।

ছেলেবেলায় ঠাকুরমা মধ্যে মধ্যে দুঃখ করিয়া বলিতেন, ছেলেটা আধপেটা খেয়ে খেয়ে শুকিয়ে দড়ি হয়ে গেছে– আর বাঁচবে না। আমি কিন্তু ঠাকুরমার ভরপেট কিছুতেই খাইতে পারিতাম না। শুকাইয়া যাই, আর দড়ি হইয়াই যাই, আমার আধপেটাই ভাল লাগিত। এখন কলিকাতায় আসিয়া বুঝিয়াছি, সে আধপেটায় এ আধপেটায় অনেক প্রভেদ। কেহ খাইতে না পাইলে যে চোখে জল আসিয়া পড়ে, আমি পূর্বে কখনও অনুভব করি নাই। পূর্বে কতবার ঠাকুরদার পাত্রে উচ্ছিষ্ট জল দিয়া তাঁহাকে আহার করিতে দিই নাই; ঠাকুরমার গায়ে সারমেয় সন্তান নিক্ষেপ করিয়া তাঁহার উপস্থিত কর্ম হইতে তাঁহাকে বিরত করিয়াছি। তাঁহাদের আহার হয় নাই; কিন্তু চোখে কখনও জল আসে নাই। পিতামহ, পিতামহী, আপনার লোক– গুরুজন, আমাকে স্নেহ করেন– তাঁহাদের জন্য কখনও দুঃখ হয় নাই; স্ব-ইচ্ছায় তাঁহাদিগকে অর্ধভুক্ত, এমন কি অভুক্ত রাখিয়া পরম সন্তোষ লাভ করিয়াছি। আর এই গদাধর কোথাকার কে– তাহার জন্য অনাহূত অশ্রু আপনি আসিয়া পড়ে।

কলিকাতায় আসিয়া যে আমার কি হইল, তাহা ঠাওরাইতে পারি না। চোখে এত জলই বা কোথা হইতে আসে ভাবিয়া পাই না। আমাকে কেহ কাঁদিতে দেখে নাই। জিদ করিয়া আস্ত খেজুরের ছড়ি আমার পৃষ্ঠে ভগ্ন করিয়াও বাল্যকালে গুরুমহাশয় তাঁহার সাধ পূর্ণ করিতে পারেন নাই। ছেলেরা বলিত, সুকুমারের গা ঠিক পাথরের মত। আমি মনে মনে বলিতাম, গা পাথরের মত নয়– মন পাথরের মত। কচি খোকার মত কাঁদিয়া ফেলি না। বাস্তবিক, কাঁদিতে আমার লজ্জা বোধ হইত, এখনও হয়, কিন্তু সামলাইতে পারি না। লুকাইয়া কেহ কোথাও নাই দেখিয়া, চোরের চুরি করিবার মত– দুবার চক্ষু মুছিয়া ফেলি। স্কুলে পড়িতে যাই, একপাল লোক ভিক্ষা করিতেছে– কাহারও হাত নাই, কাহারও পা নাই, কাহারও চক্ষু দুটি নাই, এমনই কত কি নাই ধরনের লোক দেখি তাহা আর বলিতে পারি না। তিলক কাটিয়া খঞ্জনি হাতে লইয়া জয় রাধে বলিয়া ভিক্ষা করে, তাহাই জানি, এ-সব ভিখারী আবার কি-রকমের? মনের দুঃখে মনে মনেই বলিতাম, ঠাকুর! এদের আমাদের দেশে পাঠিয়ে দাও। যাক পোড়া ভিখারীর কথা– আমার কথা বলি। চক্ষু অনেকটা সড়গড় হইলেও আমি একেবারে বিদ্যাসাগর হইতে পারিলাম না। মধ্যে মধ্যে আমাদের দেশের মা সরস্বতী যে কোথা হইতে আসিয়া আমার স্কন্ধদেশে ভর করিতেন বলিতে পারি না। তাঁহার আজ্ঞাধীন হইয়া যে-সকল সৎকর্ম করিয়া ফেলিতাম, তজ্জন্য এখনও আমার সে সরস্বতীর উপর ঘৃণা হইয়া আছে। বাসায় কাহার কি অনিষ্ট করিব সর্বদা খুঁজিয়া বেড়াইতাম। রামবাবু তিনঘণ্টা ধরিয়া তাঁহার দেশী কালাপেড়ে কাপড় কুঞ্চিত করিলেন; বিকালে বেড়াইতে যাইবেন; আমি অবসর বুঝিয়া কাপড়খানি খুলিয়া টানিয়া প্রায় সোজা করিয়া রাখিয়া দিলাম। তিনি বিকালে বস্ত্রখানির অবস্থা দেখিয়া বসিয়া পড়িলেন। আমার আর আমোদ ধরে না। জগন্নাথবাবুর অফিসের বেলা হইয়া গিয়াছে, তাড়াতাড়ি আহার করিতে বসিয়াছেন, একমুহূর্ত বিলম্ব সহিতেছে না। আমি সময় বুঝিয়া তাঁহার চাপকানের বোতামগুলি সমস্ত কাটিয়া লইলাম। স্কুল যাইবার সময় একবার উঁকি মারিয়া দেখিয়া গেলাম, জগন্নাথবাবু ডাক ছাড়িয়া কাঁদিবার উপক্রম করিতেছেন। মনের আনন্দে আমি সমস্ত পথ হাসিতে হাসিতে চলিলাম। সন্ধ্যার সময় জগন্নাথবাবু অফিস হইতে ফিরিয়া আসিয়া বলিলেন, আমার চাপকানের বোতামগুলো গদা বেটা চুরি করে বেচে ফেলেছে– বেটাকে তাড়িয়ে দাও। জগন্নাথবাবুর চাপকানের বিবরণে দাদা ও রামবাবু উভয়েই মুখ টিপিয়া হাসিলেন। মেজদাদা বলিলেন, কত রকমের চোর আছে, কিন্তু চাপকানের বোতাম চুরি করে বেচে ফেলতে কখনও শুনিনি। জগন্নাথবাবু এ কথায় আরও ক্রুদ্ধ হইয়া বলিলেন, বেটা বোতামগুলো সকালে নিলে না, বিকালে নিলে না, রাত্রে নিলে না, ঠিক অফিস যাবার আগেই নিয়েছে। আজ দুর্গতির একশেষ করেছে, একটা কালো ছেঁড়া পিরান গায়ে দিয়ে আমায় অফিস যেতে হয়েছে।

সকলেই হাসিলেন। জগন্নাথবাবুও হাসিলেন। কিন্তু আমি হাসিতে পারিলাম না। মনে ভয় হইল, পাছে গদাধরকে তাড়াইয়া দেওয়া হয়। সে যে নির্বোধ, হয়ত কোনও কথা বলিবে না, সমস্ত অপরাধ নিজের স্কন্ধে স্বেচ্ছায় তুলিয়া লইবে।

কে বোতাম লইয়াছে, মেজদাদা হয়ত বুঝিয়াছিলেন। গরীব গদাধরের উপর কোনও জুলুম হইল না। কিন্তু আমিও সেই অবধি প্রতিজ্ঞা করিলাম, আর কখনও এমন কর্ম করিয়া অন্যকে বিপন্ন করিব না।

এরূপ প্রতিজ্ঞা আমি পূর্বে কখনও করি নাই, কখনও করিতাম কিনা জানি না। শুধু গদাধর আমাকে একেবারে মাটি করিয়া দিয়াছে।

কি উপায়ে কাহার যে চরিত্র সংশোধিত হইয়া যায়, কেহই জানে না। গুরুমহাশয়ের, ঠাকুরদা মহাশয়ের, আরও অনেক মহাশয়ের কত চেষ্টাতেও আমি যে প্রতিজ্ঞা কখনও করি নাই, এক গদাধর ঠাকুরের মুখ মনে করিয়া সেই প্রতিজ্ঞা করিয়া ফেলিলাম। এতদিনে প্রতিজ্ঞা ভঙ্গ হইয়াছে কিনা জানি না, কিন্তু স্বেচ্ছায় কখনও করিয়াছি এমন মনে হয় না।

এখন আর একজন লোকের কথা বলি। সে আমাদের রামা চাকর। রামা জাতে কায়েত কি সদ্‌গোপ, এমনই কি একটা ছিল। বাড়ি কোথায় শুনি নাই– এত হুঁশিয়ার চটপটে চাকর সর্বদা দেখা যায় না। আর যদি কখনও দেখা হয়, ইচ্ছা আছে, তাহার বাড়ি কোথায় জিজ্ঞাসা করিয়া লইব।

সকল কর্মে রামাকে চরকির মত ঘুরিয়া বেড়াইতে দেখিতাম। এই রামা কাপড় কাচিতেছে; তখনি দেখি মেজদাদা স্নানে বসিয়াছেন, সে গা রগড়াইয়া দিতেছে; পরক্ষণেই দেখি সে পান-সুপারি লইয়া মহাব্যস্ত। এইরূপে সে সর্বদা ঘুরিয়া বেড়ায়। মেজদার 'The favourite' মস্ত লোক। আমি কিন্তু তাহাকে দেখিতে পারিতাম না। সে-বেটার জন্য আমি মেজদার নিকট প্রায়ই তিরস্কৃত হইতাম। বিশেষতঃ গদা বেচারীকে সে সর্বদাই অপ্রস্তুত করিত। আমি তাহার উপর বড় চটা ছিলাম। কিন্তু হইলে কি হয়, সে মেজদার 'The favourite!' আমাদের বাসার রামবাবুও তাহাকে দেখিতে পারিতেন না। তিনি বলিতেন, 'The rogue' তখন এ কথাটার ব্যাখ্যা তিনি নিজে না করিতে পারিলেও আমরা দুজনে বিলক্ষণ বুঝিতাম, 'রামা The rogue!' তাঁহার চটিবার আরও অনেক কারণ ছিল। প্রধান কারণ এই যে, সে নিজেকে রামবাবু বলিয়া পরিচিত করিত। মেজদাদাও সময়ে সময়ে রামবাবু বলিয়া ডাকিতেন। আমাদের রামবাবুর এ-সব ভাল লাগিত না। যাক বাজে কথা–

একদিন বিকালে মেজদাদা একটা ল্যাম্প ক্রয় করিয়া আনিলেন। বড় ভাল জিনিস, প্রায় পঞ্চাশ-ষাট টাকা মূল্য। সকলে বেড়াইতে যাইলে আমি গদাধরকে ডাকিয়া আনিয়া সেটা দেখাইলাম। গদাধর সে-রকম আলো কখনও দেখে নাই। সে মহা আহ্লাদিত হইয়া সেটা দুই-চারিবাব নাড়িয়া দেখিল; তাহার পর আপনার কর্মে রন্ধনশালায় প্রবেশ করিল। আমার কিন্তু curiosity কিছুতেই থামিল না। কি করিয়া চিমনি খুলি! কি করিয়া ভিতরের কল দেখি! অনেক নাড়িয়া চাড়িয়া দেখিলাম, অনেকবার ঘুরাইবার চেষ্টা করিলাম, কিন্তু কিছুতেই খুলিল না। অনেক observation -এর পর দেখিলাম, নীচে একটা ইস্ক্রু আছে, অগত্যা সেটা ঘুরাইলাম। কিছুক্ষণ ঘুরাইবার পর হঠাৎ একেবারে lamp-এর আধখানা খসিয়া আসিল। তাড়াতাড়ি ভাল ধরিতে পারিলাম না, উপরের কাঁচগুলা টেবিল হইতে নীচে পড়িয়া একেবারে চূর্ণ হইয়া গেল।

তিন

সেদিন অনেক রাত্রে আমি বেড়াইয়া আসিলাম। বাসায় আসিয়া দেখিলাম, একটা প্রকাণ্ড হৈচৈ কাণ্ড বাধিয়া উঠিয়াছে। গদাধরকে মাঝখানে লইয়া সকলে গোল হইয়া বসিয়াছে। মেজদাদা অতিশয় ক্রুদ্ধ হইয়াছেন। গদাধরের জেরা চলিতেছে।

গদাধরের চক্ষু দিয়া টসটস করিয়া জল পড়িতেছে। বলিতেছে, বাবু, আমি ওটা ছুঁয়েছিলাম বটে, কিন্তু ভাঙ্গিনি, সুকুমারবাবু আমাকে দেখালেন– আমিও দেখলাম। তার পর তিনিও বেড়াতে গেলেন, আমিও রাঁধতে গলাম।

কেহই তাহার কথা বিশ্বাস করিল না। সাব্যস্ত হইয়া গেল, সে-ই চিমনি ভাঙ্গিয়াছে।

তাহার মাহিনা বাকী ছিল; সেই টাকা হইতে সাড়ে তিন টাকা দিয়া আবার নূতন চিমনি আসিল। সন্ধ্যার সময় যখন আলো জ্বলিল, তখন সকলেই বেশ প্রফুল্ল হইল, শুধু আমার চক্ষু-দুটো জ্বালা করিতে লাগিল। সর্বদা মনে হইতে লাগিল, তাহার সাড়ে-তিন টাকা চুরি করিয়া লইয়াছি। আর থাকিতে পারিলাম না। কাঁদিয়া কোনমতে মেজদাদার মত করিয়া বাড়ি আসিয়া উপস্থিত হইলাম। মনে করিয়াছিলাম, ঠাকুরমার নিকট হইতে টাকা আনিয়া গোপনে সাড়ে তিন টাকার পরিবর্তে গদাধরকে সাত টাকা দিব। আমার নিজের কাছে তখন টাকা ছিল না। সব টাকা মেজদাদার নিকট ছিল। কাজেই টাকা আনিতে আমাকে দেশে আসিতে হইল। মনে করিয়া আসিয়াছিলাম একদিনের অধিক থাকিব না। কিন্তু তাহা ঘটিয়া উঠিল না। সাত-আটদিন দেশে কাটিয়া গেল।

সাত-আটদিন পরে আবার কলিকাতার বাসায় ঢুকিলাম। ঢুকিয়াই ডাকিলাম, গদা। কেহ উত্তর দিল না। আবার ডাকিলাম, গদাধর ঠাকুর। কোনও উত্তর নাই। গদ্য!

এবার রামচরণ আসিয়া বলিল, ছোটবাবু, কখন এলেন?

এই আসচি– ঠাকুর কোথায়?

ঠাকুর! নেই।

কোথায় গেছে?

বাবু তাকে তাড়িয়ে দিয়েছেন।

তাড়িয়ে দিয়েছেন! কেন?

চুরি করেছিল বলে।

প্রথমে আমি কথাটা ভাল বুঝিতে পারি নাই, তাই কিছুক্ষণ রামার মুখপানে চাহিয়া রহিলাম। রামা আমার মনের ভাব বুঝিতে পারিয়া একটু টিপিয়া হাসিয়া বলিল, ছোটবাবু আশ্চর্য হচ্ছেন, কিন্তু তাকে তো আপনারা চিনতেন না। তাই অত ভালবাসতেন। সে মিটমিটে ডান ছিল; ভিজেবেড়ালকে আমি চিনতাম।

কিসের সে মিটমিটে ডাইন ছিল, কিংবা কেন যে সেই সিক্ত মার্জারকে চিনিতে পারি নাই, তাহা বুঝিতে পারিলাম না। জিজ্ঞাসা করিলাম, কার টাকা চুরি করেছে?

মেজবাবুর।

জামার পকেটে।

কত টাকা?

চার টাকা।

কে দেখেছে?

চোখ দিয়ে কেউ দেখেনি বটে, কিন্তু সে একরকম দেখাই।

কেন?

সে কথা কি আর জিজ্ঞাসা করিতে হয়? আপনি বাসায় ছিলেন না, রামবাবু নিলেন না, জগন্নাথবাবু নিলেন না, আমি নিলাম না। তবে নিলে কে? কোথায় গেল?

তুই তবে তাকে ধরেচিস?

রামা হাসিয়া বলিল, না হলে আর কে?

ঠনঠনের চটিজুতা আপনারা স্বচ্ছন্দে কিনিতে পারেন। তেমন মজবুত চটিজুতা বোধ হয় আর কোথাও প্রস্তুত হয় না।

চার

আমি রন্ধনশালায় গিয়া কাঁদিয়া ফেলিলাম। সেই ছোট কলি-হুঁকাটিতে ধূলা পড়িয়া রহিয়াছে।

আজ চার-পাঁচদিন তাহা কেহ স্পর্শ করে নাই, কেহ জল বদলায় নাই। দেওয়ালে একস্থানে কয়লায় লেখা রহিয়াছে, সুকুমারবাবু, আমি চুরি করিয়াছি। এ স্থান হইতে চলিলাম। বাঁচিয়া থাকি আবার আসিব।

আমি তখন ছেলেমানুষ ছিলাম। নিতান্ত ছেলে-বুদ্ধিতে সেই হুঁকাটিকে বুকে টিপিয়া ধরিয়া কাঁদিতে লাগিলাম। কেন যে, তাহার কারণ বুঝিতে পারি নাই।

আমার আর সে বাসাতে মন টিকিত না। সন্ধ্যার সময় ঘুরিয়া ফিরিয়া একবার করিয়া রান্নাঘরে প্রবেশ করিতাম। আর একজন রাঁধিতেছে দেখিয়া অন্যমনে আপনার ঘরে আসিয়া বই খুলিয়া পড়িতে বসিতাম। সময়ে সময়ে আমার মেজদাদাকেও দেখিতে পাইতাম না। ভাত পর্যন্ত আমার তিক্ত বোধ হইত। অনেক দিন পরে একদিন রাত্রে মেজদাদাকে বলিলাম, মেজদা! কি করেচ?

কিসের কি করেচি?

গদা তোমার টাকা কখনো চুরি করেনি।

সকলেই জানিত আমি গদা ঠাকুরকে বড় ভালবাসিতাম। মেজদাদা বলিলেন, ভাল করিনি সুকুমার। যা হবার হয়েছে, কিন্তু রামকে তুই অত মেরেছিলি কেন?

বেশ করেছিলাম। আমাকেও কি তাড়াবে নাকি?

দাদা আমার মুখে কখনও অমন কথা শোনেন নাই। আমি আবার জিজ্ঞাসা করিলাম, তোমার কত টাকা উসুল হয়েচে?

দাদা বড় দুঃখিত হইয়া বলিলেন, ভাল করিনি। সব টাকা তার কেটে নিয়ে আড়াই টাকা উসুল করেছিলাম। আমার এতটা ইচ্ছে ছিল না।

আমি যখন রাস্তায় ঘুরিয়া বেড়াইতাম, দূরে যদি কোনও লোক ময়লা চাদর কাঁধে ফেলিয়া ছেঁড়া চটিজুতা-পায়ে চলিয়া যাইত, আমি দৌড়াইয়া গিয়া দেখিয়া আসিতাম। কি যে একটা আশা নিত্য নিত্য নিরাশায় পরিণত হইত, তাহা আর কি বলিব।

প্রায় পাঁচমাস পরে দাদার নামে একটা মনি-অর্ডার আসিল। দেড় টাকার মনি-অর্ডার। দাদাকে আমি সেইদিন চোখের জল মুছিতে দেখি। সে কুপনটা এখনও আমার নিকট রহিয়াছে।

কত বৎসর কাটিয়া গিয়াছে। আজও সেই গরীব গদাধর ঠাকুর আমার বুকের আধখানা জুড়িয়া বসিয়া আছে।

হরিচরণ

"—" সে আজ অনেকদিনের কথা। প্রায় দশ-বারো বৎসরের কথা। তখন দুর্গাদাসবাবু উকিল হন নাই। দুর্গাদাস বন্দ্যোপাধ্যায়কে তুমি বোধ হয় ভাল চেনো না, আমি বেশ চিনি। এসো, তাঁহাকে আজ পরিচিত করিয়া দিই।

ছেলেবেলায় কোথা হইতে এক অনাথ পিতৃমাতৃহীন কায়স্থ বালক রামদাসবাবুর বাটীতে আশ্রয় গ্রহণ করিয়াছিল। সকলেই বলিত, ছেলেটি বড় ভাল! বেশ সুন্দর বুদ্ধিমান চাকর, দুর্গাদাসবাবুর পিতার বড় স্নেহের ভৃত্য।

সব কাজকর্মই সে নিজে টানিয়া লয়। গরুর জাব দেওয়া হইতে বাবুকে তেল মাখান পর্যন্ত সমস্তই সে নিজে করিতে চাহে। সর্বদা ব্যস্ত থাকিতে বড় ভালবাসে।

ছেলেটির নাম হরিচরণ। গৃহিণী প্রায়ই হরিচরণের কাজকর্মে বিস্মিত হইতেন। মধ্যে মধ্যে তিরস্কারও করিতেন, বলিতেন, হরি— অন্য অন্য চাকর আছে; তুই ছেলেমানুষ, এত খাটিস কেন? হরির দোষের মধ্যে ছিল সে বড় হাসিতে ভালবাসিত। হাসিয়া উত্তর করিত, মা, আমরা গরীব লোক, চিরকাল খাটতেই হবে, আর বসে থেকেই বা কি হবে?

এইরূপ কাজকর্মে, সুখে, স্নেহের ক্রোড়ে হরিচরণের প্রায় এক বৎসর কাল কাটিয়া গেল।

সুরো রামদাসবাবুর ছোট মেয়ে। সুরোর বয়স এখন প্রায় পাঁচ-ছয় বৎসর। হরিচরণের সহিত সুরোর বড় আত্মীয়ভাব দেখা যাইত! যখন দুগ্ধ-পানের নিমিত্ত গৃহিণীর সহিত সুরো দ্বন্দ্বযুদ্ধ করিত, যখন মা অনেক অযথা বচসা করিয়াও এই ক্ষুদ্র কন্যাটিকে স্বমতে আনিতে পারিতেন না এবং দুগ্ধ-পানের বিশেষ আবশ্যকতা ও তাহার অভাবে কন্যারত্নের আশু প্রাণবিয়োগের আশঙ্কায় শঙ্কান্বিত হইয়া বিষম ক্রোধে সুরবালার গণ্ডদ্বয়বিশেষ টিপিয়া ধরিয়াও তাহাকে দুধ খাওয়াইতে পারিতেন না, তখনও হরিচরণের কথায় অনেক ফল লাভ হইত।

যাক, অনেক বাজে কথা বকিয়া ফেলিলাম। আসল কথাটা এখন বলি, শোনো। না হয় সুরো হরিচরণকে ভালবাসিত।

দুর্গাদাসবাবুর যখন কুড়ি বৎসর বয়স, তখনকার কথাই বলিতেছি। দুর্গাদাস এতদিন কলিকাতাতেই পড়িত। বাড়ি আসিতে হইলে স্টিমারে দক্ষিণ দিকে যাইতে হইত, তাহার পরেও প্রায় হাঁটা-পথে দশ-বারো ক্রোশ আসিতে হইত; সুতরাং পথটা বড় সহজগম্য ছিল না। এইজন্যই দুর্গাদাসবাবু বড় একটা বাড়ি যাইতেন না।

ছেলে বি.এ পাস হইয়া বাড়ি আসিয়াছে। মাতাঠাকুরানী অতিশয় ব্যস্ত। ছেলেকে ভাল করিয়া খাওয়াইতে, দাওয়াইতে, যত্ন-আত্মীয়তা করিতে, যেন বাটীসুদ্ধ সকলেই একসঙ্গে উৎকণ্ঠিত হইয়া পড়িয়াছে।

দুর্গাদাস জিজ্ঞাসা করিল, মা, এ ছেলেটি কে গা ? মা বলিলেন, এটি একজন কায়েতের ছেলে; বাপ-মা নেই, তাই কর্তা ওকে নিজে রেখেছেন। চাকরের কাজকর্ম সমস্তই করে, আর বড় শান্ত; কোন কথাতেই রাগ করে না। আহা! বাপ-মা নেই– তাতে ছেলেমানুষ, আমি বড় ভালবাসি।

বাড়ি আসিয়া দুর্গাদাসবাবু হরিচরণের এই পরিচয় পাইলেন।

যাহা হোক, আজকাল হরিচরণের অনেক কাজ বাড়িয়া গিয়াছে। সে তাহাতে সন্তুষ্ট ভিন্ন অসন্তুষ্ট নহে। ছোটবাবুকে (দুর্গাদাসকে) স্নান করান, দরকার-মত জলের গাড়ু, ঠিক সময়ে পানের ডিবে, উপযুক্ত অবসরে হুঁকা ইত্যাদি যোগাড় করিয়া রাখিতে হরিচরণ বেশ পটু। দুর্গাদাসবাবুও প্রায় ভাবেন, ছেলেটি বেশ intelligent. সুতরাং, কাপড় কোঁচান, তামাক সাজা প্রভৃতি কর্ম হরিচরণ না করিলে দুর্গাদাসবাবুর পছন্দ হয় না।

কিছু বুঝি না, কোথাকার জল কোথায় দাঁড়ায়। মনে আছে কি ? একবার দুজনে কাঁদিতে কাঁদিতে পড়ি বড়ই দুরূহ তত্ত্ব। আমার বোধ হয় সব কথাতেই এটা খাটে। দেখেছ কি– ভাল থেকে কেবল ভালই দাঁড়ায়, মন্দ কি কখনও আসিয়া দাঁড়ায় না ? যদি না দেখিয়া থাক তবে এসো, আজ তোমাকে দেখাই– বড়ই দুরূহ তত্ত্ব।

উপরি-উক্ত কথা-কয়টি সকলের বুঝিতে পারা সম্ভবও নয়, প্রয়োজনও নাই, আর আমারও philosophy নিয়ে deal করা উদ্দেশ্য নহে; তবুও আপসে দুটো কথা বলিয়া রাখায় ক্ষতি কি?

আজ দুর্গাদাসবাবুর একটা জাঁকাল ভোজের নিমন্ত্রণ আছে। বাড়িতে খাইবেন না, সম্ভবতঃ অনেক রাত্রে ফিরিবেন। এইসব কারণে হরিচরণকে প্রাত্যহিক কর্ম সারিয়া রাখিয়া শয়ন করিতে বলিয়া গেছেন।

এখন হরিচরণের কথা বলি। দুর্গাদাসবাবু বাহিরে বসিবার ঘরেই রাত্রে শয়ন করিতেন। তাহার কারণ অনেকেই অবগত নহে। আমার বোধ হয় গৃহিণী বাপের বাড়িতে থাকায়, বাহিরের ঘরে শয়ন করাই তাঁহার অধিক মনোনীত ছিল।

রাত্রে দুর্গাদাসবাবুর শয্যা রচনা করা, তিনি শয়ন করিলে তাঁহার পদসেবা ইত্যাদি কাজ হরিচরণের ছিল। পরে বাবুর রীতিমত নিদ্রাকর্ষণ হইলে হরিচরণ পাশের একটি ঘরে শুইতে যাইত।

সন্ধ্যার প্রাক্কালেই হরিচরণের মাথা টিপটিপ করিতে লাগিল। হরিচরণ বুঝিল, জ্বর আসিতে আর অধিক বিলম্ব নাই। মধ্যে মধ্যে তাহার প্রায়ই জ্বর হইত; সুতরাং এ-সব লক্ষণ তাহার বিশেষ জানা ছিল। হরিচরণ আর বসিতে পারিল না, ঘরে যাইয়া শুইয়া পড়িল। ছোটবাবুর যে বিছানা প্রস্তুত হইল না, এ কথা আর মনে রহিল না। রাত্রে সকলেই আহারাদি করিল, কিন্তু হরিচরণ আসিল না। গৃহিণী দেখিতে আসিলেন। হরিচরণ ঘুমাইয়া আছে; গায়ে হাত দিয়া দেখিলেন গা বড় গরম। বুঝিলেন, জ্বর হইয়াছে; সুতরাং আর বিরক্ত না করিয়া চলিয়া গেলেন।

রাত্রি প্রায় দ্বিপ্রহর হইয়াছে। ভোজ শেষ করিয়া দুর্গাদাসবাবু বাড়ি আসিয়া দেখিলেন, শয্যা প্রস্তুত হয় নাই। একে ঘুমের ঘোর, তাহাতে আবার সমস্ত পথ কি করিয়া বাড়ি যাইয়া চিৎ হইয়া শুইয়া পড়িবেন, আর হরিচরণ শ্রান্ত পদযুগলকে বিনামা হইতে বিমুক্ত করিয়া অল্প

অল্প টিপিয়া দিতে থাকিবে এবং সেই সুখে অল্প তন্দ্রার ঝোঁকে গুড়গুড়ির নল মুখে লইয়া একেবারে প্রভাত হইয়াছে দেখিতে পাইবেন, ইত্যাদি ভাবিতে ভাবিতে আসিতেছিলেন।

একেবারে হতাশ হইয়া বিষম জ্বলিয়া উঠিলেন, মহা ক্রুদ্ধ হইয়া দুই-চারিবার হরিচরণ, হরি, হরে– ইত্যাদি রবে চীৎকার করিলেন। কিন্তু কোথায় হরি? সে জ্বরের প্রকোপে সংজ্ঞাহীন হইয়া পড়িয়া আছে! তখন দুর্গাদাসবাবু ভাবিলেন, বেটা ঘুমাইয়াছে; ঘরে গিয়া দেখিলেন, বেশ মুড়ি দিয়া শুইয়া আছে।

আর সহ্য হইল না। ভয়ানক জোরে হরির চুল ধরিয়া টানিয়া তাহাকে বসাইবার চেষ্টা করিলেন, কিন্তু হরি ঢলিয়া বিছানার উপর পুনর্বার শুইয়া পড়িল। তখন বিষম ক্রুদ্ধ হইয়া দুর্গাদাসবাবু হিতাহিত বিস্মৃত হইলেন। হরির পিঠে সবুট পদাঘাত করিলেন। সে ভীম প্রহারে চৈতন্যলাভ করিয়া উঠিয়া বসিল। দুর্গাদাসবাবু বলিলেন, কচি খোকা ঘুমিয়ে পড়েছে, বিছানাটা কি আমি করব? কথায় কথায় রাগ আরও বাড়িয়া গেল; হস্তের বেত্র-যষ্টি আবার হরিচরণের পৃষ্ঠে বার দুই-তিন পড়িয়া গেল।

হরি রাত্রে যখন পদসেবা করিতেছিল, তখন এক ফোঁটা গরম জল বোধ হয় দুর্গাদাসবাবুর পায়ের উপর পড়িয়াছিল।

সমস্ত রাত্রি দুর্গাদাসবাবুর নিদ্রা হয় নাই। এক ফোঁটা জল বড়ই গরম বোধ হইয়াছিল। দুর্গাদাসবাবু হরিচরণকে বড়ই ভালবাসিতেন। তাহার নম্রতার জন্য সে দুর্গাদাসবাবুর কেন, সকলেরই প্রিয়পাত্র ছিল। বিশেষ এই মাস-খানেকের ঘনিষ্ঠতায় সে আরও প্রিয় হইয়া দাঁড়াইয়াছিল।

রাত্রে কতবার দুর্গাদাসবাবুর মনে হইল যে, একবার দেখিয়া আসেন, কত লাগিয়াছে, কত ফুলিয়াছে। কিন্তু সে যে চাকর, তা তো ভাল দেখায় না! কতবার মনে হইল, একবার জিজ্ঞাসা করিয়া আসেন, জ্বরটা কমিয়াছে কি না! কিন্তু তাহাতে যে লজ্জা বোধ হয়! সকালবেলায় হরিচরণ মুখ ধুইবার জল আনিয়া দিল, তামাক সাজিয়া দিল। দুর্গাদাসবাবু তখনও যদি বলিতেন, আহা! সে তো বালক মাত্র, তখনও তো তাহার ত্রয়োদশ বর্ষ উত্তীর্ণ হইয়া যায় নাই। বালক বলিয়াও যদি একবার কাছে টানিয়া লইয়া দেখিতেন, তোমার বেতের আঘাতে কিরূপ রক্ত জমিয়া আছে, তোমার জুতার লাঠিতে কিরূপ ফুলিয়া উঠিয়াছে। বালককে আর লজ্জা কি?

বেলা নয়টার সময় কোথা হইতে একখানা টেলিগ্রাম আসিল। তারের সংবাদে দুর্গাদাসবাবুর মনটা কেমন বিচলিত হইয়া উঠিল। খুলিয়া দেখিলেন, স্ত্রীর বড় পীড়া। ধড়াস করিয়া বুকখানা এক হাত বসিয়া গেল। সেইদিনই তাঁহাকে কলিকাতায় চলিয়া আসিতে হইল। গাড়িতে উঠিয়া ভাবিলেন, ভগবান! বুঝি-বা প্রায়শ্চিত্ত হয়।

প্রায় মাস-খানেক হইয়া গিয়াছে। দুর্গাদাসবাবুর মুখখানি আজ বড় প্রফুল্ল, তাঁহার স্ত্রী এ যাত্রা বাঁচিয়া গিয়াছেন, অদ্য পথ্য পাইয়াছেন।

বাড়ি হইতে আজ একখানা পত্র আসিয়াছে। পত্রখানি দুর্গাদাসবাবুর কনিষ্ঠ ভ্রাতার লিখিত। তলায় একস্থানে 'পুনশ্চ' বলিয়া লিখিত রহিয়াছে– বড় দুঃখের কথা, কাল সকালবেলা দশ দিনের জ্বরবিকারে আমাদের হরিচরণ মরিয়া গিয়াছে। মরিবার আগে সে অনেকবার আপনাকে দেখিতে চাহিয়াছিল।

আহা! মাতৃ-পিতৃহীন অনাথ!

ধীরে ধীরে দুর্গাদাসবাবু পত্রখানা শতধা ছিন্ন করিয়া ফেলিয়া দিলেন।

ছবি

এক

এই কাহিনী যে সময়ের, তখনও ব্রহ্মদেশ ইংরাজের অধীনে আসে নাই। তখনও তাহার নিজের রাজারানী ছিল, পাত্রমিত্র ছিল, সৈন্য-সামন্ত ছিল; তখন পর্যন্ত তাহারা নিজেদের দেশ নিজেরাই শাসন করিত।

মান্দালে রাজধানী, কিন্তু রাজবংশের অনেকেই দেশের বিভিন্ন শহরে গিয়া বসবাস করিতেন।

এমনি বোধ হয় একজন কেহ বহুকাল পূর্বে পেগুর ক্রোশ-পাঁচেক দক্ষিণে ইমেদিন গ্রামে আসিয়া বাস করিয়াছিলেন।

তাঁদের প্রকাণ্ড অট্টালিকা, প্রকাণ্ড বাগান, বিস্তর টাকাকড়ি, মস্ত জমিদারি। এই সকলের মালিক যিনি, তাঁর একদিন যখন পরকালের ডাক পড়িল, তখন বন্ধুকে ডাকিয়া কহিলেন, বা-কো, ইচ্ছে ছিল তোমার ছেলের সঙ্গে আমার মেয়ের বিবাহ দিয়া যাইব। কিন্তু সে-সময় হইল না। মা-শোয়ে রহিল, তাহাকে দেখিও।

ইহার বেশি বলার তিনি প্রয়োজন দেখিলেন না। বা-কো তাঁর ছেলেবেলার বন্ধু। একদিন তাহারও অনেক টাকার সম্পত্তি ছিল, শুধু ফয়ার মন্দির গড়াইয়া আর ভিক্ষু খাওয়াইয়া আজ কেবল সে সর্বস্বান্ত নয়, ঋণগ্রস্ত। তথাপি এই লোকটিকেই তাঁহার যথাসর্বস্বের সঙ্গে একমাত্র কন্যাকে নির্ভয়ে সঁপিয়া দিতে এই মুমূর্ষুর লেশমাত্র বাধিল না। বন্ধুকে চিনিয়া লইবার এতবড় সুযোগই তিনি এ জীবনে পাইয়াছিলেন। কিন্তু এ দায়িত্ব বা-কোকে অধিক দিন বহন করিতে হইল না। তাঁহারও ও-পারের শমন আসিয়া পৌঁছিল এবং সেই মহামান্য পরওয়ানা মাথায় করিয়া বৃদ্ধ, বৎসর না ঘুরিতেই যেখানের ভার সেখানেই ফেলিয়া রাখিয়া অজানার দিকে পাড়ি দিলেন।

এই ধর্মপ্রাণ দরিদ্র লোকটিকে গ্রামের লোক যত ভালবাসিত, শ্রদ্ধা-ভক্তি করিত, তেমনি প্রচণ্ড আগ্রহে তাহারা ইহারা মৃত্যু-উৎসব শুরু করিয়া দিল।

বা-কোর মৃতদেহ মাল্য-চন্দনে সজ্জিত হইয়া পালঙ্কে শয়ান রহিল এবং নীচে খেলাধূলা, নৃত্যগীত ও আহার-বিহারের স্রোত রাত্রি-দিন অবিরাম বহিতে লাগিল। মনে হইল ইহার বুঝি আর শেষ হইবে না।

পিতৃ-শোকের এই উৎকট আনন্দ হইতে ক্ষণকালের জন্য কোনমতে পলাইয়া বা-থিন একটা নির্জন গাছের তলায় বসিয়া কাঁদিতেছিল, হঠাৎ চমকিয়া ফিরিয়া দেখিল, মা-শোয়ে

তাহার পিছনে আসিয়া দাঁড়াইয়াছে। সে ওড়নার প্রান্ত দিয়া নিঃশব্দে তাহার চোখ মুছিয়া দিল এবং পাশে বসিয়া তাহার ডান হাতটা নিজের হাতের মধ্যে টানিয়া লইয়া চুপি চুপি বলিল, বাবা মরিয়াছেন, কিন্তু তোমার মা-শোয়ে এখনও বাঁচিয়া আছে।

দুই

বা-থিন ছবি আঁকিত। তাহার শেষ ছবিখানি সে একজন সওদাগরকে দিয়া রাজার দরবারে পাঠাইয়া দিয়াছিল। রাজা ছবিখানি গ্রহণ করিয়াছেন এবং খুশী হইয়া রাজ-হস্তের বহুমূল্য অঙ্গুরী পুরস্কার করিয়াছেন।

আনন্দে মা-শোয়ের চোখে জল আসিল, সে তাহার পাশে দাঁড়াইয়া মৃদুকণ্ঠে কহিল, বা-থিন, জগতে তুমি সকলের বড় চিত্রকর হইবে।

বা-থিন হাসিল, কহিল, বাবার ঋণ বোধ হয় পরিশোধ করিতে পারিব।

উত্তরাধিকার-সূত্রে মা-শোয়েই তাহার একমাত্র মহাজন। তাই এ কথায় সে সকলের চেয়ে বেশী লজ্জা পাইত। বলিল, তুমি বার বার এমন করিয়া খোঁটা দিলে আর আমি তোমার কাছে আসিব না।

বা-থিন চুপ করিয়া রহিল। কিন্তু ঋণের দায়ে পিতার মুক্তি হইবে না, এতবড় বিপত্তির কথা স্মরণ করিয়া তাহার সমস্ত অন্তরটা যেন শিহরিয়া উঠিল।

বা-থিনের পরিশ্রম আজকাল অত্যন্ত বাড়িয়াছে জাতক হইতে একখানা নূতন ছবি আঁকিতেছিল, আজ সারাদিন মুখ তুলিয়া চাহে নাই।

মা-শোয়ে প্রত্যহ যেমন আসিত, আজিও তেমনি আসিয়াছিল। বা-থিনের শোবার ঘর, বসিবার ঘর, ছবি আঁকিবার ঘর– সমস্ত নিজের হাতে সাজাইয়া গুছাইয়া যাইত। চাকর-দাসীর উপর এ কাজটির ভার দিতে তাহার কিছুতেই সাহস হইত না।

সম্মুখে একখানা দর্পণ ছিল, তাহারই উপর বা-থিনের ছায়া পড়িয়াছিল। মা-শোয়ে অনেকক্ষণ পর্যন্ত একদৃষ্টে চাহিয়া থাকিয়া হঠাৎ একটা নিঃশ্বাস ফেলিয়া কহিল, বা-থিন, তুমি আমাদের মত মেয়েমানুষ হইলে এতদিন দেশের রানী হইতে পারিতে।

বা-থিন মুখ তুলিয়া হাসিমুখে বলিল, কেন বল তো?

রাজা তোমাকে বিবাহ করিয়া সিংহাসনে লইয়া যাইতেন। তাঁর অনেক রানী, কিন্তু এমন রং, এমন চুল, এমন মুখ কি তাঁদের কারও আছে? এই বলিয়া সে কাজে মন দিল, কিন্তু বা-থিনের মনে পড়িতে লাগিল, মান্দালেতে সে যখন ছবি আঁকা শিখিতেছিল, তখনও এমনি কথা তাহাকে মাঝে মাঝে শুনিতে হইত।

তখন সে হাসিয়া কহিল, কিন্তু রূপ চুরি করার উপায় থাকিলে তুমি বোধ হয় আমাকে ফাঁকি দিয়া এতদিনে রাজার বামে গিয়া বসিতে।

মা-শোয়ে এই অভিযোগের কোন উত্তর দিল না, কেবল মনে মনে বলিল, তুমি নারীর মত দুর্বল, নারীর মত কোমল, তাহাদের মতই সুন্দর– তোমার রূপের সীমা নাই।

এই রূপের কাছে সে আপনাকে বড় ছোট মনে করিত।

তিন

বসন্তের প্রারম্ভে এই ইমেদিন গ্রামে প্রতি বৎসর অত্যন্ত সমারোহের সহিত ঘোড়দৌড় হইত। আজ সেই উপলক্ষে গ্রামান্তের মাঠে বহু জনসমাগম হইয়াছিল।

মা-শোয়ে ধীরে ধীরে বা-থিনের পশ্চাতে আসিয়া দাঁড়াইল। সে একমনে ছবি আঁকিতেছিল, তাই তাহার পদশব্দ শুনিতে পাইল না।

মা-শোয়ে কহিল, আমি আসিয়াছি, ফিরিয়া দেখ।

বা-থিন চকিত হইয়া ফিরিয়া চাহিল, বিস্মিত হইয়া জিজ্ঞাসা করিল, হঠাৎ এত সাজসজ্জা কিসের?

বাঃ, তোমার বুঝি মনে নাই, আজ আমাদের ঘোড়দৌড়? যে জয়ী হইবে সে তো আজ আমাকেই মালা দিবে!

কৈ তা তো শুনি নাই, বলিয়া বা-থিন তাহার তুলিটা পুনরায় তুলিয়া লইতে যাইতেছিল, মা-শোয়ে তাহার গলা জড়াইয়া ধরিয়া কহিল, না শুনিয়াছ নেই নেই। কিন্তু তুমি ওঠ— আর কত দেরি করিবে?

এই দুটিতে প্রায় সমবয়সী— হয়ত বা-থিন দুই-চারি মাসের বড় হইতেও পারে, কিন্তু শিশুকাল হইতে এমনি করিয়াই তাহারা এই উনিশটা বছর কাটাইয়া দিয়াছে। খেলা করিয়াছে, বিবাদ করিয়াছে, মারপিট করিয়াছে— আর ভালবাসিয়াছে।

সম্মুখের প্রকাণ্ড মুকুরে দুটি মুখ ততক্ষণ দুটি প্রস্ফুটিত গোলাপের মত ফুটিয়া উঠিয়াছিল, বা-থিন দেখাইয়া কহিল, ঐ দেখ—

মা-শোয়ে কিছুক্ষণ নীরবে ঐ দুটি ছবির পানে অতৃপ্ত-নয়নে চাহিয়া রহিল। অকস্মাৎ আজ প্রথম তাহার মনে হইল, সেও বড় সুন্দর। আবেশে দুই চক্ষু তাহার মুদিয়া আসিল, কানে কানে বলিল, আমি যেন চাঁদের কলঙ্ক।

বা-থিন আরও কাছে তাহার মুখখানি টানিয়া আনিয়া বলিল, না, তুমি চাঁদের কলঙ্ক নও— তুমি কাহারও কলঙ্ক নয়,— তুমি চাঁদের কৌমুদীটি। একবার ভাল করিয়া চাহিয়া দেখ।

কিন্তু নয়ন মেলিতে মা-শোয়ের সাহস হইল না, সে তেমনি দু'চক্ষু মুদিয়া রহিল।

হয়ত এমনি করিয়াই বহুক্ষণ কাটিত, কিন্তু একটা প্রকাণ্ড নরনারীর দল নাচিয়া গাহিয়া সুমুখের পথ দিয়া উৎসবে যোগ দিতে চলিয়াছিল। মা-শোয়ে ব্যস্ত হইয়া উঠিয়া দাঁড়াইয়া কহিল, চল, সময় হইয়াছে।

কিন্তু আমার যাওয়া যে একেবারে অসম্ভব মা-শোয়ে।

কেন?

এই ছবিখানি পাঁচদিনে শেষ করিয়া দিব চুক্তি করিয়াছি।

না দিলে?

সে মান্দালে চলিয়া যাইবে, সুতরাং ছবিও লইবে না, টাকাও দিবে না।

টাকার উল্লেখে মা-শোয়ে কষ্ট পাইত, লজ্জাবোধ করিত। রাগ করিয়া বলিল, কিন্তু তা বলিয়া তো তোমাকে এমন প্রাণপাত পরিশ্রম করিতে দিতে পারি না।

বা-থিন এ কথার কোন উত্তর দিল না। পিতৃঋণ স্মরণ করিয়া তাহার মুখের উপর যে ম্লান ছায়া পড়িল, তাহা আর একজনের দৃষ্টি এড়াইল না। কহিল, আমাকে বিক্রি করিও, আমি দ্বিগুণ দাম দিব।

বা-থিনের তাহাতে সন্দেহ ছিল না, হাসিয়া জিজ্ঞাসা করিল, কিন্তু করিবে কি?

মা-শোয়ে গলার বহুমূল্য হার দেখাইয়া বলিল, ইহাতে যতগুলি মুক্তা, যতগুলি চুনি আছে সবগুলি দিয়া ছবিটিকে বাঁধাইব, তার পরে শোবার ঘরে আমার চোখের উপর টাঙাইয়া রাখি।

তার পরে যেদিন রাত্রে খুব বড় চাঁদ উঠিবে, আর খোলা জানালার ভিতর দিয়া তাহার জ্যোৎস্নার আলো তোমার ঘুমন্ত মুখের উপর খেলা করিতে থাকিবে—

তার পরে?

তারপরে তোমার ঘুম ভাঙ্গিয়ে—

কথাটা শেষ হইতে পাইল না। নীচে মা-শোয়ের গরুর গাড়ি অপেক্ষা করিতেছিল, তাহার গাড়োয়ানের উচ্চকণ্ঠের আহ্বান শোনা গেল।

বা-থিন ব্যস্ত হইয়া কহিল, তার পরের কথা পরে শুনিব, কিন্তু আর নয়। তোমার সময় হইয়া গেছে— শীঘ্র যাও।

কিন্তু সময় বহিয়া যাইবার কোন লক্ষণ মা-শোয়ের আচরণে দেখা গেল না। কারণ সে আরও ভাল করিয়া বসিয়া কহিল, আমার শরীর খারাপ বোধ হইতেছে, আমি যাবো না।

যাবে না? কথা দিয়াছ, সকলে উদ্‌গ্রীব হইয়া তোমার প্রতীক্ষা করিতেছে, তা জানো?

মা-শোয়ে প্রবলবেগে মাথা নাড়িয়া কহিল, তা করুক। চুক্তিভঙ্গের অত লজ্জা আমার নাই— আমি যাবো না!

ছিঃ—

তবে তুমিও চল!

পারিলে নিশ্চয় যাইতাম, কিন্তু, তাই বলিয়া আমার জন্য তোমাকে আমি সত্যভঙ্গ করিতে দিব না। আর দেরি করিও না, যাও।

তাহার গম্ভীর মুখ ও শান্ত দৃঢ় কণ্ঠস্বর শুনিয়া মা-শোয়ে উঠিয়া দাঁড়াইল। অভিমানে মুখখানি ম্লান করিয়া কহিল, তুমি নিজের সুবিধার জন্য আমাকে দূর করিতে চাও। দূর আমি হইতেছি, কিন্তু আর কখনও তোমার কাছে আসিব না।

একমুহূর্ত বা-থিনের কর্তব্যের দৃঢ়তা স্নেহের জলে গলিয়া গেল, সে তাহাকে কাছে টানিয়া লইয়া সহাস্যে কহিল, এতবড় প্রতিজ্ঞাটা করিয়া বসিও না মা-শোয়ে আমি জানি, ইহার শেষ কি হইবে। কিন্তু আর তো বিলম্ব করা চলে না।

মা-শোয়ে তেমনি বিষন্নমুখেই উত্তর দিল, আমি না আসিলে খাওয়া-পরা হইতে আরম্ভ করিয়া সকল বিষয়ে তোমার যে দশা হইবে, সে আমি সহিতে পারিব না জানো বলিয়াই আমাকে তুমি তাড়াইতে পারিলে। এই বলিয়া সে প্রত্যুত্তরের অপেক্ষা না করিয়াই দ্রুতপদে ঘর হইতে বাহির হইয়া গেল।

চার

প্রায় অপরাহ্নবেলায় মা-শোয়ের রূপা-বাঁধানো ‘ময়ূরপঙ্খী গোযান যখন ময়দানে আসিয়া পৌঁছিল, তখন সমবেত জনমণ্ডলী প্রচণ্ড কলরবে কোলাহল করিয়া উঠিল।

সে যুবতী, সে সুন্দরী, সে অবিবাহিতা, এবং বিপুল ধনের অধিকারিণী। মানবের যৌবন-রাজ্যে তাহার স্থান অতি উচ্চে। তাই এখানেও বহু মানের আসনটি তাহারই জন্য নির্দিষ্ট হইয়াছিল। সে আজ পুষ্পমাল্য বিতরণ করিবে। তাহার পর যে ভাগ্যবান এই রমণীর শিরে জয়মাল্যটি সর্বাগ্রে পরাইয়া দিতে পারিবে, তাহার অদৃষ্টই আজ যেন জগতে হিংসা করিবার একমাত্র বস্তু।

সজ্জিত অশ্বপৃষ্ঠে রক্তবর্ণ পোশাকে সওয়ারগণ উৎসাহ ও চাঞ্চল্যের আবেগ কষ্টে সংযত করিয়া ছিল। দেখিলে মনে হয়, আজ সংসারে তাহাদের অসাধ্য কিছু নাই।

ক্রমশঃ সময় আসন্ন হইয়া আসিল, এবং যে কয়জন অদৃষ্ট পরীক্ষা করিতে আজ উদ্যত, তাহারা সারি দিয়া দাঁড়াইল এবং ক্ষণেক পরেই ঘণ্টার সঙ্গে সঙ্গে মরি-বাঁচি-জ্ঞানশূন্য হইয়া কয়জন ঘোড়া ছুটাইয়া দিল।

ইহা বীরত্ব, ইহা যুদ্ধের অংশ। মা-শোয়ের পিতৃপিতামহগণ সকলেই যুদ্ধব্যবসায়ী, ইহার উন্মত্ত বেগ নারী হইলেও তাহার ধমনীতে বহমান ছিল। যে জয়ী হইবে, তাহাকে সমস্ত হৃদয় দিয়া সংবর্ধনা না করিবার সাধ্য তাহার ছিল না।

তাই যখন ভিন্ন-গ্রামবাসী এক অপরিচিত যুবক আরক্তদেহে, কম্পিত-মুখে, ক্লেদসিক্ত হস্তে তাহার শিরে জয়মাল্য পরাইয়া দিল, তখন তাহার আগ্রহের আতিশয্য অনেক সম্ভ্রান্ত রমণীর চক্ষেই কটু বলিয়া ঠেকিল। ফিরিবার পথে সে তাহাকে আপনার পার্শ্বে গাড়িতে স্থান দিল এবং সজলকণ্ঠে কহিল, আপনার জন্য আমি বড় ভয় পাইয়াছিলাম। একবার এমনও মনে হইয়াছিল, অত বড় উঁচু প্রাচীর, কোনরূপে যদি কোথাও পা ঠেকিয়া যায়।

যুবক বিনয়ে ঘাড় হেঁট করিল, কিন্তু এই অসমসাহসী বলিষ্ঠ বীরের সহিত মা-শোয়ে মনে মনে তাহার সেই দুর্বল, কোমল ও সর্ববিষয়ে অপটু চিত্রকরের সহিত তুলনা না করিয়া পারিল না।

এই যুবকটির নাম পো-থিন। কথায় কথায় পরিচয় হইলে জানা গেল, ইনিও উচ্চবংশীয়, ইনিও ধনী এবং তাহাদেরই দূর-আত্মীয়।

মা-শোয়ে আজ অনেককেই তাহার প্রাসাদে সান্ধ্যভোজে নিমন্ত্রণ করিয়াছিল, তাহারা এবং আরও বহু লোক ভিড় করিয়া গাড়ির সঙ্গে সঙ্গে আসিতেছিল। আনন্দের আগ্রহে, তাহাদের তাণ্ডব-নৃত্যোত্থিত ধূলার মেঘে ও সঙ্গীতের অসহ্য নিনাদে সন্ধ্যার আকাশ তখন একেবারে আচ্ছন্ন অভিভূত হইয়া পড়িতেছিল।

এই ভয়ঙ্কর জনতা যখন তাহার বাটীর সুমুখ দিয়া অগ্রসর হইয়া গেল, তখন ক্ষণকালের নিমিত্ত বা-থিন তাহার কাজ ফেলিয়া জানালায় আসিয়া নীরবে চাহিয়া রহিল।

পাঁচ

সান্ধ্যভোজের প্রসঙ্গে পরদিন মা-শোয়ে বা-থিনকে কহিল, কাল সন্ধ্যাটা আনন্দে কাটিল। অনেকেই দয়া করিয়া আসিয়াছিলেন। শুধু তোমার সময় ছিল না বলিয়া তোমাকে ডাকি নাই।

সেই ছবিটা সে প্রাণপণে শেষ করিতেছিল, মুখ না তুলিয়াই বলিল, ভালই করিয়াছিলে। এই বলিয়া সে কাজ করিতে লাগিল।

বিস্ময়ে মা-শোয়ে স্তম্ভিত হইয়া বসিয়া রহিল। কথার ভারে তাহার পেট ফুলিতেছিল, কাল বা-থিন কাজের চাপে উৎসবে যোগ দিতে পারে নাই, তাই আজ অনেকক্ষণ ধরিয়া অনেক গল্প করিবে মনে করিয়াই সে আসিয়াছিল, কিন্তু সমস্তই উলটা রকমের হইয়া গেল। কেবল একা একা প্রলাপ চলিতে পারে, কিন্তু আলাপের কাজ চলে না, তাই সে শুধু স্তব্ধ হইয়া বসিয়া রহিল, কিছুতেই অপর পক্ষের প্রবল ঔদাস্য ও গভীর নীরবতার রুদ্ধদ্বার ঠেলিয়া ভিতরে প্রবেশ করিতে আজ ভরসা করিল না। প্রতিদিন যে-সকল ছোট-খাটো কাজগুলি সে করিয়া যায়, আজ সেগুলিও পড়িয়া রহিল– কিছুতেই হাত দিতে তাহার প্রবৃত্তি হইল না। এইভাবে অনেকক্ষণ কাটিয়া গেল, একবার বা-থিন মুখ তুলিল না, একবার একটা প্রশ্ন করিল না। কালকের অতবড় ব্যাপারের প্রতিও তাহার যেমন লেশমাত্র কৌতূহল

নাই, কাজের ফাঁকে হাঁফ ফেলিবারও তাহার তেমনি অবসর নাই।

বহুক্ষণ পর্যন্ত নিঃশব্দে কুণ্ঠিত ও লজ্জিত হইয়া থাকিয়া অবশেষে সে উঠিয়া দাঁড়াইয়া মৃদুকণ্ঠে কহিল, আজ আসি।

বা-থিন ছবির উপর চোখ রাখিয়াই বলিল, এসো।

যাবার সময় মা-শোয়ের মনে হইল, যেন সে এই লোকটির অন্তরের কথাটা বুঝিয়াছে। জিজ্ঞাসা করে, একবার সে ইচ্ছাও হইল বটে, কিছু মুখ খুলিতে পারিল না, নীরবেই বাহির হইয়া গেল।

বাটীতে পা দিয়াই দেখিল, পো-থিন বসিয়া আছে। গতরাত্রির আনন্দ-উৎসবের জন্য ধন্যবাদ দিতে আসিয়াছিল। অতিথিকে মা-শোয়ে যত্ন করিয়া বসাইল।

লোকটা প্রথমে মা-শোয়ের ঐশ্বর্যের কথা তুলিল, পরে তাহার বংশের কথা, তাহার পিতার খ্যাতির কথা, তাহার রাজদ্বারে সম্ভ্রমের কথা– এমনি কত কি সে অনর্গল বকিয়া যাইতে লাগিল।

এ-সকল কতক বা সে শুনিল, কতক বা তাহার অন্যমনস্ক কানে পৌঁছিল না। কিন্তু লোকটা শুধু বলিষ্ঠ এবং অতি সাহসী ঘোড়সওয়ারই নয়, সে অত্যন্ত ধূর্ত। মা-শোয়ের এই ঔদাসীন্য তাহার অগোচর রহিল না। সে মান্দালের রাজ-পরিবারের প্রসঙ্গ তুলিয়া অবশেষে যখন সৌন্দর্যের আলোচনা শুরু করিল এবং কৃত্রিম সারল্যে পরিপূর্ণ হইয়া এই রমণীকে লক্ষ্য এবং উপলক্ষ্য করিয়া বারংবার তাহার রূপ ও যৌবনের ইঙ্গিত করিতে লাগিল, তখন তাহার মনে মনে অতিশয় লজ্জা করিতে লাগিল বটে, কিন্তু একটা অপরূপ আনন্দ ও গৌরব অনুভব না করিয়াও থাকিতে পারিল না। এবং আলাপ শেষ হইলে পো-থিন বিদায় গ্রহণ করিল, তখন আজিকার রাত্রির জন্যও সে আহারের নিমন্ত্রণ লইয়া গেল।

কিন্তু চলিয়া গেলে, তাহার কথাগুলা মনে মনে আবৃত্তি করিয়া মা-শোয়ের সমস্ত মন ছোট এবং গ্লানিতে ভরিয়া উঠিল এবং নিমন্ত্রণ করিয়া ফেলার জন্য বিরক্তি ও বিতৃষ্ণার অবধি রহিল না। সে তাড়াতাড়ি আরও জন-কয়েক বন্ধু-বান্ধবকে নিমন্ত্রণ করিয়া চাকর দিয়া চিঠি পাঠাইয়া দিল। অতিথিরা যথাসময়েই হাজির হইলেন এবং আজও অনেক হাসি-তামাশা, অনেক গল্প, অনেক নৃত্যগীতের সঙ্গে যখন খাওয়াদাওয়া শেষ হইল, তখন রাত্রি আর বড় বাকী নাই।

ক্লান্ত পরিশ্রান্ত হইয়া সে শুইতে গেল, কিন্তু চোখে ঘুম আসিল না। কিন্তু বিস্ময় এই যে, যাহা লইয়া তাহার এতক্ষণ এমন করিয়া কাটিল, তাহার একটা কথাও আর মনে আসিল না। সে-সকল যেন কত যুগের পুরানো অকিঞ্চিৎকর ব্যাপার– এমনি শুষ্ক, এমনি বিরস। তাহার কেবলি মনে পড়িতে লাগল আর একটা লোককে, যে তাহারই উদ্যানপ্রান্তের একটা নির্জন গৃহে এখন নির্বিঘ্নে আছে– আজিকার এতবড় মাতামাতির লেশমাত্রও তাহার কানে যাইবার হয়ত এতটুকু পথও কোথাও খুঁজিয়া পায় নাই।

ছয়

চিরদিনের অভ্যাস, প্রভাত হইতেই মা-শোয়েকে টানিতে লাগিল। আবার সে গিয়া বা-থিনের ঘরে আসিয়া বসিল।

প্রতিদিনের মত আজিও সে কেবল একটা 'এসো' বলিয়াই তাহার সহজ অভ্যর্থনা শেষ করিয়া কাজে মন দিল– কিন্তু কাছে বসিয়াও আর একজনের আজ কেবলি মনে হইতে

লাগিল, ওই কর্মনিরত নীরব লোকটি নীরবেই যেন বহুদূরে সরিয়া গিয়াছে।

অনেকক্ষণ পর্যন্ত মা-শোয়ে কথা খুঁজিয়া পাইল না। তার পরে সঙ্কোচ কাটাইয়া জিজ্ঞাসা করিল, তোমার আর বাকী কত?

অনেক।

তবে, এই দুদিন ধরিয়া কি করিলে?

বা-থিন ইহার জবাব না দিয়া চুরুটের বাক্সটা তাহার দিকে বাড়াইয়া দিয়া বলিল, এই মদের গন্ধটা আমি সইতে পারি না।

মা-শোয়ে এই ইঙ্গিত বুঝিল। জ্বলিয়া উঠিয়া হাত দিয়া বাক্সটা সজোরে ঠেলিয়া দিয়া বলিল, আমি সকালবেলা চুরুট খাই না– চুরুট দিয়া গন্ধ ঢাকিবার কাজও করি নাই– আমি ছোটলোকের মেয়ে নই।

বা-থিন মুখ তুলিয়া শান্তকণ্ঠে কহিল, হয়ত তোমার জামা-কাপড়ে কোনরূপে লাগিয়াছে, মদের গন্ধটা আমি বানাইয়া বলি নাই।

মা-শোয়ে বিদ্যুদ্বেগে উঠিয়া দাঁড়াইয়া কহিল, তুমি যেমন নীচ তেমনি হিংসুক, তাই আমাকে বিনাদোষে অপমান করিলে। আচ্ছা, তাই ভাল, আমার জামা-কাপড় তোমার ঘর থেকে আমি চিরকালের জন্য সরাইয়া লইয়া যাইতেছি। এই বলিয়া সে প্রত্যুত্তরের অপেক্ষা না করিয়াই দ্রুতবেগে ঘর ছাড়িয়া যাইতেছিল, বা-থিন পিছনে ডাকিয়া তেমনি সংযত-স্বরে বলিল, আমাকে নীচ ও হিংসুক কেহ কখনও বলে নাই, তুমি হঠাৎ অধঃপথে যাইতে উদ্যত হইয়াছে বলিয়াই সাবধান করিয়াছি।

মা-শোয়ে ফিরিয়া দাঁড়াইয়া কহিল, অধঃপথে কি করিয়া গেলাম?

তাই আমার মনে হয়।

আচ্ছা, এই মন লইয়াই থাকো, কিন্তু যাহার পিতা আশীর্বাদ রাখিয়া গেছেন, সন্তানের জন্য অভিশাপ রাখিয়া যান নাই, তাহার সঙ্গে তোমার মনের মিল হইবে না।

এই বলিয়া সে চলিয়া গেল, কিন্তু বা-থিন স্থির হইয়া বসিয়া রহিল। কেহ যে কোন কারণেই কাহাকে এমন মর্মান্তিক করিয়া বিঁধিতে পারে, এত ভালবাসা একদিনেই যে এতবড় বিষ হইয়া উঠিতে পারে, ইহা সে ভাবিতেও পারিত না।

মা-শোয়ে বাটী আসিয়াই দেখিল, পো-থিন বসিয়া আছে। সে সসম্ভ্রমে উঠিয়া দাঁড়াইয়া অত্যন্ত মধুর করিয়া একটু হাস্য করিল।

হাসি দেখিয়া মা-শোয়ের দুই ভ্রূ বোধ করি অজ্ঞাতসারেই কুঞ্চিত হইয়া উঠিল। কহিল, আপনার কি বিশেষ কোন প্রয়োজন আছে?

না, প্রয়োজন এমন–

তা হলে আমার সময় হবে না, বলিয়া পাশের সিঁড়ি দিয়া মা-শোয়ে উপরে চলিয়া গেল।

গত-নিশার কথা স্মরণ করিয়া লোকটা একেবারে হতবুদ্ধি হইয়া গেল। কিন্তু বেহারাটা সুমুখে আসিতেই কাষ্ঠহাসির সঙ্গে হাতে তাহার একটা টাকা গুঁজিয়া দিয়া শিস দিতে দিতে বাহির হইয়া গেল।

সাত

শিশুকাল হইতে যে দুইজনের কখনও একমুহূর্তের জন্য বিচ্ছেদ ঘটে নাই, অদৃষ্টের

বিড়ম্বনায় আজ মাসাধিক কাল গত হইয়াছে, কাহারও সহিত কেহ সাক্ষাৎ করে নাই।

মা-শোয়ে এই বলিয়া আপনাকে বুঝাইবার চেষ্টা করে যে, এ একপ্রকার ভালোই হইল যে, যে মোহের জাল এই দীর্ঘদিন ধরিয়া তাহাকে কঠিন বন্ধনে অভিভূত করিয়া রাখিয়াছিল, তাহা ছিন্ন হইয়া গিয়াছে। আর তাহার সহিত বিন্দুমাত্র সংস্রব নাই। এই ধনীর কন্যার নবীন উদ্দাম প্রকৃতি পিতা বিদ্যমানেও অনেকদিন এমন অনেক কাজ করিতে চাহিয়াছে, যাহা কেবলমাত্র গম্ভীর ও সংযতচিত্ত বা-থিনের বিরক্তির ভয়েই পারে নাই। কিন্তু আজ সে স্বাধীন— একেবারে নিজের মালিক নিজে। কোথাও কাহারো কাছে আর লেশমাত্র জবাবদিহি করিবার নাই। এই একটিমাত্র কথা লইয়া সে মনে মনে অনেক তোলাপাড়া, অনেক ভাঙ্গা-গড়া করিয়াছে, কিন্তু একটা দিনের জন্যও কখনো আপনার হৃদয়ের নিগূঢ়তম গৃহটির দ্বার খুলিয়া দেখে নাই, সেখানে কি আছে। দেখিলে দেখিতে পাইত, এতদিন শুদ্ধমাত্র সে আপনাকেই আপনি ঠকাইয়াছে। সেই নিভৃত গোপন-কক্ষে দিবানিশি উভয়ে মুখোমুখি বসিয়া আছে— প্রেমালাপ করিতেছে না, কলহ করিতেছে না, কেবল নিঃশব্দে উভয়ের চক্ষু বাহিয়া অশ্রু বহিয়া যাইতেছে।

নিজেদের জীবনের এই একান্ত করুণ চিত্রটি তাহার মনশ্চক্ষের অগোচর ছিল বলিয়াই ইতিমধ্যে গৃহে তাহার অনেক উৎসব-রজনীর নিষ্ফল অভিনয় হইয়া গেল— পরাজয়ের লজ্জা তাহাকে ধূলির সঙ্গে মিশাইয়া দিল না।

কিন্তু আজিকার দিনটা ঠিক তেমন করিয়া কাটিতে চাহিল না। কেন, সেই কথাটাই বলিব।

জন্মতিথি-উপলক্ষে প্রতি বৎসর তাহার গৃহে একটা আমোদ-আহ্লাদ ও খাওয়া-দাওয়ার অনুষ্ঠান হইত। আজ সেই আয়োজনটাই কিছু অতিরিক্ত আড়ম্বরের সহিত হইতেছিল। বাটীর দাসদাসী হইতে আরম্ভ করিয়া প্রতিবেশীরা পর্যন্ত আসিয়া যোগ দিয়াছে। কেবল তাহার নিজেরই যেন কিছুতে গা নাই। সকাল হইতে আজ তাহার মনে হইতে লাগিল, সমস্ত বৃথা, সমস্ত পণ্ডশ্রম। কেমন করিয়া যেন এতদিন তাহার মনে হইতেছিল, ওই লোকটাও দুনিয়ার অপর সকলেরই মত সেও মানুষ— সেও ঈর্ষার অতীত নয়। তাহার গৃহের এই যে সব আনন্দ-উৎসবের অপর্যাপ্ত ও নব নব আয়োজন, ইহার বার্তা কি তাহার রুদ্ধ বাতায়ন ভেদিয়া সেই নিভৃত কক্ষে গিয়া পশে না? তাহার কাজের মধ্যে কি বাধা দেয় না?

হয়ত বা সে তাহার তুলিটা ফেলিয়া দিয়া কখনও স্থির হইয়া বসে, কখনও বা অস্থির দ্রুতপদে ঘরের মধ্যে ঘুরিয়া বেড়ায়, কখনও বা নিদ্রাবিহীন তপ্ত শয্যায় পড়িয়া সারারাত্রি জ্বলিয়া পুড়িয়া মরে, কখনও বা— কিন্তু থাক সে-সব।

কল্পনায় এতদিন মা-শোয়ে একপ্রকার তীক্ষ্ণ আনন্দ অনুভব করিতেছিল, কিন্তু আজ তাহার হঠাৎ মনে হইতেছিল, কিছুই না— কিছুই না। তাহার কোন কাজেই তাহার কোন বিঘ্ন ঘটায় না। সমস্ত মিথ্যা, সমস্ত ফাঁকি। সে ধরিতেও চাহে না— ধরা দিতেও চাহে না। ওই কেমন দুর্বল দেহটা অকস্মাৎ কি করিয়া যেন একেবারে পাহাড়ের মত কঠিন ও অচল হইয়া গেছে— কোথাকার কোন ঝঞ্ঝাই আর তাহাকে একবিন্দু বিচলিত করিতে পারে না।

কিন্তু তথাপি জন্মতিথি-উৎসবের বিরাট আয়োজন আড়ম্বরের সঙ্গেই চলিতেছিল। পো-থিন আজ সর্বত্র, সকল কাজে। এমন কি, পরিচিতদের মধ্যে একটা কানাঘুষাও চলিতেছিল যে একদিন এই লোকটাই এ বাড়ির কর্তা হইয়া উঠিবে— এবং বোধ হয়, সেদিন বড় বেশী দূরেও নয়।

গ্রামের নরনারীতে বাড়ি পরিপূর্ণ হইয়া গেছে– চারিদিকেই আনন্দ-কলরব। শুধু যাহার জন্য এই-সব সেই মানুষটিই বিমনা– তাহারই মুখ নিরানন্দের ছায়ায় আচ্ছন্ন। কিন্তু এই ছায়া বাহিরের কাহারো চোখেই প্রায় পড়িল না– পড়িল কেবল বাটীর দুই-একজন সাবেক দিনের দাস-দাসীর। আর পড়িল বোধ হয় তাঁহার– যিনি অলক্ষ্যে থাকিয়াও সমস্ত দেখেন। কেবল তিনিই দেখিতে লাগিলেন, ওই মেয়েটির কাছে আজ সমস্তই শুধু বিড়ম্বনা। এই জন্মতিথির দিনে প্রতিবৎসর যে লোকটি সকলের আগে গোপনে তাহার গলায় আশীর্বাদের মালা পরাইয়া দিত, আজ সে-লোক নাই, সে-মালা নাই; সে-আশীর্বাদের আজ একান্ত অভাব।

মা-শোয়ের পিতার আমলের বৃদ্ধ আসিয়া কহিল, ছোটমা, কৈ তাহাকে তো দেখি না?

বুড়া কিছুকাল পূর্বে কর্মে অবসর লইয়া চলিয়া গিয়াছিল, তাহার ঘরও অন্য গ্রামে, এই মনান্তরের খবর সে জানিত না। আজ আসিয়া চাকর-মহলে শুনিয়াছে। মা-শোয়ে উদ্ধতভাবে বলিল, দেখিবার দরকার থাকে তাহার বাড়ি যাও– আমার এখানে কেন?

বেশ, তাই যাইতেছি, বলিয়া বৃদ্ধ চলিয়া গেল। মনে মনে বলিয়া গেল, কেবল তাঁকে একাকী দেখিলেই তো চলিবে না– তোমাদের দু'জনকে আমার একসঙ্গে দেখা চাই। নইলে এতটা পথ বৃথাই হাঁটিয়া আসিয়াছি।

কিন্তু বুড়ার মনের কথাটি এই নবীনার অগোচর রহিল না। সেই অবধি এক প্রকার সচকিত অবস্থাতেই তাহার সকল কাজের মধ্যে সময় কাটিতেছিল, সহসা একটা চাপা-গলার অস্ফুট শব্দে চাহিয়া দেখিল– বা-থিন। তাহার সর্বাঙ্গ দিয়া বিদ্যুৎ বহিয়া গেল; কিন্তু চক্ষের নিমেষে আপনাকে সংবরণ করিয়া লইয়া সে মুখ ফিরাইয়া অন্যত্র চলিয়া গেল।

খানিক পরে বুড়া আসিয়া কহিল, ছোটমা, যাই হোক, তোমার অতিথি। একটা কথাও কি কহিতে নাই?

কিন্তু তোমাকে তো আমি ডাকিয়া আনিতে বলি নাই?

সেইটাই আমার অপরাধ হইয়া গেছে, বলিয়া সে চলিয়া যাইতেছিল, মা-শোয়ে ডাকিয়া কহিল, বেশ তো, আমি ছাড়া আরও তো লোক আছেন, তাঁরা তো কথা বলিতে পারেন!

বুড়া বলিল, তা পারেন, কিন্তু আর আবশ্যক নাই, তিনি চলিয়া গেছেন।

মা-শোয়ে ক্ষণকাল স্তব্ধ হইয়া রহিল। তার পরে কহিল, আমার কপাল! নইলে তুমিও তো তাঁকে খাইয়া যাইবার কথাটা বলিতে পারিতে!

না, আমি এত নির্লজ্জ নই, বলিয়া বুড়া রাগ করিয়া চলিয়া গেল।

আট

এই অপমানে বা-থিনের চোখে জল আসিল। কিন্তু সে কাহাকেও দোষ দিল না, কেবল আপনাকে বারংবার ধিক্কার দিয়া কহিল, এ ঠিকই হইয়াছে। আমার মত লজ্জাহীনের ইহারই প্রয়োজন ছিল।

কিন্তু প্রয়োজন যে ঐখানেই– ঐ একটা রাত্রির ভিতর দিয়াই শেষ হয় নাই, ইহার চেয়ে অনেক– অনেক বেশী অপমান যে তাহার অদৃষ্টে ছিল, ইহা দিন-দুই পরে টের পাইল; আর এমন করিয়া টের পাইল যে, সে-লজ্জা সারাজীবনে কোথায় রাখিবে, তাহার কূলকিনারা দেখিল না।

যে ছবিটার কথা লইয়া এই আখ্যায়িকা আরম্ভ হইয়াছে, জাতকের সেই গোপার চিত্রটা

এতদিনে সম্পূর্ণ হইয়াছে। একমাসের অধিক কাল অবিশ্রাম পরিশ্রমের ফল আজ শেষ হইয়াছে। সমস্ত সকালটা সে এই আনন্দেই মগ্ন হইয়া রহিল।

ছবি রাজ-দরবারে যাইবে, যিনি দাম দিয়া লইয়া যাইবেন, সংবাদ পাইয়া তিনি উপস্থিত হইলেন। কিন্তু ছবির আবরণ উন্মুক্ত হইলে তিনি চমকিয়া গেলেন। চিত্র-সম্বন্ধে তিনি আনাড়ী ছিলেন না; অনেকক্ষণ একদৃষ্টে চাহিয়া থাকিয়া অবশেষে ক্ষুব্ধস্বরে বলিলেন, এ ছবি আমি রাজাকে দিতে পারিব না।

বা-থিন ভয়ে বিস্ময়ে হতবুদ্ধি হইয়া কহিল, কেন?

তার কারণ এ মুখ আমি চিনি। মানুষের চেহারা দিয়া দেবতা গড়িলে দেবতাকে অপমান করা হয়। এ কথা ধরা পড়িলে রাজা আমার মুখ দেখিবেন না। এই বলিয়া সে চিত্রকরের বিস্ফারিত ব্যাকুল চক্ষের প্রতি ক্ষণকাল চাহিয়া থাকিয়া মুখ টিপিয়া হাসিয়া বলিল, একটু মন দিয়া দেখিলেই দেখিতে পাইবেন– এ কে। এ ছবি চলিবে না।

বা-থিনের চোখের উপর হইতে ধীরে ধীরে একটা কুয়াশার ঘোর কাটিয়া যাইতেছিল। ভদ্রলোক চলিয়া গেলেও সে তেমনি দৃষ্টি নিবদ্ধ করিয়া দাঁড়াইয়া রহিল। তাহার চোখ দিয়া জল পড়িতে লাগিল, আর তাহার বুঝিতে বাকী নাই, এতদিন এই প্রাণান্ত পরিশ্রম করিয়া সে হৃদয়ের অন্তস্তল হইতে যে সৌন্দর্য, যে মাধুর্য বাহিরে টানিয়া আনিয়াছে, দেবতার রূপে যে তাহাকে অহর্নিশি ছলনা করিয়াছে– সে জাতকের গোপা নহে, সে তাহার-ই মা-শোয়ে।

চোখ মুছিয়া মনে মনে কহিল, ভগবান! আমাকে এমন করিয়া বিড়ম্বিত করিলে, তোমার আমি কি করিয়াছিলাম!

নয়

পো-থিন সাহস পাইয়া বলিল, তোমাকে দেবতাও কামনা করেন মা-শোয়ে, আমি তো মানুষ।

মা-শোয়ে অন্যমনস্কের মত উত্তর দিল, কিন্তু যে করে না, সে বোধ হয় তবে দেবতারও বড়।

কিন্তু এ প্রসঙ্গকে সে আর অগ্রসর হইতে দিল না, কহিল, শুনিয়াছি, দরবারে আপনার যথেষ্ট প্রতিপত্তি আছে– আমার একটা কাজ করিয়ে দিতে পারেন খুব শীঘ্র? খুব শীঘ্র?

পো-থিন উৎসুক হইয়া জিজ্ঞাসা করিল, কি?

একজনের কাছে আমি অনেক টাকা পাই, কিন্তু আদায় করিতে পারি না। কোন দলিল নাই। আপনি কিছু উপায় করিতে পারেন?

পারি। কিন্তু তুমি কি জানো না, এই রাজকর্মচারীটি কে? বলিয়া লোকটা হাসিল।

এই হাসির মধ্যেই স্পষ্ট উত্তর ছিল। মা-শোয়ে ব্যগ্র হইয়া তাহার হাতটা চাপিয়া ধরিয়া বলিল, তবে দিন একটি উপায় করিয়া। আজই। আমি একটা দিনও আর বিলম্ব করিতে চাহি না।

পো-থিন ঘাড় নাড়িয়া কহিল, বেশ, তাই।

এই ঋণটা চিরদিন এত তুচ্ছ, এত অসম্ভব, এতই হাসির কথা ছিল যে, এ সম্বন্ধে কেহ কখনো চিন্তা পর্যন্ত করে নাই। কিন্তু রাজকর্মচারীর মুখের আশায় মা-শোয়ের সমস্ত দেহ একমুহূর্তে উত্তেজনায় উত্তপ্ত হইয়া উঠিল; সে দুই চক্ষু প্রদীপ্ত করিয়া সমস্ত ইতিহাস বিবৃত করিয়া কহিতে লাগিল, আমি কিছুই ছাড়িয়া দিব না– একটা কড়ি পর্যন্ত না। জোঁক যেমন

করিয়া রক্ত শুষিয়া লয়, ঠিক তেমনি করিয়া। আজই— এখনই হয় না?

এ বিষয়ে এই লোকটাকে অধিক বলা বাহুল্য। ইহা তাহার আশার অতীত। সে ভিতরের আনন্দ ও আগ্রহ কোনমতে সংবরণ করিয়া বলিল, রাজার আইন অন্ততঃ সাত দিনের সময় চায়। এ সময়টুকু কোনরূপে ধৈর্য ধরিয়া থাকিতেই হইবে। তাহার পরে যেমন করিয়া খুশি, যত খুশি রক্ত শুষিবেন, আমি আপত্তি করিব না।

সেই ভাল। কিন্তু এখন আপনি যান। এই বলিয়া সে একপ্রকার যেন ছুটিয়া পলাইল।

এই দুর্বোধ মেয়েটির প্রতি লোকটির লোভের অবধি ছিল না। তাই অনেক অবহেলা সে নিঃশব্দে পরিপাক করিত, আজিও করিল। বরঞ্চ, গৃহে ফিরিবার পথে আজ তাহার পুলকিত চিত্ত পুনঃ পুনঃ এই কথাটাই আপনাকে আপনি কহিতে লাগিল, আর ভয় নাই, তাহার সফলতার পথ নিষ্কণ্টক হইতে আর বোধ হয় অধিক বিলম্ব হইবে না। বিলম্ব হইবে না, সে কথা সত্য। কিন্তু কত শীঘ্র এবং কতবড় বিস্ময় যে ভগবান তাহার অদৃষ্টে লিখিয়া রাখিয়াছিলেন, এ আজ কল্পনা করাও তাহার পক্ষে সম্ভব ছিল না।

দশ

ঋণের দাবীর চিঠি আসিল। কাগজখানা হাতে করিয়া বা-থিন অনেকক্ষণ চুপ করিয়া বসিয়া রহিল। ঠিক এই জিনিসটি সে আশা করে নাই বটে, কিন্তু আশ্চর্যও হইল না। সময় অল্প, শীঘ্র কিছু একটা করা চাই।

একদিন নাকি মা-শোয়ে রাগের উপর তাহার পিতার অপব্যয়ের প্রতি বিদ্রূপ করিয়াছিল, তাহার এ অপরাধ সে বিস্মৃতও হয় নাই, ক্ষমাও করে নাই। তাই সে সময়ভিক্ষার নাম করিয়া আর তাঁহাকে অপমান করিবার কল্পনাও করিল না। শুধু চিন্তা এই যে, তাহার যাহা-কিছু আছে, সব দিয়াও পিতাকে ঋণমুক্ত করা যাইবে কিনা। গ্রামের মধ্যেই একজন ধনী মহাজন ছিল। পরদিন সকালেই সে তাহার কাছে গিয়া গোপনে সর্বস্ব বিক্রি করিবার প্রস্তাব করিল। দেখা গেল, যাহা তিনি দিতে চাহেন, তাহাই যথেষ্ট। টাকাটা সে সংগ্রহ করিয়া ঘরে আনিল, কিন্তু একজনের অকারণ হৃদয়হীনতা যে তাহার সমস্ত দেহমনের উপর অজ্ঞাতসারে কতবড় আঘাত দিয়াছিল, ইহা সে জানিল তখন, যখন জ্বরে পড়িল।

কোথা দিয়া যে দিন-রাত্রি কাটিল, তাহার খেয়াল রহিল না। জ্ঞান হইলে উঠিয়া বসিয়া দেখিল, সেইদিনই তাহার মেয়াদের শেষ দিন।

আজ শেষ দিন। আপনার নিভৃত কক্ষে বসিয়া মা-শোয়ে কল্পনার জাল বুনিতেছিল। তাহার নিজের অহঙ্কার অনুক্ষণ ঘা খাইয়া খাইয়া আর একজনের অহঙ্কারকে একেবারে অভ্রভেদী উচ্চ করিয়া দাঁড় করাইয়াছিল। সেই বিরাট অহঙ্কার আজ তাহার পদমূলে পড়িয়া যে মাটির সঙ্গে মিশাইবে, ইহাতে তাহার লেশমাত্র সংশয় ছিল না।

এমন সময়ে ভৃত্য আসিয়া জানাইল, নীচে বা-থিন অপেক্ষা করিতেছে। মা-শোয়ে মনে মনে ক্রুর-হাসি হাসিয়া বলিল, জানি। সে নিজেও ইহারই প্রতীক্ষা করিতেছিল।

মা-শোয়ে নীচে আসিতেই বা-থিন উঠিয়া দাঁড়াইল। কিন্তু তাহার মুখের দিকে চাহিয়া মা-শোয়ের বুকে শেল বিঁধিল। টাকা সে চাহে না, টাকার প্রতি লোভ তাহার কানাকড়ির নাই, কিন্তু সেই টাকার নাম দিয়া কত ভয়ঙ্কর অত্যাচার যে অনুষ্ঠিত হইতে পারে, ইহা সে আজ এই দেখিল।

বা-থিন প্রথমে কথা কহিল, বলিল, আজ সাতদিনের শেষ দিন, তোমার টাকা আনিয়াছি।

হায় রে, মানুষ মরিতে বসিয়াও দর্প ছাড়িতে চায় না। নইলে, প্রত্যুত্তরে এমন কথা মা-শোয়ের মুখ দিয়া কেমন করিয়া বাহির হইতে পারিল যে, সে সামান্য কিছু টাকা প্রার্থনা করে নাই– ঋণের সমস্ত টাকা পরিশোধ করিতে বলিয়াছে।

বা-থিনের পীড়িত শুষ্ক-মুখ হাসিতে ভরিয়া গেল, বলিল, তাই বটে, তোমার সমস্ত টাকাই আনিয়াছি।

সমস্ত টাকা? পেলে কোথায়?

কালই জানিতে পারিবে। ওই বাক্সটায় টাকা আছে, কাহাকেও গণিয়া লইতে বল।

গাড়োয়ান দ্বারপ্রান্ত হইতে তাহাকে লক্ষ্য করিয়া জিজ্ঞাসা করিল, আর কত বিলম্ব হইবে। বেলা থাকিতে বাহির হইতে না পারিলে যে পেগুতে রাত্রের মত আশ্রয় মিলিবে না।

মা-শোয়ে গলা বাড়াইয়া দেখিল, পথের উপর বাক্স বিছানা প্রভৃতি বোঝাই দেওয়া গোযান দাঁড়াইয়া। ভয়ে চক্ষের নিমেষে তাহার সমস্ত মুখ বিবর্ণ হইয়া উঠিল, ব্যাকুল হইয়া একেবারে সহস্র প্রশ্ন করিতে লাগিল, পেগুতে কে যাবে? গাড়ি কার? কোথায় এত টাকা পেলে? চুপ করিয়া আছ কেন? তোমার চোখ অত শুকনো কিসের জন্য? কাল কি জানিব? আজ বলিতে তোমার–

বলিতে বলিতেই সে আত্মবিস্মৃত হইয়া কাছে আসিয়া তাহার হাত ধরিল– এবং নিমেষে হাত ছাড়িয়া দিয়া তাহার ললাট স্পর্শ করিয়া চমকিয়া উঠিল– উঃ, এ যে জ্বর, তাই তো বলি, মুখ অত ফ্যাকাশে কেন?

বা-থিন আপনাকে মুক্ত করিয়া লইয়া শান্ত মৃদু-কণ্ঠে কহিল, ব'সো। বলিয়া সে নিজেই বসিয়া পড়িয়া কহিল, আমি মান্দালে যাত্রা করিয়াছি। আজ তুমি আমার একটা শেষ অনুরোধ শুনিবে?

মা-শোয়ে ঘাড় নাড়িয়া জানাইল, সে শুনিবে।

বা-থিন একটু স্থির থাকিয়া কহিল, আমার শেষ অনুরোধ, সৎ দেখিয়া কাহাকেও শীঘ্র বিবাহ করিও। এমন অবিবাহিত অবস্থায় আর বেশীদিন থাকিও না। আর একটা কথা–

এই বলিয়া সে আবার কিছুক্ষণ মৌন থাকিয়া এবার আরও মৃদুকণ্ঠে বলিতে লাগিল, আর একটা জিনিস তোমাকে চিরকাল মনে রাখিতে বলি। এই কথাটা কখনও ভুলিবে না যে, লজ্জার মত অভিমানও স্ত্রীলোকের ভূষণ বটে, কিন্তু বাড়াবাড়ি করিলে–

মা-শোয়ে অধীর হইয়া মাঝখানেই বলিয়া উঠিল, ও-সব আর একদিন শুনিব। টাকা পেলে কোথায়?

বা-থিন হাসিল। কহিল, এ কথা কেন জিজ্ঞাসা কর? আমার কি না তুমি জানো?

টাকা পেলে কোথায়?

বা-থিন ঢোক গিলিয়া ইতস্ততঃ করিয়া অবশেষে কহিল, বাবার ঋণ তাঁর সম্পত্তি দিয়াই শোধ হইয়াছে– নইলে

আমার নিজের আর আছে কি?

তোমার ফুলের বাগান?

সে-ও তো বাবার।

তোমার অত বই?

বই লইয়া আর করিব কি? তা ছাড়া সে-ও তো তাঁরই।

মা-শোয়ে একটা নিঃশ্বাস ফেলিয়া বলিল, যাক, ভালই হইয়াছে। এখন উপরে গিয়া শুইয়া পড়িবে চল।

কিন্তু আজ যে আমাকে যাইতেই হইবে।

এই জ্বর লইয়া? এ কি তুমি সত্যই বিশ্বাস কর, তোমাকে আমি এই অবস্থায় ছাড়িয়া দিব? এই বলিয়া সে কাছে আসিয়া আবার হাত ধরিল।

এবার বা-থিন বিস্ময়ে চাহিয়া দেখিল, মা-শোয়ের মুখের চেহারা একমুহূর্তেই একেবারে পরিবর্তিত হইয়া গিয়াছে। সে-মুখে বিষাদ, বিদ্বেষ, নিরাশা, লজ্জা, অভিমান, কিছুরই চিহ্নমাত্র নাই, আছে শুধু বিরাট স্নেহ ও তেমনি বিপুল শঙ্কা। এই মুখ তাহাকে একেবারে মন্ত্রমুগ্ধ করিয়া দিল। সে নিঃশব্দে ধীরে ধীরে তাহার পিছনে পিছনে উপরে শয়ন-কক্ষে আসিয়া উপস্থিত হইল।

তাহাকে শয্যায় শোয়াইয়া দিয়া মা-শোয়ে কাছে বসিল, দুটি সজল দৃপ্ত চক্ষু তাহার পাণ্ডুর মুখের উপর নিবদ্ধ করিয়া কহিল, তুমি মনে কর, কতকগুলো টাকা আনিয়াছ বলিয়াই আমার ঋণ শোধ হইয়া গেল? মান্দালের কথা ছাড়িয়া দাও, আমার হুকুম ছাড়া এই ঘরের বাহিরে গেলেও আমি ছাদ হইতে নীচে লাফাইয়া পড়িয়া আত্মহত্যা করিব। আমাকে অনেক দুঃখ দিয়াছ, কিন্তু আর দুঃখ কিছুতেই সহিব না, এ তোমাকে আমি নিশ্চয় বলিয়া দিলাম।

বা-থিন আর জবাব দিল না। গায়ের কাপড়টা টানিয়া লইয়া একটা দীর্ঘশ্বাস ফেলিয়া পাশ ফিরিয়া শুইল।

বিলাসী*

পাকা দুই ক্রোশ পথ হাঁটিয়া স্কুলে বিদ্যা অর্জন করিতে যাই। আমি একা নই– দশ-বারোজন। যাহাদেরই বাটী পল্লীগ্রামে, তাহাদেরই ছেলেদের শতকরা আশি জনকে এমনি করিয়া বিদ্যালাভ করিতে হয়। ইহাতে লাভের অঙ্কে শেষ পর্যন্ত একেবারে শূন্য না পড়িলেও, যাহা পড়ে, তাহার হিসাব করিবার পক্ষে এই কয়টা কথা চিন্তা করিয়া দেখিলেই যথেষ্ট হইবে যে, যে ছেলেদের সকাল আটটার মধ্যে বাহির হইয়া যাতায়াতে চার ক্রোশ পথ ভাঙ্গিতে হয়– চার ক্রোশ মানে আট মাইল নয়, ঢের বেশী– বর্ষার দিনে মাথার উপর মেঘের জল ও পায়ের নীচে এক হাঁটু কাদা এবং গ্রীষ্মের দিনে জলের বদলে কড়া সূর্য এবং কাদার বদলে ধূলার সাগর সাঁতার দিয়া স্কুল-ঘর করিতে হয়, সে দুর্ভাগা বালকদের মা-সরস্বতী খুশী হইয়া বর দিবেন কি, তাহাদের যন্ত্রণা দেখিয়া কোথায় যে তিনি মুখ লুকাইবেন, ভাবিয়া পান না।

তার পরে এই কৃতবিদ্য শিশুর দল বড় হইয়া একদিন গ্রামেই বসুন, আর ক্ষুধার জ্বালায় অন্যত্রই যান– তাঁদের চার-ক্রোশ হাঁটা বিদ্যার তেজ আত্মপ্রকাশ করিবেই করিবে। কেহ কেহ বলেন শুনিয়াছি, আচ্ছা, যাদের ক্ষুধার জ্বালা, তাদের কথা না হয় নাই ধরিলাম, কিন্তু যাঁদের সে জ্বালা নাই, তেমন সব ভদ্রলোকই বা কি সুখে গ্রাম ছাড়িয়া পলায়ন করেন? তাঁরা বাস করিতে থাকিলে তো পল্লীর এত দুর্দশা হয় না!

ম্যালেরিয়ার কথাটা না হয় নাই পাড়িলাম। সে যাক, কিন্তু ঐ চার-ক্রোশ হাঁটার জ্বালায় কত ভদ্রলোকেই যে ছেলেপুলে লইয়া গ্রাম ছাড়িয়া শহরে পালান তাহার আর সংখ্যা নাই। তার পরে একদিন ছেলেপুলের পড়াও শেষ হয় বটে, তখন কিন্তু শহরের সুখ-সুবিধা রুচি লইয়া আর তাঁদের গ্রামে ফিরিয়া আসা চলে না।

কিন্তু থাক এ-সকল বাজে কথা। ইস্কুলে যাই– দু'ক্রোশের মধ্যে এমন আরও তো দু'তিনখানা গ্রাম পার হইতে হয়। কার বাগানে আম পাকিতে শুরু করিয়াছে, কোন বনে বঁইচি ফল অপর্যাপ্ত ফলিয়াছে, কার গাছে কাঁঠাল এই পাকিল বলিয়া, কার মর্তমান রম্ভার কাঁদি কাটিয়া লইবার অপেক্ষা মাত্র, কার কানাচে ঝোপের মধ্যে আনারসের গায়ে রঙ ধরিয়াছে, কার পুকুর পাড়ের খেজুর-মেতি কাটিয়া খাইলে ধরা পড়িবার সম্ভাবনা অল্প, এইসব খবর লইতেই সময় যায়, কিন্তু আসল যা বিদ্যা– কামস্কট্‌কার রাজধানীর নাম কি, এবং সাইবিরিয়ার খনির মধ্যে রূপা মেলে, না সোনা মেলে– এ-সকল দরকারী তথ্য অবগত হইবার ফুরসতই মেলে না।

কাজেই এক্‌জামিনের সময় এডেন কি জিজ্ঞাসা করিলে বলি পারসিয়ার বন্দর, আর হুমায়ুনের বাপের নাম জানিতে চাহিলে লিখিয়া দিয়া আসি তোগ্‌লক খাঁ।– এবং আজ চল্লিশের কোঠা পার হইয়াও দেখি, ও-সকল বিষয়ের ধারণা প্রায় একরকমই আছে– তার পরে প্রোমোশনের দিন মুখ ভার করিয়া বাড়ি ফিরিয়া আসিয়া কখনো বা দল বাঁধিয়া মতলব করি, মাস্টারকে ঠ্যাঙানো উচিত, কখনো বা ঠিক করি, অমন বিশ্রী স্কুল ছাড়িয়া দেওয়াই কর্তব্য।

আমাদের গ্রামের একটি ছেলের সঙ্গে মাঝে মাঝেই স্কুলের পথে দেখা হইত। তার নাম ছিল মৃত্যুঞ্জয়। আমাদের চেয়ে সে বয়সে অনেক বড়। থার্ড ক্লাশে পড়িত। কবে যে সে প্রথম থার্ড ক্লাশে উঠিয়াছিল, এ খবর আমরা কেহই জানিতাম না– সম্ভবতঃ তাহা প্রত্নতাত্ত্বিকের গবেষণার বিষয়– আমরা কিন্তু তাহার ঐ থার্ড ক্লাশটাই চিরদিন দেখিয়া আসিয়াছি।

তাহার ফোর্থ ক্লাশে পড়ার ইতিহাসও কখনো শুনি নাই, সেকেন্ড ক্লাশে উঠার খবরও কখনো পাই নাই। মৃত্যুঞ্জয়ের বাপ-মা ভাই-বোন কেহই ছিল না– ছিল শুধু গ্রামের একপ্রান্তে একটা প্রকাণ্ড আম-কাঁঠালের বাগান, আর তার মধ্যে একটা পোড়ো-বাড়ি, আর ছিল এক জ্ঞাতি খুড়া। খুড়ার কাজ ছিল ভাইপোর নানাবিধ দুর্নাম রটনা করা– সে গাঁজা খায়, সে গুলি খায়, এমনি আরও কত কি! তাঁর আর একটা কাজ ছিল বলিয়া বেড়ানো,– ঐ বাগানের অর্ধেকটা তাঁর নিজের অংশ, নালিশ করিয়া দখল করার অপেক্ষা মাত্র। অবশ্য দখল একদিন তিনি পাইয়াছিলেন বটে, কিন্তু সে জেলা আদালতে নালিশ করিয়া নয়– উপরের আদালতের হুকুমে। কিন্তু সে কথা পরে হইবে।

মৃত্যুঞ্জয় নিজে রাঁধিয়া খাইত এবং আমের দিনে ঐ আম-বাগানটা জমা দিয়াই তাহার সারা বৎসরের খাওয়া-পরা চলিত এবং ভাল করিয়াই চলিত। যেদিন দেখা হইয়াছে, সেই দিনই দেখিয়াছি মৃত্যুঞ্জয় ছেঁড়া-খোঁড়া মলিন বইগুলি বগলে করিয়া পথের এক ধার দিয়া নীরবে চলিয়াছে। তাহাকে কখনো কাহারও সহিত যাচিয়া আলাপ করিতে দেখি নাই, বরঞ্চ উপযাচক হইয়া কথা কহিতাম আমরাই। তাহার প্রধান কারণ ছিল এই যে, দোকানের খাবার কিনিয়া খাওয়াইতে গ্রামের মধ্যে তাহার জোড়া ছিল না। আর শুধু ছেলেরাই নয়। কত ছেলের বাপ কতবার যে গোপনে ছেলেকে দিয়া তাহার কাছে স্কুলের মাহিনা হারাইয়া গেছে, বই চুরি গেছে জনৈক পল্লীবালকের ডায়েরি হইতে নকল। তার আসল নামটা কাহারও জানিবার প্রয়োজন নাই, নিষেধও আছে। ডাকনামটা না হয় ধরুন, ন্যাড়া।

ইত্যাদি বলিয়া টাকা আদায় করিয়া লইত, তাহা বলিতে পারি না। কিন্তু ঋণ স্বীকার করা তো দূরের কথা, ছেলে তাহার সহিত একটা কথা কহিয়াছে এ কথাও কোন বাপ ভদ্র-সমাজে কবুল করিতে চাহিত না– গ্রামের মধ্যে মৃত্যুঞ্জয়ের ছিল এমনি সুনাম।

অনেকদিন মৃত্যুঞ্জয়ের সহিত দেখা নাই। একদিন শোনা গেল সে মর-মর। আর একদিন শোনা গেল, মালপাড়ার এক বুড়া মাল তাহার চিকিৎসা করিয়া এবং তাহার মেয়ে বিলাসী সেবা করিয়া মৃত্যুঞ্জয়কে যমের মুখ হইতে এ-যাত্রা ফিরাইয়া আনিয়াছে।

অনেকদিন তাহার অনেক মিষ্টান্নের সদ্ব্যয় করিয়াছি– মনটা কেমন করিতে লাগিল, একদিন সন্ধ্যার অন্ধকারে লুকাইয়া তাহাকে দেখিতে গেলাম। তাহার পোড়োবাড়িতে প্রাচীরের বালাই নাই। স্বচ্ছন্দে ভিতরে ঢুকিয়া দেখি, ঘরের দরজা খোলা, বেশ উজ্জ্বল একটি প্রদীপ জ্বলিতেছে, আর ঠিক সুমুখেই তক্তপোশের উপর পরিষ্কার ধপধপে বিছানায়

মৃত্যুঞ্জয় শুইয়া আছে, তাহার কঙ্কালসার দেহের প্রতি চাহিলেই বুঝা যায়, বাস্তবিক যমরাজ চেষ্টার ত্রুটি কিছু করেন নাই, তবে যে শেষ পর্যন্ত সুবিধা করিয়া উঠিতে পারেন নাই, সে কেবল ওই মেয়েটির জোরে। সে শিয়রে বসিয়া পাখার বাতাস করিতেছিল, অকস্মাৎ মানুষ দেখিয়া চমকিয়া উঠিয়া দাঁড়াইল। এই সেই বুড়া সাপুড়ের মেয়ে বিলাসী। তাহার বয়স আঠারো কি আটাশ ঠাহর করিতে পারিলাম না। কিন্তু মুখের প্রতি চাহিবামাত্রই টের পাইলাম, বয়স যাই হোক, খাটিয়া খাটিয়া আর রাত জাগিয়া জাগিয়া ইহার শরীরে আর কিছু নাই। ঠিক যেন ফুলদানিতে জল দিয়া ভিজাইয়া রাখা বাসী ফুলের মত। হাত দিয়া এতটুকু স্পর্শ করিলে, এতটুকু নাড়াচাড়া করিতে গেলেই ঝরিয়া পড়িবে।

মৃত্যুঞ্জয় আমাকে চিনিতে পারিয়া বলিল, কে, ন্যাড়া?

বলিলাম, হুঁ।

মৃত্যুঞ্জয় কহিল, ব'সো।

মেয়েটা ঘাড় হেঁট করিয়া দাঁড়াইয়া রহিল। মৃত্যুঞ্জয় দুই-চারিটা কথায় যাহা কহিল, তাহার মর্ম এই যে, প্রায় দেড়মাস হইতে চলিল সে শয্যাগত। মধ্যে দশ-পনেরো দিন সে অজ্ঞান অচৈতন্য অবস্থায় পড়িয়া ছিল, এই কয়েকদিন হইল সে লোক চিনিতে পারিতেছে এবং যদিচ এখনো সে বিছানা ছাড়িয়া উঠিতে পারে না, কিন্তু আর ভয় নাই।

ভয় নাই থাকুক। কিন্তু ছেলেমানুষ হইলেও এটা বুঝিলাম, আজও যাহার শয্যা ত্যাগ করিয়া উঠিবার ক্ষমতা হয় নাই, সেই রোগীকে এই বনের মধ্যে একাকী যে মেয়েটি বাঁচাইয়া তুলিবার ভার লইয়াছিল, সে কতবড় গুরুভার! দিনের পর দিন, রাত্রির পর রাত্রি তাহার কত সেবা, কত শুশ্রূষা, কত ধৈর্য, কত রাত-জাগা! সে কত বড় সাহসের কাজ! কিন্তু যে বস্তুটি এই অসাধ্য-সাধন করিয়া তুলিয়াছিল তাহার পরিচয় যদিচ সেদিন পাই নাই, কিন্তু আর একদিন পাইয়াছিলাম।

ফিরিবার সময় মেয়েটি আর একটি প্রদীপ লইয়া আমার আগে আগে ভাঙ্গা প্রাচীরের শেষ পর্যন্ত আসিল। এতক্ষণ পর্যন্ত সে একটি কথাও কহে নাই, এইবার আস্তে আস্তে বলিল, রাস্তা পর্যন্ত তোমায় রেখে আসব কি?

বড় বড় আমগাছে সমস্ত বাগানটা যেন একটা জমাট অন্ধকারের মত বোধ হইতেছিল, পথ দেখা তো দূরের কথা, নিজের হাতটা পর্যন্ত দেখা যায় না। বলিলাম, পৌঁছে দিতে হবে না, শুধু আলোটা দাও।

সে প্রদীপটা আমার হাতে দিতেই তাহার উৎকণ্ঠিত মুখের চেহারাটা আমার চোখে পড়িল। আস্তে আস্তে সে বলিল, একলা যেতে ভয় করবে না তো? একটু এগিয়ে দিয়ে আসব?

মেয়েমানুষ জিজ্ঞাসা করে, ভয় করবে না তো? সুতরাং মনে যাই থাক, প্রত্যুত্তরে শুধু একটা 'না' বলিয়াই অগ্রসর হইয়া গেলাম।

সে পুনরায় কহিল, বন-জঙ্গলের পথ, একটু দেখে দেখে পা ফেলে যেয়ো।

সর্বাঙ্গে কাঁটা দিয়া উঠিল, কিন্তু এতক্ষণে বুঝিলাম উদ্বেগটা তাহার কিসের জন্য এবং কেন সে আলো দেখাইয়া এই বনের পথটা পার করিয়া দিতে চাহিতেছিল। হয়ত সে নিষেধ শুনিত না, সঙ্গেই যাইত, কিন্তু পীড়িত মৃত্যুঞ্জয়কে একাকী ফেলিয়া যাইতেই বোধ করি তাহার শেষ পর্যন্ত মন সরিল না।

কুড়ি-পঁচিশ বিঘার বাগান। সুতরাং পথটা কম নয়। এই দারুণ অন্ধকারের মধ্যে

প্রত্যেক পদক্ষেপই বোধ করি ভয়ে ভয়ে করিতে হইত, কিন্তু পরক্ষণেই মেয়েটির কথাতেই সমস্ত মন এমনি আচ্ছন্ন হইয়া রহিল যে, ভয় পাইবার আর সময় পাইলাম না। কেবল মনে হইতে লাগিল, একটা মৃতকল্প রোগী লইয়া থাকা কত কঠিন! মৃত্যুঞ্জয় তো যে কোন মুহূর্তেই মরিতে পারিত, তখন সমস্ত রাত্রি এই বনের মধ্যে মেয়েটি একাকী কি করিত! কেমন করিয়া তাহার সে রাতটা কাটিত!

এই প্রসঙ্গে অনেকদিন পরের একটা কথা আমার মনে পড়ে। এক আত্মীয়ের মৃত্যুকালে আমি উপস্থিত ছিলাম। অন্ধকার রাত্রি– বাটীতে ছেলেপুলে চাকর-বাকর নাই, ঘরের মধ্যে শুধু তাঁর সদ্য-বিধবা স্ত্রী, আর আমি। তাঁর স্ত্রী তো শোকের আবেগে দাপাদাপি করিয়া এমন কাণ্ড করিয়া তুলিলেন যে, ভয় হইল তাঁহারও প্রাণটা বুঝি বাহির হইয়া যায় বা কাঁদিয়া কাঁদিয়া বার বার আমাকে প্রশ্ন করিতে লাগিলেন, তিনি স্বেচ্ছায় যখন সহমরণে যাইতে চাহিতেছেন, তখন সরকারের কি? তাঁর যে আর তিলার্ধ বাঁচিতে সাধ নাই, এ কি তাহারা বুঝিবে না? তাহাদের ঘরে কি স্ত্রী নাই? তাহারা কি পাষাণ? আর এই রাত্রেই গ্রামের পাঁচজনে যদি নদীর তীরের কোন একটা জঙ্গলের মধ্যে তাঁর সহমরণের যোগাড় করিয়া দেয় তো পুলিশের লোক জানিবে কি করিয়া? এমনি কত কি। কিন্তু আমার তো আর বসিয়া বসিয়া তাঁর কান্না শুনিলেই চলে না। পাড়ায় খবর দেওয়া চাই অনেক জিনিস যোগাড় করা চাই। কিন্তু আমার বাহিরে যাইবার প্রস্তাব শুনিয়াই তিনি প্রকৃতিস্থ হইয়া উঠিলেন। চোখ মুছিয়া বলিলেন, ভাই, যা হবার সে তো হইয়াছে, আর বাইরে গিয়ে কি হইবে? রাতটা কাটুক না।

বলিলাম, অনেক কাজ, না গেলেই যে নয়।

তিনি বলিলেন, হোক কাজ, তুমি ব'সো।

বলিলাম, বসলে চলবে না, একবার খবর দিতেই হইবে, বলিয়া পা বাড়াইবামাত্রেই তিনি চীৎকার করিয়া উঠিলেন, ওরে বাপ্‌রে! আমি একলা থাকতে পারব না।

কাজেই আবার বসিয়া পড়িতে হইল। কারণ, তখন বুঝিলাম যে-স্বামী জ্যান্ত থাকিতে তিনি নির্ভয়ে পঁচিশ বৎসর একাকী ঘর করিয়াছেন, তাঁর মৃত্যুটা যদি বা সহে, তাঁর মৃতদেহটা এই অন্ধকার রাত্রে পাঁচ মিনিটের জন্যেও স্ত্রীর সহিবে না। বুক যদি কিছুতে ফাটে তো সে এই মৃত স্বামীর কাছে একলা থাকিলে।

কিন্তু দুঃখটা তাঁহার তুচ্ছ করিয়া দেখানও আমার উদ্দেশ্য নহে। কিংবা তাহা খাঁটি নয় এ কথা বলাও আমার অভিপ্রায় নহে। কিংবা একজনের ব্যবহারেই তাহার চূড়ান্ত মীমাংসা হইয়া গেল তাহাও নহে। কিন্তু এমন আরও অনেক ঘটনা জানি, যাহার উল্লেখ না করিয়াও আমি এই কথা বলিতে চাই যে, শুধু কর্তব্য-জ্ঞানের জোরে অথবা বহুকাল ধরিয়া একসঙ্গে ঘর করার অধিকারেই এই ভয়টাকে কোন মেয়েমানুষই অতিক্রম করিতে পারে না। ইহা আর একটা শক্তি যাহা বহু স্বামী-স্ত্রী এক শ' বৎসর একত্রে ঘর করার পরেও হয়ত তাহার কোন সন্ধানই পায় না।

কিন্তু সহসা সেই শক্তির পরিচয় যখন কোন নরনারীর কাছে পাওয়া যায়, তখন সমাজের আদালতে আসামী করিয়া তাহাদের দণ্ড দেওয়ায় আবশ্যক যদি হয় তো হোক, কিন্তু মানুষের যে বস্তুটি সামাজিক নয়, সে নিজে যে ইহাদের দুঃখে গোপনে অশ্রু বিসর্জন না করিয়া কোন মতেই থাকিতে পারে না।

প্রায় মাস-দুই মৃত্যুঞ্জয়ের খবর লই নাই। যাঁহারা পল্লীগ্রাম দেখেন নাই, কিংবা ওই

রেলগাড়ির জানালায় মুখ বাড়াইয়া দেখিয়াছেন, তাঁহারা হয়ত সবিস্ময়ে বলিয়া উঠিবেন, এ কেমন কথা? এ কি কখনো সম্ভব হইতে পারে যে অত-বড় অসুখটা চোখে দেখিয়া আসিয়াও মাস-দুই আর তার খবরই নাই? তাঁহাদের অবগতির জন্য বলা আবশ্যক যে, এ শুধু সম্ভব নয়, এই হইয়া থাকে। একজনের বিপদে পাড়াসুদ্ধ ঝাঁক বাঁধিয়া উপুড় হইয়া পড়ে, এই যে একটা জনশ্রুতি আছে, জানি না তাহা সত্যযুগের পল্লীগ্রামের ছিল কি না, কিন্তু একালে তো কোথাও দেখিয়াছি বলিয়া মনে করিতে পারি না। তবে তাহার মরার খবর যখন পাওয়া যায় নাই, তখন সে যে বাঁচিয়া আছে, এ ঠিক।

এমনি সময়ে হঠাৎ একদিন কানে গেল, মৃত্যুঞ্জয়ের সেই বাগানের অংশীদার খুড়া তোলপাড় করিয়া বেড়াইতেছে যে, গেল– গেল, গ্রামটা এবার রসাতলে গেল! নালতের মিত্তির বলিয়া সমাজে আর তাঁর মুখ বাহির করিবার জো রহিল না– অকালকুষ্মাণ্ডটা একটা সাপুড়ের মেয়ে নিকা করিয়া ঘরে আনিয়াছে। আর শুধু নিকা নয়, তাও না হয় চুলায় যাক, তাহার হাতে ভাত পর্যন্ত খাইতেছে। গ্রামে যদি ইহার শাসন না থাকে তো বনে গিয়া বাস করিলেই তো হয়! কোড়োলা, হরিপুরের সমাজ এ কথা শুনিলে যে– ইত্যাদি ইত্যাদি।

তখন ছেলে-বুড়ো সকলের মুখেই ঐ এক কথা,– অ্যাঁ– এ হইল কি? কলি কি সত্যই উলটাইতে বসিল।

খুড়া বলিয়া বেড়াইতে লাগিলেন, এ যে ঘটিবে, তিনি অনেক আগেই জানিতেন। তিনি শুধু তামাশা দেখিতেছিলেন; কোথাকার জল কোথায় গিয়া মরে! নইলে পর নয়, প্রতিবেশী নয়, আপনার ভাইপো! তিনি কি বাড়ি লইয়া যাইতে পারিতেন না? তাঁহার কি ডাক্তার-বৈদ্য দেখাইবার ক্ষমতা ছিল না? তবে কেন যে করেন নাই, এখন দেখুক সবাই। কিন্তু আর তো চুপ করিয়া থাকা যায় না। এ যে মিত্তির বংশের নাম ডুবিয়া যায়! গ্রামের যে মুখ পোড়ে!

তখন আমরা গ্রামের লোক মিলিয়া যে কাজটা করিলাম, তাহা মনে করিলে আমি আজও লজ্জায় মরিয়া যাই। খুড়া চলিলেন নালতের মিত্তির বংশের অভিভাবক হইয়া, আর আমরা দশ-বারোজন সঙ্গে চলিলাম গ্রামের বদন দগ্ধ না হয় এইজন্য।

মৃত্যুঞ্জয়ের পোড়ো-বাড়িতে গিয়া যখন উপস্থিত হইলাম তখন সবেমাত্র সন্ধ্যা হইয়াছে। মেয়েটি ভাঙ্গা বারান্দার একধারে রুটি গড়িতেছিল, অকস্মাৎ লাঠিসোঁটা হাতে এতগুলি লোককে উঠানের উপর দেখিয়া ভয়ে নীলবর্ণ হইয়া গেল।

খুড়ো ঘরের মধ্যে উঁকি মারিয়া দেখিলেন, মৃত্যুঞ্জয় শুইয়া আছে। চট করিয়া শিকলটা টানিয়া দিয়া, সেই ভয়ে মৃতপ্রায় মেয়েটিকে সম্ভাষণ শুরু করিলেন। বলা বাহুল্য, জগতের কোন খুড়া কোনকালে বোধ করি ভাইপোর স্ত্রীকে ওরূপ সম্ভাষণ করে নাই। সে এমনি যে, মেয়েটি হীন সাপুড়ের মেয়ে হইয়াও তাহা সহিতে পারিল না, চোখ তুলিয়া বলিল, বাবা আমারে বাবুর সাথে নিকে দিয়েচে জানো!

খুড়া বলিলেন, তবে রে! ইত্যাদি ইত্যাদি! এবং সঙ্গে সঙ্গেই দশ-বারোজন বীরদর্পে হুঙ্কার দিয়া তাহার ঘাড়ে পড়িল। কেহ ধরিল চুলের মুটি, কেহ ধরিল কান, কেহ ধরিল হাত দুটো– এবং যাহাদের সে সুযোগ ঘটিল না, তাহারাও নিচেষ্ট হইয়া রহিল না।

কারণ, সংগ্রাম-স্থলে আমরা কাপুরুষের ন্যায় চুপ করিয়া থাকিতে পারি, আমাদের বিরুদ্ধে এতবড় দুর্নাম রটনা করিতে বোধ করি নারায়ণের কর্তৃপক্ষেরও চক্ষুলজ্জা হইবে।

এইখানে একটা অবান্তর কথা বলিয়া রাখি। শুনিয়াছি নাকি বিলাত প্রভৃতি ম্লেচ্ছ দেশে

পুরুষদের মধ্যে একটা কুসংস্কার আছে, স্ত্রীলোক দুর্বল এবং নিরুপায় বলিয়া তাহার গায়ে হাত তুলিতে নাই। এ আবার একটা কি কথা! সনাতন হিন্দু এ কুসংস্কার মানে না। আমরা বলি, যাহারই গায়ে জোর নাই, তাহারই গায়ে হাত তুলিতে পারা যায়। তা সে নর-নারী যাই হোক না কেন।

মেয়েটি প্রথমেই সেই যা একবার আর্তনাদ করিয়া উঠিয়াছিল, তারপরে একেবারে চুপ করিয়া গেল। কিন্তু আমরা যখন তাহাকে গ্রামের বাহিরে রাখিয়া আসিবার জন্য হিচড়াইয়া লইয়া চলিলাম, তখন সে মিনতি করিয়া বলিতে লাগিল, বাবুরা, আমাকে একটিবার ছেড়ে দাও, আমি রুটিগুলো ঘরে দিয়ে আসি। বাইরে শিয়াল-কুকুরে খেয়ে যাবে– রোগা মানুষ সমস্ত রাত খেতে পাবে না।

মৃত্যুঞ্জয় রুদ্ধ-ঘরের মধ্যে পাগলের মত মাথা কুটিতে লাগিল, দ্বারে পদাঘাত করিতে লাগিল এবং শ্রাব্য-অশ্রাব্য বহুবিধ ভাষা প্রয়োগ করিতে লাগিল। কিন্তু আমরা তাহাতে তিলার্ধ বিচলিত হইলাম না। স্বদেশের মঙ্গলের জন্য সমস্ত অকাতরে সহ্য করিয়া তাহাকে হিড়হিড় করিয়া টানিয়া লইয়া চলিলাম।

চলিলাম বলিতেছি, কেননা আমিও বরাবর সঙ্গে ছিলাম, কিন্তু কোথায় আমার মধ্যে একটুখানি দুর্বলতা ছিল, আমি তাহার গায়ে হাত দিতে পারি নাই। বরঞ্চ কেমন যেন কান্না পাইতে লাগিল। সে যে অত্যন্ত অন্যায় করিয়াছে এবং তাহাকে গ্রামের বাহির করাই উচিত বটে, কিন্তু এটাই যে আমরা ভাল কাজ করিতেছি, সেও কিছুতে মনে করিলাম না। কিন্তু আমার কথা যাক।

আপনারা মনে করিবেন না, পল্লীগ্রামে উদারতার একান্ত অভাব। মোটেই না। বরঞ্চ বড়লোক হইলে আমরা এমন সব ঔদার্য প্রকাশ করি যে, শুনিলে আপনারা অবাক হইয়া যাইবেন।

এই মৃত্যুঞ্জয়টাই যদি না তাহার হাতে ভাত খাইয়া অমার্জনীয় অপরাধ করিত, তা হইলে তো আমাদের এত রাগ হইত না। আর কায়েতের ছেলের সঙ্গে সাপুড়ের মেয়ের নিকা– এ তো একটা হাসিয়া উড়াইবার কথা! কিন্তু কাল করিল যে ঐ ভাত খাইয়া! হোক না সে আড়াই মাসের রুগী, হোক না সে শয্যাশায়ী! কিন্তু তাই বলিয়া ভাত! লুচি নয়, সন্দেশ নয়, পাঁঠার মাংস নয়! ভাত খাওয়া যে অন্ন-পাপ! সে তো আর সত্য সত্যই মাপ করা যায় না! তা নইলে পল্লীগ্রামের লোক সঙ্কীর্ণ-চিত্ত নয়। চার-ক্রোশ-হাঁটা-বিদ্যা যেসব ছেলের পেটে, তারাই তো একদিন বড় হইয়া সমাজের মাথা হয়! দেবী বীণাপানির বরে সঙ্কীর্ণতা তাহাদের মধ্যে আসিবে কি করিয়া!

এই তো ইহারই কিছুদিন পরে, প্রাতঃস্মরণীয় স্বর্গীয় মুখোপাধ্যায় মহাশয়ের বিধবা পুত্রবধূ মনের বৈরাগ্যে বছর-দুই কাশীবাস করিয়া যখন ফিরিয়া আসিলেন, তখন নিন্দুকেরা কানাকানি করিতে লাগিল যে, অর্ধেক সম্পত্তি ঐ বিধবার এবং পাছে তাহা বেহাত হয়, এই ভয়েই ছোটবাবু অনেক চেষ্টা অনেক পরিশ্রমের পর বৌঠানকে যেখান হইতে ফিরাইয়া আনিয়াছেন, সেটা কাশীই বটে। যাই হোক, ছোটবাবু তাহার স্বাভাবিক ঔদার্যে, গ্রামের বারোয়ারী পূজা বাবদ দুইশত টাকা দান করিয়া, পাঁচখানা গ্রামের ব্রাহ্মণের সদক্ষিণা উত্তম ফলাহারের পর, প্রত্যেক সদ্ব্রাহ্মণের হাতে যখন একটা করিয়া কাঁসার গেলাস দিয়া বিদায় করিলেন, তখন ধন্য ধন্য পড়িয়া গেল। এমন কি, পথে আসিতে অনেকেই দেশের এবং দশের কল্যাণের নিমিত্ত কামনা করিতে লাগিলেন, এমন সব যারা বড়লোক, তাদের

বাড়িতে বাড়িতে, মাসে মাসে এমন সব সদনুষ্ঠানের আয়োজন হয় না কেন!

কিন্তু যাক! মহত্ত্বের কাহিনী আমাদের অনেক আছে। যুগে যুগে সঞ্চিত হইয়া প্রায় প্রত্যেক পল্লীবাসীর দ্বারেই স্তূপাকার হইয়া উঠিয়াছে। এই দক্ষিণ বঙ্গের অনেক পল্লীতে অনেকদিন ঘুরিয়া গৌরব করিবার মত অনেক বড় বড় ব্যাপার প্রত্যক্ষ করিয়াছি। চরিত্রেই বল, ধর্মেই বল, সমাজেই বল, আর বিদ্যাতেই বল, শিক্ষা একেবারেই পুরা হইয়া আছে এখন শুধু ইংরাজকে কষিয়া গালিগালাজ করিতে পারিলেই দেশটা উদ্ধার হইয়া যায়।

বৎসর-খানেক গত হইয়াছে। মশার কামড় আর সহ্য করিতে না পারিয়া সবেমাত্র সন্ন্যাসীগিরিতে ইস্তফা দিয়া ঘরে ফিরিয়াছি। একদিন দুপুরবেলা ক্রোশ দুই দূরের মাল পাড়ার ভিতর দিয়া চলিয়াছি, হঠাৎ দেখি, একটা কুটীরের দ্বারে বসিয়া মৃত্যুঞ্জয়। তার মাথায় গেরুয়া রঙের পাগড়ি, বড় বড় দাড়ি-চুল, গলায় রুদ্রাক্ষ ও পুঁতির মালা– কে বলিবে এ আমাদের সেই মৃত্যুঞ্জয়! কায়স্থের ছেলে একটা বছরের মধ্যেই জাত দিয়া একেবারে পুরাদস্তুর সাপুড়ে হইয়া গেছে। মানুষ কত শীঘ্র যে তাহার চৌদ্দ-পুরুষের জাতটা বিসর্জন দিয়া আর একটা জাত হইয়া উঠিতে পারে, সে এক আশ্চর্য ব্যাপার। ব্রাহ্মণের ছেলে মেথরানী বিবাহ করিয়া মেথর হইয়া গেছে এবং তাহাদের ব্যবসা অবলম্বন করিয়াছে, এ বোধ করি আপনারা সবাই শুনিয়াছেন। আমি সদ্‌ব্রাহ্মণের ছেলেকে এন্ট্রান্স পাস করার পরেও ডোমের মেয়ে বিবাহ করিয়া ডোম হইতে দেখিয়াছি। এখন সে ধুচুনি কুলো বুনিয়া বিক্রয় করে, শূয়ার চরায়। ভাল কায়স্থ সন্তানকে কসাইয়ের মেয়ে বিবাহ করিয়া কসাই হইয়া যাইতেও দেখিয়াছি আজ সে স্বহস্তে গরু কাটিয়া বিক্রয় করে– তাহাকে দেখিয়া কাহার সাধ্য বলে, কোন কালে সে কসাই ভিন্ন আর-কিছু ছিল! কিন্তু, সকলেরই ওই একই হেতু। আমার তাই তো মনে হয়, এমন করিয়া এত সহজে পুরুষকে যাহারা টানিয়া নামাইতে পারে, তাহারা কি এমনিই অবলীলাক্রমে তাহাদের ঠেলিয়া উপরে তুলিতে পারে না? যে পল্লীগ্রামের পুরুষদের সুখ্যাতিতে আজ পঞ্চমুখ হইয়া উঠিয়াছি, গৌরবটা কি একা শুধু তাহাদেরই? শুধু নিজেদের জোরেই এত দ্রুত নীচের দিকে নামিয়া চলিয়াছে! অন্দরের দিক হইতে কি এতটুকু উৎসাহ, এতটুকু সাহায্য আসে না?

কিন্তু থাক। ঝোঁকের মাথায় হয়ত বা অনধিকার চর্চা করিয়া বসিব। কিন্তু আমার মুশকিল হইয়াছে এই যে, আমি কোনমতেই ভুলিতে পারি না, দেশের নব্বুইজন নর-নারীই ঐ পল্লীগ্রামেরই মানুষ এবং সেইজন্য কিছু একটা আমাদের করা চাই-ই। যাক। বলিতেছিলাম যে, দেখিয়া কে বলিবে এ সেই মৃত্যুঞ্জয়। কিন্তু আমাকে সে খাতির করিয়া বসাইল। বিলাসী পুকুরে জল আনিতে গিয়াছিল, আমাকে দেখিয়া সেও ভারি খুশি হইয়া বার বার বলিতে লাগিল, তুমি না আগলালে সে রাত্তিরে আমাকে তারা মেরেই ফেলত। আমার জন্যে কত মারই না জানি তুমি খেয়েছিলে।

কথায় কথায় শুনিলাম, পরদিনই তাহারা এখানে উঠিয়া আসিয়া ক্রমশঃ ঘর বাঁধিয়া বাস করিতেছে এবং সুখে আছে। সুখে যে আছে, এ কথা আমাকে বলার প্রয়োজন ছিল না, শুধু তাহাদের মুখের পানে চাহিয়াই আমি তাহা বুঝিয়াছিলাম।

তাই শুনিলাম, আজ কোথায় নাকি তাহাদের সাপ ধরার বায়না আছে এবং তাহারা প্রস্তুত হইয়াছে, আমিও অমনি সঙ্গে যাইবার জন্য লাফাইয়া উঠিলাম। ছেলেবেলা হইতেই দুটা জিনিসের উপর আমার প্রবল শখ ছিল। এক ছিল গোখরো কেউটে সাপ ধরিয়া পোষা, আর ছিল মন্ত্র-সিদ্ধ হওয়া।

সিদ্ধ হওয়ার উপায় তখনও খুঁজিয়া বাহির করিতে পারি নাই, কিন্তু মৃত্যুঞ্জয়কে ওস্তাদ লাভ করিবার আশায় আনন্দে উৎফুল্ল হইয়া উঠিলাম। সে তাহার নামজাদা শ্বশুরের শিষ্য, সুতরাং মস্ত লোক আমার ভাগ্য যে অকস্মাৎ এমন সুপ্রসন্ন হইয়া উঠিবে, তাহা কে ভাবিতে পারিত?

কিন্তু শক্ত কাজ, এবং ভয়ের কারণ আছে বলিয়া প্রথমে তাহারা উভয়েই আপত্তি করিল, কিন্তু আমি এমনি নাছোড়বান্দা হইয়া উঠিলাম যে, মাস খানেকের মধ্যে আমাকে সাগরেদ করিতে মৃত্যুঞ্জয় পথ পাইল না। সাপ ধরার মন্ত্র এবং হিসাব শিখাইয়া দিল এবং কবজিতে ওষুধ-সমেত মাদুলি বাঁধিয়া দিয়া দস্তুরমত সাপুড়ে বানাইয়া তুলিল।

মন্ত্রটা কি জানেন? তার শেষটা আমার মনে আছে—

ওরে কেউটে তুই মনসার বাহন—
মনসা দেবী আমার মা—
ওলট পালট পাতাল-ফোঁড়—
ঢোঁড়ার বিষ তুই নে, তোর বিষ ঢোঁড়ারে দে
— দুধরাজ, মণিরাজ!
কার আজ্ঞে— বিষহরির আজ্ঞে!

ইহার মানে যে কি, তাহা আমি জানি না। কারণ, যিনি এই মন্ত্রের দ্রষ্টা ঋষি ছিলেন, নিশ্চয়ই কেহ না কেহ ছিলেন— তাঁর সাক্ষাৎ কখনো পাই নাই।

অবশেষে একদিন এই মন্ত্রের সত্য-মিথ্যার চরম মীমাংসা হইয়া গেল বটে, কিন্তু যতদিন না হইল, ততদিন সাপ ধরার জন্য চতুর্দিকে প্রসিদ্ধ হইয়া গেলাম। সবাই বলাবলি করিতে লাগিল, হ্যাঁ, ন্যাড়া একজন গুণী লোক বটে। সন্ন্যাসীর অবস্থায় কামাখ্যায় গিয়া সিদ্ধ হইয়া আসিয়াছে। এতটুকু বয়সের মধ্যে এতবড় ওস্তাদ হইয়া অহঙ্কারে আমার আর মাটিতে পা পড়ে না, এমনি জো হইল।

বিশ্বাস করিল না শুধু দুইজন। আমার গুরু যে, সে তো ভাল-মন্দ কোন কথাই বলিত না। কিন্তু, বিলাসী মাঝে মাঝে মুখ টিপিয়া হাসিয়া বলিত, ঠাকুর, এ-সব ভয়ঙ্কর জানোয়ার, একটু সাবধানে নাড়াচাড়া করো। বস্তুতঃ বিষদাঁত ভাঙ্গা, সাপের মুখ হইতে বিষ বাহির করা প্রভৃতি কাজগুলা এমনি অবহেলার সহিত করিতে শুরু করিয়াছিলাম যে, সে-সব মনে পড়িলে আমার আজও গা কাঁপে।

আসল কথা হইতেছে এই যে, সাপধরাও কঠিন নয়, এবং ধরা সাপ দুই-চারি দিন হাঁড়িতে পুরিয়া রাখার পরে তাহার বিষদাঁত ভাঙ্গাই হোক, আর নাই হোক কিছুতেই কামড়াইতে চাহে না। চক্র তুলিয়া কামড়াইবার ভান করে, ভয় দেখায়, কিন্তু কামড়ায় না।

মাঝে মাঝে আমাদের গুরু-শিষ্যের সহিত বিলাসী তর্ক করিত। সাপুড়েদের সবচেয়ে লাভের ব্যবসা হইতেছে শিকড় বিক্রি করা, যা দেখাইবামাত্র সাপ পলাইতে পথ পায় না। কিন্তু তার পূর্বে সামান্য একটু কাজ করিতে হইত, যে-সাপটা শিকড় দেখিয়া পলাইবে, তাহার মুখে একটা লোহার শিক পুড়াইয়া বারকয়েক ছ্যাঁকা দিতে হয়। তার পরে তাহাকে শিকড়ই দেখান হোক আর একটা কাঠিই দেখান হোক, সে যে কোথায় পলাইবে ভাবিয়া পায় না। এই কাজটার বিরুদ্ধে বিলাসী ভয়ানক আপত্তি করিয়া মৃত্যুঞ্জয়কে বলিত, দেখ, এমন করিয়া মানুষ ঠকাইয়ো না।

মৃত্যুঞ্জয় কহিত, সবাই করে— এতে দোষ কি?

বিলাসী বলিত, করুক গে সবাই। আমাদের তো খাবার ভাবনা নেই, আমরা কেন মিছিমিছি লোক ঠকাতে যাই?

আর একটা জিনিস আমি বরাবর লক্ষ্য করিয়াছি। সাপ ধরার বায়না আসিলেই বিলাসী নানাপ্রকারে বাধা দিবার চেষ্টা করিত— আজ শনিবার, আজ মঙ্গলবার, এমনি কত কি। মৃত্যুঞ্জয় উপস্থিত না থাকিলে সে তো একেবারেই ভাগাইয়া দিত, কিন্তু উপস্থিত থাকিলে মৃত্যুঞ্জয় নগদ টাকার লোভ সামলাইতে পারিত না। আর আমার তো একরকম নেশার মত হইয়া দাঁড়াইয়াছিল। নানাপ্রকারে তাহাকে উত্তেজিত করিতে চেষ্টার ত্রুটি করিতাম না। বস্তুতঃ ইহার মধ্যে মজা ছাড়া ভয় যে কোথাও ছিল, এ আমাদের মনেই স্থান পাইত না। কিন্তু এই পাপের দণ্ড আমাকে একদিন ভাল করিয়াই দিতে হইল।

সেদিন ক্রোশ-দেড়েক দূরে এক গোয়ালার বাড়ি সাপ ধরিতে গিয়াছি। বিলাসী বরাবরই সঙ্গে যাইত, আজও সঙ্গে ছিল। মেটে-ঘরের মেজে খানিকটা খুঁড়িতেই একটা গর্তের চিহ্ন পাওয়া গেল। আমরা কেহই লক্ষ্য করি নাই, কিন্তু বিলাসী সাপুড়ের মেয়ে— সে হেঁট হইয়া কয়েক টুকরা কাগজ তুলিয়া লইয়া আমাকে বলিল, ঠাকুর, একটু সাবধানে খুড়ো। সাপ একটা নয়, এক জোড়া তো আছে বটেই, হয়ত বা বেশীও থাকতে পারে।

মৃত্যুঞ্জয় বলিল, এরা যে বলে একটাই এসে ঢুকেছে। একটাই দেখতে পাওয়া গেছে।

বিলাসী কাগজ দেখাইয়া কহিল, দেখচ না বাসা করেছিল?

মৃত্যুঞ্জয় কহিল, কাগজ তো ইঁদুরেও আনতে পারে!

বিলাসী কহিল, দুই-ই হতে পারে। কিন্তু দুটো আছেই আমি বলচি।

বাস্তবিক বিলাসীর কথাই ফলিল, এবং মর্মান্তিকভাবেই সেদিন ফলিল। মিনিট দশেকের মধ্যেই একটা প্রকাণ্ড খরিশ গোখরো ধরিয়া ফেলিয়া মৃত্যুঞ্জয় আমার হাতে দিল। কিন্তু সেটাকে ঝাঁপির মধ্যে পুরিয়া ফিরিতে না ফিরিতেই মৃত্যুঞ্জয় উঃ— করিয়া নিঃশ্বাস ফেলিয়া বাহিরে আসিয়া দাঁড়াইল। তাহার হাতের উলটা পিঠ দিয়া ঝরঝর করিয়া রক্ত পড়িতেছিল।

প্রথমটা সবাই যেন হতবুদ্ধি হইয়া গেলাম। কারণ, সাপ ধরিতে গেলে সে পলাইবার জন্য ব্যাকুল না হইয়া বরঞ্চ গর্ত হইতে একহাত মুখ বাহির করিয়া দংশন করে, এমন অভাবনীয় ব্যাপার জীবনে এই একটিবার মাত্র দেখিয়াছি। পরক্ষণেই বিলাসী চীৎকার করিয়া ছুটিয়া গিয়া আঁচল দিয়া তাহার হাতটা বাঁধিয়া ফেলিল এবং যত রকমের শিকড়-বাকড় সে সঙ্গে আনিয়াছিল, সমস্তই তাহাকে চিবাইতে দিল। মৃত্যুঞ্জয়ের নিজের মাদুলি তো ছিলই, তাহার উপরে আমার মাদুলিটাও খুলিয়া তাহার হাতে বাঁধিয়া দিলাম। আশা, বিষ ইহার ঊর্ধ্বে আর উঠিবে না। এবং আমার সেই 'বিষহরির আজ্ঞে' মন্ত্রটা সতেজে বার বার আবৃত্তি করিতে লাগিলাম। চতুর্দিকে ভিড় জমিয়া গেল এবং অঞ্চলের মধ্যে যেখানে যত গুণী ব্যক্তি আছেন, সকলকে খবর দিবার জন্য দিকে দিকে লোক ছুটিল। বিলাসীর বাপকেও সংবাদ দিবার জন্য লোক গেল।

আমার মন্ত্র পড়ার আর বিরাম নাই, কিন্তু ঠিক সুবিধা হইতেছে বলিয়া মনে হইল না। তথাপি আবৃত্তি সমভাবেই চলিতে লাগিল। কিন্তু মিনিট পনের-কুড়ি পরেই যখন মৃত্যুঞ্জয় একবার বমি করিয়া নাকে কথা কহিতে শুরু করিয়া দিল, তখন বিলাসী মাটির উপরে একেবারে আছাড় খাইয়া পড়িল। আমিও বুঝিলাম, আমার বিষহরির দোহাই বুঝি বা আর খাটে না।

নিকটবর্তী আরও দুই-চারিজন ওস্তাদ আসিয়া পড়িলেন, এবং আমরা কখনো বা একসঙ্গে, কখনো বা আলাদা তেত্রিশ কোটি দেব-দেবীর দোহাই পাড়িতে লাগিলাম। কিন্তু বিষ দোহাই মানিল না, রোগীর অবস্থা ক্রমেই মন্দ হইতে লাগিল। যখন দেখা গেল ভাল কথায় হইবে না, তখন তিন-চারজন রোজা মিলিয়া বিষকে এমনি অকথ্য অশ্রাব্য গালিগালাজ করিতে লাগিল যে, বিষের কান থাকিলে সে, মৃত্যুঞ্জয় তো মৃত্যুঞ্জয়, সেদিন দেশ ছাড়িয়া পলাইত। কিন্তু কিছুতেই কিছু হইল না। আরও আধঘণ্টা ধস্তাধস্তির পরে, রোগী তাহার বাপ-মায়ের দেওয়া মৃত্যুঞ্জয় নাম, তাহার শ্বশুরের দেওয়া মন্ত্রৌষধি, সমস্ত মিথ্যা প্রতিপন্ন করিয়া ইহলোকের লীলা সাঙ্গ করিল। বিলাসী তাহার স্বামীর মাথাটা কোলে করিয়া বসিয়াছিল, সে যেন একেবারে পাথর হইয়া গেল।

যাক, তাহার দুঃখের কাহিনীটা আর বাড়াইব না। কেবল এইটুকু বলিয়া শেষ করিব যে, সে সাতদিনের বেশী বাঁচিয়া থাকাটা সহিতে পারিল না। আমাকে শুধু একদিন বলিয়াছিল, ঠাকুর, আমার মাথার দিব্যি রইল, এ-সব তুমি আর কখনো ক'রো না।

আমার মাদুলি-কবজ তো মৃত্যুঞ্জয়ের সঙ্গে সঙ্গে কবরে গিয়াছিল, ছিল শুধু বিষহরির আজ্ঞা। কিন্তু সে আজ্ঞা যে ম্যাজিস্ট্রেটের আজ্ঞা নয় এবং সাপের বিষ যে বাঙ্গালীর বিষ নয়, তাহা আমিও বুঝিয়াছিলাম।

একদিন গিয়া শুনিলাম, ঘরে তো বিষের অভাব ছিল না, বিলাসী আত্মহত্যা করিয়া মরিয়াছে এবং শাস্ত্রমতে সে নিশ্চয়ই নরকে গিয়াছে। কিন্তু, যেখানেই যাক, আমার নিজের যখন যাইবার সময় আসিবে, তখন ওইরূপ কোন একটা নরকে যাওয়ার প্রস্তাবে পিছাইয়া দাঁড়াইব না, এইমাত্র বলিতে পারি।

খুড়ামশাই ষোল আনা বাগান দখল করিয়া অত্যন্ত বিজ্ঞের মত চারিদিকে বলিয়া বেড়াইতে লাগিলেন, ওর যদি না অপঘাত মৃত্যু হবে, তো হবে কার? পুরুষমানুষ অমন একটা ছেড়ে দশটা করুক না, তাতে তো তেমন আসে-যায় না– না হয় একটু নিন্দাই হ'তো। কিন্তু, হাতে ভাত খেয়ে মরতে গেলি কেন? নিজে ম'লো, আমার পর্যন্ত মাথা হেঁট করে গেল। না পেলে একফোঁটা আগুন, না পেলে একটা পিণ্ডি, না হ'লো একটা ভুজি উচ্ছুগ্যু।

গ্রামের লোক একবাক্যে বলিতে লাগিল, তাহাতে আর সন্দেহ কি! অন্ন-পাপ! বাপ্‌রে! এর কি আর প্রায়শ্চিত্ত আছে!

বিলাসীর আত্মহত্যার ব্যাপারটাও অনেকের কাছে পরিহাসের বিষয় হইল। আমি প্রায়ই ভাবি, এ অপরাধ হয়ত ইহারা উভয়েই করিয়াছিল, কিন্তু মৃত্যুঞ্জয় তো পল্লীগ্রামেরই ছেলে, পাড়াগাঁয়ের তেলে-জলেই তো মানুষ। তবু এত বড় দুঃসাহসের কাজে প্রবৃত্ত করাইয়াছিল তাহাকে যে বস্তুটা, সেটা কেহ একবার চোখ মেলিয়া দেখিতে পাইল না?

আমার মনে হয়, যে দেশের নর-নারীর মধ্যে পরস্পরের হৃদয় জয় করিয়া বিবাহ করিবার রীতি নাই, বরঞ্চ তাহা নিন্দার সামগ্রী, যে দেশের নর-নারী আশা করিবার সৌভাগ্য, আকাঙ্ক্ষা করিবার ভয়ঙ্কর আনন্দ হইতে চিরদিনের জন্য বঞ্চিত, যাহাদের জয়ের গর্ব, পরাজয়ের ব্যথা, কোনটাই জীবনে একটিবারও বহন করিতে হয় না, যাহাদের ভুল করিবার দুঃখ, আর ভুল না করিবার আত্মপ্রসাদ, কিছুরই বালাই নাই, যাহাদের প্রাচীন এবং বহুদর্শী বিজ্ঞ-সমাজ সর্বপ্রকারের হাঙ্গামা হইতে অত্যন্ত সাবধানে দেশের লোককে তফাত করিয়া, আজীবন কেবল ভালটি হইয়া থাকিবারই ব্যবস্থা করিয়া দিয়াছেন, তাই বিবাহ-ব্যাপারটা যাহাদের শুধু নিছক contract তা সে যতই কেননা বৈদিক মন্ত্র দিয়া document

পাকা করা হোক, সে দেশের লোকের সাধ্যই নাই মৃত্যুঞ্জয়ের অন্ন-পাপের কারণ বোঝে। বিলাসীকে যাঁহারা পরিহাস করিয়াছিলেন, তাঁহারা সকলেই সাধু গৃহস্থ এবং সাধ্বী গৃহিণী, অক্ষয় সতীলোক তাঁহারা সবাই পাইবেন, তাও আমি জানি, কিন্তু সেই সাপুড়ের মেয়েটি যখন একটি পীড়িত শয্যাগত লোককে তিল তিল করিয়া জয় করিতেছিল, তাহার তখনকার সে গৌরবের কণামাত্রও হয়ত আজিও ইহাদের কেহ চোখে দেখেন নাই। মৃত্যুঞ্জয় হয়ত নিতান্তই একটা তুচ্ছ মানুষ ছিল, কিন্তু তাহার হৃদয় জয় করিয়া দখল করার আনন্দটাও তুচ্ছ নয়, সে সম্পদও অকিঞ্চিৎকর নহে।

এই বস্তুটাই এ দেশের লোকের পক্ষে বুঝিয়া ওঠা কঠিন। আমি ভূদেববাবুর পারিবারিক প্রবন্ধেরও দোষ দিব না এবং শাস্ত্রীয় তথা সামাজিক বিধি-ব্যবস্থারও নিন্দা করিব না। করিলেও, মুখের উপর কড়া জবাব দিয়া যাঁহারা বলিবেন, এই হিন্দু সমাজ তাহার নির্ভুল বিধি-ব্যবস্থার জোরেই অত শতাব্দীর অতগুলা বিপ্লবের মধ্যে বাঁচিয়া আছে, আমি তাঁহাদেরও অতিশয় ভক্তি করি, প্রত্যুত্তরে আমি কখনই বলিব না, টিকিয়া থাকাই চরম সার্থকতা নয়, এবং অতিকায় হস্তী লোপ পাইয়াছে কিন্তু তেলাপোকা টিকিয়া আছে। আমি শুধু এই বলিব যে, বড়লোকের নন্দগোপালটির মত দিবারাত্রি চোখে চোখে এবং কোলে কোলে রাখিলে যে সে বেশটি থাকিবে, তাহাতে কোনই সন্দেহ নাই, কিন্তু একেবারে তেলাপোকাটির মত বাঁচাইয়া রাখার চেয়ে এক-আধবার কোল হইতে নামাইয়া আরও পাঁচজন মানুষের মত দু-এক পা হাঁটিতে দিলেও প্রায়শ্চিত্ত করার মত পাপ হয় না।

*জনৈক পল্লীবালকের ডায়েরি হইতে নকল। তার আসল নামটা কাহারও জানিবার প্রয়োজন নাই, নিষেধও আছে। ডাকনামটা না হয় ধরুন, ন্যাড়া।

মামলার ফল

এক

বুড়া বৃন্দাবন সামন্তর মৃত্যুর পরে তাহার দুই ছেলে শিবু ও শম্ভু সামন্ত প্রত্যহ ঝগড়া লড়াই করিয়া মাস ছয়েক একান্নে এক বাটীতে কাটাইল, তাহার পরে একদিন পৃথক হইয়া গেল।

গ্রামের জমিদার চৌধুরীমশাই নিজে আসিয়া তাহাদের চাষবাস, জমিজমা, পুকুর-বাগান সমস্ত ভাগ করিয়া দিলেন। ছোটভাই সুমুখের পুকুরের ওধারে খান-দুই মাটির ঘর তুলিয়া ছোটবৌ এবং ছেলেপুলে লইয়া বাস্তু ছাড়িয়া উঠিয়া গেল।

সমস্তই ভাগ হইয়াছিল, শুধু একটা ছোট বাঁশঝাড় ভাগ হইতে পাইল না। কারণ, শিবু আপত্তি করিয়া কহিল, চৌধুরীমশাই, বাঁশঝাড়টা আমার নিতান্তই চাই। ঘরদোর সব পুরোনো হয়েছে, চালের বাতা-বাকারি বদলাতে খোঁটাখুঁটি দিতে বাঁশ আমার নিত্য প্রয়োজন। গাঁয়ে কার কাছে চাইতে যাব বলুন?

শম্ভু প্রতিবাদের জন্য উঠিয়া বড়ভাইয়ের মুখের উপর হাত নাড়িয়া বলিল, আহা, ওঁর ঘরে খোঁটাখুঁটিতেই বাঁশ চাই– আর আমার ঘরে কলাগাছ চিরে দিলেই হবে না? সে হবে না, সে হবে না চৌধুরীমশাই, বাঁশঝাড়টা আমার না থাকলেই চলবে না, তা বলে দিচ্চি।

মীমাংসা ঐ পর্যন্তই হইয়া রহিল। সুতরাং, এই সম্পত্তিটা রহিল দুই শরিকের। তাহার ফল হইল এই যে, শম্ভু একটা কঞ্চিতে হাত দিতে আসিলেও শিবু দা লইয়া তাড়িয়া আসে, এবং শিবুর স্ত্রী বাঁশঝাড়ের তলা দিয়া হাঁটিলেও শম্ভু লাঠি লইয়া মারিতে দৌড়ায়।

সেদিন সকালে এই বাঁশঝাড় উপলক্ষ করিয়াই উভয় পরিবারের তুমুল দাঙ্গা হইয়া গেল। ষষ্ঠীপূজা কিংবা এমনি কি একটা দৈবকার্যে বড়বৌ গঙ্গামণির কিছু বাঁশপাতার আবশ্যক ছিল। পল্লীগ্রামে এ বস্তুটি দুর্লভ নয়, অনায়াসে অন্যত্র সংগ্রহ হইতে পারিত, কিন্তু নিজের থাকিতে পরের কাছে হাত পাতিতে তাঁহার শরম বোধ হইল। বিশেষতঃ তাঁহার মনে ভরসা ছিল, দেবর এতক্ষণে নিশ্চয় মাঠে গিয়াছে– ছোটবৌ একা আর করিবে কি!

কিন্তু কি কারণে শম্ভুর সেদিন মাঠে বাহির হইতে বিলম্ব হইয়াছিল। সে সবেমাত্র পান্তা-ভাত শেষ করিয়া হাত ধুইবার উদ্যোগ করিতেছিল, এমনি সময়ে ছোটবৌ পুকুরঘাট হইতে উঠিপড়ি করিয়া ছুটিয়া আসিয়া স্বামীকে সংবাদ দিল। শম্ভুর কোথায় রহিল জলের ঘটি– কোথায় রহিল হাত-মুখ ধোওয়া, সে রৈ-রাই শব্দে সমস্ত পাড়াটা তোলপাড় করিয়া তিন লাফে আসিয়া এঁটো হাতেই পাতা কয়টি কাড়িয়া লইয়া টান মারিয়া ফেলিয়া দিল এবং সঙ্গে সঙ্গে বড়ভাজের প্রতি যে-সকল বাক্য প্রয়োগ করিল, সে-সকল সে আর যেখানেই

শিখিয়া থাকুক, রামায়ণের লদণ-চরিত্র হইতে যে শিক্ষা করে নাই তাহা নিঃসংশয়ে বলা যায়।

এদিকে বড়বৌ কাঁদিতে কাঁদিতে বাড়ি গিয়া মাঠে স্বামীর নিকট খবর পাঠাইয়া দিল। শিবু লাঙ্গল ফেলিয়া কাস্তে হাতে করিয়া ছুটিয়া আসিল এবং বাঁশঝাড়ের অদূরে দাঁড়াইয়া অনুপস্থিত কনিষ্ঠের উদ্দেশে অস্ত্র ঘুরাইয়া চীৎকার করিয়া এমন কাণ্ড বাধাইল যে, ভিড় জমিয়া গেল। তাহাতেও যখন ক্ষোভ মিটিল না, তখন সে জমিদার বাড়িতে নালিশ করিতে গেল এবং এই বলিয়া শাসাইয়া গেল যে, চৌধুরীমশাই এর বিচার করেন ভালই, না হইলে সে সদরে গিয়া এক নম্বর রুজু করিবে– তবে তাহার নাম শিবু সামন্ত।

ওদিকে শম্ভু বাঁশপাতা-কাড়ার কর্তব্যটা শেষ করিয়াই মনের সুখে হাল গরু লইয়া মাঠে চলিয়া গিয়াছিল। স্ত্রীর নিষেধ শুনে নাই। বাড়িতে ছোটবৌ একা। ইতিমধ্যে ভাশুর আসিয়া চীৎকারে পাড়া জড় করিয়া বীরদর্পে এক তরফা জয়ী হইয়া চলিয়া গেলেন, ভাদ্রবধূ হইয়া সে সমস্ত কানে শুনিয়াও একটা কথারও জবাব দিতে পারিল না। ইহাতে তাহার মনস্তাপ ও স্বামীর বিরুদ্ধে অভিমানের অবধি রহিল না। সে রান্নাঘরের দিকেও গেল না। বিরস-মুখে দাওয়ার উপর পা ছড়াইয়া বসিয়া রহিল।

শিবুর বাড়িতেও সেই দশা। বড়বৌ প্রতিজ্ঞা করিয়া স্বামীর পথ চাহিয়া বসিয়া আছে। হয় সে ইহার একটা বিহিত করুক, নয় সে জলটুকু পর্যন্ত মুখে না দিয়া বাপের বাড়ি চলিয়া যাইবে। দু'টা বাঁশপাতার জন্যে দেওরের হাতে এত লাঞ্ছনা!

বেলা দেড় প্রহর হইয়া গেল, তখনও শিবুর দেখা নাই। বড়বৌ ছটফট করিতে লাগিল, কি জানি চৌধুরীমশাইয়ের বাটী হইতেই বা তিনি নম্বর রজু করিতে সোজা সদরে চলিয়া গেলেন।

এমন সময় বাহিরের দরজায় ঝনাৎ করিয়া সজোরে ধাক্কা দিয়া শম্ভুর বড়ছেলে গয়ারাম প্রবেশ করিল। বয়স তাহার যোল-সতের, কিংবা এমনি একটা কিছু। কিন্তু এই বয়সেই ক্রোধ এবং ভাষাটা তাহার বাপকেও ডিঙ্গাইয়া গিয়াছিল। সে গ্রামের মাইনর স্কুলে পড়ে। আজকাল মর্নিং-ইস্কুল, বেলা সাড়ে দশটায় ইস্কুলের ছুটি হইয়াছে।

গয়ারামের যখন এক বৎসর বয়স, তখন জননীর মৃত্যু হয়; তাহার পিতা শম্ভু পুনরায় বিবাহ করিয়া নূতন বধূ ঘরে আনিল বটে, কিন্তু এই মা-মরা ছেলেটিকে মানুষ করিবার দায় জ্যাঠাইমার উপরেই পড়িল এবং এতকাল দুই ভাই পৃথক না হওয়া পর্যন্ত এ ভার তিনিই বহন করিয়া আসিতেছিলেন। বিমাতার সহিত তাহার কোন দিনই বিশেষ কোনও সম্বন্ধ ছিল না– এমন কি, তাহার নূতন বাড়িতে উঠিয়া যাওয়ার পরেও গয়ারাম যেখানে যেদিন সুবিধা পাইত আহার করিয়া লইত।

আজ সে ইস্কুলের ছুটির পর বাড়ি ঢুকিয়া বিমাতার মুখ এবং আহারের বন্দোবস্ত দেখিয়া প্রজ্জ্বলিত হুতাশনবৎ এ বাড়িতে আসিতেছিল। জ্যাঠাইমার মুখ দেখিয়া তাহার সেই আগুনে জল পড়িল না, কেরোসিন পড়িল। সে কিছুমাত্র ভূমিকা না করিয়াই কহিল, ভাত দে জ্যাঠাইমা!

জ্যাঠাইমা কথা কহিলেন না, যেমন বসিয়াছিলেন, তেমনি বসিয়া রহিলেন।

ক্রুদ্ধ গয়ারাম মাটিতে একটা পা ঠুকিয়া বলিল, ভাত দিবি, না দিবিনে, তা বল?

গঙ্গামণি সক্রোধে মুখ তুলিয়া তর্জন করিয়া কহিলেন, তোর জন্যে ভাত রেঁধে বসে আছি– তাই দেব! বলি তোর সৎমা আবাগী ভাত দিতে পারলে না যে এখানে এসেছিস হাঙ্গামা করতে?

গয়ারাম চেঁচাইয়া বলিল, সে আবাগীর কথা জানিনে। তুই দিবি কি না বল্? না দিবি তো চললুম আমি তোর সব হাঁড়িকুঁড়ি ভেঙ্গে দিতে। বলিয়া সে গোলার নীচে চ্যালাকাঠের গাদা হইতে একটা কাঠ তুলিয়া সবেগে রন্ধনশালার অভিমুখে চলিল।

জ্যাঠাইমা সভয়ে চীৎকার করিয়া উঠিলেন, গয়া! হারামজাদা দস্যি! বাড়বাড়ি করিস নে বলচি! দু'দিন হয়নি। আমি নতুন হাঁড়িকুঁড়ি কেড়েচি, একটা-কিছু ভাঙলে তোর জ্যাঠাকে দিয়ে তোর একখানা পা যদি না ভাঙাই তো তখন বলিস, হাঁ।

গয়ারাম রান্নাঘরের শিকলটায় গিয়া হাত দিয়াছিল, হঠাৎ একটা নূতন কথা মনে পড়ায় সে অপেক্ষাকৃত শান্তভাবে ফিরিয়া আসিয়া বলিল, আচ্ছা, ভাত না দিস্ না দিবি– আমি চাইনে। নদীর ধারে বটতলায় বামুনদের মেয়েরা সব ধামা ধামা চিঁড়ে-মুড়কি নিয়ে পূজো করচে, যে চাইচে, দিচ্ছে– দেখে এলুম। আমি চললুম তেনাদের কাছে।

গঙ্গামণির তৎক্ষণাৎ মনে পড়িয়া গেল, আজ অরণ্যষষ্ঠী, এবং একমুহূর্তেই তাঁহার মেজাজ কড়ি হইতে কোমলে নামিয়া আসিল। তথাপি মুখের জোর রাখিয়া কহিলেন, তাই যা না। কেমন খেতে পাস দেখি!

দেখিস তখন, বলিয়া গয়া একখানা ছেঁড়া গামছা টানিয়া লইয়া সেটা কোমরে জড়াইয়া প্রস্থানের উদ্যোগ করিতেই গঙ্গামণি উত্তেজিত হইয়া বলিলেন, আজ ষষ্ঠীর দিনে পরের ঘরে চেয়ে খেলে তোর কি দুগ্যতি করি, তা দেখিস হতভাগা!

গয়া জবাব দিল না। রান্নাঘরে ঢুকিয়া এক খামচা তেল লইয়া মাথায় ঘষিতে ঘষিতে বাহির হইয়া যায় দেখিয়া জ্যাঠাইমা উঠানে নামিয়া আসিয়া ভয় দেখাইয়া কহিলেন, দস্যি কোথাকার! ঠাকুরদেবতার সঙ্গে গোঁয়ারতুমি! ডুব দিয়ে ফিরে না এলে ভাল হবে না বলে দিচ্চি। আজ আমি রেগে রয়েচি।

কিন্তু গয়ারাম ভয় পাইবার ছেলে নয় সে শুধু দাঁত বাহির করিয়া জ্যাঠাইমাকে বৃদ্ধাঙ্গুষ্ঠ প্রদর্শন করিয়া ছুটিয়া চলিয়া গেল।

গঙ্গামণি তাহার পিছনে পিছনে রাস্তা পর্যন্ত আসিয়া চেঁচাইতে লাগিলেন, আজ ষষ্ঠীর দিনে কার ছেলে ভাত খায় যে, তুই ভাত খেতে চাস? পাটালি-গুড়ের সন্দেশ দিয়ে, চাঁপাকলা দিয়ে, দুধদই দিয়ে ফলার করা চলে না যে, তুই যাবি পরের ঘরে চেয়ে খেতে? কৈবর্তের ঘরে তুমি এমনি নবাব জন্মেছ?

গয়া কিছু দূরে ফিরিয়া দাঁড়াইয়া বলিল, তবে তুই দিলিনি কেন পোড়ারমুখি? কেন বললি নেই?

গঙ্গামণি গালে হাত দিয়া অবাক হইয়া বলিলেন, শোন কথা ছেলের! কখন আবার বললুম তোকে, কিছু নেই? কোথায় চান, কোথায় কি, দস্যির মত ঢুকেই বলে– দে ভাত! ভাত কি আজ খেতে আছে যে, দেব! আমি বলি, সবই তো মজুদ, ডুবটা দিয়ে এলেই–

গয়া কহিল, ফলার তোর পচুক। রোজ রোজ আবাগীরা ঝগড়া করে রান্নাঘরের শেকল টেনে দিয়ে পা ছড়িয়ে বসে থাকবে, আর রোজ আমি তিনপোর বেলায় ভাতে ভাত খাব? যা আমি তোদের কারুর কাছে খেতে চাইনে, বলিয়া সে হনহন করিয়া চলিয়া যায় দেখিয়া গঙ্গামণি সেইখানে দাঁড়াইয়া কাঁদ-কাঁদ গলায় চেঁচাইতে লাগিলেন, আজ ষষ্ঠীর দিনে কারো কাছে চেয়ে খেয়ে অমঙ্গল করিস নে গয়া, লদী বাপ আমার,– না হয় চারটে পয়সা দেব রে, শোন্–

গয়ারাম ভ্রূক্ষেপও করিল না, দ্রুতবেগে প্রস্থান করিল। বলিতে বলিতে গেল, চাইনে

আমি ফলার, চাইনে আমি পয়সা। তোর ফলারে আমি– ইত্যাদি ইত্যাদি।

সে দৃষ্টির অন্তরালে চলিয়া গেলে, গঙ্গামণি বাড়ি ফিরিয়া রাগে, দুঃখে, অভিমানে নির্জীবের মত দাওয়ার উপর বসিয়া পড়িলেন এবং গয়ার কুব্যবহারে মর্মাহত হইয়া তাহার বিমাতার মাথা খাইতে লাগিলেন।

কিন্তু নদীর পথে চলিতে চলিতে গয়ার জ্যাঠাইমার কথাগুলো কানে বাজিতে লাগিল। একে উত্তম আহারের প্রতি স্বভাবতঃই তাহার একটু অধিক লোভ ছিল। পাটালি-গুড়ের সন্দেশ, দধি, দুগ্ধ, চাঁপাকলা– তাহার উপর চার পয়সা দক্ষিণা– মনটা তাহার দ্রুত নরম হইয়া আসিতে লাগিল।

স্নান সারিয়া গয়ারাম প্রচণ্ড ক্ষুধা লইয়া ফিরিয়া আসিল। উঠানে দাঁড়াইয়া ডাক দিল, ফলারের সব শিগ্‌গির নিয়ে আয় জ্যাঠাইমা– আমার বড্ড ক্ষিদে পেয়েচে। কিন্তু পাটালি-সন্দেশ কম দিবি তো আজ তোকেই খেয়ে ফেলব।

গঙ্গামণি সেইমাত্র গরুর কাজ করিতে গোয়ালে ঢুকিয়াছিলেন। গয়ার ডাক শুনিয়া মনে মনে প্রমাদ গণিলেন। ঘরে দুধ দই চিঁড়া গুড় ছিল বটে, কিন্তু চাঁপাকলাও ছিল না, পাটালি-গুড়ের সন্দেশও ছিল না। তখন গয়াকে আটকাইবার জন্য যা মুখে আসিয়াছিল, তাই বলিয়া লোভ দেখাইয়াছিলেন।

তিনি সেইখান হইতে সাড়া দিয়া কহিলেন, তুই ততক্ষণ ভিজে কাপড় ছাড় বাবা, আমি পুকুর থেকে হাত ধুয়ে আসছি।

শিগগি্‌র আয়, বলিয়া হুকুম চালাইয়া গয়া কাপড় ছাড়িয়া নিজেই একটা আসন পাতিয়া ঘটিতে জল গড়াইয়া প্রস্তুত হইয়া বসিল। গঙ্গামণি তাড়াতাড়ি হাত ধুইয়া আসিয়া তাহার প্রসন্ন মেজাজ দেখিয়া খুশী হইয়া বলিলেন, এই তো আমার লক্ষ্মী ছেলে। কথায় কথায় কি রাগ করতে আছে বাবা। বলিয়া তিনি ভাঁড়ার হইতে আহারের সমস্ত আয়োজন আনিয়া সম্মুখে উপস্থিত করিলেন।

গয়ারাম চক্ষের পলকে উপকরণগুলি দেখিয়া লইয়া তীক্ষ্ণকণ্ঠে করিল, চাঁপাকলা কৈ?

গঙ্গামণি ইতস্ততঃ করিয়া কহিলেন, ঢাকা দিতে মনে নেই বাবা, সব কটা ইঁদুরে খেয়ে গেছে। একটা বেড়াল না পুষলে আর নয় দেখছি।

গয়া হাসিয়া বলিল, কলা কখন ইঁদুরে খায়? তোর ছিল না তাই কেন বল্‌ না?

গঙ্গামণি অবাক হইয়া কহিলেন, সে কি কথা রে! কলা ইঁদুরে খায় না?

গয়া চিঁড়া দই মাখিতে মাখিতে বলিল, আচ্ছা খায়, খায়; কলা আমার দরকার নেই, পাটালি-গুড়ের সন্দেশ নিয়ে আয়। কম আনিস নি যেন।

জ্যাঠাইম্য পুনরায়, ভাঁড়ারে ঢুকিয়া মিছামিছি কিছুক্ষণ হাঁড়িকুঁড়ি নাড়িয়া সভয়ে বলিয়া উঠিলেন, যাঃ– এও ইঁদুরে খেয়ে গেছে বাবা, একফোঁটা নেই, কখন মনভুলন্তে হাঁড়ির মুখ খুলে রেখেছি– তাঁহার কথা শেষ না হইতেই গয়া চোখ পাকাইয়া চেঁচাইয়া উঠিল, পাটালি-গুড় কখন ইঁদুরে খায় রাক্ষসী? আমার সঙ্গে চালাকি? তোর যদি কিছু নেই, তবে কেন আমাকে ডাকলি। জ্যাঠাইমা বাহিরে আসিয়া বলিলেন, সত্যি বলচি গয়া–

গয়া লাফাইয়া উঠিয়া কহিল, তবু বলচ সত্যি, যা– আমি তোর কিছু খেতে চাইনি, বলিয়া সে পা দিয়া টান মারিয়া সমস্ত আয়োজন উঠানে ছড়াইয়া ফেলিয়া দিয়া বলিল, আচ্ছা, আমি দেখাচ্ছি মজা,– বলিয়া সেই চ্যালা কাঠটা হাতে তুলিয়া ভাঁড়ারের দিকে ছুটিল।

গঙ্গামণি হাঁহাঁ করিয়া ছুটিয়া গিয়া পড়িলেন, কিন্তু চক্ষের নিমিষে ক্রুদ্ধ গয়ারাম হাঁড়িকুঁড়ি ভাঙ্গিয়া জিনিসপত্র ছড়াইয়া একাকার করিয়া দিল। বাধা দিতে গিয়া তিনি হাতের উপর সামান্য একটু আঘাত পাইলেন।

ঠিক এমনি সময়ে শিবু জমিদার বাটী হইতে ফিরিয়া আসিল। হাঙ্গামা শুনিয়া চীৎকার শব্দের কারণ জিজ্ঞাসা করিতেই গঙ্গামণি স্বামীর সাড়া পাইয়া কাঁদিয়া উঠিলেন এবং গয়ারাম হাতের কাঠটা ফেলিয়া দিয়া ঊর্ধ্বশ্বাসে দৌড় মারিল।

শিবু ক্রুদ্ধস্বরে প্রশ্ন করিল, ব্যাপার কি?

গঙ্গামণি কাঁদিয়া কহিল, গয়া আমার সর্বস্ব ভেঙ্গে দিয়ে হাতে আমার এক ঘা বসিয়ে দিয়ে পালিয়েছে– এই দেখ ফুলে উঠেছে। বলিয়া সে স্বামীকে হাতটা দেখাইল।

শিবুর পশ্চাতে তার ছোট-সম্বন্ধী ছিল। হুঁশিয়ার এবং লেখাপড়া জানে বলিয়া জমিদার-বাটীতে যাইবার সময় শিবু তাহাকে ও-পাড়া হইতে ডাকিয়া লইয়া গিয়াছিল। সে কহিল, সামন্তমশাই, এ সমস্ত ঐ ছোট-সামন্তর কারসাজি। ছেলেকে দিয়ে সে-ই এ কাজ করিয়েছে। কি বল দিদি, এই নয়?

গঙ্গামণির তখন অন্তর জ্বলিতেছিল, সে তৎক্ষণাৎ ঘাড় নাড়িয়া কহিল, ঠিক ভাই। ওই মুখপোড়াই ছোঁড়াকে শিখিয়ে দিয়ে আমাকে মার খাইয়েচে। এর কি করবে তোমরা কর, নইলে আমি গলায় দড়ি দিয়ে মরব।

এত বেলা পর্যন্ত শিবুর নাওয়া-খাওয়া নাই, জমিদারের কাছেও সুবিচার হয় নাই, তাহাতে বাড়ি পা দিতে না দিতে এই কাণ্ড, তাহার আর হিতাহিত জ্ঞান রহিল না। সে প্রচণ্ড একটা শপথ করিয়া বলিয়া উঠিল, এই আমি চললুম থানায় দারোগার কাছে। এর বিহিত না করতে পারি তো আমি বিন্দু সামন্তর ছেলে নই।

তাহার শালা লেখাপড়া জানা লোক, বিশেষতঃ তাহার গয়ার উপর আগে হইতেই আক্রোশ ছিল; সে কহিল, আইন-মতে এর নাম অনধিকার প্রবেশ। লাঠি নিয়ে বাড়ি চড়াও হওয়া, জিনিসপত্র ভাঙা, মেয়েমানুষের গায়ে হাত তোলা– এর শাস্তি ছ'মাস জেল। সামন্তমশাই, তুমি কোমর বেঁধে দাঁড়াও দেখি, আমি কেমন না বাপ-বেটাকে একসঙ্গে জেলে পুরতে পারি!

শিবু আর দ্বিরুক্তি করিল না, সম্বন্ধীর হাত ধরিয়া থানার দারোগার উদ্দেশে প্রস্থান করিল।

গঙ্গামণির সকলের চেয়ে বেশী রাগ পড়িয়াছিল দেবর ও ছোটবধুর উপর। সে এই লইয়া একটা হুলস্থুল করিবার উদ্দেশ্যে কবাটে শিকল তুলিয়া দিয়া সেই চ্যালাকাঠ হাতে করিয়া সোজা শম্ভুর উঠানে আসিয়া দাঁড়াইল। উচ্চকণ্ঠে কহিল, কেমন গো ছোটকর্তা, ছেলেকে দিয়ে আমাকে মার খাওয়াবে? এখন বাপ-বেটায় একসঙ্গে ফাটকে যাও!

শম্ভু সেইমাত্র তাহার এ-পক্ষের ছেলেটাকে লইয়া ফলার শেষ করিয়া দাঁড়াইয়াছে, বড়ভাজের মূর্তি এবং তাহার হাতের চ্যালা-কাঠটা দেখিয়া হতবুদ্ধি হইয়া গেল। কহিল, হয়েছে কি? আমি তো কিছুই জানিনে!

গঙ্গামণি মুখ বিকৃত করিয়া জবাব দিল, আর ন্যাকা সাজতে হবে না। দারোগা আসচে, তার কাছে গিয়ে ব'লো,– কিছুই জান কি না।

ছোটবৌ ঘর হইতে বাহির হইয়া একটি খুঁটি ঠেস দিয়া নিঃশব্দে দাঁড়াইল, শম্ভু মনে মনে ভয় পাইয়া কাছে আসিয়া গঙ্গামণির একটা হাত চাপিয়া ধরিয়া কহিল, মাইরি বলচি

বড়বৌঠান, আমরা কিছুই জানিনে।

কথাটা যে সত্য, বড়বৌ তাহা নিজেও জানিত, কিন্তু তখন উদারতার সময় নয়। সে শম্ভুর মুখের উপরেই ষোল আনা দোষ চাপাইয়া– সত্যমিথ্যায় জড়াইয়া গয়ারামের কীর্তি বিবৃত করিল। এই ছেলেটাকে যাহারা জানে, তাহাদের পক্ষে ঘটনাটা অবিশ্বাস করা শক্ত।

স্বল্পভাষিণী ছোটবৌ এতক্ষণে মুখ খুলিল; স্বামীকে কহিল, ক্যামন, যা বলেছিনু তাই হ'লো কি না– কতদিন বলি, ওগো, দস্যি ছোঁড়াটাকে আর ঘরে ঢুকতে দিয়োনি, তোমার ছোট ছেলেটাকে হক্ না-হক্ মেরে মেরে কোনদিন খুন করে ফেলবে। তা গেরাহ্যিই হয় না– এখন কথা খাটল তো?

শম্ভু অনুনয় করিয়া গঙ্গামণিকে কহিল, আমার দিব্যি বড়বৌঠান, দাদা সত্যি নাকি থানায় গেছে?

তাহার করুণ কণ্ঠস্বরে কতকটা নরম হইয়া বড়বৌ জোর দিয়া বলিল, তোমার দিব্যি ঠাকুরপো, গেছে, সঙ্গে আমাদের পাঁচুও গেছে।

শম্ভু অত্যন্ত ভীত হইয়া উঠিল। ছোটবৌ স্বামীকে লক্ষ্য করিয়া বলিতে লাগিল, নিত্যি বলি দিদি, কোথায় যে নদীর ওপর সরকারি পুল হচ্ছে, কত লোক খাটতে যাচ্ছে, সেথায় নিয়ে গিয়ে ওরে কাজে লাগিয়ে দাও। তারা চাবুক মারবে আর কাজ করাবে– পালাবার জোটি নেই– দু'দিনে সোজা হয়ে যাবে। তা না– ইস্কুলে দিয়েচি পড়ুক! ছেলে যেন ওঁর উকিল মোক্তার হবে।

শম্ভু কাতর হইয়া বলিল, আরে সাধে দিইনি সেখানে! সবাই কি ঘরে ফিরতে পায়, আদ্ধেক লোক মাটি চাপা হয়ে কোথায় তলিয়ে যায়, তার তল্লাশই মেলে না।

ছোটবৌ বলিল, তবে বাপ-ব্যাটাতে মিলে ফাটকে খাট গে যাও।

বড়বৌ চুপ করিয়া রহিল। শম্ভু তাহার হাতটা ধরিয়া বলিল, আমি কালই ছোঁড়াকে নিয়ে গিয়ে পাঁচলার পুলে কাজে লাগিয়ে দেব, বৌঠান, দাদাকে ঠাণ্ডা কর। আর এমন হবে না।

তাহার স্ত্রী কহিল, ঝগড়াঝাঁটি তো শুধু ঐ ড্যাক্‌রার জন্যে। তোমাকেও তো কতবার বলিচি দিদি, ওরে ঘরেদোরে ঢুকতে দিও না– আশকারা দিও না। আমি বলিনে তাই, নইলে ও-মাসে তোমাদের মর্তমান কলার কাঁদিটে রাত্তিরে কে কেটে নিয়েছিল? সে তো ঐ দস্যি। যেমন কুকুর তেমন মুগুর না হলে কি চলে? পুলের কাজে পাঠিয়ে দাও, পাড়া জুড়ুক।

শম্ভু মাতৃদিব্য করিল যে, কাল যেমন করিয়া হোক ছোঁড়াকে গ্রাম-ছাড়া করিয়া তবে সে জল-গ্রহণ করিবে।

গঙ্গামণি এ কথাতেও কোন কথা কহিল না, হাতের কাঠটা ফেলিয়া দিয়া নিঃশব্দে বাড়ি ফিরিয়া গেল।

স্বামী, ভাই এখনও অভুক্ত। অপরাহ্নবেলায় সে বিষণ্ণ-মুখে রান্নাঘরের দোরে বসিয়া তাহাদেরই খাবার আয়োজন করিতেছিল, গয়ারাম উকিঝুঁকি মারিয়া নিঃশব্দ-পদে প্রবেশ করিল। বাটীতে আর কেহ নাই দেখিয়া সে সাহসে ভর করিয়া একেবারে পিছনে আসিয়া ডাক দিল, জ্যাঠাইমা!

জ্যাঠাইমা চমকিয়া উঠিলেন, কিন্তু কথা কহিলেন না। গয়ারাম অদূরে ক্লান্তভাবে ধপাস করিয়া বসিয়া পড়িয়া কহিল, আচ্ছা, যা আছে তাই দে, আমার বড্ড ক্ষিদে পেয়েচে।

খাবার কথায় গঙ্গামণির শান্ত ক্রোধ মুহূর্তে প্রজ্বলিত হইয়া উঠিল। তিনি তাহার মুখের

প্রতি না চাহিয়াই সক্রোধে বলিয়া উঠিলেন, বেহায়া! পোড়ারমুখো! আবার আমার কাছে এসেচিস ক্ষিদে বলে? দূর হ এখান থেকে।

গয়া কহিল, দূর হব তোর কথায়?

জ্যাঠাইমা ধমক দিয়া কহিলেন, হারামজাদা নচ্ছার! আমি আবার দোব তোকে খেতে?

গয়া বলিল, তুই দিবিনি তো কে দেবে? কেন তুই ইঁদুরের দোষ দিয়ে মিছে কথা বললি? কেন ভাল করে বললি নি, বাবা, এই দিয়ে খা, আজ আর কিছু নেই! তা হলে তো আমার রাগ হয় না। দে না খেতে শিগ্‌গির রাক্ষুসী, আমার পেট যে জ্বলে গেল!

জ্যাঠাইমা ক্ষণকাল মৌন থাকিয়া, মনে মনে একটু নরম হইয়া বলিলেন, পেট জ্বলে থাকে তোর সৎমার কাছে যা।

বিমাতার নামে গয়া চক্ষের পলকে আগুন হইয়া উঠিল। বলিল, সে আবাগীর নাকি আমি আর মুখ দেখব? শুধু ঘরে আমার ছিপটা আনতে গেছি, বলে, দূর! দূর! এইবার জেলের ভাত খে গে যা! আমি বললুম, তোদের ভাত আমি খেতে আসিনি– আমি জ্যাঠাইমার কাছে যাচ্চি। পোড়ারমুখী কম শয়তান! ঐ গিয়ে লাগিয়েচে বলেই তো বাবা তোর হাত থেকে বাঁশপাতা কেড়ে নিয়েচে! বলিয়া সে সজোরে মাটিতে একটা পা তুলিয়া কহিল, তুই রাক্ষুসী নিজে পাতা আনতে গিয়ে অপমান হলি? কেন আমায় বললি নি? ঐ বাঁশঝাড় সমস্ত আমি যদি না আগুন দিয়ে পোড়াই তো আমার নাম গয়া নয়, তা দেখিস! আবাগী আমাকে বললে কি জানিস জ্যাঠাইমা? বলে, তোর জ্যাঠাইমা থানায় খবর পাঠিয়েচে, দারোগা এসে বেঁধে নিয়ে তোকে জেলে দেবে। শুনলি কথা হতভাগীর?

গঙ্গামণি কহিলেন, তোর জ্যাঠামশাই পাঁচুকে সঙ্গে নিয়ে গেছেই তো থানায়। তুই আমার গায়ে হাত তুলিস– এতবড় তোর আস্পদ্দা!

পাঁচুমামাকে গয়া একেবারে দেখিতে পারিত না। সে আবার যোগ দিয়াছে শুনিয়া জ্বলিয়া উঠিয়া বলিল, কেন তুই রাগের সময় আমায় আটকাতে গেলি?

গঙ্গামণি বলিলেন, তাই আমাকে মারবি। এখন যা ফাটকে বাঁধা থাক গে যা।

গয়া বৃদ্ধাঙ্গুষ্ঠ দেখাইয়া বলিল, ইঃ– তুই আমাকে ফাটকে দিবি? দে না, দিয়ে একবার মজা দেখ্ না! আপনি কেঁদে কেঁদে মরে যাবি– আমার কি হবে!

গঙ্গামণি কহিলেন, আমার বয়ে গেছে কাঁদতে। যা আমার সুমুখ থেকে যা বলচি, শত্তুর বালাই কোথাকার!

গয়া চেঁচাইয়া কহিল, তুই আগে খেতে দে না, তবে তো যাব। কখন সাত-সকালে দুটি মুড়ি খেয়েচি বল্ তো? ক্ষিদে পায় না আমার?

গঙ্গামণি কি একটা বলিতে যাইতেছিলেন, এমন সময় শিবু পাঁচুকে লইয়া থানা হইতে ফিরিয়া আসিল এবং গয়ার প্রতি চোখ পড়িবামাত্রই বারুদের মতো জ্বলিয়া উঠিয়া চীৎকার করিল, হারামজাদা পাজী, আবার আমার বাড়ি ঢুকেছে! বেরো, বেরো বলচি, পাঁচু, ধর্ তো শূয়োরকে!

বিদ্যুদ্বেগে গয়ারাম দরজা দিয়া দৌড় মারিল। চেঁচাইয়া বলিয়া গেল– পেঁচোশালার একটা ঠ্যাং না ভেঙ্গে দিই তো আমার নামই গয়ারাম নয়।

চক্ষের পলকে এই কাণ্ড ঘটিয়া গেল। গঙ্গামণি একটা কথা কহিবার অবকাশ পাইল না।

ক্রুদ্ধ শিবু স্ত্রীকে বলিল, তোর আসকারা পেয়েই ও এমন হচ্চে। আর যদি কখন

হারামজাদকে বাড়ি ঢুকতে দিস্ তো তোর অতি বড় দিব্য রইল।

পাঁচু বলিল, দিদি, তোমাদের কি, আমারই সর্বনাশ। কখন রাত-ভিতে লুকিয়ে আমার ঠ্যাঙেই ও ঠ্যাঙা মারবে দেখচি।

শিবু কহিল, কাল সকালেই যদি না পুলিশ-পেয়াদা দিয়ে ওর হাতে দড়ি পরাই তো আমার– ইত্যাদি ইত্যাদি।

গঙ্গামণি কাঠ হইয়া বসিয়া রহিল– একটা কথাও তাহার মুখ দিয়া বাহির হইল না। ভীতু পাঁচকড়ি সে রাত্রে বাড়ি গেল না। এইখানে শুইয়া রহিল।

পরদিন বেলা দশটার সময় ক্রোশ-দুই দূরের পথ হইতে দারোগাবাবু উপযুক্ত দক্ষিণাদি গ্রহণ করিয়া পালকি চড়িয়া কনেস্টবল ও চৌকিদারাদি সমভিব্যাহারে সরজমিনে তদন্ত করিতে উপস্থিত হইলেন। অনধিকার প্রবেশ, জিনিসপত্র তছ্‌রুপাত, চ্যালা-কাঠের দ্বারা স্ত্রীলোকের অঙ্গে প্রহার– ইত্যাদি বড় বড় ধারার অভিযোগ– সমস্ত গ্রামময় একটা হুলস্থূল পড়িয়া গেল।

প্রধান আসামী গয়ারাম– তাহাকে কৌশলে ধরিয়া আনিয়া হাজির করিতেই, সে কনস্টেবল চৌকিদার প্রভৃতি দেখিয়া ভয়ে কাঁদিয়া ফেলিয়া বলিল, আমাকে কেউ দেখতে পারে না বলে আমাকে ফাটকে দিতে চায়।

দারোগ বুড়ামানুষ। তিনি আসামীর বয়স এবং কান্না দেখিয়া দয়ার্দ্রচিত্তে জিজ্ঞাসা করিলেন, তোমাকে কেউ ভালবাসে না গয়ারাম?

গয়া কহিল, আমাকে শুধু আমার জ্যাঠাইমা ভালবাসে, আর কেউ না।

দারোগা প্রশ্ন করিল, তবে জ্যাঠাইমাকে মেরে কেন?

গয়া বলিল, না, মারিনি। কবাটের আড়ালে গঙ্গামণি দাঁড়াইয়াছিলেন, সেইদিকে চাহিয়া কহিল, তোকে আমি কখন মেরেচি জ্যাঠাইমা?

পাঁচু নিকটে বসিয়াছিল, সে একটু কটাক্ষে চাহিয়া কহিল, দিদি, হুজুর জিজ্ঞেসা করচেন, সত্যি কথা বল। ও কাল দুপুরবেলা বাড়ি চড়াও হয়ে– কাঠের বাড়ি তোমাকে মারেনি? ধর্মাবতারের কাছে যেন মিথ্যা কথা ব'লো না।

গঙ্গামণি অস্ফুটে যাহা কহিলেন, পাঁচু তাহাই পরিস্ফুট করিয়া বলিল, হাঁ হুজুর, আমার দিদি বলচেন, ও মেরেচে।

গয়া অগ্নিমূর্তি হইয়া চেঁচাইয়া উঠিল, দ্যাখ পেঁচো, তোর আমি না পা ভাঙি তো– রাগে কথাটা তার সম্পূর্ণ হইতে পাইল না, কাঁদিয়া ফেলিল।

পাঁচু উত্তেজিত হইয়া বলিয়া উঠিল, দেখলেন হুজুর! দেখলেন! হুজুরের সুমুখেই বলচে পা ভেঙ্গে দেবে– আড়ালে ও খুন করতে পারে। ওকে বাঁধবার হুকুম হোক।

দারোগা শুধু একটু হাসিলেন। গয়া চোখ মুছিতে মুছিতে বলিল, আমার মা নেই তাই। নইলে– এ বারেও কথাটা তাহার শেষ হইতে পারিল না। যে মাকে তাহার মনেও নাই, মনে করিবার কখনও প্রয়োজনও হয় নাই, আজ বিপদের দিনে অকস্মাৎ তাঁহাকেই ডাকিয়া সে ঝরঝর করিয়া কাঁদিতে লাগিল।

দ্বিতীয় আসামী শম্ভুর বিরুদ্ধে কোন কথাই প্রমাণ হইল না। দারোগাবাবু আদালতে নালিশ করিবার হুকুম দিয়া রিপোর্ট লিখিয়া লইয়া চলিয়া গেলেন। পাঁচু মামলা চালানো, তাহার যথারীতি তদ্বিরাদির দায়িত্ব গ্রহণ করিল এবং তাহার ভগিনীর প্রতি গুরুতর অত্যাচারের জন্য গয়ার যে কঠিন শাস্তি হইবে, এই কথা চতুর্দিকে বলিয়া বেড়াইতে লাগিল।

কিছু গয়া সম্পূর্ণ নিরুদ্দেশ। পাড়া-প্রতিবেশীরা শিবুর এই আচরণে অত্যন্ত নিন্দা করিতে লাগিল। শিবু তাহাদের সহিত লড়াই করিয়া বেড়াইতে লাগিল, কিন্তু শিবুর স্ত্রী একেবারে চুপচাপ।

সেদিন গয়ার দূর-সম্পর্কের এক মাসী খবর শুনিয়া শিবুর বাড়ি বহিয়া তাহার স্ত্রীকে যা ইচ্ছা তাই বলিয়া গালিগালাজ করিয়া গেল, কিন্তু গঙ্গামণি একেবারে নির্বাক হইয়া রহিল।

শিবু পাশের বাড়ির লোকের কাছে এ কথা শুনিয়া রাগ করিয়া স্ত্রীকে কহিল, তুই চুপ করে রইলি? একটা কথাও বললি নে?

শিবু স্ত্রী কহিল, না।

শিবু বলিল, আমি বাড়ি থাকলে মাগীকে ঝাঁটাপেটা করে ছেড়ে দিতুম।

তাহার স্ত্রী কহিল, তা হলে আজ থেকে বাড়িতেই বসে থেকো, আর কোথাও বেরিও না। বলিয়া নিজের কাজে চলিয়া গেল।

সেদিন দুপুরবেলায় শিবু বাড়ি ছিল না। শম্ভু আসিয়া বাঁশঝাড় হইতে গোটা-কয়েক বাঁশ কাটিয়া লইয়া গেল। শব্দ শুনিয়া শিবুর স্ত্রী বাহিরে আসিয়া স্বচক্ষে সমস্ত দেখিল। কিন্তু বাধা দেওয়া দূরে থাকুক, আজ সে কাছেও ঘেঁষিল না, নিঃশব্দে ঘরে ফিরিয়া গেল। দিন-দুই পরে সংবাদ শুনিয়া শিবু লাফাইতে লাগিল। স্ত্রীকে আসিয়া কহিল, তুই কি কানের মাথা খেয়েচিস ঘরের পাশ থেকে সে বাঁশ কেটে নিয়ে গেল, আর তুই টের পেলিনি।

তাহার স্ত্রী বলিল, কেন টের পাব না, আমি চোখেই তো সব দেখিচি!

শিবু ক্রুদ্ধ হইয়া কহিল, তবু আমাকে তুই– জানলি নে?

গঙ্গামণি বলিল, জানাব আবার কি? বাঁশঝাড় কি তোমার একার? ঠাকুরপোর তাতে ভাগ নেই?

শিবু বিস্ময়ে হতবুদ্ধি হইয়া শুধু কহিল, তোর কি মাথা খারাপ হয়ে গেছে?

সেদিন সন্ধ্যার পর পাঁচু সদর হইতে ফিরিয়া আসিয়া শ্রান্তভাবে ধপ করিয়া বসিয়া পড়িল। শিবু গরুর জন্য খড় কুচাইতেছিল, অন্ধকারে তাহার মুখের চোখের চাপা হাসি লক্ষ্য করিল না– সভয়ে জিজ্ঞাসা করিল, কি হ'লো?

পাঁচু গাম্ভীর্যের সহিত একটু হাস্য করিয়া কহিল, পাঁচু থাকলে যা হয় তাই! ওয়ারিন বের করে তবে আসচি। এখন কোথায় আছে জানতে পারলেই হয়।

শিবুর কি-একপ্রকার ভয়ানক জিদ চড়িয়া গিয়াছিল। সে কহিল, যত খরচ হোক, ছোঁড়াকে ধরাই চাই। তাকে জেলে পুরে তবে আমার অন্য কাজ। তার পরে উভয়ের নানা পরামর্শ চলিতে লাগিল। কিন্তু রাত্রি এগারোটা বাজিয়া গেল, ভিতর হইতে আহারের আহ্বান আসে না দেখিয়া, শিবু আশ্চর্য হইয়া রান্নাঘরে গিয়া দেখিল ঘর অন্ধকার।

শোবার ঘরে ঢুকিয়া দেখিল, স্ত্রী মেজের উপর মাদুর পাতিয়া শুইয়া আছে। ক্রুদ্ধ এবং আশ্চর্য হইয়া জিজ্ঞাসা করিল, খাবার হয়ে গেছে তো আমাদের ডাকিস নি কেন?

গঙ্গামণি ধীরে সুস্থে পাশ ফিরিয়া বলিল, কে রাঁধলে যে খাবার হয়ে গেছে?

শিবু তর্জন করিয়া প্রশ্ন করিল, রাঁধিস নি এখনো?

গঙ্গামণি কহিল, না। আমার শরীর ভাল নেই, আজ আমি পারব না।

নিদারুণ ক্ষুধায় শিবুর নাড়ী জ্বলিতেছিল, সে আর সহিতে পারিল না। শায়িত স্ত্রীর পিঠের উপর একটা লাথি মারিয়া বলিল, আজকাল রোজ অসুখ, রোজ পারব না। পারবি নে তো বেরো আমার বাড়ি থেকে।

গঙ্গামণি কথাও কহিল না, উঠিয়াও বসিল না। যেমন শুইয়াছিল, তেমনি পড়িয়া রহিল। সে রাত্রে শালা-ভগিনীপতি কাহারও খাওয়া হইল না।

সকালবেলা দেখা গেল, গঙ্গামণি বাটীতে নাই। এদিকে ওদিকে কিছুক্ষণ খোঁজাখুঁজির পর পাঁচু কহিল, দিদি নিশ্চয়ই আমাদের বাড়ি চলে গেছে।

স্ত্রীর এইপ্রকার আকস্মিক পরিবর্তনের হেতু শিবু মনে মনে বুঝিয়াছিল বলিয়া তাহার বিরক্তিও যেমন উত্তরোত্তর বাড়িতেছিল, নালিশ মকদ্দমার প্রতি ঝোঁকও তেমনি খাটো হইয়া আসিতেছিল। সে শুধু বলিল, চুলোয় যাক, আমার খোঁজবার দরকার নেই।

বিকালবেলা খবর পাওয়া গেল, গঙ্গামণি বাপের বাড়ি যায় নাই। পাঁচু ভরসা দিয়া কহিল, তা হলে নিশ্চয় পিসীমার বাড়ি চলে গেছেন।

তাহাদের এক বড়লোক পিসী ক্রোশ পাঁচ-ছয় দূরে একটা গ্রামে বাস করিতেন। পূজা-পর্ব উপলক্ষে তিনি মাঝে মাঝে গঙ্গামণিকে লইয়া যাইতেন। শিবু স্ত্রীকে অত্যন্ত ভালবাসিত। সে মুখে বলিল বটে, যেখানে খুশি যাক গে! মরুক গে! কিন্তু ভিতরে ভিতরে অনুতপ্ত এবং উৎকণ্ঠিত হইয়া উঠিল। তবুও রাগের উপর দিন পাঁচ-ছয় কাটিয়া গেল। এদিকে কাজকর্ম লইয়া, গরু-বাছুর লইয়া সংসার তাহার একপ্রকার অচল হইয়া উঠিল। একটা দিনও আর কাটে না এমনি হইল।

সাতদিনের দিন সে আপনি গেল না বটে, কিন্তু নিজের পৌরুষ বিসর্জন দিয়া পিসীর বাড়িতে গরুর গাড়ি পাঠাইয়া দিল।

পরদিন শূন্য গাড়ি ফিরিয়া আসিয়া সংবাদ দিল সেখানে কেহ নাই। শিবু মাথায় হাত দিয়া বসিয়া পড়িল।

সারাদিন স্নানাহার নাই, মড়ার মত একটা তক্তপোশের উপর পড়িয়াছিল, পাঁচু অত্যন্ত উত্তেজিতভাবে ঘরে ঢুকিয়া কহিল

সামন্তমশাই, সন্ধান পাওয়া গেছে।

শিবু ধড়মড় করিয়া উঠিয়া বসিয়া কহিল, কোথায়? কে খবর দিলে? অসুখ-বিসুখ কিছু হয়নি তো? গাড়ি নিয়ে চল না এখুনি দু'জনে যাই।

পাঁচু বলিল, দিদির কথা নয়– গয়ার সন্ধান পাওয়া গেছে।

শিবু আবার শুইয়া পড়িল, কোন কথা কহিল না।

তখন পাঁচু বহুপ্রকারে বুঝাইতে লাগিল যে, এ সুযোগ কোনও মতে হাতছাড়া করা উচিত নয়। দিদি তো একদিন আসবেই, কিন্তু তখন আর এ-ব্যাটাকে বাগে পাওয়া যাবে না।

শিবু উদাসকণ্ঠে বলিল, এখন থাক গে পাঁচু! আগে সে ফিরে আসুক– তার পরে–

পাঁচু বাধা দিয়া কহিল, তার পরে কি আর হবে সামন্তমশাই? বরঞ্চ দিদি ফিরে আসতে না আসতে কাজটা শেষ করা চাই। সে এসে পড়লে হয়ত আর হবেই না।

শিবু রাজী হইল। কিন্তু আপনার খালি ঘরের দিকে চাহিয়া পরের উপর প্রতিশোধ লইবার জোর আর সে কোনমতেই নিজের মধ্যে খুঁজিয়া পাইতেছিল না। এখন পাঁচুর জোরে ধার করিয়াই তাহার কাজ চলিতেছিল।

পরদিন রাত্রি থাকিতেই তাহারা আদালতের পেয়াদা প্রভৃতি লইয়া বাহির হইয়া পড়িল। পথে পাঁচু জানাইল, বহু দুঃখে খবর পাওয়া গেছে, শম্ভু তাহাকে পাঁচলার সরকারী পুলের কাজে নাম ভাঁড়াইয়া ভর্তি করিয়া দিয়াছে– সেইখানেই তাহাকে গ্রেপ্তার করিতে হইবে।

শিবু বরাবর চুপ করিয়াই ছিল, তখনও চুপ করিয়া রহিল।

তাহারা গ্রামে যখন প্রবেশ করিল, তখন বেলা দ্বিপ্রহর। গ্রামের একপ্রান্তে প্রকাণ্ড মাঠ, লোকজন, লোহা-লক্কড়, কল-কারখানায় পরিপূর্ণ– সর্বত্রই ছোট ছোট ঘর বাঁধিয়া জনমজুরেরা বাস করিতেছে– অনেক জিজ্ঞাসাবাদের পর একজন কহিল, যে ছেলেটি সাহেবের বাংলা লেখাপড়ার কাজ করচে, সে তো? তার ঘর ঐ যে– বলিয়া একখানা ক্ষুদ্র কুটীর দেখাইয়া দিলে, তাহারা গুঁড়ি মারিয়া পা টিপিয়া অনেক কষ্টে তাহার পাশে আসিয়া দাঁড়াইল। ভিতরে গয়ারামের গলা শুনিতে পাওয়া গেল। পাঁচু পুলকে উচ্ছ্বসিত হইয়া পেয়াদা এবং শিবুকে লইয়া বীরদর্পে অকস্মাৎ কুটীরের উন্মুক্ত দ্বার রোধ করিয়া দাঁড়াইবামাত্রই তাহার সমস্ত মুখ বিস্ময়ে, ক্ষোভে, নিরাশায় কালো হইয়া গেল। তাহার দিদি ভাত বাড়িয়া দিয়া একটা হাতপাখা লইয়া বাতাস করিতেছে এবং গয়ারাম ভোজনে বসিয়াছে।

শিবুকে দেখিতে পাইয়া গঙ্গামণি মাথায় আঁচল তুলিয়া দিয়া শুধু কহিল, তোমরা একটু জিরিয়ে নিয়ে নদী থেকে নেয়ে এসো গে, আমি ততক্ষণ আর এক হাঁড়ি ভাত চড়িয়ে দিই।

হরিলক্ষ্মী

এক

যাহা লইয়া এই গল্পের উৎপত্তি, তাহা ছোট; তথাপি এই ছোট ব্যাপারটুকু অবলম্বন করিয়া হরিলক্ষ্মীর জীবনে যাহা ঘটিয়া গেল, তাহা ক্ষুদ্রও নহে, তুচ্ছও নহে। সংসারে এমনই হয়। বেলপুরের দুই শরিক, শান্ত নদীকূলে জাহাজের পাশে জেলেডিঙির মত একটি অপরটির পার্শ্বে নিরুপদ্রবেই বাঁধা ছিল, অকস্মাৎ কোথাকার একটা উড়ো ঝড়ে তরঙ্গ তুলিয়া জাহাজের দড়ি কাটিল, নোঙ্গর ছিঁড়িল, একমুহূর্তে ক্ষুদ্র তরণী কি করিয়া যে বিধ্বস্ত হইয়া গেল, তাহার হিসাব পাওয়াই গেল না।

বেলপুর তালুকটুকু বড় ব্যাপার নয়। উঠিতে বসিতে প্রজা ঠেঙ্গাইয়া হাজার বারোর উপরে উঠে না, কিন্তু সাড়ে-পনর আনার অংশীদার শিবচরণের কাছে দু'পাই অংশের বিপিনবিহারীকে যদি জাহাজের সঙ্গে জেলে-ডিঙির তুলনাই করিয়া থাকি তো বোধ করি অতিশয়োক্তির অপরাধ করি নাই।

দূর হইলেও জ্ঞাতি, এবং ছয়-সাত পুরুষ পূর্বে ভদ্রাসন উভয়ের একত্রই ছিল, কিন্তু আজ একজনের ত্রিতল অট্টালিকা গ্রামের মাথায় চড়িয়াছে এবং অপরের জীর্ণ গৃহ দিনের পর দিন ভূমিশয্যা গ্রহণের দিকেই মনোনিবেশ করিয়াছে।

তবু এমনই ভাবে দিন কাটিতেছিল এবং এমনই করিয়াই তো বাকী দিনগুলা বিপিনের সুখে-দুঃখে নির্বিবাদেই কাটিতে পারিত; কিন্তু যে মেঘখণ্ডটুকু উপলক্ষ্য করিয়া অকালে ঝঞ্ঝা উঠিয়া সমস্ত বিপর্যস্ত করিয়া দিল তাহা এইরূপ।

সাড়ে-পনর আনার অংশীদার শিবচরণের হঠাৎ পত্নীবিয়োগ ঘটিলে বন্ধুরা কহিলেন, চল্লিশ-একচল্লিশ কি আবার একটা বয়স। তুমি আবার বিবাহ কর। শত্রুপক্ষীয়রা শুনিয়া হাসিল, কহিল, চল্লিশতো শিবচরণের চল্লিশ বছর আগে পার হয়ে গেছে। অর্থাৎ, কোনটাই সত্য নয়। আসল কথা, বড়বাবুর দিব্য গৌরবর্ণ নাদুস-নুদুস দেহ, সুপুষ্ট মুখের পরে রোমের চিহ্নমাত্র নাই। যথাকালে দাড়িগোঁফ না গজানোর সুবিধা হয়ত কিছু আছে, কিন্তু অসুবিধাও বিস্তর। বয়স আন্দাজ করা ব্যাপারে যাহারা নীচের দিকে যাইতে চাহে না, উপরের দিকে তাহারা যে অঙ্কের কোন কোঠায় গিয়া ভর দিয়া দাঁড়াইবে, তাহা নিজেরাই ঠাহর করিতে পারে না। সে যাই হউক, অর্থশালী পুরুষের যে কোন দেশেই বয়সের অজুহাতে বিবাহ আটকায় না, বাঙলাদেশে তো নয়-ই। মাস-দেড়েক শোকতাপ ও না না করিয়া গেল, তাহার পরে হরিলক্ষ্মীকে বিবাহ করিয়া শিবচরণ বাড়ি আনিলেন। শূন্যগৃহ একদিনেই ষোলকলায় পরিপূর্ণ হইয়া উঠিল। কারণ, শত্রুপক্ষ যাহাই কেন না বলুক, প্রজাপতি যে

সত্যই তাঁহার প্রতি এবার অতিশয় প্রসন্ন ছিলেন, তাহা মানিতেই হইবে। তাহারা গোপনে বলাবলি করিল, পাত্রের তুলনায় নববধূ বয়সের দিক দিয়া একেবারেই যে বেমানান হয় নাই, তবে দুই-একটি ছেলেমেয়ে সঙ্গে লইয়া ঘরে ঢুকিলে আর খুঁত ধরিবার কিছু থাকিত না। তবে, সে যে সুন্দরী, এ কথা তাহারা স্বীকার করিল। ফল কথা, সচরাচর বড় বয়সের চেয়েও লক্ষ্মীর বয়সটা কিছু বেশী হইয়া গিয়াছিল, বোধ করি, উনিশের কম হইবে না। তাহার পিতা আধুনিক নব্যতন্ত্রের লোক, যত্ন করিয়া মেয়েকে বেশী বয়স পর্যন্ত শিক্ষা দিয়া ম্যাট্রিক পাশ করাইয়াছিলেন। তাঁহার অন্য ইচ্ছা ছিল, শুধু ব্যবসা ফেল পড়িয়া আকস্মিক দারিদ্র্যের জন্যই এই সুপাত্রে কন্যা অর্পণ করিতে বাধ্য হইয়াছিলেন।

লক্ষ্মী শহরের মেয়ে, স্বামীকে দুই-চারিদিনেই চিনিয়া ফেলিল। তাহার মুশকিল হইল এই যে, আত্মীয় মিশ্রিত বহুপরিজন-পরিবৃত বৃহৎ সংসারের মধ্যে সে মন খুলিয়া কাহারও সহিত মিশিতে পারিল না। ওদিকে শিবচরণের ভালবাসার তো অন্ত রহিল না। শুধু কেবল বৃদ্ধের তরুণী ভার্যা বলিয়াই নয়, সে যেন একেবারে অমূল্য নিধি লাভ করিল। বাটীর আত্মীয়-আত্মীয়ার দল কোথায় কি করিয়া যে তাহার মন যোগাইবে, খুঁজিয়া পাইল না। একটা কথা সে প্রায়ই শুনিতে পাইত– এইবার মেজবৌয়ের মুখে কালি পড়িল। কি রূপে, কি গুণে, কি বিদ্যা-বুদ্ধিতে এতদিনে তাহার গর্ব খর্ব হইল।

কিন্তু এত করিয়াও সুবিধা হইল না, মাস-দুয়েকের মধ্যে লক্ষ্মী অসুখে পড়িল। এই অসুখের মধ্যেই একদিন মেজবৌয়ের সাক্ষাৎ মিলিল। তিনি বিপিনের স্ত্রী, বড়-বাড়ির নূতন বধূর জ্বর শুনিয়া দেখিতে আসিয়াছিলেন। বয়সে বোধ হয় দুই-তিন বছরের বড়; তিনি যে সুন্দরী, তাহা মনে মনে লক্ষ্মী স্বীকার করিল। কিন্তু এই বয়সেই দারিদ্র্যের ভীষণ কশাঘাতের চিহ্ন তাহার সর্বাঙ্গে সুস্পষ্ট হইয়া উঠিয়াছে। সঙ্গে বছর ছয়েকের একটি ছেলে, সে-ও রোগা। লক্ষ্মী শয্যার একধারে সযত্নে বসিতে স্থান দিয়া ক্ষণকাল নিঃশব্দে চাহিয়া চাহিয়া দেখিতে লাগিল। হাতে কয়েকগাছি সোনার চুড়ি ছাড়া আর কোন অলঙ্কার নাই, পরনে ঈষৎ মলিন একখানি রাঙা পাড়ের ধুতি, বোধ হয়, তাহার স্বামীর হইবে, পল্লীগ্রামের প্রথামত ছেলেটি দিগম্বর নয়, তাহারও কোমরে একখানি শিউলিফুলে ছোপানো ছোট কাপড় জড়ানো।

লক্ষ্মী তাহার হাতখানি টানিয়া লইয়া আস্তে আস্তে বলিল, ভাগ্যে জ্বর হয়েছিল, তাই তো আপনার দেখা পেলুম। কিন্তু সম্পর্কে আমি বড় জা হই মেজবৌ। শুনেছি, মেজঠাকুরপো এর চেয়ে ঢের ছোট।

মেজবৌ হাসিমুখে কহিল, সম্পর্কে ছোট হলে কি তাকে 'আপনি' বলে?

লক্ষ্মী কহিল, প্রথম দিন এই যা বললুম, নইলে 'আপনি' বলবার লোক আমি নই। কিন্তু তাই বলে তুমিও যেন আমাকে দিদি বলে ডেকো না,– ও আমি সইতে পারব না। আমার নাম লক্ষ্মী।

মেজবৌ কহিল, নামটি বলে দিতে হয় না দিদি, আপনাকে দেখলেই জানা যায়। আর আমার নাম– কি জানি, কে যে ঠাট্টা করে কমলা রেখেছিলেন– এই বলিয়া সে সকৌতুকে একটুখানি হাসিল মাত্র।

হরিলক্ষ্মীর ইচ্ছা করিল, সে-ও প্রতিবাদ করিয়া বলে, তোমার পানে তাকালেও তোমার নামটি বুঝা যায়, কিন্তু অনুকৃতির মত শুনাইবার ভয়ে বলিতে পারিল না; কহিল, আমাদের নামের মানে এক। কিন্তু, মেজবৌ, আমি তোমাকে 'তুমি' বলতে পারলুম, তুমি পারলে না।

মেজবৌ সহাস্যে জবাব দিল, হঠাৎ না-ই পারলুম, দিদি। এক বয়স ছাড়া আপনি সকল বিষয়েই আমার বড়। যাক না দু'দিন দরকার হলে বদলে নিতে কতক্ষণ? হরিলক্ষ্মীর মুখে সহসা ইহার প্রত্যুত্তর যোগাইল না, কিন্তু সে মনে বুঝিল, এই মেয়েটি প্রথম দিনের পরিচয়টিকে মাখামাখিতে পরিণত করিতে চাহে না। কিন্তু কিছু একটা বলিবার পূর্বেই মেজবৌ উঠিবার উপক্রম করিয়া কহিল, এখন তা হলে উঠি দিদি, কাল আবার—

লক্ষ্মী বিস্ময়াপন্ন হইয়া বলিল, এখনই যাবে কিরকম, একটু ব'সো।

মেজবৌ কহিল, আপনি হুকুম করলে তো বসতেই হবে, কিন্তু আজ যাই দিদি, ওঁর আসবার সময় হ'লো। এই বলিয়া সে উঠিয়া দাঁড়াইল এবং ছেলের হাত ধরিয়া যাইবার পূর্বে সহাস্যবদনে কহিল, আসি দিদি। কাল একটু সকাল সকাল আসব, কেমন? এই বলিয়া ধীরে ধীরে বাহির হইয়া গেল।

বিপিনের স্ত্রী চলিয়া গেলে হরিলক্ষ্মী সেইদিকে চাহিয়া চুপ করিয়া পড়িয়া রহিল। এখন জ্বর ছিল না, কিন্তু গ্লানি ছিল। তথাপি কিছুক্ষণের জন্য সমস্ত সে ভুলিয়া গেল। এতদিন গ্রাম ঝেঁটাইয়া কত বৌ-ঝি যে আসিয়াছে, তাহার সংখ্যা নাই, কিন্তু পাশের বাড়ির দরিদ্র ঘরের এই বধূর সহিত তাহাদের তুলনাই হয় না। তাহারা যাচিয়া আসিয়াছে, উঠিতে চাহে না। আর বসিতে বলিলে তো কথাই নাই। সে কত প্রগল্‌ভতা, কত বাচালতা, মনোরঞ্জন করিবার কত কি লজ্জাকর প্রয়াস ভারাক্রান্ত মন তাহার মাঝে মাঝে বিদ্রোহী হইয়া উঠিয়াছে, কিন্তু ইহাদেরই মধ্য হইতে অকস্মাৎ কে আসিয়া তাহার রোগশয্যায় মুহূর্ত-কয়েকের তরে নিজের পরিচয় দিয়া গেল। তাহার বাপের বাড়ির কথা জিজ্ঞাসা করিবার সময় হয় নাই, কিন্তু প্রশ্ন না করিয়াও লক্ষ্মী কি জানি কেমন করিয়া অনুভব করিল— তাহার মত সে কিছুতেই কলিকাতার মেয়ে নয়। পল্লীঅঞ্চলে লেখাপড়া জানে বলিয়া বিপিনের স্ত্রীর একটা খ্যাতি আছে। লক্ষ্মী ভাবিল, খুব সম্ভব বৌটি সুর করিয়া রামায়ণ-মহাভারত পড়িতে পারে, কিন্তু তাহার বেশী নহে। যে পিতা বিপিনের মত দীন-দুঃখীর হাতে মেয়ে দিয়াছে, সে কিছু আর মাস্টার রাখিয়া স্কুলে পড়াইয়া পাস করাইয়া কন্যা সম্প্রদান করে নাই। উজ্জ্বল শ্যাম— ফরসা বলা চলে না। কিন্তু রূপের কথা ছাড়িয়া দিয়াও, শিক্ষা, সংসর্গ, অবস্থা কিছুতেই তো বিপিনের স্ত্রী তাহার কাছে দাঁড়াইতে পারে না। কিন্তু একটা ব্যাপারে লক্ষ্মীর নিজেকে যেন ছোট মনে হইল। তাহার কণ্ঠস্বর সে যেন গানের মত, আর বলিবার ধরনটি একেবারে মধু দিয়া ভরা। এতটুকু জড়িমা নাই, কথাগুলি যেন সে বাড়ি হইতে কণ্ঠস্থ করিয়া আসিয়াছিল, এমনই সহজ। কিন্তু সবচেয়ে যে বস্তু তাহাকে বেশী বিদ্ধ করিল, সে ওই মেয়েটির দূরত্ব। সে যে দরিদ্র ঘরের বধূ, তাহা মুখে না বলিয়াও এমন করিয়াই প্রকাশ করিল, যেন ইহাই তাহার স্বাভাবিক, যেন এ ছাড়া আর কিছু তাহাকে কোনমতেই মানাইত না। দরিদ্র, কিন্তু কাঙ্গাল নয়। এক পরিবারের বধূ, একজনের পীড়ায় আর একজন তাহার তত্ত্ব লইতে আসিয়াছে, ইহার অতিরিক্ত লেশমাত্রও অন্য উদ্দেশ্য নাই।

সন্ধ্যার পরে স্বামী দেখিতে আসিলে হরিলক্ষ্মী নানা কথার পরে কহিল, আজ ও-বাড়ির মেজবৌ-ঠাকরুনকে দেখলাম।

শিবচরণ কহিল, কাকে? বিপিনের বৌকে?

লক্ষ্মী কহিল, হাঁ। আমার ভাগ্য পুস্প্রসন্ন, এতকাল পরে আমাকে নিজেই দেখতে এসেছিলেন। কিন্তু মিনিট পাঁচেকের বেশী বসতে পারলেন না, কাজ আছে বলে উঠে গেলেন।

শিবচরণ কহিল, কাজ? আরে, ওদের দাসী আছে, না চাকর আছে? বাসনমাজা থেকে হাঁড়ি-ঠেলা পর্যন্ত– কৈ, তোমার মত শুয়ে-বসে গায়ে ফুঁ দিয়ে কাটাক তো দেখি? এক ঘটি জল পর্যন্ত আর তোমাকে গড়িয়ে খেতে হয় না।

নিজের সম্বন্ধে এইরূপ মন্তব্য হরিলক্ষ্মীর অত্যন্ত খারাপ লাগিল, কিন্তু কথাগুলা নাকি তাহাকে বাড়াইবার জন্যই, লাঞ্ছনার জন্য নহে, এই মনে করিয়া সে রাগ করিল না, বলিল, শুনেছি নাকি মেজবৌর বড় গুমোর, বাড়ি ছেড়ে কোথাও যায় না?

শিবচরণ কহিল, যাবে কোত্থেকে? হাতে ক'গাছি চুড়ি ছাড়া আর ছাইও নেই,– লজ্জায় মুখ দেখাতে পারে না।

হরিলক্ষ্মী একটুখানি হাসিয়া বলিল, লজ্জা কিসের? দেশের লোক কি ওঁর গায়ে জড়োয়া গয়না দেখবার জন্য ব্যাকুল হয়ে আছে, না দেখতে না পেলে ছি ছি করে?

শিবচরণ কহিল, জড়োয়া গয়না! আমি যা তোমাকে দিয়েছি, কোন শালার বেটা তা চোখে দেখেছে? পরিবারকে আজ পর্যন্ত দু'গাছা চুড়ি ছাড়া আর গড়িয়ে দিতে পারলি নে! বাবা! টাকার জোরে বড় জোর! জুতো মারব আর–

হরিলক্ষ্মী ক্ষুণ্ণ ও অতিশয় লজ্জিত হইয়া বলিল, ছি ছি, ও-সব তুমি কি বলছ?

শিবচরণ কহিল, না না, আমার কাছে লুকোছাপা নেই– যা বলব, তা স্পষ্টাস্পষ্টি কথা।

হরিলক্ষ্মী নিরুত্তরে চোখ বুজিয়া শুইল। বলবারই বা আছে কি? ইহারা দুর্বলের বিরুদ্ধে অত্যন্ত রূঢ় কথা কঠোর ও কর্কশ করিয়া উচ্চারণ করাকেই একমাত্র স্পষ্টবাদিতা বলিয়া জানে। শিবচরণ শান্ত হইল না, বলিতে লাগিল, বিয়েতে যে পাঁচ শ' টাকা ধার নিয়ে গেলি, সুদে-আসলে সাত-আট শ' হয়েছে, তা খেয়াল আছে? গরীব একধারে পড়ে আছিস থাক, ইচ্ছে করলে যে কান মলে দুর করে দিতে পারি। দাসীর যোগ্য নয়,– আমার পরিবারের কাছে গুমোর।

হরিলক্ষ্মী পাশ ফিরিয়া শুইল। অসুখের উপরে বিরক্তি ও লজ্জায় তাহার সর্বশরীর যেন ঝিমঝিম করিতে লাগল।

পরদিন দুপুরবেলায় ঘরের মধ্যে মৃদুশব্দে হরিলক্ষ্মী চোখ চাহিয়া দেখিল, বিপিনের স্ত্রী বাহির হইয়া যাইতেছে। ডাকিয়া কহিল, মেজবৌ, চলে যাচ্ছো যে?

মেজবৌ সলজ্জে ফিরিয়া আসিয়া বলিল, আমি ভেবেছিলাম, আপনি ঘুমিয়ে পড়েছেন। আজ কেমন আছেন দিদি?

হরিলক্ষ্মী কহিল, আজ ঢের ভাল আছি, কৈ তোমার ছেলেকে আননি?

মেজবৌ বলিল, আজ সে হঠাৎ ঘুমিয়ে পড়ল দিদি।

হঠাৎ ঘুমিয়ে পড়ল মানে কি?

অভ্যাস খারাপ হয়ে যাবে বলে আমি দিনের বেলায় বড় তাকে ঘুমোতে দিইনে দিদি।

হরিলক্ষ্মী জিজ্ঞাসা করিল, রোদে রোদে দুরন্তপনা করে বেড়ায় না?

মেজবৌ কহিল, করে বৈ কি। কিন্তু ঘুমোনোর চেয়ে সে বরঞ্চ ভাল।

তুমি নিজে বুঝি কখনো ঘুমোও না?

মেজবৌ হাসিমুখে ঘাড় নাড়িয়া বলিল, না।

হরিলক্ষ্মী ভাবিয়াছিল, মেয়েদের স্বভাবের মত এবার হয়ত সে তাহার অনবকাশের দীর্ঘ তালিকা দিতে বসিবে, কিন্তু সে সেরূপ কিছুই করিল না। ইহার পরে অন্যান্য কথাবার্তা চলিতে লাগিল। কথায় কথায় হরিলক্ষ্মী তাহার বাপের বাড়ির কথা, ভাই-বোনের কথা, মাস্টারমশায়ের কথা, স্কুলের কথা, এমনকি তাহার ম্যাট্রিক পাস করার কথাও গল্প করিয়া

ফেলিল। অনেকক্ষণ পরে যখন হুঁশ হইল তখন স্পষ্ট দেখিতে পাইল, শ্রোতা হিসাবে মেজবৌ যত ভালই হউক, বক্তা হিসাবে একেবারে অকিঞ্চিৎকর। নিজের কথা সে প্রায় কিছুই বলে নাই। প্রথমটা লক্ষ্মী লজ্জা বোধ করিল, কিন্তু তখনই মনে করিল, আমার কাছে গল্প করিবার মত তাহার আছেই বা কি! কিন্তু কাল যেমন এই বধূটির বিরুদ্ধে মন তাহার অপ্রসন্ন হইয়া উঠিয়াছিল, আজ তেমনি ভারী একটা তৃপ্তি বোধ করিল।

দেয়ালের মূল্যবান ঘড়িতে নানাবিধ বাজনা-বাদ্য করিয়া তিনটা বাজিল। মেজবৌ উঠিয়া দাঁড়াইয়া সবিনয়ে কহিল, দিদি, আজ তা হলে আসি?

লক্ষ্মী সকৌতুকে বলিল, তোমার বুঝি ভাই তিনটে পর্যন্তই ছুটি ঠাকুরপো না কি কাঁটায় কাঁটায় ঘড়ি মিলিয়ে বাড়ি ঢোকেন?

মেজবৌ কহিল, আজ তিনি বাড়িতে আছেন।

আজ কেন তবে আর একটু ব'সো না?

মেজবৌ বসিল না, কিন্তু যাবার জন্যও পা বাড়াইল না। আস্তে আস্তে বলিল, দিদি, আপনার কত শিক্ষা-দীক্ষা, কত লেখাপড়া, আমি পাড়াগাঁয়ের—

তোমার বাপের বাড়ি বুঝি পাড়াগাঁয়ে?

হাঁ দিদি, সে একেবারে অজ পল্লীগ্রামে। না বুঝে কাল হয়ত কি বলতে কি বলে ফেলেছি, কিন্তু অসম্মান করার জন্যে,— আপনি যে দিব্যি করতে বলবেন,— দিদি হরিলক্ষ্মী আশ্চর্য হইয়া কহিল, সে কি মেজবৌ, তুমি তো আমাকে এমন কোন কথাই বলনি!

মেজবৌ এ কথার প্রত্যুত্তরে আর একটা কথাও কহিল না। কিন্তু 'আসি' বলিয়া পনুশ্চ বিদায় লইয়া যখন সে ধীরে ধীরে বাহির হইয়া গেল, তখন কণ্ঠস্বর যেন তাহার অকস্মাৎ আর একরকম শুনাইল।

রাত্রিতে শিবচরণ যখন কক্ষে প্রবেশ করিল তখন হরিলক্ষ্মী চুপ করিয়া শুইয়া ছিল, মেজবৌয়ের শেষের কথাগুলো আর তাহার স্মরণ ছিল না। দেহ অপেক্ষাকৃত সুস্থ, মনও শান্ত প্রসন্ন ছিল।

শিবচরণ জিজ্ঞাসা করিল, কেমন আছ বড়বৌ? লক্ষ্মী উঠিয়া বসিয়া কহিল, ভাল আছি।

শিবচরণ কহিল, সকালের ব্যাপার জান তো? বাছাধনকে ডাকিয়ে এনে সক্কলের সামনে এমনি কড়কে দিয়েছি যে, জন্মে ভুলবে না। আমি বেলপুরের শিবচরণ! হাঁ!

হবিলক্ষ্মী ভীত হইয়া কহিল, কাকে গো?

শিবচরণ কহিল, বিপ্‌নেকে। ডেকে বলে দিলাম, তোমার পরিবার আমার পরিবারের কাছে জাঁক করে তাকে অপমান করে যায়, এত বড় আস্পর্ধা! পাজী, নচ্ছার, ছোটলোকের মেয়ে। তার ন্যাড়া মাথায় ঘোল ঢেলে গাধায় চড়িয়ে গাঁয়ের বার করে দিতে পারি, জানিস?

হরিলক্ষ্মীর রোগক্লিষ্ট মুখ একেবারে ফ্যাকাশে হইয়া গেল,— বল কি গো?

শিবচরণ নিজের বুকে তাল ঠুকিয়া সদর্পে বলিতে লাগিল, এ গাঁয়ে জজ বল, ম্যাজিস্ট্রেট বল, আর দারোগা পুলিশ বল, সব এই শমা! এই শর্মা! মরণ-কাঠি, জীয়ন-কাঠি এই হাতে। তুমি বল, কাল যদি না বিপ্‌নের বৌ এসে তোমার পা টেপে তো আমি লাটু চৌধুরীর ছেলেই নই! আমি—

বিপিনের বধূকে সর্বসমক্ষে অপমানিত ও লাঞ্ছিত করিবার বিবরণ ও ব্যাখ্যায় লাটু চৌধুরীর ছেলে অ-কথা কু-কথার আর শেষ রাখিল না। আর তাহারই সম্মুখে স্তব্ধ নির্নিমেষ

চক্ষুতে চাহিয়া হরিলদীর মনে হইতে লাগিল, ধরিত্রী, দ্বিধা হও!

দুই

দ্বিতীয় পক্ষের তরুণী ভার্যার দেহ রক্ষার জন্য শিবচরণ কেবলমাত্র নিজের দেহ ভিন্ন আর সমস্তই দিতে পারিত। হবিলক্ষ্মীর সেই দেহ বেলপুরে সারিতে চাহিল না। ডাক্তার পরামর্শ দিলেন হাওয়া বদলাইবার। শিবচরণ সাড়ে-পনর আনার মর্যাদামত ঘটা করিয়া হাওয়া বদলানোর আয়োজন করিল। যাত্রার শুভদিনে গ্রামের লোক ভাঙ্গিয়া পড়িল, আসিল না কেবল বিপিন ও তাহার স্ত্রী। বাহিরে শিবচরণ যাহা না বলিবার, তাহা বলিতে লাগিল এবং ভিতরে বড়পিসী উদ্দাম হইয়া উঠিলেন। বাহিরেও ধূয়া ধরিবার লোকাভাব ঘটিল না, অন্তঃপুরেও তেমনই পিসীমার চীৎকারের আয়তন বাড়াইতে যথেষ্ট স্ত্রীলোক জুটিল। কিছুই বলিল না শুধু হরিলক্ষ্মী। মেজবৌয়ের প্রতি তাহার ক্ষোভ ও অভিমানের মাত্রা কাহারও অপেক্ষাই কম ছিল না, সে মনে মনে বলিতে লাগিল, তাহার বর্বর স্বামী যত অন্যায়ই করিয়া থাক, সে নিজে তো কিছু করে নাই, কিন্তু ঘরের ও বাহিরের যে-সব মেয়েরা আজ চেঁচাইতেছিল, তাহাদের সহিত কোন সূত্রেই কণ্ঠ মিলাইতে তাহার ঘৃণা বোধ হইল। যাইবার পথে পালকির দরজা ফাঁক করিয়া লক্ষ্মী উৎসুক চক্ষুতে বিপিনের জীর্ণ গৃহের জানালার প্রতি চাহিয়া রহিল, কিন্তু কাহারও ছায়াটুকুও তাহার চোখে পড়িল না।

কাশীতে বাড়ি ঠিক করা হইয়াছিল, তথাকার জলবাতাসের গুণে নষ্ট-স্বাস্থ্য ফিরিয়া পাইতে লক্ষ্মীর বিলম্ব হইল না, মাস-চারেক পরে যখন সে ফিরিয়া আসিল, তাহার দেহের কান্তি দেখিয়া মেয়েদের গোপন ঈর্ষার অবধি রহিল না।

হিম-ঋতু আগতপ্রায়, দুপুরবেলায় মেজবৌ চিররুগ্ন স্বামীর জন্য একটা পশমের গলাবন্ধ বুনিতেছিল, অনতিদূরে বসিয়া ছেলে খেলা করিতেছিল, সে-ই দেখিতে পাইয়া কলবর করিয়া উঠিল, মা, জ্যাঠাইমা।

মা হাতের কাজ ফেলিয়া তাড়াতাড়ি একটা নমস্কার করিয়া লইয়া আসন পাতিয়া দিল; স্মিতমুখে প্রশ্ন করিল, শরীর নিরাময় হয়েছে দিদি?

লক্ষ্মী কহিল, হাঁ হয়েছে। কিন্তু না হতেও পারত, না ফিরতেও পারতাম, অথচ যাবার সময়ে একটিবার খোঁজও নিলে না। সমস্ত পথটা তোমার জানলার পানে চেয়ে চেয়ে গেলাম, একবার ছায়াটুকুও চোখে পড়ল না। রোগা বোন চলে যাচ্ছে, একটুখানি মায়াও কি হ'ল না মেজবৌ? এমনি পাষাণ তুমি!

মেজবৌয়ের চোখ ছলছল করিয়া আসিল, কিন্তু সে কোন উত্তরই দিল না।

লক্ষ্মী বলিল, আমার আর যা দোষই থাক মেজবৌ, তোমার মত কঠিন প্রাণ আমার নয়। ভগবান না করুন, কিন্তু অমন সময়ে আমি তোমাকে না দেখে থাকতে পারতাম না।

মেজবৌ এ অভিযোগের কোন জবাব দিল না, নিরুত্তরে দাঁড়াইয়া রহিল।

লক্ষ্মী আর কখনও আসে নাই, আজ এই প্রথম এ বাড়িতে প্রবেশ করিয়াছে। ঘরগুলি ঘুরিয়া ফিরিয়া দেখিয়া বেড়াইতে লাগিল। শতবর্ষের জরাজীর্ণ গৃহ, মাত্র তিনখানি কক্ষ কোনমতে বাসোপযোগী রহিয়াছে। দরিদ্রের আবাস, আসবাবপত্র নাই বলিলেই চলে, ঘরের চুন-বালি খসিয়াছে, সংস্কার করিবার সামর্থ্য নাই, তথাপি অনাবশ্যক অপরিচ্ছন্নতা এতটুকু কোথাও নাই। স্বল্প বিছানা ঝরঝর করিতেছে, দুই-চারিখানি দেবদেবীর ছবি টাঙ্গানো আছে, আর আছে মেজবৌয়ের হাতের নানাবিধ শিল্পকর্ম। অধিকাংশই পশম ও

সুতার কাজ, তাহা শিক্ষানবীশের হাতের লাল ঠোঁটওয়ালা সবুজ রঙের টিয়াপাখী অথবা পাঁচরঙা বেড়ালের মূর্তি নয়। মূল্যবান ফ্রেমে আঁটা লাল-নীল বেগুনি-ধূসর-পাঁশুটে নানা বিচিত্র রঙের সমাবেশে পশমে বোনা 'ওয়েলকম' 'আসুন বসুন' অথবা বানান-ভুল গীতার শ্লোকার্ধও নয়। লক্ষ্মী সবিস্ময়ে জিজ্ঞাসা করিল, এটি কার ছবি মেজবৌ, যেন চেনা চেনা ঠেকচে?

মেজবৌ সলজ্জে হাসিয়া কহিল, ওটি তিলক মহারাজের ছবি দেখে বোনবার চেষ্টা করেছিলাম দিদি, কিন্তু কিছুই হয়নি এই কথা বলিয়া সম্মুখের দেয়ালে টাঙ্গানো ভারতের কৌস্তুভ মহাবীর তিলকের ছবি আঙুল দিয়া দেখাইয়া দিল।

লক্ষ্মী বহুক্ষণ সেইদিকে চাহিয়া থাকিয়া আস্তে আস্তে বলিল, চিনতে পারিনি, সে আমারই দোষ মেজবৌ, তোমার নয় আমাকে শেখাবে ভাই? এ বিদ্যে শিখতে যদি পারি তো তোমাকে গুরু বলে মানতে আমার আপত্তি নেই।

মেজবৌ হাসিতে লাগিল।

সেদিন ঘণ্টা তিন-চার পরে বিকালে যখন লক্ষ্মী বাড়ি ফিরিয়া গেল, তখন এই কথাই স্থির করিয়া গেল যে, কলা-শিল্প শিখিতে কাল হইতে সে প্রত্যহ আসিবে।

আসিতেও লাগিল, কিন্তু দশ-পনেরো দিনেই স্পষ্ট বুঝিতে পারিল, এ বিদ্যা শুধু কঠিন নয়, অর্জন করিতেও সুদীর্ঘ সময় লাগিবে একদিন লক্ষ্মী কহিল, কৈ মেজবৌ, তুমি আমাকে যত্ন করে শেখাও না।

মেজবৌ বলিল, ঢের সময় লাগবে দিদি, তার চেয়ে বরঞ্চ আপনি অন্য সব বোনা শিখুন।

লক্ষ্মী মনে মনে রাগ করিল, কিন্তু তাহা গোপন করিয়া জিজ্ঞাসা করিল, তোমার শিখতে কতদিন লেগেছিল মেজবৌ?

মেজবৌ জবাব দিল, আমাকে কেউ তো শেখায় নি দিদি, নিজের চেষ্টাতেই একটু একটু করে—

লক্ষ্মী বলিল, তাইতেই। নইলে পরের কাছে শিখতে গেলে তোমারও সময়ের হিসাব থাকত।

মুখে সে যাহাই বলুক, মনে মনে নিঃসন্দেহে অনুভব করিতেছিল, মেধা ও তীক্ষ্ণবুদ্ধিতে এই মেজবৌয়ের কাছে সে দাঁড়াইতেই পারে না। আজ তাহার শিক্ষার কাজ অগ্রসর হইল না এবং যথাসময়ের অনেক পূর্বেই সূচ-সূতা-প্যাটার্ন গুটাইয়া লইয়া বাড়ি চলিয়া গেল। পরদিন আসিল না এবং এই প্রথম প্রত্যহ আসায় তাহার ব্যাঘাত হইল।

দিন-চারেক পরে আবার একদিন হরিলক্ষ্মী তাহার সূচ-সূতার বাক্স হাতে করিয়া এ বাটীতে আসিয়া উপস্থিত হইল।

মেজবৌ তাহার ছেলেকে রামায়ণ হইতে ছবি দেখাইয়া দেখাইয়া গল্প বলিতেছিল, সসম্ভ্রমে উঠিয়া আসন পাতিয়া দিল। উদ্বিগ্নকণ্ঠে প্রশ্ন করিল, দু-তিন দিন আসেন নি, আপনার শরীর ভাল ছিল না বুঝি?

লক্ষ্মী গম্ভীর হইয়া কহিল, না, এমনি পাঁচ-ছ'দিন আসতে পারিনি।

মেজবৌ বিস্ময় প্রকাশ করিয়া বলিল, পাঁচ-ছ'দিন আসেন নি? তাই হবে বোধ হয়। কিন্তু আজ তা হলে দু'ঘণ্টা বেশী থেকে কামাইটা পুষিয়ে নেওয়া চাই।

লক্ষ্মী বলিল, হুঁ। কিন্তু অসুখই যদি আমার করে থাকত মেজবৌ, তোমার তো একবার খোঁজ করা উচিত ছিল।

মেজবৌ সলজ্জে বলিল, উচিত নিশ্চয়ই ছিল, কিন্তু সংসারের অসংখ্য রকমের কাজ, – একলা মানুষ, কাকেই বা পাঠাই বলুন? কিন্তু অপরাধ হয়েছে, তা স্বীকার করচি দিদি।

লক্ষ্মী মনে মনে খুশী হইল। এ কয়দিন সে অত্যন্ত অভিমানবশেই আসিতে পারে নাই, অথচ অহর্নিশি যাই যাই করিয়াই তাহার দিন কাটিয়াছে। এই মেজবৌ ছাড়া শুধু গৃহে কেন, সমস্ত গ্রামের মধ্যেও আর কেহ নাই, যাহার সহিত সে মন খুলিয়া মিশিতে পারে।

ছেলে নিজের মনে ছবি দেখিতেছিল। হরিলক্ষ্মী তাহাকে ডাকিয়া কহিল, নিখিল, কাছে এস তো বাবা? সে কাছে আসিলে লক্ষ্মী বাক্স খুলিয়া একগাছি সরু সোনার হার তাহার গলায় পরাইয়া দিয়া বলিল, যাও, খেলা কর গে।

মায়ের মুখ গম্ভীর হইয়া উঠিল; সে জিজ্ঞাসা করিল, আপনি কি ওটা দিলেন নাকি?

লক্ষ্মী স্মিতমুখে জবাব দিল, দিলাম বৈ কি?

মেজবৌ কহিল, আপনি দিলেই বা ও নেবে কেন?

লক্ষ্মী অপ্রতিভ হইয়া উঠিল, কহিল, জ্যাঠাইমা কি একটা হার দিতে পারে না?

মেজবৌ বলিল, তা জানিনে দিদি, কিন্তু এ কথা নিশ্চয় জানি, মা হয়ে আমি নিতে দিতে পারিনে। নিখিল, ওটা খুলে তোমার জ্যাঠাইমাকে দিয়ে দাও। দিদি, আমরা গরীব, কিন্তু ভিখিরী নই। কোন একটা দামী জিনিস হঠাৎ পাওয়া গেল বলেই দু'হাত পেতে নেব,– তা নিই নে।

লক্ষ্মী স্তব্ধ হইয়া বসিয়া রহিল। আজও তাহার মনে হইতে লাগিল, পৃথিবী, দ্বিধা হও!

যাবার সময়ে সে কহিল, কিন্তু এ কথা তোমার ভাশুরের কানে যাবে মেজবৌ।

মেজবৌ বলিল, তাঁর অনেক কথা আমার কানে আসে, আমার একটা কথা তাঁর কানে গেলে কান অপবিত্র হবে না।

লক্ষ্মী কহিল, বেশ, পরীক্ষা করে দেখলেই হবে একটু থামিয়া বলিল, আমাকে খামকা অপমান করার দরকার ছিল না মেজবৌ। আমিও শাস্তি দিতে জানি।

মেজবৌ বলিল, এ আপনার রাগের কথা। নইলে আমি যে আপনাকে অপমান করিনি, শুধু আমার স্বামীকেই খামকা অপমান করতে আপনাকে দিইনি– এ বোঝবার শিক্ষা আপনার আছে।

লক্ষ্মী কহিল, তা আছে, নেই শুধু তোমাদের পাড়াগেঁয়ে মেয়ের সঙ্গে কোঁদল করবার শিক্ষা।

মেজবৌ এই কটূক্তির জবাব দিল না, চুপ করিয়া রহিল।

লক্ষ্মী চলিতে উদ্যত হইয়া বলিল, ওই হারটুকুর দাম যাই হোক, ছেলেটাকে স্নেহবশেই দিয়েছিলাম, তোমার স্বামীর দুঃখ দূর হবে ভেবে দিইনি। মেজবৌ, বড়লোক মাত্রেই গরীবকে শুধু অপমান করে বেড়ায়, এইটুকুই কেবল শিখে রেখেচ, ভালবাসতেও যে পারে, এ তুমি শেখোনি। শেখা দরকার। তখন কিন্তু গিয়ে হাতে-পায়ে প'ড়ো না।

প্রত্যুত্তরে মেজবৌ শুধু একটু মুচকিয়া হাসিয়া বলিল, না দিদি, সে ভয় তোমাকে করতে হবে না।

তিন

বন্যার চাপে মাটির বাঁধ যখন ভাঙ্গিতে শুরু করে, তখন তাহার অকিঞ্চিৎকর আরম্ভ দেখিয়া মনে করাও যায় না। যে, অবিশ্রান্ত জলপ্রবাহ এত অল্পকালমধ্যেই ভাঙ্গনটাকে এমন ভয়াবহ,

এমন সুবিশাল করিয়া তুলিবে। ঠিক এমনই হইল হরিলক্ষ্মীর। স্বামীর কাছে বিপিন ও তাঁহার স্ত্রীর বিরুদ্ধে অভিযোগের কথাগুলো যখন তাহার সমাপ্ত হইল, তখন তাহার পরিণাম কল্পনা করিয়া সে নিজেই ভয় পাইল। মিথ্যা বলা তাহার স্বভাবও নহে, বলিতেও তাহার শিক্ষা ও মর্যাদায় বাধে, কিন্তু দুর্নিবার জলস্রোতের মত যে-সকল বাক্য আপন ঝোঁকেই তাহার মুখ দিয়া ঠেলিয়া বাহির হইয়া আসিল, তাহার অনেকগুলিই যে সত্য নহে, তাহা নিজেই সে চিনিতে পারিল। অথচ তাহার গতিরোধ করাও যে তাহার সাধ্যের বাহিরে, ইহাও অনুভব করিতে লক্ষ্মীর বাকী রহিল না। শুধু একটা ব্যাপার সে ঠিক এতখানি জানিত না, সে তাহার স্বামীর স্বভাব। তাহা যেমন নিষ্ঠুর, তেমনই প্রতিহিংসাপরায়ণ এবং তেমনই বর্বর। পীড়ন করিবার কোথায় যে সীমা, সে যেন তাহা জানেই না। আজ শিবচরণ আস্ফালন করিল না, সমস্তটাই শুনিয়া শুধু কহিল, আচ্ছা মাস-ছয়েক পরে দেখো। বছর ঘুরবে না, সে ঠিক।

অপমান ও লাঞ্ছনার জ্বালা হবিলক্ষ্মীর অন্তরে জ্বলিতেই ছিল; বিপিনের স্ত্রী ভালরূপ শাস্তি ভোগ করে তাহা সে যথার্থই চাহিতেছিল, কিন্তু শিবচরণ বাহিরে চলিয়া গেলে তাহার মুখের এই সামান্য কয়েকটা কথা বার বার মনের মধ্যে আবৃত্তি করিয়া লক্ষ্মী মনের মধ্যে আর স্বস্তি পাইল না। কোথায় যেন কি একটা ভারী খারাপ হইল, এমনই তাহার বোধ হইতে লাগিল।

দিন-কয়েক পরে কি একটা কথার প্রসঙ্গে হরিলদী হাসিমুখে স্বামীকে জিজ্ঞাসা করিল, ওঁদের সম্বন্ধে কিছু করছ নাকি?

কাদের সম্বন্ধে?

বিপিন ঠাকুরপোদের সম্বন্ধে?

শিবচরণ নিস্পৃহভাবে কহিল, কি-ই বা করব, আর কি-ই বা করতে পারি? আমি সামান্য ব্যক্তি বৈ তো না!

হরিলক্ষ্মী উদ্বিগ্ন হইয়া কহিল, এ কথার মানে?

শিবচরণ বলিল, মেজবৌমা বলে থাকেন কিনা, রাজত্বটা তো আর বঠ্‌ঠাকুরের নয়– ইংরাজ গভর্নমেন্টের।

হরিলক্ষ্মী কহিল, বলেছে নাকি? কিন্তু আচ্ছা–

কি আচ্ছা?

স্ত্রী একটুখানি সন্দেহ প্রকাশ করিয়া বলিল, কিন্তু মেজবৌ তো ও-রকম কথা বড় একটা বলে না। ভয়ানক চালাক কিনা! অনেকে আবার বাড়িয়েও হয়ত তোমার কাছে বলে যায়।

শিবচরণ কহিল, আশ্চর্য নয়। তবে কিনা, কথাটা আমি নিজের কানেই শুনেছি।

হরিলক্ষ্মী বিশ্বাস করিতে পারিল না, কিন্তু তখনকার মত স্বামীর মনোরঞ্জনের নিমিত্ত সহসা কোপে প্রকাশ করিয়া বলিয়া উঠিল, বল কি গো, এতবড় অহঙ্কার? আমাকে না হয় যা খুশি বলেছে, কিন্তু ভাশুর বলে তোমার তো একটা সম্মান থাকা দরকার।

শিবচরণ বলিল, হিঁদুর ঘরে এই তো পাঁচজনে মনে করে। লেখাপড়া জানা বিদ্বান মেয়ে মানুষ কিনা। তবে আমাকে অপমান করে পার আছে, কিন্তু তোমাকে অপমান করে কারও রক্ষে নেই। সদরে একটু জরুরী কাজ আছে, আমি চললাম। – এই বলিয়া শিবচরণ বাহির হইয়া গেল। কথাটা যে-রকম করিয়া হরিলক্ষ্মীর পাড়িবার ইচ্ছা ছিল তাহা হইল না, বরঞ্চ উলটা হইয়া গেল। স্বামী চলিয়া গেলে ইহাই তাহার পুনঃ পুনঃ মনে হইতে লাগল।

সদরে গিয়া শিবচরণ বিপিনকে ডাকাইয়া আনিয়া কহিল, পাঁচ-সাত বছর থেকে

তোমাকে বলে আসচি বিপিন, গোয়ালটা তোমার সরাও, শোবার ঘরে আমি আর টিকতে পারিনে, কথাটায় কি তুমি কান দেবে না ঠিক করেছ?

বিপিন বিস্ময়াপন্ন হইয়া কহিল, কৈ, আমি তো একবারও শুনিনি বড়দা?

শিবচরণ অবলীলাক্রমে কহিল, অন্ততঃ দশবার আমি নিজের মুখেই তোমাকে বলেছি। তোমার স্মরণ না থাকলে ক্ষতি হয় না, কিন্তু এতবড় জমিদারি যাকে শাসন করতে হয়, তার কথা ভুলে গেলে চলে না। সে যাই হোক, তোমার আপনার তো একটা আক্কেল থাকা উচিত যে, পরের জায়গায় নিজের গোয়ালঘর রাখা কতদিন চলে? কালকেই ওটা সরিয়ে ফেল গে। আমার আর সুবিধে হবে না, তোমাকে শেষবারের মত জানিয়ে দিলাম।

বিপিনের মুখে এমনই কথা বাহির হয় না, অকস্মাৎ এই পরম বিস্ময়কর প্রস্তাবের সম্মুখে সে একেবারে অভিভূত হইয়া পড়িল। তাহার পিতামহর আমল হইতে যে গোয়ালঘরটাকে সে নিজেদের বলিয়া জানে, তাহা অপরের, এতবড় মিথ্যা উক্তির সে একটা প্রতিবাদ পর্যন্ত করিতে পারিল না, নীরবে বাড়ি ফিরিয়া আসিল।

তাহার স্ত্রী সমস্ত বিবরণ শুনিয়া কহিল, কিন্তু রাজার আদালত খোলা আছে তো!

বিপিন চুপ করিয়া রহিল। সে যত ভালমানুষই হউক, এ কথা সে জানিত, ইংরাজ রাজার আদালতগৃহের সুবৃহৎ দ্বার যত উন্মুক্তই থাক, দরিদ্রের প্রবেশ করিবার পথ এতটুকু খোলা নাই। হইলও তাহাই। পরদিন বড়বাবুর লোক আসিয়া প্রাচীন ও জীর্ণ গোশালা ভাঙ্গিয়া লম্বা প্রাচীর টানিয়া দিল। বিপিন থানায় গিয়া খবর দিয়া আসিল, কিন্তু আশ্চর্য এই যে, শিবচরণের পুরাতন ইটের নূতন প্রাচীর যতক্ষণ না সম্পূর্ণ হইল, ততক্ষণ পর্যন্ত একটা রাঙ্গা পাগড়িও ইহার নিকটে আসিল না। বিপিনের স্ত্রী হাতের চুড়ি বেচিয়া আদালতে নালিশ করিল, কিন্তু তাহাতে শুধু গহনাটাই গেল, আর কিছু হইল না।

বিপিনের পিসীমা-সম্পর্কীয় একজন শুভানুধ্যায়িনী এই বিপদে হরিলক্ষ্মীর কাছে গিয়া পড়িতে বিপিনের স্ত্রীকে পরামর্শ দিয়াছিলেন; তাহাতে সে নাকি জবাব দিয়াছিল, বাঘের কাছে হাত জোড় করে দাঁড়িয়ে আর লাভ কি পিসীমা? প্রাণ যা যাবার তা যাবে, কেবল অপমানটাই উপরি পাওনা হবে।

এই কথা হরিলক্ষ্মীর কানে আসিয়া পৌঁছিলে সে চুপ করিয়া রহিল, কিন্তু একটা উত্তর দেবার চেষ্টা পর্যন্ত করিল না।

পশ্চিম হইতে ফিরিয়া অবধি শরীর তাহার কোনদিনই সম্পূর্ণ সুস্থ ছিল না, এই ঘটনার মাস-খানেকের মধ্যে সে আবার জ্বরে পড়িল। কিছুকাল গ্রামেই চিকিৎসা চলিল কিন্তু ফল যখন হইল না, তখন ডাক্তারের উপদেশমত পুনরায় তাহাকে বিদেশযাত্রার জন্য প্রস্তুত হইতে হইল।

নানাবিধ কাজের তাড়ায় এবার শিবচরণ সঙ্গে যাইতে পারিল না, দেশেই রহিল। যাবার সময় সে স্বামীকে একটা কথা বলিবার জন্য মনে মনে ছটফট করিতে লাগিল, কিন্তু মুখ ফুটিয়া কোনমতেই সে এই লোকটির সম্মুখে সে কথা উচ্চারণ করিতে পারিল না। তাহার কেবলই মনে হইতে লাগিল, এ অনুরোধ বৃথা, ইহার অর্থ সে বুঝিবে না।

চার

হরিলক্ষ্মীর রোগগ্রস্ত দেহ সম্পূর্ণ নিরাময় হইতে এবার কিছু দীর্ঘ সময় লাগিল। প্রায় বৎসরাধিক কাল পরে সে বেলপুরে ফিরিয়া আসিল। শুধু কেবল জমিদারের আদরের পত্নী বলিয়াই নয়, সে এতবড় সংসারের গৃহিণী। পাড়ার মেয়েরা দল বাঁধিয়া দেখিতে আসিল,

যে সম্বন্ধে বড়, সে আশীর্বাদ করিল, যে ছোট সে প্রণাম করিয়া পায়ের ধূলা লইল। আসিল না শুধু বিপিনের স্ত্রী। সে যে আসিবে না, হরিলক্ষ্মী তাহা জানিত। এই একটা বছরের মধ্যে তাহারা কেমন আছে, যে-সকল ফৌজদারী ও দেওয়ানী মামলা তাহাদের বিরুদ্ধে চলিতেছিল, তাহার ফল কি হইয়াছে, এ-সব কোন সংবাদই সে কাহারও কাছে জানিবার চেষ্টা করে নাই। শিবচরণ কখনও বাটীতে, কখনও বা পশ্চিমে স্ত্রীর কাছে গিয়া বাস করিতেছিলেন। যখনই দেখা হইয়াছে, সর্বাগ্রে ইহাদের কথাই তাহার মনে হইয়াছে, অথচ একটা দিনের জন্য স্বামীকে প্রশ্ন করে নাই। প্রশ্ন করিতে তাহার যেন ভয় করিত। মনে করিত, এতদিনে হয়ত যা হউক একটা বোঝাপড়া হইয়া গেছে, হয়ত ক্রোধের সে প্রখরতা আর নাই– জিজ্ঞাসাবাদের দ্বারা পাছে আবার সেই পূর্বক্ষত বাড়িয়া উঠে, এ আশঙ্কায় সে এমনই একটা ভাব ধারণ করিয়া থাকিত, যেন সে-সকল তুচ্ছ কথা আর তাহার মনেই নাই। ওদিকে শিবচরণও নিজে হইতে কোনদিন বিপিনদের বিষয় আলোচনা করিত না। সে যে স্ত্রীর অপমানের ব্যাপার বিস্তৃত হয় নাই, বরঞ্চ তাহার অবর্তমানে যথোপযুক্ত ব্যবস্থা করিয়া রাখিয়াছে, এই কথাটা সে হরিলক্ষ্মীর কাছে গোপন করিয়াই রাখিত। তাহার সাধ ছিল, লক্ষ্মী গৃহে ফিরিয়া নিজের চোখেই সমস্ত দেখিতে পাইয়া আনন্দিত বিস্ময়ে আত্মহারা হইয়া উঠিবে।

বেলা বাড়িয়া উঠিবার পূর্বেই পিসীমার পুনঃ পুনঃ সঙ্গেহ তাড়নায় লক্ষ্মী স্নান করিয়া আসিলে তিনি উৎকণ্ঠা প্রকাশ করিয়া বলিলেন, তোমার রোগা শরীর বৌমা, নীচে গিয়ে কাজ নেই, এইখানেই ঠাঁই করে ভাত দিয়ে যাক।

লক্ষ্মী আপত্তি করিয়া সহাস্যে কহিল, শরীর আগের মতই ভাল হয়ে গেছে পিসীমা, আমি রান্নাঘরে গিয়েই খেতে পারব, ওপরে বয়ে আনবার দরকার নেই। চল নীচেই যাচ্ছি।

পিসীমা বাধা দিলেন, শিবুর নিষেধ আছে জানাইলেন এবং তাহারই আদেশে ঝি ঘরের মেঝেতে আসন পাতিয়া ঠাঁই করিয়া দিয়া গেল। পরক্ষণে রাঁধুনী অন্নব্যঞ্জন বহিয়া আনিয়া উপস্থিত করিল। সে চলিয়া গেলে লক্ষ্মী আসনে বসিয়া জিজ্ঞাসা করিল, রাঁধুনীটি কে পিসীমা? আগে তো দেখিনি?

পিসীমা হাস্য করিয়া বলিলেন, চিনতে পারলে না বৌমা, ও যে আমাদের বিপিনের বৌ।

লক্ষ্মী স্তব্ধ হইয়া বসিয়া রহিল। মনে মনে বুঝিল, তাহাকে চমৎকৃত করিবার জন্যই এতখানি ষড়যন্ত্র এমন করিয়া গোপনে রাখা হইয়াছিল। কিছুক্ষণে আপনাকে সামলাইয়া লইয়া জিজ্ঞাসু-মুখে পিসীমার মুখের দিকে চাহিয়া রহিল।

পিসীমা বলিলেন, বিপিন মারা গেছে, শুনেছ তো?

লক্ষ্মী শুনে নাই কিছুই, কিন্তু এইমাত্র যে তাহার খাবার দিয়া গেল, সে যে বিধবা, তাহা চাহিলেই বুঝা যায়।

ঘাড় নাড়িয়া কহিল, হাঁ।

পিসীমা অবশিষ্ট ঘটনাটা বিবৃত করিয়া কহিলেন, যা ধূলোগুঁড়ো ছিল, মামলায় মামলায় সর্বস্ব খুইয়ে বিপিন মারা গেল। বাকী টাকার দায়ে বাড়িটাও যেত। আমরাই পরামর্শ দিলাম, মেজবৌ, বছর দু'বছর গতরে খেটে শোধ দে তোর অপোগণ্ড ছেলের মাথা গোঁজবার স্থানটুকু বাঁচুক।

লক্ষ্মী বিবর্ণ মুখে তেমনই পলকহীন চক্ষুতে নিঃশব্দে চাহিয়া রহিল। পিসীমা সহসা গলা খাটো করিয়া বলিলেন, তবু আমি একদিন ওকে আড়ালে ডেকে বলেছিলাম, মেজবৌ, যা হবার তা তো হ'লো, এখন ধার-ধোর করে যেমন করে হোক, একবার কাশী গিয়ে

বৌমার হাতে-পায়ে গিয়ে পড়। ছেলেটাকে তার গায়ের উপর নিয়ে ফেলে দিয়ে বল গে, দিদি, এর তো কোন দোষ নেই, একে বাঁচাও—

কথাগুলি আবৃত্তি করিতেই পিসীমার চোখে জল-ভারাক্রান্ত হইয়া উঠিল, অঞ্চলে মুছিয়া ফেলিয়া বলিলেন, কিন্তু সেই যে মাথা গুঁজে মুখ বুজে বসে রইল, হাঁ-না একটা জবাব পর্যন্ত দিলে না।

হরিলক্ষ্মী বুঝিল, ইহার সমস্ত অপরাধের ভারই তাহার মাথায় গিয়া পড়িয়াছে। তাহার মুখে সমস্ত অন্নব্যঞ্জন তিতো বিষ হইয়া উঠিল এবং একটা গ্রাসও যেন গলা দিয়া গলিতে চাহিল না। পিসীমা কি একটা কাজে ক্ষণকালের জন্য বাহিরে গিয়াছিলেন, তিনি ফিরিয়া আসিয়া খাবারের অবস্থা দেখিয়া চঞ্চল হইয়া উঠিলেন। ডাক দিলেন, বিপিনের বৌ! বিপিনের বৌ!

বিপিনের বৌ দ্বারের বাহিরে আসিয়া দাঁড়াইতেই তিনি ঝঙ্কার দিয়া উঠিলেন। তাঁহার মুহূর্ত পূর্বের করুণা চক্ষুর নিমিষে কোথায় উবিয়া গেল। তীক্ষ্ণস্বরে বলিয়া উঠিলেন, এমন তাচ্ছিল্য করে কাজ করলে তো চলবে না, বিপিনের বৌ! বৌমা একটা দানা মুখে দিতে পারলে না, এমনই বেঁধেছে!

ঘরের বাহির হইতে এই তিরস্কারের কোন উত্তর আসিল না, কিন্তু অপরের অপমানের ভারে লজ্জায় ও বেদনায় ঘরের মধ্যে হরিলক্ষ্মীর মাথা হেঁট হইয়া গেল। পিসীমা পুনশ্চ কহিলেন, চাকরি করতে এসে জিনিসপত্র নষ্ট করে ফেললে চলবে না, বাছা, আরও পাঁচজনে যেমন করে কাজ করে, তোমাকেও তেমনই করতে হবে, তা বলে দিচ্চি। বিপিনের স্ত্রী এবার আস্তে আস্তে বলিল, প্রাণপণে সেই চেষ্টাই তো করি পিসীমা, আজ হয়ত কি-রকম হয়ে গেছে। এই বলিয়া সে নীচে চলিয়া গেলে, লক্ষ্মী উঠিয়া দাঁড়াইবামাত্র পিসীমা হায় হায় করিয়া উঠিলেন।

লক্ষ্মী মৃদুকণ্ঠে কহিল, কেন দুঃখ করচ পিসীমা, আমার দেহ ভাল নেই বলেই খেতে পারলাম না,— মেজবৌয়ের রান্নার ক্রুটি ছিল না।

হাত-মুখ ধুইয়া আসিয়া নিজের নির্জন ঘরের মধ্যে হরিলক্ষ্মীর যেন দম বন্ধ হইয়া আসিতে লাগিল। সর্বপ্রকার অপমান সহিয়াও বিপিনের স্ত্রীর হয়ত ইহার পরেও এই বাড়িতেই চাকরি করা চলিতে পারে, কিন্তু আজকের পরে গৃহিণীপনার পণ্ডশ্রম করিয়া তাহার নিজের দিন চলিবে কি করিয়া? মেজবৌয়ের একটা সান্ত্বনা তবুও বাকী আছে,— তাহা বিনাদোষে দুঃখ সহার সান্ত্বনা, কিন্তু তাহার নিজের জন্য কোথায় কি অবশিষ্ট রহিল!

রাত্রিতে স্বামীর সহিত কথা কহিবে কি, হরিলক্ষ্মী ভাল করিয়া চাহিয়া দেখিতেও পারিল না। আজ তাহার মুখের একটা কথায় বিপিনের স্ত্রীর সকল দুঃখ দূর হইতে পারিত, কিন্তু নিরুপায় নারীর প্রতি যে মানুষ এতবড় শোধ লইতে পারে, তাহার পৌরুষে বাধে না, তাহার কাছে ভিক্ষা চাহিবার হীনতা স্বীকার করিতে কোনমতেই লক্ষ্মীর প্রবৃত্তি হইল না।

শিবচরণ ঈষৎ হাসিয়া প্রশ্ন করিল, মেজবৌমার সঙ্গে হ'লো দেখা? বলি কেমন রাঁধচে?

হরিলক্ষ্মী জবাব দিতে পারিল না, তাহার মনে হইল, এই লোকটিই তাহার স্বামী এবং সারাজীবন ইহারই ঘর করিতে হইবে মনে করিয়া তাহার মনে হইল, পৃথিবী, দ্বিধা হও!

পরদিন সকালে উঠিয়াই লক্ষ্মী দাসীকে দিয়া পিসীমাকে বলিয়া পাঠাইল, তাহার জ্বর হইয়াছে, সে কিছুই খাইবে না। পিসীমা ঘরে আসিয়া জেরা করিয়া লক্ষ্মীকে অতিষ্ঠ করিয়া তুলিলেন,— তাহার মুখের ভাবে ও কণ্ঠস্বরে তাঁহার কেমন যেন সন্দেহ হইল, লক্ষ্মী কি একটা গোপন করিবার চেষ্টা করিতেছে। কহিলেন, কিন্তু তোমার তো সত্যিই অসুখ করেনি

বৌমা?

লক্ষ্মী মাথা নাড়িয়া জোর করিয়া বলিল, আমার জ্বর হয়েছে, আমি কিচ্ছু খাব না।

ডাক্তার আসিলে তাঁহাকে দ্বারের বাহির হইতেই লক্ষ্মী বিদায় করিয়া দিয়া বলিল, আপনি তো জানেন, আপনার ওষুধে আমার কিছুই হয় না,– আপনি যান।

শিবচরণ আসিয়া অনেক-কিছু প্রশ্ন করিল, কিন্তু একটা কথারও উত্তর পাইল না।

আরও দুই-তিনদিন যখন এমনই করিয়া কাটিয়া গেল, তখন বাড়ির সকলেই কেমন যেন অজানা আশঙ্কায় উদ্বিগ্ন হইয়া উঠিল।

সেদিন বেলা প্রায় তৃতীয় প্রহর, লক্ষ্মী স্নানের ঘর হইতে নিঃশব্দ মৃদুপদে প্রাঙ্গণের একধার দিয়া উপরে যাইতেছিল, পিসীমা রান্নাঘরের বারান্দা হইতে দেখিতে পাইয়া চীৎকার করিয়া উঠিলেন, দেখ বৌমা, বিপিনের বৌয়ের কাজ! – অ্যাঁ মেজবৌ, শেষকালে চুরি শুরু করলে?

হরিলক্ষ্মী কাছে গিয়া দাঁড়াইল। মেজবৌ মেঝের উপর নিবার্ক অধোমুখে বসিয়া, একটা পাত্রে অন্নব্যঞ্জন গামছা ঢাকা দেওয়া সম্মুখে রাখা; পিসীমা দেখাইয়া বলিলেন, তুমিই বল বৌমা, এত ভাত-তরকারি একটা মান্‌ষে খেতে পারে? ঘরে নিয়ে যাওয়া হচ্ছে ছেলের জন্যে; অথচ বার বার করে মানা করে দেওয়া হয়েছে। শিবচরণের কানে গেলে আর রক্ষে থাকবে না– ঘাড় ধরে দূর দূর করে তাড়িয়ে দেবে। বৌমা, তুমি মনিব, তুমিই এর বিচার কর। এই বলিয়া পিসীমা যেন একটা কর্তব্য শেষ করিয়া হাঁফ ফেলিয়া বাঁচিলেন।

তাঁহার চীৎকার শব্দে বাড়ির চাকর, দাসী, লোকজন যে যেখানে ছিল, তামাশা দেখিতে ছুটিয়া আসিয়া দাঁড়াইল, আর তাহারই মধ্যে নিঃশব্দে বসিয়া ও বাড়ির মেজবৌ ও-তাহার কর্ত্রী এ-বাড়ির গৃহিণী।

এত ছোট, এত তুচ্ছ বস্তু লইয়া এতবড় কদর্য কাণ্ড বাধিতে পারে, লক্ষ্মীর তাহা স্বপ্নের অগোচর। অভিযোগের জবাব দিবে কি, অপমানে, অভিমানে, লজ্জায় সে মুখ তুলিতেই পারিল না। লজ্জা অপরের জন্য নয়, সে নিজের জন্যই। চোখ দিয়া তাহার জল পড়িতে লাগিল, তাহার মনে হইল, এত লোকের সম্মুখে সে-ই যেন ধরা পড়িয়া গেছে এবং বিপিনের স্ত্রী-ই তাহার বিচার করিতে বসিয়াছে।

মিনিট দুই-তিন এমনইভাবে থাকিয়া সহসা প্রবল চেষ্টায় লক্ষ্মী আপনাকে সামলাইয়া লইয়া কহিল, পিসীমা, তোমরা সবাই একবার এ-ঘর থেকে যাও।

তাহার ইঙ্গিতে সকলে প্রস্থান করিলে লক্ষ্মী ধীরে ধীরে মেজবৌয়ের কাছে গিয়া বসিল; হাত দিয়া তাহার মুখ তুলিয়া ধরিয়া দেখিল, তাহারও দুইচোখ বাহিয়া জল পড়িতেছে। কহিল, মেজবৌ, আমি তোমার দিদি, এই বলিয়া নিজের অঞ্চল দিয়া তাহার অশ্রু মুছাইয়া দিল।

মহেশ

এক

গ্রামের নাম কাশীপুর। গ্রাম ছোট, জমিদার আরও ছোট, তবু, দাপটে তাঁর প্রজারা টুঁ শব্দটি করিতে পারে না– এমনই প্রতাপ।

ছোট ছেলের জন্মতিথি পূজা। পূজা সারিয়া তর্করত্ন দ্বিপ্রহর বেলায় বাটী ফিরিতেছিলেন। বৈশাখ শেষ হইয়া আসে, কিন্তু মেঘের ছায়াটুকু কোথাও নাই, অনাবৃষ্টির আকাশ হইতে যেন আগুন ঝরিয়া পড়িতেছে।

সম্মুখের দিগন্তজোড়া মাঠখানা জ্বলিয়া পুড়িয়া ফুটিফাটা হইয়া আছে, আর সেই লক্ষ ফাটল দিয়া ধরিত্রীর বুকের রক্ত নিরন্তর ধুঁয়া হইয়া উড়িয়া যাইতেছে। অগ্নিশিখার মত তাহাদের সর্পিল ঊর্ধ্বগতির প্রতি চাহিয়া থাকিলে মাথা ঝিমঝিম করে– যেন নেশা লাগে।

ইহারই সীমানায় পথের ধারে গফুর জোলার বাড়ি। তাহার মাটির প্রাচীর পড়িয়া গিয়া প্রাঙ্গণ আসিয়া পথে মিশিয়াছে এবং অন্তঃপুরের লজ্জাসম্ভ্রম পথিকের করুণায় আত্মসমর্পণ করিয়া নিশ্চিন্ত হইয়াছে।

পথের ধারে একটা পিটালি গাছের ছায়ায় দাঁড়াইয়া তর্করত্ন উচ্চকণ্ঠে ডাক দিলেন, ওরে, ও গফ্‌রা, বলি, ঘরে আছিস?

তাহার বছর– দশেকের মেয়ে দুয়ারে দাঁড়াইয়া সাড়া দিল, কেন বাবাকে? বাবার যে জ্বর।

জ্বর! ডেকে দে হারামজাদাকে। পাষণ্ড! ম্লেচ্ছ!

হাঁক-ডাকে গফুর মিঞা ঘর হইতে বাহির হইয়া জ্বরে কাঁপিতে কাঁপিতে কাছে আসিয়া দাঁড়াইল। ভাঙ্গা প্রাচীরের গা ঘেঁষিয়া একটা পুরাতন বাবলা গাছ– তাহার ডালে বাঁধা একটা ষাঁড়। তর্করত্ন দেখাইয়া কহিলেন, ওটা হচ্চে কি শুনি? এ হিঁদুর গাঁ, ব্রাহ্মণ জমিদার, সে খেয়াল আছে? তাঁর মুখখানা রাগে ও রৌদ্রের ঝাঁজে রক্তবর্ণ, সুতরাং সে মুখ দিয়া তপ্ত খর বাক্যই বাহির হইবে, কিন্তু হেতুটা বুঝিতে না পারিয়া গফুর শুধু চাহিয়া রহিল।

তর্করত্ন বলিলেন, সকালে যাবার সময় দেখে গেছি বাঁধা, দুপুরে ফেরবার পথে দেখচি তেমনি ঠায় বাঁধা। গোহত্যা হলে যে কর্তা তোকে জ্যান্ত কবর দেবে। সে যে-সে বামুন নয়!

কি করব বাবাঠাকুর, বড় লাচারে পড়ে গেছি। ক'দিন থেকে গায়ে জ্বর, দড়ি ধরে যে দু-খুঁটো খাইয়ে আনব– তা মাথা ঘুরে পড়ে যাই।

তবে ছেড়ে দে না, আপনি চরাই করে আসুক।

কোথায় ছাড়বো বাবাঠাকুর, লোকের ধান এখনো সব ঝাড়া হয়নি– খামারে পড়ে; খড় এখনো গাদি দেওয়া হয়নি, মাঠের আলগুলো সব জ্বলে গেল– কোথাও একমুঠো ঘাস নেই। কার ধানে মুখ দেবে, কার গাদা ফেড়ে খাবে– ক্যামনে ছাড়ি বাবাঠাকুর?

তর্করত্ন একটু নরম হইয়া কহিলেন, না ছাড়িস তো ঠাণ্ডায় কোথাও বেঁধে দিয়ে দু-আঁটি বিচুলি ফেলে দে না ততক্ষণ চিবোক। তোর মেয়ে ভাত রাঁধেনি? ফ্যানে-জলে দে না এক গামলা খাক।

গফুর জবাব দিল না। নিরুপায়ের মত তর্করত্নের মুখের পানে চাহিয়া তাহার নিজের মুখ দিয়া শুধু একটা দীর্ঘনিঃশ্বাস বাহির হইয়া আসিল।

তর্করত্ন বলিলেন, তাও নেই বুঝি? কি করলি খড়? ভাগে এবার যা পেলি সমস্ত বেচে পেটায় নমঃ? গরুটার জন্যেও এক আঁটি ফেলে রাখতে নেই? ব্যাটা কসাই!

এই নিষ্ঠুর অভিযোগে গফুরের যেন বাক্‌রোধ হইয়া গেল। ক্ষণেক পরে ধীরে ধীরে কহিল, কাহন-খানেক খড় এবার ভাগে পেয়েছিলাম, কিন্তু গেল সনের বকেয়া বলে কর্তামশায় সব ধরে রাখলেন। কেঁদেকেটে হাতেপায়ে পড়ে বললাম, বাবুমশাই, হাকিম তুমি, তোমার রাজত্বি ছেড়ে আর পালাবো কোথায়, আমাকে পণ-দশেক বিচুলিও না হয় দাও। চালে খড় নেই– একখানি ঘর, বাপ-বেটিতে থাকি, তাও না হয় তালপাতার গোঁজা-গাঁজা দিয়ে এ বর্ষাটা কাটিয়ে দেব, কিন্তু না খেতে পেয়ে আমার মহেশ মরে যাবে।

তর্করত্ন হাসিয়া কহিলেন, ইস্! সাধ করে আবার নাম রাখা হয়েছে মহেশ! হেসে বাঁচিনে!

কিন্তু এ বিদ্রূপ গফুরের কানে গেল না, সে বলিতে লাগিল, কিন্তু হাকিমের দয়া হল না। মাস-দুয়ের খোরাকের মত ধান দুটি আমাদের দিলেন, কিন্তু বেবাক খড় সরকারে গাদা হয়ে গেল, ও আমার কুটোটি পেলে না। – বলিতে বলিতে কণ্ঠস্বর তাহার অশ্রুভারে ভারী হইয়া উঠিল। কিন্তু তর্করত্নের তাহাতে করুণার উদয় হইল না; কহিলেন, আচ্ছা মানুষ তো তুই– খেয়ে রেখেছিস, দিবি নে? জমিদার কি তোকে ঘর থেকে খাওয়াবে না কি? তোরা তো রাম রাজত্বে বাস করিস– ছোটলোক কিনা, তাই তাঁর নিন্দে করে মরিস।

গফুর লজ্জিত হইয়া বলিল, নিন্দে করব কেন বাবাঠাকুর, নিন্দে তাঁর আমরা করি নে। কিন্তু কোথা থেকে দিই বল তো? বিঘে-চারেক জমি ভাগে করি, কিন্তু উপরি উপরি দু'সন অজন্মা– মাঠের ধান মাঠে শুকিয়ে গেল– বাপ-বেটিতে দুবেলা দুটো পেট ভরে খেতে পর্যন্ত পাইনে। ঘরের পানে চেয়ে দেখ, বিষ্টি-বাদলে মেয়েটাকে নিয়ে কোণে বসে রাত কাটাই, পা ছড়িয়ে শোবার ঠাঁই মেলে না। মহেশকে একটিবার তাকিয়ে দেখ, পাঁজরা গোণা যাচ্ছে, – দাও না ঠাকুরমশাই, কাহন-দুই ধার, গরুটাকে দু'দিন পেটপুরে খেতে দিই, – বলিতে বলিতেই সে ধপ করিয়া ব্রাহ্মণের পায়ের কাছে বসিয়া পড়িল। তর্করত্ন তীরবৎ দু'পা পিছাইয়া গিয়া কহিলেন, আ মর, ছুঁয়ে ফেলবি না কি?

না বাবাঠাকুর, ছোঁব কেন, ছোঁব না। কিন্তু দাও এবার আমাকে কাহন-দুই খড়। তোমার চার-চারটে গাদা সেদিন দেখে এসেচি– এ ক'টি দিলে তুমি টেরও পাবে না। আমরা না খেয়ে মরি ক্ষেতি নেই, কিন্তু ও আমার অবলা জীব– কথা বলতে পারে না, শুধু চেয়ে থাকে, আর চোখ দিয়ে জল পড়ে।

তর্করত্ন কহিল, ধার নিবি, শুধবে কি করে শুনি?

গফুর আশান্বিত হইয়া ব্যগ্রস্বরে বলিয়া উঠিল, যেমন করে পারি শুধবো বাবাঠাকুর,

তোমাকে ফাঁকি দেব না।

তর্করত্ন মুখে একপ্রকার শব্দ করিয়া গফুরের ব্যাকুলকণ্ঠের অনুকরণ করিয়া কহিলেন, ফাঁকি দেব না! যেমন করে পারি শুধবো! রসিক নাগর! যা যা সর্, পথ ছাড়্। ঘরে যাই বেলা বয়ে গেল। এই বলিয়া তিনি একটু মুচকিয়া হাসিয়া পা বাড়াইয়া সহসা সভয়ে পিছাইয়া গিয়া সক্রোধে বলিয়া উঠিলেন, আ মর্ শিঙ নেড়ে আসে যে, গুঁতোবে না কি?

গফুর উঠিয়া দাঁড়াইল। ঠাকুরের হাতে ফলমূল ও ভিজা চালের পুঁটুলি ছিল, সেইটা দেখাইয়া কহিল, গন্ধ পেয়েচে এক মুঠো খেতে চায়–

খেতে চায়? তা বটে! যেমন চাষা তার তেমনি বলদ। খড় জোটে না, চাল-কলা খাওয়া চাই! নে নে, পথ থেকে সরিয়ে বাঁধ। যে শিঙ, কোন্ দিন দেখচি কাকে খুন করবে। এই বলিয়া তর্করত্ন পাশ কাটাইয়া হনহন করিয়া চলিয়া গেলেন।

গফুর সেদিক হইতে দৃষ্টি ফিরাইয়া ক্ষণকাল স্তব্ধ হইয়া মহেশের মুখের দিকে চাহিয়া রহিল। তাহার নিবিড় গভীর কালো চোখ দুটি বেদনা ও ক্ষুধায় ভরা, কহিল, তোকে দিলে না এক মুঠো? ওদের অনেক আছে, তবু দেয় না। না দিক গে,– তাহার গলা বুজিয়া আসিল, তার পরে চোখ দিয়া টপটপ করিয়া জল পড়িতে লাগিল। কাছে আসিয়া নীরবে ধীরে ধীরে তাহার গলায় মাথায় পিঠে হাত বুলাইয়া দিতে দিতে চুপি চুপি বলিতে লাগিল, মহেশ, তুই আমার ছেলে, তুই আমাদের আট সন প্রিতিপালন করে বুড়ো হয়েছিস, তোকে আমি পেটপুরে খেতে দিতে পারিনে– কিন্তু, তুই তো জানিস তোকে আমি কত ভালবাসি।

মহেশ প্রত্যুত্তরে শুধু গলা বাড়াইয়া আরামে চোখ বুজিয়া রহিল। গফুর চোখের জল গরুটার পিঠের উপর রগড়াইয়া মুছিয়া ফেলিয়া তেমনি অস্ফুটে কহিতে লাগিল, জমিদার তোর মুখের খাবার কেড়ে নিলে, শ্মশান ধারে গাঁয়ের যে গোচরটুকু ছিল তাও পয়সার লোভে জমা-বিলি করে দিলে, এই দুর্বচ্ছরে তোকে কেমন করে বাঁচিয়ে রাখি বল্? ছেড়ে দিলে তুই পরের গাদা ফেড়ে খাবি, মানুষের কলাগাছে মুখ দিবি– তোকে নিয়ে আমি কি করি! গায়ে আর তোর জোর নেই, দেশের কেউ তোকে চায় না– লোকে বলে তোকে গো-হাটায় বেচে ফেলতে,– কথাটা মনে মনে উচ্চারণ করিয়াই আবার তাহার দুচোখ বাহিয়া টপটপ করিয়া জল পড়িতে লাগিল। হাত দিয়া মুছিয়া ফেলিয়া গফুর একবার এদিকে-ওদিকে চাহিল, তার পরে ভাঙ্গা ঘরের পিছন হইতে কতকটা পুরানো বিবর্ণ খড় আনিয়া মহেশের মুখের কাছে রাখিয়া দিয়া আস্তে আস্তে কহিল, নে, শিগগির করে একটু খেয়ে নে বাবা, দেরি হ'লে আবার–

বাবা?

কেন মা?

ভাত খাবে এসো– এই বলিয়া আমিনা ঘর হইতে দুয়ারে আসিয়া দাঁড়াইল। একমুহূর্ত চাহিয়া থাকিয়া কহিল, মহেশকে আবার চাল ফেড়ে খড় দিয়েচ বাবা?

ঠিক এই ভয়ই সে করিতেছিল, লজ্জিত হইয়া বলিল, পুরানো পচা খড় মা, আপনিই ঝরে যাচ্ছিল–

আমি যে ভেতর থেকে শুনতে পেলাম বাবা, তুমি টেনে বার করচ?

না মা, ঠিক টেনে নয় বটে–

কিন্তু দেয়ালটা যে পড়ে যাবে বাবা–

গফুর চুপ করিয়া রহিল। একটিমাত্র ঘর ছাড়া যে আর সবই গেছে এবং এমন ধারা

করিলে আগামী বর্ষায় ইহাও টিকিবে না এ কথা তাহার নিজের চেয়ে আর কে বেশী জানে? অথচ, এ উপায়েই বা কটা দিন চলে!

মেয়ে কহিল, হাত ধুয়ে ভাত খাবে এসো বাবা, আমি বেড়ে দিয়েচি।

গফুর কহিল, ফ্যানটুকু দে তো মা, একেবারে খাইয়ে দিয়ে যাই। ফ্যান যে আজ নেই বাবা, হাঁড়িতেই মরে গেছে।

নেই? গফুর নীরব হইয়া রহিল। দুঃখের দিনে এটুকুও যে নষ্ট করা যায় না এই দশ বছরের মেয়েটাও তাহা বুঝিয়াছে। হাত ধুইয়া সে ঘরের মধ্যে গিয়া দাঁড়াইল। একটা পিতলের থালায় পিতার শাকান্ন সাজাইয়া দিয়া কন্যা নিজের জন্য একখানি মাটির সানকিতে ভাত বাড়িয়া লইয়াছে। চাহিয়া চাহিয়া গফুর আস্তে আস্তে কহিল, আমিনা, আমার গায়ে যে আবার শীত করে মা,– জ্বর গায়ে খাওয়া কি ভাল?

আমিনা উদ্বিগ্নমুখে কহিল, কিন্তু তখন যে বললে বড় ক্ষিধে পেয়েচে?

তখন? তখন হয়ত জ্বর ছিল না মা।

তা হলে তুলে রেখে দি, সাঁঝের বেলা খেয়ো?

গফুর মাথা নাড়িয়া বলিল, কিন্তু ঠাণ্ডা ভাত খেলে যে অসুখ বাড়বে আমিনা।

আমিনা কহিল, তবে?

গফুর কত কি যেন চিন্তা করিয়া হঠাৎ এই সমস্যার মীমাংসা করিয়া ফেলিল; কহিল, এক কাজ কর্ না মা, মহেশকে না হয় ধরে দিয়ে আয়। তখন রাতের বেলা আমাকে এক মুঠো ফুটিয়ে দিতে পারবি নে আমিনা? প্রত্যুত্তরে আমিনা মুখ তুলিয়া ক্ষণকাল চুপ করিয়া পিতার মুখের প্রতি চাহিয়া রহিল, তারপরে মাথা নীচু করিয়া ধীরে ধীরে ঘাড় নাড়িয়া কহিল, পারব বাবা।

গফুরের মুখ রাঙ্গা হইয়া উঠিল। পিতা ও কন্যার মাঝখানে এই যে একটুখানি ছলনার অভিনয় হইয়া গেল, তাহা এই দুটি প্রাণী ছাড়া আরও একজন বোধ করি অন্তরীক্ষে থাকিয়া লক্ষ্য করিলেন।

দুই

পাঁচ-সাত দিন পরে একদিন পীড়িত গফুর চিন্তিতমুখে দাওয়ায় বসিয়াছিল, তাহার মহেশ কাল হইতে এখন পর্যন্ত ঘরে ফিরে নাই। নিজে সে শক্তিহীন, তাই, আমিনা সকাল হইতে সর্বত্র খুঁজিয়া বেড়াইতেছে। পড়ন্ত বেলায় সে ফিরিয়া আসিয়া বলিল, শুনেচ বাবা, মানিক ঘোষেরা মহেশকে আমাদের থানায় দিয়েছে। গফুর কহিল, দূর পাগ্‌লি!

হাঁ বাবা, সত্যি। তাদের চাকর বললে, তোর বাপকে বল গে যা দরিয়াপুরের খোঁয়াড়ে খুঁজতে।

কি করেছিল সে?

তাদের বাগানে ঢুকে গাছপালা নষ্ট করেছে বাবা।

গফুর স্তব্ধ হইয়া বসিয়া রহিল। মহেশের সম্বন্ধে সে মনে মনে বহুপ্রকার দুর্ঘটনা কল্পনা করিয়াছিল, কিন্তু এ আশঙ্কা ছিল না। সে যেমন নিরীহ, তেমনি গরীব, সুতরাং প্রতিবেশী কেহ তাহাকে এত বড় শাস্তি দিতে পারে এ ভয় তাহার হয় নাই। বিশেষতঃ মানিক ঘোষ। গো-ব্রাহ্মণে ভক্তি তাহার এ অঞ্চলে বিখ্যাত।

মেয়ে কহিল, বেলা যে পড়ে এল বাবা, মহেশকে আনতে যাবে না?

গফুর বলিল, না।

কিন্তু তারা যে বললে তিনদিন হলেই পুলিশের লোক তাকে গো-হাটায় বেচে ফেলবে?

গফুর কহিল, ফেলুক গে।

গো-হাটা বস্তুটা যে ঠিক কি, আমিনা তাহা জানিত না, কিন্তু মহেশের সম্পর্কে ইহার উল্লেখমাত্রেই তাহার পিতা যে কিরূপ বিচলিত হইয়া উঠিত ইহা সে বহুবার লক্ষ্য করিয়াছে, কিন্তু আজ সে আর কোন কথা না কহিয়া আস্তে আস্তে চলিয়া গেল।

রাত্রের অন্ধকারে লুকাইয়া গফুর বংশীর দোকানে আসিয়া কহিল, খুড়ো, একটা টাকা দিতে হবে,– এই বলিয়া সে তাহার পিতলের থালাটি বসিবার মাচার নীচে রাখিয়া দিল। এই বস্তুটির ওজন ইত্যাদি বংশীর সুপরিচিত। বছর দুয়ের মধ্যে সে বার-পাঁচেক ইহাকে বন্ধক রাখিয়া একটি করিয়া টাকা দিয়াছে। অতএব, আজও আপত্তি করিল না।

পরদিন যথাস্থানে আবার মহেশকে দেখা গেল। সেই বাবলাতলা, সেই দড়ি, সেই খুঁটা, সেই তৃণহীন শূন্য আধার, সেই ক্ষুধাতুর কালো চোখের সজল উৎসুক দৃষ্টি। একজন বুড়া গোছের মুসলমান তাহাকে অত্যন্ত তীব্র চক্ষু দিয়া পর্যবেক্ষণ করিতেছিল। অদূরে একধারে দুই হাঁটু জড় করিয়া গফুর মিঞা চুপ করিয়া বসিয়া ছিল, পরীক্ষা শেষ করিয়া বুড়া চাদরের খুঁট হইতে একখানি দশ টাকার নোট বাহির করিয়া তাহার ভাঁজ খুলিয়া বার বার মসৃণ করিয়া লইয়া তাহার কাছে গিয়া কহিল, আর ভাঙব না, এই পুরোপুরিই দিলাম, – নাও।

গফুর হাত বাড়াইয়া গ্রহণ করিয়া তেমনি নিঃশব্দেই বসিয়া রহিল। যে দুইজন লোক সঙ্গে আসিয়াছিল তাহারা গরুর দড়ি খুলিবার উদ্যোগ করিতেই কিন্তু সে অকস্মাৎ সোজা উঠিয়া দাঁড়াইয়া উদ্ধতকণ্ঠে বলিয়া উঠিল, দড়িতে হাত দিয়ো না বলচি– খবরদার বলচি, ভাল হবে না।

তাহারা চমকিয়া গেল। বুড়া আশ্চর্য হইয়া কহিল, কেন? গফুর তেমনি রাগিয়া জবাব দিল, কেন আবার কি! আমার জিনিস আমি বেচব না– আমার খুশি। এই বলিয়া সে নোটখানা ছুড়িয়া ফেলিয়া দিল।

তাহারা কহিল, কাল পথে আসতে বায়না নিয়ে এলে যে?

এই নাও না তোমাদের বায়না ফিরিয়ে! এই বলিয়া সে ট্যাঁক হইতে দুটা টাকা বাহির করিয়া ঝনাৎ করিয়া ফেলিয়া দিল। একটা কলহ বাধিবার উপক্রম হয় দেখিয়া বুড়া হাসিয়া ধীরভাবে কহিল, চাপ দিয়ে আর দু'টাকা বেশী নেবে, এই তো? দাও হে পানি খেতে ওর মেয়ের হাতে দুটো টাকা দাও। কেমন, এই না?

না।

কিন্তু এর বেশী কেউ একটা আধলা দেবে না তা জানো?

গফুর সজোরে মাথা নাড়িয়া কহিল, না।

বুড়া বিরক্ত হইল, কহিল, না তো কি? চামড়াটাই যে দামে বিকোবে, নইলে, মাল আর আছে কি?

তোবা! তোবা! গফুরের মুখ দিয়া হঠাৎ একটা বিশ্রী কটু কথা বাহির হইয়া গেল এবং পরক্ষণেই সে ছুটিয়া গিয়া নিজের ঘরে ঢুকিয়া চীৎকার করিয়া শাসাইতে লাগিল যে তাহারা যদি অবিলম্বে গ্রাম ছাড়িয়া না যায় তো জমিদারের লোক ডাকিয়া জুতা পেটা করিয়া ছাড়িবে।

হাঙ্গামা দেখিয়া লোকগুলা চলিয়া গেল কিন্তু কিছুক্ষণেই জমিদারের সদর হইতে

তাহার ডাক পড়িল। গফুর বুঝিল এ কথা কর্তার কানে গিয়াছে।

সদরে ভদ্র অভদ্র অনেকগুলি ব্যক্তি বসিয়াছিল, শিবুবাবু চোখ রাঙ্গা করিয়া কহিলেন, গফ্‌রা, তোকে যে আমি কি সাজা দেব ভেবে পাইনে। কোথায় বাস করে আছিস, জানিস?

গফুর হাতজোড় করিয়া কহিল, জানি। আমরা খেতে পাইনে, নইলে আজ আপনি যা জরিমানা করতেন, আমি না করতাম না।

সকলেই বিস্মিত হইল। এই লোকটাকে জেদি এবং বদ-মেজাজি বলিয়াই তাহারা জানিত। সে কাঁদ-কাঁদ হইয়া কহিল, এমন কাজ আর কখনো করব না কর্তা! এই বলিয়া সে নিজের দুই হাত দিয়া নিজের দুই কান মলিল, এবং প্রাঙ্গণের একদিক হইতে আর একদিক পর্যন্ত নাকখত দিয়া উঠিয়া দাঁড়াইল।

শিবুবাবু সদয়কণ্ঠে কহিলেন, আচ্ছা, যা যা হয়েচে। আর কখনো এ-সব মতি-বুদ্ধি করিস নে।

বিবরণ শুনিয়া সকলেই কণ্টকিত হইয়া উঠিলেন, এবং এ মহাপাতক যে শুধু কর্তার পুণ্যপ্রভাবে ও শাসন-ভয়েই নিবারিত হইয়াছে সে বিষয়ে কাহারও সংশয়মাত্র রহিল না। তর্করত্ন উপস্থিত ছিলেন, তিনি গো শব্দের শাস্ত্রীয় ব্যাখ্যা করিলেন এবং যে জন্য এই ধর্মজ্ঞানহীন ম্লেচ্ছজাতিকে গ্রামের ত্রিসীমানায় বসবাস করিতে দেওয়া নিষিদ্ধ তাহা প্রকাশ করিয়া সকলের জ্ঞাননেত্র বিকশিত করিয়া দিলেন।

গফুর একটা কথার জবাব দিল না, যথার্থ প্রাপ্য মনে করিয়া অপমান ও সকল তিরস্কার সবিনয়ে মাথা পাতিয়া লইয়া প্রসন্নচিত্তে ঘরে ফিরিয়া অসিল। প্রতিবেশীদের গৃহ হইতে ফ্যান চাহিয়া আনিয়া মহেশকে খাওয়াইল এবং তাহার গায়ে মাথায় ও শিঙে বারংবার হাত বুলাইয়া অস্ফুটে কত কথাই বলিতে লাগিল।

তিন

জ্যৈষ্ঠ শেষ হইয়া আসিল। রুদ্রের যে মূর্তি একদিন শেষ বৈশাখে আত্মপ্রকাশ করিয়াছিল, সে যে কত ভীষণ, কত বড় কঠোর হইয়া উঠিতে পারে তাহা আজিকার আকাশের প্রতি না চাহিলে উপলব্ধি করাই যায় না। কোথাও যেন করুণার আভাস পর্যন্ত নাই। কখনো এ রূপের লেশমাত্র পরিবর্তন হইতে পারে, আবার কোন দিন এ আকাশ মেঘভারে স্নিগ্ধ সজল হইয়া দেখা দিতে পারে, আজ এ কথা ভাবিতেও যেন ভয় হয়। মনে হয় সমস্ত প্রজ্বলিত নভঃস্থল ব্যাপিয়া যে অগ্নি অহরহ ঝরিতেছে ইহার অন্ত নাই, সমাপ্তি নাই— সমস্ত নিঃশেষে দগ্ধ হইয়া না গেলে এ আর থামিবে না।

এমনি দিনে দ্বিপ্রহর বেলায় গফুর ঘরে ফিরিয়া আসিল। পরের দ্বারে জনমজুর খাটা তাহার অভ্যাস নয়, এবং মাত্র দিন চার-পাঁচ তাহার জ্বর থামিয়াছে, কিন্তু দেহ যেমন দুর্বল তেমনি শ্রান্ত। তবুও আজ সে কাজের সন্ধানে বাহির হইয়াছিল, কিন্তু এই প্রচণ্ড রৌদ্র কেবল তাহার মাথার উপর দিয়া গিয়াছে, আর কোন ফল হয় নাই। ক্ষুধায় পিপাসায় ও ক্লান্তিতে সে প্রায় অন্ধকার দেখিতেছিল, প্রাঙ্গণে দাঁড়াইয়া ডাক দিল, আমিনা, ভাত হয়েছে রে?

মেয়ে ঘর হইতে আস্তে আস্তে বাহির হইয়া নিরুত্তরে খুঁটি ধরিয়া দাঁড়াইল।

জবাব না পাইয়া গফুর চেঁচাইয়া কহিল, হয়েছে ভাত? কি বললি— হয়নি? কেন শুনি?

চাল নেই বাবা!

চাল নেই? সকালে আমাকে বলিসনি কেন?

তোমাকে রাত্তিরে যে বলেছিলুম।

গফুর মুখ ভ্যাঙাইয়া তাহার কণ্ঠস্বর অনুকরণ করিয়া কহিল, রাত্তিরে যে বলেছিলুম! রাত্তিরে বললে কারু মনে থাকে? নিজের কর্কশকণ্ঠে ক্রোধ তাহার দ্বিগুণ বাড়িয়া গেল। মুখ অধিকতর বিকৃত করিয়া বলিয়া উঠিল, চাল থাকবে কি করে? রোগা বাপ খাক আর না খাক, বুড়ো মেয়ে চারবার পাঁচবার করে ভাত গিলবি। এবার থেকে চাল আমি কুলুপ বন্ধ করে। যাবো। দে, একঘটি জল দে,– তেষ্টায় বুক ফেটে গেল। বল, তাও নেই।

আমিনা তেমনি অধোমুখে দাঁড়াইয়া রহিল। কয়েক মুহূর্ত অপেক্ষা করিয়া গফুর যখন বুঝিল গৃহে তৃষ্ণার জল পর্যন্ত নাই, তখন সে আর আত্মসংবরণ করিতে পারিল না। দ্রুতপদে কাছে গিয়া ঠাস করিয়া সশব্দে তাহার গালে এক চড় কষাইয়া দিয়া কহিল, মুখপোড়া হারামজাদা মেয়ে, সারাদিন তুই করিস কি? এত লোকে মরে তুই মরিস নে!

মেয়ে কথাটি কহিল না, মাটির শূন্য কলসীটি তুলিয়া লইয়া সেই রৌদ্রের মাঝেই চোখ মুছিতে মুছিতে নিঃশব্দে বাহির হইয়া গেল। সে চোখের আড়াল হইতেই কিন্তু গফুরের বুকে শেল বিঁধিল। মা-মরা এই মেয়েটিকে সে যে কি করিয়া মানুষ করিয়াছে সে কেবল সেই জানে। তাহার মনে পড়িল এই তাহার স্নেহশীলা কর্মপরায়ণা শান্ত মেয়েটির কোন দোষ নাই। ক্ষেতের সামান্য ধান কয়টি ফুরানো পর্যন্ত তাহাদের পেট ভরিয়া দুবেলা অন্ন জুটে না। কোনদিন একবেলা, কোনদিন বা তাহাও নয়। দিনে পাঁচ-ছয়বার ভাত খাওয়া যেমন অসম্ভব তেমনি মিথ্যা। এবং পিপাসার জল না থাকার হেতুও তাহার অবিদিত নয়। গ্রামে যে দুই-তিনটা পুষ্করিণী আছে তাহা একবারে শুষ্ক। শিবচরণবাবুর খিড়কির পুকুরে যা একটু জল আছে, তাহা সাধারণে পায় না। অন্যান্য জলাশয়ের মাঝখানে দু-একটা গর্ত খুঁড়িয়া যাহা কিছু জল সঞ্চিত হয় তাহাতে যেমন কাড়াকাড়ি তেমনি ভিড়। বিশেষতঃ মুসলমান বলিয়া এই ছোট মেয়েটা তো কাছেই ঘেঁষিতে পারে না। ঘণ্টার পর ঘণ্টা দূরে দাঁড়াইয়া বহু অনুনয়বিনয়ে কেহ দয়া করিয়া যদি তাহার পাত্রে ঢালিয়া দেয় সেইটুকুই সে ঘরে আনে। এ সমস্তই সে জানে। হয়ত আজ জল ছিল না, কিংবা কাড়াকাড়ি মাঝখানে কেহ মেয়েকে তাহার কৃপা করিবার অবসর পায় নাই– এমনিই কিছু একটা হইয়া থাকিবে নিশ্চয় বুঝিয়া তাহার নিজের চোখেও জল ভরিয়া আসিল। এমনি সময়ে জমিদারের পিয়াদা যমদুতের ন্যায় আসিয়া প্রাঙ্গণে দাঁড়াইল, চীৎকার করিয়া ডাকিল, গফ্‌রা ঘরে আছিস?

গফুর তিক্তকণ্ঠে সাড়া দিয়া কহিল, আছি। কেন?

বাবুমশায় ডাকচেন, আয়।

গফুর কহিল, আমার খাওয়া দাওয়া হয়নি, পরে যাবো।

এতবড় স্পর্ধা পিয়াদার সহ্য হইল না। সে কুৎসিত একটা সম্বোধন করিয়া কহিল, বাবুর হুকুম জুতো মারতে মারতে টেনে নিয়ে যেতে।

গফুর দ্বিতীয়বার আত্মবিস্মৃত হইল, সেও একটা দুর্বাক্য উচ্চারণ করিয়া কহিল, মহারানীর রাজত্বে কেউ কারো গোলাম নয়। খাজনা দিয়ে বাস করি, আমি যাবো না।

কিন্তু সংসারে অত ক্ষুদ্রের অতবড় দোহাই দেওয়া শুধু বিফল নয়, বিপদের কারণ। রক্ষা এই যে অত ক্ষীণকণ্ঠ অতবড় কানে গিয়া পৌঁছায় না– না হইলে তাঁহার মুখের অন্ন ও চোখের নিদ্রা দুই-ই ঘুচিয়া যাইত। তাহার পরে কি ঘটিল বিস্তারিত করিয়া বলার প্রয়োজন নাই, কিন্তু ঘণ্টা-খানেক পরে যখন সে জমিদারের সদর হইতে ফিরিয়া ঘরে গিয়া নিঃশব্দে

শুইয়া পড়িল তখন তাহার চোখ-মুখ ফুলিয়া উঠিয়াছে। তাহার এতবড় শাস্তির হেতু প্রধানতঃ মহেশ। গফুর বাটী হইতে বাহির হইবার পরে সেও দড়ি ছিঁড়িয়া বাহির হইয়া পড়ে এবং জমিদারের প্রাঙ্গণে ঢুকিয়া ফুলগাছ খাইয়াছে, ধান শুকাইতেছিল তাহা ফেলিয়া ছড়াইয়া নষ্ট করিয়াছে, পরিশেষে ধরিবার উপক্রম করায় বাবুর ছোটমেয়েকে ফেলিয়া দিয়া পলায়ন করিয়াছে। এরূপ ঘটনা এই প্রথম নয়– ইতিপূর্বেও ঘটিয়াছে, শুধু গরীব বলিয়াই তাহাকে মাপ করা হইয়াছিল। পূর্বের মত এবারও সে আসিয়া হাতে-পায়ে পড়িলে হয়ত ক্ষমা করা হইত, কিন্তু সে যে কর দিয়া বাস করে বলিয়া কাহারও গোলাম নয়, বলিয়া প্রকাশ করিয়াছে– প্রজার মুখের এতবড় স্পর্ধা জমিদার হইয়া শিবচরণবাবু কোন মতেই সহ্য করিতে পারেন নাই। সেখানে সে প্রহার ও লাঞ্ছনার প্রতিবাদ-মাত্র করে নাই, সমস্ত মুখ বুজিয়া সহিয়াছে, ঘরে আসিয়াও সে তেমনি নিঃশব্দে পড়িয়া রহিল। ক্ষুধাতৃষ্ণার কথা তাহার মনে ছিল না, কিন্তু বুকের ভিতরটা যেন বাহিরের মধ্যাহ্ন আকাশের মতই জ্বলিতে লাগিল। এমন কতক্ষণ কাটিল তাহার হুঁশ ছিল না, কিন্তু প্রাঙ্গণ হইতে সহসা তাহার মেয়ের আর্তকণ্ঠ কানে যাইতেই সে সবেগে উঠিয়া দাঁড়াইল এবং ছুটিয়া বাহিরে আসিতে দেখিল, আমিনা মাটিতে পড়িয়া এবং বিক্ষিপ্ত ভাঙ্গা ঘট হইতে জল ঝরিয়া পড়িতেছে। আর মহেশ মাটিতে মুখ দিয়া সেই জল মরুভূমির মত যেন শুষিয়া খাইতেছে। চোখের পলক পড়িল না, গফুর দিগ্বিদিকজ্ঞানশূন্য হইয়া গেল। মেরামত করিবার জন্য কাল সে তাহার লাঙ্গলের মাথাটা খুলিয়া রাখিয়াছিল, তাহাই দুই হাতে গ্রহণ করিয়া সে মহেশের অবনত মাথার উপরে সজোরে আঘাত করিল।

একটিবারমাত্র মহেশ মুখ তুলিবার চেষ্টা করিল, তাহার পরেই তাহার অনাহারক্লিষ্ট শীর্ণদেহ ভূমিতলে লুটাইয়া পড়িল। চোখের কোণ বাহিয়া কয়েক বিন্দু অশ্রু ও কান বাহিয়া ফোঁটা কয়েক রক্ত গড়াইয়া পড়িল। বার-দুই সমস্ত শরীরটা তাহার থরথর করিয়া কাঁপিয়া উঠিল, তার পরে সম্মুখ ও পশ্চাতের পা-দুটো তাহার যতদূর যায় প্রসারিত করিয়া দিয়া মহেশ শেষনিঃশ্বাস ত্যাগ করিল।

আমিনা কাঁদিয়া উঠিয়া বলিল, কি করলে বাবা, আমাদের মহেশ যে মরে গেল!

গফুর নড়িল না, জবাব দিল না, শুধু নির্নিমেষচক্ষে আর একজোড়া নিমেষহীন গভীর কালোচক্ষের পানে চাহিয়া পাথরের মত নিশ্চল হইয়া রহিল।

ঘণ্টা দুয়ের মধ্যে সংবাদ পাইয়া গ্রামান্তের মুচির দল আসিয়া জুটিল, তাহারা বাঁশে বাঁধিয়া মহেশকে ভাগাড়ে লইয়া চলিল। তাহাদের হাতে ধারালো চকচকে ছুরি দেখিয়া গফুর শিহরিয়া চক্ষু মুদিল, কিন্তু একটা কথাও কহিল না।

পাড়ার লোকে কহিল, তর্করত্নের কাছে ব্যবস্থা নিতে জমিদার লোক পাঠিয়েছেন, প্রাচিত্তিরের খরচ যোগাতে এবার তোকে না ভিটে বেচতে হয়।

গফুর এ-সকল কথারও উত্তর দিল না, দুই হাঁটুর উপর মুখ রাখিয়া ঠায় বসিয়া রহিল।

অনেক রাত্রে গফুর মেয়েকে তুলিয়া কহিল, আমিনা, চল আমরা যাই–

সে দাওয়ায় ঘুমাইয়া পড়িয়াছিল, চোখ মুছিয়া উঠিয়া বসিয়া কহিল, কোথায় বাবা?

গফুর কহিল, ফুলবেড়ের চটকলে কাজ করতে।

মেয়ে আশ্চর্য হইয়া চাহিয়া রহিল। ইতিপূর্বে অনেক দুঃখেও পিতা তাহার কলে কাজ করিতে রাজী হয় নাই,– সেখানে ধর্ম থাকে না, মেয়েদের ইজ্জত-আব্রু থাকে না, এ কথা সে বহুবার শুনিয়াছে।

গফুর কহিল, দেরি করিস নে মা, চল, অনেক পথ হাঁটতে হবে।

আমিনা জল খাইবার ঘটি ও পিতার ভাত খাইবার পিতলের থালাটি সঙ্গে লইতেছিল, গফুর নিষেধ করিল, ও-সব থাক মা, ওতে আমার মহেশের প্রাচিত্তির হবে।

অন্ধকার গভীর নিশীথে সে মেয়ের হাত ধরিয়া বাহির হইল। এ গ্রামে আত্মীয় কেহ তাহার ছিল না, কাহাকেও বলিবার কিছু নাই। আঙ্গিনা পার হইয়া পথের ধারে সেই বাবলাতলায় আসিয়া সে থমকিয়া দাঁড়াইয়া সহসা হু হু করিয়া কাঁদিয়া উঠিল। নক্ষত্রখচিত কালো আকাশে মুখ তুলিয়া বলিল, আল্লা! আমাকে যত খুশি সাজা দিয়ো, কিন্তু মহেশ আমার তেষ্টা নিয়ে মরেচে। তার চ'রে খাবার এতটুকু জমি কেউ রাখেনি। যে তোমার দেওয়া মাঠের ঘাস, তোমার দেওয়া তেষ্টার জল তাকে খেতে দেয়নি, তার কসুর তুমি যেন কখনো মাপ ক'রো না।

অভাগীর স্বর্গ

এক

ঠাকুরদাস মুখুয্যের বর্ষীয়সী স্ত্রী সাতদিনের জ্বরে মারা গেলেন। বৃদ্ধ মুখোপাধ্যায় মহাশয় ধানের কারবারে অতিশয় সঙ্গতিপন্ন। তাঁর চার ছেলে, তিন মেয়ে, ছেলেমেয়েদের ছেলেপুলে হইয়াছে, জামাইরা-প্রতিবেশীর দল, চাকর-বাকর– সে যেন একটা উৎসব বাধিয়া গেল। সমস্ত গ্রামের লোক ধুমধামের শবযাত্রা ভিড় করিয়া দেখিতে আসিল। মেয়েরা কাঁদিতে কাঁদিতে মায়ের দুই পায়ে গাঢ় করিয়া আলতা এবং মাথায় ঘন করিয়া সিন্দুর লেপিয়া দিল, বধূরা ললাট চন্দনে চর্চিত করিয়া বহুমূল্য বস্ত্রে শাশুড়ীর দেহ আচ্ছাদিত করিয়া দিয়া আঁচল দিয়া তাঁহার শেষ পদধূলি মুছাইয়া লইল। পুষ্পে, পত্রে, গন্ধে, মাল্যে, কলরবে মনে হইল না এ কোন শোকের ব্যাপার। এ যেন বড়বাড়ির গৃহিণী পঞ্চাশ বর্ষ পরে আর একবার নূতন করিয়া তাঁহার স্বামিগৃহে যাত্রা করিতেছেন। বৃদ্ধ মুখোপাধ্যায় শান্তমুখে তাঁহার চিরদিনের সঙ্গিনীকে শেষবিদায় দিয়া অলক্ষ্যে দু'ফোঁটা চোখের জল মুছিয়া শোকার্ত কন্যা ও বধূগণকে সান্ত্বনা দিতে লাগিলেন। প্রবল হরিধ্বনিতে প্রভাত-আকাশ আলোড়িত করিয়া সমস্ত গ্রাম সঙ্গে সঙ্গে চলিল। আর একটি প্রাণী একটু দূরে থাকিয়া এই দলের সঙ্গী হইল। সে কাঙালীর মা। সে তাহার কুটীর-প্রাঙ্গণে গোটা-কয়েক বেগুন তুলিয়া এই পথে হাঁটে চলিয়াছিল, এই দৃশ্য দেখিয়া আর নড়িতে পারিল না। রহিল তাহার হাটে যাওয়া, রহিল তাহার আঁচলে বেগুন বাঁধা,– সে চোখের জল মুছিতে মুছিতে সকলের পিছনে শ্মশানে আসিয়া উপস্থিত হইল। গ্রামের একান্তে গরুড়-নদীর তীরে শ্মশান। সেখানে পূর্বাহ্নেই কাঠের ভার, চন্দনের টুকরা, ঘৃত, মধু, ধূপ, ধুনা প্রভৃতি উপকরণ সঞ্চিত হইয়াছিল, কাঙালীর মা ছোটজাত, দুলের মেয়ে বলিয়া কাছে যাইতে সাহস পাইল না, তফাতে একটা উঁচু ঢিপির মধ্যে দাঁড়াইয়া সমস্ত অন্ত্যেষ্টিক্রিয়া প্রথম হইতে শেষ পর্যন্ত উৎসুক আগ্রহে চোখ মেলিয়া দেখিতে লাগিল। প্রশস্ত ও পর্যাপ্ত চিতার পরে যখন শব স্থাপিত করা হইল তখন তাঁহার রাঙ্গা পা-দুখানি দেখিয়া তাহার দু'চক্ষু জুড়াইয়া গেল, ইচ্ছা হইল ছুটিয়া গিয়া একবিন্দু আলতা মুছাইয়া লইয়া মাথায় দেয়। বহুকণ্ঠের হরিধ্বনির সহিত পুত্রহস্তের মন্ত্রপূত অগ্নি যখন সংযোজিত হইল তখন তাহার চোখ দিয়া ঝরঝর করিয়া জল পড়িতে লাগিল, মনে মনে বারংবার বলিতে লাগিল, ভাগ্যিমানী মা, তুমি সগ্যে যাচ্চো– আমাকেও আশীর্বাদ করে যাও, আমিও যেন এমনি কাঙালীর হাতের আগুনটুকু পাই। ছেলের হাতের আগুন। সে তো সোজা কথা নয়! স্বামী, পুত্র, কন্যা, নাতি, নাতনী, দাস, দাসী, পরিজন– সমস্ত সংসার

উজ্জ্বল রাখিয়া এই যে স্বর্গারোহণ– দেখিয়া তাহার বুক ফুলিয়া ফুলিয়া উঠিতে লাগিল,– এ সৌভাগ্যের সে যেন আর ইয়ত্তা করিতে পারিল না। সদ্য-প্রজ্জ্বলিত চিতার অজস্র ধুঁয়া নীল রঙের ছায়া ফেলিয়া ঘুরিয়া ঘুরিয়া আকাশে উঠিতেছিল, কাঙালীর মা ইহারই মধ্যে ছোট একখানি রথের চেহারা যেন স্পষ্ট দেখিতে পাইল। গায়ে তাহার কত না ছবি আঁকা, চূড়ায় তাহার কত না লতাপাতা জড়ানো। ভিতরে কে যেন বসিয়া আছে– মুখ তাহার চেনা যায় না, কিন্তু সিথায় তাঁহার সিঁদুরের রেখা, পদতল-দুটি আলতায় রাঙানো। উর্ধ্বদৃষ্টে চাহিয়া কাঙালীর মায়ের দুই চোখে অশ্রুর ধারা বহিতেছিল, এমন সময়ে একটি বছর চোদ্দ-পনরর ছেলে তাহার আঁচলে টান দিয়া কহিল, হেথায় তুই দাঁড়িয়ে আসিছ মা, ভাত রাঁধবি নে?

মা চমকিয়া ফিরিয়া চাহিয়া কহিল, রাঁধবো'খন রে! হঠাৎ উপরে অঙ্গুলি নির্দেশ করিয়া ব্যগ্রস্বরে কহিল, দ্যাখ দ্যাখ বাবা, বামুন-মা ওই রথে চড়ে সগ্যে যাচ্চে!

ছেলে বিস্ময়ে মুখ তুলিয়া কহিল, কৈ? ক্ষণকাল নিরীক্ষণ করিয়া শেষে বলিল, তুই ক্ষেপেছিস! ও তো ধুঁয়া! রাগ করিয়া কহিল, বেলা দুপুর বাজে, আমার ক্ষিদে পায় না বুঝি? এবং সঙ্গে সঙ্গে মায়ের চোখে জল লক্ষ্য করিয়া বলিল, বামুনদের গিন্নী মরছে তুই কেন কেঁদে মরিস মা?

কাঙালীর মার এতক্ষণে হুঁশ হইল। পরের জন্য শ্মশানে দাঁড়াইয়া এইভাবে অশ্রুপাত করায় সে মনে মনে লজ্জা পাইল, এমন কি, ছেলের অকল্যাণের আশঙ্কায় মুহূর্তে চোখ মুছিয়া ফেলিয়া একটুখানি হাসিবার চেষ্টা করিয়া বলিল, কাঁদব কিসের জন্যে রে! – চোখে ধোঁ লেগেছে বৈ তো নয়!

হাঃ– ধোঁ লেগেছে বৈ তো না! তুই কাঁদতেছিলি!

মা আর প্রতিবাদ করিল না। ছেলের হাত ধরিয়া ঘাটে নামিয়া নিজেও স্নান করিল, কাঙালীকেও স্নান করাইয়া ঘরে ফিরিল – শ্মশান সৎকারের শেষটুকু দেখা আর তার ভাগ্যে ঘটিল না।

দুই

সন্তানের নামকরণকালে পিতামাতার মূঢ়তায় বিধাতাপুরুষ অন্তরীক্ষে থাকিয়া অধিকাংশ সময়ে শুধু হাস্য করিয়াই ক্ষান্ত হন না, তীব্র প্রতিবাদ করেন। তাই তাহাদের সমস্ত জীবনটা তাহাদের নিজের নামগুলাকেই যেন আমরণ ভ্যাঙচাইয়া চলিতে থাকে। কাঙালীর মার জীবনের ইতিহাস ছোট, কিন্তু সেই ছোট্ট কাঙালজীবনটুকু বিধাতার এই পরিহাসের দায় হইতে অব্যাহতি লাভ করিয়াছিল। তাহাকে জন্ম দিয়া মা মরিয়াছিল, বাপ রাগ করিয়া নাম দিল অভাগী। মা নাই, বাপ নদীতে মাছ ধরিয়া বেড়ায়, তাহার না আছে দিন, না আছে রাত। তবু যে কি করিয়া ক্ষুদ্র অভাগী একদিন কাঙালীর মা হইতে বাঁচিয়া রহিল সে এক বিস্ময়ের বস্তু যাহার সহিত বিবাহ হইল তাহার নাম রসিক বাঘ, বাঘের অন্য বাঘিনী ছিল, ইহাকে লইয়া সে গ্রামান্তরে উঠিয়া গেল, অভাগী তাহার অভাগ্য ও শিশুপুত্র কাঙালীকে লইয়া গ্রামেই পড়িয়া রহিল।

তাহার সেই কাঙালী বড় হইয়া আজ পনরয় পা দিয়াছে। সবেমাত্র বেতের কাজ শিখিতে আরম্ভ করিয়াছে, অভাগীর আশা হইয়াছে আরও বছরখানেক তাহার অভাগ্যের সহিত যুঝিতে পারিলে দুঃখ ঘুচিবে। এই দুঃখ যে কি, যিনি দিয়াছেন তিনি ছাড়া আর কেহই জানে না।

কাঙালী পুকুর হইতে আঁচাইয়া আসিয়া দেখিল তাহার পাতের ভুক্তাবশেষ মা একটা

মাটির পাত্রে ঢাকিয়া রাখিতেছে, আশ্চর্য হইয়া জিজ্ঞাসা করিল, তুই খেলি নে মা?

বেলা গড়িয়ে গেছে বাবা, এখন আর ক্ষিদে নেই।

ছেলে বিশ্বাস করিল না, বলিল, না, ক্ষিদে নেই বৈ কি! কৈ, দেখি তোর হাঁড়ি?

এই ছলনায় বহুদিন কাঙালীর মা কাঙালীকে ফাঁকি দিয়া আসিয়াছে। সে হাঁড়ি দেখিয়া তবে ছাড়িল। তাহাতে আর একজনের মত ভাত ছিল। তখন সে প্রসন্নমুখে মায়ের কোলে গিয়া বসিল। এই বয়েসের ছেলে সচরাচর এরূপ করে না, কিন্তু শিশুকাল হইতে বহুকাল যাবৎ সে রুগ্ন ছিল বলিয়া মায়ের ক্রোড় ছাড়িয়া বাহিরের সঙ্গীসাথীদের সহিত মিশিবার সুযোগ পায় নাই। এইখানে বসিয়াই তাহাকে খেলাধূলার সাধ মিটাইতে হইয়াছে।

একহাতে গলা জড়াইয়া, মুখের উপর মুখ রাখিয়াই কাঙালী চকিত হইয়া কহিল, মা, তোর গা যে গরম, কেন তুই অমন রোদে দাঁড়িয়ে মড়া-পোড়ানো দেখতে গেলি? কেন আবার নেয়ে এলি? মড়া-পোড়ানো কি তুই—

মা শশব্যস্তে ছেলের মুখে হাত চাপা দিয়া কহিল, ছি বাবা, মড়া-পোড়ানো বলতে নেই, পাপ হয়। সতী-লক্ষ্মী মা-ঠাকরুন রথে করে সগ্যে গেলেন।

ছেলে সন্দেহ করিয়া কহিল, তোর এক কথা মা। রথে চড়ে কেউ নাকি আবার সগ্যে যায়।

মা বলিল, আমি যে চোখে দেখনু কাঙালী, বামুন-মা রথের উপরে বসে। তেনার রাঙা পা-দুখানি যে সবাই চোখ মেলে দেখলে রে!

সবাই দেখলে?

সব্বাই দেখলে।

কাঙালী মায়ের বুকে ঠেস দিয়া বসিয়া ভাবিতে লাগিল। মাকে বিশ্বাস করাই তাহার অভ্যাস, বিশ্বাস করিতেই সে শিশুকাল হইতে শিক্ষা করিয়াছে, সেই মা যখন বলিতেছে সবাই চোখ মেলিয়া এতবড় ব্যাপার দেখিয়াছে, তখন অবিশ্বাস করিবার আর কিছু নাই। খানিক পরে আস্তে আস্তে কহিল, তা হলে তুইও তো মা সগ্যে যাবি? বিন্দির মা সেদিন রাখালের পিসীকে বলতেছিল, ক্যাঙ্‌লার মার মত সতী-লক্ষ্মী আর দুলে-পাড়ায় নেই।

কাঙালীর মা চুপ করিয়া রহিল, কাঙালী তেমনি ধীরে ধীরে কহিতে লাগিল, বাবা যখন তোরে ছেড়ে দিলে, তখন তোরে কত লোকে তো নিকে করতে সাধাসাধি করলে। কিন্তু তুই বললি, না। বললি, ক্যাঙালী বাঁচলে আমার দুঃখু ঘুচবে, আবার নিকে করতে যাবো কিসের জন্যে? হাঁ মা, তুই নিকে করলে আমি কোথায় থাকতুম? আমি হয়ত না খেতে পেয়ে এতদিনে কবে মরে যেতুম।

মা ছেলেকে দুই হাতে বুকে চাপিয়া ধরিল। বস্তুতঃ, সেদিন তাহাকে এ পরামর্শ কম লোকে দেয় নাই, এবং যখন সে কিছুতেই রাজী হইল না, তখন উৎপাত-উপদ্রবও তাহার প্রতি সামান্য হয় নাই, সেই কথা স্মরণ করিয়া অভাগীর চোখ দিয়া জল পড়িতে লাগিল। ছেলে হাত দিয়া মুছাইয়া দিয়া বলিল, কাঁথাটা পেতে দেব মা, শুবি?

মা চুপ করিয়া রহিল। কাঙালী মাদুর পাতিল, কাঁথা পাতিল, মাচার উপর হইতে ছোট বালিশটি পাড়িয়া দিয়া হাত ধরিয়া তাহাকে বিছানায় টানিয়া লইয়া যাইতে, মা কহিল, কাঙালী, আজ তোর আর কাজে গিয়ে কাজ নেই।

কাজ কামাই করিবার প্রস্তাব কাঙালীর খুব ভাল লাগিল, কিন্তু কহিল, জলপানির পয়সা দুটো তো তা হলে দেবে না মা!

না দিক গে— আয় তোকে রূপকথা বলি।

আর প্রলুব্ধ করিতে হইল না, কাঙালী তৎক্ষণাৎ মায়ের বুক ঘেঁষিয়া শুইয়া পড়িয়া কহিল, বল্ তা হলে। রাজপুত্তুর, কোটালপুত্তুর আর সেই পক্ষীরাজ ঘোড়া—

অভাগী রাজপুত্র, কোটালপুত্র আর পক্ষীরাজ ঘোড়ার কথা দিয়া গল্প আরম্ভ করিল। এ-সকল তাহার পরের কাছে কতদিনের শোনা এবং কতদিনের বলা উপকথা। কিন্তু মুহূর্ত-কয়েক পরে কোথায় গেল তাহার রাজপুত্র, আর কোথায় গেল তাহার কোটালপুত্র— সে এমন উপকথা শুরু করিল যাহা পরের কাছে তাহার শেখা নয়— নিজের সৃষ্টি। জ্বর তাহার যত বাড়িতে লাগিল, উষ্ণ রক্তস্রোত যত দ্রুতবেগে মস্তিষ্কে বহিতে লাগিল, ততই সে যেন নব নব উপকথার ইন্দ্রজাল রচনা করিয়া চলিতে লাগিল। তাহার বিরাম নাই, বিচ্ছেদ নাই— কাঙালীর স্বল্প দেহ বার বার রোমাঞ্চিত হইতে লাগিল। ভয়ে, বিস্ময়ে, পুলকে সে সজোরে মায়ের গলা জড়াইয়া তাহার বুকের মধ্যে যেন মিশিয়া যাইতে চাহিল।

বাহিরে বেলা শেষ হইল, সূর্য অস্ত গেল, সন্ধ্যার ম্লান ছায়া গাঢ়তর হইয়া চরাচর ব্যাপ্ত করিল, কিন্তু ঘরের মধ্যে আজ আর দীপ জ্বলিল না, গৃহস্থের শেষ কর্তব্য সমাধা করিতে কেহ উঠিল না, নিবিড় অন্ধকারে কেবল রুগ্ন মাতার অবাধ গুঞ্জন নিস্তব্ধ পুত্রের কর্ণে সুধাবর্ষণ করিয়া চলিতে লাগিল। সে সেই শ্মশান ও শ্মশানযাত্রার কাহিনী। সেই রথ, সেই রাঙ্গা পা-দুটি সেই তাঁর স্বর্গে যাওয়া। কেমন করিয়া শোকার্ত স্বামী শেষ পদধূলি দিয়া কাঁদিয়া বিদায় দিলেন, কি করিয়া হরিধ্বনি দিয়া ছেলেরা মাতাকে বহন করিয়া লইয়া গেল, তার পরে সন্তানের হাতের আগুন। সে আগুন তো আগুন নয় কাঙালী, সে তো হরি! তার আকাশ জোড়া ধুঁয়ো তো ধুঁয়ো নয় বাবা, সেই তো সগ্যের রথ! কাঙালীচরণ, বাবা আমার!

কেন মা?

তোর হাতের আগুন যদি পাই বাবা, বামুন-মার মত আমিও সগ্যে যেতে পাবো।

কাঙালী অস্ফুটে শুধু কহিল, যাঃ— বলতে নেই।

মা সে কথা বোধ করি শুনিতেও পাইল না, তপ্তনিঃশ্বাস ফেলিয়া বলিতে লাগিল, ছোটজাত বলে তখন কিন্তু কেউ ঘেন্না করতে পারবে না— দুঃখী বলে কেউ ঠেকিয়ে রাখতে পারবে না। ইস্! ছেলের হাতের আগুন, রথকে যে আসতেই হবে।

ছেলে মুখের উপর মুখ রাখিয়া ভগ্নকণ্ঠে কহিল, বলিস নে মা বলিস নে, আমার বড্ড ভয় করে।

মা কহিল, আর দেখ কাঙালী, তোর বাবাকে একবার ধরে আনবি, অমনি যেন পায়ের ধূলো মাথায় দিয়ে আমাকে বিদায় দেয়। অমনি পায়ে আলতা, মাথায় সিঁদুর দিয়ে, কিন্তু কে বা দেবে? তুই দিবি, না রে ক্যাঙালী? তুই আমার ছেলে, তুই আমার মেয়ে, তুই আমার সব! বলিতে বলিতে সে ছেলেকে একেবারে বুকে চাপিয়া ধরিল।

তিন

অভাগীর জীবন-নাটোর শেষ অঙ্ক পরিসমাপ্ত হইতে চলিল। বিস্তৃতি বেশী নয়, সামান্যই। বোধ করি ত্রিশটা বৎসর আজও পার হইয়াছে কি হয় নাই, শেষও হইল তেমনি সামান্যভাবে। গ্রামে কবিরাজ ছিল না, ভিন্ন গ্রামে তাঁহার বাস। কাঙালী গিয়া কাঁদাকাটি করিল, হাতে-পায়ে পড়িল, শেষে ঘটি বাঁধা দিয়া তাঁহাকে একটাকা প্রণামী দিল। তিনি আসিলেন না, গোটা চারেক বড়ি দিলেন। তাহার কত কি আয়োজন। খল, মধু, আদার সত্ত্ব, তুলসীপাতার রস— কাঙালীর

মা ছেলের প্রতি রাগ করিয়া বলিল, কেন তুই আমাকে না বলে ঘটি বাঁধা দিতে গেলি বাবা! হাত পাতিয়া বড়ি কয়টি গ্রহণ করিয়া মাথায় ঠেকাইয়া উনানে ফেলিয়া দিয়া কহিল, ভাল হই তো এতেই হব, বাগদী-দুলের ঘরে কেউ কখনো ওষুধ খেয়ে বাঁচে না।

দিন দুই-তিন এমনি গেল। প্রতিবেশীরা খবর পাইয়া দেখিতে আসিল, যে যাহা মুষ্টিযোগ জানিত, হরিণের শিঙ-ঘষা জল, গেঁটে-কড়ি পুড়াইয়া মধুতে মাড়িয়া চাটাইয়া দেওয়া ইত্যাদি অব্যর্থ ঔষধের সন্ধান দিয়া যে যাহার কাজে গেল। ছেলেমানুষ কাঙালী ব্যতিব্যস্ত হইয়া উঠিতে, মা তাহাকে কাছে টানিয়া লইয়া কহিল, কোবরেজের বড়িতে কিছু হল না বাবা, আর ওদের ওষুধে কাজ হবে? আমি এমনি ভাল হবো।

কাঙালী কাঁদিয়া কহিল, তুই বড়ি তো খেলি নে মা, উনুনে ফেলে দিলি। এমনি কি কেউ সারে?

আমি এমনি সেরে যাবো। তার চেয়ে তুই দুটো ভাতে-ভাত ফুটিয়ে নিয়ে খা দিকি, আমি চেয়ে দেখি।

কাঙালী এই প্রথম অপটু হস্তে ভাত রাঁধিতে প্রবৃত্ত হইল। না পারিল ফ্যান ঝাড়িতে, না পারিল ভাল করিয়া ভাত বাড়িতে। উনান তাহার জ্বলে না– ভিতরে জল পড়িয়া ধুঁয়া হয়; ভাত ঢালিতে চারিদিকে ছড়াইয়া পড়ে; মায়ের চোখ ছলছল করিয়া আসিল। নিজে একবার উঠিবার চেষ্টা করিল, কিন্তু মাথা সোজা করিতে পারিল না, শয্যায় লুটাইয়া পড়িল। খাওয়া হইয়া গেলে ছেলেকে কাছে লইয়া কি করিয়া কি করিতে হয় বিধিমতে উপদেশ দিতে গিয়া তাহার ক্ষীণকণ্ঠ থামিয়া গেল, চোখ দিয়া কেবল অবিরলধারে জল পড়িতে লাগিল।

গ্রামে ঈশ্বর নাপিত নাড়ী দেখিতে জানিত, পরদিন সকালে সে হাত দেখিয়া তাহারই সুমুখে মুখ গম্ভীর করিল, দীর্ঘনিশ্বাস ফেলিল এবং শেষে মাথা নাড়িয়া উঠিয়া গেল। কাঙালীর মা ইহার অর্থ বুঝিল, কিন্তু তাহার ভয়ই হইল না। সকলে চলিয়া গেলে সে ছেলেকে কহিল, এইবার একবার তাকে ডেকে আনতে পারিস বাবা?

কাকে মা?

ওই যে রে– ও-গাঁয়ে যে উঠে গেছে–

কাঙালী বুঝিয়া কহিল, বাবাকে?

অভাগী চুপ করিয়া রহিল।

কাঙালী বলিল, সে আসবে কেন মা?

অভাগীর নিজেরই যথেষ্ট সন্দেহ ছিল, তথাপি আস্তে আস্তে কহিল, গিয়ে বলবি, মা শুধু একটু তোমার পায়ের ধূলো চায়।

সে তখনি যাইতে উদ্যত হইলে সে তাহার হাতটা ধরিয়া ফেলিয়া বলিল, একটু কাঁদাকাটা করিস বাবা, বলিস মা যাচ্ছে।

একটু থামিয়া কহিল, ফেরবার পথে অমনি নাপতে-বৌদির কাছ থেকে একটু আলতা চেয়ে আনিস ক্যাঙালী, আমার নাম করলেই সে দেবে। আমাকে বড় ভালবাসে।

ভাল তাহাকে অনেকেই বাসিত। জ্বর হওয়া অবধি মায়ের মুখে সে এই কয়টা জিনিসের কথা এতবার এতরকম করিয়া শুনিয়াছে যে, সে সেইখান হইতে কাঁদিতে কাঁদিতে যাত্রা করিল।

চার

পরদিন রসিক দু'লে সময়মত যখন আসিয়া উপস্থিত হইল তখন অভাগীর আর বড় জ্ঞান

নাই। মুখের পরে মরণের ছায়া পড়িয়াছে, চোখের দৃষ্টি এ সংসারের কাজ সারিয়া কোথায় কোন্ অজানা দেশে চলিয়া গেছে। কাঙালী কাঁদিয়া কহিল, মাগো! বাবা এসেছে– পায়ের ধূলো নেবে যে!

মা হয়ত বুঝিল, হয়ত বুঝিল না, হয়ত বা তাহার গভীর সঞ্চিত বাসনা সংস্কারের মত তাহার আচ্ছন্ন চেতনায় ঘা দিল। এই মৃত্যুপথ-যাত্রী তাহার অবশ বাহুখানি শয্যার বাহিরে বাড়াইয়া হাত পাতিল।

রসিক হতবুদ্ধির মত দাঁড়াইয়া রহিল। পৃথিবীতে তাহারও পায়ের ধূলোর প্রয়োজন আছে, ইহাও কেহ নাকি চাহিতে পারে তাহা তাহার কল্পনার অতীত। বিন্দির পিসী দাঁড়াইয়া ছিল, সে কহিল, দাও বাবা, দাও একটু পায়ের ধূলো।

রসিক অগ্রসর হইয়া আসিল। জীবনে যে স্ত্রীকে সে ভালবাসা দেয় নাই, অশন-বসন দেয় নাই, কোন খোঁজখবর করে নাই, মরণকালে তাহাকে সে শুধু একটু পায়ের ধূলা দিতে গিয়া কাঁদিয়া ফেলিল।

রাখালের মা বলিল, এমন সতীলদী বামুন-কায়েতের ঘরে না জন্মে, ও আমাদের দুলের ঘরে জন্মালো কেন! এইবার ওর একটু গতি করে দাও বাবা– ক্যাঙলার হাতের আগুনের লোভে ও যেন প্রাণটা দিলে।

অভাগীর অভাগ্যের দেবতা অগোচরে বসিয়া কি ভাবিলেন জানি না, কিন্তু ছেলেমানুষ কাঙালীর বুকে গিয়া এ কথা যেন তীরের মত বিঁধিল।

সেদিন দিনের বেলাটা কাটিল, প্রথম রাত্রিটাও কাটিল, কিন্তু প্রভাতের জন্য কাঙালীর মা আর অপেক্ষা করিতে পারিল না। কি জানি, এত ছোটজাতের জন্যও স্বর্গে রথের ব্যবস্থা আছে কি না, কিংবা অন্ধকারে পায়ে হাঁটিয়াই তাহাদের রওনা হইতে হয়, – কিন্তু এটা বুঝা গেল, রাত্রি শেষ না হইতেই এ দুনিয়া সে ত্যাগ করিয়া গেছে।

কুটীর-প্রাঙ্গণে একটা বেলগাছ, একটা কুড়ুল চাহিয়া আনিয়া রসিক তাহাতে ঘা দিয়াছে কি দেয় নাই, জমিদারের দরোয়ান কোথা হইতে ছুটিয়া আসিয়া তাহার গালে সশব্দে একটা চড় কষাইয়া দিল; কুড়ুল কাড়িয়া লইয়া কহিল, শালা, একি তোর বাপের গাছ আছে যে কাটতে লেগেছিস?

রসিক গালে হাত বুলাইতে লাগিল, কাঙালী কাঁদ কাঁদ হইয়া বলিল, বাঃ, এ যে আমার মায়ের হাতে-পোঁতা গাছ, দরোয়ানজী। বাবাকে খামোকা তুমি মারলে কেন?

হিন্দুস্থানী দরোয়ান তাহাকেও একটা অশ্রাব্য গালি দিয়া মারিতে গেল, কিন্তু সে নাকি তাহার জননীর মৃতদেহ স্পর্শ করিয়া বসিয়াছিল, তাই অশৌচের ভয়ে তাহার গায়ে হাত দিল না। হাঁকাহাঁকিতে একটা ভিড় জমিয়া উঠিল, কেহই অস্বীকার করিল না যে বিনা অনুমতিতে রসিকের গাছ কাটিতে যাওয়াটা ভাল হয় নাই। তাহারাই আবার দরোয়ানজীর হাতে-পায়ে পড়িতে লাগিল, তিনি অনুগ্রহ করিয়া যেন একটা হুকুম দেন। কারণ, অসুখের সময় যে-কেহ দেখিতে আসিয়াছে কাঙালীর মা তাহারই হাতে ধরিয়া তাহার শেষ অভিলাষ ব্যক্ত করিয়া গেছে।

দরোয়ান ভুলিবার পাত্র নহে, সে হাত-মুখ নাড়িয়া জানাইল, এ সকল চালাকি তাহার কাছে খাটিবে না।

জমিদার স্থানীয় লোক নহেন; গ্রামে তাঁহার একটা কাছারি আছে, গোমস্তা অধর রায় তাহার কর্তা। লোকগুলা যখন হিন্দুস্থানীটার কাছে ব্যর্থ অনুনয়-বিনয় করিতে লাগিল,

কাঙালী ঊর্ধ্বশ্বাসে দৌড়িয়া একেবারে কাছারি-বাড়িতে আসিয়া উপস্থিত হইল। সে লোকের মুখে মুখে শুনিয়াছিল, পিয়াদারা ঘুষ লয়, তাহার নিশ্চয় বিশ্বাস হইল অতবড় অসংগত অত্যাচারের কথা যদি কর্তারি গোচর করিতে পারে তো ইহার প্রতিবিধান না হইয়াই পারে না। হায় রে অনভিজ্ঞ! বাঙলাদেশের জমিদার ও তাহার কর্মচারীকে সে চিনিত না। সদ্যমাতৃহীন বালক শোকে ও উত্তেজনায় উদ্‌ভ্রান্ত হইয়া একেবারে উপরে উঠিয়া আসিয়াছিল, অধর রায় সেইমাত্র সন্ধ্যাহ্নিক ও যৎসামান্য জলযোগান্তে বাহিরে আসিয়াছিলেন, বিস্মিত ও ক্রুদ্ধ হইয়া কহিলেন, কে রে?

আমি কাঙালী। দরোয়ানজী আমার বাবাকে মেরেছে।

বেশ করেচে। হারামজাদা খাজনা দেয়নি বুঝি?

কাঙালী কহিল, না বাবুমশায়, বাবা গাছ কাটতেছিল,– আমার মা মরেচে– বলিতে বলিতে সে কান্না আর চাপিতে পারিল না।

সকালবেলা এই কান্নাকাটিতে অধর অত্যন্ত বিরক্ত হইলেন। ছোঁড়াটা মড়া ছুঁইয়া আসিয়াছে, কি জানি এখানকার কিছু ছুঁইয়া ফেলিল নাকি! ধমক দিয়া বলিলেন, মা মরেচে তো যা নীচে নেবে দাঁড়া। ওরে কে আছিস রে, এখানে একটু গোবরজল ছড়িয়ে দে! কি জাতের ছেলে তুই?

কাঙালী সভয়ে প্রাঙ্গণে নামিয়া দাঁড়াইয়া কহিল, আমরা দুলে।

অধর কহিলেন, দুলে! দুলের মড়ার কাঠ কি হবে শুনি?

কাঙালী বলিল, মা যে আমাকে আগুন দিতে বলে গেছে! তুমি জিজ্ঞেস কর না বাবুমশায়, মা যে সবাইকে বলে গেছে, সক্কলে শুনেছে যে! মায়ের কথা বলিতে গিয়া তাহার অনুক্ষণের সমস্ত অনুরোধ উপরোধ মুহূর্তে স্মরণ হইয়া কণ্ঠ যেন তাহার কান্নায় ফাটিয়া পড়িতে চাহিল।

অধর কহিলেন, মাকে পোড়াবি তো গাছের দাম পাঁচটা টাকা আন্ গে। পারবি?

কাঙালী জানিত তাহা অসম্ভব। তাহার উত্তরীয় কিনিবার মূল্যস্বরূপ তাহার ভাত খাইবার পিতলের কাঁসিটি বিন্দির পিসী একটি টাকায় বাঁধা দিতে গিয়াছে সে চোখে দেখিয়া আসিয়াছে, সে ঘাড় নাড়িল, বলিল, না।

অধর মুখখানা অত্যন্ত বিকৃত করিয়া কহিলেন, না তো, মাকে নিয়ে নদীর চড়ায় পুঁতে ফেল গে যা। কার বাবার গাছে তোর বাপ কুড়ুল ঠেকাতে যায়– পাজী, হতভাগা, নচ্ছার!

কাঙালী বলিল, সে যে আমাদের উঠানের গাছ বাবুমশায়। সে যে আমার মায়ের হাতে পোঁতা গাছ।

হাতে পোঁতা গাছ! পাঁড়ে, ব্যাটাকে গলাধাক্কা দিয়ে বার করে দে তো!

পাঁড়ে আসিয়া গলাধাক্কা দিল, এবং এমন কথা উচ্চারণ করিল যাহা কেবল জমিদারের কর্মচারীরাই পারে।

কাঙালী ধূলা ঝাড়িয়া উঠিয়া দাঁড়াইল, তার পরে ধীরে ধীরে বাহির হইয়া গেল। কেন সে যে মার খাইল, কি তাহার অপরাধ, ছেলেটা ভাবিয়াই পাইল না। গোমস্তার নির্বিকার চিত্তে দাগ পর্যন্ত পড়িল না। পড়িলে এ চাকরি তাহার জুটিত না। কহিলেন, পরেশ, দেখ তো হে, এ ব্যাটার খাজনা বাকী পড়েছে কি না। থাকে তো জাল-টাল কিছু একটা কেড়ে এনে যেন রেখে দেয়,– হারামজাদা পালাতে পারে।

মুখুয্যে-বাড়িতে শ্রাদ্ধের দিন– মাঝে কেবল একটা দিন মাত্র বাকী। সমারোহের

আয়োজন গৃহিণীর উপযুক্ত করিয়াই হইতেছে। বৃদ্ধ ঠাকুরদাস নিজে তত্ত্বাবধান করিয়া ফিরিতেছিলেন, কাঙালী আসিয়া তাঁহার সম্মুখে দাঁড়াইল, কহিল, ঠাকুরমশাই, আমার মা মরে গেছে।

তুই কে? কি চাস তুই?

আমি কাঙালী। মা বলে গেছে তেনাকে আগুন দিতে।

তা দি গে না।

কাছারির ব্যাপারটা ইতিমধ্যেই মুখে মুখে প্রচারিত হইয়া পড়িয়াছিল, একজন কহিল, ও বোধ হয় একটা গাছ চায়। – এই বলিয়া সে ঘটনাটা প্রকাশ করিয়া কহিল।

মুখুয্যে বিস্মিত ও বিরক্ত হইয়া কহিলেন, শোন আবদার। আমারই কত কাঠের দরকার,– কাল বাদে পরশু কাজ যা যা, এখানে কিছু হবে না এখানে কিছু হবে না। এই বলিয়া অন্যত্র প্রস্থান করিলেন।

ভট্টাচার্য মহাশয় অদূরে বসিয়া ফর্দ করিতেছিলেন, তিনি বলিলেন, তোদের জেতে কে কবে আবার পোড়ায় রে? যা, মুখে একটু নুড়ো জ্বেলে দিয়ে নদীর চড়ায় মাটি দে গে।

মুখোপাধ্যায় মহাশয়ের বড়ছেলে ব্যস্তসমস্তভাবে এই পথে কোথায় যাইতেছিলেন, তিনি কান খাড়া করিয়া একটু শুনিয়া কহিলেন, দেখচেন ভট্‌চাযমশায়, সব ব্যাটারাই এখন বামুন-কায়েত হতে চায়। বলিয়া কাজের ঝোঁকে আর কোথায় চলিয়া গেলেন।

কাঙালী আর প্রার্থনা করিল না। এই ঘণ্টা-দুয়েকের অভিজ্ঞতায় সংসারে সে যেন একেবারে বুড়া হইয়া গিয়াছিল। নিঃশব্দে ধীরে ধীরে তাহার মরা মায়ের কাছে গিয়া উপস্থিত হইল।

নদীর চরে গর্ত খুঁড়িয়া অভাগীকে শোয়ান হইল। রাখালের মা কাঙালীর হাতে একটা খড়ের আঁটি জ্বালিয়া দিয়া তাহারই হাত ধরিয়া মায়ের মুখে স্পর্শ করাইয়া ফেলিয়া দিল। তার পরে সকলে মিলিয়া মাটি চাপা দিয়া কাঙালীর মায়ের শেষ চিহ্ন বিলুপ্ত করিয়া দিল।

সবাই সকল কাজে ব্যস্ত,– শুধু সেই পোড়া খড়ের আঁটি হইতে যে স্বল্প ধুঁয়াটুকু ঘুরিয়া ঘুরিয়া আকাশে উঠিতেছিল, তাহারই প্রতি পলকহীন চক্ষু পাতিয়া কাঙালী ঊর্ধ্বদৃষ্টে স্তব্ধ হইয়া চাহিয়া রহিল।

অনুরাধা

এক

কন্যার বিবাহযোগ্য বয়সের সম্বন্ধে যত মিথ্যা চালানো যায় চালাইয়াও সীমানা ডিঙাইয়াছে। বিবাহের আশাও শেষ হইয়াছে। – ওমা, সে কি কথা! হইতে আরম্ভ করিয়া চোখ টিপিয়া কন্যার ছেলেমেয়ের সংখ্যা জিজ্ঞাসা করিয়াও এখন আর কেহ রস পায় না, সমাজে এ রসিকতাও বাহুল্য হইয়াছে। এমনি দশা অনুরাধার। অথচ ঘটনা সে-যুগের নয়, নিতান্তই আধুনিককালের। এমন দিনেও যে কেবলমাত্র গণ-পণ, ঠিকুজি-কোষ্ঠী ও কুলশীলের যাচাই-বাছাই করিতে এমনটা ঘটিল– অনুরাধার বয়স তেইশ পার হইয়া গেল, বর জুটিল না– এ কথা সহজে বিশ্বাস হয় না। তবু ঘটনা সত্য।

সকালে এই গল্পই চলিতেছিল আজ জমিদারের কাছারিতে। নূতন জমিদারের নাম হরিহর ঘোষাল, কলিকাতাবাসী– তাঁর ছোটছেলে বিজয় আসিয়াছে গ্রামে।

বিজয় মুখের চুরুটটা নামাইয়া রাখিয়া জিজ্ঞাসা করিল, কি বললে, গগন চাটুয্যের বোন? বাড়ি ছাড়বে না?

যে লোকটা খবর আনিয়াছিল সে কহিল, বললে– যা বলবার ছোটবাবু এলে তাঁকেই বলব।

বিজয় ক্রুদ্ধ হইয়া কহিল, তার বলবার আছে কি! এর মানে তাদের বার করে দিতে আমাকে যেতে হবে নিজে। লোক দিয়ে হবে না?

লোকটা চুপ করিয়া রহিল। বিজয় পুনশ্চ কহিল, বলবার তাঁর কিছুই নেই বিনোদ, কিছুই আমি শুনব না। তবু তাঁরি জন্যে আমাকেই যেতে হবে তাঁর কাছে– তিনি নিজে এসে দুঃখ জানাতে পারবেন না?

বিনোদ কহিল, আমি তাও বলেছিলাম। অনুরাধা বললে, আমিও ভদ্র-গেরস্থঘরের মেয়ে বিনোদদা, বাড়ি ছেড়ে যদি বার হতেই হয় তাঁকে জানিয়ে একেবারেই বার হয়ে যাব, বার বার বাইরে আসতে পারব না।

কি নাম বললে হে, অনুরাধা? নামের তো দেখি ভারী চটক– তাই বুঝি এখনো অহঙ্কার ঘুচল না?

আজ্ঞে না।

বিনোদ গ্রামের লোক, অনুরাধাদের দুর্দশার ইতিহাস সে-ই বলিতেছিল। কিন্তু অনতিপূর্ব ইতিহাসেরও একটা অতিপূর্ব ইতিহাস থাকে– সেইটা বলি।

এই গ্রামখানির নাম গণেশপুর, একদিন ইহা অনুরাধাদেরই ছিল, বছর-পাঁচেক হইল হাতবদল হইয়াছে। সম্পত্তির মুনাফা হাজার-দুয়ের বেশী নয়, কিন্তু অনুরাধার পিতা অমর চাটুয্যের চালচলন ছিল বিশ হাজারের মত। অতএব ঋণের দায়ে ভদ্রাসন পর্যন্ত গেল ডিক্রি হইয়া। ডিক্রি হইল, কিন্তু জারি হইল না; মহাজন ভয়ে থামিয়া রহিল। চট্টোপাধ্যায় মহাশয় ছিলেন যেমন বড় কুলীন, তেমনি ছিল প্রচণ্ড তাঁর জপতপ, ক্রিয়াকর্মের খ্যাতি। তলা-ফুটা সংসার-তরণী অপব্যয়ের লোনাজলে কানায়-কানায় পূর্ণ হইল, কিন্তু ডুবিল না। হিন্দুগোঁড়ামির পরিস্ফীত পালে সর্বসাধারণের ভক্তিশ্রদ্ধার ঝোড়ো হাওয়া এই নিমজ্জিত-প্রায় নৌকাখানিকে ঠেলিতে ঠেলিতে দিল অমর চাটুয্যের আয়ুষ্কালের সীমানা উত্তীর্ণ করিয়া। অতএর চাটুয্যের জীবদ্দশাটা একপ্রকার ভালই কাটিল। তিনি মরিলেনও ঘটা করিয়া, শ্রাদ্ধশান্তিও নির্বাহিত হইল ঘটা করিয়া, কিন্তু সম্পত্তির পরিসমাপ্তি ঘটিল এইখানে। এতদিন নাকটুকু মাত্র ভাসাইয়া যে তরণী কোনমতে নিঃশ্বাস টানিতেছিল, এইবার 'বাবুদের বাড়ি'র সমস্ত মর্যাদা লইয়া অতলে তলাইতে আর কালবিলম্ব করিল না।

পিতার মৃত্যুতে পুত্র গগন পাইল এক জরাজীর্ণ ডিক্রি-করা পৈতৃক বাস্তুভিটা, আকণ্ঠ ঋণ-ভারগ্রস্ত গ্রাম্য সম্পত্তি, গোটাকয়েক গরু-ছাগল-কুকুর-বিড়াল এবং ঘাড়ে পড়িল পিতার দ্বিতীয় পক্ষের অনূঢ়া কন্যা অনুরাধা।

এইবার পাত্র জুটিল গ্রামেরই এক ভদ্রব্যক্তি। গোটা পাঁচ-ছয় ছেলেমেয়ে ও নাতিপুতি রাখিয়া বছর-দুই হইল তাহার স্ত্রী মরিয়াছে, সে বিবাহ করিতে চায়।

অনুরাধা বলিল, দাদা, কপালে রাজপুত্র তো জুটল না, তুমি এইখানেই আমার বিয়ে দাও। লোকটার টাকাকড়ি আছে, তবু দুটো খেতে-পরতে পাব।

গগন আশ্চর্য হইয়া কহিল, সে কি কথা! ত্রিলোচন গাঙ্গুলির পয়সা আছে মানি, কিন্তু ওর ঠাকুরদাদা কুল ভেঙ্গে সতীপুরের চক্রবর্তীদের ঘরে বিয়ে করেছিল জানিস? ওদের আছে কি?

বোন বলিল, আর কিছু না থাক টাকা আছে। কুল নিয়ে উপোস করার চেয়ে দু-মুঠো ভাত-ডাল পাওয়া ভালো দাদা।

গগন মাথা নাড়িয়া বলিল, সে হয় না,– হবার নয়।

কেন নয় বল তো? বাবা ও-সব মানতেন, কিন্তু তোমার তো কোন বালাই নেই।

এখানে বলা আবশ্যক পিতার গোঁড়ামি পুত্রের ছিল না। মদ্য-মাংস ও আরও একটা আনুষঙ্গিক ব্যাপারে সে সম্পূর্ণ মোহমুক্ত পুরুষ। পত্নী-বিয়োগের পরে ভিন্নপল্লীর কে একটি নীচজাতীয়া স্ত্রীলোক আজও তাহার অভাব মোচন করিতেছে এ কথা সকলেই জানে।

গগন ইঙ্গিতটা বুঝিল, গর্জিয়া বলিল, আমার বাজে গোঁড়ামি নেই, কিন্তু কন্যাগত কুলের শাস্ত্রাচার কি তোর জন্যে জলাঞ্জলি দিয়ে চোদ্দপুরুষ নরকে ডোবাব? কৃষ্ণের সন্তান, স্বভাব-কুলীন আমরা– যা যা, এমন নোংরা কথা আর কখনো মুখে আনিস নে। এই বলিয়া সে রাগ করিয়া চলিয়া গেল, ত্রিলোচন গাঙ্গুলির প্রস্তাবটা এইখানেই চাপা পড়িল।

গগন হরিহর ঘোষালকে ধরিয়া পড়িল– কুলীন ব্রাহ্মণকে ঋণমুক্ত করিতে হইবে। কলিকাতায় কাঠের ব্যবসায়ে হরিহর লক্ষপতি ধনী। একদিন তাঁহার মাতুলালয় ছিল এই গ্রামে, বাল্যে বাবুদের বহু সুদিন তিনি চোখে দেখিয়াছেন, বহু কাজেকর্মে পেট ভরিয়া লুচিমণ্ডা আহার করিয়া গিয়াছেন, টাকাটা তাঁহার পক্ষে বেশী নয়, তিনি সম্মত হইলেন। চাটুয্যেদের সমস্ত ঋণ পরিশোধ করিয়া হরিহর গণেশপুর ক্রয় করিলেন, কুণ্ডুদের ডিক্রির

টাকা দিয়া ভদ্রাসন ফিরাইয়া লইলেন, কেবল মৌখিক শর্ত এই রহিল যে, বাহিরের গোটা দুই-তিন ঘর কাছারির জন্য ছাড়িয়া দিয়া গগন অন্দরের দিকটায় যেমন বাস করিতেছে তেমনই করিবে।

তালুক খরিদ হইল, কিন্তু প্রজারা মানিতে চাহিল না। সম্পত্তি ক্ষুদ্র, আদায় সামান্য, সুতরাং বড় রকমের কোন ব্যবস্থা করা চলে না; কিন্তু, অল্পের মধ্যেই কি কৌশল যে গগন খেলিতে লাগিল, হরিহরের পক্ষের কোনো কর্মচারী গিয়াই গণেশপুরে টিকিতে পারিল না। অবশেষে গগনের নিজেরই প্রস্তাবে সে নিজেই নিযুক্ত হইল কর্মচারী; অর্থাৎ ভূতপূর্ব ভূস্বামী সাজিলেন বর্তমান জমিদারদের গোমস্তা। মহাল শাসনে আসিল, হরিহর হাঁফ ফেলিয়া বাঁচিলেন, কিন্তু আদায়ের দিক দিয়া রহিল যথাপূর্বস্তথা পরঃ। এক পয়সা তহবিলে জমা পড়িল না। এমনিভাবে গোলেমালে আরও বছর-দুই কাটিল, তার পরে হঠাৎ একদিন খবর আসিল– গোমস্তাবাবু গগন চাটুয্যেকে খুঁজিয়া পাওয়া যাইতেছে না। সদর হইতে হরিহরের লোক আসিয়া খোঁজখবর তত্ত্বতল্লাস করিয়া জানিল আদায় যাহা হইবার হইয়াছে, সমস্তই গগন আত্মসাৎ করিয়া সম্প্রতি গা-ঢাকা দিয়াছে। পুলিশে ডায়রি, আদালতে নালিশ, বাড়ি খানাতল্লাশী, প্রয়োজনীয় যাহা কিছু সবই হইল, কিন্তু না টাকা, না গগন কাহারও সন্ধান মিলিল না। গগনের ভগিনী অনুরাধা ও দূর-সম্পর্কের একটি ছেলেমানুষ ভাগিনেয় বাটীতে থাকিত, পুলিশের লোকে তাহাকে বিধিমত কষামাজা ও নাড়াচাড়া দিল, কিন্তু কোনো তথ্যই বাহির হইল না।

বিজয় বিলাত-ফেরত। তাহার পুনঃ পুনঃ একজামিন ফেল করার রসদ যোগাইতে হরিহরকে অনেক টাকা গণিতে হইয়াছে। পাস করিতে সে পারে নাই, কিন্তু বিজ্ঞতার ফলস্বরূপ মেজাজ গরম করিয়া বছর-দুই পূর্বে দেশে ফিরিয়াছে। বিজয় বলে, বিলাতে পাস-ফেলের কোনো প্রভেদ নাই। বই মুখস্থ করিয়া পাস করিতে গাধাতেও পারে, সে উদ্দেশ্য থাকিলে সে এখানে বসিয়াই বই মুখস্থ করিত, যুরোপে যাইত না। বাড়ি আসিয়া সে পিতার কাঠের ব্যবসায়ের কাল্পনিক দুরবস্থায় শঙ্কা প্রকাশ করিল এবং এই নড়বড়ে, পড়ো-পড়ো কারবার ম্যানেজ করিতে আত্মনিয়োগ করিল। কর্মচারী মহলে ইতিমধ্যেই নাম হইয়াছে,– কেরানীরা তাহাকে বাঘের মত ভয় করে। কাজের চাপে যখন নিঃশ্বাস ফেলিবার অবকাশ নাই এমনি সময়ে আসিয়া পৌঁছিল গণেশপুরের বিবরণ। সে কহিল, এ তো জানা কথা, বাবা যা করবেন তা এইরকম হতে বাধ্য। কিন্তু উপায় নাই, অবহেলা করিলে চলিবে না– তাহাকে সরেজমিনে নিজে গিয়া একটি বিহিত করিতেই হইবে। এইজন্যই তাহার গণেশপুরে আসা। কিন্তু এই ছোট কাজে বেশীদিন পল্লীগ্রামে থাকা চলে না, যত শীঘ্র সম্ভব একটা ব্যবস্থা করিয়া তাহাকে কলিকাতায় ফিরিতে হইবে। সমস্তই যে একা তাহারি মাথায়। বড়ভাই অজয় এটর্নি। অত্যন্ত স্বার্থপর, নিজের অফিস ও স্ত্রী-পুত্র লইয়াই ব্যস্ত, সংসারের সকল বিষয়েই অন্ধ, শুধু ভাগাভাগির ব্যাপারে তাহার একজোড়া চক্ষু দশজোড়ার কাজ করে। স্ত্রী প্রভাময়ী কলিকাতা বিশ্ববিদ্যালয়ের গ্রাজুয়েট, বাড়ির লোকজনের সংবাদ লওয়া তো দূরের কথা, শ্বশুর-শাশুড়ী বাঁচিয়া আছে কি না খবর লইবারও সে বেশী অবকাশ পায় না। গোটা পাঁচ-ছয় ঘর লইয়া বাটীর যে অংশে তাহার মহল সেখানে পরিজনবর্গের গতিবিধি সঙ্কুচিত, তাহার ঝি-চাকর আলাদা– উড়ে বেহারা আছে। শুধু বুড়া কর্তার অত্যন্ত নিষেধ থাকায় আজও মুসলমান বাবুর্চি নিযুক্ত হইতে পারে নাই। এই অভাবটা প্রভাকে পীড়া দেয়। আশা আছে শ্বশুর মরিলেই ইহার প্রতিকার হইবে। দেবর বিজয়ের প্রতি

তাহার চিরদিনই অবজ্ঞা, শুধু বিলাত প্রত্যাবর্তনের পরে মনোভাবের কিঞ্চিৎ পরিবর্তন দেখা দিয়াছে। দুই-চারিদিন নিমন্ত্রণ করিয়া নিজে রাঁধিয়া ডিনার খাওয়াইয়াছে, সেখানে ছোটবোন অনিতার সহিত বিজয়ের পরিচয় হইয়াছে। সে এবার বি. এ পরীক্ষায় অনার্সে পাস করিয়া এম. এ. পড়ার আয়োজন করিতেছে।

বিজয় বিপত্নীক। স্ত্রী মরার পরেই সে বিলাত যায়। সেখানে কি করিয়াছে না করিয়াছে, খোঁজ করিবার আবশ্যক নাই; কিন্তু ফিরিয়া পর্যন্ত অনেকদিন দেখা গিয়াছে স্ত্রী-জাতি সম্বন্ধে তাহার মেজাজটা কিছু রুক্ষ। মা বিবাহের কথা বলায় সে জোর গলায় আপত্তি জানাইয়া তাঁহাকে নিরস্ত করিয়াছিল। তখন হইতে অদ্যাবধি প্রসঙ্গটা গোলেমালেই কাটিয়াছে।

গণেশপুরে আসিয়া একজন প্রজার সদরের গোটা-দুই ঘর লইয়া বিজয় নূতন কাছারি ফাঁদিয়া বসিয়াছে। সেরেস্তার কাগজপত্র গগনের গৃহে যাহা পাওয়া গিয়াছে জোর করিয়া এখানে আনা হইয়াছে এবং এখন চেষ্টা চলিতেছে তাহার ভগিনী অনুরাধা এবং দূরসম্পর্কের সেই ভাগিনেয় ছোঁড়াটাকে বহিষ্কৃত করার। বিনোদ ঘোষের সহিত এইমাত্র সেই পরামর্শই হইতেছিল।

কলিকাতা হইতে আসিবার সময়ে বিজয় তাহার সাত-আট বছরের ছেলে কুমারকে সঙ্গে আনিয়াছে।

পল্লীগ্রামের সাপ-খোপ বিছা-ব্যাঙের ভয়ে মা আপত্তি করিলে বিজয় বলিয়াছিল, মা, তোমার বড়বৌয়ের প্রসাদে তোমার নাড়ুগোপাল নাতি-নাতনীর অভাব নেই, কিন্তু এটাকে আর তা ক'রো না। আপদে-বিপদে মানুষ হতে দাও।

শুনা যায়, বিলাতের সাহেবরাও নাকি ঠিক এমনিই বলিয়া থাকে। কিন্তু সাহেবদের কথা ছাড়াও এ-ক্ষেত্রে একটু গোপন ব্যাপার আছে। বিজয় যখন বিলাতে, তখন মাতৃহীন ছেলেটার একটু অযত্নেই দিন গিয়াছে। তাহার ভগ্নস্বাস্থ্য পিতামহী অধিকাংশ সময়েই থাকেন শয্যাগত, সুতরাং যথেষ্ট বিত্ত-বিভব থাকা সত্ত্বেও কুমারকে দেখিবার কেহ ছিল না, কাজেই দুঃখে-কষ্টেই সে বেচারা বড় হইয়াছে। বিলাত হইতে বাড়ি ফিরিয়া এই খবরটা বিজয়ের কানে গিয়াছিল।

গণেশপুরে আসিবার কালে বৌদিদি হঠাৎ দরদ দেখাইয়া বলিয়াছিল, ছেলেটা সঙ্গে যাচ্ছে ঠাকুরপো, পাড়াগাঁ জায়গা একটু সাবধানে থেকো। কবে ফিরবে?

যত শীঘ্র পারি।

শুনেচি আমাদের সেখানে একটা বড় বাড়ি আছে— বাবা কিনেছিলেন।

কিনেছিলেন, কিন্তু কেনা মানেই থাকা নয় বৌদি। বাড়ি আছে কিন্তু দখল নেই।

কিন্তু তুমি যখন নিজে যাচ্ছো ঠাকুরপো, তখন দখলে আসতেও দেরি হবে না।

আশা তো তাই করি।

দখলে এলে কিন্তু একটা খবর দিও।

কেন বৌদি?

ইহার উত্তরে প্রভা বলিয়াছিল, এই তো কাছে, পাড়াগাঁ কখনো চোখে দেখিনি, গিয়ে একদিন দেখে আসব। অনুরও কলেজ বন্ধ, সেও হয়ত সঙ্গে যেতে চাইবে।

এ প্রস্তাবে বিজয় অত্যন্ত পুলকিত হইয়া বলিয়াছিল, আমি দখল নিয়েই তোমাকে খবর পাঠাব বৌদি, তখন কিন্তু না বলতে পাবে না। বোনটিকে সঙ্গে নেওয়া চাই।

অনিতা যুবতী, সে দেখিতে সুশ্রী ও অনার্সে বি.এ. পাস করিয়াছে। সাধারণ স্ত্রীজাতির

বিরুদ্ধে বিজয়ের বাহ্যিক অবজ্ঞা থাকা সত্ত্বেও রমণী-বিশেষের একাধারে এতগুলা গুণ সে মনে মনে যে তুচ্ছ করে তাহা নয়। সেখানে শান্ত পল্লীর নির্জন প্রান্তরে কখনো,– কখনো বা প্রাচীন বৃক্ষচ্ছায়াচ্ছন্ন সঙ্কীর্ণ গ্রাম্য পথের একান্তে সহসা মুখোমুখি আসিয়া পড়ার সম্ভাবনা তাহার মনের মধ্যে সেদিন বার বার করিয়া দোল দিয়া গিয়াছিল।

দুই

বিজয়ের পরনে খাঁটি সাহেবি পোশাক, মাথায় শোলার টুপি, মুখে কড়া চুরুট, পকেটে রিভলবার, চেরির ছড়ি ঘুরাইতে ঘুরাইতে বাবুদের বাড়ির সদর-বাটীতে আসিয়া প্রবেশ করিল। সঙ্গে মস্ত লাঠি-হাতে দু'জন হিন্দুস্থানী দরোয়ান, অনেকগুলি অনুগত প্রজা, বিনোদ ঘোষ ও পুত্র কুমার। সম্পত্তি দখল করার ব্যাপারে যদিচ হাঙ্গামার ভয় আছে, তথাপি ছেলেকে নাড়ুগোপাল করার পরিবর্তে মজবুত করিয়া গড়িয়া তোলার এ হইল বড় শিক্ষা– তাই ছেলেও আসিয়াছে সঙ্গে। বিনোদ কিন্তু বরাবর ভরসা দিয়াছে যে, অনুরাধা একাকী স্ত্রীলোক, কোনমতেই জোরে পারিবে না। তবু রিভলবার যখন আছে তখন সঙ্গে লওয়াই ভালো।

বিজয় বলিল, মেয়েটা শুনেচি ভারী বজ্জাত, লোক জড়ো করে তুলতে পারে। ও-ই তো গগন চাটুয্যের পরামর্শদাতা। স্বভাব-চরিত্রও মন্দ।

বিনোদ বলিল, আজ্ঞে তা তো শুনিনি।

আমি শুনেচি।

কোথাও কেহ নাই, শূন্য প্রাঙ্গণে দাঁড়াইয়া বিজয় চারিদিকে চাহিয়া দেখিল। বাবুদের বাড়ি বলা যায় বটে।

সম্মুখে পূজার দালান এখনো ভাঙ্গে নাই, কিন্তু জীর্ণতার শেষ সীমায় পৌঁছিয়াছে। একপাশে সারি সারি বসিবার ঘর ও বৈঠকখানা– দশা একই। পায়রা, চড়াই ও চামচিকায় স্থায়ী আশ্রয় বানাইয়াছে।

দরোয়ান হাঁকিল, কোই হ্যায়?

তাহার সম্ভ্রমবিহীন চড়া-গলার চীৎকারে বিনোদ ঘোষ ও অন্যান্য অনেকেই যেন লজ্জায় সঙ্কুচিত হইয়া পড়িল। বিনোদ বলিল, রাধুদিদিকে আমি গিয়ে খবর দিয়ে আসচি বাবু। বলিয়া ভিতরে চলিয়া গেল।

তাহার কণ্ঠস্বর ও বলার ভঙ্গীতে বুঝা গেল, আজও এ-বাড়ির অমর্যাদা করিতে তাহাদের বাধে।

অনুরাধা রাঁধিতেছিল; বিনোদ গিয়া সবিনয়ে জানাইল, দিদি, ছোটবাবু বাইরে এসেচেন।

সে এ দুর্দৈব প্রত্যহই আশঙ্কা করিতেছিল। হাত ধুইয়া উঠিয়া দাঁড়াইল, সন্তোষকে ডাকিয়া কহিল, বাইরে একটা সতরঞ্চি পেতে দিয়ে এসো বাবা, বল গে মাসীমা আসচেন। বিনোদকে বলিল, আমার বেশী দেরি হবে না– বাবু রাগ করেন না যেন বিনোদদা, আমার হয়ে তাঁকে বসতে বল গে।

বিনোদ লজ্জিত মুখে কহিল, কি করব দিদি, আমরা গরীব প্রজা, জমিদার হুকুম করলে না বলতে পারিনে, কাজেই–

সে আমি বুঝি বিনোদদা।

বিনোদ চলিয়া গেল, বাহিরে সতরঞ্চি পাতা হইল, কিন্তু কেহ তাহাতে বসিল না।

বিজয় ছড়ি ঘুরাইয়া পায়চারি করিতে করিতে চুরুট টানিতে লাগিল।

মিনিট-পাঁচেক পরে সন্তোষ বাহিরে আসিয়া ইঙ্গিতে দ্বারের প্রতি চাহিয়া সভয়ে কহিল, মাসীমা এসেচেন।

বিজয় থমকিয়া দাঁড়াইল। ভদ্রঘরের কন্যা, তাহাকে কি বলিয়া সম্বোধন করা উচিত, সে দ্বিধায় পড়িল। কিন্তু দৌর্বল্য প্রকাশ পাইলে চলিবে না, অতএব পুরুষকণ্ঠে অন্তরালবর্তিনীর উদ্দেশ্যে কহিল, এ-বাড়ি আমাদের তুমি জানো?

উত্তর আসিল, জানি।

তবে ছেড়ে দিচ্চো না কেন?

অনুরাধা তেমনি আড়ালে দাঁড়াইয়া বোনপোর জবানি বক্তব্য বলিবার চেষ্টা করিল। কিন্তু ছেলেটা চালাক-চৌকস নয়, নূতন জমিদারের কড়া মেজাজের জনশ্রুতিও তাহার কানে পৌঁছিয়াছে, ভয়ে ভয়ে কেবলি থতমত খাইতে লাগিল, একটা কথাও সুস্পষ্ট হইল না।

বিজয় মিনিট পাঁচ-ছয় ধৈর্য ধরিয়া বুঝিবার চেষ্টা করিল, তার পরে হঠাৎ একটা ধমক দিয়া বলিয়া উঠিল, তোমার মাসীর বলার কিছু থাকলে সামনে এসে বলুক। নষ্ট করার সময় আমার নেই– আমি বাঘ-ভালুকও নয়, তাকে খেয়ে ফেলব না। বাড়ি ছাড়বে না কেন বলুক।

অনুরাধা বাহিরে আসিল না, কিন্তু কথা কহিল। সন্তোষের মুখে নয়, নিজের মুখে স্পষ্ট করিয়া বলিল, বাড়ি ছাড়ার কথা ছিল না। আপনার বাবা হরিহরবাবু বলেছিলেন, এর ভেতরের অংশে আমরা বাস করতে পারি।

কোনো লেখাপড়া আছে?

না নেই। কিন্তু তিনি এখনো জীবিত, তাঁকে জিজ্ঞেসা করলেই জানতে পারবেন।

জিজ্ঞেসা করার গরজ আমার নেই। এই যদি শর্ত তাঁর কাছে লিখে নাওনি কেন?

দাদা বোধ হয় প্রয়োজন মনে করেন নি। তাঁর মুখের কথার চেয়ে লিখে নেওয়া বড় হবে এ হয়ত দাদার মনে হয়নি।

এ কথার সঙ্গত উত্তর বিজয় খুঁজিয়া পাইল না, চুপ করিয়া রহিল। কিন্তু পরক্ষণেই জবাব আসিল ভিতর হইতেই।

অনুরাধা কহিল, কিন্তু দাদা নিজের শর্ত ভঙ্গ করায় এখন সকল শর্তই ভেঙ্গে গেছে। এ-বাড়িতে থাকবার অধিকার আর আমাদের নেই। কিন্তু আমি একা স্ত্রীলোক, আর এই অনাথ ছেলেটি। ওর মা-বাপ নেই, আমি মানুষ করচি, আমাদের এই দুর্দশায় দয়া করে দু'দিন থাকতে না দিলে একলা হঠাৎ কোথায় যাই এই আমার ভাবনা।

বিজয় বলিল, এ জবাব কি আমার দেবার? তোমার দাদা কোথায়?

মেয়েটি বলিল, আমি জানিনে তিনি কোথায়। কিন্তু আপনার সঙ্গে যে এতদিন দেখা করতে পারিনি সে শুধু এই ভয়ে, পাছে আপনি বিরক্ত হন। এই বলিয়া ক্ষণকাল নীরব থাকিয়া বোধ করি সে নিজেকে সামলাইয়া লইল, কহিল, আপনি মনিব, আপনার কাছে কিছুই লুকোব না। অকপটে আমাদের বিপদের কথা জানালুম, নইলে একটা দিনও জোর করে এ-বাড়িতে বাস করার দাবী আমি করিনে। এই ক'টা দিন বাদে আমরা আপনিই চলে যাব।

তাহার কণ্ঠস্বরে বাহিরে হইতেও বুঝা গেল মেয়েটির চোখ দিয়া জল পড়িতেছে।

বিজয় দুঃখিত হইল, মনে মনে খুশীও হইল। সে ভাবিয়াছিল ইহাকে বে-দখল করিতে না জানি কত সময় ও কত হাঙ্গামাই পোহাইতে হইবে, কিন্তু কিছুই হইল না, সে অশ্রুজলে শুধু দয়া ভিক্ষা চাহিল। তাহার পকেটের পিস্তল এবং দরোয়ানদের লাঠিসোঁটা তাহাকে গোপনে তিরস্কার করিল, কিন্তু দুর্বলতা প্রকাশ করাও চলে না। বলিল, থাকতে দিতে আপত্তি ছিল না, কিন্তু বাড়িতে আমার নিজের বড় দরকার। যেখানে আছি সেখানে খুব অসুবিধে, তা ছাড়া আমাদের বাড়ির মেয়েরা একবার দেখতে আসতে চান।

মেয়েটি বলিল, বেশ তো আসুন না। বাইরের ঘরগুলোতে আপনি স্বচ্ছন্দে থাকতে পারেন এবং ভিতরে দোতলায় অনেকগুলো ঘর। মেয়েরা অনায়াসে থাকতে পারবেন, কোনো কষ্ট হবে না। আর বিদেশে তাঁদের তো লোকের আবশ্যক, আমি অনেক কাজ করে দিতে পারব।

এবার বিজয় সলজ্জে আপত্তি করিয়া কহিল, না না, সে কি কখনো হতে পারে! তাঁদের সঙ্গে লোকজন সবাই আসবে, তোমাকে কিছুই করতে হবে না। কিন্তু ভিতরের ঘরগুলো কি আমি একবার দেখতে পারি?

উত্তর হইল, কেন পারবেন না, এ তো আপনারই বাড়ি। আসুন।

ভিতরে ঢুকিয়া বিজয় পলকের জন্য তাহার সমস্ত মুখখানি দেখিতে পাইল। মাথায় কাপড় আছে কিন্তু ঘোমটায় ঢাকা নয়। পরনে একখানি আধময়লা আটপৌরে কাপড়, গায়ে গহনা নাই, শুধু দু'হাতে কয়েকগাছি সোনার চুড়ি— সাবেক কালের। আড়াল হইতে তাহার অশ্রু-সিঞ্চিত কণ্ঠস্বর বিজয়ের কানে বড় মধুর ঠেকিয়াছিল, ভাবিয়াছিল, মানুষটিও হয়ত এমনি হইবে। বিশেষতঃ, দরিদ্র হইলেও সে তো বড়ঘরের মেয়ে, কিন্তু দেখিতে পাইল তাহার প্রত্যাশার সঙ্গে কিছুই মিলিল না। রঙ ফরসা নয়, মাজা শ্যাম। বরঞ্চ একটু কালোর দিকেই। সাধারণ পল্লী গ্রামের মেয়ে আরও পাঁচজনকে যেমন দেখিতে তেমনি। শরীর কৃশ কিন্তু বেশ দৃঢ় বলিয়াই মনে হয়। শুইয়া বসিয়া ইহার আলস্যে দিন কাটে নাই তাহাতে সন্দেহ হয় না। শুধু বিশেষত্ব চোখে পড়িল ইহার ললাটে— একেবারে আশ্চর্য নিখুঁত গঠন।

মেয়েটি কহিল, বিনোদদা, বাবুকে তুমি সব দেখিয়ে আনো, আমি রান্নাঘরে আছি।

তুমি সঙ্গে যাবে না রাধুদিদি?

না।

উপরে উঠিয়া বিজয় ঘুরিয়া ঘুরিয়া সমস্ত দেখিল। ঘর অনেকগুলি। সাবেক কালের অনেক আসবাব এখনো ঘরে ঘরে, কতক ভাঙ্গিয়াছে, কতক ভাঙ্গার পথে। এখন তাহাদের মূল্য সামান্যই, কিন্তু একদিন ছিল। সদরবাটীর মত এ-ঘরগুলিও জরাজীর্ণ, হাড়পাঁজরা বার করা। দারিদ্র্যের দাগ সকল বস্তুতেই গাঢ় হইয়া পড়িয়াছে।

বিজয় নীচে নামিয়া আসিলে অনুরাধা রান্নাঘরের দ্বারের কাছে আসিয়া দাঁড়াইল। দরিদ্র ও দুর্দশাপন্ন হইলেও ভদ্রঘরের মেয়ে, এবার তুমি বলিয়া সম্বোধন করিতে বিজয়ের লজ্জা করিল, কহিল, আপনি কতদিন এ-বাড়িতে থাকতে চান?

ঠিক করে তো এখুনি বলতে পারিনে, যে-ক'টা দিন দয়া করে আপনি থাকতে দেন।

দিন-কয়েক পারি, কিন্তু বেশীদিন তো পারব না। তখন কোথায় যাবেন?

সেই চিন্তাই তো দিনরাত করি।

লোকে বলে, আপনি গগন চাটুয্যের ঠিকানা জানেন।

তারা আর কি বলে?

বিজয় এ প্রশ্নের উত্তর দিতে পারিল না। অনুরাধা কহিল, জানিনে তা আপনাকে আগেই বলেচি, কিন্তু জানলেও নিজের ভাইকে ধরিয়ে দেব এই কি আপনি আদেশ করেন?

তাহার কণ্ঠস্বরে তিরস্কার মাখানো। বিজয় ভারী অপ্রতিভ হইল, বুঝিল আভিজাত্যের চিহ্ন ইহার মন হইতে এখনো বিলুপ্ত হয় নাই। বলিল, না সে কাজ আপনাকে আমি করতে বলিনে, পারি নিজেই খুঁজে বার করব, তাকে পালাতে দেব না। কিন্তু এতকাল ধরে সে যে আমাদের এই সর্বনাশ করছিল— এও কি আপনি জানতে পারেন নি বলতে চান?

কোন উত্তর আসিল না।

বিজয় বলিতে লাগিল, সংসারে কৃতজ্ঞতা বলে তো একটা কথা আছে। নিজের ভাইকে এটুকু পরামর্শ কি কোনদিন দিতে পারেন নি? আমার বাবা নিতান্ত নিরীহ মানুষ, আপনাদের বংশের প্রতি তাঁর অত্যন্ত মমতা, বিশ্বাসও ছিল তেমনি বড়, তাই গগনকেই দিয়েছিলেন সমস্ত সঁপে, এ কি তারই প্রতিফল? কিন্তু নিশ্চিত জানবেন আমি দেশে থাকলে কখনও এমন ঘটতে পারত না।

অনুরাধা নীরব। কোন কথারই জবাব পাইল না দেখিয়া বিজয় মনে মনে আবার উষ্ণ হইয়া উঠিল। তাহার যেটুকু করুণা জন্মিয়াছিল সমস্ত উবিয়া গেল, কঠিন হইয়া বলিল, সবাই জানে আমি কড়া লোক, বাজে দয়ামায়া করিনে, দোষ করে আমার হাতে কেউ রেহাই পায় না, দাদার সঙ্গে দেখা হলে এটুকু অন্ততঃ তাকে জানিয়ে দেবেন।

অনুরাধা তেমনি মৌন হইয়া রহিল।

বিজয় কহিল, আজ সমস্ত বাড়িটার আমি দখল নিলাম। বাইরের ঘরগুলো পরিষ্কার হলে দিন-দুই পরে এখানে চলে আসব, মেয়েরা আসবেন তার পরে। আপনি নীচের একটা ঘরে থাকুন যে ক'দিন না যেতে পারেন, কিন্তু কোন জিনিসপত্র সরাবার চেষ্ট করবেন না।

কুমার বলিল, বাবা, তেষ্টা পেয়েচে আমি জল খাব।

এখানে জল পাব কোথায়?

অনুরাধা হাত নাড়িয়া ইশারায় তাহাকে কাছে ডাকিল, রান্নাঘরের ভিতরে আনিয়া কহিল, ডাব আছে খাবে বাবা?

হাঁ খাব।

সন্তোষ কাটিয়া দিতে ছেলেটা পেট ভরিয়া শাঁস ও জল খাইয়া বাহিরে আসিল, কহিল, বাবা তুমি খাবে? খুব মিষ্টি?

না।

খাও না বাবা, অনেক আছে। সব তো আমাদের।

কথাটা কিছুই নয়, তথাপি এতগুলি লোকের মধ্যে ছেলের মুখ হইতে কথাটা শুনিয়া হঠাৎ কেমন তাহার লজ্জা করিয়া উঠিল, কহিল, না না খাব না, তুই চলে আয়।

তিন

বাবুদের বাড়ির সদর অধিকার করিয়া বিজয় চাপিয়া বসিল। গোটা-দুই তাহার নিজের জন্য, বাকীগুলা হইল কাছারি। বিনোদ ঘোষ কোন একসময়ে জমিদারী সেরেস্তায় চাকরি করিয়াছিল, সেই সুপারিশে নিযুক্ত হইল নূতন গোমস্তা। কিন্তু ঝঞ্ঝাট মিটিল না। প্রধান কারণ, গগন চাটুয্যে টাকা আদায় করিয়া হাতে হাতে রসিদ লিখিয়া দেওয়া অপমানকর জ্ঞান করিত, যেহেতু তাহাতে অবিশ্বাসের গন্ধ আছে— সেটা চাটুয্যে বংশের অগৌরব। সুতরাং

তাহার অন্তর্ধানের পরে প্রজারা বিপদে পড়িয়াছে, মৌখিক সাক্ষ্য প্রমাণ লইয়া নিত্যই হাজির হইতেছে, কাঁদা-কাটা করিতেছে,– কে কত দিয়াছে কত বাকী রাখিয়াছে নিরূপণ করা একটা কষ্টসাধ্য জটিল ব্যাপার হইয়া উঠিয়াছে। বিজয় যত শীঘ্র কলিকাতায় ফিরিবে মনে করিয়াছিল তাহা হইল না, একদিন দুইদিন করিয়া দশ-বারোদিন কাটিয়া গেল। এদিকে ছেলেটা হইয়াছ সন্তোষের বন্ধু, বয়সে তিন-চার বছরের ছোট, সামাজিক ও সাংসারিক ব্যবধানও অত্যন্ত বৃহৎ, কিন্তু অন্য সঙ্গীর অভাবে সে মিশিয়া গেছে ইহারই সঙ্গে। ইহারই সঙ্গে থাকে বাটীর ভিতরে, ঘুরিয়া বেড়ায় বাগানে বাগানে নদীর ধারে– কাঁচা আম কুড়াইয়া পাখির বাসা খুঁজিয়া। খায় অধিকাংশ সময়ে সন্তোষের মাসীর কাছে, ডাকে তাহারি দেখাদেখি মাসীমা বলিয়া। বাহিরে টাকাকড়ি হিসাব-পত্র লইয়া বিজয় বিব্রত, সকল সময়ে ছেলের খোঁজ করিতে পারে না, যখন পারে তখন তাহার দেখা মিলে না। হঠাৎ কোনদিন হয়ত বকাঝকা করে, রাগ করিয়া কাছে বসাইয়া রাখে, কিন্তু ছাড়া পাইলেই ছেলেটা দৌড় মারে মাসীমার রান্নাঘরে। সন্তোষের পাশে বসিয়া খায় দুপুরবেলা ভাত, বিকালে তাহারি সঙ্গে ভাগাভাগি করিয়া লয় রুটি ও নারিকেল-নাড়ু।

সেদিন বিকালে লোকজন তখনো কেহ আসিয়া পৌঁছায় নাই, বিজয় চা খাইয়া চুরুট ধরাইয়া ভাবিল নদীর ধারটা খানিক ঘুরিয়া আসে। হঠাৎ মনে পড়িল সমস্তদিন ছেলেটার দেখা নাই। পুরাতন চাকরটা দাঁড়াইয়া ছিল, জিজ্ঞাসা করিল, কুমার কোথায় রে?

সে ইঙ্গিতে দেখাইয়া কহিল, বাড়ির মধ্যে।

ভাত খেয়েছিল?

না।

জোর করে ধরে এনে খাওয়াস নে কেন?

এখানে খেতে চায় না, রাগ করে ছড়িয়ে ফেলে দেয়।

কাল থেকে আমার সঙ্গে ওর খাবার জায়গা করে দিস, এই বলিয়া কি ভাবিয়া আর সে বেড়াইতে গেল না, সোজা ভিতরে গিয়া প্রবেশ করিল। সুদীর্ঘ প্রাঙ্গণের অপর প্রান্ত হইতে পুত্রের কণ্ঠস্বর কানে গেল– মাসীমা, আর একখানা রুটি আর দুটো নারকেল নাড়ু– শিগগির!

যাহাকে আদেশ করা হইল সে কহিল, নেবে আয় না বাবা, তোদের মত আমি কি গাছে উঠতে পারি?

জবাব হইল–পারবে মাসীমা, কিছু শক্ত নয়। এই মোটা ডালটায় পা দিয়ে ওই ছোট ডালটা ধরে এক টান দিলেই উঠে পড়বে।

বিজয় কাছে আসিয়া দাঁড়াইল। রান্নাঘরের সম্মুখে একটা বড় আম গাছ, তাহার দু'দিকের দুই মোটা ডালে বসিয়া কুমার ও বন্ধু সন্তোষ। পা ঝুলাইয়া গুঁড়িতে ঠেস দিয়া উভয়ের ভোজনকার্য চলিতেছে, তাহাকে দেখিয়া দু'জনেই ত্রস্ত হইয়া উঠিল। অনুরাধা রান্নাঘরের দ্বারের অন্তরালে সরিয়া দাঁড়াইল।

বিজয় জিজ্ঞাসা করিল, ওই কি ওদের খাবার জায়গা নাকি?

কেহ উত্তর দিল না। বিজয় অন্তরালবর্তিনীকে উদ্দেশ করিয়া বলিল, আপনার ওপর দেখচি ও খুব অত্যাচার করচে।

এবার অনুরাধা মৃদুকণ্ঠে জবাব দিল, বলিল, হাঁ।

তবু তো প্রশ্রয় কম দিচ্চেন না,– কেন দিচ্চেন?

না দিলে আরও বেশী উপদ্রব করবে সেই ভয়ে।

কিন্তু বাড়িতে তো এ-রকম উৎপাত করে না শুনেচি।

হয়ত করে না। ওর মা নেই, ঠাকুরমা প্রায়ই শয্যাগত, বাপ থাকেন বাইরে কাজকর্ম নিয়ে, উৎপাত করবে কার ওপর?

বিজয় ইহা জানে না তাহা নয়, তথাপি ছেলেটার যে মা নাই এই কথাটা পরের মুখে শুনিয়া তাহার ক্লেশ বোধ হইল, কহিল, আপনি দেখচি অনেক বিষয় জানেন, কে বললে আপনাকে? কুমার?

অনুরাধা ধীরে ধীরে কহিল, বলবার বয়েস ওর হয়নি, তবু ওর মুখ থেকেই শুনতে পাই। দুপুরবেলা রোদ্দুরে ওদের আমি বোরোতে দিইনে, তবু ফাঁকি দিয়ে পালায়। যেদিন পারে না আমার কাছে শুয়ে বাড়ির গল্প করে।

বিজয় তাহার মুখ দেখিতে পাইল না, কিন্তু সেই প্রথম দিনটির মত আজো সেই কণ্ঠস্বর বড় মধুর লাগিল তাই বলার জন্য নয়, কেবল শোনার জন্যই কহিল, এবার বাড়ি ফিরে গিয়ে ওর মুশকিল হবে।

কেন?

তার কারণ উপদ্রব জিনিসটা নেশার মত। না পেলে কষ্ট হয়, শরীর আইঢাই করে। কিন্তু সেখানে ওর নেশার খোরাক যোগাবে কে? দু'দিনেই তো পালাই পালাই করবে।

অনুরাধা আস্তে আস্তে বলিল, না, ভুলে যাবে– কুমার নেবে এসো বাবা, রুটি নিয়ে যাও।

কুমার বাটি হাতে করিয়া নামিয়া আসিল এবং মাসীর হাত হইতে আরও কয়েকটা রুটি ও নারিকেল নাড়ু লইয়া তাঁহারই গা ঘেঁষিয়া দাঁড়াইয়া আহার করিতে লাগিল, গাছে উঠিল না। বিজয় চাহিয়া দেখিল, সেগুলি তাহাদের ধনীগৃহের তুলনায় পদগৌরবে যেমনি হীন হউক, সত্যকার মর্যাদায় কিছুমাত্র খাটো নয়। কেন যে ছেলেটা মাসীর রান্নাঘরের প্রতি এত আসক্ত বিজয় তাহার কারণ বুঝিল। সে ভাবিয়া আসিয়াছিল কুমারের লুব্ধতায় তাঁহার অহেতুক ও অতিরিক্ত ব্যয়ের কথা তুলিয়া প্রচলিত শিষ্টবাক্যে পুত্রের জন্য সঙ্কোচ প্রকাশ করিবে এবং করিতেও যাইতেছিল, কিন্তু বাধা পড়িল। কুমার বলিল, মাসীমা, কালকের মত চন্দ্রপুলি করতে আজও যে তোমাকে বলেছিলুম, করোনি কেন?

মাসীমা কহিল, অন্যায় হয়ে গেছে বাবা, সাবধান হইনি। সমস্ত দুধ বেড়ালে উলটে ফেলে দিয়েছে– কাল আর এমন হবে না।

কোন বিড়ালটা বল তো? সাদাটা?

সেইটেই বোধ হয়, বলিয়া অনুরাধা হাত দিয়া তাহার মাথার এলোমেলো চুলগুলি সোজা করিয়া দিতে লাগিল।

বিজয় কহিল, উৎপাত তো দেখচি ক্রমশঃ জুলুমে গিয়ে ঠেকেচে।

কুমার বলিল, খাবার জল কৈ?

ঐ যাঃ, ভুলে গেছি বাবা, এনে দিচ্চি।

তুমি সবই ভুলে যাও মাসীমা। তোমার কিচ্ছু মনে থাকে না।

বিজয় বলিল, আপনার বকুনি খাওয়াই উচিত। ত্রুটি পদে পদে।

হাঁ, বলিয়া অনুরাধা হাসিয়া ফেলিল। অসতর্কতাবশতঃ এ-হাসি বিজয়ের চোখে পড়িল। পুত্রের অবৈধ আচরণের ক্ষমাভিক্ষা করা আর হইল না, পাছে তাহার ভদ্রবাক্য অভদ্র ব্যঙ্গের মত শুনায়, পাছে এই মেয়েটির মনে হয় তাহার দৈন্য ও দুর্দশাকে সে কটাক্ষ

করিতেছে।

পরদিন দুপুরবেলা অনুরাধা কুমার ও সন্তোষকে ভাত বাড়িয়া দিয়া তরকারি পরিবেশন করিতেছে, তাহার মাথার কাপড় খোলা, গায়ের বস্ত্র অসংবৃত, অকস্মাৎ দ্বারপ্রান্তে মানুষের ছায়া পড়িতে অনুরাধা ফিরিয়া চাহিয়া দেখিল, ছোটবাবু। শশব্যস্তে মাথায় আঁচল তুলিয়া দিয়া উঠিয়া দাঁড়াইল।

বিজয় বলিল, একটা অত্যন্ত জরুরী পরামর্শের জন্য আপনার কাছে এলুম। বিনোদ ঘোষ গ্রামের লোক, অনেকদিন দেখচেন, ও কি-রকম লোক বলতে পারেন? ওকে গণেশপুরের নতুন গোমস্তা বাহাল করেচি, সম্পূর্ণ বিশ্বাস করা যায় কিনা– আপনার কি মনে হয়?

বিনোদ এক সপ্তাহের অধিক কাজ করিতেছে, যথাসাধ্য ভালো কাজই করিতেছে, কোন গোলযোগ ঘটায় নাই, সহসা হন্তদন্ত হইয়া তাঁহার চরিত্রের খোঁজতল্লাস করিবার এখনই কি প্রয়োজন হইল অনুরাধা ভাবিয়া পাইল না; মৃদুকণ্ঠে জিজ্ঞাসা করিল, বিনোদদা কি কিছু করেছেন?

এখনো কিছু করেনি, কিন্তু সতর্ক হওয়া তো প্রয়োজন।

তাঁকে ভালো লোকে বলেই তো জানি।

সত্যি জানেন, না নিন্দে করবেন না বলেই ভালো বলচেন?

আমার ভাল-মন্দ বলার কি কিছু দাম আছে?

আছে বৈ কি। সে যে আপনাকেই প্রামাণ্য সাক্ষী মেনে বসেছে।

অনুরাধা একটু ভাবিয়া বলিল, উনি ভালো লোকই বটে। শুধু একটু চোখ রাখবেন। নিজের অবহেলায় ভালো লোকও মন্দ হয়ে ওঠা অসম্ভব নয়।

বিজয় কহিল, সত্যিই তাই। কারণ, অপরাধের হেতু খুঁজতে গেলে অনেক ক্ষেত্রেই অবাক হতে হয়।

ছেলেকে উদ্দেশ করিয়া বলিল, তোর ভাগ্য ভালো যে হঠাৎ এক মাসীমা পেয়ে গেছিস, নইলে এই বন-বাদাড়ের দেশে অর্ধেক দিন না খেয়ে কাটাতে হ'তো।

অনুরাধা আস্তে আস্তে জিজ্ঞাসা করিল, আপনার কি এখানে খাবার কষ্ট হচ্চে?

বিজয়া হাসিয়া বলিল, না, এমনিই বললুম। চিরকাল বিদেশে বিদেশে কাটিয়েছি, খাবার কষ্ট বড় গ্রাহ্য করিনে। বলিয়া চলিয়া গেল। অনুরাধা জানালার ফাঁক দিয়া দেখিল তাহার স্নান পর্যন্ত এখনো হয় নাই।

চার

এ বাড়িতে আসিয়া একটা পুরাতন আরাম-কেদারা যোগাড় হইয়াছিল, বিকালের দিকে তাহারি দুই হাতলে পা ছড়াইয়া দিয়া বিজয় চোখ বুজিয়া চুরুট টানিতেছিল, কানে গেল– বাবুমশাই? চোখ মেলিয়া দেখিল অনতিদূরে দাঁড়াইয়া এক বৃদ্ধ ভদ্রলোক তাহাকে সসম্মানে সম্বোধন করিতেছে। বিজয় উঠিয়া বসিল। ভদ্রলোকের বয়স ষাটের উপরে গিয়াছে, কিন্তু দিব্য গোলগাল বেঁটেখাটো শক্ত-সমর্থ দেহ। গোঁফ পাকিয়া সাদা হইয়াছে, কিন্তু মাথায় প্রশস্ত টাকের আশেপাশের চুলগুলি ভ্রমর-কৃষ্ণ। সম্মুখের গোটা কয়েক ছাড়া দাঁতগুলি প্রায় সমস্তই বিদ্যমান। গায়ে তসরের কোট, গরদের চাদর, পায়ে চীনা-বাড়ির বার্নিশ করা জুতা, ঘড়ির সোনার চেন হইতে সোনা বাঁধানো বাঘের নখ ঝুলিতেছে।

পল্লীঅঞ্চলে ভদ্রলোকটিকে অবস্থাপন্ন বলিয়াই মনে হয়। পাশে একটা ভাঙ্গা টুলের উপর বিজয়ের চুরুটের সাজ-সরঞ্জাম থাকিত, সরাইয়া লইয়া তাঁহাকে বসিতে দিল।

ভদ্রলোক বসিয়া বলিলেন, নমস্কার বাবু।

বিজয় কহিল, নমস্কার।

আগন্তুক বলিলেন, আপনারা গ্রামের জমিদার, মহাশয়ের পিতাঠাকুর হচ্ছেন কৃতী ব্যক্তি– লক্ষপতি। নাম করলে সুপ্রভাত হয়– আপনি তারই সুসন্তান। স্ত্রীলোকটিকে দয়া না করলে সে যে ভেসে যায়।

কে স্ত্রীলোক? কত টাকা বাকী?

ভদ্রলোক বলিলেন, টাকার ব্যাপার নয়। স্ত্রীলোকটি হচ্চেন ঈশ্বর অমর চাটুয্যের কন্যা– প্রাতঃস্মরণীয় ব্যক্তি– গগন চাটুয্যের বৈমাত্র ভগিনী। এ তার পৈতৃক গৃহ। সে থাকবে না চলে যাবে,– তার ব্যবস্থাও হয়েছে– কিন্তু আপনি যে তারে ঘাড় ধরে তাড়িয়ে দিচ্চেন, এ কি মশায়ের কর্তব্য?

এই অশিক্ষিত বৃদ্ধের প্রতি ক্রোধ করা চলে না বিজয় মনে মনে বুঝিল, কিন্তু কথা বলার ধরনে জ্বলিয়া গেল। কহিল, আমার কর্তব্য আমি বুঝব, কিন্তু আপনি কে যে তাঁর হয়ে ওকালতি করতে এসেছেন?

বৃদ্ধ বলিলেন, আমার নাম ত্রিলোচন গাঙ্গুলি, পাশের গ্রাম মসজিদপুরে বাড়ি– সবাই চেনে। আপনার বাপ-মায়ের আশীর্বাদে আমার কাছে গিয়ে হাত পাততে হয় না এমন লোক এদিকে কম। বিশ্বাস না হয় বিনোদ ঘোষকে জিজ্ঞেসা করবেন।

বিজয় কহিল, আমার হাত পাতবার দরকার হলে মশায়ের খোঁজ নেব, কিন্তু যাঁর ওকালতি করতে এসেছেন তাঁর আপনি কে জানতে পারি কি?

ভদ্রলোক রসিকতার ছলে ঈষৎ হাস্য করিয়া বলিলেন, কুটুম্ব। বোশেখের এই ক'টা দিন বাদে আমি ওঁকে বিবাহ করব।

বিজয় চকিত হইয়া কহিল, আপনি বিবাহ করবেন অনুরাধাকে?

আজ্ঞে হাঁ। আমার স্থির সঙ্কল্প। জ্যৈষ্ঠ ছাড়া আর দিন নেই, নইলে এই মাসেই শুভকর্ম সমাধা হয়ে যেত, থাকতে দেবার কথা আপনাকে আমার বলতেও হ'তো না।

বিজয় কিছুক্ষণ স্তব্ধ থাকিয়া প্রশ্ন করিল, বিয়ের ঘটকালি করলে কে? গগন চাটুয্যে?

বৃদ্ধ রোষ-কষায়িত চক্ষে কহিলেন, সে তো ফেরারী আসামী মশাই– প্রজাদের সর্বনাশ করে চম্পট দিয়েচে। এতদিন সেই তো বাধা দিচ্ছিল, নইলে অঘ্রানেই বিবাহ হয়ে যেত। বলে, স্বভাব-কুলীন, আমরা কৃষ্ণের সন্তান– বংশজের ঘরে বোন দেব না। এই ছিল তার বুলি। এখন সে গুমর রইল কোথায়? বংশজের ঘরে যেচে আসতে হ'লো যে! এখনকার দিনে কুল কে খোঁজে মশাই? টাকাই কুল, টাকাই মান, টাকাই সব,– বলুন ঠিক কিনা?

বিজয় বলিল, হাঁ ঠিক। অনুরাধা স্বীকার করেছেন?

ভদ্রলোক সদম্ভে জানুতে চপেটাঘাত করিয়া কহিলেন, স্বীকার? বলচেন কি মশাই, যাচা-যাচি! শহর থেকে এসে আপনি একটা তাড়া লাগাতেই দু'চোখে অন্ধকার– যাই মা তারা দাঁড়াই কোথা! নইলে আমার তো মতলব ঘুরে গিয়েছিল। ছেলেদের অমত, বৌমাদের অমত, মেয়ে-জামাইরা সব বেঁকে দাঁড়িয়েছিল,– আমিও ভেবেছিলুম দূর হোক গে, দু সংসার তো হ'লো, আর না। কিন্তু লোক দিয়ে নিজে ডেকে পাঠিয়ে রাধা কেঁদে বললে, গাঙ্গুলি মশাই, পায়ে স্থান দাও। তোমার উঠন ঝাঁট দিয়ে খাব আমার সেও ভালো।

কি করি, স্বীকার করলুম।

বিজয় নির্বাক হইয়া বসিয়া রহিল।

বৃদ্ধ বলিতে লাগিলেন, বিবাহ এ-বাড়িতেই হবে। দেখতে একটু খারাপ দেখাবে, নইলে আমার বাড়িতেই হতে পারত। গগন চাটুয্যের কে এক পিসী আছে, সে-ই কন্যা সম্প্রদান করবে। এখন কেবল মশাই রাজী হলেই হয়।

বিজয় মুখ তুলিয়া বলিল, রাজী হয়ে আমাকে কি করতে হবে বলুন? তাড়া দেব না– এই তো? বেশ, তাই হবে। এখন আপনি আসুন, নমস্কার।

নমস্কার মশাই, নমস্কার। হবেই তো হবেই তো। আপনার ঠাকুর হলেন লক্ষপতি! প্রাতঃস্মরণীয় লোক, নাম করলে পুষ্মভাত হয়।

তা হয়, আপনি এখন আসুন।

আসি মশাই আসি– নমস্কার। বলিয়া ত্রিলোচন প্রস্থান করিলেন।

লোকটি চলিয়া গেলে বিজয় চুপ করিয়া বসিয়া নিজেকে বুঝাইতেছিল যে, তাহার মাথাব্যথা করিবার কি আছে? বস্তুতঃ, এ-ছাড়া মেয়েটিরই বা উপায় কি? ব্যাপারটা অভাবিতপূর্বও নয়, সংসারে ঘটে না তাও নয়, তবে তাহার দুশ্চিন্তা কিসের? হঠাৎ বিনোদ ঘোষের কথা মনে পড়িল, সেদিন সে বলিতেছিল, অনুরাধা দাদার সঙ্গে এই বলিয়া ঝগড়া করিয়াছে যে কুলের গৌরব লইয়া সে কি করিবে, সহজে দুটা খাইতে পরিতে যদি পায় সেই যথেষ্ট।

প্রতিবাদে গগন রাগ করিয়া বলিয়াছিল, তুই কি বাপ-পিতাম'র নাম ডোবাতে চাস? অনুরাধা জবাব দিয়াছিল, তুমি তাঁদের বংশধর, নাম বজায় রাখতে পার রেখো, আমি পারব না।

এ কথার বেদনা বিজয় বুঝিল না, নিজেও সে যে কৌলীন্য-সম্মান এতটুকু বিশ্বাস করে তাও না, কিন্তু তবুও তাহার সহানুভূতি গিয়া পড়িল গগনের 'পরে এবং অনুরাধার তীক্ষ্ণ প্রত্যুত্তর যতই সে মনে মনে তোলাপাড়া করিতে লাগিল ততই তাহাকে লজ্জাহীন, লোভী ও হীন বলিয়া মনে হইতে লাগিল।

এদিকে উঠানে ক্রমশঃ লোক জমিতেছে, এইবার তাহাদিগকে লইয়া কাজ শুরু করিতে হইবে, কিন্তু আজ তাহার কিছুই ভাল লাগিল না। দারোয়ানকে দিয়া তাহাদের বিদায় করিয়া দিল এবং একাকী বসিয়া থাকিতে না পারিয়া কি ভাবিয়া সে একেবারে বাটীর মধ্যে আসিয়া উপস্থিত হইল। রান্নাঘরের সম্মুখের খোলা বারান্দায় মাদুর পাতিয়া অনুরাধা শুইয়া, তাহার দুই পাশে দুই ছেলে কুমার ও সন্তোষ,– মহাভারতের গল্প চলিতেছে। রাত্রের রান্নাটা সে বেলাবেলি সারিয়া লইয়া নিত্যই এমনি ছেলেদের লইয়া সন্ধ্যার পরে গল্প করে, তারপর কুমারকে খাওয়াইয়া বাহিরে তাহার পিতার কাছে পাঠাইয়া দেয়। জ্যোৎস্না রাত্রি, ঘন-পল্লব আমগাছের পাতার ফাঁক দিয়া আসিয়া টুকরা চাঁদের আলো স্থানে স্থানে তাহাদের গায়ের 'পরে, মুখের 'পরে পড়িয়াছে।

গাছের ছায়ায় একটা লোককে এদিকে আসিতে দেখিয়া অনুরাধা চকিত হইয়া জিজ্ঞাসা করিল, কে?

আমি বিজয়।

তিনজনেই শশব্যস্তে উঠিয়া বসিল। সন্তোষ ছোটবাবুকে অত্যন্ত ভয় করে প্রথম দিনের স্মৃতি সে ভুলে নাই, উসখুস করিয়া উঠিয়া গেল, কুমারও বন্ধুর অনুসরণ করিল।

বিজয় বলিল, ত্রিলোচন গাঙ্গুলিকে আপনি চেনেন? আজ তিনি আমার কাছে এসেছিলেন।

অনুরাধা বিস্মিত হইল, আপনার কাছে? কিন্তু আপনি তো তাঁর খাতক ন'ন।

না। কিন্তু হলে হয়ত আপনার সুবিধে হ'তো, আমার একদিনের অত্যাচার আপনি আর একদিন শোধ দিতে পারতেন।

অনুরাধা চুপ করিয়া রহিল।

বিজয় বলিল, তিনি জানিয়ে গেলেন, আপনার সঙ্গে তাঁর বিবাহ স্থির হয়েছে। এ কি সত্য?

হাঁ।

আপনি নিজে উপযাচক হয়ে তাকে রাজী করিয়েছেন?

হাঁ, তাই।

তাই যদি হয়ে থাকে এ অত্যন্ত লজ্জার কথা। শুধু আপনার নয়, আমারও।

আপনার লজ্জা কিসের?

সেই কথা জানাতেই আমি এসেছি। ত্রিলোচন বলে গেল শুধু আমার তাড়াতেই বিভ্রান্ত হয়ে নাকি আপনি এ প্রস্তাব করেছেন। বলেছেন আপনার দাঁড়াবার স্থান নেই এবং বহু সাধ্যসাধনায় তাকে সম্মত করিয়েছেন, নইলে এ বয়সে বিবাহের ইচ্ছে সে ত্যাগ করেছিল। শুধু আপনার কান্নাকাটিতে দয়া করে ত্রিলোচন রাজী হয়েছে।

হাঁ, এ-সবই সত্যি।

বিজয় কহিল, আমার তাড়া দেওয়া আমি প্রত্যাহার করচি এবং নিজের আচরণের জন্য ক্ষমা প্রার্থনা করচি।

অনুরাধা চুপ করিয়া রহিল।

বিজয় বলিল, এবার নিজের তরফ থেকে আপনি প্রস্তাব প্রত্যাহার করুন।

না, সে হয় না। আমি কথা দিয়েছি– সবাই শুনেছে– লোকে তাঁকে উপহাস করবে।

এতে করবে না? বরঞ্চ ঢের বেশী করবে। তার উপযুক্ত ছেলেমেয়েদের সঙ্গে বিবাদ বাধবে, তাদের সংসারে একটা বিশৃঙ্খলার সৃষ্টি হবে, আপনার নিজের অশান্তির সীমা থাকবে না, এ-সব কথা কি ভেবে দেখেন নি?

অনুরাধা মৃদুকণ্ঠে বলিল, দেখেচি। আমার বিশ্বাস এ-সব কিছুই হবে না।

শুনিয়া বিজয় অবাক হইয়া গেল, কহিল, সে বৃদ্ধ ক'টা দিন বাঁচবে আশা করেন?

অনুরাধা বলিল, স্বামীর পরমায়ু সংসারে সকল স্ত্রীই বেশী আশা করে। এমনও হতে পারে হাতের নোয়া নিয়ে আমি আগে চলে যাব।

বিজয় এ কথার উত্তর খুঁজিয়া পাইল না, স্তব্ধভাবে দাঁড়াইয়া রহিল। কিছুক্ষণ এমনি নীরবে কাটিলে অনুরাধা বিনীত স্বরে কহিল, আপনি আমাকে চলে যেতে হুকুম করেছেন সত্যি, কিন্তু কোনদিন তার উল্লেখ পর্যন্ত করেন নি। দয়ার যোগ্য নই, তবু যথেষ্ট দয়া করেছেন, মনে মনে আমি যে কত কৃতজ্ঞ তা জানাতে পারিনে।

বিজয়ের কাছে উত্তর না পাইয়া সে বলিতে লাগিল, ভগবান জানেন আপনার বিরুদ্ধে কারো কাছে আমি একটা কথাও বলিনি। বললে আমার অন্যায় হতো, আমার মিছে কথা হ'তো। গাঙ্গুলিমশাই যদি কিছু বলে থাকেন সে তাঁর নিজের কথা, আমার নয়। তবু তাঁর হয়ে আমি ক্ষমা প্রার্থনা করি।

বিজয় জিজ্ঞাসা করিল, আপনাদের কবে বিয়ে, তেরই জ্যৈষ্ঠ? তা হলে প্রায় মাস-খনেক বাকী রইল—না?

হাঁ তাই।

এর আর পরিবর্তন নেই বোধ করি?

বোধ হয় নেই। অন্ততঃ, সেই ভরসাই তিনি দিয়ে গেছেন।

বিজয় বহুক্ষণ নীরবে থাকিয়া কহিল, তা হলে আর কিছু আমার বলবার নেই, কিন্তু নিজের ভবিষ্যৎ জীবনটা একবার ভেবে দেখলেন না, আমার এই বড় পরিতাপ।

অনুরাধা বলিল, একবার নয়, একশো-বার ভেবে দেখেছি ছোটবাবু। এই আমার রাত্রি-দিনের চিন্তা। আপনি আমার শুভাকাঙ্ক্ষী, আপনাকে কৃতজ্ঞতা জানাবার সত্যিই ভাষা খুঁজে পাইনে, কিন্তু আপনি নিজে একবার আমার সব কথা ভেবে দেখুন দিকি। অর্থ নেই, রূপ নেই, গৃহ নেই, অভিভাবকহীন একাকী পল্লীগ্রামের অনাচার অত্যাচার থেকে কোথাও গিয়ে দাঁড়াবার স্থান নেই— বয়স হলো তেইশ-চব্বিশ— ইনি ছাড়া আমাকে কে বিয়ে করতে চাইবে বলুন তো? তখন অন্নের জন্যে কার কাছে গিয়ে হাত পেতে দাঁড়াব? শুনে আপনারই বা কি মনে হবে?

এ সবই সত্য, প্রতিবাদে কিছুই বলিবার নাই। মিনিট দুই-তিন নিরুত্তরে দাঁড়াইয়া বিজয় গভীর অনুতাপের সহিত বলিল, এ সময়ে আপনার কি আমি কোন উপকারই করতে পারিনে? পারলে খুশী হবো।

অনুরাধা কহিল, আপনি আমার অনেক উপকার করেছেন যা কেউ করত না। আপনার আশ্রয়ে আমি নির্ভয়ে আছি,— ছেলে দুটি আমার চন্দ্র-সূয্যি— এই আমার ঢের। আপনার কাছে প্রার্থনা, শুধু মনে মনে আর আমাকে আমার দাদার দোষের ভাগী করে রাখবেন না, আমি জেনে কোন অপরাধ করিনি।

সে আমি জানতে পেরেছি, আপনাকে বলতে হবে না। এই বলিয়া বিজয় ধীরে ধীরে বাহিরে চলিয়া গেল।

পাঁচ

কলিকাতা হইতে কিছু তরি-তরকারি ও ফলমূল মিষ্টান্ন আসিয়াছিল; বিজয় চাকরকে দিয়া ঝুড়িটা আনিয়া রান্নাঘরের সুমুখে নামাইয়া রাখিয়া বলিল, ঘরে আছেন নিশ্চয়ই—

ভিতরে হইতে মৃদুকণ্ঠে সাড়া আসিল, আছি।

বিজয় বলিল, মুশকিল হয়েছে আপনাকে ডাকার। আমাদের সমাজে হলে মিস চ্যাটার্জি কিংবা মিস অনুরাধা বলে অনায়াসে ডাকা চলত, কিন্তু এখানে তা অচল। আপনার ছেলে দুটোর কেউ উপস্থিত থাকলে 'তোদের মাসীকে ডেকে দে' বলে কাজ চালাতুম, কিন্তু তারাও ফেরার। কি বলে ডাকি বলুন তো?

অনুরাধা দ্বারের কাছে আসিয়া বলিল, আপনি মনিব, আমাকে রাধা বলে ডাকবেন।

বিজয় বলিল, ডাকতে আপত্তি নেই, কিন্তু মনিবানা স্বত্বের জোরে নয়। দায় ছিল গগন চাটুয্যের, কিন্তু সে দিলে গা-ঢাকা; মনিব বলে আপনি কেন মানতে যাবেন? আপনার গরজ কিসের?

ভিতর হইতে শুধু শোনা গেল, ও-কথা বলবেন না, আপনি মনিব বৈ কি।

বিজয় বলিল, সে দাবী করিনে, কিন্তু বয়সের দাবী করি। আমি অনেক বড়, নাম ধরে

ডাকলে যেন রাগ করবেন না।

বিজয় এটা দেখিয়াছে যে, ঘনিষ্ঠতা করার আগ্রহ তাহার দিক দিয়া যত প্রবলই হোক, ও-পক্ষ হইতে লেশমাত্র নাই। সে কিছুতে সুমুখে আসে না এবং সংক্ষেপে ও সম্ভ্রমের সঙ্গে বরাবরই আড়াল হইতে উত্তর দেয়। বিজয় বলিল, বাড়ি থেকে কিছু তরি-তরকারি, কিছু ফলমূল, মিষ্টি এসে পৌঁছেচে। ঝুড়িটা তুলে রাখুন, ছেলেদের দেবেন।

থাক। দরকার-মত রেখে আপনার বাইরে পাঠিয়ে দেব।

না, সে করবেন না। আমার বামুনটা রাঁধতেও জানে না, দুপুর থেকে দেখচি চাদর মুড়ি দিয়ে পড়ে আছে। কি জানি আপনাদের দেশের ম্যালেরিয়া তাকে ধরলে কিনা। তা হলে ভোগাবে।

কিন্তু ম্যালেরিয়া তো আমাদের দেশে নেই। বামুন না উঠলে এ-বেলা আপনার রাঁধবে কে?

বিজয় বলিল, এ-বেলার কথা ছেড়ে দিন, ভেবে দেখব কাল সকালে। আর কুকারটা তো সঙ্গে আছেই, শেষ পর্যন্ত চাকরকে দিয়েই কাজ চালিয়ে নিতে পারব।

কিন্তু তাতে কষ্ট হবে তো?

না। নিজের অভ্যাস আছে, শুধু কষ্ট হতে পারত ছেলের খাবার কষ্ট চোখে দেখলে। কিন্তু সে ভার তো আপনি নিয়েছেন। কি রাঁধচেন এ-বেলা? ঝুড়িটা খুলে দেখুন না যদি কাজে লাগে।

কাজে লাগবে বৈ কি। কিন্তু এ-বেলা আমার রান্না নেই।

নেই? কেন?

কুমারের একটু গা-গরম হয়েছে, রাঁধলে সে খাবার উপদ্রব করবে। ও-বেলার যা আছে তাতে সন্তোষের চলে যাবে।

গা-গরম হয়েছে তার? কোথায় আছে সে?

আছে আমার বিছানায় শুয়ে— সন্তোষের সঙ্গে গল্প করচে। আজ বলছিল বাইরে যাবে না, আমার কাছে শোবে।

বিজয় বলিল, তা শুক, কিন্তু বেশী আদর পেলে মাসীকে ছেড়ে ও-বাড়ি যেতে চাইবে না। তখন ওকে নিয়ে বিভ্রাট বাধবে।

না, বাধবে না। কুমার অবাধ্য ছেলে নয়।

বিজয় বলিল, কি হলে অবাধ্য হয় সে আপনি জানেন, কিন্তু শুনতে পাই আপনার 'পরে ও কম উৎপাত করে না।

অনুরাধা কিছুক্ষণ চুপ করিয়া থাকিয়া বলিল, ও উপদ্রব যদি করে আমার ওপরেই করে, আর কারো ওপরে না।

বিজয় বলিল, সে আমি জানি। কিন্তু মাসীই না হয় সহ্য করলে, কিন্তু জ্যাঠাইমা সইবে না। আর বিমাতা যদি আসেন, তিনি এতটুকু অত্যাচারও বরদাস্ত করবেন না। অভ্যাস বিগড়ালে ওর বিপদ ঘটবে যে।

ছেলের বিপদ ঘটবে এমন বিমাতা ঘরে আনবেন কেন? না-ই বা আনলেন।

বিজয় বলিল, আনতে হয় না, ছেলের কপাল ভাঙ্গলে বিমাতা আপনি এসে ঘরে ঢোকেন। তখন বিপদ ঠেকাতে মাসীর শরণাপন্ন হতে হয়, অবশ্য তিনি যদি রাজী হন।

অনুরাধা বলিল, যার মা নেই মাসী তাকে ফেলতে পারে না, যত দুঃখে হোক মানুষ

করে তোলেই।

কথাটা শুনে রাখলুম, বলিয়া বিজয় চলিয়া যাইতেছিল, ফিরিয়া আসিয়া কহিল, যদি অবিনয় মাপ করেন একটা কথা জিজ্ঞেসা করি।

করুন।

কুমারের চিন্তা পরে করা যাবে, কারণ তার বাপ বেঁচে আছে। তাকে যত পাষণ্ড লোকে ভাবে সে তা নয়। কিন্তু সন্তোষ? তার তো বাপ-মা দুই-ই গেছে, নতুন মেসো ত্রিলোচনের ঘরে যদি তার ঠাঁই না হয়, কি করবেন তাকে নিয়ে? ভেবেচেন সে কথা?

অনুরাধা বলিল, মাসীর ঠাঁই হবে, বোনপোর হবে না?

হওয়াই উচিত, কিন্তু যেটুকু তাঁর দেখতে পেলুম তাতে ভরসা বড় হয় না।

এ কথার জবাব অনুরাধা তৎক্ষণাৎ দিতে পারিল না, ভাবিতে একটু সময় লাগিল, তারপরে শান্ত দৃঢ়কণ্ঠে কহিল, তখন গাছতলায় দু'জনের স্থান হবে। সে কেউ বন্ধ করতে পারবে না।

বিজয় বলিল, মাসীর যোগ্য কথা অস্বীকার করিনে, কিন্তু সে সম্ভব নয়। তখন আমার কাছে তাকে পাঠিয়ে দেবেন। কুমারের বন্ধু ও, সে যদি মানুষ হয় সন্তোষও হবে।

ভিতর হইতে আর কোন জবাব আসিল না, বিজয় কিছুক্ষণ অপেক্ষা করিয়া বাহিরে চলিয়া গেল।

ঘণ্টা দুই-তিন পরে দ্বারের বাহিরে দাঁড়াইয়া সন্তোষ বলিল, মাসীমা আপনাকে খেতে ডাকচেন।

আমাকে?

হাঁ, বলিয়াই সে প্রস্থান করিল।

অনুরাধার রান্নাঘরে খাবার ঠাঁই করা। বিজয় আসনে বসিয়া বলিল, রাত্রিটা অনায়াসে কেটে যেত, কেন আবার কষ্ট করলেন?

অনুরাধা অনতিদূরে দাঁড়াইয়া ছিল, চুপ করিয়া রহিল।

ভোজ্যবস্তুর বাহুল্য নাই, কিন্তু যত্নের পরিচয় প্রত্যেকটি জিনিসে। কি পরিপাটি করিয়াই না খাবারগুলি সাজানো। আহারে বসিয়া বিজয় জিজ্ঞাসা করিল, কুমার কি খেলে?

সাগু খেয়ে সে ঘুমিয়েছে।

ঝগড়া করেনি আজ?

অনুরাধা হাসিয়া ফেলিল, বলিল, আমার কাছে শোবে বলে আজ ও ভারী শান্ত। মোটে ঝগড়া করেনি।

বিজয় বলিল, ওকে নিয়ে আপনার ঝঞ্ঝাট বেড়েচে কিন্তু আমার দোষে নয়। ও নিজেই কি করে যে আপনার সংসারের মধ্যে নিঃশব্দে ঢুকে পড়ল তাই আমি ভাবি।

আমিও ঠিক তাই ভাবি।

মনে হয়, ও বাড়ি চলে গেলে আপনার কষ্ট হবে।

অনুরাধা চুপ করিয়া রহিল, পরে বলিল, নিয়ে যাবার আগে কিন্তু আপনাকে একটি কথা দিয়ে যেতে হবে। আপনাকে চোখ রাখতে হবে ও যেন কষ্ট না পায়।

কিন্তু আমি তো থাকি বাইরে নানা কাজে ব্যস্ত, কথা রাখতে পারব বলে ভরসা হয় না।

তা হলে আমার কাছে ওকে দিয়ে যেতে হবে।

আপনি ভুলে যাচ্চেন যে সে আরও অসম্ভব। এই বলিয়া বিজয় হাসিয়া খাওয়ায় মন

দিল। একসময়ে বলিল, আমার বৌদিদিদের আসার কথা ছিল, কিন্তু তাঁরা বোধ করি আর এলেন না।

কেন?

যে খেয়ালে বলেছিলেন সম্ভবতঃ সেটা কেটে গেছে। শহরের লোক পাড়াগাঁয়ে সহজে পা বাড়াতে চান না। একপ্রকার ভালই হয়েছে। একা আমিই তো আপনার যথেষ্ট অসুবিধে ঘটিয়েছি, তাঁরা এলে সেটা বাড়ত।

অনুরাধা এ কথার প্রতিবাদ করিয়া বলিল, এ বলা আপনার অন্যায়। বাড়ি আমার নয়, আপনাদের। তবু আমিই সমস্ত জায়গা জুড়ে বসে থাকব, তাঁরা এলে রাগ করব, এর চেয়ে অন্যায় হতেই পারে না। আমার সম্বন্ধে এমন কথা ভাবা আমার প্রতি সত্যিই আপনার অবিচার। যত দয়া আমাকে করেছেন আমার দিক থেকে এই কি তার প্রতিদান?

এত কথা এমন করিয়া সে কখনো বলে নাই। জবাব শুনিয়া বিজয় আশ্চর্য হইয়া গেল,– যতটা অশিক্ষিত এই পাড়াগাঁয়ের মেয়েটিকে সে ভাবিয়াছিল তাহা নয়। একটুখানি স্থির থাকিয়া আপন অপরাধ স্বীকার করিয়া কহিল, সত্যই এ কথা বলা আমার উচিত হয়নি। যাদের সম্বন্ধে এ কথা খাটে আপনি তাদের চেয়ে অনেক বড়। কিন্তু দু-তিনদিন পরেই আমি বাড়ি চলে যাব, এখানে এসে প্রথমে আপনার প্রতি নানা দুর্ব্যবহার করেচি, কিন্তু সে না জানার জন্যে। অথচ, সংসারে এমনিই হয়, এমনিই ঘটে। তবু, যাবার আগে আমি গভীর লজ্জার সঙ্গে আপনার ক্ষমা ভিক্ষা করি।

অনুরাধা মৃদুকণ্ঠে বলিল, ক্ষমা আপনি পাবেন না।

পাব না? কেন?

এসে পর্যন্ত যে অত্যাচার করেছেন তার ক্ষমা নেই, এই বলিয়া সে হাসিয়া ফেলিল।

প্রদীপের স্বল্প আলোকে তাহার হাসিমুখ বিজয়ের চোখে পড়িল এবং মুহূর্তকালের এক অজানা বিস্ময়ে সমস্ত অন্তরটা দুলিয়া উঠিয়াই আবার স্থির হইল। ক্ষণকাল নির্বাক থাকিয়া বলিল, সেই ভালো, ক্ষমায় কাজ নেই। অপরাধী বলেই যেন চিরকাল মনে পড়ে।

উভয়েই নীরব। মিনিট দুই-তিন ঘরটা সম্পূর্ণ নিস্তব্ধ হইয়া রহিল।

নিঃশব্দতা ভঙ্গ করিল অনুরাধা। জিজ্ঞাসা করিল, আপনি আবার কবে আসবেন?

মাঝে মাঝে আসতেই হবে জানি, যদিচ দেখা আর হবে না।

ও পক্ষ হইতে ইহার প্রতিবাদ আসিল না, বুঝা গেল ইহা সত্য।

খাওয়া শেষ হইলে বিজয় বাহিরে যাইবার সময়ে অনুরাধা বলিল, ঝুড়িটায় অনেক রকম তরকারি আছে, কিন্তু বাইরে আর পাঠালুম না। কাল সকালেও আপনি এখানেই খাবেন।

তথাস্তু। কিন্তু বুঝেছেন বোধ করি সাধারণের চেয়ে ক্ষিদেটা আমার বেশী। নইলে প্রস্তাব করতুম শুধু সকালে নয়, নেমন্তন্নর মেয়াদটা বাড়িয়ে দিন যে-কটা দিন থাকি, আপনার হাতে খেয়েই যেন বাড়ি চলে যেতে পারি।

উত্তর আসিল, সে আমার সৌভাগ্য।

পরদিন প্রভাতেই বহুবিধ আহার্য-দ্রব্য অনুরাধার রান্নাঘরের বারান্দায় আসিয়া পৌঁছিল। সে আপত্তি করিল না, তুলিয়া রাখিল।

ইহার পরে তিন দিনের স্থলে পাঁচ দিন কাটিল। কুমার সম্পূর্ণ সুস্থ হইয়া উঠিল। এই কয়দিন বিজয় ক্ষোভের সহিত লক্ষ্য করিল যে, আতিথ্যের ত্রুটি কোনদিকে নাই, কিন্তু পরিচয়ের দূরত্ব তেমনি অবিচলিত রহিল, কোন ছলেই তিলার্ধ সন্নিকটবর্তী হইল না।

বারান্দায় খাবার জায়গা করিয়া দিয়া অনুরাধা ঘরের মধ্যে হইতে সাজাইয়া গুছাইয়া দেয়, পরিবেশন করে সন্তোষ। কুমার আসিয়া বলে, বাবা, মাসীমা বললেন মাছের তরকারিটা অতখানি পড়ে থাকলে চলবে না, আর একটু খেতে হবে। বিজয় বলে, তোমার মাসীমাকে বল গে বাবাকে রাক্ষস ভাবা তাঁর অন্যায়। কুমার ফিরিয়া আসিয়া বলে, মাছের তরকারি থাক, ও বোধ হয় ভালো হয়নি, কিন্তু কালকের মত বাটিতে দুধ পড়ে থাকলে তিনি দুঃখ করবেন। বিজয় শুনাইয়া বলিল, তোমার মাসী যেন কাল থেকে গামলার বদলে বাটিতে করেই দুধ দেন, তা হলে পড়ে থাকবে না।

ছয়

এমনি করিয়া এই পাঁচটা দিন কাটিল। মেয়েদের যত্নের ছবিটা বিজয়ের মনে ছিল চিরদিনই অস্পষ্ট, মাকে সে ছেলেবেলা হইতে অসুস্থ ও অপটু দেখিয়াছে, গৃহিণীপনার কোন কর্তব্যই তিনি সম্পূর্ণ করিয়া উঠিতে পারেন নাই— নিজের স্ত্রীও ছিল মাত্র বছর-দুই জীবিত— তখন তাহার পাঠ্যাবস্থা। ইহার পরে হইতে দীর্ঘকাল কাটিয়া গেল সুদূর প্রবাসে। সেদিকের অভিজ্ঞতার ভালো-মন্দ অনেক স্মৃতি মাঝে মাঝে মনে পড়ে, কিন্তু সমস্তই যেন অবাস্তব বইয়ে পড়া কল্পিত কাহিনী। জীবনের সত্য প্রয়োজনে একেবারে সম্বন্ধবিহীন।

আর আছে তাহার দাদার স্ত্রী প্রভাময়ী। যে পরিবারে বৌদিদিদের বিচার চলে, ভালো-মন্দর আলোচনা হয়, সে পরিবার তাহাদের নয়। মাকে অনেকদিন কাঁদিতে দেখি য়াছে, বাবা বিরক্ত ও বিমর্ষ হইয়াছেন, কিন্তু এ-সকল সে নিজেই অসঙ্গত ও অনধিকার চর্চা মনে করিয়াছে। জ্যাঠাইমা দেবর-পুত্রের খোঁজ না রাখিলে, বধূ শ্বশুর-শাশুড়ীর সেবা না করিলে যে প্রচণ্ড অপরাধ হয়, এ ধারণা তাহার নয়। তাহার নিজের স্ত্রীকেও অনুরূপ আচরণ করিতে দেখিলে সে যে মর্মাহত হইত তাহাও নয়। কিন্তু তাহার এতকালের ধারণাকে এই শেষের পাঁচটা দিন যেন ধাক্কা দিয়া নড়বড়ে করিয়া দিল। আজ সন্ধ্যার ট্রেনে তাহার যাত্রা করিবার সময়, চাকর জিনিসপত্র বাঁধিয়া প্রস্তুত করিতেছে, আর ঘণ্টা-কয়েক মাত্র দেরি, সন্তোষ আসিয়া আড়াল হইতে বলিল, মাসীমা খেতে ডাকচেন।

এমন সময়ে?

হাঁ, বলিয়াই সে সরিয়া পড়িল।

বিজয় ভিতরে আসিয়া দেখিল যথারীতি বারান্দায় আসন পাতিয়া ঠাঁই করা হইয়াছে; মাসীর গলা ধরিয়া কুমার ঝুলিতেছিল, তাহার হাত হইতে নিজেকে মুক্ত করিয়া অনুরাধা রান্নাঘরে গিয়া প্রবেশ করিল।

আসনে বসিয়া বিজয় কহিল, এ কি ব্যাপার!

ভিতর হইতে অনুরাধা বলিল, দুটি খিচুড়ি বেঁধে রেখেচি, খেতে বসুন।

জবাব দিতে গিয়া আজ বিজয়কে গলাটা একটু পরিষ্কার করিয়া লইতে হইল, কহিল, অসময়ে কেন আবার কষ্ট করতে গেলেন? আর যদি করলেন খান-কতক লুচি ভেজে দিলেই হ'তো।

অনুরাধা কহিল, লুচি তো আপনি খান না। বাড়ি পৌঁছতে রাত্রি দুটো-তিনটে বাজবে, না খেয়ে উপোস করে গেলেই কি কষ্ট আমার কম হবে? কেবলি মনে পড়বে ছেলেটা না খেয়ে গাড়িতে ঘুমিয়ে পড়েছে।

বিজয় নীরবে কিছুক্ষণ আহার করিয়া বলিল, বিনোদকে বলে গেলুম সে যেন আপনাকে

দেখে। যে-ক'টা দিন এ-বাড়িতে আছেন যেন অসুবিধে কিছু না হয়।

সে আবার কিছুক্ষণ নীরবে থাকিয়া বলিল, আর একটা কথা জানিয়ে যাই। যদি দেখা হয় গগনকে বলবেন, আমি তাকে মাপ করেচি, কিন্তু এ গাঁয়ে যেন আর না সে আসে। এলে ক্ষমা করব না।

কখনো দেখা হলে তাঁকে জানাব, এই বলিয়া অনুরাধা ক্ষণকাল মৌন থাকিয়া কহিল, মুশকিল হয়েছে কুমারকে নিয়ে। আজ সে কিছুতেই যেতে চাচ্চে না। অথচ কেন যে চাচ্চে না তাও বলে না।

বিজয় কহিল, বলতে চায় না নিজেই জানে না বলে। অথচ, মনে মনে বোঝে সেখানে গেলে ওর কষ্ট হবে।

কষ্ট হবে কেন?

সে বাড়ির নিয়ম ওই। কিন্তু হ'লোই বা কষ্ট, এর মধ্যে দিয়েই তো ও এত বড় হ'লো।

তা হলে গিয়ে কাজ নেই। থাক আমার কাছে।

বিজয় সহাস্যে কহিল, আমার আপত্তি নেই, কিন্তু বড়জোর এই মাসটা, তার বেশী তো থাকতে পারবে না– তাতে লাভ কি?

উভয়েই মৌন হইয়া রহিল।

অনুরাধা বলিল, ওর বিমাতা যিনি আসবেন শুনেচি তিনি শিক্ষিতা মেয়ে।

হ্যাঁ, তিনি বি.এ. পাস করেছেন।

কিন্তু, বি. এ. পাস তো ওর জ্যাঠাইমাও করেছেন।

নিশ্চয় করেছেন। কিন্তু বি. এ. পাসের কেতাবের মধ্যে দেওরপোকে যত্ন করার কথা লেখা নেই। সে পরীক্ষা তাঁকে দিতে হয়নি।

কিন্তু রুগ্ন শ্বশুর-শাশুড়ী? সে কথাও কি কেতাবে লেখে না?

না। এ প্রস্তাব আরও হাস্যকর।

হাস্যকর নয় এমন কি কিছু আছে?

আছে। বিন্দুমাত্র অনুযোগ না করাই হচ্ছে আমাদের সমাজের সুভদ্র বিধি।

অনুরাধা ক্ষণকাল মৌন থাকিয়া বলিল, এ বিধি আপনাদেরই থাক। কিন্তু যে বিধি সকলের সমান সে হচ্চে এই যে, ছেলের চেয়ে বি.এ. পাস বড় নয়। এমন মেয়েকে ঘরে আনা অনুচিত।

কিন্তু আনতে কাউকে তো হবেই। যে দলের আবহাওয়ার মধ্যে গিয়ে আমরা দাঁড়িয়েছি সেখানে বি. এ. পাস নইলে মানও বাঁচে না, মনও বোঝে না। এবং বোধ হয় ঘরও চলে না। মা-বাপ-মরা বোনপোর জন্যে গাছতলা স্বীকার করে নিতে চায় এমন মেয়ে নিয়ে আমাদের বনবাস করা চলে, কিন্তু সমাজে বাস করা চলে না।

অনুরাধার কণ্ঠস্বর পলকের জন্য তীক্ষ্ণ হইয়া উঠিল– না, সে হবে না। একজন নির্দয় বিমাতার হাতে তুলে দিতে ওকে আপনি পারবেন না।

বিজয় কহিল, সে ভয় নেই। কারণ, তুলে দিলেও হাত থেকে আপনিই গড়িয়ে কুমার নীচে এসে পড়বে। কিন্তু তাই বলে তিনি নির্দয়ও নয়, এবং আমার ভাবী পত্নীর স্বপক্ষে আপনার কথার আমি তীব্র প্রতিবাদ করি। মার্জিত রুচিসম্মত উদাস অবহেলায় তাঁদের নেতিয়ে-পড়া আত্মীয়তায় বর্বরতার লেশ নেই। ও দোষটা দেবেন না।

অনুরাধা হাসিয়া বলিল, প্রতিবাদ যত খুশি করুন, কিন্তু জিজ্ঞেসা করি, নেতিয়ে-পড়া

আত্মীয়তার মানেটা হ'লো কি?

বিজয় বলিল, ও আমাদের বড় সার্কেলের পারিবারিক বন্ধন। ওর কোড আলাদা, চেহারা স্বতন্ত্র। ওর শেকড় টানে না রস, পাতার রঙ সবুজ না হতেই ধরে হলুদের বর্ণ। আপনি পাড়াগাঁয়ে গৃহস্থঘরের মেয়ে, ইস্কুলে-কলেজে পড়ে পাস করেন নি, পার্টিতে পিকনিকে মেশেন নি, ওর নিগূঢ় অর্থ আপনাকে আমি বোঝাতে পারব না, কেবল এইটুকু আশ্বাস দিতে পারি কুমারের বিমাতা এসে তাকে বিষ খাওয়াবার আয়োজনও করবেন না, চাবুক-হাতে তাড়া করেও বেড়াবেন না। কারণ সে মার্জিত রুচিবিরুদ্ধ আচরণ। সুতরাং সেদিকে নির্ভয় হতে পারেন।

অনুরাধা বলিল, আমি তাঁর কথা ছেড়ে দিলুম, কিন্তু আপনি নিজে দেখবেন কথা দিন। এই আমার মিনতি।

বিজয় কহিল, কথা দিতেই ইচ্ছে করে, কিন্তু, আমার স্বভাবও আলাদা, অভ্যাসও আলাদা। আপনার আগ্রহ স্মরণ করে মাঝে মাঝে দেখবার চেষ্টা করব, কিন্তু যতটা আপনি চান তা পেরে উঠব মনে হয় না। কিন্তু আমার খাওয়া শেষ হ'লো এখন যাই। যাবার উদ্যোগ করি গে। বলিয়া সে উঠিয়া পড়িল, কহিল, রইল কুমার আপনার কাছে, ওকে ছাড়বার দিন এলে দেবেন বিনোদকে দিয়ে কলকাতায় পাঠিয়ে। প্রয়োজন হয় অসঙ্কোচে সন্তোষকেও সঙ্গে দেবেন। প্রথমে এসে যে ব্যবহার করেচি ঠিক সেই আমার প্রকৃতি নয়। এ ভরসা আর একবার দিয়ে চললুম– আমার বাড়িতে কুমারের চেয়ে বেশী অনাদর সন্তোষের ঘটবে না।

বাড়ির সম্মুখে ঘোড়ার গাড়ি দাঁড়াইয়া, জিনিসপত্র বোঝাই দেওয়া হইয়াছে; বিজয় উঠিতে যাইতেছে, কুমার বলিল, বাবা, মাসীমা ডাকচেন একবার।

সদর দরজার পাশে দাঁড়াইয়া অনুরাধা কহিল, প্রণাম করব বলে ডেকে পাঠালুম, আবার কবে যে করতে পাবো জানিনে। এই বলিয়া গলায় আঁচল দিয়া দূর হইতে প্রণাম করিল। উঠিয়া দাঁড়াইয়া কুমারকে কোলের কাছে টানিয়া লইয়া বলিল, ঠাকুরমাকে ভাবতে বারণ করবেন। যে-ক'টা দিন ছেলেটা আমার কাছে রইল অযত্ন হবে না।

বিজয় হাসিয়া বলিল, বিশ্বাস করা কঠিন।

কঠিন কার কাছে? আপনার কাছেও নাকি? বলিয়া সেও হাসিতে গিয় দু'জনের চোখাচোখি হইল। বিজয় স্পষ্ট দেখিতে পাইল তাহার চোখের পাতা দুটি জলে ভিজা। মুখ নামাইয়া বলিল, কুমারকে নিয়ে গিয়ে কিন্তু কষ্ট দেবেন না যেন। আর বলতে পাব না বলেই বার বার করে বলে রাখচি। আপনাদের বাড়ির কথা মনে হলে ওকে পাঠাতে আমার ইচ্ছে হয় না।

না-ই বা পাঠালেন।

প্রত্যুত্তরে সে শুধু একটা নিঃশ্বাস চাপিয়া চুপ করিয়া রহিল।

বিজয় বলিল, যাবার পূর্বে আপনার প্রতিশ্রুতির কথাটা আর একবার স্মরণ করিয়ে দিয়ে যাই। কথা দিয়েছেন কখনো কিছু প্রয়োজন হলে চিঠি লিখে আমাকে জানাবেন।

আমার মনে আছে। জানি, গাঙ্গুলিমশায়ের কাছে ভিক্ষুকের মতই আমাকে চাইতে হবে, মনের সমস্ত ধিক্কার বিসর্জন দিয়েই চাইতে হবে, কিন্তু আপনার কাছে তা নয়। যা চাইব স্বচ্ছন্দে চাইব।

কিন্তু মনে থাকে যেন, এই বলিয়া বিজয় যাইতে উদ্যত হইলে সে কহিল, তবে আপনিও একটা প্রতিশ্রুতি দিয়ে যান। বলুন প্রয়োজন হলে আমাকেও জানাবেন?

জানাবার মত আমার কি প্রয়োজন হবে অনুরাধা?

তা কি করে জানব। আমার আর কিছু নেই, কিন্তু প্রয়োজন হলে প্রাণ দিয়ে সেবা করতেও তো পারব।

আপনাকে ওরা করতে দেবে কেন?

আমাকে কেউ বাধা দিতে পারবে না।

সাত

কুমার আসে নাই শুনিয়া মা আতঙ্কে শিহরিয়া উঠিলেন– সে কি কথা রে! যার সঙ্গে ঝগড়া তার কাছেই ছেলে রেখে এলি?

বিজয় বলিল, যার সঙ্গে ঝগড়া সে গিয়ে পাতালে ঢুকেচে মা, তাকে খুঁজে বার করে সাধ্য কার? তোমার নাতি রইল তার মাসীর কাছে। দিন-কয়েক পরেই আসবে।

হঠাৎ মাসী এল কোথা থেকে রে?

বিজয় বলিল, ভগবানের তৈরী সংসারে হঠাৎ কে যে কোথা থেকে এসে পৌঁছায়, মা, কেউ বলতে পারে না। যে তোমার টাকাকড়ি নিয়ে ডুব মেরেছে এ সেই গগন চাটুয্যের ছোটবোন। বাড়ি থেকে একেই তাড়াব বলে লাঠিসোঁটা পিয়াদা-পাইক নিয়ে রণসজ্জায় যাত্রা করেছিলুম, কিন্তু তোমার আপনার নাতিই করলে গোল। এমনি তার আঁচল চেপে রইল যে দু'জনকে একসঙ্গে না তাড়ালে আর তাড়ানো চলল না।

মা ব্যাপারটা আন্দাজ করিয়া জিজ্ঞাসা করিলেন, কুমার বুঝি তার খুব অনুগত হয়ে পড়েচে? মেয়েটা খুব যত্নআত্তি করে বুঝি? বাছা যত্ন তো কখনো পায় না। এই বলিয়া তিনি নিজের অস্বাস্থ্য স্মরণ করিয়া নিঃশ্বাস ফেলিলেন।

বিজয় বলিল, আমি ছিলুম বাইরে, বাড়ির ভেতরে কে কাকে কি যত্ন করত চোখে দেখিনি, কিন্তু আসবার সময়ে কুমার মাসীকে ছেড়ে কিছুতে আসতে চাইলে না।

মার তথাপি সন্দেহ ঘুচিল না, বলিলেন, ওরা পাড়াগাঁয়ের মেয়ে, কত রকম জানে। সঙ্গে না এনে ভালো করিস নি বাবা।

বিজয় বলিল, তুমি নিজে পাড়াগাঁয়ের মেয়ে হয়ে পাড়াগাঁয়ের বিরুদ্ধে তোমার এই নালিশ! শেষকালে তোমার বিশ্বাস গিয়ে পড়ল বুঝি শহরের মেয়ের ওপর?

শহরের মেয়ে! তাঁদের চরণে কোটী কোটী নমস্কার!– এই বলিয়া মা দুই হাত এক করিয়া কপালে ঠেকাইলেন।

বিজয় হাসিয়া ফেলিল।

মা বলিলেন, হাসচিস কি রে! আমার দুঃখ কেবল আমিই জানি, আর জানেন তিনি। বলিতে বলিতে তাঁহার চোখ ছলছল করিয়া আসিল, কহিলেন, আমরা যখনকার, সে পাড়াগাঁ কি আর আছে বাবা? দিন-কাল সব বদলে গেছে।

বিজয় বলিল, অনেক বদলেছে, কিন্তু যতদিন তোমরা বেঁচে আছ বোধ হয় তোমাদের পুণ্যেই এখনো কিছু বাকী আছে মা, একেবারে লোপ পায়নি। তারই একটুখানি এবারে দেখে এলুন। কিন্তু তোমাকে যে সে জিনিস দেখাবার জো নেই এই দুঃখটাই মনে রইল। এই বলিয়া সে অফিসে বাহির হইয়া গেল। অফিসের কাজের তাড়াতেই ব্যস্ত হইয়া তাহাকে চলিয়া আসিতে হইয়াছে।

বিকালে অফিস হইতে ফিরিয়া বিজয় ও মহলে বৌদিদির সঙ্গে দেখা করিতে গেল। গিয়া দেখিল সেখানে বাধিয়াছে কুরুক্ষেত্র কাণ্ড। প্রসাধনের জিনিসপত্র ইতস্ততঃ বিক্ষিপ্ত, দাদা ইজিচেয়ারের হাতলে বসিয়া প্রবল-কণ্ঠে বলিতেছেন, কখ্‌খনো না। যেতে হয় একলা যাও। এমন কুটুম্বিতেয় আমি দাঁড়িয়ে— ইত্যাদি।

অকস্মাৎ বিজয়কে দেখিয়া প্রভা হাউমাউ করিয়া কাঁদিয়া ফেলিল,— ঠাকুরপো, তারা যদি সিতাংশুর সঙ্গে অনিতার বিয়ে ঠিক করে থাকে সে কি আমার দোষ? আজ পাকাদেখা, উনি বলচেন যাবেন না। তার মানে আমাকেও যেতে দেবেন না।

দাদা গর্জিয়া উঠিলেন— তুমি জানতে না বলতে চাও? আমাদের সঙ্গে এ জুচ্চুরি চালাবার এতদিন কি দরকার ছিল?

কথাটা সহসা ধরিতে না পারিয়া বিজয় হতবুদ্ধি হইল, কিন্তু বুঝিতেও বিলম্ব হইল না, কহিল, রসো রসো। হয়েচে কি বল তো? অনিতার সঙ্গে সিতাংশু ঘোষালের বিয়ের সম্বন্ধ পাকা হয়েছে? আজই তার পাকাদেখা? I am thrown completely overboardæ

দাদা হুঙ্কার দিলেন— হুঁ। আর উনি বলতে চান কিছুই জানতেন না।

প্রভা কাঁদিয়া বলিল, আমি কি করতে পারি ঠাকুরপো। দাদা রয়েচেন, মা রয়েচেন, মেয়ে নিজে বড় হয়েচে, তারা যদি কথা ভাঙ্গে আমার দোষ কি?

দাদা বলিলেন, দোষ এই যে তারা ধাপ্পাবাজ ভণ্ড মিথ্যেবাদী। একদিকে কথা দিয়ে আর একদিকে গোপনে টোপ ফেলে বসেছিল। এখন লোকে মুখ টিপে হাসবে,— আমি ক্লাবে পার্টিতে লজ্জায় মুখ দেখাতে পারব না।

প্রভা তেমনি কান্নার সুরে বলিতে লাগিল, এমনধারা কি আর হয় না? তাতে তোমার লজ্জা কিসের?

আমার লজ্জা সে তোমার বোন বলে। আমার শ্বশুরবাড়ির সবাই জোচ্চোর বলে। তাতে তোমারও একটা বড় অংশ আছে বলে।

দাদার মুখের প্রতি চাহিয়া এবার বিজয় হাসিয়া ফেলিল, কিন্তু তৎক্ষণাৎ হেঁট হইয়া প্রভার পায়ের ধূলা মাথায় লইয়া প্রসন্নমুখে কহিল, বৌদি, দাদা যত গর্জনই করুন, আমি রাগ বা দুঃখ তো করবই না, বরঞ্চ সত্যিই যদি এতে তোমার অংশ থাকে, তোমার কাছে আমি চিরকৃতজ্ঞ থাকব। মুখ ফিরাইয়া বলিল, দাদা, রাগ করা তোমার সত্যিই বড় অন্যায়। এ ব্যাপারে কথা দেওয়ার কোন অর্থ নেই যদি পরিবর্তনের সুযোগ থাকে। বিয়েটা তো ছেলেখেলা নয়। সিতাংশু আই. সি. এস. হয়ে ফিরেচে। সে একটা বড় দরের লোক। অনিতা দেখতে ভালো, বি. এ. পাস করেছে— আর আমি? এখানেও পাস করিনি, বিলেতেও সাত-আট বচ্ছর কাটিয়ে একটা ডিগ্রি যোগাড় করতে পারিনি,— সম্প্রতি কাঠের দোকানে কাঠ বিক্রি করে খাই, না আছে পদ-গৌরব, না আছে খেতাব। অনিতা কোন অন্যায় করেনি দাদা।

দাদা সরোষে কহিলেন, একশো বার অন্যায় করেছে। তুই বলতে চাস এতে তোর কোন কষ্টই হয়নি?

বিজয় কহিল, দাদা, তুমি গুরুজন— মিথ্যে বলব না— এই তোমার পা ছুঁয়ে বলচি, আমার এতটুকু দুঃখ নেই। নিজের পুণ্যে তো নয়, কার পুণ্যে ঘটল জানিনে, কিন্তু মনে হচ্ছে যেন আমি বেঁচে গেলুম। বৌদি, চল আমি তোমাকে নিয়ে যাই। দাদার ইচ্ছে হয় রাগ করে ঘরে বসে থাকুন, কিন্তু আমরা চল তোমার বোনের পাকাদেখায় পেট-পুরে খেয়ে আসি গে।

প্রভা তাহার মুখের প্রতি চাহিয়া বলিল, তুমি কি আমাকে ঠাট্টা করচো ঠাকুরপো?

না বৌদি, ঠাট্টা করিনি। আজ একান্ত-মনে তোমার আশীর্বাদ প্রার্থনা করি, তোমার বরে ভাগ্য যেন এবার আমাকে মুখ তুলে চায়। কিন্তু আর দেরি ক'রো না, তুমি কাপড় পরে নাও, আমিও অফিসের পোশাকটা ছেড়ে আসি গে। – বলিয়া সে দ্রুত চলিয়া যাইতেছিল, দাদা বলিলেন, তোর নেমন্তন্ন নেই, তুই সেখানে যাবি কি করে?

বিজয় থমকিয়া দাঁড়াইয়া বলিল, তা বটে। তারা হয়ত লজ্জা পাবে। কিন্তু বিনা আহ্বানে কোথাও যেতেই আজ আমার সঙ্কোচ নেই, ছুটে গিয়ে বলতে ইচ্ছে হচ্ছে, অনিতা, তুমি আমাকে ঠকাও নি, তোমার উপর আমার রাগ নেই, জ্বালা নেই,– প্রার্থনা করি তুমি সুখী হও। দাদা, আমার মিনতি রাখো, রাগ করে থেকো না, বৌদিদিকে নিয়ে যাও, অন্ততঃ আমার হয়েও অনিতাকে আশীর্বাদ করে এসো তোমরা।

দাদা ও বৌদি উভয়েই হতবুদ্ধির মত তাহার প্রতি চাহিয়া রহিল। সহসা উভয়েরই চোখে পড়িল বিজয়ের মুখের 'পরে বিদ্রূপের সত্যই কোন চিহ্ন নাই, ক্রোধের অভিমানের লেশমাত্র ছায়া কণ্ঠস্বরে পড়ে নাই– সত্যই যেন কোন সুনিশ্চিত বিপদের ফাঁস এড়াইয়া মন তাহার অকৃত্রিম পুলকে ভরিয়া গেছে। বোনের কাছে এ ইঙ্গিত উপভোগ্য নয়, অপমানের ধাক্কায় প্রভার অন্তরটা সহসা জ্বলিয়া গেল, কি যেন একটা বলিতেও চাহিল, কিন্তু কণ্ঠ রুদ্ধ হইয়া রহিল।

বিজয় বলিল, বৌদি, আমার সকল কথা বলবার আজও সময় আসেনি, কখনো আসবে কিনা তাও জানিনে, যদি আসে কোনদিন, সেদিন কিন্তু তুমিও বলবে, ঠাকুরপো, তুমি ভাগ্যবান ভাই। তোমাকে আশীর্বাদ করি।

সতী

এক

হরিশ পাবনার একজন সম্ভ্রান্ত ভাল উকিল। কেবল ওকালতি হিসাবেই নয়, মানুষ হিসাবেও বটে। দেশের সর্বপ্রকার সদনুষ্ঠানের সহিতই সে অল্প-বিস্তর সংশ্লিষ্ট। শহরের কোন কাজই তাহাকে বাদ দিয়া হয় না। সকালে 'দুর্নীতি-দমন' সমিতির কার্যকরী সভার একটা বিশেষ অধিবেশন ছিল, কাজ সারিয়া বাড়ি ফিরিতে বিলম্ব হইয়া গেছে, এখন কোনমতে দুটি খাইয়া লইয়া আদালতে পৌঁছিতে পারিলে হয়। বিধবা ছোটবোন উমা কাছে বসিয়া তত্ত্বাবধান করিতেছিল পাছে বেলার অজুহাতে খাওয়ার ত্রুটি ঘটে।

স্ত্রী নির্মলা ধীরে ধীরে প্রবেশ করিয়া অদূরে উপবেশন করিল, কহিল, কালকের কাগজে দেখলাম আমাদের লাবণ্যপ্রভা আসছেন এখানকার মেয়ে-ইস্কুলের ইনস্পেক্ট্রেস হয়ে।

এই সহজ কথা কয়টির ইঙ্গিত অতীব গভীর।

উমা চকিত হইয়া কহিল, সত্যি নাকি? তা লাবণ্য নাম এমন তো কত আছে বৌদি!

নির্মলা বলিল, তা আছে। ওঁকে জিজ্ঞেসা করছি।

হরিশ মুখ তুলিয়া সহসা কটুকণ্ঠে বলিয়া উঠিল, আমি জানব কি ক'রে শুনি? গভর্নমেন্ট কি আমার সঙ্গে পরামর্শ করে লোক বাহাল করে নাকি?

স্ত্রী স্নিগ্ধস্বরে জবাব দিল, আহা, রাগ কর কেন, রাগের কথা তো বলিনি। তোমার তদবির তাগাদায় যদি কারও উপকার হয়ে থাকে সে তো আহ্লাদের কথা। এই বলিয়া যেমন আসিয়াছিল, তেমনি মন্থর মৃদুপদে বাহির হইয়া গেল।

উমা শশব্যস্ত হইয়া উঠিল– আমার মাথা খাও দাদা, উঠো না– উঠো না–

হরিশ বিদ্যুৎ-বেগে আসন ছাড়িয়া উঠিল– নাঃ, শান্তিতে একমুঠো খাবারও জো নেই। উঃ! আত্মঘাতী না হলে আর–, বলিতে বলিতে দ্রুতবেগে বাহির হইয়া গেল। যাবার পথে স্ত্রীর মধুর কণ্ঠ কানে গেল, তুমি কোন দুঃখে আত্মঘাতী হবে? যে হবে সে একদিন জগৎ দেখবে।

এইখানে হরিশের একটু পূর্ববৃত্তান্ত বলা প্রয়োজন। এখন তাহার বয়স চল্লিশের কম নয়, কিন্তু কম যখন সত্যই ছিল সেই পাঠ্যাবস্থার একটু ইতিহাস আছে। পিতা রামমোহন তখন বরিশালের সব-জজ। হরিশ এম এ পরীক্ষার পড়া তৈরি করিতে কলিকাতার মেস ছাড়িয়া বরিশালে আসিয়া উপস্থিত হইল। প্রতিবেশী ছিলেন হরকুমার মজুমদার। স্কুল-ইনস্পেক্টর। লোকটি নিরীহ, নিরহঙ্কার এবং অগাধ পণ্ডিত। সরকারী কাজে ফুরসত পাইলে এবং সদরে

থাকিলে মাঝে মাঝে আসিয়া সদরআলা বাহাদুরের বৈঠকখানায় বসিতেন। অনেকেই আসিতেন। টাকওয়ালা মুন্সেফ, দাড়ি-ছাঁটা ডেপুটি, মহাস্থবির সরকারী উকিল এবং শহরের অন্যান্য মান্যগণ্যের দল সন্ধ্যার পরে কেহই প্রায় অনুপস্থিত থাকিতেন না। তাহার কারণ ছিল। সদরআলা নিজে ছিলেন নিষ্ঠাবান হিন্দু। অতএব আলাপ-আলোচনার অধিকাংশই হইত ধর্ম সম্বন্ধে। এবং যেমন সর্বত্র ঘটে, এখানেও তেমনি অধ্যাত্ম-তত্ত্বকথার শাস্ত্রীয় মীমাংসা সমাধা হইত খণ্ডযুদ্ধের অবসানে।

সেদিন এমনি একটা লড়াইয়ের মাঝখানে হরকুমার তাঁহার বাঁশের ছড়িটি হাতে করিয়া আস্তে আস্তে আসিয়া উপস্থিত হইলেন। এই সকল যুদ্ধ-বিগ্রহ ব্যাপারে কোনদিন তিনি কোন অংশ গ্রহণ করিতেন না। নিজে ব্রাহ্মসমাজভুক্ত ছিলেন বলিয়াই হউক, অথবা শান্ত মৌন প্রকৃতির মানুষ ছিলেন বলিয়াই হউক, চুপ করিয়া শোনা ছাড়া গায়ে পড়িয়া অভিমত প্রকাশ করিবার চঞ্চলতা তাঁহার একটি দিনও প্রকাশ পায় নাই। আজ কিন্তু অন্যরূপ ঘটিল। তিনি ঘরে ঢুকিতেই টাকওয়ালা মুন্সেফবাবু তাঁহাকেই মধ্যস্থ মানিয়া বসিলেন। ইহার কারণ, এইবার ছুটিতে কলিকাতায় গিয়া তিনি কোথায় যেন এই লোকটির ভারতীয় দর্শন সম্বন্ধে গভীর জ্ঞানের একটা জনরব শুনিয়া আসিয়াছিলেন। হরকুমার স্মিতহাস্যে সম্মত হইলেন। অল্পক্ষণেই বুঝা গেল শাস্ত্রের বঙ্গানুবাদ মাত্র সম্বল করিয়া ইহার সহিত তর্ক চলে না। সবাই খুশী হইলেন, হইলেন না শুধু সব-জজ বাহাদুর নিজে। অর্থাৎ যে ব্যক্তি জাতি দিয়াছে তাহার আবার শাস্ত্রজ্ঞান কিসের জন্য? এবং বলিলেনও ঠিক তাই। সকলে উঠিয়া গেলে তাঁহার পরম প্রিয় সরকারী উকিলবাবুকে চোখের ইঙ্গিতে হাসিয়া কহিলেন, শুনলেন তো ভাদুড়ীমশাই! ভূতের মুখে রাম নাম আর কি!

ভাদুড়ী ঠিক সায় দিতে পারিলেন না, কহিলেন, তা বটে! কিন্তু জানে খুব। সমস্ত যেন মুখস্থ। আগে মাস্টারি করত কিনা।

হাকিম প্রসন্ন হইলেন না। বলিলেন, ও জানার মুখে আগুন। এরাই হ'ল জ্ঞানপাপী। এদের আর মুক্তি নেই।

হরিশ সেদিন চুপ করিয়া একধারে বসিয়াছিল। এই স্বল্পভাষী প্রৌঢ়ের জ্ঞান ও পাণ্ডিত্য দেখিয়া সে মুগ্ধ হইয়া গিয়াছিল। সুতরাং, পিতার অভিমত যাহাই হউক, পুত্র তাহার আসন্ন পরীক্ষা-সমুদ্র হইতে মুক্তি পাইবার ভরসায় তাঁহাকে গিয়া ধরিয়া পড়িল। সাহায্য করিতে হইবে। হরকুমার সম্মত হইলেন। এইখানে তাঁহার কন্যা লাবণ্যের সহিত হরিশের পরিচয় হইল। সেও আই এ পরীক্ষার পড়া তৈরি করিতে কলিকাতার গণ্ডগোল ছাড়িয়া পিতার কাছে আসিয়াছিল। সেইদিন হইতে প্রতিদিনের আনাগোনায় হরিশ পাঠ্যপুস্তকের দুরূহ অংশের অর্থই শুধু জানিল না, আরও একটা জটিলতর বস্তুর স্বরূপ জানিয়া লইল যাহা তত্ত্ব হিসাবে ঢের বড়। কিন্তু সে কথা এখন থাক। ক্রমশঃ পরীক্ষার দিন কাছে ঘেঁষিয়া আসিতে লাগিল, হরিশ কলিকাতায় চলিয়া গেল। পরীক্ষা সে ভালই দিল এবং ভাল করিয়াই পাশ করিল।

কিছুকাল পরে আবার যখন দেখা হইল, হরিশ সমবেদনায় মুখ পাংশু করিয়া প্রশ্ন করিল, আপনি ফেল করলেন যে বড়?

লাবণ্য কহিল, এ-টুকুও পারব না, আমি এতই অক্ষম?

হরিশ হাসিয়া ফেলিল, বলিল, যা হবার হয়েছে, এবার কিন্তু খুব ভাল করে একজামিন দেওয়া চাই।

লাবণ্য কিছুমাত্র লজ্জা পাইল না, বলিল, খুব ভাল করে দিলেও আমি ফেল হবো। ও আমি পারব না।

হরিশ অবাক হইল, জিজ্ঞাসা করিল, পারবেন না কি রকম?

লাবণ্য জবাব দিল, কি রকম আবার কি? এমনি। এই বলিয়া সে হাসি চাপিয়া দ্রুতপদে প্রস্থান করিল।

ক্রমশঃ কথাটা হরিশের মাতার কানে গেল।

সেদিন সকালে রামমোহনবাবু মকদ্দমার রায় লিখিতেছিলেন। যে দুভার্গা হারিয়াছে তাহার আর কোথাও কোন কূল-কিনারা না থাকে, এই শুভ সঙ্কল্প কার্যে পরিণত করিতে রায়ের মুসাবিদায় বাছিয়া বাছিয়া শব্দযোজনা করিতেছিলেন, গৃহিণীর মুখে ছেলের কাণ্ড শুনিয়া তাঁহার মাথায় আগুন ধরিয়া গেল। হরিশ নরহত্যা করিয়াছে শুনিলেও বোধ করি তিনি এতখানি বিচলিত হইতেন না। দুই চক্ষু রক্তবর্ণ করিয়া কহিলেন, কি! এত বড়—! ইহার অধিক কথা তাঁহার মুখে আর যোগাইল না।

দিনাজপুরে থাকিতে একজন প্রাচীন উকিলের সহিত তাঁহার শিখার গুচ্ছ, গীতার মর্মার্থ ও পেনশনান্তে কাশীবাসের উপকারিতা লইয়া অত্যন্ত মতের মিল ও হৃদ্যতা জন্মিয়াছিল, একটা ছুটির দিনে গিয়া তাঁহারই ছোটমেয়ে নির্মলাকে আর একবার চোখে দেখিয়া ছেলের বিবাহের পাকা কথা দিয়া আসিলেন।

মেয়েটি দেখিতে ভাল; দিনাজপুরে থাকিতে গৃহিণী তাহাকে অনেকবার দেখিয়াছেন, তথাপি স্বামীর কথা শুনিয়া গালে হাত দিলেন,— বল কি গো, একেবারে পাকা কথা দিয়ে এলে? আজকালকার ছেলে—

কর্তা কহিলেন, কিন্তু আমি তো আজকালকার বাপ নই? আমি আমার সেকেলে নিয়মেই ছেলে মানুষ করতে পারি। হরিশের পছন্দ যদি না হয় আর কোন উপায় দেখতে ব'লো।

গৃহিণী স্বামীকে চিনিতেন, তিনি নির্বাক হইয়া গেলেন।

কর্তা পুনশ্চ বলিলেন, মেয়ে ডানা কাটা পরী না হোক ভদ্রঘরের কন্যা। সে যদি তার মায়ের সতীত্ব আর বাপের হিঁদুয়ানী নিয়ে আমাদের ঘরে আসে, তাই যেন হরিশ ভাগ্য বলে মানে।

খবরটা প্রকাশ পাইতে বিলম্ব হইল না। হরিশও শুনিল। প্রথমে সে মনে করিল, পলাইয়া কলিকাতায় গিয়া কিছু না জুটে, টিউশনি করিয়া জীবিকা নির্বাহ করিবে। পরে ভাবিল সন্ন্যাসী হইবে। শেষে, পিতা স্বর্গঃ পিতা ধর্মঃ পিতাহি পরমং তপঃ— ইত্যাদি স্মরণ করিয়া স্থির হইয়া রহিল।

কন্যার পিতা ঘটা করিয়া পাত্র দেখিতে আসিলেন এবং আশীর্বাদের কাজটাও এই সঙ্গে সারিয়া লইলেন। সভায় শহরের বহু সম্ভ্রান্ত ব্যক্তিই আমন্ত্রিত হইয়া আসিয়াছিলেন, নিরীহ হরকুমার কিছু না জানিয়াই আসিয়াছিলেন। তাঁহাদের সমক্ষে রায়বাহাদুর ভাবী বৈবাহিক মৈত্র মহাশয়ের হিন্দুধর্মে প্রগাঢ় নিষ্ঠার পরিচয় দিলেন, এবং ইংরাজী শিক্ষার সংখ্যাতীত দোষ কীর্তন করিয়া অনেকটা এইরূপ অভিমত প্রকাশ করিলেন যে, তাঁহাকে হাজার টাকা মাহিনার চাকরি দেওয়া ব্যতীত ইংরাজের আর কোন গুণ নাই। আজকাল দিনক্ষণ অন্যরূপ হইয়াছে, ছেলেদের ইংরাজি না পড়াইলে চলে না, কিন্তু যে মূর্খ এই ম্লেচ্ছ বিদ্যা ও ম্লেচ্ছ সভ্যতা হিন্দুর শুদ্ধান্তঃপুরে মেয়েদের মধ্যে টানিয়া আনে তাহার ইহকালও নাই পরকালও

নাই।

একা হরকুমার ভিন্ন ইহার নিগূঢ় অর্থ কাহারও অবিদিত রহিল না; সেদিন সভা ভঙ্গ হইবার পূর্বেই বিবাহের দিন স্থির হইয়া গেল এবং যথাকালে শুভকর্ম সমাধা হইতেও বিঘ্ন ঘটিল না। কন্যাকে শ্বশুরগৃহে পাঠাইবার প্রাক্কালে মৈত্রগৃহিণী– নির্মলার সতী-সাধ্বী মাতাঠাকুরানী– বধূ-জীবনের চরম তত্ত্বটি মেয়ের কানে দিলেন, বলিলেন, মা, পুরুষমানুষকে চোখে চোখে না রাখলেই সে গেল। সংসার করতে আর যা-ই কেননা ভোল কখনো এ কথাটি ভুলো না।

তাঁহার নিজের স্বামী টিকির গোছা ও শ্রীগীতার মমার্থ লইয়া মাতিয়া উঠিবার পূর্ব পর্যন্ত তাঁহাকে অনেক জ্বালাইয়াছেন। আজিও তাঁহার দৃঢ় বিশ্বাস, মৈত্র বুড়া চিতায় শয়ন না করিলে আর তাঁহার নিশ্চিন্ত হইবার জো নাই।

নির্মলা স্বামীর ঘর করিতে আসিল এবং সেই ঘর আজ বিশ বর্ষ ধরিয়া করিতেছে। এই সুদীর্ঘ কালে কত পরিবর্তন, কত কি ঘটিল। রায়বাহাদুর মরিলেন, স্বধর্মনিষ্ঠ মৈত্র গতাসু হইলেন, লেখাপড়া সাঙ্গ হইলে লাবণ্যর অন্যত্র বিবাহ হইল, জুনিয়ার উকীল হরিশ সিনিয়ার হইয়া উঠিলেন, বয়স তাঁহার যৌবন পার হইয়া প্রৌঢ়ত্বে গিয়া পড়িল, কিন্তু নির্মলা আর তাহার মাতৃদত্ত মন্ত্র এ জীবনে ভুলিল না।

দুই

এই সজীব মন্ত্রের ক্রিয়া যে এত সত্বর শুরু হইবে তাহা কে জানিত। রায়বাহাদুর তখনও জীবিত, পেনশন লইয়া পাবনার বাটীতে আসিয়া বসিয়াছেন। হরিশের এক উকিল বন্ধুর পিতৃশ্রাদ্ধ উপলক্ষে কলিকাতা হইতে একজন ভাল কীর্তনওয়ালী আসিয়াছিল, সে দেখিতে সুশ্রী এবং বয়স কম। অনেকেরই ইচ্ছা ছিল কাজকর্ম অন্তে একদিন ভাল করিয়া তাহার কীর্তন শোনা। পরদিন হরিশের গান শুনিবার নিমন্ত্রণ হইল; শুনিয়া বাড়ি ফিরিতে একটু অধিক রাত্রি হইয়া গেল।

নির্মলা উপরের খোলা বারান্দায় রাস্তার দিকে চাহিয়া দাঁড়াইয়া ছিল, স্বামীকে উপরে উঠিতে দেখিয়াই জিজ্ঞাসা করিল, গান লাগল কেমন?

হরিশ খুশী হইয়া কহিল, খাসা গায়।

দেখতে কেমন?

মন্দ না, ভালই।

নির্মলা কহিল, তা হলে রাতটা একেবারে কাটিয়ে এলেই তো পারতে।

এই অপ্রত্যাশিত কুৎসিত মন্তব্যে হরিশ ক্রুদ্ধ হইবে কি, বিস্ময়ে অভিভূত হইয়া গেল। তাহার মুখ দিয়া শুধু বাহির হইল, কি রকম?

নির্মলা সক্রোধে বলিল, রকম ভালই। আমি কচি খুকি নই, জানি সব, বুঝি সব। আমার চোখে ধূলো দেবে তুমি? আচ্ছা–

উমা পাশের ঘর হইতে ছুটিয়া আসিয়া সভয়ে কহিল, তুমি করচ কি বৌদি? বাবা শুনতে পাবেন যে!

নির্মলা জবাব দিল, পেলেনই বা শুনতে! আমি তো চুপি চুপি কথা কইচি নে।

এই উত্তরের প্রত্যুত্তরে যে উমা কি বলিবে ভাবিয়া পাইল না, কিন্তু পাছে তাহার উচ্চস্বরে বৃদ্ধ পিতার ঘুম ভাঙ্গিয়া যায় এই ভয়ে সে পরক্ষণেই জোড়হাতে ক্রুদ্ধ চাপা গলায়

মিনতি করিয়া কহিল, রক্ষে কর বৌদি, এত রাত্রে চেঁচিয়ে আর কেলেঙ্কারি করো না।

বধূর কণ্ঠস্বর ইহাতে বাড়িল বৈ কমিল না, কহিল, কিসের কেলেঙ্কারি! তুমি বলবে না কেন ঠাকুরঝি, তোমার বুকের ভেতরটা তো আর জ্বলে পুড়ে যাচ্ছে না! বলিতে বলিতে সে কাঁদিয়া ফেলিয়া দ্রুতবেগে ঘরে ঢুকিয়া সশব্দে খিল বন্ধ করিয়া দিল।

হরিশ কাঠের পুতুলের মত নিঃশব্দে নীচে আসিয়া বাকী রাতটুকু মক্কেলদের বসিবার বেঞ্চের উপর শুইয়া কাটাইল। অতঃপর দিন-দশেকের মত উভয়ের বাক্যালাপ স্থগিত হইয়া গেল।

কিন্তু হরিশকেও আর সন্ধ্যার পরে বাহিরে পাওয়া যায় না। গেলেও তাহার শঙ্কাকুল ব্যাকুলতা লোকের হাসির বস্তু হইয়া উঠিল। বন্ধুরা রাগ করিয়া বলিতে লাগিলেন, হরিশ, যত বুড়ো হ'চ্চো, রোগও যে তত বেড়ে যাচ্চে হে?

হরিশ অধিকাংশ স্থলেই জবাব দিত না, কেবল খোঁচা বেশী করিয়া বিঁধিলেই বলিত, এই ঘেন্নায় আমাকে যদি তোমরা ত্যাগ করতে পার তো তোমরাও বাঁচো আমিও বাঁচি।

বন্ধুরা কহিতেন, বৃথা! বৃথা ওকে লজ্জা দিতে গিয়ে এখন নিজেরাই লজ্জায় মরি।

তিন

সেবার বসন্ত রোগে লোক মরিতে লাগিল খুব বেশী। হরিশকেও রোগে ধরিল। কবিরাজ আসিয়া পরীক্ষা করিয়া মুখ গম্ভীর করিলেন, কহিলেন, মারাত্মক। রক্ষা পাওয়া কঠিন।

রায়বাহাদুর তখন পরলোকে। হরিশের বৃদ্ধা মাতা আছাড় খাইয়া পড়িলেন, নির্মলা ঘর হইতে বাহির হইয়া কহিল, আমি যদি সতী মায়ের সতী কন্যা হই, আমার নোয়া-সিঁদুর ঘুচোবে সাধ্যি কার? তোমরা ওঁকে দেখো, আমি চললুম। এই বলিয়া সে শীতলার মন্দিরে গিয়া হত্যা দিয়া পড়িল। কহিল, উনি বাঁচেন তো আবার বাড়ি ফিরব, নইলে এইখান থেকে ওঁর সঙ্গে যাব।

সাত দিনের মধ্যে দেবতার চরণামৃত ভিন্ন কেহ তাহাকে জল পর্যন্ত খাওয়াইতে পারিল না।

কবিরাজ আসিয়া বলিলেন, মা, তোমার স্বামী আরোগ্য হয়েছেন, এবার তুমি ঘরে চল।

লোকে ভিড় করিয়া দেখিতে আসিল। মেয়েরা পায়ের ধূলা লইল, তাহার মাথায় থাবা থাবা সিঁদুর ঘষিয়া দিল, কহিল, মানুষ তো নয়, যেন সাক্ষাৎ মা—! বৃদ্ধেরা বলিলেন, সাবিত্রীর উপাখ্যান মিথ্যে, না কলিতে ধর্ম গেছে বলেই একেবারে ষোলো আনা গেছে? যমের মুখ থেকে স্বামীকে ফিরিয়ে নিয়ে এলো!

বন্ধুরা লাইব্রেরি-ঘরে বলাবলি করিতে লাগিল, সাধে আর মানুষে স্ত্রীর গোলাম হয় হে! বিয়ে তো আমরাও করেছি, কিন্তু এমন নইলে আর স্ত্রী। এখন বোঝা গেল কেন হরিশ সন্ধ্যার পরে বাইরে থাকত না।

বীরেন উকিল ভক্তলোক, গত বৎসর ছুটিতে কাশী গিয়া সে সন্ন্যাসীর কাছে মন্ত্র লইয়া আসিয়াছে, টেবিলে প্রচণ্ড করাঘাত করিয়া কহিল, আমি জানতাম হরিশ মরতেই পারে না। সত্যিকার সতীত্ব জিনিসটা কি সোজা ব্যাপার হে? বাড়ি থেকে বলে গেল, যদি সতী মায়ের সতী কন্যা হই তো— উঃ! শরীর শিউরে ওঠে।

তারিণী চাটুয্যের বয়স হইয়াছে, আফিংখোর লোক; একধারে বসিয়া নিবিষ্টচিত্তে

তামাক খাইতেছিল, হুঁকাটা বেহারার হাতে দিয়া নিশ্বাস ফেলিয়া বলিল, শাস্ত্রমতে সহধর্মিণী কথাটা ভারী শক্ত। আমার দেখ না কেবল মেয়েই সাতটা। বিয়ে দিতে দিতেই ফতুর হয়ে গেলাম।

অনেকদিন পরে ভাল হইয়া আবার যখন হরিশ আদালতে উপস্থিত হইল তখন কত লোকে যে তাহাকে অভিনন্দিত করিল তাহার সংখ্যা নাই।

ব্রজেন্দ্রবাবু সখেদে কহিলেন, ভাই হরিশ, স্ত্রৈণ বলে তোমাকে অনেক লজ্জা দিয়েছি, মাপ ক'রো। লক্ষ কেন, কোটি কোটির মধ্যেও তোমার মত ভাগ্যবান নেই, তুমি ধন্য।

ভক্ত বীরেন বলিল, সীতা সাবিত্রীর কথা না হয় ছেড়ে দাও, কিন্তু খনা, লীলাবতী, গার্গী আমাদের দেশেই জন্মেছিলেন। ভাই, স্বরাজ-ফরাজ যাই-ই বল, কিছুতেই হবে না মেয়েদের যতদিন না আবার তেমনি তৈরি করতে পারব। আমার তো মনে হয় শীঘ্রই পাবনায় একটা আদর্শ-নারী-শিক্ষা-সমিতি গড়ে তোলা প্রয়োজন; এবং যে আদর্শ মহিলা তার পার্মানেন্ট প্রেসিডেন্ট হবেন তাঁর নাম তো আমরা সবাই জানি।

বৃদ্ধ তারিণী চাটুয্যে বলিলেন, সেই সঙ্গে একটা পণ-প্রথা-নিবারণী সমিতিও হওয়া আবশ্যক। দেশটা ছারখার হয়ে গেল।

ব্রজেন্দ্র কহিলেন, হরিশ, তোমার তো ছেলেবেলায় খাসা লেখার হাত ছিল, তোমার উচিত তোমার এই রিকভারি সম্বন্ধে একটা আর্টিকেল লিখে আনন্দবাজার পত্রিকায় ছাপিয়ে দেওয়া।

হরিশ কোন কথারই জবাব দিতে পারিল না, কৃতজ্ঞতায় তাহার দুই চক্ষু ছলছল করিতে লাগিল।

চার

মৃত জমিদার গোঁসাইচরণের বিধবা পুত্রবধূর সহিত অন্যান্য পুত্রদের বিষয়-সংক্রান্ত মামলা বাধিয়াছিল। হরিশ ছিল বিধবার উকিল। জমিদারের আমলা কে যে কোন্ পক্ষে জানা কঠিন বলিয়া গোপনে পরামর্শের জন্য বিধবা নিজেই ইতিপূর্বে দুই-একবার উকিলের বাড়ি আসিয়াছিলেন। আজ সকালেও তাঁহার গাড়ি আসিয়া হরিশের সদর দরজায় থামিল। হরিশ সসম্ভ্রমে তাঁহাকে নিজের বসিবার ঘরে আনিয়া বসাইলেন। আলোচনা পাছে ও-ঘরে মুহুরির কানে যায়, এই ভয়ে উভয়েই সাবধানে ধীরে ধীরে কথা কহিতেছিলেন। বিধবার কি একটা অসংলগ্ন প্রশ্নে হরিশ হাসিয়া ফেলিয়া জবাব দিবার চেষ্টা করিতেই পাশের ঘরে পর্দার আড়াল হইতে অকস্মাৎ তীক্ষ্ণকণ্ঠের শব্দ আসিল, আমি সব শুনেচি।

বিধবা চমকিয়া উঠিলেন। হরিশ লজ্জা ও শঙ্কায় কাঠ হইয়া গেল।

একজোড়া অতি-সতর্ক চক্ষু-কর্ণ যে তাহাকে অহরহ পাহারা দিয়া আছে, এ কথা সে মুহূর্তের জন্য ভুলিয়াছিল।

পর্দা ঠেলিয়া নির্মলা রণমূর্তিতে বাহির হইয়া আসিল, হাত নাড়িয়া কণ্ঠস্বরে বিষ ঢালিয়া দিয়া কহিল, ফুসফুস করে কথা কয়ে আমাকে ফাঁকি দেবে? মনেও ক'রো না! কৈ, আমার সঙ্গে তো কখনো এমন হেসে কথা কইতে দেখিনি।

অভিযোগ নিতান্ত মিথ্যা নয়।

বিধবা সভয়ে কহিলেন, এ কি কাণ্ড হরিশবাবু?

হরিশ বিমূঢ়ের মত ক্ষণকাল চাহিয়া থাকিয়া বলিল, পাগল।

নির্মলা কহিল, পাগল? পাগলই বটে! কিন্তু করলে কে শুনি? এই বলিয়া সে হাউ-হাউ করিয়া কাঁদিয়া ফেলিয়া সহসা হাঁটু গাড়িয়া বিধবার পায়ের কাছে টিপটিপ করিয়া মাথা খুঁড়িতে লাগিল। মুহুরি কাজ ফেলিয়া ছুটিয়া আসিল, একজন জুনিয়ার উকিল সেইমাত্র আসিয়াছিল, সে আসিয়া দ্বারের কাছে দাঁড়াইল, বোস কোম্পানীর বিল-সরকার তাহারই কাঁধের উপর দিয়া উঁকি মারিতে লাগিল, এবং তাহাদেরই চোখের সম্মুখে নির্মলা মাথা খুঁড়িতে লাগিল,– আমি সব জানি! আমি সব বুঝি! থাকো, তোমরাই সুখে থাকো। কিন্তু সতী মায়ের সতী কন্যা যদি হই, যদি মনে-জ্ঞানে এক বৈ না দুই জেনে থাকি, যদি–

এদিকে বিধবা নিজেও কাঁদিয়া ফেলিয়া বলিতে লাগিলেন, এ কি ব্যাপার হরিশবাবু! এ কি দুর্নাম দেওয়া– এ কি আমার–

হরিশ কাহারও কোন প্রতিবাদ করিল না। অধোমুখে দাঁড়াইয়া শুধু তাহার মনে হইতে লাগিল, পৃথিবী দ্বিধা হও না কিসের জন্য?

লজ্জায় ঘৃণায় ক্রোধে সেদিন হরিশ সেই ঘরেই স্তব্ধ হইয়া রহিল, আদালতে বাহির হইবার কথা ভাবিতেও পারিল না। মধ্যাহ্নে উমা আসিয়া বহু সাধ্যসাধনা এবং মাথার দিব্য দিয়া কিছু খাওয়াইয়া গেল। সন্ধ্যার প্রাক্কালে বামুনঠাকুর রূপার বাটিতে করিয়া খানিকটা জল আনিয়া পায়ের কাছে রাখিল। হরিশের প্রথমে ইচ্ছা হইল লাথি মারিয়া ফেলিয়া দেয়, কিন্তু আত্মসংবরণ করিয়া আজও পায়ের বুড়া আঙুলটা ডুবাইয়া দিল। স্বামীর পাদোদক পান না করিয়া নির্মলা কোনদিন জলস্পর্শ করিত না।

রাত্রে বাহিরের ঘরে একাকী শয়ন করিয়া হরিশ ভাবিতেছিল, তাহার এই দুঃখময় দুর্ভর জীবনের অবসান হইবে কবে? এমনি অনেকদিন অনেক রকমেই ভাবিয়াছে, কিন্তু তাহার এই সতী স্ত্রী একনিষ্ঠ পতিপ্রেমের সুদুঃসহ নাগপাশের বাঁধন হইতে মুক্তির কোন পথই তাহার চোখে পড়ে নাই।

পাঁচ

বছর দুই গত হইয়াছে। নির্মলা অনুসন্ধান করিয়া জানিয়াছে যে, খবরের কাগজের খবর ঝুটা নয়। লাবণ্য যথার্থই পাবনার মেয়ে-ইস্কুলের পরিদর্শক হইয়া আসিতেছে।

আজ হরিশ একটু সকাল সকাল আদালত হইতে ফিরিয়া ছোটবোন উমাকে জানাইল যে, রাত্রের ট্রেনে তাঁহাকে বিশেষ জরুরী কাজে কলিকাতায় যাইতে হইবে, ফিরিতে বোধ হয় দিন-চারেক বিলম্ব হইবে। বিছানা এবং প্রয়োজনীয় কাপড়-চোপড় যেন চাকরকে দিয়া ঠিক করিয়া রাখা হয়।

দিন-পনরো হইল স্বামী-স্ত্রীতে বাক্যালাপ বন্ধ ছিল।

রেলওয়ে স্টেশন দূরে,– রাত্রি আটটার মধ্যেই মোটরে বাহির হইয়া পড়িতে হইবে। সন্ধ্যার পরে সে মকদ্দমার দরকারী কাগজপত্র হ্যাণ্ডব্যাগে গুছাইয়া লইতেছিল, নির্মলা আসিয়া প্রবেশ করিল।

হরিশ মুখ তুলিয়া চাহিয়া দেখিল, কিছু বলিল না।

নির্মলা ক্ষণকাল মৌন থাকিয়া প্রশ্ন করিল, আজ কলকাতায় যাচ্চ নাকি?

হরিশ কহিল, হুঁ।

কেন?

কেন আবার কি? মক্কেলের কাজ– হাইকোর্টে মকদ্দমা আছে।

চল না, আমিও তোমার সঙ্গে যাই।

তুমি যাবে? গিয়ে কোথায় থাকবে শুনি?

নির্মলা কহিল, যেখানে হোক। তোমার সঙ্গে গাছতলায় থাকতেও আমার লজ্জা নেই।

কথাটি ভাল, এবং সতী স্ত্রীরই উপযুক্ত। কিন্তু হরিশের সর্বাঙ্গে যেন বিছুটি মাখাইয়া দিল। কহিল, তোমার লজ্জা না থাক, আমার আছে। আমি গাছতলার পরিবর্তে আপাততঃ কোন এক বন্ধুর বাড়িতে গিয়ে উঠব স্থির করেছি।

নির্মলা বলিল, তাহলে তো ভালই হ'লো। তাঁর বাড়িতেও স্ত্রী আছে, ছেলে-মেয়ে আছে, আমার কোন অসুবিধে হবে না।

হরিশ কহিল, না, সে হবে না। বলা নেই কহা নেই, বিনা আহ্বানে পরের বাড়ি তোমাকে নিয়ে গিয়ে আমি উঠতে পারব না।

নির্মলা বলিল, পারবে না সে জানি, আমাকে সঙ্গে নিয়ে লাবণ্যর ওখানে ওঠা যায় না।

হরিশ ক্ষেপিয়া গেল। হাত-মুখ নাড়িয়া চীৎকার করিয়া কহিল, তুমি যেমন নোংরা তেমনি মন্দ। সে বিধবা ভদ্রমহিলা, আমিই বা সেখানে যাব কেন, সেই বা আমাকে যেতে বলবে কেন? তা ছাড়া আমার সময় বা কৈ? কলকাতায় গিয়ে পরের কাজে তো নিঃশ্বাস ফেলবারও ফুরসত পাব না।

পাবে গো পাবে। – এই বলিয়া নির্মলা ঘর হইতে বাহির হইয়া গেল।

দিন-তিনেক পরে হরিশ কলিকাতা হইতে ফিরিয়া আসিলে স্ত্রী কহিল, চার-পাঁচ দিন বলে গেলে, তিন দিনেই ফিরে এলে যে বড়?

হরিশ কহিল, কাজ চুকে গেল, চলে এলাম।

নির্মলা জোর করিয়া একটু হাসিয়া প্রশ্ন করিল, লাবণ্যর সঙ্গে দেখা হয়নি বুঝি?

হরিশ কহিল, না।

নির্মলা অতিশয় ভালোমানুষের মত জিজ্ঞাসা করিল, কলকাতাতেই যদি গেলে একবার খবর নিলে না কেন?

হরিশ জবাব দিল, সময় পাইনি।

অত কাছাকাছি গেলে, সময় একটুখানি করে নিলেই হ'তো। এই বলিয়া সে চলিয়া গেল।

ইহার মাস-খানেক পরে একদিন আদালতে বাহির হইবার সময়ে হরিশ ভগিনীকে ডাকিয়া কহিল, আজ আমার ফিরতে বোধ করি একটু রাত হয়ে যাবে উমা।

কেন দাদা?

উমা কাছেই ছিল, আস্তে বলিলেই চলিত, কিন্তু কণ্ঠস্বর উঁচুতে চড়াইয়া অদৃশ্য কাহাকেও লক্ষ্য করিয়া হরিশ উত্তর দিল, যোগীনবাবুর বাড়িতে একটা জরুরী পরামর্শ আছে, দেরি হয়ে যেতে পারে।

ফিরিতে দেরিই হইল। রাত্রি বারোটার কম নয়। হরিশ মোটর হইতে নামিয়া বাহিরের ঘরে গিয়া প্রবেশ করিল। কাপড় ছাড়িতে ছাড়িতে শুনিতে পাইল স্ত্রী উপরের জানালা হইতে সোফারকে ডাকিয়া বলিতেছে, আবদুল, যোগীনবাবুর বাড়ি থেকে এলে বুঝি?

আবদুল কহিল, নেহি মাইজী, স্টেশনসে আতেহেঁ।

ইস্টিশান? ইস্টিশান কেন? গাড়িতে কেউ এলো বুঝি?

আবদুল কহিল, কলকত্তাসে এক মাইজী আউর বাচ্চা আয়া।

কলকাতা থেকে? বাবু গিয়ে তাদের নিয়ে এসে বাসায় পৌঁছে দিলেন বুঝি?

আবদুল 'হাঁ' বলিয়া জবাব দিয়া গাড়ি আস্তাবলে লইয়া গেল।

ঘরের মধ্যে হরিশ আড়ষ্ট হইয়া দাঁড়াইয়া রহিল। এরূপ সম্ভাবনার কথা যে তাহার মনে হয় নাই তাহা নয়, কিন্তু নিজের চাকরকে মিথ্যা বলিতে অনুরোধ করিতে সে কিছুতেই পারিয়া উঠে নাই।

রাত্রে শোবার ঘরের মধ্যে একটা কুরুক্ষেত্র কাণ্ড হইয়া গেল।

পরদিন সকালেই লাবণ্য ছেলে লইয়া এ-বাটীতে আসিয়া উপস্থিত হইল। হরিশ বাহিরের ঘরে ছিল, তাহাকে কহিল, আপনার স্ত্রীর সঙ্গে পরিচয় নেই, চলুন আলাপ করিয়ে দেবেন।

হরিশের বুকের মধ্যে তোলপাড় করিতে লাগিল। একবার সে এমনও বলিতে চাহিল যে, এখন অত্যন্ত কাজের তাড়া, কিন্তু সে অজুহাত খাটিল না। তাহাকে সঙ্গে করিয়া আনিয়া স্ত্রীর সহিত পরিচয় করাইয়া দিতে হইল।

বছর-দশেকের ছেলে এবং লাবণ্য। নির্মলা তাহাদের সমাদরে গ্রহণ করিল। ছেলেকে খাবার খাইতে দিল এবং তাহার মাকে আসন পাতিয়া সযত্নে বসাইল। কহিল, আমার সৌভাগ্য যে আপনার দেখা পেলাম।

লাবণ্য ইহার উত্তর দিয়া বলিল, হরিশবাবুর মুখে শুনেছিলাম আপনি ক্রমাগত বার-ব্রত আর উপবাস করে করে শরীরটাকে নষ্ট করে ফেলেছেন। এখনো বেশ ভাল দেখাচ্চে না।

নির্মলা সহাস্যে কহিল, বাড়ানো কথা। কিন্তু এ আবার উনি কবে বললেন? হরিশ তখনও কাছে দাঁড়াইয়াছিল, সে একেবারে বিবর্ণ হইয়া উঠিল।

লাবণ্য কহিল, এবার কলকাতায়। খেতে বসে কেবল আপনারই কথা। ওঁর বন্ধু কুশলবাবুর বাড়ি থেকে আমাদের বাড়ি খুব কাছে কিনা। ছাতের ওপর থেকে চেঁচিয়ে ডাকলে শোনা যায়।

নির্মলা বলিল, খুব সুবিধে তো?

লাবণ্য হাসিয়া বলিল, কিন্তু তাতেই শুধু হয়নি, ছেলেকে পাঠিয়ে রীতিমত ধরে আনতে হ'তো।

বটে!

লাবণ্য বলিল, আবার জাতের গোঁড়ামিও কম নেই। ব্রাহ্মদের ছোঁওয়া খান না,—আমার পিসীমার হাতে পর্যন্ত না। সমস্তই আমাকে নিজে রেঁধে নিজে পরিবেশন করতে হ'তো। এই বলিয়া সে হাসিমুখে সকৌতুকে হরিশের প্রতি চাহিয়া বলিল, আচ্ছা, এর মধ্যে আপনার কি লজিক আছে বলুন তো? আমি কি ব্রাহ্মসমাজ ছাড়া?

হরিশের সর্বাঙ্গ ঝিমঝিম করিতে লাগিল, তাহার মিথ্যাবাদিতা প্রমাণিত হওয়ায় তাহার মনে হইল, এতদিনে মা বসুমাতা দয়া করিয়া বোধ হয় তাহাকে জঠরে টানিয়া লইতেছেন। কিন্তু পরমাশ্চর্য এই যে, নির্মলা আজ ভয়ঙ্কর উন্মাদ কাণ্ড কিছু একটা না করিয়া স্থির হইয়া রহিল। সংশয়ের বস্তু অবিসংবাদী সত্যরূপে দেখা দিয়া বোধ হয় তাহাকেও হতচেতন করিয়া ফেলিয়াছিল।

হরিশ বাহিরে আসিয়া স্তব্ধ পাংশুমুখে বসিয়া রহিল। এই ভীষণ সম্ভাবনার কথা স্মরণ করিয়া লাবণ্যকে পূর্বাহ্নে সতর্ক করিবার কথা বহুবার তাহার মনে হইয়াছে, কিন্তু আত্ম-অবমাননাকর ও একান্ত মর্যাদাহীন লুকোচুরির প্রস্তাব সে কোনমতেই এই শিক্ষিত ও

ভদ্রমহিলাটির সম্মুখে উচ্চারণ করিতে পারে নাই।

লাবণ্য চলিয়া গেলে নির্মলা ঝড়ের বেগে ঘরে ঢুকিয়া বলিল, ছিঃ– তুমি এমন মিথ্যেবাদী! এত মিথ্যে কথা বল!

হরিশ চোখ রাঙ্গাইয়া লাফাইয়া উঠিল,– বেশ করি বলি। আমার খুশি।

নির্মলা ক্ষণকাল স্বামীর মুখের প্রতি নিঃশব্দে চাহিয়া থাকিয়া কাঁদিয়া ফেলিল । কহিল, বল, যত ইচ্ছে মিথ্যে বল, যত খুশি আমাকে ঠকাও। কিন্তু ধর্ম যদি থাকে, যদি সতী মায়ের মেয়ে হই, যদি কায়মনে সতী হই,– আমার জন্যে তোমাকে একদিন কাঁদতে হবে, হবে, হবে! এই বলিয়া সে যেমন আসিয়াছিল তেমনি দ্রুতবেগে বাহির হইয়া গেল।

বাক্যালাপ পূর্ব হইতেই বন্ধ চলিতেছিল, এখন সেটা দৃঢ়তর হইল– এইমাত্র। নীচের ঘরে শয়ন ও ভোজন। হরিশ আদালতে যায় আসে, বাহিরের ঘরে একাকী বসিয়া কাটায়– নূতন কিছুই নয়। আগে সন্ধ্যার সময়ে একবার করিয়া ক্লাবে গিয়া বসিত, এখন সেটুকুও বন্ধ হইয়াছে। কারণ, শহরের সেইদিকে লাবণ্যর বাসা। তাহার মনে হয় পতিপ্রাণা ভার্যার দুই চক্ষু দশ চক্ষু হইয়া দশ দিক হইতে পতিকে অহরহ নিরীক্ষণ করিতেছে। তাহার বিরাম নাই, বিশ্রাম নাই, মাধ্যাকর্ষণের ন্যায় তাহা নিত্য। স্নানের পরে আরশির দিকে চাহিয়া তাহার মনে হইত সতীসাধ্বীর এই অক্ষয় প্রেমের আগুনে তাহার কলুষিত দেহের নশ্বর মেদ-মজ্জা মাংস শুষ্ক ও নিষ্পাপ হইয়া অত্যন্ত দ্রুত উচ্চতর লোকের জন্য প্রস্তুত হইয়া উঠিতেছে। তাহার আলমারির মধ্যে একখানা কালী সিংহের মহাভারত ছিল, সময় যখন কাটিত না তখন তাহা হইতে সে বাছিয়া বাছিয়া সতী নারীর উপাখ্যান পড়িত। কি তার প্রচণ্ড বিক্রম ও কতই না অদ্ভুত কাহিনী। স্বামী পাপী তাপী যাহাই হউক, কেবলমাত্র স্ত্রীর সতীত্বের জোরেই সমস্ত পাপ-মুক্ত হইয়া অন্তে কল্পকাল তাহারা একত্রে বাস করে। কল্পকাল যে ঠিক কত হরিশ জানিত না। কিন্তু সে যে কম নহে, এবং মুনি-ঋষিদের লেখা শাস্ত্রবাক্য যে মিথ্যা নহে, এই কথা মনে করিয়া তাহার সর্বাঙ্গ অবশ হইয়া উঠিত। পরলোকের ভরসায় জলাঞ্জলি দিয়া সে বিছানায় শুইয়া মাঝে মাঝে ইহলোকের ভাবনা ভাবিত। কিন্তু কোন পথ নাই। সাহেবদের হইলে মামলা-মকদ্দমা খাড়া করিয়া এতদিনে যা-হউক একটা ছাড় রফা করিয়া ফেলিত মুসলমানদের হইলে তিন তালাক দিয়া বহুপূর্বেই চুকাইয়া ফেলিত; কিন্তু নিরীহ, একপত্নীব্রত ভদ্র বাঙালী– না, কোন উপায় নাই। ইংরাজীশিক্ষায় বহু-বিবাহ ঘুচিয়াছে,– বিশেষতঃ নির্মলা, চন্দ্র-সূর্য যাহার মুখ দেখিতে পায় না, অতি বড় শত্রু যাহার সতীত্বে বিন্দুমাত্র কলঙ্ক লেপন করিতে পারে না, বস্তুতঃ স্বামী ভিন্ন যাহার ধ্যান-জ্ঞান নাই, তাহাকেই পরিত্যাগ! বাপ্‌রে! নির্মল, নিষ্কলুষ হিন্দুসমাজের মধ্যে কি আর মুখ দেখাইতে পারিবে? দেশের লোকে খাই খাই করিয়া হয়ত তাহাকে খাইয়াই ফেলিবে।

ভাবিতে ভাবিতে চোখ-কান গরম হইয়া উঠিত, বিছানা ছাড়িয়া মাথায় মুখে জল দিয়া বাকী রাতটুকু সে চেয়ারে বসিয়া কাটাইয়া দিত।

এমনি করিয়া বোধ হয় মাসাধিক কাল গত হইয়া গেছে, হরিশ আদালতে বাহির হইতেছিল, ঝি আসিয়া একখানা চিঠি তাহার হাতে দিল। কহিল, জবাবের জন্যে লোক দাঁড়িয়ে আছে।

খাম ছেঁড়া, উপরে লাবণ্যের হস্তাক্ষর। হরিশ জিজ্ঞাসা করিল, চিঠি আমার খুললে কে?

ঝি কহিল, মা।

হরিশ চিঠি পড়িয়া দেখিল লাবণ্য অনেক দুঃখ করিয়া লিখিয়াছে, সেদিন আমার অসুখ চোখে দেখে গিয়েও আর একটিবারও খবর নিলেন না আমি মরলুম কি বাঁচলুম। অথচ, বেশ জানেন এ-বিদেশে আপনি ছাড়া আমার আপনার লোকও কেউ নেই। যাই হোক, এ-যাত্রা আমি মরিনি, বেঁচে আছি। এ চিঠি কিন্তু সে-নালিশের জন্যে নয়। আজ আমার ছেলের জন্মতিথি, কোর্টের ফেরত একবার এসে তাকে আশীর্বাদ করে যাবেন এই ভিক্ষা।

– লাবণ্য।

পত্রের শেষে পুনশ্চ দিয়া জানাইয়াছে যে, রাত্রির খাওয়াটা আজ এইখানেই সমাধা করিতে হইবে একটুখানি গান-বাজনার আয়োজনও আছে।

চিঠি পড়িয়া বোধ করি সে ক্ষণকাল বিমনা হইয়া পড়িয়াছিল। হঠাৎ চোখ তুলিতেই দেখিতে পাইল ঝি হাসি লুকাইতে মুখ নীচু করিল। অর্থাৎ বাটীর দাসী-চাকরের কাছেও এ যেন একটা তামাশার ব্যাপার হইয়া উঠিয়াছে। একমুহূর্তে তাহার শিরার রক্ত আগুন হইয়া উঠিল– ইহার কি সীমা নাই? যতই সহিতেছি, ততই কি পীড়নের মাত্রা বাড়িয়া চলিয়াছে?

জিজ্ঞাসা করিল, চিঠি কে এনেছে?

তাঁদের বাড়ির ঝি।

হরিশ কহিল, তাকে বলে দাও গে আমি কোর্টের ফেরত যাব। এই বলিয়া সে বীরদর্পে মোটরে গিয়া উঠিল।

সে রাত্রে বাড়ি ফিরিতে হরিশের বস্তুতঃ অনেক রাত্রিই হইল। গাড়ি হইতে নামিতেই দেখিল তাহার উপরের শোবার ঘরের খোলা জানালায় দাঁড়াইয়া নির্মলা পাথরের মূর্তির মত স্তব্ধ হইয়া আছে।

ছয়

ডাক্তারের দল অল্পক্ষণ হইল বিদায় লইয়াছেন। পারিবারিক চিকিৎসক বৃদ্ধ জ্ঞানবাবু যাইবার সময় বলিয়া গেলেন, বোধ হয় সমস্ত আফিঙটাই বার করে ফেলা গেছে,– বৌমার জীবনের আর কোন শঙ্কা নেই। হরিশ একটুখানি ঘাড় নাড়িয়া কি ভাব যে প্রকাশ করিল, বৃদ্ধ তাহাতে মনোযোগ করিলেন না, কহিলেন, যা হবার হয়ে গেছে, এখন কাছে কাছে থেকে দিন-দুই সাবধানে রাখলেই বিপদটা কেটে যাবে। যে আজ্ঞে, বলিয়া হরিশ স্থির হইয়া বসিয়া পড়িল।

সেদিন বার-লাইব্রেরি ঘরে আলোচনা অত্যন্ত তীক্ষ্ণ ও কঠোর হইয়া উঠিল। ভক্ত বীরেন কহিল, আমার গুরুদেব স্বামিজী বলেন, বীরেন, মানুষকে কখনো বিশ্বাস করবে না। সেদিন গোঁসাইবাবুর বিধবা পুত্রবধূর সম্বন্ধে যে স্ক্যাণ্ডালটা প্রকাশ হয়ে পড়েছিল তোমরা তা বিশ্বাস করলে না, বললে, হরিশ এ-কাজ করতেই পারে না। এখন দেখলে? গুরুদেবের কৃপায় আমি এমন অনেক জিনিস জানতে পারি তোমরা যা ড্রিম কর না।

ব্রজেন্দ্র বলিল, উঃ– হরিশটা কি স্কাউণ্ড্রেল ও-রকম সতীসাধ্বী স্ত্রী যার, কিন্তু মজা দেখেচ সংসারে? বদমাইসগুলোর ভাগ্যেই কেবল এ-রকম স্ত্রী জোটে!

বৃদ্ধ তারিণী চাটুয্যে হুঁকা লইয়া ঝিমাইতেছিলেন, কহিলেন, নিঃসন্দেহ। আমার তো মাথার চুল পেকে গেল, কিন্তু ক্যারেক্টারে কেউ কখনো একটা স্পট্ দিতে পারলে না। অথচ আমারই হ'লো সাত-সাতটা মেয়ে, বিয়ে দিতে দিতে দেউলে হয়ে গেলাম।

যোগীনবাবু কহিলেন, আমাদের মেয়ে-ইস্কুলের পরিদর্শক হিসাবে লাবণ্যপ্রভা মহিলাটি দেখচি একেবারে আদর্শ! গভর্নমেণ্টে বোধ করি মুভ করা উচিত।

ভক্ত বীরেন বলিলেন, অ্যাবসোলিউট্‌লি নেসেসরি!

সম্পূর্ণ একটা দিন পার হইল না, সতী-সাধ্বীর স্বামী হরিশের চরিত্র জানিতে শহরে কাহারও আর বাকী রহিল না। এবং সুহৃদ্‌বর্গের কৃপায় সকল কথাই তাহার কানে আসিয়া পৌঁছিল।

উমা আসিয়া চোখ মুছিয়া কহিল, দাদা, তুমি আবার বিয়ে কর।

হরিশ কহিল, পাগল!

উমা কহিল, পাগল কেন? আমাদের দেশে তো পুরুষের বহুবিবাহ ছিল।

হরিশ কহিল, তখন আমরা বর্বর ছিলাম।

উমা জিদ করিয়া বলিল, বর্বর কিসের? তোমার দুঃখ আর কেউ না জানে তো আমি তো জানি। সমস্ত জীবনটা কি এমনি ব্যর্থ হয়েই যাবে?

হরিশ বলিল, উপায় কি বোন? স্ত্রী ত্যাগ করে আবার বিয়ে করার ব্যবস্থা পুরুষের আছে জানি, কিন্তু মেয়েদের তো নেই। তোর বৌদিরও যদি এ-পথ খোলা থাকত তোর কথায় রাজী হতাম উমা।

তুমি কি যে বল দাদা!– এই বলিয়া উমা রাগ করিয়া চলিয়া গেল। হরিশ চুপ করিয়া একাকী বসিয়া রহিল। তাহার উপায়হীন অন্ধকার চিত্ততল হইতে কেবল একটি কথাই বারংবার উত্থিত হইতে লাগিল, পথ নাই! পথ নাই! এই আনন্দহীন জীবনে দুঃখই ধ্রুব হইয়া রহিল।

তাহার বসিবার ঘরের মধ্যে তখন সন্ধ্যার ছায়া গাঢ়তর হইয়া আসিতেছিল, হঠাৎ তাহার কানে গেল পাশের বাড়ির দরজায় দাঁড়াইয়া বৈষ্ণব ভিখারীর দল কীর্তনের সুরে দূতীর বিলাপ গাহিতেছে। দূতী মথুরায় আসিয়া ব্রজনাথের হৃদয়হীন নিষ্ঠুরতার কাহিনী বিনাইয়া বিনাইয়া নালিশ করিতেছে। সেকালে এ অভিযোগের কিরূপ উত্তর দূতীর মিলিয়াছিল হরিশ জানিত না, কিন্তু একালে সে ব্রজনাথের পক্ষে বিনা পয়সার উকিল দাঁড়াইয়া তর্কের উপর তর্ক জুড়িয়া মনে মনে বলিতে লাগিল, ওগো দূতী, নারীর একনিষ্ঠ প্রেম খুব ভাল জিনিস, সংসারে তার তুলনা নেই। কিন্তু তুমি তো সব কথা বুঝবে না– বললেও না। কিন্তু আমি জানি ব্রজনাথ কিসের ভয়ে পালিয়ে গিয়েছিলেন এবং একশ' বছরের মধ্যে আর ও-মুখো হননি। কংস-টংস সব মিছে কথা। আসল কথা শ্রীরাধার ঐ একনিষ্ঠ প্রেম। একটু থামিয়া বলিতে লাগিল, তবু তো তখনকার কালে ঢের সুবিধে ছিল, মথুরায় লুকিয়ে থাকা চলত। কিন্তু এ-কাল ঢের কঠিন! না আছে পালাবার জায়গা, না আছে মুখ দেখাবার স্থান। এখন ভুক্তভোগী ব্রজনাথ দয়া করে অধীনকে একটু শীঘ্র পায়ে স্থান দিলেই বাঁচি।

পরেশ

এক

মজুমদার-বংশ বড় বংশ, গ্রামের মধ্যে তাঁহাদের ভারী সম্মান। বড়ভাই গুরুচরণ এই বাড়ির কর্তা; শুধু বাড়ির কেন, সমস্ত গ্রামের কর্তা বলিলেও অত্যুক্তি হয় না। বড়লোক আরও ছিল, কিন্তু এতখানি শ্রদ্ধা ও ভক্তির পাত্র শ্রীকুঞ্জপুরে আর কেহ ছিল না। জীবনে বড় চাকরি কখনো করেন নাই, – গ্রাম ছাড়িয়া অন্যত্র যাইতে সম্মত হইলে হয়ত তাহা দুষ্প্রাপ্য হইত না, কিন্তু প্রথম যৌবনে সেই যে একদিন অনতিদূরবর্তী জেলা-ইস্কুলের মাস্টারিতে ঢুকিয়াছিলেন, কোন লোভেই আর এই শিক্ষালয়ের মায়া কাটাইয়া অন্যত্র যাইতে সম্মত হন নাই। এখানে ত্রিশ টাকা বেতন পঞ্চাশ টাকা হইয়াছিল, এবং তাহারই অর্ধেক পঁচিশ টাকা পেনশনে বছর তিনেক হইল অবসর গ্রহণ করিয়াছেন। পৃথিবীতে আজিও হয়ত টাকাটাই একমাত্র বড় পদার্থ নয়, তা না হইলে বিবাদ মিটাইতে, সালিশ নিষ্পত্তি করিতে, দলাদলির বিচার করিয়া দিতে তাঁহার আদেশই শ্রীকুঞ্জপুরের সর্বমান্য বস্তু হইয়া থাকিতে পারিত না। তাঁহার অপরিসীম স্বধর্ম-নিষ্ঠা, চরিত্রের দৃঢ়তা এবং অবিচলিত সাধুতার সম্মুখে সকলেই সসম্ভ্রমে মাথা নত করিত। বয়স যাটের কাছাকাছি,– কেহ চরিত্র, সাধুতা বা ধর্মের বাড়াবাড়ি করিলে, দশ-বিশখানা গ্রামের লোক তামাশা করিয়া বলিত, ইস! এ যে একেবারে গুরুচরণ! গুরুচরণের স্ত্রী ছিল না, ছিল একমাত্র পুত্র বিমল। জগতে অদ্ভুত বলিয়া বোধ হয় সত্যকার কিছু নাই, না হইলে এতবড় সর্বগুণান্বিত পিতার এতবড় সর্বদোষাশ্রিত পুত্র যে কি করিয়া জন্মগ্রহণ করিল লোকে ভাবিয়া পাইত না।

পুত্রের সহিত পিতার সাংসারিক বন্ধন ছিল না বলিলেই চলে, কিন্তু তাঁহার সকল বন্ধন গিয়া পড়িয়াছিল ভ্রাতুষ্পুত্র পরেশের উপর। হরিচরণের বড় ছেলে পরেশই যেন তাঁহার আপনার ছেলে– পরেশ এম. এ. পাস করিয়া আইন পড়িতেছে– তাহাকে বর্ণপরিচয় হইতে আরম্ভ করিয়া আজিও সমস্ত পড়া তিনিই পড়াইয়া আসিতেছেন। বিমল যে কিছু শিখিল না, এ দুঃখ তাঁহার এক পরেশ হইতে মিটিয়াছে।

দুই

ছোটভাই হরিচরণ এতদিন বিদেশে সামান্য চাকরিই করিতেছিল, হঠাৎ লড়াইয়ের পরে কি জানি কেমন করিয়া সে বড়লোক হইয়া চাকরি ছাড়িয়া বাড়ি চলিয়া আসিল। লোককে চড়া সুদে টাকা ধার দিতে লাগিল, স্ত্রীর নামে একটা বাগান খরিদ করিয়া ফেলিল, এবং আরও দু-একটা কি-কি কাজ করিল যাহাতে তাহার টাকার গন্ধ পাঁচ-সাতখানা গ্রামের

লোকের নাকে পৌঁছিতে বিলম্ব হইল না।

একদিন হরিচরণ আসিয়া সবিনয়ে কহিল, দাদা, অনেকদিন ধরেই আপনাকে একটা কথা বলব ভাবচি—

গুরুচরণ কহিল, বেশ বল।

হরিচরণ ইতস্ততঃ করিয়া বলিল, আপিনি একলা আর কত পারবেন, বয়সও হ'লো—

গুরুচরণ কহিল, হ'লো বৈ কি। ষাট চলচে।

হরিচরণ কহিল, তাই বলছিলাম, আমি তো এখন বাড়িতেই রইলাম, বিষয়-আশয়গুলো সব এলোমেলো হয়ে রয়েছে, একটু চিহ্নিত করে নিয়ে যদি আমিই—

গুরুচরণ ক্ষণকাল ছোটভাইয়ের মুখের প্রতি চাহিয়া থাকিয়া কহিল, বিষয়-আশয় আমাদের সামান্যই, আর তা এলোমেলো হয়েও নেই, কিন্তু তুমি কি পৃথক হবার প্রস্তাব করচ?

হরিচরণ লজ্জায় জিভ কাটিয়া কহিল, আজ্ঞে না না, যেমন আছে যেমন চলচে তেমনই সব থাকবে, শুধু যা যা আমাদের আছে একটু অমনি চিহ্ন দিয়ে নেওয়া, আর রান্না-বান্নাটাও বড় ঝঞ্ঝাটের ব্যাপার— সমস্ত একই থাকবে— তবে ডালটা ভাতটা আলাদা করে নিলে, বুঝলেন না—

গুরুচরণ বলিলেন, বুঝিচি বৈ কি! বেশ, কাল থেকে তাই হবে।

হরিচরণ জিজ্ঞাসা করিল, চিহ্নটা কিভাবে দেবেন স্থির করেছেন?

গুরুচরণ কহিলেন, স্থির করার তো এতদিন আবশ্যক হয়নি, তবে আজ যদি হয়ে থাকে, আমরা তিন ভাই, তিন অংশ সমান ভাগ করে নিলেই হবে।

হরিচরণ আশ্চর্য হইয়া বলিল, তিন অংশ কি-রকম? মেজবৌ বিধবা, ছেলেপুলে নেই, তাঁর আবার অংশ কি? দু'ভাগ হবে।

গুরুচরণ মাথা নাড়িয়া বলিলেন, না, তিন ভাগ হবে। মেজবৌমা আমার শ্যামাচরণের বিধবা, যতদিন বেঁচে আছেন অংশ পাবেন বৈ কি।

হরিচরণ রুষ্ট হইল, কহিল, আইনে পেতে পারে না, শুধু খেতে-পরতে পেতে পারে।

পরদিন হরিচরণ দড়ি লইয়া ফিতা লইয়া বাড়িময় মাপজোখ করিয়া বেড়াইতে লাগিল, গুরুচরণ জিজ্ঞাসাও করিলেন না, বাধাও দিলেন না। দিন দুই-তিন পরে ইঁট কাঠ বালি চুন আসিয়া পড়িল; বাড়ির পুরানো ঝি আসিয়া খবর দিল, কাল থেকে রাজমিস্ত্রী লাগবে, ছোটবাবুর পাঁচিল পড়বে।

গুরুচরণ সহাস্যে কহিলেন, সে তো দেখতেই পাচ্ছি গো, বলতে হবে কেন!

দিন পাঁচ-ছয় পরে একদিন সন্ধ্যার পরে দ্বারের বাহিরে পদশব্দ শুনিয়া গুরুচরণ মুখ বাড়াইয়া দেখিয়া জিজ্ঞাসা করিলেন, পঞ্চুর মা, কি গা?

পঞ্চুর মা বহুদিনের দাসী, সে ইঙ্গিতে দেখাইয়া বলিল, মেজবৌমা দাঁড়িয়ে আছেন, বড়বাবু।

বড়বৌয়ের মৃত্যুর পর হইতে বিধবা ভ্রাতৃবধূই এ-সংসারের গৃহিণী, তিনি অন্তরাল হইতে ভাশুরের সহিত কথা কহিতেন; মৃদুকণ্ঠে কহিলেন, শ্বশুরের ভিটেতে কি আমার কোন দাবী নেই যে ছোটবৌয়েরা আমাকে অহরহ গালমন্দ করচে?

গুরুচরণ কহিলেন, আছে বৈ কি বৌমা, যেমন তাঁদের আছে, ঠিক তোমারও তেমনি আছে।

পঞ্চুর মা বলিল, কিন্তু এমন ধারা করলে তো বাড়িতে আর টিকতে পারা যায় না।

গুরুচরণ সমস্তই শুনিতেছিলেন, ক্ষণকাল চুপ করিয়া থাকিয়া বলিলেন, পরেশকে আসতে চিঠি লিখে দিয়েচি পঞ্চুর মা, একবার সে এসে পড়লেই সমস্ত ঠিক হয়ে যাবে,– এ ক'টা দিন তোমরা একটু সহ্য করে থাকো।

মেজবৌ ইতস্ততঃ করিয়া কহিল, কিন্তু পরেশ কি–

গুরুচরণ বাধা দিয়া কহিলেন, কিন্তু নয় মেজবৌমা, আমার পরেশের সম্বন্ধে কিন্তু চলে না। হরি তার বাপ বটে, কিন্তু সে আমারই ছেলে, সমস্ত পৃথিবী যদি একদিকে যায়, তবু সে আমারই। তার জ্যাঠামশায় যে কখনো অন্যায় করে না এ যদি সে না বোঝে তো বৃথাই এতদিন পরের ছেলেকে বুক দিয়ে মানুষ করে এলাম।

দাসী কহিল, সে আর বলতে? সে বছর মায়ের অনুগ্রহ হলে তুমি ছাড়া আর যমের মুখ থেকে তাকে কে কেড়ে আনতে পারতো বড়বাবু? তখন কোথাই বা ছোটবাবু, আর কোথাই বা তার সৎমা। ভয়ে একবার দেখতে পর্যন্ত এলো না। তখন একলা জ্যাঠামশায়, কিবা দিন কিবা রাত্রি।

মেজবৌমা বলিলেন, পরেশের নিজের মা বেঁচে থাকলেও হয়ত এতখানি করতে পারতেন না।

গুরুচরণ কুণ্ঠিত হইয়া উঠিলেন, কহিলেন, থাক মা ও-সকল আলোচনা। তাহারা প্রস্থান করিলে বৃদ্ধের চোখের সম্মুখে যেন বিমল এবং পরেশ আসিয়া পাশাপাশি দাঁড়াইল। জানালার বাহিরে অন্ধকার আকাশের প্রতি চাহিয়া অকস্মাৎ মুখ দিয়া দীর্ঘশ্বাস পড়িল। তাহার পরে মোটা বাঁশের লাঠিটি হাতে তুলিয়া লইয়া সরকারদের বৈঠকখানায় পাশা খেলিতে চলিয়া গেলেন।

পরদিন দুপুরবেলায় গুরুচরণ ভাত খাইতে বসিয়াছিলেন, বাটীর উত্তরদিকের বারান্দার কতকটা অংশ ঘিরিয়া লইয়া হরিচরণের রান্নার কাজ চলিতেছিল, তথা হইতে তীক্ষ্ণ নারীকণ্ঠে কি কটু কথাই যে বাহির হইয়া আসিতেছিল তাহার সীমা নাই। তাঁহার আহারের যথেষ্ট বিঘ্ন ঘটিতেছিল, কিন্তু সহসা পুরুষের মোটা গলা আসিয়া যখন তাহাতে মিশিল, তখন ক্ষণকালের জন্য তিনি কান খাড়া করিয়া শুনিয়া হঠাৎ উঠিয়া দাঁড়াইলেন। মেজবধূঠাকুরানী অন্তরাল হইতে হায় হায় করিয়া উঠিলেন এবং পঞ্চুর মা ক্রোধে ক্ষোভে চীৎকার করিয়া এই দুর্ঘটনা প্রকাশ করিয়া দিল।

প্রাঙ্গণে দাঁড়াইয়া গুরুচরণ ডাকিয়া কহিলেন, হরিচরণ, মেয়েদের কথায় আমি কান দিতে চাইনে, কিন্তু তুমি পুরুষমানুষ হয়ে যদি বিধবা বড়ভাজকে এমনি করেই অপমান কর, তাঁর তো তা হলে বাড়িতে থাকা চলে না।

এ কথার কেহ জবাব দিল না, কিন্তু বাহিরে যাইবার পথে ছোটবধূমাতার পরিচিত তীক্ষ্ণকণ্ঠ তাঁহার কানে গেল, সে তামাশা করিয়া কহিতেছে, অমন করে অপমান ক'রো না বলচি, মেজবৌঠাকুরুন তা হলে বাড়িতেই থাকবেন না। কি হবে তখন?

হরিচরণ প্রত্যুত্তরে কহিতেছে, পৃথিবী রসাতলে যাবে আর কি! কেবা থাকবার জন্যে মাথার দিব্যি দিচ্চে– গেলেই তো বাঁচা যায়।

গুরুচরণ থমকিয়া দাঁড়াইয়া পড়িয়াছিলেন, বক্তব্য শেষ হইলে নীরবে নিষ্ক্রান্ত হইয়া গেলেন।

তিন

হেডমাস্টার মশায়ের কন্যার বিবাহ-উপলক্ষে গুরুচরণ কৃষ্ণনগরের উদ্দেশে যাত্রা করিয়া বাহির হইয়াছিলেন, হঠাৎ শুনিতে পাইলেন দিন-দুই হইল পরেশ বাড়ি আসিয়াছে, কিন্তু

আসিয়াই জ্বরে পড়িয়াছে। ব্যস্ত হইয়া পরেশের ঘরের মধ্যে প্রবেশ করিতেছিলেন, সম্মুখে ছোটভাইকে দেখিতে পাইয়া জিজ্ঞাসা করিলেন, পরেশের নাকি জ্বর?

হরিচরণ 'হুঁ' বলিয়া বাহির হইয়া গেল। ছোট বধূমাতার বাপের বাড়ির দাসী পথ আটকাইয়া বলিল, আপনি ঘরের ভেতরে যাবেন না।

যাবো না? কেন?

ঘরে মা বসে আছেন।

তাঁকে একটুখানি সরে যেতে বল না ঝি।

দাসী কহিল, সরে আবার কোথায় যাবেন, ছেলের মাথায় হাত বুলিয়ে দিচ্চেন। এই বলিয়া সে নিজের কাজে চলিয়া গেল।

গুরুচরণ আচ্ছন্নের মত ক্ষণকাল দাঁড়াইয়া থাকিয়া ডাকিয়া বলিলেন, পরেশ, কেমন আছো বাবা?

ভিতর হইতে এই ব্যাকুল প্রশ্নের কোন সাড়া আসিল না, কিন্তু ঝি কোথা হইতে জবাব দিয়া কহিল, দাদাবাবুর জ্বর হয়েচে শুনতে পেলেন তো!

গুরুচরণ স্তব্ধভাবে সেইখানে মিনিট দু-তিন দাঁড়াইয়া থাকিয়া আস্তে আস্তে বাহির হইয়া আসিলেন এবং কাহাকেও কোন কথা না কহিয়া রেলওয়ে স্টেশনের অভিমুখে প্রস্থান করিলেন।

সেখানে বিবাহ-বাড়িতে আর কেহ তেমন লক্ষ্য করিল না, কিন্তু কাজকর্ম চুকিয়া গেলে, তাঁহার বহুদিনের বন্ধু হেডমাস্টারমশাই আড়ালে ডাকিয়া জিজ্ঞাসা করিলেন, ব্যাপারটা কি ঘটেছে গুরুচরণ? হরিচরণ নাকি ভারী তোমার পিছনে লেগেছে?

গুরুচরণ অন্যমনস্কের মত কহিলেন, হরিচরণ? কৈ না।

না কি হে? হরিচরণের শয়তানি কাণ্ড তো সবাই শুনেছে।

গুরুচরণের হঠাৎ যেন সমস্ত কথা মনে পড়িয়া গেল, কহিলেন, হাঁ হাঁ, বিষয়-সম্পত্তি নিয়ে হরিচরণ গণ্ডগোল করচে বটে।

তাঁহার কথার ধরনে হেডমাস্টার ক্ষুণ্ণ হইলেন। ছেলেবেলার অকপট বন্ধু, তথাপি গুরুচরণ ভিতরের কথা ঔদাস্যের আবরণে গোপন করিতে চাহে, ইহাই মনে করিয়া তিনি আর কোন প্রশ্ন করিলেন না।

গুরুচরণ কৃষ্ণনগর হইতে বাড়ি ফিরিয়া দেখিলেন তাঁহার এই কয়েকদিনের অনুপস্থিতির অবসরে উঠানের নানা স্থানে গর্ত খুঁড়িয়া হরিচরণ এমন কাণ্ড করিয়া রাখিয়াছে যে পা ফেলা যায় না। বুঝিলেন যে তাহার মর্জি এবং সুবিধামত ভদ্রাসন ভাগ হইয়া প্রাচীর পড়িবে। তাহার টাকা আছে, অতএব আর কাহারও মতামতের প্রয়োজন নাই।

নিজের ঘরে গিয়া কাপড় ছাড়িতেছিলেন, মেজবৌমাকে সঙ্গে করিয়া পঞ্চুর মা আসিয়া দাঁড়াইল। গুরুচরণ সংবাদ জিজ্ঞাসা করিতে যাইতেছিলেন, অকস্মাৎ, অস্ফুট আর্তকণ্ঠে কাঁদিয়া মেজবৌমা কক্ষতলে লুটাইয়া পড়িল।

পঞ্চুর মা নিজেও কাঁদিতে লাগিল, এবং কাঁদিতে কাঁদিতেই জানাইল যে, পরশু সকালে মেজবৌমাকে গলা ধাক্কা মারিয়া হরিচরণ বাড়ি হইতে বাহির করিয়া দিয়াছিল, এবং সে উপস্থিত না থাকিলে মারিয়া আধমরা করিয়া দিত।

ঘটনাটা সম্পূর্ণ উপলব্ধি করিতে গুরুচরণের অনেকক্ষণ লাগিল। তাহার পরেও তিনি মাটির মূর্তির মত নির্বাক ও নিস্পন্দ থাকিয়া হঠাৎ প্রশ্ন করিলেন, হরিচরণ সত্যি সত্যিই তোমার গায়ে হাত দিলে বৌমা পারলে? খানিক পরে জিজ্ঞাসা করিলেন, পরেশ বোধ হয়

শয্যাগত?

পঞ্চুর মা কহিল, তার তো কিছুই হয়নি বড়বাবু। এই তো আজ সকালের গাড়িতে কলকাতা চলে গেল।

হয়নি? তার বাপের কীর্তি সে তবে জেনে গেছে?

পঞ্চুর মা কহিল, সমস্তই।

গুরুচরণের পায়ের তলার মাটি পর্যন্ত যেন দুলিতে লাগিল। কহিলেন, বৌমা, এতবড় অপরাধের শাস্তি যদি তার না হয় তো এ বাড়ি থেকে বাস আমার উঠল। এখনো সময় আছে, আমি গাড়ি ডেকে আনচি, তোমাকে আদালতে গিয়ে নালিশ করতে হবে।

আদালতে নালিশ করার নামে মেজবৌ চমকিয়া উঠিল। গুরুচরণ বলিলেন, গৃহস্থের বৌ-ঝির পক্ষে এ কাজ সম্মানের নয় সে আমি জানি, কিন্তু এতবড় অপমান যদি মুখ বুজে সহ্য করো মা, ভগবান তোমার প্রতি নারাজ হবেন। এর চেয়ে বেশী কথা আর আমি জানিনে।

মেজবৌ ভূমিশয্যা হইতে উঠিয়া দাঁড়াইয়া কহিল, আপনি পিতৃতুল্য। আমাকে যা আদেশ করবেন আমি অসঙ্কোচে পালন করব।

হরিচরণের বিরুদ্ধে নালিশ রুজু হইল। গুরুচরণ তাঁহার সাবেক দিনের সোনার চেন বিক্রি করিয়া বড় উকিলের মোটা ফি দাখিল করলেন।

নির্দিষ্ট দিনে মামলার ডাক পড়িল। হরিচরণ হাজির হইল, কিন্তু বাদিনীর দেখা নাই। উকিল কি একটা বলিল, হাকিম মকদ্দমা খারিজ করিয়া দিলেন। ভিড়ের মধ্যে গুরুচরণের হঠাৎ চোখ পড়ল পরেশের উপর। সে তখন ফিরাইয়া মৃদু হাসিতেছে।

গুরুচরণ বাটী আসিয়া শুনিলেন, বাপের বাড়িতে কাহার কি নাকি একটা ভারী অসুখের সংবাদ পাইয়া মেজবৌ স্নানাহারের সময় পান নাই, গাড়ি ডাকাইয়া সেখানে চলিয়া গেছেন।

পঞ্চুর মা হাতমুখ ধোবার জল আনিয়া দিয়া হঠাৎ কাঁদিয়া ফেলিয়া বলিল, রাতও মিথ্যে, দিনও মিথ্যে বড়বাবু, তুমি আর কোথাও চলে যাও,— এ পাপের সংসারে বোধ হয় তোমার আর জায়গা হবে না।

ঢাক আসিল, ঢোল আসিল, কাঁসি আসিল, মামলায় জয়ী হওয়ার উপলক্ষে ও-বাড়িতে শুভচণ্ডীর পূজার বাদ্যভাণ্ড-রবে সমস্ত গ্রাম তোলপাড় হইয়া উঠিবার উপক্রম হইল।

চার

দ্বিধা-বিভক্ত ভদ্রাসনের এক অংশে রহিল হরিচরণ ও অপর অংশে রহিলেন গুরুচরণ ও সংসারের বহুদিনের দাসী পঞ্চুর মা। পরদিন সকালে পঞ্চুর মা আসিয়া কহিল, রান্নার সমস্ত যোগাড় করে দিয়েছি বড়বাবু।

রান্নার যোগাড়! ও— ঠিক,— চল যাচ্ছি। এই বলিয়া গুরুচরণ উঠিবার উপক্রম করিতে দাসী কহিল, কিছু তাড়াতাড়ি নেই বড়বাবু, বেলা হোক না— আপনি বরঞ্চ আজ গঙ্গাস্নান করে আসুন।

আচ্ছা তাই যাই, বলিয়া গুরুচরণ নিমেষের মধ্যে গঙ্গাস্নানে যাইবার জন্য প্রস্তুত হইয়া দাঁড়াইলেন। তাঁহার কাজ বা কথার মধ্যে অসঙ্গতি কিছুই ছিল না, তবুও পঞ্চুর মার কেমন যেন ভারী খারাপ ঠেকিল। তাহার কেবলই মনে হইতে লাগিল এ যেন সে বড়বাবু নয়।

পঞ্চুর মা বাড়ির ভিতরে আসিয়া চেঁচাইয়া বলিতে লাগিল, কখনো ভাল হবে না, কখনো না। শাস্তি ভগবান দেবেনই দেবেন।

কাহার ভাল হইবে না, কাহাকে তিনি শাস্তি দেবেনই দেবেন, ঠিক বুঝা গেল না, কিন্তু ছোটর তরফ হইতে এ লইয়া বিবাদ করিতে সেদিন কেহই উদ্যত হইল না।

এমনি করিয়া দিন কাটিতে লাগিল।

গুরুচরণের একমাত্র সন্তান বিমলচন্দ্র যে সুসন্তান নহে, পিতা তাহা ভাল করিয়াই জানিতেন। মাস-কয়েক পূর্বে ঘণ্টা-কয়েকের জন্য একবার সে বাড়ি আসিয়াছিল, আর তাহার দেখা নাই। সেবার একটা ব্যাগের মধ্যে সে গোপনে কি-কতকগুলা রাখিয়া যায়, চলিয়া গেলে গুরুচরণ পরেশকে ডাকিয়া কহিয়াছিলেন, দেখ তো বাবা, কি আছে এর মধ্যে? পরেশ পরীক্ষা করিয়া দেখিয়া বলিয়াছিল, কতকগুলো কাগজপত্র, বোধহয় দলিল-টলিল হবে। জ্যাঠামশাই, এগুলো পুড়িয়ে ফেলি।

গুরুচরণ বলিয়াছিলেন, যদি দরকারী দলিল হয়?

পরেশ কহিয়াছিল, দরকারী তো বটেই, কিন্তু বিমলদার পক্ষে বোধ হয় অদরকারী। বিপদ কাজ কি ঘরে রেখে?

গুরুচরণ আপত্তি করিয়া বলিয়াছিলেন, না জেনে নষ্ট করা যায় না পরেশ, কারও সর্বনাশ হয়ে যেতে পারে। ওগুলো তুই কোথাও লুকিয়ে রেখে দি গে বাবা, পরে যা হয় করা যাবে।

এ ঘটনা আর তাঁর মনে ছিল না। আজ সকালে গঙ্গাস্নান করিয়া আসিয়া রাঁধিতে যাইতেছিলেন, অকস্মাৎ সেই ব্যাগ হাতে পরেশ, হরিচরণ, গ্রামের জন-কয়েক ভদ্রব্যক্তি এবং পুলিশের দারোগা কনেস্টবলের দল আসিয়া উপস্থিত হইল।

ঘটনাটা সংক্ষেপে এই যে, বিমল ডাকাতির আসামী, সম্প্রতি ফেরার। খবরের কাগজে খবর পাইয়া পরেশ পুলিশের গোচর করিয়াছে। ব্যাগটা এতদিন তাহার কাছেই ছিল। বিমল মন্দ ছেলে, সে মদ খায়, আনুষঙ্গিক দোষও আছে, কলিকাতায় থাকিয়া কি একটা সামান্য চাকরি করিয়া সে এইসব করে। কিন্তু সে ডাকাতি করিতে পারে এ সংশয় পিতার মনের মধ্যে কখনো স্বপ্নেও উদয় হয় নাই। কিছুক্ষণ নির্নিমেষ-দৃষ্টিতে পরেশের মুখের প্রতি গুরুচরণ চাহিয়া রহিলেন, তাহার পরে সেই নিষ্প্রভ অপলক দুই চক্ষের কোণ বাহিয়া ঝরঝর করিয়া জল গড়াইয়া পড়িল; বলিলেন, সমস্তই সত্যি, পরেশ একটা কথাও মিছে বলেনি।

দারোগা আরও গোটা দুই-তিন কথা জিজ্ঞাসা করিয়া তাঁহাকে ছুটি দিল। যাবার সময় লোকটা হঠাৎ হেঁট হইয়া গুরুচরণের পায়ের ধূলা লইয়া বলিল, আপনি বয়সে বড়, ব্রাহ্মণ, আমার অপরাধ নেবেন না। এতবড় দুঃখের কাজ আমি আর কখনো করিনি।

আরো মাস-কয়েক পরে খবর আসিল, বিমলের সাত বৎসর জেল হইয়াছে।

পাঁচ

আবার ঢাক ঢোল ও কাঁসি সহযোগে শুভচণ্ডীর সমারোহে পূজার আয়োজন হইতেছিল, পরেশ বাধা দিয়া কহিল, বাবা, এ-সব থাক।

কেন?

পরেশ কহিল, এ আমি সইতে পারবো না।

তাহার বাবা বলিলেন, বেশ তো, সইতে না পার, আজকের দিনটা কলকাতায় বেড়িয়ে এসো গে। জগন্মাতার পূজো— ধর্ম-কর্মে বাধা দিয়ো না।

বলা বাহুল্য, ধর্ম-কর্মে বাধা পড়িল না।

দিন-দশেক পরে একদিন সকালে গুরুচরণের ঘরের দিকে অকস্মাৎ একটা হাঁকাহাঁকি চেঁচামেচির খানিক পরে গয়লা-মেয়ে কাঁদতে কাঁদতে আসিয়া উপস্থিত হইল, তাহার নাক দিয়া রক্ত পড়িতেছে। ব্যস্ত হইয়া জিজ্ঞাসা করিলেন, রক্ত কিসের মোক্ষদা, ব্যাপার কি?

কান্নার শব্দে বাটীর সকলে আসিয়াই পৌঁছিলেন। মোক্ষদা বলিল, দুধে জল দিয়েছি বলে বড়বাবু লাথি মেরে আমায় গর্তে ফেলে দিয়েছেন।

হরিচরণ কহিল, কে কে? দাদা? যাঃ—

পরেশ বলিল, জ্যাঠামশাই? মিথ্যে কথা।

ছোটগিন্নী বলিলেন, বঠ্‌ঠাকুর দিয়েছেন মেয়েমানুষের গায়ে হাত? তুই কি স্বপ্ন দেখছিস গয়লা-মেয়ে?

সে গায়ের কাদা-মাটি দেখাইয়া ঠাকুর দেবতার দিব্য করিয়া বলিল, ঘটনা সত্য। ইনজংশনের কৃপায় প্রাচীর তোলা বন্ধ হইয়াছিল বটে, কিন্তু উঠানের গর্তগুলা তেমনিই ছিল,— বুজান হয় নাই। গুরুচরণ লাথি মারায় ইহারই মধ্যে মোক্ষদা পড়িয়া গিয়া আহত হইয়াছে।

হরিচরণ কহিল, চল্ আমার সঙ্গে, নালিশ করে দিবি।

গৃহিণী কহিলেন, কি যে অসম্ভব বল তুমি! বঠ্‌ঠাকুর মেয়েমানুষের গায়ে হাত দেবেন কি! মিছে কথা।

পরেশ স্তব্ধ হইয়া দাঁড়াইয়া রহিল, একটা কথাও বলিল না।

হরিচরণ কহিল, মিছে হয় ফেঁসে যাবে। কিন্তু দাদার মুখ দিয়ে তো আর মিথ্যে বার হবে না। মেরে থাকেন শাস্তি হবে।

যুক্তি শুনিয়া গৃহিণীর সুবুদ্ধি আসিল, কহিলেন, সে ঠিক। নিয়ে গিয়ে নালিশ করিয়েই দাও। ঠিক সাজা হয়ে যাবে। হইলও তাই। দাদার মুখ দিয়া মিথ্যা বাহির হইল না। আদালতের বিচারে তাঁহার দশ টাকা জরিমানা হইয়া গেল।

এবার শুভচণ্ডীর পূজা হইল না বটে, কিন্তু পরদিন দেখা গেল কতকগুলা ছেলে দল পাকাইয়া গুরুচরণের পিছনে পিছনে হৈহৈ করিয়া চলিয়াছে। গয়লানী মারার গানও একটা ইতিমধ্যে তৈরি হইয়া গিয়াছে।

ছয়

রাত্রি বোধ হয় তখন আটটা হইবে, হরিচরণের বৈঠকখানা গমগম করিতেছে, গ্রামের মুরুব্বিরা আজকাল এইখানেই আসিতে আরম্ভ করিয়াছেন, অকস্মাৎ একজন আসিয়া বড় একটা মজার খবর দিল। কামারদের বাড়ির ছেলেরা বিশ্বকর্মা পূজা উপলক্ষে কলিকাতা হইতে জন-দুই খেমটা আনাইয়াছে, তাহারই নাচের মজলিসে বসিয়া গুরুচরণ।

হরিচরণ হাসিয়া লুটাইয়া পড়িয়া কহিল, পাগল! পাগল! শোন কথা একবার! দাদা গেছে খেমটার নাচ দেখতে! কোন্ গুলির আড্ডা থেকে আসা হচ্ছে অবিনাশ?

অবিনাশ মাইরি দিব্যি করিয়া বলিল, সে স্বচক্ষে দেখিয়া আসিয়াছে। একজন ছুটিয়া চলিয়া গেল, সঠিক সংবাদ আনিতে। মিনিট-দশেক পরে ফিরিয়া আসিয়া জানাইল, সে খবর সর্বাংশেই সত্য। আর শুধু নাচ দেখাই নয়, রুমালে বাঁধিয়া প্যালা দিতেও সে এইমাত্র নিজের চোখে দেখিয়া আসিল। একটা হৈচৈ উঠিল। কেহ বলিল, এমন যে একদিন ঘটিবে তাহা জানা ছিল। কেহ কহিল, যেদিন বিনা দোষে স্ত্রীলোকের গায়ে হাত দিয়াছে সেই দিনই সব বুঝা গেছে। একজন ছেলের ডাকাতির উল্লেখ করিয়া কহিল, ঐ থেকে বাপের চরিত্রও

আন্দাজ করা যায়। এমন কত কি!

আজ কথা কহিল না শুধু হরিচরণ। সে অন্যমনস্কের মত চুপ করিয়া বসিয়া রহিল। তাহার কেমন যেন আজ ছেলেবেলার কথা মনে হইতে লাগিল, এ কি তাহার বড়দা! এ কি গুরুচরণ মজুমদার?

সাত

রাত্রি বোধ হয় তৃতীয় প্রহর, কিন্তু নাচ শেষ হইতে তখনও বিলম্ব আছে। বিশ্বকর্মার পূজা সকালেই শেষ হইয়াছে, কিন্তু তাহারই জের টানিয়া ভক্তের দল মদ খাইয়া, মাংস খাইয়া, খেমটা নাচাইয়া একটা দক্ষযজ্ঞের সমাপ্তি করিতেছে। অধিকাংশেরই কাণ্ডজ্ঞান বোধ হয় আর নাই, আর তাহারই মাঝখানে বসিয়া স্মিতমুখে বৃদ্ধ গুরুচরণ।

কে একজন চাদরে মুখ ঢাকিয়া ধীরে ধীরে তাঁহার পিঠের উপর হাত রাখিতেই তিনি চমকাইয়া ফিরিয়া চাহিয়া কহিলেন, কে?

লোকটি কহিল, আমি পরেশ। জ্যাঠামশাই, বাড়ি চলুন।

গুরুচরণ দ্বিরুক্তি করিলেন না, বলিলেন, বাড়ি? চল।

উৎসব-মঞ্চের একটা ক্ষীণ আলোক রাস্তায় আসিয়া পড়িয়াছিল; সেইখানে আসিয়া পরেশ একদৃষ্টে গুরুচরণের মুখের প্রতি চাহিয়া রহিল। চোখে সে জ্যোতি নাই, মুখে সে তেজ নাই, সমস্ত মানুষটাই যেন ভূতাবিষ্টের ন্যায়। এতদিন পরে তাহার চোখ দিয়া জল পড়িতে লাগিল, এবং এতদিন পরে আজ তাহার চোখে ঠেকিল, লোকের কাছে জ্যাঠামশায়ের জন্য লজ্জা পাইবার আর কিছু নাই। এই অর্ধ-সচেতন দেহ ছাড়িয়া তিনি অন্তর্হিত হইয়া গেছেন। কহিল, আপনার কাশী যাবার বড় ইচ্ছে জ্যাঠামশাই, যাবেন?

গুরুচরণ কাঙ্গালের মত বলিয়া উঠিলেন, যাবো পরেশ যাবো, কিন্তু কে আমাকে নিয়ে যাবে?

পরেশ কহিল, আমি নিয়ে যাবো জ্যাঠামশাই।

তবে চল একবার বাড়ি থেকে জিনিসপত্র নিয়ে আসি গে। পরেশ কহিল, না জ্যাঠামশাই, ও-বাড়িতে আর না। ওর কিছু আমরা চাইনে।

গুরুচরণের হঠাৎ যেন হুঁশ হইল। ক্ষণকাল নীরব থাকিয়া কহিলেন, কিচ্ছু চাইনে? ও-বাড়ির আমরা কিচ্ছুটি চাইনে?

পরেশ চোখ মুছিয়া বলিল, না জ্যাঠামশাই, কিচ্ছুটি চাইনে। ও-সব নেবার অনেক লোক আছে,—চলুন।

চল, কহিয়া গুরুচরণ পরেশের হাত ধরিলেন, এবং জনহীন অন্ধকার পথ ধরিয়া উভয়ে রেলওয়ে স্টেশনের অভিমুখে অগ্রসর হইয়া গেলেন।

পথ-নির্দেশ

এক

মাঝারি গৃহস্থ-ঘরে বাড়ির কর্তা যখন যদারোগে মারা যান, তখন তিনি পরিবারটিকেও আধমরা করিয়া যান। সুলোচনার স্বামী পতিতপাবন ঠিক তাহাই করিয়া গেলেন। বর্ষাধিককাল রোগে ভুগিয়া একদিন বর্ষার দুর্দিনে গভীর রাত্রে তিনি দেহত্যাগ করিলেন। সুলোচনা কাল স্বামীর শেষ প্রায়শ্চিত্ত করাইয়া দিয়া পার্শ্বে আসিয়া বসিয়াছিলেন, আর উঠেন নাই। স্বামী নিঃশব্দে প্রাণত্যাগ করিলেন, সুলোচনা তেমনি নিঃশব্দে বসিয়া রহিলেন, চীৎকার করিয়া পাড়া মাথায় করিলেন না। ত্রয়োদশবর্ষীয়া অনূঢ়া কন্যা হেমনলিনী কিছুক্ষণ পূর্বে অদূরে মাদুরের উপর ঘুমাইয়া পড়িয়াছিল, তাহাকেও জাগাইলেন না। সে ঘুমাইতে লাগিল, পিতার মৃত্যুর কথা জানিতেও পারিল না। বাড়িতে একটি ভৃত্য নাই, দাসী নাই, দূরসম্পর্কীয় কোন আত্মীয় পর্যন্ত নাই। পাড়ার লোকেও ক্রমশঃ ক্লান্ত হইয়া পড়িয়াছিল, বিশেষ অপরাহ্ন হইতেই বৃষ্টি চাপিয়া আসিয়াছিল বলিয়া, দয়া করিয়া আজ আর কেহ রাত্রি জাগিবার নাম করিয়া ঘুমাইতে আসে নাই।

বাহিরে অবিশ্রাম বৃষ্টি পড়িতে লাগিল। ভিতরে মৃত স্বামীকে চোখের সামনে লইয়া সুলোচনা কাঠ হইয়া বসিয়া রহিলেন। পরদিন সংবাদ পাইয়া সকলেই আসিলেন, পুরুষেরা মড়া বাহির করিয়া শ্মশানে লইয়া গেল। স্ত্রীলোকেরা গোবর-জল ছড়া দিয়া কাঁদিতে বসিয়া গেলেন।

সুলোচনার থাকিবার মধ্যে শুধু একখানি ছোট আম-কাঁঠালের বাগান অবশিষ্ট ছিল। পাড়ার লোকের সাহায্যে সেইটি একশত টাকায় বিক্রয় করিয়া যথাসময়ে স্বামীর শেষ কাজ সমাধা করিয়া চুপ করিয়া ঘরে বসিলেন। মেয়ে জিজ্ঞাসা করিল, কি হবে মা এবার?

মা জবাব দিলেন, ভয় কি মা? ভগবান আছেন।

শ্রাদ্ধ-শেষে যাহা বাঁচিয়াছিল, তাহাতে একমাস কোনমতে কাটিয়া গেল। তার পর একদিন আকাশ মেঘমুক্ত দেখিয়া, প্রভাত না হইতেই তিনি ঘরে-দোরে চাবি দিয়া মেয়ের হাত ধরিয়া পথে আসিয়া দাঁড়াইলেন ।

মেয়ে প্রশ্ন করিল, কোথায় যাবে মা?

মা বলিলেন, কলকাতায়, তোর দাদার বাড়িতে।

আমার আবার দাদা কে? কোনদিন তো তাঁর কথা বলনি?

মা একটু চুপ করিয়া বলিলেন, এতদিন আমার মনে পড়েনি মা।

হেম অতিশয় বুদ্ধিমতী, সে থমকিয়া দাঁড়াইয়া বলিল, কাজ নেই মা কারু বাড়ি গিয়ে।

দেশে থেকে দুঃখ করলে আমাদের দুটো পেটের ভাত জুটবে– আমি ঘর ছেড়ে কোথাও যাব না।

সুলোচনা উদ্বিগ্ন কণ্ঠে বলিয়া উঠিলেন, দাঁড়াস নে হেম, সকাল হয়ে যাবে।

চলিতে চলিতে বলিলেন, তিনি তোকে অনেক লেখাপড়া শিখিয়েছেন– সে-সমস্ত জলে ফেলিস নে। তুই আমাকে কি বলবি হেম। আমি জানি, ঘরে বসে মায়ে-ঝিয়ে দুঃখ করলে পেটের ভাতটা জুটবে, কিন্তু তোর বিয়ে দেব কি করে বল দেখি মা?

হেম বলিল, বিয়ে নাই দিলে?

জাত যাবে যে রে।

হেম বলিল, গেলই বা মা। আমরা দুটি মায়ে-ঝিয়ে থাকব-দুঃখ করে খাব, আমাদের জাত থাকলেই বা কি, গেলেই বা কি! পৃথিবীতে আরো অনেক জাত আছে, মেয়ের বিয়ে না দিলে তাদের জাত যায় না। আমরা না হয় তাদের মত হয়ে থাকব।

মেয়ের কথা শুনিয়া সুলোচনা এত দুঃখের মাঝেও একটুখানি হাসিলেন, বলিলেন, তা হলেও গাঁ ছাড়তে হবে। জাত গেলে কেউ উঠান ঝাঁট দিতেও ডাকবে না।

হেম আর জবাব দিল না। বিস্তর অপ্রীতিকর স্মৃতি ইহার পশ্চাতে উদ্যত হইয়াছিল, সেইগুলা দমন করিয়া লইয়া সে চুপ করিয়া পথ চলিতে লাগিল।

যে পথটা গঙ্গার পাশ দিয়া, গ্রামের ভিতর দিয়া ঘুরিয়া ঘুরিয়া শ্রীরামপুর স্টেশনে আসিয়া পৌঁছিয়াছিল, তাঁহারা সেই পথ ধরিয়া প্রায় ক্রোশ-খানেক আসিয়া পথিপার্শ্বে সিদ্ধেশ্বরীর ঘরের সম্মুখে আসিয়া দাঁড়াইলেন। গলায় আঁচল দিয়া প্রণাম করিয়া উঠিয়া হেম বলিল, মা, সকাল হয়ে গেছে আমার পথ চলতে লজ্জা হচ্ছে।

সুলোচনার নিজেরও লজ্জা করিতেছিল। নীচে এক বৃদ্ধা প্রাতঃস্নানে আসিতেছিলেন, তাঁহাকে জিজ্ঞাসা করিলেন, মা, শ্রীরামপুর ইস্টিশানের এই পথ না?

বৃদ্ধা ক্ষণকাল তাঁহার মুখপানে চাহিয়া প্রশ্ন করিলেন, তোমরা কোথা থেকে আসচ মা?

সুলোচনা সে কথার জবাব না দিয়া বলিলেন, ইস্টিশানে যাবার আর কোন পথ নেই মা?

দেবালয়ের বিপরীত দিকে একটি ছোট গলি বরাবর রেলওয়ে লাইনের উপর আসিয়া পড়িয়াছিল। বৃদ্ধা সেই পথটি দেখাইয়া দিয়া বলিলেন, এই গলিটা বামুনদের বাড়ির পাশ দিয়ে বরাবর রেলের রাস্তায় গিয়ে মিশেছে। এই পথ দিয়ে যাও। রেলের রাস্তা ধরে সোজা বাঁ-দিকে গেলে ছিরামপুর ইস্টিশানে পৌঁছুবে– যাও মা, ভয় নেই, কেউ কিছু বলবে না।

সুলোচনা কোনরূপ দ্বিধা না করিয়া মেয়ের হাত ধরিয়া গলির মধ্যে ঢুকিয়া পড়িলেন।

দুই

আমহার্স্ট স্ট্রীটের উপর গুণেন্দ্রের প্রকাণ্ড বাড়ি প্রায় খালি পড়িয়া ছিল। তেতলার একটা ঘরে সে শয়ন করিত, আর একটায় লেখাপড়া করিত। বাকী ঘরগুলা এবং সমস্ত দ্বিতলটা শূন্য পড়িয়া ছিল। নীচের তলায় এক পাচক, দুই ভৃত্য ও এক দরোয়ান এক-একটা ঘর দখল করিয়া থাকিত, তদ্ভিন্ন সমস্ত ঘরই তালাবন্ধ।

গুণেন্দ্রের পিতা লোহার ব্যবসা করিয়া মৃত্যুকালে এত টাকা রাখিয়া গিয়াছিলেন যে, তাঁহার এক সন্তান না থাকিয়া দশ সন্তান থাকিলেও কাহারো উপার্জন করিবার প্রয়োজন হইত না; সেই টাকা এবং পিতার লোহার কারবার বিক্রয় করিয়া ফেলিয়া সমস্ত টাকা গুণেন্দ্র ব্যাঙ্কে জমা দিয়া নিশ্চিন্ত হইয়া আদালতে ওকালতি করিতে বাহির হইয়াছিল।

বেলা দশটা বাজে, তখনো সে কি একখানা বই পড়িতেছিল, ভৃত্য আসিয়া বলিল, বাবু, আপনার চানের সময় হয়েছে।

যাচ্ছি বলিয়া গুণেন্দ্র পড়িতেই লাগিল।

ভৃত্যটা খানিক পরেই ফিরিয়া আসিয়া বলিল, দুটি মেয়েমানুষ আপনার সঙ্গে দেখা করতে চান। গুণেন্দ্র বিস্মিত হইয়া বই হইতে মুখ তুলিয়া জিজ্ঞাসা করিল, আমার সঙ্গে?

হাঁ বাবু, আপনার সঙ্গে। আপনার—

তাহার কথা শেষ না হইতেই সুলোচনা ঘরে প্রবেশ করিলেন। গুণেন্দ্র বই বন্ধ করিয়া উঠিয়া দাঁড়াইল।

সুলোচনা চাকরটার দিকে চাহিয়া বলিলেন, তুই নিজের কাজে যা।

ভৃত্য চলিয়া গেলে বলিলেন, গুণি, তোমার বাবা কোথায়, বাবা?

গুণেন্দ্র অবাক হইয়া চাহিয়া রহিল, জবাব দিতে পারিল না।

সুলোচনা ঈষৎ হাসিয়া বলিলেন, আমার মুখের দিকে চেয়ে চিনতে পারবে না বাবা! প্রায় বারো বছর আগে তোমাদেরই ওই পাশের বাড়িতে আমরা ছিলাম। সেই বছরে তোমার পৈতে হয়, আমরাও বাড়ি চলে যাই।

তোমার বাবা কি দোকানে গেছেন?

গুণেন্দ্র বলিল, না, বছর-তিনেক হ'ল তিনি মারা গেছেন!

মারা গেছেন! তোমার পিসীমা?

তিনিও নেই। তিনি বাবার পূর্বেই গেছেন।

সুলোচনা দীর্ঘনিশ্বাস ফেলিয়া বলিলেন, দেখছি শুধু আমিই আছি। তোমার মা যখন মারা যান, তখন তুমি সাত বছরেরটি। তার পর পৈতে না হওয়া পর্যন্ত আমার কাছেই তুমি মানুষ হয়েছিলে। হাঁ, গুণি, তোর সইমাকে মনে পড়ে না রে?

গুণেন্দ্র তৎক্ষণাৎ মাটিতে মাথা ঠেকাইয়া প্রণাম করিয়া পায়ের ধূলি মাথায় তুলিয়া লইয়া উঠিয়া দাঁড়াইয়া বলিয়া উঠিল,— হাঁ, মা! তুমি?

সুলোচনা হাত বাড়াইয়া তাহার চিবুক স্পর্শ করিয়া নিজের অঙ্গুলির প্রান্তভাগ চুম্বন করিয়া বলিলেন, হাঁ বাবা, আমিই।

গুণেন্দ্র একখানা চৌকি কাছে টানিয়া আনিয়া বলিল, ব'সো মা।

সুলোচনা হাসিয়া বলিলেন, যখন তোর আশ্রয়ে এসেছি তখন বসব বৈ কি! হা রে, তুই এখনো বিয়ে করিস নি?

এবার গুণেন্দ্র হাসিয়া বলিল, এখনো তো সময় হয়ে ওঠেনি।

সুলোচনা বলিলেন, এইবারে হবে। বাড়িতে কি কেউ মেয়েমানুষ নেই?

না।

রাঁধে কে?

একজন বামুন আছে।

সুলোচনা বলিলেন, বামুনের আর দরকার নেই, এখন থেকে আমি রাঁধব। আচ্ছা, সে কথা পরে হবে। আমার আরো দু-চারটে কথা আছে, সেইগুলো বলে নি। আমার স্বামীর এখানকার কাজ যাবার পরে আমরা বাড়ি চলে যাই। হাতে কিছু টাকা তখন ছিল, দেশেও কিছু জমিজমা ছিল। এতেই একরকম স্বচ্ছন্দে দিন কাটছিল। তার পর গত বৎসর তাঁকে যক্ষ্মারোগে ধরে। চিকিৎসার খরচে, হাওয়া বদলানর খরচে, একেবারে সর্বস্বান্ত করে তিনি মাস খানেক পূর্বে স্বর্গে গেছেন। এখন অনাথাকে দুটি খেতে দিবি, এই প্রার্থনা।

তাঁর চোখ দিয়া টপটপ করিয়া জল ঝরিয়া পড়িতে লাগিল। গুণেন্দ্রের চোখও ছলছল করিয়া উঠিল। সে কাতর হইয়া বলিল, মাকে মানুষে খেতে দেয় না, তুমি কি এই কথা মনে ভেবে এখানে এসেছ মা?

সুলোচনা আঁচল দিয়া চোখের জল মুছিয়া বলিলেন, না বাবা, সে কথা মনে ভেবে আসিনি। তা হলে এত দুঃখেও বোধ করি আসতাম না। তোকে ছোটটি দেখে গেছি, আজ বারো বছর পরে দুঃখের দিনে যখনি মনে পড়েছে, কোন শঙ্কা না করেই চলে এসেছি। তা ছাড়া আরো একটি কথা আছে। আমার মেয়ে হেমনলিনী– সে তোরই বোন– সে আবার আমার চেয়েও অনাথা। বিয়ের বয়েস হয়েছে, কিন্তু বিয়ে দিতে পারিনি। তার উপায় তোকেই করে দিতে হবে।

গুণেন্দ্র বলিল, তাকে কেন সঙ্গে আননি মা?

সুলোচনা বলিলেন, এনেছি। কিন্তু সে বড় অভিমানিনী। পাছে এ-সব কথা শুনতে পায়, তাই তাকে নীচে বসিয়ে রেখে আমি একলাই ওপরে এসেছি।

গুণেন্দ্র ব্যস্ত হইয়া উঠিয়া চাকরটাকে চীৎকার করিয়া ডাক দিয়া বলিল, ও নন্দা, নীচে হেম বসে আছে, যা শিগগির ডেকে নিয়ে আয়।

সুলোচনা বলিলেন, তাকে উদ্ধার করতে তোর খরচ হবে– সে ঋণ আমি কোনদিন–

গুণেন্দ্র বাধা দিয়া তাড়াতাড়ি বলিয়া উঠিল, তবে মা, আমি বাইরে যাই, তোমার যা মুখে আসে বল। কিন্তু আমার মা মরে যাবার পর তুমি যা করেছিল, সে-সব ঋণের কথা যদি আমি তুলি, তা হলে বলে রাখছি মা, তোমাকেও লজ্জায় বাইরে গিয়ে দাঁড়াতে হবে। তার চেয়ে কাজ নেই– তুমিও চুপ কর, আমিও করি।

সুলোচনা হাসিয়া বলিলেন, তাই ভাল। তবে মেয়েটা আসচে, তার সামনে আর বলা হবে না– তাই এইবেলা আর একটা কথা বলে রাখি। মনে করিস নি গুণী, আমি মায়ের চোখ নিয়ে এ কথা বলচি, কিন্তু হেম এলে দেখতে পাবি, তোর বোন রূপে গুণে কোন মানুষেরই অযোগ্যা হবে না। তার বাপ তাকে অনেক লেখাপড়া শিখিয়েচেন– শেষ কয়েক বছর এইটিই তাঁর একমাত্র কাজ ছিল। আমি বলচি, ও মেয়ে যার ঘরে যাবে, তার ঘরই আলো হবে। ও হেম, এই দিকে আয় মা, ইনি তোর গুণীদাদা– প্রণাম কর।

হেম ঘরে ঢুকিয়া গুণেন্দ্রকে ভূমিষ্ঠ হইয়া প্রণাম করিয়া নতমুখে দাঁড়াইল। তাহার পথশ্রমে ক্লান্ত মুখের দিকে চাহিয়া গুণেন্দ্র বিস্ময়ে হতবুদ্ধি হইয়া দাঁড়াইয়া রহিল। সুলোচনা বোধ করি সে ভাব লক্ষ্য করিয়াই বলিলেন, গুণী, হেমকে তোর হাতেই দিতাম, যদি না দেশাচারে নিষেধ থাকত। আমি ম'লে হেমের দশ দিন অশৌচ হবে, তোকেও তিন দিন অশৌচ মানতে হবে, তাই ধর্মতঃ ও তোর বোন হয়।

গুণেন্দ্র এবার নিজেকে সংবরণ করিয়া লইয়া হেমকে উদ্দেশ করিয়া বলিল, হেম, শুনলে তো– আমাদের একই মা। মায়ের বাড়িতে আমিও যেমন, তুমিও তেমন। চল, তোমাদের খাবার যোগাড় করে দি।

সুলোচনা হঠাৎ বলিয়া উঠিলেন, গুণী, তোর গলায় পৈতে দেখচি না যে!

গুণেন্দ্র খালিগায়ে ছিল, সে নিজের গলার দিকে একবার চাহিয়া দেখিয়া হাসিয়া বলিল, আমরা ব্রাহ্ম।

ব্রাহ্ম! ছি বাবা, কাজটা ভাল করনি। যাই হোক, প্রায়শ্চিত্ত করে পৈতে নাও।

গুণেন্দ্র বলিল, কাজটা যদিও ঠিক আমার করা নয়, বাবা নিজেই করে গেছেন, কিন্তু, প্রায়শ্চিত্ত করারও কোন আবশ্যক দেখিনে মা। ব্রাহ্ম-মতটা মন্দ বলে মনে করি না।

সুলোচনা মনে মনে যেন শক্ত আঘাত পাইয়া বসিয়া পড়িলেন। খানিক পরে নিঃশ্বাস ফেলিয়া বলিলেন, জানিনে কেন মানুষের এ-সব দুর্বুদ্ধি হয়।

গুণেন্দ্র হাসিয়া বলিল, দুর্বুদ্ধির কথা অন্য সময়েও হতে পারবে মা, এখন রান্নাঘরের দিকে চল।

তিন

পথিক যেমন গাছতলায় রাঁধিয়া খাইয়া হাঁড়িটা ফেলিয়া দিয়া চলিয়া যায় এবং তখন যেমন চাহিয়া দেখে না হাঁড়িটা ভাঙ্গিল কি বাঁচিল, সংসারে শতকরা নবহুই জন লোক ঠিক এমনি করিয়াই সরস্বতীর কাছ হইতে আদায় করিয়া মা-লক্ষ্মীর রাজপথের ধারে নির্ম্মমভাবে তাঁহাকে ছুঁড়িয়া ফেলিয়া দেয়– একবার ফিরিয়াও দেখে না, তিনি ভাঙ্গিলেন, কি বাঁচিলেন। গুণেন্দ্র সেইরূপ করে নাই। সে চিরদিন যেভাবে শ্রদ্ধা করিয়া সেবা করিয়া আসিয়াছিল, উকিল হইয়াও ঠিক তেমনি করিয়াই সরস্বতীর সেবা করিতে লাগিল। তাহার পড়িবার ঘর পুস্তকে ভরিয়া উঠিয়াছিল; সেই ঘরের মধ্যে হেমনলিনী ভারী আশ্রয় পাইল। গুণেন্দ্র গুছান প্রকৃতির লোক ছিল না বলিয়া তাহার যে পুস্তক একবার আলমারির বাহিরে আসিত, তাহা শীঘ্র আর ভিতরে প্রবেশ করিতে পাইত না। টেবিল, চেয়ার, অবশেষে নীচের গালিচার উপর পড়িয়া পড়িয়া সুদীর্ঘকাল পরে যদি কোনগতিকে নন্দার সাহায্যে ভিতরে প্রবেশ করিত, আবশ্যক হইলে আর বাহির হইত না– এমনি মিশিয়া যাইত। একটা পুস্তকের তালিকাও তাহার ছিল বটে, কিন্তু সেটাকে কাজে লাগাইবার কিছুমাত্র উপায় ছিল না।

হেম এই বিশৃঙ্খলা দুই-চারিদিনের মধ্যেই ঠিক করিয়া ফেলিল। একদিন একটা আলমারি খালি করিয়া সমস্ত বই নীচে নামাইয়াছে, এমন সময়ে গুণেন্দ্র ঘরে ঢুকিল। তাহাকে দেখিয়া হেম বলিল, গুণীদাদা, এই বইগুলো ওই আলমারিতে, আর ওই বইগুলো এই আলমারিতে রাখলে ভারী সুবিধে হয়।

গুণেন্দ্র চাহিয়া দেখিয়া বলিল, কি সুবিধে হয়?

হেম বলিল, বাঃ, সুবিধে হবে না? দেখচ না, এই বইগুলো এইটাতে রাখলে কেমন–

গুণেন্দ্র গম্ভীর হইয়া বলিল, দেখতে পাচ্ছি বটে, খুব সুবিধে হবে।

হেম একটা চৌকির উপর বসিয়া পড়িয়া বলিল, যাও– করব না, তোমার ভাল করতে নেই।

গুণেন্দ্র একখানা বই তুলিয়া হাসিয়া বাহিরে চলিয়া গেল।

এই ঘরটিতে হেমনলিনী দিবারাত্র থাকিত বলিয়া, গুণেন্দ্র আজকাল তাহার শোবার ঘরে বসিয়াই পড়াশুনা করিত। একদিন রবিবারের দুপুরবেলা হেম বাহির হইতে ডাকিয়া বলিল, গুণীদা, আসব?

গুণী ভিতর হইতে বলিল, এস।

হেম ঘরে ঢুকিয়াই বলিল, তুমি সব সময়ে এই শোবার ঘরে বসেই বই পড় কেন?

দোষ কি? এ ঘরে কি বিদ্যে কম হয়?

তোমার পড়বার ঘরেই কি এতদিন কম হয়েছিল?

গুণেন্দ্র বলিল, কম হয়নি বটে, কিন্তু কাঁচা হয়েছিল– এই ঘরে সেগুলো পাকছে।

হেম প্রথমে হাসিয়া উঠিল, কিন্তু কথাটা বুঝিতে না পারিয়া গম্ভীর হইয়া বলিল, তোমার কেবল তামাশা। একটা কথাও কি তুমি সোজা করে বলতে জান না?

গুণী নিঃশব্দে হাসিতে লাগিল, জবাব দিল না।

হেম বলিল, আমি কিন্তু জানি। ও ঘরে আমি থাকি বলেই তুমি যাও না। আমাকে তুমি লজ্জা কর। আমি কিন্তু তোমাকে একটুকুও লজ্জা করিনে।

গুণী জিজ্ঞাসা করিল, কেন কর না, করা তো উচিত।

হেম হাত দিয়া একগোছা চুল কপালের উপর হইতে পিঠের দিকে সরাইয়া দিয়া বলিল, তোমাকে আবার লজ্জা করতে যাব কি, তুমি কি পর? সে হবে না গুণীদা, চল সে ঘরে। বলিয়া সে বইগুলা তুলিয়া লইয়া বাহির হইয়া গেল।

হেমের সর্বদা ব্যবহারের জন্য হার, চুড়ি, বালা প্রভৃতি কতকগুলা অলঙ্কার গুণী কিনিয়া আনিয়াছিল। সুলোচনা দেখিয়া বলিলেন, কেন বাবা এ-সব?

গুণী বলিল, এই কটিতে কি হবে মা, আরো তো ঢের চাই। শুধু-হাতে তো মেয়ে পার হবে না।

সুলোচনা আর কথা কহিতে পারিলেন না। কিন্তু তিনি মনে মনে উদ্বিগ্ন হইয়া পড়িতেছিলেন। এই দুটিতে কেমন করিয়া যে এত সত্বর এত আপনার হইয়া গেল, এই কথা তিনি যখন তখন ভাবিতে লাগিলেন। একদিন তিনি গুণীকে ডাকিয়া বলিলেন, এই সামনের অঘ্রাণ যেন বয়ে না যায় বাবা। যেমন করে হোক, ওর বিয়ে দিতেই হবে। মেয়ে বড় হয়ে উঠছে।

গুণী বলিল, সেজন্য তুমি নিশ্চিন্ত থাক মা। কিন্তু হাত-পা বেঁধে জলে ফেলেও তো দিতে পারব না। একটি সুপাত্র তো চাই।

সুলোচনা দীর্ঘনিঃশ্বাস ফেলিয়া বলিলেন, সুপাত্র অপাত্র ওর অদৃষ্ট, গুণী! আমাদের কাজ আমরা করব, তার পরে ভগবানের হাত।

সে ঠিক কথা মা, বলিয়া গুণী চলিয়া গেল। তাহার মুখের উপর দিয়া একটা কালোছায়া ভাসিয়া গেল, সুলোচনা তাহা লক্ষ্য করিয়া আর একটা দীর্ঘনিঃশ্বাস ফেলিয়া নিজের কাজে চলিয়া গেলেন। মনে মনে বলিলেন, না, ভাল হচ্ছে না– যত শীঘ্র পারা যায় পাত্রস্থ করা চাই।

কয়েকদিন পরে হেম হঠাৎ ঘরে ঢুকিয়াই বলিল, এখনো শুয়ে আছ– কাপড় পরনি? শিগগির ওঠ।

গুণী বিছানার উপর শুইয়া চুপ করিয়া চাহিয়া রহিল। হেম আলমারির কাছে গিয়া খট্ করিয়া আলমারি খুলিয়া একমুঠা নোট ও টাকা লইয়া আঁচলে বাঁধিল। চাবি বন্ধ করিয়া কাছে আসিয়া বলিল, তোমার পায়ে পড়ি গুণীদা, আর দেরি ক'রো না, ওঠ। দোকান বন্ধ হয়ে যাবে। গুণী তাহার সাজগোজ দেখিয়া কতকটা অনুমান করিয়াছিল, জিজ্ঞাসা করিল, কোথায় যেতে হবে?

হেম ব্যস্ত হইয়া বলিল, বেশ! গাড়ি তৈরি করতে বলে দিয়েচি এক ঘণ্টা আগে। এখন তুমি বলচ কোথায় যেতে হবে!

গুণী বলিল, কোচম্যান না হয় জানতে পারে কোথায় যেতে হবে; আমি তো কোচম্যান নই, আমি জানব কি করে?

হেম হাসিয়া উঠিল, বলিল, তুমি কোচম্যান কেন হবে গুণীদা? চল, দোকান বন্ধ হয়ে যাবে।

কোন্ দোকান?

বইয়ের দোকান গো! তোমাকে মানদা বলে যায়নি? আমি তাকে দিয়ে বলে

পাঠিয়েছিলাম যে! অনেক ভাল ভাল নূতন বাংলা বই বেরিয়েছে— আমি একটা লিস্ট করেচি।

তাহার হাতে একটা কাগজের টুকরো দেখিয়া গুণী হাত বাড়াইয়া বলিল, লিস্ট দেখি।

না, তা হলে তুমি কিনতে দেবে না।

তা হলে চুরি করে কিনলেও পড়তে দেবো না।

হেম ক্ষণকাল চুপ করিয়া থাকিয়া বলিল, আচ্ছা চল, গাড়িতে দেখাব।

সন্ধ্যার সময় তাহারা একগাড়ি বই কিনিয়া ফিরিয়া আসিল। সুলোচনা দেখিয়া বলিলেন, ইস। এত বই কি হবে রে!

গুণী বলিল, কি জানি মা, ও-সব হেমের বই। কেবল কতকগুলা বাজে বই কিনে টাকা নষ্ট করে এল।

সুলোচনা বলিলেন, তুই দিলি কেন?

গুণী বলিল, আমি কেন দেব? চাবি ওর হাতে, ও নিজে টাকা নিলে, গাড়ি তৈরি করতে বলে দিলে, তার পর নিজে গিয়ে কিনে আনলে— আমি শুধু সঙ্গে ছিলাম বৈ তো নয়।

হেম পুস্তকের রাশি নন্দাকে দিয়া, মানদাকে দিয়া এবং কতক নিজে বহিয়া লইয়া তেতলার ঘরে চলিয়া গেল।

সুলোচনা বলিলেন, গুণী, অত প্রশ্রয় দিস্‌নে বাবা! কোথায় কার হাতে পড়বে, তখন দুঃখে মারা যাবে।

গুণী উপরে পড়িবার ঘরে গিয়া দেখিল, হেম গ্যাসের আলোর নীচে বসিয়া নূতন পুস্তকের পিছনে আঠা দিয়া নম্বর আঁটিতেছে এবং বলিল, মা বলেচেন, তোমাকে আর প্রশ্রয় দেওয়া হবে না। কোথায় কার হাতে পড়ে দুঃখে-কষ্টে মারা যাবে।

হেম মুখ ফিরাইয়া ক্রুদ্ধ হইয়া বলিল, কেন মারা যাব? আমাকে গরীব-দুঃখীর ঘরে দিলে, আমি তার পরের দিনই পালিয়ে আসব।

গুণী হাসিয়া বলিল, তবে সেই ভাল।

হেম আর জবাব দিল না, কাজ করিতে লাগিল। গুণেন্দ্র কিছুক্ষণ নিঃশব্দে তাহার দিকে চাহিয়া থাকিয়া অতি ক্ষুদ্র একটি নিঃশ্বাস দমন করিয়া লইয়া নিজের ঘরে চলিয়া গেল।

দুর্গাপূজা শেষ হইয়া গেল। বিজয়ার দিনে গাড়ি করিয়া ঠাকুর-ভাসান দেখিয়া ফিরিয়া মাকে প্রণাম কবিয়া হেম উপরে উঠিয়া গেল। তেতলার খোলা ছাদের উপর জ্যোৎস্নার আলোকে গুণেন্দ্র একাকী পায়চারি করিতেছিল, হেম সুমুখে আসিয়া তাহার পায়ের উপর মাথা রাখিয়া প্রণাম করিয়া পায়ের ধূলা মাথায় লইয়া উঠিয়া দাঁড়াইল। গুণেন্দ্র নিঃশব্দে তাহার মুখের পানে চাহিয়া আছে দেখিয়া, একবার একটুখানি যেন লজ্জা করিয়া উঠিল। কিন্তু তখনই বলিল, আমাকে আশীর্বাদ করলে না গুণীদা?

গুণেন্দ্রের চমক ভাঙ্গিয়া গেল। তাড়াতাড়ি বলিয়া উঠিল, করেছি বৈ কি।

কৈ করলে?

মনে মনে করেছি।

হেম হাসি চাপিয়া বলিল, কি আর্শীবাদ করলে আমাকে বল।

গুণেন্দ্র বিপদগ্রস্ত হইয়া অবশেষে গম্ভীর হইয়া বলিল, আর্শীবাদ করে বলতে নেই। তা হলে ফলে না।

হেম বলিল, আচ্ছা সে হবে, তুমি মাকে প্রণাম করেচ? সে তো রোজ করি।

হেম ব্যস্ত হইয়া বলিল, না না, সে হবে না। আজ বিজয়া, আজ বিশেষ করে প্রণাম করতে হয়। শিগগির যাও– না হলে তিনি দুঃখ করবেন।

গুণে নীচে নামিয়া গেল।

কার্তিক মাসের মাঝামাঝি একদিন হেম ঝড়ের মত ঘরে ঢুকিয়াই বলিল, তোমাদের কি আর কথা নেই, আর কাজ নেই? কেন, তোমাদের কি করেছি আমি। বলিয়াই সে কাঁদিয়া ফেলিল।

গুণেন্দ্র হতবুদ্ধি হইয়া বলিল, কি হয়েছে হেম?

হেম কাঁদিতে কাঁদিতে বলিল, যেন কিছু জানে না! কি হয়েছে হেম! মা বলছিলেন, শান্তিপুরে, না কোথায়, সমস্ত ঠিক হয়ে গেছে! আমি যদি বিয়ে না করি, তোমরা কি জোর করে আমার হাত-পা বেঁধে বিয়ে দিতে পার?

গুণেন্দ্র এবার বুঝিতে পারিয়া হাসিয়া বলিল, ওঃ– এই কথা! বড় হয়েছ, তোমার বিয়ে দিতে হবে না?

না।

না কি? বিয়ে না দিলে জাত যাবে যে।

বিয়ে না দিলে তোমাদের জাত যায় কি?

গুণেন্দ্র কহিল, আমাদের যায় না– আমরা ব্রাহ্ম। কিন্তু তোমাদের যখন সময়ে না বিয়ে দিলে জাত যায়, তখন দিতেই হবে।

হেম চোখ মুছিয়া বলিল, তোমরাই ঠিক! তোমরাই মানুষ, তাই মানুষকে এমন ধরে-বেঁধে বধ কর না। আমি কিছুতেই এ বাড়ি ছেড়ে যাব না– তা তোমরা কেন যত মতলবই কর না!

গুণেন্দ্র তাহাকে শান্ত করিবার অভিপ্রায়ে স্নিগ্ধকণ্ঠে কহিল, সেও খুব বড় বাড়ি। তিনি দেখতে শুনতে ভাল, বিদ্বান, বুদ্ধিমান, বড়লোক, সেখানে তোমার কোন কষ্ট হবে না।

হেম কিছুমাত্র শান্ত না হইয়া সবেগে মুখের উপর হইতে চুল সরাইয়া দিয়া কহিল, সে হবে না– কিছুতেই হবে না, তোমাকে আমি বলচি। আমি তোমাদের ভার বোঝা হয়ে থাকি, আমাকে খেতে দিতে হবে না। আমি উপোস করে আমার পড়বার ঘরে পড়ে থাকব আমি কিছু চাইব না।

গুণেন্দ্র হাসিবার চেষ্টা করিয়া বলিল, সেখানেও তোমার পড়বার ঘর পাবে। না পাও, তোমার এই ঘর আমি সেখানে তুলে দিয়ে আসব।

হেম সে কথায় কর্ণপাত না করিয়া কাঁদিয়া বলিল, তোমাকে কিচ্ছু করতে হবে না গুণীদা, কিচ্ছু না। এই অঘ্রাণ মাসে? এই এক মাস পরে? তোমার দুটি পায়ে পড়ি গুণীদা, তুমি সম্বন্ধ ভেঙ্গে দাও।

তাহার কান্না দেখিয়া গুণেন্দ্রের নিজের চোখও ভিজিয়া উঠিয়াছিল। সে কোন মতে আত্মসংবরণ করিয়া লইয়া বলিল, সে কি হয় ভাই? সে হয় না। কথাবার্তা সব পাকা হয়ে গেছে।

ছাই কথাবার্তা! ছাই পাকা কথা! তুমি সম্বন্ধ করেছ, তুমি ইচ্ছে করলেই ভেঙ্গে দিতে পার। আমি হাতজোড় করে বলছি গুণীদা, আমার এই কথাটি রাখো।

সুলোচনা সন্দিগ্ধ-চিত্তে পিছনে পিছনে উপরে উঠিয়া আসিয়াছিলেন, ঘরে ঢুকিয়া ক্রুদ্ধভাবে বলিলেন, এ সমস্ত তোর কি হচ্ছে হেম? এ সব কি পাগলের মত বকচিস? সম্বন্ধ

কি কখনো ভাঙ্গা যায় না, পাকাকথার নড়চড় করা যায়? আর ভাঙ্গবই বা কেন? তোর ভাগ্যি ভাল যে, এমন ভাই পেয়েছিস। এমন সম্বন্ধ জুটেছে— তুই বলিস কিনা, ভেঙ্গে দিতে? বাঙালীর মেয়ে খ্রীষ্টানীর মত আইবুড় থুবড়ো হয়ে থাকবি? যা নীচে যা।

হেম চলিয়া গেল, সুলোচনা গুণেন্দ্রের দিকে চাহিয়া বলিলেন, এইসব দিনরাত বই পড়ার ফল। চব্বিশ ঘণ্টা নভেল, নাটক নিয়ে থাকলেই এই সমস্ত দুর্মতি হয়। অঘ্রাণ মাসে যেমন করে হোক, ওকে বিদেয় করতেই হবে।

গুণেন্দ্র চুপ করিয়া বসিয়া রহিল। সুলোচনা আরো কিছুক্ষণ দাঁড়াইয়া থাকিয়া ধীরে ধীরে নামিয়া গেলেন। দিন-দুই পরে আদালত হইতে ফিরিয়া কি একটা বইয়ের জন্য গুণেন্দ্র পড়িবার ঘরে ঢুকিতে যাইতেছিল, ভিতর হইতে হেম বলিয়া উঠিল, এসো না গুণীদা, আমি খাচ্চি।

গুণী থমকিয়া দাঁড়াইয়া বলিল, খেলেই বা। আমি ঘরে ঢুকলেই কি খাওয়া নষ্ট হবে?

হেম কহিল, সমস্ত ঘরময় কার্পেট পাতা রয়েছে যে।

গুণী বলিল, তোমার দাসী মানদা ঢুকলে জাত যায় না, আমি কি তার চেয়ে ছোট?

হেম অপ্রতিভ হইয়া হাসিয়া বলিল, আচ্ছা এসো, আমার খাওয়া হয়েচে। বলিয়া খাবারের থালাটা ঠেলিয়া টেবিলের ওধারে সরাইয়া দিল।

না না, তুমি খাও, তুমি খাও, আমি কাপড় ছেড়ে আসচি। বলিয়া গুণী তাড়াতাড়ি চলিয়া গেল। তাহার বুকের ভিতরটা যেন জ্বালা করিতে লাগিল।

পরদিন বেলা দশটার সময় গুণী ভাত খাইয়া উঠিবামাত্রই হেম কোথা হইতে ছুটিয়া আসিয়া সেই পাতা আসনে বসিয়া পড়িয়া বলিল, বামুনঠাকুর, আমাকে এই পাতে ভাত দাও।

বামুনঠাকুর আশ্চর্য হইয়া বলিল, ওতে যে বাবু খেয়ে গেলেন।

হেম বলিল, হাঁ, হাঁ, জানি, তুমি দাও না।

পাশের ঘর হইতে শুনিতে পাইয়া সুলোচনা নিকটে আসিয়া বলিলেন, ও কি করছিস হেম। ও যে গুণীর এঁটো পাত; যা, কাপড় ছেড়ে গঙ্গাজল স্পর্শ করে আয়।

হেম উচ্ছিষ্টাবশেষ হইতে একগ্রাস মুখে পুরিয়া দিয়া বলিল, ঠাকুর, ভাত দাও। গুণীদার এঁটো পাতে বসে খাবার যোগ্যতা সংসারের ক'জনের ভাগ্যে আছে? এ পাতে খেতে পাওয়া ভাগ্য।

সুলোচনা অবাক হইয়া চাহিয়া রহিলেন, বামুনঠাকুর আরও ভাত তরকারি আনিয়া থালের উপর দিয়া গেল।

গুণী বারান্দার ওধারে বসিয়া মুখ ধুইতেছিল, সমস্ত শুনিতে পাই। সন্ধ্যার পর সে হেমকে বলিল, আজ হেমের যে জাত গেল।

হেম নূতন বই লইয়া মগ্ন হইয়া পড়িতেছিল, মুখ না তুলিয়াই বলিল, তোমাকে কে বললে?

যেই বলুক, জাত গেছে তো?

হেম মুখ তুলিয়া বলল, না। তোমার পাতে বসে খেলে কারু জাত যায় না— যারা জাত তৈরি করেচে— তাদেরও না।

গুণী অদূরে আর একটা চেয়ারের উপর বসিয়া পড়িয়া বলিল, তা হোক, কিন্তু কাজটা ভাল হয়নি। যার যা জাত, তাই তার মেনে চলা উচিত। তা ছাড়া, মাকে দুঃখ দেওয়া হয় যে!

হেম ক্ষণকাল চুপ করিয়া থাকিয়া, হঠাৎ যেন রাগ করিয়া বলিল, এ যেন তোমার বাড়ি

নয়, তোমার জায়গা নয়, তুমি যেন সকলের নীচে, সকলের ছোট। এ যদি-বা তোমার সহ্য হয়, আমার হয় না। তোমার পাতে বসে খেলে মা দুঃখ পান, না খেলে মার চেয়ে যিনি বড়, তাঁকে দুঃখ দেওয়া হয়। আচ্ছা, তুমি এখন যাও– আমি বকতে পারিনে, পড়ি। বলিয়া সে খোলা বইয়ের পাতার উপর তৎক্ষণাৎ ঝুঁকিয়া পড়িল।

গুণেন্দ্র খানিকক্ষণ স্থির হইয়া বসিয়া থাকিয়া নিঃশব্দে উঠিয়া গেল। তাহার দুই চোখের উপর হইতে একটা কালো পর্দা আজ যেন অকস্মাৎ কোথায় অন্তর্ধান হইয়া গেল।

চার

অগ্রহায়ণ মাসের শেষে নবদ্বীপে এক বড়লোকের ঘরে হেমের বিবাহ হইয়া গেল। সে দূর হইতে গুণীদাকে প্রণাম করিয়া স্বামীর ঘর করিতে চলিয়া গেল। সেখানে শ্বশুর, শ্বশ্রূ, জা, ননদ, কেহই ছিল না। স্বামীর বৃদ্ধা পিতামহী এবং স্বামীর অবিবাহিত ছোট ভাই– সে কলিকাতায় কলেজে পড়ে।

কিশোরীবাবুর বয়স ছত্রিশের কাছাকাছি। তিনি বিপত্নীক হইয়া অবধি একটি ডাগর মেয়ে খুঁজিতেছিলেন, তাই হেমকে না দেখিয়াই তাঁহার পছন্দ হইয়া গেল। বিবাহের পর তিনি সুলোচনাকেও এ বাড়িতে আনিবার জন্য পীড়াপীড়ি করিতে লাগিলেন। সুলোচনা সম্মত হইয়া মেয়ের কাছে পত্র লিখাইলেন। তিনি নবদ্বীপে থাকিয়া পুণ্যসঞ্চয় করেন, এই ইচ্ছা।

হেম জবাবে লিখিল, তুমি যে বাড়িতে আছ মা, সে বাড়ির হাওয়া লাগলেও সমস্ত নবদ্বীপ উদ্ধার হয়ে যেতে পারে। ওখানে থেকেও যদি তোমার পুণ্যসঞ্চয় না হয়, বৈকুণ্ঠে গেলেও হবে না। ওঁকে ছেড়ে যদি তুমি এস, আমি নিজে গিয়ে তাঁর কাছে থাকব।

মেয়েকে তিনি চিনিতেন, তাই যাইতে পারিলেন না বটে, কিন্তু মন তাঁহার কোথাকার অজানা নবদ্বীপের আশেপাশে দিবারাত্র ঘুরিয়া বেড়াইতে লাগিল।

এমনি করিয়া আরো ছয় মাস কাটিয়া গেল। একদিন তিনি আর থাকিতে না পারিয়া কি একটা উৎসবের উপলক্ষ করিয়া, নন্দাকে সঙ্গে করিয়া, স্টিমারে চড়িয়া বসিলেন। সেখানে গিয়া তিনি মেয়েকে রোগা দেখিয়া দুঃখিত হইয়া বলিলেন, কেউ নাই মা এখানে, বোধ করি, তোর যত্ন হয় না।

মেয়ে হাঁ-না একটা জবাবও দিল না।

উৎসব শেষ হইয়া গেল, তবু তাঁহার ফিরিবার গা নাই দেখিয়া একদিন হেম বলিল, আর কতদিন জামাইয়ের বাড়ি থাকবে মা? লোকে নিন্দে করবে যে।

সুলোচনা রাগিয়া উঠিয়া বলিলেন, তুই আমাকে তাড়াতে পারলেই বাঁচিস এ তবু তো আপনার মেয়ে-জামাইয়ের বাড়ি, সেইখানেই কোন নিজের বাড়িতে ফিরে যাব, শুনি?

হেম কিছুক্ষণ অবাক হইয়া বসিয়া থাকিয়া বলিল, তোমার দোষ নেই মা, এ আমাদের মেয়েমানুষের স্বধর্ম। আমরা আপনার পর একদিনেই ভুলে যাই।

দিন কাটিতে লাগিল, আবার দুর্গাপূজা ঘুরিয়া আসিল। গুণী বড় ঘটা করিয়া পূজার তত্ত্ব পাঠাইয়াছিল। সুলোচনা হেমকে আড়ালে ডাকিয়া বলিলেন, গুণী আমার ব্রাহ্ম বটে, কিন্তু এ-সব জানে।

মিষ্টান্ন প্রভৃতি পাড়ায় বিতরণ করিয়া, কাপড়-চোপড় সকলকে দেখাইয়া বলিতে লাগিলেন, আমি ঘরে নেই, তাই ছেলে আমার বোনকে তত্ত্ব পাঠিয়েচে এবং পূজা দেখিয়াই তিনি ঘরে ফিরিবেন, এ-কথাও সকলের কাছে প্রচার করিয়া দিলেন। তাঁহার যাওয়া সম্বন্ধে

হেম সেদিন হইতে আর কোন কথা বলিত না, আজও চুপ করিয়া রহিল। সুলোচনা বুঝিতে পারিয়া মনে মনে বলিলেন, যদি কখন ভগবান দিন দেন তখন বুঝবি মা, সন্তানকে ছেড়ে যেতে মায়ের প্রাণ কি করে।

কিন্তু পূজা শেষ না হইতেই সুলোচনাকে শক্ত করিয়া ম্যালেরিয়ায় ধরিল। মাস খানেক জ্বরভোগের পরে একদিন হেম বলিল, আর কেন মা, বিপদে মধুসূদনকে স্মরণ করতে হয়, যদি বাঁচতে চাও গুণীদাকে ডাক দাও। বলিতে বলিতে তাহার দুই চোখ জলে ভরিয়া গেল, তার পর সেই জল ঝরঝর করিয়া করিয়া পড়িতে লাগিল, সে ঊর্ধ্বমুখে স্থির হইয়া বসিয়া রহিল।

মা বলিলেন, তাই কর হেম, তাকে চিঠি লিখে দে।

হেম বাড়ির সরকারকে দিয়া মাকে লইয়া যাইবার জন্য গুণেন্দ্রকে চিঠি লিখাইয়া দিল।

দুইদিন পরে মানদা ও রোয়ান আসিয়া উপস্থিত হইল। হেম মানদাকে ডাকিয়া জিজ্ঞাসা করিল, গুণীদা এলো না কেন রে?

মানদা বলিল, তাঁরও অসুখ। প্রায় দু হপ্তা হয়ে গেল, সর্দি-কাশি, কোনদিন বা একটু জ্বর, না হলে তিনিই আসতেন। হেম আসা করিয়াছিল, গুণীদাদা আসিবে।

সুলোচনা চলিয়া গেলেন। গুণী ঔষধ-পথ্যের ব্যবস্থা করিয়া দাস-দাসী সঙ্গে দিয়া তাঁহাকে বায়ু পরিবর্তনের জন্য পশ্চিমে পাঠাইয়া দিল। যাবার সময় সুলোচনা বলিলেন, গুণী, তুইও আমার সঙ্গে আয় বাবা, তোর দেহটাই ভাল নেই– চল দু'জনেই যাই গুণী স্বীকার করিতে পারিল না। তাহার কলিকাতায় কাজ ছিল, সে রহিয়া গেল।

পশ্চিমে গিয়া সুলোচনা সারিতে লাগিলেন। তিনি নবদ্বীপে ও কলিকাতায় চিঠি লিখিয়া সংবাদ জানাইলেন যে, শরীর ভাল থাকিলে মাঘের শেষে দেশে ফিরবেন।

গত বৎসর ছাব্বিশে অগ্রহায়ণে হেমের বিবাহ হইয়াছিল, আজ আবার ছাব্বিশে অগ্রহায়ণ ফিরিয়া আসিয়াছে। হঠাৎ এই কথাটা স্মরণ করিয়া গুণী ক্ষণকালের জন্য বই হইতে মুখ তুলিয়া শূন্যদৃষ্টিতে জানালার বাহিরে চাহিয়াছিল, এমন সময় পিছনে দ্বারের বাহিরে দাঁড়াইয়া নূতন দরোয়ান ডাকিল, মহারাজ, একঠো জরুরী তার আয়া।

গুণী মুখ ফিরাইয়া দেখিল, দরোয়ান বুদ্ধি করিয়া পিওনকে সঙ্গে আনিয়াছে। সে খামখানা হাতে দিয়া দস্তখত লইয়া সেলাম করিয় চলিয়া গেল।

গুণী তার পড়িয়া আশ্চর্য হইয়া গেল। হেম খবর দিতেছে, সে রওনা হইয়া পড়িয়াছে, হুগলীতে নামিয়া ট্রেনে করিয়া আসিবে, সুতরাং বেলা তিন-চারটার সময় হাওড়া স্টেশনে যেন গাড়ি পাঠান হয়। সে কি জন্য আসিতেছে, সঙ্গে কে কে আছে, কিশোরীবাবু আছেন কিংবা সে একলাই আসিতেছে, কিছুই বোঝা গেল না। বাড়িতে স্ত্রীলোক কেহ ছিল না; মানদা সুলোচনার সহিত পশ্চিমে গিয়াছিল, তাই গুণী কিছু বিব্রত হইয়া পড়িল। পুরাতন কোচম্যান গাড়ি লইয়া গেল এবং সন্ধ্যার কিছু পূর্বে হেমকে লইয়া ফিরিয়া আসিল। সঙ্গে দাসী চাকর এবং কিছু জিনিসপত্র ছিল। গুণী হেমকে দেখিয়া শিহরিয়া উঠিয়া বলিল, এ কি রকম পাগলের মত বেশ করে আসা হ'ল শুনি?

হেম ভূমিষ্ঠ হইয়া প্রণাম করিয়া বলিল, ওপরে চল, বলচি। উপরে বসিবার ঘরে গিয়া স্থির হইয়া বসিয়া সে জিজ্ঞাসা করিল, মা তো মাঘ মাসের আগে ফিরবেন না?

গুণী বলিল, না, সেই রকমই তো লিখেছেন।

তা হলে তাঁকে এর মধ্যে আর জানিয়ে কাজ নেই। কিন্তু, আশ্চর্য দেখ গুণীদা, আজকের

দিনেই বিদেয় হয়েছিলাম, আজকের দিনেই ফিরে এলাম।

গুণী বুঝিতে না পারিয়া বলিল, ফিরে এলাম কি?

হেম সহজভাবে বলিল, ফিরে এলাম বৈ কি। আর সেখানে কি করে থাকব? কেন, তুমি কি আমার থানকাপড় দেখেও কিছু বুঝতে পাচ্ছ না? পরশু কাজকর্ম শেষ হয়ে গেল, আজ চলে এলাম।

গুণী স্তম্ভিত হইয়া বসিয়া রহিল। অনেকক্ষণ পরে বলিল, একটা খবরও তো দাওনি– কি হয়েছিল কিশোরীবাবুর?

হেম বলিল, ও-বুধবারের সন্ধ্যাবেলাতেই কলেরার লক্ষণ টের পাওয়া যায়। ওদেশে যতদূর সাধ্য চিকিৎসা করা গেল, কিন্তু কিছুতেই কিছু হ'ল না। পরদিন বেলা দশটার সময় মারা গেলেন।

গুণী কিছুক্ষণ পরে অলক্ষ্যে আর্দ্রচক্ষু মুছিয়া ফেলিয়া বলিল, কিন্তু মা শুনলে একেবারে মারা যাবেন। যতদিন তিনি জানতে না পারেন, ততদিনই ভাল।

হেম কহিল, কি করবে গুণীদা? তোমরা ভগবানের বিরুদ্ধে ষড়যন্ত্র করছিলে, সে কথা কেবল আমিই মনে মনে টের পেয়েছিলাম। তখন আমার কথা তোমরা গ্রাহ্য করলে না– এখন কান্না, আর হায় হায়! খিদে পেয়েছে, কি খাই বল তো? কিন্তু ক্লান্ত হয়ে পড়েছি, আর রাঁধতে পারব না– কিছু ফলমূল খেয়েই আজকের দিন কাটাই।

গুণী জিজ্ঞাসা করিল, ও বেলাতেও খাওয়া হয়নি?

না। সকালে স্টিমার ধরতে হয়েছিল।

মাঘের শেষে সুলোচনা ফিরিয়া আসিলেন, কিন্তু রোগমুক্ত হইয়া আসিতে পারিলেন না। তার পর ঘরে আসিয়া এই দৃশ্য দেখিয়া সেইদিনই আবার শয্যা গ্রহণ করিলেন। এ শোক তাঁহার বুকে শেলের মত বাজিল। চিকিৎসা ও শুশ্রূষার অন্ত রহিল না, কিন্তু কিছুতেই যেন কিছু হইতে চাহিল না। একদিন তাঁহার হাত-পা ফুলিয়া উঠিল দেখিয়া গুণী অতিশয় চিন্তিত হইল। সেদিন তিনিও গুণীকে নিভৃতে পাইয়া বলিলেন, আর কি হবে বাবা, চেষ্টা করে? আমাকে একটু শান্তিতে যেতে দে।

গুণী চোখের জল চাপিয়া বলিল, এমন কি হয়েছে মা, যে, একেবারেই তুমি নিরাশ হয়ে পড়েচ?

সুলোচনা বলিলেন, আচ্ছা, তুই বলে দে, আমার আশা করবার আর কি বাকী আছে?

গুণী মুখ নীচু করিয়া বসিয়া রহিল।

সুলোচনা বলিলেন, গুণী, আমি অত নির্বোধ নই বাবা। আমি জেনেশুনে যে পাপ করেচি, সেই পাপ আমাকে যেন ভিতর থেকে পলে পলে ভস্ম করে আনচে। ক্ষণকাল নীরব থাকিয়া আবার বলিলেন, একটি কথা আমাকে সত্য করে বল্ গুণী। আমি বেশ জানি, একদিন তুই আমার হেমকে স্নেহ করতিস, আর একবার চেষ্টা করলে কি তাকে আবার স্নেহ করতে পারিস নে?

গুণী মুখ নীচু করিয়া বলিল, তাকে তো চিরকালই স্নেহ করি মা! সেদিনও করেছি, আজও করি। তার জন্য তোমার কোন ভাবনা নেই, আমি বেঁচে থাকতে সে কোন দুঃখ পাবে না।

সুলোচনা বলিলেন, তা জানি। আচ্ছা, এই আমার শেষ আশীর্বাদ তোদের উপর রইল, যদি কোনদিন আবশ্যক হয়, এ-কথা তাকে বলিস। আর একটা কথা বাবা– এখানে

থাকতে হেম আমাকে চিঠি লিখেছিল,– মা, যেখানে তুমি আছ, সে বাড়ির হাওয়া লাগলে সমস্ত নবদ্বীপ উদ্ধার হয়ে যেতে পারে। ও-বাড়িতে থেকেও যদি তোমাদের পুণ্যসঞ্চয় না হয়, বৈকুণ্ঠেও হবে না। আর বাবা, আমার মরণ-কালে আমার মাথায় হাত দিয়ে আশীর্বাদ কর, যেন পাপমুক্ত হই। আমার অপরাধ যে কত বড় গুণী, সে আমি ছাড়া আর তো কেউ জানে না।

গুণী নিঃশব্দে কাঁদিতে লাগিল। সে যথার্থই সুলোচনাকে মায়ের মত ভালবাসিত।

সুলোচনা বলিলেন, হেমকে আমি কোন কথাই বলে যেতে পারব না। তার মুখের দিকে তাকালেই আমার বুকের ভিতর হুহু করে জ্বলতে থাকে। লোকে সৎমার গল্প করে, আমি সৎমার চেয়েও তার শত্রু।

পরদিন অত্যন্ত বাড়াবাড়ি হইল। তাঁহার বাঁচিবার আশা সকলেই ত্যাগ করিল। তাঁহার শ্বাসকষ্টের সূত্রপাতেই তিনি হেমকে কাছে ডাকাইয়া তাহার চিবুক স্পর্শ করিয়া চুম্বন করিয়াই কাঁদিয়া ফেলিলেন।

হেম, তবে বিদায় হ'লাম মা।

হেম মায়ের বুকের উপর পড়িয়া ফুঁপাইয়া কাঁদিতে লাগিল। কতক্ষণ পরে তিনি ইশারায় উঠিতে বলিয়া বলিলেন, কাঁদিস নে মা। সুখে-দুঃখে পনেরো বছর তোকে বুকে করে কাটিয়েচি; আজ সময় হয়েচে, তাই তোর বাপের কাছেই যাচ্চি। আজ আমার সুখের দিন, আজ আমি কাঁদতাম না হেম, আজ হেসে আমোদ করে যেতাম, যদি না তোকে এমন করে নষ্ট করতাম। আমি লজ্জায়, দুঃখে তোর মুখের পানে যে চাইতেই পারচিনা মা!

হেম কাঁদিতে কাঁদিতে বলিল, কেন অমন করে তুমি বলচ মা ? আমার কপালে যা ছিল তাই হয়েচে, এতে তোমার হাত কি ?

সুলোচনা বাধা দিয়া বলিলেন, আমার হাত ছিল, সে হাত আমি নিজের হাতেই কেটেচি। তুই বলচিস মন্দ কপাল, কিন্তু তোর কপালের মত ভাল কপাল এ রাজ্যে একটি মেয়েরও ছিল না মা, আমি যদি না মাঝে পড়ে সমস্ত নষ্ট করে দিতাম। আমি যে সমস্তই জানি; তাতেই তো এ দুঃখ রাখবার আর জায়গা খুঁজে পেলাম না। অজানা পাপের উপায় আছে, কিন্তু জেনেশুনে পাপ করার কোথায় মোচন পাব মা ?

তাঁহার চোখ দিয়া টপটপ করিয়া বড় বড় অশ্রু গড়াইয়া পড়িতে লাগিল। হেম আঁচল দিয়া তাহা মুছাইয়া দিলে, কিছুক্ষণ পরে সুলোচনা পুনরায় বলিলেন, মায়ের উপর রাগ রাখিস নে মা পাছে এ কথা বললে তোর

অকল্যাণ করা হয়, তাই বলতে পারলাম না। না হলে আজ মরণকালে, হাতজোড় করে বলতাম

হেম তাড়াতাড়ি তাঁহার মুখে হাত চাপা দিয়া কাঁদিয়া উঠিয়া বলিল, কি করলে তুমি সুখী হও; আমাকে বল,– আমি তাই করব। আমি তো কোনদিন তোমার অবাধ্য হইনি মা।

সুলোচনা অনেক কষ্টে তাঁহার অবশ হাতখানি হেমের মাথায় রাখিয়া বলিলেন, সেইজন্যই তো পুড়ে মরচি হেম। আমার যা বলবার, তা আমি গুণীকে বলেছি, দরকার হলে সে-ই তোকে বলবে। তুই কিন্তু আজ এই কাপড়খানা তোর ছেড়ে আয়। যে কাপড় পরে এক বছর আগে এই ঘরে এই খাটের ওপর এসে বসতিস, যে-সব গয়না পরে আমাকে প্রণাম করতে এসেছিলি, আমার গুণীর দেওয়া সেই কাপড়, সেই গয়না পরে আমার সামনে আয়। একদণ্ডের জন্যেও আমার নিজের পাপ থেকে আমায় মুক্তি।

হেম নিঃশব্দে উঠিয়া গিয়া তাঁহার আদেশ পালন করিয়া ফিরিয়া আসিয়া বসিলে,

তাঁহার ওষ্ঠপ্রান্তে যেন ঈষৎ হর্ষের আভাস খেলা করিয়া গেল। তিনি অপেক্ষাকৃত সুস্থভাবে বলিলেন, মা, চৌত্রিশ বছর বয়সে আমার যে জ্ঞান কোনদিন হয়নি, সে জ্ঞান, সে বুদ্ধি এক নিমিষে হয়েছিল, যেদিন পশ্চিম থেকে ফিরে এসে তোকে প্রথমে দেখি। লোকে বলে, মাথায় বাজ পড়া কি জানি মা, কি-রকম সে, কিন্তু সেদিন আমার যে ব্যথা বেজেছিল, তার অর্ধেক ব্যথাও যদি বজ্রাঘাতে বাজে, তো, সে ব্যথা আমার পরম শত্রুর জন্যেও কামনা করিনে। আমার দিব্যি রইল হেম, এ বেশ আর খুলে ফেলিস নে। কি জানি, কোন্ পাষাণ বিধবার সাজ তৈরি করে গিয়েছিল, আজ আমি অভিসম্পাত করি, তাকে যেন আমার মত আঘাত বুক পেতে সইতে হয়। না না হেম, বাধা দিসনে, মা, কাল আমি আর বলতে আসব না। আজ তোকে বলি, যেন তোর বাপের কাছে গিয়ে তোকে দেখে সুখী হতে পারি।

তাঁহার আবার স্বর বন্ধ হইয়া আসিল। হেম আঁচল দিয়া ধীরে ধীরে চোখ মুছাইয়া দিতে লাগিল। বাহিরে জুতার শব্দ শুনিয়া হেম মাথার উপরে কাপড় তুলিয়া দিতেই গুণী সাহেব-ডাক্তার লইয়া ঘরের সামনে আসিয়া উপস্থিত হইল। সুলোচনা দেখিতে পাইয়া অধীরভাবে বলিয়া উঠিলেন, আবার ডাক্তার কেন গুণী? ঐখান থেকে ভিজিট দিয়ে ওকে বিদায় করে দিয়ে তুই আমার কাছে এসে একবার বোস।

গুণী বলিল, মা, অন্ততঃ একবার তোমার হাতটা

না গুণী, না। আর আমাকে দগ্ধ করিস নে, যেতে দে ওকে।

সাহেব-ডাক্তার অত বুঝিল না। সে ঘরে ঢুকিয়া নিকটে চৌকি টানিয়া লইয়া থার্মোমিটার বাহির করতে লাগিল। সুলোচনা বিরক্ত হইয়া বলিলেন, ওর বুদ্ধি দেখ! ও ঐটে দিয়ে আজ আমার জ্বর দেখবে! যা গুণী নন্দাকে পাঠিয়ে দে, ভাল কবিরাজ ডেকে আনুক, কখন শেষ হবে আমাকে শুনিয়ে যাক। বলে দে যেন ওযুধপত্র না আনে।

সুলোচনা গ্যাসের আলো সহ্য করিতে পারিতেন না; তাই এ ঘরে বরাবর মোমবাতি জ্বলিত। সন্ধ্যা হইলে দাসী সেজ জ্বালিয়া টেবিলের উপর রাখিয়া দিয়া গেলে, সুলোচনা বলিলেন, আজকের রাত্রি বোধ করি শেষরাত্রি। তাই আজ যদি না সত্যি কথা স্পষ্ট করে বলতে পারি, আজ যদি না লজ্জা সঙ্কোচ ত্যাগ করে মুখের সঙ্গে বুকের সঙ্গে এক করে দেখতে পারি, তবে ভগবান যেন আমাকে আরও শাস্তি দেন। কিন্তু তিনি নির্দোষীকে যেন আর দুঃখ না দেন! আমার পাপের ফল যেন আমার ওপর দিয়েই শেষ হয়!

তিনি কিছুক্ষণ স্তব্ধ হইয়া থাকিয়া হঠাৎ দীর্ঘশ্বাস ফেলিয়া 'উঃ' করিয়া উঠিলেন, হেম ব্যস্ত হইয়া মুখের উপর ঝুঁকিয়া পড়িয়া বলিল, কি মা?

সুলোচনা আস্তে আস্তে বলিলেন, কিছুই নয় মা। শুধু কি তুই একা হেম, আমার গুণীর যে মুখ আমি চোখে দেখেচি– পাষাণেরও বোধ করি তাতে দয়া হ'ত, কিন্তু আমার হয়নি, অথচ সে আমাদের কি না করেচে। থাক্ ও-সব কথা আর তুলব না। কোনদিন তার অবাধ্য হ'সনে মা, কোনদিন তাকে দুঃখ দিসনে। এ কথাটা কোনদিন ভুলিস নে মা, ও-সব মানুষের বুকের ব্যথা স্বয়ং ভগবানের বুকে গিয়ে বাজে। তার যা ধর্ম, তোর ধর্মও তাই। আমার আদেশ নয় হেম, এ তাঁর আদেশ, যাঁর আদেশে তোরা একদিনের দেখাতেই চিরকালের মত এক হয়ে গিয়েছিলি। ছি মা, লজ্জা কি। যিনি অন্তর্যামী, যিনি বুকের ভিতর লুকিয়ে বসে কথা কন, তাঁকে অস্বীকার ক'রো না– তাঁকে অমান্য করো না। তাঁর হুকুম আমার ভিতরেও কথা কয়েছিল, কিন্তু দর্প করে তা শুনিনি, অগ্রাহ্য করে অপমান করেছিলাম, তাই তার ফল পাচ্চি। কিন্তু তোদের ওপর আমার এই শেষ অনুরোধ রইল মা, আমার অন্যায়, আমার পাপকে চিরকাল স্বীকার করে আমার দুষ্কৃতিকে যেন অক্ষয় করে রাখিস নে।

মানদা আসিয়া বলিল, মা, কবিরাজ এসেছেন।

সুলোচনা আস্তে আস্তে বলিলেন, তাঁকে আসতে বল। হেম, তুই একবার বাইরে যা মা।

পাঁচ

মায়ের মৃত্যুর পর হইতেই হেমের আচার-ব্যবহারের আশ্চর্য পরিবর্তন দেখা দিল। কাছে থাকিয়াও সে যেন প্রতিদিন নিজেকে কোন সুদূর অন্তরালের দিকে ঠেলিয়া লইয়া যাইতে লাগিল। গুণেন্দ্র চিরদিন সহিষ্ণু ও নিস্তব্ধ প্রকৃতির লোক। এ পরিবর্তন সে প্রথমেই টের পাইল, কিন্তু নিঃশব্দে সহ্য করিয়া রহিল। অকস্মাৎ ধর্মের মধ্যে হেম কি রস পাইল, সে-ই জানে, সে নাটক, নভেল, কবিতার বই তুলিয়া রাখিয়া রামায়ণ, মহাভারত, গীতা ও উপনিষদের বাংলা অনুবাদের মধ্যে নিজেকে সম্পূর্ণরূপে নিমজ্জিত করিয়া ফেলিল। মায়ের শপথ মনে করিয়া সে থান-কাপড় আর পরিল না বটে এবং কানের দুটি হীরার দুল, চুড়ি এবং হারও খুলিয়া রাখিল না সত্য, কিন্তু বৈধব্যের সমস্ত কঠোরতা অত্যন্ত নিষ্ঠার সহিত সে পালন করিয়া চলিতে লাগিল। সমস্ত রকমের বাহুল্য বর্জন করিয়া সে একবেলা রাঁধিয়া খাইত। এইটুকু সময় এবং গৃহিণীর প্রয়োজনীয় কর্ম সমাধা করিতে যেটুকু সময় লাগে, সেইটুকু ছাড়া সমস্ত সময়টা সে ধর্মচচায় অতিবাহিত করিতে লাগিল। যদি বা কোন সময়ে সে গুণীর কাছে আসিয়া বসিত, কিন্তু পরক্ষণেই কোন একটা কাজের নাম করিয়া অন্যত্র চলিয়া যাইত। সে যে তাহার সঙ্গকে ভয় করিতে শুরু করিয়াছে, এই আকস্মিক ত্রস্ত পলায়নের দ্বারা তাহা এতই সুস্পষ্ট হইয়া উঠিত যে, বহুক্ষণের নিমিত্ত গুণী শূন্যদৃষ্টিতে জানালার বাহিরে চাহিয়া স্তব্ধ হইয়া বসিয়া থাকিত। যত দিন কাটিতে লাগিল, তাহার আচার-বিচারের ছোটখাট কাজগুলা পর্যন্ত সুদৃঢ় আকার ধরিয়া উঠিয়া দাঁড়াইতে লাগিল যেমন জেলের কর্তৃপক্ষ জেলের মধ্যে বেষ্টনের পরে বেষ্টন তুলিয়া তাহার বড় কয়েদীগুলির পরিসর ছোট করিয়া আনিতে থাকে, হেম যেন ঠিক তেমনি সতর্ক হইয়া তাহার হৃদয়বাসী কোন এক গভীর দুষ্কৃতকারীর চলাফেরার পথ অহরহ সঙ্কীর্ণ করিয়া আনিতে লাগল।

একদিন সে হঠাৎ আসিয়া বলিল, গুণীদ, মন্তর নেব?

গুণী মুখের দিকে চাহিয়া থাকিয়া বলিল, কি মন্ত্র, গুরুমন্ত্র?

হাঁ।

গুণী হাসিয়া বলিল, ভয় নেই ভাই, তোমাকে আত্মরক্ষার জন্যে নিত্য নূতন কবচ আঁটতে হবে না।

হেম বোধ করি এ কথা বুঝিতে পারিল না; কিছুক্ষণ চাহিয়া থাকিয়া বলিল, গুরুমন্ত্রের দরকার নেই?

গুণী বলিল, আছে, কিন্তু সে বয়স এখনো তোমার হয়নি। তা ছাড়া, কে তোমাদের গুরু, সে তো আমি জানিনে।

হেম বলিল, সে গুরুতে আমার কাজ নেই, আমি তোমার কাছ থেকে দীক্ষা নেব।

গুণী আশ্চর্য হইয়া বলিল, আমার কাছ থেকে দীক্ষা নেবে? আমি দীক্ষার কি জানি হেম? তা ছাড়া, তোমরা হিন্দু, আমি ব্রাহ্ম।

হেম বলিল, আমি সে জানিনে। মা বলেছিলেন, তোমার যা ধর্ম আমারও তাই ধর্ম। আচ্ছা গুণীদা, এ কথার অর্থ কি?

এ কথার কি অর্থ গুণী তাহা জানিত। কিন্তু তাহা না বলিয়া সহজভাবে সে বলিল, বোধ করি, তিনি বলছিলেন, সব ধর্মই এক।

হেম বলিল, কিন্তু, সব ধর্ম তো এক নয়!

গুণী ক্ষণকাল নীরব থাকিয়া বলিল, হেম, এ-সব আলোচনা আমি কখনো পরের সঙ্গে করিনে।

হেম বলিল, কিন্তু আমি তো তোমার পর নই।

গুণী প্রত্যুত্তরে বলিয়া উঠিল, না, তুমি আমার পরমাত্মীয়, কিন্তু তোমার সঙ্গেও আমি এ সমস্ত চর্চা করব না।

হেম হতাশভাবে নিশ্বাস ফেলিয়া বলিল, যদি বলবে না, তবে আর আমি কি করে শুনব?

গুণী তাহার মুখ দেখিয়া অনুতপ্ত হইয়া বলিল, তুমি কি শুনতে চাও?

হেম বলিল, গুণীদা, যেদিন আমি জোর করে তোমার পাতে বসে খেয়েছিলাম, তুমি সেদিন নিষেধ করে বলেছিলে, কাজটা ভাল করনি, যার যা জাত, তার তাই মেনে চলা উচিত, আজ বলচ, সব ধর্মই এক,— কোন্‌টা সত্যি?

গুণী কহিল, সেদিন আমি সাধারণভাবেই বলেছিলাম। তবুও দুটো কথাই সত্য। জাত আর ধর্ম এক জিনিস নয়। একটা দেশাচার, লোকাচার, শুদ্ধমাত্র কালের বস্তু। কিন্তু অপরটা ইহকাল, পরকাল, দুই কালেরই বস্তু। কিন্তু তাই বলে ধর্ম মেনে চললেই যে জাত মেনে চলা হয়, তাও না, আবার জাত মেনে চললেই যে ধর্ম মানা হয়, তাও নয়। জাত না মেনে চলায় দুঃখ আছে, সবাই সে দুঃখ সইতে পারে না, পারার প্রয়োজনও সব সময়ে হয় না– তাই তোমাকে আমি সেদিন ও কথা বলেছিলাম। কিছুক্ষণ মৌন থাকিয়া বলিল, হেম, এ দুটো আলাদা, অথচ মিশে আছে। মিশে আছে বলেই দেশভেদের সঙ্গে ধর্মেরও নানা ভেদ হয়ে গেছে। ধর্মের যেটা গোড়ার কথা, সেটা পরকালের কথা, মরণই শেষ নয়, এই কথা। এই বনিয়াদের ওপর তুমি হিন্দু, তুমিও দাঁড়িয়ে আছ, আমি ব্রাহ্ম, আমিও দাঁড়িয়ে আছি। ঈশ্বরকেও সকল ধর্মে হয়ত মানে না, কিন্তু মরণ হলেই যে নিষ্কৃতি পাবার জো নেই, এ কথাটা নিগ্রোদের দেশ থেকে ল্যাপল্যাণ্ডের দেশ পর্যন্ত সকল দেশের ধর্মই স্বীকার করে। মৃত্যুর পরের ভাবনা তাই তুমি ভাব, আমিও ভাবি হতে পারে, আলাদা রকম করে ভাবি, কিন্তু ভাবনার আসল বস্তুটা যে এক, এই কথাটাই মা হয়ত মরণকালে তোমাকে উপদেশ দিয়ে গেছেন।

হেম অনেকক্ষণ চুপ করিয়া থাকিয়া বলিল, শুধু ভাবলেই তো হয় না, তার উপায় করাও তো চাই।

গুণী বলিল, চাই বৈ কি ভাই! এই উপায় বার করা নিয়েই এত দ্বন্দ্ব, এত গণ্ডগোল। তোমার উপায়টা আমি পছন্দ করিনে, আমারটা তুমি পছন্দ কর না। এটা অনুমানের জিনিস প্রমাণের জিনিস নয় বলেই তর্ক শেষ হয় না, ঝগড়াও থামে না। কিন্তু তোমার রাঁধবার সময় হ'ল যে, হেম?

হেম নিঃশব্দে ধীরে ধীরে উঠিয়া গেল। গুণী শূন্যদৃষ্টিতে শূন্যের দিকেই চাহিয়া বসিয়া রহিল।

গুণীদা!

গুণী চমকিয়া মুখ ফিরাইয়া বলিল, কি হেম? হেম বলিল, আচ্ছা, আমি যে পথে চলচি, সে কি ঠিক পথ?

কি করে বলব ভাই? সে কথা তুমিই জান। যদি আনন্দ পাও, শান্তি পাও, নিশ্চয়ই তা হ'ল ঠিক পথ!

কিন্তু আমি তো কিছুই পাইনে।

তাহার ব্যথিত কণ্ঠস্বরে গুণীর চোখ ফাটিয়া জল আসিতে লাগিল। সে বহুক্লেশে তাহা রোধ করিয়া আস্তে আস্তে বলিল, তবে কর কেন?

হেম বলিল, কি জানি গুণীদা, কিসে যেন আমাকে টেনে নিয়ে যায়, যেন জোর করে করায়, আমি থামতে পারিনে।

গুণী কি বলিবে, হঠাৎ ভাবিয়া পাইল না, তার পর বলিল, হয়ত নূতন বলেই প্রথমে সুখ পাচ্ছ না, শেষে নিশ্চয় পাবে।

হেম উৎসুক হইয়া জিজ্ঞাসা করিল, পাব?

নিশ্চয় পাবে। ধর্মে যদি সুখ-শান্তি না পাও, তবে আর কিসে পাবে? আমি আশীর্বাদ করি, একদিন নিশ্চয় তুমি সুখী হবে। দিন-দুই পরে জ্যোৎস্নার আলোয় খোলা ছাদের উপর পাটি পাতিয়া গুণী চুপ করিয়া শুইয়া ছিল। হেম আসিয়া পায়ের কাছে বসিয়া পড়িল,– তোমার পায়ে হাত বুলিয়ে দেব গুণীদা?

গুণী 'দাও', বলিয়া চোখ বুজিয়া রহিল। চন্দ্রালোকে দীপ্ত হেমের মুখের দিকে সে চাহিতে সাহস করিল না।

হেম নিঃশব্দে হাত বুলাইয়া দিতে দিতে হঠাৎ বলিল, গুণীদা, বিধবার বিয়ে হওয়া কি ভাল?

গুণী চোখ বুজিয়াই বলিল, তুমি কি বল?

হেম বলিল, আমি তো বলতে আসিনি, শুনতে এসেছি।

গুণী বলিল, পায়ে হাত বুলোনটা বুঝি তার ভূমিকা?

হেম সহজভাবে বলিল, না তা নয়। তোমার পায়ের কাছে বসলেই আমার হাত দেবার লোভ হয়।

গুণী চুপ করিয়া রহিল। নিজের জিভকে সে বিশ্বাস করিতে পারিল না।

হেম বলিল, কৈ, বললে না?

গুণী তথাপি চুপ করিয়া রহিল।

হেম পায়ের তলায় একটি ক্ষুদ্র চিমটি কাটিয়া বলিল, বল শিগগিরি।

গুণী বলিল, বলব, কিন্তু আগে আমার কথার জবাব দাও।

কি?

তোমার স্বামীকে তুমি ভালবাসতে কি?

একটুও না। সে কথা আমার কোনদিন মনেও হয়নি। সেখানকার একটি পয়সার জিনিস সঙ্গে আনিনি, তাদের দেওয়া একখানি কাপড় পর্যন্ত পরে আসিনি। পেটে যা খেয়েছি, তার চর্তুগুণ দিয়ে এসেছি– এমনি তাদের সঙ্গে আমার সম্পর্ক।

গুণী বলিল, কিন্তু যারা সতী-লক্ষ্মী তারা নিজেদের স্বামীকে ভালবাসে। বিধবা হলে তাঁর মুখ মনে করে আর বিয়ে করে না। তোমার মার মত তাঁরা মরণকালে 'স্বামীর কাছে যাচ্ছি' মনে করেন।

হেম বলিল, আমাকে তোমরা জোর করে ধরে-বেঁধে বিয়ে দিয়েছিলে। আমিও সতী-লক্ষ্মী, তাই মরণ-কালে আমি তোমার কাছে যাচ্ছি, এই কথাই মনে করব। আচ্ছা গুণীদা, মরে কি তোমার কাছে যেতে পারব?

তাহার কথার মধ্যে জড়তা নাই, দ্বিধা নাই, লজ্জার লেশমাত্র নাই, এ যেন কাহার কথা কে বলিয়া যাইতেছে। তখনকার হেমের সহিত আজিকার হেমের যেন সংস্রব পর্যন্ত নাই। গুণী স্তম্ভিত হইয়া রহিল। হেম বলিল, বল, তোমার কাছে যেতে পারব কি না?

গুণী বলিল, না।

না– কেন?

গুণী কহিল, আমার কর্মের ফল আমাকে কোথায় নিয়ে যাবে, সে আমি জানি না, তোমার কর্মফল তোমাকে কোথায় নিয়ে যাবে, সে তুমিও জান না। আমার কর্মদোষে হয়ত পশু হয়ে জন্মাব, তুমি হয়ত আবার বামুনের মেয়ে হয়ে জন্মাবে, তখন আমাকে কি করে পাবে ভাই? কর্মফল যদি সত্য হয়, স্বামী-স্ত্রীর চিরসম্বন্ধ কোনমতেই সত্য হতে পারে না। আমাদের এই কাল্পনিক সম্বন্ধ তো অতি তুচ্ছ। কত ভেদ, কত পার্থক্য, কত উঁচু-নীচু চোখের উপরেই দেখতে পাচ্ছ, এগুলো হয়ত কর্মেরই ফল। একে কোন ভালবাসার টানই নিরাকরণ করে দিতে পারে না। এ সংসারে কত পাষণ্ড স্বামীর সতী-সাধ্বী স্ত্রী থাকে, স্বামীটা হয়ত মরে গরু হয়ে জন্মায়– এ তোমাদেরই শাস্ত্রের কথা,– তুমি কি কামনা কর হেম, সতী-সাধ্বী স্ত্রী, তারা সারা-জীবনের সুকর্মের অন্তে এই গরুর সঙ্গে গোয়ালে গিয়ে বাস করে? সে হয় না। তা হলে ভাল কাজ, মন্দ কাজের অর্থ থাকে না। স্ত্রী নিজের কর্মে স্বর্গে যায়, স্বামী হয়ত জন্ম জন্ম নরক ভোগ করে– হাজার কামনা করলেও আর এক হবার উপায় থাকে না।

হেম বহুক্ষণ নিস্তব্ধ থাকিয়া আস্তে আস্তে বলিল, তবে কি সত্যিই আর মেলবার পথ থাকে না?

গুণী বলিল, না। তার আবশ্যকও থাকে না। তার চেয়ে হেম, যে মেলা সবচেয়ে বড় মেলা, যার কাছে যেতে পারলে আর কারো কাছে যেতে ইচ্ছে হবে না, অথচ সমস্ত রকমের মিলনের ইচ্ছাই আপনা-আপনি পরিপূর্ণ, সার্থক হয়ে যাবে, তুমি সেই মিলনের কামনা কর। তোমার পথ থেকে তোমাকে কেউ যেন টেনে নিয়ে না যায় আমি কায়মনে আশীর্বাদ করি, আমাদের দেওয়া সমস্ত দুঃখ একদিন যেন তোমার সার্থক হয়।

চাঁদের আলোয় হেম দেখিতে পাইল, গুণীর চোখ দিয়া ফোঁটা ফোঁটা জল গড়াইয়া পড়িতেছে সে পায়ের উপর মাথা ঠেকাইয়া প্রণাম করিয়া আস্তে আস্তে উঠিয়া গেল। সে উঠিয়া গেল, এমন অনেক দিনই এমনি করিয়া নিঃশব্দে উঠিয়া গিয়াছে, কিন্তু আজ যেন কেমন করিয়া গুণীর সমস্ত সংযম, সমস্ত ধৈর্যের বাঁধ সে সমূলে উৎপাটিত করিয়া দিয়া চলিয়া গিয়াছে। আজ তাহার ধিক্কারের সহিত কেবলি মনে হইতে লাগিল, যেন চিরদিনের সুযোগ অকস্মাৎ চোখের সামনে দিয়া বহিয়া গেল, হাত বাড়াইয়া ধরা হইল না। হেম তাহাকে যে কত ভালবাসে, এ কথা সে নিঃসংশয়ে জানিত। আজ তাহার মুখ হইতে স্পষ্ট করিয়া শুনিয়াও, সে কোনমতেই নিজের কথাটা বলিতে পারিল না। সুলোচনার মৃত্যু হইতেই বলি-বলি করিয়াছে, বলিতে পারে নাই। কেবলি মনে হইয়াছে, এ যেন কোন বিষধর সর্প ঘুমাইয়া আছে, হাত বাড়াইয়া স্পর্শ করিলেই বুঝি ফণা তুলিয়া উঠিয়া দাঁড়াইবে। তাই বরাবর যে ভয় তাহার হাত চাপিয়া রাখিয়াছে, আজিকার এমন রাত্রেও সেই ভয় তাহাকে হাত বাড়াইতে দিল না।

প্রত্যহ প্রাতঃস্নান করিয়া হেম প্রণাম করিতে আসিত, পরদিন আসিবামাত্রই গুণী সমস্ত সঙ্কোচ প্রাণপণে অতিক্রম করিয়া প্রশ্ন করিল, হেম, কাল তুমি বিধবা বিবাহের কথা

জিজ্ঞাসা করেছিলে কেন?

হেম বলিল, একটা খবরের কাগজে পড়ছিলাম, তাই।

গুণী বলিল, তুমি কি ওটা ভাল মনে কর?

হেম সংক্ষেপে বলিল, ছিঃ! ও কি আবার একটা বিয়ে?

গুণী প্রশ্ন করিল, কেন নয়? এক হিন্দু ছাড়া পৃথিবীর সব জাতের মধ্যেই তো বিধবা-বিবাহ আছে।

থাক গে, বলিয়া হেম বাহির হইয়া যাইতেছিল, গুণী ডাকিয়া বলিল, আর একটা কথা আছে, হেম!

হেম ফিরিয়া দাঁড়াইয়া বলিল, কি?

তোমার বয়স কত?

ষোল।

এই বয়স থেকে চিরকাল সন্ন্যাসিনী হয়ে থাকবে?

হেম মৃদু হাসিয়া বলিল, আর কি করব? যেমন কপাল! যেমন তোমাদের বুদ্ধি!

গুণী ক্ষণকাল মুখপানে চাহিয়া থাকিয়া বলিল, আর কি কোন পথ নেই, কোন উপায় নেই?

কিছু না গুণীদা, কিচ্ছু না, বলিয়া হেম বাহির হইয়া গেল।

দিন দিন পরিপূর্ণ যৌবন যেমন হেমের সর্বদেহে কানায় কানায় ভরিয়া উঠিতে লাগিল, তাহার ধর্ম-কর্মও যেন সে-সমস্ত ছাপাইয়া চলিতে লাগিল। গুণী সমস্তই দেখিতে পাইত, কিন্তু সাহস করিয়া কিছুই বলতে পারি না। হেমের মধ্যে এমন একটা বস্তু ছিল, যাহাতে সকলেই তাহাকে মনে মনে ভয় করিয়া চলিত। তাহার মাও তাহাকে ভয় করিতেন, গুণীও ভয় করিত। উহার কয়েকদিন পরে একদিন গুণী আদালতে যাইবার জন্য প্রস্তুত হইতেছিল এমন সময় হেম আসিয়া আলমারি খুলিয়া চেক বই বাহির করিয়া হাতে দিয়া বলিল, ফিরবার সময় ব্যাঙ্ক থেকে পাঁচ শ টাকা সঙ্গে করে এনো।

গুণী, 'আচ্ছা' বলিয়া বইখানা পকেটে রাখিয়া দিল।

হেম কহিল, রোসো, সংসার খরচের টাকাও কমে গেছে, আর দু'শ অমনি ঐ সঙ্গে এনো।

গুণী কিছু আশ্চর্য হইয়া জিজ্ঞাসা করিল, এ পাঁচ শ টাকা তবে কিসের জন্যে?

হেম বলিল, ও টাকা? আমি কাল কাশী যাব যে!

গুণী চৌকির উপর বসিয়া পড়িয়া বলিল, কাল কাশী যাবে? এ বিষয়ে কারো মত নেওয়াও আবশ্যক মনে কর না।

হেম অপ্রতিভ হইয়া বলিল, তোমার হুকুম নিয়ে তবে তো যাব।

গুণী বলিল, ঠিক করেচ, কাল যাবে, আবার কবে হুকুম নেবে শুনি? সঙ্গে কে যাবে?

হেম বলিল, মানদা, নন্দা আর দরোয়ান যাবে। আজ রাত্তিরে তোমাকে বলব মনে করেছিলাম। গুণীদা, যাব কাল?

আচ্ছা, যেয়ো, বলিয়া গুণী আদালতে চলিয়া গেল।

সন্ধ্যার পরে হেম নোট টাকা চাবিবন্ধ করিয়া রাখিয়া গুণীর কাছে আসিয়া বলিল, কাল যাওয়া হ'ল না।

কেন?

আজ দুপুরবেলা বামুনঠাকুরের ঘর থেকে টেলিগ্রাফ এসেছিল, তার মায়ের ব্যামো। আমি তিন মাসের মাইনে দিয়ে তাকে ছুটি দিয়েচি, সে চলে গেছে।

রাঁধবে কে?

যতদিন লোক না পাওয়া যায়, ততদিন আমিই রাঁধব। গুণীদা, তুমি একটি বিয়ে কর।

কেন?

কেন আবার কি? বিয়ে করবে না— সংসার চালাবে কে? তোমাকে দেখবে শুনবে কে?

তুমি।

হেম হাসিয়া বলিল, আমি বুঝি চিরকাল এই সংসার ঘাড়ে করে থাকব? আমাকে কাজ করতে হবে না?

আমাকে দেখাশোনা বুঝি কাজ নয়?

হেম হাসিমুখে বলিল, তোমার সঙ্গে তর্ক করে আমি পারিনে। না, না, সে হবে না। তোমাদের বেশ বড় মেয়ে পাওয়া যায়। দেখেশুনে একটি বিয়ে কর, আমি তার হাতে সংসার দিয়ে কাশী যাই।

গুণী বলিল, আচ্ছা তুমিও একটি বিয়ে কর, আমিও করি।

এইমাত্র হেম হাসিতেছিল, একমুহূর্তে তাহার সমস্ত হাসি যেন উড়িয়া গেল। সে গম্ভীর হইয়া বলিল, ছিঃ, ও কি তামাশা গুণীদা? কোনদিন ও-কথা মুখেও এনো না। গুণী আর কথা কহিতে পারিল না মুখপানে চাহিয়া নিস্তব্ধ হইয়া রহিল। হেম উঠিয়া গেল।

ছয়

মাস-দুই কাশী থাকিয়া, গুণীর অসুখের সংবাদ পাইয়া হেম বাড়ি আসিল। সে আসিয়া না পড়িলে অসুখ হয়ত কঠিন হইয়া দাঁড়াইত। আসিয়া শুশ্রুষা করিয়া কিছুদিনের মধ্যেই তাহাকে সুস্থ করিয়া তুলিল।

বাহিরে মুষলধারে বৃষ্টি পড়িতেছিল। গুণী শয্যার উপর বসিয়া সার্সীর ভিতর দিয়া তাহাই দেখিতেছিল। আর ভাবিতেছিল, হেমের কথা। একটা পরিবর্তন তাহার চোখে পড়িয়াছিল। হেম পূর্বে প্রত্যহ নিয়মিত প্রণাম করিয়া যাইত, এবারে সেটা আর দেখা গেল না। মানদাকে দিয়া হেমকে সে ডাকিতে পাঠাইয়াছিল; মানদা আসিয়া বলিল, দিদিঠাকরুন জপ কচ্ছেন।

ঘণ্টা দুই পরে হেম ঘরে ঢুকিয়া বলিল, আমাকে ডাকছিলে?

গুণী বলিল, হাঁ, একটু বসো।

হেম কহিল, কিন্তু এখনো যে আমার জপ সারা হয়নি।

দু' ঘণ্টাতেও জপ সারা হয়নি?

দু' ঘণ্টাতে কি হবে? গুরু বলেছেন, অন্ততঃ দু'হাজার জপ করা চাই।

গুরু বলেচেন? গুরু কে?

হেম বলিল, আমি যে এবার কাশীতে মন্ত্র নিয়েছি। আমার গুরু, কাশীবাসী সন্ন্যাসী। আহা, তাঁকে দেখলে আর সংসারে ফিরতে ইচ্ছে করে না। আবার কতদিনে তাঁর চরণ-দর্শন পাব তাই ভাবি। মনে করচি, কাল-পরশুর মধ্যেই ফিরব।

গুণী কিছুক্ষণ চুপ করিয়া থাকিয়া বলিল, কাল-পরশুর মধ্যে কি করে ফিরবে? আমি তো এখনো বেশ সারিনি হেম, আমাকে দেখবে কে?

হেম একটু অপ্রতিভ হইয়া বলিল, ও কিছু নয়,— ওটুকু দু'দিনেই সেরে যাবে।

গুণী বলল, অন্ততঃ সে দুটো দিন তো তোমাকে থাকতে হবে।

আচ্ছা, না হয় থাকব। বলিয়া হেম চলিয়া যাইতেছিল, গুণী ডাকিয়া বলিল, শোন, কাল-পরশুই যেয়ো, কিন্তু আবার কতদিনে ফিরবে?

এখন বোধ হয় শীঘ্র ফিরতে পারব না। আমাকে তুমি মাসে এক শ টাকা করে পাঠিয়ো, তাতেই চলে যাবে, তার কমে হবে না।

গুণী বলিল, টাকার কথা তো হচ্ছে না, হেম! তোমার এক শ টাকার জায়গায় দু'শ টাকা লাগলেও আমি পাঠাব। কিন্তু সত্যিই কি তুমি আর ফিরবে না?

কি করতে আর ফিরব?

যদি আমার মৃত্যুসংবাদ পাও, তা হলে ফিরবে?

হেম ব্যথিত হইয়া বলল, ও কি কথা গুণীদা?

গুণী বলিল, বলা যায় না ভাই, তাই সময় থাকতে বলে রাখা ভাল। আমার উইলের মধ্যে তোমাকে টাকা দেবার ব্যবস্থা থাকবে। আর থাকবে এই বাড়িটা। যদি কখন এদেশে এসো, এই বাড়িতে এই ঘরে শুয়ো, এই আমার অনুরোধ।

হেম কি একটা কথা বলিতে যাইতেছিল, কিন্তু তাহা চাপিয়া গিয়া বলিল, আমি বলচি গুণীদা, তোমার কোন ভয় নেই। এখন শরীরটা দুর্বল বলেই ও-সব মনে হচ্ছে।

বোধ হয়, তাই হবে, বলিয়া গুণী বাহিরের বৃষ্টির দিকে চাহিয়া রহিল। হেম বিষণ্ণমুখে বাহির হইয়া গেল।

সন্ধ্যার কিছু পরে দ্বারের বাহির হইতে ঘরের মধ্যে অন্ধকার দেখিয়া হেম রাগিয়া উঠিয়া ডাকিল, নন্দা, বাবুর ঘরে আলো জ্বেলে দিসনি?

গুণী ভিতর হইতে কহিল, আমি মানা করেছিলাম।

নন্দা ছুটিয়া আসিলে হেম তাহাকে একটা সেজ জ্বালিয়া আনিতে বলিয়া অন্ধকার ঘরের মধ্যে ঠাহর করিয়া গুণীর পায়ের কাছে খাটের উপর গিয়া বসিল। নন্দা ঘরে আলো জ্বালিয়া দিয়া গেলে হেম গুণীর পায়ের উপর হাত রাখিতেই সে পা সরাইয়া লইল। হেম ব্যথা পাইয়া বলিল, তুমি কি আর আমাকে পায়ে হাত দিতে দেবে না?

গুণী বলিল, কাজ কি ভাই, তোমার গুরুর হয়ত নিষেধ থাকতে পারে।

হেম বুঝিল যে সে আসিয়া অবধি পায়ের ধুলা লয় নাই, গুণী তাহা লক্ষ্য করিয়াছে। কিন্তু উত্তর দিতেও পারিল না, চুপ করিয়া রহিল। কিছুক্ষণ পরে বলিল, গুণীদা, আমার ওপর রাগ করেচ?

আমি কি কোনদিন তোমার উপর রাগ করেছি হেম?

হেম তৎক্ষণাৎ অনুতপ্ত হইয়া বলিল, কোনদিন না– কিন্তু আজ ও-সব কথা বলছিলে কেন?

কি কথা ভাই?

উইল করার কথা, আরো কত কি কথা,– আমি বলচি গুণীদা, তুমি ভাল হয়ে যাবে। তুমি কিচ্ছু ভয় করো না।

গুণী একটুখানি হাসিয়া বলিল, ভাল না হওয়ায় আমার কি খুব ভয় বলে তোমার মনে হয়?

হেম কাঁদ-কাঁদ হইয়া বলিল, তোমার পায়ে পড়ি তুমি ও-সব কথা বলো না। তুমি ভাল না হলে আমি বাঁচব কি করে?

তুমি চলে গেলেই বা আমি বাঁচব কি করে। তাই যদি ধরে রাখি, যদি যেতে না দি।

হেম ক্ষণকাল নীরব থাকিয়া বলিল, আমাকে ধরে রেখে তোমার লাভ কি?

লাভ! গুণী আর বলিতে পারিল না, নিস্তব্ধ হইয়া রহিল। বাহিরের বড় বড় বৃষ্টির ফোঁটা পটপট শব্দে সার্সীর গায়ে আঘাত করিতে লাগিল। এক-একবার দমকা হাওয়া খোলা দরজার ভিতর দিয়া আসিয়া সেজের বাতির আলো নিবাইবার উপক্রম করিতে লাগিল। নীচে চাকরদের অস্পষ্ট কোলাহল শুনা যাইতে লাগিল। তবুও দুইজনে চুপ করিয়া বসিয়া রহিল। গুণী শিশুকাল হইতে অত্যন্ত অভিমানী, অত্যন্ত সংযমী। তাহার ধৈর্যের বাঁধ সে সুদৃঢ় করিয়াই গড়িয়া তুলিয়াছিল, কিন্তু সুলোচনার শেষ আশীর্বচন সেই বাঁধের ভিত্তিমূলে সেইদিন হইতে মুষিকের মত নিরন্তর বিবর খুঁড়িয়া নদীর জল ভিতরে প্রবেশ করাইয়া বহুদূরব্যাপী ভাঙ্গন সৃষ্টি করিতেছিল, কবে কখন যে সমস্তটা ধসিয়া যাইবে তাহার স্থিরতা ছিল না। উন্মত্ত বাহ্য প্রকৃতির দিকে চাহিয়া একবার সে গোড়া হইতে শেষ পর্যন্ত কথাগুলা আলোচনা করিয়া দেখিতে চাহিল, কিন্তু তাহার রুগ্ন দেহ দুর্বল মস্তিষ্ক কোন কথাই যেন পরিষ্কার করিয়া বুঝিতে দিল না।

হেম হঠাৎ বলিল, গুণীদা চুপ করে রইলে যে, কি ভাবছ?

কিছু না, কিছু না, আমার কথা তোমাকে বলবার নয়– তুমি বুঝবে না। কিন্তু যদি কোনদিন তোমার মতি ফেরে, আর তখনও যদি আমি বেঁচে থাকি– এসো।

হেম একটু সরিয়া বসিয়া বলিল, আমি সমস্ত বুঝেচি। হা অদৃষ্ট! যে রক্ষক, সে-ই ভক্ষক! শেষকালে তুমিই আমাকে দুর্গতির পথে টেনে আনতে চাও।

গুণী এতক্ষণ একটা মোটা বালিশে হেলান দিয়াছিল, তাহার চোখ জ্বলিয়া উঠিল; উঠিয়া বসিয়া বলিল, ছিঃ হেম, বুঝে কথা কও কি বলচ?

হেম তড়িৎবেগে উঠিয়া দাঁড়াইয়া বলিল, বুঝেই বলচি। তুমি ঘুরিয়ে ঘুরিয়ে যা বলচ, আমি স্পষ্ট করে তোমার মুখের সামনেই তা বলি। তুমি আমাকে নষ্ট করতে চাও বিধবার আবার বিয়ে কি গুণীদা? আমি এত শিশু নই যে, ধর্মের ভান করলেই অধর্মের পথে পা বাড়িয়ে দেব। আমি তোমার টাকা চাইনে, আশ্রয় চাইনে, কিছু চাইনে, আমার শ্বশুরবাড়িতে ফিরে গিয়ে উঠান ঝাঁট দিয়ে খাই, সেও ভাল, কিন্তু এ ঐশ্বর্যে আমার কাজ নেই। এ কুমতি আমার যেন না হয়। সেদিন বুদ্ধি তোমার ছিল কোথায়? সেদিন এমনি করে বলতে পারনি?

গুণী স্থির হইয়া বসিয়া বলিল, হেম, দোষ হয়েছে, আমাকে মাপ কর। আমি পীড়িত– সে কথাটা একবার ভাব।

ভেবেচি। মাপ তোমাকে আজ না হয়, দু'দিন পরে করবই, কিন্তু তোমার সংস্রব আর রাখব না। কাল আমি সেইখানেই ফিরে যাব, যেখান থেকে দর্প করে চলে এসেছিলাম। যেমন করে পারি, সেখানেই পড়ে থাকব। মনে করব, সেই আমার কাশী, সেই আমার বৈকুণ্ঠ। তুমিও আমাকে মাপ কর গুণীদা, আমি চললাম।

হেম চলিয়া গেল, গুণী উঁচু হইয়া বসিয়া রহিল-বজ্রাহত তালবৃক্ষ যেমন করিয়া থাকে, তেমনি করিয়া! সমস্ত অভ্যন্তরে দগ্ধ রন্ধ্র লইয়া কবন্ধের মত যেভাবে খাড়া হইয়া থাকে, সেইভাবে তাহার শুইয়া পড়িবার শক্তিটুকু পর্যন্ত যেন আর নাই।

সাত

আবার দুর্গাপূজা ফিরিয়া আসিয়াছে। অতি প্রত্যূষে জানালা খুলিয়া দিয়া হেম পূর্বদিকের অরুণ রক্তচ্ছটার দিকে চাহিয়া চুপ করিয়া দাঁড়াইয়া ছিল। এ পাড়ার কোথায় রোশনচৌকির সানাইয়ের বিভাস শরতের সমস্ত করুণার সহিত মিলিয়া তাহার সর্বদেহে ধীরে ধীরে

সঞ্চারিত হইতেছিল। অজ্ঞাতসারে তাহার চোখ দিয়া জল গড়াইয়া পড়িল। কতদিন হইয়া গিয়াছে, সে গুণীর কোন সংবাদ পায় নাই– সে মনে মনে ভাবিল, কে জানে গুণীদা আমার কোথায়, কেমন আছে। চলিয়া আসিবার সময় গুণী কাঁদিয়া বলিয়াছিল, হেম, আর দুটো দিন থাক– রাগ করে যেয়ো না। অভিমানীর চোখের জলের হেম সেদিন কোন মূল্য দেয় নাই। সেদিন পীড়িত, রুগ্নদেহ সত্ত্বেও গুণী পথের ধার পর্যন্ত নামিয়া আসিয়া বলিয়াছিল, হেম, তোমার মন কখনই স্বাভাবিক অবস্থায় নেই, যে কারণে হোক বিকৃত হয়ে উঠেছে; তাই অনুরোধ করচি, ফিরে এসে আর একটা দিনও থাক। হেম শোনে নাই, গাড়িতে উঠিয়া বসিয়াছিল। গুণী গাড়ির জানালার ধারে আসিয়া শেষ মিনতি ও জানাইয়া বলিয়াছিল, হেম, হয়ত কাজটা তোমার চিরকাল শেলের মত বিঁধে থাকবে– আমার জন্য বলছি নে ভাই, তোমার নিজের জন্যেই বলছি, আজকের মত গাড়ি থেকে নেমে এস। তাহার উত্তরে হেম কোচম্যানকে গাড়ি হাঁকাইয়া দিতে বলিয়াছিল, হেম ফিরিয়া আসিয়া বিছানায় শুইয়া পড়িল এবং অনেকক্ষণ ধরিয়া কাঁদিয়া কাঁদিয়া মাথার সমস্ত চুল ভিজাইয়া শেষে ঘুমাইয়া পড়িল। এত দুঃখের একটা কারণও ঘটিয়াছিল। তীর্থে যাইবার সঙ্কল্প করিয়া সে কাল দাসীকে দিয়া বাটীর সরকারের নিকট পঞ্চাশটি টাকা চাহিয়া পাঠাইয়াছিল। সরকার ফিরাইয়া দিয়া বলিয়া পাঠাইয়াছিল, ছোটবাবুর হুকুম ব্যতীত দিতে পারিবে না। হেম দেবরের সহিত কথা কহিত না, আড়ালে দাঁড়াইয়া বলিয়াছিল, আমি চেয়ে পাঠালে কি পঞ্চাশটা টাকা সরকার দিতে পারে না ?

দেবর উত্তর করিয়াছিল, না; আপনি শুধু গ্রাসাচ্ছাদনের অধিকারিণী; টাকা পেতে পারেন না।

হেম বলিয়াছিল, কি পেতে পারি, না পারি, সে আমি জানি ঠাকুরপো ! তোমার সঙ্গে টাকার জন্যে বিবাদ করতে, মামলা-মকদ্দমা করতে আমার প্রবৃত্তি হয় না। কিন্তু আমাকে অত নিরুপায় তুমি মনে ক'রো না। এনে দিতে ইচ্ছে হয় দাও, না হলে বলচি তোমাকে, টাকার যদি কোন জোর থাকে, শত্রুতা করে আমি তোমার বাড়ির এক-একটা ইট তুলে নিয়ে গিয়ে গঙ্গার জলে ভাসিয়ে দিয়ে আসব।

তাহার কিছুক্ষণ পরেই টাকা আসিয়া পৌঁছিল, কিন্তু হেম গ্রহণ করিল না, রাগ করিয়া উঠানের মাঝখানে ছড়াইয়া ফেলিয়া দিয়া ঘরে দোর দিয়া শুইল; সমস্তদিন খাইল না, উঠিল না, মনে মনে কাহাকে স্মরণ করিয়া কাঁদিতে লাগিল। বেলা তখন সাতটা বাজিয়া গিয়াছে, তখন ঘুম ভাঙ্গিয়া উঠিয়া স্নান সারিয়া আসিয়া হেম আহ্নিক করিতে বসিতেছিল, দাসী আসিয়া সংবাদ দিল, বৌমা, তোমার ভাইয়ের বাড়ি থেকে চার- পাঁচ জন তত্ত্ব নিয়ে এসেচে। বলিতে বলিতেই মানদা আসিয়া প্রণাম করিল। হেম একবারমাত্র তাহার মুখপানে চাহিয়া সব ভুলিয়া ছুটিয়া গিয়া তাহার গলা জড়াইয়া ছেলেমানুষের মত কাঁদিয়া উঠিল। কাল হইতেই তাহার চোখের জল শুকায় নাই, আজ অকস্মাৎ মানদাকে পাইয়া তাহার প্রায় এক বৎসরের রুদ্ধ-অশ্রু বন্যার মত সব ভাসাইয়া দিল।

মানদাকে নিজের ঘরের মধ্যে টানিয়া লইয়া গিয়া বলিল, গুণীদা কি চিঠি লিখে দিয়েছে, আমাকে দে।

মানদা কহিল, তিনি তো চিঠি দেননি !

হেম যেন বিশ্বাস করিতে পারিল না, বলিল, দেননি ?

মানদা বলিল, না দিদিমণি ! তিনি কি উঠতে পারেন যে, চিঠি লিখবেন।

হেম পাংশু হইয়া গিয়া বলিল, উঠতে পারেন না, কি হয়েছে তাঁর ?

তুমি কিছু জান না?

না, বল।

মানদা বলিল, আর কি বলব? বলিয়াই কাঁদিতে লাগিল।

হেম রুক্ষভাবে বলিল, কাঁদিস পরে– এখন বল্।

সে কাঁদিতে কাঁদিতে বলিল, বলবার কিছুই নেই দিদি। তুমি চলে আসার পরের দিনই আবার জ্বরে পড়েন, আবার ভাল হন, আবার জ্বরে পড়েন– ফিরে গিয়ে যে দেখতে পাব, এমন ভরসা করিনে।

হেম বলিল, তার পরে বল্।

মানদা বলিল, তার পরে কোথায় বর্ধমান না কোথা থেকে খবর পেয়ে কোথাকার মাসী আসে, তার পরে মেসো, তার পরে মাসতুতো ভাই, বৌ, বোন, ভগিনীপতি, এখন আর কেউ বাকী নেই। বাড়িতে আর তার জায়গা নেই।

আমি সব বিদেয় করব– তার পর?

খাচ্ছে, দাচ্ছে, বসে আছে। বাবু ওপরে পড়ে আছেন, না ডাক্তার, না বদ্যি, না ওষুধ, না পথ্যি! শুনি, হাওয়া বদলালে ভাল হয়, তা নিয়ে যায় কে?

হেম বলিল, তোরা কি কচ্চিস? নন্দা নিয়ে যায়নি কেন?

মানদা কপালে করাঘাত করিয়া বলিল, সে-ই বাবুর অনেকদিনের চাকর, তাকে মেসোবাবুর ছেলে অভয় মেরে তাড়িয়ে দিয়েচে– ছোঁড়া আবার মদ খায়– এক-একদিন বাড়িতে এসে এমন হাঙ্গামা করে যে, ভয়ে কেউ বেরুতে পারে না– তাকে আমাদের বাবু পর্যন্ত ভয় করেন।

হেম ক্ষণকাল চুপ করিয়া থাকিয়া বলিল, মানু, একটা কথা সত্যি বল দিদি আমার গুণীদা কি তাহলে বাঁচবে না?

মানদা বলিল, কেন বাঁচবেন না দিদি, দেখালে শোনালে, চেষ্টা করলে নিশ্চয় ভাল হবেন কিন্তু অমন করে ফেলে রাখলে আর ক'দিন?

হেম মিনিট-খানেক চোখ বুজিয়া বসিয়া রহিল, তাহার পর উঠিয়া দাঁড়াইয়া বলিল, মানদ, তোদের যাবার টাকা আছে? আছে বৈ কি দিদি! জানোই তো, বাবু এক টাকার দরকার থাকলে সঙ্গে দশ টাকা দিয়ে পাঠান– আমাদের ভাড়া আমার কাছেই আছে। বলিয়া সে আঁচলে বাঁধা নোট দেখাইল।

হেম জিজ্ঞাসা করিল, কবে যাবি? কাল?

মানদা বলিল, হাঁ দিদি, কালই যেতে হবে– আমি যা একটা লোক আছি, না হলে সবাই নতুন কেউ টিকতে পারে না। যেমন মাসী, তেমনি মেসো, তেমনি ছেলে, তেমনি ঝি-বৌ-বিধাতা পুরুষ যেন ফরমাশ দিয়ে এঁদের এক ছাঁচে ঢেলেছিলেন। আমার নাকি বড় শক্ত প্রাণ, তাই এখনও টিঁকে আছি– অভয় ছোঁড়া আমাকেই একদিন তেড়ে মারতে এসেছিল– বাবুকে বলে, ও মলেই বাঁচা যায়।

হেমের চোখের মধ্যে আগুন জ্বলিতে লাগিল, বলিল, আগে যাই। আজ স্টিমার কখন ফিরে যাবে জানিস?

মানদা বলিল, আর ঘণ্টা খানেক পরেই ফিরবে, আমি ঘাট থেকে জেনে এসেচি।

তবে এতেই যাব। তুই গাড়ি ডেকে আন গে।

তুমি যাবে দিদি ? আজ তো সুদিন নয়।

বেশ দিন। দেরি করিস নে– গাড়ি ডেকে আন।

সেইদিন অপরাহ্নবেলায় ছেলে অভয়কে খাবার দিয়া মা কাছে বসিয়া আর দুইখানা লুচি খাবার পীড়াপীড়ি করিতেছিলেন। তাহার পাশ দিয়াই তেতলায় উঠিবার সিঁড়ি। অপরিচিতা হেমকে দেখিয়া বিস্মিতা হইয়া মাসী প্রশ্ন করিলেন, তুমি কে গা বাছা?

আমি বিদেশী, বলিয়া হেম উপরে উঠিয়া গেল। অভয় তাহার আশ্চর্য রূপের দিকে নেকড়ে বাঘের মত চাহিয়া রহিল। হেম গুণীর ঘরে গিয়া দেখিল, সে দেয়ালের দিকে মুখ করিয়া শুইয়া আছে। জাগিয়া আছে কি ঘুমাইতেছে বোঝা গেল না। শিয়রের কাছে চাবির গোছাটা পড়িয়া ছিল, হেম সর্বাগ্রে সেটা নিজের আঁচলে বাঁধিয়া ফেলিল। একটা টেবিলের উপর গোটা-দুই খালি ঔষধের শিশি ছিল, তুলিয়া লইয়া দেখিল, লেবেলের গায়ে পনের দিন পূর্বের তারিখ দেওয়া আছে। সমস্ত ব্যাপারটা সে স্পষ্ট বুঝিল। তার পর লোহার সিন্দুক খুলিয়া চেক-বই বাহির করিয়া যখন ব্যবহৃত অংশগুলি পরীক্ষা করিয়া গুণীর দস্তখত মিলাইয়া দেখিতেছিল, এমন সময় মাসী ঘরে ঢুকিয়া একেবারে অবাক হইয়া গেলেন। চেঁচাইয়া বলিলেন, কে গা তুমি সিন্দুক খুলেচ?

হেম কহিল, চেঁচাও কেন, উনি উঠে পড়বেন যে!

মাসী আরও চেঁচাইয়া উঠিয়া বলিলেন, চেঁচাই কেন?

গুণী জাগিয়াছিল, পাশ ফিরিল। হেম বলিল, আমি খুলব না তো কে খুলবে? তুমি?

গুণী চাহিয়া দেখিতেছিল, দুইজনের কেহই তাহা লক্ষ্য করে নাই; মাসী ভয়ানক উত্তেজিত হইয়া উঠিলেন। গুণী আস্তে আস্তে কহিল, হেম, কখন এলে ভাই?

এই আসছি। ওঁকে বুঝিয়ে দাও— তোমার জিনিস খুললে বাইরের লোকের ঘরে ঢুকে চেঁচামেচি করতে নেই। এ সমস্তই আমার, এই কথাটা ভাল করে বুঝিয়ে দিয়ে ওঁকে যেতে বল।

গুণী সমস্ত বুঝিল। তার পর হাসিয়া বলিল, সেই সম্পর্কে এতদিন পরে বুঝি সিন্দুক খুলতে এসেচ?

হেম চেকের পাতা গুণিতে গুণিতে বলল, হুঁ।

মাসী বলিলেন, ও কে গুণী?

আমার বোন। উত্তর শুনিয়া হেম শিহরিয়া উঠিল। তাহার পর চোখ তুলিয়া একটিবার মাত্র তাহার মুখের দিকে চাহিয়া মাথা হেঁট করিয়া রহিল।

মাসী বলিলেন, কৈ, এতদিন তো এ-সব কথা শুনিনি? কিরকম বোন হয়?

গুণী সে-কথার উত্তর এড়াইয়া সংক্ষেপে কহিল, ঝগড়া করে চলে গিয়েছিল— ওরই সর্বস্ব মাসী।

মাসী বিশ্বাসও করিলেন না— বুঝিতেও পারিলেন না, ধীরে ধীরে চলিয়া গেলেন। তিনি চলিয়া গেলে, গুণী হেমের দিকে ভাল করিয়া না চাহিয়াই বলিল, মরণকালে হঠাৎ এ খেয়াল কেন? কিন্তু বলিয়া ফেলিয়াই তাহার মুখ দেখিয়া ভীত হইয়া উঠিল। হেমের মুখ সাদা হইয়া গিয়াছে— সে যেন অকস্মাৎ কোন ক্রুদ্ধ তপস্বীর অভিসম্পাতে একনিমেষে পাষাণ হইয়া গিয়াছে। গুণী সভয়ে ডাকিল, হেম!

হেম সাড়া দিল না, নড়িলও না— নির্নিমেষ নেত্রে মেঝের দিকে চাহিয়া বসিয়া রহিল।

গুণী অত্যন্ত ব্যাকুল হইয়া ডাকিল, হেম, কথা শোন।

হেম তদুত্তরে একটা দীর্ঘনিশ্বাস ফেলিয়া স্থির হইয়া রহিল। গুণী শয্যার উপর কোনমতে উঠিয়া বসিল, তাহার পর খাট হইতে নামিয়া ধীরে ধীরে অতি ক্লেশে হেমের সুমুখে আসিয়া দাঁড়াইতে সে একেবারে উপুড় হইয়া পড়িয়া তাহার দুই পায়ের মধ্যে মুখ

লুকাইয়া কাঁদিয়া উঠিল, বিনা অপরাধে আমাকে সবাই শাস্তি দেয়– তুমিও দেবে, এ যে আমি স্বপ্নেও ভাবতে পারিনি!

গুণী নির্বাক হইয়া রহিল। শ্রাবণের আকাশভরা মেঘের মত বিপর্যস্ত কালো চুলে তাহার দুই পা ঢাকিয়া গিয়াছে– তাহার প্রতি চাহিয়া সে কিছুক্ষণ স্থির হইয়া রহিল তার পর ধীরে ধীরে বসিয়া পড়িয়া হেমের মাথার উপর ডান হাত রাখিয়া শান্তকণ্ঠে কহিল, তোমাকে শাস্তি দেব কি হেম, আমাকে ভালবেসেছিলে বলে আমি আমাকেও শাস্তি দিইনি। এ শাস্তি নয় বোন, চার বৎসরের বড় দুঃখের পর মরণের আগে যে শান্তি পেয়েছি, শেষদিনে আমি সে দুর্লভ বস্তুটিই তোমাকে দিয়ে যাব– চল, আমরা কাশী যাই।

হেম মুখ লুকাইয়া কাঁদিয়া বলিল, চল, কিন্তু এই কি তোমার শেষ আদেশ। এ কি আমি সহ্য করতে পারব?

গুণী বলিল, পারবে। যখন বুঝবে, সংসারে, ভালবাসাকে মহামহিমান্বিত করবার জন্য বিচ্ছেদ শুধু তোমার মত অতুল ঐশ্বর্যশালিনীর দ্বারে এসেই চিরদিন হাত পেতেছে, সে অল্পপ্রাণ ক্ষুদ্র প্রেমের কুটীরে অবজ্ঞায় যায়নি– তখনই সহ্য করতে পারবে। যখন জানবে, অতৃপ্ত বাসনাই মহৎ প্রেমের প্রাণ, এর দ্বারাই সে অমরত্ব লাভ করে যুগে যুগে কত কাব্য, কত মধু, কত অমূল্য অশ্রু সঞ্চিত করে রেখে যায়, যখন নিঃসংশয়ে উপলব্ধি হবে, কেন রাধার শতবর্ষব্যাপী বিরহ বৈষ্ণবের প্রাণ, কেন সে প্রেম মিলনের অভাবেই সুসম্পূর্ণ, ব্যথাতেই মধুর, তখন সইতে পারবে হেম। উঠে ব'স– চল, আজই আমরা কাশী যাই। যে ক'টা দিন আরো আছি, সে ক'টা দিনের শেষ সেবা তোমার, ভগবানের আশীর্বাদে অক্ষয় হয়ে তোমাকে সারা জীবন সুপথে শান্তিতে রাখবে।

শিশু-কিশোর গল্প

লালু

ছেলেবেলায় আমার এক বন্ধু ছিল তার নাম লালু। অর্ধ শতাব্দী পূর্বে— অর্থাৎ, সে এতকাল পূর্বে যে, তোমরা ঠিকমত ধারণা করতে পারবে না— আমরা একটি ছোট বাঙলা ইস্কুলের এক ক্লাসে পড়তাম। আমাদের বয়স তখন দশ-এগারো। মানুষকে ভয় দেখাবার, জব্দ করবার কত কৌশলই যে তার মাথায় ছিল তার ঠিকানা নেই। ওর মাকে রবারের সাপ দেখিয়ে একবার এমন বিপদে ফেলেছিল যে, তিনি পা মচ্‌কে প্রায় সাত-আটদিন খুঁড়িয়ে চলতেন। তিনি রাগ করে বললেন— ওর একজন মাস্টার ঠিক করে দিতে। সন্ধ্যেবেলায় এসে পড়াতে বসবেন, ও আর উপদ্রব করবার সময় পাবে না।

শুনে লালুর বাবা বললেন, না। তাঁর নিজের কখনো মাস্টার ছিল না, নিজের চেষ্টায় অনেক দুঃখ সয়ে লেখাপড়া করে এখন তিনি একজন বড় উকিল। ইচ্ছে ছিল, ছেলেও যেন তেমনি করেই বিদ্যা লাভ করে কিন্তু শর্ত হলো এই যে, যে-বার লালু ক্লাসের পরীক্ষায় প্রথম না হতে পারবে তখন থেকে থাকবে ওর বাড়িতে পড়ানোর টিউটার। সে যাত্রা লালু পরিত্রাণ পেলে, কিন্তু মনে মনে রইল ও মা'র 'পরে চটে কারণ, উনি তার ঘাড়ে মাস্টার চাপানোর চেষ্টায় ছিলেন। সে জানত বাড়িতে মাস্টার ডেকে আনা আর পুলিশ ডেকে আনা সমান।

লালুর বাপ ধনী গৃহস্থ। বছর কয়েক হলো পুরানো বাড়ি ভেঙ্গে তেতলা বাড়ি করেছেন; সেই অবধি লালুর মায়ের আশা গুরুদেবকে এ-বাড়িতে এনে তাঁর পায়ের ধূলো নেন। কিন্তু তিনি বৃদ্ধ, ফরিদপুর থেকে এতদূরে আসতে রাজী হন না, কিন্তু এইবার সেই সুযোগ ঘটেছে। স্মৃতিরত্ন সূর্যগ্রহণ উপলক্ষে কাশী এসেছেন, সেখান থেকে লিখে পাঠিয়েছেন— ফেরবার পথে নন্দরানীকে আশীর্বাদ করে যাবেন। লালুর মা'র আনন্দ ধরে না— উদ্যোগ-আয়োজনে ব্যস্ত— এতদিনে মনস্কামনা সিদ্ধ হবে, গুরুদেবের পায়ের ধূলো পড়বে। বাড়িটা পবিত্র হয়ে যাবে।

নীচের বড় ঘরটা থেকে আসবাবপত্র সরানো হলো, নতুন ফিতের খাট, নতুন শয্যা তৈরী হয়ে এলো,— গুরুদেব শোবেন। এই ঘরেরই এক কোণে তাঁর পূজা-আহ্নিকের জায়গা হলো, কারণ তেতলার ঠাকুরঘরে উঠতে নামতে তাঁর কষ্ট হবে।

দিন-কয়েক পরে গুরুদেব এসে উপস্থিত হলেন। কিন্তু কি দুর্যোগ! আকাশ ছেয়ে কালো মেঘের ঘটা, যেমন ঝড়, তেমনি বৃষ্টি— তার আর বিরাম নেই।

এদিকে মিষ্টান্নাদি তৈরি করতে, ফল-ফুল সাজাতে লালুর মা নিঃশ্বাস নেবার সময়

পান না। তারই মধ্যে স্বহস্তে ঝেড়েঝুড়ে মশারি গুঁজে দিয়ে বিছানা করে গেলেন। নানা কথাবার্তায় রাত হয়ে গেল, পথশ্রমে ক্লান্ত গুরুদেব আহারাদি সেরে শয্যা গ্রহণ করলেন। চাকর-বাকর ছুটি পেলে। সুকোমল শয্যার পারিপাট্যে প্রসন্ন গুরুদেব মনে মনে নন্দরানীকে আশীবাদ করলেন।

কিছু গভীর রাতে অকস্মাৎ তাঁর ঘুম ভেঙ্গে গেল। ছাদ চুঁইয়ে মশারি ফুঁড়ে তাঁর সুপরিপুষ্ট পেটের উপর জল পড়চে।– উঃ, কি ঠাণ্ডা সে জল! শশব্যস্ত বিছানার বাইরে এসে পেটটা মুছে ফেললেন, নতুন বাড়ি করলে নন্দরানী, কিন্তু পশ্চিমের কড়া রোদে ছাতটা এর মধ্যেই ফেটেচে দেখচি। ফিতের খাট, ভারী নয়, মশারি-সুদ্ধ সেটা আর একধারে টেনে নিয়ে গিয়ে আবার শুয়ে পড়লেন। কিন্তু আধ মিনিটের বেশী নয়, চোখ দুটি সবে বুজেছেন, অমনি দু-চার ফোঁটা তেমনি ঠাণ্ডা জল টপটপ টপটপ করে পেটের ঠিক সেই উপরেই ঝরে পড়ল। স্মৃতির আবার উঠলেন, আবার ঘাট টেনে অন্যধারে নিয়ে গেলেন, বললেন এ-কোণ থেকে ও-কোণ পর্যন্ত ফেটে গেছে। আবার শুলেন, আবার পেটের উপর জল ঝরে পড়ল। আবার উঠে পেটের জল মুছে ঘাটটা টেনে নিয়ে আর একধারে গেলেন, কিন্তু শোবামাত্রই তেমনি জলের ফোঁটা। আবার টেনে নিয়ে আর একধারে গেলেন, কিন্তু সেখানেও তেমনি। এবার দেখলেন বিছানাটাও ভিজেছে, শোবার জো নেই। স্মৃতিরত্ন বিপদে পড়লেন। বুড়ো-মানুষ; অজানা জায়গায় দোর খুলে বাইরে যেতেও ভয় করে আবার থাকাও বিপজ্জনক। কি জানি ফাটা ছাত ভেঙ্গে হঠাৎ মাথায় যদি পড়ে! ভয়ে ভয়ে দোর খুলে বারান্দায় এলেন, সেখানে লণ্ঠন একটা জ্বলচে বটে, কিন্তু কেউ কোথাও নেই,– ঘোর অন্ধকার।

যেমন বৃষ্টি তেমনি ঝড়ো হাওয়া দাঁড়াবার জো কি! কোথায় চাকর-বাকর, কোন ঘরে শোয় তারা– কিছুই জানেন না তিনি। চেঁচিয়ে ডাকলেন, কিন্তু কারও সাড়া মিলল না। একধারে একটা বেঞ্চি ছিল, লালুর বাবার গরীব মক্কেল যারা, তারাই এসে বসে। গুরুদেব অগত্যা তাতেই বসলেন। আমার যথেষ্ট লাঘব হ'লো; অন্তরে অনুভব করলেন, কিছু উপায় কি! উত্তরে বাতাসে বৃষ্টির ছাঁটের আমেজ রয়েছে– শীতে গা শিরশির করে– কোঁচার খুটটা গায়ে জড়িয়ে নিয়ে, পা দুটি যথাসম্ভব উপরে তুলে, যথাসম্ভব আরাম পাবার আয়োজন করে নিলেন। নানাবিধ শ্রান্তি ও দুর্বিপাকে দেহ অবশ, মন তিক্ত, ঘুমে চোখের পাতা ভারাতুর, অনভ্যস্ত গুরু-ভোজন ও রাত্রি-জাগরণে দু-একটা অম্ল উদ্গারের আভাস দিলে– উদ্বেগের অবধি রইল না। হঠাৎ এমনি সময় অভাবনীয় নতুন উপদ্রব। পশ্চিমের বড় বড় মশা দুই কানের পাশে এসে গান জুড়ে দিলে। চোখের পাতা প্রথমে সাড়া দিতে চায় না, কিন্তু মন শঙ্কায় পরিপূর্ণ হয়ে গেল– কি জানি এরা সংখ্যায় কত। মাত্র মিনিট-দুই– অনিশ্চিত নিশ্চিত হ'লো– গুরুদেব বুঝলেন সংখ্যায় এরা অগণিত। সে বাহিনীকে উপেক্ষা করে বিশ্বে এমন বীরপুরুষ কেউ নেই। যেমন তার জ্বলুনি তেমনি তার চুলকুনি। স্মৃতিরত্ন দ্রুত স্থান ত্যাগ করলেন, কিন্তু তারা সঙ্গ নিলে। ঘরের মধ্যে জলের জন্য যেমন, ঘরের বাইরে মশার জন্য তেমন। হাত-পায়ের নিরন্তর আক্ষেপে, গামছার সঘন সঞ্চালনে কিছুতেই তাদের আক্রমণ প্রতিহত করা যায় না। স্মৃতিরত্ন এ-পাশ থেকে ও-পাশে ছুটে বেড়াতে লাগলেন, শীতের মধ্যেও তাঁর গায়ে ঘাম দিলে। ইচ্ছে হ'লো ডাক ছেড়ে চেঁচান, কিন্তু নিতান্ত বালকোচিত হবে ভেবে বিরত রইলেন। কল্পনায় দেখলেন নন্দরানী সুকোমল শয্যায় মশারির মধ্যে আরামে নিদ্রিত, বাড়ির যে যেখানে আছে পরম নিশ্চিন্তে সুপ্ত– শুধু তাঁর ছুটোছুটিরই

বিরাম নেই। কোথাকার ঘড়িতে চারটে বাজলো, বললেন, কামড়া,—ব্যাটারা যত পারিস, কামড়া,—আমি আর পারিনে।—বলেই বারান্দার একটা কোণে পিঠের দিকটা যতটা সম্ভব বাঁচিয়ে ঠেস দিয়ে বসে পড়লেন। বললেন, সকাল পর্যন্ত যদি প্রাণটা থাকে তো এ দুর্ভাগা দেশে আর না। যে গাড়ি প্রথমে পাব সেই গাড়িতে দেশে পালাব। কেন যে এখানে আসতে মন চাইত না তার হেতু বোঝা গেল। দেখতে দেখতে সর্বসন্তাপহর নিদ্রায় তাঁর সারারাত্রির সকল দুঃখ মুছে দিলে,—স্মৃতিরত্ন অচেতনপ্রায় ঘুমিয়ে পড়লেন।

এদিকে নন্দরানী ভোর না হ'তেই উঠেছেন,—গুরুদেবের পরিচর্যায় লাগতে হবে। রাত্রে গুরুদেব জলযোগ মাত্র করেছেন— যদিচ তা গুরুতর— তবু মনের মধ্যে ক্ষোভ ছিল, খাওয়া তেমন ভাল হয় নাই। আজ দিনের বেলা নানা উপচারে তা ভরিয়ে তুলতে হবে।

নীচে নেমে এলেন, দেখেন দোর খোলা। গুরুদেব তাঁর আগে উঠেছেন ভেবে একটু লজ্জা বোধ হ'লো। ঘরের মধ্যে মুখ বাড়িয়ে দেখেন তিনি নেই, কিন্তু এ কি ব্যাপার! দক্ষিণ দিকের খাট উত্তর দিকে, তাঁর ক্যাম্বিসের ব্যাগটা জানালা ছেড়ে মাঝখানে নেমেচে, কোষাকুষি, আসন প্রভৃতি পূজা-আহ্নিকের জিনিসপত্রগুলো সব এলোমেলো স্থানভ্রষ্ট,—কারণ কিছুই বুঝলেন না। বাইরে এসে চাকরদের ডাকলেন, তারা কেউ তখনও ওঠেনি। তবে একলা গুরুদেব গেলেন কোথায়! হঠাৎ দৃষ্টি পড়ল— ওটা কি? এক কোণে আলো-অন্ধকারে মানুষের মত কি একটা বসে না! সাহসে ভর করে একটু কাছে গিয়ে ঝুঁকে দেখেন তাঁর গুরুদেব। অব্যক্ত আশঙ্কায় চেঁচিয়ে উঠলেন, ঠাকুরমশাই! ঠাকুরমশাই!

ঘুম ভেঙ্গে স্মৃতিরত্ন চোখ মেলে চাইলেন, তার পরে ধীরে ধীরে সোজা হয়ে বসলেন। নন্দরানী ভয়ে, ভাবনায়, লজ্জায় কেঁদে ফেলে জিজ্ঞাসা করলেন, ঠাকুরমশাই, আপনি এখানে কেন?

স্মৃতিরত্ন উঠে দাঁড়িয়ে বললেন, সারা রাত দুঃখের আর পার ছিল না যে মা!

কেন বাবা?

নতুন বাড়ি করেচ বটে মা, কিন্তু ছাত কোথাও আর আস্ত নেই। সারা রাতের বৃষ্টি-বাদল বাইরে তো পড়েনি, পড়েচে আমার গায়ের উপর। খাট টেনে যেখানে নিয়ে যাই সেখানেই পড়ে জল। পাছে ছাত ভেঙ্গে মাথায় পড়ে, পালিয়ে এলাম বাইরে, কিন্তু তাতেই কি রক্ষে আছে মা, পঙ্গপালের মত ডাঁশ-মশা ঝাঁকে ঝাঁকে সমস্ত রাত্রি যেন ছুবলে খেয়েছে,— এধার থেকে ছুটে ওধার যাই, আবার ওধার থেকে ছুটে এধারে আসি। গায়ের অর্ধেক রক্ত বোধ করি আর নেই মা।

বহু প্রয়াস, বহু সাধ্য-সাধনায় ঘরে আনা বৃদ্ধ গুরুদেবের অবস্থা দেখে নন্দরানীর দু'চোখ অশ্রু-সজল হয়ে উঠল, বললেন, কিন্তু বাবা, বাড়িটা যে তেতলা, আপনার ঘরের উপর আরও যে দুটো ঘর আছে, বৃষ্টির জল তিন-তিনটে ছাদ ফুঁড়ে নামবে কি করে? কিন্তু বলতে বলতেই তাঁর সহসা মনে হলো এ হয়ত ঐ শয়তান লালুর কোনরকম শয়তানি বুদ্ধি। ছুটে গিয়ে বিছানা হাতড়ে দেখেন মাঝখানে চাদর অনেকখানি ভিজে এবং মশারি বেয়ে ফোঁটা ফোঁটা জল ঝরছে। তাড়াতাড়ি নামিয়ে দিয়ে দেখতে পেলেন ন্যাকড়ায় বাঁধা এক চাঙড় বরফ, সবটা গলেনি, তখনও এক টুকরো বাকি আছে। পাগলের মত ছুটে বাহিরে গিয়ে চাকরদের যাকে সুমুখে পেলেন চেঁচিয়ে হুকুম দিলেন,— হারামজাদা লেলো কোথায়? কাজকর্ম চুলোয় যাক গে, বজ্জাতটাকে যেখানে পাবি মারতে মারতে ধরে আন্‌।

লালুর বাবা সেইমাত্র নীচে নামছিলেন, স্ত্রীর কাণ্ড দেখে হতবুদ্ধি হয়ে গেলেন,— কি

কাণ্ড করচ? হলো কি?

নন্দরানী কেঁদে ফেলে বললেন, হয় তোমার ঐ লেলোকে বাড়ি থেকে তাড়াও, না হয় আজই আমি গঙ্গায় ডুবে এ-মহাপাতকের প্রায়শ্চিত্ত করব।

কি করলে সে?

বিনা দোষে গুরুদেবের দশা কি করেছে চোখে দেখোসে। তখন সবাই গেলেন ঘরে। নন্দরানী সব বললেন, সব দেখালেন। স্বামীকে বললেন, এ দস্যি ছেলেকে নিয়ে ঘর করব কি করে তুমি বল?

গুরুদেব ব্যাপারটা সমস্ত বুঝলেন। নিজের নির্বুদ্ধিতায় বৃদ্ধ হাঃ হাঃ করে হেসে ফেললেন।

লালুর বাবা আর একদিকে মুখ ফিরিয়ে দাঁড়িয়ে রইলেন।

চাকররা এসে বললে, লালুবাবু কোঠি মে নহি হ্যায়। আর একজন এসে জানালে সে মাসীমার বাড়িতে বসে খাবার খাচ্ছে। মাসীমা তাকে আসতে দিলেন না।

মাসীমা মানে নন্দর ছোট বোন। তার স্বামীও উকিল, সে অন্য পাড়ায় থাকে।

এর পরে লালু দিন-পনেরো আর এ বাড়ির ত্রিসীমানায় পা দিলে না।

লালু

তার ডাকনাম ছিল লালু। ভাল নাম অবশ্য একটা ছিলই, কিন্তু মনে নেই। জানো বোধ হয়, হিন্দীতে 'লাল' শব্দটার অর্থ হচ্ছে— প্রিয়। এ-নাম কে তারে দিয়েছিল জানিনে, কিন্তু মানুষের সঙ্গে নামের এমন সঙ্গতি কদাচিৎ মেলে। সে ছিল সকলের প্রিয়।

ইস্কুল ছেড়ে আমরা গিয়ে কলেজে ভর্তি হলাম, লালু বললে, সে ব্যবসা করবে। মায়ের কাছে দশ টাকা চেয়ে নিয়ে সে ঠিকেদারি শুরু করে দিলে। আমরা বললাম, লালু, তোমার পুঁজি তো দশ টাকা। সে হেসে বললে, আর কত চাই, এই তো ঢের।

সবাই তাকে ভালবাসতো, তার কাজ জুটে গেল। তার পরে কলেজের পথে প্রায়ই দেখতে পেতাম, লালু ছাতি মাথায় জনকয়েক কুলি-মজুর নিয়ে রাস্তার ছোটখাটো মেরামতির কাজে লেগেছে। আমাদের দেখে হেসে তামাশা করে বলতো,— যা যা দৌড়ো— পারসেন্টেজের খাতায় এখুনি ঢ্যারা পড়ে যাবে।

আরও ছোটকালে যখন আমরা বাংলা ইস্কুলে পড়তাম, তখন সে ছিল সকলের মিস্ত্রী। তার বইয়ের থলির মধ্যে সর্বদাই মজুত থাকত একটা হামানদিস্তার ডাঁটি, একটা নরুণ, একটা ভাঙ্গা ছুরি, ফুটো করবার একটা পুরোনো তুরপুনের ফলা, একটা ঘোড়ার নাল,— কি জানি কোথা থেকে সে এ-সব সংগ্রহ করেছিল, কিন্তু এ দিয়ে পারতো না সে এমন কাজ নেই। ইস্কুল-সুদ্ধ সকলের ভাঙ্গা ছাতি সারানো, শ্লেটের ফ্রেম আঁটা, খেলতে গিয়ে ছিঁড়ে গেলে তখনি জামা-কাপড় সেলাই করে দেওয়া— এমন কত কি। কোন কাজে কখনো না বলতো না। আর করতোও চমৎকার। একবার 'ছট' পরবের দিনে কয়েক পয়সার রঙ্গিন কাগজ আর শোলা কিনে কি একটা নতুন তৈরি করে সে গঙ্গার ঘাটে বসে প্রায় আড়াই টাকার খেলনা বিক্রি করে ফেললে। তার থেকে আমাদের পেটভরে চিনেবাদাম-ভাজা খাইয়ে দিলে।

বছরের পরে বছর যায়, সকলে বড় হয়ে উঠলাম। জিমনাস্টিকের আখড়ায় লালুর সমকক্ষ কেউ ছিল না। তার গায়ে জোর ছিল যেমন অসাধারণ, সাহস ছিল তেমনি অপরিসীম। ভয় কারে কয় সে বোধ করি জানতো না। সকলের ডাকেই সে প্রস্তুত, সবার বিপদেই সে সকলের আগে এসে উপস্থিত। কেবল তার একটা মারাত্মক দোষ ছিল, কাউকে ভয় দেখাবার সুযোগ পেলে সে কিছুতে নিজেকে সামলাতে পারতো না। এতে ছেলে-বুড়ো-গুরুজন সবাই তার কাছে সমান। আমরা কেউ ভেবে পেতাম না, ভয় দেখাবার এমন সব অদ্ভুত ফন্দি তার মাথায় একনিমিষে কোথা থেকে আসে! দু'-একটা ঘটনা বলি।

পাড়ার মনোহর চাটুজ্জের বাড়ি কালীপুজো। দুপুর-রাতে বলির ক্ষণ বয়ে যায়, কিন্তু কামার

অনুপস্থিত। লোক ছুটলো ধরে আনতে, কিন্তু গিয়ে দেখে সে পেটের ব্যথায় অচেতন। ফিরে এসে সংবাদ দিতে সবাই মাথায় হাত দিয়ে বসলো,– উপায়? এত রাত্রে ঘাতক মিলবে কোথায়? দেবীর পূজো পণ্ড হয়ে যায় যে! কে একজন বললে, পাঁঠা কাটতে পারে লালু। এমন অনেক সে কেটেছে। লোক দৌড়ল তার কাছে, লালু ঘুম ভেঙ্গে উঠে বসলো, বললে– না।

না কি গো? দেবীর পূজোয় ব্যাঘাত ঘটলে সর্বনাশ হবে যে!

লালু বললে, হয় হোক গে। ছোটবেলায় ও-কাজ করেছি, কিন্তু এখন আর করব না।

যারা ডাকতে এসেছিল তারা মাথা কুটতে লাগলো, আর দশ-পনরো মিনিট মাত্র সময়, তার পরে সব নষ্ট, সব শেষ। তখন মহাকালীর কোপে কেউ বাঁচবে না। লালুর বাবা এসে আদেশ দিলেন যেতে। বললেন, ওঁরা নিরুপায় হয়েই এসেছেন,– না গেলে অন্যায় হবে। তুমি যাও। সে আদেশ অমান্য করার সাধ্য লালুর নেই।

লালুকে দেখে চাটুজ্জে মশায়ের ভাবনা ঘুচালো। সময় নেই,– তাড়াতাড়ি পাঁঠা উৎসর্গিত হয়ে কপালে সিঁদুর গলায় জবার মালা পরে হাড়িকাঠে পড়লো, বাড়িসুদ্ধ সকলের 'মা' 'মা' রবের প্রচণ্ড চীৎকারে নিরুপায় নিরীহ জীবের শেষ আর্তকণ্ঠ কোথায় ডুবে গেল, লালুর হাতের খড়্গ নিমিষে ঊর্ধ্বোত্থিত হয়েই সজোরে নামলো, তার পরে বলির ছিন্নকণ্ঠ থেকে রক্তের ফোয়ারা কালো মাটি রাঙ্গা করে দিল। লালু ক্ষণকাল চোখ বুজে রইল। ক্রমশঃ ঢাক ঢোল কাঁসির সংমিশ্রণে বলির বিরাট বাজনা থেমে এলো। যে পাঁঠাটা অদূরে দাঁড়িয়ে কাঁপছিল আবার তার কপালে চড়লো সিঁদুর, গলায় দুললো রাঙ্গা মালা, আবার সেই হাড়িকাঠ, সেই ভয়ঙ্কর অন্তিম আবেদন, সেই বহুকণ্ঠের সম্মিলিত 'মা' 'মা' ধ্বনি। আবার লালুর রক্তমাখা খাঁড়া উপরে উঠে চক্ষের পলকে নীচে নেমে এলো,– পশুর দ্বিখণ্ডিত দেহটা ভূমিতলে বার কয়েক হাত-পা আছড়ে কি জানি কাকে শেষ নালিশ জানিয়ে স্থির হ'লো; তার কাটা-গলার রক্তধারা রাঙ্গামাটি আরও খানিকটা রাঙ্গিয়ে দিলে।

ঢুলিরা উন্মাদের মতো ঢোল বাজাচ্ছে, উঠানে ভিড় করে দাঁড়িয়ে বহু লোকের বহু প্রকারের কোলাহল; সুমুখের বারান্দায় কার্পেটের আসনে বসে মনোহর চাটুজ্জে মুদ্রিতনেত্রে ইষ্টনাম জপে রত, অকস্মাৎ লালু ভয়ঙ্কর একটা হুঙ্কার দিয়ে উঠলো। সমস্ত শব্দ-সাড়া গেল থেমে– সবাই বিস্ময়ে স্তব্ধ– এ আবার কি! লালুর অসম্ভব বিস্ফারিত চোখের তারা দুটো যেন ঘুরছে, চেঁচিয়ে বললে, আর পাঁঠা কৈ?

বাড়ির কে একজন ভয়ে ভয়ে জবাব দিলে, আর তো পাঁঠা নেই। আমাদের শুধু দু'টো করেই বলি হয়।

লালু তার হাতের রক্তমাখা খাঁড়াটা মাথার উপরে বার-দুই ঘুরিয়ে ভীষণ কর্কশকণ্ঠে গর্জন করে উঠলো– নেই পাঁঠা? সে হবে না আমার খুন চেপে গেছে– দাও পাঁঠা, নইলে আজ আমি যাকে পাবো ধরে নরবলি দেব– মা মা– জয় কালী! বলেই একটা মস্ত লাফ দিয়ে সে হাড়িকাঠের এদিক থেকে ওদিক গিয়ে পড়লো, তার হাতের খাঁড়া তখন বনবন করে ঘুরচে। তখন যে কাণ্ড ঘটলো ভাষায় বর্ণনা করা যায় না। সবাই একসঙ্গে ছুটলো সদর দরজার দিকে, পাছে লালু ধরে ফেলে। পালাবার চেষ্টায় বিষম ঠেলাঠেলি হুড়োমুড়িতে সেখানে যেন দক্ষযজ্ঞ ব্যাপার বেধে গেল। কেউ পড়েছে গড়িয়ে, কেউ হামাগুড়ি দিয়ে কারও পায়ের ফাঁকের মধ্যে মাথা গলিয়ে বেরোবার চেষ্টা করচে, কারও গলা কারও বগলের চাপের মধ্যে পড়ে দম আটকাবার মত হয়েছে, একজন আর একজনের ঘাড়ের উপর দিয়ে পালাবার চেষ্টায় ভিড়ের মধ্যে মুখ থুবড়ে পড়েছে,– কিন্তু এ-সব মাত্র মুহূর্তের

জন্য। তার পরেই সমস্ত ফাঁকা।

লালু গর্জে উঠলো— মনোহর চাটুজ্জে কৈ? পুরুত গেল কোথায়?

পুরুত রোগা লোক, সে গণ্ডগোলের সুযোগে আগেই গিয়ে লুকিয়েছে প্রতিমার আড়ালে। গুরুদেব কুশাসনে বসে চণ্ডীপাঠ করছিলেন, তাড়াতাড়ি উঠে ঠাকুর-দালানের একটা মোটা থামের পিছনে গা-ঢাকা দিয়েচেন। কিন্তু, বিপুলায়তন দেহ নিয়ে মনোহরের পক্ষে ছুটাছুটি করা কঠিন। লালু এগিয়ে গিয়ে বাঁ হাতে তাঁর একটা হাত চেপে ধরলে, বললে, চলো হাড়িকাঠে গিয়ে গলা দেবে।

একে তার বজ্রমুষ্টি, তাতে ডান হাতে খাঁড়া, ভয়ে চাটুজ্জের প্রাণ উড়ে গেল। কাঁদো-কাঁদো গলায় মিনতি করতে লাগলেন, লালু! বাবা! স্থির হয়ে চেয়ে দেখ— আমি পাঁঠা নই, মানুষ। আমি সম্পর্কে তোমার জ্যাঠামশাই হই বাবা, তোমার বাবা আমার ছোট ভাইয়ের মত।

সে জানিনে। আমার খুন চেপেছে— চলো তোমাকে বলি দেব! মায়ের আদেশ!

চাটুজ্জে ডুকরে কেঁদে উঠলেন— না বাবা, মায়ের আদেশ নয়, কখ্‌খনো নয়— মা যে জগজ্জননী!

লালু বললে— জগজ্জননী! সে জ্ঞান আছে তোমার? আর দেবে পাঁঠা-বলি? ডেকে পাঠাবে আমাকে পাঁঠা কাটতে? বলো।

চাটুজ্জে কাঁদতে কাঁদতে বললেন, কোনদিন নয় বাবা, আর কোনদিন নয়, মায়ের সুমুখে তিন সত্যি করচি, আজ থেকে আমার বাড়িতে বলি বন্ধ।

ঠিক তো?

ঠিক বাবা ঠিক। আর কখনো না। আমার হাতটা ছেড়ে দাও বাবা, একবার পায়খানায় যাব।

লালু হাত ছেড়ে দিয়ে বললে— আচ্ছা যাও, তোমাকে ছেড়ে দিলাম। কিন্তু পুরুত পালালো কোথা দিয়ে? গুরুদেব? সে কৈ? এই বলে সে পুনশ্চ একটা হুঙ্কার দিয়ে লাফ মেরে ঠাকুরদালানের দিকে অগ্রসর হতেই প্রতিমার পিছন ও থামের আড়াল হতে দুই বিভিন্ন গলার ভয়ার্ত ক্রন্দন উঠলো। সরু ও মোটায় মিলিয়ে সে শব্দ এমন অদ্ভুত ও হাস্যকর যে, লালু নিজেকে আর সামলাতে পারলে না। হাঃ হাঃ হাঃ— করে হেসে উঠে দুম্ করে মাটিতে খাঁড়াটা ফেলে দিয়ে এক দৌড়ে বাড়ি ছেড়ে পালালো।

তখন কারো বুঝতে বাকী রইল না খুন-চাপা-টাপা সব মিথ্যে, সব তার চালাকি। লালু শয়তানি করে এতক্ষণ সবাইকে ভয় দেখাচ্ছিল। মিনিট-পাঁচেকের মধ্যে যে যেখানে পালিয়েছিল ফিরে এসে জুটলো। ঠাকুরের পূজো তখনো বাকী, তাতে যথেষ্ট বিঘ্ন ঘটেছে, এবং মহা হৈচৈ কলরবের মধ্যে চাটুজ্জে মশাই সকলের সম্মুখে বার বার প্রতিজ্ঞা করতে লাগলেন— ঐ বজ্জাত ছোঁড়াটাকে যদি না কাল সকালেই ওর বাপকে দিয়ে পঞ্চাশ ঘা জুতো খাওয়াই আমার নামই মনোহর চাটুজ্জে নয়।

কিন্তু জুতো তাকে খেতে হয়নি। ভোরে উঠেই সে যে কোথায় পালালো, সাত-আটদিন কেউ তার খোঁজ পেলে না। দিন-সাতেক পরে একদিন অন্ধকারে লুকিয়ে মনোহর চাটুজ্জের বাড়িতে ঢুকে তাঁর ক্ষমা এবং পায়ের ধুলো নিয়ে সে-যাত্রা বাপের ক্রোধ থেকে নিস্তার পেলে। কিন্তু সে যাই হোক, দেবতার সামনে সত্য করেছিলেন বলে চাটুজ্জের বাড়িতে কালীপুজোয় তখন থেকে পাঁঠাবলি উঠে গেল।

লালু

আমাদের শহরে তখন শীত পড়েছে, হঠাৎ কলেরা দেখা দিলে। তখনকার দিনে ওলাউঠার নামে মানুষে ভয়ে হতজ্ঞান হ'তো। কারও কলেরা হয়েছে শুনতে পেলে সে-পাড়ায় মানুষ থাকতো। মারা গেলে দাহ করার লোক মেলা দুর্ঘট হ'তো। কিন্তু সে দুর্দিনেও আমাদের ওখানে একজন ছিলেন যাঁর কখনো আপত্তি ছিল না। গোপালখুড়ো তাঁর নাম, জীবনের ব্রত ছিল মড়া-পোড়ানো। কারও অসুখ শক্ত হয়ে উঠলে তিনি ডাক্তারের কাছে প্রত্যহ সংবাদ নিতেন। আশা নেই শুনলে খালি পায়ে গামছা কাঁধে তিনি ঘণ্টা-দুই পূর্বেই সেখানে গিয়ে উপস্থিত হতেন। আমরা জনকয়েক ছিলাম তাঁর চ্যালা। মুখ ভার করে বলে যেতেন,– ওরে, আজ রাত্রিটা একটু সতর্ক থাকিস, ডাকলে যেন সাড়া পাই। রাজদ্বারে শ্মশানে চ– শাস্ত্রবাক্য মনে আছে তো?

আজ্ঞে, আছে বৈ কি। আপনি ডাক দিলেই গামছা সমেত বেরিয়ে পড়ব।

বেশ বেশ, এই তো চাই। এর চেয়ে পুণ্যকর্ম সংসারে নেই।

আমাদের দলের মধ্যে ছিল লালুও একজন। ঠিকেদারির কাজে বাইরে না গেলে সে কখনো না বলত না।

সেদিন সন্ধ্যাবেলা বিষণ্নমুখে খুড়ো এসে বললেন, বিষ্টু পণ্ডিতের পরিবারটা বুঝি রক্ষে পেলে না।

সবাই চমকে উঠলাম। অতি গরীব বিষ্টু ভট্চাযের কাছে বাংলা ইস্কুলে আমরা ছেলেবেলায় পড়েছিলাম। নিজে সে চিররুগ্ন এবং চিরদিন স্ত্রীর প্রতি একান্ত নির্ভরশীল। জগতে আপনার বলতে কেউ নেই,– তার মত নিরীহ অসহায় মানুষ সংসারে আমি দেখিনি।

রাত্রি আন্দাজ আটটা, দড়ির খাটে বিছানা-সমেত পণ্ডিত-গৃহিণীকে আমরা ঘর থেকে উঠানে নামালাম। পণ্ডিতমশাই ফ্যালফ্যাল করে চেয়ে রইলেন। সংসারে কোন কিছুর সঙ্গে সে চাহনির তুলনা হয় না এবং সে একবার দেখলে সারা জীবনে ভোলা যায় না।

মৃতদেহ তোলবার সময় পণ্ডিতমশাই আস্তে আস্তে বললেন– আমি সঙ্গে না গেলে মুখাগ্নির কি হবে?

কেউ কিছু বলবার আগে লালু বলে উঠল, ও-কাজটা আমি করব, পণ্ডিতমশাই। আপনি আমাদের গুরু, সেই সম্পর্কে উনি আমাদের মা। আমরা সবাই জানতাম শ্মশানে হেঁটে যাওয়া তাঁর পক্ষে অসম্ভব। বাংলা ইস্কুল মিনিট-পাঁচেকের পথ, হাঁপাতে হাঁপাতে সেটুকু আসতেও তাঁর আধ-ঘণ্টার বেশী সময় লাগতো।

পণ্ডিতমশাই একটু চুপ করে থেকে বললেন, নিয়ে যাবার সময় ওর মাথায় একটু সিঁদুর পরিয়ে দিবিনে লালু?

নিশ্চয় দেব, পণ্ডিতমশাই,– নিশ্চয় দেব, বলে এক লাফে সে ঘরে ঢুকে কৌটো বার করে আনলে এবং যত সিঁদুর ছিল সমস্তটা মাথায় ঢেলে দিলে।

'হরিবোল' দিয়ে আমরা গৃহ হতে গৃহিণীর মৃতদেহ চিরদিনের মত বার করে নিয়ে এলাম,– পণ্ডিতমশাই খোলা দোরের চৌকাঠে হাত দিয়ে তেমনি চুপ করে দাঁড়িয়ে রইলেন।

গঙ্গার তীরে শ্মশান অনেক দূর, প্রায় ক্রোশ-তিনেক। সেখানে পৌঁছে যখন আমরা শব নামালাম, তখন রাত দুটো। লালু খাট ছুঁয়ে মাটিতে পা ছড়িয়ে বসল। কেউ কেউ যেখানে - সেখানে শ্রান্তিতে চিৎ হয়ে শুয়ে পড়ল। শুক্লাদ্বাদশীর পরিস্ফুট জ্যোৎস্নায় বালুময় বহুদূর -বিস্তৃত শ্মশান অত্যন্ত জনহীন। গঙ্গার ওপার থেকে কনকনে উত্তরে হাওয়ায় জলে ঢেউ উঠেছে, তার কোন-কোনটা লালুর পায়ের প্রায় নীচে পর্যন্ত আছাড় খেয়ে-খেয়ে পড়ছে। শহর থেকে গরুর গাড়িতে পোড়াবার কাঠ আসে, কি জানি সে কতক্ষণে পৌঁছবে। আধ-ক্রোশ দূরে পথের ধারে ডোমদের বাড়ি; আসার সময়ে আমরা তাদের হাঁক দিয়ে এসেছি, তাদের আসতেই বা না-জানি কত দেরি।

সহসা গঙ্গার ওপারে দিগন্তে একটা গাঢ় কালো মেঘ উঠে প্রবল উত্তরে হাওয়ায় হুহু করে সেটা এপারে ছুটে আসতে লাগল। গোপালখুড়ো সভয়ে বললেন, লক্ষণ ভালো ঠেকচে না রে,– বৃষ্টি হতে পারে। এই শীতে জলে ভিজলে আর রক্ষে থাকবে না।

কাছে আশ্রয় কোথাও নেই,– একটা বড় গাছ পর্যন্ত না। কতকটা দূরে ঠাকুরবাড়ির আমবাগানে মালীদের ঘর আছে বটে, কিন্তু অতখানি ছোটা তো সহজ নয়।

দেখতে দেখতে আকাশ গেল ছেয়ে, চাঁদের আলো ডুবল অন্ধকারে, ওপার থেকে বৃষ্টিধারার সোঁ সোঁ শব্দ এলো কানে, ক্রমশঃ সেটা নিকটতর হয়ে উঠল। আগাম দু-দশ ফোঁটা সকলেরই গায়ে এসে পড়ল তীরের মত, কি-করি কি-করি ভাবতে-ভাবতেই মুষলধারায় বৃষ্টি নেমে এলো। মড়া রইল পড়ে প্রাণ বাঁচাতে কে যে কোথায় ছুট দিলে তার ঠিক-ঠিকানা নেই।

জল থামলে ঘণ্টা-খানেক পরে একে একে সবাই ফিরে এলাম। মেঘ গেছে কেটে, চাঁদের আলো ফুটেছে দিনের মত। ইতিমধ্যে গরুর গাড়ি এসে পৌঁছেচে, গাড়োয়ান কাঠ এবং শবদাহের অন্যান্য উপকরণ নামিয়ে দিয়ে ফিরে যাবার উদ্যোগ করচে। কিন্তু ডোমদের দেখা নেই। গোপালখুড়ো বললেন, ও-ব্যাটারা ঐ রকম। শীতে ঘর থেকে বেরুতে চায় না।

মণি বললে, কিন্তু লালু এখনো ফিরলো না কেন? সে যে বলছিল মুখে আগুন দেবে। ভয়ে বাড়ি পালালো না তো?

খুড়ো লালুর উদ্দেশে রাগ করে বললেন, ওটা ঐ-রকম। যদি এতই ভয়, মড়া ছুঁয়ে বসতে গেলি কেন? আমি হলে বজ্রাঘাত হলেও মড়া ছেড়ে যেতাম না।

ছেড়ে গেলে কি হয় খুড়ো?

কি হয়? কত-কি? শ্মশানভূমি কিনা!

শ্মশানে একলা বসে থাকতে আপনার ভয় করত না?

ভয়! আমার? অন্ততঃ হাজারটা মড়া পুড়িয়েছি জানিস!

এর পরে মণি আর কথা কইতে পারলে না। কারণ সত্যই খুড়োর গর্ব করা সাজে। শ্মশানে গোটা দুই কোদাল পড়েছিল, খুড়ো তার একটা তুলে নিয়ে বললেন, আমি চুলোটা কেটে ফেলি, তোরা হাতাহাতি করে কাঠগুলো নীচে নামিয়ে ফেল।

খুড়ো চুলি কাটচেন, আমরা কাঠ নামিয়ে আনচি; নরু বললে, আচ্ছা, মড়াটা ফুলে

যেন দুগুণ হয়েছে, না?

খুড়ো কোনদিকে না তাকিয়েই জবাব দিলেন, ফুলবে না? লেপ-কাঁথা সব জলে ভিজেছে যে!

কিন্তু তুলো জলে ভিজলে তো চুপসে ছোট হয়ে যাবে খুড়ো, ফুলবে না তো।

খুড়ো রাগ করে উঠলেন,– তোর ভারী বুদ্ধি। যা করচিস্ কর।

কাঠ বহা প্রায় শেষ হয়ে এলো।

নরুর দৃষ্টি ছিল বরাবর খাটের প্রতি। হঠাৎ সে থমকে দাঁড়িয়ে বললে,– খুড়ো, মড়া যেন নড়ে উঠল।

খুড়োর হাতের কাজ শেষ হয়েছিল, কোঁদালটা ছুঁড়ে ফেলে দিয়ে বললেন, তোর মত ভীতু মানুষ আমি কখনো তো দেখিনি নরু! তুই আসিস কেন এ-সব কাজে? যা– বাকী কাঠগুলো আন। আমি চিতাটা সাজিয়ে ফেলি। গাধা কোথাকার!

আবার মিনিট-দুই গেল। এবার মণি হঠাৎ চমকে উঠে পাঁচ-সাত পা পিছিয়ে দাঁড়িয়ে সভয়ে বললে, না খুড়ো, গতিক ভালো ঠেকছে না। সত্যিই মড়াটা যেন নড়ে উঠলো।

খুড়ো এবারে হাঃ হাঃ– করে হেসে বললেন, ছোঁড়ার দল– তোরা ভয় দেখাবি আমাকে? যে হাজারের উপর মড়া পুড়িয়েছে– তাকে?

নরু বললে, ঐ দেখুন আবার নড়চে।

খুড়ো বললেন, হাঁ নড়চে, ভূত হয়ে তোকে খাবে বলে– মুখের কথাটা তাঁর শেষ হ'লো না, অকস্মাৎ লেপকাঁথা জড়ানো মড়া হাঁটু গেড়ে খাটের উপর বসে ভয়ঙ্কর বিশ্রী খোনা গলায় চেঁচিয়ে উঠলো,– নাঁ নাঁ– নরুকে নাঁ– গোঁপালকে খাঁবো–

ওরে বাবা রে! আমরা সবাই মারলাম উর্ধ্বশ্বাসে দৌড়। গোপালখুড়োর সুমুখে ছিল কাঠের স্তূপ, তিনি উপরের দিকে আমাদের পিছনে ছুটতে না পেরে ঝাঁপিয়ে গিয়ে পড়লেন গঙ্গার জলে। সেই কনকনে ঠাণ্ডা একবুক জলে দাঁড়িয়ে চেঁচাতে লাগলেন– বাবা গো, গেছি গো– ভুতে খেয়ে ফেললে গো! –রাম–রাম–রাম–

এদিকে সেই ভূতও তখন মুখের ঢাকা ফেলে দিয়ে চেঁচাতে লাগল– ওরে নির্মল, ওরে মণি, ওরে নরু, পালাস

নে রে–আমি লালু–ফিরে আয়–ফিরে আয়–

লালুর কণ্ঠস্বর আমাদের কানে পৌঁছলো। নিজেদের নির্বুদ্ধিতায় অত্যন্ত লজ্জা পেয়ে সবাই ফিরে এলাম। গোপালখুড়ো শীতে কাঁপতে কাঁপতে ডাঙ্গায় উঠলেন। লালু তাঁর পায়ের ধূলো নিয়ে সলজ্জে বললে, সবাই জলের ভয়ে পালাল, কিন্তু আমি মড়া ছেড়ে যেতে পারলাম না, তাই লেপের মধ্যে গিয়ে ঢুকে পড়েছিলাম।

খুড়ো বললেন, বেশ করেছিলে, বাবা, খাসা বুদ্ধি করেছিলে। এখন যাও, ভাল করে গঙ্গামাটি মেখে চান করো গে। এমন শয়তান ছেলে আমি আমার জন্মে দেখিনি–

তিনি কিন্তু মনে মনে তাকে ক্ষমা করলেন। বুঝলেন, এতবড় ভয়শূন্যতা তাঁর পক্ষেও অসম্ভব। এই রাতে একাকী শ্মশানে কলেরার মড়া, কলেরার বিছানা– এ-সব সে গ্রাহ্যই করলে না!

মুখে আগুন দেবার কথায় খুড়ো আপত্তি করলেন না, সে হবে না। ওর মা শুনতে পেলে আর আমার মুখ দেখবেন না।

শবদাহ সমাধা হ'লো। আমরা গঙ্গায় স্নান সেরে যখন বাড়ি ফিরলাম তখন সেইমাত্র সূর্যোদয় হয়েছে।

ছেলেধরা

সেবার দেশময় রটে গেল যে, তিনটি শিশু বলি না দিলে রূপনারায়ণের উপর রেলের পুল কিছুতেই বাঁধা যাচ্ছে না। দু'টি ছেলেকে জ্যান্ত থামের নীচে পোঁতা হয়ে গেছে, বাকী শুধু একটি। একটি সংগ্রহ হলেই পুল তৈরী হয়ে যায়। শোনা গেল, রেল-কোম্পানির নিযুক্ত ছেলেধরারা শহরে ও গ্রামে ঘুরে বেড়াচ্চে। তারা কখন এবং কোথায় এসে হাজির হবে, কেউ বলতে পারে না। তাদের কারও পোশাক ভিখিরীর, কারও বা সাধু-সন্ন্যাসীর, কেউ বা বেড়ায় লাঠিহাতে ডাকাতের মত– এ জনশ্রুতি পুরানো, সুতরাং কাছাকাছি পল্লীবাসীর ভয়ের ও সন্দেহের সীমা রহিল না যে এবার হয়ত তাদের পালা, তাদের ছেলেপুলেই হয়ত পুলের তলায় পোঁতা যাবে।

কারও মনে শান্তি নেই, সব বাড়িতেই কেমন একটা ছমছম ভাব। আবার তার উপরে আছে খবরের কাগজের খবর। কলকাতায় যারা চাকরি করে তারা এসে জানায়, সেদিন বউবাজারে একটা ছেলেধরা ধরা পড়েচে, কাল কড়েয়ায় আর একটা লোককে হাতে-নাতে ধরা গেছে, সে ছেলে ধরে ঝুলিতে পুরছিল। এমনি কত খবর! কলকাতার অলিতে গলিতে সন্দেহক্রমে কত নিরীহের প্রতি কত অত্যাচারের খবর লোকের মুখে মুখে আমাদের দেশে এসে পৌঁছুল। এমনি যখন অবস্থা তখন আমাদের দেশেও হঠাৎ একটা ঘটনা ঘটে গেল। সেইটে বলি।

পথের অদূরে একটা বাগানের মধ্যে বাস করেন বৃদ্ধ মুখুজ্যে-দম্পতি। ছেলেপুলে নেই, কিন্তু সংসারে ও সাংসারিক সকল ব্যাপারে আসক্তি আঠারো আনা। ভাইপোকে আলাদা করে দিয়েছেন, কিন্তু আর কিছুই দেননি। দেবেন এ-কল্পনাও তাঁদের নেই। সে এসে মাঝে মাঝে দাবী করে ঘটি-বাটি-তৈজসপত্র; খুড়ী চেঁচিয়ে হাট বাঁধিয়ে দিয়ে লোকজন জড়ো করেন, বলেন হীরু আমাদের মারতে এসেছিল। হীরু বলে, সেই ভাল– মেরেই একদিন সমস্ত আদায় করবো।

এমনি করে দিন যায়।

সেদিন সকালে ঝগড়ার চূড়ান্ত হয়ে গেল। হীরু উঠানে দাঁড়িয়ে বললে, শেষ বেলা বলচি খুড়ো, আমার ন্যায্য পাওনা দেবে কিনা বল?

খুড়ো বললেন, তোর কিছুই নেই।

নেই?

না।

আদায় করে আমি ছাড়ব।

খুড়ী রান্নাঘরে কাজে ছিলেন, বেরিয়ে এসে বললেন, তা হলে যা তোর বাবাকে ডেকে আন গে।

হীরু বললে, আমার বাবা স্বর্গে গেছেন, তিনি আসতে পারবেন না,– আমি গিয়ে তোমাদের বাবাদের ডেকে আনব। তাদের কেউ হয়তো বেঁচে আছে– তারা এসে চুলচিরে আমার বখ্‌রা ভাগ করে দেবে।

তারপর মিনিট-দুয়েক ধরে উভয় পক্ষে যে-ভাষা চলল তা লেখা চলে না।

যাবার আগে হীরু বলে গেল, আজই এর একটা হেস্তনেস্ত করে তবে ছাড়ব। এই তোমাদের বলে গেলুম। সাবধান!

রান্নাঘর থেকে খুড়ী বললেন, তোর ভারী ক্ষমতা। যা পারিস কর গে।

হীরু এসে হাজির হ'লো রাইপুরে। ঘর-কয়েক গরীব মুসলমানদের পল্লী। মহরমের দিনে বড় বড় লাঠি ঘুরিয়া তারা তাজিয়া বার করে। লাঠি তেলে পাকানো, গাঁটে গাঁটে পেতল বাঁধানো। এই থেকে অনেকের ধারণা তাদের মত লাঠি-খেলোয়াড় এ অঞ্চলে মেলে না। তারা পারে না এমন কাজ নেই। শুধু পুলিশের ভয়েই শান্ত থাকে।

হীরু বললে, বড় মিঞা, এই নাও দুটি টাকা আগাম। তোমার আর তোমার ভায়ের। কাজ উদ্ধার করে দাও আরো বক্‌শিশ পাবে।

টাকা দুটি হাতে নিয়ে লতিফ মিঞা হেসে বললে, কি কাজ বাবু?

হীরু বললে, এদেশে কে না জানে তোমাদের দু-ভায়ের কথা! লাঠির জোরে বিশ্বাসদের কত জমিদারি হাসিল করে দিয়েছ– তোমরা মনে করলে পার না কি!

বড় মিঞা চোখ টিপে বললে, চুপ চুপ বাবু, থানার দারোগা শুনতে পেলে আর রক্ষে থাকবে না। বীরনগর গ্রামখানাই যে দু-ভায়ে দখল করে দিয়েছি, এ যে তারা জানে। কেউ চিনতে পারেনি বলেই তো সে-যাত্রা বেঁচে গেছি।

হীরু আশ্চর্য হয়ে বললে, কেউ চিনতে পারেনি?

লতিফ বললে, পারবে কি করে! মাথায় ইয়া পাগ বাঁধা, গালে গাল-পাট্টা, কপালে কপাল-জোড়া সিদুরের ফোঁটা, হাতে ছ-হাতি লাঠি,– লোকে ভাবলে হিঁদুর যমপুরী থেকে যমদূত এসে হাজির হ'লো। চিনবে কি– কোথায় পালাল তার ঠিকানা রইল না।

হীরু তার হাতখানা ধরে ফেলে বললে, বড় মিঞা, এই কাজটি আর একবার তোমাকে করতে হবে, দাদা। আমার খুড়ো তবু যা হোক দুটো ভাগের ভাগ দিতে চায়, কিন্তু খুড়ীবেটী এমনি শয়তান যে একটা চুমকি ঘটিতে পর্যন্ত হাত দিতে দেয় না। ওই পাগড়ি, গালপাট্টা, আর সিঁদুর মেখে লাঠি হাতে একবার গিয়ে উঠানে দাঁড়াবে, তোমাদের ডাকাতে-হুমকি একবার ঝাড়বে, তার পর দেখে নেবো কিসে কি হয়। আমার যা-কিছু পাওনা ফেঁড়ে বার করে আনব। ঠিক সন্ধ্যার আগে– ব্যাস্।

লতিফ মিঞা রাজী হ'লো। লতিফ মামুদ দু-ভাই সাজ-পোশাক পরে আজই গিয়ে খুড়োর বাড়িতে হানা দেবে ঠিক হয়ে গেল। পিছনে থাকবে হীরু।

একাদশী। সারা দিনের পর দাওয়ায় ঠাঁই করে দিয়েচেন জগদম্বা। মুখুজ্যেমশাই বসেছেন জলযোগে। সামান্য ফলমূল ও দুধ। বেতো ধাত– একাদশীতে অন্নাহার সহ্য হয় না। পাথরের বাটিতে ডাবের জলটুকু মুখে তুলেছেন, এমন সময় দরজা ঠেলে ঢুকল দু-ভাই লতিফ আর মামুদ। ইয়া পাগড়ি, ইয়া গাল-পাট্টা, হাতে ছ-হাতি লাঠি, কপাল-জোড়া সিঁদুর-মাখানো। মুখুজ্যের হাত থেকে পাথরের বাটি দুম করে পড়ে গেল,– জগদম্বা চীৎকার করে উঠলেন– ওগো পাড়ার লোক, কে কোথায় আছো, এসো গো, ছেলেধরা ঢুকেছে।

সুমুখের ছোট মাঠটায় ঘর কেটে ছোট ছোট ছেলের দল রোজ ফিঞ্রে খেলে, আজও খেলছিল– তারাও চেঁচাতে চেঁচাতে যে যেখানে পারলে, ছুট দিলে– ওগো ছেলেধরা এসেচে, অনেক ছেলে ধরে নিয়ে যাচ্ছে।

হীরু সঙ্গে এসেছিল বাড়ি চিনিয়ে দিতে। দোরের আড়ালে লুকিয়েছিল– সে চাপা গলায় বললে,– আর দেখ কি মিঞ্রা, পালাও। পাড়ার লোক ধরে ফেললে আর রক্ষে নেই। বলেই নিজে মারলে ছুট।

লতিফ মিঞ্রা শহরের আর কিছু না শুনে থাক, ছেলেধরার জনশ্রুতি তাদের কানে এসেও পৌঁছেছে। চক্ষের পলকে বুঝলে এ অজানা জায়গায় এরূপ বেশে এই সিঁদুর মাখা মুখে ধরা পড়ে গেলে দেহের একখানা হাড়ও আস্ত থাকবে না। সুতরাং তারাও মারল ছুট। কিন্তু ছুটলে হবে কি? পথ অচেনা, আলো এসেছে কমে চতুর্দিক থেকে কেবল বহুকণ্ঠের সমবেত চীৎকার ধরে ফ্যাল, ধরে ফ্যাল্ মেরে ফ্যাল ব্যাটাদের ছোট ভাই মামু কোথায় পালাল ঠিকানা নেই, কিন্তু বড় ভাই লতিফকে সবাই ঘিরে ফেললে– সে প্রাণের দায়ে কাঁটা বন ভেঙ্গে লাফিয়ে পড়ল একটা ডোবায়। তার পর সবাই পাড়ে দাঁড়িয়ে ছুঁড়তে লাগল ঢিল। যেই মাথা তোলে অমনি মাথায় পড়ে ঢিল। আবার সে মারে ডুব। আবার উঠে, আবার মাথায় পড়ে ঢিল।

লতিফ মিঞ্রা জল খেয়ে আর ইঁট খেয়ে আধমরা হয়ে পড়ল। সে যতই হাতজোড় করে বলতে চায় সে ছেলেধরা নয়, ছেলে ধরতে আসেনি,– ততই লোকের রাগ আর সন্দেহ বেড়ে যায়। তারা বলে নইলে ওর গাল-পাট্টা কেন? ওর পাগড়ি কিসের জন্য? ওর মুখময় এত সিঁদুর এলো কোথা থেকে? পাগড়ি তার খুলে গেছে, গাল-পাট্টা একধারে ঝুলচে– কপালের সিঁদুর জলে ধুয়ে মুখময় লেগেচে। এ-সব কথা সে পাড়ের লোকদের বলেই বা কখন, শোনেই বা কে!

ততক্ষণে কতকগুলি উৎসাহী লোক জলে নেমে লতিফকে হিঁচড়ে টেনে তুলেছে– সে কাঁদতে কাঁদতে কেবলই জানাচ্চে, সে লতিফ মিঞ্রা, তার ভাই মামুদ মিঞ্রা– তারা ছেলেধরা নয়।

এমন সময় আমি যাচ্ছিলুম সেই পথে– হাঙ্গামা শুনে নেমে এলুম পুকুর-ধারে। আমাকে দেখে উত্তেজিত জনতা আর একবার উত্তেজিত হয়ে উঠল। সবাই সমস্বরে বলতে লাগল, তারা একটা ছেলেধরা ধরেছে। লোকটার অবস্থা দেখে চোখে মুখ জল এলো, তার মুখ দিয়ে কথা বেরোবার শক্তি নেই– গাল-পাট্টায়, পাগড়িতে সিঁদুরে-রক্তে মাখামাখি– শুধু হাতজোড় করছে আর কাঁদচে।

জিজ্ঞেসা করলুম, ও কার ছেলে চুরি করেছে? কে নালিশ করচে? তারা বললে, তা কে জানে?

ছেলে কৈ?

তাই বা কে জানে?

তবে এমন করে মারচো কেন?

কে একজন বুদ্ধিমান বললে, ছেলে বোধ হয় ও পাঁকে পুঁতে রেখেচে। রাত্তিরে তুলে নিয়ে যাবে। বলি দিয়ে পুলের তলায় পুঁতবে।

বললুম, মরা ছেলে কখনো বলি দেওয়া যায়?

তারা বলল, মরা হবে কেন, জ্যান্ত ছেলে।

পাঁকে পুঁতে রাখলে ছেলে জ্যান্ত থাকে কখনো?

যুক্তিটা তখন অনেকের কাছেই সমীচীন বোধ হ'লো। এতক্ষণ উত্তেজনার মুখে সে কথা কেউ ভাববারই সময় পায়নি।

বললুম, ছাড় ওকে। লোকটাকে জিজ্ঞাসা করলুম– মিঞা, ব্যাপারটা সত্যি কি বল তো?

এখন অভয় পেয়ে লোকটা কাঁদতে কাঁদতে সমস্ত ঘটনা বিবৃত করলে, মুখুজ্যে দম্পতির উপর কারও সহানুভূতি ছিল না, শুনে অনেকের করুণাও হলো।

বললুম, লতিফ বাড়ি যাও, আর কখনও এ-সব কাজে এসো না।

সে নাক মললে, কান মললে– খোদার কিরে নিয়ে বললে, বাবুমশায়, আর এ-সব কাজে কখনো না। কিন্তু আমার ভাই গেল কোথায়?

বললুম ভায়ের ভাবনা বাড়ি গিয়ে ভেবো লতিফ, এখন নিজের প্রাণটা যে বাঁচল এই ঢের।

লতিফ খোঁড়াতে খোঁড়াতে কোনমতে বাড়ি চলে গেল।

অনেক রাত্রে আর একটা প্রচণ্ড কোলাহল উঠল ঘোষালদের পাড়ায়। তাদের ঝি গোয়ালে ঢুকেছিল গরুকে জাব দিতে। খড়ের ঝুড়ি টানতে গিয়ে দেখে টানা যায় না– হঠাৎ তার মধ্যে থেকে একটা ভীষণ মূর্তি লোক বেরিয়ে ঝির পা-দুটো জড়িয়ে ধরলে।

ঝি যতই চেঁচায়, বেরোও গো, কে কোথা আছ,– ভূত আমাকে খেয়ে ফেললে। ভূত ততই তার মুখ চেপে ধরে বলে, মা গো আমাকে বাঁচাও– আমি ভূত-পেরেত নই, আমি মানুষ।

চীৎকারে বাড়ির কর্তা আলো নিয়ে লোকজন নিয়ে এসে উপস্থিত– আগের ঘটনা গাঁয়ের সবাই শুনেছে। সুতরাং ছোট ভায়ের ভাগ্যে বড় ভাইয়ের দুর্গতি আর ঘটল না, সবাই সহজে বিশ্বাস করলে এই সেই মামুদ মিঞা। ভূত নয়।

ঘোষাল তাকে ছেড়ে দিলে– শুধু তার সেই পাকা লাঠিটি কেড়ে নিয়ে বললে, ছোট মিঞা, সমস্ত জীবন মনে থাকবে বলে এটা রেখে দিলুম। মুখের ঐ সব রং-টং ধুয়ে ফেলে এখন আস্তে আস্তে ঘরে যাও।

কৃতজ্ঞ মামুদ এক শ' সেলাম জানিয়ে ধীরে ধীরে সরে পড়ল। ঘটনাটি ছেলেভুলানো গল্প নয়, সত্যই আমাদের ওখানে ঘটেছিল।

বছর-পঞ্চাশ পূর্বের একটা দিনের কাহিনী

ঠ্যাঙাড়ের কথা শুনেছে অনেকে এবং আমাদের মতো যারা বুড়ো তারা দেখেচেও অনেকে। পঞ্চাশ-ষাট বছর আগেও পশ্চিম বাঙলায়, অর্থাৎ হুগলী বর্ধমান প্রভৃতি জেলায় এদের উপদ্রব ছিল খুব বেশী। তারও আগে, অর্থাৎ ঠাকুরমাদের যুগে, শুনেছি, লোক-চলাচলের প্রায় কোন পথই সন্ধ্যার পরে পথিকের পক্ষে নিরাপদ ছিল না। এই দুর্বৃত্তরা ছিল যেমন লোভী তেমনি নির্দয় । দল বেঁধে পথের ধারে ঝোপঝাড়ে লুকিয়ে থাকতো, হাতে থাকতো বড় বড় লাঠি এবং কাঁচা বাঁশের ভারী ছোট ছোট খেঁটে, তাকে বলতো পাব্‌ড়া। পথিক চলে গেলে তার পা লক্ষ্য করে পিছন থেকে ছুঁড়ে মারতো সেই পাব্‌ড়া। অব্যর্থ তার সন্ধান। অতর্কিতে পায়ে চোট খেয়ে সে যখন পথের উপর মুখ থুবড়ে পড়তো, তখন সকলে ছুটে এসে দুম্‌দাম লাঠি মেরে তার জীবন শেষ করতো। এর ভাবা-চিন্তা বাছবিচার নেই! এদের হাতে প্রাণ দিয়েছে এমন অনেক লোককে আমি নিজের চোখেই দেখেচি।

ছেলেবেলায় আমার মাছধরার বাতিক ছিল খুব বেশী। অবশ্য মস্ত ব্যাপার নয়, পুঁটি, চ্যালা প্রভৃতি ছোট ছোট মাছ। ভোর না হতেই ছিপ-হাতে নদীতে গিয়ে হাজির হতাম। আমাদের গ্রামের প্রান্তে হাজা মজা ক্ষুদ্র নদী, কোথাও কোমরের বেশী জল নেই, সমস্তই শৈবালে সমাচ্ছন্ন– তার মাঝে মাঝে যেখানে একটু ফাঁক সেখানেই এই সব ছোট ছোট মাছ খেলা করে বেড়াত। বঁড়শিতে টোপ গেঁথে সেইগুলি ধরার ছিল আমার বড় আনন্দ। একলা নদীর তীরে মাছের সন্ধানে ঘুরতে ঘুরতে কতদিন দেখেচি কাদায় শ্যাওলায় মাখামাখি মানুষের মৃতদেহ। কোনটার মাথা থেকে হয়তো তখনও রক্ত ঝরে জলটা রাঙ্গা হয়ে আছে। নদীর দুই তীরেই ঘন বনজঙ্গল, কি জানি কোথাকার মানুষ, কোথা থেকে ঠ্যাঙাড়েরা মেরে এনে এই জনবিরল নদীর পাঁকে পুঁতে দিত। এর জন্য কখনো দেখিনি পুলিশ আসতে, কখনো দেখিনি গ্রামের কেউ গিয়ে থানায় খবর দিয়ে এসেছে। এ ঝঞ্ঝাট কে করে! তারা চিরদিন শুনে আসছে পুলিশ ঘাঁটাতে নেই,– তার ত্রিসীমানার মধ্যে যাওয়াও বিপজ্জনক। বাঘের মুখে পড়েও দৈবাৎ বাঁচা যায়, কিন্তু ওদের হাতে কদাচ নয়। কাজেই এ দৃশ্য যদি কারও চোখে পড়তো, সে চোখ ফিরিয়ে নিঃশব্দে অন্যত্র সরে যেত। তারপরে রাত্রি এলে, শিয়ালের দল বেরিয়ে মহা-সমারোহে ভোজনাদি শেষ করে নদীর জলে আঁচিয়ে মুখ ধুয়ে ঘরে ফিরে যেত– মড়ার চিহ্নমাত্র থাকত না।

একদিন আমার নিজেরও হয়তো ঐ দশা ঘটত কিন্তু ঘটতে পেলে না। সেই গল্পটা বলি।

আমার বয়স তখন বছর বারো। সকালে ছুটির দিনে ঘরের মধ্যে লুকিয়ে বসে ঘুড়ি তৈরি করচি, কানে গেল ও-পাড়ার নয়ন বাগদীর গলা। সে আমার ঠাকুরমাকে বলচে, গোটাপাঁচেক টাকা দাওনা দিদিঠাকরুন, তোমার নাতিকে দুধ খাইয়ে শোধ দেব।

ঠাকুরমা নয়নচাঁদকে বড় ভালবাসতেন, জিজ্ঞেস করলেন, হঠাৎ টাকার কি দরকার হ'লো, নয়ন?

সে বললে, একটি ভাল গরু আনব, দিদি। বসন্তপুরে পিসীমার বাড়ি, পিসতুত ভাই বলে পাঠিয়েছে, চার-পাঁচটি গরু সে রাখতে পারচে না, আমাকে একটি দেবে। কিছু নেবে না জানি, তবু গোটা-পাঁচেক টাকা সঙ্গে রাখা ভালো।

ঠাকুরমা আর কিছু না বলে পাঁচটা টাকা এনে তার হাতে দিলেন, সে প্রণাম করে চলে গেল।

আমি শুনেছিলাম বসন্তপুরে ভালো ছিপ পাওয়া যায়, সুতরাং নিঃশব্দে তার সঙ্গ নিলাম। মাইল-দুই কাঁচা পথ পেরিয়ে গ্রাণ্ড ট্রাঙ্ক রোড ধরে বসন্তপুরে যেতে হয়। মাইল-খানেক গিয়ে কি জানি কেন হঠাৎ পিছনে চেয়ে নয়ন দেখে আমি। ভয়ানক রাগ করলে, বললে আমার জন্য সে দশখানা ছিপ কেটে আনাবে, তবু কোনমতে আমি ফিরে যেতে রাজী হলাম না। অনেক কাকুতি-মিনতি করলাম, কিন্তু সে শুনলে না। আমাকে ধরে জোর করে বাড়িতে ফিরিয়ে নিয়ে এল। কান্নাকাটিতে ঠাকুরমা একটু নরম হলেন, বললে, দিদি, যেতে-আসতে কোশ-আষ্টেক পথ বৈ নয়, জোছনা রাত– স্বচ্ছন্দে নিয়ে যেতে পারতাম, কিন্তু পথটা ভালো নয়, ভয় আছে। বেলাবেলি যদি ফিরতে না পারি, তখন একলা গরু সামলাবো, না ছেলে সামলাবো, না নিজেকে সামলাবো– কি করব বল তো, দিদি।

পথে ভয়টা যে কি তা এ অঞ্চলের সবাই জানে। ঠাকুরমা একেবারে বেঁকে দাঁড়ালেন, বললেন, না, কখনো না। যদি পালিয়ে যাস, তোর ইস্কুলের মাস্টারমশাইকে চিঠি লিখে পাঠাবো, তিনি পঞ্চাশ ঘা বেত দেবেন।

নিরুপায় হয়ে আমি তখন অন্য ফন্দি আঁটলাম। নয়ন চলে গেলে, পুকুরে নেয়ে আসি বলে তেল মেখে গামছা নিয়ে বেরিয়ে পড়লাম। নদীর ধারে ধারে বনজঙ্গল ও আম-কাঁঠাল বাগানের ভিতর দিয়ে মাইল দুই-আড়াই ছুটতে ছুটতে যেখানটায় আমাদের কাঁচা রাস্তা এসে পাকা রাস্তায় মিলেছে সেইখানটায় এসে দাঁড়িয়ে রইলাম। মিনিট-দশেক পরে দেখি নয়ন আসচে। সে আমাকে দেখে প্রথমটা খুব বকলে, তারপর আমি কি করে এসেছি শুনে হেসে ফেললে। বললে, চলো ঠাকুর, যা অদেষ্টে আছে তাই হবে। এতদূর এসে আর তো ফিরতে পারিনে।

নয়নদা সাতগাঁর একটা দোকান থেকে মুড়ি-মুড়কি বাতাসা কিনে আমার কোঁচার খুঁটে বেঁধে দিলে, খেতে খেতে প্রায় দুপুরবেলা দু'জনে বসন্তপুরে এসে ওর পিসীর বাড়িতে পৌঁছলাম। পিসীর অবস্থা সচ্ছল। বাড়ির নীচেই কুন্তী নদী; ছোট, কিন্তু জল আছে, জোয়ার-ভাঁটা খেলে। স্নান করে এলাম, ওদের বড়বৌ কলাপাতায় চিঁড়ে গুড় দুধ কলা দিয়ে ফলারের যোগাড় করে দিলে। খাওয়া হলে নয়নের পিসী বললে, ছেলেমানুষ, চার-পাঁচ কোশ পথ হেঁটে এসেছে, আবার যেতে হবে। এখন শুয়ে একটু ঘুমুক তার পরে বেলা পড়লে যাবে। তার ছোট ছেলে ছিপ কেটে আনতে গেল।

নয়ন আর আমি দু'জনেই পথ হেঁটে এমনি ক্লান্ত হয়েছিলাম যে আমাদের ঘুম যখন ভাঙ্গলো তখন চারটে বেজে গেছে। বেলার দিকে চেয়ে নয়নদা একটু চিন্তিত হ'লো, কিন্তু মুখে কিছু বললে না। মিনিট-দশেকের মধ্যেই আমরা বেরিয়ে পড়লাম। যাবার সময় সে প্রণামী বলে পিসীকে টাকা-পাঁচটা দিতে গেল; কিন্তু তিনি নিলেন না, ফিরিয়ে দিলেন। বললেন, তোর ছেলেমেয়েদের বাতাসা কিনে দিস।

আমার কাঁধে ছিপের তাড়া, নয়নের বাঁ হাতে গরুর দড়ি, ডান হাতে চার হাত লম্বা বাঁশের লাঠি। কিন্তু গরু নিয়ে দ্রুত চলা যায় না, কোশ-দুই না যেতেই সন্ধ্যা উতরে আকাশে চাঁদ দেখা দিলে। রাস্তার দু'ধারেই বড় বড় অশত্থ বট আর পাকুড় গাছ ডালে ডালে মাথায়

মাথায় ঠেকে এক হয়ে আছে। পথ অন্ধকার, শুধু কেবল পাতার ফাঁকে ফাঁকে জোছনার ম্লান আলো স্থানে স্থানে পথের উপরে এসে পড়েছে। নয়ন বললে, দাদাভাই, তুমি আমার বাঁ দিকে এসে, তোমার বাঁ হাতে গরুর দড়িটা ধরো, আমি থাকি তোমার ডাইনে।

কেন নয়নদা?

না, এমনি। চলো যাই।

আমি ছেলেমানুষ হলেও বুঝতে পারলাম নয়নদার কণ্ঠস্বরে উদ্বেগ পরিপূর্ণ।

ক্রমশঃ, পাকা রাস্তা ছেড়ে আমরা কাঁচা রাস্তায় এসে পড়লাম। দু'পাশের বনজঙ্গল আরও ঘন হয়ে এলো, বহু প্রাচীন সুবৃহৎ পাকুড়গাছের সারি মাথার উপরে পাতার অবিচ্ছিন্ন আবরণে কোথাও ফাঁক রাখেনি যে একটু চাঁদের আলো পড়ে। সন্ধ্যায় কৃষাণ-বালকেরা এই পথে গরুর পাল বাড়ি নিয়ে গেছে, তাদের খুরের ধূলো এখনও নাকেমুখে ঢুকছে, এমনি সময়ে সুমুখে হাত পঞ্চাশ-ষাট দূরে বিদীর্ণ কণ্ঠের ডাক এলো- বাবা গো, মেরে ফেললে গো। কে কোথায় আছো রক্ষে করো! সঙ্গে সঙ্গে লাঠির ধুপধাপ দুমদাম শব্দ। তার পরে সমস্ত নীরব।

নয়নদা স্তব্ধ হয়ে দাঁড়িয়ে বললে, যাঃ– শেষ হয়ে গেল।

কি শেষ হ'লো নয়নদা?

একটা মানুষ। বলে কিছুক্ষণ চুপ করে দাঁড়িয়ে সে কি ভাবলে, তার পরে বললে, চলো, দাদাভাই, আমরা একটু সাবধানে যাই।

গরু বাঁয়ে, নয়নদা ডাইনে, আমি উভয়ের মাঝখানে। ছেলেবেলা থেকে শুনে আসচি, দেখেও আসচি মাঝে মাঝে, সুতরাং বালক হলেও বুঝলাম সমস্ত। "কে কোথায় আছো রক্ষে করো!" তখনও দু'কানে বাজচে– ভয়ে ভয়ে বললাম, নয়নদা ওরা যে সব সামনে দাঁড়িয়ে, আমরা যাবো কি করে? মারে যদি–

না, দাদাভাই, আমি থাকতে মারবে না। ওরা ঠ্যাঙাড়ে কিনা– আমাদের দেখলেই পালাবে। ওরা ভারী ভীতু।

গরু, আমি ও নয়নচাঁদ তিনজনে ধীরে ধীরে এগোতে লাগলাম। ভয়ে আমার পা কাঁপচে– নিশ্বাস ফেলতে পারিনে এমনি অবস্থা। গাছের ছায়া আর ধূলোর আঁধারে এতক্ষণ দেখা যায়নি কিছুই, পনেরো-বিশ হাত এগিয়ে আসতেই চোখে পড়লো জন পাঁচ-ছয় লোক যেন ছুটে গিয়ে পাকুড় গাছের আড়ালে লুকোলো। নয়নদা হঠাৎ দাঁড়িয়ে পড়ে হাঁক দিলে– সে কি ভয়ানক গলা– বললে, খবরদার বলচি তোদের। বামুনের ছেলে সঙ্গে আছে– পাব্‌ড়া ছুঁড়ে মারলে তোদের একটাকেও জ্যান্ত রাখবো না– এই সাবধান করে দিলাম।

কেউ জবাব দিলে না। আমরা আরো খানিকটা এগিয়ে এসে দেখি একটা লোক উপুড় হয়ে রাস্তার ধূলোয় পড়ে। অল্প-স্বল্প চাঁদের আলো তার গায়ে লেগেছে,– নয়নদা ঝুঁকে দেখে হায় হায় করে উঠলো! তার নাক দিয়ে কান দিয়ে মুখ দিয়ে রক্ত ঝরে পড়চে, শুধু পা দুটো তখনও থরথর করে কাঁপচে! কাঁধের ভিক্ষের ঝুলিটি তখনও কাঁধে, কিন্তু চালগুলি ছড়িয়ে পড়েচে ধূলোয়। হাতের একতারাটি লাঠির ঘায়ে ভেঙ্গেচুরে খানিকটা দূরে ছিটকে পড়ে আছে।

নয়নদা সোজা হয়ে উঠে দাঁড়ালো, বললে, ওরে নারকী, নরকের কীট। তোরা মিছিমিছি একজন বৈষ্ণবের প্রাণ নিলি? এ তোরা করেছিস কি! তার ক্ষণেক পূর্বের ভীষণ কণ্ঠ সহসা যেন বেদনায় ভরে গেল।

কিন্তু ওদিক থেকে সাড়া এল না। নয়নের এ দুঃখের প্রধান হেতু সে নিজে পরম বৈষ্ণব। তার গলায় মোটা মোটা তুলসীর মালা, নাকে তিলক, সর্বাঙ্গে নানাবিধ ছাপছোপ। বাড়িতে তার একটি ছোট ঠাকুরঘর আছে, সেখানে মহাপ্রভুর শ্রীপট প্রতিষ্ঠিত। সহস্রবার

ইষ্টনাম জপ না করে সে জলগ্রহণ করে না। ছেলেবেলায় পাঠশালায় বর্ণ-পরিচয় হয়েছিল, এখন নিজের চেষ্টায় বড় অক্ষরে ছাপা বই অনায়াসে পড়তে পারে। প্রদীপের আলোকে ঠাকুরঘরে বসে বটতলার প্রকাশিত বৈষ্ণব ধর্মগ্রন্থ প্রত্যহ অনেক রাত্রি পর্যন্ত সে সুর করে পড়ে। মাংস সে খায় না, সঙ্কল্প আছে, ভবিষ্যতে একদিন মাছ পর্যন্ত ছেড়ে দেবে।

তার বৈষ্ণব হবার ছোট্ট একটু ইতিহাস আছে, এখানে সেটুকু বলে রাখি। এখন তার বয়স চল্লিশের কাছে, কিন্তু যখন পঁচিশ-ত্রিশ ছিল, তখন ডাকাতির মামলায় জড়িয়ে সে একবার বছর-খানেক হাজত-বাস করে। ঠাকুরমার এক পিসতুতো ভাই ছিলেন জেলার বড় উকিল, তাঁকে দিয়ে বহু তদ্বির ও অর্থব্যয় করে ঠাকুরমা একে খালাস করেন। হাজত থেকে বেরিয়েই সে সোজা নবদ্বীপ চলে যায় এবং তথায় কোন এক গোস্বামীর কাছে দীক্ষা নিয়ে, মাথা মুড়িয়ে, তুলসীর মালা ধারণ করে সে দেশে ফিরে আসে। সেদিন থেকে সে গোঁড়া বৈষ্ণব। নয়ন যখন তখন এসে আমার ঠাকুরমাকে ভূমিষ্ঠ প্রণাম করে যেত। ব্রাহ্মণের বিধবা স্পর্শ করার অধিকার নেই, যে-কোন একটি গাছের পাতা ছিঁড়ে তাঁর পায়ের কাছে রাখত, তিনি পায়ের বুড়ো আঙুলটি ছুঁইয়ে দিলেই, সেই পাতাটি সে মাথায় গলায় বারবার বুলিয়ে বলত, দিদিঠাকরুন আশীর্বাদ করো যেন এবার মরে সৎ জাত হয়ে জন্মাই, যেন হাত দিয়ে তোমার পায়ের ধূলো নিয়ে মাথায় রাখতে পারি। ঠাকুরমা সস্নেহে হেসে বলতেন, নয়ন, আমার আশীর্বাদে তুই এবার বামুন হয়ে জন্মাবি।

নয়নের চোখ সজল হয়ে উঠত, বলত, অত আশা করিনে দিদি, পাপের আমার শেষ নেই, সে-কথা আর কেউ না জানুক, তুমি জানো। তোমার কাছে কিছু গোপন করিনি।

ঠাকুরমা বলতেন, সব পাপ তোর ক্ষয় হয়ে গেছে নয়ন। তোর মত ভক্তিমান, ভগবৎ-বিশ্বাসী ক'জন সংসারে আছে! এ-পথ কখনো ছাড়িস নে রে, পরকালের ভাবনা নেই তোর।

নয়ন চোখ মুছতে মুছতে চলে যেত, ঠাকুরমা হেঁকে বলতেন, কাল দুটি প্রসাদ পেয়ে যাস নয়ন, ভুলিস নে যেন।

এ-সব আমি নিজের চোখে কতবার দেখেছি। সুতরাং যে-বৈষ্ণবের সে প্রাণপণে সেবা করে, তার হত্যায় ও যে মর্মান্তিক ক্রুদ্ধ ও বিচলিত হবে তাতে বিস্ময়ের কিছু নেই। বললে,– নিরীহ বোষ্টম ভিক্ষে করে সন্ধ্যেবেলায় ঘরে ফিরছিল, ওর কাছে কি পাবি যে মেরে ফেললি বল তো? দু'গণ্ডা চার গণ্ডার বেশী তো নয়। ইচ্ছে করে তোদেরও এমনি ঠেঙিয়ে মারি।

এবার গাছের আড়াল থেকে জবাব এলো– দু'গণ্ডা চার গণ্ডাই বা দেয় কে রে? তোর চোদ্দ পুরুষের ভাগ্যি যে এ-যাত্রা বেঁচে গেলি। ধর্মকথা শোনাতে হবে না– পালা– পালা–

কথা তার শেষ না হতেই নয়ন যেন বাঘের মত গর্জে উঠল– বটে রে হারামজাদা! পালাবো? তোদের ভয়ে? তখন ট্যাঁক থেকে পাঁচটা টাকা বার করে এ-হাতের টাকা ঝনঝন করে ও হাতের মুঠোয় নিয়ে বললে,– এতগুলো টাকার মায়া ছাড়িস নে বলে দিলাম। পারিস্, সবাই একসঙ্গে এসে নিয়ে যা। কিন্তু ফের সাবধান করে দিই– আমার বাবাঠাকুরের গায়ে যদি কুটোর আঁচড় লাগে তো তোদের সব ক'টাকে জন্মের মতো রাস্তায় শুইয়ে রেখে তবে ঘরে যাবো। শেতলার নয়ন ছাতি আমি– আর কেউ নয়। বলি, নাম শুনেছিস, না এমনিই লাঠি হাতে ভিখিরী মেরে বেড়াস্? হারামজাদা শিয়াল-কুকুরের বাচ্চারা।

গাছের তলা একেবারে স্তব্ধ। মিনিট-দুই স্থির থেকে নয়ন পুনরায় অধিকতর কটু সম্ভাষণে হাঁক দিলে– কি রে– আসবি, না টাকাগুলো ট্যাঁকে নিয়েই ঘরে যাবো?

কোন জবাব নেই। পথের উপরে দু-তিন গাছা পাব্‌ড়া পড়ে ছিলো, নয়ন একে একে কুড়িয়ে সেগুলো সংগ্রহ করে বললো,– চলো দাদা, এবার ঘরে যাই। রাত হয়ে এলো,

তোমার ঠাকুরমা হয়ত কত ভাবছেন। ওরা সব শিয়াল-কুকুরের ছানা বৈ তো নয়, মানুষের কাছে আসবে কেন? তুমি একগাছা ছিপ-হাতে তেড়ে গেলেও সবাই ছুটে পালাবে দাদাভাই।

ইতিমধ্যেই আমার ভয় ঘুচে সাহস বেড়ে গিয়েছিল, বললাম– যাবো তেড়ে নয়নদা?

নয়ন হেসে ফেললে। বললে,– থাক্‌গে দাদা, কাজ নেই। কামড়ে দিতে পারে।

আমরা আবার পথ চলতে লাগলাম। নয়নের মুখে কথা নেই, আমার একটা প্রশ্নেরও সে হাঁ-না ছাড়া জবাব দেয় না। খানিকটা এগিয়েই একটা বড় গাছতলার অন্ধকার ছায়ায় এসে সে থমকে দাঁড়াল, বলল,– না দাদাভাই, চোখে দেখে ছেড়ে যাওয়া হবে না। বামুন-বোষ্টমের প্রাণ নেওয়ার শোধ আমি দেবো।

কি করে শোধ দেবে নয়নদা?

এক ব্যাটাকেও কি ধরতে পারবো না? তখন দু'জনে মিলে তারেও ঠেঙিয়ে মারবো।

ঠেঙিয়ে মারার আনন্দে আমি প্রায় আত্মহারা হয়ে উঠলাম। একটা নতুন ধরনের খেলার মত। ওদের সম্বন্ধে কত ভয়ঙ্কর কথাই না শুনেছিলাম; কিন্তু সব মিছে। নয়নদা যেতে দিলে না, নইলে আমিই তেড়ে গিয়ে নিশ্চয়ই একটাকে ধরে ফেলতে পারতাম! বললাম,– নয়নদা, তুমি বেশ করে এক ব্যাটাকে ধরে থেকো, আমি একাই ঠেঙিয়ে মারবো। কিন্তু আমার ছিপ যদি ভেঙ্গে যায়?

নয়ন পুনরায় হেসে বললে,– ছিপের ঘায়ে মরবে না দাদা, এই লঠিটা নাও, বলে সে সংগৃহীত পাব্‌ড়ার একগাছা আমার হাতে দিয়ে বললে,– গরু নিয়ে এইখানে একটু দাঁড়াও দাদাভাই, আমি এখুনি দু'এক ব্যাটাকে ধরে আনচি। কিন্তু চেঁচামেচি কান্নাকাটি শুনে ভয় পেয়ো না যেন।

নাঃ ভয় কি! এই যে হাতে লাঠি রইল।

নয়ন বাকী পাব্‌ড়া দুটো বগলে চেপে ধরলে, তার বড় লাঠিটা রইল ডান হাতে, তার পরে রাস্তা ছেড়ে বনের ধার ঘেঁষে হামাগুড়ি দিয়ে ফিরে চলল সেইদিকে। ঠেঙাড়েরা ঠাউরেছিল আমরা চলে গেছি। নিশ্চিন্ত হয়ে ফিরে এসে সেই মৃত ভিখিরীর ট্যাঁক হাতড়ে, ঝুলি ঝেড়ে তারা খুঁজে দেখছিল কি আছে।

হঠাৎ একজনের চোখে পড়লো অনতিদূরে গাছের আড়ালে দাঁড়িয়ে নয়ন। সভয়ে চেঁচিয়ে উঠলো,– কে দাঁড়িয়ে ওখানে?

– আমি নয়ন ছাতি। অমনি দাঁড়িয়ে থাক্‌, ছুটে পালাবি কি মরবি।

কিন্তু, কথা শেষ না হতেই অনেকগুলো পায়ের ছুটোছুটি শুনতে পেলাম এবং প্রায় সঙ্গে সঙ্গেই আর্তস্বরে কেঁদে উঠে কে যেন হুড়মুড় করে একটা ঝোপের উপর পড়ে গেল।

নয়ন চেঁচিয়ে বললে– এক ব্যাটারে পেয়েচি দাদাভাই, আরগুলো পালালো।

শুভ সংবাদে সেইখানে দাঁড়িয়ে লাফাতে লাগলাম। আমি চেঁচিয়ে বললাম,– ওরে ধরে আনো নয়নদা, আমি ঠেঙিয়ে মারব। তুমি মেরে ফেলো না যেন।

– না দাদা, তুমিই মেরো।

আবার একটা করুণ ধ্বনি কানে এলো, বোধ করি নয়নের লাঠির খোঁচার ফল। মিনিট-দুই পরে দেখি একটা লোক খোঁড়াতে খোঁড়াতে আসচে, তার পিছনে নয়নচাঁদ। কাছে এসে হাঁউমাউ করে কেঁদে উঠে আমার পা জড়িয়ে ধরলে। নয়ন টান মেরে তারে তুলে দাঁড় করালে। এখন তার মূর্তি দেখে আমি ভয়ে শিউরে উঠলাম। মুখে তার কালি মাখানো, তাতে সাদা সাদা চুনের ফোঁটা দেওয়া। যেমন রোগা তেমনি লম্বা, পরনে শতচ্ছিন্ন ন্যাকড়া। তখনও কাঁদছিল। তার গালে নয়ন প্রচণ্ড এক চড় মেরে বললে,– চুপ কর্‌ হারামজাদা! যা জিজ্ঞাসা করি সত্যি জবাব দে। ক'জন ছিলি? তাদের কি নাম, কোথায় ঘর বল্‌?

লোকটা প্রথমে বলতে চায় না, কিন্তু পিঠে একটা গুঁতো খেয়ে সঙ্গীদের নাম-ধাম, গড়গড় করে বলে গেল।

নয়ন বললে,— মনে থাকবে, ভুলবো না। এখন বল্, বোষ্টমঠাকুর পড়ে গেলে নিজে তুই ক'ঘা বাড়ি দিয়েছিলি?

পাঁচ-সাত ঘা হবে বোধ হয়।

নয়নচাঁদ দাঁত কড়মড় করে বললে, আচ্ছা,— পাঁচ-সাত ঘা-ই সই। এবার ঠিক তেমনি করে শো, যেমন করে বোষ্টম ঠাকুরকে শুয়ে থাকতে দেখলাম। দাদাভাই, এগিয়ে এসো,— ঐ খেঁটে দিয়ে পাঁচ-সাত ঘায়েই সাবাড় করা চাই কিন্তু। দেখবো কেমন হাতের জোর। তুই ব্যাটা দেরি করচিস্ কেন? শুয়ে পড়— বলেই তার কান ধরে টেনে রাস্তায় বসালে। এবং নিজে সে শোবার পূর্বেই প্রচণ্ড গোটা দুই-তিন লাথি পিঠে মেরে পথের ধূলোর পরে লুটিয়ে দিলে। বললে,— দেরি ক'রো না দাদা, মাথা তাক করে মারো। দু-তিন ঘার বেশী লাগবে না।

নয়নদার গলার স্বর গেল বদলে, চোক-মুখ যেন আর কার। চেহারা দেখে গায়ে কাঁটা দিলে, নতুন খেলা শুরু করবো কি, ভয়ে হাত-পা কাঁপতে লাগল, কাঁদ-কাঁদ হয়ে বললাম,— আমি পারবো না, নয়নদা।

পারবে না? তবে আমিই শেষ করে দিই।

না নয়নদা, না, মেরো না।

কিন্তু, লোকটা লাথি খেয়ে সেই যে শুয়ে পড়েছিল, আর নড়েচড়েনি। প্রাণভিক্ষেও চায়নি— একটা কথা পর্যন্ত না।

বললাম,— চলো, ওরে বেঁধে নিয়ে থানায় ধরিয়ে দিই গে।

শুনে নয়নদা যেন চমকে উঠল। থানায়? পুলিশের হাতে?

হাঁ। ও যেমন মানুষ মেরেছে, তারাও তেমনি ওকে ফাঁসি দিক। যেমন কর্ম তেমন ফল।

নয়ন খানিকক্ষণ চুপ করে রইল, তার পরে তারে একটা লাঠির ঠেলা দিয়ে বললে,— ওরে ওঠ্।

কিন্তু কোন সাড়া নেই। নয়ন বললে, ব্যাটা মরে গেল নাকি? যে দুর্বল সিং— দু'দিন হয়ত পেটে একমুঠো অন্নও নেই— আবার পথে এসেছে লোক ঠ্যাঙাতে। যা ব্যাটা, দূর হ। উঠে ঘরকে যা।

সে কিন্তু তেমনিই রইল পড়ে। নয়ন তখন হেঁট হয়ে তার নাকে হাত দিয়ে বললে, না মরেনি। অজ্ঞান হয়ে আছে। জ্ঞান হলে আপনিই ঘরে যাবে। চল দাদা, আমরাও ঘরে যাই। অনেক দেরি হয়ে গেল, ঠাকুরমা ভাবচে।

পথে যেতে যেতে বললাম, কেন ছেড়ে দিলে নয়নদা, পুলিশে ধরিয়ে দিলে বেশ হতো।

কেন দাদাভাই?

বেশ ফাঁসি হয়ে যেত। খুন করলে ফাঁসি হয় আমাদের পড়ার বইয়ে লেখা আছে।

আছ নাকি দাদা?

আছে বৈ কি। চলো না বাড়ি গিয়ে তোমাকে বই খুলে দেখিয়ে দেব।

নয়ন বিস্ময়ের ভান করে বললে, বলো কি দাদা, একটা মানুষ মারার বদলে আর একটা মানুষ মারা?

হাঁ, তাই তো। সেই তো তার উচিত সাজা। আমরা পড়েছি যে!

নয়ন একটুখানি হেসে বললে,— কিন্তু, সব উচিতই যে সংসারে হয় না, দাদাভাই।

কেন হয় না নয়নদা?

নয়ন হঠাৎ জবাব দিলে না, একটু ভেবে বললে,— বোধ হয় জগতে সবাই ধরিয়ে দিতে

পারে না বলে।

কেন যে পারে না, কেন যে মানুষে এ অন্যায় করে, সে তত্ত্ব সেদিনও জানিনি, আজও না। তবু, এই কথাটাই ভাবতে ভাবতে খানিকটা পথ চলার পরে জিজ্ঞাসা করলাম,– আচ্ছা নয়নদা, ওরা ফিরে গিয়ে আবার তো মানুষ মারবে?

নয়ন বললে, না দাদা, আর মারবে না! আমি বেঁচে থাকতে এ কাজ ওরা আর কখনো করবে না।

জবাবটায় বেশ প্রসন্ন হতে পারলাম না। ফাঁসি হওয়াই ছিল আমার মনঃপুত। বললাম,– কিন্তু ওরা বেঁচে তো গেল। শাস্তি তো হ'লো না।

নয়ন অন্যমনস্ক হয়ে কি ভাবছিল, বললে,– কি জানি,– হবে হয়তো একদিন। পরক্ষণে সচেতন হয়ে বললে,– আমি তো এর উত্তর জানিনে দাদাভাই, তোমার ঠাকুরমা জানেন। তুমি বড় হয়ে তাঁকে একদিন জিজ্ঞেসা ক'রো।

আমার কিন্তু বড় হবার সবুর সইল না, বাড়িতে পা দিয়েই সমস্ত বিবরণ, শুধু হাত-পা কাঁপার অবান্তর কথাগুলো বাদ দিয়ে– অঙ্গ-প্রত্যঙ্গের যথোচিত সঞ্চালনে আমাদের ঠ্যাঙাড়ে-বিজয় কাহিনী বর্ণনা করে ঠাকুরমাকে সবিস্তারে বুঝিয়ে দিলাম– গরু কিনতে গিয়ে আজ কি কাণ্ড ঘটেছিল। আগাগোড়া মন দিয়ে শুনে তিনি কেবল একটা নিঃশ্বাস ফেলে আমাকে বুকের কাছে টেনে নিয়ে স্তব্ধ হয়ে রইলেন।

নয়ন এতক্ষণ চুপ করে শুনছিল। আমার বলা শেষ হতে টাকা পাঁচটি ঠাকুরমার পায়ের কাছে রেখে বললে,– গরুটা এমনিই পেলাম। তোমার টাকা তোমার কাছেই ফিরে এল দিদি। না নিলেন পিসীমা, না নিলে তোমার মেজবৌয়ের ভাইদের দল পথে।

ঠাকুরমা একটু হেসে বললেন, দেখা হলে মেজবৌকে জানাব। কিন্তু ও টাকা আমিও নেবো না নয়ন। ও তোর ঠাকুরের ভোগে লাগাগে যা। কিছু একটা কথা আজ তোকে বলি নয়ন, এখনো তেমন বোষ্টম হতে তুই পারলি নে।

কেন দিদি?

তারা কি টাকা বাজিয়ে লোক ভোলায়? ধর্ যদি লোভ সামলাতে না পেরে ছুটেই আসত?

তাহলে আরও গোটা পাঁচ-ছয় মরত। তাতে নয়নের পাপের ভরায় কতটুকুই বা ভার চাপত, দিদি?

ঠাকুরমা চুপ করে রইলেন। এ ইঙ্গিতের অর্থ জানেন তিনি, আর জানে নয়ন নিজে। কিন্তু সেও আর কিছু বললে না। দূর থেকে তাঁকে ভূমিষ্ঠ প্রণাম করে টাকা-পাঁচটি মাথায় ঠেকিয়ে নিঃশব্দে বেরিয়ে গেল।

দেওঘরের স্মৃতি

চিকিৎসকের আদেশে দেওঘরে এসেছিলাম বায়ু পরিবর্তনের জন্যে। আসার সময়ে রবীন্দ্রনাথের সেই কবিতাটা বারংবার মনে হয়েছিল—

ওষুধে ডাক্তারে—
ব্যাধির চেয়ে আধি হল বড়
—করলে যখন অস্থি জর জর
তখন বললে হাওয়া বদল করো।

বায়ু পরিবর্তনে সাধারণতঃ যা হয় সে-ও লোকে জানে, আবার আসে-ও। আমিও এসেছি। প্রাচীর ঘেরা বাগানের মধ্যে একটা বড় বাড়িতে থাকি। রাত্রি তিনটে থেকে কাছে কোথাও একজন গলাভাঙ্গা একঘেয়ে সুরে ভজন শুরু করে, ঘুম ভেঙ্গে যায়, দোর খুলে বারান্দায় এসে বসি। ধীরে ধীরে রাত্রি শেষ হ'য়ে আসে, পাখিদের আনাগোনা শুরু হয়। দেখতাম ওদের মধ্যে সবচেয়ে ভোরে ওঠে দোয়েল। অন্ধকার শেষ না হতেই তাদের গান আরম্ভ হয়, তারপরে একটি-দুটি করে আসতে থাকে বুলবুলি, শ্যামা, শালিক, টুনটুনি— পাশের বাড়ির আমগাছে, এ বাড়ির বকুল-কুঞ্জে, পথের ধারের অশ্বত্থ গাছের মাথায়— সকলকে চোখে দেখতে পেতাম না, কিন্তু প্রতিদিন ডাক শোনার অভ্যাসে মনে হতো যেন ওদের প্রত্যেককেই চিনি। হলদে রঙের একজোড়া, বেনে-বৌ পাখি একটু দেরি করে আসতো। প্রাচীরের ধারে ইউক্যালিপটস্ গাছের সব চেয়ে উঁচু ডালটায় বসে তারা প্রত্যহ হাজিরা হেঁকে যেতো। হঠাৎ কি জানি কেন দিন-দুই এলো না দেখে ব্যস্ত হয়ে উঠলাম,— কেউ ধরলে না তো? এদেশে ব্যাধের অভাব নেই,— পাখি চালান দেওয়াই তাদের ব্যবসা— কিন্তু তিন দিনের দিন আবার দুটিকে ফিরে আসতে দেখে মনে হ'লো যেন সত্যিকার একটা ভাবনা ঘুচে গেল।

এমনি করে সকাল কাটে। বিকালে গেটের বাইরে পথের ধারে এসে বসি। নিজের সামর্থ্য নেই বেড়াবার, যাদের আছে তাদের প্রতি চেয়ে-চেয়ে দেখি। দেখতাম মধ্যবিত্ত গৃহস্থের ঘরে পীড়িতদের মধ্যে মেয়েদের সংখ্যাই ঢের বেশী। প্রথমেই যেত পা ফুলো ফুলো অল্পবয়সী একদল মেয়ে। বুঝতাম এরা বেরিবেরির আসামী। ফোলা-পায়ের লজ্জা ঢাকতে বেচারাদের কত না যত্ন। মোজা পরার দিন নয়, গরম পড়েচে, তবু দেখি কারও পায়ে আঁট করে মোজা পরা। কেউ বা দেখলাম মাটি পর্যন্ত লুটিয়ে কাপড় পরেছে, সেটা পথ চলার বিঘ্ন,— তবু, কৌতূহলী লোকচক্ষু থেকে তারা বিকৃতিটা আড়াল রাখতে চায়। আর সব চেয়ে দুঃখ হ'ত আমার একটি দরিদ্র ঘরের মেয়েকে দেখে। সে একলা যেতো। সঙ্গে আত্মীয়স্বজন নেই, শুধু তিনটি ছোট-ছোট ছেলেমেয়ে। বয়স বোধকরি চব্বিশ-পঁচিশ, কিন্তু দেহ যেমন

শীর্ণ মুখ তেমনি পাণ্ডুর— কোথাও যেন এতটুকু রক্ত নেই! শক্তি নেই নিজের দেহটাকে টানবার, তবু সব চেয়ে ছোট ছেলেটি তার কোলে। সে তো আর হাঁটতে পারে না— অথচ, রেখে আসবারও ঠাঁই নেই। কি ক্লান্তই না মেয়েটির চোখের চাহনি। মনে হ'তো আমাকে দেখে যেন সে লজ্জা পায়। কোন মতে এই স্থানটুকু তাড়াতাড়ি পালাতে পারলেই বাঁচে। ছেঁড়াখোঁড়া জামা-কাপড়ে সন্তান তিনটিকে ঢেকেঢুকে প্রত্যহই সে এই পথে চলতো। হয়ত ভেবেচে, আর কিছুতে যা হ'লো না, সাঁওতাল পরগনার স্বাস্থ্যকর জল হাওয়ায় এই অত্যন্ত ক্লেশকর হাঁটার মধ্যে দিয়েই সেটুকু সে পূরণ করে নিতে পারবে। রোগমুক্ত হয়ে আবার ফিরে পাবে আশা— আবার স্বামীপুত্রের সেবায় সংসারে নারী-জীবনটা সার্থক করে তুলতে পারবে। নিজের মনে বসে বসে ভাবতাম, এ ছাড়া আর কি-ই বা কামনা আছে তার? বাঙলা দেশের মেয়ে,— এর বেশী চাইতে কে কবে শেখালে তারে? মনে মনে আশীর্বাদ করতাম— মেয়েটি যেন ভাল হয়ে বাড়ি ফিরে যেতে পারে, যে ছেলে তিনটি সমস্ত জীবনশক্তি শোষণ করে নিয়েছে তাদেরই যেন ও মানুষ করবার অবকাশ পায়। সে কার মেয়ে, কার বৌ, কোথায় বাড়ি কিছুই জানিনে,— শুধু এই বাঙলা দেশের অসংখ্য মেয়ের প্রতীক হয়ে সে আমার মনের মধ্যে গভীর দাগ কেটে রেখে গেল, যা সহজে মুছবার নয়।

আমার সঙ্গে এসেছিল যুবক বন্ধু। নিঃস্বার্থ তার সেবা,— কলকাতায় ভারী অসুখের সময়েও যেমন দেখেচি, এখানেও দেখতে পেলাম তেমনি। মাঝে মাঝে সে বলতো— চলুন দাদা, আজ একটু বেড়িয়ে আসবেন। আমি বলতাম, তুমি যাও ভাই, আমি এখানে বসেই ও-কাজটা সেরে নিই। সে অসহিষ্ণু হয়ে বলতো— আপনার চেয়েও কত বেশী বয়সের লোকে এখানে বেড়িয়ে বেড়ায়। একটু চলাফেরা না করলে ক্ষিদে হবে কেন? বলতাম, ওটা কম হলেও সইবে, কিন্তু পথে পথে মিছিমিছি ঘুরে বেড়ানো সইবে না।

সে রাগ করে একলাই বেড়াতে যেতো। কিন্তু সাবধান করে দিত,— অন্ধকারে বাড়ি ফিরবেন না যেন। আলো আনতে চাকরদের ডাকবেন। এদিকে 'করেত' সাপটা কিছু বেশী। নিরীহ জীব, কেবল গায়ে পা দেওয়াটা পছন্দ করে না।

সেদিন বন্ধু গেছেন ভ্রমণে। সন্ধ্যার তখনও দেরি আছে, দেখি জনকয়েক বৃদ্ধ ব্যক্তি ক্ষুধা আহরণের কর্তব্যটা সমাধা করে যথাশক্তি দ্রুতপদেই বাসায় ফিরছেন। সম্ভবতঃ এঁরা বাতব্যাধিগ্রস্ত, সন্ধ্যার পূর্বেই এদের ঘরে প্রবেশ করা প্রয়োজন। তাঁদের চলন দেখে ভরসা হ'লো, ভাবলাম যাই, আমিও একটু ঘুরে আসিগে। সেদিন পথে পথে অনেক বেড়ালাম। অন্ধকার হয়ে এলো, ভেবেছিলাম আমি একাকী, হঠাৎ পিছনে চেয়ে দেখি একটি কুকুর আমার পিছনে চলেছে। বললাম, কি রে, যাবি আমার সঙ্গে। অন্ধকার পথটায় বাড়ি পর্যন্ত পৌঁছে দিতে পারবি? সে দূরে দাঁড়িয়ে ল্যাজ নাড়তে লাগলো। বুঝলাম সে রাজী আছে। বললাম, তবে আয় আমার সঙ্গে। পথের ধারের একটা আলোকে দেখতে পেলাম কুকুরটার বয়স হয়েছে, রোগে পিঠের লোম উঠে গেছে, একটু খুঁড়িয়ে চলে। কিন্তু যৌবনে একদিন শক্তিসামর্থ্য ছিল তা বুঝা যায়। তাকে অনেক কিছু প্রশ্ন করতে করতে বাড়ির সুমুখে এসে পৌঁছলাম। গেট খুলে দিয়ে ডাকলাম, ভেতরে আয়। আজ তুই আমার অতিথি। সে বাইরে দাঁড়িয়ে ল্যাজ নাড়তে লাগলো, কিছুতে ভিতরে ঢোকার ভরসা পেলে না। আলো নিয়ে চাকর এসে উপস্থিত হ'ল, গেট বন্ধ করে দিতে চাইলে, বললাম, না, খোলাই থাক যদি আসে. ওকে খেতে দিস। ঘণ্টা-খানেক পরে খোঁজ নিয়ে জানলাম সে আসেনি— কোথায় চলে গেছে।

পরদিন সকালে বাইরে এসেই দেখি গেটের বাইরে দাঁড়িয়ে আমার সেই কালকের

অতিথি। বললাম, কাল তোকে খেতে নেমতন্ন করলাম, এলিনে কেন?

জবাবে সে মুখপানে চেয়ে তেমনি ল্যাজ নাড়তে লাগলো। বললাম, আজ তুই খেয়ে যাবি,– না খেয়ে যাসনে। বুঝলি? প্রত্যুত্তরে সে শুধু ঘন ঘন ল্যাজ নাড়লে– অর্থ বোধ হয় এই যে– সত্যি বলচ তো?

রাত্রে চাকর এসে জানালে সেই কুকুরটা এসে আজ বাইরের বারান্দার নীচে উঠানে বসে আছে। বামুনঠাকুরকে ডেকে বলে দিলাম, ও আমার অতিথি, একে পেট ভরে খেতে দিও।

পরের দিন খবর পেলাম অতিথি যাননি। আতিথ্যের মর্যাদা লঙ্ঘন ক'রে সে আরামে নিশ্চিত হয়ে বসে আছে। বললাম, তা হোক, ওকে তোমরা খেতে দিও।

আমি জানতাম প্রত্যহ খাবার তো অনেক ফেলা যায়, এতে কারও আপত্তি হবে না। কিন্তু আপত্তি ছিল এবং অত্যন্ত গুরুতর আপত্তি। আমাদের বাড়তি খাবারের যে প্রবল অংশীদার ছিল এ বাগানের মালীর মালিনী– এ আমি জানতাম না। তার বয়স কম, দেখতে ভালো এবং খাওয়া সম্বন্ধে নির্বিকারচিত। চাকরদের দরদ তার পরেই বেশী; অতএব, আমার অতিথি করে উপবাস। বিকালে পথের ধারে গিয়ে বসি, দেখি অতিথি আগে থেকেই বসে আছে ধূলোয়। বেড়াতে বার হ'লে সে হয় পথের সঙ্গী জিজ্ঞাসা করি, হাঁ অতিথি, আজ মাংস-রান্নাটা কেমন হয়েছিল রে? হাড়গুলো চিবোতে লাগলো কেমন? সে জবাব দেয় ল্যাজ নেড়ে, মনে করি মাংসটা তা হলে ওর ভালোই লেগেছে। জানিনে যে মালীর বউ তারে মেরেধরে বার করে দিয়েছে,– বাগানের মধ্যে ঢুকতে দেয় না, তাই ও সুমুখের পথের ধারে বসে কাটায়। আমার চাকরদেরও তাতে সায় ছিল।

হঠাৎ শরীরটা খারাপ হ'লো, দিন-দুই নীচে নামতে পারলাম না। দুপুরবেলা উপরের ঘরে বিছানায় শুয়ে, খবরের কাগজটা সেইমাত্র পড়া হয়ে গেছে, জানালার মধ্যে দিয়ে বাইরের রৌদ্রতপ্ত নীল আকাশের পানে চেয়ে অন্যমনস্ক হয়ে ভাবছিলাম, কংগ্রেসের পাণ্ডা যাঁরা– মন্ত্রী হবার তাদের কি উগ্র বাসনা। অথচ নিস্পৃহতার আবরণে সেটা গোপন করার কত-না কৌশল! আইন যারা বানিয়ে দিলে একটা কথাও শুনলে না, ব্যাখ্যা নিয়ে তাদেরই সঙ্গে কি ঝুটোপুটি লড়াই! নিঃসন্দেহে প্রমাণ দিতে চায় ওদের মতলব ভাল নয়। বিড়ম্বনা আর বলে কারে!

সহসা খোলা দোর দিয়ে সিঁড়ির উপর ছায়া পড়ল কুকুরের। মুখ বাড়িয়ে দেখি অতিথি দাঁড়িয়ে ল্যাজ নাড়ছে। দুপুরবেলা চাকরেরা সব ঘুমিয়েছে, ঘর তাদের বন্ধ, এই সুযোগে লুকিয়ে সে একেবারে আমার ঘরের সামনে এসে হাজির। ভাবলাম, দুদিন দেখতে পায়নি, তাই বুঝি আমাকেও দেখতে এসেছে। ডাকলাম, আয় অতিথি, ঘরে আয়। সে এলো না, সেখানে দাঁড়িয়েই ল্যাজ নাড়তে লাগলো। জিজ্ঞাসা করলাম– খাওয়া হয়েছে তো রে? কি খেলি আজ?

হঠাৎ মনে হ'লো ওর চোখ দুটো যেন ভিজেভিজে, যেন গোপনে আমার কাছে কি একটা ও নালিশ জানাতে চায়। চাকরদের হাঁক দিলাম, ওদের দোর খোলার শব্দেই অতিথি ছুটে পালালো।

জিজ্ঞাসা করলাম, হাঁ রে, কুকুরটারে আজ খেতে দিয়েছিস?

আজ্ঞে না। মালী-বৌ ওরে তাড়িয়ে দিয়েছে যে।

আজ তো অনেক খাবার বেঁচেছে, সে সব হ'ল কি?

মালী-বৌ চেঁচেপুঁচে নিয়ে গেছে।

হাঙ্গামা শুনে বন্ধু ঘুম ভেঙ্গে চোখ রগড়াতে রগড়াতে ঘরে এলেন, মুচকি হেসে বললেন, দাদার এক কাণ্ড! মানুষে খেতে পায় না, পথের কুকুরকে ডেকে খাওয়ানো! বেশ। বন্ধু জানেন এর চেয়ে অকাট্য যুক্তি আর নেই। মানুষকে না দিয়ে কুকুরকে দেওয়া! শুনে চুপ করে রইলাম। সংসারে কার দাবী যে কার কাছে কোথায় গিয়ে পৌঁছায়, সে ওদের আমি বোঝাবো কি দিয়ে?

সে যাই হোক, আমার অতিথিকে ডেকে আনা হ'লো, আবার সে বারান্দার নীচে উঠনের ধূলোয় পরম নিশ্চিন্তে স্থান করে নিলে। মালী-বৌয়ের ভয়টা তার গেছে। বেলা যায়, বিকাল হলে উপরের বারান্দা থেকে দেখি অতিথি এই দিকে চেয়ে প্রস্তুত হয়ে দাঁড়িয়ে বেড়াতে যাবার সময় হ'ল যে।

শরীর সারলো না, দেওঘর থেকে বিদায় নেবার দিন এসে পড়লো। তবু দিন-দুই দেরি করলাম নানা ছলে। আজ সকাল থেকে জিনিস বাঁধাবাঁধি শুরু হ'লো, দুপুরের ট্রেন। গেটের বাইরে সার সার গাড়ি এসে দাঁড়ালো, মালপত্র বোঝাই দেওয়া চললো। অতিথি মহাব্যস্ত, কুলিদের সঙ্গে ক্রমাগত ছুটোছুটি ক'রে খবরদারি করতে লাগলো, কোথাও যেন কিছু ক্ষোয়া না যায়। তার উৎসাহই সব চেয়ে বেশী।

একে একে গাড়িগুলো ছেড়ে দিলে আমার গাড়িটাও চলতে শুরু করলে। স্টেশন দূরে নয়, সেখানে পৌঁছে নাবতে গিয়ে দেখি অতিথি দাঁড়িয়ে। কিরে, এখানেও এসেছিস ? সে ল্যাজ নেড়ে তার জবাব দিলে, কি জানি মানে তার কি!

টিকিট কেনা হ'লো, মালপত্র তোলা হ'লো, বন্ধু এসে খবর দিলেন– ট্রেন ছাড়তে আর এক মিনিট দেরি সঙ্গে যারা তুলে দিতে এসেছিল তারা বকশিশ পেলে সবাই পেল না কেবল অতিথি। গরম বাতাসে ধূলো উড়িয়ে সামনেটা আচ্ছন্ন করেছে; যাবার আগে তারই মধ্যে দিয়ে ঝাপসা দেখতে পেলাম– স্টেশনের ফটকের বাইরে দাঁড়িয়ে একদৃষ্টে চেয়ে আছে অতিথি। ট্রেন ছেড়ে দিলে, বাড়ি ফিরে যাবার আগ্রহ মনের মধ্যে কোথাও খুঁজে পেলাম না। কেবলই মনে হতে লাগল অতিথি আজ ফিরে গিয়ে দেখবে বাড়ির লোহার গেট বন্ধ,– ঢোকবার জো নেই ! পথে দাঁড়িয়ে দিন-দুই তার কাটবে, হয়ত নিস্তব্ধ মধ্যাহ্নের কোন ফাঁকে লুকিয়ে উপরে উঠে খুঁজে দেখবে আমার ঘরটা, তার পরে পথের কুকুর পথেই আশ্রয় নেবে।

হয়ত, ওর চেয়ে তুচ্ছ জীব শহরে আর নেই, তবু, দেওঘর বাসের ক'টা দিনের স্মৃতি ওকে মনে করেই লিখে রেখে গেলাম।

www.ingramcontent.com/pod-product-compliance
Lightning Source LLC
Chambersburg PA
CBHW031952110525
26506CB00033B/510
9789391431624